imaginist

想象另一种可能

—

理
想
国
imaginist

月球家族 [1]

新月

NEW MOON

Ian McDonald

河南文艺出版社

图书在版编目(CIP)数据

月球家族. 第一部, 新月 / (英) 伊恩·麦克唐纳著;
傅临春译. —郑州: 河南文艺出版社, 2020.9
ISBN 978-7- 5559-1051-0

I. ①月… II. ①伊…②傅… III. ①长篇小说 – 英
国 – 现代 IV. ① I561.45

中国版本图书馆 CIP 数据核字 (2020) 第 131792 号

豫著许可备字 –2020–A–0069

月球家族: 新月

[英] 伊恩·麦克唐纳 著 傅临春 译

选题策划　陈　静　俞　芸
责任编辑　俞　芸
特约编辑　闫柳君
责任校对　梁　晓
装帧设计　山川 at 山川制本workshop
内文制作　陈基胜

出版发行　河南文艺出版社
本社地址　郑州市郑东新区祥盛街27号 C座 5楼
邮政编码　450018
承印单位　山东韵杰文化科技有限公司
开　　本　880毫米×1230毫米　1/32
总 印 张　40.125
本册字数　356千字
总 字 数　1042千字
版　　次　2020 年 9 月第 1 版
印　　次　2020 年 9 月第 1 次印刷
定　　价　168.00元（全三册）

献给伊妮德

月球正面

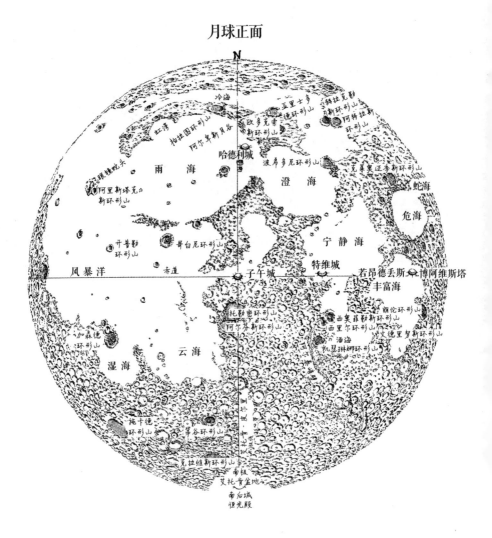

人物表

科塔氦气公司（Corta Hélio）

阿德里安娜·科塔（Adriana Corta）：科塔氦气公司的创始人及最高领导。

卡洛斯·德马德拉斯·卡斯特罗（Carlos de Madeiras Castro）：阿德里安娜的欧可 [1]（已故）。

拉法·科塔 [Rafael(Rafa) Corta]：阿德里安娜的长子，科塔氦气公司的会长。

蕾切尔·麦肯齐（Rachel Mackenzie）：拉法·科塔的欧可。

露西卡·阿萨莫阿（Lousika Asamoah）：拉法·科塔的继欧可。

罗布森·科塔（Robson Corta）：拉法·科塔和蕾切尔·麦肯齐的儿子。

露娜·科塔（Luna Corta）：拉法·科塔和露西卡·阿萨莫阿的女儿。

卢卡斯·科塔（Lucas Corta）：阿德里安娜的次子，科塔氦气公司的专务董事。

阿曼达·孙（Amanda Sun）：卢卡斯·科塔的欧可。

卢卡西尼奥·科塔（Lucasinho Corta）：卢卡斯·科塔和阿曼达·孙

---

[1] 欧可（Oko）：约鲁巴语，婚姻配偶。下文继欧可意为第二位配偶。

的儿子。

阿列尔·科塔（Ariel Corta）：阿德里安娜·科塔的女儿，克拉维斯法院的首席律师。

卡利尼奥斯·科塔（Carlinhos Corta）：阿德里安娜·科塔的三子，科塔氦气公司的月面工作主管及扎希尼克。

瓦格纳·"小灰狼"·科塔（Wagner "Lobinho" Corta）：阿德里安娜·科塔的四子（身份被否定）。分析师及月狼。

玛丽娜·卡尔扎合（Marina Calzaghe）：科塔氦气公司的月面工作者，后来成为阿列尔·科塔的助理。

海伦·德布拉加（Helen De Braga）：科塔氦气公司的财务主管。

埃托尔·佩雷拉（Heitor Pereira）：科塔氦气公司的安全主管。

卡罗琳娜·玛卡雷奇医生（Dr. Carolina Macaraeg）：阿德里安娜·科塔的私人医生。

尼尔松·努内斯（Nilson Nunes）：博阿维斯塔的管家。

玛德琳（Madrinhas）

伊维特（Ivete）：拉法·科塔的代养母亲。

莫妮卡（Monica）：卢卡斯·科塔的代养母亲。

阿马利娅（Amalia）：阿列尔·科塔的代养母亲。

弗拉维娅（Flavia）：卡利尼奥斯、瓦格纳和卢卡西尼奥·科塔的代养母亲。

埃利斯（Elis）：罗布森和露娜·科塔的代养母亲。

麦肯齐金属公司（Mackenzie Metals）

罗伯特·麦肯齐（Robert Mackenzie）：麦肯齐金属公司的创始人，

前 CEO。

阿莉莎·麦肯齐（Alyssa Mackenzie）：罗伯特·麦肯齐的欧可（已故）。

邓肯·麦肯齐（Duncan Mackenzie）：罗伯特和阿莉莎·麦肯齐的长子，麦肯齐金属公司的现任 CEO。

阿纳斯塔西娅·沃龙佐夫（Anastasia Vorontsov）：邓肯·麦肯齐的欧可。

蕾切尔·麦肯齐：邓肯和阿纳斯塔西娅的幼女，拉法·科塔的欧可，罗布森·科塔的母亲。

阿波罗奈尔·沃龙佐夫（Apollonaire Vorontsov）：邓肯·麦肯齐的继欧可。

阿德里安·麦肯齐（Adrian Mackenzie）：邓肯和阿波罗奈尔的长子，月鹰乔纳松·卡约德（Jonathon Kayode）的欧可。

丹尼·麦肯齐（Denny Mackenzie）：邓肯和阿波罗奈尔的幼子，麦肯齐金属公司关于氦-3 的分部——麦肯齐熔炼部的负责人。

布赖斯·麦肯齐（Bryce Mackenzie）：罗伯特·麦肯齐的次子，麦肯齐金属公司财务部的负责人，有众多"养子"。

洪兰凰（Hoang Lam Hung）：布赖斯·麦肯齐的养子，和罗布森·科塔有过一段短暂的婚姻。

孙玉·麦肯齐（Jade Sun-Mackenzie）：罗伯特·麦肯齐的继欧可。

哈德利·麦肯齐（Hadley Mackenzie）：孙玉和罗伯特·麦肯齐的儿子，麦肯齐金属公司的扎希尼克，与邓肯和布赖斯是同父异母的兄弟。

阿娜利斯·麦肯齐（Analiese Mackenzie）：瓦格纳·科塔暗面人格的暗埃摩[1]。

约恩·基夫（Eoin Keefe）：麦肯齐金属公司的安全主管，后被哈德利·麦肯齐代替。

---

[1] 埃摩（Amor）：葡语，意为爱人、情人。

凯拉·麦肯齐（Kyra Mackenzie）：逐月者。

AKA

露西卡·阿萨莫阿：拉法·科塔的欧可，库托库（Kotoko）后期成员。

阿蓓纳·阿萨莫阿（Abena Asamoah）：逐月者。

科乔·阿萨莫阿（Kojo Asamoah）：卢卡西尼奥·科塔的研讨会同学，逐月者。

亚·阿夫翁·阿萨莫阿（Ya Afuom Asamoah）：特维城的派对常客。

阿都弗·门萨·阿萨莫阿（Adofo Mensa Asamoah）：金凳子的奥马和纳，库托库领袖。

太阳公司（TaiYang）

孙玉：邓肯·麦肯齐的欧可。

阿曼达·孙：卢卡斯·科塔的欧可。

杰登·文·孙（Jaden Wen Sun）：太阳虎（Tigers of the Sun）手球队的所有者。

杰克·腾龙·孙（Jake Tenglong Sun）：短暂存在的微鸟设计公司的CEO。

伏羲，神农，黄帝：三皇——由太阳公司研发的高级人工智能。

VTO

瓦莱里·沃龙佐夫（Valery Vorontsov）：VTO创始人，生命最后五十年都在循环飞行器"圣彼得与保罗号"上享受自由下落的状态。

尼古拉·"尼克"·沃龙佐夫（Nicolai "Nick" Vorontsov）：VTO探

月舰队的指挥官。

格里戈里·沃龙佐夫（Grigori Vorontsov）：曾短暂地充当卢卡西尼奥·科塔的埃摩和庇佑者。

月球发展公司（Lunar Development Corporation）

乔纳松·卡约德：月鹰——月球发展公司的主席。

库福尔法官（Judge Kuffuor）：克拉维斯法院的高级法官，阿列尔·科塔的法律老师。

长井理惠子（Nagai Rieko）：克拉维斯法院的高级法官，雪兔会的成员。

维迪亚·拉奥（Vidhya Rao）：经济学家及数学家，雪兔会及月球学会成员，独立运动家。与太阳公司合作，为惠特克·戈达德公司研发三皇。

当今领主姐妹会（Sisterhood of the Lords of Now）

洛亚姐妹（Irmã Loa）：阿德里安娜·科塔的告解牧师。

弗拉维娅：从博阿维斯塔被放逐后，加入了姐妹会。

梅德一圣·奥当蕾德·阿伯塞德·阿德科拉尔（Mãe-de-Santo Odunlade Abosede Adekola）：当今领主姐妹会的负责人。

子午城 / 南后城（Meridian/Queen of the South）

若热·纳代斯（Jorge Nardes）：波萨诺瓦音乐家，卢卡斯·科塔的埃摩。

泽尼·夏尔马（Sohni Sharma）：远地大学的研究员。

马里亚诺·加布里埃尔·德马里亚（Mariano Gabriel Demaria）：七

铃之校的主管人，这是一所培养刺客的学校。

安岫英（An Xiuying）：中国电力投资公司的贸易代表。

埃莉萨·斯特拉基（Elisa Stracchi）：微鸟公司的纳米商品自由设计师。

狼帮（The Wolves）

阿迈勒（Amal）：子午蓝狼帮（Meridian Blue Wolves）的领导者。

萨沙·沃阔诺克·叶尔明（Sasha Volchonok Ermin）：南后城的马格达莱纳帮的领导者。

伊琳娜（Irina）：瓦格纳·科塔在地球明亮期的狼帮埃摩。

夏威夷日历

月亮社会采用的是夏威夷的日历系统，即根据不同的月相为一个朔望月（月相盈亏的一个周期）的每一天命名。因此朔望月是30天，并且没有星期这个单位。

1．希罗日（Hilo）

2．华卡日（Hoaka）

3．库卡日（Kū Kahi）

4．库拉日（Kū Lua）

5．库阔日（Kū Kolu）

6．库刨日（Kū Pau）

7．欧库卡日（Ole Kū Kahi）

8．欧库拉日（Ole Kū Lua）

9．欧库阔日（Ole Kū Kolu）

10．欧库刨日（Ole Kū Pau）

11．呼那日（Huna）

12．摩哈卢日（Mōhalu）

13．花日（Hua）

14．阿夸日（Akua）

15．火库日（Hoku）

16．马赫拉日（Māhealani）

17．库卢阿日（Kulua）

18．劳库卡日（Lā'au Kū Kahi）

19．劳库拉日（Lā'au Kū Lua）

20．劳库刨日（Lā'au Kū Pau）

21．奥库卡日（'Ole Kū Kahi）

22．奥库拉日（'Ole Kū Lua）

23．奥刨日（'Ole Pau）

24．卡洛库卡日（Kāloa Kū Kahi）

25．卡洛库拉日（Kāloa Kū Lua）

26．卡洛刨日（Kāloa Pau）

27．卡尼日（Kāne）

28．洛诺日（Lono）

29．毛利日（Mauli）

30．木库日（Muku）

目　录

第一章

在中央湾[1]边缘的一个白色房间里，坐着六个赤裸的青少年。三个女孩，三个男孩。他们的皮肤是黑色、黄色、棕色和白色的。他们不断地、专注地搔着自己的皮肤，因为减压过程使皮肤干燥，瘙痒渐增。

房间十分狭小，就是个刚好能站下人的腔室。孩子们面对面挤在长凳上，大腿贴着大腿，膝盖顶着膝盖。除了彼此外，他们没什么地方可看，也没什么东西可看，但是他们都羞于眼神接触。太近了，太暴露了。每一次呼吸都要穿过透明的面罩，氧气在密封不紧的地方嘶嘶作响。外闸门窗户的近下方是一个压力表，读数是十五千帕。花了一个小时才让压力降到这个程度。

但外面是真空。

卢卡西尼奥身体前倾，再次往那扇小窗户外望去。闸门一览无

---

[1]　中央湾：月海之一。月海是月球表面的阴影部位，曾被认为是海洋，其实是成片的平原地区。

遗，从他到它的路线笔直又开阔。太阳低沉，阴影又长又暗，向他倾颓而来。它们比黑色的月壤[1]更加浓黑，可以掩盖诸多背叛。表面温度是一百二十摄氏度，他的亲随这样警告过，这是一次蹈火之行。

一次蹈火之行，一次冰上漫步。

七千帕。卢卡西尼奥觉得自己在发胀，他的皮肤紧绷且肮脏。当读数降到五时，闸门就会打开。他真希望他的亲随能在这里。靳纪能按下他狂跳的心脏，稳住他右大腿上抽搐的肌肉。对面的女孩进入他的视线。她是阿萨莫阿家的，她哥哥就坐在旁边，她正用手指绞着脖子上的阿丁克拉[2]护身符。如果她的亲随在这里，一定会为此警告她。在那外面，金属瞬间就会和皮肤焊接在一起。她可能会永远留下一个"唯·尼阿美[3]"字样的伤疤。她朝他隐约露出了点笑模样。这里有六个赤裸裸的、漂亮的、大腿贴着大腿的少年，但这腔室和性没有丝毫关系。这里的每一片思维都是投向闸门外的世界的。两个阿萨莫阿；一个孙家的女孩；一个麦肯齐家的女孩；一个怕得要死、换气过度的沃龙佐夫家的男孩；还有卢卡西尼奥·阿尔维斯·马奥·德费罗·阿雷纳·德·科塔。卢卡西尼奥几乎泡过他们所有人。麦肯齐家的女孩除外，科塔家不和麦肯齐家谈情说爱。还有阿蓓纳·马阿努·阿萨莫阿，她的完美吓退了卢卡西尼奥·科塔。

二十米。五十秒。靳纪把这些数字刻在了他的脑子里。从这里到第二个闸门的距离。一个赤裸的人在严酷的真空中能存活的时间。十五秒后人事不省，三十秒后造成不可逆损伤。二十米，十大步。

卢卡西尼奥朝俊美的阿蓓纳·阿萨莫阿笑了笑。灯光闪成了红

---

[1] 月壤：月球表面覆盖的一层细小粒子，厚薄不均，富含氦 -3。

[2] 阿丁克拉（Adinkra）：阿坎人的视觉符号，表达某一概念或格言。

[3] 唯·尼阿美（Gaye Nyame）：阿丁克拉象征符号，意为"除神之外（我一无所惧）"，尼阿美是阿坎传统宗教中一个至高神灵的名称。

色。闸门打开时，卢卡西尼奥已经站了起来。最后一点气压将他弹向中央湾表面。

第一步。他的右脚碰到了月壤，在这一瞬间，一切思维都被逐出了脑海。他的眼睛在灼烧，肺在着火。他在爆炸。

第二步。呼气。呼出去。让肺里的压力降到零。靳纪是这样说的。不不，这是错的这会死的。呼气，否则你的肺会爆炸。他的脚又踩了下去。

第三步。他往外呼气。呼吸凝固在了他的脸上。他舌头上的水，他眼角的眼泪都在沸腾。

第四步。阿蓓纳·阿萨莫阿飞奔着超过了他。她结霜的皮肤成了灰色。

第五步。他的眼睛正在结冻。他不敢眨眼。眼睑会冻结在闭合状态。眨眼就会看不见，看不见就会死。他紧紧盯住闸门，蓝色的导航光线环绕着它。皮包骨的沃龙佐夫家男孩超过了他，那男孩跑得像一个疯子。

第六步。他的心脏在恐慌，在战斗，在燃烧。阿蓓纳·阿萨莫阿扑进了闸门，一边伸手去够氧气面罩，一边回头张望。她的眼睛睁大了，她看到了卢卡西尼奥身后的某个事物。她张开嘴，发出无声的呼喊。

第七步。他扭头往后看。科乔·阿萨莫阿摔倒了，翻着跟斗，滚动着。科乔·阿萨莫阿要溺死在月海里了。

第八步。在冲向蓝色闸门灯光的途中，卢卡西尼奥甩开胳膊，止住自己倒栽葱式的奔跃。

第九步。科乔·阿萨莫阿挣扎着站住了，但是他看不见了，尘埃冻在了他的眼珠上。他挥舞着手，踉跄着，蹒跚往前。卢卡西尼奥抓住了一只胳膊。向上。向上！

第十步。眼球充血成红色：他的意识和一圈灯光一起锁定了环形闸门的入口。他分崩离析的脑子里的血液每搏动一次，就离那个圈环近一些。呼吸！他的肺尖叫着。呼吸！向上。向上。闸门口挤满了胳膊和脸。卢卡西尼奥猛扑向那向他伸来的手臂。他的血在沸腾。气体在他的血管中汩汩冒泡，每一个气泡都是一颗白热的滚珠。他的力量正在消失，他的意识正在枯萎，但是他没有放开科乔的胳膊。他拖着那胳膊，拖着那身体，挣扎着，燃烧着。他感觉到了眩晕，听到了因气体增压而爆发的尖啸声。

通过残存的一小圈视野，他看到挨挤着的肢体、皮肤、屁股和肚子，冷凝的水珠和汗液滴落下来。他听到喘气声变成了大笑，呜咽声变成了疯癫的傻笑。身体在疯狂的笑声中颤抖。我们完成了逐月。我们打败了月神。

视野中闪过的另一片场景：外闸门中心线上溅上了一小泼红色，它在白色的背景上显得很怪异。他盯住了它，这个红色的靶心把他所有的意识联成了一条线，将他和它连接起来。在他渐渐失去知觉、滑入黑暗时，他明白了那是什么。血。外闸门在科乔·阿萨莫阿的左脚拇指前猛地闭合了，把它压成了一摊肉泥。

世界暗了。

长翅膀的女人在暖气流上方翱翔。清晨的光线将她染成了金色。她掠到世界的最顶部，然后弓起背，夹紧胳膊，一蹬双脚，倾身向下俯冲。她急速下落，一百米，两百米，她是这虚假黎明中急坠的一个黑点，越过工厂和公寓，越过窗户和阳台，越过索道和升降机，越过步道和桥梁。在最后一瞬间，她屈伸手指，展开纳米纤维的主翼羽，猛然从俯冲中拉升向上。上升，她的翅膀拂过高空，在越来越亮的光线中闪烁。只扇了三次翅膀，她就已经在一千米开外的地方，成了猎户座方区那壮阔深谷中的一点金斑。

"婊子。"玛丽娜·卡尔扎合咕哝着。她痛恨那个飞翔的女人所拥有的自由，还有她的运动能力、完美的皮肤，以及紧致又健美的身体。在这一切里，玛丽娜最恨的就是那个女人可以把呼吸浪费在娱乐上，而她自己却必须为每一小口空气奋斗。她减缓了自己的呼吸。眼球上的栖箔[1]显示出她越欠越多的氧气债务。每一次呼吸都要花钱，她的呼吸账户已经透支了。她记起自己第一次试图把新的栖箔从眼睛里眨出来时的恐慌。它毫不妥协。她用手指戳它，但它依然牢牢地固定在她眼睛上。

"每个人都戴着一个，"月球发展公司（LDC）的诱导培训代理这么说，"无论你是鹰王本人，还是一个刚离开月轨的月芽[2]。"

四元素状态栏从此记录了她生活中的点点滴滴：水、空间、资料、空气账户的状态。从那一刻起，它们开始测量她的每一口啜饮和每一次睡眠、每一个想法和每一次呼吸，并对它们收费。

在爬上楼梯顶端之前，她已经头晕目眩了。她靠在矮栏上拼命控制呼吸。她的前方是令人恐惧的无尽虚空，被无数灯光映得耀眼夺目。子午城的各个方区都向下挖了一千米深，并且遵循一种颠倒的社会秩序：富人住得低，穷人住得高。紫外线、宇宙射线、来自太阳的带电粒子在裸露的月球表面疯狂肆虐。它们的辐射可以被深达数米的月壤轻易吸收，但是高能宇宙射线会点燃土壤中次级粒子，引发的连绵烟火会损害人类的 DNA。因此人类的居住区位于挖得很深的地底，市民们都根据自己的能力，住在离地表尽可能远的地方。现在玛丽娜·卡尔扎合的上方只剩下工业区，而它们几乎是全自动化的。

虚假的天幕下浮动着一个孤零零的银色儿童气球，它被困住了。

玛丽娜·卡尔扎合是上来售卖自己的膀胱所有物的。尿液买主

---

[1] 栖箔（Chib）：交互式隐形眼镜中的微型虚拟面板，可呈现个人账户的四大元素状态。

[2] 芽／月芽（Jo/Joe Moonbeam）：刚上月球的人。

朝她点点头，示意她进入隔间。她的尿是黄褐色的，只有滴滴答答的一点。上面是不是还有点血色？尿液买主分析了其中的矿物和营养成分，付了款。玛丽娜把这笔钱转进自己的网络账户。你可以降低呼吸频率，非法制水，乞讨食物，但你求不到带宽。像素从左肩喷涌而出，成像为赫蒂——她的亲随。她现在只是一个免费的基础皮肤，不过玛丽娜·卡尔扎合总算再度联上网络。

下一次，她一边继续向上前往迷雾陷阱，一边轻声说，下一次我会搞到药的，布莱克。

玛丽娜手脚并用地爬上最后几级楼梯。塑料网是一个值得捡拾的工具，在扎巴林[1]的打捞机器人回收它之前，可以快速地把它拿走并藏匿起来。它的原理是古老又可靠的。将塑料网悬挂在支撑梁之间，温暖潮湿的空气往上升起，在凉爽的人造夜晚形成一瞬而逝的卷云。薄雾凝结在精细的网格上，顺着丝络滴进收集罐中，累积成可以喝入口中的水量。她自己抿一抿，还有一小口给布莱克。

她的陷阱边上有人。一个有着月球人瘦削身材的高个子男人正在喝她收集罐里的水。

"把它给我！"

那人看着她，喝干了罐子。

"那不是你的！"

她依然有着地球人的肌肉。哪怕肺里没有空气，她也照样能放倒他。又苍白又脆弱的月球大花朵。

"滚出去，这里是我的。"

"现在不是了。"他手里拿着一把刀。她打不过刀子。"如果我

---

[1]　扎巴林（Zabbaleen）：自由有机回收者，他们将回收物贩售给月球发展公司，后者拥有一切有机物质。

再看见你回来，如果我发现丢了什么东西，我就会把你切碎，然后卖掉。"

她什么也做不了。没有任何行动、话语、威胁或好主意可以改变任何事。这个拿着刀子的人击溃了她。她只能躲躲闪闪地离开。每一步，每一级阶梯都是排山倒海的耻辱。退回到先前看见飞人的那条小走廊上，她跪倒在地，怒火翻搅着她的胃。干渴，恶心，一无所获。她的身体里没有留下一点水或食物。

去你妈的月球。

卢卡西尼奥醒了。一张透明的壳罩在他的脸上，它贴得这样近，以至于他的呼吸让它蒙上了水雾。他惊慌起来，抬手想把这个让人产生幽闭恐惧的东西打掉。然而沉郁的温暖在他的头骨中散播开来，蔓延过他的后脑，往下淌到他的手臂，他的躯干。不用惊慌。睡吧。他最后看到的是床脚的一个形体。他知道那不是幽灵，因为月亮上没有幽灵，它的岩石排斥它们，它的辐射和真空驱逐它们。幽灵都是些脆弱的东西，是汽雾、幽光和叹息。但是站在那里的形体很像一个幽灵，它是灰色的，交叠着双手。

"弗拉维娅玛德琳[1]？"

幽灵抬起头来，笑了。

上帝不会惩罚因绝望而偷窃的女人。玛丽娜每天从尿液买主那里回来时，都要经过街边的圣祠：一个喀山圣母像[2]，搏动着的生物光群包围、照耀着它。每一团光凝胶里都含有一口水。现在她羞耻又迅速地把它们塞进背包里。她要拿四个给布莱克，他一直都渴着。

---

[1] 玛德琳（Madrinha）：西语，代养母亲，字面意思为"教母"。在本书中是科塔家族养育后代的代孕者。

[2] 喀山圣母像：俄罗斯东正教的最高圣像，在数个世纪中都被视作俄罗斯的保护神。

时间只过了两周，但玛丽娜觉得自己已经认识了布莱克一辈子。贫困使时光显得漫长，而且贫困就像一场雪崩。一次小小的失措会推动另一次，它是如此漫不经心，然而一切的一切都开始下滑，倾泻奔流。某人取消了合约，某天代理没打电话，那些细小的数字在她的余光里不停地滴答作响。下滑，倾泻。然后她就开始攀爬那些竖梯和楼梯，爬上猎户座方区的高墙。在桥梁和走廊所织成的网中向上攀爬，把公寓、大街抛在下方，爬上更加陡峭的楼梯和竖梯（因为电梯很费钱，而且根本不通向最高层），向上城高街那错落层叠的悬垂结构爬去。稀薄的空气中充满烟火味：建造机器人刚采回的原石正被烧结成玻璃。倾斜的走道岌岌可危地穿过那些石室的门帘，只有一些光线从门缝和没有玻璃的窗户中漏出来，照亮这里。走错一步，你就会坠向五光十色的加加林大街，化作一声短促的尖叫。

上城高街每个月都会改变，当时玛丽娜徘徊了很久才找到布莱克的房间。乐于分享，房租日结。子午城目录上的广告是这么写的。

"我不会待太久。"那时的她环视着简单的房间。屋里只有两块记忆海绵床垫，空的塑料水瓶，以及丢弃的食物托盘。

"大家都一样。"布莱克说道。然后他的眼睛凸了出来，他弯下腰撕心裂肺地干咳起来，枯瘦的身体上每根骨头都在震动。这干咳让玛丽娜整夜整夜无法入睡。干哑的、近乎暴躁的三声轻咳，然后再三声，又三声，又三声。这咳嗽让她一晚接一晚地醒着。它是上城高街之曲：咳嗽，矽肺 [1]。月尘把人的肺变成了石头，麻痹之后，接踵而来的是肺结核。噬菌体可以轻易地将它治愈，但住在上城高街的人把钱都花在了空气、水和空间上，噬菌体并不昂贵，却依然遥不可及。

---

[1] 矽肺又称硅肺，是尘肺中最为常见的一种类型，由于长期吸入大量游离二氧化硅粉尘所引起，是以肺部广泛的结节性纤维化为主的疾病。

玛丽娜。亲随的声音已经太久没有响起，以至于她惊到摔下了楼梯。你有一份工作邀请。她摔下来有几米，不过在这疯狂的重力下并不算什么。她还一直在做飞翔的梦：梦中，她是一只上了发条的鸟，环绕着一个上了发条的太阳系仪，而这个太阳系仪在一个石头笼子里旋转。

"我接受。"

是餐饮服务员。

"那我就服务。"她什么都可以做。她浏览了合同，她给自己的定价很低，但这份工作的薪水也只是勉强够用。它刚好够支付她的空气、水、碳、网络，然后还多出一点点。有一部分报酬可以预支，她需要从打印商那里弄一套新制服，找一家班雅[1]洗个澡，她都能嗅到自己头发的味道。还需要一张火车票。

一个小时后她要到达中央车站。玛丽娜眨眼画押，合同镜头扫描她的视网膜纹路，将其发送给代理。亲随们互相握手，钱打到了她的账户上。这欢喜突然得让人痛楚。金钱的威力和魔法不在于它允许你拥有什么，而在于它允许你成为什么。金钱就是自由。

"取用，"她对赫蒂说，"恢复默认设置。"

她肺部的束缚感立刻消失了。呼气是如此美妙，吸气又是如此舒爽。玛丽娜品味着子午城的特色气味：电气味、火药味、污水味和霉味。当一次呼吸抵达它的终点时，还有更多的空气供她使用。她深深地呼吸着。

但时间很紧迫。要赶上火车，她就必须乘坐西八十三层的电梯，而它的方向和布莱克家相反。电梯还是布莱克？她没有选择。

卢卡西尼奥又醒了。他试图坐起来，但疼痛将他撂倒在床上。

---

[1] 班雅（Banya）：俄语，俄罗斯的桑拿和蒸汽浴。

他痛得就像身体里的每寸肌肉都被扯离了骨头或关节一样，空出的地方被塞满了玻璃渣。他躺在床上，穿着一件承压紧身服，就是他在进行一次正常、安全、普通的月面行走时会穿的那种。他能移动胳膊和手，他用手指上下摸索着身体，估量着。腹肌，这些肌肉装甲横越过他的腹部。他的大腿紧实且轮廓分明。他的屁股感觉棒极了。他但愿能碰一碰自己的皮肤，他得知道它们没出问题。他的皮肤可是出名的好。

"我感觉糟透了，连眼睛都痛。我有在吃药吗？"

你中脑导水管周围灰质的 μ - 阿片簇正在接受直接刺激，他脑中一个声音说道，我可以调整输入量。

"嘿靳纪你回来了。"这咬文嚼字的大主管腔调必然属于他的亲随。亲随们学不会含糊其词。他注意到视觉右下角的栖箔，科塔不需要注意这些数字，但他很高兴能看见它。栖箔告诉他，他是活的，清醒的，正在消费。"我在哪儿？"

你在萨纳费尔子午医疗处，靳纪说，你已经从高压氧舱中被移出，换上了承压紧身服。你一直被置于一系列的医疗诱导型昏迷中。

"多久了？"他想要坐直身体，疼痛撕扯着他的每一根骨头和每一处关节，"我的派对！"

它已被重新安排日程。你现在应该进入另一次诱导型昏迷了。你父亲正在来探视的路上。

白色的医疗机械臂从墙上伸展开来。

"等等，别。我看到了弗拉维娅。"

是的，她来看望你。

"别告诉他。"

卢卡西尼奥一直不明白，在他十六岁生日的那个早晨，他父亲为什么把他的玛德琳，他的养母逐出博阿维斯塔。他只知道如果卢卡斯·科塔发现弗拉维娅玛德琳曾经来过这里，那他一定会心狠手辣地伤害她。

好的，靳纪说。

卢卡西尼奥第三次醒来。他的父亲站在床脚。这个矮个子的男人很纤瘦，相比于他身材壮硕的金发兄长，他的发肤是暗色的，出入都悄无声息。他淡定又得体，髭须和胡子笔直齐整，不多一分；他完美，还总是细致地保持着这完美：他的着装、他的头发、他的指甲都毫无瑕疵。这是个冷静又审慎的男人。他的左肩上方盘旋着托奎霍，这个亲随是一个复杂、精细的乐结，由音符与复杂和弦构成，偶尔会分解成若有若无的、低语般的波萨诺瓦吉他声。

卢卡斯·科塔鼓起掌来，五记清晰的拍手声。

"恭喜。你现在是著名逐月者了。"家族内外都知道卢卡斯·科塔从未参加过逐月，其中的原因是他的秘密。卢卡西尼奥听说窥探这个秘密的人都被惩罚了，罚得很惨。"急诊团队；眼科、气胸专家；高压氧舱租赁、承压紧身服租赁、氧气消费……"他父亲说着。卢卡西尼奥猛地跳下了床。医疗机器人移除了承压紧身服，四周的白墙打开了，机械臂展开新打印的衣服。"从子午城转到若昂德丢斯……"

"我在若昂德丢斯？"

"你有一场派对要参加。英雄载誉而归。尽尽心吧，把你的鸟从别人身上拔出来五分钟。每个人都到了，甚至连阿列尔都恋恋不舍地暂停了克拉维斯法院。"

一切中的首要：他的要件。金属制的长钉和短钉滑入他身体上精心打好的洞里，每一个都标志着一次心碎。靳纪映出卢卡西尼奥的镜像，使他能将额发梳起，让它完全呈现低重力式的高贵华美。一头深海海浪般亮泽的浓密秀发，还有迷人的颧骨，另外，甚至可以在他的腹部击碎岩石。他比他父亲高，这一代的每个人都比二代月民高。他真是太他妈的帅了。

"他会活下来的。"卢卡斯说。

"谁？"卢卡西尼奥在衬衫间犹疑着，最后选了一件柔和的褐色灰岩花纹衬衫。

"科乔·阿萨莫阿。他有百分之二十的二级烧伤、肺泡破裂、血管爆裂、大脑损伤。还有脚趾。他会好的。阿萨莫阿家的一个代表团正在博阿维斯塔等着感谢你。"

阿蓓纳·阿萨莫阿可能也在，也许她的感激之情足以让她和他上床。棕褐色的裤子有两厘米的折边和六个褶。他啪地扣上腰带。蜘蛛丝的短袜和双色乐福鞋。这是个派对，所以穿便服外套是对的。他选了花呢的那一款，捏起衣料感受着纤维带来的刺痛。它是动物制品，不是打印的。贵得要死的动物制品。

"你当时可能会死的。"

穿上外套时，卢卡西尼奥注意到了翻领上的别针：月神，这是逐月者的印章。她是月亮的守护神：我们的女神，掌管着生与死、光明与黑暗，她的半张脸是黑天使，半张脸是裸露的白色头骨。双面女神。月之女神。

"那样的话家人要怎么办？"

他父亲怎么知道他会选中别了别针的这件外套？接着机械臂把剩下的衣服收进墙内，他注意到每件外套上都有一个月神别针。

"如果是我，我就不会管他。"

"但我不是你。"卢卡西尼奥说道。靳纪向他展示他穿着自己选的整副行头的样子。潇洒又不拘谨，随性又优雅，而且还是当季流行的欧洲二十世纪五十年代的风格。卢卡西尼奥·科塔热爱衣着与配饰。"现在我准备好参加我的派对了。"

"我要和你搏斗。"

阿列尔·科塔的话清晰地传遍了法庭。整个房间都沸腾了。被告大喊道：你不能这么做。辩护律师怒喝说这是滥用法律程序。阿列尔的律师团恳求着，劝哄着，嚷着说这是疯狂的，阿尔遥乌姆的扎希尼克[1]会把她剁碎的，但他们只是第二声部，因为由搏斗来审判的决议现在被通过了。公众旁听席一片哗然，法院记者的数据直播使带宽变得拥堵。

一起常规的离婚抚养权纠纷案变成了一场年度大戏。阿列尔是子午城——也就是月亮上首屈一指的婚姻律师，既受理结婚案也受理离婚案。她的尼卡哈[2]关系到五龙——月亮上的五大世家——中的每一个人。她筹办婚礼、商讨离婚协议的条款、在钛封面的尼卡哈中寻找漏洞、压低买断的价格、并索要巨额赡养费。因此法庭、公众旁听席、媒体、社会评论家和粉丝们都对阿尔遥乌姆与菲尔姆斯的离婚案抱有极大的期待。

阿列尔·科塔并没有让人失望。她摘掉手套，踢掉鞋子，脱下迪奥的裙子。她就这么穿着透明的七分紧身裤和运动背心，站在克拉维斯法院众人面前。阿列尔拍了拍伊斯霍拉的背。这是她的扎希尼克，一个壮硕的圆脑袋约鲁巴人，他是个温和的男人，同时也是个残忍的战士。月芽——也就是新移民们——还拥有地球上带来的大块肌肉，可以成为最优秀的法庭战士。

"这一次我来，伊斯霍拉。"

"不，夫人。"

"他一根指头也别想碰到我。"

阿列尔走向三名法官。

"对我的挑战没有异议吗？"

---

[1] 扎希尼克（Zashitnik）：搏斗审判中的雇佣战士，不折不扣的卫士及支持者。
[2] 尼卡哈（Nikah）：阿拉伯语，意指婚约。

库福尔法官和阿列尔·科塔是旧相识：老师和学生。她第一天在法律学院上课时，他就告诉她，月亮的法律基于三条原则。第一条原则是，这里没有刑法，只有契约法：一切都可以协商；第二条是法律越多越糟；第三条是，一次飞移、一次漂亮的转体和一次冒险的撞击都与推理论证和质询诘问一样有力。

"科塔律师，你和我们一样，都清楚这里是克拉维斯法院。一切都可以接受检验，包括克拉维斯法院本身。"库福尔法官说。

阿列尔拢起右手手指，朝法官们低了低头。她转身面对场下被告方的扎希尼克。他肌肉发达，伤疤纵横，这个老手已经历过十数次演变为搏斗的审判。他已经在向她示意了，快来，下来，到斗场上来。

"那么我们开打吧。"

法庭上爆发出赞同的咆哮声。

"首次流血定胜负。"阿尔遥乌姆的律师希拉尔多·穆诺茨喊道。

"哦不，"阿列尔·科塔吼道，"要么死，要么别玩。"

她的团队，她的扎希尼克都站了起来。长井里枝子法官试图用自己的声音盖过这片喧闹："科塔律师，我必须提醒你……"阿列尔·科塔镇定自若地站在这一片骚乱中，她气势逼人，在噪声的暴风雨中稳如泰山。辩方律师开始协商，他们埋着头，眼神飞快地扫向她又收回去，窃窃私语。

"如果法庭允许的话，"穆诺茨站起来，"辩方退出。"

第三法庭瞬间鸦雀无声。

"那么判决原告胜诉，"张法官说，"被告承担诉讼费。"

法庭里第三次爆发出声浪，比前两回更大声。阿列尔沉醉在这份恭维中，并确保摄影机关照到了她的每个角度。她从包里抽出她细长的钛电子烟，啪地拉长，卡紧，按亮，吐出一缕白雾。她把外套甩到肩上，用手指勾起鞋子，就这么穿着战斗装昂首阔步地走出了法庭。那些欢呼，那些笑脸，那些盘旋云集的亲随：她贪婪地享受着这一切。所有的审判都是一出大戏。

看风景要花钱，娱乐项目花的钱更多，所以玛丽娜只是坐在底舱中段的座位上，朝那个从头垫间偷看她的孩子扮鬼脸。高速列车从子午城到若昂德丢斯只需一小时，逗乐一个孩子就足够她消遣了。这是玛丽娜第一次离开子午城。她现在在月球上，在月球的表面，以一千公里的时速飞越在磁轨上，但她在一个什么都看不见的金属管子里。平原、环形山、月溪、断崖。巍峨的山脉和巨大的陨石坑。它们都在外面，就在这个温暖的、散发着茉莉香味的、粉蜡色的、发出细碎声响的管子外面。但那一切也都是灰蒙蒙的，它们都一样，都算不上壮丽。她什么也没有错过。

赫蒂现在可以毫无阻碍地联网，因此，当孩子被禁止再打扰后排的女士时，玛丽娜就用音乐和照片来消磨时间。她妹妹上传了新的家庭照片。这是她新出生的外甥女，还有长大的外甥。这是妹夫阿伦。这是她母亲，她坐在椅子上，手背上插着管子。她在微笑。玛丽娜很高兴自己看不见那些没有空气的山峰，那些空茫荒芜的海洋。照片上，在繁茂的绿叶与柔美的鸽灰色天空的映衬下，海洋显得如此苍翠又如此丰饶，她几乎能嗅到它的深远，而月亮看起来就像一块白色的头骨。在这列火车上，玛丽娜可以假装自己还在地球的家里，只要她走出去，就会置身于卡斯凯迪亚的绿树与火山群间。

妈妈周二开始新疗程。凯西从不公开要钱，但是要求已经摆在那里了。是妈妈的医疗账单把玛丽娜送到了月球上。月球大金库！每个人都在伸手要钱。每个人，每一天的每一秒。玛丽娜硬生生地将愤怒吞下。这不是月球上的处事方式。如果大家都把情绪表现出来，那这些城市到了傍晚就会变成停尸场。

列车放缓速度驶入若昂德丢斯，乘客们收拾着行李。赫蒂指示她直接前往六站台的安保处，那里的私人电车将接她去目的地。玛丽娜突然兴奋起来，她首次想到了那条专线的终点：博阿维斯塔，科塔家的传奇花园宫殿。

　　到了第三法庭外，周围的人都一拥而上。阿列尔·科塔从不缺少各种性别的爱慕者、纠缠者、潜在客户和潜在求婚者。人们说到阿列尔时首先选择的形容词就是有魅力的。科塔家从未有过绝世美人，但巴西人一向不丑，而且阿德里安娜的每个孩子都有一种引人注目的优雅。阿列尔的魅力在于她的风度，她举手投足从容镇定，带着一种飒爽的自信。人们不由自主地关注着她。她的同事伊德里斯·厄尔马克从一片飞吻和恭喜声中挤了过来。

　　"你可能会死在那里的。"

　　昆虫大小的摄影机在阿列尔头上挤成一团。

　　"不，我不会。"

　　"他会把你开膛破肚。"

　　"真的吗？"

　　阿列尔举起双手，抓住了伊德里斯的前臂，锁住了他的肘部。她只要轻轻一压就可以像开瓶盖一样掰断这个关节。周围发出一片吸气声。摄影机们俯冲下去寻找更近的角度。这会引起轰动的，八卦网站会尖叫好几天。但她松手了，伊德里斯甩着手挣扎出来。科塔家的所有孩子都学过巴西柔术。阿德里安娜·科塔认为每个孩子都应该通晓一门战斗艺术、演奏一种乐器、讲三门语言、读一份年报并跳一跳探戈。

　　"他是会把我撕成碎片。如果我不知道穆诺茨会让步，你以为我会冒这个险？"

　　伊德里斯摊摊手。解释一下这个把戏吧。

　　"阿尔遥乌姆家本来是麦肯齐家的客户，但后来毕塔克·阿尔遥乌姆拒绝和唐茜·麦肯齐结婚，这事侮辱了邓肯·麦肯齐，"阿列尔说，周围的人赞许地捕捉着她说的每一个字，"于是麦肯齐家收回了对他们的支持。失去这份助力后，阿尔遥乌姆哪怕只是抓我一道，都会和科塔家结下深仇大恨。这回可没有麦肯齐家在背后挺他们了，所以他们不能冒险。我自始至终都在促使审判进入搏斗程序，因为我知道他们必然会退让。"她停在律师办公室门口向随行的人示意，"现在，请原谅我要去参加我侄子的逐月派对了，我可不能穿成这样去。"

长井法官和一瓶十草杜松子酒正在办公室里等待着阿列尔。

"你再在我的法庭上耍这样的花招，我就叫扎希尼克把你的肠子掏出来。"法官说道。她正靠坐在洗脸池的边缘，律师的屋子总是又小又挤。

"但那显然就辜负了尽职审查的结果。"阿列尔说着，把怀里的职业套装扔进了重印机里。漏斗把织物吞了下去，将它们分解成有机原料。阿列尔的亲随贝加弗罗早已挑好了她的派对晚装：一件一九五八年的巴黎世家吊带裙，不对称剪裁，深灰底上有黑色的印花。"眼看着法庭无法保护签约方的利益？"

"你为什么不干脆和你的兄弟一起去开采氦气得了？"

"那些男孩多无趣呀，"阿列尔亲了亲她的双颊，"卢卡斯的幽默感是负数。"阿列尔研究着那瓶酒：是她的客户送的。"定制打印，真有品位。"她朝长井法官斜了斜瓶子，对方摇头。于是她给自己调了一杯马提尼，非常烈的干酒。

理惠子用左手食指碰了碰眉间：这个姿势通常意味着要屏退亲随。阿列尔眨眼让贝加弗罗离开了：那是一只隐约可见的蜂鸟，它闪烁的虹彩时常根据阿列尔时装的颜色而改变色调。理惠子的亲随是一张白纸，它常常把自己叠成新的折纸样式。现在它也退出了。

"我不会耽误你太久，"长井法官说，"简单地说，你可能不知道我是雪兔会的成员之一。"

"他们怎么说来着？凡是说自己是雪兔会成员的人……"

"……都不是，"长井法官接完了这句格言，"但每个凡是都有例外。"

阿列尔·科塔轻松愉悦地抿了一口她的马提尼，但她的每个感官都警惕又活跃。雪兔会是月鹰的顾问团，它介于传说和真实之间。它存在，但它又不可能存在。它藏在众目睽睽之下。它的成员既肯定又否定自己的身份。阿列尔·科塔不需要贝加弗罗的提示，她知道自己的心跳在加速，呼吸在变快。她要全神贯注才控制住自己的兴奋，没在杯子里的马提尼上荡出涟漪。

"我是雪兔会的成员，"长井法官说，"我入会五年了。每年雪兔会都要剔除两名成员。今年轮到我了。我想推荐你加入。"

阿列尔的腹肌绷紧了。一个圆桌席位，而她现在穿着内衣站在这里。

"我很荣幸。但我必须要问……"

"因为你是一个特别有天赋的年轻女人。因为雪兔会注意到五龙中的某些元素对 LDC 的影响渐增，并希望能抵消这些影响。"

"麦肯齐。"再没有别的家族对政治力量表现出如此赤裸裸的渴求。CEO 邓肯的长子阿德里安·麦肯齐是乔纳松·卡约德的欧可，后者是月鹰——月球发展公司的主席。他们的家族族长罗伯特·麦肯齐一直在为废止 LDC 而活动，呼吁争取月球的全面独立，摆脱地球家长式的监督。月亮是我们的。阿列尔知道那些政治争论和它们的参与者，但一直对此缺乏兴趣。和其他法律不同，月亮上的婚姻法是个混沌的领域，包含了激烈的忠诚、杀气腾腾的怨恨和无休止的嫉恨。它和 LDC 的政治纲要非常不稳定地结合在一起。但是，鹰王智囊团的一个席位……阿列尔也许从不沾染月尘，但她是一个科塔，而科塔家追求力量。

"上面有一些人认为，科塔家是时候放下遗世独立的姿态，加入月球的政治体系了。"

在她所有的家人中，阿列尔是最接近政治权力的一个。科塔氦气公司的副会长拉法拥有经济力量：科塔氦气点亮了地球的夜晚；创始人及女家长阿德里安娜拥有道德精神上的话语权。但其他更有历史的世家并不都推崇科塔家。他们是第五条龙，被称作暴发户、成功的恶棍、笑面虎、里约热内卢的牛仔。科塔家能一边微笑一边宰了你。而现在，他们将不再是里约牛仔或者氦气害虫。这是通往权力宝座的邀请，这是对科塔家作为贵族的认可。妈姆[1]会嗤之以鼻，谁需要这些废物、这些软绵绵的寄生虫的认可？但她会为阿列尔高兴的。阿列尔知道自己从来都不是最受喜爱的孩子，从来都不是黄金之子。但是，如果阿德里安娜·科塔对她的女儿很严厉，那只是因为她在女儿身上寄予了比对儿子们更多的期望。

"那么，你接受吗？"长井法官问，"我真的很想从这个洗手池上下来。"

"我当然接受，"阿列尔说，"你觉得我还会有什么答案？"

"你可能会先尽职地审查。"长井法官猜测道。

"为什么？"阿列尔睁大了眼，她吃惊的表情坦率又真诚，"不接受才是傻瓜呢。"

"你家里可能会有意见……"

"我家人的意见是我应该回到若昂德丢斯，穿上沙装[2]把自己搞得灰头土脸，满身臭汗。不。"她举起马提尼酒杯，"这是敬我的。阿列尔·科塔，雪兔会。"

---

[1] 妈姆（Mamãe）：葡萄牙语，母亲。
[2] 沙装（Sasuit）：月面活动时穿的套装。

长井法官用右手食指抹了抹眉毛。我们可以回到有记录的世界了。阿列尔眨眼让贝加弗罗回来了。法官的亲随也重新出现了。长井法官离开了。打印机响铃了。巴黎世家的派对晚装已经准备好了。为了搭配它，贝加弗罗也早已改变了色彩。

小露娜·科塔穿着一条印着芍药的泡泡裙。裙子是白色的，下摆收拢，印着张扬的深红色花朵。是皮尔·卡丹。但是露娜才八岁大，她厌倦了智能服装，所以踢掉了鞋，赤脚在竹林里奔跑。她的亲随也叫露娜，这是一只酸橙绿色的月形天蚕蛾，翅膀上有大大的蓝色眼斑。月形天蚕蛾是北美的生物，而不是南美的，祖母阿德里安娜告诉她，你真的不应该给亲随用你自己的名字，大家可能会不知道他们在和哪一个说话。

蛾子展翅飞了起来，在露娜的头顶盘旋。蓝色，蓝得像虚拟的天空一样，和她的手一样宽。阿萨莫阿家的孩子带来了一个派对盒子，并打开了它。露娜高兴地拍着手，她从未在博阿维斯塔见过动物，祖母害怕它们。任何毛茸茸的或有鳞片的或带翅膀的东西都不能进入博阿维斯塔。露娜追逐着排成行轻拍翅膀的蝴蝶，她奔跑着，不是为了抓住它们，而是想和它们一样自由地飞翔。空气打着旋，竹子飒飒低语，带来了声响和音乐，还有烹饪的香味。肉！露娜暗暗开心不已。这可不常有。烤肉的味道让她分了心，她拨开摇摆着的、高高的竹枝，跑了出去。在她身后，小瀑布从巨石所雕的奥瑞克萨 [1] 脸庞间缓缓流下。

三十五亿年前，岩浆从活着的月心中喷发而出，淹没了丰富盆地，它们汩汩地淌成了月溪、垄堤和熔岩管。接着，月心死了，浆流冷却了，中空的熔岩管横亘在那里，变得又冷又暗又隐秘，像骨

---

[1] 奥瑞克萨（Orixa）：非裔巴西人巫班达教的神灵与圣徒们。

化的动脉。二○五○年，沿着月球学家们在丰富海上凿出来的隧道，阿德里安娜·科塔攀绳下降。在她的灯光中闪现出一个隐藏的世界，那是一条完整的熔岩管，宽高都有一百米，长两千米。一个空旷的、无人踏足的领域，像晶洞一样珍贵。就是这里，阿德里安娜·科塔宣布，我将在这里创立一个王朝。五年间，她的机器美化了管洞内部的环境，雕出了街区大小的巫班达神灵的脸庞，建立了水循环系统，还用露台和公寓、楼阁和走廊把这个空间填满了。这就是博阿维斯塔，科塔家的宅邸。哪怕是在这个欢庆的日子里，岩石也照样因挖掘机和烧结机的振动而颤抖，那些机器正在石墙深处工作着，为露娜和她的子孙构建更多的房屋与空间。

今天是卢卡西尼奥的逐月派对，博阿维斯塔向社交界敞开了它绿色的心脏。露娜·科塔穿梭在人群间，这里有埃摩和玛德琳，家人和家臣，阿萨莫阿，孙氏，沃龙佐夫，甚至还有麦肯齐，以及算不上是显贵家族的人。高个子的第三代人和矮胖的第一代人。晚装和西装，卷边和衬裙，派对手套和彩色鞋子。各种不同的肤色和眸色。财富和美。朋友和敌人。露娜·科塔生来就习惯了这一切，水落下的声响，人造风在竹林中和枝条间发出的呢喃。她不了解别的世界。她只知道在这个特别的日子里，有肉。

宴会服务人员已经在奥克萨姆[1]嘴唇底下的悬台下摆好了电子烧烤架。大厨一边叉肉，一边翻转着烤肉叉子。油烟朝天际线升腾，为这个明亮的蓝色午后添了些转瞬即逝的云朵。明亮的地球式下午。侍者端着烤好的肉串在客人和烧烤架间来回走动。露娜挡在了一个女侍者前面。

"嘿，这是条漂亮的裙子。"女侍者的葡萄牙语非常糟糕。她很矮，比露娜都高不了多少，而且很壮。就她承受的重力来说，

---

[1] 奥克萨姆（Oxum）：巫班达教的爱、金钱与水道之神。

她的动作太多了。这是个月芽，刚下月轨。她的亲随是一块展开的廉价四面体表皮。

"谢谢。"露娜用了环球语，这种简化的英语是这里的通用语，"它是很漂亮。"

女侍者把托盘举到露娜面前。

"鸡肉还是牛肉？"

露娜拿了一串油润多汁的烤牛肉。

"小心别滴到你可爱的裙子上。"她有北民[1]的口音。

"我绝对不会的。"露娜庄严肃穆地宣告，然后她沿着贯穿博阿维斯塔中心的小溪边上的石头小径蹦了下去，一边还用她的小白牙撕扯着带血的牛肉块。那边是穿着派对服装的卢卡西尼奥，别着他的月神别针，拿着一杯蓝月马提尼。逐月者朋友们围绕着他。露娜认出了阿萨莫阿家的那个女孩，还有孙家的。家里总有些人是姓孙和阿萨莫阿的。沃龙佐夫家那个奇怪又苍白的男孩也很好认。好像吸血鬼，露娜想道。那个肯定是麦肯齐家的女孩，全身都金灿灿的。

"你有很漂亮的雀斑。"露娜大声地说着，一头扎进了卢卡西尼奥这一群人中。她脸对脸地看着麦肯齐家的女孩。她的气魄让他们全都大笑起来，麦肯齐家的女孩笑得尤其厉害。

"露娜，"卢卡西尼奥说，"去别的地方吃这个。"他用了开玩笑的腔调，但露娜听懂了。他在赶她走。她拦在了他和阿蓓纳·阿萨莫阿之间。他可能想和她性交，他就是这个浪子。他脚边有一排翻过来倒扣着的鸡尾酒杯。浪子，加酒鬼。

"只是说说而已。"科塔们想什么就说什么。露娜用手背抹了抹嘴。肉，现在她听到音乐声了。"我也有雀斑！"她用一根手指碰了

---

[1] 北民：来自北美的移民。

碰自已科塔—阿萨莫阿式的脸颊，跑开了。她在河中的踏脚石上飞奔，搜寻着音乐的来源。她扬起河水，踢着那些缓慢下落的水花。派对上的客人低语，尖叫，避开飞起的水珠，但他们的脸上带着笑意。露娜知道自己人见人爱。

"卢卡斯叔叔！"

露娜向他奔去，抱住他的腿。他所在的地方肯定离音乐很近。他正和那个给露娜牛肉的移民女人说话，后者端着一盘蓝色鸡尾酒。露娜打断了他。他揉了揉露娜的黑色卷发。

"露娜，亲爱的，继续往前跑，好吗？"肩膀上传来一点点力量，推着她转了身。当她往一边滑去时，她听到他对那个侍者说，"不要再给我儿子任何酒精。明白吗？我不会让他在所有人面前醉酒，做出荒唐的举动。他私下里爱怎么样就怎么样，但我不许他给家族丢脸。如果今天剩下的时间里他周围出现一滴酒，我就把你们每一个人都送回上城高街去，乞讨二手氧气，喝彼此的尿。我并不是针对你个人。请把话转达给你们的经理。"

露娜爱她的卢卡斯叔叔，他蹲下身和她说话的方式，他的小游戏，还有只属于他们俩的恶作剧和玩笑。但有的时候他会变得又高又遥远，处于另一个无情、冰冷、一点也不亲切的世界里。露娜看到那个移民女人害怕得面无人色，很是替她难受。

有一双胳膊把她猛地拉了起来，举向高处，把她抛向空中。

"嘿，嘿，小天使！"

当她像羽毛一样轻柔地下落时，它们又接住了她，她的芍药裙子在她脸旁翻飞。拉法。露娜紧紧抱住了她的父亲。

"嘿，嘿，猜猜刚刚谁来了。是阿列尔姑姑。我们去找她好不好？"拉法捏了捏露娜的手，她眉飞色舞地点点头。

阿列尔·科塔穿着她迷人的裙子走出车站，进入博阿维斯塔的大花园。在月球的重力下，这条一九五八年的巴黎世家像花瓣般一层层地飘浮起来。宾客间响起一阵阵的窃窃细语声。是阿列尔·科塔。每个人都听说了阿尔遥乌姆和菲尔姆斯的案子。露娜跃向她的姑姑。阿列尔凌空接住她的侄女，转起圈来，露娜快乐地尖叫着。现在，她的玛德琳——莫妮卡到了。温暖的拥抱，亲吻。阿曼达·孙，卢卡斯的妻子。露西卡·阿萨莫阿，露娜的母亲。还有拉法自己，他将妹妹举到空中，让她不得不恳请他要小心她的裙子。拉法的另一个妻子是蕾切尔·麦肯齐，她和他们的儿子罗布森一起住在南后城，从不踏足博阿维斯塔。阿列尔很高兴蕾切尔不在这里，她们之间横亘着法令，而麦肯齐和她家又积怨已久。下一个：逐月男孩本人。面对他的姑姑，他又忸怩又笨拙，和朋友们在一起时他可从不这样。有一会儿，他把手指放在月神徽章上，视线追寻着她胸花上相同的标志：想象我赤裸地、冻僵地，奔跑在裸露的月面上。

接下来是家臣们：海伦·德布拉加，财政主管，她比阿列尔上次来博阿维斯塔时更老了；还有年老又正直的埃托尔·佩雷拉，他是安全主管。最后，卢卡斯到了。他热情地亲了亲他的妹妹。在兄弟姐妹中，她是卢卡斯认为唯一能与他相提并论的一个。一声附耳低语：他想和她密谈。阿列尔用戴着手套的手轻松地从一个路过的托盘中截下一杯蓝月。

"这一季子午城怎么样？"卢卡斯说，"我抽不出时间光顾那里。"

阿列尔知道，她的兄长认为她选择了法律是对科塔氦气的不忠。

"显然我很出名。简言之是这样。"

"我也这么听说过。一些闲言碎语。"

"闲言比氧气多，碎语比水分多。"

"我还听说中国电力投资集团公司的一个代表团将会搭乘'圣彼得与圣保罗号'抵达。传言说他们要和麦肯齐金属公司签订五年的输出合同。"

"我也听说过。"

"我还听说月鹰要为他们举办一次大型欢迎会。"

"他是要这么做。啊,没错,我被邀请了。"阿列尔知道她兄长的信息网非常强大,足以得知她曾在律师办公室里和长井法官闲谈。

"你总是很擅长社交政治,我嫉妒这一点。"

"不管你要的是什么卢卡斯,我不干。"

卢卡斯认错般抬起双手。

"我只是在复述一些流言。"

阿列尔银铃般地笑了起来,但是卢卡斯是固执的,卢卡斯是冷酷的,卢卡斯截住了她。然后,在一阵呛人的月尘中,救星到了。

也许再来点肉,或者喝点果汁。卢卡斯把阿列尔姑姑堵住了。卢卡斯叔叔这么脸对脸和人说话时特别烦人。接着她的眼睛、她的嘴都张大了,她兴奋地尖叫了一声。

一个穿着沙装的人大步走下了深谷。他右臂夹着头盔,左手提着他的月面工具包,脚上套着靴子,贴身沙装上挂满了各种五光十色的标志、高可视性信号条、导航灯和比赛勋章。当他进入博阿维斯塔的网络时,他的亲随也一点一点地显现出来。尘埃从他身上流下,缓缓地沉淀成一条银黑色的踪迹。

"卡利尼奥斯!"

卡利尼奥斯·科塔看到侄女冲过来拥抱他,往后退了几步。但她猛地撞到他身上,抓住了他的腿,扑出一大片尘埃,它们像煤烟一样,落到了她漂亮的芍药裙上。

拉法落后露娜两步。他和他的小弟弟拳来肘往地打闹了一阵。

"你从月面下来的?"

卡利尼奥斯举起他的头盔做证。穿着这套叮叮当当的沙装,再加上浑身都是月尘呛人的火药味，他就像一个闯进鸡尾酒会的海盗。他丢下工具包，抓过一杯蓝月，一口喝光了它。

"我跟你说，在一边喝着自己的尿，一边骑了两个小时摩托以后……"

拉法对这种疯癫的行为大摇其头。

"这种愚蠢的摩托运动会搞死你的。也许不是今天，也不是明天，但某天太阳突然爆发，而你刚好在月面上，不知道从哪儿出发，骑了五个小时的月尘摩托。它会被炸熟的，你的，里约土著的，屁股。"在每个重音上他都戳一下弟弟的肩膀，以示强调。

"你上一次去月面是什么时候的事了？"卡利尼奥斯开玩笑地往兄长腹部打了一拳，"我打到的是什么？肚腩。你状态不佳了，兄弟。你需要去月面健身。你参加的会议太多了。我们是氦气矿工，不是会计师。"

科塔家最大和最小的男孩都喜欢运动。卡利尼奥斯对月尘摩托情有独钟，他是这项极限运动的创造者，发明了这种摩托及其配套的装备。他在整个雨海亚平宁山脉开辟了路线，并且创办了跨澄海耐力赛。拉法的运动项目更安全也更封闭，他拥有一支 LHL 手球队，它在月球超级联赛中名列前茅。和他一样爱好手球运动的还有他的小叔子杰登·文·孙，后者是太阳虎手球队的所有者。他们以幽默又凶残的方式展开竞赛。

"派对结束后你会留下来吗？"拉法问。

"我奖励了自己一次休假。"为了获取氦气，卡利尼奥斯已经在外头的静海待了三个月。

"来比赛。你应该来看看我们在干什么。"

"在输吧，我是这么听说的，"卡利尼奥斯说，"逐月男孩在哪里？我听说了阿萨莫阿家那孩子的事。干得好。如果他想在外面谋一份工作，我可以聘用他。"

"这可不在卢卡斯的人生计划里。"

卡利尼奥斯身后两步还有一个穿着沙装的年轻人，深色的发肤和卡利尼奥斯的白皙形成鲜明的对比。他有着弧度优美的脸颊，以及狭长锐利的双眸。

"瓦格纳，兄弟。"拉法说。又一阵玩笑打闹。瓦格纳是家里最小的弟弟，他笑得很腼腆。

露娜抱着卡利尼奥斯叔叔的腿不放，沾了一身月尘。

"让我看看你们！"阿列尔大声说着，带着一群人过来了。"漂亮的男孩们！"她倾身做亲吻状，但没有触碰他们。这条裙子不能沾上煤烟。

卢卡斯也来了，特意迟了些。他礼貌而有条理地地欢迎了卡利尼奥斯，然后注意到了瓦格纳。"我爱派对。什么远亲都冒出来了。"

"是我邀请瓦格纳来的。"卡利尼奥斯说。

"当然，"卢卡斯说，"我家就是你家。"

露骨的仇恨在瓦格纳和卢卡斯之间浮动，卡利尼奥斯抓着瓦格纳的手肘，旋过身将他带进了派对之中。

"露娜，和埃利斯玛德琳一起去吧。"拉法说。

"让我们把你身上的尘土弄掉一些。"埃利斯说。她是个面孔坚毅、身材壮实的保利斯塔纳[1]，比月球上出生的这一代人矮一个头。地球的身体是强壮的，科塔家只让巴西人抚养家里的孩子。她牵起乌漆抹黑的小露娜的手，带着她离开成人的谈话圈子，寻找音乐家们。

"卢卡斯，别在这儿。"拉法温和地说。

"他不是一个科塔。"卢卡斯简要地说。

一只手按了按卢卡斯的手背，阿曼达·孙出现在他身边。

"即便是对你来说，这也够失礼的了。"她斥责道。阿曼达·孙

---

[1] 保利斯塔纳：来自巴西圣保罗的女性。

是第三代人，有着月球人的身高，比她丈夫高。她的亲随是震[1]：意为"震动"，深红色。孙家亲随的皮肤通常都是根据易经的卦象而定的。

"为什么？我说的是事实。"卢卡斯说。当阿曼达·孙从恒光殿搬到尚未完工的博阿维斯塔时，社交界非常吃惊。尼卡哈并没有规定这一点。他们的婚姻完全是世家式的，支票、余款、废止条款都已经到位。然而阿曼达·孙还是来到了博阿维斯塔，并且在这里住了十七年。和那些安详的奥瑞克萨或奔流的溪水一样，她看上去完全是这里的一分子。社交界中仍有一些人关注此事，他们认为她在下一盘很大的棋。孙家属于第一批移民，和麦肯齐家一样，他们认为自己的历史悠久，是真正的月球贵族。半个多世纪的时间里，他们都在争夺共和国的领导权，在这个过程中，他们将孙宅看作统治月球的桥头堡。所有人都认为孙家的每场婚姻都经过了某种考量。

而在过去的五年里，卢卡斯·科塔一直住在他位于若昂德丢斯的公寓中。

轻柔的波萨诺瓦爵士乐停止了。举向嘴唇的杯子也定住了。交谈顿止，字词蒸发，亲吻搁浅。每个人的目光都锁定在一个矮小的女人身上，她正从位于奥瑞克萨巨大而平静的脸庞之间的一扇门中走出。

阿德里安娜·科塔驾临。

"他们不会找你吗？"

卢卡西尼奥牵着阿蓓纳·马阿努·阿萨莫阿的手，带着她远离了居住区，在其他空间透过来的隐约亮光中沿着走廊向前——建筑

---

[1] 原文中是 zhen，震的拼音。

机器人需要光，他们穿过那些新切割出的腔室和房间，挖掘机仍然在这里嗡嗡振动。

"他们会没完没了地行吻手礼，发表演说。我们有足够多的时间。"卢卡西尼奥把阿蓓纳拉向自己。热灯改善了地下永恒的零下二十度的寒冷，但空气依然凉得让呼吸变成白雾。穿着派对连衣裙的阿蓓纳冷得发抖。月亮有一颗冰冷的心脏。"所以你想给我的是什么宝贝？"卢卡西尼奥的手拂过阿蓓纳的侧腰，停在了她的臀部。她笑了一声，推开他。

"科乔说得对，你是个坏男孩。"

"坏就是好。不，说真的。来吧，我们可是逐月者。"他的另一只手抚摸着阿蓓纳的月神徽章，像蜘蛛一样爬上了她袒露在外的胸部。"我们活着。就此刻而言，比这块大岩石上的任何人都更生动地活着。"

"卢卡西尼奥，不。"

"我救了你哥哥。我可能会死的。我差一点就真的死了。我进了一个高压氧舱，他们让我昏迷。我回来了，我还救了科乔，而我没必要这么做。我们都知道这有多危险。"

"卢卡西尼奥，再这样下去你会毁了它的。"

他举起双手：投降了。

"所以，那东西是什么？"

阿蓓纳张开右手。银色的，一小片闪烁的金属。接着她突然拍了卢卡西尼奥的左耳一巴掌。他叫了起来，一手捂住了这意外而来的疼痛点。血从他的指间渗出来。

"你做了什么？靳纪，她干了什么？"

我们离开了博阿维斯塔的监控范围，靳纪说，我看不到。

"我给了你一个纪念科乔的东西，"也许是因为热灯的红光，卢卡西尼奥看到阿蓓纳眼中闪过了他从未见过的光芒。他认不得眼前这个人了。"你知道他们怎么说你吗？说你每次都要扎一刀让人心碎。哦，我就不一样了。我扎进你耳朵里的是让人重生的东西。它是一个承诺。当你需要阿萨莫阿家的帮助时——真正需要时，当你再也没有别的希望，当你像我哥哥一样孤独、赤裸、毫无庇护时，发送它。我会想起你来的。"

"很痛！"卢卡西尼奥哀号道。

"这样你才记得住。"阿蓓纳说。她的食指染上了一点卢卡西尼奥的血，她非常缓慢、非常优雅地舔掉了它。

在高个的儿子和更高的孙子们中，阿德里安娜·科塔像鸟一般轻巧文雅。在月球的重力下，岁月毫不费力地撒着谎。她的皮肤光滑无痕，七十九岁的身体依然挺拔，从仪态来看，她仿若一个初入社交界的名媛。她仍然是科塔氦气公司的领袖，不过人们已经有几个月没在博阿维斯塔之外见到她了，就连博阿维斯塔内的许多居民也很少能见到她。但她仍然能召集家族成员，举办一场聚会。阿德里安娜和她的孩子们打着招呼，给拉法和阿列尔各三个吻，给卢卡斯和卡利尼奥斯各两个，给瓦格纳一个。露娜挣脱了埃利斯玛德琳，奔向她的阿德里安娜沃沃[1]。她给祖母的席尔·查普曼晚装染上了黑尘，让周围的人倒吸了一口气。阿德里安娜从不佩戴月神别针。在她疯狂探井的年代里，她遇到的真空环境超过了博阿维斯塔所有逐月者的总和。

卢卡斯跟在他的母亲身后，看着她一路招呼着她的孙辈、玛德琳、欧可和客人们。她和每个人都有话说，并且特别关照了阿曼达·孙和露西卡·阿萨莫阿，后者是拉法的继欧可。

"好了，卢卡西尼奥在哪儿？"阿德里安娜·科塔说，"英雄可得在场。"

---

[1] 沃沃（Vovo）：葡萄牙语，意为祖母。

卢卡斯意识到他的儿子不见了，他克制住了自己的愤怒。

"我会找到他的，妈妈。"托奎霍试图联系，但那男孩处于离线状态。阿德里安娜不以为然地啧了一声。她得祝贺那个派对主角，这样礼仪才算完满。卢卡斯走向下方的乐队，那是一个由吉他、钢琴、低音提琴和轻手鼓组成的小团体。"你们会《三月雨[1]》吗？"

"当然会。"它是一首常规的经典曲目。

"演奏得甜美一些，它是我妈妈的最爱。"

吉他手和钢琴师相互点头示意，由精巧的弱拍起调。《三月雨[2]》，这是一首古老又可爱的歌曲，当玛德琳们将孩子们带来，放在阿德里安娜·科塔的膝头时，她就会对他们唱这首歌，哄着他们躺进小床。它是一首印象派的秋日之歌，有关雨、树枝和细小的生物，有关方寸之间的宇宙，顷刻的欢悦瞬时被萨乌达德[3]沁透。男女声交错响起，争相提示对方赶紧接唱下一句，整首曲子活泼又俏皮。卢卡斯如痴如醉地听着，他的呼吸轻浅，身体紧绷，眼泪隐隐闪现在紧闭的双眼中。音乐总是能深深地打动他，巴西的老歌尤其如此。波萨诺瓦，MBP 巴西流行乐。电梯音乐，中庸派轻音乐。还有非常非常优雅的，不那么喧闹的爵士乐。有人说这些音乐毫无吸引力，那是他们没有认真听。他们没有听到其中的萨乌达德，那些稍纵即逝的事物带来的甜美的忧伤让一切欢喜都更惹人心痛。他们没有听到那寂静的绝望，这是超越了美丽与慵懒的状态，一些事情出错了，而且已成定局，无可挽回。

卢卡斯朝他母亲瞥了一眼，她正闭着眼，点头应和着流畅的旋律。他转移了她对卢卡西尼奥的注意力，他回头再收拾那个败家子。

---

[1] 曲名为葡萄牙语，Agua de Marco。

[2] 这里用了英文，Water of March。

[3] 萨乌达德（Saudade）：葡语，惆怅的怀旧之情，对某种已失去并永不再回来的事物的渴望。甜蜜的惆怅是波萨诺瓦音乐中一种精致圆融的关键要素。

这首曲子的亮点在于它的演唱方式，两个人声用简单的词句跳了一场巴西战舞[1]，他们互相侵扰，一边角斗一边躲闪。吉他手的男声和钢琴手的女声都非常棒。卢卡斯之前从未听过这个乐队演奏，不过现在他很高兴自己听到了。乐曲结束了。他收敛情绪，响亮地鼓起掌来。

　　"太棒了！"他喊道。阿德里安娜也开始鼓掌，接着拉法、阿列尔、卡利尼奥斯和瓦格纳也鼓起掌来。掌声像涟漪般在聚会上激荡开去。"棒极了！"人群中又开始传递起酒水来，尴尬的时刻被遗忘在脑后，派对继续进行。卢卡斯走过去和吉他手说话："谢谢，你们的音乐有灵魂，阁下。我妈姆很喜欢。要是你能来若昂德丢斯，在我的公寓里为我演奏，我将会很感激。"

　　"我们很荣幸，科塔先生。"

　　"不是我们，只是你。在不久之后。你的名字是？"

　　"若热，若热·纳代斯。"

　　双方亲随交换了联络信息。而后，突然间，那位侍者，那个端着鸡尾酒托盘的北民月芽猛地向拉法·科塔猛冲了过去。

＊

　　她喜欢卢卡西尼奥耳朵上的痂痕的粗糙质地，她乐在其中地拉扯着它，不让它好好地愈合，看着它渗出一点新鲜的血液来。这让阿蓓纳被裹在海伦娜·巴伯大摆礼服裙下的身体饥渴不已。现在他们回到了博阿维斯塔的网络中，靳纪正在给卢卡西尼奥展示她的礼物，那是一枚铬合金尖牙，嵌在他右耳耳廓的上方。看起来很不错。

---

[1]　巴西战舞（Capoeira），也叫卡波耶拉，是一种16世纪时由巴西的非裔移民所发展出的，介于艺术与武术之间的独特舞蹈，被认为是巴西最重要的本土文化象征与国技之一。

看起来帅毙了。但她仍然不会允许他悄悄地环住她的腰部。

还没有走到窗前，他们俩就知道出事了。没有音乐声，没有闲聊声，也没有瀑布潭中泼溅水花的声音。只有喊叫声，用葡萄牙语和世界语厉声发出的命令。正义之神桑勾的瞳仁俯视着狭长的博阿维斯塔花园。卢卡西尼奥看见科塔的安全护卫队守卫着成群的宾客；乐队和侍者都把手放在头顶；安保无人机扫视着满是雕刻的墙面，它们的激光灯在卢卡西尼奥和阿蓓纳身上停了一瞬。

"发生了什么事？"卢卡西尼奥问道。靳纪回答的同时，他看到阿蓓纳脸上已骇然变色。

有人企图行刺拉法·科塔。

刀锋紧贴着玛丽娜·卡尔扎合的喉咙。如果她动了，如果她说话，如果她呼吸太过用力，它就会生生将她割开。刀刃锐如薄纸，她甚至不会意识到她的气管被切开。但她必须移动，如果她想活，她就必须说话。

她用手指轻敲着倒扣在托盘上的鸡尾酒杯柄。

"苍蝇。"她用气声说。

苍蝇的移动方式不对。玛丽娜·卡尔扎合了解苍蝇，她曾经做过捕蝇手。在月球上，昆虫需要得到许可才能存在，包括传粉昆虫，或是阿萨莫阿家的孩子们在博阿维斯塔放飞的那些装饰性蝴蝶。苍蝇、胡蜂、野生的小虫会对复杂的月球城市系统造成威胁，因此已被灭除。玛丽娜·卡尔扎合曾杀死数百万的苍蝇，她知道它们并不会这样飞——直线飞行，撞向拉法·科塔颏下裸露的柔软皮肤。她拿着杯子跳了过去，在千钧一发时用空马提尼酒杯扑住了那只苍蝇，扣在了托盘上。一个酒杯牢笼。与此同时，一把刀从隐形磁力鞘中飒然移出，指向她的咽喉。刀柄那头是科塔家的一名护卫，他穿着剪裁讲究的西装，胸袋上露出一块折叠完美的方巾。但他看起来依然像一个暴徒，依然像死神。

埃托尔·佩雷拉僵硬地蹲下来检查杯子里的东西。作为第一代移民的他是个大块头，个子很壮。一位大个子的前海军军人盯着一个翻倒的鸡尾酒杯看，如果没有这些刀子，这个场景本来是有些好笑的。

"一只刺杀虫，"埃托尔·佩雷拉说，"阿萨莫阿家。"

刀尖瞬间将露西卡·阿萨莫阿围住，它们离她的皮肤只有毫厘之距。露娜哀号着哭起来，紧紧依偎着她的母亲。拉法猛地扑向安保人员。一大堆穿西装的人压住他，把他困住了。

"先生，为了你自己的安全着想，"埃托尔·佩雷拉说，"她可能藏有生物制剂。"

"它是机器，"玛丽娜·卡尔扎合轻声说，"它有芯片。"

埃托尔·佩雷拉凑得更近了，苍蝇撞击着玻璃杯，但它总有停下来的时候，它的翅膀和甲壳上有一片明显的金色斑纹。

"放了她。"阿德里安娜·科塔的声音很平静，但其中的威严令护卫队的每个人都心生畏惧。埃托尔·佩雷拉点点头。所有的刀子都入鞘了。露西卡一下子抱起号啕大哭的露娜。

"还有她。"阿德里安娜·科塔命令道。当刀子离开咽喉时，玛丽娜猛地喘起气来，她意识到从被守卫们抓住时起，自己就没有呼吸过。现在她开始发抖了。

卢卡斯正在喊："卢卡西尼奥？卢卡西尼奥在哪儿？"

"现在把它交给我吧。"埃托尔·佩雷拉把手放在酒杯上。他从一个小皮套里拿出一支脉冲枪，只有他的拇指大，在他的大手中就像一个傻乎乎的玩具武器。"关闭你们的亲随。"博阿维斯塔里上下左右的亲随都被眨眼隐去了，玛丽娜也眨眼关闭了赫蒂。这把玩具小手枪所拥有的能量足以击溃博阿维斯塔的整个网络。并没有什么特别的现象或声音，但是那只小小的电子苍蝇停止动作，死去了。

卢卡斯·科塔斜过身子，和他的安全主管悄声说话。

"他们想杀了我兄弟。他们进了博阿维斯塔，进了我们家，他们还想杀了我兄弟。"

"情况已经得到了控制，科塔先生。"

"情况是，一个可以被关在鸡尾酒杯里的刺客来谋杀拉法，在来自五龙每一家的宾客面前，在我们的母亲面前。这对我来说并不是一种已经得到控制的情况，不是吗？"

"我们将分析这个武器，我们会找到幕后主使的。"

"哦这可不够。随时都可能发生另一次袭击，我希望封锁这里。派对结束了。"

"先生们，女士们，发生了一次安全事故，"埃托尔·佩雷拉宣布，"我们必须封锁博阿维斯塔。我不得不请各位离开。麻烦各位前往电车车站。现在你们可以重新让亲随登陆了。"

"找到我儿子！"卢卡斯命令埃托尔·佩雷拉。卢卡西尼奥的朋友们晕头转向，垂头丧气。他们的逐月赛，还有卢卡西尼奥救了科乔·阿萨莫阿的这件事都被蒙上了一层阴影。博阿维斯塔的护卫们领着宾客出了花园，前往车站，一个守卫护送科塔家的要人们走进门内。卢卡斯·科塔如冰雪般冷静地审视着玛丽娜·卡尔扎合，她正因震惊而颤抖。

"你叫什么名字？"

"玛丽娜·卡尔扎合。"

"你为宴会承办商工作？"

"我有什么就做什么。我是——我曾经是程序控制工程师。"

"现在开始你为科塔氢气公司工作。"

卢卡斯向她伸出一只手，玛丽娜握住了它。

"和我兄弟卡利尼奥斯聊聊，科塔家欠你一份人情。"

然后他走了。玛丽娜还在发愣，她试图弄清楚刚刚发生了什么。

科塔家想要撕开她的喉咙，而现在她将开始为他们工作。但是：这是科塔家。布莱克，我们会没事的。我能弄到你的药了，我们永远都不会再口渴了。我们可以随便呼吸了。

第二章

露娜·科塔：一个小间谍。对于一个无聊的女孩子来说，博阿维斯塔多的是可以躲藏的地方。在一个漫长的早晨，露娜跟着一台清洁机器人，发现了这个隧道。和所有月球的孩子一样，对露娜来说，隧道和管隙具有极大的吸引力。成人们都钻不进去，这非常好，因为用来躲藏的洞穴必须是隐秘的。管道比起她第一次爬进来时更窄了。她发现自己低头就能看到她母亲的私人房间，如果她屏住气，还能听到里面的声音。露娜蜷缩到奥克梭西[1]的眼睛后面，她蠕动着，挤进猎人与保护神头部下方的一个凹陷处。

"他们用刀指着我的喉咙。"

她父亲说了些什么，露娜没听清。她扭动着凑近通风栅口。浮满细尘的光线向上映照在她的脸庞周围。

"他们用刀指着我的喉咙，拉法！"

露娜看到她母亲用手指轻拂自己的脖子，碰触着她记忆中的刀锋。

---

[1]　奥克梭西（Oxossi）：巫班达教中的猎人与保护神。

"那只是为了安全起见。"

"他们会杀了我吗？"

露娜又动了动，好让双亲都进入狭长的视野中。她父亲坐在床上，看上去又小又弱，仿佛空气和光线都离开了他一样。

"他们是在保护我们。不姓科塔的人都有嫌疑。"

"阿曼达·孙也不姓科塔。我就没看到哪把刀指着她的喉咙。"

"苍蝇。大家都知道你们家的人使用生物武器。"

"你们家的人。"

"阿萨莫阿家。"

"派对上还有其他阿萨莫阿。阿蓓纳·马阿努就是一个。我也没见到有人用刀指着她的喉咙。我家的人，或者只是我家的某些人？"

"你为什么要这样？"

"因为，拉法，因为你家的人用刀子指着我的喉咙。而从你的话中，我没有听出任何他们不会割我一刀的意思。"

"我绝对不会让他们这么做的。"

"如果你母亲这样下令，你会阻止他们吗？"

"我是科塔氦气公司的副会长。"

"别侮辱我，拉法。"

"我们的安保人员拿刀指着你的喉咙，对此我很生气。他们把你看作嫌疑人，对此我很生气。我愤怒极了，但你知道我们这里的生活方式。"

"是的。好吧，也许我不想在这里生活。"

露娜看到拉法抬起了头。

"我知道我们在特维城的生活方式。特维城，那是个好地方，是个安全的地方。和我家的人一起很安全，拉法。我想带着露娜去那里。"

露娜倒吸了一口气。管道太窄了，她没法用手掩住嘴，也没法把发出的声音吞回去。他们可能听到了。但接着她又想到，博阿维斯塔总是充满了叹气声和私语声。

拉法站起来了。当他生气时，他就会贴近你，近到脸对着脸。近到可以往他的脸上吐唾沫。露西卡没有退缩。

"你不能把露娜带走。"

"她在这里不安全。"

"我的孩子和我待在一起。"

"你的孩子？"

"你没有读尼卡哈吗？或者当时你过于急切地想跳上科塔氦气法定继承人的床。"

"拉法。不。别说这种话。这拉低了你的层次。这不是你会说的话。"

拉法的怒气被引爆了。愤怒是他的原罪，是和蔼可亲的他的另一面：他经常大笑，和人玩闹，做爱。同时也经常发怒。

"你知道？也许你家的人计划……"

"拉法，别说了。"露西卡把手指压在拉法的嘴唇上，她知道他的怒气来得快也去得快，"我永远，永远都不会为了抢走露娜而暗算你——我不会，我家的人也不会。"

"露娜和我待在一起。"

"好，但我不会。"

"我不想你走。这是你的家。和我在一起，和露娜在一起。"

"我在这里不安全。露娜也不安全。可是尼卡哈不会让我带走她。哪怕你只说一句，说你很抱歉你们的守卫拿刀子指着我的喉咙，那事情也许就会不一样。你很生气，但你并不觉得抱歉。"

现在她父亲说话了，可是露娜听不到。她什么也听不到了，只听见自己的脑海中喧嚣的声音，宣告着世界上最糟糕的事正在降临。

她的妈姆要走了。她的胸口闷得慌，脑袋里回荡着可怕的嘶嘶声，就像空气和生命正在从哪里漏掉似的。露娜蠕动着离开了躲藏的洞穴，她在这里偷听到了太多东西。她往下挤出管道，在岩石上磨坏了她的鞋和皮尔卡丹裙子。

雨水把死去的蝴蝶浇成了败絮和废渣，它们的翅膀在池塘边缘聚成蓝色的浮沫。露娜·科塔坐在它们的尸体中间。

"嘿，嘿，嘿，这是什么？"露西卡·阿萨莫阿蹲到了女儿的身边。

"蝴蝶死了。"

"它们活不久。只有一天的生命。"

"我喜欢它们。它们很漂亮。这不公平。"

"可我们把它们造出来时就是这样的。"

露西卡踢掉鞋子，坐到露娜旁边的石头上。她用脚拨动池水，蓝色的翅膀粘在了她深色的腿上。

"你们可以让它们的生命更长一些。"露娜说。

"我们是可以，但它们要吃什么？它们要去哪里？它们是装饰品，就像番薯节的旗帜一样。"

"可它们不是，"露娜说，"它们是活的。"

"露娜，你的鞋子怎么了？"露西卡问，"还有你的裙子。"

露娜看着缓缓地顺流而下的蝴蝶浮沫。

"你要走了。"

"你怎么会这么想？"

"我听见你说了。"

露西卡可以问的问题都被哽在了喉咙里。

"是的，我要回特维城了，回我家去。但只去一阵子，并不是永远。"

"多久？"

"我不知道，宝贝。一旦条件允许，我立刻就回来。"

"可我不能和你一起去。"

"是的。我想要带上你，比什么都想——哪怕我自己去不了都行——可我没有办法。"

"我安全吗，妈妈？"

露西卡搂住露娜，吻了吻她的头顶。

"你是安全的。爸爸会保护你。如果有人想伤害你，爸爸会把他的头拧下来。但我必须离开，直到事情水落石出。我也不想这么做，我会一直一直想你的。爸爸会照看你，还有埃利斯玛德琳。埃利斯不会让任何事物伤害你。"

这些话灼烧着露西卡·阿萨莫阿的喉咙。玛德琳，代养母亲。雇佣来的子宫变成了保姆，变成了非正式的长辈，变成了家人。对于一个小型公司的拥有者来说，他们忙于事业，没空怀孕，没空生育，没空哺育婴儿，因此当科塔家的产业还处于这个阶段时，露西卡可以理解代孕的安排。但下一代不能这样，让这个娴静的、始终存在的玛德琳群体来代孕不应该变成一种传统。高个子、有着巴西人面孔的埃利斯玛德琳怀了她的孩子，生了她的宝宝，这让她嫉恨不已。当拉法以科塔家的方式，用无可商量的口吻宣布代孕这事已经板上钉钉时，她瞠目结舌。把它给我，把它植入我的身体里，让我来呵护它、滋养它，让我来把它带到这个世界上。我不需要"受孕圣母"混合你的精子与我的卵子，并宣布"生命在此"。我不需要看着你的妇科机器人将胚胎送入端庄的、微笑着的埃利斯体内，并看着她一天天变得更丰腴、更饱满。我不需要看那些报告、那些子宫的扫描、那些关于她妊娠进展的每日报告。我也不需要在埃利斯躺在手术刀下时把自己锁在房里边号哭边摔打东西。那本来应该是我，露娜。他们本来应该把你带到我的身边。你第一眼看到的本来应该是我的脸，我含泪微笑的、筋疲力尽的脸。一个阿萨莫阿的脸。生命本应该在我们自己润泽的体液中流动、跳跃、涌流出来。我是健康的，可生育的，一切本来都应该自然的、明亮的、丰饶的。可这不是科塔家的方式。

我爱你露娜，可我无法爱上科塔家的方式。

露西卡将露娜环在怀中，以一种让两人都舒适的方式摇晃着。一只刺杀蝇让她的世界崩塌了。这里不是神灵的花园，不是水的宫殿。它是岩石中的坑道。而她家中每一寸光明的土地、每一座城市和工厂、每一个居所，都只是一道浅痕，是暴露在真空天幕和剧毒日光下脆弱的野岩地。每个人都处于危险之中，一直都是。你无处可逃，甚至无处可躲。

"你爸爸、婚约，还有所有人都会说你是个科塔，可你是个阿萨莫阿。你是个阿萨莫阿，因为我是个阿萨莫阿，因为我的母亲是个阿萨莫阿。而这是我们的方式。"

卢卡斯·科塔朝会议桌猛地一挥手，打散了那些虚拟文件。

"我没时间看这些。它是从哪儿来的？是谁做的？"

埃托尔·佩雷拉垂下了头。他比桌前的几乎每个人都矮一个头，并且老了十多岁，除了阿德里安娜·科塔和她的财政主管海伦·德布拉加，科塔氦气公司的黑暗意志。

"我们还在分析……"

"我们有月球上最优秀的研发单位，而你无法告诉我这是谁做的？"

"他们极其成功地隐藏了无人机的所有识别信息，芯片是通用型的，在打印模式上我们也没有什么发现。"

"所以你们就是不知道。"

"我们暂时不知道。"每个人都听出了埃托尔·佩雷拉声音里的战栗。

"你不知道是谁制造了它,你不知道是谁把它派来的,你不知道它是怎么通过了安保。你不知道此刻是不是还有一个这种东西正准备对付我的兄弟,或我,或者,天哪,或者我母亲。你是安全部的头儿,而你不知道这些?"

卢卡斯紧盯着埃托尔·佩雷拉,后者的脸抽搐了。

"现在的情况是完全安全的,我们正在监控一切不小于一片皮屑的事物。"

"可如果它们早就进来了呢?这只机器虫可能几个月前就潜伏进来了。你想过吗?现在这里可能还有一打的虫子正在醒来。或者一百。它们只需要有一次运气就行了。我知道现代毒药有什么效果。它们让你煎熬着,它们让你疼上几个小时不死,知道自己的每一口呼吸都比前一口更短促,知道没有任何解毒剂,知道自己会死。你会花很长的时间等待死亡来临。直到那时,它们才会让你死。我知道有人试图在我兄弟身上使用这样的毒药。这是我知道的。好了,告诉我,你知道什么?"

"卢卡斯,够了。"阿德里安娜坐进了会议桌的主位。好几个月里,她的座位都是空着的,唯一代表着她的存在的,是她那穿着沙装的、巨大笨重的肖像——我们的氦气女神——它俯视着整条长桌。而现在,她的孩子受到了直接的生命威胁,这让她重新回到董事会议室里。拉法坐在她的右手边,阿列尔在左手边。卢卡斯则坐在他大哥的右边。

"妈姆,如果你的安全主管无法保证我们的安全,那还有谁能?"

"作为一名忠诚的代理,埃托尔为我们家服务的时间比你活着的时间还要长。"没有人会误解这威严中的讽刺。

"是,妈。"卢卡斯朝自己的母亲低下了头。

"这不是很明显吗?"拉法打破了尴尬的沉默。

"很明显吗?"阿列尔说。

"一直以来还有别人吗？"拉法把身体倾向桌面，他的怒火又开始冒烟了，"鲍勃·麦肯齐从来没有原谅过妈姆。他是种慢性毒药。不是今天，不是明天，也不是今年，甚至不是这十年，而是某年，某天。麦肯齐的报复是三次。他们在袭击继承人。他们想让你看到你所建立的一切分崩离析，妈姆。"

"拉法……"阿列尔试图说话。

"凯拉·麦肯齐，"拉法打断了她，"她在派对上。有人搜查她吗，还是说我们就抬抬手让她走了，就因为她是卢卡西尼奥的朋友？"

"拉法，你觉得麦肯齐会冒险发动全面战争吗？"阿列尔说，她深吸一口她的电子烟，"真的吗？"

"如果他们觉得他们能打破我们的垄断，那他们就可能会。"卢卡斯说。

"又开始了，你们没发现吗？"拉法说。

八年前，科塔氦气公司和麦肯齐金属公司打了一场短暂的领土之战。集取器坍塌成金属废块，列车被强占，货物被劫掠，机器人和 AI 在病毒代码的轰炸下崩溃。在马斯基林隧道和让森隧道里，在静海和澄海的岩石洋面上，集尘者们近身肉搏，挥刀相向。死了一百二十个人，损毁了数百万比特的资料。最终，科塔家和麦肯齐家同意进行仲裁，而克拉维斯法院判定科塔氦气公司胜诉。两个月后，阿德里安·麦肯齐和月鹰乔纳松·卡约德成婚，后者是月球发展公司——月球霸主的主席。

"拉法，够了，"阿德里安娜·科塔说，她的声音很单薄，但她的威严无可置疑，"我们通过商业手段和麦肯齐家争斗，我们也通过商业手段打败了他们。我们盈利了。"她站了起来，脸和肢体都显得僵硬且疲惫。她的孩子和家臣们朝她鞠躬，而后跟着她离开了会议室。

卡利尼奥斯站在那里，攥紧右手手指，朝他母亲鞠了一躬。他在这次会议上一个字也没说，他在董事会议上从不说话。他的领域在荒野中，和那些集取器、提炼者和集尘者一起。他是集尘者，是战士。拉法的魅力使他相形见绌，卢卡斯的逻辑使他无计可施，阿列尔的口才令他甘拜下风，但他们没有人能像他一样在尘埃上行走。

卢卡斯耽搁了埃托尔·佩雷拉一会儿。

"你犯了个错误，"卢卡斯轻声说，"你太老了。你力不从心，你的时代过去了。"

瓦格纳·科塔在董事会议室外面的大厅里等着。阿德里安娜和她的家臣们走过去了，一眼也没有瞧他，然后是卢卡斯和阿列尔。阿列尔点点头，笑意一闪即逝。卡利尼奥斯拍了拍他弟弟的背。

"嘿兄弟。"

瓦格纳是董事会中显而易见的缺席者。

"我想和拉法说句话。"瓦格纳说。

"没问题。你想骑摩托回若昂吗？"

"我还有些事要做。"

"那稍后见，小灰狼。"

"要说什么？"拉法问道。他坐在奥萨拉[1]右眼的内眼睑上，身后水波轻涌。

"那只苍蝇。我想看一看。"

拉法之前就确保瓦格纳收到了埃托尔·佩雷拉的电路图，他确保瓦格纳能收到每场董事会的资料。

"你已经得到了所有数据。"

"我尊敬埃托尔，甚或你们的研发部，但有些东西我看得到，

---

[1]　奥萨拉（Oxala）：巫班达教中的最高仲裁之神。

他看不到。"

拉法知道瓦格纳的生平很复杂。他生活在家族的灰色边缘地带，他对科塔公司的贡献实实在在却难以量化，但在细小精妙的领域，他是一位出色的工程师。有时候拉法都嫉妒他的两种天性，暗面的精确性，明面的创造性。

"比如说？"

"我看到它时就会知道，但我必须看到才行。"

"我会告诉埃托尔的。"拉法的亲随苏格拉底已经发出了通知，"我已经和他说过，别让阿德里安娜知道。"

"谢谢。"

瓦格纳作为家族阴影存在的时间太久了，以至于兄弟姐妹们在面对他时已经发展出一种特殊的社交态度，他们通知他，让他参与其中，但同时试图隐去他的形迹，就像一个黑洞。

"我们什么时候再见，孩子？"拉法问。阿德里安娜回过头来，正在等他。

"等我有话要说时，"瓦格纳说，"你了解我。保持健康，拉法。"

"你也一样，小灰狼。"

"阿列尔。"卢卡斯叫住奥萨拉台阶下方的妹妹，她转过身，"已经要回去了吗？"

"我在子午城还有事。"

"没错，接待中国商务代表团。我可不能让你错过这事。"

"在派对上我已经和你说清楚了。"

"这可是家事。"

"哦，拜托，卢卡斯。"

卢卡斯费解地皱起眉头，阿列尔看出他无法理解她的意思。他完全相信自己的每个行为都是为了家族，并且只为了家族。

"如果我们的身份掉转，我会做这事的。毫不犹豫。"

"事情对你来说更简单，卢卡斯。人们总是很关注我的职业生涯。我得崩紧了皮，我必须清清白白的。"

"月亮上没有人能清清白白的。他们想要杀了拉法。"

"不，你不要再这样逼我了。"

"也许不是麦肯齐，可总归有某些人。我们是科塔氦气：我们很棒，但我们只擅长一件事。我们提取氦气，我们让下方的灯光燃烧不灭。这是我们的长处，但也是我们的弱点。AKA，太阳公司，他们无处不在，无事不做。他们有不止一个居所可去。甚至连麦肯齐金属公司都在多元化——侵入我们的核心领域。我们会失去生意，我们会无处可去。我们将失去一切。月亮从不容忍失败者。还有妈姆，她和以前不一样了。"

阿列尔早已挪开了眼神，切断了卢卡斯有如实质的视线接触。还是个孩子时，他就赢得了所有的瞪眼比赛。但现在他说了一句让她无法移开视线的话。

"哪怕是你，也一定注意到了。"卢卡斯说。阿列尔咬住了饵。她注意到这事有几个月了，因为她也是科塔氦气董事会的一员。

"我知道拉法正在整理她的社交关系。"

"拉法·科塔。黄金之子。他会把公司带到泥里去的。帮帮我，阿列尔。帮帮我，帮帮妈姆。"

"你是个混蛋，卢卡斯。"

"我不是。在这整个地盘，我是唯一一个真正的儿子。我需要那些中国人的弱点，阿列尔。不用太多。只需要一丁点优势。他们总会有弱点的。一点点我可以撕开的漏洞。"

"交给我吧。"

卢卡斯鞠了一躬。当他转身离开他妹妹时，脸上绽开了一个微笑。

亮一盏灯锁上门，两盏灯脱离停靠点，三盏灯出发。异步电机轻托起车厢，带动岩石微微震颤。然后电车离开了。从博阿维斯塔到若昂德丢斯车站只有五公里。但从拉法的拥抱、告别，对，还有眼泪来看，这仿如生离死别。

卢卡斯别扭地观察着兄长毫无遮掩的情绪，他的嘴角有点抽搐。一切对拉法而言都是大事。总是这样。体格超凡，笑声最大，魅力十足，黄金之光，恣意挥霍着他的愤怒，恣意享受着他的愉悦。卢卡斯在他的阴影里长大：循规蹈矩，一丝不苟，像一把泰瑟枪一样隐忍不发。卢卡斯和他的兄长一样有着热烈而深沉的感情，但有情绪不等于情绪化。脚本和表演是两回事。卢卡斯·科塔心中有容纳情感的空间，但那是一个私人空间，没有窗户，全白又通风。白色的空间，那里没有阴影。

拉法拥抱了他的弟弟。这既不体面又令人局促。卢卡斯烦恼地喷出一口气。

"她会回到你身边的。"意料之中的套话。

"她不信任我。"

卢卡斯无法理解兄长的情绪泛滥。世家的架构中不包括信任和爱，所以他们才需要婚约。

"只要露娜在这里，她就会回到你身边，"卢卡斯说，"她明白这些。我要让卢卡西尼奥留在这里，直到安全形势有所改善。他会烦死的，但这是为他好。给他一些需要他去对抗的东西。他的人生实在太轻松了。"卢卡斯拍拍拉法的背。看开些，熬过去。放过我。

"我要让罗布森回来。"

卢卡斯憋回一声恼火的叹息。又是这样。当拉法沮丧时，无论是因为生意或运动，还是因为社交或性，他都要回头反刍他长子长久以来所受的不公待遇。蕾切尔·麦肯齐把罗布森带回她家已经有三年了。婚姻破裂了，煞费苦心且堂而皇之的破裂。律师们至今仍在争论怎样的举动能被判定为劫持人质。阿列尔谈妥了一份滴水不漏的探视协议，但每一次电车将罗布森带回南后城或克鲁斯堡时，拉法的伤疤就会又一次被撕开，汩汩流血。在那样的心情下，连卢卡斯都没法安抚他的兄长。

"做你觉得必须做的事吧。"卢卡斯尊重他母亲所做的一切，只除了她对拉法盲目的宠爱。黄金拉法，法定继承人。他太感情用事，太坦率，太柔软，这不是一个公司的运营者应有的资质。对于维系地球万千灯火的世家来说，其命运并不由感情左右。卢卡斯再次拥抱了拉法。他的使命很明确，他必须掌管科塔氦气公司。

从南后城到若昂德丢斯需要两次跳跃。拉法和他的护卫们在巴尔特拉车站的私人到站区等待着。此前拉法用的一直是电子警卫，但今天警卫贴得很近，并且是生物体：两个男人，一个女人，都带着武器，并且非常警惕。

太空舱已进入升降隧道，苏格拉底通知他。

绿灯，门开了。一个男孩冲了出来，棕色皮肤，梳着雷鬼头，手长腿长。他猛扑到拉法身上。拉法一把捞起他，抱着他一边转圈一边大笑。

"看这是谁谁谁谁！"

男孩后面是一个女人，高个子，长头发，白皮肤。和她儿子一样的绿眼睛。她泰然自若地大步走到拉法面前，狠狠往他脸上甩了一巴掌。保镖的手瞬间握到了藏在考究西装里的刀柄上。

"我们有列车，你难道不知道？"

拉法爆发出一阵明朗响亮的笑声。

"你看起来美极了。"他对他妻子说。作为一个刚刚像一罐矿石般在一个改装货物舱里颠簸着穿过月面的女人，她看上去真是明艳动人。她妆容完美，每根头发、衣服上的每条褶皱：完美。而且她说的没错。自从高速轨道网络搭建完毕，巴尔特拉就已经过时了：它很粗鲁，不过它很快。巴尔特拉是一种弹道运输系统。在月面的真空中，可以精确计算弹道轨迹。磁力质量驱动器为太空舱加速，将它向上抛出，重力又使它下降。而标靶质量驱动器的接收端负责接住太空舱，让它减速直至停止。在这个过程中，自由下落的时间为二十分钟。必要时还能多来几次。太空舱可以装载货物，或人类。这种运输方式很粗暴，但还算可以忍受，它的速度很快，只不过仔细想想会让人毛骨悚然。拉法过去常常用它来享受自由落体性爱。

"我希望他能赶上比赛，如果他搭乘列车，就会错过它。"拉法又转向男孩："你想看比赛吗？男孩对太阳虎。杰登·孙觉得他能打败我们，可我说我们会踢得老虎满体育场打滚。你怎么说？"

罗布森·科塔十一岁，他的样貌、他的存在、他华丽的发型、他的脸、他绿色的大眼睛，还有他因为兴奋而微微张嘴的样子，都让拉法胸中充盈着巨大的喜悦，以至于让他感到疼痛，同时，失去是如此沉重，以至于让他觉得反胃。他蹲下身平视孩子："比赛日。你觉得怎么样，嗯？"

"哦，看在上帝的分儿上，拉夫。"蕾切尔·麦肯齐心里明白，拉法也明白，他们各自的警卫团，甚至罗布森都明白这不关手球比赛的事。协议条款允许拉法随时探视他的儿子，哪怕这意味着把他像手球一样打飞过月面。扔出，接住。扔出，接住。

"如果你愿意，我们也可以当着他的面讨论。"拉法说。

"罗布，宝贝，你能回舱里去吗？只需要几分钟。"蕾切尔点了一下头，将她自己的一名刀卫派到了男孩身边。孩子匆匆瞥了一眼他的父亲。迷人的绿眼睛。他会让很多人心碎的，他现在就已经让人心碎了。

"罗布。"拉法嗤之以鼻。

"我和派对上发生的事什么关系也没有。"

"'派对上发生的事。'派对上发生的事是有人企图用一只带着神经毒素的苍蝇扎我一针。在我窒息而死之前,我会痉挛好几个小时,搞得自己一身屎尿。"

"真有品位,但这不是我们的风格。麦肯齐家在杀死你之前会让你看到我们的脸。你应该注意你那些阿萨莫阿家的朋友。毒药,刺杀虫,这更像是他们的做派。"

"我希望他回来。"

"和解协议的条款……"

"去他娘的协议。"

"让律师去讨论这个吧,拉夫。你真是不知道自己在说什么。"

"他和你在一起不安全。我申请启动安全条款,请把罗布森送到我这里来。"

"和我在一起不安全?"蕾切尔·麦肯齐大笑起来,笑声就像金石相击,"你疯了吗?拉夫,我不在乎他们要怎么杀你,或者,哪怕他们真杀了你,可我了解月球,你死了他们也不会停手的。斩草除根,拉法。让你带着罗布森?做梦去吧。罗布和我待在一起。麦肯齐家会照看自己的孩子。"她转身对自己的刀卫说,"准备重新启动巴尔特拉跳跃,我们回克鲁斯堡。"

拉法在狂怒中含糊不清地咆哮起来。刀锋从磁力鞘急挥而出:护卫和刀卫。

"知道吗,你弟弟说得对,"蕾切尔·麦肯齐说,"你蠢得要死。你是想和我们开战吗?退下吧小伙子们。"麦肯齐家的刀卫打开了太空舱。蕾切尔·麦肯齐在闸门关闭时说:"我告诉你吧,你妹妹比你要吓人得多,而且她更有种。"

太空舱进入升降隧道,苏格拉底说,质量驱动器正在充能。

拉法一拳砸在了混凝土上,他的指关节喷出了血雾。

"我知道是你，"他吼道，"我知道是你！你想让他坐上科塔氦气公司的宝座！"

在返回子午城的途中，玛丽娜·卡尔扎合买了一个靠窗的座位，在上甲板。山脉和火山口既巍峨又黯淡，看上去并不壮丽，和她想的一样。她在看娱乐频道的一部浪漫肥皂剧。它毫无意义，又完全合理。精英分子的爱、背叛与竞争。所谓的精英是稀土矿工。剧情愚蠢、不断重复，演员的演技也糟糕。她看它，只是因为她有这个能力。她往家里发了一条讯息。妈妈，凯西：新闻新闻大新闻。我找到了一份工作！一份正当的工作。在科塔氦气公司，就是那些搞核聚变的家伙，五龙之一。我能给你们钱了。赫蒂将邮件发出，接着玛丽娜切入列车店铺清单，为她的亲随找一个新皮肤。可爱的机器猴子是很可爱，但是太大众了。佩剑的神。冒蒸汽的巫婆。半机械逆戟鲸。就是这个。她眨眼购买，赫蒂的默认形式重组为黑色的液态金属。玛丽娜发出一小声心醉神迷的尖叫。金钱让你自由。她再度望向窗外那柔和的灰色山脉和月溪，轮胎和足迹在上面印出花纹。她试图想象自己也在外面行走，和卡利尼奥斯·科塔以及他的集尘者们一起。科塔家的人用巨桶舀起尘埃，过滤，分拣，提取氦-3，然后把剩下的扔掉。脏活儿。

和卡利尼奥斯聊聊，卢卡斯·科塔当时这么说。玛丽娜跑了起来，危机过后的承诺如果不赶紧兑现，往往就会被忘记。卡利尼奥斯给她倒了茶，让她坐在博阿维斯塔的某个亭子里，向他和瓦格纳介绍自己。

"那么你是做什么的？"

"我的研究生读的是程序控制架构中的计算进化生物学。"

当卡利尼奥斯·科塔不理解某事时，他会有一个动作。他的下唇垂落了，只有一点点，而眉间则皱起几不可见的垂直纹路。她觉得这样很可爱。但是，当瓦格纳也同样皱起眉，就意味着他已经深入思考了她的话。

"这让制造过程更像生物学。"瓦格纳说。

"用最简单的话说，我在研究如何将地球高草草原这样的光合旱地生态系统，与月球这样光能丰富的环境进行类比，以及这种类推可以如何形成新的生产范式，并提高生产效率。科技总是能与生物学汇合在一起。"

"这很有趣。"瓦格纳说着歪了歪头，好像这些想法的重量让他失去了平衡一样。这个是你可爱的小动作。玛丽娜想。

"那么，你有任何在月面工作的经验吗？"卡利尼奥斯插话道。

"我到这里八周了。除了子午城的地下结构外，我还没见过别的东西。"

科塔家的两兄弟都还穿着他们的沙装。高可视性信号条贴合着他们的肌肉纹理。玛丽娜嗅到了他们身上的味道，那是月尘的火药味和再循环体液的味道。月亮上的汗味。两个男孩穿着脏兮兮的承压紧身服，却显得很闲适。他们令她感到痛苦和渴望，就如同滑雪板的装备和护目镜让她的灵魂蓄势待发。她的朋友们上了车，前往斯诺夸米和米慎山脊。他们热爱雪地。他们曾有一次提出要带上她，教她滑雪，但是有一篇论文到最后期限了。不是特别难的论文，但是很麻烦，需要时间。所以当他们上车时，她留在了公寓里，车子开走时，她寂寞地哭了。她完成了论文，但她永远都是那个错过了滑雪的女孩。再也没有第二次邀请了。每当她看到店里的护目镜、手套和滑雪装备时，每当天气报道说山巅开始下第一场雪时，渴望和遗憾就折磨着她。在某个平行宇宙里，存在着滑雪女孩玛丽娜，鲜活又欢乐。而贴得花花绿绿的沙装，还有头盔，它们就像雪的消息一样呼唤着她。机会又回来了。别做那个错过了月球的女人。

"我想在月面上工作。我想上去。我可以学会。"

"你得学会一整套身体技能。"瓦格纳说。

"我会教你的,"卡利尼奥斯说,"到若昂德丢斯的科塔氦气提取厂报到。"

"这我能做到。"她无声地让赫蒂去寻找住处。

"学会葡萄牙语,"卡利尼奥斯把这句话当作再会,安保人员正在护送成群的宾客和宴席的服务人员前往车站,"还有,谢谢你。"

玛丽娜在靠窗的座位上往后一倒。工作、公寓、人生彻底的变化,这一切都反映在一个细小的、几不可见的变化上:她轻轻弹起视野右下角的栖箔,看到氧气计量变成了金色。她的呼吸现在由科塔家买单。当列车驶进子午城,气闸封住车门时,玛丽娜的第二杯莫吉托咖啡也快要喝完了。自动扶梯带着她上升,进入猎户座方区中心那喧闹嘈杂的大厦中。每一个茶座和水站,每一家商铺和专卖店,每一家街边小吃店和服务部都闪闪发亮,装满了她能买的东西。然后她想起了布莱克,在城市上方的屋顶那儿,正一团一团地把他的肺咳出来。逆戟鲸—赫蒂向药商报价,谈妥了一个噬菌体治疗疗程的价格。多抗肺结核是最近从地球侵入的,严格的检疫隔离对它毫无效果,没过多久它就找到了宿体,像白色霉菌一样粘在上层贫民区方区高处潮湿、污浊的框架中。药摊打印出二十片白色的片剂。小小的白色药片。

高速电梯付费三比西。自动扶梯付一比西;向上,穿过平台、楼梯和西八十到九十层的巷道。一百一十层以上就没有任何器械了。她跑完了剩下的路程,跑上上城高街,不知疲倦地跃着大步,一步跨越整段台阶。这里是尿液买家,这里是我们的喀山圣母,依然黯淡无光、全无爱意。这里是她曾经嫉妒那个女飞人的小阳台。

房间是空的。一切都消失了:床垫、水瓶、布莱克的残羹剩饭、塑料勺子和盘子。连一丁点儿黏液,一小粒尘埃都没有留下。皮屑是珍贵的有机物。

她肯定是走错屋子了。

布莱克肯定是搬走了。

这肯定不是真的。

玛丽娜倚向门框。她不能呼吸了。不能呼吸。赫蒂调整了她的肺功能。呼吸。她不能呼吸，她不应该呼吸。布莱克离开了，她还在呼吸这不应得的空气。

"发生了什么？"她朝这蜗居中挂着帘子的门和空荡荡的窗户大喊。在楼梯和走廊上，上城高街没有任何反应。"你在哪儿？"

我有视频片段。赫蒂说道，玛丽娜的视镜立刻给空房间添上了形体。扎巴林和他们的机器人。清道夫。她瞥见了一只脚，踝关节向外，在床垫的尽头。扎巴林走近它，把它拨到了视野外。视频是一个街道摄像头抓拍的，因此角度很差，清晰度也很低。那个扎巴林出来了，每只手里都拿着一个巨大的金属滤毒罐。

"关掉把它关掉！"她尖叫着。赫蒂关闭了数据流，玛丽娜最后看到的影像，是机器用真空塑料盖住了门窗。最后的每一点皮屑，最后的每一滴血。无能为力，无法申诉。布莱克死了，可是在月球上，死亡并不能免除债务。扎巴林邪恶地将他身体的每一部分回收，再循环成有用的有机物，从而支付布莱克欠下的栖箔账目。

一直咳到死，听着扎巴林的机器人在门前窸窸窣窣，等待你的咳嗽声归于沉寂。

"你们为什么不做点什么？"玛丽娜朝门窗外大喊，"你们本来可以做点什么的。也不用费很多事。只要每个人给一两个德西玛。给一两个德西玛你们会死吗？你们都是什么人哪？"回答她的只有空荡荡的门，转身的后背，匆匆离开的肩膀。月球的人类。

列车否定他，拒绝他，藐视他。

从来没有什么东西藐视过卢卡西尼奥·科塔。有一会儿，这种毫无遮掩的冒犯让他呆若木鸡。他又一次命令靳纪打开闸门。

通道被禁止向你开放。靳纪说。

"你是什么意思，被禁止？"

前往列车的通道限制通过，限制名单如下：露娜·科塔，卢卡西尼奥·科塔。

当他父亲告诉他博阿维斯塔已拉闸上锁时，卢卡西尼奥以为他是在开玩笑。保护孩子。

"破解它。"

我没有这个能力。我可以通知安保部。你希望我通知安保部吗？

"算了吧。"

卢卡西尼奥曾经很乐意在博阿维斯塔和若昂德丢斯随意游荡。用你命中注定的生活方式生活。不用急着回到大学里：他的研讨会可以替代他错过的学业。这是它存在的理由。可现在他父亲把他锁住了，他必须出去。这会让人有幽闭恐惧症，博阿维斯塔是一条岩石肠子，他被锁在这怪物的肚肠里，慢慢地被消化。他举起一只拳头，准备揍这目中无人的金属大门。等等。他突然有了一个绝妙的、更好的主意。

卡利尼奥斯和瓦格纳是通过月面闸门进来的。他可以从那里出去。等他从那个闸门出去，他就可以去任何地方。随便哪里。远远地离开。见鬼的拉闸上锁，见鬼的家族安保。见鬼的家族。还是不要让他奶奶见鬼好了。她老了，不再是过去的她了，但她仍然能爆发出凛冽的气势。卢卡西尼奥钦佩她能轻而易举地让人敬仰她。卡利尼奥斯也除外，虽然卢卡西尼奥从来都不太知道要和他叔叔说什么，不知道要怎么告诉叔叔自己觉得他挺好的。有好几年，卢卡西尼奥都担心卡利尼奥斯觉得他就是个混蛋。孩子们甚至根本不值得考虑。而其他人，见他们的鬼去吧。

尤其是要让他父亲见鬼去。

救生装的内衬不是为第三代设计的，卢卡西尼奥花了五分钟才费力地穿上它。救生装外壳的压力袋装不下他的衣服了。无所谓，他可以到若昂德丢斯去打印新的。他解下月神别针，把它装进压力袋。救生装是一个圆滚滚的、科幻小说里机器人罗比[1]的模样，显眼的橙色，还带有闪光装置。里层的空间足够宽敞，可以让卢卡西尼奥动来动去。靳纪读取救生装的系统，给它充能。到了月面上，他将离开网络覆盖范围。锁扣扣牢，密封封好。增压状态下，气体嘶嘶作响，然后渐渐无声。

"让我们去散个步吧。"卢卡西尼奥深吸了一口气。靳纪带着卢卡西尼奥大步走向外闸口。他记起自己上一次出闸的经历。赤裸的身体，膝盖顶着膝盖。赤裸的阿蓓纳·阿萨莫阿就在他对面。压力减小时，汗水从她曲线完美的乳房上蒸发。他会拥有这对乳房的。就在外面的世界里，他会找到它们。这是他应得的，她让他流血了。

他没有去想入闸的事。肢体缠结，挤入闸门，失去意识。痛苦红色黑色痛苦。紧急重新增压时的尖啸声。

外层闸门砰地打开了。

靳纪控制着外壳的伺服系统，将救生装推入大步速疾跑状态。安保部门会知道有个闸门被打开了，有件救生装被拿走了。但他们不会知道是谁拿走了救生装，去了哪里，用多快的速度。尽管他们最终会搞清楚，但那时卢卡西尼奥已经不在月面上了，他会重新增压，摘下这硬壳，消失在若昂德丢斯的人群中。

你没那么聪明，帕依[2]。

卢卡西尼奥走出若昂德丢斯的闸门，登上电梯前往闹市区。救

---

[1] Robbie-Robot，即 Robby the Robot，机器人罗比是一个虚构的、科幻小说中的标志人物，最早出现在 1956 年的电影《禁忌星球》中。随后他频繁地出现在科幻电影和电视节目中，不受最初电影中角色的限制。

[2] 帕依（Pai）：葡萄牙语，老爸。

生装将被回收，以自身动力慢跑返回博阿维斯塔。它们太贵重了，不能被随便丢弃在丰富海上。某天也许会有一个生命依赖于它。把逐月标志别在救生装的承压纤维上的过程，几乎和穿上它紧绷的内衬一样艰难。他破坏了它的完整性。他希望不会有哪个生命在某天需要依赖于它。希望自己的生命不需要仰赖于它。不，刚才是卢卡西尼奥·科塔最后一次意图在月面上行走。

若昂德丢斯是一个半成品城镇，未加工的岩石和低矮的楣梁，街道和方区都又窄又斜。安全门开关不灵，日光线时时闪烁。这里弥漫着粪便和体臭的味道，环境系统挣扎着，以它们能承受的性能极限运作。水有电池的味道。太多人了，匆匆忙忙的人们。总是有人在你前面，挡着你的路。手肘和呼吸，亲随们飘浮着的主人的残影。叹息声和呼唤，传单和涂鸦上都是葡萄牙语。若昂德丢斯是氦气之城，一个边境城镇。一个企业城镇，正因如此，卢卡西尼奥不会留在这里。

"如果你是我父亲，你会怎么做？"卢卡西尼奥问靳纪。

我会冻结你的现金账户。

于是卢卡西尼奥走向了车站，而不是时尚打印店。

救生衣内衬在若昂德丢斯很常见，人们甚至觉得这很正常。但是在子午城总站，到他站上自动扶梯，升向加加林大街时，已经有大概二十个人转过头来看他。这件内衬得从这儿滚出去，是不是？哪怕他把它穿得挺好看？他能让大家相信它是件小潮牌吗？二十世纪五十年代的风格已经是上个月流行的了。月面工作者的时尚。蓝领是他们的精神核心：如此坦诚，只在当下。他开始略微加大了步子。从包装概念上领先，让欲望领导潮流。昂首阔步。他感觉很好。他达成了一件成就。因为博阿维斯塔没能关住他，家族没能留住他。因为他跑掉了，凭借着他自己的才智和冷静。因为他自由了。因为他回来了。这可不仅仅是一件，这是很多成就。卢卡西尼奥不只是感觉很好，他感觉棒极了。

当他点了电子烟和薄荷茶，在咖啡座上舒展手脚时，侍者忍不住盯着他看。是在看这衣服，还是看衣服包裹着的肌肉？卢卡西尼奥拱起背来绷紧腹肌，张开双腿展示大腿上的肌肉群。他喜欢被人看着。我是个穿着救生衣的有钱小孩。我让这玩意儿看起来很赞，但你买不起。

卢卡西尼奥弹开电子烟的尾端，吸了一口。THC[1]清凉凉地盘旋在他的喉咙里。他感觉到身体内部的放松，还有精神的愉悦。他抿着一杯茶，让靳纪在他的视镜上投射"男孩之男孩"的清单。凑齐一身行头时他很兴奋。靳纪将订单弹进一家印刷店，可是订单又被弹回来了。

支付被拒。

卢卡西尼奥从云端跌了下来。这是一次漫长的坠落，摔到底这一下真够他受的。

你的账户被冻结了，靳纪说。卢卡西尼奥的胃里张开了一个恶心的大口子，里面全是旋转绞动的牙齿。他打量四周，看有没有人注意到他的晕眩和气喘。摩托车呼呼地开过去了，熙熙攘攘的人群在加加林大街的树下川流不息。没有人知道在这一瞬间，他从龙变成了虫。没有钱，他没有钱了。他从来没有没钱过。他不知道没钱要怎么办。

卢卡西尼奥用手去摸阿蓓纳·阿萨莫阿扎在他耳朵上的牙钉。当你需要阿萨莫阿家的帮助时，当你再也没有别的希望，当你像我哥哥一样孤独、赤裸、毫无庇护时……他转动它，感受着它扯动伤疤时带来的细微疼痛。不。他还没有那么绝望。他是卢卡西尼奥·科

---

[1] THC，中文名称为四氢大麻酚，大麻植株中的精神活性成分，是已知大麻素的一种，发现于雌性大麻花干的树脂腺体内。也可化学合成制得。

塔，他有魅力、英俊和性感。这都是他可以充分利用的东西。

他栖箔上的四个数字庞大又闪耀。它们是整个世界：空气、水、碳、数据。他们没法切断四元素的供给。通常人们必须工作才有能力购买空气和数据，而科塔家把这些事都安排好了。他能呼吸，他能喝水，他能联网，他还有他的碳素津贴。以此为基础，计划你的下一步行动。他不能去公寓，他父亲的护卫可能早就等在那里了。他还有朋友们，有埃摩们，他有可以去的地方。他需要衣服，需要暂住的地方。

他得隐去踪迹。对。这事。他父亲能通过网络追踪他。所以靳纪必须离开。这个决定让卢卡西尼奥恐惧得脐下三寸都绷紧了。离开网络，断开连接。他犹豫着，不想说出关闭靳纪的话。这意味着社交层面的死亡。不，这是幸存。他父亲可能早就通过失败的支付锁定了他的位置。契约安保可能都已经在路上了。

他需要为电子烟和茶付钱。

不他不需要为它们付钱。就像在博阿维斯塔和若昂德丢斯时一样，他可以就这么走掉。侍者会做什么？用刀捅他？引发暴动？他仍然是一个科塔。碰一下某个科塔，所有科塔都会宰了你。月球上没有罪行，没有盗窃罪，没有谋杀罪。只有契约和谈判。

卢卡西尼奥静悄悄地离开椅子，沿着加加林大街漫步。哪怕穿着荧光粉的救生衣内衬，他仍然消失在了拥挤的人流、车辆和机器人中。又走了几步，他已经在树下了。别回头，绝对别回头。他一边走一边删除靳纪的指令和程序，切断连接，点击关闭通用程序，直到他左肩上方只剩下一个在盘旋的空皮肤。如果人们在增强视野下都看不到他有个亲随，会怀疑的。

猎户方区的墙从他两侧升了起来，一层又一层，一级又一级。光线和霓虹灯，罗马语、斯拉夫语和中文的霓虹灯。断开靳纪就是从世界上抹去了一层增强的广告，但仍有实体屏幕和可爱卡哇伊的卡通，俯视着他。独自一人在子午城，拇指指纹里连一比西都没有。和穷人一样。但他在这里有朋友，在这世界之墙的灯光之中。所以他并不是真的穷人。让贫穷见鬼去吧，他得行动起来。

当阿列尔抵达为中国贸易代表团举办的招待会时，整个月球都为她痴狂。LDC 在中央圆厅的第八十层租了一个开放式观景台，圆厅位于宝瓶座方区汇聚了五条大街的中轴上，将数公里的街景都尽收眼底。藤蔓植物的帘幕从垂直的花园里落下，掩住了敞开的拱门。上方，灯火飘浮着横越虚空。

阿列尔身穿一条赛尔·查普曼鸡尾酒会礼服。每个人都朝她看来，每个人都想成为绕着她转的卫星。她能听到窃窃私语声，看到人们都在向她点头。关注就是氧气。她深深地吸了一口她的钛电子烟，迈进了会场。

五龙的宾客：来自金凳子的亚奥·阿萨莫阿；不情不愿的、害羞的阿列克塞·沃龙佐夫；维里蒂·麦肯齐抱着一只漂亮的安哥拉宠物雪貂，一只真正的生物，它吸引了众多赞赏的目光；孙伟伦正在那些中国人的外围打转。

中国代表团来的全是男人，他们的动作还处于笨拙又夸张的状态。他们没有费劲调整自己的身体去适应月球的重力，因为他们没想在这里待多久。他们鞠躬，微笑，和阿列尔握手，完全不知道她是谁，只知道她看起来很有名。阿列尔享受着兴奋给私处带来的细微刺痛，她是个穿着赛尔·查普曼的间谍。

LDC 的要员。公司经理和财务经理。律师和法官。

长井理惠子法官在房间那侧点点头，朝着月鹰的方向。我向鹰王提到了你，她通过亲随对阿列尔说，他批准了。阿列尔举起鸡尾酒致意。欢迎来到雪兔会。

那就是月鹰，乔纳松·卡约德，月球发展公司的行政长官；国王、教皇与皇帝，但实际上他只是一个名义上的领袖，一只羽毛鲜亮的笼中鸟。他的亲随就是一只月鹰，只有他能使用这个皮肤。而他的欧可阿德里安·麦肯齐，总是谨慎地让自己肩上的色彩比华丽的老鹰更单调一些。他的亲随是只大乌鸦。

"著名的阿列尔·科塔，"月鹰说道，作为一名在地球出生的人，他个头很大，像是从拉格斯来的伊博巨人。哪怕是第二代在月球出生的孩子，他也足以和他们比肩，"我可以相信你不会在这里发起一场决斗吗？"

"穿着这条连衣裙？"阿列尔轻佻地说着，但仍然把她的空酒杯翻了过来，这个讯号的意思是她将挑战整个派对。月鹰不知道这个讯号的意思，但他的丈夫是澳大利亚人，他明白这个玩笑。他的微笑很淡。

"我在名人场[1]上押你赢，"鹰王轻声说，他扫了一眼自己的欧可，"我们参与这些小竞赛，它们让我们保持理智。但他输得很惨。"

"哪怕是在月球上，一个女孩要获得关注的唯一方式还是脱衣服。"

月鹰狂笑起来。他笑得非常大声，整个房间在一瞬间凝固了，然后，这微乎其微的、幽默的余波才在整个派对上泛起涟漪。人们也笑起来，因为比他们重要的人在笑。

"太对了。唉，太对了，不是吗？"他开玩笑地拍了拍阿德里安·麦肯齐的肋骨。阿德里安畏缩着，强忍住了愤恨。传言说阿德里安·麦肯齐的策略令月鹰的办公室变得更加政治化，更加强大，更加有统御力，但同时也使它更深地坠入麦肯齐金属公司的钱袋中。"在公众眼里，你们家的人都有着过人的天赋；你穿着内衣赢得了一

---

[1] Celebdaq：原为"名人价值交易"，BBC 的游戏节目，将许多名人当作股票上市，玩家需进行相应的股市操作。在此处则为月球上的一种赌博方式。

次辉煌的'法庭胜利'；你的侄子在逐月赛里救了阿萨莫阿家的男孩；然后是你的兄弟，哦，让人震撼，非常令人震撼。"

"看来我们把某个安全漏洞和另一个混在一起了。"阿列尔朝着灯光吐出一口螺旋上升的烟。

乔纳松·卡约德眨了眨一边的眼皮。

"鹰之眼。"他一语双关。他领着阿列尔穿过木槿花的帘幕，走到外侧的阳台上。阿德里安·麦肯齐则收到一个眼神示意，让他待在里面。阳台很高，从下层盘旋而上的气流搅动着这里的空气。光线进入日落模式。金色的迢迢光芒，淡紫色的暗影，靛蓝色从遥远的下方升起，整个区域都在光线中变得鲜活起来，微尘闪烁着。乔纳松·卡约德用一种低沉又亲密的方式轻声说："你能加入我的顾问小组，我很高兴。"

"我很荣幸。"

"就我个人而言，我觉得科塔家是时候掸掉靴子上的尘土，接受政治领域合适的位置了。它并不是一个肮脏的字眼，政治，然而我们总是被刺杀计划干扰。这就好像是某种瘆人的倒退，退回了六十年代。决斗、仇杀和暗杀——我们已经把这些东西抛在身后了。当然了，鹰团没有权利干涉这些，但我们可以提出建议、发出警告。如果科塔家的机会被某些好斗的兄弟的行为妨碍了，那实在太令人遗憾了。"

月鹰低下头，阿列尔·科塔拢起手指。会见结束了。乔纳松·卡约德拂拨开木槿帘幕，掉落的花瓣撒在他穿着阿格巴达 [1] 的肩头。阿德里安·麦肯齐挽起他的手臂。

阿列尔留在后头，靠在石栏上。无人机和微型直升机的桅顶灯、飞车的闪光、升降机和电动吊篮宝石般的顶板。她沐浴在光芒里，

---

[1] 阿格巴达（Agbada）：约鲁巴人的正式礼服，一种宽大飘逸的长袍。

呼吸着它，就像一条鱼呼吸着水，吐出光的气泡。

她抽着长长的电子烟，回顾刚才短暂的交谈。两件事。LDC 知道了暗杀事件，也知道拉法认定这是麦肯齐家和科塔家旧怨的升级。月鹰让亲随旁听这场谈话，将它留在了网络记录中。她得把它转发到博阿维斯塔，送回其中所含有的承诺和威胁。我们可以做月球上的王者，就如我们是氦气之王一样，但我们的行为也必须像王者，而不是野蛮的先锋。月鹰考验她的任务就是约束她鲁莽的兄长。

派对正在召唤她，她今晚将要肆无忌惮地与人打情骂俏。不过还剩最后一点工作，科塔家的工作，哨探的工作。她朝一个男人歪了歪头，他整晚都徘徊在她的视野边缘。这个男人走出来，上了阳台，在她旁边站了片刻，望着外面川流不息的世界。

"安岫英。"他说话时没有看她，也没有致意。

然后他走了。他是月球发展公司的中级公务员，凭他的薪水买不起身上的西装，也请不起一位尼卡哈律师，后者让他娶到了他用自己那勇敢又虚弱的心脏一心一意爱着的孙家男孩。

"卢卡斯。"阿列尔对贝加弗罗呢喃道。她兄弟立刻上线了，他整晚都在等这次通信。

"安岫英。"阿列尔说。

"谢谢。"

"不要再叫我帮忙了卢卡斯。"阿列尔说完便切断了连接。她直起身体，放下白日的紧张与坚硬。自信是最诱人的首饰，她佩戴着力量赋予她的性感珠宝。她将它们佩戴得如此得体。

门口有什么动作和声响。一个非机器人的粉色形体和冷酷无情的人类保安。需求，愤恨，希望。恳求。现在中国人都在看那边了。

"科塔女士？"阿列尔没看到这位走近的副官，这个声音是突然间钻进她耳朵里的。这是副官们应该做到的，难以觉察地接近。一个老鹰别针别在副官的苏济·佩雷特晚装胸前，昭示着她效忠的对象。"您认识一位小卢卡斯·科塔吗?"

"我侄子。"

"他想见您。如果可以的话,请在外面见。他的服装不太合适。"

那个粉色的家伙认出了她。那是什么,救生装内衬?但毫无疑问,他就是那个英俊的大笨蛋。她不会弄错那爱神般的双颊,那将心脏融化的灿烂微笑。

"姑姑,"他用葡萄牙语说,"我从博阿维斯塔跑出来了,我能待在你家吗?"

蛋糕和薄荷茶在阿列尔闲置已久的小厨房里等着她。

"我给你做了蛋糕,"卢卡西尼奥说,"为了吊床,向你表示感谢。"阿列尔的公寓非常小。单身公寓。她在中国代表团接待会会场的门口把卢卡西尼奥赶到了这里。打印机料斗里有一张吊床等着他。当她回家时,他已经瘫在里面,完全失去了意识,张着嘴,摊着手脚,在理查德·阿维顿拍摄的朵薇玛[1]正面巨幅照片下方陷入了沉睡。这张照片是阿列尔房里唯一的装饰:惨白的脸,柔和的黑眼睛和嘴,还有鼻孔。

"你不会告诉帕派[2]吧?"卢卡西尼奥问。

"卢卡斯会发现的,"阿列尔说着,切了一片蛋糕。柠檬味,清淡得宛如呼吸,"说不定他已经发现了。他会问我的。"

"那你会怎么说?"

"我哥哥欠我一个人情。"卢卡斯会熬个通宵,收回债款,寻求同盟,整编他生物类和信息类的代理,让他们排队,一直排到地

---

[1] 朵薇玛(Dovima Marion):这位超模被公认为一个时代最美丽的女人,是二十世纪五十年代"New Look 风潮"代表人物。著名摄影师理查德·阿维顿(Richard Avedon)将她视为自己的灵感缪斯。

[2] 帕派(Papai):葡萄牙语,父亲。

球上。他将利用一切可以对安岫英施加压力的资源，其中最关键的是他从容谨慎、冰冷无情的智慧，它们永不停息或放弃，除非卢卡斯·科塔得到他想要的东西。阿列尔几乎要对那个可怜的男人感到歉疚了。卢卡斯会采取突然袭击，锋锐无匹，令人在劫难逃。"所以我想怎么说就怎么说。"就这一次。但她也不是清白的。作为雪兔会的一员，她已经泄露了机密资料，就在月鹰的眼皮底下。卢卡斯从来都不赞成她在家族之外寻找生活和工作。现在，为了家族，她犯下这一次微小的背叛，将把柄递到了她哥哥手上。不是现在，也不会很快，但总有一天，等他非常需要它时，他会使用它的。为了家族，永远为了家族。"这个蛋糕，"阿列尔又吃了一口，"你在哪儿学的？"

"大家都在哪里学各种东西？网上，"卢卡西尼奥把蛋糕推向阿列尔，好让她看清楚，"我很擅长做蛋糕。"

"没错。"

"做它可有点复杂。你的厨房里没多少东西。实际上，只有水和杜松子酒。"

"你点了外卖？"

"原料，对。一些没法打印出来的原料，比如鸡蛋。"

"那你还收拾得挺干净。"

他的笑容和快乐是坦诚的。

"阿列尔，我能留下吗？"

阿列尔想象他长住在她的公寓里。在这些雪白的、空无一物的墙面间，有定制杜松子酒和纯净水装在她的冷却器里，有一张巨大的、死去已久的二十世纪五十年代超模的脸，她闭着眼，咬着下唇，阿列尔想象在这一切间有着某个欢快的、有趣的、无法预测的东西，某个可爱又友善的东西。

"他没欠我那么多。"

他耸耸肩。

"好吧，我能理解。"

"你要去哪儿？"

"朋友家。女孩子，男孩子。我的研讨会。"

"等等，"阿列尔匆匆走进房间，从她的包里拿了些纸，"你需要这个。"

卢卡西尼奥皱眉看着他手上那一把灰色的纸片。

"这是？"

"钱。"

"哇哦。"

"现金。你父亲冻结了你的支票账户。"

"我从来没有……哇。它的味道很有趣，像是有点辣，好像辣椒。它是什么做的？"

"纸。"

"那又是……"

"破布纤维，鬼知道是什么意思。而且没错，LDC 并不认可它，但它能让你得到你需要的东西，除此之外，还能带你去你想去的地方。"

"你怎么得到它的？"

"客户们在结账时往往很有想象力。尽量别一下子就花完。"

"我要怎么用它？"

"你总会数数吧？"

"我给你做了个蛋糕。我会数数。会加法，还会减法。"

"你当然会了。一百，五十，十和五，你就这么用它们。"

"谢谢你阿列尔。"

又是那种让心脏融化的灿烂笑容。阿列尔觉得自己又回到了十七岁，刚从母亲的羽翼下离开，大世界的光亮耀花了她的眼。那时远地大学刚刚在子午城召开它的第一次学术研讨会，而阿列尔·科塔的名字排在学习小组的第一个。远地大学是个让人讨厌的大杂院，若昂德丢斯是个脏兮兮的采矿基地，博阿维斯塔比一个洞穴好不了多少。子午城色彩鲜明、富有魅力、激情四溢，并且拥有月球上最优秀的法律头脑。她搭乘了巴尔特拉，只嫌它带她离开科塔氦气的速度还不够快。她逃走了，她一直游离在外。卢卡斯不会让这事发生在他儿子身上。卢卡西尼奥的未来已经像桌面游戏一样被摆好了：博阿维斯塔会议桌边的一个席位，一份他能够胜任的家族工作。那里怎么会有爱心蛋糕的位置？就像他父亲对音乐的热爱，它们已屈从于科塔氦气的需求。

享受这次小小的出逃吧，孩子。

"一个提醒：我花了很多碳素打印这些衣服。至少你应该穿上它们。"

卢卡西尼奥咧开嘴笑了。他真的是帅气逼人，阿列尔想。那些肌肉，那些金属，还有舞蹈家般的平衡感。而且蛋糕真是好吃极了。

手球！竞赛之夜！手球！若昂德丢斯的男孩队对战孙家男人的老虎队。

光明体育场是一个罗马式的圆形大剧场，陡坡上的座位和包厢是岩石凿成的，它们一层层地堆叠，以至于在最顶层几乎可以垂直俯瞰球场。比末等座位更高的只有灯光和机器小飞艇，后者是可爱的卡通形象，机腹上挂着广告。粉丝们都坐在一起，球场上的球手如果能在某一瞬间拨出点注意力，就会看到一层层人脸组成的墙。他会觉得自己像矿井里的角斗士。球手还没有进场，摄像机掠过由粉丝组成的堤岸，将他们的脸投射到每个人的视镜中。在下方的球场上，杂要人表演着惊人的绝技，啦啦队队长意气风发，漂亮的男孩女孩们做着让人惊叹的体操动作。粉丝们在每场比赛前都要看这些，它们是规则的一部分。音乐和灯光。像神灵一样胖胖的小飞艇们组成了新的队形。嘲弄和口哨声：LDC 当然为比赛提高了氧气价格，但是人们下注依然疯狂。

若昂德丢斯的人们住在坑道和大杂院里，但他们拥有月球上最棒的手球场地。

拉法·科塔打开董事包厢的玻璃墙，陪同安岫英走到了阳台上。他的右手被裹在一个治疗手套里。他真蠢，又蠢又轻率，又蠢又急躁又情绪化。罗布森应该和他一起在这里的，在包厢里，俯视那成排的粉丝：那是你的队伍，儿子，你的球手。他用错了方式，从他看到蕾切尔·麦肯齐完美无瑕、风姿绰约地走出巴尔特拉舱室时，他就错了。他记得他爱慕她的每个方面。从容、骄傲、智慧和火焰。一场家族联姻。科塔家和麦肯齐家的休战协定，由一个儿子来封印。罗布森是婚姻契约里的关键条款，也是令他们分离的事物，就像挤裂岩石的冰。在洗礼时——一次是为了教会，一次是为了奥瑞克萨——他曾见到麦肯齐家的人围着婴儿，像一群翻拣食物的鸽子般轻声细语。吸血鬼。寄生虫。蕾切尔每次带他回娘家——一次比一次去得久——猜疑和恐惧都会挖空他的骨髓。他裹在手套里的伤手又抽痛起来了。

但这会儿是竞赛之夜。竞赛夜！他还有一个来自地球的客人。比赛要开始了，而除此之外还有另一场比赛，在今晚这个舞台上，后一场才是真正重要的。

关闭你的情感，拉法。

当安岫英走到阳台上时，现场浩大的声威与气势顿时令他一惊。拉法朝顶层楼座举起一只手，球迷们回以咆哮。老大在这里。拉法看到隔壁包厢里的杰登·文·孙，便跳过去迎接并戏弄他的朋友兼对手，把他的客人扔在原地，感受竞赛夜的氛围。这个地球人双手紧握着围栏，被音浪和重力弄得晕头转向。

现在，场上的播报员正在念队伍名单。球迷们当然可以通过亲随即刻获得这份讯息，但那样就失去了团体感、当下的参与感和激情。每个名字都引来欢声雷动，最澎湃的声浪献给了穆罕默德·巴斯拉，这位左边锋是刚从 CSK 圣叶卡捷琳娜队签过来的。

"这非常令人兴奋，科塔先生。"安岫英说。

"队伍还没出来呢。"

开场的号角！客队队员跑上了球场。客队支持者们在球场那一头疯狂地挥舞着旗帜，吹着哨笛。在隔壁的包厢里，杰登·文·孙挥舞着拳头，把自己的喉咙叫哑了。他的太阳虎队队员们在彼此手中快传着几个球，练习跳跃、猛击和肩撞。守门员把一个小小的象征物挂在了小小的球网后面。这是手球成为月球上最重要的团队运动的原因：重力也许是自由的，但球网却没有空隙。

音乐！孩子们回来了。这是男孩队的主题曲。男孩子们来了，男孩们，男孩们！球迷们站起来了，他们的声音变成了某种超越噪音的东西，光明体育场的封闭场馆都在声浪中颤动起来。拉法·科塔陶醉其中。它把他的怒火与伤痛冲刷干净。他爱这一刻甚至胜过胜利，这一刻他张开双手，魔法喷涌而出。看我给你们带来了什么？可我是自私的，我也把这一切献给了自己。我是个球迷，就和你们一样。

球队开始在场上热身了。安岫英往前靠在围栏上，拉法可以看到他隐形视镜的移动：他的亲随正在拉近镜头，那是穆罕默德·巴斯拉的后背，他的名字，他的号码，还有赞助商的商标。

"这些球衣是第一次登场，"拉法说，"新赞助。金凤控股公司。"同样的商标也出现在若昂德丢斯男孩队的每个队员背后。

安岫英从围栏处退了回来。他的手在抖，他的脸一片苍白，并且满是冷汗。

"我感觉不太舒服，科塔先生。我不确定我能看完比赛。"

而卢卡斯出现在了他身后。他的衬衫如此挺括，他的皱纹如此锐利，他的装饰手帕如此一丝不苟。

"听到这个我很遗憾，安先生。这可是大场面。是我们选的球衣商标让您心烦了吗？金凤，这是个有趣的公司。我发现要确定他们具体的经营内容真是无比艰难。据我调查，它的存在似乎只是为了通过一系列在避税地注册的空壳公司——其中很多是在月球注册的，以一种甚至连我都很难追溯的方式——来挪用基础设施建设基金。如果你不想看比赛——老虎队会赢的，拉法的男孩们整个赛季的状态都很糟糕——那么，我们也许能聊聊你和金凤公司的关系。你瞧，我可以公开此事。你们的政府似乎正在进行新一轮的周期性反腐行动，处罚相当严厉。或者，我也可以隐瞒此事，拉法可以撤掉那些球衣。这由你决定。我们也可以聊聊中国电力投资公司未来的氦-3需求，科塔氦气公司绝对可以满足它们。比赛要持续一小时，我确定我们有足够的时间达成共识。"

一只手搭在了安岫英肩上，领着他回到了董事包厢。在关门之前，卢卡斯朝他的兄长点了点头。

蕾切尔是对的，拉法想，你比我聪明。然后口哨声响起，球飞起来了。比赛开始了！

一个小时，加上暂停时间。老虎队赢了，31：15。一次惨败。杰登·孙得意扬扬，拉法·科塔垂头丧气。卢卡斯从来不会猜错比赛结果。

电车带来了一名乘客。博阿维斯塔的安保部已经接到了通知，监视必须有所收敛，无论如何都不能搜查这名乘客。她是受到阿德里安娜·科塔的个人邀请而来的。

车子驶进了博阿维斯塔的车站。这位女士踏上了光亮的石板地面，哪怕以月球的身高标准来看，她都是高个子，暗色的皮肤和眼睛，身形瘦削。她穿着一身蓬松的白色衣裙：层层叠叠的裙摆，松散的头巾。针织披肩是金绿色和蓝色，成串成串沉重的珠子绕在她的脖颈上，每只耳朵和每根手指上都戴着金环。她宽松的衣着更彰显了她的身高和瘦削。这个女人没带亲随，这种缺失就像是一种身体的残缺。守卫都挺直了背，她身上散发出一种魅力，他们根本不会考虑要搜查她。

"姐妹。"博阿维斯塔的管家尼尔松·努内斯问候道。这位女士微微偏了偏头，向他致意。她在科塔家的花园里停下来，抬头看了看天幕，对着虚假的阳光眨着眼。她看清了奥瑞克萨们巨大的石雕脸庞，无声地念出每一个神灵的名字。

"姐妹？"

一个点头。继续往前。

阿德里安娜在圣塞巴斯蒂昂馆等着，这间由梁柱和穹顶组成的精美馆阁位于熔岩管斜坡的最高点。水在它的圆柱之间奔流着。有两把椅子，一张桌子，一个俄式茶壶里装了薄荷茶。穿着休闲裤和软丝绸上衣的阿德里安娜·科塔站了起来。

"洛亚姐妹。"

"科塔夫人。我为您带来了姐妹会最热忱的问候，以及圣人和奥瑞克萨的祝福。"

"谢谢你，姐妹。来点茶？"阿德里安娜·科塔倒了一杯薄荷茶，"如果我们能在这个世界种出咖啡来多好啊。我上次喝阿拉比卡咖啡已经是快五十年前的事了。"

女人坐了下来，但没碰那杯茶。

"我对你们家最近遇到的麻烦表示遗憾。"她说。

"我们活下来了。"阿德里安娜说着，抿了一口她的薄荷茶，扮了个鬼脸，"真难喝。你永远没法不担心他们。拉法不会放弃罗布森，卡利尼奥斯急着要回荒野里去，阿列尔已经回到子午城了，卢卡西尼奥跑掉了。卢卡斯冻结了他的账户，但这不能阻止那孩子，卢卡斯没有意识到他的儿子有多像他。"

洛亚姐妹从她那瀑布般串联着的珠子间拿起一个十字架，举到唇边，亲吻了上面受难的男人。

"圣徒和奥瑞克萨保佑你。瓦格纳呢？"

阿德里安娜·科塔用另一个问题推走了这一个。

"你呢，你的工作现在安全吗？"

"圣人和罪人都得缴纳呼吸税，"洛亚姐妹说，"天主教依然在反对我们。另一方面，我们举办了我们最成功的圣母升天节。您的资助对我们而言是不间断的赐福。这么多世纪以来，像我们这样想的人实在太少了。"

"你们投资人，我投资技术。我们的长期目标殊途同归。如果它们现在就能会师，那是最好的，这样它们在下一次会合时就会认出彼此，那也许会是几百年，甚至几千年后。有远见的人真的很少。真正的远见。我们都是世家王朝。"

小溪中传来了泼溅声，被话语声吸引来的露娜出现了，光着脚，穿着一条红色的小裙子。

"你是谁？"她问一身白色穿着的女人。

"这是当今领主姐妹会的洛亚姐妹，"阿德里安娜说，"她正和我一起喝茶。"

"她没有喝她的茶。"露娜指出来。

"你的肩上是什么？一只蛾子？"洛亚姐妹问。露娜点点头，尽管这个瘦削的、白色穿着的女人在微笑，她还是有点怕她。"她被光明所吸引，但是因为她十分单纯，就很容易分心。飞蛾很脆弱，但她是叶玛亚 [1] 的女儿。这只蛾子，她拥有强大的直觉。她被爱吸引，而他人也爱她。"

---

[1] 叶玛亚（Yemanja）：巫班达教中的海洋、妇女及儿童的守护神。

"你没有亲随。"露娜说。

"我们不使用他们,他们使我们混乱,他们妨碍我们的沟通。"

"可你能看见我的。"

"我们都戴着视镜,小天使。"洛亚姐妹伸手在头巾的褶皱中拿出一个小东西,把它按在了露娜的手掌里。那是一个小小的、打印出来的塑料美人鱼祈愿像,她的额间有颗星星。"我们的水之女神。她会成为你的朋友,引领你向光明前进。"

露娜握紧了这个圣像,顺着翻滚而下的溪水跳走了。

"谢谢你的好意,"阿德里安娜说,"我关心我所有的孙辈,但我最爱露娜。我替他们担心。穿人字拖的人三代后还是穿人字拖。你知道这个说法吗,姐妹?第一代人白手起家,第二代人创建财富,第三代人挥霍财富,重新变成穷人。这是长期工程,姐妹。"

"您为什么叫我到这里来,科塔夫人?"

"我想忏悔。"

洛亚姐妹平静的脸上浮现出惊讶的神色。

"恕我冒犯,夫人,在我看来您并不像一个应该有罪恶感的女人。"

"而姐妹会也不是一种应该有罪恶感的宗教。我是个老女人,姐妹。我七十九岁了,这个年纪在生物学上并不算老,但我比这个世界上的大多数东西都要老。我不是第一个,但我属于最早的那几个。最初我一无所有,就是个默默无闻的女孩,然后我创建了这一切,侵入了天空。我想讲讲这个故事,所有的往事,好的和坏的。你真的认为那些资金是白捐的吗?"

"科塔夫人,精神的朴素并不代表天真。"

"你要一周来一次,我会向你忏悔。我的家人会打听这事——卢卡斯需要保护我——但他们现在用不着知道。一直要到……"阿德里安娜·科塔顿住了。

"您正迈向死亡,是吗?"

"是的。我一直都在保密，这是自然。只有海伦·德布拉加知道，她陪着我经历了一切。"

"很严重吗？"

"是的。不过疼痛得到了控制。我知道我给你带来了很大的负担。最关键是卢卡斯，你要怎么对拉法或阿列尔说，那都随你，但是对卢卡斯一定要慎重慎重再慎重。你的谎言必须无懈可击。如果我的孩子们知道我快要死了，他们会互相残杀的。科塔氦气公司也将倒闭。"

"我想为您祈祷，科塔夫人。"

"你请自便。我这就开始说了。"

第三章

　　我的名字。从我的名字开始。科塔，这不是葡萄牙人的名字。它是西班牙语，意为斩。它也不算是西班牙人的名字。它是一个在全世界漫游的语音，从国家到国家，从语言到语言，然后成为一个词，接着成为一个名字，最后搁浅在巴西的海岸上。

　　当你申请来月球时，LDC 会督促你进行一次 DNA 测试。如果你准备留下来，如果你打算在这里抚育孩子，那么 LDC 不希望未来的你或你的后代携带慢性遗传病。我的 DNA 来自整个地球。旧世界，新世界，非洲，地中海东部，地中海西部，图皮 [1]，日本，挪威。我是一个内里汇聚了整个行星的女人。

　　阿德里安娜 · 科塔。阿德里安娜这个名字源于我的叔祖母阿德里安娜。关于她，我记得最清楚的是她会弹电风琴。她住在一个非常小的房间里，屋子中央就摆着一架巨大的电风琴。那是她唯一一件算是有价值的东西。它天然防盗：没人能把它从房间里挪出去。

---

[1]　Tupi，南美印第安民族。

她弹琴，我们就围着琴跳舞。我们有七个人：拜伦、爱默生、埃利斯、阿德里安娜、路易斯、埃登、卡约。我是中间的孩子。这是最糟糕的位置，中间的孩子。不过当你在中间时，你能逃脱很多事，你的兄弟姐妹都是你的掩护。房子里总是有音乐。我母亲不会弹奏任何乐器，但她热爱歌唱，一台收音机总是在某处开着。我听着所有的古典乐长大，我随身携带着它们。当我在月面上工作时，我就在头盔里播放它们。只有卢卡斯继承了我对音乐的热爱，很遗憾他没有一副好嗓子。

阿德里安娜·阿雷纳·德·科塔。我母亲是玛丽亚·塞西莉亚·阿雷纳。她在一个天主教公益慈善机构里做保健员。就是照看孩子，也没有避孕措施。哦，我这样说对她不公正。她在卡诺阿斯村工作，退休那天，整个贫民区的人都出来送她。我父亲某天在焊接车子时烧伤了手，他来我母亲这儿治伤，最后和她焊在了一块儿。她是个行动迟缓的大块头，臀部僵硬，生下埃登后她就放弃了工作，很少出门。她不可能一下子抓住所有的孩子，所以她就靠嚷的。她有一副低沉洪亮的好嗓子，总是能准确地锁定我们当中应该听见的那个人。她人真的很好，爸爸非常爱她。但她的血液循环不好，心脏也很虚弱。为什么保健人员总是最不健康的？

我现在还是想念她。在所有那些逝去的人里，我最经常想到她。

阿德里安娜·马奥·德·费罗·阿雷纳·德·科塔。马奥·德·费罗。铁手。这是什么名字啊，对吧？我们所有人都是铁手，就如同我父亲和我所有的叔叔一样。它是我祖父迪奥戈的绰号，他来自贝洛奥里藏特。我出生前他就已经死了，不过他从十四岁开始就在铁矿山工作，直到后来他们解雇了他，因为他对自己和他人而言都是个威胁。他铲了一千万吨的矿石，我铲的比这更多。多一千倍，一万倍。如果有任何人可以被称为铁手，那就是我。矿业与金属。我父亲是个汽车代理商，在会开车之前，他就能拆装引擎。

当经济萧条波及米纳斯吉拉斯州时，他来到了里约，在一家汽车切割装配店里找到了工作——你带两辆保险公司认定的报废车来，切下一辆的车头，切下另一辆的车尾，然后把它们焊在一起。新车！他从来都不喜欢这份工作——我父亲，他是个非常正直的人。在新闻上看到任何贪污腐败的消息，他都会对着电视咆哮。在巴西，一〇年代和二〇年代他每天都在咆哮。奥林匹克体育场的贪污！劳动人民坐不起巴士！他开始销售汽车——这份工作是否比制造仿车更正直，两者之间的差别大概微如秋毫。但他迅速升职，成了代理商，然后孤注一掷，买了梅赛德斯的特许经销权。除了和妈依 [1] 结婚外，这是他做过的最棒的决定。看起来，我的父亲很有商业天赋，他让我们搬到了巴拉达蒂茹卡。哦！我从来没见过这样的地方！一幢公寓大楼里的一整层都是我们的。我只需要和一个姐妹共享一个房间！如果我们把头探出窗户，伸长脖子往外看，那里，就在另外几幢大楼间，我们能看到海！

阿德里安娜·玛丽亚·多·塞乌·马奥·德·费罗·阿雷纳·德·科塔。天堂的玛丽亚。我们的星空之神。我母亲为基督救世收容所工作，并让我们所有人都参加教义问答和弥撒，但她远远算不上是一个好的天主教徒。我们生病时，她会点燃蜡烛，在我们的枕头底下塞一块圣牌，但她也会买草药、祷文和圣母像。她把这称为双重保险。这种时候向越多神灵祈求越好。在我们成长的道路上，两个无形的世界交叠着，天主圣徒和奥瑞克萨。因此我的名字中含有一位天主教圣女的名字，她叫叶玛亚。我记得我母亲带着我们到巴拉海滩上庆祝跨年夜。这是一年中少有的她会来海滩的日子。她惧怕海洋。圣诞节后那一周我们都在做衣服，蓝色和白色，圣洁的颜色。妈依能用金属丝和旧连裤袜做出让人惊艳的头饰，帕依就

---

[1]　妈依（Mae）：葡萄牙语，妈妈。

在车间后面给它们喷绘。车用油漆——它们对我来就说是新年的味道。妈依全身上下都穿着白色，当她往下走向海滩时，每个人都对她恭恭敬敬的。我对此引以为豪——她就像一艘大船。数百万人都会去里约参加跨年夜，不过我们在巴拉海滩上的庆典也不至于太过寒酸。这是我们的盛典。每个人都在自家阳台上挂上棕榈叶。汽车放着音乐，沿着塞纳姆贝蒂达大街来来往往。但四处游逛的人太多了，车子只能开得很慢，所以连非常小的孩子都可以安全地在路面上走。还有 DJ 和很多食物。一切叶玛亚热爱的事物。野草、花朵。白花、纸船、蜡烛。我们来到水边，大海就在我们的趾间。连妈依都走进了齐踝深的碎波中，沙子从她的脚趾下方涌了上来。我们发间插着花朵，手上拿着蜡烛。我们在等待月亮从海平面升起的那一刻。它来了——月亮露出肉眼勉强可辨的边缘，细得像刚剪下来的手指甲。然后它像是从海平线上漫出来一样。很大。非常非常大。然后我的感觉变了，我觉得它不是从世界尽头升起来的，而是从水中孕育的。海水起泡又破裂，白色的浪花被一起拽进了月亮里。我说不出话来了。大家都一样。我们一动不动，成千上万的人都如此，成为一道由白色与蓝色组成的、位于巴西边缘的线。然后月亮清晰圆满地升起来了，一道银线从它那里跨越海面，照向我。叶玛亚之路。女神沿着这条路走进我们的世界。我记得我当时想，路是双向的，我也可以沿着它走到月亮上。然后我们把自己的花朵扔进水中，波浪将它们带了出去。我们又将自己的小蜡烛放进纸船里，让它们加入花朵的行列。大多数纸船都沉没了，但有一些被浪花卷着，沿着月之路漂向叶玛亚。我一直都忘不了小小的船儿沿着月光一路漂浮的景象。

妈依从不相信人们曾经在那里走，在月亮上走。那是她无法想象的。月亮是个人，而不是岩石质的卫星。人们无法像人皮肤上的跳蚤那样在月亮上行走。很多年后，在我离开前，我带她去了海滩，她仍然不相信人们可以在月面上行走。那个时候她几乎已经无法动弹了。我租了一辆车，开了两百米来到海滩。帕依失去了经销权，我们已经不再是有车一族了。我们还拥有公寓，那是因为帕依早早付清了贷款。屋里又塞满了我们所有人：拜伦、爱默生、埃利斯、路易斯、埃登、卡约。阿德里安娜。所有的鸟儿都归巢了。

那时的妈依就像月亮一样巨大，但所有去欢庆跨年夜的人依然敬重她，大街上的车子鸣笛向她致意。她伟大又神圣。我用手抱着她来到水边，我们看着如同从海中孕育而出的月亮，我说，我很快就会到那里去。她大笑起来，对此无法相信，但稍后她说，好吧，那我到阳台上朝你挥手倒是很容易。

阿德里安娜·玛丽亚·多·塞乌·马奥·德·费罗·阿雷纳·德·科塔。另一个，奥特林哈[1]。另一个，小小的另一个。平凡的简。这是我最后一部分的名字。对我人生产生最大影响的也是这个名字。平凡的那一个。不是最美貌的，也不是最聪明最开朗的。奶奶在复活节发钱时，第一个也轮不到我。平凡的阿德里安娜。我的腿长得不错，可我的上身太短，鼻子和耳朵太大。还有狭长的小眼睛，皮肤的颜色也太暗。我的父母认为他们帮了我一个忙，他们不希望我有任何幻想，便说，你永远不会是一个美人，也永远不会是黄金之子，或幸运之子，所以别指望世界会像桃子一样轻松地落到你掌中。你必须努力才能得到它，你必须使用你的每一分力气和天赋，以获取别人用样貌和微笑就能换来的东西。另一个。在这五十年里，没人用这个名字叫我，你是这个世界上唯一一个知道这个名字的人。我能感觉到我绷紧了下颌，磨着我的牙，这都是因为这个名字。我在这个世界待了五十年，还是这个名字！这个名字！

---

[1] Outra，葡萄牙语，意为其他，另一个。

好吧，我的出生与恩慈或喜爱无关。行吧，我的鼻子太大，我的皮肤太暗。我要让我自己变得与众不同，我将成为一个什么都能做、什么都敢做的人。我知道我永远都不会被束缚。在学校里，我是第一个举手的孩子；我是男孩们讲话时不肯闭嘴的女孩子；我是潜入学校网络篡改成绩的人。这种事显然是那种怪咖男孩才会做的。巴比·诺顿是所有女孩都崇拜的室内足球明星，而我让他把手塞进我的裙子里。他做了，每个人都目瞪口呆。我把自己伪装成了美人。我再也没有被选入女子室内足球队。但无所谓，我找到了属于自己的运动，巴西柔术。我母亲完全不赞成，而爸爸喜欢有线电视播放的综合格斗（MMA）比赛，他给我找了一个道场。我个子很小，奸诈又卑鄙，可以把岁数大我一倍的男孩子们扔出去。然后我上了中学。哦我很坏。我击败了那些漂亮女孩，勾搭上了男孩，因为他们知道我什么事都做得出来。的确如此，不过我做的事没有漂亮女孩们想得那么糟糕。有传说就足够了。漂亮女孩们将我隔绝在她们的社交团体和派对之外。真是重大损失。她们试图用暗算和嘲讽来羞辱我，可是她们没有一个人能搞出个哪怕有一丁点价值的圈套。她们在脸书上曝光一次有关我的事，我就侵入她们的系统十次。她们所有人的编程能力加起来都不及我一个人。她们也不敢对我发起身体上的欺凌，或是往我身上倒电池酸水，因为我够敏捷，我也够强悍，我能把她们像扔芭比娃娃一样扔出去。中学生涯就是一场战役。不过人生一直都是如此，到处都是如此，不是吗？

顺便说一下，大多数男孩倒都没什么事。他们说脏话，不过男生都这样。给他们吹一次就能让他们满意。而他们和那些女孩一样怕我。

这是不是很可耻？我这么大岁数的女士却在谈论脏话和口交。

听说我要去学工程学时，帕派非常高兴。萃取工程学。我是个真正的米纳斯吉拉斯之女，一个真正的铁手。我母亲则被吓得魂不守舍。工程学是男人的玩意儿。我永远都嫁不出去了，我永远都不会有孩子了，我以后要用手抓饭吃，指甲里会全是土，没有男人会看我一眼。而且还是在圣保罗，那个可怕的恐怖的城市。

我爱圣保罗。我爱它可怕的丑陋，爱它的寂寂无名，爱它的平凡陈腐，爱它连绵无尽的摩天大楼，爱它的永不妥协。与月亮相比，它简直是美丽的天使。月球上没有美。圣保罗就像我，没什么动人的样貌，但是翻涌着能量、创意、怒火和不屑。

我找到了一大群朋友。最多的、最先认识的是男孩——当时学萃取工程学的女人仍然很稀少，而且比起女人，我更了解男人。男人既简单又直接。不过我发现我也能够有女性朋友。我明白了女人的友谊和男人的友谊有何不同。我发现我能够喜欢女人，我发现我能够爱她们。我是个机会主义者，我臭名远扬，我了解阴谋诡计。我想着那个年轻的、勇敢的、莽撞的自己，我爱她。她从不浪费机会。那时我才刚刚进入大学校园，就把自己从头到脚涂成国旗的颜色，在圣保罗的街道上裸骑单车。每个人都看着我，但没有人看见真正的我。我赤裸着，我是隐形的。我非常喜欢这种形式。哦，当时我所拥有的身体，我原本能用它做多少事啊！

现在我要和你说说关于廖托的事。这个名字是用拖网从深渊里捞上来的。你知道拖网捕鱼吗？我有时候会忘了有些词和概念属于旧世界，新生代无从了解它们。关于动物的比喻，我的孙子们听到只会皱眉。露娜从没见过一只牛、猪，甚或一只鸡，活着的咯咯叫的鸡。

廖托。我已经不记得他的样貌了，但我记得他的声音。他来自库里蒂巴，有一口南部腔调。我想他是我的初恋。哦，你笑了。我没有和他调情，没有戏弄他，没有引诱他，也没有和他玩性游戏，所以这一定是爱。我是在巴西柔术队里遇见他的。运动队，那些人满脑子都是性啊性啊性的，每个人一天到晚都在干这事。我们正在参加比赛，我在女队，轻量级，紫带。他是重量级，黑带五级。我记得他的体重和腰带，却不记得他的脸。

帕派会从展示厅借来最豪华的梅赛德斯，开到主场比赛的场地。路途很远，可是他很享受这个过程。比赛后他会载着我穿过花园，带我去某个很贵的地方吃晚餐。我将走出那辆不得了的车子，觉得自己就像个千万富翁。

然后有一次，他开车来了，但我没上车和他走。我想和廖托一起去喝啤酒，然后参加一个派对。我记得帕派脸上难过的表情，我们不会再一起开车行驶在巴朗—卡帕内马街上，在车载屏幕上查看菜单了。我想，我也让他觉得自己像个千万富翁。后来他还是会去看比赛，一直到我到欧鲁普雷图去念研究生。这个地方要开车去就太远了，而我也渐渐对打架失去了兴趣。年复一年地在一张垫子上摔来滚去，为了在这里升一个段位，在那里拿一条腰带。

从那时起，又过了两年，廖托死了。我们恋爱了一年多。当他在大教堂广场中弹时，我不在那里。听到消息时，我正在写一篇学期论文。我向来对政治没什么兴趣。我是个工程师，而他是学文学的。一个激进分子。他说我从不选择立场，是个天生的资本家，因为我从未真正考虑过政治的事。我有实用主义，他有理论学说。我从来都没法和他辩论，因为他考虑到了方方面面，论据一条接着一条，就像殖民军一样。一条战线崩溃了，另一条继续推进，开火。世界秩序崩坏，毁于社会不公、种族主义、性别歧视、分配不均和糟糕的性别政治。我觉得那些只是巴西的自然状态。但即便是我，也能看到圣保罗大学校园上方飞过的直升机越来越多：那是超级富豪的豪华座驾，那都是些生活在塔顶，从不接触地面的人。改变如同微流星一般降临，引发无数微小的冲撞。巴士和地铁的票价再度上涨。我的朋友们都给自己的单车装了追踪器，因为贼变多了，因为车费上涨了。店铺全装上了卷帘门窗，因为有越来越多的人睡在店铺门廊上。街道上装了更多的摄像头，因为有了更多的露宿者。还有用于监控的无人机。就在圣保罗！也许这在欧洲的某些国家或墨西哥湾很常见，但这不是巴西的风格。有无人机的地方总有警察，有警察的地方总有暴力。每一天，面包的价格都在上涨，上涨，上涨。如果有一个东西会逼迫人们睡到街上去，那就是面包的价格。

廖托也一头扎了进去。他前往大教堂广场，涂绘海报，占地示威。他以为我对此漠不关心。我关心，只是我不关心自己不认识的人。不关心买下整个省会、把人们赶出土地的中国公司；不关心乡村来的难民，连贫民区的人都看不起他们。我只关心我认识的人。我的家人，我的朋友，未来会变成我家人的人。家人是最重要的，家人永远是家人。

我为他担惊受怕。我关注 YouTube 网站，我能察觉到抗议正在升级，从呐喊到石块再到汽油弹。警察对每个阶段的回应是：防暴盾到催泪瓦斯再到枪弹。我对他说我不喜欢他去那里；我对他说他会被逮捕或入狱，他的公积金会被中止，他将无法得到贷款或一份正当的工作；我对他说他更关心陌生人，而不是那些在乎他的人。比如我。我们分手了一段时间。我们仍然会做爱。没人真的分手。

一开始，我不明白发生了什么。一大堆信息在一瞬间涌入。我的天。警察开枪。人们中弹了。双方交火。廖托受伤了，廖托没事，廖托开枪了。消息不断更新，一条接着一条。有抖动的视频镜头：一具躯体被拖进了一家店里。然后是鸣笛声，救护车来了。一切都是急促而不流畅的，一切都在抖动。完全没有对上焦。远处是枪击。你听过枪声吗？我猜没有。月亮上没有枪。它们的声音又小又低劣。所有这些信息都轰炸着我，可我无法从中辨认出事实。我试着给他打电话，没有信号。接着传闻开始拼凑成一个事实。廖托中弹了，他被送进了医院。哪家医院？你能想象我当时的无助吗？我询问了每一个我认识的认识廖托的人，以及认识廖托那些激进的朋友的人。叙利亚—黎巴嫩医院。我偷了一辆单车，侵入追踪芯片花了我几秒钟的时间。我像个疯子一样在圣保罗的车流中穿行。他们不让我见他。我在急诊室里等——到处都是警察，还有新闻摄像机。我什么也没说，只是坐在后面。警察要问我问题，然后是那些记者。我一直听，一直听，可我听不到任何关于他情况的消息。然后他的家人来了。我从未见过他们，我甚至不知道他有家庭，但我一下子就认出了他们。我一直等，一直等，试图偷听些什么。然后我听到了，他死在了急诊室里。那个家庭被摧毁了。医院的人挡开了警察，新闻记者已经拍好了所有他们需要的照片。没有其他事要做了。没有什么东西要拿回来。死亡拿走了一切。我悄悄骑着偷来的单车走了。

廖托死了，另外五个人也是。他不是第一个被击中的，所以没人记得他的名字。没人把它喷涂在墙上和巴士上：纪念廖托·松下。没人记得登月的第二个人。我记得自己感到震惊，麻木，恐惧，可我主要的情绪是愤怒。我对他毫不顾念我、将自己置于死亡的危险中而感到愤怒，我对他以这样愚蠢的方式死去而感到愤怒。我记得这份愤怒，但我已经感觉不到那种恶心，感觉不到那时绷紧的肌肉组织、眼窝深处的压力，还有在身体里一次又一次死去的感觉了。我老了。我离那个圣保罗大学的工程学学生已经太远了。愤怒也有半衰期吗？

我在想，如果廖托还活着，那他会怎么看我？我有财富和权力，我只要说一个字就能关掉地球上所有的灯，让这个行星坠入黑暗和寒冬。我甚至不是百分之一，我是百分之一的百分之一，我是离开地球的人。

一周后，大家都忘了廖托·松下，第二名烈士。又有了新的暴动，新的死亡。政府做出承诺，然后再全部推翻。接着，第一波冲击来袭，每一次崩溃都让整个国家和经济跌落一点，直至它们坠入谷底，坍塌至无法修复。

我那时候不知道廖托被列入了阶级战争的第一批伤亡名单。伟大的阶级战争，最后的阶级战争：刨去了中产阶级。金融化的经济不需要劳工，机械化产业将中产阶级驱逐到了末等之列。如果一台自动机械能够把你的工作做得又好又便宜，它将取代你。机器逼迫你与它竞价、出售自己，机器甚至会提供用来竞价的应用程序，让你和机器竞争，和其他人竞争。如果你比机器便宜，那你就有饭吃。很公平。我们总是以为带来大灾难的机器会是由杀手无人机组成的舰队，是住宅楼一般大的战争机甲，是红眼睛的终结者。而不是当地超市和酒店里成排的自动结账系统、网上银行、无人驾驶出租车，或是医院里的自动分诊系统。机器们一个接一个地来了，代替了我们。

然后我们来了这里，这个人类创造的、有史以来最依赖机器的社会。我变富了，我创建了一个世家，所凭借的正是那些在地球吸血的机器。

我父亲不记得那些登陆月球的北美人，不过他告诉我老马奥·德·费罗记得。他在贝洛奥里藏特的一家酒吧里喝酒。电视被调到了足球频道，马奥·德·费罗坚持要让店主换到播放登月的频道，为此还差点和他打了起来。这是历史，他说。我们在这个时代不会看到比这更伟大的事了。假的，酒吧里的其他人都在大喊，是在好莱坞的一个摄影棚里拍的。但他站在电视机前面，抬头凝视着那片黑色和那些影像，向任何一个敢去换台的人发起挑战。而我记得，当麦肯齐家在月亮上投入使用自动机械时，我也在一家酒吧里，和我的研究团队在一起。那时我已回到家乡，回到米纳斯吉拉斯的DEMIN矿业学院读研究生。我在欧鲁普雷图已经不只是个怪人了，不，我是独一无二的。我是那里唯一的女人。男人们要么过分彬彬有礼，要么过分热情洋溢。我不会让他们把我排挤在外，所以我和他们一起在那家酒吧里喝啤酒。店主当时正在几个体育频道间切换，其间，他停留在了某个新闻频道上。我看到了月亮，看到了机器，看到了车轮轨道。我对酒吧店主喊道：嘿嘿，嘿，就看这个台。在那家酒吧里，我是唯一一个注视着屏幕，看着历史发生的人。澳大利亚的麦肯齐矿业公司在月球上投放了自动机械，为 IT 工业勘探稀土金属。你们为什么不看看这个？我想对我的团队大喊。你们为什么不看看我在看什么？你们还自称为工程师？我看着电视屏幕，觉得脑中划过一道闪电，如梦初醒。我好像觉得无法呼吸，觉得心脏每跳三四下就要漏掉一拍。那是一种不可能变为可能——不仅如此——甚至变得切实可行的感觉。由我来实行。接着继续播放其他新闻——它不是什么焦点新闻，没人对太空和科学感兴趣。偶像明星和模特们做的事才算得上新闻。我走出酒吧，来到露天花园那灰扑扑的树下，坐在矮墙上，抬头望向星空。我看到了月亮。我对自己说，那上面有某些东西，可以用来赚钱。

我父亲来看我，搭着巴士来的。我立刻就知道他带来的是坏消息。欧鲁普雷图离这里很远，但我父亲本来会驱车来，进行一场冒险。他失去了经销权。再也没有人会买高档的梅赛德斯了，哪怕在巴拉都没有。他一直很谨慎：用全款买下了公寓，而我的学业也能顺利完成。只要我在接下来的两年里全心全意地学习，每周不再用啤酒把冰箱塞满。但是他的事业结束了，到了他这个年纪，已经不可能再重新学一门技能来适应这个机器代码经济体，更不必说找份新工作了。他很遗憾，但也很自豪，因为他尽全力做了所有他能做的事。是市场打败了他。

接着我们的肺结核小姐降临了，打乱了他全部的计划。卡约，宝贝男孩，我的小弟弟。小崽：我们称他为一窝里最小的幼仔。他从未搬出去过，像是永远停留在了十三岁。工作完蛋、婚姻失败、家庭破裂后，妈姆七个科塔宝贝里的其他几个又都搬回去了。只除了我，这个还在学习的人，还在坚守的人。然后卡约吸入了 TDR 肺结核杆菌——可能在一辆公交车上，一间教室里，总之是在人群里。当时有三种类型的肺结核：MDR、XDR、TDR。多重耐药、广泛耐药、完全耐药。MDR 对一线抗生素有抗药性；XDR 甚至对二线药物也能产生抗药性，这些药物基本上用于毒性化疗；TDR，你可以从名字上理解它 [1]。我们称它为白美人，它飘进了卡约的肺，在那里生长。

妈姆把一个房间改成了疗养室，用塑料膜把它密封起来。爸爸设计了一个空调装置。他们没钱送他去医院，也没钱买药。他们在黑市里购买还处于试验阶段的药物——试验性的俄罗斯噬菌体，见鬼的化疗仿制药。我回家了。我透过塑料膜看着卡约，走进房间是不安全的。妈依用我的兄弟姐妹们从麦当劳偷的托盘装着食物，从两层厚厚的塑料膜下递进房间。卡约则给垃圾套上两层袋子。我看着他，看着爸心力交瘁，看着妈依向她的圣徒和奥瑞克萨们祈祷。我看着我的兄弟和姐妹们，还有他们的孩子们竭尽所能地凑钱：在这里收收废品，在那里买进卖出，再在哪里搞个动物彩票。卡约会死的，但我无法嫉恨我的家人怀着希望为他节省每一分钱。他们无法供我念完我的研究生。我有一个办法结束这一切。在麦肯齐登陆月球后的数周内，广告已经出现在了专业期刊和网站上。

我申请去月亮工作。

我的研究生导师帮助我申请了贷款。我的论文是关于用太阳能蒸馏从月壤中提取稀土元素，因此，对于月球开发而言，我算是有价值的。我和麦肯齐金属公司签订了合同。我的申请被通过了，我

---

[1] TDR，完全耐药型肺结核。

得到了贷款。

那个周末我回到家里，我有钱乘飞机了。我去了巴拉，看着青草从尼迈尔鹅卵石间冒出嫩芽，灌木在住宅楼楼顶和空窗户间生了根。塞纳姆贝蒂达大街上立满了成行的屋棚，每幢住宅楼上都覆满了如绞杀植物般的水管和电线，每个环形路口都有一堆水箱和太阳能板。足球体育场里、奥林匹克公园里的座椅都被掀倒了，上次的暴风雨吹翻了半个屋顶。城市在衰败。行星在衰败。

家里塞满了人，可我还是被允许拥有自己的房间。卡约还在他的塑料洞穴里，现在他插上氧气了。卡约和我，在我们的小房间里：濒死的王子和归家的公主。电视日夜不停，人们没日没夜地进进出出，丈夫和妻子和伙伴和亲属，不是家人的家人。还有我的妈姆，她的身形巨大到只能蹒跚来去，喊叫着管理所有人。那个晚上我走到阳台上，看到了月亮。叶玛亚，我的女神，只是她并非诞生于海，她远在这个世界之上，而这个世界正在向她求助。世界翻转着，将我送到她的凝望之下，海洋中所有的水都被她吸引。还有我。哦，还有我。

我喜欢登月所需的训练。我跑步，游泳，减重又健身。我精瘦又刚强，并且如此健康。我爱我的肌肉，我想我非常的自恋。我不仅仅是铁手了，我还是个铁人。

南美训练中心在圭亚那，靠近欧洲航天局的发射点。出去跑步时，我能听到轨道转移飞行器（OTV）启动引擎时的咆哮声。它们摇晃我，直到我什么也听不见。它们摇晃大地和天空。然后我看到了水汽尾迹，向上冲出的曲线，顶端是细小如黑色针尖的航天飞机，破空而行。向上，离开这个世界。这个场景让我流泪，每一次都是。

关于登月的训练：你不是为了在月亮上生活而训练，你是为了着陆而训练。月亮不需要我美妙的身体，月亮会吃了它，慢慢地吃。

月亮会让我变成它。

我不是唯一的女人，但也差不多了。科娄中心是更极端的DEMIN 学院。月球就像是宇宙里一个庞大的学校足球队。我意识到月亮不是一个安全的场所。如果你愚蠢，如果你粗心，如果你懒惰，那它将有一千种杀死你的方法。但是真正的危险来自你周围的人。月亮不是一个世界，而是一艘潜水艇。出去便是死亡。我将和这些人一起被封在里面，这里没有法律，没有公正，只有操纵。月亮是边境，但边境之外一无所有，你无处可逃。

我花了三个月时间训练自己，准备登月。离心训练，自由下落训练——搭乘一架古老的 A319 飞临南大西洋上空，每一次跳下去时我都会呕吐，还有装备训练——比起我们现在的沙装，当时的装备都是些巨大、笨重的东西：试试戴着那些长护手拧螺丝！我很擅长这个。这要感谢我不错的精细运动技巧。还有低压训练、零压力训练。低重力制造、真空制造、机器人学和 3D 打印编程。三个月！学这些三年都不够。要三辈子。

接着，离发射升空只剩三周了。我回到了家里。爸爸在屋顶开了一次派对，他从不放过任何一个举办巴西烤肉派对的机会。每个人都告诉我我看起来有多酷。那是个很棒的派对，快乐中弥漫着惆怅。这是一次给死者的守灵。每个人都知道我永远也不会回来了。

卡约在我升空的三天前死了。我当时的感觉既不是遗憾也不是悲伤，我想的是，你为什么不再等一等？等一周，哪怕五天？你为什么非要让我有所触动？在我所有的感觉都被那个巨大的月亮，清晨天空中每天都在变得更亮的那颗星辰——那是正在接近地球的循环飞行器——还有最直接的，那只等着从六号机库驶向跑道的黑鸟夺走的时候。

我如此愤怒，而后又如此内疚。我想请假回去奔丧，但是被拒绝了。离升空日期太近了，我不能冒着可能被感染的风险。任何一只小虫子都会撕裂循环器和设备的密闭空间。月球是一个极其干净的空间，我们每天都要做病毒感染、寄生虫和昆虫的检查。月球上不能有害虫。

所以，当我搭乘增压巴士驶向航天飞机时，他们火化了卡约，好杀死白美人。我们在机库里练习过十几次登机，但是我们还是挤到了黑暗的窗口，好第一眼看见那架轨道转移飞行器，看着它在阳光下漆黑又闪亮的躯体。它体现了人类的力量和创造力，给人以太强烈的感觉，许多男人都哭了。男人总是很容易感动。

我们系上安全带，穿好装备，戴上头盔，这里没有窗户，屏幕也没有开启。之前我们练习了有二十次，但在系安全带、进行安全检查时，我仍然手忙脚乱。我没准备好。对待这样的事情，没有人能胸有成竹。我忍不住一直想着我身前身后的氢气罐和脚底的氧气瓶。我因为恐惧而全身僵硬，接着我发现有一种感觉凌驾于恐惧之上，不是镇定，不是美，不是逆来顺受也不是无助绝望，而是坚定果决。

接着轨道转移飞行器动了起来，咻溜咻溜地滑到了跑道上，它的轮胎从机棚起已一路留下浅浅的点印。五十年了，我还是清清楚楚地记得那一刻。我感觉到我们上了跑道，我感觉到航天飞机停了停，然后引擎点火了。天呀！那种力量！没有什么感觉和它相像，哪怕搭乘巴尔特拉也一样。那就像是你的每一部分都在，呐喊。而我明白了恐惧之上的决心之上还有什么，那是兴奋。纯粹的兴奋。这是我做过的最性感的事。

引擎关闭。一个小小的震动：有效载荷舱打开了。我们开始自由下落。我觉得我的胃四分五裂，胆酸灼烧着我的咽喉。在头盔里呕吐不仅仅是肮脏，你可能会因此而溺死。然后离心力开始拉扯我的下腹，我知道安全带攥住了我们，并且正在把我们带入转移轨道，好进入循环器。重力在此刻达到了顶峰，血液冲向我的脚趾。再次自由下落。下一次再感觉到重力时，我们已在循环器的离心机臂中。

一次颤动，一次倾斜，铿锵的金属碰撞声，伺服系统发出的哀鸣声。我们与循环器对接了。安全带松开了。我轻推着离开，飞向开启的闸门。哪怕对于个子很小的我来说，它似乎都小得过分，但我进去了。我们都进去了，全部二十四个人。

我在闸门里待了一小会儿，抓着一根支柱，压抑着反胃的感觉，透过一个小小的窗口看着航天飞机后面巨大的蓝色地球。它太大了，太近了，以至于让人几乎察觉不到循环飞行器正急速离开它。可我感觉到了。我正在前往月球的路上，我：阿德里安娜·玛丽亚·多·塞乌·马奥·德·费罗·阿雷纳·德·科塔。

第四章

给阿德里安娜·科塔的两个吻，一边脸颊一下。还有一个小礼物，包在柔软如织物的日本打印纸里。

"这是什么？"

卢卡斯·科塔喜欢在拜访母亲时给她带礼物。他很勤快：至少每周都会乘电车回博阿维斯塔一趟，然后在圣巴巴拉厅见他母亲。

"打开它。"卢卡斯说。

当他母亲仔细解开包装纸，捕捉到礼物泄露出的芬芳时，卢卡斯注意到，愉快的神情照亮了她的脸。他热爱掌控情绪的感觉。

"哦卢卡斯，你不该这样。它太贵了。"

阿德里安娜·科塔打开那个小小的罐子，呼吸着咖啡浓郁的香气。卢卡斯看到她的脸上掠过岁月和数十万公里的沧桑。

"抱歉它不是巴西咖啡。"咖啡比黄金还要贵。在月球上，黄金很便宜，它的价值只源于它的美。而咖啡比生物碱和海洛因都要珍贵。印刷商们可以合成麻醉毒品，但是他们生产出来的咖啡简直让人难以下咽。卢卡斯不喜欢咖啡的味道，太苦了，而且它只会诓骗人，它的口味和它的气味相差甚远。

"我会保存着它，"阿德里安娜说着，盖上了罐子，把它在心口按压了一小会儿，"珍贵的东西，我会知道什么时候喝它的。谢谢你，卢卡斯。你见阿曼达了吗？"

"我想这次我或许可以跳过这个步骤。"

阿德里安娜没有对此做任何评价，甚至显得漠不关心。卢卡斯和阿曼达·孙的婚姻已经名存实亡很多年了。

"卢卡西尼奥呢？"

"我冻结了他的钱。我想阿列尔给了他一些。黑钱。这对家人来说算什么？"

"让他自己拿主意吧。"

"这孩子总有一天得负起责任来。"

"他才十七岁。我在这个年纪时，和每个我能勾搭到的男孩女孩们混在一起。他需要放纵。不过务必要切断他的资金——让他依靠自己的智慧生活，这对他有好处。那个救生装的小花招展现出了他的创造力。"

"智慧？他可没有太多那种东西。他像他母亲。"

"卢卡斯！"

这声指责让卢卡斯畏缩了。

"阿曼达还是我们的家人，我们不说家人的坏话。而且你也没有权利生阿列尔的气。她还没坐稳雪兔会的椅子，你就已经在动摇她的位置。"

"我们拿到了中国人的订单，我们击败了麦肯齐家。"

"这事让我非常愉快，卢卡斯。手球队的队服很有格调。多亏了有你。可是有时候，有些事比家族更重要。"

"对我来说没有，妈姆。对我来说永远都没有。"

"你是你父亲的儿子，卢卡斯。你父亲真正的儿子。"

卢卡斯接受了这声称赞，只不过对他而言，它是苦涩的，就像咖啡一样。他从来都不了解他父亲，他一直都只希望自己是母亲的儿子。

"妈姆，我能推心置腹地说句话吗？"

"当然了，卢卡斯。"

"我担心拉法。"

"我希望蕾切尔没有把罗布森带去克鲁斯堡，而且还是在刺杀事件之后。会让人以为这是阴谋。"

"拉法确信它就是阴谋。"

阿德里安娜抿起嘴，失望地摇摇头。

"哦说吧，卢卡斯。"

"他在一切事物中都看到麦肯齐家的影子。拉法是这样跟我说的。你了解他：好伙计拉法，有趣的拉法，派对男孩拉法。他还会毫无防备地把这话说给谁听？你能看到这对公司的威胁吗？"

"失去了中国的订单，罗伯特·麦肯齐会报复的。"

"当然会。换了我们也会的。可拉法会把它看成与罗伯特·麦肯齐的又一桩私人恩怨。"

"你想要什么，卢卡斯？"

"更冷静的头脑，妈姆。没别的了。"

"你的意思是，卢卡斯·科塔的头脑？"

"拉法是副会长，我对此没有异议。我并不希望他的声望在任何意义上被削弱。但是，也许可以把工作职责分派出去？"

"说下去。"

"他是科塔氦气公司的脸面。让他拥有这份威信，让他做名誉上的领袖，让他统领会议和球场，让他继续坐在董事会会议桌的首脑座位上。只不过，让我们非常巧妙地，将他移出为公司做决断的位置。"

"你想要什么，卢卡斯？"

"只是对公司来说最好的，妈姆。只是对家族来说最好的。"

卢卡斯·科塔吻别了他的母亲：两个吻，为家族，一边脸颊一下。

在克鲁斯堡下行二十公里处，罗布森·科塔—麦肯齐的亲随在他耳边用一首歌曲唤醒了他。男孩跑到车前部的观景气泡里，双手压在玻璃上。对一个十一岁的孩子来说，第一眼看见的麦肯齐家都城是永不褪色的。轨道车是麦肯齐金属公司独有的穿梭班车，它们在风暴洋赤道一线的东慢行线上来回穿梭：六组三米宽的轨道，纯净地闪耀着地球的反射光，延伸着环绕世界之脊，贯通整个世界。一列快车从晋中归航，看起来就像是突然从虚空中跃出，又在一条光迹中消失。蕾切尔在轨道班车前端心惊胆战地目睹了这个景象。但男孩却为它痴迷。

"瞧，一辆汗级[1]拖车。"罗布森说道，这时轨道车恰好从减速轨上那一列又长又粗重的货运车侧翼飞掠过去。货运车很快就被遗忘了，因为在东地平线上，另一颗太阳升起来了。那个光点如此灿烂又夺目，车上的玻璃迅速变暗以保护人眼。那个点扩大成了圆，海市蜃楼般徘徊在世界的边缘，似乎永远都不愿靠得更近，或变得更明亮。

亲随宣布，我们将在五分钟后抵达克鲁斯堡。

蕾切尔·科塔遮住了双眼。她已经见过这个把戏很多次了：那个点会跃动，使人目眩，接着在最后一瞬间溶解成微末。这景象每一次都让人惊叹。耀眼的光芒将充斥整个观景气泡，然后轨道车会进入克鲁斯堡的阴影中。

---

[1] 汗（Ghan）线是澳大利亚一条历史悠久的铁路线，其名源于"Afghanistan"（阿富汗）中的"Ghan"，以纪念澳洲中部最早的运输者——阿富汗来的骆驼夫。

克鲁斯堡横跨赤道一号线的四条内轨。这怪物运行在两条单独的外轨上，它们不是磁轨，而是旧式的铁轨。生活区悬在轨道上方二十米处，窗口和灯光星罗棋布，往下方的车轨上投射出恒久的暗影。在它们之上是分离机、分类机和冶炼场。在这所有一切之上，是将阳光集中至转化器的抛物面反射镜。克鲁斯堡是一列十公里长、横跨赤道一号线的列车。客运快车、货车和整修车在它下方和同一平面上穿梭来去，就好像它是一座巨大桥梁的上层结构。它永恒不变地以每小时十公里的速度移动，每个月球日绕轨道一周。太阳永远都待在它的镜子和熔炉的正上方。孙家人把他们在马拉柏特山顶的玻璃尖塔称作恒光塔。麦肯齐家对这种装腔作势的做法嗤之以鼻。他们才是身处无尽光芒中的居民。他们沐浴着光线，光线浸透了他们，使他们富足，过滤并洗涤他们。麦肯齐家的人生来就没有阴影，他们把黑暗深藏在体内。

　　轨道车从下方穿过克鲁斯堡的边缘，进入暗影和聚光灯中。那些忽隐忽现的亮点组合成了一辆货车，它正通过一排阿基米德螺旋输送机吐出月壤。轨道车慢了下来：列车正在和克鲁斯堡的人工智能交换协议。这是罗布森最爱的步骤，抓斗机锁住轨道车，将它从轨道上提升到码头，进入麦肯齐金属公司轨道班车架的一条停车槽中。舱口对接，压力平衡。

　　欢迎回家，罗布森·麦肯齐。

　　光线如刀锋般刺透屋顶的狭口，它们如此明亮，看上去几乎是固态的。前往克鲁斯堡中心的通道由一道光栅守卫，这些光刃碎片来自聚拢熔炉上方阳光的反射镜。蕾切尔已经成百上千次地走下这个门厅，每一次她都能感觉到头顶数千吨熔化的金属传递的重量和热量。它是危险，是财富，是安全。这些熔炼金属是克鲁斯堡对抗可怕辐射的唯一屏障。这里的人们时时刻刻都能感受到头顶上熔化的金属，它们就像破碎头骨里的钢板，保持着岌岌可危的平衡。某天，某个系统也许会崩溃，然后金属会倾泄而下，但不是今天，不在她的时代里，不在她的人生里。

罗布森跑在她前头。他刚才在前往隔壁舱室的闸口看见哈德利·麦肯齐了，那是他最喜欢的长辈，不过他们之间只差了八岁。哈德利是族长罗伯特和他晚年迎娶的少妻孙玉的儿子。他是罗布森的长辈，但更像个大哥哥。罗伯特·麦肯齐只有儿子，这个老怪物现在还会开玩笑地说，这才是月球上的男人。通过选择性流产、胚胎探查和染色体工程，这个笑话变成了现实。哈德利一把捞起罗布森，把他抛向空中。男孩大笑着，飞得很高，然后哈德利·麦肯齐强壮的胳膊接住了他。

"和巴西人谈完了是吗。"他亲吻了侄孙的双颊。

"我真觉得他才是小孩。"蕾切尔·麦肯齐说。

"我想到罗布要在那里长大就受不了。"哈德利说。他很矮，精壮刚毅，肌肉健硕。他是麦肯齐家的刀卫，日光室里的会议在他脸上种下了深深的雀斑。斑点连着斑点，一只人形的美洲豹。他时常抓挠他的毛皮，因为在太阳灯下待得太久，合成了过多的维生素 D。"在那个地方，孩子没法学会如何正确地生活。"

罗伯特·麦肯齐的消息，蕾切尔的亲随卡梅尼播报。哈德利和罗布森的表情告诉蕾切尔，他们也收到了同样的消息。"蕾切尔，我亲爱的。我很高兴你把罗布森安全地带回了家。我很愉快。来见我。"那个声音很柔和，仍然带着澳洲西部的腔调，有点失真。在大厅里的这三人出生以前，罗伯特·麦肯齐的嗓音就早已变样了。视镜中的影像也不是罗伯特·麦肯齐，而是他的亲随：红狗。它是这个孕育了他野心的城市的象征。

"我带你上去见他。"哈德利说。

一个运输舱将蕾切尔、罗布森和哈德利送往克鲁斯堡的前端，它在沿线前方十公里处。在蕾切尔看来，磁悬浮引擎放大了运动引起的、轻柔但始终存在的震颤。克鲁斯堡在轨道上缓慢地摇晃，就如同家的心跳。蕾切尔·麦肯齐是个爱读书的孩子，在那些屏幕上，在那些由词语组成的世界里，她与令人害怕的海盗和狂妄的冒险家一起徜徉在水的海洋中。而在她所处的岩石海洋中，这种摇晃是她能想象的、最接近乘船远航的存在。

舱室猛地减速、停靠。闸门打开了。蕾切尔呼吸着绿色和腐烂的气息，感受着湿度和叶绿素。这个车厢是个巨大的玻璃温室。时刻处于阳光与月球低重力下，蕨类长到了惊人的高度，叶片顺着温室的曲形梁柱汇聚成了一片绿色的拱顶。光斑，虎纹的光斑：太阳略略偏离最高点，寂然不动。蕨类植物全部向日光伸展着，在它们中间有鸟鸣声和翅膀扑闪时的亮光。有什么生物在什么地方高唱着。这是个天堂花园，但是罗布森抓住了他母亲的手。鲍勃·麦肯齐住在这里。

小路在池塘和汩汩流淌的小溪间蜿蜒着。

"蕾切尔。亲爱的！"

孙玉·麦肯齐用两个吻欢迎了她的继孙女，对罗布森也一样。她很高，手指很长，就像环绕着她的蕨类植物一样优雅又柔美。她看上去和她刚嫁给罗伯特·麦肯齐时一样年轻，而那已经是十九年前的事了。但罗伯特·麦肯齐的子孙们没有一个被她的外貌欺骗，她强韧，带刺，无懈可击。"他等不及要见你了。"

罗布森攥紧了母亲的手。

"自从科塔家偷偷抢走了中国人的出口订单，他的心情就一直很糟，"孙玉耸耸肩，她看到罗布森匆匆瞟了他母亲一眼，"但是你会让他开心起来的。"

罗伯特·麦肯齐在一个蕨类缠绕的观景台上等待。相思鹦鹉和长尾小鹦鹉在没完没了地叽叽喳喳，机器蝴蝶慵懒地拍打着它们宽阔的、色彩斑斓的聚合翅膀。

人们总说医疗椅维持着罗伯特·麦肯齐的生命，但只要你看他一眼，你就会知道真相：维持他生命的，是他眼底燃烧的意志。对权力的野心，对拥有的野心，对掌控的野心，他不允许任何东西被夺走，哪怕是他这辈子的躯壳。罗伯特·麦肯齐藐视死亡。生命维持系统高高耸立在他头上，就像一顶王冠，一轮光环。管子搏动着，泵塞嘶嘶旋转，引擎嗡嗡作响。针头和插管刺穿他手背上的皮肤，在上面留下了缓慢愈合的血肿。没有人能够盯着他喉咙里插着的管子看。蕨类的芬芳，清水的气息都不能掩盖那股气味。结肠造口术导致的污秽让蕾切尔·麦肯齐的胃翻滚了起来。

"我亲爱的。"

蕾切尔弯下腰亲吻了那凹陷的脸颊。罗伯特·麦肯齐会注意到任何一点犹豫或反感。

"罗布森。"他张开双臂，想要拥抱他。罗布森走上前，任由那双手环住他。恐怖老木乃伊的亲吻，一边脸颊一下。罗伯特·麦肯齐在四十八岁时选择了澳洲西部上空的岛海，将家庭和未来都交付给了月亮。他的年纪太大了，不适合登月。升空、转移轨道时他不可能活下来，更不用说低重力会缓慢侵蚀他的骨骼、血管和肺部，还有那永恒的辐射雨。把它留给孩子和机器人吧。然而罗伯特·麦肯齐来了，为月球容纳上百万人的社会打下了基础。坐在生命维持椅里的这个家伙完全有资格自称为月亮上的男人。一百零三岁，十二个医疗 AI 监测并维系着他的身体，但它们的燃料仍然是他浅蓝色双眼中的意志。

"你是个好孩子，罗布森，"罗伯特·麦肯齐在他耳边轻声说，"好孩子，你回到你所属的地方，离开了科塔家那些贼，这真是太好了。"他枯爪一样的双手摇着男孩。"欢迎回家，"罗布森从那脆弱的爪子里挣脱出来，"他们不会再把你偷回去了。"

孙玉站在罗伯特身后，一只手搭在那老人的肩膀上。那只手修长、精致，指甲光亮，但是罗伯特·麦肯齐看上去就像是坍塌在了它微小的重量之下。"我丈夫一直在想，"她说，"罗布森为什么不结婚呢？"

嗨，妈妈，嗨，凯西，还有孩子们，见信好。我之前有一阵子没消息，那是有原因的。好吧，就像我在写得非常匆忙的那封信里说的一样，我现在为五龙之一工作。科塔氦气公司，氦–3矿业。

我为科塔氦气工作。我只是觉得，我要再说一遍，好让你们充分领会这件事。这事意味着，我现在再也不用担心氧气或水或碳或网络，因此我才能给你们寄回这个。我想，我没法让你了解，不必再为四元素担心是一种什么样的感觉。它就像是赢了一张彩票，只不过赢的不是一千万美元，而是可以继续呼吸的权利。

我不能详细讲述我是怎么获得这份工作的，这是保密事件：五龙就像黑手党，总是互相搏命。但是我可以说的是，卡利尼奥斯·科塔亲自照看我。凯西，妹妹，你应该移民。这块岩石上到处都是火辣的身体。

我正在参加一个月面活动培训班。月面行走。有很多东西要学。月亮知道一千种杀死你的方法。这是核心原则，它统治一切。有各种移动，阅读记号和信号，接入或切出通信，分析装备里的数据的方式，你需要了解它们，否则，一丁点儿的疏忽就会把你煮熟或冻透，或让你窒息，又或被辐射穿成筛子。我们在月尘上花了整整三天时间。有十五种月尘，你得知道每一种的物理性质，从磨损系数到静电性能到黏着度。可能就像夏洛克·福尔摩斯研究他的五十种雪茄烟灰一样？月球航行，还要注意电池充电次数——月芽们总是错误地判断地平线的位置，以为一切都比实际上离得更远。他们甚至还没有带我们到月面上去。还有沙装。我知道它们一定会很紧，但他们真的确定这尺码是对的吗？我花了十分钟才把它穿上。我可不想在降压环境里再来一遍。如果穿错了，被缝合线勒到的地方就会有瘀伤。哦对了，如果环境恶劣，那么瘀伤就是你最不该担心的了。

我可能把你们吓死了，不过你们得习惯这个。没人能够时刻忍受那种程度的恐惧。但你只要粗心大意一次，它就会毫不留情。卡利尼奥斯告诉我，每一个培训组通常都会至少死一个人。我一直特别小心，不让自己变成那个人。

我的小组成员：奥列格、约瑟、萨阿迪亚、桑德卡、佩兴丝和我。我是其中唯一一个北民。他们总是看我，他们可能会谈论我，但是唯一的通用语是环球语，而我的母语是英语。他们不喜欢我。卡利尼奥斯多多少少都一对一地指导过我，这让我和别人格格不入。特别的一个。所以训练员们认为我是科塔家的密探，而学员觉得我是老师的宠儿。最不讨厌我的人是佩兴丝。她来自博茨瓦纳，但和班里的其他学员一样，她在世界各地的大学和公司里待过。月芽一定是有史以来教育程度最高的移民。佩兴丝会和我聊天，会和我分享茶点。而若泽希望我去死。如果他能悄无声息地搞定这事，我想他会弄死我的。不管我要说什么，他都会打断我。我不知道这是因为我是个女人，还是因为我是个北美洲人，或者两者皆是。混蛋。这个训练班的心态就像是大学里的足球队，没完没了地挑衅挑衅挑衅，空气里到处都是睾丸素。这不仅仅是因为这是萃取工业，每个人都年轻，聪明，野心勃勃，并且非常非常有冲劲。同时，这还是有史以来最有性别意识的自由主义社会。月球环球语里甚至没有直男、直女或同性恋这样的词语。每个人都在光谱的某一处上。

我要告诉你们什么事很难。那就是学习葡萄牙语。这到底是什么语言啊？你得让自己听上去像是得了永远不会好的伤风感冒。每个词听起来都不像是它拼写出来的样子。至少葡萄牙语写起来还挺合乎逻辑，但是它的发音……有葡萄牙式的发音，还有巴西式葡萄牙语的发音。哦，还有巴西里约式的葡萄牙语发音。最后的最后，还有巴西里约式葡萄牙语的月球变体的发音。这最后一种就是科塔氮气的常用语。我让赫蒂翻译一切：瞧瞧那些人看我的神情。好了，是时候学习葡萄牙语了。这意味着，阿丢斯（再见），尤去厄姆（我爱你），依尤沃法拉勒空沃塞滴诺沃音布莱维（下次再聊）！

卢卡斯·科塔盘旋而下，又轻又薄，就像穿过叶柱的一道幻影。水珠滴答，汇聚蜿蜒，奔流穿过连接着培养槽层的沟渠和管道。他绕着镜面中心柱盘旋，它将日光反射到各层之中。向上看，绿色无止尽地往上蔓延，直至融入农场立井顶上那一圈炫目的阳光中。农业立井有一千米深。奥布阿西农产区拥有五个这样的立井，特维城就坐落在由七十五个这样的农产区组成的五角星的中心。莴苣，沙拉菜，它们被包得如此紧实，连一只甲虫也无法从叶片中钻过。这是说如果月球上有甲虫的话，但月球上一只也没有，没有蚜虫，没有啃菜叶的毛毛虫：没有任何害虫。土豆植株长得像树一样高，蔓生菜豆沿着支架向上伸展出一百米。根茎类蔬菜的叶片，卡拉萝和阿基果形成的翠绿堤岸。薯蓣和甜薯，葫芦和胡瓜，还有子午城摩托那么大的南瓜。大大小小的富营养水流滋养着这一切，自我维持的微生态系统管理着它们的交叉种植与共生。奥布阿西从不错失任何一次收割，它每年收获四次。现在，卢卡斯朝下望去。在远远的下方，在越过鱼池的小径上，有两个虫子大小的身影。鸭子们喋喋不休，青蛙们叫个不停。他是这两个身影中的一个。

"音响效果非同凡响。"他说着，眨眼关掉了视镜里的幻像。

"谢谢。"科贝·阿萨莫阿说。他是个高大的男人，又高又壮。卢卡斯·科塔在他旁边就像个苍白的影子。他举起一只手，一只苍蝇停在了上面。

"我可以吗？"

一个念头，就让苍蝇从科贝·阿萨莫阿的手上飞到了卢卡斯的手上。他把它举到眼前。

"你可以在我们睡着时杀了我们所有人。我喜欢它。"卢卡斯·科塔抖抖手，让虫子飞到空中，看着它升上光线、绿色和潮湿的叶绿素组成的立井，消失在视野中。"我要买它。"

"单位生命是三天。"科贝·阿萨莫阿说。

"我需要三十只。"

"我们可以先交十只，然后再打印出剩下的。"

"成交。"

托奎霍从科贝·阿萨莫阿的亲随那里得到了价格，将它闪现在卢卡斯的视镜上。它高得离谱。

"授权支付。"卢卡斯命令道。

"我们会在车站把它们交给你，"科贝·阿萨莫阿说着，他那宽阔又开朗的脸又开始有表情了，"没有冒犯的意思，科塔先生，用这种方式照看你的儿子是不是有点过分？"

卢卡斯·科塔大笑了起来，他的笑声深沉又洪亮，就像钟磬乐一般，把科贝·阿萨莫阿吓了一大跳。奥布阿西农产区五号立井农场里的鸭子和青蛙一下子悄无声息了。

"谁说这是给我儿子准备的？"

埃托尔·佩雷拉让苍蝇在他的手上爬动，细小的钩爪令他暗色起皱的皮肤发痒。无论他怎么翻转自己的手，阿萨莫阿家的苍蝇都待在最高处。

卢卡斯说："我需要二十四小时监控。"

"当然，先生。目标是谁？"

"我兄弟。"

"卡利尼奥斯？"

"拉法。"

"很好，先生。"

"不管我兄长是性交、放屁还是付钱，所有的一切，我都要知道。我母亲不需要知道。没人需要知道，除了你和我。"

"很好，先生。"

"托奎霍会给你发送协议。我要你私下处理此事，不要牵涉其他人。我需要你每天报告，以加密形式发送给托奎霍。"

卢卡斯从埃托尔·佩雷拉脸上看出了反感。他是一名巴西前海军军官，当巴西国防军私有化时，他被解雇了。他失去了海洋的宠爱，离开它来到了月球，和众多前军人一样，在这里成立了一个私人安保公司。在那些血腥的日子里，阿德里安娜从麦肯齐金属公司的胸腔中撕扯出了科塔氦气公司，强占土地，荣誉决斗，派系斗争，在那些日子里，黑暗中伸出的刀子可以更快速更经济地结束法律纠纷。生命互相碾压，掠夺着彼此的空气。埃托尔·佩雷拉为阿德里安娜·科塔挡住了许多刀锋。他的忠诚，他的勇敢和荣誉是毋庸置疑的。它们只是无关痛痒，科塔氦气不需要他了。但是卢卡斯在他脸上看到的厌恶并非针对这一点，甚至也不是针对监视蝇。埃托尔痛恨的是，他在逐月派对上的失误给他套上了一副轭木和挽具。卢卡斯可以要求他任何事，没完没了。

"还有，埃托尔？"

"是？"

"别让我失望。"

在卢卡西尼奥·科塔左半边臀侧那完美的凹陷处，摊着一大片干掉的精液。他轻轻抬起格里戈里·沃龙佐夫的胳膊，溜出男孩的怀抱。他拉伸肢体，收缩肌肉，按响关节。这个沃龙佐夫小伙很重，而且需求无度。他有五次已经徘徊在睡梦边缘，却感觉到胡茬戳着脸颊，耳边有人轻喊，嘿，嘿。还有变硬的阴茎在他大腿内侧悸动。

卢卡西尼奥一直都知道格里戈里对他很热情——可谓狂热，研讨会里的阿富阿在女孩们的某个游戏上这么说过，就是那种没人告诉你规则但是你一旦踩到雷区就会被狠狠惩罚的游戏。但这并不表示他就是个完美的炮友。他能够做爱几个小时。不紧不慢地、深深地、用力地。这是个冷酷无情的炮友，而且在为对方撸枪时很慷慨。他甚至几乎不会发出呻吟。当他们在每周的现场研讨讲座中碰面时，谁知道桌子对面那个家伙有这么热情？它非常棒，让人沉醉，是他和男生做过的最棒的性爱。但现在别再来一次了，好吗？不要了。

对于获得的这一切，卢卡西尼奥·科塔能回报什么？蛋糕。自从他父亲切断了他的经济来源后，他就没什么东西可以付出了。当格里戈里在打鼾时，卢卡西尼奥在找冷却器。这里差不多和阿列尔家一样空荡，不过有足够的原料，可以烘焙一炉无面粉的布朗尼蛋糕。两炉。卢卡西尼奥考虑着他的下一张床在哪里，他不能在这一张上再待一个晚上了。他受不住。他往原料混合物里滴了一点格里戈里藏的THC液。他们昨晚吞云吐雾地吸了它，在长沙发上摊手摊脚地趴在一起，分享着烟雾和亲吻。他回头扫了一眼呈大字形躺在床上的格里戈里。真是够多毛的。人们说起沃龙佐夫家的人，多毛，怪异，被太空触碰过的家族。卢卡西尼奥知道这些传闻。沃龙佐夫家族是瓦莱里的后裔，他是最早的创始人，这位寡头政治执政者在中亚投资了一个私人发射中心。不管是在哪儿吧。总之他们建造了轨道电梯，两架在月球和地球之间长久地以8字形绕圈的循环飞行器；还有巴尔特拉，轨道网络。太空改变了他们，环境引发了他们的异变：怪异的、颀长的躯体，天生适合自由下落。大家已经很多年没有见过一个循环器工作人员，他们从不降落。重力会像压碎装饰蝴蝶一样压碎他们。然而没有人比瓦莱里本人更奇怪，他还活着，是个如此巨型、如此膨大的怪物，他填满了一架循环器的整个核心舱。至于它到底是"圣彼得与保罗号"还是"亚历山大·内夫斯基号"，各路传说总是无法统一意见。正是因此，你才会知道这传闻是真的。编出来的故事通常都太一致。

卢卡西尼奥用手擦干净灶具面板上的玻璃，盯着里面那一炉蛋糕看。他焦虑地扫了一眼格里戈里，那只野兽最好现在别醒。又过了几分钟。蛋糕出炉了，放凉。卢卡西尼奥的皮肤感觉到了凉意，然后是格里戈里毛发和肌肉的压力。

"嘿。"

"嘿。"

"你在做什么？"

"烘焙。"

"烘焙什么，比如？"

"布朗尼。它们很好吃，里面加了料。"

"你总是像这样烘焙吗？"

"像哪样？"

"像没穿衣服。"

"这样让我有灵感。"

"我觉得这样很诱人。"

卢卡西尼奥感到一阵愁苦。格里戈里紧贴着他，开始变硬。这个男孩是由精子构成的吗？卢卡西尼奥捏起一点正在变凉的布朗尼，转身把它塞进格里戈里的唇间。

"很甜。"

然后他们再次开始了。

玛丽娜有一个阳台，它很小，但是非常让人着迷。在每一天结束时，她精疲力竭地从训练组回到屋里，为了科塔氪气学会，她的身体必须学会那些新知识，而这些新东西让她的身体疼痛不已，这时候，她就会去阳台。

公司分配给她的公寓在圣巴巴拉方区的西二十三号，阳台到街道的落差没有上城高街到加加林大街那么高，所以阳台就像个悬空的看台。这种向下看的眩晕吸引着她。还有那些声音。若昂德丢斯城的街道充斥着葡萄牙语，空气中的音质和子午城不一样。喊叫和问候；少年们那种引人瞩目的喊声；在孔达科瓦大道上上下下的巨轮三轮摩托中传来孩子们叽叽喳喳的声音。不同的声音。摩托引擎、电梯、自动扶梯和电动步道，还有飞机的嗡嗡声，和它们不同的响声。天际线显得更亮，光谱比子午城更偏向黄色。霓虹灯组的色彩在蓝绿色和金色间变幻，这是老巴西的颜色。人们口里的名字、词语都只有葡萄牙语。不一样，它们让人兴奋。若昂德丢斯是个紧凑的城市，八万人住在三个街区里，街区间每八个小时错开相位：新日，早午日，晚日。从各种角度来说，若昂德丢斯都是个过时的地方，它是在丰富海下纵横交错的熔岩管里凿出来的。圣巴巴拉方区直径三百米，对玛丽娜来说很狭窄。屋顶感觉很近，很重，让她有一点幽闭恐惧。但是这里也没有足够的空间开快车，为此她很感恩。她恨那些自得又自大的飞船驾驶员。

"气阀没有完全降压。"[1] 她说。她尽量在公寓里说葡萄牙语，赫蒂被设定为不对环球语做任何回应。

很快就要上月面，赫蒂回答道，你的口音真恐怖。她的亲随不只是葡萄牙语讲得比她好，她还可以说出完美的科塔氦气式口音。

赫蒂中断了她的课程。

卡利尼奥斯·科塔在门外。她说。

发型可以，脸没问题，拉平衣服，看看牙齿，把没收拾好的床

---

[1]　此处原文为葡萄牙语。

铺翻进墙里。二十秒钟后，玛丽娜已经准备好迎接她的上司了。

"哦。"

卡利尼奥斯·科塔穿着一条短裤，踩着一双贴脚软跑鞋，彩色的穗带绕着他的胳膊肘、手腕、膝盖和脚踝。除了这些就没有别的了。他用葡萄牙语问候她，但玛丽娜几乎没在听他说什么。他秀色可餐。他闻起来像蜂蜜和椰子油。美丽，又令人生畏。

"穿好衣服，"他用环球语说，"你要和我一起出门。"

"我穿好了。"

"不，你没有。"

科塔先生正在连接你的打印机。赫蒂说。打印机吐出了短裤（很短）、抹胸（布料很少）和贴脚软跑鞋。这份指令很明显，玛丽娜在洗手间里穿上了它们。她试图把抹胸扯下一点，再把短裤提上来一些，她觉得自己现在比赤身裸体还要更赤裸。而她的上司正在她的房间里，她不知道他在做什么，他来干什么，也不知道他到底是谁或者是什么。

"这是你的，"卡利尼奥斯从打印机里捞起一把绿色的穗带，"我把我的奥瑞克萨的颜色给你，他是奥刚[1]。"他告诉她怎么把它们系在她的关节上，要留多少垂在外面。软跑鞋好像正在吮吸她的脚趾。"你能跑，对不对？"

玛丽娜跟着他下了楼梯。阶梯又窄又浅，很难加快速度。过路人贴着墙，点头问好。她和卡利尼奥斯肩并肩沿着第三街跑着，这条街道和中心大道平行，不过比后者高三层。单车和摩托呼啸而过。玛丽娜闻到了烤玉米、热油和油炸沙拉三明治的味道。从原石中凿出的那些五座小吧台里传出了音乐声。天际线正慢慢变暗成紫红色。在一处十字路口，卡利尼奥斯拐向了左边，现在照耀玛丽娜的是人

---

[1]　奥刚（Ogun）：巫班达教中士兵的守护神，神色为绿色。

造灯光了。前方一条 T 形接口的主隧道中传来了声音，她似乎听到了圣歌。然后她看到一群跑步者沿着隧道蜂拥而过，他们的亲随就像是盘旋在空中的唱诗班。光裸的皮肤上闪亮着油、汗水和人体彩绘。流苏和穗带飘荡在手肘和膝盖、手腕和脖颈还有前额。他们在唱歌。玛丽娜几乎惊讶地停下了脚步。

"加油跟上。"卡利尼奥斯说着，步伐加大了半米。玛丽娜朝他奔去。她并不经常跑步，但她仍然拥有地球的肌肉，所以很轻易就追上了他。卡利尼奥斯拐进了那条交叉隧道，这条宽阔的通道慢慢弯向了右边。玛丽娜并不熟悉若昂德丢斯的这一片区域。前方是那群跑步者，他们挤在一起，就像长跑比赛中的大部队。在月球的低重力下，他们又跳又蹦，就像奔跑的瞪羚。一片运动的海浪。在诵唱声之上，还有鼓声、口哨声、指钹的鸣声。卡利尼奥斯追上了落后的跑步者，玛丽娜落在他身后两步。跑步者们拉开距离，允许他们加入进去，玛丽娜轻松地跟上了他们的节奏。

"再加把劲。"卡利尼奥斯喊着，超到了前面。玛丽娜用力蹬腿，跟着他跑进了大部队的中心。鼓声淹没了她，它们引领着她心跳的节奏、她迈步的节奏。圣歌声召唤着她，她听不懂那些词，可她想要加入它们。她在舒展。她的感官、她的个人节奏和她周围的跑步者重叠在了一起，但同时她非常清明地感觉到自己的肢体。肺、神经、骨骼和大脑都是一个整体。她毫不费力、完美无瑕地移动。每一个感官都调整到了它最佳的韵律。她在她的膝盖和脚踝里听到了鼓声，她能闻到卡利尼奥斯皮肤上的汗味。流苏魅惑地抚弄她的皮肤。她能区分空中每一粒旋动的微尘。她认出了领先队伍中某个人肩上的刺青，就好像她的目光是一次碰触般，训练班里的萨阿迪亚转过身来，和她打了个招呼。一次毫不掺假的快乐的招手，摇撼了玛丽娜的整个身体。

那些词，她现在认得它们了。它们是葡萄牙语，是一种她还没有完全理解的语言，并且是一种她无法通晓的方言，但它们的意思非常清楚。圣乔治，铁之王，我的丈夫。圣徒勇往直前。圣乔治有水，但用血来沐浴。圣乔治有两把弯刀。一把割草，一把标记。他穿着火焰的长袍，他穿着鲜血的汗衫。他有三座房子。财富的房子，金钱的房子，战争的房子。这些词已经涌到了她的喉咙，逼近了她的嘴唇。玛丽娜完全不明白它们是怎么出现的。

"加把劲，玛丽娜。"卡利尼奥斯第三次说道。他们一起穿过层叠的肉体和亲随，来到前方的第一梯队。现在玛丽娜前面毫无阻挡了，隧道永恒地弯曲在她眼前。空气清凉地在她皮肤上打转。她可以永远这么跑下去。身体和思想，灵魂和感觉共为一体，比组成它的任何一种元素都要更美妙，更敏锐。

"玛丽娜，"有人喊她的名字，喊了好一会儿了，"慢下来。"他们渐渐脱离了领先位置，退到了集团的侧面。"回到正确的节奏。"

身体的疼痛让跑者回到了现实，但是情感上的伤害才是压倒性的。玛丽娜停了下来，双手撑在大腿上，垂着头，失落地咆哮起来。她听到那些人声、鼓声和跑者的和谐音响消失在了远方，就好像她被驱逐出了精灵之境。随着心跳的复苏，她想起了她是谁，他又是谁。

"我很抱歉，哦，上帝。"

"保持移动，否则你的身体会僵住的。"

她拖着身体，慢慢地进入痛苦的慢跑状态。交叉隧道通向圣巴巴拉方区三街。天际线暗下来了，方区在下方街灯的光晕和成千上万盏窗户中闪闪发亮。玛丽娜现在觉得冷了。

"我跑了多长……"

"两整圈，十六公里。"

"我没注意……"

"这没错，就应该这样。"

"多久……"

"没有人真的知道，但从我出生起它就一直在继续。人们认为它永不停止。跑者加入，跑者退出。我们在圣徒之间绕圈。这是我的教堂。它是我疗伤的地方，也是我偶尔消失的地方。是我不做卡利尼奥斯·科塔的地方。"

现在，十六公里的负荷开始袭击玛丽娜的大腿和小腿。她只在预升空训练中不情不愿地跑步过，而这一次完全不同。她的一部分将永远留在那里，在那无止尽的赞歌之环中奔跑。她等不及要再来一遍了。

"谢谢你，"她说，过多的话语会玷污这个时刻，"那么现在我们做什么？"

"现在，"卡利尼奥斯·科塔说，"我们去洗澡。"

阿娜利斯·麦肯齐走下螺旋梯，从卧室进入一只苍蝇的内部，它被分解了，撑开了，放大并且做了注释。翅膀像叶片一样张开，眼睛碎裂成了视镜组件，腿、肉和口器、纳米芯片和蛋白处理器在她头顶打转。在这一切的中间，坐着瓦格纳，背朝着她，和他平常全神贯注时一样全身赤裸，分析着，拆解着，放大又重叠着两人共享视野中的图像。这让人眼花缭乱，目不暇接。而现在是早晨四点半。

"阿娜。"

她没有发出任何自己能听见的声音，但是瓦格纳从公寓那嘶嘶又嗡嗡又嘎嘎吱吱的背景声中分辨出了她。这源于提升的敏感度、躁动，以及一种无穷无尽的精力。这种失眠症是一种全新的病症。

"瓦格纳，这是……"

"看看这个。"

瓦格纳靠向椅背，伸出一只胳膊环住阿娜利斯的臀部。他的另一只手挥动着，让肢解的苍蝇围着房间打转。

"这是什么？"阿娜利斯问。

"这是那只想要杀了我兄长的苍蝇。"

"在你妄下结论之前，我要说，那不是我，也不是我们中的任何一个人。"

"哦，我很确定这点，"瓦格纳伸出手，从分解了的苍蝇里扯出一团蛋白电路，挥开了其他东西，"瞧见了吗？"他转动自己的手，把它放大，直至它填满了整个小房间。这是一个折叠蛋白质组成的大脑。

"你知道我看不懂这种东西。"阿娜利斯的工作是编制元逻辑程序，她还在一个古典波斯乐团中演奏西塔琴。

"埃托尔·佩雷拉一直都不清楚应该找什么，甚至连研发部那些家伙都一样。我花了一点时间，但是当我看到它时，我就想，绝对是这个。然后我就把它放大，就是它，我是说，所有的分子上都写满了，就好像她在上面涂满了自己的标签，但你必须知道自己在找什么，你得知道怎样才能找到。"

"瓦格纳。"

"我是不是真的讲得很快？"

"是的。我想它又开始了。"

"这不可能，太早了。"

"它越来越早了。"

"这不可能！"瓦格纳厉声说，"它是个时钟。日出，日落。你不可能改变这个。这是天文学。"

"瓦格纳……"

"对不起，对不起。"他亲吻着她腹部的小窝，感觉到那甜美的皮肤下肌肉的收缩，他爱死这种感觉了，因为它不是技术不是编码也不是数学，它是生理的和化学的。但他能够感觉到自己的变化，就像地平线以下的太阳。他曾经以为是痴迷和投入在驱动他的情绪，但他现在意识到，是这种变化在驱动他的痴迷。当地球完满呈现时，他可以连续工作好几天，燃烧自己。"我得去子午城。"

他感觉到阿娜利斯推开了他。

"你知道我讨厌你去那里。"

"制造这个处理器的女人在那里。"

"你以前从来不需要找借口。"

他又亲了亲她强壮的腹部，她的一只手抚过他的脑后，手指在他的发间穿行。阿娜利斯闻起来就像香草和线织的床单。瓦格纳深深地呼吸，然后抽离。

"我有些工作要做。"

"去睡吧，阿娜利斯。"阿娜利斯说。

"我稍后就上来。"

"你不会。向我保证，你早上会在这里。"

"我会的。"

"你没保证。"

阿娜利斯离开后，瓦格纳张开双臂，然后慢慢地把双掌合在一起，将刺杀蝇被分解的元素聚集在一起。他让它们缓缓围着他转动，寻找着关于制造者的其他线索。但是他的注意力被中断了。在听力的模糊边缘，在一切感觉的模糊边缘，他能听到他的帮派成员们在静海那头的呼唤。

为了雪兔会，阿列尔·科塔穿了一条重印的巧克力色一九五五年迪奥，一件尚蒂伊盖肩袖衬衫，褶边超低胸。筒状女帽上别着一朵褐色的丝绸玫瑰，长至前臂中段的手套，配上包包和鞋子。很和谐，但不是那种讨厌的套装加套装。专业却不刻板。

一个接待员领着阿列尔上楼来到会议套房。这家旅馆很有品味，服务也很谨慎，但远不是最昂贵的，也没有丰富的子午城娱乐服务。

在电梯里，阿列尔按照指示关闭了贝加弗罗。在某种层面的政治和社交生活中，持续不断的网络连接只是一种累赘。长井理惠子在休息厅迎接了阿列尔，顾问们正在这里交流，喝着茶，从托盘里取食豆沙包。十四个人，包括即将离去的成员。这么多精致的裙子，这么多裸露的双肩。阿列尔觉得自己仿佛是被允许加入了一个秘密又暧昧的性派对：不得体，并且略有些可耻。

理惠子为她介绍众人。孙在月，太阳公司研发部主管；斯特凡尼·马约尔·罗布莱斯，来自南后区的教育家；莫妮克·迪雅尔丹教授，来自远地大学天体物理学系；杜苏拉，她的家族以血缘和商业往来与阿萨莫阿家结盟；库托库[1]的阿塔·阿富阿·阿萨莫阿正在努力控制一只过分活泼的宠物猫鼬；时尚厨师马林·奥姆斯特德，阿列尔看到他时不禁眨了眨眼，他说：每个人都这样，他在雪兔会已经有四年了；VTO的彼得·沃龙佐夫；马列娜·莱斯尼克，来自大型医疗保险公司萨纳费尔健康中心；谢赫·穆罕默德·埃尔—塔伊布，南后区中央清真寺的大穆夫提[2]、学者及法律学家，因其对麦加朝圣月球化的必要性提出裁决辩解而闻名。还有即将离开的奈尔斯·汉拉恩，和他的替代者诗人 V. P. 辛格。六个女人，五个男人，一个无性人：全都事业有成，专业纯熟，财大气粗。

"维迪亚·拉奥，"上了年纪的小个子无性人热情地握着阿列尔的手，"真是荣幸，科塔女士。你们家早就应该出现在雪兔会里了。"

"是我的荣幸才对。"阿列尔一边说着，一边却已在扫视全场，像猫鼬一样聪敏地搜寻着社交优势。

"早就该来了，"维迪亚·拉奥又说了一遍，"我是远地大学的数

---

[1] 库托库（Kotoko）：阿萨莫阿家的最高委员会。
[2] 大穆夫提（Grand Mufti）：穆夫提是伊斯兰教的教法说明官，地位崇高，其职责是咨询与告诫。重大案件在裁决前通常要向穆夫提通报案情，征询其意见。大穆夫提是教法首席说明官。

学博士，不过过去十年我都在惠特克·戈达德公司的董事会里。"

阿列尔的注意力猛地被拉回到这位无性人身上。

"拉奥远期。"

维迪亚·拉奥高兴地拍起掌来。

"谢谢你，我十分荣幸。"

"我知道拉奥远期，不过我不太明白这种交易市场。我兄长倒是时常往里面投资。"

"我本来以为卢卡斯·科塔太精明了，根本不会在远期市场里赌一把。"

"他的确如此，我说的是拉法。卢卡斯坚持只用自己的钱。"拉法曾解释过几次关于拉奥远期的事——很多次。它们是金融工具，是期货交易合同的一种变体，并且充分利用了地月之间 1.26 秒的沟通延迟：任何信号以光速跨越 384 000 公里所需的时间。这点时间足够在地月市场之间公开价格差：差价交易员可以利用这一点。拉奥远期是一种以定价买卖月球信息交换的短期合同。如果月球价格下跌，你就赚钱，反之，你就亏钱。和所有的期货交易一样，这是一种猜谜游戏，一种由光速的铁律来裁决的法则。到此为止，就是阿列尔·科塔能理解的全部内容，剩下的都是天书。对于以毫秒为单位在电子市场交易的 AI 而言，1.26 秒简直是一个永恒。数十亿远期，数万亿美元，就这样在地球和月球间来回交易。阿列尔还听说沃龙佐夫家正在考虑于地月间的 L1 点 [1] 建造一个自动交易平台，开设一个中级远期市场，延时为 0.75 秒。"卢卡斯认为，你永远都不应该投资你不懂的事物。"

"卢卡斯·科塔是位智者。"维迪亚·拉奥笑着说。此时，通往

---

[1] L1 点：拉格朗日点第一点。就理论而言，通常在由两个大天体构成的系统中都有五个拉格朗日点，小物体在这个点上哪怕受到外力影响，仍然倾向于稳定在原处。

套间的门打开了，里面是矮桌、蒙着培养皮的软沙发，以及趣味高雅的工艺品。

"我们进去吗？"

"不用等鹰王吗？"阿列尔问。

"哦，他没被邀请，"维迪亚·拉奥说，"马林是我们的联络人。"他朝名厨那边点点头。

理惠子法官在门口说："不是什么正式的会议。"她和奈尔斯·汉拉恩一起留在了外面，而阿列尔跟着维迪亚·拉奥进了房间。旅馆服务员关上了门，雪兔会开会了。

"嘿。"

科乔·阿萨莫阿面对着墙躺着，医疗机器人绕着他飞来飞去。听到卢卡西尼奥的声音时，他翻过身，吃惊地坐了起来。

"嘿！"他挥挥手赶开了那些医疗器。它们群集到房间的角落里，以数字的方式表示关切。作为一个断网小孩，卢卡西尼奥现在要进入医疗中心本来没这么容易。但格里戈里·沃龙佐夫随手破开了禁制，他一直都是研讨会里最棒的程序员。

"你穿着什么？"

卢卡西尼奥炫耀着救生装内衬。阿列尔打印的衣服都是畅销品牌，全是常见款式，但他只穿了一次，就把它们塞进自己的背包了。他现在喜欢救生装内衬的样子，它让他变成了一个瘦削的反叛分子。人们总是注意他。当他大摇大摆经过时，视线总是落到他身上。这很好。他甚至可能变成时尚标杆。

他吻了科乔的嘴，就是男孩的那种吻法。

"你怎么样？"

"无聊无聊无聊无聊无聊。"

"但你没事对吗？"

科乔往后一靠，把头枕在胳膊上。

"还是有点要把肺咳出来，不过现在我至少能平躺着了。"他举起左脚，它套着一个像是沙装靴的东西，管子从上面伸出来，插进了床的底部，"他们正在让我长一个新脚趾。他们打印了一根骨头，还有干细胞。它大概一个月内就能长回来。"

"给你带了点东西。"

卢卡西尼奥从包里拿出了密封的包裹，打开了它。医疗机器人烦恼地飘荡着，因为它们的传感器辨认出了巧克力、糖和THC。科乔撑起手肘，接过一块布朗尼，闻了闻它。

"你在里面放了什么？"

"乐趣。"

"我听说你和格里戈里·沃龙佐夫正在享受乐趣。"

"你从哪里听说的？"

"阿富阿。"

"这回她说对了。"

科乔从床上坐起，一脸迷茫。

"靳纪怎么了？"

"我没带着他。"

没带一名亲随，可不像是没穿衣服，或没有加载皮肤。

"阿富阿说你从家里跑出来了，你父亲断了你的钱。"

"这个她也说对了。"

"哇哦，"科乔认真打量着卢卡西尼奥，就像是在寻找罪恶，或寄生虫，"我是说，你现在能好好呼吸？"

"他不会这么干的，否则祖母永远不会原谅他。她爱我。水也没问题，但他冻结了我的碳和数据账户。"

"你怎么赚钱？"

卢卡西尼奥摊开一把现金。

"我有一个不错的姑妈。"

"我以前从来没见过这个，我能闻闻它吗？"科乔在鼻子底下翻动这些票据，他打了个寒战，"想想有多少只手碰过它。"

卢卡西尼奥坐到床上，"科乔，你得在这里待多久？"

"你想干吗？"

"就是，如果你不用你的住所……"

"你需要我的住处？"

"我救了你的命。"卢卡西尼奥瞬间就后悔自己打了一记直球，它无法抵挡，它很低级。

"你就是因为这个来的吗？就为了躲在我的住处？"

"不，根本不是……"卢卡西尼奥放弃了，没什么话好说了，他递过一块布朗尼，"我为你做了这些，真的。"

"只要脚趾不长回来，我就不能有任何娱乐，"科乔说着，接过布朗尼，他咬了一口，陶醉了，"哦哥们这味道太美了。"他吃完了那块布朗尼，"你真的非常擅长这个。"没过半秒，他又说："你可以在公寓里待五天，我已经重置门锁输入了你的虹膜。"

卢卡西尼奥把自己拖到床上，像宠物雪貂一样蜷在科乔脚边。现在他也开始吃蛋糕了。医疗机器人嗡嗡响着，挤在一起辨认着病人渐渐升高的吸毒指数。两个少年一边傻笑一边咀嚼着度过了甜美的几个小时。

双层大门打开了，与会者从沙发上站起，渐渐散开，交谈仍交错不歇。雪兔会散会了。

"那么，科塔女士，你初次品味了月球政治，感觉如何？"银行家维迪亚·拉奥闪到阿列尔身边。

"陈腐得让人吃惊。"

"关注陈腐能让我们活下来。"维迪亚·拉奥说。厨师马林·奥姆斯特德正匆匆赶向电梯厅，急不可耐地亮起他的亲随，好整理报告发给乔纳松·卡约德。"政治当然不必如此陈腐，"他碰了碰阿列尔的胳膊，请她留一会儿，以便进行一场共谋，"理事会里还有理事会。"

"我才刚刚坐到这个理事会的桌子边上。"阿列尔说。

"你的加入并非广受欢迎。"银行家说着，示意阿列尔和自己一起坐下来。培养皮的触感总是让阿列尔毛骨悚然，她无法忘记它们的来源：人类皮肤。

"指名道姓可就不明智了。"阿列尔暗示道。

"当然。我们中的一部分极力支持你的参与，我就是其中之一。我兴致勃勃地追踪了你的职业生涯，你是个极其年轻的女人，未来将星途闪耀。"

"我已经自负到不会脸红的程度了，"阿列尔说，"我也希望如此。"

"哦我亲爱的，我那句话可不是痴心妄想，"维迪亚·拉奥说着，他的双眼闪闪发亮，"它已经被相当精密地模拟过了。拉奥远期是我的成就里最微不足道的，每家投资银行都期望拥有预见未来的能力，预知哪笔价格会看涨，哪笔会下跌，这能为我们带来巨大的优势。"

"你说'我们'。"阿列尔说。

"我说了，是吗？在过去的七年里，我一直在研究模拟市场的算法。实际上，我创建了在量子计算机上运行的影子市场，它使我可以对真实市场的动向做出有根据的推测。其准确性让人吃惊，但是我们发现它是个比我们想象的还要没用的工具——可以说，根据这一信息操作暴露了我们的运作，于是市场开始针对我们，摒除了惠特克·戈达德公司能够享有的一切优势。"

"巫术经济，"阿列尔说，"黑魔法。"她把她的电子烟完全拉开，卡紧，点火，吸上一口，吐出盘绕的烟圈。

"我们为这种技术找到了更有用的应用，"维迪亚·拉奥说，他倾身向前，要阿列尔与他视线相对，"预言。它当然是宗教天书。我是说有益的预报，它们以相当可靠的推测为基础，这些推测源于精密的电脑模拟，模拟月球经济与社会。我们有三个独立系统，分别运行这一模型。太阳公司构建了三个量子大型机，我研发了运算法则。我们把它们称为三皇：伏羲、神农和黄帝。它们很少达成一致——你必须在它们的输出中找到模式，但它们在某个人身上达成了相当坚定的一致。那就是你。"

阿列尔的外在显得又冷静又优雅——这是她的职业形态，但她感觉到一串冰冷的电流从心脏涌向脑干。

"我不确定自己是不是乐意成为一组量子计算机的天选之子。"

"这事并非这么有倾向性。我们通常会对五龙进行模拟，而你是经济与政治社会的主要塑形者。你作为一个重要人物出现在科塔家中。重要人物。"

"拉法是副会长。"

"而卢卡斯是王座后的推力。你知道他在策划接管公司。有才华的男孩们，但他们都可以预测。"

"而你们预测到了我的不可预测性。"阿列尔往空中呼出另一股蒸气，外在一派从容，但内里却跃跃欲试。

"三皇意见一致。而三皇从来都没有意见一致过。我要坦率地说，阿列尔，我们想对你的潜力进行投标。"

"你说的不是惠特克·戈达德。"

"我说的是一场运动，一个幽灵，一种理念，一种多样性。"

"如果你要和我说善恶之争，那这场谈话就结束了。"但是这个小个子无性人引起了她的注意，好奇心加上虚荣心。

"你母亲塑造了月球，"是理惠子法官的声音，阿列尔没注意到她又回到了休息厅，"但是 LDC 和五龙的政治遗产本质上是封建制度。豪门和君主制，分配的领土和利益，对水、氧气和碳津贴的垄断。封臣和奴隶受其资助企业的契约约束。这就像是幕府时代的日本或中世纪的法国。"

理惠子坐到了维迪亚·拉奥身边，阿列尔觉得自己被盯上了。

"三皇一致认为这个模式是无法持续的，"维迪亚·拉奥说，"五龙已经触及了他们的权力所能到达的顶峰——上一季度的衍生商品交易利润已经是连续第三季度超过五龙的盈利了。像惠特克·戈达德这样的财经实体正处于上升期。"

阿列尔盯着维迪亚·拉奥的双眼，直到银行家转开视线。科塔式的轻蔑。

"汉堡的女人在街上的充电点给她的车充电，阿克拉的女孩在学校的触控板上给她的亲随芯片充电，胡志明市的男孩在播放他的DJ音乐，洛杉矶的男人乘上高铁来到旧金山。他们接通的电源都是科塔氦气。"

"非常有力的辩词，科塔女士。"

"如果用葡萄牙语说能更有力。"

"我很确定。然而事实依旧，未来是金融社会。我们是一个资源匮乏、能源富裕的经济体系。很显然，我们未来的经济取决于无重量的数字商品。"

"当无重量的商品袭击你时，它们会变得诡异的沉重。或者，你没从五次大萧条中学到什么吗？"

"三皇……"

"我们发起的是独立运动。"长井理惠子插嘴道。

"你们当然是。"阿列尔·科塔狡黠地笑了笑，长长地吸了一口微光闪烁的电子烟。

"我们有自己的委员会。月球学会。"

"说得比较多。"

"语言比刀锋好。"

"而你们想要我。"

"月球学会来自五龙所有家族和社会各界。"

"它比雪兔会要民主得多。"维迪亚·拉奥插话。

"我是一个科塔，我们不搞民主。"

维迪亚·拉奥无法掩饰他厌恶的苦脸。长井理惠子笑了。

"你们想邀请我加入你们的学会。"阿列尔说。

维迪亚·拉奥坐了回来，脸上浮现出真实的惊讶。

"我亲爱的科塔女士，我们不打算邀请你。我们想要收买你。"

　　有床可睡，有钱可花，于是卢卡西尼奥闯入了派对圈子。对一个科塔家的男孩来说，要找到一个派对绝非难事。他跟着熟人的熟人的熟人，来到了孙小婷在宝瓶座方区三十层的公寓。他人还未到，声名已经远扬。你从你父亲那里溜出来了？我是说，没有网络，没有碳，没有比西？你在哪里睡觉？

　　科乔·阿萨莫阿那里。他正在长一根新脚趾。我救了他。但是他们直接抛出了下一个问题：你到底穿的是什么？

　　孙小婷聘请了新迷幻 DJ 班雅纳·拉米列普。她打印了高潮和情绪和爱情的定制剂，将它们混合入一整排电子烟的汁液中。卢卡西尼奥在派对中游荡，穿着粉色紧身衣招摇过市，全身心享受着别人的移情、虔诚的敬畏、胜过任何性爱的愉悦感、突如其来的兴奋，以及醉人的忧郁。有那么二十分钟，他深深地爱上了一个严肃的、矮个子宽臀的布丁女孩。她是个天使，是位女神，是爱的神圣化身，他可以每天就这么坐着看着她，坐着，看着。然后化学物质消散了，他们就这么坐在那里，盯着彼此，他往电子烟里又添了点汁。这个晚上结束时，一个男孩和一个女孩用马克笔在他的救生装内衬上画了些幻想的生物。

没人和他一起回科乔家去。

下一个晚上，在猎户座方区的派对上，有两个女孩穿了救生装内衬，荧光绿和高亮橙。当他还在试图弄清楚这两人是否曾出现在孙家的派对上时，一个金发蓬蓬的白人女孩出现在他面前，问，我能看看那些钱吗？

他随手拿出那些票据，像街头魔术师那样把它们摊成扇形。

这些是比西？

五，十，二十，五十，一百。

一群人围了过来，票据在手指间传递着，人们感觉着它的质地，它的皱褶。

如果我就这么拿着它？

如果我把它撕成两半？

如果我给它点火？

那它们就不值钱了，卢卡西尼奥说，这玩意儿可没有保险。

一个男孩拿了一张五比西的票据，用铅笔在上面涂写。这小伙子是那种一认真起来就会伸出一点舌头的人。他不习惯写字。

这样呢？

他把五改成了五百万。

那改变不了什么，卢卡西尼奥说。那个男孩又沿着边缘写了些什么，他的字迹太潦草了，卢卡西尼奥几乎看不懂。那是心宿二方区的一个地址，还写了一个时间。

心宿二方区比猎户方区晚八个小时，时间只够卢卡西尼奥把救生装内衬塞给洗衣房，低头，冲澡，订一些现金支付的碳水化合物。然后他发现自己站在西九十七层顶上，身处于日落之后的昏暗中，骑着夜光单车的人闪耀着穿过他身边。电梯和自动扶梯不接受可折叠的纸币，所以他真是爬了很久的楼。他在某个下坡处，一辆城市单车沿着陡峭的城建结构俯冲了五公里。之字形的坡道和楼梯。吓人的飞跃，从屋顶高高飞起，着陆在狭窄的小巷中，一往无前，沿着 U 形弯道突然变向，加速冲上斜坡，然后再次跳跃飞翔。一往无前，冲下黑暗，导航的是夜视镜、喷在墙上的夜光箭头和心宿二西区的灯火，警告着步行者和夜游者的是吹响的哨声。当哨声不知从何处响起时，一个女孩突然伸手将卢卡西尼奥拽进了一个门廊，与此同时，两辆单车飞掠而过，只在他的视网膜上留下荧光残影。

哦我的天，是你吗？

是我，卢卡西尼奥说。他成了一个名人。他在车道顶端的一个摊子上给她买了麻子饭，不是因为她饿了，而是因为她想看看现金怎么用。

你得心算所有这些金额？

没那么难。

他们一起看着光纹在小巷中，在屋顶上，在下方走道间穿行，看着它们俯冲进建筑遮蔽处或绕过拐角，在视野中明明灭灭。遥远的下方，在布德林大街上，细小的荧光彼此环绕：那是抵达了终点的单车。时长无关紧要，赢家是谁也无关紧要，甚至比赛本身都无关紧要。重要的是这场面，是勇气，是僭越感，是某种奇妙的物事，它从天空坠入这安全的月球日常生活。

今晚有更多的救生装内衬。其中有两个家伙互相为对方画上了速降单车手用在车上的荧光画。卢卡西尼奥的出现莫名使这处下坡变得优美起来。两个女孩从人群中挤到卢卡西尼奥身边，她们穿得就像十九世纪的欧洲男性：燕尾服、翼领衬衫、高顶礼帽和单片眼镜。螺旋卷发和苍白如死的妆容，戴着手套的双手拿着手杖，她们的亲随是小小的龙，一只绿色，一只红色。其中一个女孩在卢卡西尼奥耳边轻声说了一个时间和一个地点。他感觉到她的牙齿扯了扯他耳廓上的金属钉。这细微的疼痛让人心情愉悦。阿蓓纳·阿萨莫阿曾在他的逐月派对上舔过他的血。

那个救了他又分享了他的麻子饭的女孩叫皮拉尔。她没有家人，不过她和卢卡西尼奥一起回到了科乔的公寓，一下子就在客用吊床上睡着了。天还尚早。卢卡西尼奥睡到了当地时间的早晨，为她新烤了一炉小松饼，作为分别礼物。

他把剩下的松饼带到了这场新的派对上。它还在心宿二方区，城市的这个区域还在早晨。派对在一个研讨会大楼里占了七个房间。前一晚的两个女孩迎接了他，她们仍然穿得像是十九世纪的贵族少年。

哦，烘焙食品，其中一个说。

但这已经过时了，另一个说着，她的一根手指顺着卢卡西尼奥的救生装内衬往上滑，在他的颌下停了一会儿，她的嘴唇非常丰满且鲜红，我们得为你做点什么。

这个夜晚剩下的时间都被用来改造卢卡西尼奥·科塔。当女孩们剥光他时，他咯咯傻笑，不过他的自负足以令他享受这种暴露。

你瞧，这不在于你要做什么样的人。

你一看就是个双性恋，如此循规蹈矩，如此正常普通。

这在于你是谁。

你是什么。

她们给他涂色，给他化妆，给他换了发型，给他喷上一次性刺青，玩着他身体上的穿环，给他上上下下都添了行头：各种复古不复古的衣物、时尚学生的发明、各种性别和不分性别的东西。

这就是你。

二十世纪八十年代的细金丝裙，束腰，羊腿袖，大垫肩。连裤袜和红色高跟鞋。

绝对的你。

人群都在点头，赞成，轻声细语。一开始，卢卡西尼奥以为自己来到了一个化妆舞会派对：迷你裙撑和芭蕾短裙，头发上缠着镜子和鸟笼，帽子和高跟鞋，撕裂的袜子和皮革，高开衩紧身连衣裤和护膝。这些人的化妆展现了上百种不同的社会形态，全都毫无瑕疵。然后卢卡西尼奥意识到，这是一个亚文化群体，这里的每个人都是一名亚文化个体。

有一个男孩在包里放了一面镜子，它是那个时代的日常配件。卢卡西尼奥在镜面上研究自己，他看起来光彩夺目。他不是个女孩，也不是个异装癖，他就是个穿着裙子的小伙子。他的额发往后梳，用发胶喷成了帆状。最浅淡的妆容让他的双颊如同出鞘的利器，令他的双眼如致命的深渊。他移动时像一个穿着高跟鞋的忍者。不是一个女孩，也不完全是个男孩。

我想他喜欢这样，高顶礼帽和单边眼镜说。

我想他知道自己是谁，翼领和手杖说。

一个女孩抓住他：嘿，你是卢卡西尼奥·科塔，很棒的裙子，让我看看那些现金。她又说，你想参加一个派对吗？

在哪儿？

她给了他地址。但直到独自回到科乔家里，卢卡西尼奥才意识到这个地址在特维城，阿萨莫阿家的都城，而阿蓓纳·阿萨莫阿可能在那儿。而他想要的，他真正真正想要的，一直都只有这个把耳钉扎在他耳朵上的女孩。

"这是个奇怪的房间。"音乐家说。

卢卡斯坐在一张沙发上。这个房间唯二的另一件家具是一把椅子，正对着沙发。

"它在声学上是完美的。它是为我设计的，不过你也将听到你从未听过的最完美的音效。"

"我应该在哪里……"

卢卡斯示意房间中央的那把椅子。

"你的风格。"音乐家说。

"是的。"卢卡斯说着，他的声音沉静，平淡，充满了整个房间。他敢说两个世界里都不会有另一个声控室能与他的相媲美。监督它建成的是从瑞典飞来的声学工程师。卢卡斯爱它的自主量度能力。音波的奇迹隐藏在那有着细微纹沟的墙后，在那吸收效果的黑色地板下，在那可变形的天花板上。卢卡斯认为，这间音响室是他唯一的恶习。当音乐家打开吉他盒时，他控制着自己的兴奋。这是一个实验。他之前从未在这屋里试过现场音乐。

"请不要介意，"卢卡斯朝地上打开的盒子点点头，"它会干扰波形。"

盒子被挪走了，音乐家倾身在自己的吉他上选了一段轻柔的和弦。音符就如同在呼吸一般，温柔又清澈地传到卢卡斯耳中。

"它非常棒。"

"你应该到这儿来听一听，"卢卡斯说，"只不过那样就没人演奏吉他了。"

音乐家调了调音，将双手放在他的木质乐器上。

"你想听什么？"

"在派对上，我请你演奏了一首乐曲。那是我妈妈喜欢的歌。"

"三月雨。"

"为我演奏它。"

手指掠过面板，一段如泣如诉的和弦。这男孩的声音不是卢卡斯听过最有力的，也不是最精致的——它是亲密的私语，就仿佛只为他自己歌唱。但它爱抚着乐曲，将其中的对话变成歌者与吉他的枕边细语。人声与弦乐围绕着节拍切分，节拍就此销声匿迹，只留下弦与词的交谈。卢卡斯的呼吸非常轻浅，每一种感官都调整得犹如吉他的琴弦般精准，和谐地活跃着、共鸣着，关注着演奏者和这首歌。这里有萨乌达德的灵魂，这里有圣洁的秘密。这个房间是他的教堂，他的圣殿，它满足了他所有期望。

音乐家若热结束了乐曲。卢卡斯平抚了自己的心情。

"《我来自巴伊亚》？"他问。这是若昂·吉尔贝托的一首老歌，有难度很高的下行和弦与一处令人心碎的转音。若热点了点头。《圣乔治的月亮》《一切不复如前》《丁香与肉桂》。他母亲从绿色的巴西带到月亮上的所有老歌。这是他童年时听的歌，唱着他从未见过也不可能见到的港湾、山川和日落。它们是美的种子，强大又悲伤，飘荡在月亮灰色的地狱里。卢卡斯·科塔很小时就知道自己生活在地狱里。改变地狱，进而从地狱中幸存的唯一方法，就是统治它。

卢卡斯感觉到一滴眼泪滑下了自己的脸庞。

《倾尽一生》结束了。卢卡斯静静地坐在那里没有动，等着自己的情绪慢慢沉淀。

"谢谢，"卢卡斯说，"你演奏得很美。"他动念将酬金打给了若热的亲随。

"这比我们谈妥的要多。"

"一个音乐家对薪酬过高有意见？"

若热取来琴盒，开始安放他的吉他。卢卡斯看着他珍爱地处理自己的乐器，擦去琴弦上的汗水，从指板末端的下方吹走灰尘。就像在把孩子放进摇篮。

"我不太配得上这个房间。"若热说。

"这个房间就是为你打造的，"卢卡斯说，"下周再来，拜托。"

"为了薪水，你只要吹声口哨我就会来。"

"别诱惑我。"

就在那一闪而过的笑容中，双方星火般交换了一个眼神。

"能找到一个喜欢古典乐的人太好了。"若热说。

"能找到一个懂得它们的人太好了。"卢卡斯说。若热提起吉他盒，托奎霍打开了音响室的门。就连闷住的脚步声和吉他盒的嘎吱声，听起来都完美极了。

　　光柱落在正在战斗的身影上。刀堂是一段明亮的隧道，尘土在阳光中纷扬。两个男人，一个高，一个矮，冲刺和跳跃，佯攻和追逐，赤脚踏过吸水材质的地面，一会儿在光里，一会儿在阴影里。它优美得就像芭蕾。蕾切尔·麦肯齐在门口一个小观众席上看着。罗布森很敏捷，并且很勇敢，但他只有十一岁，而哈德利·麦肯齐是个男人。

　　月亮上没有法律，只有共识，而共识判定投射类武器不合法。子弹与加压环境和复杂机械不兼容。刀子、棍棒、绞杀索、精细机器和慢性毒药、阿萨莫阿家钟爱的微型生物刺客：这些才是月亮上的暴力工具。这里的战争都是微型的，就发生在眼皮底下。蕾切尔痛恨罗布森在刀堂里的样子，她更恨他如此热爱和精通哈德利传授的技巧，而她最恨的就是这一切都无可避免。五龙并非舒适地躺在自家的宝藏上。哈德利是家族的决斗者，克鲁斯堡上下都在传言说罗伯特·麦肯齐下令要约束孙玉的野心，并保持麦肯齐家血缘遗传的纯粹。要教导罗布森如何用刀，没有比哈德利更好的人选，但是蕾切尔希望他们之间能有另一种更好的纽带。运动会是更健康、更有益、更能让罗布森掌控自己能量的方式，比如罗布森的父亲对手球的痴迷。

　　看看他，纤细却锋锐，就如他右手中的刀刃。战斗服的裤子松垮垮挂在他瘦削的腰臀部。他单薄的胸膛剧烈起伏，但他的视线覆盖了这个长形房间中的一切。随着一声呼喝，罗布森猛地踹向对方的膝盖骨，紧接着一记凌厉的砍劈，从左上方斜劈至右下方。向着对方的双眼，和咽喉。哈德利躲开了膝踹，迈进刀锋攻击的领域，反拧住了他的胳膊。罗布森叫了出来，刀子掉下去了，哈德利在它落地前接住了它。又一次反拧和足绊让罗布森仰天倒地。哈德利双手各持一刀，向着罗布森的咽喉猛插了下去。

"不！"

刀锋以毫厘之差停在了罗布森棕色的皮肤上方。一滴汗从哈德利的眉尖落进罗布森的眼里。哈德利在笑，他甚至没有听到蕾切尔的叫声，她并没能让他住手。那里只有他们两个，再也没有别的东西存在。这是暴力的无间亲密。

"规则是什么，罗布森？如果你拿着一把刀……"

"你就必须用它杀戮。"

"这一次——只有这一次——我会让你活下来。所以教训是什么？"

"永远别丢了刀子。"

"永远别放弃。用对方的武器抗击对方。"门口传来一个声音。

蕾切尔没有听到邓肯进门的声音。她父亲已经六十出头了，活力和举止却像四十岁的人。他穿着简洁的灰色，款式保守，单排扣，剪裁完美却低调。他的亲随埃斯佩兰斯是一个朴素的银色球体，它唯一的装饰是表面流动的波纹。在邓肯·麦肯齐通身练达的简约和沉稳中，并没有什么标志在宣扬他麦肯齐金属公司 CEO 的身份。他整个人都在散发这份权威。

"他身手怎么样？"邓肯·麦肯齐问。

"他能把你切碎。"哈德利说。

邓肯·麦肯齐扭唇露出一个讽刺的微笑。

"让他跟着来，蕾切尔，"他说，"我想让他见一个人。"

"他得花五分钟洗个澡。"蕾切尔说。

"让他跟着来，蕾切尔。"邓肯·麦肯齐重复道。罗布森望向他母亲，她点了点头。哈德利举起了他的刀：战士的礼节。

＊＊＊

蕾切尔·麦肯齐一直被她的叔叔布赖斯排挤。罗伯特的样子很可怕，而布赖斯·麦肯齐——公司的财务主管——是个怪物。他非常巨大，就算在二代月民里都算是高个子，而月球重力允许他给自己堆上层层叠叠的重量。他是一座人山，以细小得诡异的腿来保持平衡。不是肥胖，而是巨大。他移动时有着大块头们常有的轻盈和敏锐。

布赖斯·麦肯齐上下打量罗布森，就像打量一个雕塑，一份账单。"真是个漂亮的男孩。"

一个年轻的养子端来了薄荷茶。从形式上说，布赖斯·麦肯齐找到这些还是青少年的男孩，然后收养他们，之后为他们在公司里找到工作。其中许多人都已经结了婚，伴侣是公司内的或公司外的，有一些已经是父亲了。布赖斯与他的前情人们关系亲近，并且总是慷慨地支援他们。从来没有曝出过什么丑闻，因为布赖斯非常地恪守本分。上茶的男孩是最近服侍布赖斯的三个埃摩之一。手指在茶杯下相触。一个眼神。一个微笑。蕾切尔想象他骑在布赖斯身上，那个肉山布赖斯。上下，上下，屁股像打桩一样。

"罗布森，见见你的新丈夫，"邓肯说，蕾切尔瞪大了眼，"这是洪兰凰。"一个成年男子，体格健美：二十九或三十岁。

"你的男孩之一。"蕾切尔说。布赖斯生气地噘起了柔软丰满的嘴唇。

"蕾切尔。"邓肯说。洪看似对这份侮辱并不在意，但他的唇纹上皱出了受伤的印痕。

"这是尼卡哈。"在合同传输到卡梅尼这里的同时，布赖斯就把打印好的那一份推过了桌子。一个法律子AI插入，重点概括了这份合同。

"你们在开玩笑。"蕾切尔·麦肯齐说。

"这是标准程序。没有警报,也没有惊喜。"布赖斯说。

"你问过罗布森他喜欢什么样的吗?"蕾切尔提醒道。

"爸爸希望如此。"邓肯·麦肯齐说。

"你说什么?"蕾切尔问她父亲。她只希望自己没有想象过端茶男孩在布赖斯赤裸的巨大身躯上起伏的场景,这让她想象的东西变得如此丑恶,她不禁用双手捂住了嘴。

"就像布赖斯说的那样,这是标准程序。"

"我需要一两天时间。"

"这还有什么好考虑的?"布赖斯说。蕾切尔无能为力,罗伯特·麦肯齐的意愿统治着克鲁斯堡,而她在他权力的核心区域。她无法求助任何人。孙玉永远都站在她丈夫一边。无论洪是亲切还是残酷,这婚姻都让罗布森变成了麦肯齐家的人质。

邓肯拔出了钢笔。卡梅尼在虚拟合同上呈现出数字签名面板。

"我永远都不会原谅你,布赖斯。"

"签吧,蕾切尔。"

她快速又狠绝地用钢笔在上面戳了两下,她要把布赖斯的眼睛挖出来。但她签字了,卡梅尼盖上了她的数码印章。它敲定了。

"罗布森,孩子,去你的新丈夫那里。"邓肯说。

洪站在那里,伸出他的胳膊迎接他。蕾切尔双膝着地,抱住了罗布森。

"我爱你,罗布。我永远都爱你,我永远永远都不会让你受到伤害。相信我。"

她牵着男孩的手,领他穿过房间。只有三步,世界就改变了:一个儿子变成了一个丈夫。蕾切尔站得离洪很近,她对他耳语,声音却大得所有人能听见。

"如果你伤害他,甚至如果你碰他,我就会杀了你,还有你一生中曾经爱过的每个人。明白吧。"蕾切尔对洪说着话,但眼睛却盯着布赖斯。后者那潮湿的厚嘴唇再次不悦地扭了起来。

"我会照顾他的,麦肯齐小姐。"

"我会确保这一点。"

洪把一只手搭在罗布森的肩上。蕾切尔想要一根一根地扭断那只手的手指,她猛地把它拍掉了。

"我警告你。"

有人碰了碰她的胳膊,是她父亲。

"走吧,蕾切尔。"

办公室的门开了,邓肯的两个保安走了进来。

"你以为我会做什么,父亲?"

"走吧,蕾切尔。"

蕾切尔·麦肯齐吻了她的儿子,然后转身离开了,她的速度很快,没让任何人看到她的表情。她永远、永远都不会再让她的叔叔、她的父亲,还有她的祖父,看到他们在她心上扎钉子的印迹。

"妈妈,这是怎么回事?"门在她身后关上了,但她依然能听到她儿子的喊声,"这是怎么回事?我害怕!我害怕!"

永远别放弃,她父亲这么说过。用对方的武器抗击他们。

闸门很大,是为探测车和公车准备的,但是当内闸在身后关上时,幽闭恐惧还是揪紧了玛丽娜的心脏。当闸室降压时,她观察四周。当密闭空间使她恐惧时,她处理恐惧的方式就是细致地观察,让自己沉浸在感官的世界里。尘土在她的靴下嘎吱作响,空气被抽走时发出嘶嘶的响声。智能纤维调整以适应真空,沙装慢慢掐紧了她的身体。亲随们盘旋在组员们的肩头,这真诡异,他们也应该穿上虚拟的沙装。

若泽、萨阿迪亚、桑德卡,还有佩兴丝。奥列格死了,死于物理现象。他错估了大物体的重量以及速度带来的冲力。这是月芽常犯的错误。他以为他能单手截住移动的货板，但它的冲力猛击他张开的手臂，让他的臂骨扎穿了他的胸膛，戳爆了他的心脏。

奥列格，还有上城高街的布莱克。玛丽娜在月球上的生活还很短暂，但死掉的人就和她多年地球生活里死掉的一样多。奥列格的死加深了她和她组员间的裂痕。若泽不再和她说话了。玛丽娜知道组员都在责怪她。她是个扫把星，是个倒霉鬼，是个灾难磁铁。她开始接触一个新的月球词汇：阿帕涂——纷争之神。月球是巫术和迷信之母。

玛丽娜无法甩掉关于长跑的念头。她不明白那么多小时和那么多公里是怎么消失的，她也不明白自己怎么会迷失在这么无理性的东西里。它应该只是内啡肽和肾上腺素的作用，但是她躺在床上时仍能感觉到双脚的节奏，听到鼓声的脉动。她等不及想回去那里。下一次她要在身体上画彩绘。

旋转的红色灯光。闸门正在减压，赫蒂说。她和其他亲随都退出了，然后以新兵名字的形态再次显现，绿莹莹地悬停在每个人头上。绿色表示所有系统都正常。黄色表示警告：空气供给、水、电池或环境预警。红色表示危险。闪烁的红色：极度危险，濒临死亡的危险。白色意味着死亡。

"系统核查。"卡利尼奥斯说。玛丽娜说了自己的名字，以及本日的小绕口令，以证实自己没有醉氧的迹象。"收到。"她又匆忙添了一句。要记的东西太多了。"外闸正在打开。"卡利尼奥斯说。他的沙装就是一件各种标签贴、商标和图标的混合拼布，不过他背心的是奥刚，圣乔治，那是他自己的奥瑞克萨。在外闸门旁边的墙上，有一张月亮女神像，脸的头骨那一侧已经被成千上万戴着手套的手指摸旧了。触摸以求好运，触摸以求避开死亡。"这是月亮女神。她比最干燥的沙漠还要干燥，比最炎热的丛林还要炎热，比南极洲一千公里厚的冰层还要冰冷。她是你可以想象到的任何一种地狱。她知道一千种杀死你的方法。如果你轻慢她，她就杀死你。不假思索，毫不留情。"

月芽们一个接一个地排队碰触月亮女神。玛丽娜想着，沙漠、丛林、南极洲：这些词都是卡利尼奥斯未曾经历过的。它们听起来就像是古老的咒语，集尘者的祷词。玛丽娜的手指拂过了月亮女神像。

透过靴子的底面，玛丽娜感觉到了外闸门正在碾动的声音。在灰色的门和灰色的地面之间，有一道狭长的灰色渐渐向上扩大，通向外面那些丑陋的机械：过时的探测车、服务机器人、参数储存塔、巴尔特拉向上扬起的弹射角。废弃的机械，毁坏的机械，正在维修的机械。黄色的服务闪光链围起了一台集取器，它甚至比这道巨大的闸门还要高：就像一棵由灯光和信标组成的圣诞树。各种太阳能电池板，缓慢地追踪着阳光。遥远的山脉。月球表面就是一个废料堆。

"我们去散个步吧。"卡利尼奥斯·科塔说着，带着他的小组走上了坡道。玛丽娜跨了出去，走到了月面上。从门内到辽阔的门外，没有过渡，没有路口，你甚至对光秃秃的月面和赤裸裸的天空没有什么特别的感觉。近处的地平线显而易见地往下弯曲着。卡利尼奥斯领着小组沿一个千米长的环状区域往前走，这个环由线灯围着。成百上千的月芽走过这条道，足印叠着足印再叠着足印。到处都是足迹，还有轮胎印，追踪机器人和攀爬机器人精巧的足尖印。月壤层是一张复写纸，印满了其上经过的所有行程。它非常难看。就像是每个拿起双筒望远镜的孩子一样，玛丽娜把焦距对准了"桩王"。那是一根一百公里长的勃起的巨大阴茎，那些闲得发慌的基础设施工人用足迹和轮胎印将它刻在了雨海上。十五年过去了，纵横来去的各种任务的痕迹早已令它模糊不清，又瘢痕累累。她不知道当时这种兴高采烈的兄弟会精神到如今是否还有丝毫残留。

玛丽娜抬起视线，然后她的足印停止了。

半个地球悬在丰富海上方。玛丽娜从未见过比它更湛蓝、更真实的事物。大西洋主宰着这个半球，她认出了非洲的西线，还有巴西的尖角。她能追踪海洋风暴的涡旋，它们正被吸入加勒比海的环抱中，在那里旋搅成怪物和妖兽，然后打着转，沿着墨西哥湾流的曲线袭向视野外的欧洲。一场飓风覆盖在东部的明暗线上，玛丽娜能够轻松辨别出它的涡旋结构，还有它的风眼。蓝色与白色，没有绿色的影子，可是玛丽娜从未见过比它更鲜活的东西。她曾经在循环飞行器里透过观景气泡看着下方的地球，惊奇于眼前壮丽的涡卷。流动的云朵，转动的行星，还有世界边缘日出的光迹。在绕过前半圈轨道时，她看着地球渐渐变小，在后半圈轨道上，她看着月球渐渐丰满。玛丽娜从未在月球上见过地球。行星地球，它就那样挂在天上，巨大得远远超出了她的想象，与她天各一方。它明亮，沉静，凛然，并且遥不可及。玛丽娜的讯息花 1.4 秒就能飞到她家人那里。然而，"这里是家乡，你离它很远很远。"——这是整个地球给她的讯息。

"你要在这里站一整天？"卡利尼奥斯的声音突然在玛丽娜的私人频道中响了起来，她惊醒过来，窘迫不已，因为每个人都已经回到外闸门了，只有她像一个傻子一样站在这里抬头凝视着地球。

这是另一个区别。从循环器上，她要低头看地球。但在月亮上，地球永远在上方。

"我在那里站了多久？"闸门重增压时，她问卡利尼奥斯。

"十分钟，"他说着，风叶正在猛力吹走沙装上的尘土，"我第一次上来时也做了完全一样的事情。站在那里盯着看，直到圣乔治给我发了一个低氧警告。我从来没见过像它一样的事物。当时埃托尔·佩雷拉和我在一起，我能说出的第一句话是：'谁把它放在那里的？'"

卡利尼奥斯解开他的头盔。在私人谈话仅剩的几秒时间里，玛丽娜问：

"那么我们现在要做什么？"

"现在，"卡利尼奥斯·科塔说，"我们去喝一杯。"

"他碰你了吗？"

小探测车如一叶扁舟般滑过风暴洋。它在全速前进中剧烈地颠簸着，被岩石和凸起顶到空中，再落到溅开的柔软粉尘上。加速，尘土像巨大的羽扇一样落在轮胎后面。车里的两名乘客被颠来倒去，上下抖震，前后甩动，在安全带里被扯来扯去。蕾切尔·麦肯齐把探测车的操作性能逼到了极限。

麦肯齐金属公司正在搜捕她。

"他有对你做什么吗？"在引擎的哀鸣声，以及悬浮系统的嘎吱声和砰砰声中，蕾切尔·麦肯齐再次大声地问道。罗布森摇头。

"没有。他人真的很好。他给我做了晚饭，我们聊了他的家人。然后他教我玩纸牌魔术，我可以表演给你看。它们真的很有意思。"罗布森伸手去掏沙装的贴袋。

"等我们到了再说。"蕾切尔说。

她本来以为她还有更长的时间，她一直在非常谨慎地准备诱饵和圈套，这是麦肯齐家女人应有的技巧。卡梅尼之前预订了一辆去子午城的轨道车。蕾切尔甚至黑了闸门系统，营造出有两个人逃跑的假象。罗伯特·麦肯齐在二十公里处远程截停了这辆轨道车。与此同时，有两辆探测车从克鲁斯堡出发，往相反的方向行驶。第一辆走的是明显的路线，往东北驶向梅斯特林溪的太阳公司伺服农场。这是一条合理的逃亡路线，太阳公司非常固执地在月球家族政治中保持中立，孙氏根本不惧怕罗伯特·麦肯齐的愤怒。

蕾切尔选择了不合逻辑的路线，她看似要一路往东南方驶向旧极地货运专线。这条线上到处都是电站和补给站。根据古老的传统——月球水平的古老——无论是谁在轨道沿线飞驰，沃龙佐夫家都必须停下列车。之后的一切都是可以协商的，但是支援和营救的传统还在延续。邓肯·麦肯齐会让契约私人保镖在所有的主站和列车接触——子午城、南后城和哈德利城。但这都不是蕾切尔·麦肯齐的目的地，甚至连列车干线都不是。

探测车没有窗户，不通风，不耐压，差不多就是一个传输加动力系统。在这辆车，以及开往反方向的另一辆诱饵车上，自动返程和远程控制程序都已经被禁用了。蕾切尔一直都是个不错的程序员，但这个家族从不重视这个天赋，以及她的其他任何天赋。她真正的目的地是位于弗拉姆斯蒂德的巴尔特拉中转站，它很荒僻。她已经安排了一系列跳跃。但是麦肯齐金属的探测车正从南方和东方的萃取工厂出发，向她靠近。卡梅尼已被限定在蕾切尔的私人频道上，她不想让自己的目的地从网络泄漏出去。她只希望搜寻者们正试图在货运线上拦截她。行车时间可以被精密地计算，方程式是锐利又冰冷的。如果他们猜到了巴尔特拉中转站，他们就会抓住她；如果他们猜的是货运干线，她就能逃走。但是她必须连上网络，这将把她的位置通报给全月球。

"我们很快就要到了。"蕾切尔·麦肯齐对她儿子说。看看他，穿着沙装，被安全带绑在狭小的车腹里，他的膝盖顶着她的。看看他。头盔的面甲遮住了他的头发、他的脸形，于是双眼便吸引了所有的注意力，他的眼睛，他绿色的大眼睛。没有什么世界能比这双眼睛更美好，无论是这个灰色的世界，还是上面那个蓝色的大世界。"我得和某人谈谈。我会激活卡梅尼，但是别开启约克。现在还不行。"

当卡梅尼连上网络时，开放的感觉几乎是生理性的，就像是深深地吸了一口气。

阿列尔·科塔的亲随代接了通讯。请别挂断。接着阿列尔·科塔本人出现在了蕾切尔的视镜里。

"蕾切尔。发生了什么事？"

阿列尔的服装、发型、皮肤和妆容都是完美的。蕾切尔一直觉得她的小姑子势利、孤傲又野心勃勃。她足够诚实，知道自己是在嫉妒——那些巴西人拥有所有的天赋和优雅。阿列尔在法庭上挫败过她的家族许多次，但她现在需要她。

蕾切尔概述了她的逃亡，卡梅尼将尼卡哈滑了过去。

"请等一下，"贝加弗罗暂代了阿列尔，然后她又回来了，"这是一份标准形式的婚姻契约，要我的侄子与洪兰凤维持十年的婚姻。它非常严密。"

"让他摆脱它。"

"合同是合法并且有约束力的，责任很明确。在上面任何一项条款的基础下，我都无法让罗布森从这份合同中解放出来。我只能让合同无效。"

"就这么做。他才十一岁，他们逼我签了它。"

"从法律上说，结婚或订婚并没有最小年龄界限。胁迫在我们的法律中未必能作为辩护理由。我必须证明，是你在签署性行为条款之前，没有就罗布森的选择权与他商讨，因此违反了你与他之间的亲子契约。这将使尼卡哈作废。我不会成为你的代理人，我将成为罗布森的代理人起诉你。我会试图证明你是个糟糕的母亲，像卢克雷齐娅·博尔贾那么糟的母亲。然而，你带着罗布森逃了出来，从而抵消了之前的行为，这样做又像是一个好母亲。这就像是第22条军规[1]。总之就是要围绕这一点下功夫。"

"我不在乎你让我变成什么形象。"

她看错了吗，阿列尔·科塔，完美的阿列尔·科塔脸上的微笑完全消失了？

"过程会很肮脏。"

---

[1] 第22条军规：意指相互矛盾、相互抵触的规则或条件，从而造成对象的窘境。

"麦肯齐家的财富就是从脏东西里得来的。"

"我也一样。罗布森需要雇用我并且签约。还是一样，只有一位好家长才会建议他雇用我。我必须私下提醒你，将这事闹上法庭，意味着我们两家之间明确且公开的冲突。这是宣战。"

"如果拉法发现我毫无抵抗地放弃罗布森，那才是宣战。他会空手撕掉克鲁斯堡把他救回来。"

阿列尔·科塔点点头。

"我想象不出还有什么情况比现在更棘手。这几乎就像是你祖父刻意选择了最挑衅的行为。"

探测车突然倾斜了。蕾切尔的安全带紧绷起来抵御这次突如其来的加速。又一次。有什么东西在撞击探测车，一次又一次。她并没有感觉到刀具或钻头的震动。然而又出现了突然的减速：探测车正在慢下来。

"发生了什么？"阿列尔·科塔问。她完美的表情上出现了担心。

"卡梅尼，给我影像！"蕾切尔喊道。

"我在给拉法发警报。"阿列尔说道。接着卡梅尼将外部摄像投影到了蕾切尔的视镜上。一台维修无人机贴在探测车上，就像一个小小的、长着尖牙的恶梦。机械手和切割器正砍在电线和动力导管上。当无人机切断另一处电池时，探测车再度慢了下来。这台机器怎么会在这里？它从哪里出来的？卡梅尼转动镜头：在林立的太阳能电池板群中，巴尔特拉中转站的弹射角向上翘起，离这里不到两百米。这就是答案：她的家族给中转站的维修无人机重新设定了任务。

但他们忘了探测车是个降压模型。对于穿着沙装的人来说，两百米的真空旅程就是一次漫步。

蕾切尔碰了碰罗布森的膝盖。他惊跳起来，大睁的眼中充满恐惧。

"我说走的时候，跟着我。我们得靠双脚来完成这事。"

探测车摇晃倾轧着倒向了一侧。蕾切尔被狠狠甩了出去，又被安全带扯回来。探测车不动了，以一个疯狂的角度翻倒在地。无人机切下了一个轮胎，然后又拆出了最后的摄像头。

"罗布森，宝贝，走。"

舱门砰地打开了。灰尘，山脉，还有漆黑的天空。蕾切尔抓住舱门的一侧，把自己扯出来。她落到了月尘上，开始奔跑。她扭头看到罗布森轻巧得像只蜂鸟一样落地，也开始奔跑。无人机窝在探测车的残骸上。蕾切尔想到了布赖斯·麦肯齐，想到了癌症，如果癌症也能行走并捕猎。

现在那只虫子从残骸上用机械臂站了起来。它展开切割器，以及长而尖锐的塑料手指。它顺着车表面爬了下来，选中了她的方向追了过来。它的速度不快，但是不可阻挡。而在她和罗布森可以安全弹射之前，她还需要进行一些操作。

"罗布森！"

虫子一步一步地接近那男孩。他在月尘上显得笨手笨脚。他不知道如何在真空中移动，不知道如何避免踢起遮眼的尘埃。他的父亲把他娇养在博阿维斯塔中太久了。应该在他五岁时就带他上来看看地球，这是麦肯齐家的方式。本来应该的，本来可以的，就应该这样。

舱口准备好了，卡梅尼说。人员闸门一次只能通过一人。在月海上，巴尔特拉系统是粗糙且快速的，优先于大容量运输。

"进去！"蕾切尔喊道。罗布森在闸口挣扎着，他是如此笨拙。

"我进来了！"

卡梅尼关上了舱门。现在蕾切尔必须在这小空间中腾挪转动。好慢。它为什么这么慢？无人机在哪里？她甚至没有时间扫一眼身后。呼吸在牙关间以最高浓度进出，而卡梅尼正在接通发射序列。

右小腿上的疼痛是如此尖锐又利落，蕾切尔甚至叫也叫不出来。

她的腿撑不住自己了。有什么东西被切断了。头盔屏幕溅上了血，她大口喘着气，沙装的纤维在缺口处收紧了，封堵着开裂处，压缩着伤口。

你右腿膝盖后的腘绳肌腱被切断了，卡梅尼宣布道，沙装的完整性受到损害。你在流血，机器虫在这里。

"让我进去。"蕾切尔嘶声说，然后疼痛袭来了，超出她在这个宇宙中所有想象的疼痛，她尖叫了起来，恐怖的、号叫着挣扎的尖叫。听上去不像是从人类喉咙中发出的尖叫。一个动作，一个冲刺，又一次利落的猛劈，她倒了下去。机器虫站在她上方，黑色天空中的一个黑色阴影。她的沙装在三个钻头下闪烁起来，它们朝她的头盔面甲上落了下来。

"发射，卡梅尼！让他离开这里！"

发射序列启动，卡梅尼说，你的幸存概率为零。再见蕾切尔·麦肯齐。

钻头在坚韧的面甲上发出了滋滋声。在最后，蕾切尔·麦肯齐感觉到的只有盛怒：盛怒于她必须死，盛怒于她必须死在这冰冷又肮脏的孤独的弗拉姆斯蒂德，盛怒于搞死你的总是家人。她的面甲粉碎了。当空气从头盔中爆出时，她感觉到了地面的震动，看到巴尔特拉舱从发射管口一掠而出。

他离开了。

拉法·科塔暴跳如雷，大踏步走在他的安保特遣队前面。若昂德丢斯是他的城镇，科塔氦气公司的工人和辅助人员对他的脸很熟悉，但不是今天这个样子：他就像是愤怒和快乐的双重象征。他就是正义之神桑勾，是圣赫罗尼莫，是审判者和守卫者。他的子民们躲开他的视线，为他让出道路。

男孩已经出了闸门。他一个人站在进站口，仍然穿着沙装，戴着头盔，全身都是尘土。他的亲随在他左肩盘旋着。

"他教了我一个把戏，"罗布森说。约克把他的话转呈至头盔外面的世界，"它是个相当不错的把戏。"戴着手套的手从大腿贴袋中拿出一副扑克牌。罗布森把它们展开。他的声音是呆板的，平板的，诡异的。约克复制了每一个声调。"选一张。"

卡牌从他手中掉了下去，他的膝盖软下去了，他往前倒去。拉法接住了他。

"你母亲，"拉法摇着颤抖的男孩，"你母亲在哪儿？"

第五章

邓肯·麦肯齐像风暴一样卷过克鲁斯堡。人们纷纷闪避，机器全都让开道路。麦肯齐金属公司的 CEO 不打算等着那些无谓的安全条例，在这苍白的愤怒中尤其如此。邓肯·麦肯齐的怒火是灰色的，就像他的沙装、他的头发，就像这月亮的表面。埃斯佩兰斯冷硬成了阴暗的青灰色。

孙玉·麦肯齐在罗伯特·麦肯齐私人车厢的闸门处迎上他。

"你父亲正在进行一次日常血液清洗，"她说，"你应该可以理解这个过程不能被干扰。"

"我想见他。"头顶的金属有多炎热，邓肯·麦肯齐的声音就有多冰冷。

"我丈夫正在进行一次精细且重要的治疗。"孙玉重申道。邓肯·麦肯齐的手举到了她的喉咙跟前，他把她的头猛地撞在了闸门上。一大滴血慢慢地流下了白色的闸门。你的头皮有一处挫伤，可能还有撞伤，她的亲随同人[1]说。

"带我去见他！"

我得到了影像，埃斯佩兰斯说。亲随在邓肯·麦肯齐的视镜上以俯视角度呈现出那个可怕的老人。他躺在诊断病床上，护士围在他身边——有人类的也有机器的。管子和线路里搏动着红色。

"这不是真的，你可以事先准备好这种影像。你们这些王八蛋最擅长这个。"

"你们这些，王八蛋？"孙玉轻声说。邓肯·麦肯齐松开了手。

"我女儿死了，"他说，"我女儿死了，你听到了吗？"

"邓肯，我很抱歉。这事太可怕了，真可怕。这是软件故障。"

"整收小组在她的沙装里发现了精确的砍伤。那个机器虫砍断了她的腿筋，"邓肯·麦肯齐用手掩住嘴，好抑制自己的惊骇，过了一会儿他又说，"他们在她的头盔上发现了钻孔痕迹。这是一个非常精确的软件故障。"

"辐射常常导致芯片发生软性故障。如你所知，这是一个地区性问题。"

"别他妈的侮辱我！"邓肯·麦肯齐咆哮道，"地区性。地区性！这是什么见鬼的词？我女儿被杀了。是我父亲下令的吗？"

"罗伯特绝对不会做这样的事。你不能暗示你的父亲——我的欧可，我的丈夫——会下令刺杀他自己的孙女。这是荒谬的，荒谬又恶心。我看了报告，它是一次可怕的机械事故。谢天谢地那男孩安然无恙。"

"而科塔家会像簇拥一个新入会的手球明星一样簇拥着他。别以为那个白痴拉法·科塔不会赌咒发誓要切开他看见的每个麦肯齐的喉咙。就因为这事，我们已经站在战争的边缘。"

---

[1] 同人：易经第13卦，同人卦，意指上下和同，同舟共济。

"罗伯特永远不会刻意造成损害公司的可能性。永远不会。"

"你让我父亲说了很多话。我更愿意听他自己说。让我过去。"

孙玉踏前一步,挡在了闸口唯一的通道上。

"你在说什么?"

"就像你说的,罗伯特永远不会伤害他自己的孙女。"

"这是一句指控吗?"

"你为什么不让我见我父亲。"

邓肯·麦肯齐抓住了孙玉的肩膀,举起了她,狠狠把她丢向了闸门。她瘫了下去。几双手落在了他的肩膀上,那是强壮的胳膊,扭着他把他拖离了那个喘着气颤抖的女人。邓肯·麦肯齐挣脱出去,直面这些袭击者。四个男人,穿着沙装,和他自己一样灰色的公司工作服。大块头,月芽,有强壮的地球肌肉。

"走开。"他命令道。四个男人一动不动,他们的视线闪向了孙玉。

"他们是我的私人刀卫。"她说着,仍然苍白地在地上颤抖。

"从什么时候开始?"邓肯·麦肯齐怒吼道,"有谁的允许?"

"你父亲的允许,从我觉得在克鲁斯堡不安全开始。邓肯,我想你应该离开了。"

那个最高大的刀卫是个山一般的毛利人,从颈后往下全是纠结的肌肉,他把一只手放在了邓肯·麦肯齐的肩上。

"把你见鬼的爪子拿开。"邓肯·麦肯齐一边说着,一边拍开了那只手。但是他们有四个人,每个人都很壮实,并且他们不是他的人。他举起了双手,表示不想找麻烦。保安们退后一步。邓肯拉平外套的前襟和袖口的缝线。孙玉的刀卫站到了他和他的继母之间。

"我会见到我父亲,然后我会对外面发生的事发动我自己的调查。"

邓肯·麦肯齐转身大步走了,在熔炼镜反射的光柱下,他的步态显得失落且耻辱,不过现在他可以扔出最后反击的话了,只是可惜这反击为时已晚。"这个公司的CEO是我,不是我父亲。也不是他妈的你们的人。"

"他妈的我们的人总是和他妈的你们的人齐心协力，"孙玉喊道，"沃龙佐夫都是野蛮人，阿萨莫阿家都是乡下人，科塔家是巴西贫民区里出来的流氓。是孙家和麦肯齐家建立了这个世界。它属于孙家和麦肯齐家。"

"她不肯换掉那条裙子。"海伦·德布拉加和阿德里安娜·科塔站在八楼阳台的扶手旁，两边是奥刚和奥克梭西的石头颧骨。这些面颊是干的，瀑布已经被关闭了。机器园丁和人类园丁正从池塘和溪流中疏浚落叶。

"每次它脏了，埃利斯就给她打印一件新的。"阿德里安娜·科塔说。露娜穿着她心爱的红裙子，光着脚跑过池塘底的泥泞，溅湿了机器园丁，在垫脚石之间以一种复杂的游戏方式跳跃着：这块石头只能用左脚着陆，那块右脚，另一块要两只脚，或是完全跳过去。"你在这个年纪时一定也有一条喜欢的裙子。"

"绑腿，"海伦·德布拉加说，"它们上面有头骨和交叉的骨头。我当时十一岁，是个像样的小海盗。我母亲没法让我脱下它们，于是她又给我买了一双。我拒绝穿它，因为它们不是同一套。可是事实是，我并不知道哪套是哪套。"

"她在博阿维斯塔到处都有藏身的洞穴，"阿德里安娜说，此时露娜消失在了竹林里，"我知道它们大多数在哪里，比拉法知道得都多。但并不全都知道。我不想全都知道，一个女孩总得要保留一些秘密。"

"你什么时候告诉他们？"

"我曾想过在我生日时，但它似乎太病态了。我会知道时机的。我需要先完结洛亚姐妹那一边，做一次完整的告解。"

海伦·德布拉加抿紧了唇。她仍然是一个好天主教徒，每周在若昂德丢斯城做弥撒，还有圣徒和连续九天的祷告。阿德里安娜·科塔知道她不赞成巫班达教，也不喜欢天天待在异教神灵的眼睛下面。阿德里安娜向一位女祭司做神圣的忏悔，而不是向牧师，对此她应该怎么想？

"关照拉法。"阿德里安娜说。

"别再说这种话了。"

"我渐渐地就会没那么能干了，应该说我早就感觉到了。而且卢卡斯正盯着宝座呢。"

"他一直盯着宝座。"

"他在监视拉法，他在利用暗杀事件动摇拉法的地位。在蕾切尔发生了那样的事后……"

海伦在胸口画了个十字。

"上帝站在我们与邪恶之间。"

"拉法想要发起独立调查。"

"这是不可能的。"海伦·德布拉加和阿德里安娜·科塔是同一代人，是拓荒者。海伦有钱，她是会计师，是来自波尔图的上流人士。阿德里安娜白手起家，是工程师，是里约热内卢的土著。阿德里安娜背弃了她绝不信任非巴西人的誓言。超越了国籍，超越了语言，她们都是女人。在四十多年时间里，海伦·德布拉加悄无声息地引领着科塔氦气的财政，她和阿德里安娜的任何一位血亲没什么两样。

"罗布森很安全。"海伦说。阿德里安娜的孩子一直都像是她的第二个家庭，她自己的孩子和孙子们则四散分布在科塔氦气于月球上的各个部门中。

"那份肮脏的尼卡哈，"阿德里安娜说，"我已经在要求克鲁斯堡做出补偿了。"

"阿列尔会在法庭上把它撕碎的。"

"她是个好孩子，"阿德里安娜说，"我担心她，她太容易遭到攻击了。我希望她在这里，在家里，和我们一起，让埃托尔和五十位护卫挡在她和世界之间，我这么想是不是很傻？可你永远没法不担心，不是吗？克拉维斯法院不会保护她，哪怕是雪兔会也不会。"

"我们怎么变成了两个站在阳台上担心世仇的老女人？"海伦说。阿德里安娜把手放进了她朋友的手中。

竹林深处是一个可以藏匿的地方，一个飒飒作响的特别所在。植物自然地枯死，暴露出了泥土，而好奇的双手和双脚将这里采摘踩踏成了一个魔法圈。这是露娜的密室。摄像头照不到这里，机器人太大了没法跟着她穿过竹林，她父亲什么也不知道，而她非常确定什么都知道的阿德里安娜祖母不知道这里。露娜用绑在竹茎上的一点缎带、打印的迪斯尼陶瓷玩偶、喜欢的衣裳上的纽扣和蝴蝶结、机器虫的碎片，还有电线翻绳儿宣告了她对这里的主权。她蜷伏在这魔法圈里，竹子在她头顶摇晃轻语。园丁主管费利佩曾经对她解释过，博阿维斯塔足够大，所以会产生属于它自己的微风。但露娜不想要一个科学的理由。

"露娜。"她悄声叫着，她的亲随展开了它的翅膀，它们填满了她的视野，然后差不多拼成了她母亲的模样。

"露娜。"

"妈依，嗨，我什么时候能见到你？"

露西卡·阿萨莫阿的视线从她女儿身上转开了。

"没那么容易，小天使。"她对她女儿说着葡萄牙语。

"这里一点意思都没有了。"

"哦，宝贝，我知道。可是告诉我，告诉我，最近都在做什么？"

"好吧，"露娜·科塔一边说着，一边举起手指准备计数，"昨天，埃利斯玛德琳和我玩了打扮动物。我们让打印机和网络不停地给我们看东西，然后我们就一直在打印动物的衣服。我是只食蚁兽。那是一种动物，来自别的地方。它有一根大长鼻子，可以碰到地面。还有一条大长尾巴。"她曲起一根指头，意思是一次变形。"然后我是一只鸟，有一个很大的……它们嘴上的是什么来着？"

"喙。那就是它们的嘴，心肝儿。"

"一个喙，它就像我的胳膊一样长。还有黄色和绿色。"

"我想那是一只犀鸟。"

"是的，"又一次计数，"还有一只有斑点的大猫。埃利斯是只鸟，就像阿列尔姑姑的亲随。"

"贝加弗罗。"露西卡说。

"是的，她很喜欢那一只。她问我想不想成为一只蝴蝶，可是蛾子真的很像蝴蝶，所以我就说她可以做蝴蝶，我想她也非常喜欢这个。"

"哦，这听起来很有趣。"

"没——错，"露娜承认道，"可是……一直都是埃利斯玛德琳。我以前常常去若昂玩的，但是帕派现在不让我去了。他不想让我见到任何不是家人的人。"

"哦我的心肝，只有这一阵子是这样。"

"你也说你只会离开一阵子。"

"我是说过，没错。"

"你发誓了。"

"我会回来的，我发誓。"

"我可以去特维看真正的动物吗，没有打扮的那种？"

"没那么容易，我亲爱的。"

"你有食蚁兽吗？我真的很想看食蚁兽。"

"不，露娜，没有食蚁兽。"

"你可以给我弄一只。真正的小仔仔，就像维里蒂·麦肯齐的宠物雪貂一样。"

"我想不能，露娜。你知道你祖母对博阿维斯塔周围出现动物是怎么想的。"

"爸爸最近老是在叫嚷，我从我的秘密地点听到了。一直叫，还很生气。"

"那不是因为你，露娜。相信我。这一次，也不是因为我。"露西卡·阿萨莫阿笑了，但这个微笑让露娜很困惑。现在它消失了，露西卡像是在咀嚼一些滋味很糟糕的话："露娜，你的太欧可蕾切尔……"

"她走了。"

"走了？"

"去天堂了，只不过没有天堂。只有扎巴林会带走你，把你磨成粉，然后把你交给 AKA 去喂植物。"

"露娜！这话太可怕了。"

"海伦·德布拉加相信天堂，可我觉得那是件很傻的事。我见过扎巴林。"

"露娜，蕾切尔……"

"死了死了死了死了死了。我知道。所以爸爸才难过，所以他又是叫又是摔东西。"

"他摔东西？"

"所有的东西。然后他打印出新的来，再把它摔掉。你还好吗，妈姆？"

"我要和拉法，和你爸爸谈一谈。"

"这是说你要回来了？"

"哦露娜，我真希望我能回来。"

"那我什么时候能见到你？"

"这个月末是阿德里安娜奶奶的生日。"露西卡说。

露娜的脸就像正午的阳光一样亮了起来。"哦是的！"

"为了这事，我会回来这里的，我保证。我会见到你的，露娜。爱你。"露西卡抛出一个飞吻。露娜倾身上前，把嘴唇印在母亲虚拟的脸庞上。

"拜拜，妈姆。"

露西卡·阿萨莫阿还原成了蛾子的形态。亲随回到了它的常规所在——露娜·科塔的左肩上。当露娜扭来拧去地穿过竹间蜿蜒的通路时，她渐渐发觉了空气中的变化，湿度，还有声音。园丁完成了他们的工作，再度打开了瀑布。水流从奥瑞克萨的双眼和唇中滴答落下，涓涓，喷涌，然后奔流。博阿维斯塔又充满了水波欢快的跃动。

弧圈球，这是个优美迅捷的弧线，从右至左，从跃起到最高点后高举的手中掷出，击中球门线左下角的底部。守门员完全没动。在拉法落至地面之前，球就已经抵达网底。

月球手球赛（LHL）的优雅，在于它和重力的关系，正是这一点让手球队成为月球上迷人的比赛，也成为地球上奥林匹克比赛中的异数。协同与对抗。球网的大小以及球场和球门区的容积都限制着月球重力的优势，而重力允许了旋转、切入和弧线球的存在，顶级球员魔法般的技术让观众惊呼不已。

"你应该截住那球。"拉法·科塔大笑着说。罗布森慢吞吞地从网底捡出球来。一个父亲在和自己的孩子比赛时，能有多少对抗性？当他打败他们时，他又能多得意扬扬？"来啊。"他手舞足蹈地穿过球场，脚底几乎没有擦到木地面。这个位于博阿维斯塔的手球球场是拉法·科塔的最爱。比赛场的地面拥有完美的弹力，安装音响系统的工程师就是为卢卡斯建造音响室的那一位。不过它的音效是为更激跃的节拍而设计的，而不是旧古典波萨诺瓦的微妙。这里还有隐蔽的露天看台，是为拉法和他的 LHL 对手的私人邀请赛准备的。它是月亮上最完美的球场，而罗布森不会掷球，不会接球，不会跑，不会得分，他在这个球场上什么也做不到。拉法截断了罗布森的运球，男孩手忙脚乱地回防，一秒内，他又在从网底捡球了。

"那些麦肯齐都教了你什么，嗯？"

科塔家的安保人员将罗布森从巴尔特拉舱室前急速带回了博阿维斯塔医疗中心。他从克鲁斯堡逃出时没有受到任何身体创伤，但精神分析 AI 注意到他不愿意说话，并且有一个强迫症：向任何一个对他表现出兴趣的人表演卡牌游戏。精神 AI 建议延长创伤辅导疗程，而拉法·科塔的疗法更粗野。

"他们没有教你这个吗？"

拉法用力平掷出手球，它打中了罗布森的肩膀。他叫了出来。

"他们没有教你躲避和迂回吗？"

罗布森向他父亲丢回那个球，这个动作中包含着怨恨，但没有技巧。拉法在空中接住它，又曲线丢向罗布森。罗布森试图移动，但它击中了他的大腿，发出响亮的拍击声。

"别再这么干了！"罗布森说。

"那他们到底教了你什么？"

罗布森转过身，扔下了球。拉法猛地捞起它，用尽所有力气近距离平掷了出去。手球比赛服又紧又单薄，球击中屁股的声音响亮得就好像断了一根骨头。罗布森转过身来，脸上写满了暴怒。拉法抓住回弹的球。罗布森跳了过来要从他父亲手中拍掉它，但它不在那里：拉法正在运球，转身，再次捞起了它。他砰地把它扔出去，整个赛场都回响着球击中地板的隆隆声，罗布森畏缩着躲开弹向他面门的球。

"害怕一个球？"拉法说着，它又回到他手里了。罗布森再度跳了过去。而拉法又在他身旁跳跃着，围着儿子跳着转圈。罗布森转身，又转身，但他跟不上球。他的头转向这边，又转向那边。轰！他进入了球的弹跳范围，它击中了他的腹部。

"一旦你开始怕个球，你就一直会怕球。"拉法讥讽道。

"停下！"罗布森嚷道。拉法停下了。

"愤怒，很好。"

然后球又回来了，弹跳着，从左手传到右手。啪嗒啪嗒啪嗒。投掷。手球的重击使罗布森痛叫了起来，他叫喊着，整个人扑向他父亲。拉法块头很大，但他的动作又快又轻。他毫不费力地闪开了他儿子。拉法远胜于罗布森的那种嘲弄般的悠闲让男孩的怒火更加高涨。

"愤怒很好，罗布。"

"别叫我这个。"

"为什么不，罗布？"运球，投掷，疼痛。接球，弹跳，永远比罗布森的手指快一瞬。

"这是他们叫我的方式。"

"我知道，罗布。"

"闭嘴闭嘴闭嘴闭嘴！"

"让我闭嘴，罗布。拿到球，我就闭嘴。"

腹部一次直截了当的撞击令罗布森弯下了腰。

"你妈妈死了罗布森。他们杀了她。这让你想要做什么？"

"走开，让我一个人待着。"

"我不能，罗布森。你是个科塔。你的妈姆。我的欧可。"

"你恨她。"

"她是你母亲。"

"闭嘴！"

"你想做什么？"

"我想让你停下！"

"我会的，罗布森。我保证。可你必须告诉我你想做什么。"

罗布森像雕像一样立在球场中间。他的手垂在下面，往身侧伸出几指的距离。

"你想让我说我要他们死。"

球猛击在他背部，罗布森颤抖着，但没有动。

"你想让我说我会为了妈姆报复他们，无论要花多久时间。"

腹部。罗布森摇晃着，但没有倒下。

"你想让我发誓要对他们报仇雪恨什么的。"

腹部，大腿，肩膀。

"然后我这么干了，他们又反击，我继续做得更多，他们也做得更多，然后它永远都没完没了。"

腹部，腹部，脸，脸，脸。

"它永远都没完没了，帕依！"罗布森猛冲出去，他斜斜击中了那颗实心小球，足以让它转向。下一秒它又回到了拉法的手中。

"他们在克鲁斯堡教我的，"罗布森说，"我从哈德利那里学到的，"拉法没能看清罗布森做了什么，但下一个心跳的瞬间，他已狡黠地插入他父亲的碰触领域，球到了男孩的手中，"他们教我拿起某个人的武器，用它回击那个人。"他把球扔到了赛场那头，在它缓慢的、渐渐停滞的弹跳声中走开了。

啪嗒，啪嗒，啪嗒。

侦察蝇用爪子把自己固定在奥萨拉右眼的内侧，观察着科塔氪气的董事会议桌。

蛇海漂浮在卢卡斯·科塔扩大的视野中。苏格拉底和叶玛亚为拉法和阿德里安娜·科塔展示着完全一样的地图。

"蛇海的一个勘探点，"托奎霍放大了倍数，圈出指定的区域，"两万平方公里的月壤。"

卢卡斯举起一根手指，敲了敲幻影地图。月球勘测数据覆盖住了那些灰色和尘土。拉法快速翻动着信息，但卢卡斯看到他母亲专注地眯起了眼。

"我冒昧组织了一次成本效益分析。在所有权得到批准之后，科塔氦气将开始在第三季度中赢利。我们可以将萃取装置移出孔多塞环形山，重新定位。孔多塞的矿物已经被采掘了百分之八十，其中一些工具都放在那里生锈。在两年内，我们将每年提取五亿美元的氦-3，我们估计蛇海矿点的寿命在十年左右。"

"可真够缜密的。"拉法说，他的舌头和嘴唇都在表达暴躁的情绪。卢卡斯通过小苍蝇知道了那些私下里大摔家具的发作；那些全天候待命的贴身保镖，有些甚至藏在博阿维斯塔的水里；还有露娜在她父亲捞起她抛向空中前的犹疑。金色的、友善的拉法正在变得阴暗，在派对和招待会中因为突如其来的愤怒而变得形象丑陋。他在苛责他没用的手球经理、没用的教练组和没用的运动员。卢卡斯欣赏着其中的讽刺意味：当他妻子活着时从不说她一句好话的男人为了她的死而大发雷霆。新闻频道将蕾切尔·麦肯齐的死亡报道成一则灾难性的减压事故。一个精美的谎言。纪实报道从不纪实。惹恼了五龙的记者会遭遇属于自己的灾难性减压事故。报道那些微笑和裙子，那些风流韵事和漂亮孩子，那些婚姻和不贞。别扯龙的尾巴。

"多快？"阿德里安娜问。

"木库日的区域标准时间十二点。"

"没多少时间了。"拉法说。

"够多了。"卢卡斯说。

"这情报可靠吗？"阿德里安娜问。卢卡斯看到她从她自己的虚拟月面地形图上抬起了锐利的眼神。在所有活着的科塔中，她待在月面上的时间是最长的，哪怕卡利尼奥斯也比不过她。她可能有十年没戴过头盔了，但一日为集尘者，终生都是集尘者。她会分析地势、分析月尘覆盖面、后勤、月球通过地球磁尾时的电场效应，以及太阳风暴的可能性。

"它来自阿列尔，是雪兔会里的线报。"

"去他的线报。"拉法说。卢卡斯听出了他声音中的某种能量，看到了他眼中的某种意愿。拉法的肌肉在绷紧，他把自己从他那非典型的堕落中拔了出来，过去的黄金之光又开始在他皮肤下闪现。这是比赛夜，队伍正在隧道中，人群正在狂热地呐喊。但他仍然是多疑的。"我们现在就得行动。"

"要周密，"阿德里安娜说着，把两只手的指尖对在一起，就如同教堂的骨骼拱顶。卢卡斯很了解这个姿势，这意味着她在计算，"如果太快，我们就会暴露阿列尔，而我余下的年头都得在克拉维斯法院里为宣告强占地的所有权而争斗。如果太慢……"

关于萃取权的法律很原始：促成北美西部发展的采矿立桩和淘金热铁律。无论是谁，只要他在新公布区域的四个角上立桩标示主权，那么他就有四十八个小时向 LDC 提出合法所有权申请并交付执照费用。这是一场全力以赴的竞争。卢卡斯见过拉法在男孩队的比赛里尖叫、语无伦次、不可理喻。此时的激动与之相同。这正是他所爱的：运作、能量、行动。

"我们有什么优势？"

卢卡斯让托奎霍加亮了目标方区周围的萃取单位，橙色图标分布在西北角、东北角和东南角的不同距离处。西南边的顶角是暗的。

"我让危海东北角的单元运转起来了，不过它很难被伪装成例行调动或预定维修。"

卢卡斯是专务董事：发布运营命令不是他的权限。怒火隐约闪现，但拉法控制住了它。他经受住了这次考验。

"我关注的是顶点。"托奎霍放大了图像。

"我们没什么机器能在三十小时内到那里。"拉法一边看着部署标签一边说。

"月面上没有。"卢卡斯暗示道。拉法接过了这一棒。

"我去和尼克·沃龙佐夫谈谈。"拉法说着，朝他母亲低了低头，就开始行动了：要做多少决策，要采取多少举措。

"打个电话会省不少时间。"卢卡斯说。

"所以我才是会长，兄弟。生意是以人际关系为核心的。"

卢卡斯低了低头，此刻，小小的顺从是必要的，要让他母亲看到她的男孩们在齐心协力。

"把它搞定，拉法。"阿德里安娜说。她的脸上发光，她的眼睛很亮，岁月的痕迹从她身上退去了。卢卡斯仿佛看见了他孩提时的阿德里安娜·科塔，帝国的创建者，世家的造物主，育儿室门口的身影。阿马利娅玛德琳轻声说：和你母亲说晚安，卢卡斯。当她俯身到小床上时，飘来她香水的味道。她现在还是用它。人们对自己所用香水的忠贞是其他私人装饰品比不上的。

"我会的，妈今伊。"这是最亲近最亲爱的表达。

在看不见的角落里，侦察蝇离开了它的缝隙，跟着拉法飘了出去。

铁蓝色的彩弹重重打在卢卡西尼奥的腹肌上，蓝色泼溅开来，加入到红色、紫色、绿色与黄色中。他赤裸的身体上几乎没有哪处是干净的，他就像一个色彩的小丑，和胡里节上的狂欢者一样耀眼。

"哇喔。"当迷幻剂开始生效时，卢卡西尼奥叹道。他旋转着，从他的油彩枪里射出一发子弹，然后世界打开了，变成了无数蝴蝶。在幻影的翅膀旋风里，他转动着，像个傻瓜一样咧嘴笑着。

这是捕猎游戏，游戏场所是整个马迪纳田野，你只有光裸的皮肤和枪，枪里的子弹是随机的彩色迷幻剂。

蝴蝶们展开了它们的翅膀，互相连接锁定。现实又回归了。卢卡西尼奥俯身闪进一株巨大的车前草的叶片下。腐败的叶子在他的赤脚下碎成了泥。他端着枪前进，蓝色弹药的效果还在，他的瞳孔仍然张大，幻觉也没有退去。他一忽儿被摔碎成了钻石碎片，一忽儿沿着一座望不到顶的摩天大楼一侧向上流动，一忽儿看着世界滴落成紫色，一忽儿好像永远变成了自己的左脚大拇指，一忽儿在参天的斑驳灯柱中追赶以及被追赶，一忽儿在山药和木豆灌木丛的高处进行狙击。

叶片沙沙作响：有东西在移动。彩弹枪的枪口对准了他的脸颊，卢卡西尼奥一头扎进叶片下一块潮湿的小空地里。这是块隐藏的温床，沉醉于生长和腐烂中。

有东西碰了碰他的后颈。

"抓住了。"一个女声说道。卢卡西尼奥等着油彩击中时的刺痛，等着前往另一个世界的旅行。他来参加这场派对，是因为它在特维城，他可能会遇到阿蓓纳·阿萨莫阿。但游击比赛不是阿蓓纳·阿萨莫阿的兴趣所在。不过这很令人兴奋，追逐与反追逐、时不时的迷失与细微的恐惧、先发制人击中别人、狙击他们让他们对情况一头雾水，以及被击中。抵着他脖子的枪很性感，他将任由这个女生支配，这样的无能为力令人心弦颤动。

他听到扳机扣动的声响。什么也没发生。

"该死，"那女孩说，"打光了。"

卢卡西尼奥翻身起来，举起了彩弹枪。

"不不不不！"那女孩叫着，举起手表示投降。亚·阿夫翁·阿萨莫阿，阿蓓纳和科乔的阿布苏阿[1] 姐妹。豹族母系。AKA 的亲属

---

[1] 阿布苏阿（abusua）：阿坎族文化名词，意为拥有同一个女性祖先的族群。同一个阿布苏阿被认为拥有同一个母氏的血脉，历史甚至可溯一千年。不同的母系族包括 Agona（鹦鹉族）、Aduana（犬族）、Asenie（蝠族）、Asakyiri（秃鹫族）、Asona（鸦族）、Bretuo（豹族）、Ekuona（公牛族）和 Oyoko（鹰族）。阿坎人依然保持这种社会系统及其婚姻禁忌，以保护遗传多样性。

关系让他头疼。她的皮肤上有五种油彩，在她的右臀、左膝、左胸、左大腿以及头部右侧。卢卡西尼奥扣动扳机。什么也没发生。

"打光了。"他说。相同的声音在管状农场中回响着，从高高的梯田和太阳能电池阵的狙击点向下传扬开去。光了。光了。隐约地顺着农场管道连接的隧道一路而去。光了。光了。

"你很幸运。"卢卡西尼奥说。

"你是什么意思？"亚·阿夫翁说，"你跪着被我抓到了。"她上下打量他。"伙计，你被涂满了。你得洗个澡，来吧。这个是最好的。你不怕鱼吧，怕吗？"

"为什么问？"

"池塘里有鱼，还有青蛙和鸭子。有些人一想到会被一只不是人类的生物碰触，就抓狂。"

"我觉得这个游戏玩不了，"卢卡西尼奥说，"你被打中越多次，就越容易被打中。"

"只有你一心想赢的时候它才玩不了。"亚·阿夫翁说。

酒吧设在木板台上，有足够多的饮料和电子烟。但是卢卡西尼奥的脑子里满是化学物质，所以他不乐意再来点什么了。池塘已经挤满了人，人声和水声在农场管道里回荡。卢卡西尼奥小心翼翼地把自己浸入水中。鱼会咬人吗，会吮吸吗，会顺着阴茎上的小洞游进去吗？皮肤上的迷幻剂慢慢地溶解在水中，红的黄的绿的蓝的彩环晕染开去。这对鱼有什么影响？对那些吃了鱼的人有什么影响？他没法想象自己会吃一些和他分享池水的东西，他也没法想象自己会吃一些有眼睛的东西。

"嘿哈！"亚·阿夫翁在旁边朝他泼水。臀部相碰，腿缠在了一起，腹部摩擦着，手指游移着。

"这是条鱼吗？"

亚·阿夫翁咯咯笑了起来，卢卡西尼奥发现他手里握着一个乳房，而她的手指罩着他的屁股。于是他自己的手朝令人血热的水中更深地探下去，寻找着皱褶和秘密。"哦你这家伙！"她的屁股是继格里戈里·沃龙佐夫之后最好的。然后他硬了，他们前额互碰，彼此注视，她开始笑他，因为赤裸的男人是可笑的。

"我一直听说阿萨莫阿家的女孩又斯文又害羞。"卢卡西尼奥取笑道。

"谁告诉你的？"亚·阿夫翁说着，把他扯了进去。

阿蓓纳。在番茄叶片间扫过来的眼神，从酒吧往服务通道移去。

"嘿！嘿！阿蓓纳！等等！"

他拍着水浪扑出了池塘。阿蓓纳转过身，皱起了眉。

"阿蓓纳！"他滴着水大步向她走去，半硬的海绵体甩得发疼。阿蓓纳扬起了一边眉毛。

"嗨卢卡。"

"嘿阿蓓纳。"

亚·阿夫翁滑到他身侧，用胳膊搂住了他。

"什么时候开始的？"阿蓓纳说。亚·阿夫翁微笑着，把自己贴得更近。"玩得开心，卢卡。"她渐渐远去。

"阿蓓纳！"卢卡西尼奥喊着，可她已经离开了，现在亚·阿夫翁也离开了。"阿蓓纳！亚！发生了什么事？"阿布苏阿姐妹之间的某种游戏。现在空气变冷了，那里软了，多重迷幻药的宿醉感袭来，令他颤抖、发狂，而派对变得讨厌了。他找到自己的衣服，求人帮忙弄了一张回子午城的票，然后在公寓里看到一个完整的科乔和他的新脚趾。卢卡西尼奥这一晚可以留下来，但只有这一晚。无家可归没有性爱没有阿蓓纳。

瓦格纳很晚才到子午城。西奥菲勒斯是个小镇，位于粗糙湾荒凉的北部边区，有一千口人，除此之外只有机器在移动。主干线三年前才接通这里的铁轨，三百公里长的单线铁路，一天四辆轨道车在希帕提娅与小镇间往返。一次微陨石撞击毁掉了托里拆利的信号装置，困了瓦格纳六个小时——来回踱步，挠着发痒的皮肤，喝着一杯又一杯的冰茶，心里默默地咆哮——然后维修无人机终于装好了新组件。轨道车上挤满了人，站席位只提供给一小时以内的行程。

我在你们的眼前变化了吗？瓦格纳想着，我是不是有不一样的味道，和人类不一样？他一直在这么想象自己。

托里拆利撞击事件否决了覆盖大半个西半球的行程计划。希帕提娅车站差不多就是一个转车点，从南部各月海和静海中部出发的四条支线在这里与赤道一号线相交。当瓦格纳走进车站时，月台上尽是通勤上班族和轮班工人，还有被大家庭围绕着的前往朝圣的祖父母们。成群的孩子，奔跑着，尖叫着，有时抱怨着漫长的等待。他们的噪音折磨着瓦格纳高度敏感的感官。他的亲随想办法为他预订了三十七号区间车，要等三个小时。他找到了一个昏暗又安静的地方，远离那些家庭，还有丢弃的面条盒子和饮水杯。他背靠着一处栏杆坐下来，曲起双膝，埋下头，重新设计了他的亲随。再见，索布拉。你好，卢斯博士。栏杆颤动着，快速通过的列车震响了长长的走道，鸣响久久不散。扎巴林机器人围着他嗅着，寻找着可以循环利用的东西。从子午城来的通讯、信息和画面。你在哪儿我们需要你它开始了。列车故障。想你，小狼。没有阿娜利斯的消息，她明白规则。人生有光明的一半，也有黑暗的一半。

卢斯博士没能为瓦格纳订到他惯常的靠窗座位，于是他无法望着地球度过旅程。这也不错：他有工作要做。他必须拟定一个策略。他不能安排会面，而科塔公司只要有一点动静，埃莉萨·斯特拉基就会逃走。他要用一个任务来诱惑她，但首先他得让它显得令人信服，并且令人兴奋。她将会严格评估它。公司里还有公司，这是些嵌套系统，是控股主体形成的迷宫，典型的月球公司配置。任务不能太复杂，否则也会引起猜疑。他需要一个新亲随，一条伪造的社交媒体路径，一段线上历史。科塔氩气的 AI 可以构建这些，但哪怕是它们也要花不少时间。要做到周密是很困难的，因为他能感觉到地球就在那上方，撕扯着他，飞速掠过的每一公里都在催促着改变着他。这就像是初坠爱河的第一日，像兴奋到不能自已，像微醺时的愉悦欢欣，像舞厅里的毒品，像眩晕。然而这都是些羸弱的比喻，月球上的所有语言里没有一个词可以形容地球圆满时可能带来的改变。

他几乎是飞奔着离开车站的。他冲进帮派驻地时还是凌晨，阿迈勒正等着。

"瓦格纳。"比起瓦格纳，阿迈勒更完整地接纳了双重自我的文化，并且接受了修正代词。为什么代词只和性别有关？他说。他拉近了瓦格纳，咬住他的下唇，用了一些力道使他疼痛，同时宣告了自己的权威。他是帮会的领导。然后才是真正的吻。"你饿了，想吃点什么吗？"瓦格纳的肢体动作比语言更明确地表达了他的精疲力竭。变更日总是在燃烧人类的能量。"去吧，孩子。约瑟和英次还没到。"

瓦格纳在更衣室里剥下了自己的衣服。洗澡。轻手轻脚地走进卧室。卧穴里早就睡满了。他伏下去，柔软的垫子、人造皮毛垫套爱抚着他。睡梦中的躯体翻着身，咕哝着。瓦格纳滑进他们中间，像个孩子一样蜷曲起来。皮肤贴着皮肤。他的呼吸渐渐放平了节奏。亲随立在缠绕的身体上方，就像无辜的天使。这是狼帮联盟。

这辆探测车是月式实用性的最纯粹体现：向真空敞开的滚筒状结构，两排座位面对着面，每排三个座席，通风系统，动力，悬浮系统和 AI，乘客舱悬在四个巨大的轮子间。快得要命。玛丽娜被夹在她的月面活动小组成员间，当车辆跃过深沟，跳过火山口沿时，她就在保险杆里颠簸摇晃。玛丽娜试图计算车速，但是地平线很近，而且她并不能熟练估计月面地标的大小，这就使她的运算找不到依据。很快。而且很烦人。烦人的方面：地球高悬的蓝色眼睛，月球低平的灰色山丘，对面沙装空白的面甲——熟悉的标注：保罗·里贝罗。赫蒂翻动着沙装内置的娱乐服务。玛丽娜玩了十二场弹珠大混战，看了《心和头骨》（系列剧集，多名作家操控着单元剧情和角色共同奔向结局），还有从家里发来的一段新录影。妈妈在门廊上，坐在她的轮椅里挥手。她的胳膊很瘦弱，布满了老人斑，灰色头发乱蓬蓬的，但她在微笑。凯西和她的外甥女，家里的狗卡南。还有那边，哦，那边是她的弟弟斯凯勒，他从印度尼西亚回来了，还有他妻子尼斯瑞娜和玛丽娜的其他侄子侄女。背景是灰蒙蒙的雨，灰色的雨水从门廊的排水槽中倾泄下来，就像瀑布，雨声大到门廊处的每个人都要喊着说话。

玛丽娜在空白的面甲后哭泣，头盔吸走了她的眼泪。

有人拍了拍她的肩膀。玛丽娜开启了面甲：卡利尼奥斯从探测车狭窄的过道那一边倾过身来。他伸手指向玛丽娜身后。座位安全带只够让她转过身去，初次见见矿厂。集取器细长的机架从近处的地平线下方伸了出来。小组的任务是按日程检查科塔氦气的静海东部集取中心。过了片刻，探测车在一片尘雾中刹住车，安全带扣松开了。

"跟着我。"卡利尼奥斯在玛丽娜的私人频道里说。她跳到印着斑驳辙痕的月壤上。她正在许多氦气收割机器的中间，它们像月球一样丑陋，枯槁又功利。一片混乱，很难一眼就看明白。纵横的梁柱罩着复合螺杆、分离器格栅和传输皮带。反光镜臂追踪着太阳，将能量集中至太阳能蒸馏器，从月尘中一点点分离出氦-3。每个收集球都标注着自己的收集量。氦-3是出口货物，不过科塔的工厂也提炼氢、氧和氮，它们是生命的燃料。高速螺旋升水泵将废料加速喷出，它们划过一千米的高空，最后像反转的喷泉般落进激起的尘雾里。细小的尘埃和玻璃微粒折射着地球光，在空中画出月虹。玛丽娜往上走到桑巴线处。十架集取器排出一道五公里长的前峰线，有玛丽娜三倍高的车轮缓缓向前碾动。在桑巴线的两端，极近的地平线掩住了一部分集取器。杓轮一勺挖起数吨月壤，并以完美的同步率移动：像一排一直在点的头。玛丽娜想象着背上驼着中世纪城堡的巨龟，应该有哥斯拉和它们搏斗。隔着沙装靴，玛丽娜感觉到工业机械的震动，但她什么也没有听到。一切都是静默的。她抬眼看着反光镜阵列，以及高高在上的废料喷射流，再低头看看平行的轮胎印，以及前方梅西耶环形山罗马剧场式的山脊。这是她工作的场所。这是她的世界。

"玛丽娜。"

她的名字。有人在叫她的名字。卡利尼奥斯戴着手套的手抓住了她的上臂，将她的手轻轻推离了她的头盔扣锁。扣锁：她刚刚正准备要打开它们，她正要在静海中央脱掉她的沙装头盔。

"哦我的上帝，"玛丽娜说着，被自己走神后的松懈震慑住了，她差点因此杀死自己，"我很抱歉，我真抱歉，我只是……"

"忘了你在哪儿？"卡利尼奥斯·科塔说。

"我没事。"但并非如此。她犯了不可原谅的过失，她忘了自己在哪儿。第一次实地工作，训练时听到的每个词就已经被她丢到脑后了。她在喘气，拼命地呼吸。别慌，慌张会杀了你。

"你需要回到探测车上吗？"卡利尼奥斯问。

"不，"她说，"我会没事的。"

但是面甲离她的脸太近了，她能感觉到它。她被扣在一个罩子里，她必须摆脱它。自由，她要呼吸的自由。

"我没有把你送回探测车的唯一理由，是因为你说，'你会'，"卡利尼奥斯说，"慢慢来。"

他在他的头部显示器里读取她的生物信号，血糖，气体，呼吸机能。

"我想工作，"玛丽娜说，"给我些事情做，转移一下注意力。"

卡利尼奥斯空白的头盔面甲有很长一会儿没有动静，然后他说："去工作吧。"

月亮对机械差不多就和对人类肉体一样暴力。未经过滤的辐射蚕食着 AI 芯片，光线降解着建筑塑料。每月一次的磁尾风暴——月球穿过地球磁场彗发的现象——会使电路突然疲弱，并短暂却毁灭性地掀起尘暴。尘埃，静海东部桑巴线上的首席恶魔。无处不在的尘埃，无时不在的尘埃。它像皮毛一样覆盖着支柱、横梁、辐条和曲面。玛丽娜小心翼翼地用一根手指掠过一根桁架上方，尘埃的细绒像碎发一样追随着她沙装上的静电荷。月复一月，尘埃研磨着，损耗着，刮擦着，摧毁着。玛丽娜的工作是重磁化。它对于月芽而言足够简单，并且观察起来也很有趣。用定时器设置磁场和电场的倒转，然后她迈着月球式的大步蹦跳着跑向安全距离。场翻转过来，排斥带电的尘埃粒子，令它们瞬间升成一朵银粉组成的云。它又漂亮又引人注目，让人看了还想看。玛丽娜将它们比作地球上的生物形象：一只沾湿了海水的狗在甩动它的毛皮；一朵森林里的真菌喷出了孢子的菌云。小组正在工作，哪怕尘埃落在他们的沙装上也一样，他们在调换芯片组和促动器：工作机器人难以完成此事。玛丽娜的手指描摹着如象形文字般躲藏在尘埃下的涂鸦：爱人的名字、手球队、祈求和诅咒，包含了月亮上所有的语言和脚本。

噗。玛丽娜再次斥起一片柔软的尘云。它应该有声音的，这种静默是错误的。噗，她在头盔里轻声说。她听到私人频道里传来一阵笑声。

"每个人都这样。"卡利尼奥斯说。

尘埃下是象形文字。在光裸的金属上，一代又一代的集尘者用各种颜色的真空笔留下了他们的名字，他们的咒骂，他们的神灵和他们的爱人。彼得·H 操这该死的玩意儿。男孩队手球俱乐部。

她用力吹动每一台集取器的尘云。月面工作有很多陷阱。保持注意力集中。地形的千篇一律，地平线的近在咫尺，集取器的统一形态，还有它们的勺子头催眠般地上下移动，所有这一切都让你安静，让你渴睡。玛丽娜发现她的思绪开始转向卡利尼奥斯的奔跑，流苏和编带还有身体油。她摇头把他赶出脑海。第二个陷阱同时也是一种诱惑。并非所有的承压服都一样。沙装并不是潜水衣。月面上没有水的阻力，没有空气阻力。一切都移动得很快。奥列格在训练里爆头，正是因为他犯了这个错误。质量，速度，动量。集中。专注。检查你的沙装报告。水温和空气辐射。压力，端口，网络。频道，天气报告。月亮上有不同的天气，没有一种是好的。磁尾，太阳活动。每分钟都有十几件事要检查，然后她还得完成工作。有些小组成员在听音乐。他们是怎么做到的？整理到第五台集取器时，玛丽娜已经肌肉酸痛了。集中。专注。

她沉浸在自己的专注中，高度集中，以至于没有注意到公共频道上闪过的警告，此时，保罗·里贝罗头盔上的名字变红了，然后变成了白色。

拉法双手抚摸起落架支柱铮亮的铝合金。

"她真漂亮，尼克。"

VTO 运输机奥廖尔号静立着，沐浴在二十盏照明灯几千瓦的光辉之下。这架大力士自己的探查灯映亮了船体、助推舱、燃料罐团组、机械臂、嵌入式飞行员窗口，还有机头上的 VTO 鹰标。

"滚蛋吧，拉法·科塔，"尼古拉·沃龙佐夫说，"她不漂亮。月亮上没什么是漂亮的。你简直是屎。"他笑得像山崩了一样。

尼古拉是个完全符合人们想象的沃龙佐夫，整个人就像一面墙，高度和宽度相等。一脸胡子，长头发扎着辫子。地球一般蓝的双眼和隆隆响的低沉嗓音。他夸大了自己的口音。尼克·沃龙佐夫，这个人完全不理会最近的复古风潮。他穿着有很多口袋的短裤，工作靴，T恤绷在正在渐渐松弛衰落的大块肌肉上。和他的所有家人一样，他的亲随是只双头鹰，盾牌上装饰着他自己个性化的纹章图案。他是个典型的沃龙佐夫。

"这不在于她的样子，"拉法说，"这在于她是什么。"

"现在真的操蛋了。"尼克·沃龙佐夫说。

奥廖尔号是一艘探月太空船，一架点对点月面运输机。它是月球上最昂贵最挥霍的行进工具。球形燃料罐里的氢和氧都很珍贵，它们都是生命的燃料，不是火箭推力源。这就像在古老的地球上燃烧石油以发电一样疯狂。在月球上，能源很廉价，资源很稀少。人类和货物的交通工具是火车、探测车、月面公交车、渐渐减少的巴尔特拉、轨道链，或者他们自己双脚或轮子或翅膀的身体力量。他们不会乘坐在探月太空船的货舱里飞行。

VTO供养着一支由十架运输机组成的舰队，这些飞船分散在月球的各个驻点中。它们是应急服务队，是救护工具，是援救队，是救生艇。无论是月球上的哪个地点，运输机都可以在三十分钟内从某个中心飞抵此处。尼克·沃龙佐夫指挥着这个舰队，同时也是临时飞行员、工程师，以及他难看的月球飞船的爱人。他与它们比与自己的孩子都更亲密。

"所以，你大老远从上帝的约翰城跑来舔我的丑宝贝，还告诉我它们很漂亮？"尼克·沃龙佐夫问。他用环球语来说这个城市名，因为他总是要夸张地表达葡萄牙语的发音是多么匪夷所思。他和拉法是大学里的老朋友，他们一起学习，一起运动：举铁和形体塑造。在肌肉训练的道路上，尼克比拉法走得更远。不过拉法把运动变成了生意，从而依旧保持着在运动上的优势，因此，当他们在子午城的涅夫斯基酒吧碰面时，拉法可以和他的前健身伙伴一起边喝伏特加，边讨论给养和训练制度。

"我大老远从若昂德丢斯来，是要雇佣一架你的宝贝。"拉法说。

"有指定的宝贝吗？"

"月球 18 区的索科尔号。"了解 VTO 救生舰的位置是月面工作的核心常识，就像一道随时更新的营救保险。

"太抱歉了，那宝贝转出去维修了。"尼克·沃龙佐夫说。

"约里奥的普茨特加号呢？"

"啊，普茨特加号，还在等着适航性检定。LDC 慢得要死。"

"那就是说整个静海—澄海—危海区域都覆盖不到了。"

"我知道，真够呛。公务员嘛——哈。我能怎么办？在外面时小心点吧。"

拉法拍了拍奥廖尔号的起落架。

"这架吧。"

"你什么时候需要她？"

"四十八小时全机租赁，从现在开始。"

尼克·沃龙佐夫从牙缝里吸了一口气，拉法立刻就知道奥廖尔在这个时段没有空了，而且沃龙佐夫家的运输机全都没有空。拉法的下颌和腹肌瞬间抽紧了，愤怒使他的脸和手烧了起来。个人接触，他曾经向卢卡斯担保过，生意是以人际关系为核心的。而现在，他穿衣打扮理了头发剪了指甲长途跋涉而来，就是为了让这个沃龙佐夫大木头把他当傻瓜耍。

"你要多少钱？"

"拉法，这就不体面了。"

"谁来找你了？"

"拉法，这可就没法聊了。"

"麦肯齐家。是邓肯吗，还是那个老家伙给自己上了发条亲自来搞事？家族对家族。罗伯特，那肯定是罗伯特。把运输舰队全部占用，这就是他的作风。邓肯是什么风格也没有。他亲自要求你了吗，还是这事居然惊动了老瓦莱里，要他来给你下令？"

"拉法，我觉得你现在该离开了。"

怒火在拉法心里肆虐，激得血液都在沸腾。他正对着尼克·沃龙佐夫的脸咆哮，唾沫喷了他一脸。

"你想与我为敌吗？你想和我家为敌吗？这可是科塔家。我们可以用各种办法干翻你而你永远都没法逃掉。你是什么见鬼的玩意儿？公车司机，开出租的。"

尼克·沃龙佐夫用手背抹了一下脸。

"拉法——"

"去你妈的，我们不需要你。这笔账我们记下了，科塔家会他妈的处理你的。"拉法暴躁地踢了一下运输机的起落架。尼克·沃龙佐夫用俄语吼了起来，科塔家的安保人员把拉法的胳膊别住了。他们不知是从哪里冒出来的，沉默无语，穿着考究，并且很强壮。

"先生，我们走吧。"

"他妈的放开我！"拉法对他的保镖们嚷嚷道。

"恐怕不行，先生。"护卫队队长说着，扭着拉法把他扯离了尼克·沃龙佐夫。

"我命令你。"拉法说。

"我们不听从你的命令。"队长说。

"卢卡斯·科塔对您家人受到的任何怠慢表示抱歉，沃龙佐夫先生。"副队长说道，她是个高个子女人，穿着剪裁得体的套装。

"把你们老板他妈的弄出我的基地！"尼古拉·沃龙佐夫咆哮道。

"立刻，先生。"副队长说。拉法被粗暴地推向门口，一路都在吐着口水。唾沫在月球重力下悠远地飞了出去。尼克·沃龙佐夫轻松地躲开去，可它瞄准的不是他。它瞄准的是他的飞船，他的宝贝，他珍贵的奥廖尔！

专业手球东主俱乐部（PHO）很小，很舒适，并且非常私密。它公然炫耀着自己的自由裁量权：把你的护卫留在门外。当你进门时，肌肉发达的俱乐部保安会用食指轻敲自己的松果体：关掉亲随。工作人员会非常礼貌地提醒你，直至你遵从。俱乐部很有运动风格，但不奢华，它的气氛能让你回想起大学研讨会。它的成员有二十多名，全是男人。

二十几个男人，二十几个朋友，而拉法不想和他们任何人说话。杰登·文·孙陷在沙龙那头的一张俱乐部椅上，朝他打着招呼。拉法摆摆手，大步走向他的房间。他正气急败坏。他甩上门，拎起一张椅子，轻轻松松把它扔到了房间那头。桌子和灯都摔得粉碎。他狠狠地把陶瓷碎片踢到空中，从墙上撕下老式屏幕——东主们怎么能在这么谨慎的 PHO 俱乐部里看他们的队伍比赛——把它砸在梳妆台的边角上，一下，两下，一直到它砸成两半。他把破烂的两半屏幕硬塞进打印机的输出漏斗中，撬动它们，直到他把打印机也扭成废物。

门上传来一声轻敲。

"科塔先生。"

"没事。"

怒火烧成了灰烬。他把一切都弄坏了。这个房间，还有对尼克·沃龙佐夫的交易——都是因为愤怒。他朝尼克·沃龙佐夫的船吐了口水，他可能还会朝他女儿吐口水。当他给若昂德丢斯打电话时，卢卡斯的停顿和长久的沉默比任何一种怒气勃发的样子都更像意味深长的谴责。他让家人失望了。他总是让家人失望。他碰过的一切都会毁灭。

拉法在自己的房间里摔打自己的愤怒。他总算是小心的，外头的酒吧完好无损。他坐到床上，像看着爱人般看着乱七八糟的房间那头的酒瓶子。俱乐部让拉法在房间里储存他个人的杜松子酒和朗姆酒。他可以和他们一起喝酒，那会是一个不错的夜晚。让自己喝到伤感懊悔，醉醺醺地在下半夜给露西卡打电话。

伙计，你得他妈的有点尊严。

"嘿。"杰登·孙又在喊他了。

"我出来了。"拉法说。

等他回来时，俱乐部的员工会把这房间修复如初的。

当弗拉维娅玛德琳在自家门口看到卢卡西尼奥时，她的惊讶程度不亚于他在医院病床前看到她时的惊讶。

卢卡西尼奥打开了他小心翼翼从科乔公寓里带过来的纸盒子。绿色的翻糖霜字母拼出了"帕克斯[1]"这个词。

"它们是意大利语，"他说，"我不得不抬头找找意大利在哪里。它们真的很清淡，不过里面加了杏仁。你吃杏仁没问题吧？它写的是帕克斯，差不多相当于天主教说的和平。"这个男孩习惯对他的玛德琳说葡萄牙语。

"大地的和平之神祝福所有人，"弗拉维娅说道，"进来，快进来。"

公寓又窄又暗，唯一的光线来自十几处小小的生物光，它们散布在每个裂缝和裂隙中，沿伸在每个架子和壁台前。卢卡西尼奥在绿色的光亮中皱起了眉。

"哇哦，这里算够小的。"他低头从门梁下钻过，试图在日常用品里找个地方坐下。

"总有地方装下你的，"弗拉维娅说着，用两只手捧住卢卡西尼

---

[1] 帕克斯（Pax）：和平女神。

奥的脸，"心肝儿。"

当你需要一处屋顶，一张床，温热的食物，水和清洁时，你的玛德琳永远都守在那里。

"我喜欢你这里。"

"瓦格纳为这里付的钱，还有我的日常用度。"

"瓦格纳？"

"你不知道？"

"呃，我爸爸不让……"

"谈论我。你母亲也一样。我习惯了。"

"谢谢你来看我，在医院的时候。"

"我怎么能不去？我怀了你。"

卢卡西尼奥忸怩地蠕动，十七岁的大男生听到自己曾经在一个女性长辈体内，通常都会别扭得很。他坐到沙发空出的位置，开始打量这个房间。弗拉维娅点开烧水壶，从小厨房里拿出了盘子和刀子。她挪动圣像和生物灯，在沙发前的矮桌上清出一块地方。

"你有很多……东西。"

圣像、雕像、念珠和护身符、祝福碗、星星和金属箔。焚香的烟雾、药草的混合味道，以及陈腐的空气刺激得卢卡西尼奥皱起了鼻子。

"姐妹会热衷于收集杂七杂八的宗教用品。"

"姐……"卢卡西尼奥掐掉了自己的话，免得谈话沦落至鹦鹉学舌般询问他玛德琳的每个陈述。

"当今领主姐妹会。"

"我奶奶和她们有点联系。"

"你祖母给我们钱以支持我们的工作。洛亚姐妹作为精神顾问一直在拜访她。"

"阿德里安娜奶奶要精神顾问干吗？"

水壶叫了起来。弗拉维娅玛德琳压碎了薄荷叶，泡上开水。

"没人告诉你。"弗拉维娅又将更多的圣像和烛台推到矮桌另一头，或是摆到地上。

"嘿，应该我来……"

弗拉维娅挥挥手，没让卢卡西尼奥替她忙活。

"好了，你带给我的这个蛋糕，"她举起刀子前先注视着它轻声祷告了一番，"不能忘了赞美刀子。"她切下一丁点儿蛋糕，将它放进盘子，摆在圣徒科斯莫斯和达米亚诺的雕像前。"看不见的客人们。"她喃喃着，然后拿起自己那一片帕克斯蛋糕，它细薄得就像陶瓷筷子。

"真的非常好吃，卢卡。"

卢卡西尼奥脸红了。

"擅长某件事挺好的，玛德琳。"

弗拉维娅玛德琳拍掉手指上的碎屑。

"那么告诉我，你来你的玛德琳家是为什么？"

卢卡西尼奥懒洋洋地往广藿香气味的沙发垫上一靠，翻了个白眼。

在从特维城返回的火车上，他以为自己的心脏要爆炸了。心脏、肺、头、思想。阿蓓纳从他身边走开了。他发现自己正无意识地拨弄着耳朵上的金属钉。阿蓓纳在他的派对上舔了他的血。但是在阿萨莫阿家的派对上，她看着他，然后大步走开了。他有五次差点把耳朵上的钉子拔下来，一等火车到达子午城就把它寄回特维城去。但五次他都没动手。当你再也没有别的希望，阿蓓纳曾说，当你像我哥哥一样孤独、赤裸、毫无蔽护时，发送它。他并没有出现这些情况，滥用这个礼物只会让她更恨他。

"我需要一个住的地方。"

"很显然。"

"然后我还有一个想不通的问题。"

"我不能保证我就能想通，不过说出来吧。"

"好的。玛德琳，女孩们为什么总是莫名其妙？"

"他的手法错了。"

酒保僵住了，蓝色柑香酒的酒瓶停在了鸡尾酒杯上方。吧台那头的女人僵硬而缓慢地转过身来注视他。

"柠檬皮要先放。"

拉法·科塔滑到了吧台那一端，凑到女人旁边。她的衣着很完美，她放在旁边凳子上的芬迪手包是经典款式，她的亲随是由金色星辰组成的一道旋转的银河。但她是位旅行者。身体上的各种不协调和僵硬，还有节奏错乱和适应不良显示了她的地球出身。

"不好意思。"

拉法举起杯子嗅了嗅。

"至少这个是正确的。沃龙佐夫家坚持用伏特加，但真正的蓝月必须用杜松子酒。最少也要有七种植物。"他用钳子夹起一团卷曲的柠檬皮，将它丢进杯中，然后朝柑香酒的瓶子点点头，"把它给我。"打个响指。"茶匙。"他翻过茶匙，将它悬在酒杯上方二十厘米处。而后他举起酒瓶，它离茶匙也有二十厘米高。"关键在于利用重力成形。"他倒出了酒。一线蓝色的酒液如蜂蜜般缓缓从瓶口落向勺子背面。"还需要两只稳定的手。"柑香酒覆满勺背，而后从边缘随意成滴成行地下落。碧色的涡流像烟圈般融入清澈的杜松子酒，黄色的柠檬皮团被卷进弥散的蓝色丝带中。"让流体动力来完成搅拌，这是在鸡尾酒理论中运用混沌系统。"

他将那杯鸡尾酒滑向那个女人。她抿了一口。

"不错。"

"只是不错？"

"非常不错。你调了一杯甜美的蓝月。"

"这是应该的，它是我发明的。"

四个中年人正聚在角落的一个小隔间里举杯庆祝某些家族事业的成功。科塔家的保镖围在一张桌前，和吧台保持着一个谨慎的距离。除此之外，就剩下拉法和地球女人两个顾客。拉法是无意中走进这家酒吧的，因为它离俱乐部最近，不过他喜欢它。老式的仰照光把每一杯酒水都映成了宝石，收紧的下巴，线条利落的脸颊，还有谜一般半敛的眼睛。稀有的木制方形俱乐部长沙发，包着培养皮。镶着镜子的饮料柜，呢喃的音乐。它是宝瓶方区中心高起的一片露台，城市的灯火在每个方向都如银河闪烁。这个旅行中的女人进来前，他已经喝完了两杯凯皮斯。然后他决定不再一个人喝酒了。蓝月总是很奏效。

她叫泽尼·夏尔马，是纽约—孟买研究生调研员，正在远地行星望远镜观察组进行六个月的实习。明天，月环摩天轮将把她甩进循环飞行器里，送她返回地球。而今晚，她要喝个痛快，把月球挤出她的脑海和血液。她要么是不知道他是谁，要么就是完美诠释了孟买式的傲慢。拉法占据了那个空缺的社交位置。

"把这些留下，"拉法碰了碰那些调酒用具，"还要一桶冰用来冰镇杜松子酒。如果我们还需要杯子，我会告诉你的。"

她挪走了她的手包。这是在邀请拉法坐下。

"那么，是你发明了这些？"在喝完第三杯后，她问。

"去南后区的扎西里德酒吧问一问。你知道花钱的部分是什么吗？"

泽尼摇摇头。拉法敲了敲柠檬皮。

"这是唯一一种我们无法打印的成分。"

当拉法表演勺子和柑香酒的小把戏时，泽尼说："你的手非常稳定。"然后她倒吸了一口气，因为拉法抓起一个酒杯，将杜松子酒随意泼向地板，然后把杯子猛地倒扣在了吧台上。杯子里隐隐约约有个东西在嗡嗡响：一只苍蝇。拉法转身面对安静坐在桌子前的保镖们。

"你们知道这杯子里有什么吗？"

他的护卫全都站了起来。

"坐下。坐下！"拉法吼道，"告诉我弟弟，我知道他的小密探从库拉日起就围着我转来转去。"

"科塔先生，我们没有——"女保镖起了个头，但拉法打断了她。

"你们是为我工作的。无所谓了。你们让它接近了，你们让它接近了我。你们被解雇了，两个都解雇。"

"科塔先生——"女保镖再次试图说话。

"你觉得卢卡斯不会为此解雇你？你们先留着，一直等到博阿维斯塔替我换人来。苏格拉底，替我接通埃托尔·佩雷拉，还有我弟弟，"他审视着缩在桌边的那家人，"你们要去哪里？"

他们含糊着说了一家饭店，一家唱吧的名字。

"这里是三千比西，享受你们一生中最棒的夜晚吧。"

苏格拉底把钱转了过去，他们躬身退出了酒吧。在酒保整理酒瓶时，拉法倒回来和他的安全主管说话，然后用不那么理性的腔调和他兄弟说话。泽尼把下巴靠在吧台上，盯着苍蝇看。

"它是机器。"她说。

"半机械，"拉法说，"有一回我差点被这种东西杀了。很抱歉我吓到你了。你不应该看到这种场面。我不确定我能不能补偿你。"他要了一个干净的酒杯，倒进冰镇的杜松子酒。扔进柠檬。柑香酒弥散的涡卷。"一点都没抖，"他从吧台上把蓝月滑给泽尼，"我的一个妻子离开了我，另一个妻子死了，因为我对别人发火，结果弄得我女儿害怕我，还伤害了我儿子。我兄弟监视我，因为他觉得我是个傻瓜，我母亲也快要相信他了。我刚刚失去一笔生意，我的敌人干翻了我，我的保镖对自己的立场一头雾水，有人试图用苍蝇刺杀我，而我的手球队正在联盟垫底。"他举起自己的酒杯，"但我还是发明了蓝月。"

"我有可能是个刺客，"泽尼说，"我可以抽出一柄刀子，把你从这里切开到这里。"她的一根手指从他的下巴划到了胯部。

拉法捉住她的手。

"不，你不能。"

"你确定吗？"

拉法朝他的前保镖们歪歪头。

"我可能已经解雇了他们，但他们早就审查了这里的所有人。"

"你侵犯了我的隐私。"

"我可以赔偿你。"

"跟你们这些人谈的每件事真的都会变成合同。"

"你们这些人？"

"月亮上的人。"

拉法仍然没有放开她的手，泽尼也仍然没有挣脱。

"我知道我应该觉得能在这里工作是一种特权，但我已经等不及要回家了，"她说，"我不喜欢你们的世界，拉法·科塔。我不喜欢它的粗鄙、紧凑和丑陋，还有一切都有标价。"她指着自己的眼睛。"我没法习惯这些，我也不觉得我能有一天会习惯这些。你们是一些关在笼子里的老鼠，一个眼神，一个词用错就会让你们彼此吞食。"

"月亮是我知道的一切，"拉法说，"我没法去地球，它会杀了我。速度不会很快，但最后它总归会杀了我。我们没有人能去那里。这是我们的家。我生在这里，也会死在这里。这之间都是人，要么向上，要么向下。要么是人生巅峰，要么是人生低谷。最终，我们所拥有的只是彼此。你在一切事物中看到合同，而我看到的是协定。这是我们在彼此之间找出的生存方式。"

"那么好吧，赔偿我。"泽尼抽出手来敲了敲杜松子酒瓶。拉法抓住了她的手，他抓得非常牢，以至于她惊讶地微微张开了双唇。

"永远别同情我。"他一边说着,一边立刻松开了她。传来机械的一声轻响:一个雨篷在吧台上方撑展开来,遮住了酒吧和酒徒们。

"要下雨了,"拉法说着,抬起头来,"你见过月亮上下的雨吗?"

"你没去过远地望远镜组,对吗?"

"我是个商人,不是科学家。"一大杯杜松子酒,扔进柠檬皮,茶匙和柑香酒慢悠悠的小把戏。

"那里尽是隧道、长廊和小隔间。我觉得自己六个月以来都弓着背,还能伸直脊柱真是让我惊喜,"她转过自己的高脚凳,望着外面宝瓶座方区宏伟的街景,"在六个朔望月里,这是我望得最远的一次。"

天篷上突然传来了敲击声,在雨篷之外,雨水就像玻璃装饰品一样下落,轻缓地在平台上炸开。

"哦!"泽尼高兴地举起了双手。

"来。"拉法伸出一只手,泽尼拉住了它。他领着她走入雨中。大颗的雨水从他们的杯中溅出蓝月,在他们脚边炸开。泽尼仰起脸来迎接雨水,没过几秒两人都湿透了,昂贵的衣裳黏嗒嗒地滴着水。拉法牵着她走向栏杆。

"看。"他命令道。宝瓶方区的中心拱顶就像一幅马赛克,由缓慢坠落的、颤动的雨滴组成,在宝瓶座的夜间灯火中,每一滴雨水都像闪烁的宝石。"瞧啊。"天际线开始发亮,瞬间使人炫目。泽尼挡住了自己的双眼。等她再看时,一道彩虹已迢迢跨越整个方区中心宽广的空间。"那里!"在下方的捷列什科瓦大街上,交通渐渐停止。乘客和行人都静静站着,伸展着他们的手臂。源源不断的人走出店铺和俱乐部,走出酒吧和饭馆,加入他们的行列。孩子们在露台和阳台上跑着,在雨中又跳又叫。雨水敲击着宝瓶座方区,在每个屋顶和每张雨篷上轰鸣,在支架和走道上拍打。

"我都听不到自己在想什么了!"泽尼叫道。接着天际线又渐渐隐入黑暗，雨停了。最后几滴雨落下来，碎在了她的皮肤上。世界滴答作响，微微闪着光。泽尼看着四周，恍惚不已。

"气味不一样了。"她说。

"气味变干净了，"拉法说，"这是你第一次呼吸到没有尘埃的空气，雨水冲掉了尘土。所以我们才要下雨。"

"你们怎么承担浪费水分的损失？"

"没有浪费，每一滴水都会被收集起来。"

"可是费用呢，谁来支付费用？"

现在，拉法用一根指头碰了碰眼下。

"你付。"

泽尼的眼睛瞪大了，因为她读到了自己栖箔上水量账户的费用。

"但这个……"

"这没什么。你舍不得给吗？"

"不，永远不会。"她抖了抖。

"你湿透了，"拉法说，"我可以在我的俱乐部里给你打印些新的。"

泽尼在颤抖中朝他微笑。

"这可是搭讪。"

"没错。"

"那走吧。"

苏格拉底给酒保扔了一笔不菲的小费，泽尼和拉法奔过还在滴水的城市，跑到了 PHO 俱乐部。侦察蝇还留在原地，在玻璃罩里嗡嗡作响。

卢卡斯回到音响室，坐到了沙发的音声中心。

"一切都还好吗？"

"一切正常。请重新开始演奏《意式咖啡》。"

"只要你不中断。"这是若热第三次来音响室演奏，不过他们的模式已经固定了。他完整地演奏一个小时，卢卡斯专注地倾听一个小时。但在《意式咖啡》的第三段落，卢卡斯突然从沙发上站起来，匆匆走了出去。若热听不到他在忙什么，不过他出去了好几分钟。

"《意式咖啡》，请。"

但是这次中断扰乱了若热，他花了不少时间对付自己手指、身体以及咽喉的紧绷。手指找到和弦，声音找到节奏。并没有再次发生干扰，但是演奏者和听众之间传递的能量流是动荡不安的。若热以一段柔和的旋律结束了《伊扎欧拉》，然后把吉他装了起来。

"下周同一时间吗，科塔先生？"

"是的，"当若热转身要走时，一只手搭在了他肩上，"留下来喝一杯。"

"谢谢你，科塔先生。"

卢卡斯手里提着吉他，领着若热来到了休息室里，给他调了一杯莫吉托。

"我把比例调对了吗？"

"比例很完美，科塔先生。"

"先尝尝。"

他尝了。它是很完美。

卢卡斯拿着自己的酒走到了窗前。若昂德丢斯熙熙攘攘，历史、运动和光线在这里旋转不息。蓝色的霓虹，绿色的生物光，还有金色的街灯。

"我很抱歉接了那个电话，我能看出它扰乱了你。"

"专业人士应该不让它扰乱才对。"

"它扰乱了我。我一定还只能算个业余听众。你有兄弟吗，若热？"

"两个姐妹，科塔先生。"

"我想说你很幸运，不过就我的经验而言，姐妹也可能和兄弟一样麻烦。只不过麻烦得不一样。兄弟的话，规则从一出生就定好了。长子永远是长子，永远是黄金之子。你是长子吗，若热？"

"我是中间那个。"

"那就相当于我和阿列尔。卡利尼奥斯是宝贝，最小的那个永远是宝贝。"

"我以为有五位科塔。"

"四个科塔和一个冒牌的。"卢卡斯说，"你喝完了。"若热大口咽下了他的莫吉托，这样喝是因为他紧张。"再来一杯，这次试着慢慢品味它。这朗姆酒相当不错。"他又调了一杯，用它把若热引到了窗边。"我母亲是一位拓荒者，一个企业家，一名世家的创建者，但从许多方面而言，她又非常传统。这些并不矛盾。长子将管理公司，其他人尽己所能地为公司服务。我是这样做的，卡利尼奥斯也是，甚至瓦格纳都不例外。阿列尔，我嫉妒阿列尔。她在公司之外选择了自己的职业道路。阿列尔·科塔律师，尼卡哈女王，子午城名士。"卢卡斯朝灰扑扑的热闹街道举了举杯。"她还是只雪兔。"

"那些说自己是只雪兔的人——"

"几乎肯定都不是。我知道。但如果阿列尔说她是，她就是。你觉得我的朗姆酒怎么样，若热？"

"很不错。"

"是我自己的私人品牌。你在小时候养过宠物吗？"

"只有机械的。"

"我们也是。我母亲不愿意那里有任何有机体动物。那种会拉屎，会死的。在卢卡西尼奥的逐月派对上，阿萨莫阿家给了我们一群装饰蝴蝶，我母亲为那场混乱抱怨了好几天。到处都是翅膀，机械更干净。但它们仍然会停止。它们会死。他们让它们死，你明白吗？为了给孩子们上一课。然后还得有人把它们塞进重印机。那就是我的工作，若热。"卢卡斯抿了口酒。若热快要喝完他的第二杯莫吉托了，而卢卡斯刚刚开始品味他的第一杯。"黄金之子犯了一个可怕的错误，他成功地疏远了沃龙佐夫家。他由着自己被情绪操控，不仅危及了我们的扩张计划，还危及了我们与 VTO 的运送交易。我们依靠 VTO 将氦罐运往地球。现在要由我来修复损害，想出解决方法，把死物循环改造，把混乱清理干净。"

"我能听这些吗，科塔先生？"

"你听到的是我想让你听到的。若热，我担心我的家族。我兄长是个白痴，我母亲……她和以前不一样了。她对我保守着某些秘密。不管我用什么手段，海伦·德布拉加和那个傻瓜埃托尔·佩雷拉永远都不会向我透露。如果没人擦屁股收尸体，那公司会完蛋的。你有孩子吗，若热？"

"我不是会有孩子的人。"

"我知道，"卢卡斯拿走若热的空杯，又塞回一杯新的，"我有个儿子。我发现我居然为他自豪。他离家出走了。我们生活在人类历史上最封闭最无所遁形的社会里，可是年轻人还是在试图逃家。我切断了他的资金，这是当然的，不过并不致命，也不会对健康有什么影响。他靠自己的智慧生活，现在看来他还是有些脑子。还有魅力。这一点他和我不像，他还是挺成功的。他现在小有名气了，五天的名气，然后所有人都会忘了他。我可以随时把他拎走，但我不想这么做。现在还不想。我想看看他还能在自己身上发现什么。他有我所没有的品质。看起来他很温柔，而且相当正直。我担心对公司来说他太温柔太正直了。我对未来忧心不已。你觉得这一杯怎么样？"卢卡斯朝若热歪了歪他的杯子。

"它不一样。更呛人，更烈。"

"更烈。对。这是我自己的巴西朗姆酒。我们听波萨诺瓦时就应该喝这种酒。我发现它有点粗犷。所以，我必须发动一次董事会政变，我必须和家族战斗以拯救家族。而我正在把这一切告诉一位波萨诺瓦歌手。而你在想，我是他的心理治疗师吗，是他的忏悔牧师吗？还是他的艺人，他的小丑？"

"我不是小丑。"若热一把抓起他的吉他。但卢卡斯在他离门还有三步远时拦住了他。

"在古欧洲，国王的小丑是国王唯一信任的人，也是唯一一个会对国王说实话的人。"

"这是道歉吗？"

"是的。"

"我还是该走了。"若热懊悔地看着他另一只手里的酒杯。

"是的，当然。"

"下周同一时间吗，科塔先生？"

"卢卡斯。"

"卢卡斯。"

"我们能提早一点吗？"

"什么时候？"

"明天？"

"妈姆？"

阿德里安娜在一声轻唤中醒来。她在某个房间的某张床上，但她不知道这是哪儿。她的身体轻得像梦境，虚幻得像命运，但它对她全无应答。有什么在她上方，近得像呼吸，在她呼气时吸气。

"卡洛斯？"

"妈妈，没事了。"

那声音直接响在她脑海里。

"谁？"

"妈妈，是我，卢卡斯。"

这个名字，这个声音。

"哦，卢卡斯。什么时候了？"

"挺晚了，妈姆。抱歉打扰你了，你还好吗？"

"我睡得很糟。"

光线汹涌而至。她在她的床上，她的房里，她的宅邸中。那隐隐约约、吞食呼吸的幽灵是卢卡斯，映在她的视镜上。

"我告诉过你要让玛卡雷奇医生来看一看，她能给你点帮助。"

"她能给我三十年吗？"

卢卡斯笑了，阿德里安娜真心希望自己能碰碰他。

"那我不打搅你了，再睡会儿吧。我只是想让你知道我们没有失去蛇海。我有计划。"

"我不想在这里失败，卢卡斯，没有什么会比这更讨厌了。"

"你不会的，妈妈，只要卡利尼奥斯和他那些可恶的傻月尘单车能够占领那里。"

"你是个好孩子，卢卡斯。结果出来了告诉我。"

"我会的。睡个好觉，妈妈。"

回程时，尸体就绑在玛丽娜旁边。距离近到大腿和肩膀都互相碰触，但这好过于它坐在对面的座位上。沙装、一样的头盔，安全带束缚着动作，你很难分辨出对方是否已经是一具躯壳。让人恐惧的是你已经知道了。在这空茫的面具后面也是一张空茫的脸：死者的脸。

死因是体温的迅速升高，这个灾难性的变化将保罗·里贝罗煮熟在了他的沙装里。卡利尼奥斯过滤着数据，试图识别故障出在何处。如果一个月面工作时间已达一千小时的集尘者能在三分钟内死去，那么任何人都有可能。她也有这个可能，玛丽娜·卡尔扎合，她现在被系在一个开放式的、非承压的滚筒框架里，以每小时一百八十公里的速度在冷酷的、处处辐射的真空中飞奔。在她和这环境里没有什么阻隔，只除了这见鬼的沙装，和这顶头盔面甲。哪怕是现在，都有一千种微小的失误可能在互相叠加，同心协力。玛丽娜·卡尔扎合就像吞咽胆汁一样把恐慌咽了下去。在静海里，她就差点把自己的头盔掀了。

"你没事吧？"卡利尼奥斯在私人频道里问她。

"是的。"骗人。"只是很震惊，没别的。"

"你还能继续吗？"

"是的。怎么了？"

"我们接到了调令。"

"去哪儿？"

"我们这就开始玩饮酒游戏吧，"卡利尼奥斯说，"你每问一个问题，我就能喝一杯酒。我们正在赶一辆火车。"

玛丽娜在探测车的行进中没有看出什么改变，不过一个小时后，它减速停在了赤道一号线的旁边。安全扣升起，组员们下了车，努力甩掉四肢的僵硬。玛丽娜小心翼翼地把一只脚搭在铁轨上，想感受一下列车接近时的振动。她当然什么也没感觉到。玛丽娜想起来了，她的任务简报里写过，外轨是为麦肯齐家的移动铸铁厂——克鲁斯堡预留的。她能看到相邻的磁力轨道。如果把脚放在这种轨道上，你会死得干脆利落，像小火苗一样闪现在卡利尼奥斯的显示器上。

"它来了。"卡利尼奥斯说。一点亮光出现在西方的地平线上，然后变成了三盏耀眼的前灯。地面在颤动。在磁悬浮速度下，地平线又如此贴近，直到火车行至他们眼前，玛丽娜还没有理清自己的印象：大小、速度、耀眼的灯光；压迫性的体积和决然的静默。窗口模糊地闪过，然后慢了下来。列车正在停下。玛丽娜看到一个孩子的脸，手压在窗玻璃上，正在往外看。列车停下了。上千米长度的三分之二是乘客车厢，另外三分之一是货运和平板车厢。卡利尼奥斯挥手让他的组员穿过轨道，上了最后的平板车厢。玛丽娜轻松跃上烧结轨道路基，双手交替着爬上了敞篷车厢的一侧。摩托车。

庞大，轮胎巨大，镶满了传感器和端口设备，丑陋，并且完全不符合空气动力学，但是绝对是摩托车。

这是什——她正要开始问，但这只会让卡利尼奥斯在他的饮酒游戏里多赢一杯。

"我们要去占地立桩了。"卡利尼奥斯在公共频道里宣布道。集尘者老手、小组成员和那些与单车一起来的人纷纷表示赞赏。"卢卡斯让我们前往蛇海。那里有一份占地申请，麦肯齐金属以为只有他们知道。但我们知道了，我们能把它从他们手底下偷出来。他们搞定了 VTO 的月面舰队，可我们有这些。"他拍拍一辆摩托的手把，"科塔月尘摩托队会赢得这场比赛。我们先搭火车。"一片欢呼声，玛丽娜在其中听到了她自己的声音。列车毫无颠簸地开动了。她看着探测车启动，摇晃着驶离了赤道一号线，载着它唯一一名死去的乘客返回若昂德丢斯。

弗拉维娅做了饭。和大多数月球食谱一样，它是一餐内容丰富的全素食。但是对卢卡西尼奥来说，它的味道太寡淡，就像吉他乐漏掉了低音弦。

"洋葱和大蒜有问题吗？"他问，"还有辣椒？"

"它们是不合神谕的蔬菜，"弗拉维娅说，"它们引发激情，刺激本能。"

卢卡西尼奥在自己的食物里挑拣着。

"玛德琳，你为什么离开？"

弗拉维娅离开博阿维斯塔时，卢卡西尼奥五岁了。在他的记忆中，困惑大过于伤痛，这个空缺迅速被新的日常事务填满了。他的遗传学母亲阿曼达迅速把他交给了埃利斯，后者当时怀着罗布森。

"你父亲从未告诉过你吗？"

"是的。"

"你父亲和祖母解雇了我，迫使我离开你，离开博阿维斯塔。我怀过卡利尼奥斯，怀过瓦格纳，最后怀了你，卢卡。你知道我们玛德琳是做什么的吗？"

"你们是代理母亲。"

"我们贩售自己的身体，这就是我们做的事。我们将自己的女性核心特质贩卖给别人。这是出卖灵魂。我们张开双腿，把别人的胚胎放进自己的子宫。你们诞生于试管中，卢卡，然后你们在一个陌生人的子宫中孕育，这个人还是为了钱。很多钱。但你不是我的。你是卢卡斯·科塔和阿曼达·孙的宝宝。卡利尼奥斯是卡洛斯和阿德里安娜·科塔的宝宝。"

"你也是瓦格纳的玛德琳。"卢卡西尼奥说。

"这是最残酷的职业。如果你在出生后就被带离我身边，也许一切都会更容易些。可是合同规定，我们不仅仅要怀孕并将你们生出来，我们还要抚养你。我的人生被奉献给了你和卡利尼奥斯，还有瓦格纳。我几乎完全算是一个母亲，只除了一个方面。"

"你没有自己的孩子。我是说，你自己怀的。"

"每个小时都和你孕育的孩子在一起，你无法想象那是什么感觉，他们完全是你的孩子，只除了基因，可他们又不是你的孩子，而且永远都不是你的。"

"但你可以……"

"你不能理解，卢卡。你甚至一点也不理解。合同是独占性的。我能有的孩子只能是科塔家的儿子和女儿。我爱你，卢卡，卡利尼奥斯。还有瓦格纳。我爱你们，就像爱我自己的孩子。"

卢卡西尼奥的头涨得发疼。头盖骨里的压力，眼窝里的压力。这是个沉重的东西，他无法分析它，它超出了他的任何一种情感历程。弗拉维娅是对的，他无法理解它。这是成人的感觉。

"还有瓦格纳，"卢卡西尼奥说，"你一直在说'还有瓦格纳'。"

"你总是比你父亲以为的还要聪明，卢卡。"

"帕依总是说他不是一个科塔，奶奶不和他说话。他一到十八岁就离开了博阿维斯塔。"

"离开，还是被迫离开？"

"你做了什么？"

"瓦格纳是半个科塔。半个科塔，半个维拉诺瓦。"

"是你。"

"弗拉维娅·帕索斯·维拉诺瓦。玛德琳们薪水丰厚，足够雇佣一名妇科医生进行授精，为胚胎植入不同的基因。"

"爷爷，卡洛斯的……"卢卡西尼奥说不出话来。卵子，精子，这都令人尴尬。当它们组成了你时，就尤其尴尬。

"卡洛斯那时死了二十年了。还有数百份精子标本冻结着。卡利尼奥斯源自其中一份。然后高尚的阿德里安娜决定再要一个孩子。一个用来逗弄的宝宝，亡夫的最后纪念。到了五十六岁，她又想要一个。而我，我一无所有！她不配拥有另一个孩子，一个晚年所得的婴儿玩具。然后一切都是那么简单。"

圣徒、奥瑞克萨和引导者们塑料的眼睛盯住了卢卡西尼奥·科塔。他觉得浑身发痒，十足难堪。绿色的生物灯让他反胃。他确定它只是绿色的生物光，而不是他必须立刻回答的可怕问题。

"弗拉维娅，那我呢？"

"卢卡，你有孙家的脸庞和科塔家的眼睛。不会错的，"弗拉维娅看出了他的困惑，"我说过你无法理解它。"

"所以你有了瓦格纳……"

"一个我自己的男孩。这是我需要的一切。你们科塔，你们的骄傲令你们盲目。骄傲，这是最大的原罪。你们永远都不会去想，瓦格纳可能是卡洛斯和弗拉维娅的孩子，而不是卡洛斯和阿德里安娜的。永远不会。自大和骄傲！"弗拉维娅举起了双手，如同在赞美，又或是在谴责，"你们本来永远都不会知道的，可是瓦格纳去医院做了那次肺部治疗。他的支气管有点小问题，阿德里安娜担心那会是天生的，她担心卡洛斯的精子和她的卵子因为存放多年而凝结了或变坏了。医院做了基因测试，我的骗局一下子就被揭穿了。我违反了合同，但如果新闻网络发现阿德里安娜·科塔的幼子竟然不是她的，那会是世纪丑闻。我拿了科塔家的封口费，还收到了一份威胁。"

"奶奶威胁你了？"

"不是阿德里安娜。她的代理人们带着礼物上门来了。海伦·德布拉加带了钱，埃托尔·佩雷拉带了刀。瓦格纳待在博阿维斯塔，完全被当作一个科塔抚养长大。但阿德里安娜无法爱他。她看到他就会想起他有某些部分是卡洛斯的，却没有哪些部分是她的。"

"她一直都很疏远他，很冷淡。可我父亲是真的恨他。"

"你父亲，他很聪明。瓦格纳对家族而言是一个威胁，我对家族而言也是个威胁，我对你说这个也对家族是个威胁。"

卢卡西尼奥的心脏在恐慌中加速。

"如果他知道你——他会不会伤害你？"

"他不会冒永远失去你的风险。"

"好像他在乎这个似的。我从博阿维斯塔跑出来，也没见他派安保来找我。"

"你父亲完全清楚你在哪里和做了什么。他现在就知道你在哪里。"

"我他妈的恨自己是个科塔。"他的胳膊猛地甩了出去，挥落了桌上所有的圣像和护身符。弗拉维娅仔细把它们重新摆好。

"看清富裕的意义，孩子。你逃家了，你的朋友们给你派对，你的姑姑给你现金，你的情人们给你床单盖住你的屁股，给你屋顶遮住你的脑袋。你恨自己是个科塔？你恨自己永远不必出卖肺里的呼吸和膀胱里的尿？你恨自己永远不必偷循环机器人的东西，从某人那里抢劫一袋木薯条？快闭上嘴，你的脑子都要掉出来了。你带来的这块蛋糕？我可能会为了它把你开膛的，孩子。你们家族总是雇佣月芽做玛德琳，这是因为我们有地球的骨骼和肌肉。我下了循环器六个月时，正在南后区为太阳公司做机械技术发展方面的工作，然后一场微乎其微的萧条把我扔到了街上。我睡在屋顶上，能感觉到辐射像冰雹一样砸穿我的身体。我偷窃，打人，贩卖我所拥有的一切。然后我对自己说绝不要再这样了。绝不。所以我去了姐妹会，因为我知道她们正在弄基因谱系。圣女上下打量我，然后检查我的医疗记录，五次，十次，五十次，然后把我送到了阿德里安娜·科塔那里。她把卡利尼奥斯放进我体内，从此我又再也不用饥渴，也不会喘不上气了。你恨这所有的一切？圣母与圣徒啊，你这个忘恩负义的混蛋。"弗拉维娅在胸前画了个十字，亲吻了自己的指关节。

卢卡西尼奥的脸因为愤怒和羞愧涨红了。他厌倦了照着别人的指示去生活，穿这件衣服，化那个妆，别和那个女孩在一起，做个感恩的孩子。弗拉维娅玛德琳从地板上站起来，到她的小厨房去烧水了。她在研钵里碾着什么，接着一股浓郁且青涩的味道溢满了小屋。

卢卡西尼奥的手搭到了门上。

"你去哪儿？"

"这重要吗？"

"不重要，但你不能走。如果你还有别的地方可去，你就不会在这儿。而我也不希望你走。过来。"弗拉维娅递给他一杯药草汁。"坐下。"

"命令。每个人都在命令我。每个人都特别了解我，知道我是谁，知道我想要什么。"

"请坐。"

卢卡西尼奥嗅了嗅那杯东西。

"这是什么？"

"帮助睡眠，"弗拉维娅说，"很晚了。"

"你怎么知道？"公寓里没有时钟。姐妹会不赞成用时钟：它们是时间的杀手，会将重要的当下分割成越发细碎的部分——小时，分钟，秒。连续性是姐妹会的处世哲学：时间是完整与不可分割的，它浑然一体地存在于一个四维空间中，存在于奥罗伦[1]的精神中。

"感觉。"

"不喜欢这个。"卢卡西尼奥说着，又闻了闻杯子，一脸嫌恶。

"谁说要你喜欢了？"

卢卡西尼奥把它喝了。弗拉维娅去厨房洗了杯子，再转回头时，他已经蜷在沙发上睡着了。

月尘轨迹，V 形编队的十二个骑手。他们正径直穿过艾因马尔特 K 环形山。玛丽娜·卡尔扎合加入骑行三小时了，她的屁股好久前就已经僵得像块石头。她的脖子发疼，她的手指因震动而麻木，她能感觉到寒冷正侵蚀着她的沙装，她也无法将视线离开显示器右下角的氧气指数。一切都已预先计算：氧气足够让他们到达目的地，还有一小时的富余。从界海出发的探测车完全来得及找到他们并重新补给。过去了三小时，还有一个小时的车程，每小时一百八十公里——全速前进可以达到每小时两百二十公里，但这很耗电池。而在某处，在上面的某处，在世界之脊的附近，沃龙佐夫家的舰队正快速飞向蛇海。数据称，科塔队将比麦肯齐 /VTO 运输队早五分钟抵达最端点。误差为三分钟。一切都计算清楚了。卢卡斯·科塔在计算上是一丝不苟的。

从车站往北骑行的第一个小时要经过崎岖难行的丘陵地带，颠簸不平，一路都是火山口和陡峭诡谲的山坡，需要所有感官的专注，要求本能与控制力。月尘摩托巨大的驱动轮能够轻松碾过较小的杂物，但每块岩石都需要你全身心的判断，是全速碾过，还是精细控制。判断错误，就会损毁轮胎和传动装置，你将一个人在火山口中看着伙伴们拖着长长的月尘轨迹离开你。救生船是不会来的，它们已经被麦肯齐家全包了。玛丽娜咬牙切齿地对付每块岩石和每条沟谷。轮胎滚动的每一圈都要颠一下她的脊柱，她的背火烧火燎地疼。她的胳膊抽搐着，因为无论摩托在可怕的地势上如何弹跳，她都要牢牢地握着车把。她的下颌绷得死紧，她也不记得她上次眨眼是什么时候了。玛丽娜·卡尔扎合此刻只剩下活着的意识。

"摩托车。"她当时说。

"月尘摩托。"卡利尼奥斯纠正她。

平板车厢上聚集着十一辆摩托。这些东西壮观又强劲，展示着它们的管道、线缆、骨架和齿轮，以及由此而来的野蛮的性能与美感。每辆车都不同，手工打造，量身定制，金属外壳上雕刻着骷髅头、龙、奥瑞克萨、大鸟的男人和大胸的女人、火焰、星芒、宝剑和鲜花。摩托车手的审美永远都是这么一成不变。玛丽娜隔着手套抚摸某辆车镀铬的侧面。

"你以前骑过这种车吗？"卡利尼奥斯问。

"我要往哪……"玛丽娜起了个头，然后又想起了饮酒游戏。

"你觉得你能行吗？"

"它会有多难？"

"很难。如果出了什么问题，你就会被丢在后面。"

没有哪辆车是为她准备的，月芽将在温暖舒适的承压环境中驶向子午城。但保罗·里贝罗返程去若昂德丢斯验尸了，科塔队少了一名骑手，而计划需要每一辆摩托。麦肯齐家还可能给他们捣点乱。骑手越多，灵活性越大。

"你来吗？"

在葡萄牙语中，这是一个邀请，而不是一个问题。列车已经在减速了。卢卡斯的计划很简单，玛丽娜还记得这个阴郁严肃的男人，他说的话救了她的命：现在开始你为科塔氦气公司工作。他记起了一个连卡利尼奥斯都忘掉的细节：他们是月尘摩托车手。卢卡斯的计划是：用列车将所有能集中的月尘摩托带到占领点的最近处，开大油门，往北冲向蛇海。在领地的四个角上每个角打开一台全球定位应答器。四个角，十一辆摩托。

　　"我来。"玛丽娜·卡尔扎合说。

　　"这是合同。"赫蒂将它显示到玛丽娜的视镜上。她草草看了眼——关于意外死亡的条款如此之多——盖印，然后交还给卡利尼奥斯。

　　"跟上我。"卡利尼奥斯在玛丽娜的私人频道里说。十一辆摩托，四个角。所以，与麦肯齐金属公司及其所有飞船比赛，争夺领地最远端终点的，将是她和卡利尼奥斯。

　　骑手们纷纷上车。玛丽娜的座驾是一只有着扭曲的铝合金和裂纹动力电池的野兽。一个铬蚀刻的月亮女神在车把间凝视着她，头骨的半脸露齿而笑。当玛丽娜在鞍座上坐好时，AI和赫蒂嵌合到了一起，摩托活了过来。控制很容易，向前，向后，扭转把手增减速度。

　　列车甚至还没停稳，卡利尼奥斯就发动了引擎，从平板舱上一跃而下，车在地球光下闪烁着，划过高远又优美的弧线，着陆在最远的铁轨之外。等到玛丽娜把自己的摩托折腾到地面上，学会如何不让这机器表演恐怖又致命的前轮离地特技时，卡利尼奥斯已经消失在了地平线后。

　　她锁定方位，转动节流阀，沿着月尘轨迹朝前驶去。短时爆发的速度让她跟上了编队，在箭头队列中，在卡利尼奥斯的左侧，有一个缺口。玛丽娜加速填上了它，卡利尼奥斯转过空白的面甲，朝她点点头。

车手们跃下艾因马尔特K长而浅的火山口边缘。玛丽娜摆动车头，避开一块尸体般的火山喷发物。她想，它坐在这里的时间比地球上生命存在的时间还要久。挡路的无声的灰色石头。一路朝前冲向死去的海床。

卡利尼奥斯举起了一只手，不过在此前，亲随们已经提示了车手。箭头左后沿的三辆摩托脱离了队伍，朝东南偏东方向驶去。玛丽娜看着他们身后缓缓降下的尘雾。他们将冲向方形区域的东南顶点。现在还剩九辆摩托在掠过黑暗的平原，就像一片失衡的翅膀。驾驶过程又轻松又快速，又单调又布满陷阱。这是最糟糕的那种驾驶，你只剩下你自己，穷极无聊，兴味索然，千篇一律。无聊无聊无聊，单调单调单调。这可没什么好玩的。乏味乏味乏味飞驰飞驰飞驰。为什么人们会发明那种在直线上比速度的比赛？也许原因就在于此，男人们和他们的比赛。一切都能变成一场毫无意义的竞争，哪怕是在月海海床上急速向前。它总该还有点别的意义，特技，技巧。在玛丽娜眼里，比赛都是特技、得分或速度。

在特定的路点上，卡利尼奥斯再度举起手来，右侧翼尾的车手脱离了队伍，在月海上向西划过一道弧线。东南角的占据点离此有五十公里远。剩下的五辆摩托继续疾驰。

"你喜欢巴西音乐吗？"卡利尼奥斯的声音吓了玛丽娜一跳，她的车摇晃了一下，又恢复了平衡。

"算不上喜欢，它们听起来都像某种电梯轻音乐。可能我这种北民听不懂它的美妙之处。"

"我也听不懂。妈姆热爱巴西音乐，她是在这些乐声里长大的，它们是她和家乡连接的纽带。"

"家乡。"玛丽娜说道，不过这并不是问句。

"卢卡斯也很狂热，他曾经试图向我解释这种音乐的意义——萨乌达德，苦涩的甜蜜，等等。但我没有欣赏它们的耳朵。我这人非常简单，我喜欢舞曲，鼓点，喜欢能带动身体的东西，有重量的东西。"

"我喜欢跳舞，可我没这个天分。"玛丽娜说。

"等我们回去了，等我们搞定这事，我们就去跳舞。"

他们在蛇海上以每小时一百九十五公里的速度前进，而玛丽娜的心脏竟能跳得更快："这是约会吗？"

"我会邀请小组里的所有人，"卡利尼奥斯说，"你还没参加过科塔家的派对。"

"我在博阿维斯塔参加过，记得吗？"玛丽娜沮丧地退缩了，她的脸在沙装里发烧。

"那不是科塔家的派对，"卡利尼奥斯说，"所以，玛丽娜·卡尔扎合，你喜欢什么音乐？"

"我在太平洋西北地区长大，所以一直以来听的都是吉他。我是个摇滚少女。"

"啊，金属乐。在我的小组里，所有人听的都是：金属乐。"

"不，是摇滚。"

"有区别吗？"

"区别很大。就像你哥哥说的，你得有欣赏它的耳朵。"

前视雷达描绘出了地平线上的一个屏障，绕路将会浪费宝贵的时间。

"玛丽娜·卡尔扎合，你知道关于我的很多事——我喜欢舞曲，我参加长跑，我爱我母亲，但我不喜欢我的哥哥们。我爱我的弟弟和我完全不了解的姐姐。我恨西装，我满脑子都是石头。可我仍然不知道你的任何事，你摇滚，你是北民，你救了我哥哥——这就是全部。"

那个屏障是一片粗糙的丘陵岩层，它寂寞地立在蛇海盆地古老的玄武岩床上。对于地势温和、侵蚀地貌的月亮而言，这里从平地至岩层的过渡十分突兀，但卡利尼奥斯毫不犹豫地向着岩石直冲了过去。

"我差不多是流浪到这里来的。"玛丽娜说。

"没人是流浪到月球来的。"卡利尼奥斯说着，他的摩托越过一片岩脊，开始飞翔。十米，二十米，然后降落在四散喷溅的尘埃中。玛丽娜紧跟着他。她力不从心，孤军奋战，她的心脏因为恐慌而停摆了。稳住它，稳住。先触及地面的是后轮，她拼命将车子摆正，然后两个轮子都落地了。摆正方向。摆正方向。她兴奋地喘着气。

"所以？"卡利尼奥斯的声音在私人频道中响起。

"我妈妈病了。结核性脑膜炎。"

卡利尼奥斯用葡萄牙语轻声对圣乔治做了一次祷告。

"她失去了左腿膝盖以下的部分，而且两条腿都不能用了。她还活着，她讲话，走动，但她不是她了。不是我熟悉的妈妈。只是医院抢救下来的一小部分。"

"所以你是为医院工作。"

"我为科塔氩气工作，也为了我妈妈。"

现在只剩下他们两个人了。卡利尼奥斯领着她冲下岩石，前方是辽阔的蛇海。

"我在华盛顿州的安吉利斯港出生长大。"玛丽娜说道。因为现在只有他们两人，寂寥地行驶在向四面八方往下弯曲的平原上。她聊起她长大的房子，它坐落在森林边上，周围满是鸟鸣声、风铃的响声、旗帜与风向标飞扬鼓动的声音。母亲：她是气功医师、圣灵治疗师、算命师、风水师，同时也照顾猫咪、遛狗以及驯马——她从事二十一世纪晚期的各种服务业。父亲：永远不会忘记生日礼物、节日礼物和毕业礼物。妹妹凯西，弟弟斯凯勒。狗，雾，运材卡车，大船开出运河时引擎的震动，房车、摩托车和拖车成列穿过山林水间；钱财总是踩在绝望将临的时刻出现；所有的努力都是为了挣得一张支票以避免崩溃。

"我特别喜欢船,"玛丽娜一边说着,一边意识到卡利尼奥斯对这些驶过圣胡安-德夫卡海峡的庞大运载工具毫无概念,"在很小的时候,我想象它们有巨大的腿,就像蜘蛛一样,有十几条腿,这样它们其实就是在海底走路。"

工程师就是这样成长起来的:从走路的大船和珍爱的玩具开始,从女孩们用丝带、滑轮、升降机和工具解救危难动物的启发性游戏开始。

"我喜欢把它们弄得非常复杂非常壮观,"玛丽娜说,"我还把它们拍下来,传到网上。"

长女展现出的对解决问题和工程设计的天赋让她母亲又困惑又欣喜。对于大厦将倾的家庭来说,对于朋友们和相关的动物来说,这是一种天书般的理念,但是埃伦—梅·卡尔扎合狂热地支持着女儿,哪怕她完全不明白玛丽娜在大学里学的是什么。程序控制架构中的计算进化生物学,这串完全不知所云的科技词汇听起来更像是定期支票。

然后结核病来了。风将它从东部,从患病的城市中吹来。人们已经迁出那座城市多年了,而住宅还以为自己是免疫的,是安全的。病毒穿过了护身符、风铃和星辰守护,吹进了埃伦—梅的肺,又从那里钻进了她的脑子。抗生素一种接一种地失效。最后噬菌体救了她,但是感染夺走了她的腿,以及百分之二十的意识。它还留下了一份天价账单。没有人在一生中能够赚这么多钱,没有任何职业能够赚这么多钱,除了黑市,除了月球。

玛丽娜从来没想过要去月球。她从小就知道有人在那上面生活,知道是他们让下面这个世界上的灯光恒久不灭。和同辈的所有孩子一样,她也曾经借了望远镜,对着雨海上的"桩王"咯咯傻笑。但对她来说,月球遥远得就像一个平行宇宙,不是一个你能到达的地方，至少从安吉利斯港无法到达。结果，玛丽娜发现她不仅能够到达月球，而且必须到达，她发现那个世界迫切地需要她的技术和学科，发现它将欢迎她，并且支付给她天价。

"所以技术就是在卢卡西尼奥的逐月派对上端蓝月鸡尾酒？"卡利尼奥斯说。

"他们找到了更便宜的人。"

"你应该更仔细地审阅合同。"

"那是唯一一份出售合同。"

"这里是月球……"

"一切都可以协商。我现在知道了。"当时她什么也不知道，只有铺天盖地的印象和体验，所有的感官都在叫嚣着奇异、新鲜和恐怖。她的训练很失败，她完全没有准备好面对现实——从对接舱走进子午城的拥挤、色彩、噪声和气味中。她的感知在拼命反抗。把这个视镜放到你右眼中心。这样移动，这样走路，别绊到其他人。设置这个账户，还有这个，这个和这个。这是你的亲随：你想到名字了吗，要给它什么皮肤？读了那个吗？那么：在这里，这里，还有这里签字。那个女人是在飞吗？

"东南区域传话来了，"卡利尼奥斯打断了对话，"麦肯齐已经到了。"

"我们还有多远？"

"让她跑起来。"

玛丽娜一直在期待他说出这句话。引擎在她股间更猛烈地震动起来，月尘摩托回应以速度的飚升。玛丽娜把身子伏低，其实她不需要这么做，因为月球上没有需要削减的空气阻力。只不过当你驾驶着一辆疾速的摩托时，你总会有这样的动作。她和卡利尼奥斯并排飞驰过蛇海。

"那你呢？"玛丽娜问。

"拉法释放魅力，卢卡斯策划谋略，阿列尔负责谈话，我负责战斗。"

"瓦格纳呢？"

"他是狼。"

"我是说，卢卡斯无法容忍他。那是为什么？"

"我们的人生并不简单，我们在这里做事的方法不同。"在这短短的两句话里，卡利尼奥斯的意思是：我和你仍然是雇主和雇佣者的关系。

"我的氧气大概还有12%。"玛丽娜宣布道。

"我们到了。"卡利尼奥斯一边说着一边刹车，车尾摆过，掀起一整圈飞扬的尘土。玛丽娜转了一个大圈，慢慢停到了他旁边。尘埃纷纷扬扬地撒落在她周围。

"这里。"黑暗而平坦的海床，就像一口平底锅般毫无特色。

"蛇海方区的东北顶点。"卡利尼奥斯说着，从摩托车背上解下了信号标。

"卡利尼奥斯，"玛丽娜说，"老大……"

地平线太近了，沃龙佐夫的飞船太快了，它就像是突然出现在了她头顶，如同一个天使。它很大，占据了半片天空；它很低，并且还在引擎舱的火箭推力中震颤着下落。

卡利尼奥斯用葡萄牙语咒骂着，他正在打开科塔信号标的腿。

"那些东西有嵌入式定位，一旦它碰到了地面……"

"我有个主意。"一个糟糕的疯狂的主意，哪怕是月球合同也不会列入的条款。玛丽娜发动了摩托车。沃龙佐夫的飞船绕着它的中心轴旋转着，它的推进器轰起了尘柱。玛丽娜加速穿过尘埃，直接刹停在了船腹下方。她抬起头来。警示灯在她的头盔显示器上飞掠。他们不会着陆在一个科塔氦气的员工身上，他们不会当着一个科塔的面把她压成肉泥烧成灰烬。他们不会。飞船盘旋着，然后推进器开始点火，运输机偏离开了它的着陆区域。

"不你们他妈的别想！"玛丽娜再次发动摩托，冲进了正在下降的飞船下方。推进力冲击着她，威胁着要掀翻她。这一次更低了。机腹摄像头旋转着锁定了她。这艘船的驾驶舱里在进行着什么样的争吵？这里是月亮，他们在这里做事的方法不同。一切都可以协商，一切都有价格：包括尘埃和生命。这是和科塔家的企业战争。运输机悬停在了空中。

"卡利尼奥斯……"

运输机往斜地里冲去，它不能离顶点坐标太远，这抹消了它在速度上的优势。玛丽娜总是能追上它。但它很近，老天啊它离地很近，太近了。玛丽娜大喊了一声，将车子斜滑了出去。后轮悬空了，摩托和车手都倒在了尘埃里，一直一直滑动。玛丽娜抓着尘土试图刹住车子，她喘着粗气停在了着陆架下方。引擎的冲击波将她裹在了一团尘土中，着陆架冷酷地挟带着死亡向她压了下来。他们计算好了得失。

"玛丽娜！快出来！"

玛丽娜用尽最后的力气从着陆架下方滚了出来。沃龙佐夫的飞船触地了。着陆垫、支柱和减震器离她的脸只有两米远。

"我搞定了，玛丽娜。"

她翻过身来，卡利尼奥斯正蹲在那里，伸手要帮她站起来。在他身后，定位应答器信标正在闪烁。那些闪烁的光芒是生命，是胜利。

"我们搞定了。"

玛丽娜挣扎着站起来。肋骨发疼，心率不齐，每一寸肌肉都在呻吟。她还可能在头盔里呕吐了，显示器上有十几个警告正从黄色闪向红色。她也无法感觉到自己的手指或脚趾。那些灯光，那些闪烁的小小的灯光。她伸出胳膊搭住卡利尼奥斯，让他扶着她蹒跚走出船底。运输机美丽又诡异，它和周遭格格不入，就像一个儿童玩具，被遗弃在了蛇海中。明亮的驾驶舱中有一些人影，其中一位举手致意。卡利尼奥斯还了个礼。然后推进器点火，尘埃遮住了玛丽娜和卡利尼奥斯的视线，运输机飞走了。只剩下他们两个。玛丽娜靠着卡利尼奥斯跌坐了下去。

"探测车多久能到这里？"

若热像平常一样抱好吉他，自在地让它靠在自己身上。左脚向前，稳定重心。

"你想听我演奏什么，科塔先生？"

"什么也不想听。"

"什么也不想听。"

"是的。为了让你来，我说谎了，若热。"

和乐队一起练习后再入睡变成了一件难事，音符序列与和弦进程闪着银光流淌在他的音乐幻象中，时不时还要考虑如何与鼓手配合演奏一个困难的切分音。亲随吉尔贝托在他耳边呢喃：卢卡斯·科塔。三个三四拍。《耶稣及其母》。我需要你。

"我不想听你唱歌。"

若热的呼吸一时顿住了。

"我想让你和我一起喝一杯。"

"我非常累，科塔先生。"

"没有别的人，若热。"

"你的欧可，卢卡西尼奥……"

"没有别人。"

在阳台上，一杯迎合若热品味的莫吉托调成了。卢卡斯的私人朗姆酒。现在快要四点了，但是圣塞巴斯蒂昂方区依然喧闹，到处是机器人和轮班工人、维修技师和材料技师。空气是静止的，充斥着悬浮的尘埃。若热在舌尖，在咽喉中品味着这空气。他应该拉上口罩保护自己唱歌的嗓子，但是防尘口罩可能会冒犯卢卡斯。

"我要和我妻子离婚。"卢卡斯说。

若热努力地想挤出一句得体的回应。

"我对五龙的尼卡哈不怎么了解，但我以为废除合同的代价会很昂贵。"

"非常昂贵，"卢卡斯说，"贵得离谱。孙家惯于在法庭上抗争，他们已经和政府抗争了五十年。但我富得离谱，而且我还有我妹妹阿列尔。"卢卡斯靠在围栏上。

"如果你不爱她……"

"如果你觉得爱情和这事有一点关系，那你真是完全不了解我们五龙之间的婚姻。不，它是务实的、政治的、世家的东西。它们全都是。先是婚姻，然后才谈爱情。这还得你够幸运。拉法就很幸运，但爱情正在毁灭他。这是一场庆祝，若热。"

"我不明白，科——卢卡斯。"

"我刚刚赢得了一场非凡的胜利。我想出了一个精彩的主意，并且执行得非常精彩。我击败了我的敌人，并且为我的家族带来了力量和财富。我在五龙中声誉大涨。今夜，这城市属于我。我眼中的自己一直是一个在尘埃的帝国中挤在洞穴里的人，我生于这个洞穴，也将死于这个洞穴，我借用的所有水、空气和碳都会被收回，都需要付账。我将成为百万生命的一部分。这真是一种低劣的复活方式，但我们从来没有别的选择。我母亲有，她和地球交换财富。可我没有这个选择，我们没有人能够选择。我们回不去——我们没有退路。我们所拥有的只是：尘埃、阳光、人。月球也是人，他们是这么说的。它是你最可怕的敌人和最灿烂的希望。拉法喜欢人，拉法期待天堂。而我知道我们生活在地狱里，是隧道里的老鼠，被一切美好放逐。"

"我该唱歌给你听吗？卢卡斯。"

"也许是的。一切都很明了，若热，我非常清楚自己必须做什么。正是因此，我要摆脱阿曼达；正是因此，我不能庆祝；也正是因此，我今夜不能听你唱歌，若热。"卢卡斯的一根手指抚过了若热的手背，"留下来。"

"醒醒。"

一双手托住她的肩膀，把她扶了起来。她差一点就滑到水里睡着了。卡利尼奥斯蹲在水槽旁边，敲了敲玛丽娜的鸡尾酒杯，它还残留着蓝月青色的痕迹。"调得不好。在月亮上淹死，这写在验尸报告上可不怎么好听。"

"我觉得应该庆祝一下。"

当急救探测车冲上地平线时，玛丽娜正在呼吸最后的几小口氧气；当卡利尼奥斯把她放进生命保障系统时，她在寒冷中颤抖着，并且因为缺氧而发蓝。探测车旋过轮座，全速直奔北口，那是太阳公司在马克罗比乌斯环形山沿的一个服务农场。卡利尼奥斯将她塞过外闸门，鼓风机吹走了她身上的尘土，此时她已经因体温过低徘徊在无意识边缘。谁的手指解开了她的沙装，谁的手把她从里头剥了出来。这些亲密的手指解开了她的生命机能装置，扯掉了凝块的润滑剂和结痂的体液。这些手把她放进了水里，温暖的，温暖的水里，水？水包裹着渗透了她，抚慰着她，水让她重新活了过来。

这是什么？

"只是个水槽，"卡利尼奥斯的声音，那些手是他的手？"你差点就死了。"

"他们不会把飞船停在我身上的。"她勉强从打战的牙缝中挤出这句话。她正在活过来，而这个过程真是痛苦。

"我不是指这个。"

"势在必行。"

"我喜欢你的说法，"卡利尼奥斯说，"非常有北方风格，非常理直气壮。势在必行。"他用一根指头抚摸着水池的表面，"我们会包揽水费的。"

北口就像女修道院一样封闭又隐蔽：在这里，孙家，阿萨莫阿家和一些较小的家族在一夫多妻制的遗传链上纠缠不清。狭窄又弯曲的隧道中回荡着孩子们的声音，其中有五种语言；三重过滤的空气中满是人体和汗水的味道，还有计算机系统特别的粉尘味，以及尿液的酸臭味。为了让玛丽娜呼吸到这样的空气，为了让她能浸在这一池水中，留在月球内部，科塔氦气公司和太阳公司以及 AKA 迅速签订了一些合同。玛丽娜往后靠去，任她的头发在温暖的水中打旋。她抬起手来就能触到烧结玻璃的顶盖。东海龙王敖广以漫画的形式从低矮的天花板俯视着她。水拍打着她的胸部，有什么东西扰乱了水池。

"你在干什么？"

她刚刚又走神了，而回过神来就看到卡利尼奥斯脱掉了他的沙装。

"我要进来了。"

他矮下身子入了水。你看起来很累，她想道，你很漂亮，但是筋疲力尽。你动起来就像只老螃蟹。赫蒂的活动日志记录了月面的二十八个小时，而他们的沙装是为二十四小时准备的。我们可能都会死的。她把水弹在卡利尼奥斯脸上，他累得几乎没有躲闪。

"嘿。"

"嘿。"

"我们拿到了吗？"

"克拉维斯法院承认了我们的占地申请，并颁发了许可证。我们已经发布施工招标了。"

她举起一只小小的、还在疼痛的拳头，发出一声小小的、带着疼痛的欢呼。

"你知道，我们也许应该庆祝一下，"卡利尼奥斯说，"他们这里做的马铃薯伏特加相当不错。"

"然后让你的死亡证明上写着见鬼的淹死？"

"比一架 VTO 飞船降落在你头上还糟吗？"

"你这家伙。"她又朝他弹水。他没力气，或是不想躲开。哦你这男人，你又累又臭又狼狈又难受的样子真是太可爱了，我可以现在就干你。你就在我身前，触碰着我的膝盖，我的小腿，我的脚，只要我把手挪过几厘米，你也把手挪过几厘米，我们就可以。可我不能，因为我简直瘫了，因为你也瘫了，而且你还是我的上司，还是一条小龙，而五龙总是让我害怕。但最主要的还是因为我们就像一个子宫里的两个双胞胎，在这温暖的水中蜷在一起。

她拖着身体挪到他旁边，他们舒服又疼痛地倚在一起，就像老人家一样，皮肤贴着皮肤，感受着对方的体重和存在。一个四肢颀长的孙家少年钻过矮门拿来了蓝月——玛丽娜只觉得他们全都身材瘦长，却分不清他们的性别。这个时候，笑声、流行乐、孩子们的叫嚷声、机器的咕哝声从隧道中传扬开来，就仿佛这些隧道是一件巨型乐器的管道。

"敬科塔氦气。"这是祝酒词。

"敬蛇海。如果我打盹了……"

"我会看着你的。"卡利尼奥斯说。

"我也会看着你的。"

性爱总是以同样的方式开始。一个杯子，冰过的；一点量过的冰杜松子酒；用移液管加三滴蓝色柑香酒。没有音乐。音乐会分散阿列尔·科塔对性爱的注意力。今晚她穿了一条有衬裙的华美的拉匹芭蕾裙，戴了一顶迪奥新风的宽檐草帽，还有手套。她的嘴唇涂着露华浓之焰，闪耀着冰红色，当她一滴一滴地释放柑香酒时，她的双唇因专注而微微噘了起来。今晚她用的是迪尔玛·菲尔姆斯给的十草杜松子酒。当最后一滴柑香酒在马提尼酒杯中荡出涟漪时，她迈出了她的裙子。生活在月球重力下的人根本不知胸罩为何物，并且她也没穿其他内衣。手套，帽子，蕾丝边长袜，罗杰·维威耶的五英寸高跟鞋。阿列尔·科塔用戴着手套的手举起马提尼酒，抿了一口。

男孩们搞定了生意。维迪亚·拉奥的小建议十分可靠。阿列尔通过私人加密频道和卢卡斯进行了简短的安全会谈，从而确认了三件事：对拉法而言，她一样拥有权力；对她母亲而言，科塔家真正成了五龙；对卢卡斯而言，她永远都是一个科塔。我们想要收买你，维迪亚·拉奥这样说过。不是收买，是付薪；不是拥有，而是雇佣。这是商家和顾问的区别。你已经胜利了，阿列尔·科塔举杯祝酒，为自己，为她的所有客户、雇主和同伴。她又抿了一口蓝月。贝加弗罗通过微型摄影机向阿列尔展示她自己，她摆出更好的姿势，欣赏自己的身体。她真是风姿绰约，妩媚动人。

在脱掉衣服之前，她吸了一支独舞。帽子挂上衬垫支架，手套和长袜被耐心且仔细地卷下来。阿列尔走进了性爱室。她的皮肤，她的乳头，她的嘴唇、阴部和肛门都因性欲而鼓胀着。墙壁和地板铺着柔软的白色人造皮革，服饰已经准备好了，按着次序摆放，也是用白色人造皮革量身定制的。先是靴子，它又高又紧，并且能用鞋带系得更紧，然而她还是用力地扯着鞋带，把它勒到了最紧的程度。她在小房间里踱步，让自己的大腿互相摩擦，花边搔痒了她。她跪下去，视线下方的景象和抵住臀部的鞋跟让她战栗。然后是手套，它长至肩膀，而且有系带。也把它扯紧。她舒展着手指，它们紧紧包裹在白色皮革里。僵硬的高领。系紧带子时，阿列尔喘起气来，她放弃了灵活性与自由度。最后是紧身衣，这是惯例。呼气，按照一定的节奏扯紧系带，直至她几乎无法呼吸。她的小胸部显得饱满又玲珑。

十三岁时，阿列尔·科塔在穿上一件沙装后产生了性高潮。自那以后，她就没有再穿过沙装，但它的紧实，它对身体无情的压缩与控制永久地影响了她的性游戏模式。阿列尔·科塔从未和任何人说起过她的沙装高潮。

口塞，经典的红球口塞，和她的唇彩很配。她把它扣紧，再紧一些。它代替了她曾塞到自己嘴里的半张床单，以闷住她因绝妙的自慰而发出的声响。它把香槟的泡沫封在了瓶里。阿列尔·科塔在口塞后面尖叫着，乞求着。贝加弗罗无法听清她的语言命令，不过亲随已经玩过很多很多次这个游戏。着装完毕。

阿列尔轻拍了一下戴着手套的手掌。触觉系统启动。她抚摸自己的每一边乳房，毛皮的厚软触感令她在口塞后轻声呻吟。她在乳头上打圈，愉悦感令人癫狂。触感系统重组模式，鬃毛的碰触让她尖叫起来。手套模式随机更改：先是鬃毛，然后变成乙烯基塑料头，而后是砂质的研磨感，阿列尔跪了下去，心醉神迷地流着口水。用右手持久又缓慢地抚摸，左手在系紧的皮革间探索着光裸的皮肤。她在膨胀，血液和骨头和肌肉和体液都被扯紧的皮革所束缚。现在两只手有着不同的触感。阿列尔跪坐到地上，向后仰着，她能感觉到自己的臀部压在厚软的地板上。她在口塞后虔诚地说着亵渎神明的话。贝加弗罗给她看她自己的影像，大腿张开，手指移动，仰着脸，张大了眼睛。唾液从口塞两边泄出，流淌在她脸上。触感转化成了刺痒：她无所顾忌又愉悦非常地在口塞后尖叫着。每一次碰触都带来痛苦又澎湃的快乐。阿列尔·科塔已在模糊不清地嘶吼了。贝加弗罗将摄像头迅速放低到她身周：近距离拍摄她的手指，她的眼睛，靴子边沿勒紧的大腿皮肉。

前戏持续了一小时，阿列尔有五六次将自己逼近了高潮。但这是前戏。性爱和弥撒一样遵循仪式。一个打印机响了起来，触感系统关闭了。阿列尔发着抖，满身都是汗水和口塞后溢出的唾液，一边爬向了打印机。"月亮科科"是月球上最伟大的性玩具设计师。在打印机响起前，阿列尔永远不会知道她将得到什么。她唯一能确定的，就是它将完全适合她的身体与品味，并且她将需要花很多个小时来完整探索它的微妙之处。

阿列尔打开了打印机，里面有一个自慰器。自慰器又长又优雅，是经典的老式月球火箭造型，底部有四片稳定翼。每片稳定翼控制着不同的触觉领域。银色的阴部火箭完全贴合她的阴道和外阴的尺寸。它不是阴茎，永远不会是阴茎，阿列尔·科塔永远不会容许自己体内有一根阴茎。

你真美，贝加弗罗用阿列尔的声音对阿列尔呢喃，爱你爱你爱你。

阿列尔模糊地呻吟着，躺到了厚厚的皮革上，张开了双腿。

把它插进去，插进你身体里，深深地插进去，贝加弗罗说，把你自己干死。

紧身衣和高领束缚着她，让她无法看到自己正在对自己的后庭做什么。贝加弗罗为她呈现特写镜头，用她自己的腔调说着淫秽不堪的葡萄牙语。阿列尔最后把拉珠都塞了进去，深深地顶入，用一根手指钩住把手。她轻轻地扯着，感受着体内的拉扯与摩擦。到高潮时她会把它们全扯出来，也许一个一个地扯，也许一下子全扯出来。然后她会把它们一个个地再塞回去。

她把自慰器举在眼前，因为恐惧和期待而喘着气。这时她自己的声音正在对她倾诉她将如何使用它，多么深，多么快，多么长久，每一个体位和每一次按抚。它会持续很多个小时。很多个小时。最后，阿列尔·科塔浸透了汗水、唾液、体液和润滑泡沫，爬出性爱室，慢慢地把自己从束身皮革中释放出来。没有哪个情人，没有哪具身体，没有哪些肌肉能和她与她自己的完美性爱相比。

自十三岁以来，阿列尔·科塔就一直在愉悦地、满腔热情地享受着纯粹的自慰。

那个男人压下身子，摇摆着将扳手挥向她的膝盖。玛丽娜向外扑去，她的力量和冲力使她跳得又高又远，而高远之处易受伤害。冲力能杀人。玛丽娜跌了下来，势头几乎压扁了自己的肺，她滑动着，撞上了一根大梁。麦肯齐家的那个男人擅长打架。他站在那里，举起扳手要砸向她的胸膛。玛丽娜一脚踹了出去，她的靴子踢到了对方的膝盖骨。骨头的嘎吱声和尖叫声让码头静默了一瞬。男人弯下身，倒在了地上。玛丽娜捡起了扳手。

"玛丽娜！"卡利尼奥斯的声音，"别。"

麦肯齐家的这个人又高又壮，又是男性。而她很矮，是女性，但她是个月芽。她的力气相当于三个月球男人。她只要一拳就能打碎这人的肋骨。

他们是怎么打起来的？所有的打架都是这么开始的，就像火焰：易爆的脾气，拉近的距离，一个火花，一些引燃物。当麦肯齐金属公司的一个探测队停车入闸时，北口闸门的控制系统正让科塔小队待在候车区。队员们很烦躁，他们受够了狭窄的隧道，污浊的空气和陈腐的水。他们想回家。耐性被渐渐耗光。麦肯齐家的小队陆续进闸，带来月尘呛人的气味。玛丽娜注意到他们全是男人。当小组组长经过卡利尼奥斯身边时，飘出了两个词：科塔小贼。神经崩断了。卡利尼奥斯咆哮着，用一个头槌把他击倒在地。候车区爆发了。

玛丽娜从未打过架，她在酒吧里，在学生宿舍里，在派对上都见过别人打架，但她自己从来没有参与过。在这里，她变成了一个靶子。这些男人想伤害她，他们也不在乎她会不会死。麦肯齐家的这个男人倒下了，退出了战斗，一边震惊又虚弱地嘟囔着。玛丽娜蜷着身子——压低身体更有力量，她环视全场。真正的打架和电影里的不一样。人们躲藏着，拖拽着，抓着抠着，想打碎彼此的脑袋。

卡利尼奥斯仰天倒下了，玛丽娜抓住了攻击他的那人的胳膊。后者尖叫了起来，她把他的肩膀扯脱臼了。她抓着他的领子和腰带把他揪起来，像扔一片衣服一样把他抛到了码头那边。玛丽娜旋过身，向她视线所及的第一个麦肯齐冲了过去。她把他打瘫在了一根支柱上。她站起来，喘着气。她有超级能力，她是女版绿巨人。

"警察呢？"她朝卡利尼奥斯嚷道。

"在地球。"他喊回来，一边用腿扫倒了某个攻击者。卡利尼奥斯的拳头猛地击中了他的脸，血从变形的鼻子里溅了出来，一片红色缓缓坠落。

"他妈的！"玛丽娜喊道，"妈的妈的妈的妈的。"她冲进了战圈中。力量的诱惑可怕又美味。这就像是在地球当一个男人，知道自己永远有力量。她又踢又拽，她锁住或折断别人的肢体，她打碎一切。然后战斗结束了，烧结平面上到处是血，到处是隐隐的呜咽声。码头控管人员来了，用泰瑟枪和刀子将两拨人分开，但战斗已经缓和下来了，减弱成了指指点点、怒目而视和大喊大叫。现在争吵的内容已经包含了谁付账，谁赔钱。打架的变成法律 AI 了。

"你还好吗？"卡利尼奥斯问。玛丽娜在他身上嗅到了暴力的味道，她起了鸡皮疙瘩：他打架时既不克制也不盛怒，就好像暴力是他的一种贸易手段。当时在月尘摩托上，他是这么说的：拉法释放魅力，卢卡斯策划谋略，阿列尔负责谈话，我负责战斗。玛丽娜以为他这是在比喻。不。他就是个战士，而且是个强壮的战士。她有一点害怕。

玛丽娜点点头。现在她开始发抖了，身体反应和化学作用消散了。她伤害了别人，她打断了肢体，砸碎了脸，她感觉到了纯粹、喜悦和生机，就像卡利尼奥斯带她参加长跑后的感觉一样。兴奋又热切，卑劣、渴望、堕落：一个血腥魔女。她忽然不认识自己了。

"公车来了，我们回家吧。"

也许是因为寒冷，也许是重量微妙的变化，又或是因为夜晚所突显的那些细小又谨慎的声音，总之泽尼·夏尔马醒来时就知道拉法不在这里。这场性事几乎是临时才被想起，最后草草了事，敷衍塞责。回我的俱乐部去，他曾经这么说。也许她应该听出这些词语中的预兆。高声吵闹的人们，有些喝醉了，他们在自己的地盘和空间里上下打量她，权衡、分析、抛来诡秘的眼神，对着拉法又是挑眉又是微笑。都是些有恃无恐的人。然后关于交易的新闻传来了——某些矿物的归属，领地的所有权——这新闻不仅仅将拉法酒吧间的黑暗一扫而空，并且反转了它，将它变为金色的光芒。俱乐部是他的了。为所有人干杯，我所有的朋友们，喝吧喝吧。喧哗吵闹，嘻嘻哈哈，拍来打去，幼稚粗鲁，大声欢庆——她就是奖品和承诺，她是胜者的战利品。拉法整晚都搂着她，许多个小时就这么过去了。专业手球东主俱乐部不是个安全的场所，但她留下来了。

她的眼睛在发疼，关节在抽痛，她像月球表面一样缺水。宿醉后乘坐月环会有多糟糕？

时间。哦五点十二分。日光就像世界顶端一条靛蓝色的斑纹。她应该动一动，拿上她的东西，收拾好自己。拉法在哪儿？她赤裸着身体，踮着脚尖寻找他，他不在卧室，不在套房里，不在办公室，也不在豪华的起居室里。空气闻起来依然干净如洗。他在一个小阳台的一张椅子里，坐在它的边缘。他什么也没穿，只除了他的亲随，这完全违反了俱乐部的规矩。他在说话，声音很低，背朝着屋里，这是一场不应该偷听的谈话。但她必须偷听。

可是罗布森完全是安全的。我发誓，以上帝和他母亲的名义发誓。罗布森是安全的，露娜是安全的，博阿维斯塔是安全的。我不希望自己不得不和你争斗，我不想和你争斗。想想露娜，她被夹在中间。回来吧。回来博阿维斯塔，亲爱的。你答应过我你只会离开一点点时间。回来吧。这和孩子们没关系，和我有关系……

泽尼裸着身体，赤着脚，因为酒精以及背叛而颤抖着，这是她意料之中的背叛，但它依然伤害了她。她转过身走开了，穿好衣服，捡起她那一点点东西，永远地离开了月球。

最后，阿德里安娜命令保罗离开他自己的厨房。他是她的厨师，他已经学习了技巧，打印机也早就备好了烧瓶、滤芯、盖子和活塞。但他从来没有准备过它，尝试过它，甚至没有嗅过它。阿德里安娜则不然。他相当没有风度地离开了。而那股芬芳漫过了博阿维斯塔的空调设备。那是什么？

我想那是咖啡。

工作人员挤在保罗的厨房外头：科塔夫人在干什么？她在称量它。她在煮开水。她在把开水挪下灶子。她在计数。她在把水从某个高度往那东西上倒。那是要干什么？氧化处理，保罗说。她还要搅拌它：氧化反应将使香气变得更加饱满。现在她在等待。它闻起来怎么样？不像是我想入口的东西。现在她在干什么？还在等。差不多是一种仪式，这咖啡。

阿德里安娜·科塔将活塞往下压，古铜色的泡沫往法压壶顶部浮起。一杯。

阿德里安娜小口抿着她最后的咖啡。她把这念头压了下去。这是一次庆祝，一次小小的、私下的庆祝，一次真正的庆祝，之后卢卡斯坚持要在她的生日上再来一次浮华的狂欢。她轻声对麦肯齐家说，对死亡说，现在不行。但她的生命已经充满了各种最后的事物，就像隧道中满涨的洪水。它渐渐升高，又或者，可能是她的生命在朝它渐渐下落。

咖啡尝起来的味道和嗅起来的不一样。阿德里安娜很感激这一点。因为如果它们一样，那人类除了喝咖啡就永远不会再做别的事了。嗅觉是记忆的感觉。每一种咖啡都会唤起无穷无尽的回忆。咖啡是回忆的毒品。

"谢谢你，卢卡斯。"阿德里安娜·科塔说着，又倒了一杯。法压壶空了，只剩下潮湿的杯底。咖啡是珍贵的事物。比黄金更珍贵，阿德里安娜呢喃着，想起了她还是集尘者的岁月。那些被我们扔掉的黄金。

阿德里安娜端着两杯咖啡去了圣塞巴斯蒂昂馆。两杯咖啡，两张椅子。一个是她，一个是洛亚姐妹。阿德里安娜又抿了一口咖啡。她怎么会如此热爱这种土味的、带麝香气的、苦涩的饮料呢：为什么还有这么多人热爱它呢？她又抿了一口。它是一杯回忆。当她抿着这杯咖啡时，她就像在又一次抿着从前那杯咖啡：四十八年前，那杯咖啡也承载着它的回忆。她的男孩们变得很出色了，他们从麦肯齐家紧握的拳头中偷走了蛇海，这个成就将会是月球上几代人的传说。然而咖啡总是让她回想起阿希。

第六章

　　我遇见阿希是因为自由落体性爱让我反胃。他们在训练中总是在聊这个，自由落体性爱。他们全都在干这个，他们全都想干这个。它会永远地毁掉你，在自由落体性爱后，重力下的性爱就显得粗野又丑陋。那些沃龙佐夫太空舰队上的人，他们都是些性爱忍者。

　　当我们甚至还在飘过闸门时，他们就已经在相看我们了。那些沃龙佐夫舰队的人。有一个家伙，他看了过来，我也望了回去，然后我点点头同意了。是的，当时缆绳甚至还在扯着转移舱离开循环飞行器，并且正在切断我们与地球的最后联系。我不是个一本正经的人，我还赢到过巴拉海滩的新年手镯。我乐意参加一个派对，乐意有一个机会能试试改变人生的性爱。你别对此发表意见。我想和这家伙试一试，于是我们去了上面的中心舱。那里到处都是肉体，飘浮着，互相撞击着。男人必须使用避孕套，你不会想被那玩意儿碰上的，如果它飘来飘去的话。我对他说温柔点，可我做了比飘浮的精液更糟糕的事。我吐了他一身。我没法停下呕吐，这一点都不性感。零重力把我肚子里的东西全翻了出来。他非常有礼貌，当我撤退到重力室时，他把那些东西全清理了。

离心臂里除了我以外只有一个人，这个焦糖眸色的女孩有纤细的双手和修长的手指，每隔一小会儿她就会无意识地微微皱起眉头。她绝少迎上我的视线，显得又羞涩又内敛。她的名字是阿希·迪巴索。我从来没听过类似的名字，对它毫无概念，不过和我的名字一样，这也是一个经受历史潮流涤荡的名字。她是个叙利亚人。叙利亚，这一个词就是一个不同的世界。她的家人是叙利亚天主教徒，从内战中幸存。她离开大马士革时还是她母亲子宫中的一团细胞。在伦敦出生，在伦敦成长，就读于麻省理工学院，然而她从来不被允许忘记一个事实——你是个叙利亚人。阿希生来就是一个流亡者，而现在她正踏上一次更深远的流亡。

在上面的娱乐中心里，我们未来的同事正在性交。在下面的离心舱里，我们在聊天，星辰和月亮正划着弧线越过我们脚下的窗户。旋转的月亮每一次出现在我们面前都会更大一点点，同时，我们对彼此的了解也会更深入一点点。到了这个星期的末尾，月亮填满了整个窗户，而我们从聊得来的人变成了朋友。

阿希，她是个被幽灵统御的女孩。无根的幽灵。从死去的国度里被放逐的幽灵；特权的幽灵：爸爸是软件工程师，妈妈出身富豪，伦敦欢迎这样的难民；愧疚的幽灵：成千上万的人死了，而她还活着。她最阴暗的幽灵是赎罪的幽灵，她无法改变自己出生的地点或顺序，但她可以变得有用，以此谢罪。这个幽灵驾驭了她的一生，在她耳边呐喊：要有用，阿希！在伦敦大学的本科学业中，在麻省理工的研究生学业中：把事情办好！赎罪！要有用的幽灵驱使她去对抗沙漠化、盐碱化、富营养化。她就是个对抗各种状态的战士。最后，它推着她来到月球。没有什么比为整个世界提供庇护和给养更有用的事了。

如果这些都是她的幽灵，那么她的灵魂导师，她的奥瑞克萨就是叶玛亚。阿希是水的女儿。她的家靠近奥林匹克游泳场，她母亲从医院出来没几天就把她扔进了水里。她沉下去了，然后游起来了。她游泳，冲浪——在英国西海岸度过漫长的夏夜。冰冷的英国海水。她又小又瘦，却对波浪毫不畏惧。我小时候总是在海浪声中入睡，可我顶多只在温暖的大西洋海水中沾湿过脚趾。我属于海滩上的民族，而不是大海的民族。她在月亮上疯狂地思念着海洋。她在公寓里设置好了屏幕，假装自己生活在一片珊瑚礁上，这个场景往往让我有点反胃。不管哪里建了新的水槽或水池，只要有机会游泳，她就会出现在那里，在水中来来去去地穿梭。她在水中移动的方式是如此自然，如此美妙。我就这么看着她跃入水中，划开水流往下潜去，我希望她永远都待在那下面。她的头发在身周漂浮，她的乳房显得毫无重量，她的手和脚做出细微又美丽的动作，让她悬停在水中，又或是推着她飞速横穿水槽。我现在仍然能看到她在水中的样子。

　　她让我认识了她的幽灵，我也向她展示我的：又一个女孩，平凡的简，注视着我的小女人。麻雀和美人鱼。在接下来的岁月里，她们将极度需要彼此。当时的月亮是片野地，现在她和我一样老了，但在当时，在早期，她还是一片财富与危险并存，机遇和死亡同在的国度。那是年轻人和野心家的国度。要在月亮上生存下来，你得有侵略性。她会以各种可能的方式试图杀死你：用力量，用诡计，用诱惑。女人和男人的比例是一比五，他们都是年轻男性、中产阶级、学业有成、野心勃勃且令人害怕。月亮对男人来说并不安全，对女人来说甚至更不安全。对于女人而言，不仅有月亮，还有男人。我们每时每刻都在担惊受怕。当月环旋转上升，迎上我们停泊的转移舱时，我们害怕，但我们知道我们只能向前。我们需要彼此，我们穿着太空服下降，一路都粘在一起，紧挨着彼此。

　　自由落体性爱？它真是言过其实。一切都以错误的方式移动，一切都在远离你，你必须把东西全都绑住才能搞定这事。它更像是相互施虐。

我们出了月环坞——当时那里只有一条极月轨道，其上只有一条转移电梯缆，而我们有一百二十个月芽。它是个古老的词，算是月亮上最古老的单词之一：月芽。它听起来明亮、天真、单纯。我们都是这样的。

LDC 甚至在正式欢迎会之前就给我们的眼球植入了栖箔。我们有十次免费的呼吸，然后我们就开始付钱。我们从那时起就一直在付钱。空气、水、碳、数据。四大元素。你在这里出生，在你的记忆里，这些数字未曾从你的眼睛里消失过。可我告诉你，当你因为市场改变而第一次看到这些变化的数字时，你的呼吸会哽在喉咙里。呼气一个价，吸气又是另一个价，没有什么比这事更能让你明白你已经不在地球上了。然后他们把我们推进医疗站，他们想看看我的骨骼。你们是不会想到骨骼的事的。对月芽来说，每件事都是新奇又苛刻的。你得学会怎么移动，你还得学会怎么站立。你得学会如何看如何听。你得学习有关你的血液、你的心脏、尘土，以及为什么这东西最可能杀死你。你要学习疏散演习、降压警报，学习某扇门会开在哪一边，以及什么时候打开它才是安全的。你要学会什么时候帮助别人，什么时候放弃别人。你要学会如何踩着别人生存，呼吸彼此的空气，饮用彼此的水。你要知道当你死时 LDC 会取走你，分解你，把你再循环成碳、钙和堆肥。你要知道你并不拥有自己的身体。没有任何东西是你拥有的。当你走下月环摩天轮的那一刻，一切都是租用的了。

你不会想到骨骼，可它们从皮肤下一点一滴地溜走，逐时、逐日、逐月地失去质量和构成。我又要说了，姐妹，你在这里出生，这是你的家，你永远都不能去地球。可我曾经有可以回去的窗口。

我有两年时间，然后我的骨密度和肌张力就会退化到一个程度，到那时，地球重力对我来说就是致命的了。两年。对我们所有人而言都一样：两年。对于每一个抵达子午城寻求机遇的月芽来说，这个期限还是一样。我们所有人都要面对临界日，当我们必须做出选择时，我们是留下，还是离开？

他们观察我的骨骼。他们观察阿希的骨骼。然后我们都把这事忘了。

阿希和我，我们搬进了营地。月芽的住处是一个隔出每个人生存空间的大仓库。浴室共享，食堂供饭。没有隐私可言，就算你看不到，你还能听到，就算你听不到，你还能嗅到。那种气味。污物和电力，尘土和脏兮兮的身体。女人们自然而然地挤到一起：阿希和我换到了隔邻的两个小间，然后把它们融合成一个房间。那个晚上我们举行了一个小小的仪式，用工业伏特加做的味道诡异的鸡尾酒，宣誓我们永恒不变的姐妹情谊。人类抵达月球才短短五年，但这里早已有了伏特加产业。我们用织物废料做装饰，还用水培法种了花。我们有社交，有派对，我们还是卫生棉条的交易中心点。它就像是监狱经济，只不过用棉条代替了香烟。阿希和我，我们有一种天然的社交吸引力。我们吸引女人，也吸引那些厌倦了吵闹和胡吹神侃的男人。我们是世界破坏者，是月亮狂欢者，我们要举起这块岩石，从它上面摇下无数比西。我们要去他妈的月亮。我从未进过军营，但我想它可能有一点像月亮的早期岁月。

我们并不安全。没人是安全的。百分之十的月芽在头三个月里就死了。我到的第一周，一个来自新疆的集取工被气压阀压扁了。在我的OTV里有二十四个人来自库鲁航天中心：在我们还没有结束月表活动训练时，就已经死了三个。其中一个男人在航天途中就坐在我旁边。我现在不记得他的名字了。我们将他们的身体投入再循环，重新利用他们，我们吃那些用他们施肥的蔬菜和水果，绝不会再次想到土壤里渗的血。有些事情你得选择不去看，不去听，然后你才能活下来。

我之前和你说了月亮上的臭味。最臭的就是男人。睾丸素，你呼吸着恒久不变的性张力。每个女人都遭受过性侵犯。这事也发生在我身上：只有一次。一个年长的工人，是个集尘者。当时在闸门里，我正在换上训练服。他想把手塞进来，我抓住他，把他扔到了闸门那头。巴西柔术队的核心力量展示，我父亲会很自豪的。那个男人之后没找过我麻烦，其他男人也一样，但我仍然害怕他们会成群结队地来。我不可能打得过一群人。他们会伤害我，他们甚至可能会杀了我。我们有合同和行为规范，但是强制执行人只是些公司经理。性暴力属于纪律问题。

但是阿希不会巴西柔术，她不懂任何武术，当男人试图强奸她时，她没有任何方法保护自己。但那人没有成功，另一群男人把他扯开了。他很幸运，如果他被我抓到，我会捅死他。那一群人让我很高兴，他们知道我们必须找到方法一起活下去。月亮不可能变成另一个地球。如果我们彼此攻击，那所有人都会死的。我认真地想把那人找出来，杀了他。科塔之斩，这是我们的名字，坚硬、锋锐、迅快。在月亮上有百万种杀人的好办法。我花了很长时间仔细地思考：它应该是一场秘密的复仇吗？还是说我应该让我的脸成为他死前看到的最后影像？我选了另一种方法。我有很多身份，但我不是个杀手。

我用了更慢更微妙的武器对付阿希的攻击者。我找到了他的月表活动训练组，略微调整了一下他的训练服恒温器。它看起来将会是一次完美的故障。我是个不错的工程师。他没死，他也不应该死。我把他冻伤的拇指和三根脚趾视为我的战利品。每个人都知道那是我干的，可是什么证据也没有。我喜欢这个传说，如果它让男人们恐惧地看着我，那真是很不错。他叫哈尼夫，他在病床上赌咒发誓要强奸我，要掏出我的肠子。不过当他从医疗中心出来时，阿希和我已经签了合同离开了。

阿希的合同是与阿萨莫阿家签订的，她将为他们在亚孟森环形山下的新农场设计生态系统。我的合同是和麦肯齐金属公司签的，我得到外面的月海上去工作。她将成为一个挖掘者，我将成为一个集尘者。两天后我们就要分开。我们眷恋着"I和A"营房，我们眷恋自己的小屋，眷恋我们的朋友。我们紧紧依偎着彼此。我们都在害怕。其他女人为我们开了个派对：月球莫吉托酒，我们用平板电脑音乐软件一起唱歌。但是在纵酒高歌之前，还有一个特别的礼物要送给阿希。她和AKA签订的工作将让她待在地下，挖掘、耕耘、播种。她永远都不需要到月面上来，她可以在整个职业生涯甚至整个人生中都待在那些洞穴、熔岩管和大片的土地上。她永远都不需要见到原始的天空。

我用上了我所有的魅力和声望，但是装备租赁仍然贵得旷世无四。我订了一套通用的月面活动重装，用时为三十分钟。走在我轻盈的蜘蛛女沙装边上，它就像是一个笨重的装甲。我们在外闸中牵着手等着泄压门向上滑开。我们走上斜坡，加入那成千上万的足印。我们在月面上走了几米，一直牵着手。在那些为公车和探测车设置的端口塔、继电器和充电点之上，在那蜷伏于近处地平线上的灰色火山轮廓之上，在太阳永远无法触及的那些阴影之上，在我们这个小世界的边缘的上方，我们看到了完整的地球。圆满、湛蓝、洁白，点缀着绿色和赭色。我无法用任何言语形容它的完满、它非人间的美。那时是冬季，南半球也展现在我们面前，海洋占据了它一半的面积。我看到了大非洲，我看到了亲爱的巴西。

然后我的沙装AI告诉我，我们的合同期限快要截止了。于是我们转过身背对着蓝色的地球，走回了月球里面。

那个晚上，我们为我们的工作祝酒，为我们的朋友祝酒，为我们的爱人和我们的骨骼祝酒。到了早上，我们分别了。

我再次见到阿希时，已经过了六个朔望月。这六个月我都在丰富海上，不停地过滤尘土。我驻扎在麦肯齐金属公司的梅西耶分部，它陈旧狭窄又朽败，就是一些随挖随填的舱室，上面是推土机堆出的风化土坡。对我来说，因为辐射警报而撤退到新挖出的深层空间简直是家常便饭。每一次，当我看到视镜里闪起警报的黄色三叶纹时，我都能感觉到自己的卵巢在抽紧。挖掘机吞食着深处的岩石，它们的震动让隧道没日没夜地颤抖。梅西耶有八十名集尘者。

这里有一个很可爱的男人，名字是楚余。他是一个3D打印设计师，又亲切又有趣，并且非常擅长运用自己的身体。在享受了一个月的笑闹和甜美性爱后，他请我加入他的埃摩团：它包括楚余、他在南后城的埃摩、他在子午城的埃摩，以及这位埃摩在子午城的埃摩。我们对各个条款达成共识：六个月，我要和谁以及不要和谁做爱，去见埃摩团之外的其他人如何，把其他人带进埃摩团又如何。我们甚至在那时就有尼卡哈。楚余向我坦白说，他过了那么久才请我加入，是因为我过去的名声。袭击阿希的人的相关流言传到了梅西耶。我说，我不会对埃摩做那种事，除非被对方狠狠地激怒。然后我吻了他。埃摩团又热情又性感，可它不是阿希。我几乎每天都和她聊天或联网，可我仍然觉得我们天各一方。爱人和朋友不同。

我有了十天的休假，想到的第一件事就是和阿希共度假日。我在梅西耶的公车站和楚余吻别，我能看出他很失望。但这不是背叛，我在合同中说过我不会和阿希·迪巴索做爱。我们是朋友，不是爱人。阿希上来月面，到希帕提娅终点站等我，在一路前往南后城的旅途中，我们都在又说又笑。一直在笑。

她为我准备了那么多的乐趣！梅西耶又臭又窄，南后城则热情、喧闹又多彩。仅仅六个朔望月的时间，它就已经让人认不出来了。

每条街道都加长了，每条隧道都拓宽了，每个房间都增高了。阿希带我乘上一架玻璃电梯，沿着刚刚完工的透特方区侧面往下降，垂直下落令我头晕目眩。方区底部是一片小矮树林——阿希解释说，正常大小的树会高达穿顶。那里还有个咖啡馆，在这家店里我初次尝到了薄荷茶，并且立刻厌弃了它。

我建造了这里，阿希说，这些是我的树，这里是我的花园。

我目不暇接地抬头看着灯光，所有的那些灯光，一路向上，向上。

太有意思了！茶，还有那些店铺。我还得找一条礼服裙。那个晚上，我们参加了一个特别派对，是一次内部活动。我们翻阅了五家打印店的商品目录，才终于找到我能穿的东西：它非常复古，是二十世纪八十年代的款式，有垫肩，还有腹带，不过腹带能随我的心意隐藏。然后是鞋子。

参加特别派对的只有阿希的工作组成员。一个上了安全锁的轨道舱带着我们穿过一条黑暗的隧道，来到一个如此庞大、如此炫目的地方，我差点吐在了我的巴黎世家裙子上。这是一个农场，是阿希的最终项目。我站在一个竖井底部，它有一千米高，五十米宽。月球上的地平线在视野中非常近，一切都处在弧面上。而地下的尺度感觉完全不同。这个农场是我数月来见过的最笔直的东西，并且光辉灿烂：中央的镜面立柱贯穿了整个竖井，真正的阳光在镜面间跃动着，照在铺设着水培梯台的墙面上。竖井的底部嵌着许多鱼塘，走道在其中纵横交错。空气温暖、潮湿又浓郁，二氧化碳的浓度让我头昏眼花。在这样的环境下，植物生长得又快又高，马铃薯长得像灌木；番茄藤高得我根本看不到它们的顶部，叶片和果实遮住了我的视线。超集约农业：对于一个洞穴来说，这个农场是庞大的，但作为一个生态系统，它的规模很小。鱼儿在水塘中溅着水花。我是不是听到了蛙叫声？那些是鸭子吗？

阿希的团队用防水片和结构框建了一个新池塘。它是一个池子，一个游泳池。音响系统播放着加纳流行乐。这里还有鸡尾酒。黄色是主打颜色，它们很衬我的裙子。阿希的同事们友善又爽朗，总是不忘记恭维我的穿着。而我脱掉了它，为了游泳池，我还脱了鞋子和身上所有其他的东西。我悠然自得，尽情享受。镜子在我头顶上移动着，阿希上浮到我身边，然后我们一起踩着水，大笑着泼水。农场员工把不少塑料椅子沉到了池子里，在一端搭了个浅台。阿希和我就在那里用双腿摆荡着温凉的水，喝着金色的野牛草伏特加。

第二天早晨，我在床上醒来，身边躺着阿希，伏特加把我的脑子搅成了糊。我记得呢喃的笨拙的爱抚，记得颤抖和傻乎乎的私语，记得皮肤碰触皮肤的感觉。用的是手指。阿希往右侧蜷着，面对着我。她夜里踢掉了被子，一丝口水从她嘴角落下来，牵到了枕头上，在她的呼吸中颤抖着。我一动不动地看着它。

我看着她，她的喉咙深处因为酒醉而呼噜作响。我们做爱了，我和我最亲密的朋友发生了性关系。我做了件很棒的事，我做了件很糟的事。我做了件无可挽回的事。然后我躺回去，紧紧地贴着她，她咕哝着，也贴近了我。她的手摸索到了我的手，我们又一次开始。

我母亲曾说爱是世界上最简单的事。爱是你每天都能看到的东西，她就是这么爱上我父亲的，她每天经过他身边，渐渐地和他焊接在一起。

南后城的派对结束后，我有几个月没见到阿希，麦肯齐金属派我去勘探汽海上的新区。离开汽海后，我和孙楚余都很明白埃摩团已经不适合我了。我违反了合同，不过那时候契约外性爱并不牵涉财政赔偿。所有的埃摩都同意废除合同，让我离开埃摩团。没有人责备我，也没有人索赔。一份简单的自律合同终止了。

我累积了两周的假期返回南后城，联络阿希要和她约会。可是她正在特维城进行一次新的挖掘，阿萨莫阿家正在那里建造一个企业总部。我松了一口气，然后我又为自己松的这口气觉得歉疚。性爱让一切都变了。我喝酒，参加派对，和人一夜情，用昂贵的带宽和还在巴拉的爸妈没完没了地聊天。家里所有的人都挤在视镜前面，谢谢我寄回去的钱，尤其是那些一点点大的小鬼。他们说我看上去变了。更长了，像被扯开了。他们就在那里，又快乐又安全。我给他们的钱负担了他们的教育，还有健康、婚姻和婴儿。而我在这里，在月球上。平凡的阿德里安娜，永远无法得到一个男人，但她得到了教育，得到了学历，得到了工作，从月球给他们寄钱。

他们是对的。我变了。我对天空中蓝珍珠般的地球不再有过去的感觉。我再也没有为了看看它——单单为了看看它而租赁沙装。在月面上时，我对它视而不见。

麦肯齐把我派到了兰斯伯格采矿区，我在那里看到了那个改变一切的东西。

兰斯伯格有五台集取器在工作。你见过集取器吗？抱歉，当然没有。你从来没到月面上去过。它们很丑陋，内部结构都毫无遮挡，那时的集取器就已经和精致没有关系了。但对我来说，它们很美，有那些惊人的骨骼和肌肉。有一天我站在月壤上看着它们，然后我恍然大悟。让我醒悟的不是它们的目标——它们从月壤中分离稀土金属，让我醒悟的是它们丢弃的东西。那些东西被喷向空中，往巨大又缓慢的机器两侧划过高高的弧线。

我每天看的就是这个。你可能某天会在公车上看到一个男孩，他让你心花怒放。你也可能某天看到喷出的工业废料，然后你看到了无可估量的财富。整个计划当时当地就成形了，它一瞬间出现在我脑子里。当我回到探测车里时，计划已经严丝合缝，具体到了每一点细节，它复杂、精妙并且优美，我知道我立刻就可以开始执行它。但若要它成功，我必须让我自己远离一切可能将我与月壤废料和美丽的尘埃彩虹联系到一起的东西。麦肯齐家将无权拥有它们的任何一部分。我离开了麦肯齐公司，成为沃龙佐夫家的轨道女王。

我去了子午城，租了一个数据加密仓，并搜寻最高效的、最新成立的、最渴望成功的法律事务所，以保护我在兰斯柏格的发现。我在那里再次见到了阿希。她已经被召回了特维城，去解决奥布阿西农场的微生物问题，这个问题已经让那里变成了一个臭哄哄的黑泥井。

一个城市，两个朋友，两个埃摩。我们一起出去参加派对，然后发现我们没法参加派对。裙子光彩照人，鸡尾酒让人迷醉，宾客们荒淫无度，毒品令你醉生梦死。可是在每个酒吧，每个俱乐部，每个私人派对上，我们两人最后都会窝到某个角落里，只是聊天。派对让人厌烦。而聊天是如此可爱，如此无穷无尽，令人神魂颠倒。当然了，我们最后又上了床。我们迫不及待，二十世纪八十年代华美而梦幻的裙子皱巴巴地堆在地上，等着进入再循环器。

我记得阿希问我：你想要什么？当时她躺在床上，用电子烟抽着THC。我永远都不要碰那玩意儿，它会让我变成偏执狂。她当时还说：尽管想象，不要害怕。

于是我回答：我想成为一条龙。阿希大笑起来，捶着我的大腿。可我从没有说过比这更真心的话。

在我们到达月球一年半后，我们的小世界改变了。在早期的那些年岁里，事物都改变得很快。我们几个月就能建起一整座城，我们拥有能量、原料和人类的野心。四家公司脱颖而出，成为主要经济体。也就是四个家族。麦肯齐是最早稳固势力的；然后是阿萨莫阿家，他们的领域是食品和生存空间；沃龙佐夫家的运营最终完全脱离了地球，他们运作循环飞行器、月环摩天轮、公交系统，并用轨道包裹了整个世界；孙家在LDC董事会中争夺着共和国的代表权，最终摆脱了地球的控制。四家公司：四条龙。而我将成为第五条龙。

我没有告诉她我在兰斯伯格发现了什么，没有告诉她我的数据仓库和法律 AI 小组，也没有告诉她那个精彩的主意。她知道我对她保守了某些秘密，是我让她的心里产生了阴影。

我上岗做我的新工作：铺设轨道。这份工作很棒，它很容易，又是体力活，并且十分令人满足。在每次轮班结束时，你都能看到三公里长的轨道在足印和车辙中闪着微光，而在地平线的边际，克鲁斯堡顺着昨天铺设的轨道向前推进，耀眼的光芒比任何星辰都要明亮。你会说，这是我造的。这工作有切实的量具：麦肯齐金属公司，它在岛海上无可阻挡地前进，亮过最亮的星辰。它是如此明亮，如果你让它在你的视线里停留太久，它可以烧穿你的头盔遮光棚。成千上万的凹透镜将阳光聚焦到那些熔炼坩埚里。十年内，轨道将环绕整个星球，而克鲁斯堡将追随太阳。到那时，我将成为一条龙。

当阿希联络我时，我正在克鲁斯堡前头十公里处烧结轨道。铃声丁零零响起，一切分崩离析。阿希的嗓音掩住了我工作时听的混合音乐，阿希的脸覆盖了梅斯特林溪灰蒙蒙的山丘，阿希告诉我，常规体检给她留了四周时间。

我搭上了返回克鲁斯堡的轨道工程车。我蹲在阴影里等了两个小时，头顶上是成吨成吨熔化的金属和上万开尔文的阳光。这时候我意识到了这事的讽刺意味，它不是什么可交易的商品。为了隐瞒麦肯齐公司，我在他们的前方工作，而现在我躲在他们首都的暗处。我乘上一列货运慢车前往子午城，十小时都挤在一个维修平台上，甚至没有转身的空间，更别提坐下来。我一路都听着我的波萨诺瓦精选集。我在我的头盔显示器上播放《相连》，直到我每次眨眼都眼冒金星。我离线浏览我家人的社交空间条目。到达子午城时，我只差两度就会陷于体温过低的状态。可我没有时间为搭乘列车进行重增压，于是我选了又脏又快的方式，也就是巴尔特拉。我知道我会吐的。我把它一直憋到了第三次和最后一次跳跃。当我到达南后城，走出舱室时，那个巴尔特拉服务员脸上的神情真是精彩纷呈。他们是这么和我说的，我当时看不见。不过，既然我有钱搭乘巴尔特拉，我就有钱把自己洗干净。而南后城也有人很乐意给沙装清除呕吐物，只要有足够的比西。不管你对沃龙佐夫家有什么意见，至少他们在薪酬上很大方。

这一路来，我像个流浪汉一样没完没了地搭乘列车，经历低体温症，窝在一个装满自己呕吐物的罐头里被抛飞。之所以会如此，是因为我知道，如果阿希只有四周，我的时间也不会与她相差多远。

我们在新的钱德拉方区十二层的一家咖啡店里会合。我们拥抱，亲吻，掉了些眼泪。那个时候我闻起来又是香的了。在我们下方，挖掘机正在又凿又雕，每十天就挖出新的一层。我们握着彼此的手臂，互相打量。然后我们到阳台上喝薄荷茶。

我们没有立刻就谈论骨骼。上次见面已经是八个月之前的事了：我们聊天，上网联络，分享信息。我把阿希逗笑了，她的笑声就像柔软的雨滴。我告诉她桩王的事，麦肯齐家的集尘者和沃龙佐夫家的轨道女王们在尘埃上踩出了它，就像男孩们做的那样。她淘气地用手啪地掩住嘴，可眼里闪着笑意。多坏呀，多有趣呀。

阿希的合约已经到期了。你越是接近你的临界日，合同期限就会越短，有时雇佣期是以分钟为计的，但这一次不同。AKA 不想要她的创意了，他们直接从阿克拉和库马西招聘员工。加纳人的公司就用加纳人。她正在为 LDC 于子午城的新港口发挥才能：三公里深的方区；一个凿出的城市；就像活在一座巨人族教堂的墙壁上。LDC 很文明，但他们这两个月来都一直在研讨开发基金的事。阿希的存款正在减少，她每天醒来都能看见视镜上滴答跳动的四元素账户。她正在考虑搬去一个更小的住处。

"我可以支付你的日常开销，"我说，"我有很多钱。"

然后我们聊到了骨骼。在我没有拿到自己的体检报告前，阿希无法决定去留。影响她的是歉疚，还有那做错事的幽灵。她的决定可能会影响我对于去留的决定，她无法承受这个可能性。而我不想做这个决定，我不想在这个阳台上喝这难喝的茶。我希望阿希没有促使我决定要去看医生。我也希望没有这样一件需要我去做决定的事。

然后发生了一个奇迹。我非常清楚地记得它：一抹金色出现在我视野的角落里，它很不可思议，那是一个女人在飞。一个在飞翔的女人。她伸展着手臂，像十字架一样悬在空中。我们的飞行女神。然后我看到了翅膀，它们闪着微光，摇曳着虹彩，像蜻蜓的翅膀一样透明而强壮。那个女人悬停了一会儿，然后合拢了她轻薄的翅膀，掉了下来。她先是翻滚着，然后头朝下俯冲，她颤动着手腕，耸动着肩膀。翅膀的一个闪动减缓了她的速度，然后她完全展开了两翼，拔地而起，划过一道昂扬的螺旋，冲向了钱德拉方区遥远的上空。

"哦。"我说。我这才又开始呼吸，并且惊喜交加地颤抖着。如果你能飞，你为什么还要做其他事？现在这是一件司空见惯的事了，每个人都可以飞。但在当时，当地，我看到了我们在此处的可能性。

我去了麦肯齐金属公司的医疗中心，医生把我弄进扫描器里。他让磁场穿过了我的身体，而机器为我的骨头做了密度分析。我比阿希多八天。五周时间，然后我在月球上的住处将成为我的籍贯。

或者我也可以飞回地球，飞回巴西。

那个晚上，那个金色的女人在我的梦里呼啸来去。阿希睡在我身边。我订了旅店，床很宽，空气的清新程度达到了南后城的最高标准，水的味道也不会让你咬牙切齿。

哦，那个金色的女人，她绕着圈飞过了我笃信的世界。

南后城并没有发展成一个三班制城市，所以它的天色永远都不会完全暗下来。我扯过阿希的被单裹住自己，走到了阳台上。我靠在栏杆上，看着那些灯火之墙。每一盏灯光后都有生命和抉择。这是个丑恶的世界，它给一切都标上了价格，让每个人都必须去谈判。在月面上的铁轨末端，我看到有些月面工人带着一个新玩意儿：一个圆形纪念章，或是一个小小的祈愿符，塞在他们的胸袋里。那上面有一个穿着圣母长袍的女人，她的脸半边是黑天使，半边是裸露的头骨。那是我第一次看见月亮女神。她的半边脸死去了，另半边却还活着。月亮不是一颗死去的卫星，她是个鲜活的世界。无数双手、心愿和希望塑造着她，其中包括我。这里没有大自然，没有反对人类意志的盖亚。一切有生命的事物都是我们创造的。月亮小姐冷酷无情，但她很美。她可以是个女人，有着蜻蜓的翅膀，飞于高空。

我一直待在旅店的阳台上，直至穹顶被朝阳映红。然后我回到阿希身边，我想再次和她做爱。我的动机都是自私的，有些事情你很难对朋友做，对爱人却很容易。

是阿希想到用游戏来解决这事的。我们必须把拳头攥紧藏在背后，像玩石头剪子布一样数到三。然后我们摊开手，而手中应该有个东西，一个小物件，它将确定无疑地表示出我们的决定。我们不能说话，因为我们哪怕说出一个字，都会影响彼此。这是她能承受的唯一方式，只要它干脆利落，并且谁也不说话。这是一个游戏。

我们回到了那家咖啡店的阳台座位上，来玩这个游戏。有两杯薄荷茶，我还记得空气中弥漫着岩粉的味道，盖过了平常电流与污物的气味。五块一组的天幕嵌板闪烁着。这是一个不太完美的世界。

"我想我们应该要这么快。"阿希一边说着，一边迅速把右手背到身后。她的速度快到令我屏息。现在，是时候了。我从袋子里摸出我的小物件，把它攥进藏起的拳头里。

"一二三。"阿希说道。我们摊开了手。

她拿着一个邪眼：它是阿拉伯的一种护身符，蓝色的泪滴状同心环，白色和黑色的月亮玻璃，就像一个眼睛。

我的手上是一个小小的月亮女神像：黑色和白色，生命和死亡。

收尾事宜简单又短暂。我觉得所有的告别都应该突如其来。我为阿希预定了离开的循环飞行器，返程永远都有空位。她为我预定了 LDC 医疗中心的号位。一道闪光过后，栖箔就永远地固定在了我的眼睛里。没有人和我握手，没有人恭喜我，也没有人欢迎我。我所做的就是决定继续做我正在做的事。

循环器将从远地城绕过来，然后在三天内和月环摩天轮会合。三天：它浓缩了我们的情感，让我们没空掉太多的眼泪。

我和阿希一起乘列车前往子午城。我们独占了侧边的一整排座位，像小型穴居动物一样蜷在一起。

我害怕，她说。回程是痛苦的。循环器将慢慢地旋转，直至你感受到地心引力，然后重力会压落下来。阿希可能要几个月坐在轮椅上。他们说，对于一个月归者来说，游泳最接近于在月球上的感觉。在你重建肌肉和骨骼的过程中，水能够支持你。而阿希热爱游泳。此外还有一些疑问。如果她的检查结果和别人的弄混了，其实她早就过了可以返程的时间点，那要怎么办？他们会设法把她带回月球吗？她无法承受这样的结果，这对她来说无疑是致命的，就和地球会压碎她的骨头，让她被自己的体重压到窒息一样致命。我很理解她对月球的憎恨。她一直都恨它，恨那些危险，恨恐惧，但她尤其憎恨的是人。看着你的那些脸都是一样的，永远都一样。想从你这里得到什么，索求，索求，永远的索求。她说，没有人能够这样生活，它灭绝人性。唯一能让她忍受月球的东西就是我。而我留下了，她离开了。

于是我把我保守的秘密告诉了她：我在兰斯伯格看到的东西，能让我变成一条龙的东西。它如此简单。我只是以一种不同的角度去看待某件我每天都能看到的东西。氦-3。后石油经济时代的关键能源。麦肯齐金属公司每天都在丢弃氦-3。然后我想，麦肯齐家怎么可能会没看到它？他们当然应该要看到……我不可能是唯一发现的人。可是家族和企业——尤其是家族企业——他们有奇怪的定式思维和盲区。麦肯齐家开采金属矿，挖掘金属是他们的工作。他们无法想象这之外的东西，所以他们错过了眼皮底下的东西。我可以利用这一点。我是这么对阿希说的，我知道要怎么操作这事。但是我不和麦肯齐家合作。他们会把它从我这里夺走。如果我想抗争，他们只会雪藏我，或者杀了我。后者更省钱。克拉维斯法院会确保我的家人得到赔偿，但我的世家之梦会就此终结。我要让氦-3为我所用，我要建立一个世家王朝。我将会成为第五条龙。麦肯齐、阿萨莫阿、沃龙佐夫、孙，然后是科塔。这话听起来很顺耳。

我在前往子午城的列车上告诉了她这事。座椅靠背上的屏幕展示着月球表面。在屏幕上，或在你的头盔之外，它看上去总是一样的。灰蒙蒙的、温和的、丑陋的，覆盖着足迹。在列车内部，坐着工人和工程师、爱人和伙伴，甚至还有三两个小孩。到处都是噪声和色彩，饮酒声和大笑声，咒骂和做爱。而我们蜷在最后面的座椅上，背抵着舱壁。然后我想，这就是月球。

阿希在月环摩天轮的门口给了我一个礼物，那是她拥有的最后一件东西，其他的都已经被卖掉了。登机口有八位乘客，朋友、家人和埃摩们正在为他们送行。没有人独自离开。空气里有椰子的味道，和出机口那种混杂着呕吐物、汗水和脏兮兮体味的空气截然不同。一架自动售货机里卖着薄荷茶，但没人喝它。

阿希的礼物是一个竹制的文件筒，我被勒令要等她走了才能打开它。分别的时间转瞬即逝，他们说死刑也是这么快。VTO 的工作人员把每个人都扣在了座位上，然后封闭了舱门，动作快得我和阿希都没反应过来。我看到她张嘴要说再见，看到她扬起了手指，接着闸门闭锁了，电梯把太空舱送往缆绳月台。

我试图想象月环：一个旋转的车辐，由二十厘米宽两百公里长的 M5 纤维制成。升降机在上面向平衡锤攀升，转换着重力中心，将整条缆绳送入掠月轨道。在这个过程中，只有到了最后时刻你才能看见白色的缆绳，看上去它就像是从满布星辰的天空中垂直下落。抓取器接驳，将太空舱从月台上取下。上方的那些明亮的星辰里，有一颗是升降机，它正滑下缆绳，再次切换重心，好让整个组件单元移进更高的轨道。在月环顶部，抓取器松开，由循环飞行器捕捉太空舱。一切都是工程学的，都是程序，都是技术性的。我用它们将可怕的空虚挡在我体外，就像护身符一样。我试图给那些星辰命名：循环飞行器，升降机，平衡锤，还有那个太空舱，它载着我的埃摩，我的爱人，我的朋友。物理学带来了安慰。我看着天空，直到一个新的太空舱被装进入口。下一段缆绳已经从地平线下头挥上天空。

然后我就去买咖啡喝了。

是的，咖啡。它的价格简直是丧心病狂。我用掉了好多存款。可它是真货：进口的，不是从有机打印机里吐出来的。进口商让我闻了闻它。我哭了。她还把一整套器具卖给了我。月球上根本不存在我需要的装备。

我把它们全都带回了旅店。我把它们研磨至特定的大小。我把水煮沸，再让它冷却到正确的温度。我从一定的高度倒水，好让它最大化地曝露在空气中。我搅拌它。我泡那杯咖啡，就像我今天泡这杯一样，它是为你泡的，姐妹。人永远都不会忘记这种事。

在等待渗滤的过程中，我打开了阿希的礼物。我展开筒中的画作，这张概念图展现了一个现实月球永远不会让她建造的栖息地。那是一个大比例尺的熔岩洞，雕满了人脸。那是奥瑞克萨的脸，每一张脸都有一百米高，圆融、平静且安详，俯视着梯台式的花园和水池。水流从他们的眼睛和张开的嘴唇中往下倾泻。亭台楼阁散布在广袤的洞穴底部，垂直花园从地面一直升向人造的天空，就像神灵的秀发。阳台——她喜欢阳台、游廊、拱廊、窗户。还有游泳池。你可以在这个奥瑞克萨的世界里从这一头游到那一头。画上有她的题献：一个世家王朝的居所。

这是阿希的礼物，环绕在你周围的一切。

当进口商在我鼻子底下捻动一小撮咖啡粉时，记忆的潮水淹没了我，儿童时代、海洋、大学、朋友、家人、庆典。他们说嗅觉是和记忆连接得最紧密的感官。当我嗅着我自己准备的咖啡时，我体会到了一些新的东西。它们不是记忆，而是幻象。我看到了海洋，还看到了阿希，回到地球的阿希，她在海里，在一块冲浪板上。那是夜里，她将冲浪板划了出去，穿过波浪，跃上波浪，她沿着海面上银色的月光轨迹，摇曳向前。

我沉醉其中，倒出咖啡，在其香味上添上了其他滋味。

然后我喝掉了我的咖啡。

它的味道仍然有别于它的芬芳。

第七章

　　"把我们他妈的当女人一样耍得团团转，"罗伯特·麦肯齐生命系统座椅上的二十个监控器都升到了橙色，"其中一个还他妈的是女人。"

　　消息迅速沿着克鲁斯堡的神经索传递，从亲随到亲随：邓肯·麦肯齐正在离开蕨谷。史无前例，不可想象，罪无可恕。孙玉监督着人们将她丈夫的生命维持装置的精细设备放入运输舱，她的话语柔和、亲切又积极，却让辅助人员吓得面无人色。运输舱在熔炼透镜烁石流金的烈焰下方飞驰到了二十七号车厢。这里是邓肯·麦肯齐的私人公寓。

　　"她是个月芽。"邓肯·麦肯齐说。

　　"你要为此做什么解释吗？"孙玉说道，她总是谨慎地站在鲍勃·麦肯齐右肩后一步远的地方。

　　"别开玩笑了。"

　　"这不是一场战争，它根本不是一场见鬼的集尘者战争，"鲍勃·麦肯齐说，他的声音透过呼吸器格格响着，长年吸入的尘埃已经让他一半的肺变成了月球，"他们踩着我们，在我们头上把这事搅了。你看社交网络了吗？阿萨莫阿、沃龙佐夫，甚至孙家都在嘲笑我们。甚至连该死的月鹰都在嘲笑我们。"

"我们永远都不会嘲笑你的不幸，我亲爱的。"孙玉说。

"哦那你就是个傻子。如果我是你，我就会笑。该死的骑玩具摩托的巴西人。"

"他们抢先了一步。"邓肯说，"这让我们有所滞后。"你的气味真恶心，邓肯突然意识到了这个。排泄物令人作呕的气味，尿液酸臭的气味，杀菌液和抗菌剂的气味力所不及地掩饰着它们。他的皮肤发臭，他的头发发臭。油脂，凝结的汗液和分泌物。他的牙齿发臭，那肮脏又恶心的牙齿。要看着那些黄色的残齿真是让邓肯无法忍受。如果能给一次重击把它们全都打飞，好让他永远都不必再看着它们，那该有多好。那一下能杀了这老头子，重拳会干脆利落地打穿那些和打包纸板一样软的渐渐崩溃的头骨，直击大脑里柔软的浆液。

"滞后？"鲍勃·麦肯齐说，"我们失去了整个西北区域的项目，得花五年时间才能从这堆屎下面把我们的氦矿运营弄起来。阿德里安娜从鹰王那里得到了密报。她是只油腻腻的小鼹鼠，可鹰王知道怎么保护资源。有人泄漏了消息，是我们中的一员。我们有一个叛徒。我他妈的憎恨叛徒，比什么都恨。"

"我读了约恩·基夫的报告，我们的加密手法是安全的。"

"约恩·基夫是个懦夫，他从来不会为了这个家族甘冒风险。"在孙玉右肩后一步远的地方，出现了一个轻盈又吓人的影子，那是哈德利·麦肯齐。邓肯对他父亲出现在自己的房间里感到极其嫌恶，但对方是家长，是头领，他有这个权力。而邓肯之所以厌恶哈德利，是因为对方的存在让他想起蕨谷绿叶中轻柔的话语和悄声的决策，那是邓肯不能参与的决策。

"哈德利替换了约恩·基夫。"孙玉温和地说。

"这不是你能决定的，"邓肯说，"你不能置换我的部门负责人。"

"我他妈想替换谁就替换谁，我他妈想什么时候替换就什么时候替换。"罗伯特·麦肯齐说道。邓肯明白了自己的立场有多么脆弱。

"这应该是董事会决议。"邓肯低声说。

"董事会！"罗伯特·麦肯齐嚷嚷着，喷出他所能喷出的所有口水，"这个家族正在战争状态。"

邓肯似乎看到孙玉脸上掠过了一个隐约的微笑，他看错了吗？

"我们是一个企业，企业不打仗。"

"我打。"罗伯特·麦肯齐说。

"这是一个全新的月球。"

"月球没有改变。"

"和科塔家打仗没有利益可言。"

"我们有我们的骄傲。"哈德利说。邓肯站到了他面前，眼对着眼，鼻子对着鼻子。

"你能只靠骄傲维生吗？从这里走出去，对月亮女神说：我有我麦肯齐家的骄傲。我们用我们最擅长的方式和他们抗争，我们赚钱。麦肯齐金属公司不是骄傲，不是家族，它是一个赚钱的机器。它是个能把利润返还给所有投资者的机器。那些地球上的基金拥有者、风险资本家，他们信任你，爸爸，他们把他们的钱投到月球上，让它为他们所用。他们才是麦肯齐金属，我们不是。"

罗伯特·麦肯齐用他那石化的肺咆哮着。

"我丈夫很累了，"孙玉说，"情绪对他来说太耗费精力。"罗伯特的生命装置椅转了过去，邓肯知道它违背了这老怪物的意愿。运输舱的闸锁打开了。哈德利对他同父异母的兄长点点头，跟上了那缓缓滚动的队伍。

"我们需要和科塔家维持和平！"邓肯在他们身后喊道。

她看到坐在椅子里的瓦格纳，整个人都僵住了。

"这间酒吧里的每个人都是月狼。"瓦格纳说。她环顾四周。邻近的桌边有两个女人，远处的桌子边有一群人，吧台上有一个独自饮酒的人，隔间里有一对漂亮的情侣，他们全都转过身来看着她。酒保点点头。瓦格纳指了指他对面的座位。

"请坐，想喝点什么吗？"

她点了一杯瓦格纳没听过的草药鸡尾酒。他想，在你走进这个房间前，你很害怕，但当你看到我的那一刻，你就开始愤怒了。我看出来了，从你放大的瞳孔，从你绷紧的下颌，从你握着杯子的手背上鼓起的青筋，从你鼻孔的翕张，从上百处微小的细节里看出来。有的时候，瓦格纳完整自我的高敏感度会用观感的弹幕淹没他自己，有时这些弹幕如此一针见血，就像一把好战的刀。他能够嗅出她的饮料里有什么成分：罗勒和龙蒿汽酒，加上少许酸味鸡尾酒。基底是冰鲜的梨酒。

"你这个陷阱设得很好。"她说。

"谢谢，我为此费了很大功夫。我知道你会进行背景调查。你喜欢这个社会形象吗？极地疯人院的小股东。事实上我在这个队伍里的确有一个位置，以防你调查。当我的人告诉我你到门口时，我就把这个位置回售给他们了。"他说得太多了，对于他明面的自我来说，这是个危险的信号。他的体内瞬间挤满了一切：话语和话语争斗着，都想从思想和声音的窄门里挤出去。外面的俗世变得如此缓慢。

"你在研讨会里从来没有这么用功过。"

"用功。用功。是的，从来没有。从那以后我变了很多。"

"我听说了。这是你平常用的亲随？"

"当地球变圆时，一切都会不同。"瓦格纳说。

"我被你吓到了。"埃莉萨·斯特拉基说。

"当然。是的。我得确保你不会跑掉。可我只是想要一些消息，埃莉萨。"

"我不知道它要被用来做什么。"

瓦格纳往前倾身，他专注的凝视令埃莉萨·斯特拉基有些畏缩。

"我想我不相信这话。不，我完全不相信。针对我兄长的暗杀计划？为一个生物毒素蝇型投放系统特别设计的生物处理器？我不相信。"

"如果我告诉你我完全不知道客户是谁，你相信吗？"

"我只相信你会对你的客户进行严格的调查，就像你调查我一样。由此我可以推断，一个相似的空壳公司网络隐蔽了真正的客户。"

"你听上去就像一个见鬼的条子，瓦格纳。"埃利萨说道。她的脚在桌下猛地抽动了一下，这个动作不需要月狼的感官就能解读。

"抱歉。抱歉。你发送货物的对象是谁？"

"我安全吗，瓦格纳？"

瓦格纳但愿自己可以停止观察她的脸。上面每一次无意识的肌肉抽搐和紧绷都会在他心里引发共情和焦虑。有时他希望自己能够别再这么详细地感知，别再这么深入地洞察。然而停止这一切，就等于停止做瓦格纳·科塔。

"我们会保护你的。"

她把一个企业上载框的网址弹给了卢斯博士。卢斯博士查询了它。这是一个空壳公司，现在已经关闭了。她一定很清楚这个。瓦格纳想知道的是，在文档抵达某个汇编程序之前，它还得穿过多少个空壳公司和秘密信息传递点。他的思维已经同时在瞬间疾驰过十多条不同的路径。瓦格纳觉得自己的整个意识就像一台量子计算机，同时在许多平行宇宙探索着各种可能性，然后从叠加状态坍缩成一个单一的决策。

"瓦格纳。"

瓦格纳的注意力又过了几秒才重新集中。不过，完整的几秒钟对凡人来说也只是一瞬间。

"你永远都是这么混蛋。一朝是科塔，就永远是个混蛋科塔。没有人能对你说不，对不对？你们甚至都不理解'不'这个字。"

但她迟疑了，只迟疑了一秒，一秒就已经足够了，在她准备转身离开时，发现酒吧已空无一人。瓦格纳在科塔家的账户上没有聘用私人保镖的权力。他可以用他自己的钱雇用一整个酒吧，他也可以让他的朋友、他的家人、他的帮派成员来帮忙。

这个夜晚，他和他的帮派一起跑到了城市的穹顶处。在那上面，在建筑结构所允许的最接近地球光线的地方，旧时的工作隧洞已经被挖出了隔间和圆穴。那是一个酒吧，一个俱乐部，一个巢穴。那就像是在一个肺里举行派对。空气污浊且陈腐。酒吧里充斥着体味、香水味，廉价的伏特加里还带着工厂特有的浓烈的聚碳酸酯味。灯光是蓝色的，地球反照光的蓝色，音乐不是由亲随私下传输的，它是真实的，如此喧闹以至于令人不能自己。

南后城的马格达莱纳帮来到了子午城。他们是月球上最老的帮派，从黄金时代起，他们的领袖就一直是萨沙·沃阔诺克·叶尔明。他自称是最老的月狼，是第一个抬起视线向地球嚎叫的生物。也是第一个用这个词自称的生物。他是初代移民，比帮派中的任何人都要矮一个头，但他超凡的魅力如排灯节一般令酒吧光彩熠熠。瓦格纳觉得他令人生畏，而叶尔明则对他漠不关心，认为他就是个软乎乎的贵族子弟，不是真正的月狼。他的帮派粗野又好斗，认为他们自己是两种天性的真正继承者。不过他们开的派对很不错。斗士已经在战坑里排起了队，剥光了衣服，蠢蠢欲动地想要扭打在一起。瓦格纳很健谈，却不擅长打架，他在纷乱的隧道群中找到了一个腔室，它离那些欢呼声的距离和它与 DJ 的距离一样远。他在那里同时进行三场交谈，一个是太阳公司月球电网的机器人专家，一个是物理限定衍生物的经纪人，还有一个是专营定制森林的室内设计师。

马格达莱纳帮的一个女孩挤进这些谈话的边缘。当地球是圆形时，月狼们总是鄙视俗世的时尚：她穿着一件酸橙橙绿的救生装内衬，上面用马克笔潦草地画着狂乱的、螺旋盘绕的涂鸦，呈现着关于地球光的可视化想象。

"你真小你真甜你闻起来真棒。"她呢喃着。而瓦格纳从细碎的闲聊中辨认出了她的每一个词。

"那只是外在。"他说。

"它很特别，再看又不那么特别了，所以现在又显得特别了。"她说，"我是伊琳娜。"她的亲随是一个有角的头骨，眼窝和鼻孔中闪烁着火焰。这也是一个很特别，再看又不那么特别，然后又显得特别的外在。瓦格纳一直想知道这涂鸦救生装内衬的风潮源自何处。

"我是……"

"我知道你是谁，小灰狼。"

她的牙咬住了他的耳垂，她轻声说："我喜欢咬人。"

"我喜欢被咬。"瓦格纳说。但在她把他拖走之前，他用一只手抵住了她的胸骨。他能感觉到每一次心跳，每一次呼吸，感觉到她的动脉中每一次血流的汹涌。她闻起来像蜂蜜和广藿香。"明天我得去参加我妈姆的生日派对。"

"那要尊重你妈妈，在她面前裹得严实些。"

那两个穿西装的人从卢卡西尼奥的两侧走近他。他不知道他们是谁，但是他知道他们是谁的人。

卢卡斯·科塔坐在卢卡西尼奥睡的那张长沙发上。整洁、一丝不苟、双手轻搭在大腿上。弗拉维娅蜷缩在一个角落里，身边都是圣像。她大睁的眼里满是恐惧，胸膛剧烈地起伏着，明显是在为每一口呼吸而挣扎，她的双手扑打着胸膛。卢卡西尼奥从未见过这样的场景，但每一个在月球出生的人都知道这意味着什么。她的呼吸变得短促了，她正在过滤干净的空气里窒息。

"把她的呼吸还给她！"卢卡西尼奥大喊着，他蹲到弗拉维娅玛德琳的旁边，搂住了她。

"没问题，"卢卡斯·科塔说道，"托奎霍。"弗拉维娅抽抽噎噎地深吸进一口气，然后迸发出一阵咳嗽和哽噎。卢卡西尼奥又把她搂紧了些，她的眼神是惊恐的。

"瓦格纳付了钱——"

"我给 LDC 出了更好的价钱，"卢卡斯说，"看来这是一个合理的预防措施。如果你不呼吸，你就不会说话。"

"王八蛋。"卢卡西尼奥说。

"你一直没上网，所以你可能不知道我们获得了一次非凡的胜利。科塔氦气公司，你的家族，我们在蛇海标出了新的氦-3 开采领域。克拉维斯法院确认了我们的所有权。我捍卫了你的未来，儿子。你对此有什么要说的吗？"

"恭喜。"

"谢谢。"

弗拉维娅玛德琳的呼吸现在已经平稳了，但她仍然蜷缩着，就好像她的呼吸随时会终结一样。

"哦，对了。我差点忘了。开启靳纪。来吧，你不妨把他开起来。"

开机成功，靳纪说，已恢复对您账户的完全访问权限。

"有钱有碳有网络，感觉不错，对不对？"卢卡斯说，"托奎霍。"卢卡斯肩上的票据模式旋转了起来，那是一道虚拟票据的喷泉。

我收到了一份合同转让，靳纪说，这是弗拉维娅·维拉诺瓦的四元素账户。你接受吗？

"你的玛德琳照看过你，"卢卡斯说，"那你也应该照看她才算合适。"

你接受吗？靳纪催促道。

"弗拉维娅，"卢卡西尼奥说，"这是你的账户。帕依要我接管它，我不得不这样做。"然后他转向他父亲，"我接受。那反正是你的钱。"

"是的。不过我在你小时候从来没给你买过宠物，对不对？"卢卡斯站起来，拂了拂裤子上不存在的灰尘。一个点头，西装革履的保镖就走向了门口。"最后一件事，它挺重要的。这也是我来此的原因。你热爱派对。每个人都热爱派对。我有一份派对邀请要给你，是你祖母的生日。带一个蛋糕来。你很擅长做蛋糕。我不在乎你在做蛋糕时穿不穿衣服，不过蜡烛要八十根。"

叶玛亚用音乐唤醒了阿德里安娜·科塔：《三月雨》——她的最爱。伊利斯和汤姆的版本。

谢谢你，她对她的亲随轻声说。她躺在轻薄的被单下，望着天花板，听着音乐，疑惑着为什么这个早晨放这首曲子。她想起来了。今天是她的生日，她今天八十岁了。

叶玛亚已经选好了生日礼服：给它自己的是三重新月，给阿德里安娜的是一套一九五三年的皮埃尔·巴尔曼——翼领长袖西装、紧身铅笔裙、左胯有一个特大号蝴蝶结。还有手套、手包，非常优雅，很适合八十岁的身体。着装之前，阿德里安娜在环形游泳池里游了二十分钟。她用杜松子酒和薰香敬拜窗外的奥瑞克萨，然后吃了她的药和葡萄糖胺，用量和往日一样少。她吃了五片芒果，与此同时，叶玛亚为她更新了家里的商务信息。成百上千条要务蜂拥而至，但它们今天不会登陆。在她的生日里不会。

最先来向她致意的是海伦·德布拉加。一个亲吻，一个拥抱。接着是埃托尔·佩雷拉。为了庆祝，他穿了一件奇异的制服，如果他穿着它的态度不是如此庄严的话，那些穗带、纽扣和垫肩会显得很可笑。一个拥抱，一个吻。

你还好吗？他们问。

我很快乐，她回答。死亡侵蚀着她，她每一天都在一点点逝去，她的继任者还未确定，但她今天早上醒来时喜气洋洋。她欣悦于那些细小的事物：横在奥瑞克萨脸上的日光线下落的样子，她沉入池中时水波缓缓漫过她的身体，芒果散发出浓郁的甜酸味，派对礼服的织物沙沙作响。美妙的日常生活。在这个小小的世界里，仍然有新鲜的感觉可以体会。

现在孙子孙女们跑来了。罗布森要为她表演一个新的纸牌魔术：到车里再表演，小天使。露娜带来了花朵，蓝色的花束很衬她的裙子。阿德里安娜接受了它们，哪怕这些曾经活着现在死去的花朵让她起了一阵鸡皮疙瘩。她深深地吸了口气，露娜咯咯笑了起来：紫罗兰没有味道，奶奶。

接着是欧可们。博阿维斯塔只剩下了一个欧可。阿曼达·孙拥抱了她的婆婆，在她两边脸颊上各吻了一下。

现在是玛德琳们。阿马利娅、伊维特和莫妮卡，埃利斯瞟了一眼罗布森，调整了他的领带结和领口。拉法、卢卡斯、阿列尔和卡利尼奥斯已经搬出博阿维斯塔很久了，但他们的玛德琳留了下来。阿德里安娜永远不会把她们赶出博阿维斯塔：科塔家尊重自己的责任。她更愿意让她们待在一起，待在她的天空下，而不是带着她们的传闻和秘密散布在世界各地。就像那一个。背信弃义的那一个。玛德琳们一个接一个地拥抱并亲吻了她们的恩主。

排在最后的是员工。要握手，要答谢众人对这一吉日的祝福，这个程序很漫长，但阿德里安娜·科塔对此郑重其事，和这个人说话，向那个人微笑。在车站入口处，安保人员集合到了她身后。他们形成一道黑西装的屏障，隔开了阿德里安娜和她的孙子孙女们、老家臣们，隔开了她和她的人民。从她的财政主管到她的园丁，每个人都给自己的亲随换了皮肤，配上了适合派对的形状和颜色。

车站的外门唰的一声打开了。很多只手都伸向了自己的刀子：

埃托尔·佩雷拉曾经拒绝在博阿维斯塔外举办派对，但阿德里安娜坚持这么做。科塔氦气公司不会躲在它的堡垒里。那些手又放下去了。是卢卡西尼奥，他拿着一个小纸盒。

"生日快乐，奶奶。"盒子里有一个蛋糕，绿色的糖霜壳上精致地点缀着巴洛克式的蕾丝酥皮。"它是瑞典公主蛋糕，但我不知道瑞典是什么意思。"拥抱和亲吻，卢卡西尼奥身上的钉环在他祖母的皮肤上印出了浅坑。

"穿没穿衣服？"阿德里安娜问，"我希望没穿。"卢卡西尼奥脸红了，这让他看上去特别讨人喜欢。"你化了妆？"

"是的，奶奶。"

"这个颜色的眼线突显了你眼睛里的金色，也许可以把两颊再打亮一点。发挥你的优势。"这孩子真可爱。

整个团队要搭乘两列电车。随行人员在第一列；阿德里安娜、直系亲属和安保人员在第二列。在三分钟的旅程里，罗布森为他奶奶表演了新的纸牌魔术，主题是人们从某处出现泄漏的定居地撤离：最后人头牌全都从牌堆上层消失了。每个人的手指上都沾了一点黏乎乎的绿色，那是卢卡西尼奥的蛋糕。

若昂德丢斯是一个工作城市。阿德里安娜·科塔永远不会为了给大家都放一天假而牺牲利润，哪怕是她八十岁生日也一样。但许多居民和契约者都请了几分钟的假，就为了欢迎氦气第一夫人。他们看着摩托车队护送着科塔们沿孔达科瓦大道前进，驶上酒店的斜坡，卢卡斯将生日午宴安排在了这个时辰。他们鼓掌喝彩，有些人还向队伍挥手。阿德里安娜·科塔举起一只戴着手套的手致谢。卡通动物形状的小飞艇以无声微型风扇驱动，像一个神圣马戏团一样穿过圣塞巴斯蒂昂方区。当迷幻喵喵胡[1]的阴影掩到她身前时，阿

---

[1]　迷幻喵喵胡（M-Kat Xu）：月球上的一个卡通形象。"喵喵"是一种低级迷幻剂，效果不太刺激，但过后的反应会令吸入者很难受。它同时是一种很好的植物肥料。

德里安娜抬起了头。她笑了。

埃托尔·佩雷拉的下属工作了数天，严密地确保了旅店的安全。自早上开始，他们就在谨慎地扫描宾客。欢呼声，纷纷转动的视线。阿德里安娜驾临了这场鸡尾酒会，她马不停蹄，从这张脸到那张脸，从派对礼服到派对礼服，从亲吻到亲吻。她的孩子们，她的帅小伙子们穿着他们最棒的衣服。阿列尔迟到了，家里的事她总是迟到。卢卡斯显然很生气，可他又不是他妹妹的监护人。这是个没有警察的世界，哪怕是监管自家的也没有。

近亲和远亲：露西卡·阿萨莫阿给了一个温暖的拥抱，在欧可里，阿德里安娜最喜欢的一直是她。有血缘或婚姻关系的堂表亲；索尔家，来自卡洛斯那一边的家族和旁支；由尼卡哈绑定的盟友。然后是社交界。月鹰发来了一份致歉函——从来没有哪只鹰曾接受过阿德里安娜的生日邀请。阿德里安娜跳了一支优雅的华尔兹，她的舞伴从特维城的阿萨莫阿，换到了恒光殿一尘不染的孙家，再到沃龙佐夫家的尊客；还有产业更小些的客人、社会名流和潮流先锋、记者和名人、埃摩和欧可。卢卡西尼奥的逐月支持者也都在这里，他们很自觉，只停留在彼此的社交圈里。阿德里安娜·科塔和每个人都有话要讲，她的社交航线在尾迹中延伸出了上百场对话和联络。

最后是政治领域。LDC的官僚和远地大学的院长们。肥皂剧明星和登上排行榜的音乐家、艺术家、建筑师和工程师。阿德里安娜·科塔总是在她的诞辰上请许多工程师。媒体：社交网络记者和时尚评论员，股东和开发者。宗教：红衣主教欧阔吉和大穆夫提埃尔—塔伊布；苏美多住持和当今领主姐妹会的一位成员——全身素白的洛亚姐妹向她的赞助人行了一个屈膝礼。

阿列尔出现在她母亲身边。一个吻，一声道歉，然而阿德里安娜挥了挥手表示无所谓。

谢谢。

如果我错过了你的八十岁生日，你永远都不会原谅我的。

我道谢不是为了这个。

阿列尔把她的电子烟拔到了最长的长度，由着人们将她迎进了派对。

听到音乐声时，阿德里安娜高兴地抬起头来。是波萨诺瓦。当她入迷地向音乐的源头走去时，派对的人群为她分出了道路。

这是我们在卢卡西尼奥的逐月派对上请的同一支乐队，阿德里安娜说，多么美妙。

卢卡斯站在她身边。在她周旋于各种社交的整个过程中，他从未离开她超过两步远。

都是你喜欢的，妈姆。一些老歌。

阿德里安娜抬手摸了摸卢卡斯的脸。

你是个好孩子，卢卡斯。

瓦格纳·科塔很晚才悄悄溜进酒店，到此时还在尽力适应自己新打印的西装。它的尺寸是正确的，但设计不对，该宽松的地方太紧，该轻柔的地方硬挺。

"小灰狼！"拉法张开双臂，热情洋溢地迎接了瓦格纳。大力拥抱，重重拍背。瓦格纳皱起了脸，男人的口气，他能分辨出他兄长刚刚倒进喉咙的每一种鸡尾酒成分。"这是妈姆的生日宴，你怎么能不刮胡子？"拉法上下打量着瓦格纳，"而且你的亲随也不常见。"

瓦格纳闪念间驱散了卢斯博士，召回了索布拉。不过每个知道他有双重自我的人都能看出他还是月狼，因为他对自己皮肤的烦躁，因为他看人的样子像是在同时听着几场不同的对话，因为他满脸胡茬。

"她在迎接队列里没看到你，"拉法从一个托盘中捞起一杯酒，把它塞到瓦格纳的手里，"记得一定要在碰上卢卡斯之前先和她说话，他今天并不怎么宽宏大量。"

瓦格纳沉醉于和伊琳娜在一起的每一个时刻，差点没赶上车。她咬了他，她用力吸吮他的皮肉以至于留下了瘀青。她又拧又捏，让他叫出声来。她含情脉脉地咬着他的皮肤往外拽。性爱倒变成了最次要的部分，马马虎虎，平平淡淡。她在瓦格纳身上唤起了新的感觉和情绪。他的感官整晚都在振荡。他在车站打印机里取的西装，在列车洗手间里换的衣服，在新伤口和瘀青上小心翼翼地扯好衬衫和裤子。每一处细小的疼痛都是一种销魂。她遵守了瓦格纳的指示，没有在他的手、颈部和脸上留下印迹。

"我有一些发现。"瓦格纳说。

"告诉我。"

"我识别出了其中一个蛋白处理器。你可能看不到它，但对我来说它就像是把你的名字写在霓虹灯上。"

"小狼，你说话的速度有点快。"

"抱歉。抱歉。我和设计师碰了个面——我们一起上的大学。小型研讨会。她给了我一个收件地址，当然，它是个死胡同。不过我让帮里的人去查它了。"

"慢点慢点。你做了什么？"

"让帮里的人去查它了。"

子午城狼帮里有农业学家、集尘者、机器人专家、美甲师、酒保、运动表演者、音乐家、按摩师、律师、俱乐部业主、轨道工程师。各种大家族和小家族的人，各种各样不同的技巧和学识，然而当他们汇聚到一起，当他们把注意力集中到一个任务上时，就会发生一些不可思议的事。帮派成员间似乎共享知识，凭直觉互相补足，形成一个完美的团队、一个目标一致的共同体，几近一个格式塔[1]。

---

[1] 格式塔：德文"Gestalt"的音译，意为完全形态——具有不同部分分离特性的有机整体。

瓦格纳很少看到这种情况，他只加入过一次，但直至现在才再次申请。帮会成员聚集在一起，思想、天赋和意志混杂融合，不到五个小时，他就得到了建造刺杀蝇的工程车间的身份。这里面没有什么超自然的成分——瓦格纳不相信超自然，它只是一个合理的奇迹。它是人类的一种崭新的存在方式。

"它是个一次性的工程机构，叫做微鸟，"瓦格纳说，"它的总部在南后城，登记在约阿希姆·利斯贝格尔和杰克·腾龙·孙名下。"

"杰克·腾龙·孙。"

"这并不意味着什么。只是这个公司生产了一件商品，投递了它，然后公司瓦解了。"

"我们知道他们把它投递给谁了吗？"

"正在调查。我更想知道是委托人是谁。"

"你对此有什么线索吗？"

"我可以和杰克·孙商量此事，私下说。"瓦格纳说。

"干得好，小狼。"拉法说着。瓦格纳背上又受了烦人的一击，每处咬痕都在惨叫。拉法领着他穿过祝福的人群，走到阿德里安娜行进路线的前缘。

"妈姆，生日快乐。"

阿德里安娜的唇线绷直了，然后她向前倾身。这是个亲吻的邀请。两个吻。

"你应该刮刮胡子，"她说道，引得周围的人轻声笑了起来，但在她旋身再次融入派对前，她对他耳语："如果你想多待一会儿，你在博阿维斯塔的旧房间已经准备好了。"

玛丽娜痛恨裙子。它松松垮垮，令人发痒，它烦琐累赘，让人难受。她穿着它却觉得自己是赤裸的、脆弱的，只要有一个动作过于突兀，它就会从她的肩上掉到她的脚踝。鞋子也很可笑，但它符合时尚而且在人意料之中。其实就算她穿着西服长裤或男款礼服出现，也不会有人窃窃私语，但卡利尼奥斯明确地告诉她那会被阿德里安娜注意到。

玛丽娜被困在了一场沉闷的交谈旋涡里，主导者是一个来自远地大学的声音响亮的社会学家，主题是他关于二、三代月民的后民族身份的理论。

讲了这么多，你就不能给月球居民起个比月民更好的称呼，玛丽娜一边想着，一边在脑子里排列着词语：月族、月属，月月小月夜人月人。没一个好的。救命啊，她向派对之神乞求道。

她发现卡利尼奥斯挤过了层层叠叠的肉体、喜庆的亲随和鸡尾酒杯。

"我母亲想见你。"

"什么？我？"

"她要求的。"

他一边说着，一边已经在牵着她的手穿过人群了。

"妈侬，这是玛丽娜·卡尔扎合。"

玛丽娜对阿德里安娜·科塔的第一印象被一柄指着喉咙的刀锋扭曲了，但她能看出，对方在间中这几个月里似乎更老了——不，不是更老，而是枯萎了，坍塌了，变得更加透明了。

"祝您长命百岁，科塔夫人。"

玛丽娜为自己现在的葡萄牙语水平而骄傲，但阿德里安娜·科塔换上了环球语。

"我的家族看来又一次受了你的恩惠。"

"就像他们说的，我只是做了自己的工作，女士。"

"如果我给你另一份工作，你会一样忠实地执行它吗？"

"我会尽我所能。"

"我的确有另一份工作，我需要你照看某个人。"

"科塔夫人，我从来都不擅长和小孩子相处。我会吓到他们……"

"你不会吓到这个孩子的，但她可能吓到你。"

阿德里安娜朝某个方向点了点头，玛丽娜顺势望去，看到了房间那头的阿列尔·科塔。一群衣着严肃的法院官员和 LDC 技术官僚正围着她，她就像一团灿烂的火焰。她大笑着，她往后甩头，摇着头发，从她的电子烟里喷出意象复杂的烟雾。

"我不明白，科塔夫人。"

"我需要有人关注我女儿。我担心她。"

"如果你需要一个保镖，科塔夫人，那有训练有素的战士……"

"如果我需要一个保镖，那她早就会有一个了。我有很多保镖。我需要一个中间人。我需要你成为我的眼睛，我的耳朵，我的声音。我需要你成为她的朋友和陪护人。她会恨你，她会与你抗争，她会试图甩开你，她会躲避你，斥责你，会让你难受。但你要和她待在一起。你能做到吗？"

玛丽娜无话可说。这事难以完成，也难以拒绝。她穿着让人发痒的裙子站在阿德里安娜·科塔面前，脑子里来来回回地只想着：可是卡利尼奥斯不会在那里。

卡利尼奥斯用胳膊肘轻轻推了推她。阿德里安娜·科塔正在等着。

"我能，科塔夫人。"

"谢谢你。"她的笑容是真实的，落在玛丽娜脸颊上的吻也是温暖的。但玛丽娜战栗起来，未来漫无止境的冰寒令她发冷。

她在人群中引领着他，她穿着一条红裙子在跳舞。她回眸看他是不是还在看着她，是不是还在跟着她，她一直往前移动，保持着她和他之间的距离。拉法在阳台上抓住了她。酒店里到处都是气球，它们汇集了各种动物形象，等着，在空中上下浮动，就像一群从未能面试成功进入万神殿的神灵模型。

拉法什么话也没有说，只是把她拉进怀里。他们亲吻。

"你是这个世界上最美丽的事物，"拉法说，"在两个世界里都是。"

露西卡·阿萨莫阿笑了。

"谁在照看露娜。"她问。

"埃利斯玛德琳。她想念你，她想要她的妈姆回家。"

"嘘，"露西卡·阿萨莫阿用一根深红色指甲的手指抵住拉法的双唇，"一直都是如此。"他们再次亲吻。

"露西卡，婚约。"

"我们的婚姻六个朔望月后到期。"

"我想续约。"

"哪怕我住在特维城，哪怕你扣留着我的女儿，而我们只在你的家族社交活动上见面。"

"哪怕如此。"

"拉法，我已经被邀请进入库托库。"

拉法一边赞赏，一边同时对 AKA 的政策表示困惑。金凳子是一个委员会，由八位代表不同阿布苏阿的家庭成员组成。主席——或称王座，或称奥马和纳——每年由那些成员轮流当选，就如金凳子本身就在 AKA 的不同驻地中流动一样。在拉法·科塔看来，它的繁杂和民主完全是不必要的。其连续性由森桑 [1] 维护，它是奥马和纳的亲随，容纳了其历任奥马和纳的所有记录和智慧。

"这是不是意味着你不会回来博阿维斯塔了？"

"等下次坐上金凳子的机会就要八年后了。到时露娜十四岁了，会有很多事改变。我不能拒绝它。"

拉法退后一步，伸长了手臂扶着自己的妻子，好像在打量她有

---

[1] 森桑（Sunsum）：在阿坎族中意为个体的"灵神"，它连接身体和灵魂，能以不同的形式传递，比如在生育过程中从父亲传给儿子。

没有成神或变疯的迹象。

"我想续签婚约，拉法。但我不能回到博阿维斯塔。暂时不能。"

拉法憋回了自己火冒三丈的沮丧，强迫自己缓下心情，把差点说出口的话全都吞下去。

"那就够了。"他说。

露西卡拉住了他外套上的翻领，把他扯向她自己。他们的亲随交融着，显现出互相渗透的假象。

"我们只能这么溜出派对了不是吗？"

卢卡斯从派对外围穿进了人群中，从阿曼达·孙那些大笑着的兄弟姐妹和堂表兄弟姐妹中把她隔绝了出来。他碰了碰她的肘部。

"说句话。私下里。"

他握着她的胳膊肘将她带到了餐厅。这里已经为了生日宴会布置好了，一大片振翅欲飞的冰鸟遮住了天花板。他们通过回转门到了厨房。

"卢卡斯，是什么事？"

他们走过了炉灶、水槽和钛合金流理台，走过了冷却装置和食品冷藏箱，走过了起起落落的刀片和碎肉机，一直走到一间储藏室。

"卢卡斯，你怎么回事？放开我。你吓到我了。"

"我要和你离婚，阿曼达。"

她笑了起来，轻声的、几乎是恼怒的笑声，就像是发现刚刚听到的话多么可笑一样。匪夷所思，就好像月亮掉进了哈得孙湾一样难以置信。然后，"哦上帝，你是认真的。"

"我什么时候不认真过？"

"没人能说你不认真，卢卡斯。我也不能说这想法对我没有吸引力。但我们在这种事上不是自由的，对不对？我父亲不会容忍别人侮辱他的女儿。"

"坚持一夫一妻制的不是我。"

"但你签了字。这事到底是为什么，卢卡斯？"阿曼达审视着他的脸，仿佛在推测他是生病了还是神经错乱，"哦天哪，是因为爱情，是吗？你真正爱上了一个人。"

"是的，"卢卡斯·科塔说，"你想让我宣布解约，还是由双方协商废除？"

"你恋爱了。"

"如果你能在月底完全搬离博阿维斯塔，我会非常感激，"卢卡斯在储藏室门口回头说道，酒店员工都在专心致志地装盘、摆盘，或给他们的雕花小点心淋上糖浆，"至于卢卡西尼奥则没什么问题，他已经成年了。"卢卡斯大步走过了厨房。而阿曼达·孙在储藏室里笑了又笑，一直笑到精疲力竭，不得不用手撑住自己的膝盖。然后又开始笑个没完。

"嘿。"

"哎嘿。"

"所以你为什么把我的邮件退回来？"

阿蓓纳·阿萨莫阿碾着一只穿着莱恩细高跟缎鞋的足尖，把视线撇开了。她弹了弹卢卡西尼奥耳朵上的牙钉。

"你还有这个。这个妆容真的很适合你。"

他一直追着她到了鸡尾酒吧台这里，把她堵在了一个安静的角落里。他的某部分在说，这是跟踪狂做的事，卢卡。

"我祖母也这么觉得。"

卢卡西尼奥咧嘴一笑，然后发现这个笑容触动了阿蓓纳，使她回应了一个极其微小的微笑。

"所以如果我真的遇到了非常紧急的状况，我还是能联络到你。"卢卡西尼奥敲了敲耳钉。

"当然，这就是它的意义。"

"只是……"

"什么？"

"当我在特维城的泳池派对时，你甚至看都不看我。"

"当你在泳池派对里时，你整个人都在亚·阿夫翁身上，而且你的神魂已经不知道出窍到哪里去了。"

"我和亚·阿夫翁什么也没发生。"

"我知道。"

"那你为什么会在乎有没有发生什么？"

阿蓓纳深吸了一口气，就像是准备向一个孩子解释一件难以解释的事，比如真空，或者四元素。

"当你救了科乔时，我真的愿意为你做任何事。我尊敬你，我是如此如此地尊敬你。你这样勇敢，又这样热忱——你现在还是这样。但当你到医疗中心看望科乔时，你想要的只是住他的公寓。你利用他，就像你让格里戈里·沃龙佐夫像用性玩具一样用你似的。我不是个假正经的人，卢卡，但这太随便了。你需要什么东西，你就利用任何一个能让你得到它的人。你不再尊重他人，你不再尊重自己，于是我也不再尊重你。"

卢卡西尼奥的脸烧了起来。他想到了很多借口、辩词、理由——我生我父亲的气，我爸爸切断了我的资金，我没地方去，我断网了，我对这些人有感觉，我在探险，那是个疯狂的时期，它只有很短的一段时间，我没伤害任何人——伤害得不严重。它们听上去都像牢骚。它们也不能抹消事实。他没有干亚·阿夫翁，但如果他干了，那他就会在她公寓里待几晚，那是一张柔软的床、温暖的肉体和笑声。和格里戈里一样，和科乔一样。和他自己的姑妈一样。他很内疚。他能和阿蓓纳修复感情的唯一希望就是承认这件事。

"你说得对。"

阿蓓纳站在那里，抱着胳膊，看上去正气凛然。

"你说得对。"

她仍然没说话。

"没错，我对他们很卑鄙。"

"而且都是些关心你的人。"

"是的，都是关心我的人。"

"给我做个蛋糕，"阿蓓纳说，"你不是总用这个做补偿吗？给他们烤一个蛋糕？"

"我会给你做个蛋糕。"

"我想要纸杯蛋糕，三十二个。我要和我阿布苏阿的姐妹们开个纸杯蛋糕派对。"

"要什么味道？"

"每一种味道都要。"

"好的，三十二个纸杯蛋糕。我会把我做蛋糕的视频传给你，这样你就能看到我如何正确地做蛋糕了。"

阿蓓纳佯怒地小小尖叫了一声，脱下右脚的鞋子，毫不温柔地踹在了卢卡西尼奥的胸口。

"你真是个无礼的男孩。"

"你曾经想喝我的血。"

安全警报，靳纪突然在卢卡西尼奥耳中说，保持冷静，科塔氢气公司的安保人员正在就位。整个厅里的人都把手掩向耳朵，每张脸上都带着疑问：哪里有什么事？一个穿着蒂娜·莱塞连衣裙的女人撑手跳过了吧台，推开了阿蓓纳，挡在了卢卡西尼奥身前。她每只手都握着一把刀。

"发生了什么事？"卢卡西尼奥问，接着客人们从酒店门口退开的动作回答了他的问题。邓肯·麦肯齐闯入了派对，背后跟着六个公司的刀卫。

*

埃托尔·佩雷拉大步向前迎上了邓肯·麦肯齐。麦肯齐金属公司的 CEO 在张开的手臂跟前堪堪停了下来，他朝科塔家这个男人艳丽的制服挑了挑眉。两个男人身后都是各自全副武装的护卫，他们的手都搭在刀子上。

拉法挤过安保人员的防线，卢卡斯跟在他身后一步远，身侧分别是卢卡西尼奥和瓦格纳。卢卡斯瞟了他儿子一眼，卢卡西尼奥挤过他的保镖，退到了人群中。

"你来这里做什么？"拉法问。房间里一片死寂，没有人饮酒，也没有人喝茶。

"我来这里向你母亲道贺良辰。"邓肯·麦肯齐说。

"我们会把你们扔出去，就像我们在北口干的那样。"安保防线里有个声音喊道。拉法举起一只手：行了。

"孩子们，孩子们。"阿德里安娜拍了拍拉法的臀部，他移到了一边，"欢迎你来这里，邓肯。但你带着这么多人？"

"目前信任的行情不好。"

阿德里安娜伸出一只手，邓肯·麦肯齐弯腰吻了吻它。

"生日快乐，"接着是一句葡萄牙语的低语，"我们得谈谈，家族对家族。"

"可以，"阿德里安娜以相同的音调回答他，然后她指挥道，"在我的座位旁边再设一席，就挨着我。给麦肯齐先生的随行人员上饮料。"

"妈姆？"卢卡斯问。阿德里安娜擦过他的身边。

"你还不是会长，你们都不是。"

食物很精致，菜一道道一盘盘地上桌，和谐的香气和别扭的质感，液体和胶体，不同的形状和不同的温度。但阿德里安娜只能用她的测毒筷子在其中挑挑拣拣，尝一缕气味、一点滋味，以理解它的制作原理和技巧。邓肯·麦肯齐坐在她左手边，吃得兴高采烈且赞不绝口，为了表示对厨艺的尊重，他直到吃光了最后一道菜才开始谈事情。

"恭喜你们在蛇海的成就。"邓肯·麦肯齐说着，举起自己的薄荷茶。

"你这话并非出于真心。"阿德里安娜说。

"我当然不是。但这事干得很漂亮，我很钦佩。你们搞砸了我们的氦-3发展计划。你们是怎么打听到许可证的消息的？"

"阿列尔在雪兔会里。"

邓肯·麦肯齐花了一点时间仔细品味了这个后续消息。

"我们事先应该要知道的。"

"你们是怎么打听到的。"

"月鹰在床上什么话都会漏出来。"

"如果我能为自己人找到一点优势，那我就会充分利用它。"阿德里安娜说。

"这是铁律，"邓肯·麦肯齐说，"我们也一样。我得和阿德里安谈谈，他需要为鹰王多准备些把戏。"

"你为什么来这里，邓肯？"

邓肯·麦肯齐占据了卢卡斯在阿德里安娜左手边的位置，卢卡斯则被放逐到了更下面的一张桌子上，他在那里频频扭头看这边，带着明显的嫌恶。阿德里安娜瞥了他一眼：这不关你的事。

"生日是一个展望未来的日子。"

"在我这个岁数可不是。"

"迁就我一下。五年后，我们会在哪里？"

"在这个房间里，庆祝。"

"或者在上城高街，卖着我们的尿，讨要着食物和水，为每一口呼吸挣扎。月亮正在改变，它已经不是你和我爸爸斗争时的那个世界了。如果我们现在斗争，我们都会输掉。"邓肯·麦肯齐在私人频道里说了这些话，由埃斯佩兰斯向叶玛亚无声地传达。阿德里安娜以同样小的声音回答他。

"我并不想回到企业战争的状态里去。"

"但我们正在朝这个方向发展，北口之争只是个开始。圣叶卡捷琳娜和因布里恩港出了点麻烦，有人将会被杀死。我们在托里切利环形山抓到了你们的一个月面工人，她正试图破坏麦肯齐金属公司的一辆探测车。"

"你们对此怎么处理？"

"我们扣押了她。你得交点费用，但这总好过哈德利的建议，他想把她扔到闸门外头去。"

"我孙子罗布森的刀法好得让人惊讶。你知道他是哪儿学的吗？从哈德利那里。他就在那里，看到他给杰登·文·孙表演纸牌魔术了吗？自从他逃离克鲁斯堡后，他就一直在玩那个。如果有人碰他——"

"我向你保证不会有人碰他。可你还有你的儿子。我女儿已经死了。"

"我们和这事没有任何关系。"

这寂静的交谈开始充满感情，绷紧的下颌、哽住的咽喉和挪动的嘴唇自行泄漏了它的信息。阿列尔从圆桌那头的座位上望了过来。阿德里安娜知道她女儿是个出色的唇语阅读者，这是个很有用的法庭技巧。

"如果我们战斗，那谁会获利？"

"龙族的战斗将灼烧所有人。"阿德里安娜说。这是孙家的谚语，是近代的、月球上的孙家。

"我会控制我的人，只要你也控制你的人。"

"同意。"

"这包括你的家人。"

他的放肆令阿德里安娜的唇角愤怒地扭曲了。拉法从他母亲那里继承了火暴的脾气，但他母亲拥有控制力，那是数十年的企业战争和董事会战役、投资争夺和法律纠纷磨炼出来的。而拉法永远不需要学会这个。愤怒是他的众多特权之一。

"拉法是副会长。"

"我并不是说要让他降职，我也永远不会擅自如此揣测。我只是在建议，也许他可以让别人分担一些职责。"

"让谁？"

"卢卡斯。"

"你对我的家人过于了解了。"阿德里安娜说。

"我们没有试图刺杀拉法。"邓肯提高了声音说。

"我们也没有杀蕾切尔。"阿德里安娜说。现在众人都把头转过来了。"不好意思，邓肯。我会把话传下去的，不过我现在得发表一次演讲。"她用她的筷子敲了敲鸡尾酒杯，清脆的叮当声让房间里聊天的声音安静了下来。阿德里安娜·科塔站了起来。

"我亲爱的客人们，朋友们、同事们、伙伴们、家人们。我今天八十岁了。八十年前，在另一个世界上，我生于巴西的巴拉达蒂茹卡。而其中的五十年，在超过我人生一半的时间里，我都生活在这个世界上。我作为第一批移居者来到这里，我看着两代人在此成长——我的孩子们和孙子们，现在看来我是一个开元之母。月亮从很多层面上改变了我。它改变了我的身体，所以我再也无法返回我来的那个世界。对于你们更年轻的人来说，这是个奇怪的想法。除了这个世界外，你们从来不知道还有别处可去。我说到了月亮对我造成的改变，但和我在你们身上看到的改变相比，它们不值一提。

这么高！这么优雅！还有我的孙子们，哦，我想我需要有双翅膀才能飞上去亲吻你们！月亮改变了我的人生。来自巴拉的女孩，那个普通的'另一个'成了一个强大企业的拥有者。当我上到瞭望台，用我的肉眼看着地球时，我能看到地球夜色中交织的灯火之网，我就想，是我点亮了那些灯火。这是月球对人们造成的另一个改变：谦逊毫无益处。

"月亮改变了家庭：我看到来自五龙各家的朋友、亲属和同僚，我看到了家臣和玛德琳，但我和你们不一样。你们和家人一起来到这里，你们孙家、阿萨莫阿家和沃龙佐夫家，还有你们麦肯齐家，以及不算大族的人。当我建立科塔氦气公司时，我向我地球上的每一位家人提供机会，请他们随我一起来到月球，为我工作。但没有一个人接受这个机会，没人有离开地球的勇气和希望。所以，我建立了自己的家庭，还有我亲爱的卡洛斯和他的家人，以及那些和家人一样亲近的挚友：海伦和埃托尔。谢谢你们多年来的服务和爱。

"月球也改变了我的心。我来这里时是个巴西人，但现在站在这里的我是个月球女人。我放弃了一个身份以建立另一个身份。我想，这对我们所有人来说都一样。我们保留着自己的语言和风俗，保留着自己的文化和姓名，但我们已属于月球。

"不过，月球改变的最大事物是它自己。我看着这个世界从一个研究基地变成几个工业产地，然后变成一个完整的文明。五十年对于人类的一生来说是很长的，对于一个新国家的历史来说甚至更长。我们不是一个普通的卫星，我们现在是一个世界。在地球上的那些人说我们掠夺了它，抢走了它原始的美丽，用我们的轨道、我们的列车和集取器、我们的太阳能电池、服务器场，以及我们数不清数不清的永恒的脚印劫掠了它。我们的镜子一路往下照耀，晃花了他们的眼；我们的桩王冒犯了他们。可是月球一直都是丑陋的。不，不是丑陋，是平凡。要看到这里的美，你得深入月面以下。你得一路深挖到那些城市和方区、那些工地和农场。你得看到人。在建立这个美妙世界的过程中，我发挥了自己的作用，它是我最骄傲的成就，甚至超越了我的公司，以及我的家人。

"在八十岁这天，是时候享受我的成就了。我的世界状态良好，我的家人自豪且受尊敬，我的公司从强大走向强大，还有相当重要的是，我们最近在蛇海领域取得了成功。因此，对阿德里安娜·科塔来说，她终于可以歇一歇了。我将辞去我在科塔氦气公司的会长职务。拉法将成为会长，卢卡斯成为副会长。你们会发现事情没什么改变：我的小伙子们在过去的十年里一直有效地运营着公司。而我，我将享受我的退休生活，以及家人和朋友的陪伴。谢谢你们对这个日子的祝福，我将在未来的日子里珍惜它们。谢谢。"

阿德里安娜在一片惊愕里坐了下来。在整个房间里，在她的桌子周围，人们震惊得目瞪口呆。只除了邓肯·麦肯齐，他朝阿德里安娜倾身低语道："我拣了这个派对闯进来真是太对了。"阿德里安娜回了他一声轻笑，不过这笑声明亮又清脆，几乎像是个小女孩发出来的。这是毫无负担的笑声。阿列尔整个身体都从桌面上倾了过来，拉法站起来了，还有卡利尼奥斯、瓦格纳。每个人都在同时问问题，直到一阵响亮且沉着的掌声打断了他们。卢卡斯站在那里，举着手，鼓着掌。房间那头有另一双手加入了他，然后是两双手，四双手，接着整个派对里的人都站了起来，向阿德里安娜·科塔倾泻如雷般的掌声。她站起来，微笑着鞠躬。

卢卡斯是最后一个停止鼓掌的人。

在震惊褪去后，问题就来了。

在阿列尔过来前，海伦·德布拉加悄悄过来说了句话。

"我记得你说过在生日上宣布这事有点病态。"

"我只是说我要辞职，"阿德里安娜说，她捏了捏老朋友的手，

"稍后再说。"

阿列尔吻了吻她母亲。

"有一个可怕的瞬间，我以为你要给我一个职位。"

"哦，我亲爱的，"阿德里安娜说道，然后对自己的随从用回了命令的语调，"我非常累，这是吃力的一天，我想回家了。"

埃托尔·佩雷拉召集了保镖。他们为阿德里安娜隔离了客人们的追问。

"恭喜您退休，夫人，"埃托尔说，"但关于我的职位，大家都知道卢卡斯想摆脱我。"

"我照顾我自己的人，埃托尔。"

护卫为拉法让开了道路，在他身后是露西卡·阿萨莫阿。拉法拥抱了他的妈侬。

"谢谢您，"他说，"我不会让您失望的。"

"对于继任者的问题，我艰难地思考了很久。"阿德里安娜轻抚他的脸颊。

"继任者？"拉法问道，但阿德里安娜已经在接受卢卡斯僵硬的拥抱了。

"妈姆，你是被什么东西迷了魂吗？"

"我一直着迷于戏剧性的场面。"

"在麦肯齐的面前。"

"他本来也会知道的，传言一秒钟就能飞遍世界。"

"他是麦肯齐金属公司的 CEO，他们想要杀了拉法。"

"而我向他承诺我们不会退回到过去的企业战争年代。"

"妈侬，你现在不是会长了。"

"我不是作为会长向他承诺的。"

"他们会食言的。邓肯·麦肯齐也许做了他的承诺，但他父亲从不原谅。麦肯齐家的报复是三次。"

"我信任他，卢卡斯。"

卢卡斯拢起手指，低下了头，但阿德里安娜知道他不会赞同。在他之后，来的是卡利尼奥斯、瓦格纳、玛德琳和孩子们。阿德里安娜走下了一条由响亮的掌声和微笑的脸庞组成的通道。在门口，她看到了一个站在装饰树丛间的身影。

"让我过去。"

洛亚姐妹从她的珠串间举起了十字架，阿德里安娜·科塔弯腰亲吻了它。

"你什么时候告诉他们？"洛亚姐妹轻声说。

"等继任稳定后。"阿德里安娜说。亲随们都在听着，它们能听到低语声，但不能解析私用编码。洛亚姐妹拿出一个长颈瓶，往阿德里安娜·科塔身上洒了一点圣水。

"圣人耶稣和玛丽亚、赫罗尼莫和我们的圣母、圣乔治和圣塞巴斯蒂安、圣葛斯默和圣达米恩以及墓地之主、圣巴巴拉和圣安妮赐福于你，赐福于你的家人和你所有的企愿。"

摩托车安静又精确地滑进了厅中。

阿列尔的高跟鞋华丽又梦幻，它们让她向休息室挣扎的过程显得更优雅了些。但玛丽娜已经适应了月面作业，并且还是位长跑者，她抓住了阿列尔的胳膊肘。

"我也不喜欢这样，可你母亲命令我——"

一只手，一次紧握，一次扭转，玛丽娜身不由己地转动着，只不过关节没有脱臼，骨头也没有折断。派对会场旋转了起来，她仰面倒了下去，摔在打过蜡的木地板上。

"等你可以这么对我时，我可能就需要一个保镖了。"阿列尔说着，踏进了像伸出的手一样敞开在她地面前的摩托车。

"它仍然是我的工作。"玛丽娜嘟囔着，任科塔家的安保人员把她拎起来，再度站直。可是现在那辆摩托已经驶过了半条孔达科瓦大道，就像广告上一个明亮的小装饰，后面跟着纷纷扬扬的动物气球。

"嘿。"

"嘿。"

阿蓓纳碰了碰卢卡西尼奥的胳膊。

"你有事要做吗？"

"怎么？"

"就是，我们有些人要去一个俱乐部。"

她本来可以通过靳纪给他发信息的，但她自己来了，就是想碰碰他。

"有谁？"

"我，我阿布苏阿的姐妹们，纳迪娅和克谢尼娅·沃龙佐夫。我们还在约一些泽卡研讨会的人。你来吗？"

她们穿着派对礼服，踩着彩色的鞋子，她们都在望着他。他想和她们一起去，想和阿蓓纳在一起，好找寻机会挽回自己的形象、打动她，这个念头胜过了其他一切。但有两个画面始终在他脑海中盘旋：他父亲的两个保镖从两侧夹住他；弗拉维娅缩在她的圣像中间，挣扎着呼吸。

"我不能去。我真的必须花点时间和我的玛德琳相处。"

*

派对过了半衰期。交际失去了动力，话题被用光了，说话变得无聊。该接触的人都接触到了，想勾搭的人也都上手了或失败了，没有人再去听音乐了。员工们开始打扫了。还有一小时的夜间清洁服务。

卢卡斯留了下来，他知道他碍手碍脚，也知道自己的存在让人难以容忍，但他还是想对这个人说声谢谢，和那个人握握手，给点小费或红包。他总是很欣赏人们把工作做得很好，并且认为这应该得到奖赏。

"我妈依很开心，"他对酒店老板说，"我非常高兴。"

乐队装起了他们的乐器，他们看起来对自己的演出很满意。卢卡斯一个个地谢过了他们，托奎霍慷慨地发着小费。而若热收到了一声耳语：可以的话，拨一点时间给我。

卢卡斯一个眼神就清空了阳台。

"又是阳台。"若热说。卢卡斯靠在玻璃墙上，往下望着圣塞巴斯蒂昂方区的深谷。生日小飞艇已经降到了地面上，微小的人们正在努力用绳索和抓斗机控制这些飘动的神灵，给它们放气。

"谢谢你，若热。"卢卡斯说道，他的语调里有什么东西，扑灭了若热在谈话时的所有嘲讽或轻率。那是一种赤诚的、令人屏息的东西。

"谢谢你，科塔先生。"若热说。

"先生……"卢卡斯顿了顿，"你让我妈姆很开心。不，这不是我想说的。我现在是科塔氦气公司的副会长了，我在董事会里争论策略，我以话语谋生，可我现在没法说话。我本来准备了一篇序言，若热。关于我所有的理由和乐章，关于我的一切。"

"当我的手指发僵，当我找不到琴弦，当我觉得我的音乐不对时，我会记得我之所以在这里，是因为我正在做这间屋子里其他人都做不了的事，"若热说，"我与众不同，我是特别的，我被允许为此狂妄。你，卢卡斯，你完完全全有权利说你想说的话，说你思考的事。"

卢卡斯做好了准备，就好像他的乐章化为了一根钉子，被敲进了他的眉心。他抓住了玻璃栏杆。

"是的，很简单，"他看着若热，"若热，和我结婚好吗？"

这一次，邓肯·麦肯齐被召唤到了温室中。穿梭车到了，埃斯佩兰斯宣布道。邓肯整了整西装翻领，抚平了裤脚翻边，扯好了袖口。他再次通过埃斯佩兰斯检查自己的形象，然后透过牙缝呼了一口气，走进了穿梭车。

他父亲在蕨树间等着他。空气嗅起来潮湿且炎热。邓肯已经不再能从他父亲脸上看出任何情绪。上面剩下的只有年龄，只有月球刻下的深纹。要拔出那些插头，拉断那些电线，扯掉那些管子，看着他父亲一点点死去，体液在他珍贵的蕨谷里漏得满地都是，这该是多么容易的事。堆肥的肥料，植物的食物。但那些医师只会让他再度活过来，他们已经这么干过三次了。在他眼里的光亮熄灭之前捕捉它，用它重新点燃他身体的废墟。这是我必须预料到的。

孙玉站在罗伯特·麦肯齐身后。

"她的生日。你唱了'祝你生日快乐，亲爱的阿德里安娜'吗？"

"别让她在这。"邓肯瞟了孙玉一眼。

"无论你对罗伯特说什么我都会知道，"孙玉说，"不管有没有亲随。"

"她说了什么，"罗伯特·麦肯齐说，"我以为我们之前成了一个笑柄。基督耶稣啊孩子，而你竟去了她的生日宴会。"

"我去和她谈话，龙与龙之间的谈话。"

"你们根本就是娘儿们对娘儿们的谈话。你会控制住我们的人？我们的人？这是什么见鬼的娘儿们协议？你绑住了我们的手，让那些贼搞得我们光着屁股在月面上裸奔。在我的时代，我们知道怎么对付敌人。"

"那是四十年前，爸爸。四十年前。这是新的月球时代了。"

"月球没有改变。"

"阿德里安娜·科塔退休了。"

"拉法成了会长，见鬼的小丑。卢卡斯会掌控大局的。那贱货有点能力，他永远不会签署什么绅士的协议。"

"阿列尔是雪兔会的一员。"邓肯说。老头子在暴怒时会吐唾沫，在月球重力下，它们飞出的弧线又长又缓又恶心。

"我他妈的知道这事，我已经知道好几周了。阿德里安告诉我了。"

"你没告诉我。"

"那倒也是桩好事，它只会让你东躲西藏。阿列尔·科塔，她可不只是个雪兔会成员。"

"阿列尔·科塔已经被招入了月球学会。"孙玉说。

"月什么？"邓肯·麦肯齐困惑又沮丧地摇头，他在这场争斗中没有任何优势，对他父亲毫无掌控力。

"一群有势力的工业、学术界和法律界天才，"孙玉说，"他们推崇月球独立，维迪亚·拉奥招纳了她。达伦·麦肯齐是其中一员。"

"你们把这事瞒着我？"

"你父亲的政治信仰和我们不同。从我们抛弃共和国开始，孙家就一直都拥护独立。我们认为是月球学会把矿区占领权的消息泄漏给了阿列尔·科塔。"

"我们？"

"三圣。"孙玉说。

"它们不是真实的。"这是月球传说之一，在太阳公司开始将其AI系统交织于月球社交及基础设施的每一个部分时，这个传说便诞生了：这些计算机是如此强大，运算法则是如此精妙，以至于能预言未来。

"我向你担保它们真实的。惠特克·戈达德这一年多来一直在运行一个量子随机运算系统，那是我们为他们建立的。你真的以为我们会完全不留后门地让惠特克·戈达德公司就这样使用我们的硬件？"

"行啊行啊，"罗伯特·麦肯齐发话，"量子魔咒，雪兔会和月球学会。关键是，我们得要有讨价还价的资本。用我们的方式来做买卖。你威胁到了我们的经营模式，孩子。比这更糟，你给这个家族带来了耻辱。你被解雇了。"

在这个玻璃大容器里，这些话又尖又细，就像鸟鸣声一样，仿佛是从远处传来。

"这是我听过的最荒谬的事。"

"现在我是 CEO 了。"

"你不能这么做。董事会——"

"别再扯这个了，董事会——"

"我了解他妈的董事会。你不能这么做，因为我要辞职。"

"你知道，你一直都是个任性的小混蛋。所以我五分钟前解雇了你。你的行政授权被撤销了。信息编码归我独立占有。"

穿梭车到了，埃斯佩兰斯宣布道。

"我回来了，儿子。"罗伯特·麦肯齐说道。现在邓肯看到了他脸上的情绪，那里曾经只有愤怒和无力。但现在，那具身体依然四处漏风，依然散发着恶臭，但罗伯特·麦肯齐的生命燃烧着明亮又灼热的光芒。他的下颌有了张力，他的唇角抿着坚毅。邓肯·麦肯齐被击败了，羞耻的感觉令他反胃。屈辱是压倒性的，但还没有终结。当他转过脚跟，穿过潮湿又嘎吱作响的蕨类植物，走向穿梭车闸门时，他们给了他最后一击。

"我得把哈德利叫来吗？"孙玉问。

邓肯·麦肯齐吞下了苦涩的愤怒，他永远都不会忘记自己此时挫败的脚步声。

"是你干的！"他在闸门口朝孙玉喊道，"你和你该死的家族。我会处置你们的。我们是麦肯齐，不是你们家该死的猴子。"

第八章

　　玛丽娜在跑步。子午城的地势挺适合跑步。在树下；在斜坡上，它们陡峭得足以考验她的大腿；当她需要难度更大的练习时，她就跑楼梯；在纤细的桥梁上，两侧都有辽远的全景；或者在柔软的草地上。她没有试过比宝瓶座方区更好的跑步地点，但她再也不想去那里跑一次了。第一次跑步时，她涂着身体彩绘出去了，胳膊和大腿上绑着奥刚的穗带。她跑了几个小时，用耳朵寻找着长跑的圣歌声，用眼睛搜索着肉体起伏的美妙曲线。她遇了一些跑步者，他们朝她微笑，但其中一些彼此窃窃私语或咯咯地笑。她是粗鲁的，她明显是个乡下人。这里没有长跑，你无法融入一个呼吸、肌肉和运动的集合体，或融入某位跑步之神的形体。

　　她买了不那么暴露的短裤，还有一件更得体的上装。她把圣乔治的彩色穗带放进了真空储藏箱里。

　　跑步只是跑步，是健身，是养生。

　　我恨子午城。我刚开始就讨厌它，但是比起从前我无法支付呼吸费用、贩卖我的尿的时候，我想我现在甚至更恨它。

如果我移到这边，那里，你能看到吗？这就是从我公寓望出去的风景。西五十三层，宝瓶座中心。这里就是宝瓶座方区的亨茨波镇[1]。来，瞧瞧。独立的餐厅，看见了吗？我都不用把床翻下来。淋浴间也没有定时器。好吧，比起你家，它就是个养兔棚，但从月球标准来说，它是个宫殿。那么，我为什么恨它呢？

我恨的其实不是子午城，而是阿列尔·科塔。她是个自负又虚荣的移动衣架，她有太多的主张，而且她完全不像她自己想的那么好。另外她还有那些，就像是，随从一样的人围着她，他们唯一的工作就是告诉她她有多聪明，她有多美妙，她穿的裙子有多梦幻，她有多天才多聪明多机智。哦，我看穿你了，我太明白了。我告诉你，你根本就不是那样的，阿列尔·科塔。你是科塔妈妈的唯一一个小女孩，你被宠得腐烂了。你是原版的月球公主，哇哦，没有任何不好的事可以发生在阿列尔公主身上！还有那根电子烟？我想把它抢过来戳你的屁股。

是的，他们付了一大笔钱。它比我和卡利尼奥斯上去月面赚得多多了。可我真希望能回到那里去。我希望我能倒回到博阿维斯塔那时候。我知道我在那里的位置。啊是的，卡利尼奥斯……可是老板妈妈给了我一个特别的工作，而你不能拒绝阿德里安娜·科塔。可是阿列尔·该死的·科塔。

至少这种感觉是相互的，她也恨我。比起憎恨，她更蔑视我。是这个词吗？对她就是这样，就好像我甚至不是个活人，哪怕一个机器人都更有用些。我是个低劣又肮脏的若昂德丢斯集尘者，没有阶级，品味太差，被人无视她的意愿强加到她身上，而且她还不能

---

[1] 亨茨波镇（Hunt's Point）：位于西雅图郊区，是美国排名第一的最宜居高级社区，紧邻微软公司，风景秀丽。

摆脱。我就像个生殖器疣。

钱过几天就可以到账，我保证。我们的银行和你们的银行之间有些角力。他们做了些事，让自己更不受地球经济的影响，而地球银行不喜欢这种状况。但是，钱还是钱。它会解决的。

好吧，你觉得这公寓怎么样？

"这根本不行。"阿列尔说着，用她电子烟的尖端敲着玛丽娜的肩膀、腰和大腿。敲来敲去。

玛丽娜想，她可以用后脑勺重击这个由她负责的人的脸。血会浸透前脑，然后她就解放了。

"我的衣服有什么问题？"

"你的裙子像福音派教会的东西，"阿列尔说，"这里是克拉维斯法院，我的客户是最优秀的社会阶层——好吧，是最富的。他们有期望值，我也有期望值。我的扎希尼克都穿得更好。所以不行不行不行。"阿列尔不再敲来敲去了，她看到了玛丽娜眼中爆发的火山。

扎什么？玛丽娜想问，但打印机已经在嗡嗡作响了。

"我十一点进法庭，十二点有一场资产听讯会，十三点和我过去的研讨会同学进午餐，"阿列尔说，"十五点到十八点拜访客户，二十点是阿金德拉法学预科课程。二十一点左右我要在乔拉婚礼派对上露个面，二十二点抵达法律协会名媛舞会。现在是十点，所以快点把它穿上，尽量别从高跟鞋上跌下来。"她又皱起了眉。

"又怎么了？"

"你的亲随。"

"你别动赫蒂。"

"赫蒂。那是？"

"一只逆戟鲸。"

"它是只动物，一条鱼？"

"我的图腾之神。"这是个谎言，但阿列尔不会知道的。要嘲笑赫蒂就过火了。赫蒂是不可侵犯的，一个女人和她的亲随之间的联系绝不受制于时尚或一时的心血来潮。

"我明白了。宗教信仰。我猜我对此不能有宗教异议，是吗？"阿列尔递给玛丽娜一团织物，它来自打印机，柔软且带着新洗的芬芳。

"你在找什么？"

"要改动的地方。"

阿列尔的公寓比玛丽娜所想象的要更小且更空荡。全是白色，全是平面。它是不是一个极简抽象派的避难所，以逃开那无尽的人声、色彩、噪音和熙熙攘攘的人，人，人？唯一的装饰物占满了一面墙，那张打印出来的脸是黑白的，她一定是玛丽娜·卡尔扎合所不知道的某本圣人传里的偶像。那闭着的眼和下垂的嘴让玛丽娜烦乱。昏昏欲睡又溢满性欲的脸。

她伸手去推一扇门。

"不是那间，"阿列尔说这话的速度让玛丽娜决定稍后要调查这个房间，"这里。"

玛丽娜蠕动着穿上裙子，大堆的褶皱和蕾丝令人窒息。紧身上装简直荒谬，这要让人怎么移动，怎么呼吸？她能把武器藏在哪里？泰瑟枪塞进深 V 领，刀子插进大腿内侧的皮套里。不能破坏时装的剪裁轮廓。

"腿。"

"什么？"

"刮一刮，过一阵子我们得给你做永久脱毛。"

"见你的鬼。"

阿列尔拎起一双透明的长袜。

"好吧。"

打开浴室门时，玛丽娜注意到阿列尔把她的旧衣服扔进了重印机。

"嘿！"

"每天都重印。至少每天一套。我弟弟是个野蛮人，他能连着半个月穿同一套救生装内衣。"

玛丽娜把长袜拉上她新刮的光腿，穿上鞋子。哪怕是在月球重力下，她也永远没法穿着它们超过一小时。它们是武器，不是鞋子。

阿列尔上下打量玛丽娜。

"转身。"

玛丽娜尽力用脚尖转了过去，两只脚的足弓已经在发疼了。

"你看上去就和一个参加手淫派对的修女一样不自在，不过就这样吧。给。"阿列尔举起一双柔软的芭蕾平底鞋，"社交秘诀。把它们放在你包里，只要有机会就换上它。但别让任何人看到。现在我们去工作吧。"

玛丽娜没有看错，阿列尔露出了一丝微笑。

"那是真的吗？"

"什么？"

"手淫派对。"

"亲爱的，你现在在宝瓶方区。"

现在，我已经来法庭三天了，我还是没搞懂月球法律。但我领会了法则——每个人都能领会法则：这里没有犯罪，也没有民法，只有合同法。我处理过几十份合同——应该是数百份：在我甚至完全不知道的情况下，赫蒂搞定了其中大多数。每一天的每一秒都有数十亿合同在空气、岩石和人群中飞来飞去。它是第五元素：合同。克拉维斯法院似乎一直在避开法律。他们最恨的一件事就是制定新法，因为它将束缚很多事，夺走谈判的自由。有很多律师，但没有很多法律。诉讼案件会发展成谈判。到底由哪位法官主持，要支付多少钱，当事人双方就此讨价还价争论不休。他们更像是电影制作人，而不是辩护律师。首轮会谈总是关于偏见的校正补偿：人们并不假定法官是公正的，所以合同或案件将此列入考虑范围。有的时候法官不得不付钱以主持审判。一切都可以商谈。我有一个理论：这就是月球上如此性开放的原因，它非关于各种分类，比如异性恋、同性恋、双性恋、多性恋或无性恋，它只关于你，以及你想干什么。在操人者和被操者之间，性是一种合同。

克拉维斯法院，听起来非常宏伟，对不对？好像全是大理石和罗马风格。我告诉你，根本不是。它在子午城最古老的街区，是一个由隧道、会议室和法庭空间组成的迷宫。空气陈腐，充满了月尘和霉菌的气味。但你接受的第一个冲击是噪声：数百个律师、法官、原告和诉讼人，全都在嚷嚷着推销自己，推挤着争抢工作。它就像是那些老电影里的证券交易所，打着领带的人们推推搡搡喊着出价和要价。它是个法律市场。所以是这样：你租用了你的律师、你的法官、你的法庭，接下来你要决定你想如何被审讯——出售的不仅是律师和法官，法律体系也一样。因此，我终于弄明白了扎希尼克是什么。一个扎希尼克就是一个大块头男人，通常是男人，通常是月芽，因为我们的身体比较强壮。让你的案件发展成一次决斗是完全合法的，或者，如果你不想自己战斗，也可以雇用别人为你战斗。这就是扎希尼克。阿列尔以搏斗代替审判，并且在整个法庭面前脱到只剩下搏击短裤，她显然因此掀起了一场法律大风暴。我发现这场景实在难以想象。不过，她是个婚姻及离婚律师，所以它也许不是那么不可思议。

所以，我和阿列尔一起在法庭上，大多数时候都是她在一个房间里和另外的律师及法官谈话，而我坐在外面和赫蒂一起玩游戏，或给你们发邮件，又或是尽量在不炸掉脑壳的情况下弄明白月球法律。你会以为合同能确保一切严丝合缝，但即使是严密到防水的合同也违背了月球法则，那就是，一切都可以谈判，一切都因人而异。永远都必须有漏洞的存在，每份合同都必须有可以钻营的空间。月球法律不相信有罪或无辜，也不相信绝对的正确或绝对的错误。我问，这难道不会把罪责推给受害者吗？阿列尔说，不，月球法律在乎的是个人责任。我不明白，这在我看来是无政府状态。但事情都被摆平了，案件也得以解决，正义得以伸张，人们也信守判决。比起我们对我们的法律系统的看法，他们似乎对自己的法律系统满足得多。在月球上从来没有人上诉，上诉意味着谈判失败，这种事在这里就像是灾难性的文化冲击。所以程序很漫长，人们没完没了地谈啊谈啊，但他们看起来很有把握。它和地球法律倒是有一个共同点：大多数工作都是在午餐桌上完成的。

抱歉。刚刚打了个盹。现在是凌晨两点，而我还在一个招待会上——我想它是个招待会，或者也可能是个发布会——而阿列尔还在谈话。这么日复一日地谈话，我不知道她是怎么做到的。没有什么事比交谈更累人的，而且它无休无止。我累得要死，我甚至没有力气跑步了。

我能听到你说话，妈妈，你刚刚说，玛丽娜有没有可能对阿列尔·科塔稍有点尊敬？哦，当她作为一个律师时，可能有一点。但作为一个人类，嗯，我得说，她看起来从未有过搭档，甚至从未有过炮友。没有。一个都没有。我能确信这点。

"你得为此花两千万。"阿列尔说。

"对一个孙家的人来说，这还挺多的。"卢卡斯说。他激怒了他妹妹，把她扯到了博阿维斯塔，但他不会忍受律师、法官和诉讼人在克拉维斯法院走廊里咆哮争斗的丑态。科塔家的事务会避开时事评论员，在私人休息室里饮着鸡尾酒解决。

"他们开价是五千万。"

托奎霍呈现合同，以便卢卡斯细读。他浏览了大纲摘要。

"她可以接触卢卡西尼奥。"

"是我给的这个甜头。决定是否签合同的人一直是并且永远是卢卡西尼奥。"

"两千万。"

"两千万。"

卢卡斯闪念间签署了离婚协议，而后向托奎霍下达另一个指令，让它将两千万比西从他的账户转给了太阳公司在恒光殿的财政 AI。卢卡斯一直很赞赏这个名字所体现的沉闷的庄严，不过他只在婚礼后去那里参观过一次，此前阿曼达领着他参观了她家族错综复杂的楼层。孙家的首府是月球上最古老的驻地，是在沙克尔顿环形山的山壁上凿出来的。那里离月球的南极几公里远，近乎永恒的日照下方是火山中心远久的黑暗，下面存放着永冻气体和有机物，它们使人类得以在月球存在。这种对比过于露骨，过于粗糙。高和低，暗和光，冷和热。卢卡斯厌恶它。阿曼达领着他进行了恒光殿的标志性观光，这座堡垒建在马拉柏特山的峰顶。永恒的日光透过千米高塔顶上的灯室燃烧着光芒。卢卡斯咬牙切齿地和阿曼达一起乘坐升降机，在他的想象中，辐射正如雨雪般穿透金属墙，穿透他，破开陶瓷、塑料以及人类 DNA 的化学键。当他从升降轿厢踏入满溢永久日光的玻璃灯室中时，阿曼达邀请他说，来晒晒太阳，这是两个世界里唯一一个太阳永不落下的地方。每一个平面，每一处形迹或形体都被光芒淹没。卢卡斯觉得自己被照透了，被染成了透明，他的皮肤变得苍白又孱弱。他能闻到它月复一月、年复一年烧灼空气的方式。无休无止的光芒。来看看，阿曼达对他说。但他不愿意跟着她走到玻璃前面，去看看月球南极的整个全景。他想到的是那淹没一切的光，那残酷的紫外线，它们采摘着玻璃的分子，一次一个光量子。他想象着它像一杯掉落的鸡尾酒般爆开的场景。来看看这阳光。人类不适合无休无止的光照，人类需要属于自己的黑暗。

"行了，"当托奎霍把一份合同复制件传给贝加弗罗时，卢卡斯说，"自由，但一文不名。"

"别胡扯了，"阿列尔说，"我们没有人会一文不名。"

若热以一个 G9 和弦结束了《清晨嘉年华》，朝鼓手投去一眼。鼓刷发出最轻微的沙沙声。曲目完结。

卢卡斯在俱乐部后方的小隔间里鼓起掌来，蓝色的生物光照耀着他。G9 和弦是波萨诺瓦音乐里的经典和弦之一，体现了萨乌达德的精髓，是里约阳光下的哀思。它依依不舍，因此令人满足。卢卡斯的掌声回荡着，它是屋里唯一的掌声。俱乐部里从来不会满员，而卢卡斯的护卫已经在演奏过程中静悄悄地清空了酒吧，轻拍这个人的肩膀，和那个人低声耳语，又或一个暗示。若热凝望着光线里的人。

卢卡斯走上了舞台。

"可以吗？"

若热的乐队看着若热，他点点头。行。

隔间里有一杯莫吉托，是若热喜欢的味道。

"很棒的演奏会。但你独奏更棒。乐队限制了你，没有他们你将无拘无束。是因为这个你才要去南后城吗？"

"这几个月来我一直想要单干。市场是有的，不算很大，但足够了。定制波萨诺瓦。"

"你应该如此。"

"可以说是你给了我灵感。"

"我很高兴。我可不想认为你是在逃离我，"卢卡斯碰了碰若热放在玻璃杯上的手，他的动作很轻柔，几乎是胆怯的，"没关系，你没有联系我，我就猜到你的答案了。"

"我很抱歉，那样做不对。你让我措手不及——你吓到我了。我不知道要怎么办。我必须有清静的空间，这样才能想清楚。"

"我现在又是单身了，若热。我摆脱了见鬼的尼卡哈，这花了我两千万。而孙家还在试图为他们受损的名誉再讨要两千万。"

"别说了，卢卡斯，拜托。"

"说我是为了你才这么做的？不。你以为你是谁？不，我这么做是为了自己。可我爱你。我想到你，心里就会燃烧起火焰。我想要你加入我生活的每一部分，我也想进入你生活的每一部分。"

若热向卢卡斯倾过身来。他们的头碰在了一起，手握在了一起。

"我不能，你的生活太难以承受。你的家族，你们是科塔。我不能成为你的一部分，我没办法坐上贵宾席，像在你母亲生日的时候坐在你身边。我没办法忍受他们全都看着我，对我说长道短。我不希望别人注意我，我不想在演奏时听到人们说：那就是卢卡斯·科塔的欧可。哦，所以他才能现场演奏。和你结婚，我就完了，卢卡斯。"

卢卡斯组织了十几种回答的方式，但它们全都尖锐又残忍。

"我真的爱你，从我在博阿维斯塔见到你的那一瞬间起，我就爱上你了。"

"请别这样。我必须去南后城。请让我走，让我去那里拥有我的人生。别找我。我知道你能做任何你想做的事，可是让我走吧。"

"你有没有……"

"什么？"

这些话语一样是带刺的，但它们的倒钩钩住了卢卡斯的喉咙。

"爱过我？"

"爱过你？当我第一次走进你的音响室时，我甚至没法给吉他调音，我的手抖得不像话。我不知道我当时是怎么说出话来的。那个晚上在阳台，当你要我留下来时，我想我的心脏要爆裂了。我不停地想，如果他想和我上床呢？我想和他上床。在家里自慰的时候，我让吉尔贝托呈现了你的影像，合成了你的声音。是不是很变态？爱你？你是我的氧气，你让我燃烧。"

"谢谢。不对，谢谢这个词太微小太无力了。词语无法表达我的心情。"

"我不能和你结婚，卢卡斯。"

"我知道，"卢卡斯站起来，抚平自己的衣服，"关于听众们，我很抱歉。我把他们请出去了。我太过习惯用自己的方式做事。如果你去南后城，我保证不会跟踪你。"

"卢卡斯。"

若热把卢卡斯拉过去，他们亲吻。

"我会期待你的消息，"卢卡斯说，"你给我带来了如此多的快乐。"他在俱乐部外面解散了护卫，自己一个人走到了圣塞巴斯蒂昂方区。长跑者从十层高的一座桥上横越过埃连·奥乔亚大道，鼓声、指铙声和诵唱声传来。卢卡斯惯于嘲笑卡利尼奥斯对长跑的热爱，可是今晚，这些色彩、旋律、健美的身躯从他心上击落了一个碎片。能够在某时某地忘我，能在某处不做自己，不再是这石牢里的骨器。他听说有些长跑者相信自己为月球环绕地球的运行带来了动力，就像一台宇宙跑步机。信仰一定非常能宽慰人心。

公寓迎接他的到来，并用他的私制杜松子酒准备了一杯马提尼。他去了音响室。墙壁和地板还锁着那些音符，那些话语和呼吸，那些停顿和泛音。月球上没有幽灵，但如果有的话，它们一定是这样的：被捕捉住的言辞、私语、石头的记忆。这是卢卡斯唯一能相信的形式。

卢卡斯对自己的失去一语不发，只是把杯子狠狠砸向了墙壁。房间反弹着玻璃粉碎的声音，同样完美。

密码依然有效，电梯回应了他的命令。它升到一个很少用的休息室里，隔邻就是进入博阿维斯塔的主港口。他在地板上的陈年积灰里留下了脚印，当机械装置在长久的闲置后重新开始工作时，他想象它们发出了一道呻吟。半球形的屋顶是不透明的尘灰色，不过他知道自己正在月面上。他的亲随激活了系统，它苏醒了过来。他的手指抚过培养皮沙发，在灰尘上划出印迹。椅子们活了过来，朝他转动着。他闻到了旧尘埃里人类的浊气、电力呛人的气息，还有月面上常年被阳光炙烤的些许灼烈的味道。

他缓慢，但极其庄严地脱掉了所有衣服。他赤裸着站在穹顶的正下方，用前脚掌轻捷地保持着平衡，这是战士的姿势。他的身体看上去一团糟，又青又紫，到处是疤。狼的爱情是凶猛的。但他的呼吸沉且稳。

"清洁玻璃。"

穹顶变成了透明的样子。瓦格纳裸体站在丰富海的月面上，脚下的尘埃蔓延成尘土覆盖的月表风化层，印满了永久的足印和轮胎印。巨石在生命尚未出现前就已立在那里，远处是梅西耶 A 区的火山沿。

但这些都不是瓦格纳来此的原因。他张开手臂，抬起了头。完整的地球将他笼罩在了光芒中。

他总是知道地球什么时候会完整呈现。在七岁、八岁以及九岁的某天，他窝在博阿维斯塔的深墙中，躺在床上，瞪着天花板，无法入睡，因为地球光在他脑海中发亮。十岁、十一岁、十二岁的时候，他过度活跃，脾气暴躁，总是幻想着在圆满的地球上炫酷地飞行。医生开了儿童多动症的药方，弗拉维娅玛德琳把它扔回了重印机里。这孩子是被地球光降了，就是这样，没有药物能够熄灭天空中那盛大的光明。十三岁，圆满的地球把他从床上唤起，穿过睡梦中的博阿维斯塔，来到这部电梯，上到这处观景台。那时他也关了门，脱掉了衣服。十三岁正是一切都在改变的年纪，他的身体在强壮，在伸长，在充实。他正在变成一个赤身裸体的陌生人。他赤裸地站在地球光下，感觉到它在撕扯着他，把他分裂成两个瓦格纳·科塔。他仰起头号叫。闸门打开了。他触发了十几个安保系统。埃托尔·佩雷拉找到他时，他裸着身体，蜷在地上，一边发抖一边尖叫。

埃托尔对他在观景台上看到的景象从未泄漏一个字。

瓦格纳沐浴着那颗蓝色行星的光辉，他觉得它烧灼着他的伤口，减轻了他的瘀青，治愈着他。

旋卷着的白色云絮横越过太平洋，地球海洋的蓝色总是能成功地撕扯瓦格纳的心脏。没有什么比它们更蓝，而他永远不能去那里。他的神灵远不可及。狼帮是天堂的放逐者。

夜色已经掩上了地球最低的部分，那是极细的一线黑暗。在接下来的日子里，它将渐渐爬上世界的脸。瓦格纳人生的另一半暗面正在接近尾声。他将离开此处，狼帮将会解散，其将变成她和他。他将找到新的动力，供给自己的集中与专注、分析与演绎。他会回到阿娜利斯身边，她会看到他全身皮肤上正在愈合的印迹，她不会询问，但问题永远横亘在那里。

瓦格纳闭上双眼，在地球遥远的光照下举杯自饮。

卡利尼奥斯已经在危海上搜捕了袭击者三十六个小时。他们先攻击了斯威夫特：三架提取器被毁，五架失去机动性。聚能装药的爆炸模式非常明显。在卡利尼奥斯领着摩托队沿车辙追赶时，他们竟然再次袭击了北面三百公里远的克莱奥迈季斯 F 区。一个机动补给维修基站被毁，另外两个停止运作。卡利尼奥斯的猎手们又称卡萨多 [1]，都是最棒的集尘者和车手，他们抵达时，发现牵引机和驻地

---

[1] 卡萨多（Caçador）：葡语，意为猎人。

上到处都是直径五毫米的小洞，入口和出口直径匹配，是子弹。

两次袭击，三百公里的距离，时间在一小时内。月球上没有幽灵，但还有别的东西可以烦扰一个可充电且重增压的移动基站：谣言、迷信、怪兽。麦肯齐家会瞬间移动，他们会使高深的澳大利亚魔法，他们有自己的私人月球飞船。

"不是私人飞船，"卡利尼奥斯一边刷着卫星数据一边说，"VTO运输机索科尔号。"从轨道上俯视，尘埃的散射模式很清晰。卡利尼奥斯购买了月环摄像机的时段影像，在升降机2号第二次经过时，圣乔治在克莱奥迈季斯环形山F区的阴影里发现了一个不规则物体。这个小颗粒被放大后无疑就是一艘月球飞船的形状。"麦肯齐家是飞进来的。"

卡利尼奥斯的猎手们整装出发。圣乔治预测最可能的目标是埃克特桑巴作业线，它是一个由六架初级集取器组成的小队，正移往蛇海西南端。卡萨多们压榨着月尘摩托的每一分潜力，直至看到科塔氪气起重架那连绵的灯火从地平线升起。卡利尼奥斯让他的队伍迂回潜入了缓缓移动的集取器阴影中。圣乔治的轨道天眼报告称，有一艘月球飞船正停在东南地平线的近下方。卡利尼奥斯在头盔里咧嘴一笑，打开了两边大腿上刀鞘的保险栓。

三辆探测车，十八个袭击者。

"等到他们走出探测车，"他下令，"内内，你的队搞掉探测车。"

"那他们就孤立无援了。"希尔马尔反对道。他是个老车手，曾沿着莫森山脊留下他最初的车辙。月面放逐违背了一切道德与惯例。月亮女神是所有人的敌人。你如何救援别人，你就可能如何被援救。

"他们有飞船，不是吗？"

探测车标签分解出了子形体，袭击者要行动了。

"稳住，"卡利尼奥斯说着，在三号集取器的掩蔽下缓缓移动，"稳住。"那些形体呈扇形散开了。这下有足够多的目标了，也有足够大的空间。"拿下他们！"

六辆摩托启动了，车轮溅起了尘土。卡利尼奥斯倾斜着绕过了集取器，冲向最近的目标。穿着沙装的形体惊得目瞪口呆。而卡利尼奥斯抽出了刀子。

"口搅。"露西卡·阿萨莫阿说。

"交，"拉法·科塔说，"口交。它是法语。"

"法语。"露西卡说。

"写起来是，"拉法说，"Gamahuche。"

"我不确定我能不能念对。我更擅长从实践经验中学习。搅？"她滚到拉法上方，费了一点劲儿把腿挤到他肩膀下面，把他的头夹在她的大腿间。

"交。"拉法说道，而她落在了他的舌头上。

拉法一直很喜欢特维城。它嘈杂、混乱，而且城市设计得莫名其妙——居住区和农场混杂成一个乱七八糟的迷宫，狭窄的隧道通向陡然直落的管状农场，低矮的公寓背靠着水果灌木林，那些矮树在太阳追踪镜反射的光轴中颤动。水声汩汩，墙壁上湿漉漉地凝着水，空气中充斥着腐败的、繁茂的、发酵的气息，以及粪便的味道。在这里很容易迷路，也值得迷路。拉法十岁时第一次到特维城旅行，便大张旗鼓地迷路了。只是一个急转弯，他便远离了高大的人群，走进一处只有叶片和光线存在的地方。科塔家和阿萨莫阿家的安保人员在隧道中奔跑，喊着他的名字；机器人穿梭在天花板和管道中，这些地方对成人来说太狭窄，但对孩子来说很迷人。系统软件找到了他，他趴在地上，想数清楚某个农场池塘里转圈的罗非鱼。在此之前，他从未见过活的生物。多年之后，拉法明白了那次旅行是家族层面的来往，阿德里安娜当时正试探科塔氦气和金凳子间联姻的可能。对拉法来说，它的重点是鱼，要么一路向上，要么一路向下。

"这里。"露西卡稍早前说。

"这里？"但她已经用她的金凳子新条款锁上了门，蠕动着脱掉了她的裙子。

他们相会的借口是若昂德丢斯男孩队和黑星女子队的对抗赛。罗布森是男孩队的铁杆粉丝，现在也是时候让露娜来关注比赛了。而且这里是特维城：罗布，我们可以见见露西卡阿姨；宝贝，你妈姆在那。那不是很棒吗？露西卡在车站迎接他们。露娜奔过了一整个月台。罗布森为她表演了一次很不错的纸牌魔术。拉法一把将她扯进怀里，力气大到她倒吸了一口气，而他的眼里也挤出了几滴眼泪。在 AKA 球场的中场休息时间里，孩子们和保镖一起去吃甜点，而拉法把他温热的手滑进了他妻子的腿间，他说：我要操你，操到你想死。

来啊，她说。

于是，在温暖潮湿的苔藓上，露西卡·阿萨莫阿跨坐在拉法·科塔的脸上，而他在吮吸她。口交。露西卡在他的舌尖上起舞，迎合着他的节奏，在令人战栗的快感中寻找错乱的节奏。它持续了——似乎持续了——数小时。她高潮了四次。他甚至没有迫使她回报一次口活。这是个礼物。

"我想这个想疯了。"露西卡从拉法身上滚了下去，仰躺在叶片和光亮中。温暖的水滴凝结在叶片上，大颗大颗地顺着柔软的叶脉滚下来，在空中回弹成圆形，像珍珠一般缓缓降落到她身上。"你练习过吗？"露西卡伸手接住水滴，把它们弹到拉法脸上。

拉法笑了起来。他技术不错。尼卡哈从不要求忠诚，不过还是有些规则要守。比如绝不讨论情人的事，把自己最好的一面留给彼此。在这样一场盛宴后，他精疲力竭。他的下颌发疼，他需要漱漱口，但这种行为是不可原谅的。再次开始前他需要歇一会儿，中场休息。在遥远的上方，镜片缓缓追踪着悠长的阳光，在拉法脸上投下阴影。

"再过一小时，埃利斯玛德琳就会带着露娜和罗布森回来。不过，我还是可以联系她，让她带着他们在外面多待一两个小时。我有什么理由要这么做？你能告诉我吗？"

拉法翻身仰躺，在镜子炫目的反射光里眨着眼。露西卡爬到了他身上。

"那么，你还练习了别的什么吗？"

卡利尼奥斯伸长手臂横握着刀子。麦肯齐家的破坏者举起双手防卫。然而卡利尼奥斯·科塔知道如何运用刀锋，如此锋锐又炙烈的刀锋，加上如此的冲力，对手的右臂齐肘而断。这样的伤无可挽救。

卡利尼奥斯一脚落地，让摩托划过一个大回旋，直指他的第二个目标。圣乔治在他的整个显示器上写满了各项生命体征：呼吸、血压、肾上腺素、心率、神经活动、视敏度、盐糖和血液氢氧含量。但卡利尼奥斯不需要圣乔治的图表，他正如猛虎出山。

他的摩托骑兵队已经完成了首次冲锋。五个麦肯齐倒下了，其他的逃走了。探测车开始准备撤退，袭击者们正在溃败。卡利尼奥斯要了一圈刀子：划过一道圆，再次指向对方。

"随他们吧！"希尔马尔在公共频道里大喊，"他们逃跑了。"

探测车敞开了，麦肯齐家的侵入者一边挤进座位扣上安全带，一边丢出累赘的装备。月尘摩托可以轻松追上他们。圣乔治在众多图像上叠加了一艘沃龙佐夫飞船的图标，它正从地平线那端起飞，飞驰而来救援。让它来，一艘月球飞船值得为之战斗一场。

两辆探测车在飞扬的尘土中加速离开，袭击者之一跪在第三辆探测车的一边，用某个长型的金属装置瞄准了这边。他抽了一下：后座力。然后法维奥拉·曼加韦拉的头爆开了。她的身体从摩托上飞了起来，车子全速前进，而死去的女人在玻璃和纤维、骨骼和迅速冻结的血液中旋转。在卡利尼奥斯的显示屏上，她的名字变白了。

"他们他妈的有枪！"希尔马尔叫嚷着。射手正追踪下一个目标，又是一次静止的反作用力。卡利尼奥斯的显示屏追踪到一次炽红的热量冲击。这一枪贯穿了迪亚哥·恩德雷斯的肩膀。射得并不准，没有爆头，但照样是致命伤。沙装可以恢复原状，但这样严重的损坏不算在内，它无法复原得这么快。迪亚哥在月壤上抽搐着，扑腾着，血液在真空中喷溅，然后冻结成光滑的厚冰。另一个名字变白了。

枪管扫向了卡利尼奥斯。他猛地跃下摩托，从尘土中滑了出去。然后他看到希尔马尔全速向射手碾了过去，这一撞猛烈又实在。射手倒在了车轮下，胳膊和腿扑打着。摩托颠了起来，但希尔马尔压下了它。车轮巨大的胎面撕开了沙装、皮肤、血肉和肋骨。枪转动着滑开了。

卡利尼奥斯向自己仍在往前开的摩托车冲去。

第三辆探测车合拢车盖，加速离开了。卡利尼奥斯站在缓缓降落的尘埃里，一手拿着一柄刀，吼叫着："追他们，追上他们！"

"他妈的让他们走！"希尔马尔扯着嗓子。

卡利尼奥斯走向射手的尸体。纤维、骨头、肠子。他盯着它看了许久，看着血糊糊的碎块，看着支离破碎的整体。月亮让一切伤处变得致命。是个女人，他猜，她们往往是最优秀的射手。然后他抬起靴子踩穿了头盔，碾碎了头骨。希尔马尔抓住他的胳膊，把他扯开。而卡利尼奥斯往后跳开，举起了刀子。

"卡洛，卡洛，结束了。把刀放下。"

他看不见。这是谁？他的标记多得离谱，面甲上一片血红。他们在说什么？好像是在说刀子。

"我没事。"卡利尼奥斯说。尘埃已经落定，队伍剩下的人正等着他，又敬又畏地和他保持着一定距离。有人追回了他的月尘摩托。地面震动着，一艘飞船从地平线上升起，火箭燃料闪着璀璨的光芒，灯光闪烁，三辆探测车扣在它的船腹下。卡利尼奥斯用刀指着它，徒劳地举着双刃对空中的火光咆哮。它转弯了，它离开了。"我没事。"他收起了刀子，一次一把。

卡利尼奥斯很小的时候就爱上了刀子。当时他的护卫在玩一个游戏，将刀尖刺入展开的手指之间。八岁的卡利尼奥斯一下子就明白了其中的风险和诱惑。他懂得那微小的致命性，那简单的精确性，懂得刀没有什么复杂或冗余的成分。

和他的兄弟姐妹一样，卡利尼奥斯·科塔学习了巴西柔术。他不肯用心，埃托尔·佩雷拉向阿德里安娜报告说，他开玩笑、装腔作势，根本不把它当一回事。卡利尼奥斯没把它当一回事，是因为对他来说它没法算一回事。它太贴身了，毫无尊严可言，而且他讨厌师生间的那种戒律。他渴望又快又危险的武器。他渴望优雅和暴力，渴望身体的附属、个性的延展。

在弗拉维娅玛德琳发现他打印出了战斗匕首后，埃托尔·佩雷拉将他送到了马里亚诺·加布里埃尔·德马里亚的七铃之校。这个学校位于南后区，教授一切暗黑技能：偷窥、潜行和暗杀，欺诈和下毒，拷问和酷刑，还有双刀流。卡利尼奥斯在自由保安和保镖群中如鱼得水。他学会了单刀和双刀，学会了攻击和防御，学会了如何欺骗和致盲，以及如何胜利与杀戮。他飞速成长，像一个舞者般高挑健壮又姿态沉稳。科塔在西班牙语中意味着斩，马里亚诺·加布里埃尔·德马里亚说，现在你可以试试铃道了。

七铃之校的核心区域是一个迷宫，由古老的服务隧道组成。它始终处于黑暗中，并且悬挂着七个铃铛，因此马里亚诺·加布里埃尔·德马里亚的学院才有了这个名字。走过这个迷宫而不触响任何一个铃铛，你就可以毕业了。卡利尼奥斯败在了第三个铃上。他发了三天的火，然后马里亚诺·加布里埃尔·德马里亚按住他，让他坐下，对他说，你永远都不会变得伟大。你是弟弟。你永远都不能指挥公司或控制预算。你满是愤怒，孩子，它们在你体内沸腾膨胀。可能会有傻瓜让你利用这种愤怒，但傻瓜在七铃之校里会死。你不是最强大的，也不是最聪明的，但你是那个会为了自己家族杀戮的人。接受它。没有别人能做这事了。

卡利尼奥斯·科塔又走了四次铃道。第五次，他安安静静走完了全程。马里亚诺·加布里埃尔·德马里亚送了他一对手工月钢刀，它们的线条流畅优美，锋锐得可以割开一个梦境。

卡利尼奥斯用了五年时间才终于明白马里亚诺·加布里埃尔·德马里亚的坦诚。那是疗愈性的谈话。接受它。只要接受它。

在修好的基站里，他一遍又一遍地耍着他的刀子，让它们在指间滚动，旋转它们，抛起又接住。真空包装的尸体挂在外面的架子上，现在他们的碳和水都是月球发展公司的所有物了。而他很愤怒，仍然如此愤怒。

姐妹会让卢卡斯·科塔很失望。托奎霍将他领到了哈德利城阿姆斯特朗方区东八十三层的一个工业单位里。玻璃和烧结物，全落地窗，标准分区，功能性设备，快印款家具，通用接待 AI。温和的、全白的、朴素的全波段灯光。空气里有柏木和葡萄柚的味道。设计这里的可能是一个廉价美化师或以时薪雇佣的开发者。哈德利城一直是个小气的地方，一个廉价的福音码头。但是托奎霍坚称这里是当今领主姐妹会之家，她们的宫院。

而她们让他等到现在。

"我是圣·奥当蕾德·阿伯塞德·阿德科拉尔嬷嬷。"这女人是个矮胖的约鲁巴人，全身都是姐妹会风格的纯白，脖子上挂着十几串珠链和银色护身符，戒指让她的手指不堪重负。她向卢卡斯伸出一只手，但他没有亲吻它。"玛丽亚·帕迪利亚姐妹和玛丽亚·纳瓦利亚姐妹。"站在梅德圣两侧的两个女人行了屈膝礼。她们比院长嬷嬷更年轻些，也更高，一个是巴西人，另一个是西非人。她们的头巾是红色的。斯特里特·艾克萨斯和庞巴·吉劳[1]的侍奉圣子，卢卡斯想起了阿马利娅玛德琳的教授内容。

"我们是一个无亲随社团。"玛丽亚·纳瓦利亚姐妹说。

"当然。"卢卡斯关闭了托奎霍。

"我们很荣幸，科塔先生，"奥当蕾德嬷嬷说，"您母亲为我们的工作提供了强有力的支持。我猜这就是您来找我们的原因。"

"你很直接。"卢卡斯说。

"谨慎是留给亚伯拉罕子孙的特质。您对我们的弗拉维娅姐妹十分冷酷无情，我为此感到悲哀。让那位亲爱的女士一直恐惧于自己的呼吸……"

"此事现在已不受我控制了。"

"我明白了。请。"

玛丽亚·帕迪利亚姐妹和玛丽亚·纳瓦利亚姐妹请卢卡斯进了隔邻的一个房间。沙发，更廉价的打印家具，弥散的白色灯光。卢卡斯暗灰色的西装与之形成鲜明的对抗。他毫不怀疑在这些空荡荡的墙壁深处藏着一个秘室，非信徒见不到它，只有极其稀少的信徒能进去。

药草茶装在一个金属杯里。

"马黛茶？"卢卡斯嗅了嗅，把它放到了一边。奥当蕾德嬷嬷仪态端庄地用一根银色吸管小口喝着茶。

---

[1] 斯特里特·艾克萨斯（Street Exus）：约鲁巴宗教中神灵的信使，庞巴·吉劳（Pomba Gira）是其配偶。

"它能温和地刺激神经，帮助集中注意力，"她说，"我们开发灵性草药茶和马黛茶，并向地球出口——以打印文档的形式。包括一切，从温和的兴奋剂，到那些让死藤水看上去好像柠檬水的强效迷幻剂。它们每每一接触网络就被盗版，但我们觉得为世界提供宗教新体验是我们的责任。"

"在过去的五年里，我母亲给你们的组织捐赠了一千八百万比西。"卢卡斯说。

"对此我们非常感激，科塔先生。宗教秩序在月球上面临着独特的机会和挑战，而信仰必须呼吸。我们的资助人包括亚·德德·阿萨莫阿、月鹰，以及地球上的植物联盟、拉各斯五旬节会展会和恒今基金会。"

"我知道。"

"她说您非常勤勉。"

"可别来惠顾我。"

侍奉姐妹坐直了身子，一脸被冒犯的样子。

"请原谅，科塔先生。"

"如果我要求私下继续这场谈话，这个要求有意义吗？"

"没有，先生。"

"但我是很勤勉。我还是个不会让母亲将钱浪费在妓女和骗子身上的儿子。"

"那是她自己的钱。"

"你们是做什么的，奥当蕾德嬷嬷？"

"当今领主姐妹会是非裔巴西月球人的宗教融合体，致力于敬奉奥瑞克萨、减轻贫困、实践精神训导、救济以及冥想。我们也参与宗谱研究和社会实验，吸引您母亲的是后者。"

"说说看。"

"姐妹会参与了一项实验，其宗旨是创造一个可以持续一万年的社会结构。它涵盖了谱系、社会工程和血统控制。欧洲人在月亮中看到人形，阿兹特克人看到家兔，中国人看到野兔。你看到生意和利润，远地大学看到宇宙中的窗口，我们看到社会容器。月亮是一个完美的社会实验室，小、自足，并且受到约束。对我们来说，它是个完美的社会类型实验场所。"

"一万年？"

"人类需要如此久的时间，才能独立于此太阳系，进化成真正的星际物种。"

"这是个长期项目。"

"宗教谋求永世。我们和其他团体一起工作——有些是宗教性的，有些是哲学性的，还有一些政治性的，但我们全都有相同的目标。一个极其强健又极其灵活的人类社会，它将带领我们冲向星辰。我们展开了五个大型社会实验。"

"五个。"

"是的，科塔先生。"

"我的家族不是你们的实验小白鼠。"

"没有冒犯的意思，但你们是，科塔先生——"

"我母亲绝不会贬低自己的孩子——"

"您母亲是实验的基础。"

"我们不是实验。"

"我们全都是，卢卡斯。每个人类都是一个实验。您母亲不仅仅是一位伟大的工程师及工业家，她同时也是一位社会空想家。她看到了民族国家、帝国野心和社群部落文化对地球造成的损害。月球是一个尝试新事物的机会。人类从未生活在一个比这里更苛刻更危险的环境里。然而我们现在在这里，一百五十万人生活在这城市和驻地里。我们幸存，我们兴盛。环境严苛的限制条件迫使我们适应并改变。地球是一个特例，宇宙的其他部分应该和我们一样。你们是一个实验，阿萨莫阿是一个实验，孙家是一个实验，麦肯齐家又是一个实验。沃龙佐夫家是一个极端实验：数十年的零重力状态会使人类的身体和社会产生什么变化？你们的实验是，你们和其他每一个竞争。我想，这算是某种类型的达尔文主义。"

卢卡斯愤怒于对方的放肆无礼。他是操纵者，不是被操纵者。但他无法否认，关于在月球上如何幸存及兴盛，五龙的解决方法完全不同。他在沃龙佐夫家的同僚对于瓦莱里·米哈伊洛维奇·沃龙佐夫的传说从不肯定也不否定——这数十年来，那个拜科努尔航天中心的老火箭专家一直在他的循环器"圣彼得与保罗号"里进行着自由落体运动，他已经变成了某种奇怪的、非人的东西。

"你们的姐妹之一为什么去拜访我母亲？"

"应您母亲的请求。"

"是什么？"

"您监视您的兄弟，却没有监视您母亲？"

"我尊重我妈姆。"

姐妹们彼此交换了一个视线。

"您母亲正在告解。"奥当蕾德嬷嬷说。

"我没听懂。"

"您母亲快死了。"

摩托车身在阿列尔·科塔身周合拢。她举起一只手，出租车开了一条缝，好让她听到外面的声音。

"抱歉，你说什么？"

"我差点丢掉一根指头！"车子之前又快又狠地闭合，几乎贴着玛丽娜的脸。

"那我们会补偿你的。亲爱的，我们讨论过这事。你不能和我一起去。"

"我必须和你一起去。"玛丽娜说。今天早晨，打印机料斗里交付了一套弗拉明戈式的男士西装。玛丽娜非常喜欢它的裤子，不过她总是忍不住把上衣往下扯，想遮住自己的屁股。她已经适应了一会儿脚上的鞋子，不是那种愚蠢的高跟，它们根本不值得适应。这是真正的鞋子，在此处添加代码以求舒适，在彼处添加代码以求合脚，脚底的代码重写是为了增加抓地力和加速力。运动单鞋。

"我命令你。"

"我的汇报对象不是你，而是你母亲。"

"那就去向她汇报。"阿列尔封闭了车子。趁着她还没开出一个街区，赫蒂召来了另一辆出租车，让它跟上阿列尔。

当玛丽娜的摩托车再次敞开车身时，阿列尔正夸张地抽烟。猎户方区西六十五层凿出的老单元，它非常聪明地贴着区中心，却毫不起眼，很容易就会被忽略。玛丽娜想，它是特意设计成这样的。是月球学会，赫蒂告诉玛丽娜。

"这是个私人会员俱乐部。"阿列尔说。

"俱乐部通常让保镖进入。"

"这个俱乐部不准。"

"我会跟着你的。"

阿列尔转过身，暴怒地嘶声道："看在上帝分儿上你能不能按我说的去做？就一次？"

玛丽娜抑制住自己的满足感。一次暴击。

"好吧。好吧。但你得知道一件事。"

"又是什么？"阿列尔气急败坏地问。

"你左小腿的长袜上挂了一道。"

有一瞬间，阿列尔似乎要爆炸了，她的眼睛好像因为突然的增压而突了出来。然后她泄了气，发出无可奈何的笑声。

"行行好，赶紧去公共打印机那里帮我弄一双，"阿列尔下令道，

"贝加弗罗已经把打印文件传过去了。"

"又怎么……"玛丽娜起了个头，但没说完。赫蒂领着她到了最近的打印机处，就在下一层。阿列尔一丝不苟地检查了新袜子，然后脱下身上的，把它们换了上去。

"你要不要找个不这么公开的地方？"玛丽娜建议道。以前没有哪个雇员有她这种看问题的角度。

"哦看在老天分儿上，别这么地球化，"阿列尔扯直自己的裙子，端起一个女人长久以来在公共摄像头里展示的样子，"我一个小时内回来。"

维迪亚·拉奥正在休息厅里等着阿列尔。而她嫌恶地审视着月球学会，有地毯，她鄙视地毯。这一块是恶心的绿色，数十年的踩踏和疏于保养让它显得污迹斑斑。人皮培养皮沙发上也到处是斑点，它的款式极其过时，大概经历了时髦和复古的时代，最后沦落至完全被淘汰。灯光很暗，是学院式的、教会式的灯光，就像一处主题陈腐的研讨会旧房子。屋里有小股的气流，阿列尔怀疑它们已经像灯神一样在这里循环了很多年。

"请，"维迪亚·拉奥指了指一张矮桌周围的几个沙发，"喝点什么？"

"血腥玛丽，"阿列尔说着，抽出了她的电子烟。一个机器人端上了她的饮料，给银行家端了一杯水，"还有别人吗？"

"恐怕只有我。"维迪亚·拉奥说。他把双手放在膝盖上，搭着手指，这是个轻快的姿势。阿列尔抿着她的血腥玛丽。

"那么，祝我们有一次成功的会谈，"维迪亚·拉奥举起他的杯子，阿列尔回以致意，"这是个壮举。你母亲还好吗？"

"很难讨论我母亲的事情，公司结构更新了。"

"我明白。"

"你们的三皇预测到了这事？"

"我是八卦频道的疯狂粉丝。"

"为什么我会在这里，拉奥瑟尔[1]？"

"你记得我们上次见面时，我曾说过我们想收买你吗？"

"出个价吧。"

"月球学会正在制作一份刊物，我们定期发表它。它将列举各种各样的月球独立事件，包括经济、政治、社会、文化和生态各方面。我们喜欢大肆宣扬。"

"那我得签约做什么呢？"

"它是一份政治刊物，由我、玛雅·耶普、罗伯托·古铁雷斯和尤里·安东年科撰稿。为了废止 LDC 并建立月球的地方自治，我们假想了三个可替代的结构。它们涵盖了全民参与民主制和微资本无政府主义。"

阿列尔喝完了她的血腥玛丽。没有哪种早餐欢迎它。

"我想，上次我们见面时，我说过我是一个科塔，我们不搞民主。"

"是这话没错。但它只是一份刊物。我们并不要求你签血书声明独立。"

"行吧，只要我不必阅读任何内容就行。"阿列尔说着，将空杯子递给了等待着的服务机器人。

*

卢卡斯的电车到站了，叶玛亚宣布道。

"交给我吧。"阿德里安娜对埃托尔·佩雷拉和海伦·德布拉加说。海伦按了按她的手以作告别。

---

[1] 瑟尔（Ser）：对中性人的称呼。

"没事。"阿德里安娜说。卢卡斯不会像拉法那样暴怒，不会叫嚷，不会发火，不会冷战。但他会怒火中烧。阿德里安娜等在岩间圣母馆里，坐在奥克萨姆的脸庞下方。

两个亲吻，一如既往地恪守本分。

"您为什么不信任我？"很直接，他就是这样。以个人背叛为开场，这是张好牌。她对孝顺的儿子撒了谎。

"那我就得告诉其他人了。我可扛不住拉法的脾气。"

"我一直都很谨慎。"

"是的，你是，卢卡斯。没有人比你更谨慎，更可靠。"

"也没人比我为这个公司做得更多，"阿德里安娜知道他拿着一张王牌，但此时就打出内疚牌似乎有些太早了，"您准备什么时候告诉我们？另一次家族庆典上？露娜的生日会？"

"卢卡斯，够了。"

"所以是什么时候，妈姆？"

"克服它卢卡斯，我也扛不住你的脾气。"

卢卡斯压抑住自己的怒火，垂下了头。

"还有多久，到那时？"

"几周。"

"几周！"

"我本来要告诉你的，在那之前……"

"只给够时间道别。谢谢您。您觉得我们发现时会做什么？"

"它会改变一切。我看到你现在看我的眼神，而你知道这个消息才多久？五小时？我现在不是你母亲，我也不是阿德里安娜·科塔。我是个行走的死者。"

怜悯比死亡更糟糕。阿德里安娜无法容忍怜悯，无法容忍它嘶叫的焦虑，它耐心的笑容下翻腾的怨忿。你不能怜悯我。这死亡是属于她自己的，她将对它毫不在意，也不会有渐渐腐蚀的伤痛。而她的孩子们会把她的死亡夺走，他们会塑造它，经营它，控制它，直至她被删减殆尽，变成一个坐在椅子里渐渐死去的老妇人。

"我没有告诉别人。"

"谢谢你。"

"我竟然不得不从当今领主姐妹会那里听到这个消息。"

"你不该威胁她们要中断资金。"在卢卡斯的列车离开哈德利城中心时，奥当蕾德嬷嬷就联系了阿德里安娜。卢卡斯知道了洛亚姐妹来访的原因；为逼问消息，卢卡斯威胁她们要在阿德里安娜死后撤销资助。阿德里安娜对卢卡斯的作为极为震怒。他总是彬彬有礼地恃强凌弱。无论她做了什么，对此事她总是有权利震怒的。

"您不该拿我们的家族玩世家游戏。"

"卢卡斯，这全关乎世家，只关乎世家。我想给你们最好的，为你们所有人。为这个家族。"

他能接受这个，对卢卡斯来说最重要的一直是家族。现在他要出牌了，阿德里安娜一直在迫使他出牌。

"您指定阿列尔做科塔氢气公司的继承人，这也是为了家族吗？"

"是的。"

"不是拉法，也不是——"

"你？"

"拉法会让这个公司窒息而死，您知道的。阿列尔有她自己的人生和职业。您觉得她会想要当科塔氢气的会长？"

"也许不想，但这事我已经决定了。在我死后，阿列尔会成为公司的领袖。她不会是会长，我为她发明了新的头衔和行政权力。你和拉法保持自己的职位和责任。你们将一起合作。"

"这是姐妹会给您灌输的见解吗？"

"你这样问就有失身份了，卢卡斯。"

"我们呢？"

"我们？你和拉法？"

"我们，您和我，妈姆。"

"卢卡斯卢卡斯，所以我才想把这一切事务都放到我安全地死去后。"

"我想我应该得到一个解释。"

"这是月球，没有什么东西是你应得的。阿列尔将会是科塔氦气的最高领导。"

"我说过，我没有告诉别人。到目前为止还没有。"

阿德里安娜知道他终将这么做，但这种操控感，这种顺理成章的威胁仍然让她呼吸不畅。

"也正是因此，我才把你和王座隔开尽可能远的距离，卢卡斯。"

这是一把利刃，这一次伤害已无法愈合。卢卡斯的嘴角抽搐了起来。

"我会反抗您的。"

"我不是你的敌人，卢卡斯。"

"如果您的行为违背了科塔氦气的最高利益，那么是的，您就是。哪怕是您，妈姆。您伤害了我，妈姆。我想象不出比这更深的伤害。这件事我无法原谅您。"

他站了起来，拢起手指朝他母亲鞠了一躬。没有吻别。空气在彩虹下颤抖着，停滞在博阿维斯塔翻滚的水雾中。

"卢卡斯。"

他已经走向了列车站。

"卢卡斯！"

我能进来吗？

卢卡斯，请不要这样。你不要来说服我。

我没想要说服你。

他站在若热的大门摄像头前，仿佛每一寸骨头都碎成了月壤粉末，只是凭他的意志粘合在了一起。

进来，哦进来吧。

他没有说话，对心里的山崩地裂没有漏出一个字。但是若热把他拉到怀里，拥抱他，亲吻他。抱他。抱了他很久，在这气味难闻的小房间里，在这小小的床上。

之后，卢卡斯把头枕在若热的肚子上。他很适合音乐家，节奏合拍，音调和谐。

这个公寓很糟糕，它在圣巴巴拉方区高高的上梁处，屋子又小又挤，空气被呼吸过度。床占了一整个房间。吉他挂在墙上，像一个圣像，或另一位恋人般俯视全场。它让卢卡斯很不自在，音孔就像是独眼巨人的眼睛，或是一张惊骇的嘴。

"你母亲还活着吗？"

"不，她死于阿里斯塔克斯地震，"从若热的话语、呼吸和心跳中，卢卡斯感觉到了他温柔的韵律，"她为你们工作，月球学。研究月球的岩石和尘埃。"

月球时不时就被轻微的地震摇晃：潮汐应力、撞击后的余震、冰冷的地壳在新的阳光中变暖后产生的热膨胀——都是些温和的震颤，长久又缓和地提醒着那些爬行在它皮肤虫孔里的人类，月球不是一颗挂在空中的死去的岩石颅骨。它还在咔嗒作响，还在搅动尘埃。每几个月，月球就要经受一次更强大的地震：地下二十、三十公里深处的振动，让地下城市中的人们停下自己的事务，让墙壁开裂，让气体泄漏，崩毁电力线，割断铁路。让科塔氦气在阿里斯塔克斯的维修与研究基站崩塌，掩埋了两百个人。那个基站很廉价，搭建得太快。某些赔偿诉讼还在克拉维斯法院中反复推敲。

卢卡斯转过头看着若热。

"我很抱歉。"

“你很幸运，”若热说，“你拥有她是你的幸运。”

“我知道。所以我会照看她，我会保卫她，我会是那个和她坐在一起握住她手的人。”

“你爱她吗？”

卢卡斯坐了起来。他的眼睛里燃烧着愤怒，有一瞬间若热吓到了。

“我一直都爱她。”

“我不应该这么问。”

“你应该问，从来没有人问过。每周我都去见我妈姆，没有人想过问问我，我这么做，是出于责任，还是因为我爱她。拉法才是有爱的人。卢卡斯·科塔？黑色的那个，那个阴谋家。我儿子卢卡西尼奥是我的一切，那孩子是个奇迹，是个珍宝。但当我和他说话时，我说不出来。话总是拧着的，总是错的。一出口就伤人。拉法为什么能那么轻而易举地获得这个世界？”

卢卡斯坐在床边上。房间太小，他光着的脚已经伸到了生活区。

“至少让我给你在南后城弄一间得体的公寓。”

“好。”

“你答应得也太快了。”

“我是个音乐家，我们从不拒绝免费住所。”

“我想来听你演奏。改天。”

“改天。现在还不行，如果可以的话。”

“遵命。”

若热把卢卡斯拉到他身边躺下，卢卡斯蜷起来抱着他，胸腹对着背部，睾丸对着屁股。一个无邪的姿势，一段忘记过去和未来、历史和职责的时间。

“唱点什么给我听，”卢卡斯轻声说，“《三月雨》。”

马林·奥姆斯特德大厨病了。马林·奥姆斯特德大厨没病。厨师是最不健康的行业，他们的工作时间是病态的，他们的工作地点拥挤、难受，充满了蒸汽和烟雾。他们在持续虐待自己的身体。但他们从未有一天离开他们的厨房。厨师们从不生病。当马林·奥姆斯特德说自己病了，拜托阿列尔代替他到月鹰的鹰巢去报告雪兔会的审议意见时，阿列尔·科塔就知道这是个显而易见的谎言。乔纳松·卡约德有话要和她说。

安保人员非常小心，从贝加弗罗召唤摩托车前往鹰巢的那一刻起，他们就开始警戒了。当出租车附着在攀升器上，爬上心宿二中心区的西南墙面时，阿列尔和玛丽娜已经被彻底地扫描并检查过。一位优雅的管家穿着开襟短套装，戴着帽子，请阿列尔跟随她，一路向上穿过了梯台式花园。

月鹰正在橘馆喝茶。他的鹰巢里有各种各样的烧结玻璃凉亭和观景台，坐落在层层叠叠的花园中，每一层都有一个主题颜色。橘馆位于规整的柑橘树林边上，橙子、金橘、佛手柑全都由 AKA 的遗传学家缩小到了适合人类的尺度。景色非常宏伟，鹰巢的高度在心宿二方区中央圆厅的半腰处，与居住区接壤，高度足以观赏全景，但也没有高到失去贵族风范。阿列尔的呼吸哽在了胸口，在这里，往前一步就踩在永恒的边缘。心宿二方区的时间落后于宝瓶座方区八个小时，日光正在苏醒，往五条大道上投射出颀长的金色光辉。光线在晓色中闪亮，尘埃如同星辰。这是鹰王的观景特权，并且只属于鹰王。

"科塔律师，"乔纳松·卡约德扯下一只佛手柑，将指甲抠进绿色的果皮，溅出一点芳香油的雾气，"闻一闻。"阿列尔弯腰闻了闻水果。

"我无法形容它。"

"是的，不可能形容，对不对？感觉和情感，除了用它们自己的方式，你无法表达它们。"他把水果扔掉了，阿列尔不知道它落到哪里去了，可能已经掉出了边缘，"坐吗？"

鹰王指了指中央圆厅边缘的一座穹顶小亭，它很小，只放得下一张矮桌和两张长凳。阿列尔安置好了她层层叠叠的衬裙。今天她穿了一条迪奥的圆形连衣裙，飘逸，收腰，堂而皇之的女性气质是蓄意的欺骗。管家为鹰王上了一杯薄荷茶，给阿列尔拿了一杯烈性干马提尼。某些方区从早到晚都是鸡尾酒时间。阿列尔轻轻拉开了她的电子烟。

"您介意吗？"

"你是我的客人。"

天空已经熙熙攘攘，缆车摇晃着穿过峡谷；自行车和小轮摩托车飞掠过天桥；在高高的上方，在贫民区里，阿列尔能分辨出跑过索桥的身影；遥控飞机和飞行器在金色的空中一闪而过。

"没能参加你母亲的生日宴会，为此我真诚地道歉。整个世界都将怀念她作为科塔氦气领袖的时代。"

"我母亲一直与世界保持距离，加普夏普[1]网上会有人为此哭泣吗？我对此非常怀疑。"

"和你不同。"乔纳松·卡约德说。阿列尔第一次对他的身量有所触动：地球人的体重和肌肉。他隐约让她感觉到了威胁。

"告诉我你想要什么吧，"阿列尔说，"真正想要的是什么。"

乔纳松·卡约德的微笑能让整个世界炫目。他放下茶杯，兴高采烈地鼓起掌来。

"真犀利！我想要一场婚礼。"

"每个人都会来庆祝的。"

"我想要一场科塔家和麦肯齐家的婚礼。"

"基于父母对罗布森·科塔性权利的忽视，我废除了他和洪兰

---

[1] 加普夏普（Gupshup）：月球社交网络的主要八卦渠道。

· 308 ·

凰的尼卡哈，而露娜才五岁。"

"我是指卢卡西尼奥，和丹尼·麦肯齐。"

"布赖斯·麦肯齐的另一个小孤儿。"

"对。"

"你想听听卢卡斯会说什么吗？"

"卢卡斯会说好，只要你向他解释，如果他拒绝，那我就会命令 LDC 重审蛇海许可证是否有程序违规。"

"科塔氦气的财力还是很雄厚的。"

"但并非取之不尽。如果我们临时禁止你们的氦-3出口，直至审查结束，那么你们的战争基金有多雄厚？"

"如果地球变暗了，你会在这个可爱的宫殿里待多久？"

乔纳松·卡约德斜过身来，握住阿列尔的双手。他的皮肤很柔软，而且非常温暖。

"但这一切都不必发生，阿列尔。卢卡西尼奥和丹尼·麦肯齐结婚，你甚至可以草拟尼卡哈。而科塔家和麦肯齐家之间都享有和平。一场世家联姻。我渴望和平，阿列尔，我想要一个安宁的月球。我知道你们和麦肯齐金属在蛇海上都干了什么。而我希望我的世界里没有企业战争。一次简单的家庭联盟，两个俊美的王子。我甚至会在这心宿二圆厅里给他们准备一套公寓，这样双方都无法占有他们。"

"两个俊美的人质。"

"阿列尔，你这样说就有些虚伪了，你草拟过多少尼卡哈？"

阿列尔长长地吸了一口烟。她的马提尼还完好无损地摆在矮桌上。

"你也是用类似的制裁威胁麦肯齐金属的吗？"

现在已经天光大亮，心宿二方区又开始了辉煌的一天。

"有的时候，我会忘记你们家在现实政治上有多么缺乏经验。"

阿列尔慢慢地呼出一股蓝色的螺旋烟雾，它向外盘旋着，越过层叠下落的宏伟梯台、扶壁和廊柱，飘向闪闪发光的汉鹰广场。

"见你的鬼，乔纳松。"

"我希望你把这则消息带给你母亲。"

"我不是我母亲的线人。"

"真的吗？我觉得你就是一个狡猾的小间谍。"

"如果对我家人有益，我会这么做的。"

"当然了。你之前的行为很符合伦理。但我很清楚，蛇海的密报并没有交付给雪兔会。"

阿列尔冷静地抿了第一口马提尼，她需要它来重启自己僵硬的心脏。他知道了，他要她认罪，好讨价还价。她戴着手套的手把杯子放回桌上，没有激起一点涟漪。

"月球学会的存在并不违反哪条法律，这一定是神灵的意思，要知道有太多法律在颠倒正义。它甚至不存在利益冲突。"

"但它和我的利益相冲突，和LDC的利益相冲突。你们不是公民，只是客户，永远别忘了这一点。你签了名的那本小册子，它很迷人，相当迷人，也相当无关痛痒。政治学理论？我们这上面的人是实用主义者。会读它的只有那些名嘴精英。但如果你开始把自己的名字和那些真正会影响人们的对象相关联，比如四大元素，哦，那就可能引起动荡，甚至引起恐慌。LDC不会对此坐视不理。你追求司法公正。别否认这点，阿列尔。你的志向令人钦佩，但是，永远别忘了，克拉维斯法院的职位任命是由月球发展公司负责的。"

"乔纳松，我要再说一遍……"

"见我的鬼。行。和你母亲说说，劝劝你兄弟，婚礼要邀请我。办得盛大点，我真心热爱盛大的婚礼。"

管家来了，会见结束了。乔纳松·卡约德又从他的树上扯下了一个佛手柑，像捧着一个宝宝或一颗心脏一样小心翼翼地把它递给阿列尔。

"带上这个。把它放在你家的最中间，它的芬芳会溢满每个房间。"

现在这个活动不知道是时尚招待会还是七九届研讨同学会，总之它是五天里的第十场，并且现在是一点三十分。玛丽娜想念她的家，想念她的床，想得几乎要哭出来。她穿着一条杰奎斯·菲斯的裙子，端着茶坐在吧台上，视线追踪着阿列尔，看着她从这群人挪到那群人，从这场谈话转移到那场谈话。相同的脸，相同的对话。陈腔滥调完胜一切主题。这是个技能，玛丽娜想，关键的不可能是说话的内容，关键的是谁在说，以及说给谁听。她试图在她红色的正装细高跟鞋里找到一毫米的宽仁。然后她从鞋子里拔出了脚，舒畅的感觉瞬息而至，击中她的心房。她的双脚肿痛，肌肉从绷紧的芭蕾舞姿势中解脱出来，她放松得差点叫出声来。扯上柔软的平底便鞋时，疼痛让她畏缩。

阿列尔在围着她的人群中摇曳生姿。

玛丽娜在挤进那双华美的鞋子时抬起了头，然后她看到了刀。刀的迹象：手的动作，衣服背部的褶痕，人群中金属的闪光。刀。抽刀的动作。

冲刺。

月芽的肌肉。玛丽娜从椅子上扑了出去，这一下让她跃过了四分之一个房间。在袭击者把刀捅进阿列尔·科塔的心脏时，玛丽娜扑到了他身上，撞歪了他的袭击方向。刀子穿过纪梵希的蕾丝和紧身上装，扎进了阿列尔的背部。血。血液在月球上溅得又高又慢。阿列尔倒下了。袭击者蹒跚着，已准备再次攻击。他是月球上出生的，又高，又轻，又快，比玛丽娜更快。他换了拿刀子的姿势，而玛丽娜的武器卡在了她愚蠢的衣服里。她转头寻找能够杀人的武器，并找到了它。袭击者举刀来了。玛丽娜用尽了全力，将电子烟向上戳进了他的下颌。毫不留手。最初的阻碍是他下巴上的胡茬，然后是骨头的咯吱声，最后电子烟的尖端穿透了他的头盖骨。袭击者抽搐起来。玛丽娜撑着电子烟，牢牢地撑着它，看着他扎穿在上面，迎着他的视线直到她清楚那视线里再没有一丝活气。她松开了她的战矛。尸体翻倒在了地上。血已经沿着电子烟的钛合金长杆流了她满手，而阿列尔伤口里的血溅满了她的脸和裙子。阿列尔躺在暗红的血液里，喘息着，抽动着。周围的人依然永恒地围成一圈站在那里，往下看着。我们吓呆了，我们很关切，我们不知道要怎么办。

"医生！"玛丽娜尖叫着。她跪在阿列尔身边，要压住哪里，要固定哪里，要怎么止住流血？这么多血。还有掀起的皮肉。"医生！"

第九章

　　他一直在这里，坐着等我喊他进来，微笑着，听我所有的故事和旁枝末节，因为我是工程师，我是那个应该毫无废话、简明扼要的人。他对别人的缺点总是很耐心。卡洛斯，你得再等一等，但是不用等很久了。

　　阿希离开了，我再也没见过她，也再也没有和她说过话。我工作，我有必须要做的事，没有时间想念别人。看看我的生产率！我压根不想念她。她走了是件好事，爱情只会让人分心。我还有事业要完成。

　　我忙得要命，我想念我的临界日。

　　这是个谎言。说我不想念阿希，那也是个谎言。我如此想念她，失去她让我心里发疼，就像抽空了体内的某一处。我想念她甜美的严肃；想念她细碎的温暖，比如每天早晨床头的茶，或是整洁摆放的我的沙装；想念我懒惰时她的干净利落；想念她对细节的注重；还有无论我们在公寓里还是旅馆里或是舱室里时她整顿内务的样子，她总是把东西端端正正地靠墙码放。她听不懂我的笑话，也说不来葡萄牙语。这么多细节！我把它们全都堆到我记忆深处，不去想它们，因为一想到她，我就会想到我在月球上将永远失去的一切。自由的呼吸，照在裸露的脸上的阳光，抬眼就能看到的敞亮的天空，遥远的地平线，世界尽头的月亮在海面上铺开银色的道路，由水而非尘埃组成的海洋，还有风，听哪！

我拼命地工作，建模、设计、筹划。它能成功，它很简单。但你只能如此疯狂地工作，以免它吞食你的勇气和精神。我给自己放了个假，阿德里安娜·科塔式的休假，我那些 DEMIN 矿业学校的老同学会为我骄傲的。我转战于猎户座方区的十二个酒吧。到了第九个时，我是跌进门去的。到第十个时，我打赌我能在吧台上垒起多高的小酒杯塔——十五层。到了第十一个酒吧，我和一个甜美的大眼睛桑托斯男孩额头碰着额头窝在一个角落里，我喋喋不休地把我所有的计划和野心都倒了出来，而他睁大了他的大眼睛，假装对此很感兴趣。我没能到达第十二个酒吧，我到了大眼睛桑托斯人的床上。我是个差劲的爱人，我哭了一整晚。他实在太讨人喜欢了，陪着我一起哭了一晚。

在临界日之后，我已经很久没和家人通话了。我怕我发现自己做了一个可怕的决定，一个无法反悔的决定。然后我想，在人类历史的大部分时间里，迁移都是一次单程旅途。葡萄牙的老家族会为启程前往巴西开始新生活的孩子办一场葬礼。旅行社是一个安抚人心的童话故事。人生是一系列单向打开的门，我们永远无法返程。这就是世界，我们必须尽己所能地在其中生活。不过我的确一直在听很多来自旧世界的歌，是我母亲喜欢的，在家经常唱的歌。它们就仿佛是从下方的蓝色行星一路飘浮了上来，然后安居在一片新的景色中。这景色不是灰色的丘陵、陡坡、月谷和所有那些丑陋的景象，而是人。月球上唯一美丽的事物就是人。

所以，我现在是个月球女人了。我把自己交付给了一个新的世界和一个新的人生。我有创意，我有钱——如果你移民，那么路费的返程部分在扣除一切待结款项和不可避免的费用后，会返还给你。我买了LDC的可转换债券，它安全、稳固，并且高回报。我还有一大堆法律及设计AI，和一个我迫不及待想在真实世界里检验的模型。我只缺一条线索，更明确一点说，我不知道怎么才能把这一切变成一个生意。我毫无计划，它是一种超出我认知范围的工程学——如何筹划一个公司并让它开始运转。

然后我遇到了海伦。为了财务经理人选，我在暗中撒了一张大网——我的家人在财务方面一窍不通，我也不例外。它们全都是别有趣味的地下工作、加密的信息——我们当时还没有亲随、茶馆里的秘密会议——得在紧要关头变换地点。我不能冒被麦肯齐金属发现计划的风险。你觉得我们现在生活在一个狂野的世界里，可它根本比不上那些开荒的日子。但她来了，这个来自波尔图的女人，她了解自己的一切领域，知道该问什么不该问什么。但是，我能告诉你吗？真正让我决定用她的因素，是她说葡萄牙语。我学了英语，当时正在学环球语——它当时正开始盛行成为通用语，尤其是因为机器能听懂口音——可是有些东西你只能用自己的语言才能讲出来。我们能够交谈。

从那以后，我每天都和她一起工作。她是我最老最亲密的朋友，她从不让我失望。但我知道我曾经让她失望过很多很多次。她说，你不要谈钱，绝对不要。不经我同意你别为任何东西付款，绝对不要。还有，你需要一个项目工程师。我刚好认识一个，一个巴西男孩，一个圣保罗人，认识了三个月。

他就是卡洛斯。

哦，可他是个自大的混蛋，又高又帅又风趣，而且很有自知。

他有圣保罗人的优越感：更好的教育，更好的食物，更好的音乐，更好的职业道德。里约人住在海滩上，整晚坐在一起喝酒，不做一点工作。我们在酒吧里碰头，我们都吃芋丝面。你会觉得，我居然还记得我们吃了芋丝面。我记得那次会面。我穿了二十世纪八十年代的便装，而他穿着斜纹裤和夏威夷衬衫。在他看来，我说的每一句话似乎都是他听过的最可笑的事。他又自大，又烦人，还有性别歧视，他让我抓狂。我几乎有一点憎恨他。

我就说："是不是只要是女人说的话，你都听不进，还是你只针对你眼前这一个？"

于是他用接下来的一个小时制定了商业计划，而它就是科塔氦气公司的基础。

啊，但过程很有趣，那一年我们满月球地追逐自己的创意，只有上帝才知道我们是怎么维持住呼吸的。费用返还是一大笔钱，但它像尘埃一样从你指尖溜走，哪怕你的财务经理和项目工程师只要四元素的开销并且睡在朋友家的地板上。会议、展销、内容说明书、承诺。还有拒绝，迅速否决强过长久的举棋不定。还有激动，当我们敲定一个实际的、确定的投资者并且感受到他的比西时的那种激动。我的原则很明确：我不要地球上的投资商和股票基金，我不想像孙家那样，不断地挣扎着想要摆脱北京的控制。我想和麦肯齐家一样，有一个完全月球基础的公司。鲍勃·麦肯齐卖掉了他所有的地球产业，将资金转移到了月球上，并对他的家人说：麦肯齐家现在是月球人了。要么搬上去，要么搬出去。我已经把自己交付给了月球：我永远都不能回地球了，我也不想要地球来接近我。他们可以是顾客，但不能是老板。科塔氦气将会是我的孩子。海伦·德布拉加是我最亲爱的朋友，她是董事会成员，但她从不是老板。

海伦和我对付钱的事，而卡洛斯负责开发原型和交易。月球比地球要小得多，在传言抵达远地大学再打个转回来之前，我们不可能建造并测试好一台集取器，那点时间我们甚至来不及锁好头盔。所以我们就去了远地，在学院租了两个单元。它当时还不是大学，差不多就只是一个天文台，一个研究致命病原体的前哨站。如果出了什么问题，它是你可以离地球最远的地方，而且你可以抛弃、处理、炸掉整个基站。隧道离月球表面太近了，每个晚上，我都想象着那些射线在轰击我的卵巢。我们一直在咳嗽。它可能是尘埃引起的，但我们当时怀疑它是病原体实验室的某些小纪念品。

卡洛斯建造了集取器样机。我说的建造是指，他雇用了承包商、机器人以及质量管理团队。他把样机给我看，我说不行不行不行，这用不了，它不够强劲，处理程序效率太低，维修端口又在哪里？我们疯了一样吵架，我们像已婚夫妇一样吵架。我还是不喜欢他。我这么告诉海伦，说了一遍一遍又一遍。我反复对她说他有多么愚蠢、多么自大、多么顽固，我一定把她烦得受不了，但她从来没有一次叫我闭嘴去和那家伙睡觉。因为我为他而疯狂。他和阿希截然不同。她是从朋友变成爱人的，而他可以是个爱人，但绝不是朋友。那种吸引力也完全不同，完全不对，而且非常非常非常真实。我想他在床上的样子，我想他赤裸的样子，我想他做些傻乎乎的、完全不像他的、浪漫的事，比如俯在线路图上看这个烦人的女人到底是在搞什么，然后时不时吻吻我。我朝他轻轻弹指。我猜他听到了。吸引力到底是什么？

我要告诉你我第一次吻卡洛斯是在哪里：在丰富海上他为我造的一个小圆屋里。它甚至不是个小圆屋，就是两个用月壤围起的探测舱，我们把它当作实地测试的一个基地。我们把样机拆开，用巴尔特拉将它匿名从远地运出，跳跃连着跳跃，不停地跳跃，让它们的行程看起来很随意，当然，它们最终全都按照我们的希望及时抵达了目的地。然后我们用探测车把它们运到了我们的小基地，团队又把它们组装起来，在这不毛之地的无名角落里，在一个没人能看到的地方。

到此时为止，我们像燃烧氧气一样在烧钱。剩下的钱只够一次实地测试、一次小改进以及招待我们的贵宾。它必须成功。我们全都挤在舱室里，看着集取器隆隆地爬过月海。我发动了集取头和分离推进器。然后我打开了分离器的开关，镜面旋转着，捕捉到了阳光，并把它反射进了分离器。我的眼泪夺眶而出。它是我一生中见过的最伟大的事物。

一个小时后，我们读取了第一份数据。在那整整六十分钟里，我觉得我完全没有呼吸过。气体质谱仪的数据：氢、水、氦-4、一氧化碳、二氧化碳、甲烷、氮、氩、氖、氙。都是些能卖给 AKA和沃龙佐夫的挥发物。不是我们想要的，不是我们在寻找的：图表上的小波峰，比其他一切波峰都要小得多。我放大了坐标轴，我们全都挤到了显示屏前。那里。那里！氦-3，就在我们认为它应该在的地方，就是我们预料中的比例。甜美的可爱的光谱仪小波峰。我们得到了氦。我尖叫起来，到处乱蹦。海伦吻了我，然后哭了出来。然后我吻了卡洛斯。我又吻了卡洛斯。我再次吻了卡洛斯，并且没有停下来。

我们全都窝在我们小小的舱室里，喝廉价的 VTO 伏特加，然后愚蠢又危险地喝醉了。然后我把卡洛斯拉到我的铺位上，我们安静地、激烈地、悄声傻笑着做爱，身边睡着其他所有人。

我们在那个铺位上构思了一个城市。那两个舱室，还有覆盖着的月壤，在经年累月的时光后，变成了若昂德丢斯。

我并没有立刻就和卡洛斯结婚，我必须正确制定尼卡哈，而且不管怎样，在丰富海的实验之后，有太多事要做。我给我们的贵宾们打电话，订车票。地—月往返行程，六个人。两个来自法国电力集团（EDF）/阿海珐集团（Areva），两个来自印度电力金融集团股份有限公司（PFC），两个来自日本关西核电站。我曾经为他们工作过几个月，远程会议、展示，销售宣传。我知道他们想摆脱美俄在地球氦-3市场上的双头垄断，它让核聚变动力的价格居高不下，并且阻滞了发展。地球又回到了石油时代。

这是我们最大的风险。地球上三家次级核动力公司的高管同时齐聚月球？哪怕是麦肯齐家也能想明白的。问题不在于他们是否行动，而在于他们何时行动。我们唯一的优势就是他们不知道我们是谁。暂时还不知道。如果我们能抢在鲍勃·麦肯齐抽刀之前完成示范、达成协议、签署合同，那我们就能在克拉维斯法院中守住自己的合同。

我们让贵宾们都住进了子午城最棒的旅店；我们负责他们的四元素；我们给法国代表买红酒，给印度代表买威士忌，给日本代表也买威士忌。我说过了，我们像烧氧气一样烧钱。

就在我们准备送贵宾们去丰富海的前一天晚上，麦肯齐金属发现了我们。我收到了丰富海基地的消息。身上有麦肯齐金属标志的集尘者炸掉了集取器样机，他们摧毁了挥发气体储存罐，他们向基地这边来了，他们在基地里了……我再也没有收到其他消息。

我记得我坐在自己的房间里，完全不知所措。我坐在自己的房间里，心里一片漠然。我麻木了，我在坠落。它就像是自由下落，我想呕吐。集取器，我们所有的工作，但关键的是，最最关键的是，生命。和我一起欢笑，一起喝醉，一起工作的人；比亲人更像亲人的人；信任我的人。因为他们信任我，他们死了。我杀死了他们。我意识到我们都是孩子，我们把事业当作游戏。而麦肯齐家都是成人，他们不玩耍。我们进行了一次儿童改革运动，向着我们自己的无知大举进军。我坐在自己的房间里，想象着麦肯齐的刀锋出现在电梯里，在门口，在窗外。

卡洛斯救了我。卡洛斯把我扯了下来。卡洛斯是我的重力。签署输出协议，我们就赢了，他说，建立科塔氦气公司，我们就赢了。

那是我第一次听到公司的名字。

卡洛斯用他自己的钱为我们的人和物资雇佣了自由安保，我用我自己的钱为贵宾们订了月环的座位，告诉他们计划有变。我们将用缆绳舱把他们甩过月球，抵达远地，我们在那里配置了第二台氦-3集取器样机。

卡洛斯在他开始项目管理的第一天就制定了条款：绝不能只造一台样机。

我们让贵宾们进入太空舱，将他们抛过月面。而我们自己在另一个太空舱中紧随其后，接着向他们展示了我们的集取器有何功能。然后我们在远地大学的悬浮偶极实验反应堆里，点燃了集取所得的氦气。

我们用最后一点钱雇佣了法律AI，草拟了输出协议，并在当晚签署了它。

也不算是仅剩的钱。在最后的最后，卡洛斯和我让AI起草了一份婚姻合同。在最后最后的最后，我们办了一场婚礼。

哦，不过它便宜又纯真。海伦是我的伴娘，仅有的另一位出席者是来自LDC的见证人，然后我们就去存了卵子和精子。我们没有时间浪漫，或组建家庭。我们有一个帝国要建造。但我们想要孩子，我们想要一个世家，我们想要守护未来——只要我们能为他们建造一个安全的未来。那可能要花好几年，好几十年。

创造科塔氦气和建造科塔氦气完全是两回事。我常常出外好几个月见不到卡洛斯。我睡觉，吃饭，运动，可能的时候就做爱，不过后者很少，非常少。卡洛斯说，我们需要同盟。我便尝试与人建立合作关系。四龙听说了科塔氦气的名字。孙家很冷淡，只闷头搞他们自己的项目和政治。沃龙佐夫家的眼睛只管向上看着太空，不过我从他们那里敲定了有利的月环运输价格。麦肯齐家是我的敌人。阿萨莫阿——也许是因为我们的生意对他们没有威胁，也许是因为我们双方来到月球时都一无所有又有所成就，又也许是因为他们同情弱者——总之他们成了我们的朋友。他们现在仍然是我的朋友。

有了安全又稳定的廉价燃料供应，我的地球顾客们很快赢得了市场地位，这迫使他们的竞争者要么和我们谈判，要么破产。很快，美国和俄国的氦-3市场崩溃了。我打倒了美国和俄国！同时打倒了双方！在两年内，科塔氦气占领了垄断地位。

发现了吗？没有什么交谈比谈钱和生意更无聊的了。我们建立了科塔氦气公司。我们把我们在其中做爱的那个临时小屋变成了一座城市。巅峰时刻，最巅峰的时刻，我们激动得无法呼吸。我们过了临界点，从此我们的成功自己就可以孕育成功。我们只要存在就能赚钱。集取器舀起尘埃，月环将气罐送向地球。我们头盔碰着头盔站在月表，看着行星地球的光芒。它容易到荒谬的程度，每个人都可能想到它，但这个人是我。

看到一切是怎么令人麻木不仁的吗？在所有的仓促、激动，接着工作工作工作之后，我忘掉了那些死在丰富海上的人，忘掉了我的团队，他们把一切给了我，却再也看不到成功的时刻，也不可能享受它。人们说月球冷酷无情。不，人才是冷酷无情的。永远都是人。

我还在给我的家人寄钱。我让他们变成富人，变成名流。他们出现在 Veja 杂志上：氦气女王的兄弟和姐妹。铁手，点亮世界的女人！他们有一流的公寓、大车、游泳池、私人教师和安保人员。然后某一天，我说：够了。你们一直在花钱花钱花钱，你们用我的名字和钱下馆子、开派对、长脂肪，但是从没有说过一声感谢。没人管我在这上面都做了什么，没有一丝感激或赞赏的示意。你们的孩子，我的外甥和外甥女们甚至都不认得我的脸。你们叫我铁手，行，那就给你们钢铁的审判。来自月球的最后的礼物。我在一个保密账号里放了足够前往月球的单程旅费。如果你们想要科塔氦气的钱，那就为科塔氦气赚钱。和科塔氦气一起赚钱，承担职责，否则我将不会再给你们寄哪怕一个德西玛。

来月球，来加入我，来这里建造一个世界和一个科塔世家。

我的家人里没有一个人接受邀约。

我中断了他们的资金。

四十年来，我没有再和他们任何一个人说过话。

我的家人在这里。这里是科塔世家。

你觉得这很无情吗？关于钱，这没什么，他们没有一个人会再变成穷人。我没有多话，或没有多想就中断了他们资金，你觉得我做错了吗？我可以给你一堆老掉牙的理由：一切都是可谈判的；如果你不工作你就没有呼吸；月球让你变得冷酷。这没错，月球改变了你。它完全改变了我，以至于我哪怕回到地球，我的肺也会塌缩，我的腿撑不起自己，我的骨头会剥落碎裂。还有那三十八万公里的距离。当你和家里通话时，回复总是要延迟两秒半，这两秒半将你渐渐推离。你永远都无法在这天堑上架起桥梁，它深嵌在宇宙的结构里。最无情的是物理。

我已经四十年没想起他们了，但我现在想到他们了。我回顾了很多事，我没有召唤它们，但它们从我的过去纷至沓来。我对我自己说，我没有遗憾，但这是真的吗？

我不由自主地想，是那么多年的一切将这个公司组合在一起：穿沙装的时间比不穿的时间多，进探测车出探测车，上集取器下集取器，在那个小舱室里和卡洛斯相互依偎，还有那些射穿我的辐射……

姐妹，它的代价比我告诉你的更高昂。唯一知道的人是玛卡雷奇医生。我知道卢卡斯去了姐妹会之家：他知道我的状况，但他并不知晓它的整体程度。瞧瞧我说的，真委婉。代价高昂，整体程度。我能感觉到死亡，姐妹，我能看见它小小的黑色眼睛。姐妹，不管卢卡斯说什么，不管他威胁什么，别把这个告诉他。他只会尽力想去做点什么，但他什么也做不了。他总是不得不证明他自己。而我伤害了他，哦，我这样狠心地伤害了他：就为了让一切回到正轨。光明正在逝去。

但我甚至还没有告诉你我和罗伯特·麦肯齐的刀战！

那是传奇。我就是传奇。也许你没听过这个故事？有时候我会忘记在我之后又出生了多少代人。不是忘记——我怎么会忘了我的孙子们？不如说我是不相信那以后又过去了这么多时间，人们总是会忘了时间。这么多时间！

一等我们有足够的钱雇佣自己的保镖，麦肯齐就不再对我们的物料进行物理攻击。有一位巴西前海军军官，当巴西政府认为自己再也无法供养一支海军时，他被解雇了。他曾经在潜水艇中工作，他的理论是月球上的战争都是潜艇战。一切交通工具都需内部增压，外面的环境是致命的。我雇用了他，他现在仍然是我的安保主管。我们认为一次果敢的袭击能够结束战争。我们攻击了克鲁斯堡。麦肯齐家和 VTO 刚刚建好赤道一线，现在克鲁斯堡可以不停不休地提炼稀土了。那曾是个——现在依然是个杰出的成就。我忘了我也在其中出过一份力，那时我从麦肯齐金属辞职，在创立科塔氦气的道路上曾做过沃龙佐夫的轨道女王。卡洛斯设想了整个计划：我们要破坏赤道一号线，让克鲁斯堡瘫痪。我记得当时桌子旁边所有的脸：

上面写满了震惊、惊愕和恐惧。埃托尔说这不可能成功。卡洛斯说，它能成功。你的工作是告诉我我们要怎么让它成功。

我们用了六辆探测车：三辆一队。我们把袭击的时间安排在麦肯齐金属正要履行和小米公司签署的一份重要的新稀土合同时。卡洛斯随第一队出发，我在第二队。那真是太刺激了！两辆车里都是高大强壮的护卫，一辆车里是拆卸队。真的非常简单。我们在风暴洋东部袭击了克鲁斯堡。护卫们防守外围，拆卸队同时攻击克鲁斯堡前方及后方的三公里铁轨。我看着炸药爆炸，铁轨飞得如此之高，我想它们会进入环月轨道。我看着它们翻着筋斗，反射着阳光，那是我们能在月球上制造的最接近烟花的东西。每个人都欢呼大叫，只除了我，因为我讨厌看到完好的卓越的工程毁于一瞬。它也许是我自己铺设的轨道。我讨厌它，因为我们刚刚建造了一个值得自豪的东西，就把它毁掉了。

最妙的是，当我们还在被麦肯齐金属的探测车追踪时，我们的第二次袭击在轨道前后的二十公里处发生。VTO 的维修队必须先接好后两处缺口，才能去重建离克鲁斯堡更近的轨道。就算 VTO 能在一个小时内出动维修队，克鲁斯堡也得在黑暗里待一个星期。他们将错过交货的截止日期。

我们在爱丁顿环形山混乱的地形中摆脱了他们的刀卫。

在风暴洋东部之战后，麦肯齐金属公司把他们的攻击转移到了克拉维斯法院里。

我想我更喜欢刀子和炸弹的战争。

他们的战术变化多端，但他们的策略清晰而简单：让科塔氦气公司因为律师费而流尽最后一滴血。他们以讼案攻击我们，罪名是破坏合同、破坏版权、人身伤害、公司损坏、剽窃，为袭击日当天克鲁斯堡里的每一个人提出损坏赔偿诉讼。讼案接着讼案，没完没了的讼案。其中大多数一经提交就被我们的 AI 废除了，但我们每废除一个讼案，对手就多提交十个。AI效率很高，而且它们很便宜，但它们不是免费的。双方认可的法官们最后禁止他们再发起这类无聊的诉讼，要求麦肯齐公司提交一份可靠的、有合理理由可获得成功的诉讼。

他们提交了。它指认阿德里安娜·玛丽亚·多·塞乌·马奥·德·费罗·阿雷纳·德·科塔在集取器的设计中有四十处不同的例证侵犯了麦肯齐金属公司的专利。

AI、律师和法官们都准备好要迎接一场冗长的审判。

但我没有。

我知道它会一直拖一直拖下去，而麦肯齐金属公司将会提出禁令抵制我们的出口，我们处理掉一个，他们就会再提出另一个。他们希望我们的产品被玷污，他们希望我的名字和名声受辱。他们希望我们的地球客户对我们产生猜疑，猜疑到足以考虑投资一点点本钱，和一家稳定的公司一起来一场氦-3集取的冒险，而这家公司信誉良好，能够正常交货——那自然是麦肯齐核电公司。

我必须强硬又迅速地了结此事。

我挑战了罗伯特·麦肯齐，指着他喊他的名字，我要以搏斗进行审判。

我没有事先告诉我的任何一个律师，我没有告诉海伦，我也没有告诉埃托尔。不过他可能猜到了，因为我之前要他教我一些用刀的方法。我也没有告诉卡洛斯。

他们生气，他们暴怒，还有一种更深层的愤怒，它超越了那些无法形容的情绪。它苍白，并且非常纯粹，非常冰冷。我想象着，它可能就是基督教的神灵对罪恶的感觉。当卡洛斯发现我准备干什么时，我在他眼中看到了它。

它能了结这事，我说，一劳永逸。

那如果你受伤了呢？卡洛斯说，如果你死了呢？

如果科塔氦气公司倒下了，那我也会死去，我说，你以为他们会让我们就这么活着走开吗？麦肯齐家的报复是三次。

那天，月球上半数的人都在那个法庭里，或者在我看来是这样。我走到了搏斗场上，我只能看到脸脸，周围都是脸，越来越多，越来越多。那么多脸，而我穿着一条跑步短裤和一件露脐上衣，手里拿着一柄借来的护卫的刀。

我不害怕，一点也不怕。

法官请罗伯特·麦肯齐上场，法官再次请罗伯特·麦肯齐上场。然后他们指示他的律师上前。我站在法庭中间，手上握着另一个女人的刀，抬头看着所有那些脸。我想问他们：你们为什么来这里？你们来这里看什么？是胜利，还是鲜血？

"我挑战你，罗伯特·麦肯齐！"我喊道，"捍卫你自己！"

有那么一瞬间，法庭里一片死寂。

我再次挑战罗伯特·麦肯齐。

第三次。"我挑战你，罗伯特·麦肯齐，捍卫你自己，捍卫你的名字和你的公司！"

我喊了他三次，最后我一个人站在搏斗场上。而法庭就像炸开了锅。法官在喊着什么，可是没人能在这骚动中听清内容。我被举在人们的肩膀上，就这么出了克拉维斯法院。我一直笑，一直大笑，笑个没完，但我的刀仍然紧握在我手上。我没有松开它，直到我进了科塔团队设立总部的酒店。

卡洛斯不知道是该笑还是该发火。他哭了。

你知道。他说。

一直都知道，我说，鲍勃·麦肯齐永远不能和一个女人打架。

十天后，克拉维斯法院通过了一项程序，它允许代理战士在搏斗审判中出战。麦肯齐金属公司企图发起一次新的诉讼，可是月球上没有哪个法官愿意接手。科塔氦气公司赢了。我赢了。我以刀战挑战罗伯特·麦肯齐，并且赢了。

现在没人记得这事了。但我就是个传奇。

死亡和性，不就是这些吗？人们在葬礼后做爱，有时在葬礼中做爱。那是生命的响亮哭喊。创造更多的婴儿，创造更多的生命！生命是对死亡的唯一答案。

我在法庭上打败了鲍勃·麦肯齐。那不是死亡——那天不是——但它极其惊人地使我集中了精神。科塔氦气公司安全了，是时候建立世家王朝了。我要告诉你，没有什么比手里拿着刀被抬出法庭更好的春药。卡洛斯的手根本离不开我的身体，他疯魔了，他就是一台大型打桩机。我知道，一个老女人讲这样的事不太得体。但他就是一个色魔。他让人欲生欲死，而且无休无止。那是我一生中最棒的时光，也是唯一一段我能躺下来说"我安全了"的时光。所以我自然而然地说，让我们生个孩子吧。

我们立刻就开始面试玛德琳了。

我那时四十岁了。我浸泡了太多的真空，沐浴了太多的辐射，呼吸了一整个海洋那么多的尘埃。鬼知道我身体里那些玩意儿是不是还在运转，更别说我能不能怀上一个正常健康的宝宝到足月。有太多的不确定因素，我需要工程解决方案。卡洛斯和我意见一致：代孕母亲。雇用的代理，她将远远不只是租出子宫。我们希望她们成为家庭的一部分，承担起婴儿护理的那些部分，因为我们真的是没有时间，或者更诚实地说，我们没有那个情致。婴儿们令人厌烦，孩子们要到第五个生日时才会开始变成人类。

我们面试了三十个年轻、合适、健康、易于生养的巴西女人，才找到了伊维特。我也正是因此才开始接触你姐妹会。巴西社群的人说，和奥当蕾德嬷嬷谈一谈。她有每一个来月球的巴西男人和巴西女人的族谱、家系和病史，还有相当多阿根廷人、秘鲁人、乌拉圭人、加纳人、科特迪瓦人和尼日利亚人的族谱、家系和病史。她能给你指明正确的方向。她的确如此，而我报答了她的服务，唔，你知道后面的故事。

我们起草了合同，她的法律系统审核了它，然后奥当蕾德嬷嬷给了她建议，最后我们签署了合同。我们早已开始培育若干胚胎了，我们从中选了一个，然后问伊维特她想怎么完成这个步骤。她想直接前往医疗中心进行移植，还是她想和我、或和卡洛斯或和我们两个人进行性交？这能让整个过程变得更私人化，带上感情，建立连接。

我们在南后城的一家酒店里度过了两个晚上，胚胎也植入完毕。它立刻就着床了。奥当蕾德选了一个好玛德琳。伊维特和我们一起来到若昂德丢斯，我们给她准备了她自己的公寓，以及二十四小时医疗保障。九个月后，拉法出生了。八卦网站上到处是照片和兴奋的人——摄像权是伊维特薪酬福利的一部分——但那些欢呼声并不温暖。反对的声浪扑面而来。代理母亲、租赁子宫。

在我接着计划孕育第二个孩子时，拉法刚刚断奶。卡洛斯和我开始寻找一个新的玛德琳。与此同时，我第一次开始设想这个居所。若昂德丢斯不适合养育一个家庭。现在那里有孩子了，但当时它是个边陲小镇，一个矿业城镇，它原始、粗糙、血性。我还记得阿希给我的分别礼物，我轻而易举地找到了那根竹制文件筒——她都离开十年了。时间过得这么快！看那些瀑布和石头的脸庞，那是一个雕刻在月心里的花园。就仿佛是她看到了未来，或是看到了我的内心深处。我委托了月球学家，找到了这个地方，它躲在岩石里，像一个数十亿年的晶洞。一个宫殿，一个孩子，另一个孩子已在子午城医疗处里孕育。一个企业和一个名字。我最终还是铁手。

然后卡洛斯被杀死了。

你听清楚了吗？卡洛斯不是死了，而是被杀死了。那是刻意的行为，含着企图和恶意。什么证明也没有，但我知道他被杀死了。他是被谋杀的。而我知道是谁干的。

抱歉，我有点情绪化。过去了这么久，我的后半生里都没有他的陪伴，但我还是能清楚地看见他。他来了，站在离我这么近的地方：我能看到他皮肤的质地，他的皮肤很糟糕；我能闻到他的气味，他有一种非常特别、非常个人的气味，像糖果一样甜蜜。气息甜美的糖人。他的孩子们和他一样，有着甜美的汗水的味道。我能听到他，我能听到他呼吸时鼻腔里轻声的呼哨。还有他那有缺口的牙齿。我能够如此清楚地看到这一切细节，只是它们看起来很不真实。对我来说，它们就像里约一样不真实。我真的在那里生活过吗？我真的在海洋里摆动过脚趾吗？我们在一起的时间太短了。我有三段人生：来月亮之前的人生，有卡洛斯的人生，卡洛斯之后的人生。三段人生都截然不同，好像不是我经历过的人生一样。

我依然觉得难以谈论此事，我还没有原谅。我甚至不理解那种概念：我为什么应该不去感觉我真实的感觉？我为什么应该原谅那些不公？我为什么应该接受他所受的所有伤害，说，这些都不要紧卡洛斯，我已经原谅了一切？真是道貌岸然的胡扯。原谅是基督徒的专利，我不是基督徒。

他当时正在雨海新矿区上进行为期五天的视察，他的探测车在高加索山脉遭遇了失控降压事故。失控降压，你明白这是什么意思吗？一次爆炸。那是四十年前的事，我们的工程学还没有现在这么发达，但哪怕是那时候，探测车也很坚固，它们很结实。它们不会发生失控降压。它是被暗中破坏了。只要一个小装置，内部气密性就会搞定剩下的工作。我搭乘沃龙佐夫家的救生艇到了那里。那辆探测车散落在方圆五公里的区域里，剩下的东西甚至不足以支持碳元素再循环。你听到我的声音了吗？你听出来我是怎么把它维持得平淡又专心的吗，你听出来我是怎么像选择工具一样选择词语，让它显得精确又实际的吗？直到现在，我也只能用这种方式谈及卡洛斯。我在那里做了个标记，一根激光切割的钛柱。它永远不会生锈，永远不会褪色，永远不会变旧，也不会满是尘土。它将永世立在那里。这样就对了，我想，这就足够久了。

你杀了卡洛斯·马特乌斯·德马德拉斯·卡斯特罗，罗伯特·麦肯齐。我挑战了你。你就等待着，你一点也不着急，你弄懂了怎样才能给我最大的伤害。你毁了我最爱的东西。你要报复我三次。

三个月后，卢卡斯出生了。我对他的爱从来都比不上对拉法的爱。我做不到。我的卡洛斯被带走了，卢卡斯被还了回来。这不像是一场公平的交易。这样想不对，不公正，可是人类的心很难做到公正。但是听到床前有人低声念着杀死他父亲的凶手之名的，是拉法；生长在阴影里，心中有着憎恨的，是拉法。科塔之斩。我们始于自己的名字，终于自己的名字。

拉法、卢卡斯、阿列尔、卡利尼奥斯——小卡洛斯、瓦格纳。我没法亲切地对待那男孩。我们把概念装进脑袋里，然后我们四处寻找，一生就这么过去了，概念变成了教条。还有阿列尔……我为什么不……没有理由。一日是工程师，终生是工程师。我花了一辈子才弄明白，生命不是需要解决的问题。我的孩子们是我最骄傲的成就。钱——我们在这里能怎么花钱？更快的打印机，更大的山洞？帝国？外头只有尘土。成功？在一切已知物里它的半衰期是最短的。可我的孩子们，你觉得我已经建立了强大到足以支撑一万年的事业吗？

叶玛亚在海面上铺了一条银色的道路，而我走上了它，一直走到月球。至于奥瑞克萨，我喜欢的是他们独有的智慧：他们不提供太多东西。没有圣德，没有天堂，只有一次机会，只有一次。错过它，它就再也不会降临。选择它，你就能一路走上星辰。我喜欢这个。我的妈姆很明白这个道理。

我的故事到此就结束了，其他的一切只是历史。但你知道吗？我不普通，我不是边缘的简。我出类拔萃。

姐妹，抱歉，叶玛亚在紧急呼叫。

第十章

　　你在离若昂德丢斯二十公里远的地方就会经过第一道安保防线。你可能在火车上、公车上或探测车上，也可能正在一个巴尔特拉太空舱里，正在向丰富海第二十七号捕捉器坠落。不管怎样，你的交通工具、你的乘客清单和你都将受到科塔安全 AI 的质询。第一道绊索是如此隐蔽，你甚至不会知道自己正在穿过它。除非你被它绊到。

　　第二道安保防线不是一条线，而是一个平面，一片场，它覆盖了若昂德丢斯的每一条大街和每一层楼，每一处人行横道和电梯，每一条管道和纵井。机器人——爬行的攀升的飞行的，从巨大的隧道挖掘机和烧结机，到昆虫大小的侦察蜂，各式各样。只有机器人才拥有的视觉听觉和感觉全都一致朝外，警戒着忙碌着。

　　第三圈是安保人员，男人和女人穿着利落的西装，拿着更加锋利的刀和其他更远程的武器，它们可以在刺客接近杀伤范围之前放倒对方，无论是生物还是机器。毒药、飞行机、泰瑟枪、标靶虫。埃托尔·佩雷拉的开销范围自由且广泛，他的军械库是月球上最好的。

在这一圈圈安保防线的中心，是躺在阿帕雷西达圣母医疗中心的特护病房里的，处于诱导昏迷中的阿列尔·科塔。

科塔们从月球的四个区赶来，但医生们坚定地拒绝家人进入ICU。没什么可看的。就是一个漂亮的女人躺在维生床上，插满了管子和电线，自动传感器和扫描仪在她身上穿梭来去，就像是在跳印度的马德拉舞。还有贝加弗罗盘旋在她的头上。阿德里安娜把她的整个朝廷都挪到了若昂德丢斯。科塔氦气公司在ICU的上一层征用了一套病房。原本住在那里的病人得到了丰厚的赔偿；在必要的情况下，有些病人已被转移至其他医疗中心，交通费用由科塔承担，并配以现有最佳的升级看护。博阿维斯塔的员工打印出了家具和织物，并发布饮食承办投标。新闻和八卦网站的人在医疗中心外扎了营。埃托尔·佩雷拉已经捉到了三十只侦察蜂。

亲随们已经向他们汇报了袭击的细节和造成的损害，但科塔们在对彼此重复、详述、更新细节的过程中找到了安慰和信心。一个冗长的刺杀故事。

"骨刀。"阿德里安娜·科塔说。

"他带着它直接走过了派对的扫描器，"拉法说道，他从特维城直接赶了过来，坐巴尔特拉进行了三次跳跃，但是弹道运输不值一提，他仍然镇定、整洁，衣着鞋子和发型都完美无瑕，"他们根本没有看到它。"

"图样在网络上随处可见，"卡利尼奥斯说，在危海的小型战争结束后，他用了十二小时搭乘探测车赶来，新衬衫和西装让他发痒，他正试图弄松狭窄的衣领，"我半数的组员都带着这种骨刀。它们两三年前非常流行，你要用你自己的DNA做模板。"

"一个怨恨的诉讼人。"阿德里安娜说。

"这种货色可不少。"卢卡斯说。

"荒谬，"阿德里安娜压着声音，"如果糟糕的婚姻让你受到了伤害，你不会对律师发泄，你会去找前任。"

"故事听起来很可信，"卢卡斯说，"巴罗索和鲁哈尼的诉讼案。克拉维斯法院有案件卷宗。他放弃谈判，想要庭外和解。阿列尔让他一败涂地。"

"但他却是这次派对的宾客之一。"阿德里安娜说，"荒谬，荒谬。"

没人说出那个明显的凶手，在阿列尔脱离危险之前不会说。月球上的其他人会让传闻升级，引发骂战和网民义愤。这对科塔家有所帮助，但无益于他们处于困境中的尊严。

"瓦格纳在哪里？"阿德里安娜问。

"南后，"卡利尼奥斯说，"他找到了一些线索。"

"如果他想要成为我们的一分子，他就得到这里来。"

"我会再试着联系他，妈姆。"

但是卢卡斯扬起了眉，他朝他弟弟瞟了一眼，眼神的意思是这事我们得谈谈。

玛卡雷奇医生来了，所有人的亲随宣布道。

阿列尔的医生在敞开的门口犹豫了一下，她被齐刷刷转过来的脸吓到了。她在会议桌的一头坐下，科塔家的人则齐聚在另一头。

"情况不太好，"玛卡雷奇医生说，"她现在状况稳定了，但是她失血过多。非常多。她的神经受到了损伤，刀切断了部分脊髓。会出现功能缺失。"

"功能缺失？"拉法气势汹汹地说，"那是什么意思？你现在谈论的不是一个机器人。我母亲需要知道阿列尔到底怎么样了。"

玛卡雷奇医生揉了揉眼睛，她精疲力竭，最不需要的就是拉法·科塔没用的臭脾气。

"刀在脊髓 L5 段区域造成一处 B 型损伤。B 型损伤会造成运动机能损失，感知功能保留。L5 段和足部、腿部及骨盆部位的运动控制相关,这些机能都丧失了。同时丧失的还有肠和膀胱的机能控制。"

"肠和膀胱的机能控制，你是指什么？"拉法问。

"失禁，我们安装了结肠造口系统。"

"她走不了了。"卡利尼奥斯说。

"是截瘫。你姐姐将从臀部以下实际瘫痪。我们还担心过度失血会对脑部造成潜在的损伤。"

卡利尼奥斯咕哝了一句巫班达教的咒语。

"谢谢你，医生。"阿德里安娜·科塔说。

"你们能做什么？"拉法问。

"等阿列尔的状态完全稳定下来，我们便会开始干细胞疗法。它的成功率很高。"

"我不明白，成功率很高？科乔·阿萨莫阿在两个月里长了根新脚趾。"卢卡斯说。

"长一根新脚趾和修复脊髓神经相差甚远，后者是个精细的过程。"

"要多久？"阿德里安娜问。

"可能要花一年时间。"

"一年！"拉法说。

"如果移植一次成功，也许只要八个月。然后是复原过程，重新学习使用整个运动系统，印刻神经通路。这个过程不能着急，它是精密的工作，任何失误都无法被矫正。"

"总计一年时间。"卢卡斯说。

"需要什么只管开口，我们会为你弄到它，"阿德里安娜说，"设备，地球的新技术，任何东西，阿列尔都可以得到。"

"谢谢，但我们的医疗技术超前于地球上的一切技术。我们会竭尽所能，科塔夫人。竭尽所能。"

"当然，谢谢你，医生。"第二声谢谢意味着送客。阿德里安娜转向她的儿子们，"拉法，卡利尼奥斯，抱歉，我得和卢卡斯说句话。"

当套间里只剩他们两时，卢卡斯说："如果我说这事对我没意义，那我就是个傻瓜和骗子。"

"你指望我赞赏这个想法？"

"不，它应该受到谴责，但它对生意有益。可是我脑子里最紧急的问题不是它。婚礼，妈姆。没有阿列尔交涉尼卡哈，麦肯齐家会生吞了卢卡西尼奥。"

卢卡斯看着他母亲尽力消化这个新观点，就像一台需要整片空地才能转身的集取设备，一列马上要越过地平线却必须开始刹停的列车。但她也曾像舞者一样轻盈，才智敏捷，理解迅速。这场世家联姻将不会像他和阿曼达·孙共享的那一场漫长的困境。阿列尔可以谈成一笔交易，它将会是她职业生涯里最棒的婚姻合同。卢卡斯还没有把这事告诉卢卡西尼奥，在合同准备好之前，他不准备告诉他。现在这孩子正从子午城赶过来，而卢卡斯对即将来临的谈话感到恐惧。

"我们能做什么？"阿德里安娜问。卢卡斯从他母亲的声音里听出了疲惫和犹豫。

"拖延时间。"

"麦肯齐家绝对不会容许的。"

"我看看我能谁，贝加弗罗管着阿列尔的联系人名单。"

"好的，"阿德里安娜说道，但是卢卡斯能看出她的念头已经转向了下方的病房，"我们会不遗余力地帮助卢卡西尼奥。"

"妈姆，我为阿列尔难过，真心的，可是公司……"

"照看公司，卢卡斯。我来照看阿列尔。"

"嘿。"

"嘿。"

他正在走廊里转来转去地找食物，找茶，找点消磨时间的东西，医疗中心总是很慷慨地让人等待。而她正从一个房间里蹒跚着走出来，她在这个房间里被埃托尔·佩雷拉盘问。问题，问题，问题接着问题，三个小时的问题。细节，记忆，再说一遍，再一遍，再一遍。任何模糊的印象或次要的细节都可能为洞悉袭击提供灵感。她现在又累又难受。

当其他保镖赶到时，袭击者已经死了死了死了。有人把她握紧电子烟的手掰开，有人把她从血池中拉开。先抵达的是机器人，它们在天花板上疾行，在风机驱动下飘浮。它们检查了阿列尔·科塔——她已经失血到整个人发青，它们在她的胳膊里埋入管线，压钉住翻裂的皮肉，打印出人造血，将她摆至易于复原的体位，并呼叫了人类医师。贝加弗罗紧急签约了一支自由保镖团队，负责清场。科塔氦气公司调动了他们所有的资源。一艘沃龙佐夫的月球飞船已飞抵宝瓶座方区的月面闸门，阿列尔将会被送至若昂德丢斯。没人问问题。雇佣保镖一路护送着轮床和医疗队进入飞船内部。玛丽娜游移在他们的活动范围里，像一颗染血的卫星。她之前从来没有乘过月球飞船，它非常吵，每件东西都在摇晃。她觉得它远不如卡利尼奥斯的月尘摩托让她有安全感。整整二十分钟的飞行过程中她都在反胃，等她默默吐在进入光环圣母中心的电梯一角时，她才明白这是因为她裙子上的血腥味。

埃托尔·佩雷拉在大门口抓住她，匆匆把她带离了急救团队。她在团团打转的人群里瞥见了阿列尔的母亲和兄弟。

告诉我一切。

摄像头成群浮动着。

我们需要知道，一切。

我他妈的救了她的命。

"你的，啊，裙子。"

玛丽娜还穿着那条杰奎斯·菲斯。它被干涸的血液弄得硬板板的，散发着铁锈和死亡的臭气。

"他们不让我……"现在她停下了，于是事件、声音和脸孔扑面而来，力图压垮她。疲劳、惊骇和眩晕让她摇摇欲坠。

"来，我们给你弄点什么。"

大型打印机都在忙于医疗事务或科塔氦气的供给，不过医疗中心茶室后面有一台小型的公用设备。顾客们都在盯着看，看血，看科塔。

"别盯着我！"玛丽娜咆哮道，"别他妈盯着我！"

重印机拒绝接受玛丽娜的裙子。原料已受污染，赫蒂告诉她，请与扎巴林签约将其投入再循环。

"给。"玛丽娜等着打印机时，卡利尼奥斯给她端了一杯茶。随意又经典：套头衫和打底裤。还有浅口便鞋。

"你介意吗？"玛丽娜褪下肩带。

"我之前看过了。"卡利尼奥斯开着玩笑。

"能稍等我一下吗？"这话里没有任何潜在的玩笑，没有任何轻佻的意味。

裙子粘在了她的皮肤上。玛丽娜用凉掉的茶水轻拍衣料，好化开结痂的血。她的内衣已经浸透了。她在茶室后面的小间里把它们全都脱了，所有的，都脱了。她能闻到自己的味道，她堵住了自己的嘴。如果她现在吐了，她就停不下来了。新打印出的衣服——打底裤和套头衫贴在她的皮肤上，几乎干净到圣洁的地步。

"来吧。"

卡利尼奥斯握住她的胳膊，她就由着他将自己领到第九层一个安静的房间里。沙发，人造皮的沙发罩，可以趴下去蜷起来的地方。

"喝吗？"

卡利尼奥斯两只手里各端着一杯蓝月。

"你怎么还能……"玛丽娜叫道，"抱歉。抱歉。"

卡利尼奥斯在她身边坐下，摊开手脚。玛丽娜抱着膝盖，缩成一团。

"你做得很好。"

"我只是做了。没别的。我没去多想，没什么可想的。做就是了。"

"有什么东西自行其是。不是身体，不是灵魂，是别的什么。也许是直觉，但它并不是我们与生俱来的东西。我觉得我们无法形容它。就是某种即时又纯粹的东西。纯粹的行为。"

"它不纯粹，"玛丽娜说，"别说它纯粹。我能看到他，卡利尼奥斯。他看上去那么吃惊，好像他完全没有预料到会这样。然后是恼怒，沮丧，沮丧他就要死了，看不到他的计划是否能够成功。我现在还能看见他。"

"你做了你必须做的事。"

"闭嘴，卡利尼奥斯。"

"你做了你必须做的事。这是我说的纯粹的意思。它是必要的。"

"我不想谈这事，卡利尼奥斯。"

"你做得很好。"

"我杀了一个人。"

"你救了阿列尔，他差点就杀了她。"

"现在别聊这个，卡利尼奥斯！"

"玛丽娜，我知道你的感觉。"

"你什么也不知道，"玛丽娜说道，然后她的呼吸哽住了。因为真相就在他的双眼中，在他的肌肉里，甚至在汗水的气味里，我们自然而然就能察觉无意的真实，"你知道。哦上帝你知道。你走开，走开。我闻到你的血腥味了。"

玛丽娜把卡利尼奥斯推开了。月芽的肌肉将他猛地撞到墙上，力道大得足以产生瘀青。

"玛丽娜……"

"我和你们不一样！"玛丽娜尖叫着，"我和你不一样。"然后她跑了。

狼不是孤独的猎手，但瓦格纳·科塔是。他意识到了关于自己两种本性的一个事实，那是狼帮同伴们并不明白的，虽然他们总是在纠结身份认同和各种人称代词。这个事实就是：他并没有从凡人变成狼，再从狼变回凡人。他身体里有两个瓦格纳·科塔，光明和黑暗，每一个都有自己独立且特别的自我，拥有独特的个性和性格、技能和天赋。凡人瓦格纳·科塔在十二岁时死于博阿维斯塔的阳光穿顶，活下来的是狼和黑暗的那一个。

他将自己隐藏进赛后的人流中，他们熙熙攘攘地穿过猎鹰西区七十三层。他的亲随也一样深藏在南后城的安全网里。他花了数小时编码了这个程序，让他得以跟踪杰克·孙。他花了很多天观察这个男人，观察他的习惯和惯例，他的模式和可预见性。拉法一直在呼叫他，一遍又一遍：阿列尔，阿列尔被刺伤，伤势严重。快来若昂德丢斯，现在就来。他必须把这事先推到一边，集中精神。专注于捕猎。

杰克·孙和他隔了一个街区，在下一层。对方刚看完太阳球场的比赛，正在闲逛。太阳虎队 34：男孩队 17，又一次大败。对拉法的小伙子而言真是个糟糕的结果。拉法有其他事情要考虑，球迷们风度上佳。杰克·孙正和他的朋友们开着玩笑，他很开心，悠闲且毫无防备。瓦格纳可以轻松地放倒他。那些朋友正在提议去喝一杯，吃餐晚饭。杰克会拒绝的。他和佐耶·马丁内斯有约，那是他在南后城的埃摩。他要在这里搭乘电梯下至三十三层。瓦格纳乘上平行线车，隔了一层随电梯向下。佐耶·马丁内斯的公寓在三十三层外的一条小巷里，又暗又隐蔽。瓦格纳加快了脚步，贴近了他的受害人。猎物转身走进了安静的区域。

"杰克·腾龙·孙。"

杰克转过身，看到了瓦格纳·科塔手里的刀。一道闪光，随之而来的疼痛超出了瓦格纳的想象，他倒在了地上，全身僵硬，就像是有人将手伸进了他的体内，撕扯每一片肌肉。他翻过身来，看到有一圈刀子向下指着他。是孙家的护卫。

"你太容易预测了，小灰狼，"泰瑟枪在杰克·孙的手里闪着火花，"三皇一周前就看到你要来，你差点就得能手了。对此我很抱歉。"

狭窄的街道上突然爆发出一阵咆哮声。孙家的杀手们在这一瞬间转移了注意力，但一瞬就已经足够了。人影从阳台上落下，从门里旋出，从下层翻过栏杆。有人倒下了，一只靴子踩住了某张侧脸。瓦格纳在一把刀子戳向他眼睛时猛地滚开去，刀尖扎进了街道柔软的路面中。在那个保镖用力拔出它的刹那，一个穿着运动服的女人将刀锋抹过了他的脖子。有人抓住了瓦格纳的手腕，把他扯出战场，拉了起来。孙家的两个杀手倒下了，剩下的寡不敌众，正在掩护杰克·孙撤退。

"你没事吧？"

瓦格纳正陷在密密麻麻针扎般的痛苦里，但他能看见，也能说话。是喜欢咬人的伊琳娜，还有萨沙·叶尔明，是马格达莱纳帮。

"快走快走。"萨沙·叶尔明说着。其帮派拥着瓦格纳冲下街道。他身上发麻，发痒，他唾弃自己。

"要成为狼帮成员，你们这些幼兽还有太多东西要学，"伊琳娜说，"你太习惯让地球由始至终地控制你的脑袋了。就算地球变暗，你也不能停止做一匹月狼。"可她看起来不一样，嗅起来不一样，发型不一样，穿着标准的运动装，有一千种不同在昭示她现在不是月狼。

"我们听说有人招标要袭击你。"一个又高又壮的男人说，他穿着运动紧身衣和跑鞋。瓦格纳之前看到他单手撑跃过栏杆，一脚踹在一个女杀手的腰部，把她直接踹倒在地。

"谢谢。"瓦格纳说，这个词很蹩脚，但是再真诚不过。

"比起每个人都只管自己，总有更好的办法，一直都是如此，"萨沙说，"我们到帮会总部把你治好。"

"我得去若昂德丢斯，"瓦格纳抗议道，"我得去见我家人。"

"现在我们就是你的家人。"伊琳娜说着，把他丢失的刀子递给了他。

玛丽娜从客厅端了一杯茶进屋，坐下来一边小口抿茶，一边看着这个男人睡觉。性爱对她的奖赏总是失眠。当她把自己的胳膊从某人的腹部抽出来，挪走一条大腿，从一个肩膀下面滑出来时，男人们或打鼾或咕哝或含糊地说着话渐渐沉入睡梦，而她总是醒着，直到太阳升起。

玛丽娜喝着她的茶。房间昏暗，只有浴室和街道上的灯光偶尔给它一点亮光，把卡利尼奥斯的皮肤映得如同丝绒一般。他的皮肤真的非常美。和所有的集尘者一样，他把自己的体毛都刮掉了。要把沙装从背后的毛发上剥下来是一件极其痛苦的事。她小心翼翼地触碰他的皮肤，担心把他弄醒，她的力道只足以触到细小的绒毛，感觉到生命的电流。灯光在他的后背上投下优美的阴影，就像斜阳正在揭开火山和月谷古老的记忆。他身体的侧面，他的胯部，他臀部雕塑般的曲面上全都覆盖着一层模糊的线网。伤疤。

散发魅力者，谋士，善辩者，战士。

他呼吸得像一个婴儿。

能拥有一个强壮的男人有多好。一个高个子的、强壮的男人，月球人的高个子，强壮得足以一把捞起她，拥紧她，征服她。她喜欢这样。一个强壮的男人，可以把她翻到上面，继续征伐。其他人都是大学生：极客和工程师、喜欢泡吧的人和偶尔跑步的人、滑雪手和滑板手。热爱滑板的男孩们。有一次是运动员：一个游泳选手。那人身材不错，是个地球人。现在这个是月球人。玛丽娜见过卡利尼奥斯赤裸的样子，长跑后梳洗干净的样子，衣冠楚楚的样子，脱下西装的样子，在北口那个位于敖广的眼和爪下的珍贵的水槽里的样子。但直到现在，她才把他真正看作一个月球男人。他躺在她床上，趴着，头侧向一边。这个月球男人，他是如此与众不同。他在二代移民里大概不算高，在三代那些纤细的麻秆里更是低于平均水平，但他已经比她高出一个头更多。他薄薄的皮肤下包着一层不同的肌肉组织，那是一整片风景，和所有的风景一样，由引力支配。他的脚趾长而灵活，你可以试试用脚趾握住东西。他的小腿浑圆又紧实，玛丽娜在学会如何像一个月球女孩那样走路时，小腿痛了一整个月。卡利尼奥斯的大腿肌肉修长且轮廓分明，适合跑步，但就地球标准来说并不发达。大腿肌肉对月球引力来说过于强大：它们可以让你撞进墙里或人群里，又或是蹦得太高在天花板上撞裂自己的脑壳。他的臀部非常棒，玛丽娜想要咬它。小腿和臀部让你神魂颠倒，让你如同悬在加加林大街上方荡秋千。正是因此，二十世纪五十年代的复古风才会在这个季节大肆流行，那些短裙和衬裙，那些机车夹克在街上就如同流动的诱惑。

他的腹部没有朝着她，但她知道它结实又紧绷。他的脊柱埋在一长串肌肉的深谷里。相比之下，上半身有点过于发达。厚实的肩膀，巨大的胸大肌，膨胀的二头肌和三头肌。他有些头重脚轻。在月球上，你更需要上半身的力量。他在她床上摊手摊脚地睡着，就像一个被击败的动漫超级英雄。用嘴呼吸。

奇怪的人，美丽的人。你适合这个世界，适合就是美。可我和你一样强壮，在医院里，当你吓到我时，我把你推到了墙上。当你朝我压下来时，我抓着你，把你翻了下去，你大笑起来，因为没有哪个埃摩曾对你做过类似的事。然后我朝你压了下去。

玛丽娜的茶变温了。

那时候她一直跑，跑过一道道走廊，她无法逃出医院，逃出城市，逃出月球，直到她找到一个很小的角落。她在那里蜷了起来，胳膊抱着膝盖，她觉得石头的天空压在她头上，数十亿吨重的天空。

他在那里找到了她。他坐到走廊上，就在她的对面，他不说话，也不碰她，什么都没有做，只是坐在那里。在上城高街，在那片令人绝望的天空里，一个拿着刀的男人抢走了她的雾汽捕集器，在她眼前喝掉了她的水。刀赢了，刀永远会赢。刀对她而言是耻辱，直到恐惧、愤怒和肾上腺素促使她面对刀子，把一根钛矛戳进一个人的脑子里，顶穿了他的头骨。

"卡利尼奥斯，"她说，"我很害怕。"

害怕？

"我和你一样了。"

在她的房间里，在相同的石头天空下，她把自己的脸靠在卡利尼奥斯的脊柱凹处。她感觉着他呼吸的动作，他心跳和血液的韵律。还有他皮肤的不可思议的触感。她根本感觉不到伤疤。

"嘿男人，我们现在做什么？"

"他多大？"卢卡西尼奥问。

"二十八。"卢卡斯说。

"二十八！"

在卢卡西尼奥的年龄看来，二十八岁等于死亡。卢卡斯记得自己十七岁的时候，他恨那个时候。拉法的阴影笼罩着他，他的几个朋友全都搬走了。他悄悄和他们断了联系，觉得自己没什么人缘，不知道要不要去交些新朋友。周围的一切都不对劲：朋友、情人、衣服、笑声以及十七岁所理解的爱。而这一切像雨水一样落向拉法，带着魅力浸透他，净化他。卢卡斯那时候是孤独的，现在也是孤独的。

他嫉妒他的儿子，嫉妒卢卡西尼奥随意的性事，嫉妒他的魅力，嫉妒他对自己身体的安然，还有他翻领上的月神别针。

卢卡斯在车站和他儿子碰面。这孩子戴上了他所有的钉环——正式礼仪，抱着一个卡纸蛋糕盒。看到蛋糕盒时，卢卡斯几乎要微笑起来。他从哪里学的这份友善？护卫们从挤挤攘攘的名流评论员中清出了一条道路。在月球上，没有什么比行刺事件更值得八卦。当无人机从头上呼啸而过时，卢卡西尼奥像一个幼儿般抱紧了蛋糕盒。

他们在 ICU 的窗外一起站了十分钟。亲随们可以从各种角度显现阿列尔，并叠加上图表和医疗记录，但那只是图像。玻璃让一切显得更实在。阿列尔还在昏迷中，贝加弗罗正上演缓慢的拓扑折叠。然后卢卡斯把卢卡西尼奥带到了他楼上的房间里。靳纪已经把图样传给了医院打印机：博阿维斯塔的员工照着卢卡西尼奥在子午城的研讨室复制了一个舒适的房间。卢卡斯在那里说了婚礼的事。他很仔细地计划这个过程，用他自己的房间很不礼貌，用他的办公室就太正式太专制了。

"我和你母亲结婚时，她二十九岁，我二十岁。"

"看看它变成什么样了。"

"它变出了你。"

"别逼我做这事。"

"在这些事情上我们没有自由，卢卡。"这是个亲密的，昵称中的昵称：卢卡斯在去车站的路上先练习过了，试图习惯说出它时的别扭。他之前害怕自己不得不这么叫儿子时会结结巴巴，但这个词此刻轻松地滑了出来。"月鹰下了命令。"

"月鹰，月之鼠——你都是这么说的。"

"他有我们的把柄，卢卡，他可以毁了公司。"

"公司。"

"家族。我也不想娶阿曼达·孙，我从来没有爱过她。合同条款里没有爱。"

"可是你花钱买了自己的自由。把我也买出来。"

"我不能。我希望我能，卢卡。如果能的话让我做什么都可以。可它是政治交易。"

盒子里的是马卡龙，有各种各样的颜色，漂亮又完美。最让卢卡斯觉得自己是个叛徒的就是这些东西，它们是如此天真、善良、柔和，它们被辜负了。

"我有一份尼卡哈初稿。"卢卡斯说。

"阿列尔还在维生系统里。"

"它不是阿列尔拟的。"卢卡斯说。卢卡西尼奥的脸颊抽搐起来。

"什么？"

"它是份初稿，卢卡。我可以命令你。为了家族，等等等等。但我现在在请求你，你能和丹尼·麦肯齐结婚吗？"

"帕今乎[1]……"

这一刻卢卡斯被震动了，轻微的战栗：他不记得卢卡上一次用这个词叫他是什么时候的事了，这个亲近的简约的称呼：爸爸。

"为了家族？"

"除此之外还有什么呢？"

"你在这里多久了？"

这个声音把玛丽娜从温暖的、消毒的瞌睡中唤醒。重症特护单元总是非常适合睡觉，它们的温暖、机器的嗡嗡声和催眠般的舞动，还有温和植物药剂的香气，后者让她想起森林、山脉和家乡。

"你醒了多久了？"

"老早就醒了。"阿列尔·科塔说。贝加弗罗抬起了 ICU 病床的头部。她的头发松散、软弱、邋遢地垂在脸旁；她的皮肤暗沉、苍白、发灰；她的眼窝深陷。输液管和导管从她的腕部连接至医疗机器光滑的白色机械臂上。

"我觉得你不应该——"

---

[1] 帕今乎（Paizinho）：葡萄牙语中爸爸的意思。

"去他妈的应该，"阿列尔说，她把床转向玛丽娜，"你在这里做什么？"

"我在监护你，记得吗？"在阿列尔脱离人为诱导昏迷后，她的家人围着她团团转。她的床边没有哪刻是没人在的，他们握着她的手，对她微笑，哪怕当她沉入医疗团队安排的长久的疗愈睡眠中时也一样。但一个小时一个小时过去，一天天过去，公司的需求把他们都拉走了。守夜变成了拜访，门口的媒体流氓们飞走了，追随者们也散开了。最后，在ICU里一坐数小时的变成了玛丽娜。她害怕寂寞，寂寞让她无法逃离那张被扎穿的脸，而她发现探视是平静且治愈的。在这样的时间段里，她可以远离人们及其所需。她能慢慢接受自己对那个试图杀死阿列尔的男人做的事。她也许迟早能认为自己的行为是正当的。

"哦，你看上去糟透了，"阿列尔说，"你穿的是什么？"

"消毒的东西。我喜欢它，它很舒服。你可以随便发牢骚。"

阿列尔的笑声就像干涩的吠叫。

"上帝啊，是的。做个好人，给我弄点化妆品？我不能这样去面对整个月球。"

"早就弄来了。"玛丽娜从她的椅子下面钩出拉链箱，把它放到床上。它只是个芮谜月神系列的旅行套装，普通装的升级版，但阿列尔打开它时就像打开一份新年礼物一样急躁又兴奋。

"你真是个宝贝。"当阿列尔通过贝加弗罗打量自己的脸，考察着修复工作时，她的眼神柔和了下来。玛丽娜心想，对于化妆品不吝感谢，对救了你的命却不置一词。"我那永远爱我的家人都在哪儿？"

"在计划一场婚礼。"玛丽娜说。阿列尔猛地坐直了，然后痛苦地瘫了回去。"你还好吗？"口红从她的手指间滚了出去。

"不，我他妈的不好。我想我扯裂了哪里。医生在哪儿？我要一个人类。给我一点镇痛的东西。"

"放松点。"

一个护士迅速赶到，把玛丽娜驱离了床边。当病床被放平、监视器重新检视、药剂被注入时，玛丽娜几次瞥到了阿列尔恼火的脸色。化妆品被塞进包里，放到了一张够不着的桌子上。

"把那些给我。"护士一离开，阿列尔就命令道。她打上粉底和眼影，画上眼线，仔细又精确地刷上睫毛膏。阿列尔对自己的脸进行着仪式般的改造，她是在夺回自己的身体，在不受控的肢体和环境条件下重新获得一定程度的掌控。最后是嘴唇。阿列尔来回地侧着自己修复好的脸，以捕捉每一个角度。

"所以那是我侄子的婚礼。操心尼卡哈的是谁？"

"卢卡斯。"

"卢卡斯！那孩子真是见了鬼。让他到这里来，马上。他签了什么东西没？上帝保佑，别让我们碰上业余的媒人。"

"医生说你还非常虚弱。"

"那我就要解雇了那些医生，再请一些懂得尊重人的来。我应该干什么，躺在这里，瞪着天花板，让贝加弗罗给我放点胎教音乐？不能动的是我的腿，不是我的脑子。这才是治疗。贝加弗罗，让卢卡斯来这里。"

医疗状况限制了外部通讯，贝加弗罗在公共频道里说。阿列尔恼怒地尖叫起来。护士又回来了，但是又狼狈地被阿列尔的怒吼声赶了出去。玛丽娜转过身，没让人看到自己高兴的样子。

"玛丽娜，宝贝儿。你能让卢卡斯来我这里吗？"

"已经办妥了，科塔女士。"

"我要再跟你说一遍，叫我阿列尔。"

叫声惊醒了玛丽娜。她跑在走廊里，赫蒂一直在通知她阿列尔·科塔的房间传来了警报。阿列尔已经从 ICU 转移到了一个单人间，它在科塔家之前住的那一层。这一层通风、安静，并且安全。机器走来走去，或飞来飞去，嗅着阿列尔的生命体征。玛丽娜冲得太快，跑进房间后狠狠撞在了床边的墙上。医疗机械从墙上的舱口中伸出来检查她，表面瘀伤，没有持续性创伤。

"你没事吧？"

"没事。"

"我听到——赫蒂给我发了警报。"

"没事！"

病床再次让阿列尔·科塔恢复成坐姿。赫蒂显示了诊断报告，但玛丽娜能看出阿列尔大睁的眼中露出的恐惧，她呼吸急促，嘴角的线条还带着愤恨——不得体的样子：这并不出人意料。

"我不会走的。"

"没事。不。我看到了他。"

"巴罗索……"玛丽娜开了个头，但阿列尔举起了一只手。

"别说了，"她恼火地长叹了一声，握紧了拳头，"他一直在我眼前，每次有什么东西移动时，不管是机器人，还是走廊里的谁，或是你，都会变成他。"

"这需要时间。你受了精神创伤——严重的创伤，你需要治愈记忆……"

"别跟我说这些医疗，治愈之类的鬼话。"

玛丽娜把其他话吞了下去。她成长的语言环境中充满了健康、平衡、调整和再生的词汇。水晶翻转，脉轮生光。疼痛让人虚弱，创伤让人受伤，攻击让人伤残。她意识到自己从未检验过这个词汇表里的法则和信念。它全是类比。但是治愈，尤其是治愈，可能只关乎身体，不关乎情感。情感可能需要不同的方法——如果受伤的归根究底是情感，如果受伤一词并不只是某种范畴的又一个类比，这个范畴除了情感本身的体验外就没有名字也没有词汇可以形容。又或者根本没有方法，只能寄托于时间和记忆的消退。

"抱歉。"

"见鬼的自救，"阿列尔咆哮道，"我需要的是：我需要能够走路，我需要能够尿尿或拉屎而不必感觉到某种温热的东西流进我屁股旁边的袋子里。我需要离开这张床。我需要一杯血腥马提尼。"

你在生气，玛丽娜差点说出来。不能说。"我继弟，斯凯勒，他之前参军了。"

"是吗？"阿列尔用手肘把自己支撑起来，床摆动着跟上她。一个人类的故事，做着某些事的人，这让她感兴趣。

"当时他在萨赫勒地区工作，那时候，无论发生任何紧急事件，军队都得顶上。有时候是多重耐药性爆发，有时是难民，有时是饥荒，有时是干旱。"

"你们这些人在下面都在干什么，我完全弄不懂。"

玛丽娜怒火中烧，这个高傲又富裕的婊子律师是谁？一个月球上的富裕婊子律师。被刺伤了，还瘫痪了。她得丢掉这些情绪，要冷静，要治愈。

"他负责信息支持，每个危急事件都需要信息支持。但他一样会产生幻觉。孩子们。他们是最糟糕的。他总共只说了这几句话，他不肯谈论这些事。他们从不谈及幻觉。他被诊断为 PTSD 受害者。不，他说，我不是受害者。别把我说成受害者，所有人都会看到那些。它会变成我的一切。"

"我不是一个受害者，"阿列尔说，"但我希望不要再看见他。"

"我也一样。"玛丽娜说。

"你说你不干别人，这是什么意思？"

现在是两点，在医疗中心的一个房间里，玛丽娜和阿列尔再度失眠。她们谈到了人和政治、法律和野心，梳理了她们的故事和历史，然后她们聊到了性。

"别人对我没有性吸引力。"阿列尔说。床铺支撑着她，她在吸烟。玛卡雷奇医生已经放弃了规劝和警告。亲爱的，谁为你的呼吸买单？这根电子烟是新的，比玛丽娜用来戳穿爱德华·巴罗索的那根更长，更致命。它尖端流畅的线条让玛丽娜着迷。"我没法为他们烦恼。所有那些渴望，寻求关注，还要在他们没有想着你时想着他们。所有那些对性的交涉，对性的沉迷和退出，然后还有爱情。还是省省吧。比这些要好得多的，是和某个永远触手可及的人做爱，这个人知道你想要什么，对你的爱比任何人能给的都要更深沉。这个人就是你自己。"

"这个，呃，哇噢。"玛丽娜说。当她作为一个新鲜的月芽刚刚抵达月球时，她曾探索过月球的性别多样化，但是在这片性别雨林中，总有一些她从未能想象到的生态位。

"你真是很地球，"阿列尔甩甩电子烟，"和别人性交总是要让步，总是又粗鲁又莽撞，要努力尝试合拍，看谁先高潮，谁又喜欢怎样，你不喜欢他们喜欢的，他们又不喜欢你喜欢的。总是要瞒着一些事，那些秘密是你喜欢的，或是想尝试的，或者它们会让你忘掉一切尖叫到发狂，但你不能说，因为你害怕他们会看着你说，你想做这个？他们的眼神就仿佛是在看着一个怪物，而不是一个爱人。好像没有什么地方比你的脑子更肮脏。而当你和自己做时，你玩希芮芮卡[1]，震动跳蛋，抽插滚珠，玩女用按摩棒，你不需要担心任何人，也不需要隐瞒任何事。没有人会评判你，没有人会比较你，没有人会在脑子里想着他们不会说出口的另外一个人。自我性爱是唯一一种诚实的性爱。"

---

[1] 希芮芮卡（Siririca）：女性自慰的巴西俚语。

"自我性爱？"玛丽娜问。

"自体性爱听起来很龌龊，自动性爱是机器人干的事，而任何用上'情趣'一词的称呼都意味着没有情趣。"

"但是你能做——"

"能做什么？什么都能做亲爱的。"

"在你的公寓里，那个你不让我进去的房间……"

"那是我操自己的地方，我的器具都放在那里，我曾在那里享受乐趣。"

"雇主和雇员之间进行这样的对话合适吗？"

"是你一直在提醒我说，我不是你的雇主。"

"老天啊。"玛丽娜说道，这是老奶奶的说法，却是她唯一能想到的可以充分表达她的惊奇和震撼的词。这就好像是她在那个空荡的小公寓里打开了那扇锁着的门，发现了一片无垠的仙境，有草地和彩虹，有油亮的皮肤，柔软的肉体和性高潮的赞美诗。

"你在想谁？"阿列尔问。

"我没——"

阿列尔打断了她。

"你有在想。当你告诉别人你是自性恋时，他们立刻就会开始比较他们自慰时最棒的感受，与他们和现任做爱时最棒的感受。每次都是这样。是谁？"

天色昏黑，正是凌晨时分，月球机械发出一些咔嗒声和呼呼声，这些声音一直都在，但在这一层的这一间显得特别明显特别响亮。就好像整个世界只有她和阿列尔，这给了玛丽娜说出口的勇气："你兄弟。"

阿列尔的脸上绽开了一个快乐的笑容。

"哦你这个野心勃勃的女孩，我家人之一，所以我才这么喜欢你。卡利尼奥斯？当然是卡利尼奥斯。他是个大帅哥，相当懂得照料他自己，而且也不多话。如果我是那种会和别人上床的女孩，我也会想和他上床。"阿列尔正在把电子烟举向自己唇边，但它突然僵住了，她睁大了眼，坐姿前倾，抓住了玛丽娜的双手。这个姿势让人吓了一跳，她的皮肤在药物的作用下仍然火热且干燥。

"哦我的宝贝儿，"阿列尔说，"你知道的，对不对？拜托别告诉我你爱他。哦你这个傻女人。我母亲没把我家人的相关事情告诉你吗？别接近我们，别关心我们，最最重要的是，别爱我们。"

阿列尔憋着一口气，在疼痛中咬着下唇，把自己晃到了床边。玛丽娜万分纠结地看着这一幕。

"我能帮忙吗？"

"不你他妈的不能，"阿列尔说，她把自己推到床缘，双腿悬空，把衬裙和长裙拉到了大腿上，"腿来。"

腿在房间一角呼呼响着启动了。科塔氦气公司的机器人专家用了不到一天的时间设计并建造了它们：让阿列尔·科塔能够走路是第一要务，一切其他项目都要为此让步。两只腿大步走过房间来到床前，它们的姿态自然、轻松、人性化，并且让玛丽娜毛骨悚然。它们就像从一具身体里走出来的骨架，此后一定会在她的恶梦中徘徊好几个月。它们贴在阿列尔悬空的双腿边，像捕网一样打开，然后从脚一直锁合到大腿。"现在我需要你帮忙了。"阿列尔说。玛丽娜用一只胳膊搂住阿列尔的腰，让她环住自己的肩膀，扶着她站了起来。此时机械腿的神经链接蜘蛛正爬上阿列尔的脊柱，寻找医生在她背上设置的插口。这女人轻得像一缕烟，好像只剩下了骨头和空气，但玛丽娜感觉到了她钢索般的力量。蜘蛛在织物的皱褶下急速掠过皮肤，然后将连接头插进了插口。阿列尔难受得悄声咒骂着。两滴血。

"让我们试试这个。"

玛丽娜站开了。阿列尔朝着地板歪了下去。机械腿往下一垮，有一瞬间她几乎要翻倒了，但是陀螺仪和伺服系统随即跟上了她的念头，她稳稳地站住了。

　　"把裙子拢起来。"

　　阿列尔往前迈了一步，这一步没有犹豫，也没有蹒跚。她绕着房间走了一圈，提着裙裾的玛丽娜仿佛是她的朝臣。

　　"感觉怎么样？"

　　"就好像我才七岁大，还穿了妈姆的鞋子，"阿列尔说，"好了，让我像样一点。"

　　玛丽娜放下了裙摆，拉平皱褶和叠层。裙子下面的假肢被遮得严严实实。阿列尔透过贝加弗罗审视自己。

　　"现在可以了，"脊髓移植已经修复了膀胱和肠的一部分控制机能，不过裙子繁复的设计还是可以遮住不显眼的结肠造口装置，"我不会在余生里都穿着曳地长裙，除非我引领了新潮流。请跟在我后面，我想要营造一次漂亮的出场。"

　　当阿列尔轻快地走进会客室时，带头鼓掌的是卢卡斯，但是玛丽娜注意到了他脸上一闪而过的失望。亲吻。然后阿德里安娜拥抱了她的女儿，退后一步欣赏着科塔工程师的杰作。

　　"哦我亲爱的。"

　　"这是暂时的，"阿列尔斥责道，"只不过是化妆而已。"

　　第三个来到医疗中心的家庭成员是瓦格纳。他是最令玛丽娜感兴趣的科塔，自博阿维斯塔的派对后，玛丽娜只见过他一次，就在阿德里安娜的生日宴会上。和卡利尼奥斯一样，他在董事会之外为家族工作，但玛丽娜能够感觉到，这样的安排是因为政治因素而不是因为性格。他的眼睛是深色的，皮肤也是，长睫毛，高颧骨。他的亲随是一个黑亮的橡胶针球。他在这里的时候正是拉法和卡利尼奥斯不在这里的时候。

阿列尔交叉双腿坐在那里，甩开了电子烟。玛丽娜站在她身后，欣赏着眼前这一幕。

"卢卡斯，一份合适的尼卡哈，"亲随们闪烁着传送数据，"它将守住那孩子的安全和快乐。别读它，只要签上名字就行，不要再瞎折腾那些你不懂的事。"

"麦肯齐家同意了吗？"

"他们会同意的，否则他们就要花几年时间重新协商每一个条款。而乔纳松·卡约德对一场迷人的婚礼已经迫不及待。"

卢卡斯低了低头，但玛丽娜再次从他脸上看到了愤恨。

"瓦格纳有些事要向我们汇报。"阿德里安娜说。

"阿列尔，你的保镖。"卢卡斯说。

"玛丽娜留下来，"阿列尔说，"我以我的生命信任她。"

卢卡斯望向他母亲。

"她救了我两个孩子的命。"阿德里安娜说。

"我知道我在这个家族中没有什么立场，"瓦格纳说，"在逐月派对的袭击之后，我和拉法进行了一番布置。我做了一些调查。我特别的……状态……意味着我可以看到你们其他人看不到的事。"

阿列尔看到玛丽娜困惑地皱起了眉。

他是月狼，贝加弗罗在玛丽娜的私人频道里悄声说。

是什么？赫蒂悄声回应。玛丽娜记得他在博阿维斯塔时考查过她。卡利尼奥斯问她有没有任何月面工作经验，瓦格纳则问了她的工程学专长。她现在发现了其中隐藏的才智，还有某种孤独的、野性的、脆弱的感觉。月狼。

"我捕捉到了某种气味，发现它是某种蛋白处理器的味道，由此追踪到了设计者。她引着我找到了委托她的人。它是个即抛型的空壳公司，但是物主之一是杰克·腾龙·孙。我去南后城找杰克·孙，而他知道我要去。他试图杀了我，马格达莱纳帮救了我。"

马格达莱纳帮？赫蒂悄声问贝加弗罗，但阿列尔正要问一个问题。

"他知道你要去？"

"他的原话是'你太容易预测了，小灰狼。三皇一周前就看到你要来'。"

"老天。"阿列尔说。

"阿列尔。"阿德里安娜问。

"我是雪兔会的成员之一，我也是月球学会的成员之一。"

"为什么没人告诉我这事？"卢卡斯问。

"因为你不是我的监护人，卢卡斯，"阿列尔回嘴道，她又慢又深地吸了一口烟，"维迪亚·拉奥也是成员之一。"

"他是惠特克·戈达德公司的。"卢卡斯说。

"他告诉我太阳公司为惠特克·戈达德公司设计了一个 AI 分析系统。三台量子主机，设计目的是根据现实世界的详细模型进行高精度预测。他称呼它为预言者。伏羲、神农和黄帝：也就是三皇。"

"孙家是我们的同盟。"阿德里安娜说。

"妈姆，我没有冒犯的意思，"卢卡斯说，"孙家是他们自己的同盟。"

"孙家为什么要委托设计一个装置来试图杀死我的儿子？"阿德里安娜问。

"为了让我们陷入现在这个状况，妈姆，"卢卡斯说，"和麦肯齐家的战争一触即发的状况。"

卢卡斯在托奎霍呼唤他的前一瞬醒了过来。此刻只是一个幻觉，他在孩提时便明白这一点。人类的意识落后半秒于每一个决定和每一种体验。手指无意识地移动，然后意识批准了这个动作，并想象自己拥有主动权。

海伦·德布拉加，托奎霍说。她的亲随埃斯佩兰萨·玛丽亚出现在黑暗中。

"卢卡斯，你母亲让我叫你。"

到时候了。卢卡斯不觉得害怕，也不恐惧，也不焦虑。他为这一刻做好了准备，一次又一次地排演过自己的情绪。

"你能来博阿维斯塔吗？"

"我现在出发。"

海伦·德布拉加在电车月台上迎接卢卡斯。两人礼节性地亲吻彼此。

"你什么时候发现的？"

"玛卡雷奇医生一告诉我，我就联系你了。"

卢卡斯对玛卡雷奇医生从来都不怎么尊重。这是个多余的职业，比起人类，机器对医疗在行得多，又干净，又客观。

"你母亲的情况在恶化。"玛卡雷奇医生说。卢卡斯瞪着她时完全没有掩盖眼中的寒意，她畏缩了。机器可以做得更好的另一件事：真相。

"什么时候开始的？"

"从她的生日宴会之前就开始了。科塔夫人指示我们……"

"你有野心吗，玛卡雷奇医生？"

医生吃了一惊，她有些惊慌失措。

"我不耻于承认这一点，不过是的，我对更深一层的私人顾问工作有野心。"

"很好，谦虚是一种被过于高估的德行。我希望你能达成你的野心。我母亲一定对你说过她的状态，然而你完完全全地对我隐瞒了此事。你觉得我会对此有什么回应？"

"我是科塔夫人的私人医师。"

"你当然是，是的。你有任何医疗上的理由阻止我见我母亲吗？"

"她非常虚弱，她的状况——"

"非常好，她在哪里？"

"她在月面观景台。"玛卡雷奇医生一边说着，一边逃离了卢卡斯的关注范围。尼尔松·努内斯领着博阿维斯塔的全体员工站在门外修剪过的草坪上。卢卡斯·科塔无法回答他们的问题，但他是一名科塔，他有特权。他对每个人点头致意，都是些忠诚的好人。接着是玛德琳，对每一位说一句话。

"她到底还有多久时间？"卢卡斯问海伦·德布拉加。

"最多几天。也许只有几小时。"

卢卡斯在电梯前厅光滑的石梁上靠了一小会儿。

"我不能责怪她的医生服从她的命令。"

"她要求见你，并且只要求见你，卢卡斯。"海伦·德布拉加说。

"你！"卢卡斯突然喊了起来，他在眼角捕捉到一片白色：洛亚姐妹像一片纸般飘过前厅的柱子，"从我家滚出去！"

"我是你母亲的精神导师。"洛亚姐妹面对卢卡斯·科塔。

"你是个骗子，是条寄生虫。"

海伦·德布拉加轻碰卢卡斯的手臂。

"她从姐妹会这里得到很大的安慰。"洛亚姐妹说。

"我已经叫了保安，没人要求他们温和地对待你。"

"奥当蕾德嬷嬷就你的态度警告过我。"

埃托尔·佩雷拉和一个西装革履的保安出现了，她拂开了他们的手。

"我这就离开了。"

"禁止这个女人进入博阿维斯塔。"卢卡斯说。

"我们不是你的敌人，卢卡斯！"洛亚姐妹喊道。

"我们不是你的项目。"卢卡斯也对她喊道。在海伦·德布拉加追问他这句话的意思之前，他踏进了电梯。

　　地球悬在丰富海上空，只露出下面的四分之一。阿德里安娜把自己的座位设在了可以完全看见它的位置。尘埃上的辙痕表明，墙里隐藏着一些低调的医疗机器人。此刻，阿德里安娜唯一的陪伴是一张小桌，上面放着一杯咖啡。

　　"卢卡斯。"

　　"妈姆。"

　　"有人最近上来过这里。"阿德里安娜说。她的声音又轻又弱，徒剩意志的空壳。卢卡斯从中听到了事实：她的病况比他猜想的，甚至比玛卡雷奇医生认为的还要严重得多。

　　"瓦格纳，"卢卡斯说，"保安看到他了。"

　　"他在这里做什么？"

　　"和您一样，看着地球。"

　　阿德里安娜的侧脸上掠过一丝笑影。

　　"我对那孩子太苛刻了。我完全不了解他，但我从来没有试着去了解过。只是因为他让我太生气了。不是因为他做了什么，仅仅是因为他存在。只是因为他一直在表示：阿德里安娜·科塔，你是个傻瓜。可这样做不对，试着让他变成家人之一吧。"

　　"妈姆，他不是——"

　　"他是。"

　　"妈姆，医生告诉我——"

　　"是的，我又一次隐瞒了你们。你们会做什么呢？集合整个家族？把每一个科塔从每一个地区揪回来？然后我看到的最后一个场景就是你们所有人站在那里，瞪大了眼庄严肃穆地看着我？这场景太丑陋了，太丑陋了。"

　　"至少拉法——"

"不，卢卡斯，"阿德里安娜的声音里仍然带着上位者的决断，"看在老天分儿上，握着我的手。"

卢卡斯用两只手捧住了单薄如风筝一样的皮肤，它的干热让他惊骇。这是个垂死的女人。阿德里安娜闭上了双眼。

"有一些最后的事情要交代。海伦·德布拉加会退休，她为这个家族做得够多了。我希望她能安全地离开我们，她不是个赌徒。我担心我们，卢卡斯。死在这个时候真糟糕，我不知道之后会发生什么事。"

"我会照看公司的，妈姆。"

"你们都会。现在的状态是出于我的安排。别破坏它，卢卡斯。这是我选择的方式，我选择了这样做。"

阿德里安娜在卢卡斯的掌心里攥紧了拳头，他松开了它。

"我担心你，"阿德里安娜说，"来，这个秘密我只告诉你。只有你知道，卢卡斯。你需要它的时候就会知道它。早些年，在麦肯齐家像是要彻底抹杀我们的时候，卡洛斯委托制造了一件复仇的武器。他在克鲁斯堡的熔炼控制系统里植入了一个木马程序，现在它仍然在那里。它是一段智能代码，它隐藏着，适应着，它能自行升级。它极其简练。它将让克鲁斯堡的熔炼反光镜转向，把光线反射至克鲁斯堡本身。"

"我的天。"

"是的，给，卢卡斯。"

叶玛亚和托奎霍之间闪过了一段最简短的数据。

"谢谢您，妈姆。"

"别谢我。只有当一切都失去了，家族被摧毁时，你才能用上它。"

"那我永远都不会用它。"

阿德里安娜用惊人的力气抓住了卢卡斯的手。

"哦，你想来点咖啡吗？巴拿马的瑰夏特供，那是中美洲的一个国家。我让它逆流飘上了月球，我还能把钱花在哪里呢？"

"我从来都品不来咖啡，妈姆。"

"真是遗憾。我不确定你能现在就学会品尝。哦，你看不到我在干吗吗？坐在我旁边，卢卡斯，给我放点音乐。你的音乐品味棒极了。你想和那个孩子结婚，家里有个音乐家也是很不错的。"

"我们家对他来说太庞大了。"

阿德里安娜抚着卢卡斯的手背。"不管怎么说，你和阿曼达·孙离婚是对的。我从来都不喜欢她鬼鬼祟祟地在博阿维斯塔打转。我根本就没有喜欢过她。"

"可您同意了尼卡哈。"

卢卡斯感觉到阿德里安娜的手动了动。

"我同意了，不是吗？我觉得它对家族来说是必要的，对家族来说必要的唯一事物就是家族。"

卢卡斯不知道该说什么，于是他下令托奎霍开始播放。

"是他吗？"

"若热。是的。"

泪水让阿德里安娜的眼神变得柔和。

"重要的都是些小事情，卢卡斯。咖啡和音乐。露娜喜欢的裙子。拉法告诉我他手球队的比赛结果，无论输赢。我卧室外的水声。圆满的地球。瓦格纳是对的，你看着它就会忘记自己。它是这么危险，你都不敢看它，因为它会抓住你的视线，让你回想起每一件你放弃掉的东西。这是个糟糕的地方，卢卡斯。"

卢卡斯掩藏起他母亲对他的伤害，再次握住了她的手。

"我害怕，卢卡斯。我害怕死亡。它看上去就像一只动物，一只肮脏的、卑鄙的、终我一生都在捕猎我的动物。这音乐真可爱，卢卡斯。"

"我现在要放他的《三月雨》了。"

"那么开始吧，卢卡斯。"

阿德里安娜睁开眼，她刚刚迷糊了一阵子，现在只觉得又冷又晕眩。这可能是最后一次睡眠，还有事情没说呢。现在这寒冷正毫不留情地摇撼着她的心脏。卢卡斯坐在她身边，从他的表情看来，他是在工作。托奎霍就像一道由文件、合同和信息构成的旋风。音乐已经结束了。这真是非常好，那孩子很会唱歌。她可以让卢卡斯再把音乐放一遍，不过她不想破坏这个时刻——她醒着，但没有人注意她。

她把视线转向地球。叛徒。叶玛亚在她面前展开了那条闪耀的道路，横越过海面，离开那个世界，上至月球。她踏上了它，然而它是个陷阱。没有回去的路，没有光路越过这片干涸的海洋。

"卢卡斯。"

他从工作中抬起头来。他的微笑是快乐的。又一件小事情。

"我很抱歉。"

"为了什么？"卢卡斯问。

"为了把你带到这里。"

"您没有把我带来这里。"

"别这么抠字眼。你为什么总是非得反对点什么？"

"那上面的不是我的世界。这里是我的世界。"

"世界。但不是家。"

"您没有什么需要抱歉的，妈姆。"

阿德里安娜伸手去够桌上的咖啡，但杯子已经冷了。

"我给您新做一杯。"卢卡斯说。

"谢谢。"

新月状地球的尾端拂过了大西洋；一个热带气旋朝着西北偏北移动，热带辐合带的涡轮状云路正静静地隐入黑夜。地平线上跨着一线绿色，那是巴西的东北端。这颗行星的夜半球正在一片灯火之网中缓缓移动，一簇簇，一环环，如同大气图案的镜像。那下面是万千生灵。

"您知道他们后来怎么样了吗？"

"谁，卢卡斯？"

"我知道，当您这样看着地球时，您是在想着他们。"

"他们破产了，就像下面破产的每一个人一样。他们还能怎么样？"

"这里不是一个轻松的世界。"卢卡斯说。

"他们的也不是。我一直想到我妈依，卢卡斯。她在那个公寓里唱着歌，还有做代理工作的帕依，擦亮了他的车。他们在阳光里这么明亮。我还能看见卡约。没有别人了。甚至阿希都不再清晰了。"

"您有您的勇气，"卢卡斯说，"铁手只有一个。"

"那个愚蠢的名字！"阿德里安娜说，"它不是个名字，是个诅咒。再给我放放音乐，卢卡斯。"

阿德里安娜窝进椅子里。若热的低吟浅唱和活泼的吉他声环绕着她。卢卡斯看着他母亲在歌声和弦音中陷入浅眠。她还在呼吸。咖啡来了，托奎霍说。卢卡斯从女仆手中接过它，等他把杯子放在桌上时，他发现他母亲的呼吸停止了。

他拿起她的手。

托奎霍显示了生命体征。

走了。

卢卡斯感觉到自己的呼吸在胸腔中颤抖，但它没有他想象的可怕，根本没有那么可怕。叶玛亚慢慢地褪成了白色，向内折叠。新月一样的地球永恒地悬在东部月平线上。

穿着红裙子的露娜在卵石间小心翼翼地光脚走着，穿过博阿维斯塔空空的池塘。水流正在渐渐变干，十个奥瑞克萨的眼睛和嘴唇间不再有瀑布流下。拉法无法说明自己为什么要关闭博阿维斯塔的水流，不过除了露娜外没人反对。他唯一能够说清的，就是博阿维斯塔也需要表达些什么。

追悼会草率从事，令人失望。来宾的悼词不能比科塔们的更深情，但科塔家没有致告别辞的传统，所以他们的致词虽然真诚却不流畅，并且很不戏剧化。而懂得如何营造宗教场景的姐妹会被禁止参加追悼会。致辞结束了，一把混合物被撒在土地上，那是阿德里安娜·科塔的碳成分，是 LDC 允许用在私人仪式上的所有含量。然后，大家族的出席代表便走向了列车。在这短短的仪式中，露娜一直都像水流一样欢快地游荡着，探索着她奇异的干燥世界。

"帕派！"

"让他一个人待着，欧荷娜芭[1]，"露西卡·阿萨莫阿说，她和她女儿一样穿了一条红裙子，这是阿萨莫阿家参加丧葬的颜色，"他得适应一些事。"

拉法踩着干涸的河流中的垫脚石，走进了竹林。他抬眼看着那些张着嘴睁着眼的奥瑞克萨的脸。有一些小小的脚印在竹枝间踩出了一条小路：是露娜的脚印。她比他更了解这个地方及其所有的秘密。但现在这里是他的了，他是博阿维斯塔的主人了。住在某处和拥有某处有天壤之别。拉法将过长长的、边缘粗硬的竹叶。他曾经以为自己会哭，他以为自己会哀伤不已，像个孩子一般啜泣。拉法知道自己的情绪有多么容易被搅动，不管是生气、快乐，还是狂喜。你母亲死了。他的感觉是：震惊，是有的，那种需要做些什么的无用的无力感，有数十上百的事要做，但你又知道没有一件事能改变死亡的事实；愤怒，有一些，因为事情来得突然，因为他才知道阿

---

[1] 欧荷娜芭（Oheneba）：爱称，意为"小公主"。

德里安娜已经病了很久，从逐月派对开始就走向了终点；内疚，因为刺杀事件后各种混乱层出不穷，它们掩盖了阿德里安娜可能给出的关于她身体状况的任何信号；怨恨，和她一起度过最后时光的是卢卡斯。但没有哀伤，没有不知所措，也没有眼泪。

他在圣塞巴斯蒂昂馆里站了一会儿，现在馆里的水流干了，它们的沉积物结了块，裂成了六角形。这是她在博阿维斯塔里最喜欢的亭馆。有一个亭馆是喝茶的，有一个是用于社交会面的，另一个用于商业会面，还有一个用来接待亲戚，一个是读书用的，有适合早上的亭馆，和适合夜晚的亭馆。但这一个，位于博阿维斯塔主腔东端的这一个，是她的工作亭馆。拉法从来没喜欢过这些亭馆，他觉得它们做作又愚蠢。阿德里安娜自我中心地修建了博阿维斯塔，这是属于她的梦境宫殿。现在它是拉法的了，但它永远也不会成为他的。阿德里安娜在那些干涸的池塘和水道里，在竹林里，在亭馆的穹顶上，在奥瑞克萨的脸庞中。他无法改变它的一片叶子或一颗卵石。

"水。"拉法轻声说。当水流在管道和水泵中翻涌时，他感觉到了博阿维斯塔的颤动。这里汩汩一道，那里涓涓一缕；从喷嘴和龙头倾泻而出；小股汇成溪流，淹满水道，在岩石间轻响着，拉扯着旋涡、泡沫和枯叶；汇集于奥瑞克萨的眼中和口中，渐渐聚成大滴的眼泪，因表面张力而抖动着，然后迸发成和缓的瀑布；先是细雾，再是细流，而后是跳跃的层层下落的瀑布。在关闭它们之前，拉法从未意识到水流移动的泼溅声和淌滴声是如何地填满了博阿维斯塔。

"帕派！"露娜惊呼道，她猛地扯起裙子，整个小腿都浸在了奔流的水中，"水好冷！"

博阿维斯塔现在是拉法的了，但是露西卡仍然不会和他分享它。

"你有想过搬回来住吗？"拉法问。

卢卡斯摇了摇头。

"太近了，我喜欢拉开一点距离。还有音响效果也很糟糕，"他碰了碰拉法的袖子，那是一件布里奥尼的西装外套，"我有话要说。"

拉法有些好奇，卢卡斯竟然到花园的最尽头来找他，还踩过那些垫脚石和池塘，冒着裤腿浸湿和鞋子弄脏的风险。

"说吧。"

"在最后几小时里，妈姆和我聊了很多事。"

拉法的喉咙和下颌因为怨恨而抽紧了，他更年长，他是会长，他是黄金之子。听到最终遗言的应该是他。

"她对公司有一个计划，"卢卡斯说，水流落下的喧闹声装饰了他的话，"这是她的意愿。她创造了一个新职位：最高领导。她希望阿列尔坐上这个新职位。"

"阿列尔。"

"我和她商讨过这事，但她非常执拗。阿列尔会是最高领导，首席，科塔氦气公司的领袖。高于我和你，兄弟。别争论，别提意见。我已经计划过此事，对这个意愿我们无能为力，它已经设定好了，锁定了。"

"我们可以抗争……"

"我说了别争论，别提意见。在法院里为此抗争只会浪费我们的时间和金钱。阿列尔了解法院，她可以把我们永远束缚在那里。不，我们可以从公司章程入手。我们的妹妹在一次刀袭中受了重伤，她实际上截瘫了，她的复原过程会很慢，并且尚不确定结果。科塔氦气公司的章程中包含一则医疗状况能力的条款，如果董事会成员的疾病或受伤状况使其无法充分履行职责，那么条款允许其卸任。"

"你是在建议——"

"是的。这是为了公司，拉法。阿列尔是个极其能干的律师，但她对氦气开采一窍不通。它不算是一场董事会政变，只是暂时搁置她的权力和责任。"

"暂时到什么时候？"

"直到我们将公司重组成更符合它的需求，而不是符合我们母亲一时兴起的样子。她是个病得非常严重的女人，拉法。"

"你他妈的闭嘴，卢卡斯。"

卢卡斯退了一步，恳切地举起双手。

"当然，我道歉。但我要告诉你，我们的母亲也绝对没法通过她自己设定的医疗状况条款。"

"闭嘴，滚蛋吧，卢卡斯。"

卢卡斯又退后了一步。

"我们所需要的只是两份医疗报告，这我都有。一张来自若昂德丢斯的医疗中心，另一张来自我们的自己人玛卡雷奇医生，她非常乐意留下来继续当我们的家庭医生。两张报告，以及多数票，"卢卡斯从水雾后面喊道，"做了决定告诉我！"

露娜踩着水沿溪流往下走，向空中踢起缓缓下坠的银色水雾。它们捕捉到了成行的阳光，将之衍射，映出一个以彩虹为冠冕的孩子。

列车门关闭了，列车门打开了。阿列尔往外探着头。

"好了，你来不来？"

月台上除了玛丽娜外没有别人会是阿列尔的询问对象，但她仍然皱起眉来，无声地问，我？

"是的，你，还能有谁？"

"严格来说我的合同已经结束……"

"是的，是的，你不是为我工作，你为我母亲工作。哦，现在你是为我工作了。"

赫蒂响应着这句话：收到了邮件。一份合同。

"来吧。让我们离开这见鬼的大陵墓。我们还有一场婚礼要安排呢。"

第十一章

子午城热爱婚礼，没有哪场婚礼比卢卡西尼奥·科塔和丹尼·麦肯齐的婚礼更盛大。月鹰为这场典礼贡献了他自己的私人花园：树木由蝴蝶结、生物光和闪烁的星星所点缀。佛手柑、金橘和矮橙被喷成了银色。纸灯笼挂在树梢间，小径将被撒满玫瑰花瓣。AKA为一场壮观的放飞捐献了一百只白鸽，它们已被设定了将在二十四小时内死亡。寄生虫法律非常严格。

合同将在橘馆签署。在快乐的男孩和男孩身后，一群高空杂技演员将在心宿二中心的上空表演飞行芭蕾，他们脚踝上的彩带将在空中交织出字符。月鹰已为心宿二中心的居民准备了小额补助金，以便他们装饰自己的社区。阳台上挂出了旗帜，人行道上装饰了飘带，桥梁上垂下成串的排灯节生物灯。卡通蝙蝠、蝴蝶和鸭子形状的气球在中心的领空里飘荡。景观最好的阳台空间租借金已高达六百比西。桥梁和栈桥上最好的位置早已被标记占领。独家摄像权在一场疯狂的拍卖后由加普夏普网签下：访问协议非常严苛，媒体无人机必须保持得体的距离，双方欧可都不接受直接采访。

四百名宾客将由二十位餐饮员工和八十位侍者招待。菜单中将包含文化及宗教饮食，除此外还将考虑到各种各样的特殊食物不耐受性。会有肉。一个玩笑迅速地传开，说卢卡西尼奥将以他的标志性风格制作婚礼蛋糕。这不是真的，在制作欧可蛋糕和月球蛋糕方面，克尔·瓦面包店有最悠久的传统。子午城假日酒店满月酒吧的肯特·纳拉辛哈创作了一款节庆鸡尾酒：羞涩男孩。它用的是一种只为这次庆典设计的杜松子酒，打出泡沫，果冻粒慢慢溶化，往上方的杜松子酒和金箔片中释放出色彩和香气的旋涡，为非酒精饮者准备的是处子鸡尾酒和草药茶。

安保审查在一周前就已经开始了。LDC、科塔家和麦肯齐家的安保系统的联络频率达到了一种空前的程度。乔纳松·卡约德的花园被扫描的层次已精细到了灰尘微粒和死皮。

离年度婚礼只剩三天了！男孩们会穿什么？这里展示了卢卡西尼奥·科塔最近的打扮。这个学院派研讨会男孩，他在逐月派对上穿的是花呢外套和培养皮皮裤；他作为时尚偶像的两周，每个人都穿着救生装内衬，用马克笔在上面涂鸦；还有他祖母的八十岁生日派对，以及他祖母的追悼会，真是令人难过，那么快；他返回时尚镜头下的样子：他的妆是谁化的？这将是这一季的标志性妆容。把头抬起来，男孩子们！你们全都会打扮成这样。丹尼·麦肯齐：哦，谁在乎他呀？什么时候有一个麦肯齐和时尚搭上关系了？那么谁将设计婚礼礼服呢？我们当然不能把这工作交给亲随。我们钟爱的设计AI包括洛雅乐、圣·达米亚诺、男孩之男孩、布鲁斯和布拉格、切内伦托拉。谁将获得合同？还有化妆品……

离年度婚礼还有两天！是什么让五龙比我们任何一个人都好出太多：品味。在婚礼程序中，科塔家展示出绝对的品味。现在离阿列尔·科塔遭遇那次可怕的攻击还不出一个月，但她踩着机械腿和以往一样灵活，不仅如此，她还在她的病床上安排了尼卡哈！就在两周前，阿德里安娜·科塔逝世的消息让整个月球都为之震撼和哀痛。但是，比起抬头挺胸、盛装打扮、重拾风采，科塔家还有更棒的方式来展示他们的勇气，那就是：年度婚礼！品味决定一切。

离年度婚礼还有一天。目前最可信的社交等级标志是：你在宾客名单上吗，还是不在？没有人会告诉你，但是加普夏普收回了一些欠债，执行了不少威胁，散播了大量的亲吻和微型宠物，所以我们将为你奉上独家消息——谁在宾客名单上，以及谁不在名单上！准备好大吃一惊了吗……

年度婚礼当天。开场的是一个小小的队列：预定了最佳观景泊位的名流观察员，和蝙蝠形、蝴蝶形以及各种瑞兽形小飞船。到了预定时间，心宿二中心区的居民全都把阳台栏杆上的旗帜打开了，让它们缓缓地铺成一片赐福和婚礼祝词的锦绣。当宾客电梯抵达时，安保已经就位。邀请函接受扫描，客人们直接被领入接待处，拿上特制的满月酒吧"羞涩男孩"鸡尾酒。乔纳松·卡约德和阿德里安·麦肯齐都是讨人喜欢的主人。无人摄像机在规定领域内飞掠穿梭，争夺着名流们的特写镜头。在签字前半个小时，客人们被领进了橙馆。程序筹划微妙又紧凑，座位安排被严格执行。婚礼接待员朝空中挥洒玫瑰花瓣雨。二十分钟：双方家族抵达会场。邓肯·麦肯齐及其欧可阿纳斯塔西娅和阿波罗奈尔·沃龙佐夫；他的女儿塔拉及其各欧可，还有他们吵吵嚷嚷的儿子们和女儿们。布赖斯·麦肯齐，笨拙但果决地拄着两根手杖，陪同他的是他十几个养子。哈德利·麦肯齐，镇定自若并且十分英俊。罗伯特·麦肯齐无法离开克鲁斯堡，他为此向快乐的夫夫致歉并祝贺，并且对麦肯齐和科塔两大世家间的和平协议送上所有最美好的祝愿。孙玉·麦肯齐代表他出席。

科塔家：拉法和露西卡，罗布森和露娜。卢卡斯一个人。阿列尔和她的新护卫，后者在家人中占了一个位置，这在宾客群中刮起了一阵低语的旋风。卡利尼奥斯，西装非常合身。瓦格纳及其欧可阿娜利斯·麦肯齐，他看上去紧张不安，陪同的还有他的狼帮伙伴。狼帮的三十个人都穿着深色，自成一派，在婚礼花园的银色和缎带间添加了一点危险的趣味。

他们坐了下来，一个小合奏团表演了《花好月圆夜》。

现在，年度婚礼所必需的只剩下新郎和新郎了。

卢卡西尼奥听说，男人应该从下面开始脱，所以在穿衣服时，他要把顺序倒过来。先是刚从打印机里出来的衬衫；银制袖扣，黄金都是垃圾；鸽灰色的领带上有青海波的纹样，打的是精巧的五重埃尔德雷奇结，这是靳纪教给卢卡西尼奥的，他每天都花一小时练习这个打结方法。内裤是蜘蛛丝的。为什么不是所有衣服都用这种面料？因为那样的话，所有人都只顾着喜欢它们的触感，顾不上做别的事了。短袜也是蜘蛛丝，长度到小腿肚。脚踝不能露在外面：那是一种可怕的过失。现在是裤子。卢卡西尼奥犹豫了很多天后，选择了男孩之男孩。他驳回了五个设计。面料是灰色的，比领带暗一度，上面有大马士革花形暗纹。裤脚没有卷边，折缝利落，有两道褶边。现在两道褶边正是流行。一切都流行两个：比如外套，前片两粒扣子，袖口两粒扣子，前下摆裁成圆角。四厘米宽的翻领缘线很高。在纽孔上别好花朵。装饰方巾，折出两个三角尖峰，直角轴向折叠已经过时一个月了。搭配的窄边软呢帽上有两厘米宽的丝带及蝴蝶结，这是卢卡西尼奥拿在手上的，没往头上戴。他不希望它弄坏发型。

“让我看看。”

靳纪通过酒店摄像机让卢卡西尼奥看到了自己。他转身，昂头，噘嘴。

“我真是帅爆了。”

在做发型之前，要先化妆。卢卡西尼奥往衣领里塞了一条毛巾，坐到桌前，让靳纪贴近他的脸。化妆套装一样是从圈内人那里定制的。卢卡西尼奥享受着整个仪式的节奏感：粉底的层次，修容和晕染，细微的触感和差异。他眨了眨上了眼影的眼睛。

"哦耶。"

接着，还是在这张桌前，轮到发型了。卢卡西尼奥仔细地梳理额发，以倒梳、有技巧的喷雾、摩丝、凝胶和发用混凝物使它加固。他摇了摇头，他的头发动起来就像是活的一样。

"我都想和自己结婚。"

最后一件事，他一个个地装上了自己的钉环。靳纪最后让他看了一眼自己，然后卢卡西尼奥·科塔深吸了一口气，离开了心宿二家庭酒店。

等候的摩托车敞开舱室迎接卢卡西尼奥·科塔。在靳纪的指令下，它呼啸着驶进了汉鹰广场的车流。酒店就在区中心，离鹰巢只有一次电梯的距离。意外没有任何机会发生。广场上的人们匆匆一瞥，待到反应过来是谁时，车子已远去。有人在后面点头示意或挥手。卢卡西尼奥抚平了领带，抬眼望去。中心如同一圈彩旗的瀑布，卡通气球翻滚着，彼此挨挨蹭蹭。桥梁上人头攒动，他能听到他们的声音回荡在心宿二中心区的巨井之中。

上面就是年度婚礼的会场了。广场对面，正对着家庭酒店前门的是一家 AKA 的自取超市，厨师们消遣的高档场所。卢卡西尼奥走出车子，朝那家店走去。车和人都避开了他，这自行发生的涟漪从广场往外扩散，向五条大道延展。橱窗里有成盘鲜亮的蔬菜；一个显眼的肉类冷柜里挂着油光发亮的鸭子和家禽肉香肠；冰上放着鱼和青蛙；店铺后面的冰柜和冰箱里放着菜豆和扁豆，保鲜冷雾下放着各种沙拉。两个中年女人坐在柜台里，靠在一起，因为分享了什么秘密而笑得打晃。她们的亲随都是阿萨莫阿家惯用的阿丁克拉符号：桑阔法的鹅[1]、阿南西·讷同坦[2]的星状物。

当卢卡西尼奥走进店里时，她们的笑声停止了。

"我是小卢卡斯·科塔。"他宣布道。她们知道他是谁。除了他的脸，社会频道一整周就没有播放别的东西。她们看起来很担心。他把他的软呢帽放在柜台上，然后从左耳摘下了那枚金属钉，将它放在帽子旁边。"请把这个给阿蓓纳·马阿努·阿萨莫阿看，她知道它是什么意思。我请求金凳子的保护。"

我们就是地球和月亮，卢卡斯·科塔想，布赖斯·麦肯齐是一颗怀孕的行星，我是一颗纤细的小卫星。卢卡斯在这个类比中找到了愉悦感。另一件令人发噱的事是，卢卡西尼奥上次就是从这家旅店里潜逃的。两个隐约的微笑，这次会面中的乐趣也仅止于此了。

布赖斯·麦肯齐重重地踩着步子走向沙发，手杖，脚，另一根手杖，脚，就好像某种陈旧的四足采矿机器。卢卡斯简直不忍目睹。这个人怎么能够承受自己的重量？他的众多埃摩和养子是怎么承受他的？

"喝点什么？"

布赖斯·麦肯齐一边吃力地沉向沙发，一边咕哝了一声。

"我就当作你拒绝了。我喝一杯你不介意吧？家庭酒店的员工签了时薪合同，啊，你了解我的。我喜欢从任何一种形势中榨取最大的价值，而这些羞涩男孩真的相当不错。"

"你这种轻佻的态度不太合适，"布赖斯·麦肯齐说，"那男孩

---

[1] 桑阔法（Sankofa）：鹅形符号，意为返回并获得，在阿坎文化中象征着从历史中学习的重要性。原作中此处英文为 Sankara，这是印度哲学家商羯罗的名字，疑误。

[2] 阿南西·讷同坦（Ananse Ntontan）：意为蛛网，在阿坎文化中，它是生命的智慧、创造性与复杂性的象征。

在哪里？"

"就在我们说话的时候，卢卡西尼奥应该要到达特维城了。"

客人，家人，然后是司仪，这些角色在场只不过是为了见证尼卡哈的签署。但是乔纳松·卡约德为这一角色带上了月鹰的全部庄严。当阿列尔建议他来主持时，他做出一副惊诧的样子，甚至露出了羞怯。不不，我做不到，唉，哦，那行吧。

乔纳松·卡约德给自己安排的礼服是正式的阿格巴达，上面点缀了他为这个场合定制的金色徽章。"他穿了增高鞋吗？"拉法悄声问卢卡斯。一旦注意到这点，它就盖过了一切。没有这双厚底鞋，鹰王会比他主持的这场婚礼的夫夫矮一个头。拉法被自己逗笑了，他紧闭起眼，抿起了嘴，但是压抑的大笑让他颤抖了起来。

"快打住，"卢卡斯压着嗓子说，"我还得到上面去，把儿子的手交给他。"但这种传染是不可抗拒的。卢卡斯吞下一声短促的傻笑，隐晦地擦掉了眼角的眼泪。管弦乐队神气活现地奏起了《雨夜花盛开》。布赖斯·麦肯齐站了起来，走到了橘馆边他该站的位置上。每个人都扭过头去。丹尼·麦肯齐走过了玫瑰花瓣的小路。他走路的姿态笨拙、别扭、三心二意。他不知道要往哪里摆他的手。布赖斯·麦肯齐脸上堆满了笑容。乔纳松·卡约德像一个召唤牧师般张开了手。

"作秀时间。"拉法轻声对他兄弟说。接着科塔家的每个亲随都同时悄悄响起了来自卢卡西尼奥的通讯。

三十秒内，加普夏普网就把新闻传遍了整个月球：卢卡西尼奥·科塔：逃跑的新郎。

"你和你儿子联系了吗？"布赖斯·麦肯齐问。

"我没有他的消息。"

"请获得他的消息。在我的印象里，你总是得费尽力气才能得到你儿子的消息。"

"你这话太可笑了。"

布赖斯·麦肯齐晃了晃头，这是恼火的下意识动作。

"现在的问题是，我们要怎么挽回损失？"

"有损失？"

另一个下意识的动作：鼻翼的翕动，呼吸声粗重。

"我的家族形象的损失，麦肯齐金属公司名声的损失，还有我们要就加普夏普将对我们发起的诉讼做出赔偿。"

"饮料的开销一定也非常高。"卢卡斯说。他和布赖斯·麦肯齐会面过两次，两次都是社交场合。他们从未在商业上交过手，但卢卡斯已经弄懂了这个男人的计策，他的迈兰简[1]。生理上的恐吓，不是通过肌肉，而是通过重量。布赖斯·麦肯齐就好像在靠重力掌控整个房间，一次绊倒，一次摔跤都能把你弄断。我知道这计策是怎么施行的，卢卡斯想，但你是地球，我是月亮。他感觉到势能带来的眩晕。一切都很清晰，从未如此清晰过。

"真轻浮。"布赖斯·麦肯齐说。他在流汗，汗津津的巨人。

"无论是你的家族，还是我的家族，都不会惧怕诉讼的威胁。你有什么建议？"

"重新安排婚礼，开销我们对半分。你能向我保证你儿子确定会到场吗？"

"我没法保证，"卢卡斯说，"我不能代表我儿子。"

"你到底是不是他父亲？"

"我说过了，我不能代表卢卡西尼奥。但我全身心支持他的决定，"卢卡斯说，"就我个人而言，我得说，去你妈的吧，布赖斯·麦肯齐。"

第三个下意识的动作：咬住了上嘴唇。前面两次只是恼怒，这

---

[1] 迈兰简（Malandragem）：骗术，做坏事的艺术。

次是狂怒。

"很好。"布赖斯的刀卫走进休息厅，将这个男人从沙发上扶起来，帮他拄好手杖站稳。这个男人的脚整洁得让人惊讶。在咔嗒声中，他大步走过卢卡斯。卢卡斯意识到，这是第三件令人愉悦的事：为难布赖斯·麦肯齐，微不足道但异常甜美的愉悦。

布赖斯在门口转过身来，举着一根手指，他的手杖垂挂在腕部的圈环上。"哦对了，最后一件事，"布赖斯往前踏了一步，往卢卡斯脸上扇了一巴掌。这一下没用多少力气，但是其中蕴含的意外、胆量和暗示，都让卢卡斯眩晕，"准备好你的助手，以及，如果你需要被代表的话，准备好你的扎希尼克。时间和地点由法庭决定。麦肯齐家将以血还血。"

*

库托库的亲随一个接一个地出现在阿蓓纳·马阿努·阿萨莫阿的周围。她屏住了呼吸，她对这一场景比她曾设想的还要敬畏。阿丁克拉在她的视镜中熠熠生辉，每一秒都有一个新的符号出现。她被闪光的箴言圈住了。阿蓓纳之前恭敬地收拾了自己的房间。你可能在隧道里，在管道农场里，在街上，在大院里见过董事会的成员，但是库托库的意义超出了它的个体。它的连续性和变化、继承和多样性、阿布苏阿和整合性。任何人都可以咨询库托库，不过其中有一个隐含的问题：你为什么需要这么做？阿蓓纳整理了自己少数几件东西，折叠起了家具，点亮了生物灯——黑、红、白在地板上铺成三角形，然后让自己站在三角形之中。她还洗了澡。

最后出现的是森桑，奥马和纳的亲随。阿蓓纳战栗起来，她召唤了强大的力量。

"阿蓓纳，"阿都弗·门萨·阿萨莫阿说，亲随们是用客户端的嗓音说话的，"你好吗？金凳子问候你。"

"雅·都库纳纳[1]。"阿蓓纳说。

"哦可爱的孩子，你还整理了房间。"远地的阿阔萨·德代说。

"灯光很有品味。"特维城的科菲·安托说。

"那么，你要问我们什么？"曼庞城的夸米纳·马努问。隐藏的问题。

"我做了一个承诺，"阿蓓纳说，她无意识地绞着自己唯·尼阿美项链的链条，"现在我必须遵守它，可我不知道我是否有这个权利向对方许诺什么。"

"是关于卡利西尼奥·科塔的事。"阿蓓纳知道说话的这个亲随是露西卡·阿萨莫阿的。

"是的。我知道因为逐月赛上科乔的事，我们欠了科塔家一次情，可是如果麦肯齐家也像攻击科塔家一样攻击我们呢？"

"他要求避难。"西里勒斯农场的阿卜拉·坎德说。

"但我有满足他的权利吗？"

"如果我们不能遵守自己的承诺，那么月球上的人会怎么想我们？"阿都弗·门萨问。一整圈亲随都异口同声地轻声说：Fawodhodie ene obre na enam——独立与责任同在。

"可是麦肯齐家，我是说，我们不是最大的家族，也不是最富的或最强的……"

"让我告诉你一点历史，"奥马和纳阿都弗说，"这没错，AKA不是五龙里最富的或最古老的。我们不是出口商，我们不像科塔一样能让上面的灯火持续闪亮，也不能像麦肯齐一样供养地球的技术产业。我们不是实业家也不是IT巨头。来到月球时，我们没有孙家那样的政治背景，没有麦肯齐家那样的财富，也没有沃龙佐夫家发

---

[1] 纳纳（Nana）：非洲阿善堤地区对长辈的敬称。

射设备的途径。我们不是亚洲人，不是西方人，我们是加纳人。加纳人来到了月球！真够放肆的！这里属于白种人和中国人。可是伊芙阿·门萨有一个想法，她看到了一个机会，她努力争取，一路抗争辨认来到了月球。你知道她看到了什么吗？"

"铲土可能会使你富裕，但卖铲子一定会使你富裕。"阿蓓纳说。每个孩子在一开始接入网络，配置视镜并链接亲随时，都会学习这句格言。她一直觉得它乏味但很有价值，是老人的智慧，是零售店店主和蔬菜水果商的智慧。她们不像科塔和麦肯齐家那样有他们帅气的集尘者，魅力四射，也不像沃龙佐夫家那样有他们精巧的玩具。

"我们赢得了我们的独立，亲爱的，"阿都弗·门萨说，她的亲随是暹罗鳄鱼和伊西·涅·特克瑞玛[1]的组合，象征着统一和互助的阿丁克拉符号，"我们不会放弃它，我们也不会屈服于麦肯齐。"

"不会屈服于任何人。"夸米纳·马努补充道。

"你有答案了吗？"奥马和纳阿都弗问。

阿蓓纳低下了头，以月球通用的方式拢起手指。库托库的亲随一个接一个地闪没。最后闪亮着的是露西卡·坎德·阿萨莫阿—科塔。

"你没有，对吗？"

"什么？"

"没有得到答案。"

"我得到了，我只是不……"

"不放心？"

"我想我给家族带来了危险。"

"月球上有多少人？"

---

[1] 暹罗鳄鱼（Siamese Crocodiles）和伊西·涅·特克瑞玛（Ese Ne Tekrema）：暹罗鳄鱼图形为拥有同一个胃的两只鳄鱼，象征民主与多样性的统一。伊西·涅·特克瑞玛意为"舌和牙"，象征友谊和互助。

"什么？有大概一百五十万。"

"一百七十万。听起来很多，但并没有多到我们可以不必担心基因库的程度。"

"近亲交配，累积突变，基因漂变。背景辐射。我在学校里学过这些。"

"而我们每一方都以不同的方式应对这件事。我们改善了阿布苏阿系统，以及所有那些关于你不能和谁性交的章程。你是，什么族？"

"豹族。不能性交的是蝠族，鹰族，当然还有我自己的阿布苏阿。"

"孙家和每一方，和任何一方通婚，月球上半数的人都姓孙。科塔家有他们怪异的玛德琳系统，但他们完全保持了基因库的流通和洁净。麦肯齐家，他们不一样。他们维持着家族的封闭，他们担心自己的基因系受到污染，认为这会稀释他们的身份。他们自己内部通婚，并且进行逆代杂交：否则那些雀斑是从哪里来的？但这很冒险，非常冒险，所以他们必须确保他们育有纯种的后代。他们雇用我们处理基因系，我们已经干这个干了三十年。这是我们的秘密，不过也正是因此，我们免于麦肯齐家的威胁。因为他们害怕生出双头婴儿。"

阿蓓纳轻声发出一句祷告。

"阿萨莫阿家保守着每一方的秘密。但是照看好卢卡西尼奥吧，阿蓓纳。麦肯齐家不敢碰我们，但他们恨得久，刀也长。"

扎巴林仔细捡走了糟蹋乔纳松·卡约德花园的死鸽子。放飞是设定了时间的，笼子自己弹开了，鸟儿们拍打着翅膀向上直冲，然后在离场的宾客头上到处飞掠。阿列尔小心地踩着腐烂的玫瑰花瓣往前走，鞋底发出咕叽声。在这湿滑的黏液间，她并不信任她的机械腿。而且她继承了她母亲对活物的厌恶，有机物总是迅速变得这么肮脏。

乔纳松·卡约德在他的公寓里接见她，他正俯瞰着花园。缎带和银果实仍然点缀着柑橘树，草坪上到处是食物残渣。机器人很勤勉，但是四百位宾客仍然给派对造成了不小的负担。

"哦，这真是一团糟。"乔纳松·卡约德向阿列尔打招呼时说。

"我们请了人来清理我们弄糟的东西。"阿列尔说。

"在这次'事件'中，我没找到机会和你说：能见到你这么灵活真是很不错。长裙摆适合你。我已经在各处转了转，年度婚礼失败了，不过新郎的姑妈引领了一次时尚潮流。那孩子怎么样？"

"阿萨莫阿家给他提供了避难所。"

"你们总是很亲近，科塔家和阿萨莫阿家。"

"我希望你不要再说这种话了，乔纳松。"

乔纳松·卡约德摇摇头，用一根手指抵着自己的额头。

"阿列尔，你和我一样明白……"

"如果 LDC 想让一件事发生，或不想让它发生，那 LDC 总有办法。"

他们坐在一张矮桌的两侧，一个机器人端上了两杯羞涩男孩。

"你知道，我真的非常欣赏这些酒。"鹰王说。但阿列尔今天下午没这个心情欣赏。鹰王抿了一口酒，他喝酒时发出的声音真大。

"克拉维斯法院上次通过战斗判定输赢已经是两年前的事了。"阿列尔说。

"不算吧，"乔纳松·卡约德放下了杯子，"阿拉约姆和菲尔姆斯的案子。"

"但它根本不会发展到真的刀锋相向。我了解这种事，勾心斗角的小伎俩。这也是我赢的原因。而且两个案子是不同的，那是个离婚案。而这是老派的挑衅，荣誉的审判。"

"比起你兄弟，布赖斯·麦肯齐的确是先发制人了。"

"你可以叫停它的，乔纳松。"阿列尔说。

"你确定不想喝点什么吗？"月鹰说着上，举了举他的酒杯。他的眼神在杯沿上方碰上了阿列尔的。他往房间后面瞟了一眼，又一眼，第三眼。阿列尔的眼睛睁大了。

"对我来说喝酒还是有点太早了，乔纳松。"法院和法律圈子里有一个常开的玩笑，说阿德里安·麦肯齐能把月鹰捆成一个日式缚[1] 展览品。这不是玩笑。

他们想要见血，他做着嘴形，"谁代表卢卡斯？"

"卡利尼奥斯。"

乔纳松·卡约德震惊地张开了嘴。你的欧可没告诉你他们想要的血是心头血。

"他们任命哈德利·麦肯齐为扎希尼克，我们必须匹配这个级别。"

她牢牢地攫住月鹰的视线。你可以阻止这一切，救下两个年轻人。

"乔纳松？"

"我帮不了你，阿列尔。我不是法律。"

"我好像习惯这个了，可我还是要去你妈的，"阿列尔下令让自己的腿撑起站立的姿势，拿起了她的手包。她用上了在法庭常用的语气直击会客厅的后墙，"也去你妈的，阿德里安。我希望我兄弟把你的兄弟切成碎片。"

他已经为了这场战斗回到博阿维斯塔了。我就做不到，阿列尔想。哪怕是在漆黑的夜里，当她觉得被打开被碰触被侵犯时，当她害怕她完好的腿再也无法撑起她时，当她每一次闭眼都看到刀锋时，

---

[1]　日式缚（Shibari 日文）：日式绑缚。

她都拒绝她母亲带她回博阿维斯塔。你也看到了刀锋，卡利尼奥斯，每一次。它在我身后，在你身前。如果是我，我会恐惧到无法动弹。

他趴在岩石圣母馆的一张桌上。奥克萨姆瀑布的水花溅到了穹顶的边缘，又滴落下来。一个按摩师正在按摩他的身体，手指陷入了肌肉的纹理中。卡利尼奥斯呻吟着，偶尔轻声叫喊，听起来就像在做爱。这场景让阿列尔有些排斥：另一个人正在如此亲密地接触你的身体。也有别人碰触过她的身体，比按摩，比性爱都要更亲密。

卡利尼奥斯侧过头来，对着他姐姐咧嘴一笑。

"嗨。"

"我的口才这一次辜负了我，卡洛。"

卡利尼奥斯的脸难堪地抽搐起来，按摩师的另一次深度按压让他做了个鬼脸。你真英俊，阿列尔想，我只要想到刀子会划开这完美的皮肤，心脏里就充满了冰冷的恐惧。

"我很抱歉。"

"没什么要抱歉的。"卡利尼奥斯说。

"我可以试……不我什么都做不了。我把话讲尽了。他们将会施行决斗。"

"我知道。"

阿列尔亲吻了她弟弟的颈后。

"杀了他，卡洛。让他缓慢地痛苦地死去，在他们眼前杀了他。他们希望看到我们家在他们眼前流血，那就让他们看到这一切发生在他们自己身上。为我杀了他。"

"我能去吗？能吗？"

"不！"拉法怒喝道。但罗布森小跑着紧跟在他父亲身后。

"我想支持卡利尼奥斯。"

"不。"拉法又说。

"为什么不？你会去，每个人都会去。"

拉法转身面对罗布森。

"它不是手球，它不是比赛，它不是你能够支持的事情。我们都会去，是因为卡利尼奥斯不是一个人在战斗。我不想去，我也不想他去。可我得去。而你不能去。"

罗布森拖着脚，皱起了眉头。

"那我想现在见他。"

拉法恼怒地叹了口气。

"好吧。"

体育馆是博阿维斯塔最少用到的腔室。机器人打扫了陈年的灰尘，慢慢暖热了深层岩体永恒的冰冷。卡利尼奥斯用缎带把陶铃挂在了天花板上。七个铃。他穿着一条战斗短裤，在佯攻、躲闪、砍劈、旋转。

"兄弟。"

卡利尼奥斯喘着气来到围栏边，把刀子放在壁架上，把下巴磕在了交叠的胳膊上。

"嘿，罗布森。"

"叔叔。"

"你弄响了哪个铃吗？"拉法朝悬挂的铃铛点点头。

"我从不弄响任何一个铃。"卡利尼奥斯说。但是一个动作出现了，它迅捷且出人意料的程度让卡利尼奥斯完全没有反应过来。是罗布森，他用刀尖抵住了卡利尼奥斯右耳下柔软的皮肤。

"罗布森……"

"哈德利·麦肯齐教过我，如果你夺走了一个人的刀子，一定要用它对付他。永远别放开刀子。"

卡利尼奥斯的行动非常流畅，他猛地俯身避开刀尖，并且毫无停顿地扭住了罗布森的手腕，其坚定的力道足以让人疼痛。卡利尼奥斯捞起了掉落的刀子。

"谢谢你，罗布森。我会当心这一点的。"

所有的铃都响了起来，一阵温和的叮当声。又一次小地震。

卡利尼奥斯走出浴室，眼神发亮。

"里面有涡流，我还没有在博阿维斯塔玩过这个。"

"这是我能做的最起码的事，卡洛。"

卢卡斯为卡利尼奥斯准备临时住所的事变得反常的困难。婚礼的大混乱依然感染着社交氛围。如果敌对双龙间即将有一场决斗的消息泄漏出去，哪怕是科塔家和麦肯齐家威胁要起诉，也将无法阻止八卦网络的传播。帅男孩们光着身子战斗，这甚至比帅男孩们结婚更好。猎户座中心的这个独立公寓经由空壳公司的途径被租赁下来，打印定制通过另一个空壳公司委托，还有按摩师、理疗师、心理学家、厨师、营养学家、刀匠、谨慎的安保人员则通过代理 AI 匿名雇佣。一个训练室建起来了，马里亚诺·加布里埃尔·德马里亚被秘密从南后城带来，安置在毗邻的公寓里。最后，卡利尼奥斯的月钢战刀从若昂德丢斯运抵此处，安放在道场里。

"这是卧室。"

"我可以在这张床上散步。"

卡利尼奥斯仰天瘫倒在床上，曲起双臂垫在头下。他的快乐是明朗的。而卢卡斯的嘴角抿得很紧。

"我很抱歉。"

"什么？"

"我很抱歉。这事。我根本不应该要求……"

"你没有要求。是我自愿的。"

"但是，如果我没有藏起卢卡西尼奥……"

"阿列尔到博阿维斯塔来见我。你知道她说了什么吗？她说她很抱歉无法阻止这事。而你很抱歉，因为你认为这是你引起的。卢卡，我一直知道会有这样的事。我打印出我的第一柄刀，我看着它，我就看到了这个未来。不是哈德利·麦肯齐，而是一场家族需要依赖我去打的战斗。"

这是宽恕。

"哈德利·麦肯齐很强壮，而且非常快。"

"我更强壮。"

"卡利尼奥斯……"

卢卡斯看着他弟弟，后者摊开手脚躺在床上，因为真正的棉花而快乐着。在二十四小时内你可能会死。你怎么能承受这个？你怎么能承受把任何一个瞬间浪费在任何一件如此琐碎的事情上？也许这就是战士的智慧，这些琐事，这些密织的进口棉花带来的直接的体感，这些感觉，才是至关重要的东西。

"什么？"

"你更快。"

瓦格纳拿起刀子，本能地找到了平衡感。他看着手里的这些东西。他刚刚度过完整的暗面，现在他的专注力和集中力都处在最敏锐的状态里。他能几小时地痴迷于刀锋的线条，痴迷于它的冶金技术。

"你拿着它们的样子太安逸了。"卡利尼奥斯说。

"可怕的东西，"瓦格纳把它们放回盒子，"我会到场。我不想去，但我会去。"

"我也不想去。"

兄弟俩拥抱了一下。卡利尼奥斯在公寓里给他准备了一个房间，不过瓦格纳已经去了帮里。在地球变暗的时候，帮会的房子是个冰冷又昏暗的地方。前一晚，他从西奥菲勒斯过来，断断续续地在帮会的床上睡了一晚，他个头不大，还尽可能地展开身体占了能占的空间，但仍然改变不了只有他一个人的事实。他一个晚上都反复梦见自己裸着身子站在风暴洋中心。阿娜利斯不相信他是要来子午城参与家族事务，但她也没有找到可供发作的明显疑点。

"有什么我能做的事吗？"瓦格纳问。然后卡利尼奥斯的笑声吓了他一跳。

"其他所有人，他们全都在说他们有多抱歉，有多内疚。但没有人问我他们能为我做什么。"

"那我能为你做什么？"

"我真的非常想吃肉，"卡利尼奥斯说，"对，我想吃肉。"

"肉。"

"你能吃吗？"

"在这方面通常不行，但是为了你，兄弟……"

索布拉找到了一家牛排餐厅，它奢华得趾高气扬。它自负于稀有的猪肉，以及来自矮种日本和牛的牛肉，后者用杜松子酒按摩过，并受过音乐的洗礼。玻璃肉柜里展示着悬挂的尸体，小得就像宠物猪。而它们的价格高得离谱。卡利尼奥斯和瓦格纳占了一个隔间，他们一边聊天，一边把精美的牛肉片浸入酱汁。不过在大多数时间里，他们就和关系亲近的男人一样，一起保持着友善的安静，并且发现他们已经交流了一切。

和我一起跑跑，他说。

玛丽娜和卡利尼奥斯追上了长跑者的队尾。不到五次呼吸，他们就已经跟上了仪式的节奏。玛丽娜这一次不怕唱歌了，这只是一次长跑。自她上次离开它后，它就一直没有停过，日日夜夜。接着，她的心跳，她的血液，她的肌肉都与整体调节一致。

*好的，我去，好。她这样回答。*玛丽娜应邀而来时，以为会有

一场性爱，但她希望能发生点别的事，一些能够让他们离开这个公寓的事，它正散发着死亡渐近的恶臭。卡利尼奥斯想回家跑一跑。坐快车到若昂德丢斯只要一个小时。她和他就穿着他们的长跑装备旅行，沿途收获了不少赞赏的微笑和目光。他们两个真帅气。你知道他们是谁吗？哦，真的吗？玛丽娜的衣服比她从前敢穿的样子要更小，更紧身，她身上的彩绘也更有侵略性。我更结实，更有侵略性了，她想。她从真空箱里取出了奥刚的绿色穗带，自豪地戴上了它们。

玛丽娜迈开步子跑到了队伍的前头。卡利尼奥斯笑着，跑近到她身边。无休无止的刀锋。奥刚的刀子切开门外的一切。无休无止的刀锋。奥刚的刀子寻求着杀戮。然后，时间、自我、意识都消失了。

他们瘫倒在回家的列车上，甜美惬意，浑身是汗。当列车在赤道一线上加速前进时，他们瘫倒在座位里，瘫在一起。玛丽娜蜷在卡利尼奥斯的旁边。他这么好，他引出了她心里的小猫。她喜欢男人的差异性，他们像动物一样不可知；她喜欢他们，他们对她的自我来说是如此不同，又如此美妙。

"你来吗？"卡利尼奥斯咕哝道。

她预料到了这个问题，一直恐惧着它，所以她的回答早已准备好了。

"我会来，是的，可是……"

"你不会看着。"

"卡利尼奥斯，我很抱歉。我没法看着你受伤。"

"我不会死的。"

还有十分钟到子午城。

"卡洛，"这是玛丽娜第一次用最亲密的昵称呼唤他，这是他家人和埃摩的昵称，"我会离开月球。"

他说："我明白。"但是玛丽娜感觉到他靠着她的身体绷紧了。

"我有钱了，我妈妈也会好了，你的家人对我真的非常好，可我不能留下。我每一天都在害怕。每一天，没有停过。我一直都在害怕。这不是生活的方式。我必须离开，卡利尼奥斯。"

乘客们已经站起身来，招呼着他们的孩子、行李以及预计要抵达的朋友们。在月台的增压侧，玛丽娜和卡利尼奥斯亲吻，她踮着脚尖站着。搭车的人都在微笑。

"我会到场。"玛丽娜说。他们分别回到各自的公寓。到了早上，卡利尼奥斯走了出去，迎接他的战斗。

在战士抵达之前的片刻，机器人结束了审判室的清扫。这个房间已经有十年没用过了。空气被过滤了，没有任何古老的血迹，无论是真实的还是想象的。虽然温度已经升高到了体表温度，但审判室依然让人觉得很冷。它很小，非常美，墙和地面都铺着木板。它的中心是战斗场，直径五米的弹性地板，非常适合跳舞或战斗。证人席和法官席是围着战斗场的狭窄廊道。对战者和法官的距离非常近，近到动脉血可以溅上的地步。这是战斗法庭的道德观：暴力涉及每个人。

在麦肯齐的席位上，有邓肯·麦肯齐、布赖斯·麦肯齐。后者几乎塞不进狭窄的廊道。孙玉·麦肯齐再度代表了罗伯特·麦肯齐，她是本次扎希尼克的母亲。在科塔家的席位上，有拉法、卢卡斯、瓦格纳和阿列尔。阿列尔的护卫玛丽娜·卡尔扎合和她在一起。麦肯齐家的法律团队在最后关头企图强迫卢卡西尼奥、罗布森和露娜出席，但阿列尔击败了他们的企图。主持法官是雷米、埃尔—阿什马维和米什拉，没有一个和阿列尔·科塔共事过。

雷米法官要求法庭遵守秩序。埃尔—阿什马维法官宣读了禁令。米什拉法官询问双方是否有和解和致歉的意图。没有，卢卡斯·科塔回答。

礼节让人镇定，礼节维持秩序，礼节让你和这一圈木制战场中将发生的事保持距离。

助手进场。麦肯齐家的是丹尼尔·麦肯齐和康斯坦特·达弗斯，后者是安保副主管。科塔家的是埃托尔·佩雷拉和马里亚诺·加布里埃尔·德马里亚。双方都把战刀呈现给了法官。他们没人懂得刀，但还是仔细地检察它们，并在双方的盒子中各批准了一把。马里亚诺·加布里埃尔·德马里亚在把月钢刀放进架子时亲吻了刀柄。

战士从法庭下方的预备室中走了上来。两人一踏进房间就抬起眼来，然后环顾四周，丈量着空间及其局限性。它比他们想象得更小。这场战斗将是贴身的、迅速的、残酷的。卡利尼奥斯穿着乳白色的运动短裤，哈德利的是灰色。两人的裤子都和他们的肤色形成鲜明对照。他们在数字层面是赤裸的，没有亲随。首饰是一个弱点，但卡利尼奥斯的右脚踝上系着一条简单的绿色绳子，那是圣乔治的颜色。他的助手们环绕着他。

玛丽娜用双手遮住了脸。她没法看着卡利尼奥斯，可她必须看着他。他还是个男孩，一个微笑的大男孩，他在一个个房间中徘徊，没有意识到他身后的每一扇门都锁了，每一个房间都比前一个更小，直到他停在这里，停在这杀戮之地。她觉得恶心，反胃的感觉从每一根骨头和每一条肌腱上传来。卡利尼奥斯跪了下去，埃托尔和马里亚诺围拢在他上方，低声说话。在场地对面，哈德利·麦肯齐轻跳，弹跳，吸着鼻子，瞪着眼睛，就像一道能量和动机的旋涡。他会把卡利尼奥斯切碎的，玛丽娜想。她从来没有感受过这样的恐惧，无论是妈妈得到诊断结果时，还是OTV在白沙机场向前驶动准备升空的时候。

法庭把战士叫到了台前。身高两米一的卡利尼奥斯比哈德利高，但也比他重。这个麦肯齐纤瘦又精悍。雷米法官对战士说话了。

"我们要告诉你们，虽然这场战斗完全合法，但克拉维斯法院谴责这种行为。对于你们的家族和公司来说，它非常野蛮并且不得体。现在你们可以继续了。"

马里亚诺·加布里埃尔·德马里亚把刀呈给了卡利尼奥斯。他感觉着它的重量，调整着握刀的姿势，适应它的平衡和速度。他试着举起它，猛挥它，轻巧地往九个方向挥舞着刀尖。抓握，稳固但是轻盈。用力，不用力。佯攻，突刺，旋动，这都不是斩。但所有的动作都是为了斩。活在每一个感官的极限延伸上，感觉黑色迷宫里看不见的悬铃。

"助手退场。"

埃托尔和马里亚诺退回到了证人廊下的场缘预备室中。在这个法庭竞技场里，在这个角落里，没有场次，没有休息时间，没有教练暂停时间。战斗，直至分出胜负。

卡利尼奥斯朝他的家人低了低头。大滴的眼泪缓缓流下玛丽娜·卡尔扎合的脸。

"接近。"

卡利尼奥斯和哈德利在战场中心相会，举刀致意。

"开始。"

战士们瞬间站好了姿势，抬着手臂，平衡着身体。然后他们冲撞到一起。卡利尼奥斯旋动身体，想把哈德利扯得失去平衡。但是这个麦肯齐又利落又迅捷，他的迅捷让卡利尼奥斯在某一瞬间失去了节奏。但他迅速找回了节拍。玛丽娜从未看过一场刀战。它丑恶、粗暴又残酷。其中没有什么华美的东西，没有剑术里那种斩削和推刺、格挡和还刺，以及刀锋攻防的技巧。在刀战中，第一次接触也将会是最后一次接触，任何一次袭击都可能会是最后一次袭击。猛劈，缴械，戳刺，胶着。它的速度让人头晕目眩，它的速度快过了思想。哈德利阴森地咧嘴而笑，他的专注是一个整体。他更快，更轻，更敏捷。佯攻，旋动，恢复。她扫了一眼其他的科塔。拉法的眼睛是闭着的，阿列尔的手掩着自己的嘴，瓦格纳的脸上只有彻底的专注，卢卡斯的脸像一具头骨。那一边，麦肯齐家的脸上也是相同的表情。

她没法看着。她也没法移开视线。

没有人能一直保持这种杀戮的节奏，她能看出卡利尼奥斯正在失去平衡。他的反应慢了一丝。汗水在他的皮肤上闪着光。他的眼神是冷酷的，他的脸上毫无表情。这是一场舞蹈，杀戮的两步舞。利落、迅捷、闪光的劈刺，拿刀的手，腿的肌腱。高，低。卡利尼奥斯佯攻，哈德利锁住了他的刀锋，在卡利尼奥斯的二头肌上纵向砍出了一道深长的伤口，进而旋转刀锋，猛劈向他的腹部。但卡利尼奥斯已经跃了出去，这一次攻击在他腹部划出了一道血线。他没有注意到。他正在燃烧着肾上腺素，超越了疼痛，超越了一切，他眼里只有战斗。但是他的手臂伤得很严重。他在失血，他在失去控制，他在失去胜算。卡利尼奥斯旋转着，往后轻跳，在他自己和哈德利之间拉出距离。哈德利往前越过这个间隙，但在这一瞬间，卡利尼奥斯把刀从右手换到了左手。惊讶只是一刹那的事，但足以迫使哈德利后撤。哈德利摆了摆头，仿佛要甩掉颈上的一次痉挛，然后也将刀子换到了左手。

赤裸的脚滑进了一片血液中，是卡利尼奥斯温暖腥甜的血液。

卡利尼奥斯看到了哈德利·麦肯齐在下次袭击中可能采取的所有路径，它们同时发生，在每一种途径中，刀子都将划开他手上的肌腱，解除他的武装，撕开他腿上的肌腱，放倒他，戳进他的肠子。

他会死在这里。

然后他看到了另一种方式，不是刀的方式，而是一种狡猾的优势。谁会把巴西柔术用到一场刀战中呢？卡利尼奥斯扔掉了他的刀子，它插进了法院的木壁中，颤抖着。哈德利的视线跟随着它，而这一瞬间，卡利尼奥斯进入了他的防御范围，用双手锁住了他的身体，折断了他的肘关节。

断裂的声响在整个法庭中回荡。刀掉下去了。

卡利尼奥斯将哈德利断掉的胳膊扭到了他的背后，两个男人贴近得仿如爱人。卡利尼奥斯捞起掉下的刀子，毫无间断地将它挥进了哈德利·麦肯齐的喉咙，从另一端扎了出来。

整个法庭的人都站了起来。

哈德利脸上有着淡淡的惊讶，然后是沮丧。鲜血从可怕的伤口中迸发出来，他的手徒劳地在死亡中拍打着。卡利尼奥斯把他放了下去，让他在血池里喷着血，抽动着。

卡利尼奥斯咆哮了起来。他仰着头，攥着拳头，咆哮。他踢着走廊的木板，一下又一下，将拳头砸进了墙里。咆哮。他面对他的家人，甩着头发上的汗水，吼叫着他的胜利。

玛丽娜把脸藏到了手里。她无法承受她看到的一切。这是卡利尼奥斯，一直是他。

哈德利现在不动了，法庭里响起了第二个声音，一声长长的恸哭，它如此可怕，如此非人，而它的来源并不明显，直到孙玉扑向围栏。邓肯·麦肯齐抓住了她，固定住她。她哭着祈求，因为失去和凄凉而语无伦次。麦肯齐家的助手掩住了尸体。

"审判结束，"米什拉法官在怒吼声和恸哭声中喊道，"法庭解散。"

埃托尔·佩雷拉和马里亚诺·加布里埃尔·德马里亚试图护送卡利尼奥斯走进下方的场地，但他挣脱了他们，越过战斗场，正对着麦肯齐家的脸怒吼。腥甜的血痕从他身体上滴落，他朝着孙玉，朝着布赖斯·麦肯齐竖起了一根中指。

玛丽娜觉得自己正在死去。

"助手，控制你们的扎希尼克！"埃尔—阿什马维咆哮道。埃托尔和马里亚诺抓住卡利尼奥斯，一人一边肩膀，扭着他往门口走。

孙玉啐了口唾沫。唾液在月球上飞得很远，那一口黏液击中了卡利尼奥斯的肩膀。他转过身，朝她踢起一片地上的血液。血像雨点一样溅到她脸上，污了麦肯齐家的脸。

"把他弄出去！"拉法喊道。

玛丽娜已经逃离了竞技场。她把后脑抵在墙上，希望它的坚硬和冰冷能压住自己呕吐的冲动。护卫们冲过她身边，护送着科塔们前往等待着的运输机。一道玻璃墙隔开了两家人的走廊。麦肯齐家的刀卫簇拥着出席团体，但玛丽娜能看到邓肯·麦肯齐正在擦拭他继母脸上的血液。

"哦卡利尼奥斯，"她轻声说，"我本来可以爱你的。"

在卡利尼奥斯于克拉维斯法院胜利十分钟后，科塔氦气公司的第一台集取器熄火了。三十秒后，第二台离线。三分钟之后，整个雨海北部的桑巴线都熄灭了。

在 VTO 的普茨特加号飞船客舱里，拉法、卢卡斯、卡利尼奥斯和埃托尔的亲随亮了起来。在返回希帕提娅中转站的列车上，索布拉向瓦格纳·科塔发布了警告。在前往子午城公寓的摩托车上，贝加弗罗和赫蒂向她们的客户端提供了信息。

科塔氦气正遭受攻击。

哪怕对于五龙而言，雇佣 VTO 飞船也是一笔巨大的开销，但拉法知道，无论决斗场的结果如何，他都必须尽快把家人带到安全的处所。当飞船落向若昂德丢斯的小型机场时，雨海西线和东线，以及澄海中部的集取器都已陷落。

"我们刚刚失去了澄海西线，"当飞船向牵引器放低舱室时，埃托尔·佩雷拉说道，"我联系上了澄海南部，现在把你们加入通讯。"

头盔影像呈现在每个人的视镜中：满目疮痍的桑巴线。镜头扫过残骸和废墟，月壤上散布着金属和塑料的碎片；五台集取器毁了，一辆探测车像头骨一样被掉落的结构梁砸得四分五裂。

"你们收到了吗？"一个女人的声音在喊，她的亲随标出了她的名字：奇内·姆巴耶，澄海，"他们在杀我们。"她身后的天空闪了一下，一道光线的爆炸。一整个建筑桁架旋转着向摄像头砸来。女人用法语咒骂了一声。摄像瘫痪了，那个名字标记变成了白色。

"卡利尼奥斯！"拉法摇着他弟弟。在战斗场上爆发了愤怒和疯狂后，卡利尼奥斯陷入了肌肉紧张症。他的助手把他扭到了扎希尼克的预备室里，一个医疗机器人修补了他腹部以及二头肌上的伤口，给他注射了足量的镇静剂。助手们帮他冲洗了身上的血，把他塞进便服，裹着他抬上了普茨特加号。"发生了什么事？"

卡利尼奥斯试图看清他兄长的脸。

"我们失去了澄海整个桑巴线，"埃托尔·佩雷拉说，他的脸色是灰的。气闸接驳并稳压，乘客们走进了电梯厅，"三十条人命。"

"卡利尼奥斯！你是集尘者。"

"给我看。"卡利尼奥斯说。在电梯抵达前，他重放了三次奇内·姆巴耶的长镜头，"停下所有的桑巴线。"

"发生了什么——"拉法起了个头，但卢卡斯打断了他。

"我已经下令了。"

"这没法阻挡他们太久，他们只需要重新计算轨道线，"卡利尼奥斯看着升降轿厢里的每张脸，看他们是否有人理解了现在的状况，"他们在朝我们发射巴尔特拉舱。如果你把澄海南线的报告无限放慢，你就能看到一个，就在撞击发生之前。那道闪光，那不是闪光，那是巴尔特拉舱的冲击。"

"那我们无处可藏。"拉法说。

"这不是遭受冲激后立刻就能做的决定，"卢卡斯说，"他们必须定位我们的每一台集取器，预定舱室，瞄准发射。这件事他们计划了很久。"

"谁？"埃托尔·佩雷拉问。

卢卡斯突然发了火："还能有谁，你这个老傻瓜！"

圣塞巴斯蒂昂方区孔达科瓦大道，电梯说。

"我们能做什么？"拉法问。

"出比他们高的价，"卢卡斯说，"没人能击败通用货币。"他向托奎霍发布了命令。然而数据出现了停顿。以前从未有过这样的停顿。

科塔氦气公司的账户暂时无法取用。托奎霍说。

电梯门开了。

"解释。"卢卡斯说。

我们的银行系统正遭受服务攻击。托奎霍说。

电梯厅摇晃起来。孔达科瓦大道上的所有生命都抬起了头，这是穴居者的直觉。

"我们现在最不需要的，"拉法说，"就是一场地震。"

"不是地震，"卡利尼奥斯说，"是聚能炸药。"

一个女人，一个男人，穿着漂亮的时装，下了二十八号快车，穿过气闸走进特维城车站。他们泰然自若且方向明确地穿过拥挤的客流，在特维城这臭名昭著的迷宫中，他们看起来很清楚自己的目的地。他们有向导。在一个公共打印处，他们捡起了两把预先定制的塑料刀子，它们有锯齿，边缘锋锐，渴望着伤害。这个女人和这个男人都是刺客，他们受雇定位卢卡西尼奥·科塔，并杀了他。他们的亲随锁定了靳纪。那个孩子就在公共场所，暴露在天光之下。他们跟踪着他穿过隧道和农场，走过农场深井上方的高空步道，沿斜坡螺旋向上穿过住宅区，每一步都在缩短双方间的距离。

卢卡西尼奥·科塔整个早上都在他的房间里等着克拉维斯法院的消息，罪恶感撕扯着他。他的父亲反复告诉他这无关于婚礼，它关乎那个巴掌。关乎蓄意的侮辱，关乎决斗的召唤。婚礼只是托词。

我就来，卢卡西尼奥说。

你别来，卢卡斯命令道。

我必须看着，卢卡西尼奥说。

没人必须看着，卢卡斯说，留在特维城，你在特维城是安全的。我会把结果告诉你。

卢卡西尼奥试图坐下，试图走一走，试图玩点游戏，试图浏览社交新闻，试图烘焙些什么。他没法安定，没法集中精神。恐惧让他恶心。然后靳纪带来了卢卡斯的消息：卡利尼奥斯赢了。仅此一句。

卡利尼奥斯赢了。卢卡西尼奥瞬间轻松了，觉得自己得到了解放，简直心花怒放。他必须对谁说说这事，必须见见谁。只让亲随发送消息根本没有感觉。阿蓓纳见见我。他几乎是奔跑着穿过特维城的隧道。刺客用亲随互相传递信息，目标在移动。这比不得不黑进公寓的安保系统要容易太多了。他们将在恩克鲁玛环行街截住他，在众目睽睽之下干掉他。他们猜想自己的频道是安全的。就在那里。他们的手伸向了自己隐藏的刀，他们从后面开始包抄卢卡西尼奥。

危险，靳纪说，危险，卢卡西尼奥·科塔！卢卡西尼奥僵住了，他在罗林斯广场上转圈，想看到在场的数百个人里是谁想杀了他。他看到了朝他走来的男人，后者的手握在刀上。他接近了。卢卡西尼奥没看到身后的女人。

但屋顶上的机器人看到了她。AKA 的 AI 看到了这两个乘客抵达车站的行动模式、库福尔大街打印机的活动，以及月面上的事态发展。AI 派出了一个安保机器人，这只智能蜘蛛隐藏在杂乱的天花板里，在特维城上方拥挤的隧道中奔跑，在刺客们跟踪卢卡西尼奥·科塔时跟踪他们。机器蛛锁定了目标，开始攻击。它跳到了女刺客的脖子上，往她颈部扎了一针神经毒素。在她的肺正在发僵时，机器蛛已经从她身上跳了下来，从卢卡西尼奥的肩上翻了过去，跳上了男刺客的脸。他的手甚至没来得及做出格挡和保护的动作，那东西就已经贴在了他脸上。AKA 的肉毒杆菌毒素已被改良得又快又稳定。当蜘蛛快速爬进罗林斯广场的地下结构时，两具尸体倒在了卢卡西尼奥·科塔的两侧。AKA 不喜欢卷入其他四龙的政治斗争中，但如果必须卷入，那么金凳子的政策总是能快速又果决地执行。

你现在安全了，靳纪说，救援很快就到。

在希帕提娅中转站的月台末端，瓦格纳喜欢上了安静的立柱。它在两个世界之间的空隙里——完满的世界和黑暗的世界。现在它变成了时间之间的空隙：过去和未来。每一条龙，哪怕是他这样的混血，都生活在暴力的阴影下，但他从未见过一个人死在另一个人手下。他仍然可以嗅到血的味道，他将一直能够嗅到。在他的想象里，他全身都散发着这种味道，而列车上的每个人都能闻到它。瓦格纳知道自己体内有一匹狼，但是在法庭竞技场上，他在卡利尼奥斯体内看到了一种超越了狼的东西，一种他不明白的东西，它吓到了他，因为它一直居住在卡利尼奥斯的身体里，而瓦格纳从未发现它。它让他们俩作为兄弟分享的每一个时刻和每一种体验都像假的。

当龙战斗的时候，狼要站在哪里？

索布拉亮了起来：阿娜利斯来电。

"瓦格纳，你在哪儿？"

"希帕提娅。"

"瓦格纳，回子午城去。"

"发生了什么事，阿娜？"

"回去子午城。别来这里。别回家。"

她声音里压低的紧迫感，隐忍的音调，还有那嘶声的遮掩，所有这一切都锉磨着他的专注力，让他的胳膊和颈上汗毛直竖。

"什么事，阿娜？"

她的声音低成了耳语，"他们在这里，他们在等你。哦老天他们逼我发誓……"

"阿娜，谁……"

"麦肯齐。他们逼我，他们说你要么是家人要么就不是。别回来，瓦格纳。他们想让每个科塔都死掉。"

"阿娜——"

"我是他们的家人。我没事，我没事，瓦格纳，"他听到一声恐惧而窒息的呜咽，"快走！"

连接中断，索布拉说。

"重新联系上她。"

我无法做到，瓦格纳。

亲随们在月台上纷纷扬扬，孩子们的声音回响着，而回音鼓励他们叫嚷得更响亮。面条盒子被下方小农场里奇怪的风刮飞了，避开了清洁机器人。在上方，科塔家和麦肯齐家正在战斗。在车站里面，人们换车奔向工作、家庭、朋友、爱和快乐。如果他们看到这个男人抵着柱子抱膝缩成一团，他们会想到他是在为自己的生存而战吗？

阿娜利斯回到那里去了。他不知道她会怎么样。

快走，她说。

瓦格纳从他的柱子边站了起来，越过站台，走向相反的轨道。那就流亡吧，和狼群一起。

孔达科瓦大道再度颤抖起来。灰尘从高高的天花板上抖落成闪亮的云朵，如同神赐般柔软。街道上的一切都顿住了。人们先是抬头望着，然后看向彼此。

圣巴巴拉和圣乔治的主闸门遭到破坏，每个亲随都在通知它的客户，电梯安全受到侵害。

"他们正从顶上下来。"拉法说。

武装敌对单位进入总站。

"显示。"卡利尼奥斯命令道。圣乔治显示了穿着防暴护身衣的身形，他们正从列车闸门登陆，在月台上列成方队。他们背着十字双刀，佩着泰瑟枪的皮套。八十七号快车，一次俗世的入侵。乘客们困惑地皱着眉：这是在拍摄《心和头骨》吗？列车乘客和平民不是合法的目标。"有多少人？"

五十人。圣巴巴拉闸门和圣乔治闸门有十人，圣塞巴斯蒂昂的每部电梯都有五人。圣塞巴斯蒂昂方区在又一次爆炸中颤抖。我们失去了紧急闸口的完整性。我的摄像头失联了。

日光线闪烁起来。日光线从不闪烁。一阵恐怖的呻吟声呼啸着穿过孔达科瓦大道。最可怕的恐惧就是被陷在黑暗里，而空气不停地漏掉。敌方人员进入圣塞巴斯蒂昂方区，敌方人员前进至孔达科瓦大道和捷列什科瓦大街。

"他们要在这下面屠杀我们，"卡利尼奥斯说，"埃托尔，我需要两个护卫跟着卢卡斯和拉法。拉法……"

"我得和我的孩子们在一起，他们可能已经到博阿维斯塔了……"

"你没法从方区这一侧到达车站。走这条外环隧道，然后从西十二层出，走谢罗瓦大街的出口。卢卡斯。"

"我在发布全体疏散警报。"

"做得好。但你也得从这里出去。"

"我和家人待在一起。"

"你的战场不在这里，卢卡。他们会把你切碎的，兄弟。"

"他们想要杀了卢卡西尼奥，卡洛。他们想要杀了我的孩子。"

"现在你就是科塔氦气公司了。抱歉拉法。挽救公司。你有计划吗？"

"我向来都有计划。"

"去吧，快走快走。"

天际线闪烁起来了。七次短暂的闪烁，一次长闪。全体疏散。这是你最恐惧的事，但它就这么发生了。辐射、失火、降压、塌陷、破口。侵袭。去安全的地方，去避难所，出去。孔达科瓦大道上，若昂德丢斯的每一层、每一条大街、每一个方区的数千个亲随都在重复着警报。方区有一瞬间在震惊中静止了，然后爆发。摩托车突然转向，将它们的乘客放到最近的集合点。行人猛地开始奔跑，飞行员俯冲至亲随展示的安全点。店铺、咖啡厅、酒吧、俱乐部里都空了。恐慌的醉鬼们盯着天空，仿佛它要掉下来了。学校的老师集中起自己的学生，催促着哭泣的受托管者前往避难所。妈依呢，帕派在哪里？父母呼唤着自己的孩子，走失的孩子惊慌地哭泣，机器人定位流浪儿和走失儿童，把他们领到安全点。亲随们稍后将会重新聚合，如果还有稍后的话。在夜区和晨区，睡梦中的人、夜猫子、轮班的工作者都惊醒了。恐惧，火，塌陷！公司和公寓都空了，脚步声震荡在层楼和步道间。人们拥挤着冲下楼梯，在低重力中从较矮的楼层飞跃而下。

穿着战斗装备的身形在孔达科瓦大道上前进，并不理会旁边奔逃的人流。在他们身后，科塔氦气公司的办公室爆炸了，一个接着一个，喷溅着结构塑料、廉价木材和柔软的家具。

"圣乔治，给我打印我的盔甲。"

三分钟后在西十五层公共打印处完成。

"埃托尔，给我刀。"

埃托尔·佩雷拉打开了礼盒。阳光反射在卡利尼奥斯·科塔的月钢刀锋上。科塔氦气的一组安保人员上气不接下气地抵达此处，毫无装备，一脸困惑，而且人数太少了。

"你，你，跟着拉法和卢卡斯。埃托尔，带五个护卫撤退，"卡利尼奥斯的人手不够，可是他看到了办公室爆炸后飞扬的碎片里夹杂的尸体，麦肯齐在摧毁科塔氦气公司的资产和精神，"发布全体呼叫：科塔氦气的每一个员工都向你聚拢。带他们去塞巴斯蒂昂东区的避难所。麦肯齐不会到那里去碰他们。"

"你觉得不会吗？"

"避难所是神圣的。就算是麦肯齐家也不会炸掉一个避难所。去吧。"

埃托尔·佩雷拉点出了他的军队，他们大步跑上孔达科瓦大道，手握着刀把。他们的身影是勇敢的，也是绝望的。若昂德丢斯太大了，太复杂了，跨越了太多的时区，而麦肯齐已经占领了各处。若昂德丢斯已经陷落了。

"拉法！"

卢卡斯已经在上一层了，他和两个保镖在下奔的难民中逆流而上，爬上陡峭的竖梯。作为一个谋士，他非常敏捷。

"离开这里！"

"卡洛！"

卢卡斯在两层上面往下喊。街道现在已经空了，废弃的摩托车挤在避难所闸门口，茫无目的的机器人来来回回地穿梭。

"我可以烧了他们。麦肯齐家。罗伯特、孙玉、邓肯、布赖斯：他们所有人。我可以烧了他们所有人。"

"我们和他们不一样，卢卡。"

卢卡斯点点头，然后他交替着双手冲上了竖梯。拉法最后回头望了一眼，冲向了一个十字路口。卡利尼奥斯系上他的冲击盔甲，把刀子滑进磁性鞘中。

"我们争取时间，"卡利尼奥斯对他的小组说。八个护卫。麦肯齐家的刀卫正二十人并排走上孔达科瓦大街，"边战边退。让他们付出高昂的代价。好了，跟我上。"他开始慢跑，他的战士们排成了一道楔形。卡利尼奥斯吼出一声挑衅的咆哮，他的声音在圣塞巴斯蒂昂方区空荡的墙壁间回荡。

拉法在跑。他的外套和领带拍打着，他的鞋完全不对路。紧急照明灯旋转闪烁着黄色。这条环形隧道的地板上散落着丢弃的水瓶、鼓和奥瑞克萨颜色的穗带。长跑终于到了尽头。

*

在离开公寓前，阿列尔在她和玛丽娜的袋子里塞满了现金。
"卢卡斯说账户被锁了，"阿列尔说，"这个在哪里都有用。"
"在火车上呢？"
"我十分钟前预定了车票。"
科塔氦气公司正在崩溃。若昂德丢斯正遭受攻击。卡利尼奥斯正在战斗，而拉法正在试图前往博阿维斯塔。没人知道卢卡斯在哪儿。瓦格纳在子午城，卢卡西尼奥在特维城。阿列尔和玛丽娜正要去那里和他会合，并寻求避难。玛丽娜无法相信这一切怎么会崩溃得如此迅速。
到子午城车站有二十层，一公里远。这一路上可以有一百种死法。摩托车很快，但它可能被黑客入侵。电梯和自动扶梯里可以埋伏着十几个刀卫。街道上的数百人里可能有任何一个，或是全部都是雇佣的杀手。现在，无人机能够锁定这个公寓，刺杀机器人和毒素昆虫可以爬上管道系统。
"准备好你的腿，"玛丽娜说，"我们走路。"
阿列尔僵在了下坡的半道上。

"快点。"玛丽娜喊道。

"我不能,"阿列尔说,"我的腿不听使唤了。"

玛丽娜已经想到了每一种威胁和黑客入侵,但除了最私人也最使人虚弱的这一种。

"脱掉它们。"下一次入侵,黑客就可以命令机械腿带着阿列尔直接走进一个刀锋的包围圈。

"我没法断开它们的连接。"阿列尔嘶声说道,她的声音里透着努力和恐惧。玛丽娜抽出了她的刀。

"抱歉。"

第一刀让裙子落到了地上,第二和第三刀割断了能源排线。伺服系统失去了动力,机械腿弯了下去。阿列尔手忙脚乱地倒了下去,玛丽娜接住了她。

"快把它们弄掉,快弄掉。"阿列尔喊着,摸索着死去的假肢。

"我不想割到你。"玛丽娜的动作很仔细,她迅速用刀尖挑断塑料的锁扣和接口。她的专注力压倒了一切。"别动!"还有两个接头。阿列尔的公寓在一个安静的侧巷里,但也只需要一小会儿,那些侵入机械腿的人就会来看为什么他们的计划没有成功。而这个巷子是个死胡同。"搞定。"玛丽娜撬开了机械腿,阿列尔把自己完全拽了出来。

"你能爬吗?"玛丽娜问。

"我可以试试,"阿列尔说,"怎么?"

玛丽娜朝应急通道后面的检修爬梯点点头。

"我不知道我能不能一路爬到底。"阿列尔说。

"我们不下去。到车站的路上,每一米都会有一个麦肯齐。我们上去。"上到贫民区,到高处,上城高街。那是无人关注的城邦。月球最伟大的婚姻律师和她的保镖将消失在世界的天花板上。"我会帮你的。不过首先……"玛丽娜用食指碰了碰眉间。关闭亲随。贝加弗罗紧随着赫蒂消失了。"你先上。"

"帮我一把。"阿列尔命令道，她正和她的套装上衣较劲。玛丽娜帮她脱掉了它。阿列尔脱得只剩下七分紧身裤和运动内衣：这是她的战斗服。

"把我的包给我。"阿列尔说。玛丽娜把它踢远了。

"你要怎么带着它？用牙齿？"

"现金会很有用。"

"比保证你喉咙的完整性还有用？"

阿列尔把自己拽上了竖梯，第二道横木，第三道，第四道。

"我没办法走很远。"

"我说过我会帮你。"玛丽娜挤进阿列尔悬挂的身体下方，贴近竖梯。她把瘫痪的两条腿垂在自己的颈部两侧。"朝前倾，把你的重量放在我的肩上。我们必须调整一致。左手。右手。我的右脚，然后是我的左脚。"阿列尔骑在玛丽娜的肩上，她们爬上了竖梯。月芽的肌肉和月球的重力减轻了阿列尔的体重，但并没有让它消失。玛丽娜猜阿列尔的感知体重大概在十公斤左右。肩上扛着十公斤的体重，她能往梯子上竖直爬多久？只上了一层，她已经在发疼了。

两层。三层。到世界的屋顶有六十层。到了上面要做什么，玛丽娜不知道。科塔们是活着还是死了，他们的帝国依然屹立还是倒塌了，她不知道。她能不能在上城高街找到一个地方，她能不能活下来，麦肯齐家会不会在哪里等着她，她不知道。她唯一知道的就是，左手，右手，左脚，右脚。左手，右手，左脚，右脚。一道横木接着一道横木，上了一层再上一层，玛丽娜和阿列尔爬进了流放的世界。

音响室烧起来了，火舌轻舔着墙壁，拍打着音效完美的地板。下方完美的结构噼啪作响着爆裂了。烟雾升腾，被空调系统搅成了幽灵和魔鬼，闪耀着火光。汽雾团燃成了一个火球。防火系统启动，封闭了房间，用卤代烷灭火剂浸透了它。

　　卡利尼奥斯第一下被泰瑟枪击中的是背部。他整个人都僵住了，每一条肌肉都在痉挛。他发力呐喊，挣扎着握住自己的刀子。他猛地向下劈砍，蹒跚着割断了泰瑟枪发出的带着倒钩的电线。旋转，猛斩。刀卫们退后了。卡利尼奥斯现在只剩一个人了。他所有的组员都倒在了自己的血泊里，尸体沿着孔达科瓦大街难看地散落着。麦肯齐的刀卫围着他打转，但卡利尼奥斯·科塔还在战斗。他的盔甲坑坑洼洼，被泰瑟枪的倒刺打得到处是缺口，但它们之前只打在了防弹纺纶材料上，并没有击中血肉。五个麦肯齐围着他，但每一秒都有更多的人加入。

　　卡利尼奥斯战斗着，一步踩着一步，一人接着一人。他的背后是东区避难所的闸门。埃托尔·佩雷拉死了，他的护卫也一起死了，但是避难所是完好的、封闭的、安全的。

　　刀锋层层叠叠地围着卡利尼奥斯，嘲弄着，戳刺着。他冲不出去了。他出不去了。泰瑟枪的第二弹让他跪了下去，第三弹解除了他的武器，第四弹让他变成了一个抽搐的血肉木偶，倒钩线带着火花在他身上织成了网。他的力气、他的敏捷和他的武器都失去了。他将跪着死在月球的一个洞穴里，剩下的只有疯狂的愤怒。一个刀卫走了出来，解开了头盔。是丹尼·麦肯齐。他捡起卡利尼奥斯落下的一柄刀，欣赏着它纤巧的线条和锋刃。

　　"这个不错。"

　　他把卡利尼奥斯的头往后攥起，砍断了他的气管。

　　等尸体流干了血后，刀卫把它剥光了。他们把卡利尼奥斯·科塔拖到西七层的人行步道上，头朝下吊在了桥上。

　　五分钟后，合同出炉了。给科塔氪气所有幸存的员工、分包商和代理。条款、条件和薪酬都是为了让人把忠诚转投给麦肯齐金属公司而准备的。极其慷慨的高薪。麦肯齐的报复是三次。

　　探测车疾驰过丰富海，向北驶去。

　　傻瓜才会只定一个逃脱计划。

　　卢卡斯最开始设想他的撤退计划，是在他刚刚升入科塔氦气董事会的时候。每年他都要回顾并修订这些计划，就是为了今天这样的日子。它们都以一个见解为基础：月球上没有地方可以躲藏。那时他坐在董事会议桌前，双手触碰着光滑的木材，感觉着这优雅的桌子、这细巧的椅子的脆弱，感觉着头顶上岩石的重量、脚下岩石的冰冷。这时他就意识到了，没有可以躲藏的地方，但是可以有一条出路。在关闭托奎霍之前，卢卡斯给他的最后一条指令是侵入丰富海中心月环终端的程序。

　　一千万比西的黄金，存在地球苏黎世的米拉博银行里，已经存了五年。沃龙佐夫们热爱黄金。他们不信任自己的机器，不信任自己的飞船，不信任自己的兄弟姐妹，但他们信任黄金。

　　救你们自己，他在闸门处命令他的护卫，*扔掉刀子，脱掉盔甲，隐藏起来。我要从这里出去。*

　　他不想让他们知道他真正的出逃计划，他希望他们能活下来。卢卡斯总是很赞赏真正的服务，麦肯齐也是如此，所以他们不会愚蠢地浪费优良的劳动力，除了必要的放血。换作是他，他就会这么做。卢卡斯必须跑得很快，很安静，以避开麦肯齐的侦查。若昂德丢斯会陷落，卡利尼奥斯会死。他只能期望拉法能顺利到达博阿维斯塔，期望玛德琳能把孩子们带到安全点。麦肯齐家将会把他的家人屠杀殆尽，斩草除根。换作是他，他就会这么做。瓦格纳在逃跑途中。阿列尔，他不知道阿列尔会怎么样。卢卡西尼奥是安全的。阿萨莫阿家以两个麦肯齐刺客的死，声明了自己的独立。这事情让他觉得温暖，哪怕他正身处于科塔氦气探测车车腹的塑料泡沫中。

他的孩子是安全的。

五分钟后到达丰富海中心终端。探测车说。

"准备好舱室。"卢卡斯下令。曲面屏幕展示出终端的样子，这是个一千米高的纵梁结构塔，还有一整行缆绳转移舱。装载及入坞设备、一个太阳能电站、一条源自附近赤道一线的侧轨：丰富海中心终端是一个货运枢纽站，通常的货物是科塔氦-3气罐，以及麦肯齐精炼稀土板。但今天它将升起一件不同的货物。

"进行入坞对接。"卢卡斯说。机敏的探测车向一圈闪烁的蓝色灯光冲去：这是外闸口。然后车子突然熄火了。

"探测车，请进入终端。"

探测车站在丰富海上，离闪烁的闸口只有五米。

"探测车……"

"这行不通，你知道的。"公共频道里突然响起一个声音。一张脸出现在屏幕上：阿曼达·孙。

"离婚后这样报复是不是有点过分了？你难道不能就剪碎几件外套？"

阿曼达·孙真诚地大笑起来。

"我必须要承认你的优点，卢卡斯，你是个专业人士。但是，你知道，外套？打印？不，这里发生的事和我们离婚没有半点关系。但你知道这一点。而我将会杀了你。这一次我会成功的。除非又有一个足智多谋又英勇无畏的鸡尾酒女侍者藏在那里的某处？我不这么认为。"

"我们一直想知道那只苍蝇是如何通过安保的。"

阿曼达·孙敲了敲自己的耳垂。

"珠宝，亲爱的。你的异母兄弟终归会弄明白的，他做事很彻底。你们科塔真的是太容易摆布了，所有那些巴西男子汉气概。麦肯齐家几乎根本不需要刺激你们。不过，当你可以预测敌人的下一步行动时，一切都会容易到荒谬的地步。也正因如此，我们才会知道你想要离开月球。所以我在这里，在你的软件里。但是我们在浪费时间，我得杀了你。我这里有几个选项。我可以让你爆炸，但你离月环终端有点太近了。我可以给探测车降压，那过程会非常迅速。不过我想，我还是只让探测车继续往前开，一直开，直到你的氧气耗尽好了。"

给探测车减压。而人类的皮肤在承压方面有非常卓越的特性，人体在真空中能运作十五秒。逐月赛。他得让她继续说话，这样他才能检查车舱寻找求生的必需品。虚荣心一直是她的缺点。

"我有一个问题。"

"可以，一般都会允许人们问最后一个问题。是什么，亲爱的？"

"为什么？"

"哦，这就完全没有乐趣了。坏人会把他的总体计划都透露出来吗？不过我可以告诉你，我会给你一个提示。你是个聪明的男孩，卢卡斯。你应该可以想到的。我会让你有点事做，而不是干看着空气计量器慢慢停止。从第一天起，我的家族就一直在办理赤道一区附近月面地区的期权。两个朔望月前，我们开始运作它们了。就这样。这应该能让你有点消遣。"

"我会专心致志地思考它。"卢卡斯一边说着，一边将自己挪到了舱室另一边。他拍松了紧急逃生口，舱门爆开了。卢卡斯尖叫了起来。他的鼓膜就好像被针头扎穿了，每一处窦道似乎都灌满了沸腾的铅。尖叫是有好处的，尖叫使他的肺免于破裂。爆出的空气把穿着外套、穿着有褶边的裤子、系着领带的卢卡斯吹到了丰富海中，他的叫声消失了。他裹着一团尘埃摔到了月壤上，滚了出去。眼睛。保持眼睛睁开，闭上它们，它们就冻结在关闭的状态。看不见就不能分辨方向，失去方向就意味着死亡。他勉力站了起来。在余光中，他看到探测车转起了轮子，它在移动。她想撞倒他。一步，两步。

就是这样。一步，两步。但一切都在死去。他的身体内部在撕扯。卢卡斯的双色乐福鞋用力踩着向前倾，撞上了外闸面板。闪烁的蓝色灯光定住了。闸门猛然打开，卢卡斯拖着身体进去了。闸门闭锁了。他的肺、他的双眼、耳朵和脑子都要爆炸了。然后他听到空气轰鸣着重新涌进闸口，他在其中听到了自己的声音。他一直没有停下尖叫。一声重击，闸口摇撼起来。阿曼达正在用探测车冲撞闸门。沃龙佐夫家的建筑很坚固，但他们的设计参数并不会考虑到一台月球探测车的疯狂攻击。卢卡斯大口吞咽着空气，爬向了内闸门。门开了，他掉了进去。门关了。丰富海终端再次摇撼起来。卢卡斯把脸压在冰冷、坚固、美妙的地板网栅上，他眼前的墙上是一张月神的圣像。他伸出一根手指，抚过月亮女神骨质的脸。

不过它还没有结束。

"科尔科瓦多，多罗丽斯，代萨费纳多。"卢卡斯沙哑地念出了密码。

欢迎卢卡斯·科塔，终端说，你的舱室已准备好。月环将在六十秒后接合变轨。

卢卡斯用尽最后一丝力气，踉跄着走进舱室。

请注意，最大加速度将使引力瞬时增至六个月球重力，舱室说着，将安全杆压到他胸前，并用缓冲垫扣紧了他的腰。闸门封闭了。终端舱室上升。舱室里的卢卡斯感觉到了一种不同的摇撼，他宽慰得几乎落泪：舱室出坞了，并且正在终端塔上向缆绳月台攀升。正在上升。月环将于二十秒内抓举舱室。

他想象着月环沿赤道向他转来，让平衡锤沿着它上下攀动，以便垂落至月球的重力井内，抓取这个有生命的小包裹。然后，当抓斗器接驳时，卢卡斯叫了出来。这个舱室，连着缩在其中的尖叫的卢卡斯一起，被抓举进了天空，然后甩出了月球，甩进无垠的黑暗之中。

尸体像月面残骸一样散落在博阿维斯塔车站的月台上，一整组麦肯齐的刀卫倒在了这里。飞镖投射器旋转着锁定了拉法，它的速度和精确度让他屏住了呼吸。但枪口犹豫了。如果麦肯齐家入侵了安保系统，拉法在抵达大门之前就会死。但投射器猛地抬起枪口，离开了。友方通过。

苏格拉底试图找到罗布森和露娜，但博阿维斯塔的网络已经瘫痪了。

拉法走出车站，做好了面对恐怖的准备。长长的巷道一片荒芜。瀑布从奥瑞克萨冷漠的脸间落下，汩汩流经溪流和池塘，往下奔去。竹子摇动着，叶片在微风中闪动。日光线照在午后区间。

"嗨，博阿维斯塔。"

他的声音从十几个方向反弹回来。

他们可能逃出去了。他们也可能死在自己的血泊里，死在立柱间和腔室里。

"有人吗！"

一个个房间都是空的。博阿维斯塔从未如此不像是他的宫殿。他母亲的套房，宽敞的屋子直通花园。会客室，董事会议室。员工宿舍。他以前和露西卡一起住的旧套房，露娜总是藏在那个狭小的空隙里窥探，以为没人知道。一片荒凉。他走进服务区的门口，一只胳膊箍住了他，转动着他，把他甩到了墙上，又摔到地上。埃利斯玛德琳站在他身前，刀尖离他的左眼球只有一厘米。她迅速收刀。

"抱歉，科塔先生。"

"他们在哪儿？"

"避难所。"

博阿维斯塔震动起来，灰尘从天花板上落下。毫无疑问，是管道炸药的爆击。

"跟我来。"

埃利斯玛德琳抓住拉法的手。一个房间接着一个房间，穿过博阿维斯塔常常新生出廊道的迷宫。避难所是一个钢、铝和抗压玻璃制成的槽室，涂着黄色和黑色的条纹，这是通用的危险标记。玛德琳们和博阿维斯塔的员工紧张地缩在长凳上，罗布森和科塔奔到了窗前，把手按在玻璃上。亲随们可以通过局部网络沟通，拉法跪下来，把头贴在了窗格上。

"感谢神灵感谢神灵感谢神灵，我担心得要命。"

"帕派，你进来吗？"露娜问。

"一会儿就来。我得看看外面还有没有别人。"

博阿维斯塔再度摇晃。避难所在它的减振弹簧上咯咯作响。它的设计可以保证二十人的安全和呼吸，哪怕月球把最糟糕的东西落在它上面。

"我可以做这事，拉法先生。"埃利斯玛德琳说。

"你已经做得够多了。你进去。快。"

锁转开了。埃利斯玛德琳带着疑惑最后看了他一眼。他摇了摇头。

"你眨眨眼我就回来了。"拉法对露娜说。他们隔着玻璃贴着对方的手。

他检查了南翼，但公司办公室和辅助区都在花园的北侧。

"有人吗！"

另一次爆炸。他必须赶快。通风系统、水循环、动力系统、热量系统。没有人。又一次爆炸，目前最强力的一次，树叶都震动了。圣塞巴斯蒂昂馆掉下了石块。猎人奥克梭西的脸上绽开了一道裂纹。

没人。

完全没人。他来这里真是犯傻，露娜和罗布森不需要他来拯救。玛德琳照看着他们，又冷静，又高效。他是个不利因素，他是个危险分子。如果他去了避难所，麦肯齐为了抓他会把它劈开。他们正在上面炸出一条通路来抓他。博阿维斯塔是个陷阱。另一次爆炸，以之前的更强。奥克棱西脸上的裂纹变成了一道沟。圣塞巴斯蒂昂馆的穹顶倒塌在了水中。拉法跑了起来。

电车服务系统目前无法运行，闸门 AI 说，隧道被一块落下的屋顶堵塞了三千米。

拉法无语地瞪着闸门，就好像它刚刚对他进行了某种人身攻击。所有的想法都消失了。月面闸门。他可以学卢卡西尼奥那样偷偷出去，穿着硬壳救生装。若昂德丢斯陷落了，鲁里克还有一个站点，救生装全速奔跑两小时就能到达。开上一辆探测车，逃向特维城。重整旗鼓，召集家人，发动反击。

他跑向月面闸口电梯。一次惊人的引爆震起了他的双脚，它让博阿维斯塔升起又落下了，就像一个战士打断了一个敌人的脊柱。电梯厅前部碎成了一片废墟。拉法被压力波震得晕眩又失聪，但他明白了这些飞腾的残骸意味着什么。他们炸开了月面闸门，博阿维斯塔暴露在了真空中。

压力在反转。博阿维斯塔喷出了它的空气。花园炸开了，所有的叶子剥离了所有的树，所有松动的物件都被虹吸向月面闸井。垃圾、叶子、花园器具、玻璃茶具、花瓣、草屑、丢失的首饰、爆炸的残骸像一股喷泉般喷向了月面。门窗扭曲了，粉碎了。博阿维斯塔成了一股玻璃碎片和金属细条的龙卷风。降压警报器尖叫着，但它们的声音被淹没在降压气流中。拉法攀着圣塞巴斯蒂昂馆的一根柱子，致命的风暴撕扯着他。成千片飞舞的玻璃已经撕裂了他的衣服和皮肤。他的肺在燃烧，他的脑子滚烫，当他从他的血液中汲取了最后一点氧气时，他的视野变成了红色。他浅浅地最后喘息了一次，但没有呼吸到空气。他要死在这里了，他只是不肯放手。但他的视野变暗了，他的力量在消失。神经突触一个接一个地熔化死去。他的手渐渐没了力气。他没法再抓住了。这毫无意义，毫无希望。

拉法最后寂静地喊叫了一声，从柱子上滑向了风暴中。

　　月环太空舱飞出了月球的远侧。如果卢卡斯·科塔有摄像头或窗户，那他还能望见半个远地的奇景，它像钻石般闪亮，填满了他的天空。但他没有窗户，没有摄像头，也没有什么交流或消遣的方式，或光线。托奎霍处于离线状态：一切都为了保持他的呼吸而让路。他甚至没有足够的动力给卢卡西尼奥打个电话，让那孩子知道卢卡斯还活着。计算非常紧凑，但也很精准。它们不需要信念，它们是方程式。

　　他的领带已经被松开了，它离开了他的外套，在自由下落中飘浮。

　　太阳公司的计划就像孩童般坦率。卢卡斯在太空舱中有时间思考它，他几息间就从阿曼达的供认中推演出了这个计划。永远别对人供认，他将为了这个错误报复三次。她从未尊重过他，孙家一直把科塔家当作一个更次等、更肮脏的阶级，当作滑稽的高楚人[1]，贫民窟的暴发户。麦肯齐金属摧毁了科塔氦气。行星地球观望着，担心着自己的氦核发电。麦肯齐金属一直储备着氦-3，企图挤进科塔氦气的市场，但太阳公司对赤道带期权的长期投资运作才是远景规划。在月球赤道一线两侧铺设六十公里月壤烧结的太阳能面板，以微波方式向地球发送能量。太阳公司一直都掌握着信息和权力，而月球是耗之不竭的永恒的轨道能源站。它是人类最昂贵最大型的基础设施计划，然而在科塔氦气公司陨落、月球氦-3供给萎缩之后的风声鹤唳中，投资者将互相厮杀着把钱拍在太阳公司的桌上。这将是孙家与中国长久抗争后的最终胜利。这是个宏伟的计划，卢卡斯毫不掩饰对它的欣赏。

---

[1] 高楚人（gauchos）：南美草原上的骑手和牛仔，通常是欧洲人和印第安人的混血后裔。

它的宏伟在于它的简洁。只要启动几个简单的刺激因素，人类的骄傲就会自动完成剩下的工作。刺杀蝇的计划很有才气，一点简单的混淆在科塔和阿萨莫阿之间留下阴影，但最后线索还是指向了麦肯齐。卢卡斯毫不怀疑杀死蕾切尔·麦肯齐的软件故障是出自太阳公司的某个服伺系统，而夺去阿列尔行动能力的刀袭也是产自恒光殿。微小的引火器，反馈回路，暴力循环。让敌人彼此毁灭的密谋。孙家对这一切计划了多久？他们一定操作了数十年，计划了几世纪。

当你可以预测敌人的下一步行动时，一切都会容易到荒谬的地步。阿曼达是这样说的。瓦格纳曾经提及过，阿列尔曾经确认过，太阳公司为惠特克·戈达德公司设计了量子计算系统。三皇。详细的现实模型导出高精准度的预测。为惠特克·戈达德服务的系统自然能更好地为孙家服务。

他们没有预测到卢卡斯将活下来。

托奎霍启动了，现在它只是一个低频基础界面，好让卢卡斯与太空舱的传感器和控制系统调和。太空舱发出了声脉冲，目的地则回复了信号。一切都在计算之中。在远处，在接近月球背面环轨的最远端，进入返地轨道之处，VTO 循环器圣彼得与保罗号已锁定了太空舱，接管了控制系统。当舱室抖动着进入微加速状态时，卢卡斯的领带落到了地上。推进器间歇地喷发着，将太空舱推进了接驳轨道。现在在循环飞行器已经进入舱室摄像头的拍摄范围了，托奎霍向他传送了这艘飞船让人屏息的影像：它在阳光中闪亮着，五个驻区上下环绕着驱动及维生中轴，还有一顶太阳面板组成的王冠。

苏黎世的一千万黄金为卢卡斯买到了此处的避难所，他可以一直住到能计划好返程与复仇的时候。

推进器喷着火，打着嗝，入坞机械臂伸出，抓住了太空舱，把卢卡斯·科塔扯了进去。

月球飞船降低到了残骸区域的上方。博阿维斯塔的喷射物落在大约方圆五公里的区域里，按大小和重量分出了层次。较轻的物体在最外圈——叶片、草屑；然后是玻璃碎片、金属石头以及烧结物的碎片。最大最重的物体，最完整的那些落在离闸口废墟最近的一圈。飞行员手动驾驶着她的飞船，寻找着安全的着陆点。她像演奏乐器一样操纵着推进器，这是飞船的舞蹈。

在月面活动舱里，卢卡西尼奥·科塔、阿蓓纳和露西卡·阿萨莫阿穿着沙装，和VTO援救队以及AKA的安保组待在一起。在这之前的两个小时里，除了搏动的避难信号，博阿维斯塔已经没有任何活动的迹象。避难所很坚固，但博阿维斯塔遭受的破坏远远超出了设计参数。绿灯。飞船降落了。舱室正在减压。卢卡西尼奥和阿蓓纳撞了撞头盔，这是对友谊的确认，以及对恐惧的预期。亲随们折叠成了左肩上的名字标签。

VTO曾就转道特维城接露西卡·阿萨莫阿提出抗议，因为这会给他们的援救任务增添危险的三分钟。"我女儿在那下面。"VTO依然反对。"AKA会为你们多用的燃料、时间和空气支付费用。"于是问题解决了。"我们有三个人。"

舱室减压，靳纪说，闸门打开。

阿蓓纳紧紧握着卢卡西尼奥的手。

卢卡西尼奥从未搭乘月球飞船飞行过。他曾经以为自己会很激动：飞掠过月面，速度快过他之前的任何一次旅行，以火箭动力驰援。但实际的体验是，他坐在一个没有窗户的舱室的座位上，各种不可预料的颠簸撞击和加速让他在安全带里摇来晃去。而大多数时间里，他都在想象自己在下面会发现什么。

VTO援救队在残骸中拨出通向闸门的道路，他们操纵着绞车和灯光。露西卡、阿蓓纳、卢卡西尼奥和护卫们走下斜坡来到月面。月球飞船的探照灯投射出长长的阴影，它们缓缓移动，映出歪扭的花园器具、拧弯的结构梁、扎在月壤里的强化玻璃碎片、粉碎的机械。卢卡西尼奥和阿蓓纳在残骸中小心翼翼地走着。

"纳纳。"

露西卡的护卫发现了什么。他们的头盔灯光照出了花呢外套、一侧肩膀的弧度、还有一卷头发。

"留在这里，卢卡西尼奥。"露西卡命令道。

"我想看他。"卢卡西尼奥说。

"留在这里！"

两个护卫抓住了他，把他转开了。卢卡西尼奥试图挣脱开，但他们刚从阿克拉来到月球六个月，在力量上超出任何一个三代月球男孩。阿蓓纳站在他身前。

"看着我。"

"我想看看他！"

"看着我！"

卢卡西尼奥撇开头。他瞥见露西卡跪在月壤上，她的手按在面甲上，她前后摇摆着。他瞥见了一些破碎的、扭曲的东西，一些炸开的、冻硬的干扁的东西。然后阿蓓纳把手拍在他的头盔两侧，把他的头扭向她。卢卡西尼奥用同样的姿势回应她，他把阿蓓纳的头盔拉过来贴住他的。集尘者的吻。

"我永远都不会原谅做了这事的人。"卢卡西尼奥在私人频道里发誓，"罗伯特·麦肯齐、邓肯·麦肯齐、布赖斯·麦肯齐，我向这些名字发出誓言，我在此铭记于心。你们的命是我的。"

"卢卡西尼奥，别说这话。"

"你不要对我说这个，阿蓓纳。这是我的事，你没有发言权。"

"卢卡西尼奥……"

"这是我的事。"

"阿萨莫阿—科塔夫人。"

VTO 援救队在公共频道里的呼唤让露西卡站了起来。

"我们准备好了。"

她把一只手搭在卢卡西尼奥的肩上。沙装的触觉能传达至接触区域的细毛上，那是手的触感。

"卢卡，你受不了的。"

他只瞥到了一眼，她们不允许他看到露西卡看到的东西，他的叔叔，她的欧可。但他看到的景象永远不会从他眼前消失。

"纳纳，他们在等我们。"护卫之一说。她谨慎地领着卢卡西尼奥，始终让他背朝着死去的人。月球杀人的方式是丑陋的。

沃龙佐夫的队伍将露西卡，然后是卢卡西尼奥，最后是阿蓓纳用绞车吊进了洞口。卢卡西尼奥晃动着悬进了闸井漆黑的隘口。他朝下望着，他的头盔灯光在深井的墙壁上晃动。博阿维斯塔剧烈的减压爆炸将井壁冲刷得很干净，没有留下任何可能钩住或扯裂沙装的东西。然而它依然是一次通向恐惧和黑暗的下降。避难所一直在持续发出信号，但它可能被移动了，被压扁了，失灵了，破裂了。

"继续降低。"

它一定很像是阿德里安娜第一次下降的时候，降入未来将被她雕凿成宫殿的熔岩管。映在岩石上的灯光，绞盘传至垂绳的震动。当你朝你帕依发火离家出走时，你从这里上去过，卢卡西尼奥想着，有一瞬间觉得很窘迫，回程却是天差地别。

接着他的接近传感器响了起来，他的脚触到了地面。靴子下传来残骸的质感和嘎吱声响。他解开安全绳的扣子，走进了博阿维斯塔。沃龙佐夫援救队已经安装上了工作灯，它们暗示的东西多过于它们照亮的：桑勾眼窝的暗影；倒塌的亭阁像失败的纸牌魔法一样散落满地；没有叶子的树，冻僵了每一个细胞，在阴暗的光线里显得很怪诞；印莎丰满而性感的嘴唇；冰的影子和闪光，那是奥瑞克萨冻结的眼泪。卢卡西尼奥的头盔灯光掠过在霜冻中僵死的草坪，干涸的池塘和水道中黑色的冰面。在排水道中水流没能冲走的东西迅速冻在了冰晶里。

卢卡西尼奥撞到了一个东西，它滑过了冻平的人行道。他的头盔灯光照到了它：科塔氮气公司董事会老桌子的残骸——裂开了，丢了一条腿。他把它摆正，它立刻又翻倒了。穿过破碎的门框和碎裂的椅子，走过挂着撕烂的床品的树下。他的靴子碾碎了真空冻僵的细枝和玻璃屑。一个立着的亭子也没有了。他让灯光照过那些奥瑞克萨的脸。奥萨拉，光明之主；叶玛亚，创造者；桑勾，正义之神；奥克萨姆，爱神；奥刚，战士之神；埃贝基，双生之神；奥摩卢，疾病之神；印莎，变化的女王，资源之母。

他从未信仰过他们任何一个。

"我会夺回这一切，"他用葡萄牙语轻声说，"这是我的事。"

另一对头盔灯光照了过来，把他映在一片光圈中，然后是第三对。露西卡和阿蓓纳到了。但他走在她们前面，沿着奥瑞克萨之间死去的河床，朝援救者等候的地方走去。

imaginist

想象另一种可能

理
想
国
imaginist

月球家族 2

狼月

WOLF MOON

Ian McDonald

河南文艺出版社

图书在版编目(CIP)数据

月球家族. 第二部, 狼月 / (英) 伊恩·麦克唐纳著;
傅临春译. —郑州: 河南文艺出版社, 2020.9
ISBN 978-7- 5559-1051-0

I. ①月… II. ①伊…②傅… III. ①长篇小说 – 英
国 – 现代 IV. ① I561.45

中国版本图书馆 CIP 数据核字 (2020) 第 131793 号

豫著许可备字 –2020–A–0069

月球家族：狼月

[英] 伊恩·麦克唐纳 著　傅临春 译

选题策划	陈 静 俞 芸
责任编辑	张恩丽
特约编辑	闫柳君
责任校对	殷现堂
装帧设计	山川 at 山川制本workshop
内文制作	陈基胜

出版发行	河南文艺出版社
本社地址	郑州市郑东新区祥盛街27号 C座 5楼
邮政编码	450018
承印单位	山东韵杰文化科技有限公司
开　本	880毫米×1230毫米　1/32
总印张	40.125
本册字数	316千字
总字数	1042千字
版　次	2020 年 9 月第 1 版
印　次	2020 年 9 月第 1 次印刷
定　价	168.00元（全三册）

狼　月

一月份的月亮，最冷也最黑的月亮，狼群在饥饿与困顿中对月嗥叫。据《农夫年鉴》推断，此名来自美洲原住民（现美国东北部）对于月份的称呼。

人物表

科塔家族

阿列尔·科塔：克拉维斯法院前任律师。

玛丽娜·卡尔扎合：阿列尔·科塔的个人助理及保镖。

罗布森·科塔：拉法·科塔与蕾切尔·麦肯齐的儿子。

露娜·科塔：拉法·科塔与露西卡·阿萨莫阿的女儿。

卢卡斯·科塔：阿德里安娜次子，科塔氦气的专务董事。

阿曼达·孙：卢卡斯·科塔前欧可。

卢卡西尼奥·科塔：卢卡斯·科塔与阿曼达·孙的儿子。

瓦格纳·"小灰狼"·科塔：阿德里安娜·科塔的四子（身份被否定），分析师及月狼。

卡罗琳娜·玛卡雷奇医生：阿德里安娜·科塔的私人医生。

玛德琳

弗拉维娅：卡利尼奥斯、瓦格纳和卢卡西尼奥·科塔的代养母亲。

埃利斯：罗布森和露娜·科塔的代养母亲。

麦肯齐金属公司

罗伯特·麦肯齐：麦肯齐金属公司的创始人，前 CEO。

孙玉·麦肯齐：罗伯特·麦肯齐的继欧可。

阿莉莎·麦肯齐：罗伯特·麦肯齐的欧可（已故）。

邓肯·麦肯齐：罗伯特和阿莉莎·麦肯齐的长子，麦肯齐金属公司的现任 CEO。

阿纳斯塔西娅·沃龙佐夫：邓肯·麦肯齐的欧可。

阿波罗奈尔·沃龙佐夫：邓肯·麦肯齐的继欧可。

阿德里安·麦肯齐：邓肯和阿波罗奈尔的长子，月鹰乔纳松·卡约德的欧可。

丹尼·麦肯齐：邓肯和阿波罗奈尔的幼子，哈德利·麦肯齐身亡后的继任首席刀卫。

麦肯齐氦气公司

布赖斯·麦肯齐：罗伯特·麦肯齐的次子，麦肯齐金属公司财务部的负责人，有众多"养子"。

洪兰凰：布赖斯·麦肯齐的养子，和罗布森·科塔有过一段短暂的婚姻。

阿娜利斯·麦肯齐：瓦格纳·科塔暗面人格的暗埃摩。

AKA

露西卡·阿萨莫阿：AKA 库托库的现任奥马和纳。

阿蓓纳·阿萨莫阿：政治人物，有时客串卢卡西尼奥的埃摩。

科乔·阿萨莫阿：卢卡西尼奥·科塔的研讨会同学，逐月者。

阿得拉亚·奥拉德莱（Adelaja Oladele）：曾与卢卡西尼奥·科塔维持短暂的埃摩关系。

阿菲（Afi）：阿蓓纳在特维城的研讨会同学。

太阳公司

孙夫人（Lady Sun）：沙克尔顿孀居贵妇，太阳公司 CEO 的祖母。

孙志远：太阳公司的 CEO。

孙建英：太阳公司营运，副 CEO。

孙立维：太阳公司财务总监。

孙玉：罗伯特·麦肯齐的欧可。

塔姆辛·孙（Tamsin Sun）：太阳公司法律部部长。

大流士·麦肯齐一孙：孙玉和罗伯特·麦肯齐的儿子。

阿曼达·孙：卢卡斯·科塔的欧可。

VTO

瓦莱里·沃龙佐夫：VTO 创始人，VTO 太空部 CEO。

叶甫根尼·沃龙佐夫：VTO 月球 CEO。

瓦伦蒂娜·沃龙佐娃（Valentina Vorontsova）：VTO 飞行器圣彼得与保罗号舰长。

沃里科娃医生（Dr Volikova）：卢卡斯·科塔的私人医生。

格里戈里·沃龙佐夫／沃龙佐娃【Grigori Vorontsov(a)】：卢卡西尼奥前埃摩。

月球发展公司

乔纳松·卡约德：月鹰，月球发展公司的主席。

维迪亚·拉奥：经济学家及数学家，雪兔会及月球学会成员，独立运动家。

当今领主姐妹会

弗拉维娅：从博阿维斯塔被放逐后，加入了姐妹会。

梅德·圣·奥当蕾德·阿伯塞德·阿德科拉尔：当今领主姐妹会的负责人。

洛亚姐妹：阿德里安娜·科塔的告解牧师。

子午城 / 南后城

马里亚诺·加布里埃尔·德马里亚：七铃之校的主管人，这是一所培养刺客的学校。

狼帮

阿迈勒：子午蓝狼帮的领导者。

目 录

沦落之后：白羊宫 2103

"带我去地球。"卢卡斯·科塔说。船员把他从月环太空舱上解下来，将缺氧、低温、脱水的他拖进了闸门。

"您已登上 VTO 循环飞船圣彼得与保罗号，科塔先生。"闸门主管一边封锁压力安全门，一边说。

"避难所。"卢卡斯·科塔低声说着，吐了。在太空舱带他逃离科塔氦气公司毁灭现场的过程中，他被牢牢固定了五个小时。在这五个小时里，定向袭击摧毁了他在月海上的产业，攻击程序冻结了他的账户，麦肯齐的刀卫蹂躏了他的城市。在他的兄弟们拖住刀卫，守护科塔家时，他逃走了，穿过丰富海，向上冲出了月球。

*挽救公司。*卡利尼奥斯这样对他说，*你有计划吗？*

我向来都有计划。

在五个小时里，像爆炸残骸一样旋转着离开科塔氦气的毁灭现场。接着，手的抚慰、声音的温暖和飞船的稳固感包围了他——是一艘飞船，而不是铝和塑料做的小玩意儿——这一切令紧绷的肌肉群放松了，于是他呕吐了。VTO 的船坞员工拿着便携真空清洁器在周围清理。

"这种方式也是有助于适应的，科塔先生。"闸门主管说。当船员们将卢卡斯翻到面朝上的位置，帮助他进入电梯时，她用一张薄毯子盖住了他的肩膀。"我们很快就让你回到月球重力状态。"

卢卡斯感觉到电梯在移动，飞船的自转引力固定住了他的脚。他想说，地球。但血液呛住了他的话，爆裂的肺泡在他的胸腔里咯咯作响。他曾在真空中呼吸，就在下面的丰富海上，当时阿曼达·孙企图杀了他。他曾在裸露的月表暴露了七秒钟。没有沙装，没有空气。往外呼气，这是逐月者的第一定律，清空肺部。他的脑子一片空白，除了他面前的月环站气闸外，他忘了一切。他的肺裂开了。但现在他是一个逐月者了。他应该拥有那枚别针：月神，一半的脸是黑色的皮肤，另一半脸是白色的头骨。卢卡斯·科塔大笑起来，有一瞬间他以为自己会呛死，血痰在电梯地板上积成了小洼。他必须把话说清楚，沃龙佐夫家的这些女人必须听清楚。

"让我进入地球重力状态。"他说。

"科塔先生……"闸门主管试图说些什么。

"我想去下面的地球，"卢卡斯·科塔说，"我必须去地球。"

他只穿了一条短裤，躺在医疗中心的诊断床上。他一直都很讨厌短裤，又可笑又幼稚。他一直拒绝穿它们，哪怕它们变成时装——所有衣物在月球上都会轮流变成时装。相比起来，皮肤更好。他能更好地展现赤裸的尊严。

那个女人站在诊断床的床脚。传感臂和注射器像环绕神灵一样环绕着她。她是个白人，中年，看起来很疲倦。她俨然掌控着一切。

"我是加林娜·伊万诺夫娜·沃里科娃，"女人说，"我将是你的个人医生。"

"我是卢卡斯·科塔。"卢卡斯哑着嗓子说。

沃里科娃医生的右眼闪烁着，她在读取医疗界面。"一个肺萎陷，多灶性脑部微出血，再多十分钟你就可能出现致命的脑血肿。角膜损伤，两个眼球都有内出血，肺泡破裂。还有鼓膜穿孔，这个我已经修复了。"

她不易觉察地笑了一下，其间透露出的黑色幽默让卢卡斯明白，他可以与她共事。

"多久……"卢卡斯嘶声问，他的左肺里有碎玻璃在碾磨。

"至少环行一圈，我才会让你离开这里。"沃里科娃医生说，"还有，别说话。"环行一圈：二十八天。卢卡斯在孩提时就研究过循环飞行器的物理原理。它们交织环绕月球时有巧妙的最小能耗轨道，两次接触引力场，被助推回弹飞掠过地球表面。这个过程被称为后空翻轨道。卢卡斯无法理解其中的数学运算，不过这是科塔氦气业务的一部分，因此他必须学习其原理，只要不涉及太多细节就行。循环器绕着月球和地球，就像地球和月球绕着太阳描绘其自己的轨道，就像太阳及其小世界绕着银心长达二点五亿年的舞蹈。一切都在运动，一切都是那浩瀚舞曲的一部分。

床脚出现了一个新的声音，新的身影，比沃里科娃医生更矮些，更壮健些。

"他能听到吗？"是个女人的声音，清晰悦耳。

"能。"

"说吧。"卢卡斯挤出声音。那身影走进了光线中。两个世界的人都认识瓦伦蒂娜·瓦列里约夫娜·沃龙佐娃舰长，不过她还是向卢卡斯·科塔做了正式的自我介绍。

"圣彼得与保罗号欢迎您登舰，科塔先生。"

瓦伦蒂娜舰长的身材结实又方正，地球的肌肉，俄国人的颧骨，哈萨克人的眼睛。两个星球上的人也都知道她的双胞胎姐妹叶卡捷琳娜是"喀山圣母号"的舰长。两个沃龙佐娃舰长都是传奇女性。

第一个传奇是：她们是在迥然相异的重力环境中，由不同的代养母亲哺育出的同卵双胞胎。一个在太空出生，一个在地球出生。另一个经久不衰的传说是：她们之间有天生的心灵感应，这是一种无须交流的心有灵犀，无论她们之间相隔多远。一种量子魔法。第三个传说是：她们会有规律地互换这两艘 VTO 飞行器的指挥权。在双胞胎舰长的所有传说中，卢卡斯·科塔只相信最后一个。要让你的敌人摸不透你。

"我想你正等着获知月球上的情形。"瓦伦蒂娜舰长说。

"我准备好了。"

"我不这么认为。卢卡斯，我带来了最坏的消息。你熟悉的一切都失去了。你弟弟卡利尼奥斯在保卫若昂德丢斯时被杀了，博阿维斯塔被毁了，拉法死于减压事故。"

五个小时，独自一人行进在月环转移轨道上，瞪着胶囊舱室的墙壁——卢卡斯的想象力已经延伸到了黑暗的深处。他在脑海里看到了他家人死去，看到他的城市在崩溃，看到他的帝国在倾颓。他预料到了瓦伦蒂娜舰长带来的消息，但它仍然像真空一样狠狠地击中了他，清空了他的心脏。

"减压事故？"

"科塔先生，你最好别说话。"沃里科娃医生说。

"麦肯齐金属公司的刀卫炸开了月面闸门，"瓦伦蒂娜舰长说，"拉法让每个人都进了避难所，我们认为栖地降压时他在搜寻掉队的人。"

"是他会做的事，既高尚又愚蠢。露娜呢？罗布森呢？"

"阿萨莫阿家援救了幸存者，并把他们带到了特维城。布赖斯·麦肯齐已经向克拉维斯法院申请正式收养罗布森。"

"卢卡西尼奥呢？"现在他压制住了自己的情感，控制住了自己的身体，终于能说出他最先想要喊出的名字。如果卢卡西尼奥死了，他会下床走出气闸。

"他安全地待在特维城。"

"我们总是能信任阿萨莫阿家。"知道卢卡西尼奥平安无事的欣喜就像阳光一样火热，像氦气聚变时的热量。

"阿列尔的保镖帮助她逃进了上城高街。她正躲藏着。你的弟弟瓦格纳也一样，子午狼帮正在庇护他。"

"狼和残废。"卢卡斯悄声说，"公司呢？"

"罗伯特·麦肯齐已经吞并了科塔氦气的基础架构，他对你们的前员工发布了新合约。"

"不接受就是傻瓜了。"

"他们正在接受。他宣布成立了一个新的子公司：麦肯齐熔炼公司。他的侄孙尤里·麦肯齐担任 CEO。"

"澳大利亚人从二代或三代后就分不清谁是谁了。"卢卡斯为这个黑色笑话轻声笑着，笑声浸在胸腔深处的血液里。在压倒性的事物面前，开个玩笑就如同吹一吹上面的尘土。"是孙家。他们设计我们互相敌对。"

"科塔先生。"沃里科娃医生又在提醒他。

"他们让我们高高兴兴地切开彼此的咽喉，孙家，他们计划了几十年。"

"太阳公司正在赤道房地产业中行使若干期权。"瓦伦蒂娜舰长说。

"他们计划将整个赤道纳入一个太阳能阵列。"卢卡斯嘶声道。他血糊糊的肺正在分崩离析，他咳出了新血，机械臂移过来吸走了那片红色。

"舰长，够了。"沃里科娃医生说。

瓦伦蒂娜舰长将五指攒在一起点了下自己的头，一个月球式的致意，尽管她是个地球女人。

"我很抱歉，卢卡斯。"

"帮我。"卢卡斯·科塔说。

"太空 VTO 和地球 VTO 一直与月球 VTO 保持距离，"瓦伦蒂娜舰长说，"我们有一些独特的弱点。保护我们的拉格朗日点质量加速器和地球发射设施是重中之重。在俄国人、中国人和印度人之中，我们一直广受猜忌。"

机械臂再次移动了，卢卡斯感觉到有喷剂一下扎在了他右耳下方。

"舰长，得让月球人认为我死了。"

舰长和医生，以及医疗装置缓缓围绕的机械臂全都融进了一片模糊的白色中。

他无法确定自己是在哪一刻意识到音乐的，但他正在音乐中向上漂浮，就像一个泳者在破开水的弯月面 [1]。它包裹着他，像空气，像出生时的羊水，他满足地躺在其中，闭着眼，呼吸，毫无痛苦。这音乐高贵、理性、有序，卢卡斯认为它是某种爵士乐。不是他的音乐，也不是他能理解或欣赏的音乐，但他认可它的逻辑，以及它适时描绘的纹理。他躺了很久，试图只沉浸在这音乐中。

"比尔·艾文斯。"一个女人说。

卢卡斯·科塔睁开眼。还是那张床，一样的微型医疗机器人，一样散漫的柔和光线。空气调节装置和动力系统传来一样的嗡嗡声，告诉他他在一艘飞船上，而不是在一个星球上。还有一样的医生，她正绕过他视野的边缘。

"我刚刚在读取你的神经活动，"沃里科娃医生说，"你对现代爵士乐反应良好。"

---

[1] 弯月面：液体与固体接触时因分子间相互作用力不同而造成的液体表面的凹下或凸起。

"我很享受，"卢卡斯说，"你可以随时播放它。"

"哦，是吗？"沃里科娃医生说，卢卡斯再次听到了她嗓音里的兴味。

"我怎么样了，医生？"

"你停留在无意识状态有四十八小时了，我修复了大多数过于严重的损伤。"

"谢谢你，医生。"卢卡斯·科塔说着，用胳膊肘把自己撑起来。他体内的血肉撕扯着他，沃里科娃医生轻叫了一声，冲到了床边，把他放低到了柔软的床面上。

"你需要时间恢复，科塔先生。"

"我需要工作，医生。我不能永远待在这里，我要重建一个公司，而资金又有限。我要去地球。"

"你是在月球出生的，你不可能去地球。"

"那并不是不可能的，医生，那是最容易的事。它只是会致命而已，但一切都有宿命。"

"你不能去地球。"

"我不能回到月球，麦肯齐家会杀了我。我也不能待在这里，沃龙佐夫家的好客不是无限的。迁就我吧医生，你专研低重力医学。假想一下。"

现在曲调变了，轻快又端方。钢琴、贝司、轻敲的鼓。如此微小的力道，如此宏伟的效果。

"假想一下，通过高强度训练和医疗支持，一个月球出生的个体在地球环境下可能存活两个月球月。"

"假想一下，四个月可能吗？"

"那要花很多个月进行体育锻炼。"

"多少个月，医生？假想一下。"

他看到沃里科娃医生耸了耸肩，还听到了恼怒的轻声叹息。

"至少一年，十四到十五个月球月。就算如此，在发射途中存活下来的概率也不会超过 50%。"

卢卡斯·科塔从来都不是赌徒，他只应对确定性。作为科塔氦气的副总裁，他通过谈判，将不确定变为肯定。现在铁一般的确定性围困了他，唯一的希望就是赌博。

"那么我有一个计划，沃里科娃医生。"

第一章　处女宫 2105

那男孩从城市顶部跌落。

他像电线一样细瘦柔韧，皮肤是铜的颜色，闪烁着暗色的斑点。他的眼睛是绿色的，嘴唇丰满。他的头发是一大把蓬乱的铁锈色，被束在一条酸橙绿色的头带里。两道白色釉彩突出了他的双颊，还有一道垂直划过他嘴唇的中央。他穿着橘红色的运动紧身裤，是低腰款，上身是一件超大码的白色 T 恤。T 恤上写着：弗兰基如是说……

南后城所处的巨大熔岩腔中，从屋顶到地板的距离是三公里。

孩子们在城市的顶部奔跑，在老旧的自动化工业层跑酷，以令人屏息的优雅和技巧在世界的索具间摆荡。他们跃过栏杆和支柱，在墙与墙之间蹦跳，轻掠，翻滚，飞跃。他们在深渊上空飞翔，向上，再向上，仿佛重量是一种燃料，他们燃烧它以回击引力。

那男孩是队伍中最年轻的一个。他十三岁，勇敢、机敏、无畏，被高处所吸引。他和跑酷的同伴一起，在南后城下方草木丛生的地面热身，但他的双眼却被那些巨塔吸引，一直望向它们与日光线相会之处。舒张肌肉，给双手和双脚戴好抓握套，练习跳跃以放松身体，踩上一条长凳，下一瞬间他已经在十米之上。一百米。一千米。沿着栏杆舞蹈，以五米一跃的节奏沿电梯机架向上跳跃。往城市顶部而去。城市之巅。

一切都源于一个极其微小的失误，反应慢了一毫秒，距离短了一毫米，抓握时松了一根手指。他的手在电缆上滑了一下，然后他就跌进了空无一切的空气里。没有尖叫，只有一声惊诧的、小小的喘息。

跌落的孩子。返回原处是第一反应，他的手脚企图抓住那些戴着手套的手，它们沿着南后城的屋顶，从纠缠的管线与水道上向他伸来。当跑酷者们意识到发生了什么时，他们有一瞬间的震惊，然后便从自己所在的位置激散开来。他们越过屋顶，冲向离他最近的塔，但他们永远不可能快过重力。

跌落时有必须遵守的规则。在跳跃、攀爬、飞跃之前，男孩便学过如何跌落。

规则一：你必须转身。如果看不到身下是什么，你就极可能伤得很严重，最严重时会死。他转过头，向下眺望南后城上百高塔间广袤的空间。他转过了上半身，接着，在面朝下转过整个身体时，扭伤了一条腹肌，叫了出来。在他下方是一张致命的网格，由摩天大楼之间交联的桥梁、索道、步行小道和光纤道组成。他必须躲过这些。

规则二：尽量增大空气阻力。他张开了手臂和双腿。月球栖地中的大气压是 1060 千帕。月面的重力加速度是 1.625 米每二次方秒。空气中坠落物体的自由沉降速度是 60 千米每小时。以每小时 60 千米的速度撞击南后城的地面，他有 80% 的可能会死。以每小时 50 英里的速度撞击，那他有 80% 的可能活下来。他的时尚 T 恤在狂风中拍动。弗兰基如是说：这样你就能活下来。

规则三：求助。"大鬼。"他说。孩子的亲随在他右眼的视镜和左耳的植入装置中显现。真正的跑酷者在跑酷时并没有 AI 辅助。让一名亲随标注出最佳路线、定位出隐藏的抓手位置、对微型气候环境提出建议，那过程就太容易了。跑酷是在一个完全人造的世界中接触真实。大鬼分析了情势。你的情况极度危险，我已经向营救与医疗机构发出了警报。

规则四：时间是你的朋友。"大鬼，多久？"

4 分钟。

现在他拥有了幸存所需的一切信息。

过度伸展的腹肌痛入心肺，扯下 T 恤时，他的左肩里有什么撕裂了。有那么几秒钟，他打破了自己大字形的姿势，速度危险地加快了。风撕扯着他手里的 T 恤。如果他没抓住，如果他丢失了这件上衣，他就会死。在以自由沉降速度下坠时，他需要打三个结。结就是生命。第七十七横桥就在那里：来了！他伸展开肢体，应用着所学的知识：将上身前倾，还有手臂，使重心转换到身体悬挂中心的上方。循迹位置。他向前滑去，避开几米之内的桥梁。人们抬起脸来看他。再看一眼：他们见过飞行者。这孩子不是飞行者，他是坠落者。

他把颈部和两只袖子打了结，让衣服变成一个松垮的袋子。

"时间。"

2 分钟。预估你的撞击速度将是……

"闭嘴大鬼。"

他把 T 恤攥在两只手里。时机很重要。太高，那他的机动性就不足以避开高塔间密布的人行横道和管道；太低，那他的临时降落伞就不足以将他的速度降低到可以存活的程度。而他想让自己的着陆速度远远低于每小时 50 千米。

"还有 1 分钟时提醒我，大鬼。"

好的。

减速的力道会是狂暴的，它可能扯走他手里的 T 恤。

那他就死了。

他无法想象这个。

他可以想象受伤。他也可以想象每个人低头看着他死去，为这悲剧哭泣。他喜欢这念头，但这不是死亡。死亡什么也不是，连一无是处都算不上。

他再次交叠双臂，飘移避过二十三层的索道。

现在。

他用力向前伸出手臂，T 恤在狂风中烈烈拍打。他把头埋进双肘之间，奋力向上举起双臂。打了结的 T 恤猛地膨胀起来，突然的制动力是狂暴的。他用力过猛的肩关节扭伤了，痛得叫了起来。抓住抓住抓住。天哪天哪天哪地面这么近。降落伞又扯又拽，就像一个人在与他搏斗，并且想要他死。他胳膊和手腕上的拉力让人发疯。如果他现在放手，他就会狠狠地撞上地面：先是脚，然后是臀部和大腿，它们会粉碎，被向上的力道裹挟着扎进他的器官里。抓住，抓住。他尖叫着，因为奋力和挫折喘着粗气。

"大鬼，"他喘息着，"多快……"

我的预估只能根据……

"大鬼！"

时速 48 千米。

还是太快了。他可以看到自己会撞在哪一处，只有几秒了。树木间是一块空地，那是个公园。人们正沿着中轴小路奔跑，有的在跑开，有的在朝他们估计他会撞上的地方跑。

医疗机器人已派出。大鬼宣布。那个明亮的东西，很大片，那是什么？一个表面。有东西翘了出来。是一个亭子。也许是放音乐的或卖果子露的或别的什么。那是布料。它可能减掉他所需要减掉的最后一点时速。它同时也是狭小的，有支柱撑着它。如果他以这个速度撞上一根支柱，它就会像长矛一样刺穿他。但如果他以这个速度撞上地面，他可能总归都会死。他必须算准时机。他用力扯住T恤降落伞的一边，试图转移向上的力道，试图让自己朝亭子滑翔。这太难了太难了太难了。他扭动剧痛的肩膀时叫了起来，试图获得最后一点点侧向的移动。地面正朝他扑来。

在最后一秒钟，他放开了T恤，尽力前倾扑向布面，以尽可能增大他的着陆面积。太晚了，太低了。他撞进了亭子的屋顶。力道太猛了，这样凶猛。在一刹那震慑心神的疼痛后，他跌穿了屋顶。他的飘移使他避开了亭子里的东西。他猛地把胳膊举到脸前，撞上了地面。

从来没有什么东西这样狠狠地撞击过他。一个月球大小的拳头打中了他，粉碎了所有的呼吸、感觉和思想。黑暗。然后他又清醒过来，试图喘气，无法移动。一圈一圈的，是机器、脸，然后是中等距离上正向他奔来的同伴。

他吸着气，很痛，每一根肋骨都在摩擦，每一束肌肉都在呻吟。他翻到侧卧的位置。医疗机器人转着尾桨升空，在周围飘来飘去。他试图把自己撑起来。

"不，孩子，别动。"那一圈脸中有一个声音喊道，但并没有谁伸出手来阻止他或帮助他。他是个摔断了的奇迹。他跪起来时叫了一声，然后强迫自己站了起来。他能站。没有什么断掉。他往前走了一步，这个穿着橙红色紧身裤的、皮包骨头的流浪儿。

"大鬼，"他轻声问，"我最后的速度是多少？"

每小时38千米。

他为胜利握紧了一只拳头，然后他的腿失去了力气，他向前绊倒了。人们和机器人蜂拥过来接住他：罗布森·麦肯齐，从世界顶端跌下来的孩子。

"怎么样，出名的感觉如何？"

洪兰凰倚在门上。罗布森之前没注意到他来了，因为他正在接受一举成名带来的冲击。在罗布森被转移到医疗中心的过程中，传言已经绕了月球两圈。那男孩跌到地上了，他没有跌到地上，这不是地球，他跌到了月面上。但这还不够他们八卦的。它不是一次跌落，它是一次滑翔，剩下的部分是在处理降落。他走动了。只有一步，但他走了那一步。然而即便传言是错的，整个月球仍然都在谈论他。他让大鬼在网络上搜索了关于他的故事和图片，很快便意识到那些拥堵的信息都是同样的故事和图片，被转发了又转发。有些图片非常古老了，是他孩提时的照片，那时他还是个科塔。

"半小时后就开始烦了。"罗布森说。

"痛吗？"

"一点也不痛，他们给我打了一堆东西。但之前很痛，痛得操蛋。"

洪扬起了一边眉毛，他不赞成罗布森在跑酷同伴那里学这种低级的语言。

在罗布森还是个十一岁的孩子，而洪二十九岁时，他们曾缔结过几天的婚姻。阿列尔姑姑用她的法律超能力解除了婚约，但他们在一起的那个晚上挺有趣的：洪做了吃的，它们总是很特别；他还教罗布森玩纸牌魔术。他们两人都不太想结婚，那只是世家联姻，是为了把一个科塔约束在麦肯齐宗族的核心处。一个尊贵的人质。然后科塔家消失了，被驱散，被击败，被杀死。现在罗布森有了不同的家庭身份——他是布赖斯·麦肯齐的养子之一。这使洪变成了一个兄长，而不是一个欧可。兄长，叔叔，保护者。

罗布森依然是个人质。

"好，那么来吧。"

罗布森的表情在说：什么？

"我们要去克鲁斯堡，还是说你忘了？"

罗布森忘了。恐惧让他的下体都抽紧了。克鲁斯堡。洪把罗布森带到南后城，让他远离布赖斯的嗜好和麦肯齐家的家族政治，然而罗布森最害怕的是那种被拉扯的恐惧感，有一条线时刻要将他和洪扯回麦肯齐家的大本营。

"宴会？"洪说。

罗布森瘫回了床上。罗伯特·麦肯齐的一百五十岁生日。麦肯齐家族齐聚。洪和大鬼发送了十次、二十次、五十次提醒，但罗布森的关注点在抓手和攀爬鞋上，在跑酷时尚和首次自由跑的打扮风格上，在尽力调整身体状况和减少奔跑体重上。

"见鬼。"

"我给你打印了一些穿的东西。"

洪往床上扔了一袋套装，罗布森拆开了它。新打印的织物香味。一套粉蓝色的马尔科·卡洛塔西装，一件黑色 V 领 T 恤。没有短袜。

"八十年代！"罗布森高兴地说。这是最新潮的，之前是二十一世纪一〇年代，再之前是二十世纪一〇年代，再再之前是二十世纪五十年代。洪腼腆地笑了笑。

"需要帮忙穿衣服吗？"

"不用，我没问题。"罗布森掀开被单，翻下了床。诊断机器人退后了，罗布森跌到了地板上。他的脸变得苍白，叫了出来。他的膝盖使不上力。他靠在床沿稳住身体，洪在边上扶着他。"可能还不行。"

"你从头到脚都是瘀青。"

"真的吗？"

大鬼接通房间里的一个摄像头，给罗布森看他自己棕色的皮肤，上面尽是斑驳的黑色和黄色，一片片瘀青相互交叠。当洪帮他把胳膊伸进外套袖子里时，罗布森痛得缩了缩。扯上懒汉鞋时，到处都在刺痛。还有最后一个装饰：在衣袋底部有最后一个礼物，那是一副雷朋玳瑁纹飞行员墨镜。"哦，太帅了。"罗布森把它架上鼻梁，用食指在镜片间轻敲了一下，以调整镜架，"嗷，哪怕很痛也值了。"

然而还有一处要修饰：罗布森把他的马尔科·卡洛塔外套袖子卷到了肘部。

月平线上有一处耀眼的光斑在燃烧：克鲁斯堡的镜群，它们正把阳光聚焦到这架十公里长的列车熔炉上。孩提时，罗布森热爱这光线，因为这说明克鲁斯堡离他只有几分钟远了。他会奔到轨道车的观景气泡上，双手按着玻璃，期盼着进入克鲁斯堡阴影的时刻，抬头望着上方那数千吨重的栖地、熔炉、货斗和处理器。

现在罗布森憎恶它。

在 VTO 救援小组的灯光划开博阿维斯塔冻结、虚无的黑暗之前，空气一直是污浊的，充满了二氧化碳和水蒸气。避难所是为二十人的规模设计的，但当时里面挤了三十二个活人。轻浅的呼吸，尽量不做动作；冷凝水从每个角落滴下来，在每个表面滚动。当VTO 小组将他扣进转移胶囊时，他喊道：帕今乎在哪里？他在探月飞船船舱里问卢卡西尼奥：帕今乎在哪里？卢卡西尼奥的视线越过拥挤的船舱，望向那头的阿蓓纳·阿萨莫阿，然后把罗布森带到了前舱。这些话不能公开说。瓦格纳躲起来了，阿列尔失踪了，卢卡斯不见了，可能是死了。卡利尼奥斯被头朝下吊在圣塞巴斯蒂昂方区的人行横道下面。拉法死了。

他父亲死了。

官司打得很激烈，而且很简短——月球上所谓的简短。一个月后，罗布森已经坐在麦肯齐金属公司的轨道车里，飞掠过风暴洋。洪兰凰坐在对面的座位上，一小队刀卫在一个谨慎的距离内分散就位，除了彰显麦肯齐金属的权势外没别的用处。克拉维斯法院已经裁定：罗布森·科塔现在是个麦肯齐了。十一岁出头的罗布森无法辨别洪脸上的表情。到了十三岁他明白了，那是一个人被迫背叛了他所爱的事物的表情。然后他看到了月平线上明亮的星辰，克鲁斯堡的光芒在永无止境的正午里闪耀，但它已从一颗迎接之星变成了地狱之星。罗布森记得博阿维斯塔的奥瑞克萨们，他们巨大的脸是在原岩上直接雕刻出来的，那是一种恒常的存在，向你保证生命在抵抗着月球的冷酷无情。奥萨拉、叶玛亚、桑勾、奥克萨姆、奥刚、奥克梭西、埃贝基双子、奥摩卢、因瑟、讷讷。他仍然能在天主教圣徒中找出他们的对应人物，列出他们的特质。科塔家的私人宗教没有那么多神性，也不太讲究宗教体系，更不承诺天堂或地狱。无尽的轮回，那是自然的、精神的循环，就像扎巴林循环回收被遗弃的尸体的碳、水和矿物质一样。地狱则是无意义的、残忍且不正常的。罗布森依然无法理解一个神灵为什么会想要永远地惩罚某人，因为这惩罚根本不可能带来什么益处。

"欢迎回来，"罗伯特·麦肯齐说，声音是从维持他生机的生命保障系统深处传出来的，他喉咙里的呼吸管在搏动，"现在你是我们中的一员了。"他的左肩上是他的亲随红狗，他的右边是他妻子孙玉。她的亲随是太阳家族惯用的易经卦象：噬嗑[1]。罗伯特·麦肯齐张开他的胳膊，张开那弯钩一样的手指。"我们会照看你的。"罗布森在那胳膊抱住他时转开了头，干燥的嘴唇掠过了他的脸颊。

接着是孙玉，完美的发型完美的皮肤完美的嘴唇。

然后是布赖斯·麦肯齐。

"欢迎回来，儿子。"

洪绝不会说出他到底做了什么交易，才让罗布森离开克鲁斯堡，迁到了南后城金斯考特的家族故居。但罗布森确定他付出了沉重的

---

[1]　噬嗑：《易经》第二十一卦，有刑狱、施罚之意。

代价。在南后城，罗布森可以奔跑；在南后城，他可以做他喜欢做的，维持他喜欢的友谊；在南后城，他可以忘了他永远都是个人质。

现在他再次回到了克鲁斯堡。巨型列车的熔炼镜群发出炫目的光，越来越强，直到让人什么也看不见，哪怕是观景气泡上的光致变色玻璃也遮挡不住。罗布森抬起手遮住眼睛，然后一切都变暗了。他眨掉视网膜上的残像，看到左右两边向上伸出的转向架，是它们把克鲁斯堡举到赤道一号干线的上空，成千个这样的怪物在他前方延伸出去，向离得很近的月平线下方隐去。牵引电机、电力电缆、操作平台和起重机架，还有通道竖梯。一个维修机器人急急忙忙地爬上一处支撑桁架，罗布森的视线追着它。这片天空的星辰是头顶工厂和住宿分区的灯光。

作为月球上的第三代，罗布森不懂什么是幽闭恐惧症，狭小的空间是舒适且安全的。但今天，克鲁斯堡的这些窗户、聚光灯和警示灯塔像一只巨手般压了下来，他无法甩脱自己的认知——在这些更小的灯光之上，是熔炼镜群白热的锥光和熔融金属的大坩埚。轨道车慢下来了，抓斗从克鲁斯堡的腹部降了下来。当钳夹锁定轨道车，将它推向码头时，你只会感觉到最轻微的震颤。

有人碰了碰他的肩膀，是洪。

"走吧，罗布森。"

他来了，他来了！

电车闸门一开，外面的人脸全都转向了他。只走了五步，罗布森就被盛装打扮的年轻女人们围住了：短裙和紧身裙，啦啦队裙和蓬蓬裙；光滑的袜子，尖锐的高跟，倒梳成光晕状的头发；紫红色的嘴唇，翼状延伸的眼线，直接用红色刷亮的双颊。

"嗷！"有人戳了他一下。"没错会痛。"女孩们大笑着，簇拥着罗布森往列车末端走去，年轻人都聚集在那里。温室很大——也就是麦肯齐家传说中的蕨谷，蜿蜒的小径和种植区也让它复杂到足以容纳十多个派对分支。侍者们托着 1788 鸡尾酒——麦肯齐家的标志性鸡尾酒——在蕨类穹拱下来来去去：罗布森手里突然就多了一杯酒。他把它倒入咽喉，忍住苦涩，体会着弥漫至全身的温暖。植物沙沙作响，空调风搅动着潮湿的空气。活的鸟儿挑拣着蕨叶，在苞片间隐约飞掠而过。

罗布森被二十个年轻的麦肯齐围在中间。

"我能看看那些瘀青吗？"一个穿着深红色弹性紧身裙的女孩问，她一直在往下拽裙子，而且危险的高跟鞋一直在挑战她的平衡感。

"好的，行。"罗布森脱下外套，掀起 T 恤，"这里，还有这里，深层组织创伤。"

"上面也有吗？"

罗布森从头上扯下 T 恤，他身上瞬间到处都是手了，男孩也有，女孩也有。他背部和腹部大块的黄色瘀青让他们瞪大了眼睛，它们就像是月球暗面的地图。每一次碰触都换来一个疼痛的鬼脸。一阵凉意随意地掠过他的腹部：一个女孩用粉色的润唇膏在他腹肌上画了一张笑脸。少男少女们立刻都拿出了自己的化妆品，用粉色和紫红色、白色和荧光橙色袭击了罗布森。笑声。笑声一直没有断过。

"天哪，你真是皮包骨头。"麦肯齐家一个红头发的雀斑男孩说。

"你为什么没有摔得粉碎？"

"这里痛吗？这里呢，这里呢，这里怎么样？"

罗布森畏缩了，转身躲开了戳痛他的唇膏，用胳膊抱住了脑袋。

"好了好了。"

一根电子烟的钛杆轻轻敲了敲肩膀。

"放开他。"

那些手都撤回去了。

"亲爱的，穿点衣服，我们要见一些人。"

大流士·麦肯齐只比罗布森大一岁，但孩子们都退后了。这是孙玉·麦肯齐最后一个活着的儿子。作为一个三代，他很矮，而且皮肤是暗色的，比起麦肯齐家，他的容貌更像孙家人。克鲁斯堡没人相信他是罗伯特·麦肯齐的冷冻精子的产物。但他有师长般威严的语气。

罗布森穿上T恤，救回他的外套。

罗布森一直都不理解大流士对他的喜爱——后者的兄长哈德利在克拉维斯法院竞技场上被杀死了，而罗布森和杀人者流着同样的血。但如果说他在克鲁斯堡还有一个朋友，那就是大流士。在罗布森从南后城返回此地的各种场合中——比如生日、比如洪对布赖斯无言顺从时，大流士总是能知道他到了，并在几分钟内找到他。这段关系只存在于克鲁斯堡，但罗布森很感激他的好意。他怀疑甚至连布赖斯都怕大流士·麦肯齐。

这也是罗布森憎恨克鲁斯堡的原因：恐惧。赤裸的、震颤的恐惧弥散于每一个姿势和每一个单词、每一个想法和每一个呼吸中。克鲁斯堡是一列恐惧机车。恐惧的线条前后穿梭于克鲁斯堡十公里的脊骨中，抽搐着、低语着、拖拽着这巨型列车全体成员每一个人皮肤下深埋的秘密和罪过。

"他们只是忌妒，"大流士说着，深吸了一口电子烟，一只胳膊环住罗布森的腰，"好了，来吧。我们要转几圈，每个人都想见见你。你是个名人了。那些跑酷者没有人来医疗中心看你，是真的吗？"

大流士知道自己这个问题的答案，不过罗布森还是回答了"是"。他知道为什么大流士·麦肯齐要问这个。恐惧的线条从克鲁斯堡一路奔进了南后城的老宅子。就算是跑酷的孩子们也清楚这个传说：麦肯齐家的报复是三次。

"罗布！"

罗布森痛恨这个澳大利亚化的昵称。他不认识这一小群穿着高级时装、梳着巨大发型的年轻白人女性，但她们似乎摆出了一副亲戚的样子。她们的头发真是吓人。

"西装，罗布。马尔科·卡洛塔，真有品位。袖子弄成这样就对了。听说你遭遇了一点意外。"

这几个人哈哈大笑。罗布森重新讲了他的故事，以欣赏惊呼声和夸张的表情，但大流士留意着下一个社交群体，在行礼如仪之后，引领着罗布森继续向前。

在蕨类植物叶片的华盖下，梅森·麦肯齐和一群小伙子虚握着手里的1788鸡尾酒，正在谈论手球。麦肯齐家的聊天方式就是女人一堆，男人在另一堆。梅森是若昂德丢斯美洲虎队的新主人。他从特维城全明星队手里签下了约约·奥奎耶，正朝朋友们吹嘘他在特维城是如何挖出了迭戈·夸蒂的眼睛。罗布森讨厌听到梅森谈论他的队伍。那不是梅森的队伍，永远也不会变成他的。他们也不是美洲虎队，他们永远也不会变成美洲虎——美洲虎到底是什么？他们是男孩队。那些球员，那些女孩。你可以偷走一个队伍，但你偷不走一个名字。名字是划在心脏里的。他记得帕侬把自己抱到董事包厢的栏杆上，递给他一个球。它自然地窝在他手里，比他想象得更重些。把它扔进去。光明体育场里所有的队员，所有的球迷和访客都在看着他。有一会儿他差点呜咽起来，希望爸爸能把他抱下栏杆，离开那些视线。但接着，他就高高举起那个球，用尽力气把它扔了出去。它飞向空中，远超过他以为它能达到的距离，越过下方阶梯上仰起的人脸，向那块矩形的绿色场地飞去。

"男孩队永远不会为你夺得胜利。"罗布森说。这个干扰中断了男人们的谈话，有一瞬间他们怒气勃发，但接着他们认出了从世界顶部跌落的孩子。

大流士再次挽住了罗布森的胳膊。

"好了，够了，"大流士在蕨叶的阴影间看到了更大的目标，"运动总归是很粗鲁的。"堂亲和更多远亲经过罗布森身边，恭维他的衣着、名气和生还。没有人要求看那些被唇膏弄脏的瘀青。一个现场乐队在演奏波萨诺瓦。自科塔氦气陨落后，这种乐团变得更大型了。一种全球性的音乐，吉他、原声贝斯、轻敲的鼓。

罗布森僵住了。在乐队和吧台之间聚集着邓肯·麦肯齐以及他的欧可阿纳斯塔西娅和阿波罗奈尔、麦肯齐熔炼公司的 CEO 尤里·麦肯齐、尤里的同父异母兄弟丹尼和阿德里安，还有阿德里安的欧可乔纳松·卡约德——月鹰本人。大流士轻轻拽了拽罗布森的胳膊。

"打起精神来。"

阿纳斯塔西娅和阿波罗奈尔对罗布森的冒险表现得热情洋溢。拥抱，亲吻，让他站好，这边转转再那边转转好检查伤处——他的肤色比你好，阿西娅。尤里微笑着，毫无触动。邓肯表示了不满。从世界的屋顶跌下来公然违背了家族安全条例，但他的不满无关紧要。自罗伯特·麦肯齐拿回公司的控制权后，邓肯·麦肯齐就毫无权威可言了。尤里是氦 -3 公司的 CEO，这个公司是麦肯齐金属从科塔氦气的尸体上打扫来的。丹尼是一个紧绷至抽搐的能量体，就像核聚变压力场中的氦气一样压抑。他是复仇系列中的一环：卡利尼奥斯在克拉维斯法院里杀了他的叔叔哈德利，而后，在洗劫若昂德丢斯时，他又划开了卡利尼奥斯的喉咙。抓住敌人掉落的武器，用它对付他们。

月鹰想知道罗布森的秘诀。你跌落了三千米还能爬起来走路？罗布森对他非常好奇，他之前从未见过活的月鹰：对方比罗布森想象得更高，几乎和三代月民一样高，但身材壮得像山，他的阿格巴达礼袍使他更显高大。

秘诀？大流士替舌头打结的罗布森回答，就是尽力不要撞上地面。

"合理的建议。"

这嗓音安静又文雅，音调又低又柔和，但它甚至让月鹰都缄默了。麦肯齐家的人低下了头。月鹰捧起伸过来的手，吻了吻它。

"孙夫人。"

"乔纳松。邓肯。阿德里安。"

从人们记得的时候起，太阳公司的皇太后就一直是孙夫人。没人知道孙慈溪的真实年龄——没人敢问。她的岁数甚至可能超过了罗伯特·麦肯齐。二十世纪八十年代的复古风格不适合孙夫人。她穿着一套一九三五年款的人造羊毛日常套装，裙子长度在膝下，大翻领的外套长及臀部，单扣。宽檐软呢帽。经典款永远不会过时。就算以一代月民的标准来看，她也是个小个子女人，在她的护卫队映衬下更显矮小。这些帅气的孙家男孩女孩微笑着，穿着量身定制的时髦的粉蓝色阿玛尼套装和山本耀司杀手外套。她吸引着每一双眼睛。她的每个动作都传达着心愿与意图。没有什么细节是随意的。她从容、强势、充满活力。她的双眼又黑又明亮，它们看到了一切，但什么也不泄露。

她伸出一只手，一杯鸡尾酒递进了她手里。一杯杜松子马提尼，苦艾酒略略让它的颜色朦胧了一点。

"我带了自己的酒，"孙夫人说着，浅啜了一口，杯沿上没有留下唇膏印，"没错，这行为真是极其无礼，但我就是没法喝你们称作1788的马尿。"她锐利的视线转向了罗布森。

"我听说你是那个跌下南后城最高处的男孩。我猜每个人都在告诉你，你能幸存下来真是太棒了。而我要说你是个见鬼的傻瓜，因为首先你跌下来了。如果我的哪个儿子做了一件这样的事，我就剥夺他的继承权。剥夺一两个月吧。你是个科塔，是吗？"

"罗布森·麦肯齐，千岁。"罗布森说。

"千岁。科塔家的礼仪是很不错的。你们总是很优美，你们这些巴西人。澳大利亚人可没有这种精致。照顾好自己，罗布森·科塔。你们没剩多少人了。"

罗布森攒起右手手指碰了下自己的头，这是埃利斯玛德琳教他的。他的科塔家礼节令孙夫人微笑了起来。一只胳膊环住他的肩膀，又一次疼痛的畏缩。大流士领着他向前穿过人群。

"现在他们要谈论政治了。"大流士说。

罗布森在看到罗伯特·麦肯齐之前就嗅到了他。防腐剂和抗菌剂几乎无法掩盖屎尿的味道。罗布森捕捉到了新医疗电子设备的香草油味，还有毛发油脂、凝结的汗液、十数处真菌感染，和十数处抗真菌药物更浓烈的味道。

罗伯特·麦肯齐由管线插在他的外围设备里，栖息在他花园中心的绿色的、轻响的蕨廊里。鸟儿们叽叽喳喳在植物间飞旋，时不时在视野中掠过一抹色彩。它们明亮又美丽。这是个老得超越了年龄的男人，超越了生物学的界限。他坐在一个由泵和净化器、线路和监控器，以及电源和营养输液器组成的王座上。管道和电线搏动着纠缠在一起，这个坐在它们中央的人就像个皮袋子。罗布森看着他就觉得受不了。

在罗伯特·麦肯齐身后，在王座的阴影里，是孙玉·麦肯齐。

"大流士。"

"妈妈。"

"大流士，电子烟。熄掉。"

椅子里那东西嘶哑地震动起来，那是一阵干涸的大笑。

"罗布森。"

"孙千岁。"

"我讨厌你这样称呼我，它让我听起来和我叔祖母一样。"

现在，王座里那东西说话了，如此缓慢又迟滞，罗布森一开始都没有意识到那是在对他说话。

"干得不错，罗布。"

"谢谢您，吾沃[1]。生日快乐，吾沃。"

"没什么可快乐的，孩子。还有，你是个麦肯齐，该讲他妈的标准英语。"

"抱歉，爷爷。"

"但这把戏的确不错，掉下来三千米还能爬起来。我一直都知道你是我们的一分子。你从中搞到了点什么吗？"

"搞到？"

"屎，屌，或者两者都不是。随便你喜欢哪种。"

"我才……"

"你永远不会太小的。永远都要从中获利，这是麦肯齐家的方式。"

"爷爷，我能有个请求吗？"

"今天是我生日，按理我要慷慨大度。你想要什么？"

"跑酷者——自由跑者。你不会找他们吧？"

罗伯特·麦肯齐真心诚意地吃了一惊。

"我为什么要找他们？"

"因为他们当时在那里，一个麦肯齐可能会在那时死去。要报复三次，这是麦肯齐家的方式。"

"这没错，罗布，这没错。我对你的运动员伙伴们没有兴趣。不过如果你希望正式一点，那我要说，我不会碰任何一个自由跑者。红狗，为此做证。"

罗伯特·麦肯齐在澳大利亚西部的一个城镇积累了他的财富，他的亲随就是以这个城镇命名的。它的皮肤曾是一条狗的外形，但经过数十年的迭代，现在已经像它的主人一样改变了，现在它呈现

---

[1] 吾沃（Vo）：葡萄牙语中称祖父为 vovô，此处应为曾祖父之意。

为一些三角形组成的图案：耳朵、象征吻部的几何图形、脖子、狠厉的眼睛——组成一个抽象的狗头。红狗标识了罗伯特·麦肯齐的话，将它们传给罗布森的亲随大鬼。

"谢谢您，爷爷。"

"别把话说得好像你要吐了似的，罗布。现在，给你爷爷一个生日亲吻。"

当罗布森的嘴唇掠过那粗糙的、像纸一样薄脆的双颊时，他知道罗伯特·麦肯齐看到他闭上了双眼。

"哦对了，罗布。布赖斯想见你。"

罗布森的胃都抽紧了，肌肉痛苦地绷着，他的胃像是要向虚空打开一样。他转头向大流士寻求帮助。

"大流士，给你母亲五分钟，"孙玉说，"我这些天几乎都没看见你。"

我会找到你的。大流士向大鬼发信。有一瞬间，罗布森想着是否要躲在蕨谷迷宫般的小路和灌木丛中，但布赖斯已经预料到这个了：大鬼在罗布森的视镜中标出了一条道路，穿过了那些短裙、垫肩套装和巨大的发型。

布赖斯正在和一个罗布森不认识的女人聊天，但从她的身高、她对月球重力的不适应，以及服装的剪裁来看，她应该来自地球。从她自然流露的自信和强势气场来看，他认定她来自中华人民共和国。那个女人告罪离开了。布赖斯朝她鞠了个躬。对于一个大块头、一个体积庞大的男人而言，他的动作很轻巧，可谓优雅。

"你想见我？"

布赖斯·麦肯齐有八个养子。最大的是三十三岁的拜伦，他在财务部，在布赖斯的庇佑之下。最小的是伊利亚，十岁，在史瓦西德的一次栖地泄露后成了孤儿。他在一个避难棺材盒里撑过了八小时，上面堆满了尸体和岩石。罗布森能理解那种感觉。难民、贫困儿童、弃儿、孤儿，全都被扫进了布赖斯·麦肯齐的家庭。塔德奥·麦肯齐甚至结婚了，对方也是一个女人，但罗布森感觉得到那种相同的力线，在克鲁斯堡被太阳漂白的骨架中游走的那种力线，同样被缝在了每个养子的皮肤里。只要扯一下，所有人都会被拉到一起。

"罗布森。"

全名。脸颊凑过来了。孝顺的亲吻。

"你知道，我对你非常非常生气。我可能要花很久时间才能原谅你。"

"我没事。只是一点瘀青。"

布赖斯上下打量他。罗布森觉得那视线剥开了他的衣服。

"是的，男孩子们是格外柔韧的生物。他们能承受让人难以置信的伤害。"

"我错过了一次抓握，犯了一次错误。"

"是的，所以体育锻炼非常重要，但是罗布森，说真的，洪是有责任的，我把你委托给他照顾。不，我没法再次承担这种风险，你在克鲁斯堡会更安全。"

罗布森觉得自己的心脏可能停摆了。

"我给你带了个礼物。"罗布森能听出布赖斯语气里的兴奋，恐惧和嫌恶让他差点吐出来。

"我的生日要到天秤宫那个月。"罗布森说。

"它不是你的生日礼物。罗布森，这是米夏埃拉。"

她中断了自己正在参与的谈话，转过身来，这是个肌肉紧实、矮个子的白人月芽。她在月球上待的这一段时间里，已经学会了麦肯齐家的礼节：简略地点头。

"她是你的私人教练，罗布森。"

"我不想要私人教练。"

"我想要。你需要加强肌肉,我喜欢我的男孩子们身上有肌肉。你明天开始训练。"

布赖斯突然停止了,他抬起了头。罗布森也看到它了,光线角度变了。

光线从来不动,那是克鲁斯堡的力量:坚定不移的正午日光聚焦在头顶的熔炉里。

现在光线移动了,而且是正在移动。

"罗布森,如果你还想活的话就跟我来。"

轻巧的布赖斯同样也是迅速的。他抓住罗布森的胳膊,几乎是在飞翔,那是高飞的月式跳跃。警报声正在响起,每个视镜中都充斥着紧急报警信号。全体疏散。全体疏散。

日光映到了邓肯·麦肯齐的脸上,他抬起了头。蕨谷里的每个麦肯齐都向上望去,叶片突如其来的暗影在这些脸上印上了斑纹。孙夫人扬起了一边眉毛。

"邓肯?"

在她说话时,邓肯·麦肯齐的亲随埃斯佩兰斯在他耳边轻声说出了他恐惧了一辈子的那个单词。

铁陨。

麦肯齐金属公司的天启神话:某天,熔炉中无数吨熔化的稀土金属会倾盆而下。克鲁斯堡中的每个人都知道这个词,没有人相信过这种可能。

"孙夫人,我们必须疏散……"邓肯·麦肯齐说道,但太阳公司皇太后的随从们已经围住了她,毫不犹豫地挤过受惊的派对常客们。他们把乔纳松·卡约德挤开了,月鹰的护卫化成了一个紧密的方阵,手都握上了刀鞘。

"别管那个，带我们出去！"阿德里安·麦肯齐喊道。跑向第二节车厢闸门的人流已经开始形成一场踩踏。他在尖叫声中喊道："不是那边，你们这些白痴！去空投舱！"

"阿德里安，发生了什么？"月鹰问。

"我不知道。"阿德里安·麦肯齐回答着，蜷缩在保镖圈的庇护中，月鹰的护卫们拔出了刀子，一路把惶惑又迷茫的派对客人们推开，"不是减压事故。"接着他的眼睛瞪大了，因为他的亲随也对他悄声说了相同的词：铁陨。

"麦肯齐先生，"邓肯·麦肯齐的刀锋队长是个矮个子的坦桑尼亚人，有着月芽的肌肉，"镜群失控了。"

"多少？"

"全部。"

"什么？"

"先生，再过一分钟，温度就会达到2000开尔文[1]。"

蕨叶间的光线又明亮又炙热，就像新锻出的刀。蕨类丛林里的每一只鸟、每一只昆虫都已悄无声息。空气灼烧着邓肯的鼻孔。

"我父亲。"

"先生，我的任务是保护你。"

"我父亲呢？我父亲在哪儿？"

布赖斯·麦肯齐的手像钢铁一样，他巨大的轮廓里是成束的肌肉。他把派对男孩们和派对女孩们甩到一边——妆容花了，鞋跟断了——他拖着罗布森直奔向那圈闪烁的绿灯，它们标志着空投舱的位置。

---

[1] 开尔文（Kelvin）：1开相当于1摄氏度，但以绝对零度为计算起点，摄氏零度 = 273.15开。

"怎么了，发生了什么？"罗布森问。在他周围有很多声音在问相同的问题，当不确定变成恐惧，又变成恐慌时，喧闹声越来越大。

"铁陨，孩子。"

"但那不可能，我是说……"

光线变强了，阴影变短了。

"它当然不可能，这不是一次意外，我们正遭受攻击。"

洪，大鬼悄声说着，他的脸出现在罗布森的视镜上。

"罗布森，你在哪儿？你没事吗？"

"我和布赖斯在一起。"罗布森喊道。现在那些声音变得很恐怖了，有很多手在撕扯他，想把他从布赖斯旁边扯开，扯掉他在空投舱的位置。布赖斯·麦肯齐用力拖着这男孩穿过那些抓挠的手和伸来的胳膊。"你还好吗？"

"我要离线了，我要离线了。罗布森，我会找到你的。我发誓。我会找到你的。"洪的脸炸成了一大片像素。网络崩溃了，大鬼宣布。蕨谷中充斥着一片简短又可怕的静默。每个亲随都消失了。每个人都断线了。每个人都成了独自一人，抵御着所有其他人。接着真正的尖叫声开始了。

"布赖斯！"罗布森嚷着，在布赖斯手中往回拽着，就像在试图移动月球本身。

一队断后的刀卫在保卫闸门，两列纵队，全都抽出了刀。

"布赖斯，大流士在哪儿？"

刀卫分开让布赖斯和罗布森通过，然后把蜂拥而来的恐慌的派对客人们推回去。闸门开着，那一圈绿色的灯光在搏动。

"布赖斯！"罗布森试图把手指抽出来。布赖斯停住了，他转过身，两只眼睛都因为震惊而鼓了出来。

"愚蠢的，不知感恩的小屁孩。"

这个耳光打晕了罗布森。他的下巴发出了脆响，满眼都炸开了星星。他觉得血从鼻腔里涌了出来，身上的每处瘀青都在尖叫。罗布森蹒跚着，然后有一双手揪住他的外套，把他拖过了闸门，拖进了胶囊舱。

"快走快走。"布赖斯喊叫着。罗布森被打得晕头转向，跌在了铺有垫子的长凳上。六个刀卫摔进了舱室，接着门像剪刀一样合上了。

舱室将在 10 秒后投放，AI 说道。布赖斯在罗布森旁边扣上了安全带，把他挤到了一个大块头乌克兰刀卫身上。9。

"罗布，罗比，罗布森。"

罗布森试图把自己的视野甩得清晰一些。大流士就扣在他正对面的安全带里，他的眼睛睁得很大，他的脸在恐惧中变得苍白。他的一只手紧握着他的电子烟。

"大流士。"

2，1。发射。

底舱弹出了这个世界。

内闸密封了，外闸打开了。孙玉端庄地坐进空投舱。罗伯特·麦肯齐的生命支持设备在狭小的闸门内移动着。内闸门像节日的大鼓般被敲响：拳头拳头拳头。麦肯齐家的工程是为月球设计的：人类的手对它无能为力，无论有多少双手，无论有多么不顾一切。几秒钟后，镜群将全部聚焦于蕨谷，聚焦于克鲁斯堡上千车厢中的每一个车厢。一万两千面镜子，一万两千个太阳。麦肯齐家的工程无法抵御一万两千个太阳的光线。

然后门上的锤打就会停止。

离铁陨还有 50 秒，孙玉的亲随提醒她。网络已经崩溃了，但罗伯特·麦肯齐的红狗也会告知他同样的消息。"玉，帮帮我，女人。我没法让这该死的东西动起来。"

孙玉·麦肯齐安稳地靠在空投舱的软垫长椅上。

"玉。"这是个命令，而不是请求。

孙玉·麦肯齐扣上了安全带。在闸里，罗伯特·麦肯齐以其贫弱的全部力气又扯又挪，就好像他能用自己那麻雀般的体重移动整个巨大的生命支持王座一样。

"为什么这东西他妈的不会动？"

"因为我不想让它动，罗伯特。"

当闸门松开，空投舱落下去时，邓肯·麦肯齐紧张得胃都在抽搐。乔纳松·卡约德坐在这一圈座位的对面，眼睛直盯着他。月鹰的脸因为恐惧而变成了灰色，他的手指紧紧地掐着自己的欧可。他的保镖没有一个能和他一起冲进舱来。有那么几秒钟，舱室沿着缆绳自由地坠落，接着制动器启动了。突如其来的减速从月鹰的嘴里摇出了一声恐惧的呜咽。舱室轻软地着陆，稳稳地立在了自己的轮子上。爆炸螺栓分离着线路，每一个都制造出一点小小的震动。引擎呜呜地响起来，小舱加速离开了正在死去的克鲁斯堡。这列巨型列车变成了一道沿月平线弯曲的炫目光线：如一颗新星的日出。

"我父亲安全吗？"邓肯·麦肯齐质问道，"他安全吗？"

椅子并不移动。当罗伯特·麦肯齐期望生命支持系统服从他的命令时，他的残躯摇撼着。他的眼睛、储存着他那最后一点可怕的意志力的下颌肌肉、他喉咙的血管、他的手腕、他的太阳穴全都绷紧了，暴突出来。但王座并不理会他。

"我们黑掉了你的生命支持系统，罗伯特，"孙玉说，"那是很久前的事了。反正我们迟早都要把你关掉的。"空投舱震动着，像其他落出逃逸闸的舱室一样轻柔地震颤。"镜群的事不是我们干的，但我如果不抓住这个机会，我还能算孙家的人吗？"

黏稠的口水成串流下罗伯特·麦肯齐的嘴角，他抬起手来，伸向接入颈部的管线。

"你不能断开它，罗伯特。你和它融为一体太久了。现在我要关闭闸门了。"

孙玉的每一次呼吸都是灼热的。克鲁斯堡的空气温度是 460 开尔文，噬嗑说。

闸门上的锤打已经停止了。

"我不是。想。断开它。"罗伯特·麦肯齐说。他爪子般的手指在自己的衣领上抽动。一切都发生得很快：孙玉瘫进了她的软垫长椅，因为一个嗡嗡作响的小东西射到了她身上。她抬起一只手，伸向颈部突如其来的刺痛点，然后她的手掉了下去。她的脸松弛了，她的眼睛和嘴都张开了。AKA 的神经毒素既迅捷又可靠。孙玉在椅子里软了下去，但安全带把她固定在了正坐的姿势上。刺杀蝇在她的脖子上嗡嗡响着。

"你就不该等这么久才关闸门，荡妇，"罗伯特·麦肯齐嘶声说，"永远都不要信任该死的孙家。"接着，他嘶哑的蔑视变成了可怕的尖叫声，镜群将所有的焦点对准了他，点燃了这个老人，蕨谷中的每个人和每件东西都变成了火焰。钛、铁、铝、建筑塑料全都变软了，融化了，在高温中滴落下来。接着，当克鲁斯堡爆裂减压时，它们全都向上向外喷射了出去，化成了一片熔融金属的喷雾。

从南后城顶部跌落时，罗布森·麦肯齐很害怕。他一生中从未这么害怕过。他想象不出还有更大的恐惧。而现在就是更大的恐惧。当克鲁斯堡在上方熔化时，他被恐惧束缚着。在那场极限坠落中，生和死取决于他的选择和技巧。而在这里，他是无助的。在这里，他无论做什么都没办法救自己。

罗布森在安全带里猛地向前一冲，他的内脏东倒西歪。一会儿的自由坠落后，舱室重重地着陆了。它在移动，试图移出安全的距离，但是罗布森不知道它要去哪里，走得多快，又有多及时。有什么东西在他的左侧拍打，然后是右侧。起伏颠簸，左摇右晃。嘎吱声，爆裂声，呜呜声。罗布森不知道自己在哪里，发生了什么。噪声和撞击。他想看到外面，他要看到外面。但罗布森能看到的只有环绕着他的脸，他们窥视着彼此，但绝不让人捕捉到自己的视线，因为那样你就会恐惧得吐出来。

舱室停了下来。外面有一种又长又低的刺耳的噪声。舱室又移动了，非常慢。

罗布森觉得自己又置身于博阿维斯塔了，在那最终时刻。当动力停止，灯光熄灭，在避难所绿色的紧急生物灯下，除了彼此相望的脸，再也看不见其他东西。噪声。罗布森记得爆炸的噼啪声，记得每个人在每一次冲击波中如何闭上双眼，害怕下一次冲击会击碎避难所，就像摔碎一个掉落的茶杯一样。一次巨大的爆炸，然后有一种奔涌的可怕噪音，好像世界从正中裂开了，避难所摇撼着，在它的震动弹簧上移动着，每个人都害怕得叫不出来，那强力的冲刷声渐渐归于寂静，罗布森就此明白，博阿维斯塔已经暴露于真空中了。他也就此明白，他父亲死了。

我们是安全的。埃利斯玛德琳一直牢牢地把露娜裹在怀里，一遍又一遍地对她说。你是安全的。避难所不会爆炸。罗布森想，他们爆破了博阿维斯塔，但并没有说出来，因为他知道只要一星火花就能在拥挤的避难所里点燃恐惧的火焰，一瞬间耗尽所有的氧气。

避难所不会爆炸。空投舱能让一切生还。

当闪烁的光柱在黑暗中起伏时，他不知道来的是救星还是杀手。

罗布森猛地拍开横过胸前的安全带锁扣，拖着身体来到观察窗口。

他不能死在一个钢铁气泡里，他必须看到，他要看到。

克鲁斯堡正在缓慢的爆炸中死亡，一列熔化的光芒。列车最远端还在月平线下，但罗布森能看到金属熔化时白热的泪珠，每一滴都有空投舱这么大，抛到数千米的高空，旋转着、翻滚着、分离着。镜群仍然在追踪，仍然在移动，将它们2000开尔文的刀锋劈向支撑柱和转向架。被破坏的反应罐倾颓了。桁架弯曲了，转化器扭曲着溢出了。铁隙。稀土溢出来奔流着。在铈和镨的洪水里，镧的浮冰发着光，发光的铷围成长长的圈。滤气器爆开了，复杂又美丽的机械爆炸。风暴洋上的熔化金属之雨。

现在，镜群本身在倾颓了，它们的支持物已损坏无疑。它们一个接一个扭转着坍塌了，将它们的光剑挥过天空，挥过月海，玻璃熔化的弧光飞出了风暴洋的尘埃。罗布森看到一个空投舱完蛋了，被一面熔镜致命又在劫难逃的聚焦光切开了，又一个。克鲁斯堡的一万两千个镜子一个又一个地倒下了。随着它们的陨落，黑暗降临。现在唯一的光线就是熔化金属的光芒和逃逸舱室的紧急信号灯。

罗布森发现自己在哭。大滴的，无助的眼泪。他的胸膛起伏着，他的呼吸颤抖着。这是悲痛。他恨克鲁斯堡，恨它诡计多端的、隐秘又破坏性的恐惧，恨它的政治，恨他在那里遇见的每个人都像要计划将他圈作宠物的感觉。但它是个家。不是博阿维斯塔的那种家的感觉，不会有什么再给他那种家的感觉了，他永远也无法回去了。但克鲁斯堡还是个家，而现在它失去了，死了，就像失去的博阿维斯塔一样。死了，被杀了。他曾有过两个家，而两个家都被杀死了。它们的共性因子是什么？罗布森·若昂·巴普蒂斯塔·博阿·维斯塔·科塔。他一定是有什么问题。他是个不能有家的孩子。他总是被剥夺。比如帕今乎，比如妈侬，比如洪。他的帕侬让他去南后城，去克鲁斯堡，哈德利曾想让他在那里成为一名刀卫。等他回到博阿维斯塔，帕今乎用手球攻击他，用的力道足以让他受伤，足以让他瘀青，足以让他恨。一切。总是。被夺走。

铁雨终止了。空投舱全速穿过泼溅着金属的月海，穿过撒遍风暴洋的矿业基座、栖地，以及正在配位的避难中心。镜群在自己最后塌落的位置瞪着燃烧的眼睛。克鲁斯堡的毁灭是如此明亮，在地球上也能看见。天空闪耀着移动的星群，那是闪烁的灯光，罗布森知道它们是操作中的推进器。VTO 出动了月球上的每一艘搜索舰和援救舰。没有必要搜索，没有什么需要援救。要么活着，要么月球将杀了你。

罗布森发现他手里有个东西。方边，圆角，有一定的厚度和重量。他向下瞥了一眼。是他的牌，是洪给他的一副牌，那时候他们还是欧可，而他一直带着它。他开始切牌，缓慢又慎重。当他的手指在摆弄它们时，有一种安抚又确定的感觉。这是他能掌控的东西。卡牌，他能控制。

第二章　处女宫—天秤宫 2105

　　每个房间和每条通道，每条走廊和每个闸门里都有躯体。坐着的，蹲着的，躺着的，盘着腿的，垂着头的，彼此倚靠。穿着派对的礼服：香奈尔、杜嘉班纳、菲奥鲁奇、韦斯特伍德。他们少言寡语，文风不动，就这样等待着。节约着呼吸。兰斯伯格的房间、通道、走廊、闸门里弥漫着幸存者同调的轻浅的呼吸。每隔几分钟就有一个闸门打开，更多身着盛装的避难者走进来，深吸一口这潮湿的、气味混杂的、被重复呼吸过的空气。接着他们的栖箔会切入应急响应状态，将呼吸反射调低到轻柔的程度。他们一边呼哧呼哧地试图喘气，一边在成团成堆的幸存者之间找到位置坐下来，等着。

　　兰斯伯格是 VTO 赤道一号线中心的风暴洋主干线维修基地，这个防御堡垒是在兰斯伯格陨石坑下面挖出来的，机器人、服务交通工具和轨道工作队两月一次在此轮班。它的环境设备是为紧急状态下生存五十人设计的，但此刻已经有二十倍于此的人填进了它阴湿的腔室。铁陨发生八个小时后，空投舱仍在凭借储备能源爬进闸门，吐出缺氧、脱水、恐惧的幸存者。兰斯伯格工程师一直在打印二氧化碳涤洗设备，但是现在水循环系统正在失灵。厕所几个小时前就已经崩溃了。也没有食物。

大流士·麦肯齐挫败地发出嘘声，把纸牌往走廊上扬了出去。我搞不定，他通过自己的亲随阿德莱德说。罗布森把纸牌收集回来，叠好，再次缓慢地给大流士展示动作。用拇指轻拂，将牌滑入手掌的天海藏牌 [1]。他亮出自己的手，张开手指。看见了吗？这个戏法的精髓在于手和牌的相对角度，这角度让观众看不到任何一张牌。这是一种比较难的手法，他在一个摄像机前练习了一个又一个小时。机体记忆是迟钝的，学习速度很慢，只有重复的排练能使人掌握住动作、流畅性，以及肌肉纤维运动的时机。手上戏法是最难排练的表演艺术。在勇于面对一个观众之前，魔术师会将一个动作练习一万次。

布赖斯在简单查看了一下罗布森的健康状态后，就征用了一艘VTO月面飞船去了南后城。克鲁斯堡崩塌了，麦肯齐金属公司必须撑住。那是五个小时之前的事了。第一个小时，罗布森和大流士支撑着彼此，恐怖的毁灭令他们发蒙。接着罗布森尝试着连网，惨烈的信息扑面而来。数字，名字。有他认识的名字，那些名字曾笑着，和他聊天，无辜地戳他的瘀青，用唇膏在他的肋骨上描绘她们的名字，那些名字有着巨大的发型，穿着派对的盛装。八十人死亡，数百人失踪。他坐在那里，费劲地在浅浅的胸腔中呼吸，无法理解自己听到的消息。他听了三个小时的新闻报道。然后拿出了纸牌。

我想教你怎么往手掌里藏一张牌，他轻声说，掌中戏法就如魔术的核心。它就在那里，但它被藏起来了，就在每个人的面前。无论何时，只要我想，我就能把它变回来。

他向大流士展示古典藏法、汉加德藏法和天海藏法。在这期间，

---

[1] 天海藏牌（Tenkai palm）：纸牌魔术的手法之一，下文古典藏法、汉加德藏法亦同。

新的避难者在两人伸长的腿间找着落脚点，VTO的供水和医疗小队沿着走廊来来去去。

你再试一次。

大流士拿过牌，用拇指和食指举起最上方的牌，做出抛摇的假动作，折拢手指，将牌卡进拇指的指尖和指跟间。有什么东西吸引了他的视线：他从未完成过这个戏法。牌从他手中掉了下去。罗布森斜眼望进那潮湿混浊的雾气中。孙夫人和她的随从正小心翼翼地跨过地上的避难者。她在一个面罩后面自由且大口地呼吸，保镖之一拿着她的氧气罐。她从嘴上拿下了面罩。

"大流士，站起来站起来。"

她摆着手指：起来。大流士摇摇晃晃地站了起来。一个保镖走到旁边撑住了他，他们似乎并不受减弱的呼吸影响。孙夫人拥抱了大流士。当她细瘦的胳膊，她骨节分明的长手指环住他的朋友时，罗布森咬紧了牙关。

"哦，我亲爱的孩子，我亲爱亲爱的孩子。我真是太抱歉了。"

"妈妈……"大流士说。孙夫人用一根长长的食指抵住了他的嘴唇。

"别说话。"她把呼吸面罩压到自己脸上，然后又压到大流士脸上，"有一辆轨道车在等着，你在恒光殿会很安全的。"

那些帅气的男孩和女孩拱卫着大流士，他回头看向罗布森，孙夫人也终于注意到了后者。

"科塔先生，看到你平安我很高兴。"

罗布森攒起手指，以家族的致敬方式点下了头。孙夫人笑了。罗布森以一位魔术师的迅捷手法递了半副牌给大流士，大流士将它们塞进了外套。保镖们已经在推着他走下走廊了，在那些偷听到"轨道车"字眼后推来挤去的麦肯齐中清出了道路。大流士最后回头望了一眼，然后孙夫人的随从们簇拥着他穿过了闸门，走进了车站通道。

我再也见不到你了，是不是？罗布森轻声说。

兰斯伯格中的躯体慢慢地变少了，罗布森的肺扩张开来，一点点地加深呼吸。列车进站通知响了，人们起身离开。VTO的员工问，您上车吗？不上，在等。您在等谁？

现在罗布森是走廊里唯一一个人了，但他还是待在那里，因为它是来去车站的必经道路。他一定会从这边走。最后，他睡着了，因为等待是一种迟滞又让人难受的渴望，就像是灵魂在耳鸣。

有人敲了敲他的鞋底，又敲了敲。

"嘿。"

洪正蹲在他面前。真正的，真实的洪。

"哦天哪老天啊……"罗布森扑向了他。他们摊开手脚横躺在空旷的走廊上，"你去了哪里？你都在哪里？"

"有一列车，我乘着它去了子午城。花了很久时间才等到一列出发到兰斯伯格的车。很久。"洪紧紧地拥抱罗布森，释放着足以让关节错位的感情。新的瘀青叠加在旧的上面。

"我吓得要命，"罗布森在洪的耳边轻声说，"每个人……"言语不足以表达。

"来吧，"洪说，"让我们把你打理干净。你上次吃东西是什么时候？"

当言语不够用时，食物可以满足你。

老女人应该坐在阳光里。桌边的每一个座位都被一束阳光自上而下照亮，光线里浮动着微尘。古老的游戏，不过值得玩味：由这光斑回溯至一面镜子，再穿过镜子到下一面镜子，接着是沙克尔顿盆地永恒阴影中上百个太阳般明亮的镜点，再到恒光阁那高高的、燃烧的灯塔。从永恒的黑暗到永恒的光芒。对这些镜子的恭维不过是博取知情者们一笑的套话，但是当镜群在黑暗中移动，捕捉光线并燃烧时，她依然感觉到了一种古老的敬畏。

当镜群移动时，太阳公司董事会正在开会。

"孙夫人？"

十二张脸转向了她，每一张都被自己专属的阳光照亮。

"我们拆散了他们。"

你们以为我没在听，你们以为我是个傻兮兮的老夫人，只出于对我年纪的尊重才允许我坐在这光里，你们以为这个被温暖阳光照在脸上的人是个衰老的女人。

"您说什么，叔祖母？"孙立秋问。

"那对兄弟一直彼此憎恨，让他们共处一地的是公司，是他们的父亲。但罗伯特死了，克鲁斯堡成了风暴洋上一池子熔化的金属。我们有一个完美的机会，可以为太阳能环区截取他们的生意。"

"布赖斯已经就麦肯齐熔炼公司的 L5 储备展开谈判了。"太阳公司的营运孙建英道。强烈的下照光为每张脸投出又深又硬的阴影。

"哦，我们不能让这事发生，"孙夫人说，"我们需要一些能压倒布赖斯的优势。"

"负债的人都会比较有礼貌。"塔姆辛·孙说。她是太阳公司法律部的部长，孙夫人非常欣赏，也非常不信任她那野心勃勃的智慧。

"任何布置都将保密，"孙立维说，"没有什么事会关联到我们。"

"但每个人都会猜。"阿曼达·孙说。比起其他董事会成员，她身上的光线尤其凌厉。她眼睛里、颧骨下的阴影都在说：杀手。你做得不错，孙夫人想，而我不相信你。你没有足以杀死卢卡斯·科塔的才能和素质。不，不，小杀手，你真正想要其死的，一直想要其死的，是我。你从不曾原谅我用残忍的尼卡哈把你束缚在卢卡斯·科塔身边。

"由他们猜。"孙夫人说。

现在所有的头都转向了孙志远——太阳公司的首席。

"我同意祖母的话，我们要分而治之，各个击破。就像我们对麦肯齐和科塔家做的那样。"

科塔家很有才华。孙夫人很遗憾要为了一些粗俗如利润之类的东西摧毁他们。

阿蓓纳·马阿努·阿萨莫阿不接他的语音电话，不接消息，不在任何社交论坛里和他交流，不承认卢卡西尼奥·科塔与她存在于同一个宇宙中。他联系朋友，以及朋友的朋友。他询问家人。他用有香味的手工纸写手写信递到她的公寓。他雇他侄女写的信，卢卡西尼奥·科塔不会手写。他表达歉意，装可爱，卖萌，发颜文字。他送花，送有香味的蝴蝶。他变得多愁善感，变得可怜兮兮，他把头发梳下来盖住眼睛，略微嘟起丰满的唇——他知道别人无法抵抗他这个表情。他很生气。

最后他绕道去了她的公寓。

在月球的所有城市里，特维城是最令人迷惑的：结构建筑最少，有机物最多，最无秩序。它的源头是一簇深陷于马斯基林陨石坑的农业隧井，经年累月向外伸出通道、电力线和管道，它们穿过岩石，彼此耦合、联结、吹出泡状的栖地，向着上方的太阳催生出大大小小的新农业井。它是一个幽闭的廊道之城，开口处尽是向上高耸的筒井，镜子将阳光传递给错落起伏、层层叠叠的农作物，使整个城市闪耀着光辉。镜子将散布的光柱传进特维城迷宫的深处，它们在某一天的固定时刻照在墙上，照进公寓，照入楼梯井。在漫长的月夜里，LED阵列的洋红色光线从管状农场漏进隧道和步道组成的迷宫。卢卡西尼奥喜欢这种脏兮兮的、性感的粉红色，它让每一条横的竖的通道都变成性感区。

公共空间很少，而且挤满了货亭、小吃摊、打印店和酒吧。特维城的通道和街道对摩托来说太窄了，能量滑板和踏板车让它们变得很危险。每个人都响着他们的蜂鸣器，摇着他们的铃，叫嚷着。特维城是一片杂音、一道彩虹、一场盛宴。涂鸦、格言、阿丁克拉、《圣经》诗篇装饰着每一处立面。卢卡西尼奥爱特维城的喧闹，爱它的目的明确——只要故意转错一个弯，他就能遇见新的场所和新的面孔。在所有的一切里，他最爱气味。潮湿的、霉味的、生长与腐烂的、幽深污水的味道。鱼，塑料。被极其强烈的光照穿透的空气的独特味道。花香与果香。

在卢卡西尼奥·科塔来到特维城的十八个月里，他一直是个流亡的王子，享受着阿萨莫阿家的保护和偏爱。卢卡西尼奥热爱特维城。但今天，特维城并不爱卢卡西尼奥。朋友们撇开了头，拒绝眼神接触，在他靠近时便四散走开，消失在人群中，掷出他们的能量滑板，换个方向滑走了。

所以每个人都知道了阿得拉亚·奥拉德莱的事。

阿蓓纳的研讨会公寓在塞康第栖地的第二十层，这个半公里深的圆筒状居住区环绕着一个垂直的果园，园子里种着杏子、石榴和无花果。玻璃屋顶下有一组镜子将长长的光柱向下送入枝叶之间。阿蓓纳在加入克瓦米·恩克鲁玛研讨会后就搬到了这里。它是特维城最核心的政治科学研讨会，但卢卡西尼奥更喜欢她过去的公寓，那里更私密，人也更少。那些偶然碰见的人也不会总是评判他在某些意识形态、特权或政治方面的不足。

他在老地方的性生活要比现在多多了。

门没有回应我，他的亲随靳纪说。卢卡西尼奥在自己的视镜里检查形象，用手梳理自己的头发，调整黑衬衫上的白色领结。他所有的金属钉都扎在正确的部位。她喜欢它们。他用指关节轻轻敲了敲门。

里面有声音。他们知道走廊里站的是谁。

他又敲了敲门。再敲一敲。

"阿蓓纳！"

再敲。

"阿蓓纳，我知道你在。"

"阿蓓纳……"

"阿蓓纳，和我说话。"

"阿蓓纳，我只想聊一聊。只是这样。就聊一聊。"

现在他靠在门上，脸压在木头上，用右手中指的指关节轻轻敲着门。

"阿蓓纳……"

门打开了，只够露出一双眼睛，不是阿蓓纳的。

"卢卡斯，她不想和你说话。"阿菲是研讨会同学里最少嗤笑卢卡西尼奥的人。这算是一个进展，卢卡西尼奥想。

"我很抱歉，真的。我只是想让一切回到正轨。"

"哦，你也许应该在干阿得拉亚·奥拉德莱之前就这么想。"

"我没有干阿得拉亚·奥拉德莱。"

"哦？你在三个小时里高潮了五次。那算什么？"

"那是性高潮控制。你应该知道他在这方面棒得让人疯狂。"

"所以性高潮控制不是做爱。"

为什么他觉得阿菲是在帮阿蓓纳传话？

"潮控不是做爱，潮控只是潮控。就是手活。它不像做爱那么私密。"

"阿得的手放在你的下身三个小时不算私密？"

卢卡西尼奥得承认，阿得拉亚·奥拉德莱有一双天使之手。三个小时，五次性高潮。

"那就是……在玩。男人的游戏。"

"男人的游戏，不错。"

卢卡西尼奥赢不了，只能在离开前将损失尽量降到最低。

"这并不像是我……"

"不像你什么？"

"爱他，或之类的什么。"

"而你爱我，和她，还有她。"

"我不爱阿得拉亚·奥拉德莱。"

公寓里传来一声呜咽。阿菲转头看了看。

"卢卡斯，你还是走吧。"

"我会走的。"

当卢卡西尼奥瞪着关上的门时，靳纪说：我应该指导你的。

"你是个 AI，"卢卡西尼奥说，"你对女孩们知道什么？"

显然，知道得比你多。亲随说。

但卢卡西尼奥有一个计划，一个杰出的、完美无瑕的、浪漫的计划。当他冲上第十二层的交通隧道时，他在全速奔跑。阿玛尼外套的两襟在翻飞。靳纪付了租金，租到的能量滑板在第八个交叉路口等着他，然后他们向下冲去。卢卡西尼奥蜷着身子，张开双臂保持平衡，裤褶在他自己形成的气流中拍打。滑板舞动着穿过人流和车流。他停在了露西卡婶婶的公寓外面，收拢胳膊，看上去冷静淡定、衣冠楚楚。

当厨房空间展开时，他是赤裸的。

"露娜，我们去拿冰果子露。"埃利斯玛德琳说。露西卡反对卢卡西尼奥热情地赤裸身体，但她现在少有时间在家：她被任命为金凳子的新奥马和纳，要长驻子午城。露娜已经非常习惯她堂兄的裸体了，她和她的玛德琳出去完全是因为卢卡西尼奥正在厨房里。厨房里的他是一个演艺名伶。

卢卡西尼奥光着脚走到流理台前。他有食谱，他有原料，他还有天分。他深吸了一口气，用双手摩擦他结实的腹肌、他紧实得不可思议的屁股的凹面，还有他低腰处包裹脊柱的紧绷肌肉。你会爱死的，阿蓓纳·马阿努·阿萨莫阿。他屈伸着自己的肱二头肌，按响指关节。将面粉倒进塑料筛子，让它如雪一般缓缓飘进料理碗中。神奇之物。卢卡西尼奥了解它的昂贵与珍稀。这是一项爱的工作，是超越手工艺的一种艺术。他把手沉入碗中，面粉丝滑的流动让他快乐。它几乎是液状的，绕着他的手指打着漩涡。他捧起它，看着它落下去，一滴滴、一团团掉出粉末聚集的云朵。

卢卡西尼奥把一根食指蘸进还在沉降的面粉中，沿着两边脸颊各画一条线。在前额正中竖着画一条。每边乳头上轻拍一点面粉。最后一个白圈画在他生殖轮 [1] 的褐色皮肤上。创造力、性、热情、欲望。交互、关联、性记忆。他准备好了。

"开始烘焙吧。"

他用奶油装点她。涂一点在咽喉上，两边乳头各一点，腹部，肚脐。在蛋糕残骸和她的双腿之间，她截停了他涂满奶油的手指。

"你要涂我的脉轮吗？"阿蓓纳·马阿努·阿萨莫阿问。卢卡西尼奥向前倾，将一抹奶油涂在了她的下身。

这凉意和大胆令阿蓓纳倒吸了一口气。她抓住卢卡西尼奥的手，吮掉了他手指上剩下的奶油。

"现在我要吃什么？"卢卡西尼奥问。阿蓓纳闷着声音咯咯地笑起来，色情地摆着身体，把她的胸挺给他。当他舔她的乳头时，她喉咙里发出了一点点咆哮声。

"心轮，脐轮，生殖轮，"阿蓓纳说着，把她的手温柔但坚定地

---

[1]　生殖轮（svadhishthana）：印度瑜伽认为人体中存在若干脉轮，是分布于人体各部位的能量中枢，尤其是由头顶至尾骨排列于身体中轴的七个脉轮，分别为顶轮、眉心轮、喉轮、心轮、脐轮、生殖轮和海底轮。

按在卢卡西尼奥的后脑上，在她张开的大腿间指引着他，"海底轮。等上几秒。"

之前他在门外等了十五分钟，垂直果园的水合系统下了一场毛毛雨，使他变得银光闪闪。水分渐渐凝结，从他手里拿的蛋糕盒上滴下来；它们凝成露珠，压住了他高高梳起的额发；它们弄湿了他的三宅一生西装，一路渗进衣服的折缝里；它们从他穿过皮肤的每一根银钉上流下来。当门打开时，阿蓓纳就在门后。

"你最好在伤风之前进来。"

她在憋笑吗？

她试图忽视他身边懒人椅上的蛋糕。

他试图不去注意她的所有研讨会同事都不在。

"我给你做了蛋糕。"

"你觉得每件事都可以用它做答案吗？你就这么走开，做个蛋糕，然后一切都没事了？"

"大多数事情。"

"你为什么干阿得拉亚·奥拉德莱？"

"我没干他。"

"那是个手活……"

"潮控……"

"对，他在潮控上极其出色。每个人都这么说。"

"传奇。他们告诉我，我不能错过这个。而且看起来你……"

"我什么？"

"嗯，你总是很忙……"

"不要，把这事，扯到我身上。不要，试图说，是因为我在工作所以你才去和阿得拉亚·奥拉德莱上床。"

"好的。但我们同意了的。你同意了的。这不是专一的关系，我们可以去见别人。"

"因为你坚持。"

"这就是我。在我们一起之前你就知道的。"

"你本来可以问问，"阿蓓纳说，"问问你是不是可以和阿得尝试。我可能会想看的。男孩和男孩，你知道。"

卢卡西尼奥总是意外于阿蓓纳给他带来的惊奇。逐月派对上，就在拉法差点遭遇刺杀之前，她把特别的耳钉安在他的耳垂上，尝了尝他血的滋味；婚礼时，当他努力激活耳钉中隐藏的能源，请求阿萨莫阿家的保护，拒绝去面对与丹尼·麦肯齐的婚礼时；阿蓓纳就等在特维城车站的抗压玻璃后面；当博阿维斯塔陷落时，她毫不犹豫地穿上沙装，和他一起走进了等待的 VTO 飞船，全程握着他的手；还下降到了那个曾是他的家的、黑暗的、空荡的地狱中。

她是个英雄，是位女神，是颗星辰。而他是个烤蛋糕的傻瓜。

"我能脱掉这些湿答答的东西吗？"

"还不行。先生，还要很久才行。我了解你。亮一亮腹肌你就觉得自己被原谅了。但我可以尝一点蛋糕。"

卢卡西尼奥打开了盒子。

"它是浆果鲜奶油蛋糕。"

"哪种浆果？"

"我只知道葡萄牙语的说法。"

"说出来。"

他说了。阿蓓纳愉悦地闭上眼睛，她喜欢科塔式葡萄牙语中的韵律。

"草莓。我喜欢草莓。我一定要尝一片你的草莓蛋糕。"

"还有奶油。"

"别逼我，卢卡西尼奥。"

就餐区甚至比露西卡婶婶家的还要大多了，但设备则要差多了。他在这里把蛋糕仔细切成薄片——很小的分量，他抱着期望。然后做了薄荷茶。

"你在发抖吗？"

卢卡西尼奥点点头，降雨让他骨头里都发冷。

"让我们弄掉你身上这些湿答答的东西吧。"

所以他才会想到鲜奶油这个伟大的主意。

在蛋糕、游戏和很棒的性爱后，阿蓓纳侧躺着贴近卢卡西尼奥，温暖了他骨髓中的最后一点寒意。接着她离开后的寒冷唤醒了他。

她带走了蛋糕。

卢卡西尼奥发现阿蓓纳盘腿坐在公共休息室的地板上，专注地弓着背。她穿上了一件宽松的 T 恤和一条热裤，用一根绿色的编织头带把头发拢到了后面。卢卡西尼奥观察着她单纯又紧张的专注。如果他让靳纪连接她的亲随，他会看到房间里充满了幽灵和政客，那是她的研讨会。她曾解释过它：一群人受雇为所有人探索新的未来。卢卡西尼奥无法思考未来。从他的位置望出去，每个方向在他眼里都一样，和宁静海一样荒凉。不在研讨会里的每个小时，阿蓓纳似乎都在和她的政治朋友们悄声聊天。形势在发展，她告诉他：就在下面，地球上。

科塔家不参与政治。他们试了一次，它杀了他们。

他把一只手按在阿蓓纳的肩胛之间，另一只手放在她的腰骶部，纠正了她脊柱的姿势。她吓得叫了一声。

"你用了最糟糕的姿势。"

"卢卡……"

他喜欢她用家人最亲密的叫法叫他。

"回床上来。"

"它还在崩解。"

"克鲁斯堡。"

"死亡人数已经上升到一百八十八人。罗伯特·麦肯齐和孙玉失踪了。"

"他们被烧了。我很高兴。"

"研讨会都疯了。市场也要疯了。我在追踪氦气市场的恐慌性抢购，"接着阿蓓纳意识到卢卡西尼奥说了什么，"你很高兴？人死了，卢卡。"

"他们制造减压事故谋杀了拉法。他们把卡利尼奥斯倒吊起来。他们打断了阿列尔的脊椎。瓦格纳还在躲藏，而我父亲，没人知道他是死是活。他们派刀卫来猎杀我。你记得这些吗？他们被烧死了。我没法对此感到遗憾。你看到了博阿维斯塔，你也看到了拉法，在那外面。"

"他安全了。"

话题的不连续性让卢卡西尼奥摇起了头，就好像在情感世界的一条裂缝上绊了一下。

"什么？谁？"

"你堂弟，罗布森。"

"罗布森在南后城。"

"罗布森在罗伯特·麦肯齐的派对上。他安全了，卢卡。但你不知道这事。"

卢卡西尼奥往后跌进了懒人椅。阿蓓纳解散了她的研讨会。

"卢卡，他是你的家人。"

这是个老话题，辙印深深，情感的转折都清晰明了。

"你以为我不知道吗？你以为我不想阻止布赖斯·麦肯齐带走他吗？我不能这么做。我十九岁了。我是继承人，是最后一个科塔。我甚至不能让罗布森和我待在一起。我没法保证他的安全。"

"卢卡，你不是个律师。"

"阿比，闭嘴。你总是对的。你们所有的阿萨莫阿，你们总是对的，是明智的，总有答案：砰。闭嘴听我说。我害怕。当麦肯齐开始到处找人负责时，他们最先会找谁？科塔家。我一直都在害怕，阿比。和阿得拉亚的尝试跟性没有关系，那只是不再害怕的三小时。一直不停地害怕，你知道那是什么感觉吗？"

阿蓓纳明白，她所在的世界是她可以碰触和塑造的，在这里，她的言语和思想拥有力量和媒介。但卢卡西尼奥所在的世界是他需要负责却无法改变的，在那里，他得为他没做过的事承受责难。他们两人之间的距离将会越来越大，最终将他们分开。阿蓓纳清楚地看到了这个未来。她也看到了一个受伤的、脆弱的男孩，他经历的事情超越了她的想象。她无法帮助这个男孩，也非常理解他，因为在这一点上，她同样要负责，也同样无能为力。

阿蓓纳抱住了卢卡西尼奥。

所以，当阿菲在喝了鸡尾酒后摇摇晃晃地来找醒酒茶时，她看到了这两个人。比茶更好：有蛋糕。她给自己切了一片。这男孩看来要成功了。两人彼此倚靠着一起睡在懒人椅上，这样子很可爱。他的那种巴西式的难为情非常迷人，但她绝不会在遭受过如此严重创伤的事物上投放精力。

不管怎么样，他的蛋糕棒极了。

麦肯齐金属公司的专属调酒师创造了一款纪念鸡尾酒。守旧派的工业伏特加、木槿糖浆、酸橙、一小枝金合欢、一团肉桂——桃金娘风味的明胶，再慢慢地把橙皮卷放进粉色的酒液。它在一个玻璃杯里纪念了罗伯特·麦肯齐划时代的人生。端着整盘这种酒的侍者潜伏在门边，把它们塞进人们的手中。

"这是？"

"红狗，夫人。"

孙夫人拿着杯子，嗅了嗅，抿了一口，把它递给了随从之一。

没品位，从杯子到调酒到名字都没品位。非常的麦肯齐。一名护卫为她倒了顶针那么小一杯的酒，是她自己的私人杜松子酒。一群保镖簇拥着她，挤进了沙龙，加入了奔丧的人群。

这陵墓让她吃惊。从来没有哪个麦肯齐表现出过任何宗教性的冲动，但南后城的旧宫殿金斯考特的中心处环抱着一个小小的圣祠：一个纯白的房间，一个完美的立方体，每一条边都是三米。邓肯独自进去了，然后邀请家人和宾客致上其个人的敬意。好奇心驱使孙夫人进去了。这腔室很小，顶多只能站三个人，纯白色。白墙点缀着彩色的圆，直径十厘米。孙夫人站在一个波点腔室里。每一个圆都是一个死去的麦肯齐的亲随，冻结在陶瓷电路里。尸体已被回收利用，但电子灵魂却不朽。在那头儿的墙上，中心有个深红色的圆，是罗伯特·麦肯齐。孙夫人想起来了，红狗是他的亲随。她碰了碰红狗，有点期待能感觉到一丝数据的震颤，一点属于过去那燃烧的愤怒与野心的回响。但那只是一圈涂料玻璃，触感有点像丝绒，仅此而已。

葬礼之后是重要的事项：招待会。在离开恒光殿的电车上，孙夫人草拟了她的交谈卡片。等级次序是很重要的。

第一站是叶甫根尼·沃龙佐夫，他的女儿们围着他。骨架不错，但是近亲交配，蠢得很。她们的 DNA 里编码了过多的辐射。

"叶甫根尼·格里高罗维奇。"

VTO 月球公司的 CEO 是个大块头，长发，浓须，衣冠楚楚，风度翩翩。孙夫人尤其欣赏他的锦缎花衬衫。他手里端着一杯纯净的伏特加。那只手在颤抖。孙夫人的密探悄声告诉她，他酗酒很长时间了，VTO 的指挥权已被传给一个更年轻、更强硬的后代。传给，被夺走。

"孙夫人。对您的损失我表示遗憾。"

"谢谢你。看来这场悲剧涉及了每一个家族。"

"我们也承受着我们的损失，孙夫人。"

孙玉曾是一个煞费苦心的作品，数十年谨慎的操纵和调控毁在了一滴燃烧的阳光里。玉是一把开刃的武器：阿曼达绝没有她姐姐的那种锋利、敏锐和耐心。卢卡斯·科塔在每一个方面的思想都远胜过阿曼达·孙。她本来要把阿曼达嫁给拉法，哪怕是作为第三个欧可，但是三皇坚称卢卡斯·科塔未来将统领科塔氦气公司。

"令人心酸的时刻，叶甫根尼。"

叶甫根尼·格里高罗维奇·沃龙佐夫听得懂离开的讯号。

现在轮到露西卡·阿萨莫阿了，优雅又迷人地穿着克洛德·蒙塔纳。对于孙夫人来说，AKA 的政治系统是不可思议的，但她知道露西卡是库托库的现任奥马和纳，库托库是某种形式的董事会，最高席位在库托库中轮换，其成员也常常更换。它在孙夫人看来极其繁复且低效。另外，阿萨莫阿家保守着每个人的秘密。这就是孙夫人所需要知道的一切。

"雅·多库纳纳。"她的亲随告诉她，这是称呼奥马和纳的正确方式。

"孙夫人。"

她们聊了聊亲随、孩子、孙子，以及月球如何让每一代人变得比前一代人更奇怪。

"你女儿在特维城。"孙夫人说。

"露娜，是的。和她的玛德琳在一起。"

"我永远都理解不了科塔家的传统，更不必提你为什么把它全盘搬进了特维城。抱歉，我是个老女人，因此很直白。"

"那是她习惯的方式。"

"我想是这样。我能看出来，当你离开特维城时，以及自你坐上金凳子之后，她照顾孩子的职能都非常有帮助。告诉我，你的感觉是什么？你创造了这个孩子，而另一个女人怀了她，生了她，还照顾她。"

孙夫人在露西卡·阿萨莫阿完美的仪态和妆容上看到了一丝恼怒，采到的这一点点血让她很愉悦。阿萨莫阿保守着秘密，而我把它们找出来。有一天，当我们需要时——也许那一天永远也不会来——但当它到来时，她会把刀锋戳进这细小的伤口，由此把露西卡·阿萨莫阿拆成碎片。

孙夫人引着露西卡·阿萨莫阿来到布赖斯·麦肯齐所在的位置边缘，轻松地转换了社交轨道。孙夫人已经有多年不和布赖斯·麦肯齐照面了，她几乎无法抑制自己的嫌恶。一个令人恐惧又淫秽的存在。她只能把他的身形看作某种堕落的身体艺术，才能勉强忍受他的接近。今天他的娈童只有两位在场。整齐漂亮的男孩子。高的那个现在一定太老了。

"布赖斯，"她把双手放在他手上，她真高兴自己戴了手套，"没什么可说的，一言难尽。这损失太可怕了，太可怕了。"

"你也是一样。"

"谢谢。我仍然不太能相信当时我也在那里，我们俩都在那里。这是个灾难，是一次暴行。有人干了这事，这绝不是意外。"

"我们的工程师正在调查。很难获得物证，而 VTO 希望尽快重启赤道一号线。"

"但是麦肯齐金属会继续下去的，它总是如此。我们是第一代，你父亲和我。至少你们还有氦气产业。我绝不会去建议别人如何处理他自己的事务，不过有时候，一次迅速又有力的声明能安抚一个紧张的市场。直至你父亲的意愿得到阐明。"

"麦肯齐家的事归麦肯齐家管，孙夫人。"

"当然，布赖斯。但是，鉴于我们两家之间过去的感情，请别疏远恒光殿。"

"恒光殿，"布赖斯说，"你把大流士带去那里了？"

"是的，他会一直待在那里，"孙夫人说，"我不会让那孩子变成你的又一只小狗。"布赖斯的养子们不安地磨着脚，他们的社交笑容僵硬了。

"他是麦肯齐家的人，孙夫人。"

"大流士首先是个孙家人，也一直会是孙家人。不过，我们也许能准备一些别的补偿。"

布赖斯碰了碰头，几乎看不出是个鞠躬。孙夫人移向了她最后一个目标。邓肯·麦肯齐倚在阳台上，他的红狗鸡尾酒立在栏杆上。南后城的高塔上装饰着大小旗帜、横幅与气球，还有虚构的生物：这是预备庆祝中秋。在铁陨的混乱与余波里，孙夫人忘记了这个节日。在恒光殿，激光师们将为了传统的月饼节冰雕比赛相互竞争。

"我总是很嫉妒你们的金斯考特，"孙夫人说，"我们让你父亲拥有了中心位置。我那时应该更努力一点。"

"没有冒犯的意思孙夫人，但我父亲所拥有的，是他自己争取的。"

她还记得罗伯特·麦肯齐当时站在石头地面上，宣布他将在这里建造他的总部。当他调入施工人员，开始建造金斯考特的第一层时，这个熔岩腔甚至还没有做大气密封。南后城曾经是个很适合在月球上扎根的位置，这个熔岩腔长五公里，高三公里，靠近沙克尔顿火山口的冰层。但是麦肯齐家迁移得很快，先是在哈德利建了他们的第一个熔炉，接着是展示他们疯狂志向的克鲁斯堡，它永远绕行在太阳的锤炼之下。金斯考特保留了麦肯齐家的发源地，孩子们在这里出生长大，世家由此渐渐壮大。在这数十年里，孙夫人看着这座城市渐渐与天花板会合，现在它立于此处，像一座森林的中脊，一座高柱林立的教堂。

"抱歉，邓肯。"

邓肯·麦肯齐如常穿着他的灰色，他的亲随埃斯佩兰斯也是灰色。但在孙夫人眼里，它不像是一种色彩，更像是他灵魂中色彩的一种流失，是精神的麻木不仁。

"罗伯特·麦肯齐，"邓肯放下他的鸡尾酒，"我没法举一杯这样的马尿向我父亲致意。"

孙夫人通过亲随召唤了一名保镖。那名年轻女子呈上了两个顶针酒杯。孙夫人从手包里提出一个细颈瓶。

"我想，这个比较相称。"

他们碰了碰结露的杯子，一口干了杜松子酒。

"我发现，哪怕是在灾难正发生时，麦肯齐金属的业务也照常进行。你父亲会很骄傲的。布赖斯稳住了地球氦-3市场的价格浮动。非常机敏。稀土部门再次开始生产应该还需要一段时间。用氦气赚钱是很明智的。"

"布赖斯一直是个积极主动的财务部长。"邓肯说。孙夫人又倒满了杯子。

"有力的掌舵者。只要有人掌舵，地球人就高兴。他们觉得我们是一群无政府主义者、罪犯和反社会人士的乌合之众。市场真的极其厌恶不确定性，而传承是不保险的。月球法律的舵盘转动得有多慢，我们再清楚不过了。"她又给邓肯递了一杯纯杜松子酒。

"我是麦肯齐金属的继承人。"

"你当然是了，这不是问题所在，"孙夫人举起她的杯子，"问题是，负责人是谁，邓肯？你，还是你兄弟？"

孙夫人转回聚会场上。这里有问候，有恭维，一声斥责或一声叹息。隔了相当长的一段时间后，她移向了孙志远。

"满意吗，奶奶？"

"当然不满意，这地方到处是老外的臭味。"

"饮料太可怕了。"

"简直恐怖。"孙夫人靠近她的孙子，"我堆好了燃料，现在你可以去点火了。"

金斯考特的麦肯齐将在这个沙龙上举办宴席。皮纳塔[1]里装满了礼物，挂在天花板上。酒吧也搭好了。这边是乐队的舞台。不久后便是中秋，穿着蓬蓬裙的女孩们、垫着肩的男孩们，还有穿着优雅长袍的无性人将在这房间里喝酒跳舞做爱。今后几天，麦肯齐家的人会从月球的四面八方来到这里，致意后走进酒吧。纪念是短暂的。逝去的岁月会把过去埋葬。

现在，布赖斯·麦肯齐正在策划。他召集了四名麦肯齐金属的高管。他们拥有权力、经验与权威，全是男性。二十层下方，罗伯特·麦肯齐的纪念仪式正在上演尊敬与虚伪的回旋曲。

"你们身在此地，是因为我了解并信任你们，"布赖斯·麦肯齐邀请道，"我为我们的 L5 氦 -3 库存确定了实价。"布赖斯一直在 L5 的引力波动区保留着一个贮藏库，以便在价格变动时进行对冲。

"多少？"阿方索·佩雷斯特热问，他是麦肯齐熔炼公司的财政部长。

"所有。"

"这会迫使价格下降。"阿方索·佩雷斯特热提醒道。

"我正希望如此，"布赖斯·麦肯齐说，"我不想让地球氦 -3 工业有利可图。我们没有能力参与竞争。出产量仍然只有百分之三十。"

"丰富海、危海和蛇海仍然没有产量。"热姆·埃尔南德斯—麦肯齐说。他是麦肯齐金属的运营部长，一个经验丰富的杰克鲁[2]，数十年吸入的尘埃已经让他的半个肺变成了石头。稀土、氦、有机物、

---

[1] 皮纳塔（Piñata）：西班牙语，彩色礼品包，里面装有玩具和糖果，聚会时用小棍挑破。

[2] 杰克鲁（Jackaroo）：澳大利亚语汇，相当于美式英语中的牛仔（cowboy）。

水——他可以把月球攥在手里，从中拧出利润来。"那是过去科塔氦气的核心地带。有蓄意破坏的迹象，那些巴西人心怀怨恨。"

"那我希望若昂德丢斯能听话点，"布赖斯·麦肯齐说，"不计代价。我希望 MH 在两个月里恢复满负荷生产。"

"MH？"罗恩·佐尔法伊格—麦肯齐问。他是麦肯齐金属的首席分析师，年轻、聪明、有野心，是一个集资本主义德性于一身的范本。

"我父亲死了，"布赖斯·麦肯齐说，"我父亲所建立的麦肯齐金属，也就是我们知道的那个麦肯齐金属，死了。家族企业的时代完结了。金属时代过去了。现在我们是个氦气公司了。"

"这么说，继承权落实了。"罗恩·佐尔法伊格—麦肯齐冷淡地说。

"如果我们等着律师来解决，这个公司就完蛋了。"布赖斯说。

"没有冒犯的意思，但如果继承权还没有落实，我们无法重新融资。"登博·阿马奇说。他是公司安全部的主管，很安静，只有他到现在才开始说话，"没有权利签订合同。"

"我有资金，"布赖斯说，"孙志远已经找我谈过了。"

"外钱。"热姆说。

"布赖斯，你父亲从未……"登博说。

"尤其是孙家。"罗恩补充道。

"见我父亲的鬼，"布赖斯爆发了，挫败的怒气让他全身发抖，"MH。麦肯齐氦气。你们加入还是不加入？"

"在我们开始琢磨合同之前，"登博·阿马奇说，"我有关于镜群故障的消息。"

没人忽略他放在"故障"一词上的重音。

"我们被黑了。"登博说。

"显而易见。"布赖斯·麦肯齐说。

"一段巧妙的代码。它把自己融合进了我们的操作系统，伪装骗过安保系统，随我们的更新而更新。"

"你还想上孙家的船？"热姆对布赖斯嚷道，"这事从头到尾都写满了太阳公司的手笔。"

"这就是它不寻常的地方，"登博说，"它已经在那里很久了。待着。等着。"

"多久？"布赖斯·麦肯齐问。

"三十，三十五年。"

"东风暴洋。"布赖斯·麦肯齐轻声说。

在科塔家袭击克鲁斯堡时，布赖斯八岁。邓肯是在哈德利城的热浪和丑陋中长大的，布赖斯则是在金斯考特的尔虞我诈和政治活动中长大的。罗伯特·麦肯齐的教养方针是将后嗣分开抚育。没有哪一场大灾难能杀灭麦肯齐金属。有一天，他母亲阿莉莎说：它准备好了，我们要去一个新家。从南后城出发的列车很长，从子午城出发的更长，但是，当他母亲把他叫到轨道车的窗口时，他看到了月平线上燃烧的星辰，懂得了他之前从未体验过的感情：敬畏和恐惧。他的家族——他的父亲——能从天空勾下一颗星辰，把它禁锢在月球上。这种力量超越了一个八岁男孩的想象力。他仰头盯着那成排的镜子，它们溢满了捕获的阳光。一切都是新的，刚刚打印出来，充满了塑料和有机物的味道。新探测车的味道，它是一整座城市。我将在这里生活，在宇宙中最伟大的机器上生活。

接着，科塔家发动了一场袭击，切断了前方和后方的铁轨。布赖斯看着熔炉上永恒的阳光，感觉到了两种新的情绪：羞怒和耻辱。科塔家玷污了一种凌驾于他们之上的纯洁和美。他们永远也无法获得这样的力量和奇迹，便因为狭隘和嫉妒袭击了它。布赖斯和他的哥哥不同，他的世界永远也无法摆脱科塔家的阴影。和他哥哥的另一个不同，他是个笨拙的孩子，运动功能障碍，身体不协调，对他父亲和叔叔们热爱的运动全然不擅长。不过，在他早年于金斯考特不断加高的尖塔上生活时，他对自己的家族产生了兴趣。七岁时他就理解了稀土提取、精炼和出售的原理。克鲁斯堡是他自我的延展，像第三只手。当它蒙羞时，他遭受的痛苦是生理性的。

这段编码在克鲁斯堡的 AI 里潜藏了三十五年，发展、适配、扩张。

"我们目前的发现是，它是被远程启动的。"登博说。

"一个科塔，"布赖斯·麦肯齐说，"我们本应该斩草除根的。"

"我们是生意人，不是刀卫，"罗恩说，"现在的科塔是三个孩子，一个所谓的月狼和一个失败的前律师。所以，科塔毁了我们的家。但我们得到更好的：我们拿走他们的机器、他们的市场、他们的城市、他们的人民，拿走他们拥有且珍惜的一切，五年后，就没人记得科塔的名字了。记得你父亲常说的话吗，布赖斯？'垄断企业是恐怖的。'"

"除非你自己达成垄断。"布赖斯回答。

罗布森尖叫着醒过来。他的脸，有东西在他脸上，他没法抬手推开它。坚硬的表面从每个方向笼罩着他。还有敲打敲打敲打，敲打敲打敲打。他死了，在一个筒舱里。等着被回收。敲打敲打敲打的是扎巴林，正把他的棺材滚过走廊地板的接缝处。他们会用刀子切开一切有用的东西，然后机器人会把他吊在干燥炉里，榨干他体内的每一滴水，吸进它们的管状嘴里。然后他们会把剩下的皮革和薄片扔进研磨机里。而他动不了，说不了话，无法做任何事来阻止他们。

"罗布森。"

光线。罗布森眨着眼。现在他知道他在哪里了，他在 VTO 兰斯伯格的某间宿舍的某个睡眠胶囊里。

"罗布森，"光线中出现了一张脸，是洪，"你没事了，罗布森。

是我。你能动吗？你得动一动。"

罗布森抓住把手，将自己扯出胶囊。宿舍就是一个胶囊、楼梯和缆绳组成的架子。发热床和睡眠荚，充满暖烘烘的人体气味。

罗布森还没摆脱噩梦的影响，他呆头呆脑地问："几点了？"

"哦，四点。"洪说，"那无所谓，罗布森，我们得走了。"

"什么？"

"我们得走了。布赖斯认为是你们家的人摧毁了克鲁斯堡。"

"我们家什么？"

洪伸手到胶囊里，从网兜里扯出一团皱巴巴的衣服。罗布森的马尔科·卡洛塔套装。

"穿上衣服。日光炉被黑了，看起来像科塔氪气的代码。"

罗布森穿上西服，它的味道几乎和他一样糟。他钻进胶囊里，把他的半副牌塞进最靠近心脏的口袋里。

"科塔代码？"

"没时间了。"洪把食指点在前额上。亲随关闭。"来吧。"

兰斯伯格站台上挤满了身体和行李。来自子午城、南后城和圣俄勒加 VTO 货运编组大站的轨道小队与铁陨的幸存者们在列车上交换了位置。

"我给你预订了去子午城的票，但你不在那里下车，"洪一边说着，一边领着罗布森向闸门走，"你在索莫林下车。那是 VTO 的地方，和这里一样。有人会在那里接你。"

"为什么不在子午城下？"

"因为布赖斯会让刀卫迎接每一列车。"

罗布森僵住了。

"布赖斯不能杀我。我是个麦肯齐。"

"对布赖斯来说，你是离他最近的科塔。而且他不会杀你，在他玩够之前不会。在很长一段时间里你会求死不得。跟我来。"洪伸出一只手。VTO 的轨道女王们横冲直撞地经过，沙装装在沉重的背包里，头盔夹在胳膊下。

"上一次我逃离布赖斯时……"罗布森说。

他没有目睹他母亲的死亡。别回头，她说，不管发生什么，别回头。他是个好儿子，所以他没看到那个机器人，没看到那割断他母亲腿筋的刀锋，没看到那钻进她头盔面甲的钻头。发射它，卡梅尼。让他离开这里。这是她最后说的话。他还是没回头。巴尔特拉舱封闭了，他抓住安全带，然后加速度抹平了他身体里的每一滴血。他眼前变得漆黑一片。自由降落。他拼命抑制着反胃。在自由降落时吐在你的头盔里，你就死了。接着是减速，它和发射一样野蛮。整个过程又重复了一遍。又一遍。再一遍。感谢震惊、痛苦、恶心，以及控制恶心的规定，因为它们覆盖了一个事实：她死了。他妈妈死了。

"保持联系，罗布森。"洪在登车闸门处推挤着下车的人群，挤了过去。有一则广播，在人群的喧嚣声里几乎听不见。什么三十七。所有的站。所有的站。

"你怎么办？"罗布森问黄。

"我乘稍后的车。"

洪把罗布森搂到怀里，这个拥抱像天空一样广阔。面颊相贴。

"你在哭。"罗布森说。

"是的。我一直都爱你，罗布森·科塔。"

接着洪把罗布森推进了闸门。

"谁来接我？"当闸门将他转向列车时，罗布森回头大声喊道。

"你叔叔！"洪嚷道，"狼！"

第三章　白羊宫 2103—双子宫 2105

　　清洁机器人发现他瘫在地球重力环区最外面的走廊上，离电梯门只有三米。

　　沃里科娃医生陪着防震床上的卢卡斯·科塔穿过半重力过渡环区，上行到月球重力层时，她说："再多五分钟，你就会因为自己的体重而窒息。"

　　"我必须感觉它。"

　　"那你感觉怎么样？"

　　就像每一束肌肉都虚弱着融化了，每一个关节都混着碎玻璃，每一根骨头里都填满了熔铅，每一次呼吸都在石头的肺里注铁，每一次心跳都在蹈火。电梯带他下到了一口由痛苦组成的井里。他几乎无法从扶手上抬起自己的胳膊。门打开了，外面是重力环区缓和的弯道。痛楚之丘。他必须走出去。在第二步时，他觉得胯部在旋转；第五步时他的膝盖弯曲了，无法让他直立。离心重力将他钉在了盘子上，随着每一口呼吸分解他。重力是个严厉的导师。重力永远不会减弱，永远不会停止，永远不会变得温和。他试图把自己从地板上撑起来。他能感觉到血液涌进了他的手、他的脸，吹胀了他贴在地板上的面颊。

"我们讨论了假设，"卢卡斯·科塔在他的减震床与 AI 接驳时说，诊断臂展开了，"我想聊聊实践。我是个讲究实用的人。你说要花十四个月为地球条件做准备。那么在十四个月后，我要乘穿梭班机去月球。我已经预订了我的行程。十四个月后我会在那艘飞船上，医生，无论有没有你在。"

"别要挟我，卢卡斯。"

他的名字。一次小小的胜利。

"我已经这么干了，医生。你是 VTO 里微重力医疗的优秀专家。如果你说它在假设中是可以存在的，那它就可以被实现，加林娜·伊万诺夫娜。"卢卡斯记得医生的名字和中间名，当时她就站在这张床的床脚，自我介绍说她是他的个人医生。

"也别奉承我，"沃里科娃医生说，"在生理方面，你和地球人类有一千种不同。实际上，你是个外星人。"

"我需要在地球上待三个月。最好是四个月。给我一张训练计划表，我会忠诚地执行它。我必须去，加林娜·伊万诺夫娜。如果我不准备牺牲，别人凭什么要同意帮助我夺回我的公司？"

"它会比你从前尝试过的任何事都要艰难。"

比我的兄弟死了，我的城市被烧了，我的家分崩离析还要艰难吗？卢卡斯·科塔想。

"我不能保证会成功。"沃里科娃医生补充道。

"我不要求这个。这是我自己的职责。你会帮我吗，加林娜·伊万诺夫娜？"

"我会的。"

病床的诊断臂向卢卡斯的颈部和手臂移去。他抬起迟缓沉重的手，想把它们挡开，但操纵器的动作很快，注射的疼痛轻捷、锐利又干脆。

"那是什么？"

"你又侮辱了我的专业。"沃里科娃医生一边说，一边从视镜上读取卢卡斯的生理数据，"这东西能让你开始行动。你有个约会。"

光沿着卢卡斯的动脉一路烧进他的大脑。他像通了电一样翻下床，脚撞上了甲板。他不痛了，一点也不痛。

"我需要打印一件西服。"卢卡斯·科塔宣布道。

"你穿得很合适。"沃里科娃医生说。

"短裤和 T 恤。"卢卡斯的语气里充斥着蔑视。

"你的穿着会比招待你的主人更好。瓦莱里·沃龙佐夫对时尚的审美很诡异。"

你需要这些，电梯员工说，练习一下，它没有看起来那么容易。

卢卡斯·科塔拉上蹼状的袜子和手套。他扒拉着空气，踩踏着空气。沃龙佐夫家，他们总是嘲笑那些困在世界上的人是窝囊又无能的。卢卡斯讨厌变成一个无能的人。他从电梯里飞入了中心舱。对于核心区这微不可察的重力而言，就算是月民的腿部肌肉也太强壮了。卢卡斯张开双手，用蹼捕捉空气，向他飞行方向的反方向蹬着脚。他屈伸着脚趾，张开像空气制动器一样的脚蹼。这很容易，是本能反应。他在筒舱的中央歇了一会儿。这里是飞船的旋转轴心，零重力。卢卡斯缓缓地旋转，像一颗人类星辰。

他踢动又推动空气。他没动。他抽动了整个身体，指望单靠抽搐的力量就摆脱重力的陷阱。卢卡斯能听到电梯门那里传来的笑声。他再次抖动起来。没用。发亮的柔软身形从远端的闸门处优雅地向他降下来。是两个穿着紧身飞行服的年轻女人，头发用发网仔细箍紧。她们一下子就刹住了，从两边围住了卢卡斯。

"您需要帮助吗，科塔先生？"

"我能搞定。"

"抓着这条绳子，科塔先生。"

穿粉色飞行服的女人把绳子固定在她的工作腰带上，飞了出去。绳子猛地绷紧，差点脱出卢卡斯的掌握。他在移动了，他在飞。他能感觉到空气扑在他的脸上，他的头发里。这真让人兴奋。另一位女船员悠游在他身边。他注意到她的腰带上有真空清洁器。

在瓦莱里·沃龙佐夫私人舱室的闸门处，他为这次激动人心的旅程感谢两位女孩。

她们只是建议道："小心枝叶。"

瓦莱里·沃龙佐夫的接见舱位于圣彼得与保罗号的核心区域，是一个圆柱形的森林。卢卡斯飘浮在小枝与树叶组成的隧道里，他看不见墙壁，因为它被浓密的枝叶完全遮住了。那下方一定有树干、树根。支持这整个自由落体森林的是空气种植法。卢卡斯熟悉这湿度以及生长与腐败的迹象——和特维城相似的味道，但也有一些新的气息。他只能根据他的定制杜松子酒认出它们：杜松、松树、花朵和草药。森林的光线来自其深处的根部，不过还有数千盏生物灯装点着这些树木。上方的星辰，两边的星辰，下方的星辰。卢卡斯花了几秒钟来适应这朦胧的光景，接着他看到了被修剪成起伏的曲线、螺旋、浪峰与波浪形状的叶冠。是一棵景观树。偶尔有一两根枝条从造型中伸出，多节而扭曲，举着一大把被仔细修剪过的叶子，就像一个邀请。卢卡斯的眼睛完全适应了光线，他看到自由落体森林的中心有一个身影。隐隐约约，半掩在树叶后面，缓慢地移动着，非常从容。

一根绳子沿着筒舱的中心伸出来。卢卡斯扯着绳子，把自己移向那个身影。一个男人——不对，他靠近后意识到，那是个像人的东西。那曾经是个人。他背对着卢卡斯，正在聚精会神地用手持式剪刀修整植物，裁切、剪断、塑形。他的周围围着一圈从针叶树上剪下来的东西。卢卡斯从树脂和叶香中闻到了新鲜的腐败的味道：尿。真菌感染。

"瓦莱里·格里高罗维奇。"

那个类人生物转过身来面对访客。微重力环境里的生活已经稳定且不可逆转地改造了他的身体，就像他改造了他的森林一样。他的腿是拧绞的细轴，有缎带般萎缩的肌肉。他的胸腔在宽度与周长上可谓雄壮，但卢卡斯能从它填充抗压衣的方式上看出来，它没有深度，也没有力量。肋骨撑开了紧身的衣料，胸骨锋利得像刀锋。他的胳膊又长又劲瘦。他的头是巨大的，仿佛绘制在一个气球上的一张人类的脸。头骨基部有一圈银色的头发，效果只是更加强调了头骨的大小。一根双路管从枕骨中延伸至一个飘浮的泵上。另一组管子从他左侧腹连接到几个装满了的结肠造瘘袋里，它们正在零重力中缓缓转动。

这就是长达半个世纪的微重力环境对人类身体的影响。

"卢卡斯·科塔。"

"很荣幸见到你，先生。"

"真的吗？真的吗？"瓦莱里·沃龙佐夫从工具腰带上拿出一个真空清洁器，以锤炼了数十年的熟练手法吸走了飘浮的枝叶，"我从未见过另一条龙。你知道吗？"

"我不再是龙了，先生。"

"我听说了。毋庸置疑，都是废话。那是刻在基因里的。对我来说，这称号是个小玩意儿。对你也是。"

"瓦莱里·格里高罗维奇，我得问问……"

"哦，把你可怕的问题收起来。我知道你想要什么。我们会知道宇宙是否将让你拥有它。但一般都这样，不是吗？总要问关于宇宙的问题。卢卡斯·科塔，你曾见过像这样的东西吗？"

瓦莱里·沃龙佐夫挥着剪刀指了指星光闪耀的森林。

"我想没有人见过，先生。"

"他们是没见过。你知道这是什么吗？这也是我问宇宙的问题。一座森林是如何在天空生长的？这是个值得问的问题。而答案就在这里。它从未停止生长，从未停止改变。我影响它，我按我的意愿为它塑形。这是一场缓慢的雕刻。它的生命将比我的长。我喜欢这样。我们是如此自恋的生物，我们认为我们自己是一切的标尺。而时间将带走我们身为的一切、我们拥有的一切、我们建造的一切。能超越我们自己的人生去思考是很好的。我的森林也许能持续一百万年，也许十亿年。也许它将终结在太阳最后燃烧的火焰中。当我死时，我的元素会进入树根、树枝和树叶。我将成为其中的一部分。这让我感到巨大的安慰。"

瓦莱里·沃龙佐夫从真空吸尘器上取下收集袋，让它沿筒舱飞了下去。一个扎巴林机器人从枝叶中冲出来，抓住了垃圾，将它带向闸门。

"我母亲是当今领主姐妹会的资助者之一，"卢卡斯说，"她们的使命要在数十年，甚至数世纪后才能完成。"

"我明白姐妹会的工作。你不相信它吗，卢卡斯·科塔？"

"它涉及超自然的媒介代理。我无法相信它。"

"唔。我听说你想去地球。这是一个愿望，而不是一个问题。宇宙未必会满足我们的愿望，但它可能会准予解决一个好问题。你的问题是什么？"

"我怎么才能夺回别人从我家偷去的东西？"

"唔，"瓦莱里·沃龙佐夫折断了一根枝条的尖端，嗅了嗅它，将它递给卢卡斯，"你觉得它怎么样？这是真正的杜松。你以前嗅到的都是合成物。那些阿萨莫阿，我知道他们的能力。他们玩弄DNA，他们到处交换基因。幼稚。我创造一个环境，让生命自行回应它。我在人类创造的最人工化的环境里培育真正的杜松。不不不，卢卡斯·科塔，这个问题根本不行。正确的问题应该是，一个月球出生的人要怎么才能去地球并生存下来？"

"沃里科娃医生正在为我制订一份训练计划。"

"如果重返过程没有杀了你；如果你的心脏没有在整个适应水土的过程中精疲力尽；如果你没有死于晒伤；如果一百万种过敏症没有把你吹胀成一个结肠造瘘袋；如果地球肠道细菌没有把你从内到外翻一遍；如果污染没有扯开你柔软的小肺；如果你能在重力深渊里睡着，而不是每五分钟就被窒息唤醒一次，遑论那些噩梦。"

"如果我们听从如果，我们就不是龙了。"卢卡斯说。两人无意识地微调着方向，以便脸对脸地飘浮。

"如你所说，你已经不再是龙了。你在地球上还会更糟。月亮不是一个国家，月亮是一个离岸的工业前哨。你将没有档案，没有国家，没有身份。你将不是合法的存在。你不了解那里的规则、风俗和法律。那里有法律。它们将作用在你身上，但你对它们的程序一无所知。它们就像重力一样。你受它们管制。你无法和它们谈判。你没有权力谈判。

"没有人会知道你是谁。没有人会在意你是个来自月球的男人。你是个怪物，是个十天的奇迹。没人会尊敬你。没人会看重你。没人需要你的任何东西。没人想要你拥有的东西。你是个聪明人。当你还在太空舱里时你就把这些想清楚了。但我仍然发现你来到这里，带着你的计划，并且希望从我这里得到你需要的帮助，不管你拥有什么，你都相信你能说服我给予你这些帮助。"

瓦莱里·沃龙佐夫的每一句反驳都是一根钉子，它们扎穿手指，扎穿脚，扎穿手、膝盖和肩膀。屈辱。卢卡斯·科塔从未体会过内疚或懊悔，骄傲是他的本性。骄傲把那些钉子拔下来，让它们撕裂他给他自由。和他失去的相比，这种疼痛微不足道。

"我无法和您争辩，瓦莱里·格里高罗维奇。我没有什么可给的，也没有什么可讨价还价的。我需要您的支持，您的船，您的质量加速器，而我所能做的只是说话。"

"宇宙里充满了话语。话语和氢。"

"阿萨莫阿家认为你们是近亲交配的畸形。麦肯齐家和你们联姻是为了拥有登乘飞船的权利，但他们将你们的 DNA 从他们的孩子身上剔出来。我自己的家族认为你们是滑稽的醉鬼。孙家甚至不觉得你们是人类。"

"我们不需要尊重。"

"尊重一钱不值。我能给予的是一些更有形的东西。"

"你还有东西能给予？卢卡斯·科塔，一个失去产业，失去家人、财富和名字的人？"

"帝国。"

"让我们听听你的话吧，卢卡斯·科塔。"

"全程？"沃里科娃医生问。

"全程，"卢卡斯·科塔说，他前方的走廊陡峭地向上弯曲，天花板是一处又低又近的地平线，"和我一起走。"

沃里科娃医生向他伸出一只胳膊，卢卡斯把它推开了。

"你甚至不应该站着，卢卡斯。"

"和我一起走。"

"全程。"

"我是个有条理的人，"卢卡斯·科塔说，即便是在最内圈的月球重力下，迈出的每一步也让他从头到脚地绞痛，"我的想象力非常少。我必须有一个计划。一个孩子在跑之前要先会走路。我走过月球重力环区，我跑过月球环区；我走过过渡环区，我跑过过渡环区；我走过地球环区，我再跑过地球环区。"

现在，卢卡斯的脚步稳定又执着。沃里科娃医生在他触手可及的距离内。卢卡斯注意到她眼睛里露出了闪烁的光，她正在从视镜里读取数据。

"你在监控我吗，加林娜·伊万诺夫娜？"

"一直都在监控，卢卡斯。"

"所以？"

"继续。"

卢卡斯忍住了，没有因这小小的胜利露出微笑。

"你听了那个歌单吗？"他问。

"听了。"

"你觉得怎么样？"

"它比我想得更精致。"

"你没说它像商场音乐，我很高兴。"

"我听出了怀旧之情，但我不太懂萨乌达德。"

"萨乌达德胜过怀旧之情，它是一种爱。它是失去，也是愉悦，是一种浓烈的忧愁和欣喜。"

"我想你应该非常理解它，卢卡斯。"

"你也可以对未来的事件怀抱萨乌达德。"

"你从不放弃，是不是？"

"对，没错，加林娜·伊万诺夫娜。"

他的关节正在放松，疼痛在缓和，僵硬的肢体开始变得自由。

"你的心跳和血压在上升，卢卡斯。"

他向上看看弯曲的走廊。

"我要走完这里。"

"好。"

又一次小小的胜利。

卢卡斯停了下来。

再一次向世界的弯处上行。卢卡斯的肺变紧了，呼吸变短了，心脏疼得像被一只手攥住了。离医疗中心的门还有二十米，十米，五米。走完它。走完它。

"这要花一年的时间，"沃里科娃医生说，"至少。"

"这是旧例。"卢卡斯喘着气说。他的话很简短，呼吸急促。他靠在门楣上，回头看着弯曲的走廊。"放歌，的时候。"他几乎没法说话。在他自己熟悉的月球重力下走了一百米，他就挪不动了，喘着气，全身疼痛。身体遭受的损害比他想得更严重。十四个月的高强度训练似乎难以实现。"播放一个歌单，这一次放你自己的。"

"比尔·艾文斯？"沃里科娃医生问。

"以及更多这种风格的歌。我想它叫作调式爵士。为我做个主持，带我到爵士乐的世界里旅行。我需要一些辅助来帮我完成训练。"

他在自己的胶囊舱里醒来，打开了灯。嘎吱声和咯咯声。睡眠舱在摇晃，飞船在摇晃。睡眠舱突然倾斜了。卢卡斯抓住扶手，紧紧地攥着它，越来越紧，直到他的指甲扎进了自己的手掌。睡眠舱再度倾斜。卢卡斯叫出声来。他觉得身下的整个世界都在坠落，没有任何东西可以固定他。而这里不是一个世界，这是一艘飞船，一架由铝和结构碳组成的陀螺。他是月球背面之外一架小飞船上一圈环区中一个睡眠舱里的男人。

"托奎霍，"他悄声问，"发生了什么事？"

身下的飞船再次坠落，卢卡斯紧抓着坚硬却无用的扶手。植入AI发出的声音很陌生，带着奇怪的口音。圣彼得与保罗号太小了，无法运行完整的网络。

我正在进行一系列航向修正动力飞行，托奎霍说，我的轨道在长达十一年的时间里都是稳定且可预测的。每飞行十圈左右便进行周期性微调，如此可以延长可预测期限。这些微调发生在第二近月点附近的一处双行轨道上。过程完全在掌控之中，只是例行程序。

如果您需要的话，我可以提供图表。

"这没必要。"卢卡斯说着，而那摇晃颠簸的、可怕恐怖的、永远向虚空坠落的感觉终于停止了。圣彼得与保罗号绕着月球旋转，月球则将它向那蓝宝石般的地球抛去。

托奎霍发出了鸣响，是沃里科娃医生发来的文件。卢卡斯打开它。音乐：怡然岁月。一段音乐旅程。

在头三个月里，卢卡斯探索了硬波普爵士乐，它的表达与乐器、它的特性与音调、它的三和弦与变格终止。他知道了这一领域的英雄们的名字：明格斯、戴维斯、蒙克和布雷基。这几位是他的传道者。他研究了经典金曲，它们是硬波普的四福音书。他学会了如何倾听，倾听什么，何时倾听。他追踪其在比波普中的根源，理解它如何反叛那些形成它的运动与思想。他在放克爵士和灵魂爵士的差异之地遨游，了解西岸酷派爵士和东岸硬波普的分离如何在音乐宇宙中形成宗派分立。这可能是最不适合健身的音乐了，但卢卡斯喜欢它。他鄙视健身，健身又难又无聊。卡利尼奥斯鼓吹过那些令肌肉燃烧、令多巴胺升高、释放激素压力的音乐。而给卡利尼奥斯带来超凡体验的东西让卢卡斯癫狂又烦躁。

他恼火地走出健身房，别人哪怕是瞟他一眼都让他暴躁。他上了床，又痛又烦又害怕明天的训练。五个小时后，六个事实让他回到了健身房，播放的音乐是亚特·布雷基[1]：卡利尼奥斯和他的内啡肽都死了；拉法死了；阿列尔躲起来了；卢卡西尼奥在 AKA 的保护之下；博阿维斯塔成了一个真空废墟；而眼下这艘飞船，圣彼得与保罗号，正载着偷来的科塔氦气罐前往地球的聚变反应堆。所以

---

[1] 亚特·布雷基（Art Blakey）：美国爵士乐鼓手，爵士信差（Jazz Messengers）乐队指挥。

他健身。硬波普让他在跑步机没完没了转动的跑步带、一遍又一遍的负重练习，以及增肌带来的羞辱之外得以喘息。每一天都度日如年，硬波普是一段独立于外的时光。一年这样的常规练习让人觉得无穷无尽，它必须被分解成一个演替的过程，不是由课程、睡眠、日子和轨道组成，而是由行为组成。一件事被计划出来，然后开始，努力，最后完成。接着是另一件事。又一件。量子化。这一年多的时间应该由一个标尺来衡量，但这标尺不是渐渐加重的砝码梯度——他创下了个人最好成绩，也不是他越来越强的力气和恢复力，而是新音乐的量子。在硬波普之后，他将了解调式爵士，接着穿过自由爵士的世界，前往非裔古巴爵士和巴西爵士，这将绕回他热爱的波萨诺瓦。下次他将倾听波萨诺瓦，他的双脚会在敞开的天空下踩上地球。但在那最初的几圈轨道上，硬波普就是一条高高的、清晰的地平线：比月球上的任何一处都更远，更辽阔。

半个月后，他在最内圈的环区上奔跑。全程。一个月后，他在过渡环区步行，地球重力的一半，月球重力的三倍。他没有依靠辅助或支撑，也没有停顿，他花了一个小时走完了它。两个月后，他在中部环区奔跑。三个月后，卢卡斯·科塔睡在了那里。第一个晚上，他觉得有一只铜制的恶魔蹲在他的胸口，把熔化的铅屙进他的心肺。第二个晚上，第三个，第四个。在十五个夜晚后，他睡足了一整晚，只是做了被困在一片铁海的铁冰面下方的噩梦。在那之后，他每晚都睡在三倍月球重力下。

第二轮的三个月，卢卡斯·科塔探索了调式爵士——沃里科娃医生的挚爱。他走进音乐的脚步更稳定了，他曾经在另一片沃野上瞥见这片领域，知道它山川的位置和河流的走向。现在他已经听得懂地理的隐喻了，因为前进至调式爵士的音乐进程促使他把注意力转向地球。这是一个可以涵盖一生的课题。地理学、地质学、地球物理学；海洋学、气候学及它们的女儿气象学；水、热量、自旋[1]、热力学的相互关系，以及这些基本元素旋转生成的美丽又混乱的系统，全都让他着迷。富饶的，不可预测的，危险的。他喜欢阅读气象报告，看着它们的预报在面前这颗行星的蓝色眼睛上画出白色和灰色的线。卢卡斯·科塔是个贪婪的地球观察者。他观察旋转着越过大洋的风暴和飓风；观察暗褐色的平原在雨水横掠时变绿的样子；观察花朵、沼泽和红树林消失在闪烁的洪水之下后变暗的沙漠。在一月复一月绕着这颗行星循环飞行的过程中，他看着季节偷偷从极点漫出，看着白雪出现又退去，看着季风向焦炙的无数区域散播富饶的浓郁色彩。

只有一件事他不观察，那是和地球距离最近的时刻，循环飞行器会用轨道缆索交换人员舱，并遥控空投货物舱。他在自己的舱室里，能感觉到胶囊舱的震动和附件的脱离，还有转移舱室入坞带来的颠簸，但他永远也不会到观景气泡去观看这些。他不会在劫掠这件事上投入注意力。他也从来没有回望过一次月球。

这一年早些时候，沃里科娃医生换班回了地球，去圣彼得堡休假。她的代替者是叶甫根依·切斯诺科夫，一个自以为是的、三十多岁的男人，他不明白卢卡斯为什么蔑视他。他的行为过分亲近，如果是在若昂德丢斯，无论在哪一家咖啡馆，这种习惯都会让别人对他亮刀子，而且他对音乐的品位太糟了。节拍并不能创造音乐，节拍太容易了。哪怕是托奎霍，也能在它有限的领域里创造出一种新的节拍。卢卡斯渐渐习惯了他的亲随单调的新个性。一艘飞船，一种声音，一个界面。如果现在托奎霍像圣彼得与保罗号一样拟人化地谈论自己，它的犹豫和停顿会让那声音听起来不那么全知全能。光速延迟使他们很难实时接入地球的图书馆，但飞船系统中的信息

---

[1] 自旋（Spin）：量子力学中粒子的内禀性质，其运算规则类似于经典力学中的角动量。

足以让卢卡斯进行他的研究。行星的地球物理学与气候学知识带他进入了地理政治学领域。地球正在经历一轮气候变迁，它支撑着行星政治的方方面面，从非洲萨赫勒地区和美国西部数十年的干旱，到不断袭击欧洲西北部的暴风雨，洪水接着洪水接着洪水。卢卡斯不能理解这种荒唐：在一个超出人类掌控的世界里生活。

他研究氦气的力量，它曾经构建了他家族的财富。干净的电力，没有辐射，没有碳排放。程序尽在掌握。聚变反应堆很少，而且很昂贵。每个国家都凶神恶煞地守卫着自己的发电厂——防备着其他国家，防备着准国家实体的非常规武装力量，防备着被干旱、作物歉收、饥荒和内战逐出祖国的自由军和军阀。卢卡斯了解到，在过去的五十年里，无论是哪一个时间点，地球表面都在发生超过两百起的微型战争。他花很长的时间研究，试图弄清楚那些独立国家，以及挑战这些国家的许许多多的归属集团。月球社会的存活得益于拒绝向组织和派别提供能源。月球上有个体，有家族。五龙——四龙，他纠正着自己，心里因为感情用事的铁律而感觉到了刺痛——四龙是家族公司。月球发展公司是一个由国际控股公司的主管者组成的没有实权的董事会，它被设计出来的目的就是永久的自我抵制。

国家，有着身份、成套的权限和义务，以及约束它们的地理疆界，这在卢卡斯·科塔看来武断又低效。忠诚于一条河的左岸，并敌对于这条河的右岸，这种概念真是滑稽可笑。他了解到，河是在两岸之间奔流的。而人们对任何一条河的河岸线都没有一致的意见。卢卡斯不能理解人们怎么能如此容忍自己的无能。法律声称要平等地守护并压制一切，但在粗略调查了滚动新闻后，卢卡斯发现这仅仅是个古老的谎言——他变成了地球时事的积极消费者，从宗教战争到明星八卦，什么都看。财富和权力能买到更光明的法律种类，和月球上的形势也没多大差别。卢卡斯不是律师，但他明白月球法律的三条立足原则：法律越多越糟；包括法律在内，一切都可以协商；在克拉维斯法院中，包括克拉维斯法院在内的一切都在受审。地球法律保护着人类，但谁能保护人类不受法律的迫害？一切都是强制的，没有任何东西可以协商。政府从意识形态而非证据的基础出发，向人民强加涵盖一切的政策。这些政府打算如何补偿那些被政策消极影响的公民？真是一层又一层的无解之谜。

在定时检查时，切斯诺科夫医生在卢卡斯的众多医疗监控器上观测数据，而卢卡斯便拿这些事询问他。你爱 CSKA 莫斯科足球队，你爱俄罗斯。在这些你爱的事物里，哪个更重要？你纳税，但法律不允许你知道这些钱被如何花掉，更不用说会让你保留这些钱以期影响政府政策。这怎么会是一种好的契约呢？教育、法律系统、军队和警察全都在国家的管控之下，健康和运输则不在。对于一个资本社会来说，这怎么能是一种恒常的状态？当卢卡斯询问他关于他的政府及其政策的问题时，切斯诺科夫医生就不再说话了，简直像是害怕被窃听一样。

切斯诺科夫医生换班离开，沃里科娃医生又再次回船值班。她瞪着来到自己办公室的卢卡斯·科塔。

"你是只野兽，"她说，"一只熊。"

他忘记了，在她回到地球的这两个月里，他发生了多大的改变。他变宽了十厘米；他肩膀的肌肉一直绵延到颈部；他的胸膛上有两大块坚硬的肌肉；他的腿弯曲鼓胀；他的大腿不能正确地并拢；血管在他的手臂和小腿上如月谷般突起；甚至他的脸都变得又宽又方。他恨他这张新脸，它让他看上去像个集尘者，它让他看上去很蠢。

"仇恨和比尔·艾文斯让我变成了这样，"卢卡斯说，"我想在第三环区步行。"

"我和你一起去。"

"不用了，谢谢你，加雅。"

"那我会监控你的。"

新重力，新音乐。在电梯里，他命令托奎霍调出一张典型的自由爵士乐歌单。乐器在他的脑海里敲击，音符骚动着发起小规模的战斗，喇叭声和萨克斯管又尖锐又粗砺。他的意识在眩晕。这是个挑战。奥奈特·科尔曼召唤了三连音的暴风雨，卢卡斯觉得重力抓住了他，拖拽着、检验着、撕扯着他强大又野蛮的身体。

电梯门打开了。卢卡斯迈了出去。疼痛重击着两边的脚踝，膝盖就像是被热钛棒给戳穿了，韧带移动着、扭动着、暗示着屈服。他咬紧了牙。混乱的音乐就像是一个疯古鲁[1]的手和声音。动啊。两步，三步，四，五。在地球重力下步行需要一种韵律，不同于月球动作里胯部松垮的摇摆，而是要将重量向上撑起、向前推进、向下稳住。在月球上，这样的动作会让他在空中翱翔；而在圣彼得与保罗号的外环区里，它仅仅能让他维持不倒下。十步，二十步。他早已超越了最初企图在地球重力中行动的愚蠢的自己。现在他可以扭头向后看，看到那个点消失在环区地平线的后面。循环飞行器正在轨道的外凸曲线上，最外环区挤满了月芽和远地研究者，还有一小部分是商务访客、公司代理、政客和游客。几天后他们会迁居到过渡环区，然后再迁到月球重力内环区。在那里，旋转、低重力和新运动方式对内耳的影响将放倒百分之八十的人，让他们患上晕动症[2]。当他一脸毅然，摆着手臂大步经过时，他们朝他点头致意。钢鼓乐队压缩着他肿胀的心脏，血液随着每一个鼓点在眼后博动着鲜红，他的眼球好像要从眼眶里掉下来了。

他能做到。他正在做。他将会做到。

他能看到弯道上方的电梯门。他计算着步数。他的心脏里有小小的欢喜在汹涌。这欢喜让他疏忽了。谨慎的步伐频率被打乱了。

---

[1] 古鲁（guru）：印度教或锡克教中的宗教导师或领袖。
[2] 晕动症：此处指非正常重力环境下的晕机、晕船等症状。

他失去了平衡。重力抓住了他。卢卡斯撞在了甲板上，这一下冲击驱走了他所有的呼吸和思想，只除了一个想法：他一生中从未撞得如此严重。疼痛让他瘫在了地上。他侧躺着，动不了，重力把他钉在了甲板上。地球人围在他身边。他还好吗？发生了什么？他拍开那些想帮助他的手。

"别管我。"

一个医疗机器人沿着走廊尖声呼啸而来。这是他无法忍受的耻辱。他用颤抖的手臂撑起了自己的身体，拖动身下的双腿，从蜷着的姿势换到站着的姿势似乎不可能成功。他右大腿的肌肉抽搐着，他不确定膝盖能不能撑起自己。机器人的红色眼睛责备着他。

"去你妈的。"他一边说着，一边被撕裂的疼痛绞出一声喊叫，然后卢卡斯·科塔站了起来。机器人跟在他后面打着转，像一只寻求关注的宠物雪貂。他很乐意把它踢走。总有一天，不是现在。他往前一步，酸痛从右脚蔓延到了右肩。他喘着气。

脚步依然坚定。那只是疼痛而已。

机器人紧跟着卢卡斯·科塔的步伐，跟着他走完了到达电梯的最后十几米。

"你没有摔断什么东西可够幸运的，"沃里科娃医生说，"否则一切可能就终结了。"

"骨骼能够愈合。"

"地球的骨骼，月芽的骨骼。有地球型骨密度的月球人骨骼，可没有文献记载。"

"你可以用我来写一篇论文。"

"我正在写。"沃里科娃医生说。

"但我的骨密度是地球型。"

"被骨质疏松症折磨的七十岁的地球型。我必须再次更新你的钙质管理体系。"

卢卡斯早已制定了一个计划，以便为使用"地球型"一词打下基础。步行，直到他的脚拥有正确的感觉，直到他的胯部开始正确地摆动。更多步行。然后走三分钟，跑一分钟。重复，直到他习惯这疼痛。走两分钟，跑两分钟。走一分钟，跑三分钟。跑。

"你觉得自由爵士怎么样？"沃里科娃医生问。

"它要求你适应它，"卢卡斯说，"它不会妥协。"

"我没法适应它，对我来说它太爵士了。"

"你得努力才能找到它的美。"

卢卡斯不喜欢这种音乐，但他的确钦佩它。对于他现在必须做的事来讲，它是一种理想的配乐。艰难事物的配乐。他最擅长的，他一直最拿手的，他唯一的天赋和才华：计划。

政府通常都是最难对付的，所以他先从它们着手。中国是必然的，因为它是中国，也因为它长期以来与孙家抗争。美利坚合众国，因为它的财富、它对中国历史悠久的敌意，也因为只有一个正在衰颓的帝国才最着急捍卫自己的荣誉。加纳。不是主角，但它见证了自己那几个英勇的公民在月球上建立的一切，它也想要分一杯羹。而且阿克拉[1]始终想胜过自己那位更大更强的邻居——拉各斯[2]。印度，它错过了月球移民潮，并且仍未从这失败中走出。俄罗斯，因为他和 VTO 的协议，也因为未来他可能必须背叛沃龙佐夫家。对于这些国家的政府而言，科塔氦气的陨落是一次地区性动荡，重要性仅止于它对氦-3价格的影响。他必须教会他们听他说话。总有一些渠道和名字可以通话，而它们将使他接触到其他名字。名字的链条，政治层级的缓缓上坡。这事会很困难，也会很有趣。奥尼特·科尔

---

[1] 阿克拉（Accra）：加纳首都。加纳与尼日利亚两国在各方面的竞争都很激烈。

[2] 拉各斯（Lagos）：尼日利亚旧首都。

曼 [1] 是这份工作的最佳原声。

在探索约翰·柯川 [2] 的录音遗作时，卢卡斯已经触及了地球公司。机器人产业，不错，但它毫无价值，他希望有一家企业能听懂他的报价，不管是短句子还是长句子。银行业和风险投资：他在此间的脚步很谨慎，因为虽然他了解金钱及其运行方式，但他从未弄懂过那些复杂到令人发疯的金融工具，以及它们在全球市场上产生交集的方式。这些会面比较容易达成，他与之谈话的人对计划的大胆之处真心感兴趣，甚至为之兴高采烈。他们一定会调查他，了解他的没落。科塔氦气的毁灭会让他们有所触动。他们会倾听这个月球人的话，因为他预备付出一年的时间和健康，好从天空落到地面和他们谈话。

每一天，当圣彼得与保罗号绕着月球旋转时，他与权力对话。他坚持不懈，一个名字接一个名字地促成会议和面谈。他在自己的舱位里，挑拨投资者去对抗投机者，让政府去对抗政府。谁可以信任，信任多少，何时终止这信任。谁可以背叛，何时背叛，如何背叛。谁更可能受贿，谁可以被要挟。他可以撩拨谁的虚荣心，撩拨谁的偏执？一个个会议依次落实。他至少需要在地球上待三个月球月。

"最好是四个月。"他再次对沃里科娃医生说。现在他每天都在第三环区跑步。他是个中年人，他最好的年华已经过去了，但他接受的生理挑战会让一个岁数只有他一半的人望而却步。这过程仍然可能杀死他，或是令他残废到哪怕是月球医疗水平也不能治愈的程度。

"你还需要一个月，"沃里科娃医生说，"最好是两个月。"

"我承担不起两个月。我记得我告诉过你，我将在十四个月后

---

[1] 奥尼特·科尔曼（Ornette Coleman）：美国萨克斯风演奏家、作曲家，1960 年代自由爵士运动的主要创新者之一。

[2] 约翰·柯川（John Coltrane）：自由爵士乐先锋，爵士乐史上最具影响力的乐手之一。

前往地球。有一点点余地，非常小的余地。"

"一个月。"

"从现在起算，一个地球月后，我乘轨道飞行器下去。我再也不要听奥尼特·科尔曼了。"

正如他之前计划的，在最后一个月里，他徜徉在非洲古巴爵士乐里。声音和节奏温暖着他的心脏，使他微笑。在这里，他伸出手便能与波萨诺瓦相握。他享受着歌单音乐里的无忧无虑，但很快发现这节奏太规范、太前卫了。当他在外环区的健身房里运动时，它迫使他跟随它的节奏，而这是他痛恨的。他最后几天忙碌的工作事项是自己的身份和安全问题，对于这份工作来说，这音乐似乎太轻佻了。瓦莱里·沃龙佐夫给了他一个 VTO 太空舰队雇员的身份：他明智地贿赂了 VTO 地球，搞定了一张哈萨克护照。他将自己仅剩的一点财产转换成了可以快速且轻易获得的形式。地球对流动中的钱总是很多疑。每一个步骤都有关于洗钱问题的核对、询问和查询。卢卡斯感觉受到了冒犯。他不是那些小家子气的毒枭或粗俗的小国君主。他只想要他的公司回来。烦人又琐碎的事务永远都完成不了，似乎总是在要求进一步的身份验证或声明。

在飞行前的最后一次身体评估中，卢卡斯对沃里科娃医生说："我母亲就是乘这艘飞船上来的。"

"五十年前，"沃里科娃医生说，"自那时起它变了很多。"

"只是附加，改造。你们没有抛掉任何东西。"

"你想要什么，卢卡斯。"

"我想睡在我母亲的那张床上。"

"我甚至不想对它的精神病学原理进行探讨。"

"迁就我吧。"

"那不会是一样的床。"

"我知道。迁就我吧。"

"应该有记录。沃龙佐夫家从不遗忘。"

三环区，蓝色分区，右34。沃里科娃医生打开了这间个人舱室。它比卢卡斯乘坐抵达这艘飞行器的小舱要大一点点。他钻了进去，和衣躺在了垫子上，因为现在要奋力脱下它们太费劲了。垫子柔软又有弹性，舱室设备齐全，每一刻他能意识到的只有重力。接下来他将要迎接这样的好几个月。在飞船上，当重力使他无法承受时，他能逃到中间环上，甚至月球重力内环上。但是在地球上无处可逃。这让他恐慌。小舱封闭又舒适，而卢卡斯是喜欢小地方、窝巢和腔室的生物。他之前的整个人生都处于封闭的屋顶之下。而下面这个世界拥有一片天空。向宇宙开放。旷野恐惧症让他恐慌。一切都让他恐慌。他没有准备好，他永远都不可能准备好。没有人能为此准备好。他所能做的一切，就是信任自己的天赋，它将他带到此处，它曾将他从科塔氮气的陨落中救出来。

那就足够了。

在陷入艰难的睡眠之前，他回忆了那些脸。卢卡西尼奥，那么可爱，那么迷茫。阿列尔，在差点被一把刀子杀了之后，躺在医疗中心的防震床上。卡利尼奥斯，在卢卡西尼奥的逐月派对上，像天空一样宽阔壮硕，一边笑着一边大步走过草坪，胳膊下面夹着沙装的头盔。拉法，黄金之子，永远都是金灿灿的。他大笑着，他的孩子们围绕着他，他的欧可们在他的身边，也在大笑。阿德里安娜。卢卡斯只能描绘出她在远处的身影，在育婴堂的门口，在博阿维斯塔的奥瑞克萨石脸间她最喜欢的亭子里，在一张宽桌的另一头。

接着他睡着了，接下来的四个夜晚，他都睡在这老舱室里。他的梦是沉重的，汗如雨下的，尖叫的梦。在外星重力下，它们将一直是这样。

第五天早晨，他向下飞往地球。

闸门工作人员反对他的领带。它会飘起来，会让他窒息，会对他人造成危险。卢卡斯把结打成又尖又紧的二十世纪一〇年代的款式，就像指向自己喉咙的一把尖刀。中性灰的桑姆·思维尼单排扣西装三件套。修身剪裁，三厘米的裤脚卷边。

他宣布："我不会像一个穷困潦倒的上城高街人一样抵达地球的。"他解开了马甲最底下的扣子。

"如果你吐得满身都是，你就会像了。"

闸门封闭了。和转移舱平衡压力的过程仿佛过了一生。恐惧在卢卡斯的胸腔里敲打。西装早就变成了一个分心的元素，一种支持他抵御恐惧的方式，一种再度成为卢卡斯·科塔的方式。在两个世界之间度过的十三个月——比他的预算少了一个月——十三个月的地理政治学和世界经济学；十三个月的交易斡旋和精确操作的贿赂；十三个月的辨别及利用对抗；十三个月不间断的训练——全都聚焦于此，聚焦于这刀尖。从飞船到太空舱，从太空舱到缆索，从缆索到SSTO[1]，从SSTO到地球，用不到四个小时就会完成。这一点也不让人觉得安慰。

闸门打开了，卢卡斯抓住一个把手，借反冲力投入了太空舱。

再会了，那些屈辱、功能性服装，以及二十世纪中期的爵士乐。

转移舱是个二十米长的筒舱，没有窗户，完全自动化。十排座位。沃里科娃医生抓住一个把手，在他旁边扣上了安全带。

"你会需要你的医生。"

"谢谢你。"

还有另外五名乘客，接着闸门封闭了。下去的总是比上去的少。安全事项公告，不是多余就是没用。托奎霍连接上了太空舱AI，通过外部摄像头向卢卡斯提供了外景。他看了一眼身下那巨大的蓝色

---

[1] SSTO（single-stage-to-orbit）：单级入轨运载器。

世界，便将它们关掉了。他调出一张精心安排过的经典波萨诺瓦的歌单。他熟悉的曲调，他热爱的曲调，他曾请求若热为他演奏的曲调，那是在两个世界间最好的音响室里演奏的。

一连串撞击，倾斜。静默。太空舱离开了圣彼得与保罗号，这个装着生命的小球坠落着掠过蓝色世界的表面。他研究过这个过程，知道是怎么运作的。这是全控式下降。他让托奎霍展示了一个转移缆索绕行星边缘旋转的模型。图表让他宽慰。

当嘟声通过船体惊醒了卢卡斯，他刚刚打了个瞌睡。缆索连接了。他的胃翻腾起来，当缆索把太空舱加速抛进 SSTO 的对接轨道时，重力掌控了全场。卢卡斯在逃离月球时曾经历过一次缆索转移，那时月环从塔顶上抓住了他，将他扔进了循环飞行器的转移轨道。这一次体验远胜过月环的那一次。卢卡斯觉得他的嘴唇正在从牙齿上剥落，眼睛被压扁在眼眶里，血液集中在他的后头盖骨里。他无法呼吸。

然后他再次自由降落。缆索松开了太空舱，现在卢卡斯正在向与 SSTO 会合的位置降落。托奎霍向他展示了轨道飞行器，它有美得不可思议的翅膀和流线型身材，就像是活的一样，迥异于卢卡斯对那些仅仅旨在真空中运作的机器的审美。航天飞机打开了它的货舱口，姿控推进器的脉冲推动着太空舱。卢卡斯看着操作机械手从飞行器上展开，闩上了对接环。卢卡斯感觉到了轻微的加速，柔和得就像是家里的电梯，像是有一只胳膊在把他推进去。太空旅行是触觉性的，点击和重击，柔软的震动和简短的颠簸。他胳膊上传来的共振停止了。

卢卡斯在心里数着数。SSTO 的轨道高度，150 千米。距离脱离轨道的推进器点燃的时间，37 分钟。飞行器穿过大气层需要花费的时间，23 分钟。再入时飞行器的陶瓷船体将达到的温度，1500 摄氏度。着陆速度，350 千米每小时。如果出问题，能采取控制手段的员工数目，0。

舱室摇动了，又摇动了，摇了很久。脱离轨道的推进器点燃了。一只重力的拳头攥住了卢卡斯的头，试图把他扯进天花板。减速过程是野蛮的。飞船在颠簸。卢卡斯·科塔的手指陷进了扶手，但没有什么可以抓住，没有什么是真实稳定的。他的心脏像要死亡。他无法承受这个。他自始至终都是错的。他是个自负的蠢货。一个月民无法来到地球。杀戮的地球。最深的恐惧在他喉咙里鼓动着要叫出声来，却无法拆解能将人压碎的重力。

震动加强了。大大小小的跳动将卢卡斯扔进短暂的自由坠落中，接着又把他甩到安全带上，力道大得足以形成瘀青。而后是高频振动，就好像飞船和灵魂都在被研成粉末。

他找到了一只手，紧紧地抓住了它，紧到他觉得它的骨头都移位了。他抓着这只手，就像在一个震荡且咆哮的世界里抓住了唯一一个确定又固定的东西。

接着震荡停止了，他感觉到了重力，他身下真正的重力。

托奎霍说，我们正在外层大气飞行。

"显示。"卢卡斯嘶哑地说，于是座位靠背和灰色舱室的警告标志被一个窗口覆盖了。他的位置足够高，还能看到行星的弧线。它永恒地伸展着，如有生命般微妙又广袤。上方的天空渐深成靛蓝色，下方铺展着一层层轻纱般的云朵，逐渐融合成一片暗黄色的雾霾。他瞥见了灰蓝色。那是海洋，他想。它的广阔，它的壮丽和超然都远超他的想象。SSTO箭一般向下穿过最高的云层。卢卡斯屏住了呼吸。陆地，透过云层隐约可见的褐色线条。

卢卡斯研究过，他知道自己正在掠过秘鲁海岸，离着陆还有两千三百公里。在褐色的海岸沙漠那一边，将会突然出现暗色的山脉，它们是绵延在大陆上的脊链。在山脉那一边，有原始大森林的残迹，星星点点的深绿色夹杂在庄稼较浅的绿色和金色里，还有浅黄色和暗褐色，那是土壤死去的地方。那些一缕一缕的东西在他看来低矮得很奇怪，像是被截短了一样，它们应该是烟，而不是灰尘。高耸的云朵从被烘烤的大地上翻腾而起。下方是最后的云层。当轨道飞行器向下俯冲，穿过这些云时，卢卡斯屏住了呼吸。灰色的，昏暗的，飞船颠簸着，这是天空的洞穴。接着他们出来了。阳光是银色的，然后变成金色：宽广的河流，淤泥让它变成了黄色。SSTO沿着河东岸飞行，掠过交织的支流，支流复支流。被迷住的卢卡斯试图辨别那些小河的圈环和曲线。托奎霍发出了一声提示。它说了什么，他一直没注意，是说还有多少分钟降落吗？

另一条大河，黑色与金色相汇，在它们的连接处，有模糊不清的人类活动迹象。当太空梭掠过某处空中时，有数千处闪烁的阳光：卢卡斯意识到这是一个城市。他再度忘记了呼吸。一座城市，在两条河流之间，没有遮掩，向宇宙敞开，在大地上蔓延。巨大到超出了他的想象。在地球没有被云层遮盖时，它上面的那些光网并不能让人联想到这颗行星上的城市有多么无垠又可怕的宏伟。

航天飞机在倾斜转弯。卢卡斯咬紧牙关忍受重力对他的戏弄。SSTO在盘旋，在为降落而减速。他能听到外面的空气声，就像是手在抚摸船体。他瞥见了飞机将要着陆的那条长带，城市以一种令人惊恐的角度倾斜着，还有河流的汇合点。黑色与金色的河水肩并肩、不相融合地一起流淌了许多千米。卢卡斯觉得很迷人。他不大理解地球的流体力学，不知道这种效果是常见的还是惊人的。水里那些正在移动的东西是什么？

10分钟后降落，托奎霍说。

"卢卡斯。"沃里科娃医生说。

"什么？"

"现在你可以放开我的手了。"

再次凌空于城市和河流之上，现在比之前更低了。航天飞机恢复了平稳。目的地到了。着陆带在他面前笔直又真实地向前伸展。卢卡斯感觉到轮子降下并锁定。航天飞机抬起了它的鼻子,稳稳地落在自己的后轮上,前轮着陆时的震动更小一些。

地球。他在地球上了。

当卢卡斯开始解座椅安全带时,沃里科娃医生压住了他的手。

"我们还没到。"

卢卡斯·科塔觉得又过了一辈子的时间,SSTO 还在滑行道上轰鸣。然后他觉得它停下了。他能透过船体听到一些活动,感觉到一些费解的撞击和振动。

"你觉得怎么样?"沃里科娃医生问。

"活蹦乱跳。"卢卡斯·科塔说。

"我安排了一个医疗队和一张轮椅。"

"我要走下这艘飞船。"

沃里科娃医生笑了,接着卢卡斯感觉到了明确无误的倾斜,那意味着一台起重机把舱室拎出了轨道飞行器。

"我还是要走下去。"他说。

吊耳锁上了,闸门旋转着,舱口打开了。卢卡斯在地球的光线中眨着眼。他深深地吸了一口地球的空气。它的味道里有清洁产品、塑料、人体、根深蒂固的尘土,还有电力。

"要我帮忙吗?"沃里科娃医生在舱口喊道。其他乘客都已经离开了,随意的姿态就如换班工人们悠闲地走下皮列—艾托肯[1]列车。

"我会说的。"

"抓紧时间,卢卡斯。"

当这里只剩他一个人时,卢卡斯把手稳妥地放在扶手上。他吸

---

[1] 皮列—艾托肯(Peary-Aitken):皮列是月球北极的陨石坑名字,艾托肯则是月球南极的陨石坑名字,此处是卢卡斯从月球人的角度出发所作的比喻。

了一口这被呼吸过的、被清洁过的空气，将身体重量放在前臂上，向前倾，把自己向上推。大腿的肌肉开始运作，一个疯狂用力的动作。在月球上，这个动作会让他高飞而起，一头撞进天花板。但是在地球上，他只是站了起来。先是右手，然后是左手，卢卡斯·科塔放开了扶手，自己站着。不过只站了片刻——空间很狭小，要走进通道他需要用双手辅助。体重是可怕的，是不可抗的，是无情的，它等着他失去平衡，摔扁在地球上。摔倒会杀死你，沃里科娃医生这么说过。

走下通道的第一步，他就差点摔倒。重力不是圣彼得与保罗号上的那种自旋引力。他在旋转居住环区的科里奥利场中学习如何在地球重力下走路。而旋转会让一切都略有偏移。卢卡斯把重心放在一只脚上，但它不在应该在的地方。他蹒跚着，抓住扶手，稳住了自己。

他成功走到了闸门口。光线非常耀眼。前方是一条下机通道，在通道的终点处，有沃里科娃医生、医护人员和一张轮椅。

他不要被推着进入他的新世界。他长有力地吸了一口地球空气。他能呼吸。自由地呼吸。

"卢卡斯？"沃里科娃医生喊道。

卢卡斯·科塔向前走去，缓慢又摇晃的步伐，一次一步，走在下机通道上。

"手杖，"卢卡斯·科塔说，"替我打印一根步行手杖。银柄的。"

"我们的打印水平没有你们的精致。"一个穿着劣质西装、严肃的年轻人说。卢卡斯眯着眼，从他别在衣袋的徽章上瞟到了他的名字。那徽章糟蹋了外套的线条，不过那总归是件又糟糕又便宜的西装。阿比·奥利维拉—上村，VTO 马瑙斯[1]分部。"我们也许可以在

[1] 马瑙斯（Manzus）：巴西西部城市。

明天以前找到一根。"

"明天？"

卢卡斯停在一扇窗户前面。热量从停机坪和跑道的混凝土上散播开来。那架 SSTO 是一枚黑色的箭头，美丽又致命，像一柄武器，而非航天器。在场地的那一头——比月球上任何一个方向的月平线都要远——有一排不规则的暗色物体，立在一排液状物之上。托奎霍可以为卢卡斯放大它们，但托奎霍现在是他眼睛里一枚无机的视镜，是他耳朵里一团虚无的空气。卢卡斯推测，那是立在热浪上的树。外面有多热？光线亮得令人痛苦。还有天空，无限向上，如此高远，高过一切。那蓝色。天空是令人恐惧，令人昏乱的。卢卡斯将有很长一段时间需要对付这令人产生恐旷症的地球天空。

他打起了精神。

"好的，"卢卡斯·科塔说，"巴西。"

从检疫套间的一扇窗户望去，巴西是水槽、通信天线、太阳能面板和一道暗褐色水泥槽，以及一排树和一线天空。有时云朵会扰乱这蓝色、绿色和浅黄色的抽象主义画面。这就是亚马孙，是雨林。它看上去比风暴洋还要干涸。

VTO 拒绝让托奎霍连接他们的网络，因此卢卡斯依靠老式的远程渠道获得信息。他的联系人每天给他发消息，还有电话、会议、面谈。我很安全，我很好，卢卡斯回复道，我很快就可以和你们接洽。

每日健康课程一如既往地无趣又令人气馁。他被分派了一位个人教练，费利佩。他的讲话内容仅限于动作、肌肉和次数。他戴的医用口罩可能限制了他的攀谈能力。口罩是沃里科娃医生坚持要用的。十几种疫苗接种和噬菌体让卢卡斯的免疫系统蠢蠢欲动，但是面对上百种感染和流行病，他依然很脆弱。训练在中央水池进行。水是你的朋友，费利佩说，它会撑起体重，它能很好地锻炼所有的主肌肉群。

氯的味道折磨着卢卡斯的睡眠。重力很难对付，重力残酷无情，但他了解这个敌人。较小的苦痛一点点损耗着他。剧烈的痰咳促发了黑色的、含尘的黏膜炎。饮食的改变造成了腹泻。一种接一种的过敏引起了鼻炎和发痒的红眼病。他得很慢地起身，才不会让血液瞬间向下离开脑袋。他的脚在鞋子里发肿。轮椅。不得不屈服的痛苦。他无法听懂任何人说的任何一个词。那不是他懂得的葡萄牙语，它受到了西班牙语的影响，在三十种语言里借用了上百个词和短语。口音是古怪的，当他试图讲环球通用语时，他们的眉毛都扬了起来，摇起了头。

食物里的肉让他绞痛得无法忍受。

酱汁里的、饮料里的、面包里的糖。

面包。他的胃反抗它。

他的教练、他的服务人员、他年轻又迷人的 VTO 私人助手们都在监视他，这是必然的。

"我需要工作。"他对沃里科娃医生抱怨道。

"耐心点。"

第二天早晨，男侍让他去沐浴、剃须，并帮他穿上一件得体的西装。男侍将他妥善地安排在轮椅上。到了门口，卢卡斯抓过他曾要求的银柄手杖。一旦他咽下自己的骄傲，在需要时接受轮椅，手杖就变成了一种戏剧道具。男侍推着他穿过没有窗户的走廊，走下一条登机通道，进入一个满是座位的筒舱。

"这是什么？"卢卡斯·科塔问。

"一架飞机，"男侍说，"您将去里约。"

云彩让他惊叹。它们排布在世界的大洋边缘，线条和片层分裂成短线、点，还有影线，一切都在他对变化感知的极限上进行。他移开目光，看了一眼那街区连着街区、街道连着街道的灯光，等他再回头时，云朵又改变了形状。一团团的丁香色边缘点缀着紫色，在光线渗出天空的地方，紫色又加深成了瘀青的颜色，变成了某些他不知道名称也没见过的靛蓝和蓝。除了看云外，人们为什么还要做其他事？

夜里的温度比较让人受得了，旅店员工这么告诉他。套房很舒适，装备也齐全。托奎霍顺利地接入了当地网络，不过卢卡斯确定有十几个监控系统将他的言语和行动报告给上百名观察者。他稳定又有效地工作，发起电话会议和面谈，但他的注意力会偷溜向窗口、溜向街道、溜向让街道及其中行驶的车辆变化莫测的热霾、溜向海洋和岛屿以及海滩上翻涌的浪花。他在月球上从未感受过幽闭恐惧症，而这传奇式的科帕卡巴纳皇宫酒店的转角套房是一处镀金的囚笼。

夜晚，当热浪减弱时，他就在水疗池里消磨时光。费利佩告诉他：探索水。当卢卡斯剥去从前未曾觉出重量的衣物，滑进阳台的水池时，他觉得重力也滑下了他的肩膀。他出来了，在空气里，在世界里。景象壮观。如果他向右变换姿势，就能看到身后山丘上升起的贫民窟。在渐暗的黄昏里，他们的灯光从窗户、街道和楼梯里透出来，组成一张离散的彩色大网。这混乱与科帕酒店严整的结构形成对比，后者整洁又呆板地立在塔巴雅拉斜坡和大海之间。光网被一片片黑暗阻断，无拘无束的棚屋区的建筑者是心灵手巧的，但斜坡妨碍了他们。它们也可能是能源告罄的位置。一百万人生活在几平方公里的土地上。他们的贴近让卢卡斯觉得宽慰。可能是一座房子、一间公寓、一处外延，贫民区每一天都更逼近一点，它让他想起若昂德丢斯层层叠叠的方区，还有子午城广阔的峡谷，数千米的纵深。

侍者给他拿来一杯马提尼。他抿了一口。它明确又顺从地呈现了一杯马提尼应该呈现的东西。它是酒店最珍贵的杜松子酒，但它依然是标准化的、量产的；小批次装瓶的马提尼也依然是商业化的味美思酒，为大众市场提供的大众饮品。除他之外，两个世界里再没有人在某处喝着与他同样的饮料，这一点让他无心享受。

光线几乎隐没在加深的靛蓝色里。卢卡斯的玻璃杯凝固在了他的唇边。在世界的东缘，光线从地平线下蔓延开来。一抹银色轻吻着海洋。卢卡斯看着月亮从海中升起。所有的神话，所有的迷信和女神：他相信它们，他相信有真实的神性存在。一道光掠过洋面，从月亮出发，触及这个月球人。月亮完全离开了海面，是新月的样子：欧库卡日。月球月的每个日子都烙印在卢卡斯的脑子里，每一个月球出生的人都一样，但他从未像此刻般明白它们的意思。因为它们是在地球上被命名的，在这能看见月相变化的地方。

"你真小啊。"卢卡斯悄声说着，看着月亮上升到海平面干扰不到它的地方，独自立于天空中。他只用拇指就能盖住他的新月世界，盖住每一个他曾认识或爱过的人。卢卡西尼奥，不见了。海洋、山川、巨大的火山口、城市和铁路，都不见了。人类七十年来在月球上的万亿足迹，不见了。

卢卡斯看到了月亮女神，就像他母亲曾见过她一样，那是几近一个世纪前的事：叶玛亚，母亲自己的奥瑞克萨，她抛出了一条银色的道路，越过海洋和空间。这就是阿德里安娜曾见过的一切，月亮女神的这一半脸，它一直在改变，但从未转开。而他的理解是完全颠倒的。地球是一个残酷的、压迫性的地狱，月球才是希望。一个小小的、黯淡的希望，可以被一根举起的拇指遮盖，却是唯一的希望。

一丝云朵飘过新月，染上了银边。天空在卢卡斯·科塔的身边扩展开去。月球不是世界边缘的一个小玩意儿，她遥不可及。而掠过月亮的云是美丽又荒凉的。

现在天完全黑下来了，新月高挂在天上，卢卡斯的眼睛适应了黑暗，能辨认出斜月上的特征。连指和拇指处是丰富海和酒海，手掌是静海，手腕的一部分是澄海。月球传说里的手套图案。黑色的瞳孔是危海，东南部的高地多么明亮啊。他能分辨出从第谷环形山发出的一道亮线。从一个天文学层级的距离上，他不动感情地看着这些地方，这些名字。现在他看到了月球暗处那星星点点的微光。星火簇拥在赤道上，那是沿着赤道一号线散布的定居点和栖地。那一团光线是月球近端中央的子午城，离地球最近的点。他的视线移往南边：极点的黑暗里有几处星火，南后城。沿着极点至极点线路也散布着灯光。放大图像后他能分辨出单列的电车。在那里，在阳光反射区域的边缘，黑暗里那些锐利的光线应该是特维城的镜面农场。克鲁斯堡是月球上最明亮的东西，但在这个月相上，它是不可见的，因为阳光正完满地照射在月肩上。

　　卢卡斯把颈部埋在提供浮力的水里，在月球城市的光芒下喝掉了他的劣质马提尼。

第四章　天秤宫 2105

五十三年前，他就在这个坐落于凋零沼泽上的黑色金字塔里出生。邓肯·麦肯齐伸出手指，划过桌面上厚厚的尘埃。这里有他的皮肤碎屑，吸入的每一口充满尘埃的空气里都有他童年的印迹。阿德里安戴着防尘面罩，科尔宾·沃龙佐夫—麦肯齐夸张地打着喷嚏，但最适合邓肯召集董事会的只有哈德利城。这里是麦肯齐的第一个熔炉。

邓肯·麦肯齐把他的右手平放在桌子表面。埃斯佩兰斯向旧城的神经系统发出了无声的指令。脚下传来的震动让邓肯微笑了起来，系统在苏醒，在自检，在充能。在没有空气的走廊里，一排一排的灯亮了起来。压力密封装置关上了，空气奔涌进了真空。被埋藏的元素和照明灯为月球的寒冷加了温。一间接一间的腔室，一个接一个的系统，邓肯·麦肯齐建起了他的都城。等家族安全了，等公司稳妥扎根以后，他将尽数扛起克鲁斯堡的命运。在那之前，得有人挑起大梁。大家必须患难与共，直到每个人都逃离那列车。

"布赖斯正迁往若昂德丢斯，"尤里·麦肯齐说，"静海的运营经理收到了交出控制代码的命令。"

"那个混账没有这个权利。"丹尼·麦肯齐说。

"我弟弟正在策划一场政变,"邓肯说,"他得去抢氦气,而我们只在近地面有一个稀土熔炉。如果我们动作快,我们就能在它萌芽之前剿灭它。现在在静海和东丰富海上有谁是我们的人?"

丹尼·麦肯齐列出了队伍、集尘者和资源清单。他的新金牙转移了邓肯的注意力,在逃离克鲁斯堡时,丹尼失去了两个牙齿。邓肯但愿那个被丹尼抢走位置的可怜杂种是死在他的弯刀下的,又快又干脆。

"我们能信任的人有多少?"邓肯问。

名单缩短了一半。

"挑二十个可靠的杰克鲁,搞定那些萃取工,不能把他们交给布赖斯。不管用什么方式,你觉得合适就行。"

"用他们的武器对付他们。"丹尼说。邓肯记得这句格言。他同父异母的兄弟哈德利·麦肯齐曾在克鲁斯堡的刀堂教导罗布森·科塔,教他如何在燃烧的光栅间战斗。哈德利只移动了三次就缴了罗布森的械,压住那孩子,用他自己的刀尖抵住了他的咽喉。一个十一岁的男孩。月亮女神是善变的。她爱着科塔家:幸运的、光鲜的科塔家。她对麦肯齐家从不宽容。哈德利·麦肯齐死在了卡利尼奥斯·科塔的刀锋下。在若昂德丢斯陷落时,卡利尼奥斯死在了丹尼的刀锋下。月亮女神考验着她爱的人。

"派队伍去危海,"邓肯说,"尤里,你来负责此事。我不想失去蛇海第二次。"

丹尼已经进了电梯,他将拟定合同,召集人员和物资,又快又狠地打击对手。布赖斯的弱点是,他从不理解身体的战斗。他的方式是代码、指令、命令和分析。但每一次的胜利者都是野外的集尘者,是月壤上的靴子。邓肯会把他的刀子插进这个弱点,绞动它,直到鲜血畅快地涌出。

"阿德里安。"

"爸爸。"

月鹰已经飞回了自己子午城的鹰巢，但阿德里安来到了哈德利城。铁陨后，家人才是最重要的。

"我需要你为我们奉上 LDC。"

阿德里安·麦肯齐犹豫了。邓肯在他嘴边的肌肉中读到了十多种情感。

"月鹰对 LDC 的影响已经没有从前那么稳固了。月鹰和 LDC 在某些问题上有意见分歧。"

这个答案很迂回，很像一个欧可的外交辞令。

"这是什么意思？"邓肯问。但瓦索斯·帕拉俄勒格斯的声音插了进来，他曾是克鲁斯堡的管家，现在是哈德利城的管家，"麦肯齐先生。"

作为一个完美的家臣，只有消息极其重要时，瓦索斯才会插话。

"说。"

瓦索斯个子很小，秃顶，有着灰黄色的皮肤。他的亲随是蓝色同心环的恶魔之眼，驱逐邪恶之眼。

"一份来自子午城车站的报告。王·约翰—建死了。"

约翰—建是月球上最优秀的产品工程师。邓肯以金斯考特的纪念馆换得了他的忠诚。这是一个沉重的打击。

"怎么回事？发生了什么？"

"在月台上，一只锁定攻击昆虫。"

半机械遥控，装备着快速致命的毒药，这是阿萨莫阿家的标志性武器，但在哈德利城这座小小的控制室里，没有人有一瞬间怀疑过是 AKA 支持了这次刺杀。选择这种武器，是因为它小、安静、精准、残忍，并且不会引起某些损害，这些损害可能会被要求支付昂贵的赔偿。一场非常典型的布赖斯·麦肯齐风格的谋杀。

又快又狠的打击。布赖斯已经顺畅有力地从竞争走向了战争。埃斯佩兰斯呼叫了丹尼的亲随。丹尼正在行动中，从哈德利城半公里高的黑色金字塔，加速前往艾托肯—皮列极地线。

"我搞定了五个完整的小组，坚定的杰克鲁。"

"做得好，丹尼。我希望这边快点结束。掏出那个杂种的肠子。"整个控制室都响起了赞成的嗡嗡声与轻声的"没错"。邓肯伸出一只手。

"这里有人反对我成为麦肯齐金属的董事长吗？"邓肯·麦肯齐问。

尤里是第一个握住那只手的。科尔宾，瓦索斯，最后是阿德里安。

"我是忠诚的，爸爸。"但他没有看他的父亲，在邓肯寻求视线接触时，他挪开了视线。你是站在我这边的吗，儿子？你不在布赖斯那边，但你站在谁那边？你握了我的手，但你是在许诺效忠吗？布赖斯也许拥有公司，但邓肯拥有家人。

最后一点戏剧成分。邓肯·麦肯齐喜欢找出每一天的戏剧性，将陈述化为成果，在会议中上演情景剧。他从头到脚的标志性灰色，还有埃斯佩兰斯闪烁的灰色球体，都是精心计算过的效果。一道无声的命令之后，他身后长久关闭的窗户滑开了。哈德利控制室厚重的斜面熔结墙上，沉重的玻璃插槽让位给了凋零沼泽广阔的远景，以及等在外面的数千座暗色物体。

镜群苏醒了。

哈德利城从一组五千面镜子的镜群中升起。在邓肯的指令下，沉寂已久的机械震动着，嘎吱作响，在它们的发动机和促动器中碾磨着尘埃。镜群颤抖着转动它们的脸，去捕捉阳光。镜场发出的光辉如此耀眼，以至于控制室里的人都抬起手来挡在了眼睛前方，直到光致变色玻璃反应过来，将燃烧的、充满尘埃的光柱调到可以忍受的程度。麦肯齐家的力量一直都来源于阳光。哈德利城的镜群曾被两个世界嫉妒，它们是光能熔炼科技的巅峰之作，但是对罗伯特·麦肯齐来说还不够。每个月有十四个月夜，镜群是黑暗的，熔炉是冰冷的。他构思着一个永不熄灭的熔炉，时时刻刻都有正午阳光倾泻进它的镜群。他建立了克鲁斯堡。孙家夸耀他们的尖塔宫殿——恒光殿，真是廉价的夸耀，那是地理位置和月面学创造的运气。麦肯齐家建造了自己永无止境的正午时光，他们为此改造了月球。

镜群锁定了位置，五千道光束聚焦于暗黑金字塔顶端的熔炉中。就算是在满月的光线里，这个景象在地球上也清晰可见，那是灰色的雾沼中突然燃起的一颗星辰。

邓肯·麦肯齐闭上双眼，但光线依然将他的眼睑烤红。屏蔽是为了更好地感知。他将它从苏醒的城市嗡嗡作响的背景音中剥离了出来——那微妙但毋庸置疑的感觉。过去的身体记忆，哈德利城生产时无处不在的震颤，液态金属从熔炉倒进金字塔中心的耐火管道时产生的振动。

他转身面对董事会。

"麦肯齐金属恢复生产。"

幸运八球玻璃组在离子午城五百公里外的地方接到了求救信号。玻璃工们在静海东部高地上进行为期一个月的工作，小组正在为太阳能阵列的北端工作检查烧结物的性能，维护和维修，报告和分析。玻璃工作薪水很高，并且很无聊很无聊很无聊。前三天，小组在维修酒神区微陨石雨造成的损害。一千个小孔，一万条裂缝，一整片太阳能区都变暗了。烦琐又精细的工作不能仓促，那样并不会更快，也不会更有效。幸运八球玻璃组已经等不及要回子午城了，最不耐烦的是小组的老大——瓦格纳·科塔。地球变圆了，变化的浪潮冲刷着他的身体。他的组员对和一匹狼一起工作没什么意见——他的亮面有无穷无尽的能量，能够同时思考三个不同的问题，他的暗面则拥有极度的专注力——在月面上，这都是宝贵的天赋。不过在地球渐渐圆满和渐渐亏缺的间隔期，他比较难相处，因为他会变得焦躁不安、喜怒无常、难以捉摸，容易发怒且不可亲近。

幸运八球组，瓦格纳在每次出发去执行任务时，都会说相同的话，有些老员工已经听过七次了。这是我们的组名。新员工彼此相望。月神是个爱嫉妒的女王，把一个东西称为幸运的、好运的、受偏爱的或幸福的，就会招致她的愤怒。而我们是幸运的。老手们抄着手站着，他们知道这是真的。你们知道为什么我们是幸运的吗？因为我们很无聊；因为我们勤勉又谨慎；因为我们专注又集中。因为我们不是靠运气，我们靠的是智慧。因为在月面上，你会有一千个问题，但只有一个问题是要紧的。我今天会死吗？我对此的答案是不会。

在小狼的组里，从没有死过人。

在酒神区南端四十公里处的月面玻璃上，一个旋转的红色星状物掠过瓦格纳·科塔的视镜：警言2，五个月面威胁级别的倒数第二级。最终级是白色，月亮上代表死亡的颜色。烧结场上有什么非常糟糕的事发生了。瓦格纳检查了空气、水和电池电量，将指令发给探测车里的军师泽赫拉·阿斯兰，同时向幸运八球组知会了紧急信号和情况概要。他的亮面亲随卢斯博士展开一张营救合约。是麦肯齐金属。记忆蜂拥而来——家族陨落时，他独自在希帕提娅车站怀揣着恐惧，躲闪着从家逃到帮会，感觉路过的每扇窗户里都有一把刀，他躲在狼群里，憎恨着自己的幸存。

瓦格纳签了合约，将它发送到恒光殿以获取执行权。只有幸存者才有记忆，现在他为孙家工作。他们曾试图杀死他，因为他差点就揭开了他们挑拨麦肯齐和科塔的诡计。那时是南后城的马格达莱纳狼帮救了他。当科塔家族陷落时，子午城的狼帮庇护了他，为他支付四元素的账单，最后他意识到，科塔氦气已被摧毁，孙家不再对他怀有敌意。瓦格纳申请成为一名玻璃工，第二天就拿到了合同。他已经为太阳公司工作了一年多了。他是匹好狼。

他们在施密特陨石坑西边二十公里处找到了第一具尸体。幸运八球玻璃组掀起他们的安全杆，跳到了月壤上。探测车的医疗 AI 搜寻着生命迹象，但对于玻璃工们而言，那沙装里很明显已经没有生命了。紧密的织物从喉部一直开到了下体。

"边缘很整齐。"泽赫拉·阿斯兰说。

瓦格纳蹲下身研究那道砍劈。月神知道一千种杀戮的方法，没有一种是整齐的。这是一把刀干的。幸运八球玻璃组给扎巴林回收队留了一个标签：碳是珍贵的，哪怕是抛在西静海岩石原野里的碳。急救信号带着探测车找到了一连串尸体。发现第十具尸体时，组员们不再下车了。瓦格纳和泽赫拉拍照、上报标记，继续前进。戳、砍、截断。斩首。一把刀造成的死亡。

泽赫拉蹲下来更仔细地研究一团被切成四块的尸体。

"我不认识这种沙装设计。"

"麦肯齐氦气，"瓦格纳说，他站起来，审视着近处的月平线，"车辙。"

"三辆探测车，还有一个大得多的东西。"

"氦气提取器。"

在施密特陨石坑西面坑壁的阴影中，瓦格纳发现了一辆探测车。它的中脊碎了，轮轴断了。轮子拧着疯狂的角度，天线和通信盘弯曲碎裂了。每个座位的护栏都是掀开的。车上的人曾试图逃离遭袭的交通工具。他们没能成功。穿着沙装的尸体零乱地散布在陨石坑底。幸运八球玻璃组调查了那些尸体。瓦格纳让卢斯博士接入死去的探测车的 AI，读取了后者的日志、声音与数据记录。他得拼凑出终结在此处的场景，它终结在施密特冰冷的阴影里。

泽赫拉·阿斯兰站起来挥着手。

"这里有一个活的！"

半死不活。一圈尸体里唯一的一个幸存者。一件金色的沙装。瓦格纳听说过这件沙装，幸运八球组里有一半人听说过这件沙装。瓦格纳的医疗 AI 确认了大约二十处外伤，十一二处轻伤。压碎的和重击的伤处，复合创伤和擦伤，在第七和第八肋骨之间有一处很深的刺穿伤。金色沙装被刺穿的地方已经闭合了，面料的压力将压紧伤口。

你怎么想？泽赫拉在瓦格纳的私人频道里问，叫一艘月面飞船？

我们离希帕提娅有 40 分钟，瓦格纳说，我们能比任何飞船都更快抵达那里。他们有完备的医疗设施。

幸存者沙装的能源和氧气量都很低。他在这里等了多久？期待了多久？瓦格纳常常想，在这外面，在这亘古而单调的黑色玻璃中，如果月神遗弃了他，让他带着伤待在这月面上，空气一点点地变少，能源低到甚至无法呼救，他会怎么办？在这死去的月壤上，长久地凝视死亡随着每一口呼吸逼近。没有什么比死亡更确定，更真实。打开头盔，看看月神的脸，接受黑暗的亲吻。他有勇气这么做吗？

瓦格纳将一个插座接进金色沙装。

"我们现在要移动你了。"

这个男人已经失去了意识，接近昏迷状态，但瓦格纳需要说话。

"可能很疼。"

瓦格纳的组员抬起幸存者，把他捆在担架上。泽赫拉将空气和水处理器的管线接入沙装。

"他的体核温度太低了，"她一边说一边在头盔里扫描读取数据，在环境组件上附加了一个连接器，"我要用温水循环他的沙装。我他妈的怕我把他淹死在自己的沙装里，但如果我不这么干，他会死于低体温症。"

"干吧。威拉德，联系希帕提娅。我们有一位伤员在路上。"

那个男人开始动弹了。瓦格纳的头盔扬声器里传出一声呻吟，他把手按在了那人胸上。

"别动。"

耳机里突然响起的痛呼声让瓦格纳畏缩了一下。

"他妈的……"澳大利亚口音。"他妈的。"他又说了一遍，这一次听起来欣喜若狂，因为他正沐浴在热量里。

"我们正带你去希帕提娅。"瓦格纳说。

"我的队员……"

"别说话。"

"我们措手不及，他们全都计划好了。该死的布赖斯知道我们要来，我们直接遭遇了他的刀卫。"

"我说了别说话。"

"我的名字是丹尼·麦肯齐。"幸存者说。

"我知道。"瓦格纳说。他听过穿着金色沙装的男人的传说。在暗期，当地球的光芒比较微弱时，瓦格纳曾试图想象过卡利尼奥斯最后的视野：丹尼·麦肯齐的脸，他抓着他的头，曝出他的喉咙，举起刀子，让卡利尼奥斯看看这将要杀了他的东西。这个人一直都是没有脸的，他现在也一样，藏在反光的面板后面。我对你来说也一样没有脸。"你杀了我哥哥。"

幸运八球玻璃组在公共频道里的聊天就像被刀砍断了一样，陷入一片寂静。瓦格纳感觉到每张面板都朝他转了过来。

"你是谁？"带着刺伤和戳伤，体温过低，精疲力竭，因为吃了工业止痛药而头晕目眩，落在月球上最有理由杀了他的男人手里。却依然是目中无人的态度，麦肯齐的处事方式。

"我的名字是瓦格纳·科塔。"

"让我看看你。"丹尼·麦肯齐说。

瓦格纳收起了遮阳板。丹尼·麦肯齐也打开了面板。

"你用我哥哥的刀杀了他。你让他跪着，切开了他的喉咙。你看着他流干了血，然后你剥光了他，接着用一根电缆穿过他的跟腱，把他倒吊在了西七区的人行步道上。"

丹尼·麦肯齐没有退缩，也没有转开视线。

"所以你要做什么，瓦格纳·科塔？"

"我们和你们这些人不一样，丹尼·麦肯齐。"瓦格纳无声地发布命令，让幸运八球组的员工系紧安全带，准备出发。座椅安全杆折叠起来，沙装都连接上了探测车的生命支持系统。

"我的人欠你一次。"当安全杆降下围住瓦格纳·科塔时，丹尼·麦肯齐嘶哑着声音说。

"我不想从你家得到任何东西。"瓦格纳·科塔说着，将探测车的控制权交给了泽赫拉。

"无所谓，瓦格纳·科塔，"当探测车颠簸着驶过战场的残骸时，丹尼·麦肯齐呻吟道，"麦肯齐会报答三次。"

"玛丽娜！"

没有回答。

"玛丽娜！"

没有回答。阿列尔·科塔悄声诅咒着，伸手抓住了握索，把自己从空荡荡的冷藏箱里拉起来。

"我们的杜松子酒没有了！"

阿列尔抓着天花板的索网，从厨房阁子出发，荡过她丢脸的吊床，晃到小咨询室里。三次短短的摆荡，和一次训练有素的坠落，掉进她称为正义王座的椅子里。公寓小得放不下两个女人和一张轮椅。一个月前她终于把轮椅扔进了打印回收处，让占空间的只剩下两个女人。她需要碳素津贴，自那以后她把津贴的 90% 都喝掉了。

"让我们看看我，贝加弗罗。"

她的亲随接入小房间的摄像头。阿列尔打量着她的工作妆容。双颊用渐变粉底擦亮，橙色的眼线，黑色的睫毛膏。她的眼睛睁大了，贝加弗罗放大了镜头。这道皱纹是新的，它是从哪里来的？她恼怒地发出嘘声。贝加弗罗可以在客户那里把它编辑掉，你的亲随才是你真正的脸。她噘起了嘴，紫红色，丘比特弓唇。如果阿列尔只能追随得起一种潮流，那就是化妆品。她的上半身：诺玛·卡玛丽，蝙蝠袖，漏斗领，深红色。依然是个行家。

阿列尔·科塔的上半身是专业的，但摄影镜头外的下半身是懒散的。腰以下的阿列尔很不得体，在随便什么基本款的打底裤外面，她什么也没穿。她总是偷着穿，从不开口借。借是一种屈服。她在她的吊床上可以轻松办公，和在正义王座上一样，但那也是一种屈服。

“贝加弗罗，让玛丽娜带些杜松子酒回来。”第八十七层有一个不错的小打印机，她带着叠好的现金。

你的数据账户只剩十比西。

阿列尔咒骂着，她需要尽可能多的带宽和客户联系。现在她没有酒了，早餐酒就是屋顶和地面，是地球和太阳，是宇宙背景的嗡嗡声。她缓缓地吸了一口她的长电子烟，除了姿态和嘴上的满足感外，它什么也不能提供。阿列尔检查了她的发型，它大得很时髦。

“让我们开始第一个吧。”

富恩特斯的尼卡哈。贝加弗罗在阿列尔的视镜上呼叫了阿斯顿·富恩特斯，她迅速浏览了合约上的二十七项条款，全程都想转过身，把客户的心脏从胸腔里撕出来。每个法律观点都让他的嘴更张大一点。

“你在打哈欠了，阿斯顿。”

第二个客户。王的离婚案。他获得抚养权的唯一办法，就是让他女儿写一份单独的请愿书，这份请愿书必须能有效地让她与她另一位父亲分离。指控后者事业不顺或不能提供最理想的家庭环境都是很常见的方式，不过对莉莉来说，最容易论证的是她个人对与马尔科维持父女关系的厌恶。阿列尔的建议又直接又卑鄙——总有些可以搞的事，每个人都有可以搞的事。就算她成功了，决定与布雷特继续签订抚养合约的人也是那女孩。那将有效地摧毁马尔科的名声——他可以为此寻求法律补救。所以布雷特必须问自己的是：付出这样的代价值不值得？

红狮埃摩礼。到目前为止，杜松子酒的影像还是珍贵得一如猎户座方区中冲洗空中尘埃的罕见的雨水。不不不不不，亲爱的。阿列尔永远都会建议不要带着太烦琐的合约加入一个埃摩礼。

"埃摩礼是轻快的、开放的、灵活又短暂的东西，亲爱的。你不能用沉重的尼卡哈压碎它们。把合同发给我，我要拆解它，然后……"

然后一切消失了。

我们的数据用完了。贝加弗罗说。

"见鬼！"阿列尔·科塔诅咒着，握起拳头砸在白墙上，"我他妈的恨这个。我要怎么才能完成这些该死的工作？我甚至不能和我的客户讲话。玛丽娜！玛丽娜！让我联网。我已经上升到他妈的无产阶级了。"

她听到临街大门外的动静。

"玛丽娜？"

玛丽娜屡次警告过阿列尔，不要敞开大门。她不安全。任何人都能走进来。这是理念，亲爱的，法律永远是敞开的。对此，玛丽娜的答案是：谁用肩膀把你扛上来的？你可能永远都不安全。

厅里有动静。

"玛丽娜？"

阿列尔把自己从正义王座上撑起来，用手指勾住这小公寓天花板上排布的索网，晃进了厅里。

一个人转过身来。

她先是中了一拳，然后是踹来的一脚。

她正在上方的一处跨区隧道里，这是一处被人遗忘的通道，从荒岩中穿过，连接着两个方区。这种通道都是陈旧的，落满灰尘，还有辐射的危险。她身后是心大星方区的午夜，身前是猎户座方区的早晨。她的腰带里装着客户那里拿来的又旧又脏的纸币、一些咖喱面和月饼，准备回家和阿列尔一起过节。

跨区隧道很长，并且阴影密布。月亮总是遗弃那些陈旧的基础设施。孩子、叛逆者和穷困潦倒的家伙们都能在其中找到属于自己的用途。

他们正等着她。他们踩过点，知道她的日常路线，也知道她带了什么。她从未见过他们。她当然从未见过他们。如果她见过，他们永远也打不到她。第一下打在了她背部正中。一只从黑暗中伸出的拳头，正击中她的肾脏，截断了她的呼吸和思考，让她狠狠摔在了网格上。

接着是脚踢。她在赤红的疼痛中看见了它，仓促地滚开了。踢中了肩膀，不是头。

"赫蒂。"她喘息着。但她只有一个人。她已经关闭了她的亲随，好把数据省给阿列尔进行咨询工作。

靴子在她脑袋边上又一次抬了起来。她伸出手，试图在头骨被踩碎在钛网上之前推开它。靴子落在了她的手上。玛丽娜尖叫起来。

"拿到了拿到了。"一个声音嚷着。一把刀子挑走了她的腰带。

"我想杀了她。"

"算了吧。"

玛丽娜喘着气，流着血。靴跟敲在步道上。她弄不清他们是女人还是男人。她无法阻止他们，也碰不到他们。他们拿走了她的钱，她的咖喱面和她的月饼。

她没法碰他们。这让她害怕，在血之下，在心跳下，在疼痛的肾脏、开裂的肋骨和脏污的手指下。她曾经在北口栖地的闸门里，像扔玩具一样把麦肯齐金属的集尘者扔出去。但是午夜里跨区隧道中的这两个抢劫犯，她没法碰他们。

"我想给你倒酒，但我们没酒了。我想给你上茶，但我不会泡茶。而且我坐了唯一一张椅子，"阿列尔·科塔说，"抱歉。那里有吊床，或者你可以坐高点。"

"我坐高点。"维迪亚·拉奥说，在阿列尔的桌子边上坐好。他比阿列尔上次见他的时候体重增加了，戴着月球学会褪色的装饰品。他现在是个球状的人类，被层层织物裹着蹒跚而行。他有了双下巴，还有了眼袋。

"很遗憾你的情况如此不佳。"维迪亚·拉奥说。

"发现自己还在呼吸我就已经很高兴了，"阿列尔说，"你还在为惠特克·戈达德工作？"

"咨询工作，"维迪亚·拉奥说，"我有一系列客户。而且我还在涉足市场，看看我能搅动什么。我一直在跟踪你最近的工作案例。我能理解你为什么从事婚姻法咨询，其中的乐趣无穷无尽。"

"其中的乐趣是人类的希望、心灵和快乐。"阿列尔说。酒。她想要一杯血色的酒。她的酒在哪里，玛丽娜在哪里？阿列尔拧开一个胶囊倒进电子烟里，用指甲在尖端弹了弹。元素燃烧起来，她吸入一口定制镇静剂。平静溢满了她的肺，效果几乎和酒一样。

"你依然声名在外。"维迪亚·拉奥说，"我有最先进的模式识别软件，不过坦率地说，我不需要它也能找到你。作为一个正在躲藏的女人，你表现出了一种与众不同的天分。非常有戏剧性。"

"我遇到的律师全都是失意的演员，"阿列尔说，"法院和舞台：

都是表演。我记得，当我还是你那个欢快的小政治俱乐部的成员时，你说过，你们的软件曾判定我是一个先驱者和变革者。"她拿着她的电子烟做了个手势，烟雾盘旋着充满了她的整个帝国——三个半房间："月球还是不可撼动。抱歉让你们的三圣失望了。"

"但它已经撼动了，"维迪亚·拉奥说，"我们正生活在余波里。"

"你不可能把我和克鲁斯堡发生的事联系起来。"

"但其中有模式，"维迪亚·拉奥说，"最难辨认的模式是那些大到像背景一样的模式。"

"鲍勃·麦肯齐洗了个三千度的澡，我没法说我很难过，"阿列尔一边说一边喷出一大口蒸汽，"生活在一百万吨熔融的金属下，自然会吸引某些铁石心肠的东西，谁知道是不是天意呢。哦，别这么看着我。"

"你侄子在那里。"维迪亚·拉奥说。

"哦，那他显然没事，否则你就不会这么说了。模式。哪个侄子？"

"罗布森。"

"罗布森。天哪。"旧的法律合同得出结论，那孩子应由麦肯齐家监护，自那以后，她就再也没想过她的侄子。卢卡西尼奥、露娜、任何一个孩子，那些幸存者。她没有想过小狼瓦格纳，没有想过卢卡斯是死是活。她只想一件事，那就是她自己，她的生命，她的存活。阿列尔狠狠地吸了一口烟，掩饰因失去和内疚产生的颤抖，"麦肯齐家还在执行亲子合约吗？"

"他受布赖斯·麦肯齐监护。"

"我应该把他弄出来的。"阿列尔敲着自己的手指。麦肯齐家的合约总是能够被掀翻的，都是些草率的作品。

"更重要的是，铁陨之后，地球日用品市场一片混乱，"维迪亚·拉奥说，"昨天氦-3和稀土的市价达到了有史以来的最高点，并且将在今天再创新高。十国和二十七国集团正在呼吁人们行动起来，稳住价格和生产。"

"在真空里，没人能听到你的呼声。"阿列尔说。

"月球和地球之间的联系不仅仅是引力。"维迪亚·拉奥说。阿列尔呼出一口长长的烟羽。

"你为什么来这里，维迪亚？"

"我带来了一份邀请。"

"如果是节日邀请，那可快拉倒吧。如果是政治邀请，科塔家不碰政治。"

"是鸡尾酒会的邀请。水晶宫，摩哈卢日，猎户座方区时间下午一点。"

"水晶宫。我需要一条裙子，"阿列尔说，"一条得体的鸡尾酒会礼裙，还有配饰。"

"当然。"

贝加弗罗悄声道：信用转账。一笔钱，足够买裙子和配饰，还能买一张新轮椅和一辆摩托车。以及酒，漂亮的漂亮的杜松子酒。在所有这些之前：数据。贝加弗罗重新连上了网络。当她的好奇心像一个奔进晨光中的孩子般冲出去时，对世界的感知，信息、消息、闲谈、八卦和新闻的涌入对她的感官产生了强大的冲击。

"贝加弗罗，给我连上玛丽娜，"阿列尔命令道，而贝加弗罗早已打开了目录和样品手册，"我需要她从打印机那里把订单物品带回来。"

"你完全有钱让他们送货，"维迪亚·拉奥在门口说，"你不好奇你要见谁吗？"

"无所谓。小菜一碟。"

"是月鹰。"

玛丽娜跌跌撞撞地走过了一千米的跨区隧道，回到猎户座方区。

她按了服务电梯的呼叫按钮，痛得大叫出声，因为她瘀青发黑的手指痛得像烧起来一样。当她乘着电梯笼从城市顶端向下时，她记起了她在月球上见过的所有死去的人，他们的死亡是多么突然又随便。在训练湾区被一根铝梁砸凹了头；刀锋划过了咽喉；被电子烟的银柄刺穿了头骨。她一直反复看见死亡的景象，反复看见那个男人的眼睛从活着到死去的景象，反复看见他意识到这一瞬间就是他所有余生时的景象。爱德华·巴罗索。他让阿列尔变成了残废，如果玛丽娜没有抓住那唯一的武器，将它戳入他柔软的下颚，一直戳穿他柔软的月民头盖骨，那他就会杀死阿列尔。

在上面的跨区通道里，她很容易就能被加入死亡花名册。他们打伤了她，他们想杀了她，他们本不应该能伤到她。两个三代小阿飞本来甚至碰都不该碰到她。

用又黑又僵的手指扭开大门时，她咒骂着，打着滑倚靠着安全围栏。每一口呼吸都像一把戳得又慢又深的刀子。她蹒跚着走上西十七层，摇晃着穿过人流抓住栏杆。猎户方区在她上方裂着大口。她沿着深谷的边缘，一根支柱一根支柱地往前挪。诊所在这巨大圆筒北面一千米处，那是猎户方区五个翼区交会的地方。她抓着支柱一根根地往前挪着，去寻求帮助。她花了十分钟才走了一百米。

她差一点就要说出重启赫蒂的指令。寻求帮助。呼叫阿列尔。阿列尔能帮忙。上城高街的所有人都是这么说的。但她不能，她失败了，她让他们拿走了阿列尔的钱。她怎么能声称要保护阿列尔呢？她甚至无法保护她的钱。那一天，科塔氦气在血与火中陨落，而她爬上世界的顶部，一只手交替着一只手，一根横档接着一根横档，肩上扛着阿列尔·科塔，自那天起，她就一直在保护阿列尔的安全，艰难又耐心地对抗着许多敌人。

一只手接着一只手，玛丽娜拖着自己沿着栏杆向前。

呼叫她，不要屈服于愚蠢的骄傲。

赫蒂启动了。有三条消息。两条关于酒，一条是通知她，她们的数据账户已超出限额。玛丽娜·卡尔扎合把受伤的拳头砸在扶手上。疼痛是剧烈的、合理的、纯粹的。

吓到她的不是他们的殴打，而是他们居然能够殴打她。

摩托车打着旋停住了，展开了车门。

"你和阿列尔一起工作，是吗？"旅客是一位中年男人，长年的缓慢辐射让他的头发和皮肤都泛着灰色。

玛丽娜艰难地点了点头。

"上车。天哪你看起来糟透了。"

他把她带到了诊所门口。

"我曾经为科塔氦气工作，"男人说，"那时我是个集尘者。"接着他用葡萄牙语加了一句："去他妈的布赖斯·麦肯齐的合同。"

"阿列尔当然信用良好。"玛卡雷奇医生的诊所位于猎户区中心十七层，这里光鲜亮丽，设备完善。闪闪发亮的机器人，衣冠楚楚的客户。前台上放着真正的花，而玛丽娜在台桌的白色塑料上留下了血渍。玛卡雷奇医生从前是博阿维斯塔的医师，是阿德里安娜·科塔的私人医生。在爱德华·巴罗索用一把从自己骨骼里培育出的刀子切断了阿列尔的脊柱后，玛卡雷奇医生曾在若昂德丢斯的医疗中心照顾过她。当博阿维斯塔被摧毁时，她曾和家人们一起挤在那个过度拥挤的、腐臭的避难所里，她照顾幸存者们，这是她能为科塔家做的最后一件事。后来她来到子午城，在猎户方区建立了她的高级诊所，接近了社会与权力的中心。玛卡雷奇医生牢记着荣誉和忠诚，还有家庭和职责。"只是不足以支付修补和扫描。"

但玛卡雷奇医生不是一个慈善家。

"那我就扫描。"玛丽娜说。

"我建议……"玛卡雷奇医生开了个头，但玛丽娜打断了她。

"扫描。"

扫描很便宜，而且很敷衍。只是两个咬合在通用臂上的传感器，不过足够完成这个任务了。玛丽娜站在足模里，机器人在她身上移动着它的手臂，亲密地映射出她身体的每一厘米区域。她甚至不需要脱掉衣服。

"多久？"

"一个月，可能一个半月。"

一手换一手，一步接一步，玛丽娜扛着阿列尔·科塔进入世界顶部，进入穷困潦倒的人才去的上城高街。穷人、没有合约的人、难民、病人，以及那些呼吸了成千上万口尘埃后肺在变成石头的人，还有被追捕的人。爬上梯子和楼梯，进入那些挤在旧环境装置、动力设备、光栅和水槽之间的小隔间、蜂巢小屋和洞穴。玛丽娜熟悉这个世界。到月亮上才六周，刚刚学会直立行走，一张作废的合约就把她送上了上城高街。卖自己的尿。短促地呼吸，以便下面的某些空气买家能更深长地呼吸。她从未想过自己会回来。但她了解它，知道如何在这里生存。而且她知道阿列尔·科塔不了解它，她的无知会比麦肯齐的刀卫让她死得更快。她找到了小房间、回收吊床和天花板网索，一边一比西一比西地攒钱，一边寻找比较舒适的生活用具。可靠的数据。有时尚概念的可靠的打印店。化妆品。一个冰箱和可以放进去的杜松子酒。当玛丽娜为阿列尔编织生活时，她忘了自己的生活，忘了自己的身体，忘了月球在对她的身体做什么：从骨骼中过滤掉钙；从肌肉中过滤掉力量；吸走属于月芽的力气，这些力气曾经让她在北口闸门里像扔破布一样把那些麦肯齐集尘者扔出去。而现在，两个皮包骨头的小流氓就能把她压扁在地上，抢劫她，把她打成废物。

玛丽娜扯过了扫描展示面板。

"它不会反驳我的结论。"玛卡雷奇医生说。的确如此，但玛丽娜必须看到那些数字，它们告诉她临界日即将来临，并且很快。到那一天，她必须决定是返回地球，还是永远留在月球上。一个月，也许一个半月。三十天，也许四十五天。天。

"别告诉阿列尔。"

"好的。"

她必须当面告诉阿列尔这件事。告诉她月球临界日就要来了，告诉她她憎恨月球，一直憎恨，恨它对人类做的事，恨恐惧、危险和灰尘渗入一切的味道，恨每一次眨眼和每一次呼吸，恨死亡的味道。她想念开阔的天空，想念地平线，想念肺里自由的空气，想念脸颊上自由的雨水。告诉阿列尔，自己留下来，为她工作，保护她，照顾她的唯一理由，是因为她不能抛弃她。

那就什么也不告诉她。

"谢谢你，医生。"

玛卡雷奇医生用手指按住她瘀青的肋骨，用疼痛迫使她坐倒在检查台上。

"坐在这里，别动。让我们把你修好。"

这是子午城的中秋夜。宝瓶座方区被装饰成了红色和金色，每一层、每一条走廊和每一座桥上都翻滚着燕尾旗、经幡和灯的瀑布，每一道楼梯和斜坡上都灯火闪亮。无数的节日灯笼摇晃着向上追逐变暗的日光线。成群充满了氦气的玉兔在空中跳跃，躲闪着从孩子们手中逃走的红色气球团。有一条遥控飞龙，它正在桥梁和索道间翻飞。捷列什科瓦大街两旁全是咖啡馆、茶摊和月饼亭，生物光在店铺的和树丛中闪烁。瞧啊，鸡尾酒厅！听哪，十几种音乐正在和杂要演员、街头魔术师以及泡沫鼓风机对抗！在月球上，肥皂泡的尺寸能膨胀到庞大的程度。父母们告诉他们的孩子，泡泡能逮住淘气的孩子，把他们带到上城高街去——这是个严肃的谎言。那边有人脸彩绘。到处都是人脸彩绘。彩绘师一边举起画笔一边说：我要把你变成一只老虎。孩子们问：什么是老虎？

宝瓶座方区的每一个人都穿着新打印的节日盛装。街道、楼层、步道上都拥挤不堪。孩子们在小摊间奔跑，无法决定要选择哪一种奇妙的小玩意儿。青少年们成群结队地行动，鄙视着眼前的种种平民主义。可他们全都偷偷地热爱着中秋节，有的人参加了子午城三方区每一个方区的蛋糕节。中秋节很适合去勾搭一位你憧憬了一整年却从来不敢接近的人。那里！你看到了吗？那些女孩，那些男孩——他们是男孩吗？她们是女孩吗？——他们边跑边笑穿过人群，除了身体彩绘外什么也没穿。十个月亮女神，一半是黑色且鲜活的，另一半是白色的骨骼。中秋是适合裸露与放肆的节日。

中秋应该属于月亮上的女仙嫦娥，但月神偷走了它，这个篡位者、冒牌货和贼。在这个夜晚，我们的爱与死之女神允许其他神灵分享她的荣耀，那些小圣徒和奥瑞克萨，还有神灵和英雄。一百种香水和薰香向她盘旋上升。叶玛亚和奥刚接受鲜花蛋糕和杜松子酒；喀山圣母的街边圣祠被上百盏冷光许愿灯点亮。今夜将有万亿元的纸币进入碎纸机。

还有月饼！圆形的、长条的、印着格言和阿丁克拉，形状像家兔、野兔、独角兽和小马、奶牛和火箭。每个人都买它，但没有人吃它。它好腻。太黏了。太甜了。我光是看着它都觉得牙疼。

这个头盔的额上有一处突起，就在面板的上方：是一张半生命半骨骼的脸。但并不是女人的脸，不是月神的脸，而是一张动物的脸，是狼的面具。一半狼，一半狼头骨。这个头盔被绑在一个行装背包的后面，行装背包挂在瓦格纳·科塔的肩膀上。穿过月饼和音乐，穿过神圣和性感，他正在回家的路上。精疲力竭，但兴高采烈，被影像、声音、气味和情绪往各个方向拉扯，就好像他的皮肤上有小钩子一样。

他像自己心中的狼一样穿过节日盛典，努力地穿过人群走上斜坡、楼梯和自动扶梯。他感觉着光线，被照亮，被启发。他增强的感官同时听到十几处交谈，感觉到上百种动作。我喜欢这个曲调。试试这个，就咬一口。一个受惊吓的吻。一次眼睛都鼓胀的突兀的呕吐：吃了太多月饼。在我跳舞的时候碰我。我能要一个气球吗？你在哪儿？他在视野外围捕捉到一个亲随，一大群数字助理间的一个亲随，然后是五个，十个，十几个亲随穿过人群向他而来。瓦格纳突然跑了起来，他的狼帮来接他了。

子午狼帮的头领阿迈勒扑到了瓦格纳身上，和他摔打，弄乱他的头发，咬他的下唇以惯例宣告自己的权威。

"嘿，嘿，嘿。"

阿迈勒举起他，举起他的沙装、头盔和一切，把他晃了一圈。接着狼帮剩下的人聚集过来，献上亲吻、拥抱和小小的、亲切的啃咬。很多手弄乱他的头发，玩闹着打他的肚子。

西静海的冰冷死亡、丢满沙装的平原以及令他麻木的惊骇全都在热烈的帮派亲吻下渐渐消失。

阿迈勒上下打量瓦格纳。

"你看起来像要死了一样，小灰狼。"

"看在上帝分儿上给我买一杯喝的。"瓦格纳说。

"现在还不行，索莫林有东西需要你。"

"索莫林有什么东西？"

"一次给你的特别派送，小狼，它来自洪兰凰—麦肯齐。因为那是麦肯齐家的东西，所以我们和你一起去。"

还很早，在其他狼醒来之前，瓦格纳从睡梦中挣脱出来。他把脑子里的梦境晃掉。共享梦境是沉重且挥之不去的，总是缠着人不放。要把自己从狼帮的睡眠中拔出来是很费力的。衣服。记得穿衣服。

他让那孩子在躺椅上睡觉，但现在椅子上的毯子里是空的。罗布森睡过的地方有一种独特且奇异的味道。蜂蜜和臭氧，汗和口水。油腻的头发和皮肤色斑。穿了太久的衣服，很久没洗的皮肤。足霉菌和腋窝的味道。耳后的细菌。青少年都很臭。

"罗布森？"

你们都睡在一起？当狼帮返回子午城时，中秋节正在压碎的灯笼、洒出的伏特加和被踩烂的月饼里渐渐褪去。狼，人们低语着，移动着给这一群暗色脸庞的人让出道路。这是个间隙紧密、神情坚定的护卫队，一个穿着苍白西装的男孩子走在正中，袖子是卷上去的。罗布森已经累得走不动了，但他固执地彻底探索了狼舍。瓦格纳明白这孩子在干什么：具象化他的领地，了解狼的世界。

我要给你整一个睡的地方，瓦格纳当时说，在躺椅上。我们实际上没有单独的床。

那是什么感觉？全睡在一起。

我们共享梦境。瓦格纳说。

他在食品区找到了罗布森，他驼着背坐在一处吧台的高凳上，裹着床单。他在单手切一副牌——半副，瓦格纳锐利的眼神注意到了这一点。罗布森的动作很轻巧，拿起最上面那一张牌，转出下一张，把两张牌交换，再叠好所有牌。一遍又一遍。

"罗布森，你还好吗？"

"我睡得不太好。"他持续着自己强迫式的切牌，没有抬头。

"抱歉，我们会试着给你打印一张床。"瓦格纳用葡萄牙语说。他希望熟悉的语调能温暖安抚罗布森。

"躺椅挺好的。"罗布森用环球通用语回答。

"我能给你弄点什么吗？果汁？"

罗布森敲了敲小桌子上的一杯茶。

"如果你需要什么，就告诉我。"

"当然，我会的。"还是通用语。

"这里很快就会有人走来走去了。"

"我不会妨碍他们的。"

"你可能会想穿点什么。"

"他们会穿吗？"卡牌分离又翻飞。

"好吧，如果你有需要什么……"

当瓦格纳转身时，罗布森抬起了头。外围视野中有眼神的闪动。

"我能打印些衣服吗？"

"当然。"

"瓦格纳。"

"什么？"

"你们做什么都在一起吗？"

"我们喜欢待在一起。怎么了？"

"你能带我出去吃早餐吗？就我们俩？"

对瓦格纳来说，做二十天的玻璃修复也比不上和罗布森·麦肯齐待三天来得累。一个十三岁的男孩怎么会需要这么多时间和精力？营养：这孩子一直都在吃东西。他是个完美的质能转换器。他吃和不吃的东西，他想在这里或不想在这里吃东西。瓦格纳还没有进过同一家招牌店铺两次。

呼吸：麦肯齐家的领养合同保证了这孩子的四元素供给。布赖斯·麦肯齐还没有恶意违背合约。在格式塔模式下，狼帮只用了一个小时，就谨慎地通过一系列嵌套假公司，将罗布森的栖箔连接到了一个次级账户上。轻松地呼吸吧，罗布森。

教育：这些合约一点都算不上简单。应该进行私人授课还是进入研讨会？是专攻某一门还是进行普及教育？

自慰：在狼群的房子里找一个私密的地方干这事，如果他做的话。瓦格纳确定他自己在这年纪时不干这事。那么，这就是有关于这孩子如何定位自我的整个大问题：他喜欢什么，他喜欢谁，他更喜欢谁，如果他有喜欢的人的话。

财务：天哪这孩子可够贵的。十三岁的年纪什么都费钱。

隔离：这孩子又可爱又认真又有趣，每天都要在瓦格纳的心脏上敲十几次门，但是和他相处的每一刻都是和狼帮分离的一刻。对狼来说这是特别的，他们对共同相处的需求是生理性的，这种需求被蓝色的地球光烙印在了骨髓里。和罗布森在一起的每一刻，瓦格纳都能感觉到分离的痛苦，而且他知道他的帮派伙伴们感觉到了这种分裂。他看到了他们的表情，在气氛中感觉到了情绪的变化。罗布森也感觉到了。

"我想阿迈勒不喜欢我。"

他们正在第十一门吃午餐。罗布森穿着白色的短裤，折痕整齐，上身是一件无袖露腰白T恤，印着很大的"WHAM！"。还有雷朋的白框旅人墨镜。瓦格纳穿着双层牛仔。有些帮派只穿他们自己的风格：一成不变的哥特风。子午城则总是跟着时尚潮流。

第十一门是一家嘈杂的粉丝馆。在中秋刚过的间歇期里，它很安静，但瓦格纳很警惕。他用狼的感官感知这些食客和茶客。在罗布森从索莫林带来的所有问题中，最大问题是安全。

"你让他觉得不自在。"你让我们很多人都觉得不自在。

"我做了什么？"

"不是因为你做了什么，而是因为你没法做什么。爱格塔。"

"我听过这个词。"现在他们是用葡萄牙语说话。爱格塔是狼的词，源自旁遮普语，他们把它变成了自己的词。

"我无法切实地翻译它。它的意思是相聚。基督徒会说是团契，我想穆斯林会说是乌玛，但这个词比它们更热情得多。统一，一致。

不止如此。你睁开眼睛，我看穿它们。我们不需要努力理解便能相互理解……我是只狼，我可能无法对任何不是狼的人解释它。"

"我喜欢你这么说，'我是只狼'。"

"我是。我花了很长时间才拥有它。我在你这么大的时候意识到，所有那些情绪变换、个性转化和狂怒到底意味着什么。我没法睡觉，我很暴力，我活跃过度，在别的时段——暗时段——我很多天不和任何人说话。我以为我病了，以为我要死了。医生给了药，但我的玛德琳知道这是怎么回事。"

"双相障碍。"

"不是障碍，"瓦格纳说，接着他意识到自己说得太快太急了，"它不必是一种障碍。你可以用药把它压制住，也可以完全把它推进到另一个方向。你可以超越它。狼群做的是，给它一个社会框架，一种可以接受并支持它的文化。滋养它。"

"狼群。"

"我们不是真的狼，我们的身体并不随着地球的转动而变化。哦，脑化学状态是在变化的。我们服用的药物改变了我们的脑化学状态。我们在两种心理状态中循环，对于这个事实，狼人是一种丰盈的、满足情感的框架描述。狼人的反相，转化的狼人。在地球的光芒中嚎叫。不过，大家也知道双相情感障碍者的光敏性，因此光线可能和我们的状态有关。听着，我现在说话可能非常快而且不连贯。"

"没错。"

"这是亮面状态。我吃很多药，罗布森。我们都是。弗拉维娅玛德琳知道我是什么，当她还在博阿维斯塔时，她让我和狼帮接触。他们帮助我，让我知道我能做什么。他们从来不给我任何压力。那必须是我自己的选择。这是一种丰沛的人生，但也是一种艰难的人生，每十五天就变成另一个人。"

罗布森震惊地坐直了，粉丝和虾从他筷子上掉了下去，"每十五天，我从来都不知道……"

"它会造成负面影响。在博阿维斯塔，你一直只见到一个我，暗面的我，你们都以为那就是瓦格纳·科塔。但并没有瓦格纳·科塔，只有狼和他的影子。"

"我在博阿维斯塔也没怎么见过你。"罗布森说。

"还有别的原因。"瓦格纳说。罗布森明白了，那些问题要留到以后再说。

男孩问："瓦格纳，当你不是狼时，当你进入暗面状态时，我会怎么样？"

"狼帮会解散，我们开始暗面的人生和暗面的爱情。但帮派永远不会终结。我们照看彼此。我是一只狼，但我仍然是个科塔。你是个科塔。我会在的。"

罗布森在碗里戳着筷子。

"瓦格纳，你觉得我能见南后城的朋友们吗？"

"现在还不行。"

"好吧。"又是墨镜后瞟来了一眼，"瓦格纳，我应该告诉你，我想试着找到我的跑酷运动队。"

"我知道，罗布森……"

"在网络上要小心。我没法找到他们，我担心他们。鲍勃·麦肯齐说过他不会伤害他们……"

"但鲍勃·麦肯齐死了。"

"是的，鲍勃·麦肯齐死了。"罗布森环视周围，"我喜欢这个地方，我想时不时来这里。"这是成人的仪式，找到一家常去的招牌店。"可以吗？"

"可以。"

"瓦格纳，我占用了你很多时间，我让你和他们分开了。这会有问题吗？"

"会有点焦虑。"

"瓦格纳，你觉得我能学会爱格塔吗？"

摩托车把两个女人留在了水晶宫门口。玛丽娜拍下一个按钮，轮椅展开了。阿列尔把自己撑进椅子里。服务员们转过脸来，瞪着眼，不确定该干什么，该怎么服务。他们还年轻，还未见过一张轮椅。

"我可以推你。"玛丽娜说。

"我自己来。"阿列尔说。

阿列尔的轮椅滚过酒吧光亮的烧结地面，穿过货亭，滚过桌边时那些人都转过头来了。她回来了。快看，我以为她死了。在前方两步远的地方，玛丽娜保持着稳定又端庄的步态，挡开路上的人。但阿列尔看得出来，隐蔽的伤口让她无力且畏缩。玛卡雷奇医生缠裹、修补、包扎，并麻醉了更糟糕的伤口，而阿列尔用衣料和化妆品遮掩了剩下的。

"感谢上帝，他们没动你的脸，"阿列尔说着，玛丽娜龇牙咧嘴地让她给自己肿胀的手指扯上蕾丝手套，"你将失去一两个指甲，我会给你打印一些新的。"

"我会长出新的来。"

"我们待在一起多久了，你怎么还是这么地球化？"阿列尔感觉到手中的那只手有某种反应，这个反应不是由任何身体损伤引起的。"行了。"现在最后再涂一次眼线膏，再把头发往后梳成庞大的造型。可以出发去参加鸡尾酒会了。

月鹰在雅座中的雅座里等着。桌子设在滴水的石笋和钟乳石之间，这是一个滴滴答答、汩汩潺潺的水上公园。阿列尔觉得它相当蠢。水的味道倒是又清新又纯净，她深深地呼吸。

"亲爱的，如果有必要审慎一点，那就别让我大摇大摆地穿过一整座水晶宫。"

月鹰发出了隆隆的大笑声。饮料已经上好了：他喝水，她喝冰马提尼。

"阿列尔，"他弯下腰来，握住她的两只手，"你看起来棒极了。"

"我看起来糟透了，乔纳松。但我的上身力量非常强大，"阿列尔把肘部放在桌上，前臂竖起，这是掰手腕的经典挑战动作，"我能赢过你，也许还能赢过这酒吧里的所有人，除了她。"她朝玛丽娜点了点她巨大的发型。"阿德里安今天没和你在一起？"

"我没告诉他我去了哪里。"

"密谋？乔纳松，这真是令人欣喜。但没有任何好处。此刻流言应该已经到达远地了。阿德里安一向是个勤勉的麦肯齐。"

"他现在有更多紧迫的事务。"月鹰说。

"他站在谁那边，他父亲，还是他叔叔？"

"他自己那边。一向如此。"

"极其合理。那么，在麦肯齐家的内战里，月鹰支持哪一边？"

"月鹰支持自由契约、经济增长、公民责任和不间断的租赁税收流。"乔纳松·卡约德一边说着，一边用食指碰了碰右眼，这信号表示这场谈话将不再有亲随参与。视镜里的像素吱吱响着打着旋，清空了。月鹰几不可见地朝玛丽娜点了点头。

在玛丽娜从这间光线柔和、滴答作响的钟乳石房间外面关上门后，阿列尔说："你知道我在自己的工作中最享受的是什么吗？是八卦。我听说 LDC 的董事会对你有所不满，乔纳松。"

"LDC 董事会希望我离开，"月鹰说，"我很幸运，因为他们对彼此的候选人过于不信任，以至于无法提交一份不信任提案。地球方面正在伸展他们的肌肉，这是自科塔氦气瓦解后开始的事。"

"瓦解，"阿列尔说，"那是我的家族，乔纳松。"

"你曾告诉我，是科塔家维系着地球的灯火。地球害怕能源短缺，害怕黑暗的城市。行星电力的价格已经翻了三倍。我当时在克鲁斯堡，阿列尔。我看着它烧起来。邓肯和布赖斯正在互殴，他们从远至地球的地方雇用佣兵，刀卫在子午城的大街上打斗。日用品价格正在飙升，产业正在倒闭。老地球抬头看着月亮，看到一个世界正在土崩瓦解。它看到了一只无法履行合约的鹰。"

阿列尔抿了一口她的马提尼。月鹰太了解她了，这酒很完美：冰冷、涩敛、美妙。

"乔纳松，如果LDC真的想摆脱你，他们会收买你的保镖，在你睡着后捅死你。"

"就像你享受我的保护一样，我也享受五龙的保护。没有一条龙想看到一个LDC傀儡接替我。孙家害怕共和国又企图夺取控制权；莫斯科永远不会承认任何事，但沃龙佐夫家时不时就揪出他们的代理人，把他们扔出压力闸；阿萨莫阿家对我没有爱，但对莫斯科和北京更要讨厌得多；麦肯齐家正被裹挟在他们自己的小战争里，但谁能为麦肯齐金属提供最大的独立行动自由权，他们的赢家就会站在哪一边。"

"科塔家呢？"

"没有权力，没有财富。没有地位可防卫，没有家人可保护。空无一物，无所畏惧。因此我才想要聘请你做我的法律顾问。"

震惊所引起的微小颤抖掠过了她的十三草杜松子酒的弯月面，月鹰察觉到了吗？

"我处理婚姻合同。我利用人类的激情、贪婪和愚蠢，给他们尽可能多的逃生路线。"

"你可以夺回一切，阿列尔。一切你失去的，一切被夺走的。"他朝轮椅歪了歪头。

"不是一切，乔纳松，有些东西你给不了。"在颤抖的杜松子酒暴露自己之前，阿列尔放下了杯子。她从不信仰她母亲个人风格的巫班达教——从未信仰过信仰。在阿德里安娜把她带到博阿维斯塔的新宫殿时，她十三岁。她从电车站走出来，几乎被它的规模、灯光和景象征服。她嗅到了岩石、新的腐殖土、生长的绿植、新鲜的水。她伸手遮住双眼前炫目的天光，眯着眼，试图聚焦于几十米外的物体。若昂德丢斯紧凑狭窄，而这里没有边际。然后奥瑞克萨的脸进入了视野，每一张都有一百米高，雕在博阿维斯塔本体上。她当时就知道自己永远不会相信。一个人永远不会和神灵对上眼睛，它们看上去就是愚蠢的石头。死去的、不值得相信的。真是令人窘迫：这些东西想让她相信？

但阿马利娅玛德琳总是告诉她，圣徒们是精妙的，她也从奥瑞克萨那里获得了维系她整个人生的真理：没有天堂，没有地狱；没有罪孽，没有内疚；没有审判或惩罚。他们提供的只是一次机会，只给一次。这是圣徒的恩惠。她配得上马克·雅可布的裙子和梦飞嫦的鞋子，配得上宝瓶区中心的低层公寓和派对上的中心位置，配得上爱慕她的随从。她值得有名气，值得被邀请。她值得重新走路。"你想要我干什么，乔纳松？"

"我想要你变成我的王牌律师，想要你在所有人都抛弃我时做我的法律顾问。为此，我需要一个没有投资兴趣、没有家族忠诚、没有政治野心的人。"

她能感觉到像披肩般环绕着她的奥瑞克萨，没有实体，但比肩叠迹，迫切地想要看她是否会接受他们给予的礼物。还不行，你们这些圣人。对于这位律师来说，一个好律师的宗旨是审视一切。哪怕圣人也一样。假动作和贱把戏是月球法律的支柱。迈兰简。

"一个绝望的法律顾问。"阿列尔说。

"我还有其他法律顾问。我的敌人也指望着他们。我不信任他们。"

"他们是你的合约顾问。"

"月神从不创造一份她不能违背的合约。"

"我不会躲起来的，乔纳松，我不会躲在小屋子里悄声说话。整个月球都得知道阿列尔·科塔在做你的顾问。"

"成交。"

阿列尔喝了最后一口鸡尾酒。爱我吧，空杯子里的柠檬皮卷说。再爱我吧。拥有我。她触碰着酒杯的握柄，准备将杯子转过四十五度。这是个公认的讯号，桌子能感觉到它，侍者会带一杯新的酒给她，纯粹的、凝露的、透净的。只差一点。但她松开了手。

"维迪亚·拉奥的角色是什么？"

"对于一个声称能预言未来的人，最好是和他结盟，而不是敌对。"

"对一个能确定预言未来的人而言，他无所谓站在哪一边。"

"我们的关系已经变化了。我们曾经是建议者和被建议者，现在我们结盟了。"

"维迪亚曾告诉我，他的机器认定我是月球动态的先驱者和变革者。他们怎么说你，乔纳松？"

"雄鹰将要高飞。"

"谁能不爱这个预言？我干了。一个条件，我要参加每一次会议，贝加弗罗要获得每一份报告。我要看见他们的脸。"

"谢谢你，阿列尔。"

"那是我的条件，接下来的是我的必需品。玛丽娜是我的保镖。我想要一份服装补贴；我想要一间可爱的公寓，至少一百平方米，在中心区，不能高过第十五层；我想要我的腿回来，要快。但首先……"

她把电子烟完全甩开，锁定长度，然后转了转马提尼酒杯的柄。

狼在跳舞，但罗布森·科塔没在跳。这些动作对他来说很简单——大多数狼的动作都很差劲，舞姿也很糟糕，他可以胜过他们任何一个。音乐——多重音乐，他们能同时跟上两种不同的节奏——

不算很费力，但罗布森没有加入摆动的人群。瓦格纳朝他点头，阿迈勒朝他伸出邀请的手，但罗布森摇着头，穿过节奏和人体，移到了外面的阳台上。这个早上，头狼阿迈勒试图咬他。他吓得退开了，一整天都在躲着他，但现在他想，那可能是一次致意。狼群有太多要弄清楚的事了。

俱乐部在东克里卡列夫第八十七层，大街的尽头，非常不时髦地远离中心区，非常不得体地位于高处。罗布森本来不想去，但你很难拒绝一个狼帮。狼群喜欢在地球圆满时聚集在一处。子午狼帮和特维城狼帮聚在一起：帮派成员进进出出，会有很多性爱。

罗布森靠在扶手上。克里卡列夫大街是一道灯火的峡谷，心大星中心区是一道遥远的银河。缆索出租车像成串摇摆的灯笼，从七十五层下山的骑手们是俯冲下楼层和楼梯的光流，速度快得惊心动魄。罗布森屏住呼吸。他曾做过一次那样的事，那时他是坠向地表的男孩。

罗布森悬空端着鸡尾酒，里面不只有酒精。洪在精神类药物方面很严格；瓦格纳则对孩子适合什么完全没有概念。洪对界限的掌控很强，总是要求他这样或那样，但每次都是通过沟通来进行的；瓦格纳则没有边界，在狼的形态下没有。罗布森想念洪，他常常想起洪在兰斯伯格车站闸门外那最后的谎言。瓦格纳仍然不准他联系洪，联系大流士，或是跑酷的伙伴。

罗布森放下他的酒杯，一口也没有喝。也许在另一个晚上，另一个派对里，他会大口咽下它，享受那种眩晕，但他现在有需要做的事，为此他需要清晰的头脑和轻快的骨骼。他伸手在绑腿里拿出一根涂绘棒。罗布森怀疑他穿的这身二十世纪八十年代风格的运动套装不是给男孩子设计的，男孩的衣服会有更多口袋和小袋子。但他穿起来很不错，舒适度更不错。他在嘴唇上往下画了一条粗白线，左右再各画一道，于是每边脸颊都有了一道白线。

没人看到罗布森·科塔跳到了扶手上，左边是两千米深的发光的空谷，他轻巧又明确地跑向阳台末端。狼群在视野中旋过，两种节奏仍在交织缠绕又泾渭分明。

这个地方没什么难度，就像一个攀爬架。只要一次简单的蹬壁跳远，就能跳到上方的阳台。罗布森短短迈了一步，将一只脚踩在墙上，把自己往后上方推进。高飞，转身，抓住更高处阳台的扶手，利用自己的冲力，将双腿挤进双臂间，以一个猫挂上墙的动作跳上了扶手。跑，跳，一个除了他以外没人能看见的筋斗——也只需要他自己看见——现在他在支撑上层的桁架之间了，在梁与梁之间奔跑着，直到他发现一个位置：横梁与支柱的交会处，在这里可以俯瞰整个俱乐部。罗布森蜷起来，胳膊抱着膝盖。

他曾有一群伙伴。巴普蒂斯特教他动作的形态和名字；南希内特训练他，一遍一遍又一遍，直到那些动作如呼吸和心跳一样熟悉；拉希米让他知道自己的身体内有什么样的潜能；利芬打开他的感官，让他不仅用眼睛看，不仅用皮肤感觉；扎基让他变成一个跑酷者。这是他的伙伴，他的爱格塔。

阿迈勒出现在下方的阳台上。他向扶手和街景走来，仿佛能嗅到他一样——罗布森知道，对于狼群进入群体知觉状态时所能做到的事，他才见识到了一点点——阿迈勒抬起头，眼神锁定了他。他对罗布森点点头，后者紧贴在世界的肋骨上，给了一个微不可察的回应。

现在瓦格纳也来到阳台上了。罗布森隐藏在高处看着。鸡尾酒从他们的手中以缓慢的蓝色弧线落下，他们的手指撕扯着彼此的衣服。阿迈勒把瓦格纳的瓜拉比拉衬衫撕到了腹部，用牙齿扯着一个乳头。罗布森看到了血，看到了瓦格纳脸上奇异的快乐。他紧实的腹部上一路留下带血的咬痕。瓦格纳的牙狠狠咬在阿迈勒的耳垂上，而他带着疼痛和愉悦呢喃着。

罗布森看着。那些血、激情、躲藏着的隐秘感，一切都让他兴奋，但他只是观看，以求理解。血从十几处咬痕中流下来，流下瓦格纳暗色的皮肤，而罗布森明白了，成为一只狼并不是一件能理解着去做的事。你不可能学会成为一只狼。你只能生来是一只狼。罗布森可以在狼帮里待着，得到庇佑、保护和爱，但他永远不会属于狼帮。他永远也无法成为一只狼。他完全是孤独的，一直都是。

罗布森的桌子在第十一门的后面，抵着气密封的玻璃墙。他搓着一杯没碰过的薄荷茶，往右转四十五度，转回来，往左转四十五度，转回来。

"你不该一个人待在这儿。"瓦格纳说着，坐进了椅子里。

"你说过要选择属于自己的招牌店，它会是一个重要的社交舞台，"罗布森说，"我喜欢坐这里。我也不是一个人，现在不是了。"

"你必须考虑安全。"

"我知道出口在哪里。我面朝外，你才是那个背朝街面的人。"

"我不乐意你离开帮里。"

"那不是我的帮。"男孩越过小桌子，把拇指指甲嵌进瓦格纳侧颈的一处咬痕里，"疼吗？"

"是的，有点疼。"瓦格纳没有退缩，也没有挪开罗布森的手。

"他咬你的时候疼吗？"

"是的。"

"你为什么让他这么做？"

"因为我喜欢。"瓦格纳在罗布森的脸上看到了许多一闪而过的嫌恶，任何一个非狼人都看不到这些微小的情绪。男孩很妥当地隐藏了自己的情感。在克鲁斯堡长大，一边恐惧着家中的召唤一边生活在南后城，控制是一种必需的技巧。

"你爱他吗？"

"不。"

又一次，下颌咬紧了，嘴角绷直了，眼神挪开了。

"罗布森，我得走了。"

"我知道，是月半了，你要进暗面了。"

"是的，但这不是我离开的原因。我有工作，我非常想要留下来，但我必须工作。我要带着一组员工上月面去对付玻璃。我会去七天，也许十天。"

罗布森靠回到冰冷的玻璃墙上。瓦格纳没法看他。

"阿迈勒会照看你的，"瓦格纳说，"总有人要留下来照看狼舍。不过他会改变的，就像我正在改变一样。"在罗布森褐色皮肤下方细小的肌肉动作里，瓦格纳读到了不信任、理解和恐惧。"我知道你不喜欢阿迈勒，但你可以信任他。"

"但那不会是同样的阿迈勒。他会离开，你们全都会离开，你们全都会变成另一个人。每个人都离开了。"

"只是七天，罗布森，也可能是十天。我会回来的，我总是会回来的，我保证。"

代表团将乘列车抵达，下午两点二十五分由南后城直达若昂德丢斯车站。私人轨道车。

通知很短，期望值却很高。来视察麦肯齐氦气公司新总部的不是别人，正是布赖斯·麦肯齐，所以若昂德丢斯必须向他致敬。机器编队清理了街道和大道，擦洗掉了墙上和公寓前面的反麦肯齐涂鸦。员工们打印出横幅和三角旗，把它们挂在屋顶杆架和交叉步道上。麦肯齐氦气公司的连笔图章在空气装置持续吹出的微风中翻飞。在若昂德丢斯战斗结束十八个月后，那些伤痕，那些烟熏火燎的空荡荡的建筑框架仍然被遗弃在那里，只不过此刻，临时围墙和海报遮住了它们。刀卫小队和廉价的执法者巡逻着大街，衣装整洁，武器更加整洁。

列车一秒不差地抵达了。布赖斯·麦肯齐以及他的随从和保镖从空旷的车站走上了孔达科瓦大道。热姆·埃尔南德斯－麦肯齐及其刀卫迎上了尊敬的 CEO。布赖斯解散了准备将他送抵若昂德丢斯总部的摩托编队。

"我走路。"

"没问题，麦肯齐先生。"热姆·埃尔南德斯－麦肯齐低了低头，命令他的私人保镖加入布赖斯的护卫队。

"数字，热姆。告诉我你已经让这地方以聪明的方式和麦肯齐的风格运转了。"

热姆·埃尔南德斯－麦肯齐流畅地报出了萃取器部署、储备估算、加工和输出数据、储量和交付计划、运至轨道以及从轨道运至地球的装载量。通过亲随可以更快更好地传达这些信息，布赖斯可以坐在金斯考特高高的办公室里读它们，而不必跑到一千公里外的若昂德丢斯来。这是征服者在向被征服者展示他的权力和力量。我在你们中间行走，而你们碰不到我。

"你的初始人事问题已经解决了？"布赖斯问。他狭窄的、被脂肪包围的眼睛在左右闪动，布赖斯·麦肯齐不会漏掉任何信息。

"是的，麦肯齐先生，"热姆说，"没有见血。"

"很高兴听到这个。对优秀的人力资源来说，那是浪费。你让这地方看起来很漂亮，比那些科塔管理这里时干净多了。"

热姆知道布赖斯此前从未到过若昂德丢斯。

"只是表面上，麦肯齐先生。有很多基础设施需要更换，才能让这地方达到现代标准水平，"他大着胆子说，"不知道把萃取器移回危海是否安全，作为生产部部长，如果能知道这是安全的，我会比较放心，这样我的杰克鲁们就不会有危险了。"

"你的杰克鲁们可以安全地工作，"公司安全部的部长登博·阿马奇说，"我已经清理了蛇海、危海和东静海，也没有见血。"他微笑着，"没有太多血。"

"以及丹尼·麦肯齐的头，"阿方索·佩雷斯特热说，"干得漂亮。"

"还差那么一点，"罗恩·佐尔法伊格—麦肯齐带着明显的愉悦说，"太阳公司的某些玻璃工把他拖出了施密特陨石坑，当时他的背包里还剩十分钟的氧气。"

"我侄子，他一直是个难搞的小贱玩意儿，"布赖斯说，"不过，既然我兄长又回去倾倒他那热腾腾的金属，我也就满足了。暂时满足。"

布赖斯突兀地停住了，他的随从下一瞬间也停在他身后。

"热姆，你已经控制住了这座城市吗？"

一根绳子从西七区的交叉步道上垂下来，松开的那一端被染成了红色。

"我会把它弄走。"刀卫已经在行动了。

"去吧。"

布赖斯·麦肯齐继续前进。他的保镖检查着拱廊和边巷。那小小的、血色的提示物让人们想起麦肯齐家在若昂德丢斯都干了什么，这是一次迅速又鬼祟的行动。犯人肯定没有走远。总有谁的亲随捕捉到了这次动作。布赖斯甚至可能想亲自审问这个罪犯。

若昂德丢斯的麦肯齐氦气公司办公室里满是新打印的家具和地板的味道。少许人类员工看上去就是那种显得很干练的人，但还没有完全了解地形。有鲜花，布赖斯吸了一口气表示赞赏。没有香味。阿萨莫阿家的品种只有视觉上的美，无关嗅觉。

布赖斯把他庞大的身躯安放在桌子后面，桌椅正适合他的体形。他很确定一等他的轨道车开出若昂德丢斯的车站，它们就会立刻被解印。他的员工一瞬间就意识到了他们的失误。一个下属的下属冲向了厨房区。打印机嘎嘎响着，水轰鸣着煮沸了，以便快速地泡茶。

"我很生气，"布赖斯·麦肯齐不满意地噘着嘴宣布。椅子在他挪动的躯体下吱嘎作响。他在无意识的恼怒下踢着脚。每个人都注意到了他的小脚。这是麦肯齐家的一个传说，布赖斯·麦肯齐秀气的脚。"那男孩。我不能保证我自己的安全，这对我来说是个羞辱。"

"他在子午狼帮的庇佑下。"登博·阿马奇说。

"子午狼帮！"布赖斯咆哮着，人们的背脊僵直了，厨房传来了玻璃落地的声音，"该死的孩子们玩该死的游戏。登博，把我的人带回来。"

"我会安排的，麦肯齐先生。"登博·阿马奇说。

"动作快一点。阿列尔·科塔回来了。要是给她足够的时间，她能开着一台氦气萃取器碾过我的领养合约。"

罗恩·佐尔法伊格—麦肯齐和阿方索·佩雷斯特热交换了一个目光。这对他们来说是个新闻，一个不受欢迎的新闻。这是公司智囊团的失败。

"麦肯齐先生，我可以雇用杀手……"登博·阿马奇大胆建议道。

"你碰不到她的一根毫毛。半个子午城的人都看到她和月鹰一起喝鸡尾酒。他和她签了合约。"

"月鹰需要一个垫底的婚姻律师？"罗恩问。

"大人物未必是傻瓜。"布赖斯说。房间里的每个人都听到了他声音里的铁血意味。

"麦肯齐先生？"实习生站在门边，手里是一托盘茶杯，正想着怎么优雅又谨慎地穿过屋里的人群。布赖斯招手让他进来。

"把罗布森·麦肯齐带来，"布赖斯下令道，"如果你们害怕又大又坏的月狼，那就等狼帮解散。"

登博·阿马奇用一个短促又顺从的鞠躬掩饰了眼中愤怒的火焰。

"我将个人全权负责此事。"

"很好。不需要特别温和，"布赖斯把新打印的茶杯举到他丰满的、噘起的唇边，他啜了一口，做了个鬼脸，"没味道，没滋没味，而且太烫了。"他把杯子放到了白桌上。他的随从们把他们一口没喝的茶水放回托盘上。实习生吓得脸都灰了。"我想，这个屎坑里每个需要看见我的人都见到我了？那就送我回南后城吧。"

第五章　天秤宫—天蝎宫 2105

瓦格纳·科塔一直都觉得黄金很廉价。它的颜色俗丽，光泽虚伪，它编造了一个用重量衡量价值的谎言。天空上悬挂着一整个被黄金谎言催眠的行星。财富的顶点、贪婪的精髓、价值的最终量度。

月球恣意挥霍着黄金。科塔氦气的氦气萃取器每年都从它们的排气尾流中扔出数吨黄金。黄金甚至不值得浪费钱去筛撒。阿德里安娜没有黄金，也不佩戴珠宝。她的结婚戒指是钢制的，由月铁锻造而成。铁手的钢指环。

康斯坦丁圣母教堂是个金窝。每个人要见到圣像都必须弯腰穿过的矮门是黄金的；小礼拜堂的墙壁和穹顶是黄金的；扶手和灯和香炉是黄金的；小圣像的框架都是黄金的；圣像的背景是压平的月球黄金；圣母和圣子身上的衣物是黄金的，只露出她们的脸和手；圣冠也是黄金的。那母亲的皮肤是暗色的，眼神往下，没有看她怀里贪求又迫切的婴儿。瓦格纳从未见过如此悲伤的眼神。那孩子则是个怪物，太老了，一个小老头。他贪婪地伸手揽着母亲的咽喉，脸狠狠压在母亲的脸颊上。褐色和金色。传说是康斯坦丁·沃龙佐夫在轨道上画了这幅圣像，他用的木板和涂料是哈萨克斯坦的多次火箭发射带来的，它们运载的是第一架循环飞行器的建造材料。他在月球上画完了它，背景用的是静海的金砂。

圣母教堂是会见丹尼·麦肯齐的理想场所。

黄金之子就在这里，正埋头走进低矮的门楣，眯眼适应屋里的生物光。瓦格纳失望地看到他穿了一件黑色的海尔姆特·朗西装。丹尼·麦肯齐对着这装饰咧嘴一笑，金牙闪闪发亮。

"有品位。"

康斯坦丁圣母教堂里只够站两个人，没有随从。

"你把你的狼藏在哪儿了，瓦格纳·科塔？"

"藏在你藏刀的地方。"

"我不这么想。"丹尼·麦肯齐敞开他的外套，展示刀柄，两个皮套里插着两把。手柄是黄金的。

"我也不这么想。"瓦格纳说。

"当然不了。你以为我会一个保镖都不带就来了？你看不到他们的，瓦格纳。"

在麦肯齐家的内战中，子午城是个自由且有争议的领域。派系间常发生冲突，人们抽出刀子，沿着整条大道打架，扎巴林在街道上冲洗血迹。丹尼·麦肯齐扣好了他的外套，弯下腰凝视圣像。

"漂亮。"

"据说画像一直存在，艺术家只是找到了它，"瓦格纳说，"你看到镀金磨损的地方了吗？那是嘴唇造成的，成千上万的嘴唇。也许数百万。你亲吻圣像，爱就会被传达给圣母。"

"那些沃龙佐夫相信一些诡异的玩意儿。三个要求，瓦格纳·科塔。你让我到这里来就用掉一个。"

"保证他的安全。"

"那个孩子？"

"我还能要求别的吗？从布赖斯手里保护他，在暗期，在狼帮解散的时段，在我离开的时段，照看他。"

"我可以做到，瓦格纳·科塔，"丹尼·布赖斯说，"我向你承诺。这是两个要求，你还有一个。"

"不，"瓦格纳说，"还没到时候，等我需要的时候就知道了。"

"行吧。那么我们的事结束了，瓦格纳·科塔？"

"结束了。"

瓦格纳留在这小小的礼拜堂里。康斯坦丁圣母的圣像放得很低，好让每一个对它感到敬畏、惊奇、疑惑或只是寻求慰藉的人跪下来。

我和杀了我兄长的人做了笔交易，瓦格纳对小圣像说，我把我发誓要保护的男孩放到了敌人手里。你会谴责我还是原谅我，圣母？

圣像什么也没说。瓦格纳·科塔什么也没感觉到。

孙夫人对那些城堡和龙叹着气。老一套。她又对那些漫画公主和手球经典场面翻着白眼。技术不错，但无聊透顶。她穿过成片交织的树干和枝条，目不斜视。

"好了，"她说，"这个。"

中空的立方体用隐形绳挂在穹顶上，看上去像是飘浮在空中。立方体是中空的，表面镂空雕刻了几何图案，灵感来自阿尔罕布拉宫的摩尔式建筑风格。一处光源悬在立方体中心，向站在它面前的两位访客投射出一片交织的阴影。孙夫人的呼吸悬在空气里，转而变成了一个面，映出了雕刻立方体交叠的阴影。

"精密的激光雕刻，"孙志远说，"融解再冰冻。"

"我不想知道这把戏是怎么做的！"孙夫人打断孙子，但挽住了他的胳膊，把他扯近了些。冷凝的呼吸已经冻结在了她连帽披风的毛皮上。她颤抖着，不过这片冰原已经远不如它刚被发现时那么冷了。在沙克尔顿陨石坑永久的阴影中，水已经冻结了二十亿年，而马拉柏特山的峰巅却燃烧着永恒的光。冰与火，暗与光，它们彼此依偎，孙家在这对立的元素中重塑了月球。四分之三的古冰层消失了，剩下的足以应付每年一次的冰雕节，可以供应一百个中秋。城堡和龙，以及亲爱的神灵。

这个立方体以其简洁的几何的典雅取悦了她。

"这是谁做的？"孙夫人问。

她孙子说了三个孩子的名字，不过孙夫人连给她做手工鞋子的女人的名字都记不住。她绕着阿尔罕布拉立方体走着，穿过那变动的阴影景观，想着她温暖的、灯光柔和的公寓。

"我想卢卡斯·科塔还活着。"她说。

"这是个重要的消息。"志远说。

"有很多理由，"孙夫人说着，继续环绕着冰立方，"我进行了几次谨慎的询问。阿曼达告诉我，卢卡斯·科塔死在一辆探测车里，但车子已经找不到了。没有尸体，人就会自然而然地猜疑。我让我的特工根据月面探测车的大小做了一次卫星扫描。他们发现它紧靠着丰富海中心月环发射塔。沃龙佐夫家能给人永无止境的挫败和困惑，但我的特工还是找到了一个太空舱发射记录，恰好符合探测车逃离若昂德丢斯的时间。"

孙夫人再次挽住孙子的胳膊，拉着他绕到冰灯笼的第三面。

"要明白判断力高于一切。证据很少，但仍然可以证明卢卡斯·科塔通过月环逃离了世界。他只能去一个地方。如果沃龙佐夫一直在收容他，那他们必定希望这是个秘密。调查太深入容易打草惊蛇。"

"然而……"

孙夫人紧紧握了握志远的胳膊，"我是个好管闲事的老太婆。这事让人无法抗拒。沃龙佐夫家肯定在太空和地球上保守着某种秘密。钱在流动，钱的动向非常庞大。地球公司正在组建新的风险投资集团，VTO 地球和俄罗斯政府正在达成协议。"

志远松开了孙夫人的胳膊。

"这不可能。"

"不只如此。我在中共内部的密探失联了。这引起了我的注意。他们在害怕，在密谋攻击我。地球方面在密谋，而且月鹰还发现他的董事会在反对他。月神从不允许巧合存在。"

"你的怀疑是什么，奶奶？"

"卢卡斯·科塔正在夺回他被偷走的东西。他将报复那些摧毁了他家族的人。"

"三皇能为我们做一次预见吗？"

"我不太愿意让它们参与，"孙夫人搜着孙子的袖子，把他扯到最后一个立面前，在冰立方溢出的破碎的光线下，她闭上了眼，"我们不能公开应对此事。阿曼达会怀疑我们知道了她说杀了卢卡斯·科塔是在撒谎。她在董事会的职位将会消失。她已经被卢卡斯·科塔羞辱过一次：离婚。她不会接受第二次的。让三皇参与进来，整个董事会都会知道的。"

"我们必须知道我们能信任谁。我会谨慎行事，不会出差错的。"

"谢谢你，志远，"孙夫人再次挽起他的胳膊，她披风的皮毛上已经结了厚厚的霜，"现在，我已经受够了这个冰地狱。带我回去喝一杯暖暖的好茶吧。"

这是个绝妙的机会。

的确，没有比这更真实的了。可是为什么最伟大的真理听起来像最虚弱的谎言？

我有一个机会可以进入圆宝石学习，唯一的机会，卢卡。

然后他会问：圆宝石？然后她就必须再次解释，它是最重要的政治研讨会，研究月球统治的模式交替。然后他会问：什么？然后事情就会变得迟钝又模糊。而斩断应该是迅速、锋利、干脆的。

就是一年。听起来像是永远，但并不是。而且就在子午城，乘车只要一个小时。是一年，不是终结。

但它就是终结：研讨会情侣关系是行不通的，她的朋友们都这么说。以前行不通，以后也不可能。分手吧。他可以和我一起去。人们惊骇地举起双手。你疯了吗？那会更糟的。他要跟着你去所有的政治沙龙和鸡尾酒会，某些时刻你会发现他消失在你的视野里，有那么一会儿你见不到卢卡西尼奥·科塔，你会看到一只宠物。接着你将为他感到羞耻，再接着你就不再邀请他了，之后总有一天，他也不再关心你没有邀请他。

因此它必须结束，它结束了。这解决了。下一个问题：怎么告诉他一切都结束了？

用亲随，她的朋友们说。这是现代的方式。我做不到，他值得更好的方式。值得更好的？他喜怒无常，仰人鼻息，没有理想，没有自尊，只要是个活物他都能上——而且已经这么干了。好的性爱和更好的烘焙食品并不能抵消这些。于是她说：是的，还要加上躁怒、自负、轻浮、无趣、颐指气使、感觉迟钝和情商低下。还有，他受了伤受了伤受了伤。伤得比她认识的任何一个人更多，更深。他需要她，而她不想被需要。她不想要一个负担。你不能让自己的人生困在别人的生活里。

当巴尔特拉把那个小包裹从子午城送到她手上时，当她发现里面是那个一分为二的耳钉时，她呼叫了自己阿布苏阿的理事会。她们没有犹豫。那一小片金属就是契约。她把它还给卢卡西尼奥时，他不假思索地就把它塞进了耳洞，哪怕魔法已经失效。他现在还戴着它。当他让她厌烦时，当她恨他时，她觉得他戴着它是为了提醒她，因为她兄长科乔，所以她欠他，并且要一直欠下去。这债务的解除或持有要由他来决定。这个小小的钛钩钩着她的自由。她想大喊：这是我们的债务，不是我的。

她现在恨着他。然后她看到了他的眼睛，那阳光般的双颊，还有他丰满的、可爱的男孩的嘴唇。那招摇的神态，那淘气的笑容下隐藏着如此多的恐惧。

他能阅读吗？她问她的亲随。一张卡片或者纸条会显得很私人化，并且能够保持必要的距离。

她的亲随回答：他的阅读能力相当于六岁。

科塔家那些玛德琳都给她们的孩子教什么？

没有信件，不是见鬼的亲随交流。面对面，她恐惧它的到来，一直在想象中修改脚本。他比她认识的任何人都更不忠诚、更依赖、更让她厌烦，但至少她得给他这个。

在圣若瑟给我订一张桌子。她命令道。它将是高雅又中性的，并且离她的社交圈足够远，朋友们不会到那里去。

她会想念蛋糕的。

列车上的酒吧拒绝为他服务。一开始他不能接受，但酒吧礼貌地坚持这一点。然后他咆哮起来：你知道我是谁吗？吧台知道，但列车酒吧并不为社会地位提供便利。最后他用拳头打它，力道大得打裂了招牌。酒吧上报了损害，并准备进行一次小小的法律上诉。

我想你应该回到座位上去，靳纪说，乘客们都在盯着你。

"我想再喝一杯。"

我建议不要。你血液中的酒精含量是每100毫升200毫克。

他用小气的蔑视拒绝这个建议，但蔑视一个亲随是一种毫无意义的反抗。在返回座位的途中，谁敢和他有视线接触，他就瞪得对方低下头去。

这是卢卡西尼奥放纵自己的第三天。第一天是化学药品。十几处定制吧，两倍多的麻醉药 DJ。他的思想、他的情感、他的感官都旋转着从高到低，再从模糊到深入；色彩和声音扩张着，收缩着。化学药品和性：他准备好了满满一袋的助兴药物，前往蛇居。那是潮控大师阿得拉亚·奥拉德莱住的地方，一屋子可爱的男孩像欢迎甘薯节一样欢迎他那袋性高潮药物。

他的婶婶露西卡呼叫他，给他发信息，恳求他回家，直到他关闭了靳纪，把自己锁进躯体、汗液和精子的幻象中。要阻止自己在社交网络上疯狂辱骂阿蓓纳，离线是唯一的办法。第二天，还在以十种方式经历十次高潮余波的他抓起剩下的药品，转身投奔科乔·阿萨莫阿。科乔给他泡茶，把他放到床上，抱住他，直到分享完了最后那些药，全程对所有问题避而不谈：为什么他妹妹去了子午城，为什么她不能多想想他留下来，为什么永远没有人留下来。到了早晨，卢卡西尼奥走了。科乔松了一口气，他一直在担心自己要整晚给他口交。

第三天，卢卡西尼奥去喝酒。在特维城这个生态系统里，喝酒的地方都非常小，从茅草小屋，到池吧，到古岩石上凿出来的小房间，它们都小到客人们像一片片橘子般嵌在里面。卢卡西尼奥不是一个酒徒。他不知道纵酒也是有策略的，所以喝得又快又猛又随便。他喝着非打印的烈酒和原料。有手工制作的饮品，香蕉酒、甘薯酒和南瓜酒。特维城的鸡尾酒和月球上其他东西的味道都完全不一样。他是个可怕的业余的醉鬼。他烦扰别人，他忘了句子，他站得太近，他当众脱衣服。他吐了两次，他不知道酒精有这个作用。他在一个准情人的身上睡着了，又被头痛唤醒，他确定，确定他会痛死。最后离线状态的靳纪告诉他，这是因为脱水，喝一公升水就能减轻疼痛。

接着他清醒了，发现自己蜷在一辆高速列车的座位上，等着另一杯酒。而酒吧拒绝了他。

"我这是去哪里？"卢卡西尼奥问道。但在靳纪回答之前，他听到了一个男人跟一个孩子说话的声音，两人都说葡萄牙语。在那低沉的鼻音和光洁的齿舌音里，卢卡西尼奥抱住膝盖，安静地、抽搐着呜咽起来。

若昂德丢斯。他正在回去的路上。

他是最后一个下车的，最后一个穿过乘客闸门，最后一个摇摇晃晃地站在若昂德丢斯的站台上。他曾很多次走过这闪亮的地板。去朋友家，去埃摩家，去月球大城市；去他的婚礼；去子午城，那时他正在逃离博阿维斯塔的无聊和束缚，但最后发现，在一个月球这么小的世界里，逃离只是回归，他只不过是从一个小洞穴换到一个更大的洞穴。

"我的眼妆怎么样？"卢卡西尼奥问。他现在记起来了，他在科乔家的厕所里往脸上拍了粉。不是全妆，是某些让他自觉狂野又凶狠的东西，某些标志卢卡西尼奥·科塔回到若昂德丢斯的东西。

我离线了，所以我看不到，但你最后一次化妆是三小时前，所以我建议补一补妆。

洗手间里是老式的镜子。酒精还停留在卢卡西尼奥的脑袋里，因此他只能尽量灵巧地工作。他欣赏着自己的侧脸，然后是另一边。二十世纪八十年代的复古妆容真的很适合他。

气味。他已经忘记了这里的气味。但气味是记忆之锁，第一口呼吸中就有他作为一个科塔活过十九年的所有岁月。荒岩和电力的气味。负荷过度的污水味、用来掩盖它的香水味、尿液和食用油。打印塑料的香草润滑油。身体。若昂德丢斯的汗味是特别的。机器人新鲜的甜香。尘埃。到处都是尘埃。

卢卡西尼奥打着喷嚏。

这么小。大道是狭窄的，天花板是低矮的，他想俯身躲着它。特维城遵循的建筑风格有别于其他任何一处月球定居点。它是一座打开末端的城市，成簇修长的筒仓高达一千米，充满了绿色，以及从镜子瀑布上一路跳下来的真正的光线，那不是日光线虚假的天空。特维城是一处适合躲藏和发现的城市，而若昂德丢斯是敞开的。孔达科瓦大道在他面前真切地伸展开去，桥梁和步道在这中心区交织往来。

在那个刀锋之夜，他们走过这里。下了列车，穿过闸门，穿过宽广的车站广场。士兵的幽灵大步穿过卢卡西尼奥，手按着刀柄。带着焦痕的墙和建筑立面，科塔氪气的旧办公室空荡荡的，像被打掉了牙齿。他父亲的公寓，两个世界里最完美的音响室，成了一堆融化的音响设备和烧焦的木头。

步行的、踏着滑板车的、乘着摩托的桑提诺[1]们匆匆经过。十八个月前整个月球都认识他的脸。年度婚礼！时髦又可爱的卢卡西尼奥·科塔。有些人转过了脸，有些人又看了他一眼，大多数人甚至扫都没扫他一眼。他们是不认识他了，还是觉得不认识他会更安全？

西七区步道。卢卡西尼奥站在那里向上看。麦肯齐把卡利尼奥斯剥光的尸体倒吊在那些大梁上。胳膊、长头发都往下垂。喉咙是切开的。他们用泰瑟枪把他打得跪下了，他们包围了他。那么多刀卫。他逃不了。那个时候，卢卡西尼奥躲在特维城，阿萨莫阿家的刀和生物武器保护着他。

麦肯齐氪气的商标印在办公室立面上、机器人上，还有那些从高层垂下五十米的旗帜上。一个穿沙装的集尘者经过，手指勾着头盔的面板，面板的眉弓处印着一个小小的 MH。他记忆中没有这么多白人。招牌店、茶馆和酒吧的墙上用葡萄牙语和通用语写着它们的今日特色供应。街道上能听到英语，是澳洲口音。

我在离线状态下无法保护你。靳纪说着，仿佛读到了他的思想。也许它是读到了；也许它的电路一路穿过他的头骨，深入到他的大

---

[1] 桑提诺（santinho）：葡萄牙语，圣人、圣像。此处是对若昂德丢斯居民的俗称。

脑沟回中，读到了神经元的火花；也许它只是太了解卢卡西尼奥，于是变成了他思想的回声。

卢卡西尼奥在前往光明体育场的中心广场停下来。新的刻字，新的名字，新的企业标识。巴拉瑞特[1]竞技场，美洲虎之家。

"美洲虎。"卢卡西尼奥说。

地球猫科动物……靳纪开了个头。

一个声音从高层传来：嘿！卢卡西尼奥知道这是对着他喊的。第二声，听上去更可疑了。卢卡西尼奥走开了，他现在明确了自己的目的地。

博阿维斯塔电车车站被挡板遮起来了，"禁止通行"的胶带封住了它，还印着警示减压的沙装头盔标识。就算没有这些遮挡，卢卡西尼奥也不能去那里：博阿维斯塔死了，被减压了，向真空开放，被许多层压力封封锁着。墙脚有一片彩光的涟漪。生物光，成百上千，有些是新的，有些断断续续地跳动着，快要灭了。红的、金的、绿的，微小的光照亮了沿着灯笼堆在一起的一群小东西。卢卡西尼奥凑得更近些，发现它们是些便宜的塑料图片，是奥瑞克萨和他们的属性——巫班达和基督教的特性共存。奥刚的刀，桑勾的霹雳，还有叶玛亚的王冠。

还有四个圣像排成了一个三角，阿德里安娜在中间，拉法在尖端，下方的两点是卡利尼奥斯和卢卡斯。图像很小，只有巴掌大，但很虔诚。外框繁复，装饰着彩绘、珠宝和更多塑料祈愿符。冷光向脸庞组成的三角形投上了摇曳的光芒，也照在卢卡西尼奥脸上。他蹲在地上，仔细看着这圣地中的其他供品。

一件男孩队衬衫，第十五赛季的。一件T恤，流行剪裁，印着集尘单车的图案：澄海拉力赛。许多把刀，刀尖都折断了。音乐骰

---

[1] 巴拉瑞特（Ballarat）：澳大利亚城市。

子，当卢卡西尼奥拿起它们时，它们播放了他父亲和祖母喜爱的波萨诺瓦老歌。图片，几十张图片：集尘者、手球球迷，还有月球过去时光的美丽照片，那是阿德里安娜建造一个世界的时代。卢卡西尼奥举起它们：图像很老，但图片闻起来是新打印的。这个微笑的大胡子男人是他不认识的祖父，在父亲出生前他就已经死了。玛德琳和孩子们，有的被抱着，有的站在身边。博阿维斯塔雕凿到一半时的模样。藏在石头里，从原岩中慢慢浮现的神灵，和卢卡西尼奥说话。这是两个年轻女人，一个是他的祖母，另一个他不认识。她们的头靠在一起，对着镜头笑着。祖母穿了一件紧身衬衫，印着麦肯齐金属公司的双 M 商标；另一个女人的衬衫上印着一个加纳人的阿丁克拉。

她们都死了。他留下来，醉醺醺地跪在祈愿符里。他真令人厌恶，他不喜欢自己。圣像在责备他。

卢卡西尼奥想从墙上把他父亲的图像撕下来，可它被胶水粘在上面了。他摸索着，寻找着一处他能拽开的角落。就在此时，一只手搭在了他胳膊上："不行。"一个声音说。

"别动它。"

他转过身来，带着咆哮的神情，攥着拳头准备狠狠地将它砸进一张脸。

那个老女人举起双手退后了，并不是防御姿态，也没有恐惧，却很惊奇。她像刀一样瘦薄，暗色皮肤，裹在白色长袍里，头上缠着白色的头巾。她披着一条蓝绿色的披肩，戴着许多戒指，项链比戒指还多。卢卡西尼奥见过她，但不记得是在哪儿见的。而她认识他。

"哦是你，小主人。"

她猛地向前伸手，动作快得就像一个刀士的戳刺，她把卢卡西尼奥的手包在自己的手里。

"我不是……"他没法抽出手来。她的眼睛又暗又深，让他恐惧得发麻。他认出了这双眼睛。他见过它们两次，一次是和祖母阿德里安娜一起在博阿维斯塔，另一次是在他祖母的八十岁寿宴上。"你是姐妹会……"

"当今领主姐妹会的洛亚姐妹，"她在卢卡西尼奥前面跪了下来，"我是你母亲的忏悔牧师，她对我的需求非常慷慨。"她重新摆好了卢卡西尼奥踢散的祈愿符。"我赶走了机器人，它们可不知道尊敬是什么，但扎巴林记得科塔家。我一直都知道会有人来的，我也希望那会是你。"卢卡西尼奥从她又干又热的抓握中用力抽出了手。他站了起来，但这更糟了。这个跪在他跟前的老女人让他惊骇。她向上望着他的眼睛，就像是在祈祷一样。"你在这里有朋友，这是你的城市。它不是麦肯齐家的，永远都不是。这里还有人仍然以科塔之名为尊。"

"走开，让我一个人待着！"卢卡西尼奥喊着，往后面退去。

"欢迎回家，卢卡西尼奥·科塔。"

"我的家？我见过我的家了。我去过了。你什么也没看到。你只是照顾着灯火，赶走机器人，给画像掸掸灰。我到了那里。我下去了，我看到植物死了，水冻结了，房间向着真空敞开。我把人们带出了避难所，我找到了我的堂弟妹们。而你不在那里，你什么也没看到。"

但他发过誓他会回来的。他的沙装靴踩碎了宅邸的速冻残骸，他发过誓他会把它夺回来。这是他的。

可他做不到，他没有那种能力。他又弱又虚荣，又奢侈又愚蠢。他转过身跑了，震惊和肾上腺素让他清醒了。

"你是真正的继承人，"洛亚尔玛在他身后喊道，"这是你的城市。"

卢卡西尼奥一瞬间就知道蓝月是一种糟糕的鸡尾酒。他喝完了它，又叫了第三杯。酒保知道正确调理它的方式，用反转的茶匀搞那个小把戏，柑桂酒蓝色的卷须像内疚一样在杜松子酒里消散了。卢卡西尼奥举起它，试图在这蓝色的圆锥里捕捉酒吧的灯光。他又喝醉了，如他所愿。拉法叔叔创造了蓝月，但他对什么是好的鸡尾酒一无所知。

酒吧又小又臭又暗，大声地放着排行榜音乐，还有更吵的谈话声。酒保认出了卢卡西尼奥，但保持着谨慎的专业态度。但这个女孩没有。他们进来时半途经过了他的一等位：两个女孩，两个男孩，一个中性人。他们坐在原岩中雕出来的卡座上，频频看他，等他对上他们的眼睛时，又把视线转开。低着头，鬼鬼祟祟。她等着，直到第四杯蓝月时才接近他。

"你好。你是，啊……"

没有否认的理由。他只会激发谣言，而谣言是刚刚学会爬的传说。

"我是。"

她的名字是热尼，她介绍了莫、贾迈勒、索尔和卡利克斯。他们微笑着，坐在卡位上点头，等着能过来的时机。

"你介意我坐这儿吗？"热尼比了比吧台边的空凳子。

"是的我介意。"

她要么没听到，要么不在乎。

"我们是，城市探索者。"

卢卡西尼奥听说过这个。某种极限运动：穿上沙装，去探索废弃的旧栖地和工业设备；沿绳下降到农业轮作地；沿着隧道爬行，看着眼角的氧气量一路下滑。没有趣味。历史、运动和无意义的危险。他恨那一切。和努力太像了。卢卡西尼奥坐在椅子上往下滑，直到把下颌枕在手上，研究着喝了一半的第五杯蓝月。酒保对上了他的视线，静默的眼神交流表示：点个头，我就弄走她。

"我们去过那里。三次。"

"博阿维斯塔。"

"我们可以带你去。"

"你们去了博阿维斯塔？"

她现在看起来有些犹疑了，她回头看她的朋友们。卡位和吧台之间像是隔着星系。

"你们去了博阿维斯塔？"卢卡西尼奥问，"你们去了我家？你们做了什么，沿着电车线去的？还是说你们下了月面竖井？到底部时是不是觉得非常骄傲，好像你们完成了什么伟业一样？你们是不是全都击掌庆祝了？"

"我很抱歉，我只是想……"

"我家，该死的我家，"卢卡西尼奥把他的狂怒倾泻在这年轻女孩身上，它炙热又纯粹，羞耻、自我厌恶和蓝月加剧了它，"你们去了我家，你们走遍了那个地方，拍照片，拍视频。瞧啊，我在圣塞巴斯蒂昂馆，我在奥萨拉面前。你的朋友们是不是很喜欢他们，说这真是太美妙了，你们是如此大胆又勇敢？那是我家，该死的我家。谁允许你们去我家了？你问了吗？你想过你也许应该问一问吗？这世上还剩一个科塔可以问一问呢？"

"对不起，"年轻女孩说，"对不起。"现在她在害怕了，酒精和羞耻让卢卡西尼奥变得如此刻薄，他又把她的恐惧添作了燃料。他把马提尼酒杯砸到吧台上，敲碎了杯柄，在发光的台面上溅满了蓝色的液体。他摇摇晃晃地站起来。

"它不是你们的！"

酒保对上了那个女孩的视线，但她的朋友们早就离开了。

"我不是这个意思……"女孩子在门口喊着，她在哭。

"你们不该去那里！"卢卡西尼奥的叫嚷声追着她，"你们不该去那里。"

酒保收拾了碎片，在柜台上放了一杯茶。

"她不该去那里，"卢卡西尼奥对酒保说，"抱歉，抱歉。"

酒吧最远端有个集尘者，卢卡西尼奥之前顶多只是朝那里扫了一眼，但她现在从那杯卡比罗斯卡上抬起头来，说话了："他在那儿。"酒吧给她的五官投下了浓烈的阴影。她暗色的脸上撒着白点，那是辐射造成的白癜风。"马奥·德·费罗。"

"什么？"卢卡西尼奥厉声说。

"铁手，科塔之名。我为你的家族奉献了二十五年的生命。这是我应得的。"

应得的？这个问题已经到了卢卡西尼奥的舌尖，但还没来得及说出来，小小的酒吧里已经挤满了大块头的男人和女人们，他们穿着流行的西装，外套下鼓起的东西像是有刀锋的武器。三个人围着卢卡西尼奥，两个遮住了吧台，那个集尘者两边各站了一个。阿丁克拉亲随，是 AKA 的安保人员。

小组领队在发光的白色吧台上放了一根钛制耳钉。

"你忘了这个，"他说。那个集尘者看着卢卡西尼奥，耸了耸肩，"请跟我们来，科塔先生。"

"我要留下……"卢卡西尼奥说着，但护卫们已经把他扯了起来，一只手抓住了他的右前臂，另一只手推在他的腰背部。

"抱歉，"当阿萨莫阿的护卫们把卢卡西尼奥推上孔达科瓦大道时，集尘者说，"我把你错认成了铁手。"

"我想你会喜欢有窗户的房间。"

阿列尔推着轮椅从起居室进了卧室，围着床绕了一圈。一张床，不是吊床。一张独立的床，一张足以摊开每一处肢体的床。一张周围有很大空间的床，空间大到足以得体又自由地活动。玛丽娜在一座长着青苔的木屋长大，雨水会沿着墙板滴下来，相比之下，猎户座中心区的这座公寓是一簇小屋子，紧凑得像一个蜂窝。以子午城的标准看，它堪称梦想之家了。它的位置低得足够时髦，又高得足以躲开大道上过于糟糕的味道和声响。与上城高街的小洞相比，它就是个天堂。

"对，能听到交通的噪声。"玛丽娜说。她看到阿列尔一下子泄气了，顿时又后悔自己嘲弄她。公寓非常华美。

"让我看看别的。"玛丽娜希望自己的声音听起来很热情。新公寓带来的兴奋让阿列尔的律师式敏锐变得迟钝了。若是另一天，她就能听出其中的伪善，像寺庙的钟声一样响亮。

有两间卧室，一个起居室，一个可以封闭的附加社交空间。一间办公室，阿列尔宣布道。还有一个不论出于何种目的都不可缺少的独立小房间。

"这可以成为你的新性爱屋，"玛丽娜宣布道，在门边环视着检查尺寸，"柔软的地板，崭新的墙面。"

在上城高街，性是个问题。残疾和生活降级并没有影响阿列尔的自体性爱。她们就时间和空间进行协商，玛丽娜把她那一点点碳素津贴送给阿列尔，拿去打印她的性玩具。性变成家里的一个玩笑，是家庭的第三个成员，有它自己的昵称、词表和代码：希芮芮卡夫人、条条和澎湃。兔子姐姐是家里的戏谑之神——玛丽娜不得不解释兔子是什么，周长先生不停地和深度先生抗争。关于性的交谈很容易，但是它从未有一次涉足小公寓里属于玛丽娜的空间。她跟谁做爱？她可能跟谁做爱？她做爱吗？在承诺照看阿列尔·科塔时，玛丽娜就适时地接受了单身状态。大多数时候她都太累了，甚至不记得性爱这回事，更不用说做个白日梦。现在，当她在宽广的新公寓里关上小房间的门时，可能性出现了。她可以想想自己了。

一次私人班雅，独立 SPA，水在池子里不停地奔流，直到你把它关掉。玛丽娜仍然不相信自己栖箔上四元素的图标是金色的，而且一直是金色。这里有一台家庭打印机，还有一个餐饮区和一台冷柜。冷柜里囤满了特制杜松子酒和伏特加，餐饮区则配有料理机、调酒器和植物材料，流理台面上放满了合适的玻璃器皿。

"玛丽娜亲爱的，我真的很想要一杯马提尼。"

"刚刚十点。"

"你的庆祝精神在哪里？"

上城高街的愉悦感很贫乏。阿列尔会庆祝任何一件感觉像胜利的事——一个案子，一次交易，屋里的一件新东西。玛丽娜知道在什么时候庆祝会沦落成危险的酗酒。总有一天，总要在某一处面对这个问题。但不是在上城高街。现在这个地方很合适，但不能是今天。这是一件值得庆祝的事。她调了两杯完美的干马提尼，用的是西里卢斯的二十二植物酒。阿列尔把自己撑出轮椅，跌进柔软宽阔的懒人椅。轮椅匆匆滚到一个角落里，把自己折叠成了一个扁盒子。

"你在想什么？"阿列尔把腿搬到椅子上，一次一条，大字形摊着，手里拿着酒杯。

"我在想，之前是谁住在这里？"玛丽娜说。

"你们北民全是清教徒，"她举起杯子，"干杯！"

玛丽娜斜过酒杯和她碰了碰。这个敲击声是好水晶发出来的：叮叮。

"既然你问到了，它曾属于尤利娅·谢尔班，她是罗斯塔姆·巴兰哈尼的特别经济顾问。"

"LDC 董事会成员？"

"没错。她被召回了。LDC 的助理人员中有一大批被召回了。"

"你认为……"

"我和月鹰谈过这件事。"

"然后？"

"他感谢我的尽职调查。"

"哦，我知道现在在个人安全方面是卖方市场，"玛丽娜说，"远不止于麦肯齐。如果你有和五龙共事的任何相关历史，你都可以随便出价。"

阿列尔坐了起来。

"你从哪里听说的？"

"你在监听的时候，我们在聊天。"

"为什么我没听说过这事？"

"因为你正坐在乔纳松·卡约德的肩膀上，试图弄清楚他的律师在刺杀他之前会不会互相刺杀。"

"我应该要知道的，"阿列尔很顽固，"我早就要知道的。以前任何人哪怕在子午城打个嗝，我都会知道的。"

"你离开过……"

阿列尔打断她。

"他惨得很。他的董事会反对他；他的法律顾问们试图拯救他们自己的屁股；我是他可以信任的唯一一个人，"阿列尔慢慢地啜了一大口马提尼，"那些人都非常礼貌、拘谨、谨慎，但我了解人的表情。LDC 的结构旨在不让任何一个地球政府实现全面控制。但它们现在联合起来了。有什么事情改变了，董事会很快就会行动起来开除他。"

"如果他在被推出去之前自己离开呢？"

"董事会仍然会安插他们的密探。"

"他离开也惨得很，不离开也惨得很。他做了什么让他的董事会这么恼火？"

"月鹰是个愚蠢的浪漫主义大傻瓜。他认为月鹰的办公室应该不仅仅只给 LDC 的指令盖橡皮图章，又或是在鸡尾酒会上装腔作势。他相信这个世界。"

"你说，他相信这个世界，是指……"

"自治政府。把我们变成一个国家，而不是一个工业殖民地。他要变成一个政客了，这个可爱的家伙。"

"那是会让他们发火。"玛丽娜说。

"是的，"阿列尔说，"我悄声给他出主意，我拿了他的钱、他的公寓，可我什么事也做不了。"阿列尔把自己往后扔进懒人椅里，摊开自己的双臂。当她松开酒杯的杯柄时，玛丽娜接住了杯子。"真是太可悲了，我就像个大号的白痴。我受够了政治。这次我想要伏特加。"

"阿列尔，你觉得……"

"给我那该死的伏特加马提尼，玛丽娜。"

杯子，冰，冷醇的液体。滴入同样烈的味美思酒。阿列尔那随意的傲慢每一次都让人受伤。从不停顿，从不想想玛丽娜可能想要什么。从不考虑玛丽娜并不想要有窗户的卧室。从不思量玛丽娜也许不想搬进公寓。从不关注玛丽娜的生活。在搅动马提尼时，玛丽娜的手在压抑的愤怒中颤抖。但她一滴也没有溅出来。一向如此。

"抱歉，"阿列尔说，"我太粗野了。"她抿着马提尼。"这一杯太美了。不过告诉我，你到底在想什么？"

"我在想，如果月鹰倒了，那我们尽量不要被压在下面。"

"不，不是月鹰，见他的鬼去吧，"阿列尔厉声说，"还有那该死的 LDC、律师、顾问，还有那些绣花枕头一样的政治俱乐部、辩论社团和激进集团。听着，今晚我需要你。我想去参加月球学会的一个会议。"

"你想去月球学会？"

"对。圆宝石政治科学研讨会要发表关于月球民主政治模式的论文。"

"哦，我已经向你请过假了。我订了一张票，要去听一个乐队的演唱会。"

"你去什么？你从没告诉过我。"

玛丽娜控制住自己："我去听一个演唱会还需要许可？"

"你为什么会要去听一个乐队的演唱会？我们有乐队吗？"

"我们有，我喜欢他们，我想去看。"

"是那种摇滚玩意儿？"

"我需要校正我对乐队的品位吗？"玛丽娜很早就知道了，阿列尔和她哥哥不一样，她对音乐没有鉴赏力，并且用蔑视来掩饰自己的无知。

"你要做的事是这样的。带我到那里，然后你可以给你自己整一杯茶，让赫蒂给你放这个……乐队的音乐。这和在现场也没什么两样，甚至更好。那些恐怖的汗津津的摇滚迷不会挤到你脸上。"

"恐怖的汗津津的摇滚迷才会让整个过程显得更摇滚，"玛丽娜说，但阿列尔对此的愚钝无知是如此极端，如此明显，再为吉他音乐做任何辩护都只会让她更困惑，"你欠我的。"

"我欠你太多了，多得根本不可能偿还。但我需要去月球学会。我对所有那些恐怖的热忱的学生的理想主义毫无兴趣。不，我想去，是因为阿蓓纳·马阿努·阿萨莫阿将发表一篇论文，而我之前听说的是，她正在干我的侄子卢卡西尼奥。而我担心那个小笨蛋。所以，你去吗？"

玛丽娜点点头。家庭赢了。

"谢谢你，亲爱的。现在，我要问第三次了：你在想什么？"阿列尔夸张地比着白色的大房间，把伏特加泼洒到了懒人椅上。

"我在想我要怎么装备它？"

"绳索和网？一切都装上把手？"

"我认为它们更像是运动辅助设备。"

"我计划不再需要它们。"

只有在一种情况下，阿列尔才会不需要玛丽娜装配上拉网和绳索，以便她在整个公寓里移动。

"你没告诉我。"

"我要告诉你我和月鹰交易里的每一个细节吗？"

"走路，比想去看一场摇滚演唱会，要重要那么一点点。"

"你觉得如果走路不是交易的一部分，我会同意吗？"阿列尔问。

"我记得玛卡雷奇医生说它要花几个月，"玛丽娜说，"脊髓神经修复是一个缓慢又辛苦的过程。"

"它想花多久时间就花多久。但我会变得可以行动，玛丽娜。我不会再需要那玩意儿，"阿列尔向正在充电的轮椅泼洒着伏特加，"我也将不再需要你。哦不，是的，我会需要的。你知道我是什么意思。我总是需要你的。"

遮在他眼睛上的手让他嫌恶。热，干燥，皮肤又薄又脆。他紧紧地闭着眼。想到这些手掌、这些皮肤会碰到他的眼球，他就想吐。

动作停止了，门打开了。那些手又把他向前推了几步，接着离开了他的脸。

"睁开眼睛，孩子。"

他的第一反应是拒绝，那老女人音调里的居高临下让人讨厌，还有她搭在他肩膀上指挥他的手，哪怕他比她高了一个头。当她命令他闭上眼，并且在向上的电梯中全程不能睁开时，他满心是不情不愿的怒气，就像她从他手里扯掉电子烟时一样火冒三丈。真是可笑的造作。但反抗是要付出代价的，更重要的是，他知道她会等到他顺从。

大流士·麦肯齐睁开眼睛。光，灼人的光线。他又闭上了眼。他见过铁陨时的光线，那是毁灭的光线。而这些光明亮到能让他看到自己眼睑后的毛细血管。

这亭子就是一个玻璃灯笼，位于马拉柏特山山顶的纤长电梯塔的塔顶。大流士站在六边形地板的中央。瓷瓦、支柱、穹顶和肋拱、玻璃看上去是破败又沧桑，它们的结构完整性被一个光子一个光子地消磨着。电梯呼叫面板上的示意文字被漂白到难以辨认。空气中充斥着焦煳不安的味道，被电离过的空气的味道。

"每个孙家人十岁时都会被带到这里，"孙夫人说，"你成为孙家人比他们晚了些，但也不能例外。"大流士抬起手想遮住眼睛，又放下了。恒光殿没有哪个孩子会做这样的事。

他意识到这不是个灯笼。灯笼的光线是从内向外的。而这光线是从外往内的，来自一个耀眼的太阳，这个太阳栖息在沙克尔顿陨石坑的最边缘处。低矮的午夜阳光在大流士身后投出翅膀一样的阴影。每个尘埃微粒都在飞舞。恒光殿不是你观察太阳的地方，而是太阳观察你的地方。

"对，我们在克鲁斯堡也有这个。"大流士说。

"别和我耍嘴皮子，"孙夫人说，"区别很明显。克鲁斯堡必须永远追着太阳跑，而这里太阳是自己朝我们来。去吧，向前些。看看它。看看你敢走多近。"

大流士可不想被老太婆说胆子小。他毫不犹豫地走向玻璃，把手掌压在上面。强化玻璃感觉很脆弱，它散发着尘埃和时光的味道。他几乎整个人都走进了沿着世界边缘滚动的太阳里。这亭子是恒光之巅，是两个世界中的传奇名胜之一，它完全位于极点上，在太阳永不落下的地方。

"五十年前的夜里，传来一个消息。那是在另一个世界上，在那里的某个国家的某个城市。我已经等那个消息等了很多年。我已经为它准备好了。我起了床，抛下一切，坐进了那辆我知道会停在那里的车。车子把我带到一架私人飞机跟前，飞机上有我的阿姨和叔叔们，姐妹和堂兄弟们。飞机把我们带到了 VTO 哈萨克斯坦驻地，然后来到月球。孩子，你知道那消息说了什么吗？"

大流士很想舔舔那窗户，尝尝玻璃的味道。

"它说，政府中的一个派系正要来逮捕我的家人，"孙夫人说，"他们想抓住人质来威胁我丈夫。就算是麦肯齐家的人也一定听过孙爱国的名字。孙爱国、孙晓青、孙宏辉，他们建立了太阳公司。他们创建了月球世界。学学历史，男孩：外层空间条约阻碍了地球的国家政府，让它们无法宣称自己拥有或掌控月球——因此我们才被一个企业管理，而不是被一个党派管理。地球国家总是嫉妒我们的自由、我们的财富和成就。他们害怕别人夺走月球，所以他们互相监视。嫉妒是一种诚实的情感，很容易操纵。嫉妒让我们安全了五十年。"

"每个家族都有所恐惧，五龙的每个人都有恐惧。科塔家害怕他们的孩子会摧毁他们的传承。麦肯齐家……"

"铁陨。"大流士·麦肯齐不假思索地说。

"你知道孙家怕什么吗？"孙夫人说，"怕太阳会熄灭。怕有一天它会沉到月平线以下，再也不升起。我们将沉入冰冷和黑暗。空气将冻结，玻璃将粉碎。"

"那不会发生的，"大流士说，"那是天文学，是物理学：是科学。"

"总是有口齿伶俐的答案。太阳熄灭的时刻指的是规则被打破的时刻，规则保护了我们五十年；而那一刻就是当地球国家发现他们联合起来比带着刀子追踪彼此获得更多的时刻。这就是我的家族所恐惧的，大流士，就像那天晚上的消息。当它到来时，我们建立的一切，我们获得的一切，都将被夺走。而我们无处可逃。"

"你是不是对所有你带上来的人都说这个？"

"是的。我对他们说这个，对那些我认为需要听我说的人讲。"

"而你觉得我需要听你说这个？"

"不，大流士，你需要听我说的是，铁陨不是意外。"

他从玻璃前转过身来。孙夫人的表情是冷漠的——孙夫人的表情总是完美又谨慎的，但大流士知道自己明显的震惊取悦了她。

"克鲁斯堡被阴谋破坏了。操作系统里植入了一个针对熔融镜群的代码。一个简单但有效的程序。你已经看到它造成的后果了。"

"你们是编码员。"大流士说。尘埃在炙热的光线里围着孙夫人舞动。

"我们是，而且是非常杰出的编码员。信息是我们的事业。但这不是我们的编码。"

"那是谁的？"

"你不是王子，大流士。你不是罗伯特和玉的最后继承人。邓肯和布赖斯正在对着干，你真的觉得他们的桌前有你的位置吗？你觉得你自己是安全的吗？"

"我……"

"你在这里是安全的，大流士。这是你能安全的唯一场所。和你的家人在一起。"孙夫人一直在不动声色地移动脚步，巧妙地引导着大流士，直到她站在他和缓缓上升的太阳之间。大流士在那令人不快的光线中眯着眼，而孙夫人则是一个深浓的剪影。

"你以为我们会让那些澳大利亚蛮子决定继承权？你不是一个麦肯齐，大流士，你从来都不是。他们知道这一点。你连六个月都熬不过。铁陨代码，大流士，那是一段老代码。比你老，老多了。"

"我不明白。"

"你当然不明白。杀死你母亲的是那些科塔。"

阿蓓纳·马阿努·阿萨莫阿带着腼腆的微笑接受了喝彩。月球学会的伊拉斯谟·达尔文沙龙里挤满了人，大家的脸都靠得很近。听众的姿态很容易理解：第一排坐着的手臂交叠往后靠；第二排坐着的一直皱着眉往前倾；第二排最右边的人在摇头；第二排中间的人在低声说话；第三排的人正在捂住自己的哈欠。月球学会打印添加了椅子，但还是有听众坐在那老式大椅子的扶手上，或靠在后墙上。她的视线几乎无法穿过成群悬停的亲随。

阿蓓纳是最后一个演讲的，当她走下讲台时，房间里立刻开始了个人讨论。她的研讨会同伴们挤过来恭喜她，奉承她。侍者供应着饮料：小杯伏特加、荷式金酒、花式茶。阿蓓纳拿了一杯冰茶。在听取称赞、接受演讲邀请、巧妙回答一个固执年轻人的问题时，她注意到房间里发生了骚动，好像人们正在为一个穿过他们的物体让路。那是一个坐轮椅的女人：轮椅令人惊叹，女人令人难以置信。阿列尔·科塔。阿蓓纳的研讨会同伴们分开了，以便让她走进圈子中心。

"干得漂亮，"阿列尔说，她看着阿蓓纳的同学，"可以吗？"

阿蓓纳点点头：稍后去俱乐部时再会合。

"我们去阳台上，这里的装饰让我恶心。"阿列尔的轮椅向西六十五层上方的亭阁滚去，"几个要点。要让你的手一直有事可做，律师和演员都明白这一点。你不是要阐述真理，而是要说服别人。当人们不相信口中的语言时，他们会相信肢体语言。"她从一个托盘里捞起一杯金酒，谢了侍者。"第二个要点。操纵你的听众。张嘴之前，挑选你的目标。谁看起来害怕，谁看起来过度自信，谁在你审视房间时迎上你的视线，谁让你最想引诱。用你必须要说的话锁定那些想听这些话的人。让他们觉得你就是在对他们个人说话。如果他们点头，如果他们按着你的进度调整身体姿势，你就搞定他们了。"

阿列尔轻拍栏杆边的一条软垫矮凳，阿蓓纳接受邀请，坐了下来。人声汩汩地从那头的房间冒出来，笑声和感叹词给沙沙低语的交流网中添加了戏剧色彩。日光渐渐暗成了靛蓝色。猎户座方区是一处光的峡谷，是一个巨大的无神论教堂里辉煌的中殿。

"你将我带离朋友们身边，然后告诉我我做错的每一点。"阿蓓纳说。

"我知道，我是个自大的怪物，"阿列尔抿了一口金酒，皱起脸来，"这玩意太恐怖了。"

"你觉得我的论文怎么样？"

"你问我这个可是冒了可怕的风险。我可以说我觉得它平庸、幼稚、无聊。"

"我还是会坚持我的观点。"

"听到这个我非常高兴。"

"所以你怎么觉得？"

"我是个律师。我把社会看作一系列独立但互相影响的契约，是承诺和职责之网。社会是这个——"她把自己那一小杯金酒举向城镇里交织的灯火，"——穿着尼科尔·法伊的裙子。我对民主的疑惑是，我认为我们已经有了一个比它更有效的系统。你那些来自地球小国的论据很迷人，但月球是不同的。我们不是一个国家，我们是一个经济殖民地。如果我要拿地球的情况做类比，那它会是某种被自己的环境封锁束缚的东西。一条深海渔船，或是一个南极研究基地。我们是一种食利文化。我们不拥有任何东西，我们也没有财产权，我们是一个低风险社会。那么我参与民主的动机是什么？

"民主有一个问题——哪怕是你这种构造优美的直接民主制——问题就是大家可以搭便车。总会有一些人不想参与，但他们分享了别人努力后所得的利益。如果我可以搭便车，我当然会这么做。我同意加入雪兔会，纯粹是因为我觉得它能让我在克拉维斯法院更上一层楼。法官阿列尔·科塔是个不错的称呼。你没法强迫别人参与政治，那是暴政。在一个参与的好处很少的社会里，你最终会得到一大堆搭便车的人，和一小撮参与努力的政治阶层。把民主留给那些希望实践它的人，你最终总是会得到一个政治阶级。或更糟，得到一种代议民主。目前我们有一个问责制的系统，月球上的每一个人都参与其中。我们的法律系统让每一个人都对自己的生命、安全和财富负责。它是利己主义的，是各自为政的，是严酷的，但它明白易懂，限制也很清晰。没人能为别人做决定或承担责任。它不承认集团、宗教、派系或政党。有个人，有家庭，有公司。从地球前往远地的学者们咂着舌，翻着白眼，因为我们是一些凶狠的个人主义者，完全没有团结的概念。但我们拥有他们所谓的公民社会。我们只是相信，解决事情靠商谈更好，而不是靠法规。我们是一些不谙世事的、承受着怨恨的野蛮人。我更喜欢这样。"

"所以，平庸、幼稚、无聊，"阿蓓纳说，"你来这里不是为了听政治科学学生们发表天真的陈词滥调。"

"当然不是。他还好吗？"

"我们会保证他的安全。"

"我问的不是这个。"

"他和埃利斯玛德琳在一起，还有露娜。露西卡有时也在家，只要她没去子午城。"

"我问的也不是这个。"

"好吧，"阿蓓纳吸着嘴唇，显然她觉得有点不安，"我想我伤了他的心。"阿列尔扬起了一边眉毛。"我必须来这里，一个在圆宝石里学习的机会。"阿列尔的眉毛扬得更高了。"你对它没有多高的评价，但它是月球上最好的政治科学研讨会。他太黏人了，需索无度，而且处事不公。为了感觉良好，他可以和任何人有性爱；但如果他需要我，他认为脱掉衣服烘个蛋糕就能解决所有的事。"

"他是个被宠坏的小王子，"阿列尔说，"但他非常好看。"

屋子里的人声起伏不定，下方传来的交通的声音变了：人们在道别，离开，安排着会议和约会，榨取着好处和承诺。有摩托车来了，在打开车门揽客，还有些人步行前往最近的电梯，正朝她们走来。

"我留你太久了，"阿列尔说，"你的朋友们看起来不耐烦了。"她把轮椅推离栏杆，向涌动的人群迎去。喝了一半的金酒立在扶手上，在暮色中加加林大街的树丛上方摇摇欲坠。

"我可以推你。"阿蓓纳建议道。

"我自己可以，"阿列尔停下来，半转过轮椅，"我可能会要一个法务实习生。有兴趣吗？"

"有工资吗？"阿蓓纳问。

"当然没有。业务津贴、小费、渠道、政治、有趣的时光，还有视野。"阿列尔往前推着轮椅，没有等待阿蓓纳的回复，只是头也不回地扔了一句，"我会让玛丽娜安排的。"

"会很难受，"引导师比达说，"会比你生活中遇到的任何东西都更让你难受。"

看到那坐成一圈的十六个人时，玛丽娜几乎要掉转脚跟走出门去。它像个康复治疗组。没错它的确是。

玛丽娜迟到了——闲逛着迟到。但引导师有丰富的经验，而且眼神敏锐。

"玛丽娜？"

被抓到了。

"是的，嗨。"

"快进来。"

十六个人看着她坐在第十七个座位上。

引导师把双手放在大腿上，环视着周围的脸。玛丽娜避开了眼神接触。

"那么，欢迎。首先，我必须感谢你们所有人做了这个决定。这不是一个轻松的决定。只有一个决定比它更艰难，那就是先决定来到这里。这是件困难的事，有身体因素，每个人都了解这个。那会很难受。会难受到超出你的想象。但还有精神和情感上的因素，它们才是真正让你受伤的部分。你会质疑自己的每一个想法。你将长久地徘徊在怀疑的深渊上。我能提供的只有这个：我们在一起。我们能保证这一点：当我们任何一位有所需要时，我们都会为了彼此而在这里。好吗？"

玛丽娜含糊着和别人一起回应这个问题。她的视线聚焦在自己的膝盖上。

"好，不要浪费时间了。最后来的最先上，对我们说说你自己。"

玛丽娜咽下自己的紧张，抬起了视线。一圈人都在看她。

"我是玛丽娜·卡尔扎合，我要回地球。"

玛丽娜的第一个想法是，窃贼洗劫了公寓。家具都翻了过来；每一个杯子、速食容器，所有的器皿都碎了，或掉在地板上；床具被抛得到处都是，化妆品撒了一地。整个地方都废了。玛丽娜的第二个想法是，月球上没有窃贼，没有人拥有可以被偷走的东西。

然后她看到轮椅侧翻在阿列尔卧室的门内。

"阿列尔！"

阿列尔仰躺在一堆床品里。

"这里该死的怎么回事？"玛丽娜问。

"你该死的对我的酒做了什么？"阿列尔嚷道。

"我把它倒进了浴室。"

"打印机呢？"

"我把它黑掉了。"

阿列尔用胳膊肘把自己撑起来。

"屋里没有杜松子酒。"这是一句控诉。

"没有杜松子酒，没有伏特加，没有任何一种酒精。"

"我要去搞一些。"

"我会黑掉你的轮椅。"

"你敢。"

"我不敢吗？"

"我就反黑它。"

"你对编码一窍不通。"

阿列尔瘫回那一堆床单上。

"给我一杯喝的，就一杯，一杯就行。"

"不。"

"我知道，我知道。但总该有个马提尼时间吧。"

"别乞求，一点也不优雅。规则是这样的：家里没有酒精。你出去时我无法阻止你，我也不会阻止，因为那有失尊重。"

"哦真是谢谢你了。不管怎样，你去哪儿了？另一场乐队演出？"

"训练，"这不是一个纯粹的谎言，"格雷西柔术。你永远不会知道我什么时候又需要救你。"

"又是这个，总是这个。"

"让我他妈的喘口气，阿列尔。"

"给我他妈的酒！给我他妈的腿！给我他妈的家人！"一片静默，两个女人都无法注视彼此，接着阿列尔说，"我很抱歉。"

"你吓到我了。我看到这里的状况，又看到轮椅侧翻了，我应该怎么想？我想着，如果我发现她躺在那里死了呢？"

现在轮到阿列尔无法直面玛丽娜了。

"玛丽娜，你能替我做件事吗？"

"我不会给你酒的，阿列尔。"

"我并不想让你给我酒。"

"你还自称律师？就算是我也听得出来这是个见鬼的谎言。"

"我希望你和阿蓓纳·阿萨莫阿接触。"

"她在月球学会发表了论文？"

"那论文是单纯透顶的民主废话。但她很聪明，而且野心勃勃。"

"而且她干了你的侄子。"

"而且她的姨妈，我从前的嫂子，是金凳子的奥马和纳。月鹰的赞助让我进入了 LDC 的会议，而龙的赞助能带来更锐利的武器。"

"你希望我做什么？"

"我向她提及我在找一个实习生。她要是接受了就是个白痴，但我打算引诱她。有一个 LDC 的会议要安排在库阔日。邀请她做我的客人。告诉她有一个机会可以看看政治到底是怎么运转的。帮我安排官方的许可，好吗？"

"我为什么要做这个？"

"因为我现在有人了，"阿列尔说，"告诉她穿得好一点。拉我起来，帮我打扫一下这堆乱七八糟的东西。"

闸门里的每张脸都抬了起来。三十，五十张脸，瓦格纳一边下坡一边估算着。他夹着头盔，军师泽赫拉·阿斯兰走在他边上。有些脸很眼熟，有些眼熟得过头。大多数脸都是新的，比他从前见过的都要新。索布拉浏览了他们的简历，有一对儿声称自己曾为科塔氪气工作。主意挺不错。

人群分开了，瓦格纳和泽赫拉走到幸运八球组前方。

"我可以要四个。"他宣布。

没人移动。

瓦格纳转向一个高个子伊博人，他的沙装上钉满了曼联的补丁。

"你，月芽，离开吧。"

那个大块头愤怒地睁大了眼，逼近前来。他比二代的瓦格纳高一个头。

"我有月面合格认证。"

"你说谎。你站立的姿势，肩膀的姿态，承受自己体重的姿态，嗅着气味的样子，穿沙装的方式，钩着头盔的手指，还有标识的位置。不。你对自己来说是个威胁，更糟的是，你对我的组员是一个威胁。现在离开，进行足够时间的月面训练，也许下次我看见你时不会把你扔出去。还有，不要再在你的简历上撒谎了。"

月芽紧盯着瓦格纳，想用瞪视让他屈服，可是瓦格纳有狼的眼睛。大块头看到了里面燃烧的狂怒，转过身，从人群中挤出去了。

不错的戏剧效果，狼。泽赫拉通过她的亲随说。但他现在不是狼，因为地球的脸是黯淡的。是他暗面的注意力发现了那个月芽是个骗子。

"奥拉、梅雷亚德、尼尔。杰夫·莱姆金。"瓦格纳曾和前三位一起做过玻璃工作，第四位是个新人，但拥有 VTO 轨道小组的模范推荐，他们在克鲁斯堡陨落后修理过损坏的轨道。"剩下的人，谢谢你们。"

等到甲板上只剩下他的幸运八球组新组员时，瓦格纳浏览了分配的任务——检修子午城外东部月面静海上的玻璃。

"老大？"泽赫拉的声音，"演讲呢？"

"抱歉。"杰夫是唯一一个没听过它的人，但哪怕是他也能听得出来瓦格纳是在照本宣科。演讲，细则说明，下令穿好沙装、扣好安全带。组员的名字闪现在他的视镜上，安全杆折叠下来拢住他并锁定。压力数字向零降去。红灯，绿灯。

"泽赫拉。"

"瓦格纳？"

"替我把她开出去。"他把驾驶面板划给了她。

"没问题。"

到目前为止，泽赫拉·阿斯兰已经在十次工作中担任瓦格纳的军师，他们的关系就如同一桩契约良好的婚姻一样紧密、亲近、有效。她运行系统校验，规划交通路线，与此同时，幸运八球组的组员连接上了车载生命系统。瓦格纳让索布拉接通了一个私人电话。

"瓦格纳。"

他在第十一门，喝着茶，穿着镶蓝边的杏色运动短裤，还有一件松松垮垮的 T 恤，头发层层堆在头上。

"只是确认你不缺什么东西。"

"我什么也不缺。"

"一切都还好吗？"

"一切都很好。"

"如果你需要什么……"

"我不需要。"

"但如果你……"

"阿迈勒在呢。"

瓦格纳记得上次见到罗布森的时候，他在狼舍的宽檐下，阿迈勒就在他旁边。阿迈勒的胳膊搂着他。瓦格纳再次体会到情感的刺痛，混合着缺失、嫉妒和渴望。

"好吧，那挺好。"

闸里排光了空气，外闸门向上滑去。泽赫拉加大油门，开着探测车冲上斜坡，穿过了那条渐渐扩大的黑暗。

"瓦格纳，你为什么打电话？"罗布森问。

"只是确认一下。没什么事。嗯，我十天内回来。"

"好的。小心点，小灰狼。"

罗布森和他的茶从瓦格纳视镜中消失了。探测车越过了整条斜坡，上了月面，扁平的轮胎掀起尘埃的羽扇。瓦格纳斥责自己。他为什么不说出来不说出来不说出来？

爱你，狼崽。

他熄灭了生物灯，坐在最远的桌子边最深的阴影里。奄拉的肩膀、低垂的双眼拒绝任何人和他说话，哪怕是招牌店的店长也一样。杏仁茶冷掉很久了。

他的思路绕着一个单调的循环。作呕的震惊。血红的耻辱。咆哮的愤怒。冰冷的不公。他的思绪从一种情绪转到另一种情绪，一圈又一圈，就像是朝圣的站点。

你杀了我的父母。

大流士拒绝了一个又一个电话。十五，二十。这暗示很明显了，但罗布森很坚持。天真的罗布森，愚蠢的罗布森，呼叫了一遍又一遍，疑惑着为什么他的老朋友，他最好的朋友不肯接电话，想象着各种各样的生意、或生病、或家族承诺让他不能接电话。而事实是，他的朋友，他最好的朋友已经倒戈了。

我接起这次电话只是为了告诉你，我恨你。

当第二十五通电话终于接通时，天真罗布森愚蠢罗布森微笑着说：嘿，大流士，你怎样了？

他最恨的就是自己这份愚蠢。它带来的耻辱仿佛一路冲进他的胃里，在那里抓挠着大吃大嚼。

叛徒，凶手。

他仍然在震惊地颤抖。他听到了两个东西：大流士的话，和大流士的声音。它们不是同一个东西。那话在他思绪里打跌，而那声音在不停地不停地回响。大流士说话的时间不超过三十秒，而罗布森在回忆里无穷尽地回放它。

我会把你的眼睛和说谎的舌头挖出来，罗布森·科塔。

大鬼切断了联系，罗布森从狼舍里跑了出去。

他的朋友对他倒戈相向。

"我想我能在这里找到你。"

罗布森的肩膀僵住了。他抬头扫了一眼。

"我不想和你说话。"

"罗布森……"

"你他妈烦透了知道吗？"

阿迈勒拉过一张椅子，让它以某个角度对着罗布森。没有直接的眼神接触，也没有对抗性的表示。罗布森真希望自己能把他瞪死。

"我会坐下来，等着。"

"那就坐吧。"

他没有坐。

他抓住那杯杏仁茶扔了出去，拿起预备坐下的椅子砸向那些飞快贴近他背后的身影，罗布森之前没有看到他们。他将整张桌子斜过来，把罗布森从椅子上扔下来，推着他躲到了桌子后面。

玻璃杯击中了一个穿着锐步运动服的男人，他往后踉跄着。椅子绊倒了另外两个穿阿迪达斯的男人。阿迈勒给了第四个袭击者一个头锤。那女人打着转，甩着头让自己清醒过来，一手抓住了阿迈勒的衣服，单手举起了他。阿迈勒的暗面感官针对这个袭击者发出了警报，但这个女人有着月芽的力气。她戴着手套的右手攥成了一个拳头：击打。气封熔融玻璃破裂了，崩碎了。一只铁拳。罗布森听到了这些声音：柔软的织物在压力中极化成了像钢铁一样硬的碳。那女人再次举起拳头，狠狠地打进了阿迈勒的肚子。有东西爆裂了。罗布森已经跑上了自己的逃离路线。

别动队迅速收拾好自己，紧紧地跟了上来。罗布森飞奔过厨房，掀翻锅子、盘子和炙热的液体。他听到了一把泰瑟枪充能的呜呜声，猛地低头钻进了通风孔，只一个心跳的瞬间，就登上了报亭后方的通道竖梯。电极叮的一声射在了金属上。他在屋顶上了，现在正双手交替顺着供水管向一层荡去。只有一个孩子，只有一个跑酷者，才能跟上罗布森的逃跑路线。他曾经策划过，也曾经估计过时间，但他从未用自己的身体测试过它，直至现在。他跳起来，高飞着抓住扶手，把自己甩上宝瓶座西一层的安全扶手。要上升三层后，他的逃跑才会结束，但他在扶手上停了一瞬间，往下搜寻他的追捕者，他们正在招牌店的屋顶上，狂怒又无奈。

遥控机器虫从上往下飞入了他的视野。

"这不公平。"罗布森说着，接着，电极倒钩击中了他的腹部，让他飞进了东一层的中央。他无法呼吸。每一束肌肉都浸在熔化的铅里，崩得如此之紧，仿佛肌腱会从关节上撕裂。他尿湿了短裤。机器虫盘旋在离他的脸仅一臂的距离上方。他可以把它扯烂，可他连眼皮都动不了。

有人乘着动力板过来，猛地刹住了。

"灵活的小混蛋。"那个大块头说。罗布森认出了他是布赖斯的安全主管。无人机扔下它的泰瑟射击器，飞走了。罗布森动不了，无法呼吸。登博·阿马奇向他走来。而罗布森僵在地上。

接着，有身影从屋顶上跳下来，从栏杆外翻进来，从边巷里跑出来。在一道钢铁的闪光中，布赖斯的两名刀卫倒下了。第三个丢下刀子，喊道："我的合约里不包括这个。"转过身跑了。

"你怎么样啊，登博？"

罗布森无法转过头去看，但他认识这个声音。丹尼·麦肯齐。

"罗恩说你没死。"

"活得不得了，或者应该说死不了。"

"我现在想要弥补这个疏忽。"

"一句漂亮的台词，登博，"丹尼·麦肯齐说，罗布森依然试图移动，他可以用手把自己一点点挪开，皮肤生生磨在车行道上，"你在表达上总是很有天赋。而我，我只是个教育程度不足的杰克鲁，但是耍刀子很得心应手。"

挪开，挪开。两把刀撞在了一起。挪开。罗布森挣扎着站起来，但他的腿不肯坚持，他狠狠地摔下去，用双手撑住了地板。起来。挪开。所有的视线都关注着战斗。麦肯齐对麦肯齐。这一次罗布森的双腿撑住了他，他拖着脚开始进行逃跑的第二个阶段。宝瓶座方区的外围曝露着它的工程构造，那是一个巨大的攀爬框架。罗布森用手指抠住管道，它们是麻木的，但有足够的力气支持他，他把自己拽了上去。再一次。又一次。这是他做过的最难的事。他在第二层的支柱弯头歇了一小会儿，甩掉了手脚的刺痛。

一声凄厉的叫喊。罗布森向下瞥了一眼。一个身影躺在地上，另一个身影向他躲藏的地方走来。

丹尼·麦肯齐抬着头朝他咧嘴一笑，张开双臂。

"罗布森，下来吧，伙计。你现在安全了。"

罗布森挣扎着翻出柱头，蠕动着钻进了一个缝隙，电缆束从中穿过了第二层的路基。

"别逼我到那里去追你。"

你没办法，罗布森想，这里对成人来说太挤了。

声音由下往上回荡，丹尼抬头看着电缆束："罗布，瓦格纳要求我，在我没法照看他时照看他。"

罗布森继续爬。如果丹尼没用那讨厌的昵称，如果他没有听到阿迈勒体内无可恢复的断裂，如果他没有感觉到大流士的蔑视和愤怒，也许他会爬下去的。但他不能做一个麦肯齐，不能做一个孙家人，也不能当一只狼。爬上两层，他就能顺着逃跑路线抵达东四层电梯。他可以跃进轿厢，乘着电梯一直往上，穿过富人区的花园，直至世界的顶部。那里将会有人等着他。

"我会找到你的，"丹尼·麦肯齐喊道，"你是我的债务，罗布，我会还债的。"

他总是会剃掉自己的体毛，自青春期开始，他下身刚长出的体毛让自己恶心。全部，从头顶到脚趾的毛，背部臀部阴囊。他又用剃刀刮了一遍全身，直到自己变得光滑无比。他擦干自己，让亲随显示自己的全身。他拍拍腹部。依然很紧实，腹肌硬邦邦的，人鱼线很明显。依然状态不错。最后是油。这是他自己的专属混合油，源自昂贵的有机物，不是合成的。他慢慢地涂，仔仔细细地将它涂进每一道肌肉褶痕和皱纹中。颈后、头、膝弯，还有私处的柔软褶皱里。手指之间。他在微微地闪光，他是金色的。他准备好了。

洪兰凰深深地吸了一口气，在原地颠着身体，放松肌肉。

淋浴间的门打开了。三个麦肯齐氦气的刀卫等在那里。

"你们是来带我回南后城的！"洪说，"你们知道我对兰斯伯格有多腻烦吗？"他展示着自己赤裸的身体。"我为布赖斯剃了毛。"刀卫看起来很困惑。"开玩笑的。"依然是一个苦涩的笑话。

"布赖斯不高兴了，"第一个刀卫说，她是个身材很好的矮个子月芽，手里拿着一根电击棒，"他想要那个男孩。"

"我永远也不会让布赖斯抓到他。"黄岚虹说。

"你不说话会更好些。"第二个刀卫说。

"他弄坏了他碰到的每一件东西。我不能让那孩子落到我这样的下场。"

"拜托了。"第三个刀卫说，他拿着清洁设备。

"抱歉伙计。"女人说着，把电击棒捅向洪的腹部。他倒下了，咽喉、拳头、脊柱和肌腱都僵直了。每一束肌肉和神经都燃烧着，像是有酸在腐蚀雕刻着它们。他失禁了。女人厌恶地皱着脸，和第二个刀卫一起把洪拖起来，他耷拉着双腿被拖下了走廊。负责清洁的刀卫走进去打扫脏东西。沃龙佐夫在清洁方面非常一丝不苟。在他们的世界里，一根掉落的头发、一片皮肤碎屑都可能击落一架太空飞船。

身体油让洪又香又光滑。刀卫一路拖着他到闸门处，几乎抓不住他打滑的皮肤。他的脚和胫骨在弹性地板上留下了油渍。他动不了，说不出话，也无法呼吸。

罗布森在子午城，和狼帮在一起，和瓦格纳在一起。有人保护他。洪后悔自己说了谎，但如果他把真相告诉罗布森，告诉他自己必须留下，必须把自己作为一个要付出的代价，那孩子绝对不会登上列车。

第二个刀卫按下密码，闸门打开了。躯体扑上前来，都是孩子，五个男孩，三个女孩，全都是赤裸的，嘴唇和双颊装饰着白色的涂料。洪在疼痛中认出了那些战斗彩绘。跑酷者。自由跑者。罗布森的同伴。他们的手在尖叫声中向前伸着，抠着，抓着。刀卫用电击枪和刀子把他们推回去，把洪也扔进了他们中间。几次电击的戳刺，几次脚踢，粉碎的手指和脸，然后第二个刀卫封闭了闸门。绿灯。拳头砸在金属上的迟缓又沉闷的捶打声。按下转换钮。绿灯变成了红灯。

第三个刀卫在前厅穿起了沙装，他一会儿要出去清扫。沃龙佐夫们需要清洁的环境。

女保安望进了阿蓓纳的右眼中，当她点头让她通过时，激爽的震颤从上往下穿过阿蓓纳的身体，差点让她傻笑出来。精英通道。这可绝对不会玷污她的名声。她过了倒数第二道焦虑关卡。第一道焦虑关卡是：阿列尔在月球学会阳台上提供的机会是不是真实的。她的亲随图米呼叫了玛丽娜·卡尔扎合。真的。阿蓓纳觉得玛丽娜的回应太简洁了，也许她应该亲自联系她，但这种方式太过时了。第二道焦虑关卡是：LDC 是否已将她登记为阿列尔的随行人员。图米向月球发展公司核实了，阿蓓纳·马阿努·阿萨莫阿，阿列尔·科塔的助手。是的，你已经是组员了。

第三道焦虑关卡是服装。一套克里斯汀·拉克鲁瓦对 LDC 的会议来说够不够专业？对阿列尔·科塔来说够不够时尚？要为衣服搭配鞋子妆容发型。她的研讨会同学们在那个早上花了两小时打理她的发型。

她刚刚轻轻松松地过了第四道关卡，进入了月球发展公司总部的大厅。它全部是由木材和铬合金构建的，阿蓓纳无法想象这需要多少碳素预算。大厅挤满了月球上的大人物，用他们的声音和定制香味昭显着自我。大鞋子，更大的发型，垫肩，眼影。半空中群集着亲随：阿萨莫阿家的阿丁克拉，孙家的易经卦象。沃龙佐夫家在这一季好像钟情于重金属意象：变音符号和铁锈。董事会成员的亲随皮肤是简单的 LDC 点状轨道卫星。她看到了月球独立运动协会的三女神图章，之后它消失在了成群的图像后。人类侍者端上茶水和小点心，但阿蓓纳婉拒了，她担心会在她的克里斯汀·拉克鲁瓦上落下油渍。她选得不错，肩垫不是最宽的，腰线不是最窄的。现在，阿列尔。阿蓓纳扫视着人群，想在社交轮廓中找到一个缺口，那里应该有一位坐着轮椅的女人。她在屋里找了一遍，又找了一遍，接着发现阿列尔正在一群律师和法官的中央，一只戴着手套的手拿着电子烟。她挥了挥电子烟向阿蓓纳示意。

阿蓓纳认出了阿列尔周围的每个人，她的胃担心地揪紧了。这些人是月球上最尖锐的律师、最受尊敬的法官，以及最机敏的政治理论家。阿蓓纳踌躇了。阿列尔又示意了一次。阿蓓纳知道她不会再招呼第三次了，但阿列尔没有发现的是，在她们俩之间立着第五道焦虑关卡，这道关卡是阿蓓纳之前从未越过的。关卡问：你到底是谁？你认为你在这里干什么？鱼目混珠之门。

阿蓓纳艰难地咽了一下口水，抬步向前。此时一只手碰了碰她的袖子。她转过身，看到月鹰时差点掉了茶杯。对于她的三代身高而言，乔纳松·卡约德是少数可以和她平视的地球人之一。

"令人高兴，真令人高兴！"他大力摇动阿蓓纳的手，没有意识到自己的抓握有多用力，而且一直没有放手，直到他说，"新的天才代表了一切，对不对？"这一句他是对阿德里安·麦肯齐说的，后者是他身边一道苍白的影子。阿德里安没有和阿蓓纳握手。

"很荣幸，阿萨莫阿女士。"

"我得感谢科塔女士……"阿蓓纳才开了个头，月鹰就已经移向另一次会面和致意了。

"亲爱的，"阿列尔恩赐了她三次机会，接着对她周围的人们说，"让我介绍圆宝石研讨会的阿蓓纳·马阿努·阿萨莫阿，一位能干的年轻政客。我希望能让她开点窍。"周围的人大笑起来，阿列尔一个接一个地介绍他们。阿蓓纳认得这些名字，但倾听他们每个人说话是一种实际的冲击。"你们全都有助手，凭什么落下我一个人？而且她穿得比你们的助手都好，还聪明得多。"

社交浪潮拂过人群，向会议室敞开的大门涌去。

"还行。"阿列尔仔细打量着阿蓓纳·马阿努·阿萨莫阿的着装和妆容，"坐在我左边，表现出感兴趣的样子，但什么也别说。你可以时不时靠向我，装作在耳语。还有这个。"阿列尔用左手食指碰了碰眉心，不过阿蓓纳已经看到，当议员们进入会议室时，亲随们都闪烁着消失了。她不记得自己上一次没有 AI 辅助是什么时候的事了，感觉就好像没穿内衣一样。

LDC 会议室是一系列层叠的同心圆。月鹰和董事会成员占据了最低的最内圈。顾问和法律代理、专家和分析师则根据他们的地位及重要性占据不同高度的圈。阿列尔引着阿蓓纳来到第二层。重要的低层。阿蓓纳的名字在桌面上闪亮着，挨着阿列尔的名字。她的座位椅背很高，舒适得很昂贵。阿列尔坐在她的轮椅里，阿蓓纳对着自己桌上的纸本子和短木杆皱眉。月鹰的其他代表分别在阿列尔和阿蓓纳的两边坐下，但坐在两位女士正下方椅子上的月鹰转过头来，只对她们俩点了点头。会议室迅速坐满了。房间里嗡嗡响着柔和的交谈声，律师们和客户们协商着，越过桌子，或在椅子上伸长了脖子向同事和对手致意。这情景在阿蓓纳看来又有趣又古老。这事完全可以通过网络来进行，就像库托库一样。

"我们几分钟后就开始，"阿列尔解释道，"乔纳松会有形式化的开场，是上一次会议和当前议程的备忘录。那是相当乏味的过程。观察顾问们，你能从那里真正看到事情的走向。"

"他情绪如何？"

"有点太友好了。"

"那意味着什么？"

"我不知道。"

乔纳松·卡约德再次从座位上转过来。

"准备好了吗？"他问他的顾问们。嗫嗫的同意声。

"最后还有问题吗？"阿列尔问阿蓓纳。

"有。"阿蓓纳举起记事本和手写笔，"这怎么用？"

玛丽娜穿着卡朗的蜂腰小裙摆套裙，坐在保镖们聚集的茶吧尽头，搅着她那杯薄荷茶。这是茶吧里最差的位置，但的确是茶吧。桌子的摆放位置根本不考虑社交。保镖们对 LDC 的饮料吧评价甚高，可是玛丽娜完全不理解月球的茶有什么存在的意义。她举起杯子，研究着杯里扭曲的茶叶。月球经济和社会学都在这一个杯子里。月球的管道农场里无法经济地培植茶树或咖啡。薄荷则可以蔓延无际，你必须肢解它们才能阻止它们长得太多。没有真正的茶，就不可能做出好的薄荷茶，于是 AKA 把一些野茶树的基因片段混入了薄荷。现在 AKA 的基因科学已经足够先进，可以设计出一棵真正的茶树，让它在月球环境下繁茂地生长——甚至咖啡也一样——但此时的月球已经习惯了薄荷茶的品位。

玛丽娜一直都讨厌，并且将会一直讨厌薄荷茶。

她坐在保镖中间，梦想着咖啡。味道香浓、急火炙烤的阿拉卡比咖啡，冒着热气，散发着咖啡因的苦味；好的西北咖啡制作缓慢且精心：水从一定高度倒下，以达到完美的通气；搅动——用叉子而不是勺子，然后将它放置一旁。它准备好的时候便会通知你。接着轻轻压制。两只手抱着一杯手冲咖啡,在一个寒冷的早晨坐在门廊上,呼吸和咖啡的蒸汽混在一起,灰色的雨水欢快地打在排水沟里,从房子用来排水的镀锌链条上倾泻而下。山脉已经在云层深处藏了好些天了,雾气封锁了远景,只隐隐露出房子边缘的那棵树。风向标无精打采地滴着水,而雨水从晾衣绳的两端汇聚到中间然后滴下来。一只狗拖着脚慢慢走着,发出低吠。三个房间外飘来了音乐。

木地板在妈妈的轮椅下吱嘎作响。她对每一个电视节目都提问提问提问:发生了什么?那是谁?她为什么在那里?那又是谁?汽车轮胎的指引:它们在前门外的泥地上发出独特的声响。有一些她们认识,就打开门迎接;有一些不认识,就要藏起来。一串孤独的风铃挂在可以迎接东风的位置,发出五声音阶。也是同样的东风,裹着一小片多重耐药肺结核病毒,吹过普吉特海湾,吹进了埃伦—梅·卡尔扎合的肺里。东风,瘟疫之风。浓白的咳嗽,无穷无尽,没完没了地折磨你。

玛丽娜的注意力猛地弹回了 LDC 的茶吧。她的薄荷茶杯掉落了。所有的杯子都掉落了。所有的保镖都从座位上站了起来。玛丽娜奔向门口。

去阿列尔那里,赫蒂在她耳中喊叫,阿列尔需要你。

武装雇佣兵穿过门口,沿着会议室的台阶往下涌去。他们围住了 LDC 董事会,拔出了刀子,泰瑟枪瞄准了目标。第二拨人冲进来,抢占了可以威胁顾问的位置,手放在刀柄上,泰瑟枪装在皮套里。第三组雇佣刀卫封锁了门。会议室变成了一个咆哮的坑洞:董事会成员、法律顾问、武装入侵者。

"发生了什么事?"阿蓓纳喊道。

"我会他妈弄明白的。"阿列尔将轮椅摇离了桌子。一个雇佣兵将一根电击棒发出蓝色电光的一端对准了阿列尔的脸。阿列尔盯住她的眼睛，盯得她不敢与自己对视，挑衅她。

"我没法连接网络。"阿蓓纳喊着。入侵者在嚷嚷，代表们在嚷嚷，LDC成员们在挣扎反抗着那些控制他们的强壮手臂。有一个中心，一个静止的心脏。乔纳松·卡约德坐在椅子里，手放在膝上，眼睛低垂。他转过来迎上阿列尔的视线。

抱歉。他无声地说。接着，一声爆炸消除了会议室里所有的声音，就如真空降临。烧结物碎片从天花板上掉下来，每个人都低头躲避。一支枪。有人开了一枪，一支真枪。拿枪的女人站在正厅中心，举着她的武器，对着天花板。它是黑色的，看起来又短又粗，像个异形。会议室没人见过真枪。

现在，乔纳松·卡约德沉重地站了起来。

"我的同胞们，我亲爱的朋友们。我以LDC首席行政官的权力，解散月球发展公司的董事会，并软禁其成员，因其清晰显明地妨害到了月球的稳定、安全和利益。"

正厅和上层的声音怒吼着抗议，但雇佣兵们铐上了董事会成员，将他们赶向了紧急出口。尖叫让表情扭曲，肌肉拧转着绷紧，嘴里喷出了狂怒的唾沫。

"他能这么干吗？"阿蓓纳悄声问阿列尔。

"他刚刚已经这么干了。"阿列尔说着，将轮椅推向了正厅中心。一瞬间，两个雇佣兵拿着刀子和泰瑟枪迎上了她。"我要求和我的客户通话。"

雇佣兵像石像一样，但月鹰在离紧急出口两步远的地方停了下来。他的脸是灰色的。

"我能信任你吗，阿列尔？"乔纳松·卡约德问。

"乔纳松，你都干了什么？"

"我能信任你吗？"

"我是你的律师……"

"我能信任你吗？"

"乔纳松！"

四个雇佣兵掩护着乔纳松·卡约德撤进了逃生出口。而外厅休息处正在开始发生第二波骚动。保镖、护卫、刀卫和战士压倒了门口的雇佣兵，猛攻进了会议室。电击棒的决斗和格挡，戳刺和休克。身体痉挛着，像一摊泥一样倒了下去。护卫们和雇佣兵们滑倒在呕吐物、血和尿上。这是一场又脏又乱的战斗，涵盖了十数种不同的合约和利益冲突，没人弄得清哪方是哪方。代表们钻在桌子底下，躲在椅子边，缩在正厅中央。阿列尔抓住阿蓓纳的手。

"别放手。"

阿列尔在战场后方瞄见了玛丽娜。她一手拿着一根电击棒，并且对谁的实力优于自己足够敏锐。另一声枪响，又一声。房间冻结了。

"这不是你们的战斗，"带枪的女人喊道，"停战，我们会释放无关者。"

阿蓓纳抓紧了阿列尔的手。

"他们不会伤害我们的。"阿列尔悄声说。雇佣兵和保镖分开了，雇佣兵们退到了紧急出口处。带枪的女人是最后离开的。这一事件在一百秒内结束了。

玛丽娜关掉了她的电击棒，将它们藏进卡朗套裙外套内的隐形皮套里。

"到底发生了什么？"

"我的客户刚刚上演了一场政变。"

第六章　双子宫 2105

　　成束的塑料管很轻，但爬了四十层台阶后，它们就像是生铁浇铸的了。管子在转弯时互相撞击着，当它们咔嗒咔嗒敲在台阶上时，就像凄清的乐器般发出隆隆和嗡嗡声。再加上一条工具腰带和焊接面罩，最后背上还挂着一袋工作灯，当她踢开门，把她的管子拖上海洋大厦的顶部时，她觉得大腿和前臂都在燃烧。在转瞬即逝的淡紫色暮光里，她品位了一会儿落日下的海洋，听了听马拉海岸上波浪的轻响——其间还隔着卢西欧海岸大道沿路交通的隆隆声和空调的轧轧声。十几个公寓窗户中传出十几种音乐和人声。黄昏的热度比较能让人忍受。她装备上自己的工作灯。钠灯的光线照亮了白日阳光里会被忽视的东西，并给它们投出了阴影。针管和污渍，香烟蒂。女式内裤被丢在碟形天线后面。栖息的家禽在它们的笼子里发出窸窸窣窣的声响。臭鼬的花园，浓郁的夜来香。

　　稍后再享受吧，修复女工的红利。

　　她戴上焊接面罩，用钥匙打开水消毒器的盖子，检查了 UV 组件。没有任何问题。这些现代紫外线枪能永久运转。短波紫外线是很暴力的。每次安装时，她都会把社区的人召集到一起，解释紫外线如何让水变得无毒，讲述 UV 引发结膜炎的恐怖故事，"就像眼睛里有沙子一样，永远都消不掉。"接着她展示照片，上面是因光性角膜炎而烧红溃烂的眼睛，每个人都会哇啊。没有哪根手指会在她的灭菌装置附近流连。

她断开 UV 阵列，脱下了面罩。现在天色已经完全暗了。她检查了整根水管。幸好她已经关闭了供水，在手指掠过第一处 U 形弯时，塑料分解成了半透明的碎片。紫外线会啃噬聚乙烯。

她得换掉每一根管子。不过她带来的足够多。

在移动管子时，它们粉碎了。灭菌器离失效只有几小时了，也许只有几分钟。下方传来了响亮的声音，抱怨着没水了。并非每个人都收到了信息：管道女王在处理海洋大厦的供水。我们为什么要付她钱？

因为我在巴拉总管道里装水龙头，随时跟进 FIAM 官员收取的款项，好让他们不会发现。因为我在山坡和塔的两侧铺设这些管道，再将它们接入每一间公寓失效的管道。因为水泵、给泵充能的太阳能板、屋顶水箱和过滤装置还有这个灭菌装置，它们使你给孩子们的水是干净的、透亮的、新鲜的。所以你们要付我钱。如果我把你们付我的钱花在了可靠的二手华泰皮卡上，或男士足球靴上，或公寓的新集线器上，或给我自己做一次精细修甲和指甲改造上，你们会对我吝啬吗？水工程对指甲很不友好。

她弹开了耳机里的一个播放清单，开始专心工作。夜色变深了，在组装第三套管子时，诺顿试图约她打炮。

"工作中。"

"等你工作完？"

"那你就在工作了。"

锁紧连接器时，她像往常一样随便想了想：也许她应该找个更好的男朋友。诺顿很健美，很漂亮，又带着一种野性的冷漠，这种冷漠被他的某种自我意识软化了，而她觉得他这样子很迷人。他对于自己是管道女王的男朋友这件事很自豪，哪怕他不能理解她为什么要做这份工作。她挣得比他多，这让他恼火。她无论如何都要工作，这也让他恼火。她应该让他饲养她，支持她，宠爱她，像一个男人应该做的那样。诺顿是保安，保安是个人物，保安是重要的。你能遇见名流和富人，但保安能踢你的屁股。

她从未说过每个人都知道的事：最好的保安，最贵的保安，是机器人。D 级客户才雇用人类。但他有人生计划，关于两个人的愿望。一间海滨公寓，还有一辆得体的车。不是那辆华泰皮卡，她开着它到处走，这让他看起来很差劲。要一辆奥迪，那才是得体的车。那我能把我的工具放在一辆奥迪的后备箱里吗？她问，而他会回答：当你和我在一起时，你不需要任何工具。

她不想要诺顿的未来。总有一天她得甩掉他。但他很可爱，还有性爱，当他们的日程吻合时，性爱很不错。

她连上最后一根管子，开了水，检查了关节处，排空了每一个气闸。她听着管子里汩汩又轰轰的水声。接着她扣下焊接面罩，活化了 UV 阵列，关闭锁紧了盖子。

给你们干净的水，海洋大厦。

她的耳机又发出了脉冲声，这次不是诺顿。是一个警报。她轻点视镜，程序掉落了一片显示抵达点的刻度板。东南南部，20 公里外。她从臭鼬农场上扯了一把花蕾，坐上了护墙的边缘，腿悬在 80 米高的墙外，用后跟踢着混凝土，远眺海面。电又断了，街道是黑暗的。很适合鸟瞰，但不太适合社区安全。发电器在周围公寓群的屋顶上发出轧轧声，货亭和店铺用收集的日光来照明。她的刻度板说，300 公里外，150 公里高。她让数字引导着她，凝视着柔和温暖的夜色。天空亮了。弧形的火焰，三个，金色和深红色，在热电离层中向下滚去。她屏住了呼吸。自七岁和赫尔曼姑姑一起上楼仰望月亮的那个夜晚开始,她已经屏息观望了二十年。

看到月亮了吗?看到那些光了吗?那是你的堂兄妹们。家人。科塔家。和你一样。你的叔祖母阿德里安娜去了那里,变得非常富裕非常强大。她是月亮女王,就在那上面。然后她看到了坠落的星辰,看到了掠过星辰的火焰的流光,其余的一切都变得无关紧要。现在她知道它们是运载包裹了,稀土,医药。氦-3。科塔氦气点亮了灯火。核聚变本应终结灯火管制。核聚变是廉价且无限的,是永明的哼唱着的救世主。所有的救世主都失败了。核聚变从来都无关于可以递送的能源,它永远有关于财富,是那些可以通过在电力市场买卖而榨取的财富。三个运载包裹坠落了,返地等离子体笼罩着它们,那是一种缓慢的、惊人的美。她更喜欢天真又好奇的年代,那是她的叔祖母在向她投掷星辰,像扔糖果一样。

阿德里安娜·科塔曾经给她留在地球上的兄弟姐妹们寄钱。巴西科塔家住得又高又舒适。然后某一天,钱不再寄来了。阿德里安娜·科塔关闭了天空,但她的侄孙女还在看着从月球坠下的火流,感受着心脏的战栗。

现在天黑下来了,表演结束了。在远处漆黑的洋面上,拾采船正在捡拾货物舱。亚历克西娅·科塔捞起她的工具包和焊接面罩。会有别人清理旧管子的。她的毛边牛仔裤口袋里揣着迷幻剂。它将虚化她这不值钱又褴褛的世界,而她将享受这令人傻笑的虚化。每一次看到包裹舱在炽烈的星辰中下坠,她都要遭受怨恨的折磨,对于机会无望的怨恨。她是巴拉的管道女王,但如果她在那上面的世界,她还可能成为什么?

在前门处,保安小鬼递给她一个装钱的信封。

"谢谢您,科塔女士。"

她在皮卡里数它们。玛丽萨又一学期的学费,皮娅奶奶的药,和诺顿出去一晚上的花销，美甲，还有储蓄账户的部分。管道女王把车开进了卢西欧海岸大道的尾灯流中，背叛的月亮像掷进天空的一把弯刀。

　　和其他大多数 APP 一样，亚历克西娅只用过两次警笛程序：买它的那一次，展示给朋友看的第二次，然后把它忘了。有好几次，她在清理内存时想过要删除它，但它那警车标识总是轻轻摇晃着，说：当你需要我时，你会需要我。

　　这个早晨，在阿曼多·隆巴迪大道上，她关闭了自动驾驶，十一岁的卡约、十四岁的玛丽萨，还有来自基督山庇护所的玛丽亚·阿帕拉切达修女都坐在后座，此时她需要这个 APP。

　　她的扬声器爆发着警报声，她的警示灯闪着蓝色：另一个车载小程序，和警用交通网络标识一样，会让莱伯伦区的每辆车子都以为她的车是应急车辆。只要能让它们别挡她的道。她冲过了美洲大道和艾尔顿·森纳大道的十字路口。

　　后座的玛丽亚·阿帕拉切达修女撞到了车顶，她靠到驾驶室一侧，对着窗户吼道：

　　"你要去哪儿？圣母所在左边。"

　　"我不去圣母所，"亚历克西娅在警笛声中喊道，"我要带他去巴拉多尔医院。"

　　"你负担不起多尔医院的花费。"

　　"我能。"亚历克西娅嚷道，"这可不是其他事。"她用掌根猛按着喇叭，冲进十字路口。自动化车辆像瞪羚一样闪避着她。

　　她总是让他整洁又精神地出门。每一天，干干净净，衣服熨过，鞋子光亮。整洁又精神，还有得体的午餐，里面有他吃的食物和可以交换的食物。给保安的钱，可以存起来的钱。亚历克西娅总是在紧急呼叫人里，以防万一。他永远都不会是上流阶层，他的智商运作方式不是那样的，但他永远都是漂亮可人的，是科塔家的脸面。

学校保安呼叫亚历克西娅时，卡约已经迟到了半个小时。她的工具从手里滑了下去。邻居已经找到他了，他在一个浅浅的水泥涵洞里，洞里塞满了玉米淀粉水瓶，还有层层叠叠的装着人类粪便的塑料袋。圣母所的一个社区修女和他在一起。亚历克西娅滑下涵洞的斜坡。他的头一团糟。一团糟。他可爱的头。什么都不对了。她不知道该怎么办。

"把皮卡开到台阶底下来！"玛丽亚·阿帕拉切达修女嚷道。邻居们把亚历克西娅拖出粗灰泥的涵洞。她把皮卡倒到了街道和涵洞交会的低弯处，大家把他抬进了卡车后座，玛丽亚·阿帕拉切达已经在那里放了一些泡沫垫。玛丽亚·阿帕拉切达把卡约摆成复苏体位，抓过一瓶递过来的水，冲洗了伤口。这么多血。

"好了，开车！"玛丽亚修女喊道。

"他的背包在哪儿？"亚历克西娅问。他一直一直一直缠着她想要巴西队长的背包。当她发善心给他买了它时，他是如此快乐又骄傲，他几乎要睡在那玩意儿里面。现在它不见了。

"亚历克西娅！"玛丽亚·阿帕拉切达修女喊道。亚历克西娅把自己甩进驾驶座。警笛。

她冲进了巴拉多尔的救护站。武装保安围住了皮卡。

"要一具轮床！"亚历克西娅对着那些保安死板板的、脑满肠肥的脸尖叫。有人阻止了那些想拔出武器的人。他们认识管道女王。亚历克西娅冲进了急诊室接待站，她扑向了前台。

"有一个十一岁的孩子在皮卡里，半个脑袋都陷进去了。他需要紧急医疗看护。"

"我需要你的保险信息。"接待员说。她的白色桌子上还有花。

"我没有保险。"

"巴拉日间医院也提供医疗服务。"接待员说。亚历克西娅抢过支付终端，举起它对着眼睛，把拇指按在上面，然后把它转回接待员那里。

"这够了吗？"

"是的。"

"让他进来。"

当急救护士推他进去时，护士呼叫保安把亚历克西娅从卡约身边扯开了。

"女士，让她们做她们的事，"保安们说，"一旦情况安全了，医生会让你见他的。"

她坐下来，她烦躁，她在不舒服的等候室椅子上往一边蜷起，再蜷到另一边，往哪一边她的骨头都不舒服。她在贩卖机面前来来回回地走。只要有任何人看她一眼，她就往死里瞪他。两个半小时后，医生来找她了。

"他怎么样？"

"我们稳住了他的情况。我能和你说句话吗？"

医生把她带到一间私人咨询室里，她把一片脏兮兮的纸放在病床上。

"我们在他口袋里发现了这个，这是他的字吗？"

"他的字比这好多了。"

"它是写给你的。"

一个地址，一个签名。亚历克西娅不认识这个签名，但她知道这个名字。幼稚的手写体，成人的暗示。

"我可以拿走这个吗？"

"这取决于你是否要叫警察。"

"警察不为我和卡约这样的人工作。"

"那就拿走它。"

"谢谢你，医生。我会回来的，但我先要解决一点小问题。"

当亚历克西娅走进健身房时，只有新人才盯着她。老人们都知道她是谁，他们停下举重，稳住沙袋，向她点头致意。她大步越过写着"男士专区"的标牌和桌子，一路走过桑拿房、涡流池和黑暗的迷宫，来到建筑后方的办公室。两名穿着健身T恤的护卫走到她面前。

"我想见奥斯瓦尔多阁下。"

年轻的那一个准备张开他的蠢嘴拒绝她，但年长的那一个压住了他的肩膀。

"当然，"护卫朝一个隐藏麦克风咕哝了几句，便点了点头，"请进，科塔女士。"

奥斯瓦尔多阁下的办公室就像一艘航海纵帆船的舱室一样舒适又紧凑。黄铜和光洁的木材。综合格斗（MMA）战士的镶框照片挂满了墙。在百叶窗下有一个装备齐全的吧台。中国电子乐正在空中盘旋，很有存在感，但并没有强烈到能打断奥斯瓦尔多阁下注意力的程度。他是个巨熊一样的男人，又高又壮，肉都从桌子后面的椅子上溢了出来。他正坐在那里，从一排老式桌面显示器中研究MMA的比赛。空调温度很凉爽，略有点让人发冷，但他汗如雨下。奥斯瓦尔多阁下不能忍受热量和日光。他穿着一条熨烫平整的白色短裤，和他健身馆的T恤。

他敲了敲某一台老式屏幕。

"这个男孩，我想我可能会买他。他是个恶毒的小混蛋。"奥斯瓦尔多阁下的声音醇厚又低沉，儿时肺结核的后遗症让他的嗓音里充满了咯咯的声响。巴拉人传说他曾经受训要成为一名天主教牧师。亚历克西娅相信这个传说。"你怎么看？"他把屏幕转过来，展示笼子里的战士。

"我应该看哪一个，奥斯瓦尔多阁下？"

他大笑起来，以一个优雅的姿势把他的所有屏幕都叠平在桌面上。

"你很可以成为一个好战士，你有纪律性和专注力。还有愤怒。我能为你做什么，管道女王？"

"我受到了不应有的对待，奥斯瓦尔多阁下。"

"我知道。你弟弟怎么样？"

"他的头骨裂了三处，有严重的脑震荡，脑部有大量内出血。医生说脑损伤是不可避免的，问题是有多严重。"

奥斯瓦尔多阁下画了一个十字。

"他会怎么样？"

"他可能余生都需要别人照料。医生说他可能永远不会完全恢复。"

"见鬼，"奥斯瓦尔多阁下用他又厚又沉的声音喃喃道，"如果是钱……"

"我不是来借钱的。"

"我很高兴。我不想收你的利息。"

"古拉特家给我递了一条信息，我很乐意给他们回一条。"

"那将是一种荣幸，亚历克西娅，"奥斯瓦尔多阁下倾向前来，"你想传递什么样的消息？"

"我想让他们再也不能威胁我的家人或任何人，我想让他们的水帝国彻底消失。"

奥斯瓦尔多阁下坐了回去。他的椅子吱嘎作响。油腻腻的汗大颗大颗地挂在他的光头上，然而办公室对亚历克西娅来说是寒冷的。

"你是个铁手。"

"抱歉，什么？"亚历克西娅问。

"你没听过这个吗？这是科塔家的一个名字。我家和你们家是老朋友。我的祖父从你的曾曾祖父那里买过奔驰。"

"我知道我们以前有钱。"

"那是米纳斯吉拉斯州的一种昵称，源自矿厂。那些拥有掌控力，以及从世界中获得他们想要之物的意愿和野心的人，就叫铁手。你的叔祖母，去了月亮上的那一个，她是个真正的矿工。马奥·德·费罗。"

"阿德里安娜·科塔。她切断了和我家的联系。月亮上有那么多钱，而她把我们撇开了。"

"你们也忘了你们曾被称为铁手。也许她只是在等待。我会为你做这件事的，亚历克西娅·科塔。我对卡约的事非常难过。一个孩子……他们坏了规矩。我会确保古拉特兄弟在死前享受到真正的痛苦。"

"谢谢你，奥斯瓦尔多阁下。"

"我做这事是因为我对管道女王怀有敬意。我们都欠你的。不过，请你理解，我不能让人觉得我的服务不需要支付报酬。哪怕是你也一样。"

"当然。"

"我母亲是个过得非常舒适的老人——耶稣和圣母对她很慷慨。她有一间挺好的公寓，可以欣赏海景，她有几乎全天可使用的电力。她有一条游廊，还有一个司机可以带她去参加聚会、鸡尾酒会，或是和朋友们打打桥牌。她还想要一个东西，我想你能满足这个愿望。"

"说吧，奥斯瓦尔多阁下。"

"她一直想要一处水景。喷泉、小天使，还有那些吹号角的东西。可以让鸟儿啄啄贝壳洗洗澡，还有水落下来的声音。这将让她的人生完满。你能布置这个吗，管道女王？"

"能为一位老太太的人生里增添一点水是我的荣幸，奥斯瓦尔多阁下。我能再提一个请求吗？"

"如果你能在一周内开始的话。"

"我想要卡约的巴西队长背包。"

诺顿来了公寓。

"你不能来公寓。"亚历克西娅说。门上拴着链条,她用左眼从缝隙向外看。她让隐藏的泰瑟枪顺着门后滑了下去,用脚把它踢走了。在请求奥斯瓦尔多阁下到他执行这一请求的间隔期,未经邀请的捶门声都会得到武器的回应。走廊摄像头显示只有诺顿,但这并不代表什么。古拉特兄弟可以抓他的家人做人质。玛丽萨紧贴着墙,捞起了电击枪。永远都要有后备支援。

"我得和你谈谈。"

"你不能进公寓。"

"行,那哪里可以谈?"

露台。玛丽萨往大厦网络里发了一条消息,当亚历克西娅和诺顿走到楼梯底下时,屋顶的安乐窝已经空无一人。轻风从山上吹了下来,让夜晚的空气变得让人能够忍受。亚历克西娅窝上长椅,她之前扔了六瓶南极洲在一个冰袋里,此刻随手在一处木扶手上磕开了一瓶。她把它递给诺顿,他转开了头。他颈部和咽喉的青筋、前额上的血管都因愤怒而绷起。亚历克西娅拿起瓶子喝了一大口。可爱的冰凉的神圣的啤酒。

"你为什么来公寓?"

"你为什么去见奥斯瓦尔多阁下?"

"那是生意,你不能问我关于生意的事。"

诺顿开始踱步,他是个喜欢踱步的人。亚历克西娅想:你知道当你生气时你的手简直停不下来吗?

"我不能来公寓,"诺顿说,"我是不是还应该签个合同?"

"真是伶牙俐齿,诺顿。"亚历克西娅一直都不能承受别人的嘲笑。诺顿明白这点:永远不要拿亚历克西娅·科塔开玩笑。

"我知道人们为什么要去找奥斯瓦尔多阁下,可你为什么不来找我?"

亚历克西娅无意识地发出一声真正的笑声。

"你?"

"我是保安。"

"诺顿,你并没有和奥斯瓦尔多阁下结盟。"

"奥斯瓦尔多阁下是有价格的,我不希望你欠奥斯瓦尔多阁下什么。"

"奥斯瓦尔多阁下八十岁的妈姆想在她的阳台上拥有一处巴拉最好的水景。小天使之类的。"

"别嘲笑我,"诺顿厉声说着,他的愤怒闪出了黑色的火花,他激情的变化像刀锋一样锐利,这一切都使亚历克西娅屏住了呼吸,他的愤怒真美,"如果你每次需要帮助时就跑去找奥斯瓦尔多阁下,你觉得这会让我看起来像什么?谁要雇用一个不能照看自己女人的男人?"

"诺顿,说这话要当心,"亚历克西娅把喝了一半的啤酒瓶放下了,"你不用照看我,我也不是你的女人。如果你的保安朋友们为此对你失敬,要么你就找些新朋友,要么就找个新的我。"

话一出口,亚历克西娅就希望自己没说过它们。

"如果你希望这样。"诺顿说。

"如果你希望这样。"亚历克西娅模仿着,知道她将说出所有可能性里最糟糕的话,可她无法阻止自己。朱尼尔还活着时,就说过她要和她自己的影子战斗:"你为什么就不能自己做一次决定呢?"

"行,我不想在这里待着了。"诺顿嚷着,怒气冲冲地走了。

"行!"亚历克西娅朝他背后叫着。屋顶的门被摔上了。她不会追着他下去的,她甚至不想纵容自己朝楼梯间再说什么回击的话。让他回来找她。"行。"

她等了三分钟,四分钟,五分钟。接着她听到下面的停车场传来复古越野摩托车的引擎声。她不需要往护墙外看,就知道那是诺顿的。他给发动机添加的幼稚的引擎转速声是错认不了的。

"混蛋，"她说着，把喝了一半的半瓶啤酒从屋顶上扔了出去，它摔碎在了水泥挡板上，"混蛋。"

屋顶的门吱呀打开了。

"女士？"

玛丽萨来露台上找她了。她们看着从大西洋里升起的半个月亮。大道上的街灯闪烁着，熄灭了。

"希望他撞车。"亚历克西娅说。

"不，你不希望。"

"我不希望吗？"

"你不让任何人笑你，可你笑了他。"

"快他妈闭嘴，尔玛今哈[1]。"

玛丽萨晃着她的腿，亚历克西娅从冰袋里又拿了一瓶凝露的啤酒。

"替我打开它。"玛丽萨十岁就开始喝啤酒了。

瓶盖在月光里翻转着飞了出去。

她爱诺顿新剃过毛的阴囊的感觉。她爱那皮肤光滑的弹性，油的温软。它们好像是独立于他身体外的一些东西，像一只蹭着人的小动物。它们沉甸甸地坠在她手掌上，当她轻轻地扯它们时，他的身体在惊讶中绷紧又顺从。她很久前就已经弄清楚了如何让他徘徊在边缘，带他接近高潮的浪峰只是为了把他扯回来，这一切都靠她的手的操纵。

她知道这不是告别的性爱，因为他为她剃毛了。

他的保安团队里的其他人肯定见过他为她剃毛。

---

[1] 尔玛今哈（irmazinha）：葡萄牙语中小妹妹的意思。

他们可以对此有一点儿概念。

她曾幻想过，某一天，她会给他打上泡沫，给他剃毛，然后涂油，用一把可以割喉的老式剃刀贴着他操作。她想象着他脸上的恐惧、信任和愉悦。

现在她控制了他的注意力。诺顿抽搐着，就像市电电压窜过了他的尿道。他的腹肌绷紧了，他的两瓣屁股抽紧了。亚历克西娅将他引领到了她渴望他抵达的地方。

之后，她滚下了他的床，踮着脚走到浴室，接着走向冰箱。

"有瓜拿纳[1]吗？"

"在波斯米亚啤酒后面。"

冰箱的灯光闪烁着，她蹲在那蓝光里，翻着啤酒罐。男人的冰箱。啤酒、咖啡、软饮。性爱总是影响她的体液平衡。液体离开，液体进来。她砰地打开罐头，溜回了黑色的被单下。

黑色的床上用品。新的，为她准备的。干净的被单，为和好的性爱准备。耶稣和圣母。小小的银色群岛。

他侧躺着，一条腿曲着，另一条伸直了，抱着被单。他知道这样他看起来很可爱。他的皮肤比她的暗三个度——暗褐色对比着她的肉桂色。她喜欢看着他。

灯熄灭了。

"见鬼。给我一分钟。"诺顿赤裸着身体蹲在那里，手忙脚乱地绕着房间点亮了亚历克西娅给他带的香薰蜡烛。它们压下了陈腐的雄性气味。亚历克西娅更喜欢诺顿的公寓在烛光中的感觉，她不喜欢它清晰度过高的样子。

她真的需要给自己找个更好的男朋友。

---

[1]　瓜拿纳（Guarana）：又名巴西香可可，含咖啡因，是一种兴奋类物质，1990 年代起开始用于饮料制作。

"卡约回家了。"她说。瓜拿纳见效了，糖和咖啡因。

"他怎么样？"

"他要离校两个月，我在安排家教。他的右侧身体受到了影响，必须学会成为一个左撇子。"

"见鬼。我想见他。"

这是她喜欢诺顿的一点：他对待卡约就像对一个小兄弟一样。她不喜欢诺顿的一点：他试图把卡约教成和他一样。一个野孩子。

"你可以到公寓来见他。"

"谢谢你。我很感激，女士。"

当他丢下男人的剧本，说出他的感觉时，能让她心都化了。

"古拉特家怎么样了？"

"你不会想知道的，"尸体都在新通勤高架轨的水泥基脚里，"没人能再威胁到卡约了。"

"嘿……"

亚历克西娅侧翻过身。诺顿在她的视线里害羞了，这是她可以掌控他的另一个工具。

"我们曾有另一个姓氏。你知道吗？马奥·德·费罗。这是米纳斯吉拉斯州一个古老的姓氏，意指大人物，重要人物。他们做他们必须做的事。我是个铁手。所以闭嘴，永远别再问这事了。"

诺顿突然坐了起来，撞到了亚历克西娅的胳膊，黏稠的瓜拿纳泼到了她的胸上。

"妈的，诺顿……"

"不，听着听着。我正在为一个科塔工作。新的合约，从昨天开始的。就算你问我了吧。你总是说你们家没多少人了，没人知道这姓氏是哪里来的，没人真正知道你们来自哪里。听着，这是一个科塔，他来自月亮。"

"没人能从月亮来。"亚历克西娅到处摸索，想找一张干纸巾。

这个男人需要明白湿纸巾存在的必要性。

"这不太对，女士，米尔顿就来自月球。"

"好吧，工人们会从月球回来。"巴拉曾经为此欢呼雀跃：他们中的一员成功到了月球去开采氦-3。他在重力侵蚀掉骨头之前回到了地球，带着足够他离开巴拉的财富，定居在了佐纳苏，一年后就被谋杀了。他的所有财富都是电子货币，杀人者没有拿到一分钱。

"他不是工人，他是在那里出生的。"

亚历克西娅猛地坐了起来。瓜拿纳洒满了诺顿的黑色床单。她翻身骑到了诺顿身上。

"他是谁？告诉我。"

"什么科塔，卢卡斯·科塔。"

"卢卡斯·科塔死了。麦肯齐家干掉科塔氦气时，他被杀了。"

"那也许是另一——"

"只有一个卢卡斯·科塔。你对月球了解多少？"

"我知道他们玩手球，你可以和人决斗到死，但除此之外，我真的不关心上面发生了什么事。"

亚历克西娅又往下坐了一次，诺顿呻吟起来。

"上面有我的家人。你确定他是卢卡斯·科塔？"

"来自月亮的卢卡斯·科塔。"

"他怎么样……无所谓。"

"他病得很惨。糟透了。很多医生围着他。"

"卢卡斯·科塔在地球上，"亚历克西娅离开了诺顿的身体，如君临天下般笼罩他的视野，"诺顿·阿迪利奥·达龙奇·德·巴拉·德·弗雷塔斯，如果你还想再进来这里，你就要带我去和卢卡斯·科塔谈谈。"

女仆制服的码太小了。衬衫的纽扣间裂着口。裙子太紧了、太短了，要一直往下拉。连裤袜的裆部太低了，要一直往上拉。居然会有人希望员工穿着这么蠢的鞋子工作。她花了大价钱贿赂酒店经理：至少应该给她一套合身的制服吧。

半数巴拉人都在服务机构里工作，但亚历克西娅之前从未见过五星级酒店的内部。付款的区域铺着大理石和铬，过度整洁，端正得过了头。厨房和餐厅是水泥和不锈钢。她怀疑这是一种通用标准。走廊上的气味是过度呼吸的空气和陈旧的地毯。

乔宾套房。

她在门铃前开始恐惧。

除了诺顿贿赂过的保安外如果还有其他保安呢？

总能想到办法的。她按了门铃，门嗡嗡地打开了。

"夜床服务。"

"请进。"

他的嗓音令她吃惊。当他说话时，亚历克西娅意识到她之前并不清楚一个来自月球的男人会有什么样的声音，但一定不是这样的。卢卡斯·科塔说话的声音像一个生病的，重病的男人。疲惫，无力，呼吸都费劲。他的葡萄牙语口音很奇怪。他坐在全景窗旁的一张轮椅上，海滩、海洋和天空的亮度将他映成了一道剪影：亚历克西娅说不清他是面对她的还是背对她的。

她到了床边。她从未见过一张如此宽广、味道如此清新的床。五种不同的医疗机器人在它旁边随侍，十几种药物摆在床头桌上。她碰了碰被单：床荡漾起来。哦当然，一张水床。

有什么东西在她颈侧动了动，她抬起了手。

"碰到那虫子，你就死了。"卢卡斯·科塔用他那生病老人般的声音说，"谁派你来的？"

"没人，我是……"

"缺乏说服力。"

虫脚的碰触让亚历克西娅畏缩，它们啪嗒啪嗒爬到了她左耳后的柔软处。她抑制不住地想把它拂掉。她没有怀疑卢卡斯·科塔的话，她曾读过机械昆虫毒素传递系统的信息。在月亮上，它们是阿萨莫阿家最喜欢的武器。她琢磨着这个，她能欣赏这个，哪怕她可能会因神经毒素而死在一摊她自己的尿和呕吐物里，而这死亡离她的皮肤只有一毫米。

"我会再试一遍。谁派你来的？"

"没人……"

她一边哽咽着说，一边感觉到针状突起极其轻微地戳着皮肤。

"我是铁手！"她喊了出来。

虫子离开了。

"这是个合格的名字。"卢卡斯·科塔说，"剩下的呢？"

亚历克西娅干呕着，双手撑在水床的海景图上，试图找到支撑和安稳，她因为磨人的恐惧而颤抖着。

"亚历克西娅·玛丽亚·多塞乌·阿雷纳·德·科塔，"她喘着气，"马奥·德·费罗。"

"上一个马奥·德·费罗是我母亲。"

"阿德里安娜。路易斯·科塔是我祖父。他得名于他的祖父路易斯。阿德里安娜得名于她的叔祖母。她的公寓里有一台电风琴。"

在海洋与天空灼人的蓝色里，一只手抬了起来。

"到光下面来，铁手。"

她现在能看到了，他一次也没有看过她，全程都背对她坐着。光线使他影子般的身体倾颓、衰弱，使他显得透明又病态，像一只被光捕捉到的蜘蛛。他的手像是由青筋和肿胀的关节组成的木疙瘩。他的喉咙、脸颊、眼下、嘴唇上的皮肤全都松松垮垮。他显示着某种比苍老更残酷的东西，比死更可怕的东西。

卢卡斯·科塔抬头看着太阳，眼睛上罩着偏光视镜。

"你们是怎么忍受这个的？"他问，"它能不能不要总是这么耀眼又令人心烦？你能看到它在移动，你会真切地相信它在移动……这就是个圈套，对不对？它让你对现实盲目，只有转开视线才能理解这一点。"

他扫了亚历克西娅一眼，她觉得那黑色的视镜剥开了她脸上的皮肤、颧骨上的血肉，将每根神经都剥得只剩纤维。她没有退缩。她能感觉到那三层镜片后面辐射出来的热度。

"你长得像……"

卢卡斯·科塔旋开了轮椅，从窗前挪到了房间里阴凉的地方。

"科塔女士，你想要什么？钱吗？"

"是的。"

"我为什么要给你钱，科塔女士？"

"我兄弟……"她开了个头，但卢卡斯·科塔打断了她。

"我不是慈善家，科塔女士。但我会对优点施以奖赏。明天来见我，同一时间。用个新办法进来，这个办法已经对你失效了。向我证明你是铁手。"

亚历克西娅捡起装了夜床用品的酒店袋子，她仍然头晕目眩。她有可能会死在这张床上。她离死亡只有一个针尖的距离，离一切结束只差了一瞬间。

他没说好，也没说不好，他说，向我证明。

"科塔先生，你怎么知道的？"

"制服小了两个号。你的气味不对。客房服务人员有一种特别的气味，那是染到皮肤上的化学物质。看起来我们月球上的人比地球人有更敏锐的嗅觉。出去的时候，麻烦让真正的夜床服务员上来。我要睡上几个该死的小时。"

一等员工门在身后关上，亚历克西娅便立刻脱掉了女仆制服：

太紧的衬衫，太短的裙子，愚蠢的愚蠢的鞋子。在科帕宫的地下车库里，亚历克西娅·科塔穿着内衣和滑下胯部的连裤袜，推开诺顿钻进了他的车子里。

当诺顿开车送她回他公寓时，她朝他尖叫着："它在我皮肤上，他妈的在我皮肤上，我能感觉到它。"

她直接跳进了他的沐浴间。

"我应该杀了他。"诺顿一边说，一边看着挂着水珠的布料后面的身影。

"别碰他。"

"他想杀了你。"

"他没有想。他只是在自我防御。可我觉得很脏。它在我身上，一只虫子，诺诺。我永远都不会再觉得自己干净了。"

"我可以帮你，"诺顿说着，钻进了浴帘，衣物掉下来，堆成湿答答的一堆。他松开裤子，抖掉短裤，"那他是什么样子？你被这机器虫弄得崩溃了，都没有告诉我。"

"他让我他妈的起鸡皮疙瘩，诺顿，"亚历克西娅说，她背对着他，水滑下她的肌肤，滑下玻璃，"就好像是什么东西假装是个人一样。从远一点的地方看还行，但是等你靠近就觉得哪里都有点诡异。恐怖谷 [1]。没有什么东西的形状是正确的，要么太长，要么太大，要么头重脚轻。一个外星人。我听说过那里出生的人长得不一样，但我从没想过……"

"你不能对家人吹毛求疵，"诺顿说着，站到了淋浴头下，他贴

<hr />

[1] 恐怖谷理论（uncanny valley）：一个关于人类对机器人和非人类物体的感觉的假设，1970 年由日本机器人专家森政弘提出。如果一个实体"不够拟人"，那它的类人特征就会显眼并且容易辨识，产生移情作用。在另一方面，如果一个实体"足够拟人"，那它的非类人特征就会成为显眼的部分，在人类观察者眼中产生一种古怪的感觉。

着亚历克西娅潮湿又温暖的侧线，她喘息起来，"那么，脏的是哪里？"

她撩起头发，歪着头给他看她脖子上还有耳朵下的柔软区域，暗杀虫曾经窝在那里。他亲了这些地方。

"现在干净一点了吗？"

"没。"

"现在呢？"

"一点点。"

他把手挪下去，托着她圆润的臀部。她收紧了肌肉，曲起一条腿环过他的大腿，把他勾近她柔软的暗色皮肤。

"那你明天去见他吗？"

"当然。"

"帅气的男孩子。"

"这是他在五人足球队里。"亚历克西娅把卡约的照片弹进卢卡斯·科塔的眼睛里，卡约穿着汗衫、短裤和长裤，正咧嘴笑着。卢卡斯懒洋洋地靠在泳池里，冷水温和地翻涌着。他已经几次邀请亚历克西娅也到水池里去，但这主意让她不快。她坐在遮篷阴影下的一张泳池椅上。今天的阳光很野蛮，海洋看上去都要枯萎了。

"他厉害吗？"

"不怎么样，完全不行。他们挑选他纯粹是因为我。"

"我哥哥有一支手球队，他们没有他以为的那么好。"

亚历克西娅把另一张卡约的照片弹给他，卡约在海滩上，试图让自己显得很壮。蓝色的阳光一条条照在他的鼻子、颧骨和乳头上。

"他怎么样……卡约？"

"他在走路。他经常撞到东西，需要一根手杖。对他来说，五人足球队已经是过去了。"

"如果他不是非常厉害，也许这是件好事。我在任何一种运动上都很糟糕，我看不出来它有什么意义。我的一个叔叔也叫卡约。"

"卡约就是继承了他的名字。"

"在我母亲离开月球前不久，他死于肺结核。我母亲告诉了我所有舅舅和姨妈的名字，那些永远不会来的人。拜伦，爱默生，埃利斯，路易斯，埃登，卡约。路易斯是你祖父。"

"路易斯是我祖父，小路易斯曾是我父亲。"

"曾。"

"他在我十二岁时出走了，离开了我们三个。我母亲没有拦他。"

"在月球上，对这类事情我们有合同。"

就是现在，问他要钱，确认亲属关系。他让你进了酒店。之前她跟踪了沃里科娃医生，求她让自己做卢卡斯的临时女按摩师。亚历克西娅现在的穿着合宜，她穿着运动紧身裤和露脐上衣，坐在他的水池边。问他。一张照片出现在她视镜上。机会逝去了。

"这是卢卡西尼奥，我儿子。"

他是个非常漂亮的男孩。有月球人那种诡异的高度，但比例很好。头发又浓密又光滑，她知道它们的气味一定干净又清新。眼睛的亚裔特征让他看上去显得内向又忧郁，让人着迷的双颊，可以亲吻到天荒地老的双唇。不是她喜欢的类型，她比较中意肌肉发达、看上去不会显得很聪明的男人，但他真是非常非常可爱。一眼就能让你心碎的男孩。

"他几岁了？"

"现在十九了。"

"他还好吗……卢卡西尼奥？"

"安全。据我所知是如此。阿萨莫阿家在保护他。"

"他们在特维城，"当卢卡斯调查亚历克西娅时，她也调查他和他的世界，"他们经营农业和环境产业。"

"他们一直是我们的盟友。据说每条龙都有两个盟友……"

"和两个敌人。阿萨莫阿的敌人是沃龙佐夫和麦肯齐,孙家的敌人是科塔和沃龙佐夫,麦肯齐的敌人是科塔和阿萨莫阿,沃龙佐夫的敌人是阿萨莫阿和孙家,而科塔的敌人是……"

"麦肯齐和孙家。过于简单化了,但和所有的陈词滥调一样,里面总有一丝真实,"卢卡斯·科塔说,"我一直都很担心他。这是一种复杂的恐惧,涵盖很多方面。恐惧我做得不够好;恐惧不知道发生了什么;恐惧我什么也做不了;恐惧就算我能做些什么,我做的事可能能都是错的。我听说了你对那些伤害你弟弟的男人做的事。"

"我必须确保他们永远也不能接近卡约,或我们任何一个,永远。"

"我母亲也会这么做的,"卢卡斯端起放在泳池边的玻璃杯,抿了一口茶,"她总是很疑惑为什么你们没有一个人来。我想这是她人生里最失望的事之一。她为她的家族创造了一个世界,但没有人想要它。"

"我在长大的过程中一直以为是她背弃了我们,拿回了她的财富和权力,任由我们沦落。"

"我想,你们还住在那座公寓里。"

"它正在散架,在我出生之前,电梯就已经不能用了,断电的时候比通电的时候多。水管设施还不错。"

"当我们十二岁时,我母亲会在地球暗期带着我们每一个人上到月面。她指给我们看那些大陆,上面的光网纵横交错,大的光斑是大城市。她告诉我们,我们点亮了那些灯火。"

"比起使用电力,他们利用电力交易赚了更多的钱,"亚历克西娅说,"但科塔水业确实为巴拉达蒂茹卡地区的二十万人提供了安全又清洁的水。"

卢卡斯·科塔笑了。这是个费劲的笑容,它让他的身体付出了代价,也因此而显得更加珍贵。

"我很想看看那情景。我想看看我母亲长大的地方。我不想见你的家人……那不安全。但我希望能看看巴拉，看看月光像一条路一样在海面上铺展的那处海滩。为我安排一下吧。"

租来的商务车是一个玻璃泡泡，全是门和窗，这让亚历克西娅本能地感到不适。好像是教皇乘坐的东西，在上面一边招手一边赐福。没有地方可以俯身躲藏，只有信仰和强化玻璃能救你。当汽车沿着卢西欧海滩大道巡航时，她局促不安地坐在卢卡斯·科塔对面。

沃里科娃医生一直都坚定地拒绝允许卢卡斯·科塔到酒店外面去，直到他们短暂又言辞尖锐地吵了一场，其中蕴藏的激情和凶狠吓到了亚历克西娅。病人和医生的争吵真像是情人间的争吵。现在，沃里科娃医生乘一辆皮卡跟在后面，车里塞满了急救机器人。

"这里是我家。"亚历克西娅说。在紫色黄昏的清凉里，东面海洋的靛蓝色和光线一点一点晕染上街道和楼层。此时的巴拉可以炫耀它古老的魅力，前提是你忽略掉那些坑洞；忽略掉人行道上那些像缺牙一样失踪的瓷砖和排水沟里的垃圾；还有那些偷电的电缆和小天线塔；以及像绞杀植物一样爬满每一个垂直立面的白色塑料水管。

"让我看看。"卢卡斯说。诺顿命令商务车停到了坑坑洼洼的路边。亚历克西娅本来不想让他驾驶，但他们要持续向自动驾驶系统传达指令，这就使他有了充足的理由和代理权。

"我想出去。"卢卡斯·科塔说。诺顿戏剧性地扫描了街道。他真是个可爱的混蛋。亚历克西娅打开车门，展开升降台。卢卡斯·科塔移动了几厘米，便触碰到了巴拉行星的地表。"我想走路。"

"你确定？"亚历克西娅问。沃里科娃医生在车门还没打开之前就已经站在近旁了。

"我当然不确定，"卢卡斯说，"但我想这么做。"

两个女人帮他从轮椅上站了起来，把手杖递给他。卢卡斯·科塔咔哒咔哒地沿人行道走着。每一秒，亚历克西娅都担心一块松动的瓷砖、一个丢弃的罐头、一个骑车的孩子、风吹来的不牢靠的沙子，担心任何一件东西会绊倒他，让他摔碎在地上。

"哪个公寓？"

"有黄衫军团风向标的那个。"

卢卡斯·科塔柱着拐杖站了很久，抬头看着公寓的灯光。

"自你母亲的时代起，我们就一直在改造它，"亚历克西娅说，"它曾是一个富裕的社区，他们是这么和我说的。所以我们才会在接近顶层的地方。越富有，就住得越高。现在这只意味着你必须爬上更多层。如果可以选择，人们会在可负担范围内尽可能住得低一些。书上说月球也是如此。"

"辐射，"卢卡斯·科塔说，"你会希望在可负担范围内尽可能远离月表。我出生在若昂德丢斯，住在那里，直到我母亲建了博阿维斯塔。它是条熔岩管，有两公里长。她密封它，雕刻它，用水和会生长的东西填满了它。我们住在从奥瑞克萨的巨脸中凿出来的房间里。博阿维斯塔，它是月球上的一大奇观。我们的城市是充斥着灯光、空气和运动的巨大峡谷。当它下雨时……它美得超出你的想象。你们说里约是美丽的，是不可思议的城市。它和月球上的大城市比起来就像贫民窟。"他从高楼前转过身去，"我想去海滩。"

现在灯光都逝去了，海滩是帮派和正在做爱或狂欢的青少年的聚集地。诺顿的下颌因不悦而抽搐，但他还是帮着卢卡斯走下台阶，来到了海滩上。卢卡斯的手杖戳进了沙子。他惊骇地往后缩着，试图把它扯出来。

"小心，小心。"沃里科娃医生提醒道。

"它在我鞋子里，"卢卡斯说，"我能感觉到它装满了鞋子。这太可怕了。快让我出去。"

亚历克西娅和诺顿把卢卡斯抬回了人行道。

"把它从我鞋子里弄掉。"

亚历克西娅和诺顿稳住卢卡斯，而沃里科娃医生脱掉了卢卡斯的鞋子，倒出了成股的细沙。

"我很抱歉，"卢卡斯说，"我没想到我会有这样的反应。我感觉到了它，就想到，尘埃。尘埃是我们的敌人。我无法掌控这些东西——这是我们学到的第一件事。"

"月亮出来了。"诺顿轻声说。一轮残月立在东方的地平线上。月球城市的光线像碎钻一样闪烁着。尘埃之海，亚历克西娅想着，同时因这个念头而惊骇地战栗。这个男人，这个虚弱的男人，每一步每一个动作都因重力而走向死亡的人，是来自那里。一个科塔：和她一样的血，却是个完全的、绝对的外星人。亚历克西娅颤抖着，在遥远的月亮下显得渺小又贫弱。

"我母亲告诉我，以前全家人都会在新年来到海滩，把纸灯笼放进海里，"卢卡斯说，"海洋总会把它们带走，再也没有人能见到它们。"

"我们仍然在这么做，"亚历克西娅说，"狂欢之夜。每个人都穿白色和蓝色，那是叶玛亚喜欢的颜色。"

"叶玛亚是我母亲的奥瑞克萨。她不信仰奥瑞克萨，但她喜欢它的理念。"

"我发现月球上的宗教理念很奇怪。"亚历克西娅说。

"为什么？我们是一个不合理的种族，并且恣意输出我们的不合理。我母亲是当今领主姐妹会的资助者之一。她们认为月球是一个社会实验研究室。新的政治系统，新的社会系统，新的家族和亲属系统。她们的终极目标是实现一个能够持续一万年的人类社会系统，她们觉得这个时长足以让我们变成一个星际种族。要我信仰奥瑞克萨还更容易些。"

"我觉得这个想法很乐观，"亚历克西娅说，"它是说，我们不会在气候崩溃中炸飞自己或死掉。我们会前往星辰。"

"我们可能会。姐妹会完全没有提及在地球上的你们。"卢卡斯·科塔再次望向已经变暗的海洋。月亮在黑色的海水中画出了一道摇曳的光路。"我们在那上面战斗，死亡；我们建造又摧毁；我们爱，我们恨；我们对生活的激情超出你们的理解范围，你们下面也没有人关心这一点。现在我想离开了。海让我焦虑。有光时我能忍受它，但在黑暗里它像是永无尽头。我一点也不喜欢它。"

诺顿和亚历克西娅搀着卢卡斯回到商务车上。车门关了，亚历克西娅看到了卢卡斯放松的表情。诺顿命令车子汇入车流。两辆摩托车在旁边经过了两次，让他很紧张。亚历克西娅往后扫了一眼，确定那两辆车没有在商务车和沃里科娃医生那辆医疗皮卡之间穿梭。

"科塔女士，"卢卡斯说，"我想向你提供一个机会。"卢卡斯碰了碰玻璃隔断，关掉了汽车扩音器。诺顿在前面什么也听不见了。"你是一个有才能、有野心、冷酷的年轻女人，你有发现机会并抓住它的智慧。你建立了一个帝国，但你可以做的事远超于此。这个世界对你来说没有价值。我将我母亲曾提供给你先辈的机会提供给你。和我一起来月球。帮助我夺回麦肯齐家和孙家从我这里偷走的东西，我将酬谢你，使你的家人永远不再贫穷。"

就是这个时刻。为了这一刻，她收买、敲诈、撒谎，这才进了卢卡斯·科塔的卧室。她撬开了通向科塔氦气财富与权力的大门。大门之上是月球。

"我需要时间考虑。"

"当然。只有傻瓜才会漫不经心地前往月球。你有你的水帝国，因此我并没有请你为我工作。我请你和我一起来月球。我希望它值得你选择。你有两天时间考虑。我能在地球上待的时间很短，可能再过三至四周，从地表到轨道的过程就会杀了我。一切正常的话，我的健康可能会遭到永久的损害。决定了就到酒店来。不用再撒谎和伪装了。"

第七章 天秤宫—天蝎宫 2105

月鹰提供了极好的马提尼，但阿列尔没碰她的杯子，任它立在高台边缘光亮的石桌上。

"我以为在某些方区，全天都可以是马提尼时间。"月鹰说。

"今天早上我没心情品位它。"

在心大星中心区宏伟的圆谷边缘，在橙馆雕着纹饰的篷顶下面，两人面对面分坐在小石桌的两边。晚间的交通声在桥梁和步道上穿梭，在索道上上下下，在空中浮动。日光线渐渐暗成了夜色，街灯闪烁着点亮了，而白日的光沿着日光线向方区大道的最远端撤退。阿列尔上一次坐在这里时是早晨，就在这观景台上，月鹰下令进行一场世家婚礼。科塔和麦肯齐。卢卡西尼奥和丹尼。装饰树上的佛手柑仍然留着婚礼装饰银色涂料的痕迹。

"你欠我一个解释，乔纳松。"

"董事会预备提出一份不信任议案，我便先发制人了。"

"你拿他们做了人质。"

"我逮捕了他们。"

"我们的法律系统没有逮捕这个程序。你绑架了他们，你把他们当作了人质。他们在哪里？"

"他们被看守在自己的公寓里。我已经做了预防措施，调低了他们的呼吸。这对人们的顺从性产生了奇妙的作用。"

"LDC的公司条款里没有哪一条允许你绑架并监禁LDC董事会。"

"这是月球，阿列尔。我们想怎么做就怎么做。"

"你希望我退出吗，乔纳松？如果你烦到我了我就会退出。外面有八千份传票，在它们和你之间只有我。"

"有人向我透露消息，说董事会将在这次会议中尝试把我赶出办公室。"

"维迪亚·拉奥。"

"他预言了他们提交不信任提案的企图。董事会罢免我的行动是由地球方面精心安排的。地球国家正在针对我。"

"你为什么和我签约，乔纳松？"

"维迪亚·拉奥的机器是通过探索模式作出推测的，人类往往难以察觉这种模式。他追踪了财政动向，沿着一系列令人迷惑的空壳公司回溯到了政府主权基金。在那里的核心是你非常熟悉的某个人，你哥哥。"

阿列尔把她的奥斯卡·德拉伦塔手包夹在胳膊下，转开了轮椅。

"真奇幻，乔纳松。这是个妄想。我退出了。这份合约终止了，我不再代表你。"

乔纳松·卡约德的手越过桌面抓住了阿列尔的手腕，作为一个大块头，这个动作很敏捷。

"卢卡斯没有死在孙家的刺杀里，他逃出了月球，在VTO找到了避难所。"

"放开我，乔纳松。"她对上乔纳松·卡约德的视线。手腕上的手松开了。月鹰也是一个强壮的男人，他的手指在她褐色的皮肤上留下了苍白的印记。"你雇用我就像雇用了一面护盾。"

"是的。"

"去你妈的，乔纳松。"

"是的。所以你要离开吗？"

阿列尔看看那杯马提尼。冰冷、强烈、神圣。她从桌上拿起酒杯，抿了一口。清醒、确定、杰出。

"我安全吗，乔纳松？"

"我先发制人，扼杀了他驱逐我的企图。"

"乔纳松，如果你以为我哥哥只有一个计划，那你就是个白痴。"

另一个礼赞者在八层西街的斜坡退出了，现在玛丽娜已经独自跑了一小时十分钟。她要一直跑，直到有人加入她。这是新长跑的信念，总会有人加入你，长跑永远不会停止。

玛丽娜在新公寓里像一只困兽般惊慌失措。她现在的生活已经远胜于勉强糊口了，但新的安慰和安全感却不够。重返地球的计划对机体有所要求，这使她渴望着能为自己的身体找到另一系列的形容词。她记起了长跑：肉体；彩绘的皮肤；彩带和奥瑞克萨的流苏；融合一体的吸引力；当时空蒸发、物理界限溶解时，那种无意识的知觉；多足的野兽在外面的黑暗中奔跑着，歌唱着。

她想起了卡利尼奥斯。汗水一道道流下他胸肌和大腿上的荧光涂绘。当他们脱离奔跑的兴奋状态时，他变得腼腆的样子。在他战斗的前一晚，在她的床上，他暗色的丝滑的皮肤抵着她的。还有在克拉维斯法院，她看到他站在哈德利·麦肯齐的血液里最后的狂怒和狂喜。

她在运动和健康频道里听到了只言片语、在格雷西柔术教练那里听到、在布赖斯·麦肯齐把若昂德丢斯变成他的都城后离城的桑提诺那里听到：长跑来到了子午城。它需要临界质量。它应该从起点开始就成为永恒，应该永远都有一具身体在运动。子午城和若昂德丢斯不同，它没有远离中央大道的环状服务隧道，人们可以在那些隧道中不断地涌动和歌唱。一条路线被设计出来了，那是个由服务路线组成的复杂环形，穿过沃尔克大道的七层：70公里。接着是宝瓶座方区的五条大道：350公里。最终它将跨越全部三个方区：1050公里。

新长跑需要六十个小时才能跑完全程：两个世界中最长的长跑距离。危险是，这样的耐力跑可能会变得很流行，但长跑不是一种竞赛或挑战。它是一种训诫，一种超验。它是一个警醒的系统，要确保总有一个人在运动。玛丽娜不是创始人，她是一位维护者：她连接起那些长而空荡的路段，时间已过了两小时。她在这些又长又空的路段中发现了她自己的超验。她想着地球；想着她的骨骼正在萎缩，肌肉质量在增长；想着禁止奔跑的未来。她将被困在轮椅上数周，她将数月都需要拐杖和手杖。要过一整年，她才敢试一些小的弹性运动，试着奔跑。哪怕到了那时，那也只会是跑步而已。那里将没有圣徒，没有人声，没有共享。

她想着这些，好让自己不去想阿列尔。

60秒后到达交会处，赫蒂说。玛丽娜可以看到跑步者上了西二十六层的斜坡。她们将在十八层街桥出口处相遇。

你的脚程很稳，女人说。她的衣服和涂绘都是红色，短裤和上装印着桑勾的闪电。玛丽娜很欣赏这图案，可惜它不适合她的颜色。

圣徒和我们同在，玛丽娜说着，女人换成了通用语。那古老的音调总是和玛丽娜的双唇格格不入。两个女人调整节奏，穿过街桥。现在是晚上，她们正奔跑在两道无止境的光墙里。

"你和阿列尔·科塔一起工作？"女人问。

"差不多。"

"我就想是这样，我之前见过你。阿列尔帮我甩脱了一个变糟的埃摩礼。复仇、跟踪、各种玩意儿。我是唯一一个没有以禁令契约终场的人。每个人都说埃摩礼是最容易摆脱的。千万别信他们。看见她时替我谢谢她。阿玛拉·帕迪拉·基布延。她肯定不记得我了。"

"你会对她的记忆力感到吃惊的。"玛丽娜说。好吧,她又开始想到阿列尔了。

穿着奥刚的绿色和桑勾的红色,玛丽娜·卡尔扎合和阿玛拉·帕迪拉·基布延在喝鸡尾酒。长跑已经转交给了另一双腿,两个女人像一对刚完成六周工作合约的集尘者一样,直接去了酒吧。它是阿玛拉的秘密基地,是东三十五层墙上挖出来的两个凹洞,桌椅都是从陡峭的岩石上直接凿出来的。是那种酒吧招待认得每个人名字的地方,因为它只能容纳八个人。

"我要供认,"玛丽娜说,"我从来没喜欢过蓝月。"

"我也是。我喜欢水果和甜味的东西。"

玛丽娜将她的卡比罗斯卡和阿玛拉的芭乐巴迪达碰了碰。

"埃特纳门蒂[1]。"这是长跑者的告别词。

"埃特纳门蒂。"玛丽娜用她糟糕的葡萄牙语回应。在跑步之后喝酒,这违背了玛丽娜所有的专业知识和跑步礼仪。自月鹰政变后,阿列尔比往常更需要她了,但她无法面对那又大又通风的公寓造成的幽闭恐惧症。阿列尔领着成群的法律 AI 斩杀一茬又一茬的法院文书;阿蓓纳静默又专注地辅助她,追踪案件、先例和裁定,她知道这份工作几乎要超出她的能力和毅力范围,它将为她在圆宝石奠定职业基石。这孩子睡在厨房的一张吊床上,眼睛盯着的却是金凳子。

"你在若昂德丢斯,还是在外场工作?"

---

[1] 埃特纳门蒂 (Eternamente):西班牙语,意为永远、永恒。

"管工资单，"阿玛拉举起杯子，"别惹会计师。"

"你看起来像集尘者。"

阿玛拉有点腼腆地低下了头。

"我就是有点喜欢集尘者的风格。"

"很适合你。"

"那么，你和阿列尔？"

"我差不多是误打误撞地为她工作了。我的博士读的是程序控制架构中的计算进化生物学。我在卢卡西尼奥·科塔的逐月派对上做一份侍者的工作，当时有人想杀了拉法·科塔。我的学历比所有科塔加起来都强，但最后我变成了阿列尔的保镖、个人助理和酒保。"

这杯卡比怎么消失得如此迅速？酒吧的德米特里已经在为她准备第二杯了。

"你真的还要喝吗？"阿玛拉问。

为什么不把她损失的所有体液都换成酒精呢？

"我主修人工智能的自定义逻辑，"阿玛拉继续说，"结果做了工资结算员。至少还是有工作的。人们总是需要拿薪水。"

第二杯卡比罗斯卡和第一杯一样激爽、美味且大方。

"为工资单干杯。"

"你在月球上多久了？"玛丽娜问。

"看得出来吗？我还指望你以为我是第二代呢。我的身高在家里被认为高得很不合群。我来自菲律宾，吕宋岛。母亲是个整牙医生，父亲在银行业。我知道，不错的上中产阶级基本家庭出身。所有人都期望着杰出，所有人都去好的美国大学，所有人都拿到了好的学历，而糟糕的高个子的那一个搭上了火箭，挥手说拜拜，扭头去了月球。他们仍然不能理解此事。三年八个月……"

"一年十一个月，零四天。"

"所以第二杯卡比才下去得这么快。"

第二个空杯子吓到了玛丽娜。德米特里弄走了它，第三杯的材料已经等在他的吧台上了。

"告诉我，你为什么留下来？"

"为什么要回去？糟糕的政府，廉价的恐怖主义，升高的海平面，下一个亲吻的人有可能会把致死的疾病吹进你的肺里。"

"家人？"

"家人倒是一个理由。你家人在哪里？"

"西北。奥林匹克半岛，就在安吉利斯港后方。你要说，它很美，有山有森林有海。没错，我见过雪，见过一次。天气有一点诡异，接着突然间，在那上面，在非常高的山峰上：白色的。雪！我们开着车，上了旧的公园路，就为了走到雪里。第二天它差不多全部消失了。雨下在雪上就很难看了。"

"你要回去，是不是？"

"我无法在这里生活。我已经订好了票。在月环订了座位，在循环器上订了床位。"

阿玛拉喝完了她的第一杯鸡尾酒。德米特里拿来了新的：阿玛拉的第二杯，玛丽娜的第三杯。她一定是通过亲随提示了他。

"你告诉阿列尔了吗？"

玛丽娜摇着头。

"如果你甚至对我都说不出口，那你怎么可能对她说？"

玛丽娜从杯子上抬起了视线。

"关于我和阿列尔，你真是有不少话要说。"

"我一整晚都在给你买鸡尾酒。"

"两小时前我们还是跑步的伙伴。"

"我想你已经有很长一段时间想对人说说这事了，我准备给你再买一杯卡比罗斯卡。"

"这是什么，卡比疗法？"

"是跑友疗法，释放自我。"

"给我再来一杯吧。"

第四杯卡比罗斯卡和它所有的前辈一样绚丽。玛丽娜啜饮它时颤抖起来，感觉到了这家小小的穴居酒吧环绕着她的温暖和亲密，像一件石制套装般宽慰着她，包裹着她。

"我可以很突然地离开，但我无法无牵无挂地离开。明白吗？"

阿玛拉用吸管喝着巴迪达，皱起眉来。

"总会有一种联系。"

"她总会有需要我去做的事。但最高需求终有一刻会来临，我将会抛弃她。"

"如果你告诉她，她会要求你留下来。"

"她不会要求的，她永远不会这么要求。但我会知道的。我可能会留下来，然后我会恨她，"玛丽娜站起来，"我得走了，我得回去了。抱歉。谢谢所有的鸡尾酒。"

"至少把这杯喝完。"

"我不该喝它。我正在尽力让她远离杜松子酒，如果我醉醺醺地滚进门……"

"这是你自己赚的。"

"不，不行。赫蒂，给我叫辆摩托。"玛丽娜弯腰给了阿玛拉一个晚安吻。阿玛拉把玛丽娜拉近，轻声说：

"哦，我真的很抱歉。你瞧，这个晚上是我的计划。我注意到了你，一直在注意你。我安排日程好和你一起跑步。我的邪恶计划是把你诱惑到这里，给你灌满鸡尾酒，然后试着引诱你，或者至少争取到一次约会。但我一点机会也没有，我永远都没有机会了。因为我所拥有的一切才能都无法战胜爱。"她温柔地亲了玛丽娜，"埃特纳门蒂。"

AKA 执行官的姿态摆得越高，安保措施就越小心，小心到它与世界融为一体，超出了人类的知觉范围。阿列尔毫不怀疑——昆虫的弹跳、鸟儿翅膀的扑扇、矮灌木丛里潜伏的毛皮和闪烁的眼睛都能在她有所察觉之前杀了她。永远不要信任活的生物。她真是她母亲的女儿。但枝叶下的阴影是凉爽的，空气中有落叶层渐渐分解的香辛气味，而且显然只有金凳子的权力才能让公园道路上空无一人。

　　"她还算有点用吗？"露西卡·阿萨莫阿问。两个女人沿着嘎吱作响的粉色砾石路缓步而行。自科塔氦气陨落、博阿维斯塔毁坏、拉法·科塔死亡之后，她们俩是第一次会面。

　　"我可能毁了这孩子的职业政治家前途，"阿列尔说，"她开始认为每个问题都能通过自由使用雇佣兵来解决。"

　　露西卡·阿萨莫阿的笑声是豪爽的，像铃声一样圆润又轻快。阿列尔参与了她和拉法的尼卡哈谈判，很明显，从一开始这段关系里就有爱情的存在，而在拉法和蕾切尔·麦肯齐的另一段婚姻中完全没有爱。

　　"我应该直接把她送回特维城，"露西卡·阿萨莫阿说，"天知道她下一步会走成什么样。"话语是玩笑的，但阿列尔听出了潜藏的担心。政治的暴力影响了子午城沉着平淡的行政管理，没人知道它的创伤有多深，毁坏的残骸落得有多远。

　　"她不是一个玩家。"阿列尔说。

　　"我想现在每个人都是玩家了。"露西卡·阿萨莫阿说着，在砾石路上停了下来。枝叶间细小的动作、叶片、地面的常春藤都跟她一起停了下来。阿列尔觉得有十几只淬了毒的眼睛在盯着她。"我们两家人的关系一直很亲密，但今天我是以库托库奥马和纳的身份站在这里。月鹰的行动是前所未有的，我们无法预料结果。这让我们警惕。"

　　"月鹰要求的只是一个承诺。"

"一个我无法给出的承诺。AKA 和其他的龙不一样。我们的管理是复杂且多层级的。有太多意见要探求，太多选票要确定。有些人觉得这种系统又慢又烦琐又低效，但我们一直都认为，权力最好是能尽量多地分摊在不同的手中。AKA 前进得很慢，但前进得很稳当。我们基本上是来不及达成一致的。"

"哪怕只是个人的暗示，月鹰也会感激的……"

"我没有权力提供这个。金凳子没有声音，"露西卡往前走了，阿列尔的轮椅跟上了她的速度，林间的观察者也跟随着她们，"我们两家一直很亲密，和你们家一样，我们不是五龙里最富裕或最有权力的。我们远离世家间的竞争，从而获得了我们的位置，在这个位置上，我们无法选择审慎的联盟。库托库会一直观望，但我们不会仓促给出一个承诺。"

"无论哪一方赢了，你们都会和他站在同一方。"阿列尔说。

"是的，我们必须如此。VTO、两个麦肯齐、较小规模的太阳公司，他们全都依赖和地球的某种关联。我们不。月球是我们拥有的一切。但是，我们一直都说，每个人都吃饭，每个人都睡觉。"

"我能这样告诉月鹰吗？"

"这是金凳子的回答。"

树间有东西在动，翅膀突然的震颤。鸟儿升空了，蝴蝶飞掠过阿列尔的脸，又快又矮的小东西沿着路边冲了出去。护卫在离开，警戒线在消散。阿列尔知道，当奥马和纳离开时，她会被独自留下来。她听着枯叶在砾石上翻滚着，宝瓶座方区微气候里不可预测的风吹动了它们。脚步和轮胎的轧轧声传来了：是跑步的人和甜点小车。

孙夫人把大流士西装的袖子扯下来，盖住他的手腕。大流士又把它们卷上去了。

"这是流行。"他说。

孙夫人让步了，但还是从他手指间抢过了电子烟。

"这个我忍不了。"

大流士的鞋在光亮的石面上发出咔嗒声。太阳大会堂是一个敞开的、空旷的立方体，它是从沙克尔顿陨石坑边缘的原岩上雕凿出来的，维度精确到毫米。它的比例和音响效果经过特别的设计，能诱发人从生理上产生敬畏。孙家喜欢用它来接待客人和客户。

"那是阿列尔·科塔。"大流士说。阿列尔穿着一条红色的伊曼纽尔·温加罗裙子，在一整圈太阳公司要人中，像一颗明亮的太阳。哪怕有轮椅的限制，她也吸引着每一双眼睛。阿列尔·科塔不是一个会屈服于建筑学把戏的人。

"那些和她一起的人是谁？"大流士问。

"更年轻的那个女人是阿蓓纳·马阿努·阿萨莫阿。"

"奥马和纳的侄女。"大流士说。会堂的透视效果欺骗着眼睛，他觉得他走上几公里也没法朝那边接近一步。

"你有在注意，"孙夫人说，"很好。这意味着？"

"阿萨莫阿家和科塔一直都是盟友。"

"他们的血统有一半在阿萨莫阿家的保护下。"

"就像我生活在孙家的保护下一样。"大流士说。

"别用那种嘲笑的声调，否则我就亲自毒死你，年轻人，"孙夫人说，"第三个女人是她的私人保镖。她不需要我们关注。"

"她用电子烟杀了一个男人。"大流士说。

"你调查了这事，还是你的亲随调阅了记录？"孙夫人问。

"我只是想起来了，"大流士说，"这就是你想让我做的？"

高管的包围圈打开了，人们向孙夫人低着头。

"祖母，这是阿列尔·科塔，代表月鹰而来。"孙志远说。

孙夫人伸出一只手，阿列尔握了握它。你不应该这么做，大流士想，你应该亲吻孙夫人的手。

"孙女士。"

在双方做介绍时，大流士打量着阿列尔·科塔。包括她的轮椅在内，她整个人都在吸引着房间里的每一道视线。她的关注是她分配出来的偏爱，哪怕是太阳公司的高管也渴求它。她为什么还不能走？她可以轻松负担起手术的费用了。那轮椅有什么魔力吗？它给了她优势吗？每个人，甚至孙夫人都必须放低身体和她说话。大流士试图理解这种意志，它放弃了行动能力和寂寂无名，选择了残疾和权力。这其中有他可以学习的东西。

"这是我的护卫，大流士。"

大流士朝阿列尔·科塔低了低头。

"您很迷人，科塔女士。"

当她迎上他的视线时，她黑眼睛中的火光让大流士感觉到了恐惧的震颤。他的声调太可爱了吗？她看穿他了吗？

"我很荣幸，大流士。"

她在怀疑他。

"我想让他见见你，阿列尔，"孙夫人说，"年轻人需要了解坚持不懈的价值。没有坚持，就锻造不出任何伟大的东西。一次陨落，一段远离世界的时间，接着重新回到卓越与权力的高处：这就是坚持。来吧大流士。"

公务继续。志远和阿列尔讨论着行政服务，讨论那些使月球持续绕地球公转的操作者，从死者的利用回收，讨论到为每颗新眼球绑定栖箔的管理人。人类员工会为任何能让他们继续呼吸的人工作。太阳的行政 AI 会为谁服务：月鹰还是董事会？

"你太轻佻了。"孙夫人一边领着大流士离开会议现场，一边责备他。

"你太粗鲁了，"大流士说，"当着她的面说那些。"

"我是沙克尔顿的老贵妇，"孙夫人说，"老贵妇都很粗鲁。你听说过三皇了。"

"我听过它们的故事。"

"它们可远远不止是故事。它们是我们为惠特克·戈达德银行建造的量子计算机，用以高度精确地推测未来事件。如果你愿意，可以称之为预言。我们自然在计算机上为自己留了个后门，自那时起，它们就一直让我们对未来有某种程度的洞察力。它们是些让人烦恼的东西，它们混淆一切，从未完全达成过一致。它们只一致同意过一件事：阿列尔·科塔将是月球故事中的一个关键人物。"

"因此她是我们的敌人。"

"现在还不是，以后也许会是。那时候我可能已经死透了，去了扎巴林那里，不过你可以准备好。"

"我会的，曾祖母。"

大流士踮着脚走在光滑的岩石上。无论来去，他都没听到孙夫人的脚下发出一丝声音。

阿蓓纳无法停止战栗。空气是温暖的，带着一股刺鼻的尘土味，在特维城不断扩张的隧道迷宫和农业管道里长大的每一个人都会喜欢这种味道。但岩石，岩石，没完没了的岩石压迫着她。哈德利城是岩与金属之城，并且没有任何生命或色彩的迹象来缓解这种压迫感。无生命的金属，沉闷又冰冷。阿蓓纳感觉自己已经在这走廊里跋涉了很多年，它应该要有转弯或岔路，但阿蓓纳继续前进，手掠过阿列尔轮椅的右扶手，以求安心，幽闭恐惧症依然让她颤抖。

"他们本来可以从车站开始护送我们。"阿蓓纳说。

"我不会让杀了我兄弟的刀卫把我送到邓肯·麦肯齐面前。"阿列尔说。

"他们也曾试图杀了你。"玛丽娜说着，走在静静向前滚的轮椅左侧。

"我不懂你怎么还会来这里。"阿蓓纳说。

"这是因为你不懂顾问与客户的关系，"玛丽娜说，"阿列尔代表月鹰。她是作为他的顾问及代表人来到这里的。她的情感、她与麦肯齐家的过往在这里不占位置。她现在不是阿列尔·科塔。邓肯会尊重这一点。"

"这看起来仍然像是她抹消了自己的个人完整性。"阿蓓纳说。

玛丽娜猛地站住了。

"你没有资格和阿列尔说完整性。"

"你们俩都住嘴，"阿列尔厉声说，"我他妈还没死呢，知道吗。"阿蓓纳在恼火中听到了恐惧。

接着出现了一道门。在门后面，是一道电梯。在电梯那一头，有一个微笑着的麦肯齐金属公司的金发女人，不会有人能比她更清晰地表达出"没有武装"和"无害"的信息了，因为她没穿衣服，还剃了头发。在她后面是一个天花板很矮的房间，也是石头和金属组成的，窗户像眯起的眼睛。光柱从矮天花板的狭槽中直刺下来。

"仍然是镜群。"阿列尔悄声说。

五个身影在强烈的下照光里以某种队列站着。阿蓓纳通过简报认识了他们：新麦肯齐金属公司的董事会。都是男人，当然了。邓肯·麦肯齐比阿蓓纳想象得还要高大。标志性的灰色，他的亲随是个闪着灰光的油球。她发现自己因这个男人本身而感到敬畏，正如恒光殿的心理学建筑是一种舞台魔术一样，他有那种存在感和庄严感。

"邓肯。"

"阿列尔。"

她怎么能握他的手？她怎么能和他说话，怎么能叫他的名字？阿蓓纳确定，她永远也不可能把自己贬低到这种程度。她知道她必须学会"专业的客观性"这门职业课程，但是有一些原则也许无法妥协，除非你失去所有可信性和自我信念。她欣赏阿列尔这种专业的超然，但她不确定自己是不是尊重它。

"谢谢你来到哈德利城。"邓肯·麦肯齐说。

"是在测试我吗，邓肯？"

"部分是。另外我在子午城也不再觉得安全了。"

麦肯齐金属女人带来了一托盘饮料。阿列尔毫不犹豫地拒绝了，甚至扫都没扫一眼。它没有传到阿蓓纳和玛丽娜旁边来。

"你想要我做什么，阿列尔？"

"月鹰需要知道，他是否将继续享有麦肯齐金属公司的支持。"

"那我兄弟的忠诚要摆在哪里？"

"你不会让这么琐碎的小事影响你的决断吧？"

"三百五十个死者，二千五百万比西的物料损失和收益损失很难被称为小事。"

"你兄弟还没有请求和月鹰的顾问会面，我想你应该已经知道此事了，还是说，你在月鹰方面的秘密渠道已经静静消失了？"

"阿德里安依然执意坚持不结盟。"邓肯·麦肯齐说着，邀请阿列尔坐到一圈椅子中。阿蓓纳注意到，那里没有位置留给她和玛丽娜。月鹰顾问的实习生在工作中有很多需要站着的时候。她很感激阿列尔建议她穿了一双舒服的鞋子。"我们需要稳定，阿列尔。我的家族持续发生问题，再加上月鹰的政变，这并不能让市场放心。资金讨厌不确定性，而我们是生意人。无论是哪一方，只要他能为麦肯齐金属提供最牢靠最安全的环境，保证利润，我们就会支持他。"邓肯·麦肯齐坐回椅子里，他的董事会成员无意识地附和着他，"这就是麦肯齐金属的态度，也是麦肯齐家族领袖的态度。"

"我父亲来到月球，建造了一个世界。他自己的世界，在政府、公会和帝国的控制与束缚之外。在董事会和投资基金之外。他把他的每一分财富都用来建造五台月球勘探器，然后是一处建筑枢纽，然后是一处生产与配送设施，然后是一处栖息基地。永远把他自己的利润进行再投资。他从不拿别人的钱。他从不让外来投资进入麦肯齐金属，又或是拿钱去购买股份。他奋力阻止地球国家把我们变成殖民地。他奋力支持外层空间条约，并巩固它。他反对建立月球发展公司，当他被迫接受这一事实时，他又确保它的力量被分裂并稀释到一定程度，使地球国家的政策永远无法被强加到自由的月球工人身上。直至死去的那一天，我父亲都支持我们的自由和独立。所以，请告诉乔纳松·卡约德，邓肯·麦肯齐支持他。"

阿蓓纳看到阿列尔·科塔已准备要回应了。可是邓肯·麦肯齐举起了一只手。

"只要他支持我对抗布赖斯。"

阿列尔看着那滴露水滑下了马提尼酒杯的下半段弧线。它在杯底和杯柄的连接处犹豫着，聚拢着，渐渐圆满，在自身的重量下颤抖着，滑到了杯脚。

"真美，"阿列尔·科塔说，"在这个四分之一半球上最美的事物。"

列车穿过腐沼的时速达到了八百公里。艾特肯—皮列极地线是月球上最早建造的轨道，运送着两极的冰和碳氢化合物储备，但它的地位现在已被赤道一号线取代。阿列尔、玛丽娜和阿蓓纳是极地列车观景车厢里仅有的乘客。阿蓓纳对于玻璃罩很不适应。她觉得自己是暴露的，与真空过度接近。想象中的辐射让她皮肤发痒。远景被麦肯齐金属的萃取器占满了。每一个火山口都在渐渐变平，每一道月面谷都被大肆毁坏，荒地上疙疙瘩瘩的尽是探测车的轮胎、废弃的机器、片板、荒废的贮存库和避难所。

这比常见的温缓的山坡和淡灰色的土堆更有趣些。

阿列尔把杯子从桌上推给了侍者。

"现在请把它拿走。"

侍者低了低她的头，掠走了杯子。没有一丝涟漪，也没有惊动一滴凝露。

"如果你再这么干，"阿列尔对玛丽娜说，"我就用杯子戳穿你的脸。"

"也就是说，它有用。"

"甜心，如果你恭喜我，或是试着说什么激励之类的废话，我也会干一样的事。"

玛丽娜憋住了一阵大笑。阿蓓纳无法理解这两个女人之间常有但低调的互相攻击，也不能理解每一次伤害和嘲讽后的笑声。阿列尔无礼地对待、贬低或者直白地侮辱玛丽娜，但之前在哈德利城，当阿蓓纳问到阿列尔的个人完整性时，玛丽娜却像一个刀客一样攻击她。

"他会遵守他的话吗？"玛丽娜问。

"邓肯拥有一定程度的荣誉感，"阿列尔说着，像接住一个发来的手球般接住了转变的话题，"这和他要搞死一个兄弟不一样。"

"我仍然不明白为什么不能通过网络完成，"阿蓓纳说，"我们去了哈德利城，恒光殿，如果露西卡姑妈没在子午城的话，我们还可能会去特维城。"

"法律是个人的，"阿列尔说，"个人合约，个人协议，个人谈判。当你应对五龙时，你必须向他们提供一个珍品。他们也许会拿走它，也许会让你留着它。没有什么珍品比你自己的生命更宝贵。"

"你们知道我们还有哪里没去吗？"玛丽娜问。阿蓓纳皱起了眉，阿列尔点点头。

明白了。"沃龙佐夫！"

"我没有接到会面的申请。"阿列尔说。

"VTO 支持 LDC 的董事会成员吗？"阿蓓纳问。

"阿列尔会知道的。"玛丽娜说。

"阿列尔会的,"阿列尔说,"现在阿列尔不知道沃龙佐夫站在哪一边,阿列尔不喜欢这样。所以阿列尔要去和某个也许能猜测的人聊一聊。"

这版画真的非常小,只有她两个拇指并起来那么大。阿列尔必须靠得很近,才能分辨出站在弧面世界上缘的微小身影,以及那踩在梯子第一根横木上的更小的第三个身影,梯子搭在新月的月弯上。

"我想要!我想要!"阿列尔读道。在打印品极小的标题下还有一句铭文,但它是草书,她无法分辨这种字体形式。

"威廉·布莱克,"维迪亚·拉奥说,"十八和十九世纪,基督教世纪的英国画家及诗人。空想家、先知及神秘主义者。稀罕的是,他在每一个领域都很杰出。"

阿列尔从来没听说过威廉·布莱克,但她足够了解维迪亚,不会用不懂装懂的态度来冒犯他。考虑到地点的关系,午餐显得非常棒。月球学会餐厅的位置私密又谨慎,它是一个可以完全封锁网络探查的套房,但以阿列尔的经验来看,会员俱乐部极少会有好厨房。拉面是她吃过的面条里水平最可接受的,生鱼片非常新鲜,阿列尔怀疑是从活鱼身上片下来的。

"我们的鸡尾酒调酒师也是两个世界里最好的一个。"维迪亚·拉奥一边说着,一边在月球学会休息室里迎上阿列尔,接过了轮椅的手柄。

"太忙了,没时间喝酒。"阿列尔说。她知道鸡尾酒时间也许永远不会来了。

在隐秘餐厅的小桌子旁,阿列尔的注意力被那个打印品吸引住了。它的风格很简单,几近极简,它传递了一个显明的寓言,但蚀刻中有一种活力,一种气势,能吸引视线并捕捉想象力。

"吵着要月亮。"阿列尔说。维迪亚·拉奥的嘴角抽搐起来，阿列尔让他失望了。

"我真的非常崇拜布莱克，"他说，"他总是超出人的想象。"

"那些小人所站立的表面看上去比月亮更像月亮。"阿列尔说出了他想听的话。她注意到了，每张桌子的墙上都有一张小版画，就在灯上面。贝加弗罗放大了它们：它们全都是同一风格的，由同一位画家所画。装饰品，可作开场话题。

"这是个有趣的观察结果，"维迪亚·拉奥说，"所以事实上，从我们的角度看，它可以是想从月亮去地球。"

"那就超出十九世纪的想象水平了。"阿列尔说。

"不包括布莱克。"维迪亚·拉奥说。他从口袋里掏出一个皮夹，把它放在桌上。阿列尔看了看钱夹里面。

"纸。"阿列尔说。

"我发现它更安全。"

"你要和我分享什么黑暗的秘密？"

"你想知道 VTO 为什么没有请求与你会面。"

阿列尔的阅读理解从来都不强。当她努力领会文件提头的摘要时，她集中精神阻止自己移动嘴唇。随着对文件的深入阅读，她更加聚精会神了。她的嘴张开了，她把纸放在了桌上。

"他们要分裂我们。"

"是的，我们不是战士。我们也没有战士。我们甚至没有警察。我们是一个工业殖民地。我们顶多有私人保安和民兵。"

"你的三皇告诉你的。"

"结果发生的概率是 89%。"

"还有谁知道？"

"我们要告诉谁？我们毫无防备。惠特克·戈达德已经开始增加产品种类，并强化其投资组合以作套期保值了。"

"你们这些银行家真见鬼。"

维迪亚·拉奥微笑着。

"这是关键所在，我们没有一体性。我们是个体、家庭和公司，所有行为都出于个人私利。"

"你说过孙家在三皇有后门，他们知道此事吗？"

"我观察模式，我试图做出推断。从太阳公司近期投资与收回投资的行为看，我会推断他们不知道。"

"他们怎么能完全规避掉这样一件事？"

"非常简单，因为他们一直没问过正确的问题。"

阿列尔把纸张扔在了桌上。

"这需要大规模发射升空能力。"

"地球国家没有这种能力。"

"我对 VTO 的问题已经得到解答了。我不明白的是，为什么。"

"VTO 在五龙间是独特的，它有一个以地球为基础的分支。这使它难以抵御政治压力。"

"神啊。"

"是的。所有的神，不管是什么名字和特性。抱歉，阿列尔。喝茶吗？"

这违和感差点让阿列尔大笑起来。茶。捣碎的薄荷叶放在一个杯子里，泡入沸腾的水。加糖调味。一种通用的润滑剂。一件已知的事物，一个让人舒心的东西。在一个杯子里的优美的事物、小小的反抗。当星辰坠落，当世界相撞，当预言家和先知哭泣时，只有这个：一杯茶。

"谢谢你。我相信我会喝的。最后一个问题，维迪亚。"阿列尔收拢了散落的纸，把它们叠成整齐的一沓，"我们还有多少时间？"

"哦我亲爱的。它已经开始了。"

对于玻璃场来说，单调是一个安静的杀手。一公里连着一公里，一小时接着一小时，尽是黑色玻璃黑色玻璃黑色玻璃。注意力软化着，融化着，思绪从外转向内。娱乐、消遣和游戏能让注意力集中，但又以不同的陷阱为威胁：分心。太阳探测车装备了各种传感器和警报器，以预警成千种内部或外部的意外，这些意外可能使工作组在月面失事。但没有哪个月面工人会把所有信任托付给 AI。只要是想活下去的月面工人就不会。

瓦格纳·科塔已经形成了他自己的工作方式。它们与他的双面特质相符合。在亮面，他的大脑能同时接收许多输入源，他能同时看着玻璃、看着月平线、监控探测车系统、玩"推动珠宝"游戏、听两种音乐。在暗面，他的注意力是偏执且强烈的，他能盯着黑色的玻璃，直到进入一种深度自知且警觉的状态。蓝色的地球高挂在玻璃场上，一动不动，瓦格纳切换进入了暗面状态。在满日和无日时，狼是最高等级的老大；但在过渡时期，他们很脆弱，也会犯错。

太阳静海控制中心传来了消息。他们和阿姆斯特朗分级机编队失去了联系。巨大的月面推土机就像是玻璃场里的巨兽，十个一排，在桑巴线上可以将一百米宽的地表风化层分解得像皮肤般光滑。桑巴线：曾经科塔氦气用过的旧名字。

瓦格纳眨眼联上了公共频道。"计划有变，我们要下玻璃了。阿姆斯特朗失去了一个推土机编队。"幸运八球玻璃组发出了嘲笑的嘘声。太阳公司对其恢宏的太阳能环区计划做了公开声明，但计划的恢宏和工作的日常现实状态间有很大的偏差，这种偏差已经从月面工人的私下笑话传扬成了月球传说。"我们接到的任务是调查、拦截和重启。"太阳静海控制中心将坐标弹进了瓦格纳的视镜里。瓦格纳将它们传送到探测车，在太阳能面板中锁定了一条东南向的长曲线区域。"有奖金。"幸运八球组发出了一阵小小的、参差不齐的欢呼声。

我们有轨道图像。控制中心发来消息。瓦格纳审视了覆盖的地图。一条几乎可以从地球上看到的月面推土机桑巴线：十组车辙，节奏完美，毫无偏差地向东静海平原驶去。

"这不正常吗？"瓦格纳问。

它们有一个简单的群集运算法则，所以通常倾向于待在一起。控制中心说，反常的是，它们正直奔夸布勒。

"那是？"

AKA 的一个新农场中心。有一个生态工程组在上面工作。停顿。

"推土机会直接穿过它，"瓦格纳加快了速度，时间仍然非常紧，"你们给他们发警报了吗？"

我们没法呼叫他们。我们联了 AKA，但他们也没法接通对方。

通信失败可以有一百种理由，推土机发疯也可以有十几种理由。但那些理由的巧合点使瓦格纳·科塔惊恐。

"一旦我进入联络范围，我就会试着用局域网联系他们。"

夸布勒在太阳能环区南缘外四十公里处。距离十公里时，瓦格纳调整天线，试图联系农场。一丝声音也没有。五公里处，幸运八球组看到了分级机。那巨大的机器比他们的探测车宽五倍，长二十倍，正以完美的编队将月壤推过夸布勒农场管道透明的盖子。

瓦格纳从未见过这样的事。他的员工也没见过。月球上没人见过。

在最初的震惊过后，夸布勒的静默变得非常引人注目。通信塔倒塌了，要将光柱送入农场管道的镜群都成了空荡荡的框架，吊在吊杆上。

"老大，"泽赫拉说，"分级机可以弄倒通信塔，但那些镜子是一个一个打破的。"

"我正在宣报警言 1，"瓦格纳说，这是月面威胁的最高级，人命垂危，呼叫所有救援，"泽赫拉，通告特维城。向 VTO 发送 901 代码，随时准备行动。"

"特维城派了三个组来。"泽赫拉报告。

瓦格纳缓缓向前移动了探测车。打开所有的感官，让视野超越视觉，让感知超越触觉。一架分级机转头对上了幸运八球组。瓦格纳猛地刹停了，然后向右转开。月面推土机跟上了他的车辙，开始追赶探测车的速度和位置。

"这是什么鬼玩意儿？"泽赫拉在私人频道里对瓦格纳说。

"泽赫拉，把这个转播给控制中心。"

瓦格纳再次移开了探测车，推土机再次跟上了他。

"我不想挑衅这个。"瓦格纳说。

"我也不想你挑衅它。"泽赫拉说。

一架分级机推了一大堆尘土，让它像波浪一样散在了最后一处玻璃穹顶上，闷死了它，埋葬了它。编队集合了，追着幸运八球组的那架机器在分隔区加入了它们。桑巴线往东北偏北方驶去。

"老大，静海向我们发布了任务……"泽赫拉说。

"这是警言1，"瓦格纳说，"人命垂危。"他把探测车慢慢靠近了主闸门的边缘。"尼尔、梅雷亚德、奥拉，和我一起行动。泽赫拉，从尼尔的摄像头向特维城转播反馈。"

"特维城？"

"推土机正向那边去。"

瓦格纳的组员离开座位，踏上了月壤。泽赫拉升高了照明阵列，用光笼罩了这个区域。

"尼尔，"瓦格纳在月壤上一系列印迹旁蹲下来，"拍这个。"

"机器？"

"机器虫的印迹。"锋锐的三尖蹄印又模糊又小巧，但还是被他辨认出来了，瓦格纳看到夸布勒附近的月表覆盖满了这种印迹，"瞧。"一行足迹被分级机的轮胎印抹掉了。

"不管这些印迹是什么东西留下的，它们先于分级机抵达这里。"

尼尔说。

名叫瓦格纳的狼站了起来。

"泽赫拉，请照亮主闸门。"

光照阵列旋转着，聚焦到了外闸门的开口处，它被掩在一弯坚硬的烧结物下。闸门是打开的。强光照出了斜坡上的一个形体，就在闸门内侧。

"要我拍摄它吗？"泽赫拉问。

"不，"瓦格纳说，"我们要进去。"

"老大，你在那里面真他妈要小心一点。"泽赫拉在私人频道里说。她没有说，也不需要说：瓦格纳·科塔的组员从来没有损失过一个人。

"泽赫拉，我要你准备好，随时听我的命令行动。"

强白色的光从灰色的墙面上弹开，闸门的构造投射出长长的阴影。瓦格纳示意他的队员下了坡道，来到那个闸门构造图里不存在的圆形前面。幸运八球玻璃组的影子长长地坠在他们自己身前。

泽赫拉问："狼在想什么？"

"狼在害怕。"

头盔的灯光在坡道上的那个物体上浮动。真空的杀戮总是很难看，但这个死人并不是真空杀的。组员挪开身体，让泽赫拉的灯光完全照亮尸体。这是一个年轻人，穿着农业工人的防水靴和口袋汗衫，从胸骨到肚脐被切开了。闪亮的血和内脏。

"他妈的。"奥拉轻声说。

"你把这个转播给特维城了吗？"瓦格纳问探测车。

"什么东西会这样干？"泽赫拉问。

"我会弄明白的。"尼尔蹲在死人前面，"他的视镜里可能留下了足够的能源，可以读取附近的状况。"她的面板碰触了他的眉心，她的光从那冻结的眼球上反射出来。瓦格纳发现尼尔与死人的亲密接触令人发寒。尸体之吻。"现在正在传给你。"

复原的记忆碎片又短又激烈。动作，跑步的动作，然后转身，什么东西跳到了视镜上，一个又短又快、用刀片做的东西。银色的闪光，接着是摔倒。接着是垂死的抽搐。在渐渐死去的眼角，是一些细巧的钢铁蹄脚，三叉形。

"耶稣玛丽亚啊。"梅雷亚德说着，亲吻了她手套下的指关节。

瓦格纳举起了一只手。安静。有东西，在狼的感知的边缘。不是声音，真空里没有声音，是一个震颤。一个动作。

"泽赫拉，照亮最远的左角。"

阴影移动着，缩小了。在农业探测车后面的黑暗里，有一个不是探测车的东西。

瓦格纳狼的感知尖叫了起来。

"跑。"他说。

机器从隐蔽处猛冲了出来。瓦格纳在视野的边缘瞥到了肢体、刀片和传感吊杆。小巧的钢蹄。照明灯在金属上的闪光。没别的了。他在奔跑。梅雷亚德在他身边，奥拉领先他一步，尼尔落后他一步。

"泽赫拉！"瓦格纳大喊着。她已经在行动了。探测车跃过了外闸门的边缘，在坡道半中间着陆。车尾在遍布灰尘的玻璃上甩了一圈。当探测车向瓦格纳滑来时，他跳过去抓住防护杆，荡进了座位。

"尼尔？"梅雷亚德叫着。在瓦格纳的显示器上，尼尔的亲随从红色淡成粉红色又变成了白色。瓦格纳朝后扫了一眼，看到尼尔的尸体在三片精确的钛刀下滑落。她面朝地倒下了。刀切穿了她，从脊柱到胸骨，干脆利落地扎穿了沙装紧实的面料。血喷了出来，蒸发着，冻结了。犹豫的一秒钟，落后的这一步杀了她。瓦格纳敏锐的感官看清了尸体背后的东西。它是个专为杀戮制造的机器虫，有腿，而不是轮子。那些尖锐的蹄子既是武器，也可以展开成铲状以便在尘土上奔跑，在月球的许多地形中都可以跑得又快又稳。四条臂，三片刀，一个抓钩。刀比投射物更轻捷，更确定。头部是一簇传感器。重载电池。机器虫踏过尼尔的尸体，将传感锁定在了瓦格纳的面板上，看到他，识别他，飞跃追赶他。

在它后面，内闸门打开了。

幸运八球组全速冲上了坡道顶端，飞了出去：十米、十五米、二十米。两只机器虫从打开的内闸门里跳了出来。另外这一只在和他们一起跳跃。天哪它们真快。探测车狠狠地撞上地面，溅起一片尘雾，差点整个儿往前翻了出去，但泽赫拉稳住了它。泽赫拉的驾驶技术比 AI 强。瓦格纳弹开一处显示板，从车尾摄像头观察那杀手。它们压低着身躯，蓄势待发，搜索着。

"我在呼叫救援。"瓦格纳在私人频道里对泽赫拉说。

"去特维城比较快。"泽赫拉说。

"我不想让那些东西靠近特维城，"瓦格纳说，"把集合地点安排在这里。"他把 GPSS 代码刷给泽赫拉，发出了两次求救信号，一次给 VTO 的急救网络，另一次给太阳静海中心。瓦格纳弹开状态显示屏，他必须假定那追捕他的玩意儿有比探测车更多的能源储备。电池还有百分之四十。没有尼尔，探测车更轻了些。他用一条生命来计算电池储备，不动感情，这是狼的计算方式。他眼前又闪过了尼尔的尸体，它慢慢地从杀戮的刀锋滑下。他见过死亡。他看见过人们意外地、愚蠢地、荒谬地、毫无价值地死去，但他只见过一个人因意志的行动而死。那是在克拉维斯法院光滑的木地板上，在陈年鲜血的温热里，不是在一个死去农场的外闸门坡道上。杀戮的刀锋曾经是哈德利·麦肯齐的，用它把它主人的咽喉划开的手是卡利尼奥斯的。哥哥，我该怎么做？

电池还有 35%。猎手将在集合地点的十公里外追上他们。VTO 为什么没有回应？瓦格纳向索布拉询问了各个萃取区域的情况，全都得到一个答案：他无法甩脱它们。他必须和它们战斗。

我们是一个玻璃工作组。我们修补太阳能面板。我们有烧结机、面板升降机、电路网络和修理机器虫。和三只杀戮机器对抗。

用它们的武器对付它们。

"泽赫拉,把控制权交给我,"瓦格纳接过驾驶面板,"抓稳。"

泽赫拉是更好的驾驶员,但现在必须要做的事,只有狼能做。瓦格纳在飘移探测车时咬紧了牙关。十亿岁的尘土从车辙下飞溅出去。有一瞬间,他以为他们要滚出去了,但太阳公司的探测车建得又稳又结实。瓦格纳加大油门,直冲向了猎手。它们用那又尖又快的脚跑着分散了。不够快。瓦格纳侧撞到了其中一只,让它稀里哗啦地带着腿和刀片滚出了一百米。他的左前轮逮到了一只脚,压碎了它。这只机器虫站不稳了。瓦格纳刹车,迅猛地倒车。他的肋骨撞在了座椅安全带上。撞击让探测车摇撼起来,机器虫散成一片残骸之雨,飞过了车顶。他咬紧了牙再次旋过车子,全速压向了那只受损的机器虫。它摇摇晃晃地用蹄子站起来,聚焦传感器,举起了刀片。太慢了。太慢太慢了。车头钝硬地把它撞碎在了行驶的车轮下。探测车颠簸着,幸运八球组大声欢呼起来。

"两只了。"泽赫拉说。

接着杰夫的亲随变白了。

"泽赫拉,接着!"他把驾驶显示板扔给泽赫拉,她毫无磕绊地接住了它。奥拉在公共频道里尖叫了起来。瓦格纳拍开紧急解锁按钮,从座位上站了起来。刀片险险戳在了他头盔曾在的位置,狼的感知救了他。

"它在车顶上!"

"要我停下来吗,老大?"

奥拉在尖叫,但他的亲随是稳定的红色。红色是活着。

"停下来就死了。"

探测车颠簸着,跳跃着。瓦格纳在座位上维持着平衡,在专注中发出了嘶声。他空出的那只手解开了身边工具架上的铲子。他把铲子往上戳去，透过腕骨感觉到了刀片与之相撞的铿锵。在攻击与停顿之间这电光火石的一瞬间，他把自己扯了上去，一边腿已经跪上了车顶。

杀手虫就贴在车面上，大张着几只腿，蹄爪钩进了扶手和栏架。一把刀已经戳穿了杰夫的头盔和头盖骨，直没至刀柄。另一把再度戳向奥拉，一下，两下，三下，后者在防护栏组成的笼子里闪躲着。最后一把刀是留给瓦格纳的。机器虫的一把刀卡在了杰夫的头盖骨里，因此它也被困住了。它的传感器组上喷了一片被真空冻结的黑色的血。这就是那个杀了尼尔的机器。在它用一把空着的刀挡开瓦格纳的铲子的一毫秒中，他感知到了所有这一切。当这虫子在调整姿势时，瓦格纳用锋利的铲缘猛地割断了一只蹄爪内的锚线。那爪子抽搐着飞了出去。现在它把所有的传感器都聚焦到他身上了。它攻击的刀子舞出了残影，快到任何人类都无法格挡。狼的眼睛在机器的透镜中看到了它的决定，他比它的大脑反应快了一瞬间：瓦格纳扑倒在车顶上，挣扎着滚出了刀锋的范围。

"泽赫拉，甩尾！"

瓦格纳用尽全力抓住了车顶，但这仍然可能不够，泽赫拉将探测车甩出了一个凶猛的倾斜。横杆和结构梁在瓦格纳肋骨底下疯狂地咯咯作响：他在下滑，下滑。车又平了。瓦格纳吊在了探测车一侧。他冒险松开一只手，伸手抓住了从边缘滑下的铲子。机器虫失去平衡，摇摇欲坠。揳入的刀从杰夫的头盔里拔了出来。瓦格纳甩着铲子，对准它，一下又一下地砸它。机器虫掉下去了，在空中挥打着刀。

"泽赫拉！"

突如其来的加速几乎要把瓦格纳的肩膀从肩窝里扭出来。他吊在防护杆上，艰难地转身，看到那掉落的机器虫爬了起来，把坏掉的那只脚蜷在腹下，又朝探测车追来。

"死吧，你他妈的去死！"瓦格纳尖叫着。

一辆探测车从一处低矮的陨石坑边缘冲了出来，六个轮胎都腾空了。它着陆了，弹跳着。那只受损的机器虫旋过身。太慢了。探测车迎面撞上了它，腿、臂肢和传感器全都飞了出去。探测车转身飘移，将一片尘土溅在了幸运八球组的车上。当视野恢复清晰时，最后一只机器虫已经成了月壤上一片乱七八糟的金属，而那辆探测车和幸运八球组并肩而行。它的横杆和嵌板上装饰着 AKA 复杂的几何花纹。AKA 的司机打出了停车的信号。瓦格纳落到地表，接着跪了下去。他没法站立，没法说话，没法停止颤抖。一只手抓住了他的肩膀。

"小灰狼，"只有泽赫拉能用他过去在科塔氪气的昵称叫他，"稳住，小狼，稳住。"

"报到？"瓦格纳从打战的牙关间挤出这个词。他冷得要命。

"我们还能动。"

"我是说……"

"杰夫死了。"

"还有尼尔。"

"还有尼尔。"

"我从没失去过任何一个，"瓦格纳说，"任何一个。幸运八球玻璃组从来没有失去过任何人。"

AKA 的队长蹲到了他面前。

"你还好吗？"

索布拉称她为阿乔阿·雅·博阿基耶。瓦格纳点点头。

"那些东西是什么？"阿乔阿问。

"你没看见他要休克了吗？"泽赫拉厉声说。

"我只是想确认外头还有没有这些东西。"阿乔阿说。她的黑星组组员从座位上跳到了月壤上。

瓦格纳摇摇头。

"他需要帮助。"泽赫拉道，瓦格纳还能直着身体是因为她的手撑在他肩上，"我们的飞船他妈的在哪里？"

"VTO没有回应。"阿乔阿说。

"这不可能。"泽赫拉说。

瓦格纳觉得冷，非常非常地冷。头盔，沙装，身体都在一片黑暗中沉浮，黑暗里转着红色血点的漩涡。

"医师！"阿乔阿喊道。她的一位黑星跪到了瓦格纳身边，从小腿绑袋里抽出一支海波，撕开包装，做好准备。

"稳住他。"泽赫拉和阿乔阿抓住瓦格纳的肩膀。医师用力把针头扎穿了沙装、皮肤，直抵血肉。瓦格纳痉挛起来，就好像一条电线接入了他的主动脉，接着一阵宁和的浪潮冲刷过他，他的心脏、呼吸、汹涌的血液都回复到了各自熟悉的频率。"这可以让他安定下来。"医师说。瓦格纳感觉到泽赫拉和阿乔阿抬起他，把他锁进了座位里。

"夸布勒完了，"瓦格纳轻声说，"推土机在路上了。"

"发生了什么？"阿乔阿问。

"我还是没办法联上VTO，"泽赫拉说，"到底他妈的怎么了？"

接着是闪光。

接着是地面的震动。

接着是金属之雨。

阿蓓纳叹息着。

她用拇指和食指搓着卢卡西尼奥的乳头。他的喉头咕噜作响。他丰满光洁的双唇张开了。她靠近了他，胸膛对着胸膛，腹部贴着腹部。她用手指梳着他长及臀部的闪耀的暗色头发，把他扯进一个亲吻中。

她已经把卢卡西尼奥打扮成一个双性人一个月了。第一次他掀起他可爱的小女仆短裙，跨出女士内裤时，她就高潮了。令人狂喜的堕落。第二次和第三次，她和双性卢卡西尼奥进行网络性爱，情趣在于他不知道她对他的化身做了什么。第四、五、六次，刺激在于她掌控了卢卡西尼奥。她可以让他变成她想要的任何东西。把他的皮肤变成塑料。给他安上女神的多重乳房。这是第七次，她发现她给他安的乳房比自己的好得多。

她把卢卡西尼奥推倒在垫子上，跨坐到他身上，一路沿着电缆与特维城的他连接，但他不知道她给他安了什么。

当最后结束时，她从他身上翻下来，侧躺着，欣赏着她的艺术。

"科乔和阿菲说的对，"卢卡西尼奥说，"我是有比你更好的乳房。"

"该死。"阿蓓纳说。

"你可以先问一下的。"

"你介意吗？"

"不，但这不是重点。"

远距离性爱和其他任何一种形式的人类性爱表达方式一样，重点在于双方达成一致。在完全没有告知卢卡西尼奥的前提下塑造他的化身，阿蓓纳越界了。

"科乔和阿菲不应该告诉你的。"

"阿菲正在生你的气，因为研讨会的什么事。"

"那并不意味着她能把我的事告诉你。"

"所以你本来也会告诉我？"

"是的。"阿蓓纳撒了个谎，现在他知道了，那种偷偷摸摸的快感就消失了，"她给你看了吗？"

"看了。"

"你喜欢吗？"

"我喜欢。"

"不客气。乳房怎么样？"

"我还在琢磨。它们让你兴奋吗？"

阿蓓纳犹豫了。

"是格里戈里·沃龙佐夫让我想到的主意。你知道，他曾经是一头沃龙佐夫巨熊。呃，他现在不是了。"她朝卢卡西尼奥的化身点点头。

"双性？"

"真实生活里的。"

"哇啊。"卢卡西尼奥·科塔说着，坐了起来。哦天哪，看看我给你安的屁股，阿蓓纳悄声诅咒着，就像个杏子。他又说："哇啊，从什么时候开始的？"

"在摩羯宫那个月，手术后的恢复花了一段时间。"

"格里戈里。我从来没想到。"

"他美极了。"阿蓓纳说。卢卡西尼奥的化身坐在垫子尽头，晃着他的腿。在半个月亮之外，在特维城的一间网络性爱舱里，他现实中的身体也在做同样的动作。"卢卡，"阿蓓纳问，"你要不要打扮我试试？"

格里戈里·沃龙佐夫令人惊艳。阿蓓纳说的每件事都是真的。那个曾对卢卡西尼奥·科塔有无尽性欲的、结实的红发俄罗斯男孩，已经成了一个臀部丰满、有漫画般双眼、苗条的红发双性人。

"嗨卢卡，"她说，"很高兴收到你的联络。"

"呃，嗯，"卢卡西尼奥结结巴巴地说，"你看起来……"

"奇妙吗？你真甜。你看起来和以前一样辣，卢卡。"

在特维城鹰族阿布苏阿居所里，在离子午城四分之一个月亮处他自己的房子里，卢卡西尼奥·科塔红了脸。格里戈里·沃龙佐夫总是清楚他在想什么。

"那么你更喜欢哪一个？"

"我不知道你是什么意思。"卢卡西尼奥结结巴巴地说。

"那个格里戈里还是这一个？让我替你决定吧。"格里戈里在视镜里退后了。她穿着一条芭蕾舞短裙，套着一件女式短开衫。无指手套，透明的卡普里绑腿和无带舞鞋。脖子上挂着十字架和康斯坦丁圣母像，头发上有一个金色的蝴蝶结。她一层一层地把它们脱掉了。胸罩的扣子解开了，掉在了地上，而格里戈里挑衅般盯着摄像头。卢卡西尼奥吸了口气。

"你还什么也没看到。卢卡西尼奥·阿尔维斯·马奥·德·费罗·阿雷纳·德·科塔。"

她用手指勾住内裤的腰带，把它剥了下去。

接着灯光抽搐着，灭掉了。格里戈里·沃龙佐夫闪烁着从视镜里消失了。房间颤抖起来，尘土落了下来，外面响起了尖叫声。

瓦格纳从探测车底下往外看。岩石和金属之雨在几分钟前停止了，现在地面上铺满了冰雹般的小石头，洒满了融化的金属。

"报到。"瓦格纳喊道。

老大，泽赫拉说，老大，来自梅雷亚德，还有奥拉。

幸运八球玻璃组从探测车里摸索着爬出来。车子的状况真够呛，有上百道划痕和裂痕。泽赫拉检查着损伤，重接了损坏的电缆，修补穿洞的生命支持输送管。两辆探测车之间是麻脸般的地面，瓦格纳和他的 AKA 同伴在此碰头。

"那是什么？"瓦格纳问。

"特维城通报，在马斯基林 G 发电厂发生了一次爆炸。"阿乔阿说。

"核聚变发电厂？"瓦格纳觉得下腹部都抽紧了，他让索布拉检查辐射峰值。这是月球出生者固有的新本能：保护 DNA 避开辐射。

"如果马斯基林 G 已经爆炸了，那我们现在不会在这里。"阿乔阿说。"有东西在月壤上钻了一个五十米深的洞，钻透了外层和中层的防护壳，炸裂了内墙。"

公共频道传来一片低语。

"陨石？"瓦格纳问。

"VTO 本来应该警告我们的。"阿乔阿说。

"VTO 本来应该来援救我们的。"泽赫拉在幸运八球探测车的车顶上说。

谜题连着谜题。瓦格纳不喜欢谜题，谜题会杀人。东静海已经死了太多人了。唯一安全的地方是深处，背对天空，让岩石遮挡你的上方。

"那是一次不幸的、精准的撞击。"泽赫拉一边说着，一边修补堵漏。

"意思是？"阿乔阿问。

"意思是，马斯基林被瞄准了，"泽赫拉说，"我运行了几个质量和速率参数。撞击它的东西要么很大，那我们之前应该能看到它；要么就很小，并且移动得很快。"

"你们看到什么东西了吗？"阿乔阿问。黑星和幸运八球组都表示否定。摄像头也一无所获。

"我要说的就是，我们干掉的这些机器虫不是我们也不是 AKA 制造的，"泽赫拉说，"麦肯齐在这四分之一半球上到处打架，但他们的理智足以让他们不去惹孙家或 AKA。马斯基林被撞击了。VTO 在上空的 L2 点有一个质量加速器。只要你用它对准某个方向，那就是把枪。"

"为什么……"阿乔阿开了个头，泽赫拉打断了她。

"我们怎么会知道？我们只是野兽，是月面工人，是被殃及的池鱼。"

"我们能动吗？"瓦格纳问。

"勉强。"泽赫拉说着，违背所有安全条例从车顶跳了下来，轻巧地落在月壤上。

"损失了两块太阳能板。但愿我们不必再甩掉任何东西。"

"跟着我们去特维城。"阿乔阿说着，晃进了自己的指挥座。

在二十一世纪六十年代中期，一队挖掘机器虫冒险深入静海南部，在这里展开太阳能收集器，开始挖土。它们精准且小心地挖掘，在静海地面上钻出一个螺旋的洞。在风化层断裂的地方，它们就将其烧结；碰到坚硬的月海玄武岩，它们就向前研磨，缓慢的，一寸接着一寸。两个月后，挖掘机在马斯基林陨石坑西部挖出了一个百米深的竖井，井壁上有三道螺旋形坡道。它们由旋转的坡道往上方行驶，驶向阳光。接着它们挖出了隐蔽所，在那里等候着。

伊芙阿·阿萨莫阿和她的大批短期合同工从月平线那头来了。他们停好自己的居住拖车，用月壤遮蔽它们。他们从车台上卸下通用建筑桁架、一台用来从表层土中筛出氢以生成水的萃取机，还有两吨从南后城来的粪和尿。

伊芙阿·阿萨莫阿将她的财富投进了静海的这支枪管中。粪便尤其贵。接着开始工作。建筑桁架被搭成了一座桥塔，它贯穿整条竖井，在超出地面后又向上升了一百米。烧结机从月壤中烧出了黑色的玻璃镜：伊芙阿·阿萨莫阿和她的组员们将它们一个接一个沿中脊悬挂起来。机器虫将一片半透明的冲压碳盖在竖井上，封上了它。在这片屋顶下，伊芙阿·阿萨莫阿构建了一个生态系统。她用手把南后城运来的粪便和挖掘所得物的粉末相混合，直至得到一片耕地。那一天，伊芙阿·阿萨莫阿捧起一把她的土壤，尝了尝，知道它很不错。她的工人们用手将它沿着螺旋壁架一路散播。他们安装了供水装置和灌溉系统、一台气体交换器——用来处理过多的氧气、一些发动机——用来操纵镜群和一个粉光照明组。接着，伊芙阿·阿萨莫阿又从南后城拖来了一车队的幼苗，在粉光下，她和她的农夫们在那个漫长的月夜里劳作，用手将作物种满了螺旋壁架。

伊芙阿·阿萨莫阿告诉过她的投资者，她要建一个农场，要为这个世界提供食物。风险是巨大的。伊芙阿·阿萨莫阿是在要求货币世界同意让月球沿着赤道，而非绕着极点发展；要求他们认同——她使用阳光和月壤的、激进的农场计划将会成功，更不必说它比当时的台架培育法更廉价，更有效。大多数投资者都退出了。只有两位等到了这一天：伊芙阿·阿萨莫阿打开了遮板，让升起的太阳将光线沿着镜群射下竖井，唤醒了静海下的一座花园。

有墙的花园变成了两个，变成了五个，长出了根须和隧道，变成五十个，变成了花园之城特维：静海平原上的三百个玻璃穹顶。

而它现在被围攻了。

幸运八球组和阿乔阿·雅·博阿基耶的黑星来到西面月谷低矮的坡顶，停了下来。现在瓦格纳·科塔看到他错过的分级机们都在哪里了。一百台堆土机正在耐心地把特维城的透光屋顶埋在月壤里。

切断光源，截停人工光照阵列的能源，作物就会死去。瓦格纳立刻就领会了，杀死一个农场，让世界挨饿。

瓦格纳来到矮坡的边缘，加入阿乔阿。他暗面的思维正疯狂地过滤着主意和策略，然后放弃它们。两架探测车的月面工人，对抗一个推土机杀戮军队。

"也许我们可以反黑推土机，或是给它们安爆破装置。"阿乔阿说。

"你们永远接近不了，"泽赫拉插嘴道，"老大……"

瓦格纳已经跳进了他的座位。从环绕特维城的深深浅浅的沟渠和土堆处，有二十只机器虫排成一列，举起刀锋向他们的位置冲来。

第八章　天蝎宫 2105

　　两辆探测车无声又轻捷地飞驰，向西越过静海南缘。在他们前面，在月平线那头，是希帕提娅。在他们后面，是二十只猎杀他们的机器虫。

　　希帕提娅是希望，是避难所。他们也许能凭着能源的残渣抵达那里。那里也许有什么东西可以对付这二十只杀戮虫。在他们此刻的位置到希帕提娅之间也许会有什么能救他们。

　　或者，哪怕再节省地使用，他们的电池也会耗尽。然后虫子会猛扑上来，把他们尽数消灭。每过十分钟，瓦格纳就升起雷达杆，看看月平线那边。它们一直在那里，一直在接近，没有甩脱它们的希望：两辆探测车留下抹消不去的新鲜车辙，像箭头一样直指希帕提娅。

　　太多的希望和可能，太多的结局是被一把刀子戳穿，但瓦格纳的恐惧和担心只绕着罗布森打转。死亡不足挂齿，但没有说出口的遗憾可能会是他最后的情绪，这情绪几乎让他恐惧到麻痹。整个四分之一半球的通信都中断了，天空一片寂静。他无法接通长途电话。

月球颠倒了，一切参数都溢出了，而瓦格纳能想到的只有那个被他留在子午城的十三岁孩子。他想象着罗布森在等待，一无所知地等待，他会询问阿迈勒，但一无所获，询问越来越多的人，但没人知道。

瓦格纳的耳塞往他的内耳中爆出一阵震耳欲聋的噪声，面板亮成了一片白光：他被光线耀花了眼。他感觉到幸运八球组的车子在身下慢慢停住了。通信断了。他试图呼叫索布拉。什么反应也没有。视野慢慢地恢复，出现了渐渐变大的黑色和荧光黄的斑点。他在耳鸣。瓦格纳试图把他眼睛中央一块顽固不动的斑点眨掉，但做不到。他的视镜全无反应。

这不可能。

他试图弹出驾驶面板。什么反应也没有。他的沙装、生命系统、温度和生命参数，他的组员，都没有数据。瓦格纳试图命令幸运八球组移动或报告，当这些命令失败时，他试图让车子打开安全杆，让他下到地面。什么反应也没有。他被解除了所有的控制权。瓦格纳扫视他的组员。没有名字，没有标签，没有亲随。

一定有手动的解除钮。月面上使用的每一台设备都安装着多重解除装置。瓦格纳试图回忆关于太阳 XBT 探测车的训练课程，但此时一只手伸过来，拍下了一处开关。安全杆升起了，座位非常粗暴地掉到了月面上。泽赫拉把她的头盔贴到了瓦格纳的头盔上。

"我们卡在尘埃里了。"泽赫拉的声音是一种遥远又模糊的喊叫，隔着空气和绝缘头盔闷响。

"那些东西还在我们后面，"瓦格纳吼道，"发生了什么？"

"电磁脉冲，"泽赫拉喊道，"唯一能让一切都同时停止的东西。"

尘土从东面月平线上升起，片刻后，一支有 AKA 几何设计的探测车队开到了跟前。黑星们跳下了地面。他们的背后绑着黑色的长东西。瓦格纳认出了那是什么，那种违和感几乎让黑星们显得滑稽。弓，老玛德琳的地球故事及其英雄所有的东西。弓和箭。领头的探测车升起一支超视距雷达杆，与此同时，十几个弓箭手展开一台视野计，解弓，搭箭。那些弓也许是复杂又残忍的装置，上面全都是滑轮和稳定器，但它们是原始的地球武器。箭都均衡且加重过，还装配着一个小小的圆柱形负载器。瓦格纳的暗面理解力穿透了这种违和感。弓箭的弹道学和巴尔特拉的一样精确。还有：太阳风的影响对小型抛射物的影响更小；弓箭容易打印，发射系统就是单纯的人类肌肉；AI的瞄准是精确的，在月球重力下，AKA弓箭手的射程能越过月平线。对于电磁脉冲导弹来说，这是个明智的发射系统。

聪明。

弓箭队队长的沙装颜色流动出了字句：

回到

沙装空白了，又组出了新的字句：

探测车

里去。

AKA的那些非护卫队队员已经在把失灵的探测车钩在了他们的车上。瓦格纳再次手忙脚乱地寻找手动重置钮。泽赫拉替他按下了它。他一边想象她在面板后咧嘴笑着，一边爬上座位，扣上底盘安全带。安全杆落下了。

它们没有

全死

沙装说。

这是个弱点。瓦格纳想着。AKA弓箭手们奔向了他们的车辆。电磁脉冲在一定范围内很有效，但在其涵盖范围内，即他和他的AKA同伴所在位置处，猎手和目标一样脆弱。

轮胎旋转了起来。当牵引缆绳收紧又松弛，让幸运八球组的车上下颠簸时，瓦格纳就在他的防具里上下弹动。他被隔绝在他的沙装里，隔绝于他的世界、他的组员、他的亲随、他的狼帮、他的爱人、他的男孩之外。瓦格纳·科塔抬眼望着新月般的地球，让它清浅的光线照透他的面板。没有任何宣告或计划，也没有任何人知道，他就这样在一场疑云重重的战争中成了战士。

一个吻。

"你不和我们一起来吗？"露娜·科塔问。埃利斯玛德琳无视自己老腿上肌肉的绞痛，蹲下身看着露娜的眼睛。

"火车上的位置不够，宝贝儿。"

"我想要你来。"

波卡力欧再度震动起来。在那上方，机器正把成吨成吨成吨的月壤堆在特维城的窗户上，埋葬它，窒息它。在一个小时里，电力已经明灭了三次。

"卢卡西尼奥会照看你的。"

"我会的，露娜，我会把你带到那里。"

露西卡·阿萨莫阿利用了金凳子的所有影响力，为露娜和卢卡斯争取到了这辆列车上的位置。埃利斯玛德琳知道，为了找到这两个座位，她把另外两名难民推到了后一辆列车上。但这事她永远不会告诉露娜，甚至不会告诉卢卡西尼奥。

"我害怕，埃利斯。"

"我也害怕，亲爱的。"

"会发生什么事？"露娜问。

"我不知道，亲爱的，但你在子午城会安全的。"

"你会没事吗？"

"我们该走了。"卢卡西尼奥说。为了这句话，埃利斯可以永远地亲吻他。她亲了他两次，为了爱，为了幸运。

"去吧，卢卡西尼奥。"

他是如此脆弱。关怀的边界横亘于此，边界另一头是一片冻土，由对奉献或爱无动于衷的事件和力量组成。

"照顾好你自己。"

当她关上波卡力欧的门时，特维城再度摇晃起来。电力闪烁着，恢复到了低光状态。

"卢卡西尼奥，"露娜说，"牵着我的手，好吗？"

光线熄灭了。特维城轰鸣起来。十二万五千个声音被困在了黑暗的地下。卢卡西尼奥抓起露娜，紧紧地抱着她，她的脸颊贴着他的胸膛，而恐慌的父母和孩子们正在狭窄的隧道中推挤，试图找到车站，找到列车，那救命的列车。呼喊声没有停止。大大小小的身体撞到他身上。合理的选择是安静地站着，等应急灯光亮起来，这种时候人们为什么要移动？应急灯光会亮的，应急灯光只可能在备份电源全部耗尽时熄灭。这是弗拉维娅玛德琳教他的。如果备份电源耗尽了呢？他把露娜旋到靠墙处，用自己的身体挡在她和溃散的人群之间。

"卢卡西尼奥，发生了什么？"

"电源又断了。"卢卡西尼奥说。他把露娜紧紧抱着，在躯体的碰撞和冲击中，尽力不把黑暗当作一个毁灭性的固体。如果电源耗尽了，那空气供给呢？他的肺收紧了，他拼命抵抗着突如其来的恐慌。在这令人窒息的黑暗里，他做了决定。

"快来……"他抓着露娜的手，把她挡在身后，逆着人流向伸手不见五指的隧道中走去。有人呼喊着走失的孩子的名字，孩子和父母呼唤着彼此。在这混乱的盲目的人流中，卢卡西尼奥挤出了一条道路。

"我们去哪里？"露娜问。她的手在他的手里显得这么小又这么轻，它可能很轻易就会滑出去。他攥紧了手，露娜疼得嚷了起来。

“你弄疼我了！”

“对不起。我们要去若昂德丢斯。”

“但是埃利斯玛德琳说，我们要搭上列车去找露西卡。”

“亲爱的，没人能搭上列车。没有列车能去任何地方。我们要搭乘巴尔特拉到若昂德丢斯。姐妹会会照看我们的。靳纪，使用红外光。”

我很抱歉卢卡西尼奥，网络目前无法接通。

比黑暗的特维城更深的黑暗。

“靳纪，”卢卡西尼奥悄声说，“我们必须去巴尔特拉车站。”

我可以凭我的内置地图和你的平均步距，根据最后一次定位进行导航，靳纪说，会有误差。

“帮我吧。”

向前 112 步，然后停下。

一只手拽了拽卢卡西尼奥，让他迈到一半的步子停了下来。

“我找不到露娜了。”

在黑暗、噪声和恐惧中，卢卡西尼奥无法理解身后一步远的稚嫩嗓音在说什么。露娜怎么会找不到露娜？接着卢卡西尼奥想起来了：露娜也是她的亲随的名字。阿德里安娜祖母常常噘起嘴来，对这种自负啧啧表示反对，而且她的孙女选了一只蓝色天蚕蛾来做亲随的外形——一只动物。

“网络断了，宝贝儿。待在我身边，别放开我的手。我会带我们到一个明亮又安全的地方去。”

112 步，然后停下。卢卡西尼奥向黑暗中走去。一步两步三步四步。隧道现在感觉更空旷了——碰撞减少了，嗓音更疏散了——但每一次卢卡西尼奥擦过另一个人的身体时，他都会停下来，静静地默念他上一次数的步数。在第五次停顿时，露娜插嘴了。

"我们为什么一直停下来？"

步数像狂欢节的蝴蝶一样溜走了。卢卡西尼奥控制住自己的冲动，没对他的堂妹尖叫出他的沮丧。

"露娜，我在数步数，而且它真的很重要，所以你不要打断我。"但数字消失了。卢卡西尼奥的皮肤上窜过了恐惧的战栗。在黑暗中迷了路。

85，靳纪说。

"露娜，你想帮忙吗？"卢卡西尼奥问，他从露娜胳膊上肌肉的微小运动中感觉到，她点了点头，"我们要做这个游戏，和我一起数。86，87……"

卢卡西尼奥知道他已经到达了交叉口，因为空气吹到了他脸上。人声从新的道路上移了进来。他嗅到了泥土、水和腐叶的味道，这是特维城的体液。空气从黑暗的城市深处吹来，让人发颤。温度在下降。卢卡西尼奥不想花太久时间想这个。

向右转，90度。靳纪建议道。

"现在别放手。"卢卡西尼奥说，露娜的手拽紧了他的手。但这依然有风险。靳纪可以轻松测量步数，但转弯是一种更微妙的动作。如果角度错误，他就会错失正确的道路。卢卡西尼奥转动右脚，把脚跟对着左脚脚背，两只脚感觉互相形成了直角。他转动左脚，让它与右脚平等。深呼吸。

"好了，靳纪。"

208步，走第二条走廊。

两条走廊。

"我们要靠到墙边去，"卢卡西尼奥说着，侧滑着脚步，直到他伸出的手指碰到了光滑的烧结墙面，"你感觉到了吗？伸出你的小胳膊。摸到了吗？"

一刻安静后，露娜说："我把头敲在上面了，不过嗯哼。"

"和我一起数，1，2，3……"

在 105 步时，露娜猛地停下来喊道："光！"

卢卡西尼奥的指尖像过了电一样刺痛，他几乎无法把它们按在光洁的墙面上。它们就像乳头一样敏感，一样发颤。他凝视着无尽的黑暗。

"你能看见什么，露娜？"

"看不见，"露娜说，"但我能闻到光。"

此刻卢卡西尼奥捕捉到了生物光青草味的一丝霉菌气息，他明白了。

"它们死了，露娜。"

"它们可能只是需要水。"

卢卡西尼奥感觉到露娜的手拉扯着，要从他的手中滑出去了。他便跟着它一起走进了没有数字的黑暗里。往左走 12 步，重新回到你的路线上。靳纪命令道。卢卡西尼奥听到衣料的摩擦声，感觉到手中向下的拖力，知道露娜是蹲下去了，于是也在她身边蹲下来。他什么也看不见，一个光子也没有。

"我能让它们亮起来，"露娜宣布道，"别看。"

卢卡西尼奥听到衣料的沙沙声，一股水流声，他还嗅到了尿液暖烘烘的味道。一点温暖的绿色光芒从复活的生物光上舒展开来。那光几乎无法照出形体，但是，当细菌从露娜的尿里得到养分时，光变亮了。一处叶玛亚的街边圣祠，一尊小小的 3D 打印圣像上环绕着一圈生物光，它们嵌在地板和墙上。现在这光已经足以让卢卡西尼奥看到靳纪所说的两个交叉点了，还有一具尸体靠在两者之间的墙上。他本来会被它绊倒，躺在地上，迷失在黑暗里。

"给。"露娜剥下一把生物光，把它们捧给卢卡西尼奥。它们又湿又暖地躺在他手里，他几乎要厌恶地把它们扔下去了。露娜不高兴地噘着嘴。"像这样。"她把小小的盘状生物光贴在额头、肩膀和手腕上。

"这是一件马利西尼衬衫。"卢卡西尼奥抗议道。

"今天设计，明天解印。"露娜毫不迟疑。

"谁教你的？"

"埃利斯玛德琳。"

他们拉着手绕过了尸体，接着走下了指定的走廊。隧道在头顶的噪声中震动，有沉重的东西在移动，就在上方的地面上。特维城那不可捉摸的风带来了一些声响，金属的碰撞、喊叫声，还有一种深沉的有节奏的隆隆声。向右转过一个弯，他们撞上了一群正在黑暗的走廊中乱转的人。露娜猛地旋过身。

"他们能看见我们的光！"她嘶声说。卢卡西尼奥转过身，藏起了他的光线。

"他们挡在我们和巴尔特拉之间。"

"回到第二十五层，上楼梯，那里有一条老隧道通向巴尔特拉，"露娜说，"你个子很大，但你应该能钻进去。"

"你怎么知道的？"

"我知道所有的暗道。"露娜说。

如果有日光，在露娜的暗道里，卢卡西尼奥能毫不犹豫地绕过、穿过、爬过这些突出的机械和古老的原岩。但现在他自己的身体是唯一的光源，不知道隧道有多远，不知道会有什么样的意外等着他，不知道它会变得多大或多小。他被恐慌抓住了。被困在黑暗里的恐怖，他的生物光可能会渐渐变暗，闪烁着，熄灭掉；他会既看不到，也动不了。百万吨的岩石压在他头上，遥远的月心沉在他身下。

他感觉到烧结物压在他弓起的背上，抵在他的肩上，他僵住了。他被卡住了。无法前进，也无法后退。未来的后辈们会找到他，某种干掉的木乃伊，穿着一件马利西尼衬衫。他必须出去，他必须挣脱。但如果他慌手慌脚地猛力挣扎，他只会把自己卡得更紧。他必须转身，先这样挤过一边肩膀，然后另一边，然后是他的臀部，再是他的腿。

"快来。"露娜喊道。她的生物光在他前面舞动，柔和的绿色星辰。卢卡西尼奥沉下了左肩，衣料被挂住了，撕裂了。到了若昂德丢斯，他会给自己弄一件新衬衫。一件英雄的衬衫。再两步，他就穿过去了。20步，他从第二层街道的一处裂缝中钻了出来，他以前从未注意到这条缝隙。露娜和卢卡西尼奥手拉着手，大步跑下走廊，往巴尔特拉站跑去。巴尔特拉车站拥有单独的电力供应。而特维城，作为月球的食物供给者，配备了充足的巴尔特拉发射器。他们从闸门走出来，走上一个大得足以操作装载卡车的货运码头。

"靳纪。"卢卡西尼奥唤道。巴尔特拉舱室一圈圈一列列地悬在他面前，向上延伸了一百米，排满了整个发射筒仓区。

局域网可以工作。靳纪说。

"若昂德丢斯巴尔特拉站。"卢卡西尼奥说。

靳纪滑下了一个人员舱，将它嵌进过渡舱里。现在它在询问目的地了。

我安排了一条路线，靳纪说，巴尔特拉网络正被占用，所以它不能直达。

"跳跃几次？"卢卡西尼奥问。

八次。靳纪说，我要让你们绕过月球远地端。

当舱室在面前打开时，露娜问："发生了什么？"她看着装填了垫料的舱内，还有安全带、防撞网和氧气面罩，渐渐明白过来。

"我们得跳八次才能到若昂德丢斯，"卢卡西尼奥说，"不过没事的，只是时间会久一点，没别的。现在我们得走了，来吧。"

露娜有点畏缩，但卢卡西尼奥伸出一只手，她便抓住了它。他跨进了舱室。

"你的光还亮着。"露娜说。卢卡西尼奥把它们撕下来，粘垫在他的卡利西尼衬衫上留下了脏兮兮、黏糊糊的环状。他把这小小的发光圆盘放在了舱室地板上。它们很好很可靠，他几乎要崇拜它们。靳纪告诉他如何给露娜扣上安全带，之后他又把自己扣紧，感觉到记忆的泡沫软化着、感知着、重塑着他的身体。

"可以出发了，靳纪。"

前置发射序列，亲随说，一旦我们发射升空，直至我们到达若昂德丢斯之前我都将处于离线状态。

门关了。卢卡西尼奥感觉到压力锁封闭了。空调嗡嗡作响，舱室里亮起了柔和的金黄色，一种令人宽慰的、温暖的、和平的色调，但在卢卡西尼奥·科塔看来很病态。

"抓住我的手。"卢卡西尼奥说着，把手指从安全网里挣脱出来。露娜轻轻松松就滑脱了自己的手，把它放在他的手里。舱室突然倾斜了，掉了下去。

"哇！"卢卡西尼奥·科塔说。

舱室正在发射隧道中，靳纪说。

"你受得了吗？"卢卡西尼奥大声喊道，现在舱室里充满了嗡嗡声和嘎吱声。

露娜点着头："很好玩！"

一点也不好玩。当太空舱沿着磁力轨道飞驰向发射台时，卢卡西尼奥闭起眼，压抑着自己的恐惧。在被送进发射舱时，两人的巴尔特拉舱摇晃颠簸着。

准备进入高加速，舱室 AI 提醒道。

"就像骑马！"卢卡西尼奥睁眼说着瞎话，接着发射台抓住了舱室，将它猛地加速，他的每一滴血、胆汁和精液都冲到了他的脚上和腹股沟里。他的眼睛发疼，狠狠地撞进了眼窝，他的阴囊像是铅球一样。他能感觉到身体里的每一根骨头都戳着他的皮肤。悬浮安全带是一面钛线织的网，把他切成了颤抖的几大块，他甚至无法尖叫。

然后它停止了。

他变得没有重量，没有方向，没有上也没有下。他的胃在翻腾，如果里面除了早上的清茶外还有别的东西，它们一定会全部在空中飘浮成一片胆汁包裹的星座。他的脸似乎肿胀起来了，他的手笨拙得像球，肥胖的摆动的手指握着露娜的手。他能听到血液在绕着他的脑子奔流。阿蓓纳的一些朋友搭乘巴尔特拉进行自由落体性爱。他无法想象任何人能在这样的过程里做爱。他看不出来这会有什么样的乐趣。而且他还必须再这么来七次。

"露娜，你还好吗？"

"我想是的。你呢？"

她看上去还是露娜原来的样子：小小的、完好的，但是对她碰到的任何一个世界都有无穷无尽的好奇心，无论是宇宙的世界，还是个人的世界。卢卡西尼奥怀疑她是否真的明白，她是被塞进了一个填了垫料的密封罐里，高高地飞在月球上空，目的地是远处某个接收站的接收臂，路径不可改变，完全依靠机器的准确度和弹道学的精度。

准备减速。舱室说。这么快？这时间还不够开始前戏，更不用说所有的男孩在形容自由落体射精时总是有丰富的细节和饱满的热情。

"我们要进站了。"卢卡西尼奥说。

毫无预警地，有东西抓住了卢卡西尼奥的头和脚，试图把他压矮十厘米。减速比加速更粗暴，但更简短：卢卡西尼奥的眼中有红点在飞，然后他颠倒着挂在了防撞网里，喘着粗气。喘气声变成了大叫声，然后变成了笑声。他笑得停不下来。起伏的、扭曲的笑声撕扯着每一束紧绷的肌肉，拉扯着肌腱。他可以把一个肺笑出来。露娜的大笑声也加入了进来。他们头朝下喘着气，傻笑着，由着巴尔特拉把他们拉进去，把身体正回来以便进行第二次跳跃。他们到了。他们还活着。

"准备好再来一次了吗？"卢卡西尼奥问。

露娜点点头。

舱室门打开了。舱室门不应该打开的。卢卡西尼奥和露娜应该在整个跳跃序列中被封闭在舱内。

请离开太空舱，靳纪说。

冰冷的空气挟着浓重的尘土味涌了进来。

请离开太空舱，靳纪又说了一次。卢卡西尼奥解开防撞网，踏上金属格栅。格栅的寒意透过了乐福鞋的鞋底，他觉得这个地方是刚刚苏醒的，空调风扇在轰鸣，但光线很暗淡。

"我们在哪儿？"露娜抢先一秒问出了卢卡西尼奥要问的问题。

卢博克巴尔特拉中转站，他们的亲随悄声说。靳纪向卢卡西尼奥展示了地图定位。他们正在丰富海的西岸，离若昂德丢斯四百公里。

"靳纪，安排前往若昂德丢斯的路线。"卢卡西尼奥下令道。

很抱歉，我无法遵从，卢卡西尼奥。他的亲随如此答复道。

"为什么？"卢卡西尼奥问。

由于能源制约，我无法发射太空舱，古腾堡的发电站处于离线状态。

卢卡西尼奥的胃仿佛朝真空开了个大洞，相比于此，加速到自由落体、自由落体再到电磁制动的冲冲落落的过程根本不值一提。

他们被困在了荒地的深处。

"动力什么时候能恢复？"

我无法回答这个问题，卢卡西尼奥。联网通路受损，我正在使用局域网架构。

"出了什么问题？"露娜问。

"系统在自我更新。"卢卡西尼奥撒了个谎。他在发愣，不知道该怎么办，露娜已经吓到了，他从靳纪那里得到的任何答案都只会让她更害怕，"我们可能要在这里待一小会儿，所以你为什么不去转转，看你能不能为我们找到一些吃的或喝的？"

露娜环视周围，抱紧了自己的胳膊以抵御寒冷。卢博克不是特维城，没有多元发射台和装载码头。这是一个偏远的中转站，一个无人操作的节点。它为一组员工提供了住处，这些员工一年来两次，每次来一到两天。卢卡西尼奥能从月台上看到车站的大部分区域，也能看出来没有什么储存食水的地方。

"这个地方真恐怖。"露娜声明。

"没事的宝贝儿，我们是这里仅有的人。"

"我不怕人。"露娜这么说着，但还是小跑着去探索她的小小新世界了。

"我们有多长时间？"卢卡西尼奥悄声问。

中转站正以备用能源运转。如果主能源没有在三天内恢复，你们将遭遇严重的环境降级。

"严重的？"

首先是温度和空气调节失效。

"往外接通信电话。"

自我们抵达时起，我就已经在紧急频道里广播了求救信号，暂时还没有收到答复。整个近地面的通信似乎都中断了。

"这怎么可能？"

我们遭到了攻击。

露娜带着一罐水回来了。

"没有食物，"她说，"抱歉。你能让这里变暖一点吗？我真的真的非常冷。"

"我不知道要怎么弄，宝贝儿。"

他撒谎了。靳纪一瞬间就能让空气变暖。卢卡西尼奥最终承认了自己永远也不会变成一个智者，但是，哪怕是他也能算清楚这些数字：温度升高一度，就等于少呼吸一小时。他脱下自己的马利西尼，给露娜穿上了。它像一张披肩般挂在她身上，像是要参加化妆舞会一样。

"你还发现了什么？"

"有一套工装。壳体的工装，像博阿维斯塔那件旧的一样。"

卢卡西尼奥的欣喜像潮水一样汹涌而来。工装。简单了，走出这里就行。

"带我去看。"

露娜带他来到外闸处。它很小，是为一个人设计的。就在闸里，是一套壳体救生装，适应任何体形的人，亮橙色，就像他穿着从博阿维斯塔走到若昂德丢斯的那一套。只是月面上的一次短暂行走。一套。露娜说了，一套工装。他没有好好听。他必须认真听，他必须让每一个感官和每一条神经都变得敏锐，他不能就这么直奔假设的结论，或是想得太乐观。"可能"也许会让他们死在这里。

而"肯定"的是，三天后这里的空气将用尽，而你只有一套月面工装。

"露娜，我们可能得睡在这里。你能看看有没有办法找到能盖的东西吗？"

她点点头。卢卡西尼奥不知道露娜的注意力究竟有没有被他转开，但他更乐意在她离开时问靳纪一些严肃的问题。

"靳纪，最近的定居点在哪里？"

最近的定居点是梅西耶，东面150公里处。

"见鬼。"远离救生装能支撑的范围，走路去寻找帮助意味着走到死。

"这个车站里还有别的月面机动设备吗？"他曾听卡利尼奥斯用过一次这个短语：月面机动。它听起来强大且有掌控力。马奥·德·费罗。

壳体救生装是唯一的月面机动设备。靳纪说。

"妈的！"卢卡西尼奥一拳砸向了墙壁，爆发的疼痛差点让他瘫了下去。他吮着自己流血的指关节。

"你没事吧？"露娜带着一床保温箔毯回来了，"抱歉，我只能找到这个。"

"我们有麻烦了，露娜。"

"我知道。中转站没有在自动更新。"

"没有。能源断了。我不知道它什么时候能恢复。"

露娜很快就明白了，什么也没有问。卢卡西尼奥也没有答案。他有三天的空气、一套救生装，最近的避难所在一百五十公里外。一辆探测车能在一小时内驶过一百五十公里。

可能有一辆探测车就停在外面，而他永远也看不到它。

"靳纪，你能读取日志吗？"

这非常简单。

"我想知道每一辆探测车的移动记录，涵盖过去……"他努力想出了一个合理的数字，"三个月。"

靳纪在卢卡西尼奥的视镜上覆盖了一张关于维修访问、勘探、玻璃维护工作的记录图。卢卡西尼奥也许无法流畅地阅读或数数，但他非常擅长解读视觉信息。他能从一大群人里、一整片移动的数据里找出某一个人、某一个物体或某一条叙事线，这个技能常常让会计算且精通文学的阿蓓纳吃惊。

服务探测车的轨道和圈环中有一条反常的切线。

"请放大这一辆。"靳纪抽取出了它的轨迹，这是一辆小探测车，出现在荒地，向北拐进了塔伦修斯环形山地的荒僻深处。"请给我看这一辆。"连续镜头：探测车掠过了外摄像头的摄像范围边缘，追溯轨迹可看出，它来自古腾堡，前往荒地。目的地不明。那个方向方圆一千公里处都没有定居点。卢卡西尼奥估计它的时速是三十，或者四十公里。"请显示参数。"靳纪遵从了。卢卡西尼奥的视觉再次从一片飞掠的技术参数中找出了他需要的信息。以最优速度行驶的话，它的行驶限程在三百公里以内，中途还要重新进行太阳能充电。从连续镜头看，卢卡西尼奥估计这辆探测车的行驶速度比它的最高速度低一点。

根据它的路线，它能选择的最近的出发点就是古腾堡。卢卡西尼奥试图计算范围，但那些数字像金属一样叮当作响。"靳纪，你来算数。"在卢卡西尼奥这句话落音之前，他的亲随就已经把答案写在了他的视镜上。视镜上是一道弧线，基于探测车的车程、速度和方向，标出了探测车可能在的位置。距此最小距离是十公里，最大距离是二十五公里。"请放大。"小探测车上标着布赖斯·麦肯齐的MH 连笔商标。一个穿着沙装的身影跨坐在探测车上。太阳的位置很高，时间编码说明那是十天前。

一辆探测车，一件沙装。对于卢博克巴尔特拉中转站，卢卡西尼奥只有最后一个问题。对于一切正从他指尖溜走的东西而言，这是最后一个机会。

"我有多少时间，靳纪？"

这一次，数据既不是展列的，也不是精制的图形，它们就是数字、冰冷、无情、客观。没有时间期盼，没有时间等待，没有时间仔细考虑决策或权衡可能性。如果他们要走出卢博克中转站，那他现在就必须出发。踌躇的每一秒都等于能源、空气和水。要么一边等待一边期盼，要么一边行动一边期盼。

没有什么决定，这些数字使人无须决定。

"靳纪。"

卢卡西尼奥。

"给救生装充电。"

内闸的窗户完美地框着露娜，她在挥手。卢卡西尼奥举起一只钛合金的手。他是个混账，是个遗弃者，是个贼。他用露娜的空气、水和能源填充了他的救生装。如果他失败了呢？如果他没有返回呢？他想象着露娜在钢铁的格栅上打着哆嗦，越来越冷，越来越渴，期盼着他能回来，期盼着能源能够恢复。

他不能再想了，他什么也不能想，只除了他必须去做的事，这些事清晰又明确。

"好了靳纪，我准备出发了。"

卢卡西尼奥碰了碰外闸的月神圣像。幸运，以及挑战。他曾有一次打败过月神，除了他的皮肤外什么也没穿。但每个人都知道，这位夫人绝不会原谅任何一丁点疏忽。减压的气流声渐渐变小，直至静默。外闸门打开了。卢卡西尼奥往外踏进了月壤。靳纪领着他来到麦肯齐探测车的车辙处。由此，他能轻松地跟着车辙一路向北。他不知道要走多远，走多久，但他会知道他要去哪里。肌肉不会遗忘，卢卡西尼奥穿着壳体救生装，顺利进入了步行的节奏。肌肉很容易动作过度。哪怕这件 VTO 款的救生装又古老又便宜，它的触觉依然很灵敏。把步行的工作全部交给它吧。

很快，其他的所有车辙都分离了，只剩下麦肯齐探测车的两道轮胎印引领着卢卡西尼奥。太阳很高，月面很亮，地球是一道暗淡的蓝色薄片。卢卡西尼奥给自己哼歌，免得走神。工装里装配了游戏、音乐、古早的电视剧集，但娱乐系统会耗费能源。他的歌曲节拍跟上了他的步调，像幻觉一样在他的脑子里一圈一圈地咯咯作响。他发现他在配合着节奏唱属于自己的歌词。

卢卡西尼奥，到时间通信了。靳纪说。

"嗨露娜！"

通信只有音频，为了保存能量。

"嗨卢卡！"

离开了身体、形象和画面，露娜的声音听起来很奇怪。他在听一个人类讲话，但那声音更高、更稀奇、更野性、更智慧。他唤她安今乎，这是家里惯用的爱称，小天使。她听起来也像个小天使。

"你怎么样？你喝了你的水吗？"卢卡西尼奥给露娜留了指令，要她每二十分钟喝一次水。这能让她不去想自从公寓里那顿早饭后她就没吃过东西。

"我喝了我的水。你什么时候回来？我很无聊。"

"我会尽快回来，安今乎。我知道你无聊，但别碰任何东西。"

"我不是傻瓜。"露娜说。

"我知道你不是。我一个小时后再打给你。"

卢卡西尼奥跋涉深入塔伦修斯的荒地。他脑子里一直循环着一支进行曲，快要把他搞疯了。他可以问靳纪他走了多远，他可能还要走多久，但答案可能会让人失望。车辙一直向前，穿着红金壳体的卢卡西尼奥便一直跋涉向前。

有东西。无聊的月面行走只给卢卡西尼奥带来了一个优势：他开始对塔伦修斯的地形及其单调之外的任何变化都变得非常敏感。

"靳纪，放大。"

面板显示，在近处的月平线上，伸出了一辆探测车的天线和吊杆。在五分钟之后，探测车出现了，突然间，卢卡西尼奥就到了它的旁边。他在回放摄像中看到的穿沙装的身影仍然直直地坐在鞍座上。他一瞬间感觉到了恐惧，害怕那个身影会冲向他，用一块岩石砸穿他的面板。但不可能。没人能穿着沙装活这么久。的确如此，正如他绕过探测车时看到的，这件沙装从右胸到臀部划开了一道二十厘米的口子。这是个问题，另一个问题，他稍后再解决它。

"挂载端口在哪里？"卢卡西尼奥问。靳纪加亮了端口，卢卡西尼奥解下自己的网线，把它插了进去。如他所想的一样，探测车和他的乘客一样一动不动。当他把自己工装上的能源线接入探测车时，他磨着牙，感觉到电力从他的电池转移到了探测车的电池里，仿佛是超能治愈力在离开他一样。但他需要探测车的 AI 苏醒，哪怕他无法分出足够把它驶回中转站的电源。数据流过他的视镜，他沉入那片海洋，寻找他需要的信息。制动打开了，驾驶面板解锁了，牵引缆绳释放。卢卡西尼奥解开牵引索，把它绕过自己的肩膀，将它固定成一副挽具。

"露娜？我在回来的路上了。"卢卡西尼奥向前倾身。探测车抵抗了一会儿，接着触觉平台给发动机提供了能量，克服了它的惯性。卢卡西尼奥拖着探测车往回走了，沿着它自己的车辙。

车辙在月亮上没完没了地延伸。月面就像旅程的复写本。

但回程的路永远没有出门的路长。

卢卡西尼奥把探测车停下来。靳纪展示了中转站的充电点。要重新充满探测车的电池，将耗掉中转站几乎所有的能源，但在他踏出气闸走上月面的瞬间，他就已经把赌注都压在这道进程上了。电力耦合，探测车苏醒了，亮起十数盏微小的操作灯和信号灯。

接着是沙装。可以用这个角度看它：这是一件救命的设备，需要做一些工作让它可以使用。别想它里头的那个死人。卢卡西尼奥尽可能想出了最佳方式，把尸体从鞍座上解了下来。她冻得硬邦邦的。他从死去的女人身上解下了沙装背包，打开了外闸门。

"我正在给你送东西。"他对露娜说。

"我能操作闸门，"露娜说，"而且我喝了我的水。"

卢卡西尼奥轻轻把尸体往后倒下，抬起她，她的膝盖弯着，一只胳膊在身侧，一只胳膊放在控制面板上。他把她抬到了闸门里。他们必须一起进去。他不能要求露娜从气闸里拖一具冻僵的尸体进去。它的温度可能还低得灼人，它可能太重了。而且它是一具尸体。卢卡西尼奥背对着闸门，把冻僵的尸体拖了进去，直到他的工装后部撞上内闸门。当他试着把它圈到身上，把自己的头和躯干嵌进它肢体和躯干形成的几何形状时，他沮丧地从牙缝里嘶嘶呼气。现在卢卡西尼奥仰躺着，尸体在他上方，它的膝盖顶着他的肩膀，他的头盔在它的膝盖之间，它的头在他腹部的面板上。和一具冰冻的尸体 69 式。卢卡西尼奥发出了一声短促的、恐惧又隐密的笑声。不会再有谁知道这个笑话了。

"露娜，我要进来了。远离气闸，按我说的做。"

靳纪运转了闸门。卢卡西尼奥听着空气渐增的啸声，它是他听过的最甜美的声音。他背贴地把自己撑出了闸门，怀里抱着个尸体。他把尸体拖到了空闲的巴尔特拉舱里，把舱门关上了。他不想去思考在尸体解冻后他会看到怎样混乱的场景，但现在它已经离开了露娜的视野。等到能源恢复——如果能源还能恢复的话，还有别的舱室可以用。

他跌跌撞撞地走出壳体工装。所有的力气都消失了。他从来没有这么累过：思想、肌肉、骨骼、心脏。但还没有结束。它甚至还没有完全开始。有这么多事情要做，只有他能做，而他想做的就是靠墙躺倒，转过身去不理那些必须要做的事，乞求能小睡一会儿。

"露娜，我能喝一点你的水吗？"

他不知道她是从哪里出现的，但她把她的小瓶子递给了他。他尽力不把它一口全喝下去，好把他嘴里的工装味道洗掉。人们永远都知道工装里的水就是自己最近的尿。

"露娜，我能和你靠在一起吗？"

她点点头，依偎在了他身边。她穿着他的衣服，一件八十年代风格的、飘飘荡荡的大衣服。卢卡西尼奥搂住她，试图在钢铁格栅上找到一点舒适感。他担心自己太累了反而睡不着。他在发抖，寒冷浸到了他骨头里。你有那么多事情要做，多到让人发疯，还有成百上千的事情可能会杀了你，但你已经完成了开始的步骤。

"靳纪，别让我睡过头，"他悄声说，"等她解冻了就叫醒我。"

"什么？"露娜喃喃道。她是个温暖的小东西，蜷在他的肚子边上。

"没事，"卢卡西尼奥说，"什么事也没有。"

卢卡西尼奥醒了，试图移动。到处都在刺痛，肋骨、背部、肩膀和颈部。金属网格印在了他脸上。他的头又重又钝，他的胳膊麻木得没有了知觉，因为露娜正在那上面睡着。他慢慢抽出手臂，没有惊醒她。她睡得像块石头。卢卡西尼奥需要撒尿，在往车站前头走时，他有了一个更聪明的主意。

"你在干吗？"露娜现在醒了，看着他把他膀胱里稀少的内存排进了壳体工装里。

"工装可以循环它，你会需要水的。"卢卡西尼奥的尿又暗又混浊。尿不应该是这个样子的。

"那好吧。"她说。

"有什么可以吃的东西吗？"卢卡西尼奥问。

"有些能量棒。"

"把它们全都吃掉。"卢卡西尼奥命令道。

"那你呢？"

"我没事。"卢卡西尼奥顶着空洞洞的胃撒谎道。他之前从不知道饥饿的感觉，所以这就是穷人的感觉。又饿又渴，还呼吸短促。呼吸短促的时候快要来了。"我要去给我们再弄一套工作服，然后我们就驾车离开这里。"

"是舱室里那个死掉的女人的吗？"

"是的，你看到了？"

"我看到了。"

他害怕计划里的这个步骤。他对于为了弄到这件沙装必须要做的事感到恐慌，当他精疲力尽地沉入睡眠时，这恐慌的碎片一次又一次地唤醒了他。要快，要灵活，别让自己有时间思考。卢卡西尼奥打开巴尔特拉舱室的门，抓住死人的胳膊，把她拖到了甲板上。她姿态尴尬，四肢僵硬。透过沙装能感觉到她还没有完全解冻。卢卡西尼奥把她面朝下放着。他先解开了头盔，那臭味几乎让他呕出来。每个穿着沙装的人都会发臭，但这一次的味道是他从未体验过的。他忍住了一次又一次的反胃。他压着翻腾的胃，把头盔放到一边，开始剥落束带。他抖着手解开密封，又是一阵恶臭，这回他意识到了，这臭味来自死亡。卢卡西尼奥见过死亡，但从未嗅到过它。扎巴林会用他们的软胎小车带走死者，没有脏乱，没有臭味。

从皮肉上剥下沙装时，卢卡西尼奥屏住了呼吸。她的皮肤白得过头。他差点要去碰触它，但从它内里透出的寒冷制止了他。现在是棘手的部分了。他必须把一条胳膊从袖子里抽出来。等他抽出了一只手，另一边应该会容易得多。手套粘在了手指上，肘部抗拒着被抽出。他咒骂着，坐在甲板上，把她的头转向一边，一只脚抵着死人的肩膀，把倔强的袖子从尸体上扯了下来。扯下另一边的速度很快。现在他必须把尸体翻过来，将沙装剥下躯干，而后一次一边把腿抽出来。

他站在死人上方，扯着沙装。尸体抽动着。他把沙装扯下她的胸部，腹部，让血从可怕的刀伤处染到了她微凸的胃部。接着再把她扭到臀部朝上的位置。她的左臀上文着一朵花。卢卡西尼奥发出尖锐的哭号缩成了一团。那朵花让他崩溃了。

"对不起，真的对不起。"他低声说。

他用两只手扯着一边腿，先是左边，然后扯出右边。沙装像一片剥下来的皮一样摊在他手里。染血的女人面朝上躺着，瞪着灯光。

现在他必须穿上这件沙装，他脱掉了壳体工装的紧身里衣，将它解印了。先是腿，又快又灵巧，一次扭动，沙装就扯上了胸部。别去想你皮肤上湿答答的东西。一只胳膊，两只胳膊，把手够到系索，扯上密封圈。他绷紧了束带。这件沙装对他来说太短了，肩膀、脚趾和手指上的压力将会变成疼痛。它的长度是属于女性的，他得忍耐这个。等他捞起头盔时，打印机已经吐出了一套新的紧身内衬，新鲜的、粉色的、露娜的尺寸。在资源稀少的状态下，它耗费甚重，但是露娜需要一件能与壳体工装交互的内衬紧身衣。

"安今乎，我需要你帮一点忙。"

露娜从气闸那里拿了一圈压力胶带，贴在沙装撕开的口子上，绕着卢卡西尼奥，给他多裹了三层。

"别用太多，我们可能还需要它，"卢卡西尼奥斥责道，"现在，你穿上内衬衣，我要给我们的工装充电。"

"我的衣服怎么办？"

卢卡西尼奥差点要告诉她，把它们丢在那里就好，但接着他意识到这样他就扔掉了有用的材料，在外面的比利牛斯山地中，这些有机物也许能决定生死。

"把它们扔到解印机里，重新打印成压力胶带。"

"好的。"

对于面朝上躺在舱室甲板上的另一堆珍贵的有机材料，卢卡西尼奥没有多想一秒钟。

露娜穿着粉色的紧身内衬，拿着一小圈压力胶带回来了。她朝敞开的壳体工装里看了看，做了个鬼脸。"有尿的味道。"她踩了进去，工装读取到她更小号的身体数据，调整了内部的触觉构架好支撑她。当工装包裹着她密封好时，她说："哦！"

"你还好吗？"卢卡西尼奥问。露娜之前从未穿过工装。

"它像是他们把我带出博阿维斯塔时用的庇护舱，但更小。不过更好，因为我能动。"

露娜沿着铺板铿锵铿锵地走着。

"我走了两步，然后它就跟上我了。"

"它真的很容易，工装会承担所有工作。"卢卡西尼奥说。

空气与水动力完全充满。亲随们宣布。由此刻起，每一次呼吸、每一口水和每一步都列入预算之内。

"我会先穿过闸门，"卢卡西尼奥说，"我会在那一边等你。"

对于卢卡西尼奥来说，站在台阶上等着闸门再次循环气压的过程仿佛过了一个世纪。偷来的沙装的裂口上缠裹着压力胶带，他信赖它们，又无法信任它们，他想象着胶带失效空气突然泄漏的场景。它不会失效的，它是为此而设计的。但他无法相信它，而过小的沙装已经让他的手指和脚趾开始绞痛了。灯光闪烁，闸门打开了，露娜走了出来。

卢卡西尼奥从他的背包里解开一条数据线，把它插进露娜盔甲上标示出的端口。"能听到吗？"

一片静默，接着是咯咯的笑声。

"抱歉，我点头了。"

"如果我们连在一起，我们用的能量就比较少。"

卢卡西尼奥对接下来这件小事挺骄傲的。在他把探测车拖回卢博克时，他就已经想清楚了。一辆探测车，一个座位。他把穿着壳体工装的露娜放到鞍座上，接着把自己嵌到她前面。但是壳体工装很光滑，他的座位很不牢靠。在高速状态下脱离就会死。他没有预见到这个问题。但在这同一瞬间，他就想到了解决办法。卢卡西尼奥撕下了一定长度的压力胶带，把他自己和露娜绑了起来，小腿、大腿、身体。他在公共连接平台上听到了她咯咯的笑声。

"准备好了吗，安今乎？"

"准备好了，卢卡西尼奥。"

靳纪已经接入了探测车 AI。一闪念间，被粘绑在一起的露娜和卢卡西尼奥就全速冲离了卢博克中转站的高台，掠向了丰富海多石的月面。

邓肯·麦肯齐上一次踏足月面已经是十年前的事了，但他拒绝使用壳体工装。一日杰克鲁，终生杰克鲁。沙装是新打印的，适合一个有健康问题的中年男人的身体轮廓，但锁上密封圈、拉紧束带的仪式就如信念般让人熟悉。上月面之前的核检只是些小小的祈祷仪式。

他大步走上坡道，身后哈德利城巨大的金字塔从物理上给以压迫感，如黑暗的蜃景。在最初几步，他像个外行一样踢起了尘土，但当他接近射击圈时，他已经像一名老杰克鲁般在慢跑了。他怀念这种感觉。五个制服员工迎上了他。射手们正在镜群队列间的一条服务通道上开火。

"让我看看。"

一名穿着壳体装的杰克鲁从背上解下一条长形的装置，她的工装上有定制打印的宇宙兽人涂绘。她举平那个装置，瞄准了目标。邓肯·麦肯齐放大镜头，好辨认巷道下方遥远的目标物。

"如果她搞掉了我的一面镜子……"他开了个玩笑。

"她不会的。"尤里·麦肯齐说。射手开火了，目标爆炸了。步枪喷出一颗散热球。枪手转身面对邓肯·麦肯齐，等着他的指示。

"本质上来说，这也是我们在蛇海使用过的那种高斯步枪，但我们提高了加速度。你可以通过瞄准线射击，或是加入 AI 辅助将射程扩大至月平线那一头。"

"我不喜欢壳体工装。"邓肯·麦肯齐说。

"更强力的加速器有相当野蛮的反冲力，"尤里说，"壳体工装更稳固，如果最坏的情况发生，它也能提供一定程度的保护。"

"你会有二十秒时间而不是十秒钟。"瓦索斯·帕拉俄勒格斯说。邓肯·麦肯齐转身面向他。

"麦肯齐永远不会是战场的逃兵。"

"老板，他说得有点道理，"尤里说，"这不是我们的战斗。阿萨莫阿家从不是我们的盟友。"

"而我们曾以为沃龙佐夫家是。"邓肯·麦肯齐说。

"没有冒犯的意思，"尤里进一步强调，"我们相当脆弱。VTO废掉了整个东四分之一半球的电站。哈德利城无法承受一次空间轨道袭击。只对镜群攻击一次就能有效地让我们破产。我可以给你看模拟场景。"

"打印五十把，"邓肯·麦肯齐在公共频道中下令，"联系所有前军事人员的月芽。还有，我需要壳体工装。不要印他们身上那种鬼东西。"他用一根戴手套的手指点了点射手身上那带尖牙、火焰和头骨的图案。"印一些明确的东西，告诉所有人我们是谁、我们代表什么。"

他转过身，大步走向璀璨镜群间的走廊，向外闸黑暗的槽口返回。在他头上，哈德利城的尖塔在一万个太阳的光芒中熠熠生辉。

"蛋糕，"卢卡西尼奥·科塔说，"对于拥有一切的任何人来说，都是完美的礼物。"

科埃林乎[1]驶出卢博克有一个小时了，正在驶下梅西耶 E 西北山壁的缓坡。露娜为探测车起了个名字。探测车，她强调说，它们应该要有名字。卢卡西尼奥争辩说，给它们起名字很傻，争辩过程耗了几公里路。机器就是机器。但露娜反驳说，亲随就有名字。所以探测车还是叫科埃林乎。接着卢卡西尼奥建议两人一起唱都会的

---

[1] 科埃林乎（Coelhinho）：葡萄牙语，小兔子。

歌，在这之后，他试图回忆弗拉维娅玛德琳给他讲过的一个睡前故事，这个故事露娜倒记得更清楚。他们还猜谜语，但露娜在这些事上都比卢卡西尼奥厉害。现在，卢卡西尼奥正在进行一番关于蛋糕的演讲。

"材料很容易获得。如果你想要什么，只要你有碳素津贴，你就可以把它打印出来。东西实际上一点也不特别。为什么要送给别人他们可以自己打印的东西呢？礼物里唯一特别的事就是你注入其中的思想。真正的礼物是物品背后的想法。为了显得特别，它必须是稀有的、昂贵的，或者你向它投入了很多东西。帕侬有一次送给阿德里安娜沃沃一些咖啡，因为她已经五十年没有喝过咖啡了。它非常稀有且昂贵，所以三个里占了两个——又稀有，又昂贵。但它不如蛋糕好。

"要做蛋糕，你就要用上生的、非打印的材料，比如鸟蛋、脂肪和小麦粉，你要把你的时间和感情投入进去。你要给每一个蛋糕做计划：是海绵蛋糕还是磅蛋糕？是会有很多层还是由很多小蛋糕组成？是送给个人的还是用在派对上的？是橙子味、佛手柑味、奶茶味还是咖啡味？会有糖霜还是蛋白酥？是放在盒子里还是系上缎带？要不要用机器虫让它飞过去，中途要不要有惊喜，会不会亮灯或唱歌？你是严肃的还是开玩笑的，有没有过敏或不耐受原料，会不会引起文化或宗教问题？切蛋糕时还有谁会在那里？谁会吃一片，谁不会吃？它会被大家分享，还是说它是个私人的激情蛋糕？

"蛋糕是微妙的。只要在正确的时间，在正确的位置放一个纸杯蛋糕，它的意思就会是：现在整个宇宙里只有你存在，而我将送给你这一刻的甜美、质感、滋味和感觉。也有一些时候，只有又大又蠢的东西才有用，比如说我化了全妆从蛋糕里跳出来，带着冰蝴蝶、鸟，还有唱着肥皂剧歌曲的小机器人，它会治愈创伤，终结争吵。

"蛋糕有自己的语言。柠檬汁的意思是，这段关系对我来说是发酸的。橙子也一样，但更有希望些。磅蛋糕是在说，世界上一切都很好，每样东西都又好又集中，四元素都和谐一体。香草是慎重和厌烦，薰衣草是希望或遗憾，有时两者皆是。玫瑰花瓣蜜饯是说，我觉得你在骗人；但玫瑰糖霜是说，让我们就此签订合约。蓝色的水果是为忧郁的日子准备的，在那些日子里你真切地感觉到了头顶的真空，你需要朋友，或只是一个友善的身体。红色和粉色的水果代表了性，每个人都知道这一点。奶油绝对不能单独吃，这是个规则。肉桂是期待，姜是记忆，丁香是受伤——无论是肉体的还是心灵的，迷迭香是后悔，罗勒是正确。瞧，我告诉过你了：这就是罗勒。薄荷是恐怖的，薄荷蛋糕是糟糕的蛋糕。咖啡是最高级别的，它说：我会移动天空中的地球，就为了让你快乐。

"这是蛋糕的社交意义。还有蛋糕的科学。你知道在月球上蛋糕更好吃吗？如果你去了地球，吃了蛋糕，你会非常失望。它会又扁又重又硬。这和气孔还有团粒结构相关，在月球上，蛋糕的团粒结构要比地球上好太多。你做的每一个蛋糕都涵盖三种科学：化学、物理和结构学。物理是关于热量、气体膨胀和重力。你让发酵剂抵抗重力撑起蛋糕。重力越小，它就膨得越高。你可能会想，那么，如果越低的重力能产生越好的团粒结构，那么最完美的蛋糕不就是在零重力状态下做出来的吗？答案是，不。它会往各个方向膨胀，最后你会得到一个巨大的蛋糕混合体球泡。当你要烘焙时，要让热量抵达蛋糕中心会变得非常困难。最后它会有一个没烤透的面包心。

"然后是化学。我们有我们的四元素，蛋糕也有自己的。对我们来说，四元素是空气、水、数据和碳素。而对蛋糕来说，它是面粉、糖、脂肪、蛋或某种其他液体。二百五十克面粉、二百五十克糖、二百五十克黄油、二百五十克蛋——差不多是五个，这就是你的基础磅蛋糕。你要打发糖和黄油。我用手完成这一步，这能让它更个人化。油脂会包裹住空气泡，形成泡沫。现在你要把鸡蛋打进去。鸡蛋的蛋白质会包住你的气泡，让它们停止膨胀，并让它们在加热时不会破裂。接着把面粉一点点拌进去。用拌的，是因为如果你太用力搅面粉，就会扯出面筋。

"面筋是小麦的蛋白质，它有弹性。没有它，你烘焙的任何东西都会是扁的。但如果把它扯得太过头，你烤出来的就是面包了。面包和蛋糕是小麦粉以完全不同的方式变成的东西。我使用的是特别软的低筋面粉，制作它们的小麦蛋白质含量很低。这意味着它们有自带的发酵剂，可以产生反应，并形成气体吹起面筋泡泡。也因此，我的蛋糕很甜，很酥，很易碎。

"烘焙就像建造一座城市：重点在于捕捉并维持空气。面筋形成柱子和腔室，支撑糖和油脂的重量。它必须竖立起来，必须保持形态，必须让内容的一切都安全，有空气，有水。你必须创造一个外壳，让蛋糕保持水分和轻盈。糖可以胜任这个工作，它允许蛋糕的外壳变色，并且稳定在一个比蛋糕内部温度更低的温度下。这完全取决于形成焦糖的过程。就像是气封能保证我们的空气不从岩石中逃出去。

"现在，完成这一切后，就是烘焙。烘焙过程分三部分：膨胀、成型、褐变。当蛋糕的温度升高时，你搅入的所有空气都会扩张，拉伸面筋。到了大约 60 摄氏度时，你的发酵剂参与进去，从蛋里释放出二氧化碳和水蒸气，接着咻呼，你的蛋糕升高到了它的最终高度。80 摄氏度左右，蛋的蛋白质聚合起来了，面筋失去了它的伸缩性。最后，美拉德反应 [1] 接管了控制权——也就是我说的褐变反

[1] 美拉德反应（Maillard reaction）：食物中的还原糖（碳水化合物）与氨基酸／蛋白质在常温或加热时发生的一系列复杂反应，其结果是生成了棕黑色的大分子物质类黑精或称拟黑素。它以法国化学家路易斯—卡米拉·美拉德（Louis-Camille Maillard）命名

应——封闭了表面。只要你操作得对，它就能把水分锁在里面。

"现在是最难的部分了：决定它是否已经可以离开烤炉。这取决于很多微小的因素：湿度、气流、气压、环境温度。这是门艺术。当你认为它已经准备好时，把它拿出来，静置大约十分钟，好让它从烘焙盒里松脱，把它倒到一个架子上，等它冷却。尽可能不要在它刚离开烤炉时就尝它。

"接着我们要讲到蛋糕的经济学。把它拿出烤炉，我们没有烤炉。我们大多数人没有厨房：我们在招牌店里吃饭。招牌店里的烤炉和你用来烘焙蛋糕的烤炉完全不一样。你必须定制一个，而整个月球上可能只有二十个人知道如何建造一个视平线高度的蛋糕炉。

"所以，四元素：面粉、糖、黄油、蛋。面粉是小麦种子碾碎的粉，这是某种草。在地球上它是一大碳素来源，但在月亮这里，我们不太使用它，因为相比于它使用的空间和资源，它提供的能量不是很多。培植一百克小麦要耗一千五百升水。我们从土豆、甘薯和玉米中获取碳素，因为它们能更有效地把水转化成食物。所以，要制作面粉，我们就必须特意种植小麦，然后收获它的种子，把它们磨成细小的颗粒。磨面粉甚至比建一个蛋糕炉还要艰难，整个世界上可能有五个人知道如何建一台磨粉机。

"黄油是从牛奶中分离出来的一种固体脂肪。我只使用源于牛奶的黄油。我们有奶牛，基本上是为喜欢吃肉的人饲养的。如果你觉得培育小麦要耗掉很多水，那为了一千克乳制品所耗费的水是前者的一百倍。

"蛋。它们不那么麻烦，蛋是我们食谱中的一个重要成分。但我们的蛋比地球的蛋更小，因为我们饲养的禽类更小，所以你必须实验，以获得正确的重量。

"糖比较容易——我们可以培植它，也可以制造它，但一个蛋糕烘焙师会使用很多种糖。有粗糖、纯甘蔗糖、普糖、糖粉、精白糖、糖霜——有时候做一个蛋糕就需要这所有的糖。所以，你瞧，哪怕是做一个简单的磅蛋糕，你用到的材料和技巧都比珠宝更稀有，更珍贵。当你品尝蛋糕时，你是在品尝我们整个儿的生活。

"正因如此，虽然任何人都能打印任何东西，但蛋糕是完美的礼物。"

"卢卡。"露娜说。

"什么事，安今乎？"

"我们到了吗？"

"不是这个陨石坑，但是下一个就到了。"卢卡西尼奥说。

"你保证？"

"我保证。"

科埃林乎爬上了梅西耶陨石坑 A 低矮的山壁。

"好吧，"露娜宣布道，"但不要再说蛋糕了。"

蛋糕，谈论蛋糕能让卢卡西尼奥·科塔保持清醒，并对悄悄从沙装补丁的裂口透进来的寒冷保持警惕。他可以封住沙装里的空气，但是对于损坏的加热元素毫无办法。卢卡西尼奥在逐月训练中知道，人类身体在真空中散发的热量很少，但他觉得持续的寒意正从他的血液和心脏中抽走热量。寒冷渐渐地渗透你，让你觉得舒服、麻木、脱节。在谈论蛋糕时，卢卡西尼奥用尽所有力气才阻止了自己的牙齿打战。

科埃林乎翻过了梅西耶 A 双陨石坑的最外缘，一辆六座大探测车飞越过内缘，弹跳了两次后，飞速掠过坑底，滑动着停到了卢卡西尼奥的前面。他踩下了刹车，向奥刚祈祷别让这头重脚轻的车子翻跟头。

一辆探测车，三个人。安全杆抬起，一队人从座位上下来了。每个人的沙装上都印着麦肯齐氦气的商标，每一个都从装备架上拿起了一个装置。那是个卢卡西尼奥听过但从未见过的东西：枪。

一个杰克鲁接近了卢卡西尼奥和露娜，抱着枪，绕过科埃林乎，走近卢卡西尼奥。面板对面板。

"发生了什么事？"露娜问。

"会没事的。"卢卡西尼奥说道，接着吓得心都差点跳出来，因为那个麦肯齐的杰克鲁把自己的面板挤到了卢卡西尼奥的面板上。

"把通信打开，你这个该死的傻鸟。"一个闷住的叫嚷声通过物理接触传导过来。

靳纪打开了公共频道。

"抱歉，我缺少能源。"卢卡西尼奥用通用语说。

"你缺的不只是能源。"杰克鲁说。现在通信打开了，每个杰克鲁的肩膀上都出现了身份标识：马尔科姆·哈钦森、查伦·欧文斯—克拉克和埃弗龙·巴特曼利吉。

"我们需要能量、水和食物。我非常非常冷。"

"先回答几个小问题。"马尔科姆举起枪瞄准了卢卡西尼奥。它是一根匆忙改造过的长形装置，上面全都是支柱和稳定器、弹匣和电磁弹药架，是速印后组装的。"我们生活在人类史上性别流动性最大的社会里，所以纳迪娅也有可能重新选择了性别，但我从来没有听说过变性能让人长高十厘米。"

卢卡西尼奥意识到，一旦通信建立，沙装就会闪现它主人的身份标识，另外两把枪也转过来对准他。

"卢卡西尼奥，我害怕。"露娜在私人频道说。

"没事，安今乎。我会让我们过关的。"

"纳迪娅的沙装，纳迪娅的车。根据沙装上胶带的数量来判断，有什么东西狠狠地给了她致命的一击。"

"如果我想要她的沙装，你觉得我会对它做出这么大的损害吗？"卢卡西尼奥问。

"你确定你想给我这样的答案？"

在卢卡西尼奥的头盔显示器上，所有生命数据条都徘徊在红色边缘。

"我没杀她，我发誓。我们被困在卢博克巴尔特拉站。我追踪到了她，把车子和沙装带了回来，把它们补上了。"

"你们他妈的在卢博克巴尔特拉站干什么？"

"我们在试图逃出特维城。"

"用巴尔特拉。"卢卡西尼奥讨厌这个马尔科姆·哈钦森说话的方式，他把卢卡西尼奥的每个答案都复述成了他听过的最蠢的东西。"伙计，巴尔特拉都失灵了。整个东四分之一半球都失灵了。天知道特维城发生了什么。沃龙佐夫家关闭了轨道，并且把他们看到的每一个电站都炸成了月壤上的一个洞。我半数的队员都被他妈的怪物拿着他妈的刀干掉了，所以如果我有一点暴躁，你得能理解。那么，你们要去哪里，你们他妈的是谁？"

卢卡西尼奥的胃空得难受，但他可以把胃酸吐在他的头盔里。

"让我说话。"露娜说。

"露娜，闭嘴。我来处理这事。"

"别叫我闭嘴。让我跟他说话，拜托。"

麦肯齐的杰克鲁们正在狂躁状态。卢卡西尼奥可能会因为谈话得到一颗子弹，但一个小孩子的声音也许能让他们放下枪管。

"好吧。"

露娜的亲随打开了公共频道。

"我们正要去若昂德丢斯。"露娜说。麦肯齐的杰克鲁们在沙装里往后缩了缩。

"那玩意儿里是个孩子。"马尔科姆说。

"卢博克只有一件壳体工装，"卢卡西尼奥说，"我追踪了探测车，然后，没错，我偷了这件沙装。"他记起了那个名字。"纳迪娅的沙装。我没杀她。"

"你带着一个穿了壳体工装的孩子穿越丰富海。"

"我不知道还能怎么办。我们得离开卢博克。"

"你离若昂德丢斯还很远。"那个带着查伦标识的杰克鲁说。

"现在我们得去梅西耶。"卢卡西尼奥说。

"我们刚从梅西耶出来，"杰克鲁埃弗龙说，"我们把三名死者留在那里了。那些机器虫会把你切成碎片。"

"嘿埃弗龙，有孩子在呢。"查伦说。

"隐瞒事实没什么意义。"埃弗龙说。

"我们需要空气和水，"卢卡西尼奥说，"探测车快要没电了，我也不知道从什么时候起我们就没吃过东西了。"

"我真的很饿。"露娜说。

卢卡西尼奥听到马尔科姆悄声诅咒着。

"塞奇有一个老科塔氦气的临时营帐，现在那里是最近的补给点。我们会把你们带到那里。"

"那得往塔伦修斯走一半的回头路。"卢卡西尼奥说。

"行，那就饿死或窒息而死吧，"巴尔科姆说，"或者，你的话会冻死。埃弗龙。"埃弗龙从他的沙装背包上解下一个小包，把它扔给卢卡西尼奥。这是个加热包：在一个玻璃容器里缓释发热胶体。"这能让你暖和起来。只有一个问题，"他用枪口戳了戳卢卡西尼奥用胶带绑着的躯干，"它必须放进你的沙装里。"

"什么？"

"伙计，你能屏气多久？"

卢卡西尼奥觉得头晕目眩。饥饿、力竭、寒冷。现在他必须在月神寒冷的表面再次裸露他的皮肤。

"我有一个逐月胸针。"他结结巴巴地说。

"哦真他妈的恭喜你，有钱人家的男孩。逐月赛是十到十五秒。我们得扯掉旧的胶带，把发热包放进去，然后再把你粘起来。四十，也许六十秒？"

这样他可能会死的，而寒冷肯定会杀了他。可能，肯定。月神再次替他做了决定。

"我能行。"卢卡西尼奥说。

"好孩子。强力呼吸一分钟，然后打开头盔端口。我得连接你的沙装 AI。"

"我有胶带。"露娜说。卢卡西尼奥正在把自己从她的壳体工装上剥下来。

"好女孩。查伦，埃弗龙。"

靳纪把沙装的空气供应转换成了纯氧，它像斧头一样击中了卢卡西尼奥。他摇晃着，有人伸过手来把他扶住了。他深深地呼吸，更深地呼吸，用氧气给大脑和血液增压。他完成了逐月赛，他裸着身体在月面上跑了十五米。这很容易。容易。但在逐月赛上，他用超过一小时的时间降到了微压状态，而这一次是即时的。人类皮肤是一种强健的抗压表面……沙装训练第一课。你需要的就是某种坚实的东西，它可以维持压力，留住水分，保持温暖。

沙装降压倒数，5……

卢卡西尼奥清空了他的肺。在真空里你必须往外呼气，才能阻止你的肺破裂。

……2，1……

"准备。"马尔科姆命令道。

排气。在靳纪清空沙装时，空气尖啸着直至寂静。卢卡西尼奥在双耳突如其来的刺痛中无声地尖叫。查伦带着刀锋靠近，小心地切断胶带，把它们剥开。

"别动孩子，稳住他。"

"解除。"

接着，当马尔科姆把发热包塞进紧实的面料中时，热量如火般灼烧。卢卡西尼奥必须呼吸，他得呼吸。他的大脑正在一个细胞接一个细胞地断电。他扑打着。一个女人的声音，像圣徒般又高又模糊，她在喊着：稳住他。卢卡西尼奥张开了嘴，什么也没有。扩张着肺，什么也没有。这就是你在真空里死亡的方式，一切都关闭了、收窄了，抽搐着。那细小又遥远的声音，那些抓着他的钢铁般的手，一切都在燃烧。

细小的遥远的声音……

然后他回来了。卢卡西尼奥向前扑去。安全杆拦住了他。他安全地坐在麦肯齐探测车的一个座位上。空气。空气是美妙的，空气是魔法。他深深地呼吸了十次，快速吸入，缓缓呼出；缓缓吸入，迅速呼出。嘴，鼻子。鼻子，嘴。鼻子。辉煌的呼吸。温暖，热量。他感觉到了左肋底部的疼痛：发热包，被沙装和胶带紧紧地压着。那里会有瘀青，但卢卡西尼奥感谢这疼痛。这意味着他没有冻伤。

"露娜？"他哑着声音问。

"这么说你醒了。"马尔科姆在公共频道里说。

"在。"露娜说，"你没事吗？"

"如果他在说话，他就没事。"马尔科姆。卢卡西尼奥环视周围，他被电线和管道包围，插在探测车里。他想着水，于是胶嘴把冰冷而纯粹的提神液体赏给了他。卢卡西尼奥愉悦的叹息声传到了公共频道里，让这些杰克鲁大笑了起来。"它仍然是循环再生的尿，但至少它是别人的尿，"马尔科姆说，"这里甚至还有一些营养的屎。我猜你已经饿到可以吃它的程度了。"埃弗龙把卢卡西尼奥据为己有的单座车拴到大探测车后面，晃进了自己的座位。

"那么，如果你没有反对意见，卢卡西尼奥·科塔，"马尔科姆说，"我们就去塞奇了。"

他的脸前面有什么东西。卢卡西尼奥在自己对幽闭恐惧的惊叫声中醒来。他在沙装里，还是那件该死的沙装。睡着时流出来的口水在他脸上干成了一道透明的硬壳。他能在头盔里嗅到他自己的脸。

"你醒了，"马尔科姆的声音，"很好，我们遇到了一个问题。"

靳纪显示了一张地图：护卫队和科塔氪气的庇护所位置都很明显，而探测车与安全之间的那道接触线也很明显。

"那些是……"

"我知道它们是什么，孩子。"

"你们能绕过去吗？"

"我可以，但一旦它们看到我们，它们就会追上我们。我们很大，我们也很重，而我见过这些王八蛋移动的样子。"

"那我们怎么做？"

"我们要在这里把你和这女孩子放下。你们乘那辆探测车——它有足够的电——直奔临时庇护所。我们会试着引开机器虫。"

"但你说过你们没法甩脱它们。"

"你的信念他妈的在哪里，小孩？没有你们，我们也许能甩掉它们，我们也许甚至能干掉一些。这些枪相当擅长打爆这些王八蛋。我很确定的一点是，如果我们待在一起，我们就会死在一起。"

沙装背包里装满了水和空气，电池也充满了。露娜自己在鞍座上坐好，卢卡西尼奥小心地用胶带把她缠在车上，然后把自己缠在她身上。卢卡西尼奥简单坦诚地解释了他们面临的危险，她没有问任何问题，在没有任何指示的情况下完全知道自己要做什么。在靳纪的连接下，单座探测车发动了。马尔科姆用食指碰了碰头盔：战斗前的一次致意。他踩下了大车的油门，绕了个弯，不过片刻，他就消失在月平线下了。卢卡西尼奥等着尘埃的羽扇飘落到地面，才开动了车子。

不通信了。马尔科姆之前说，塞奇见，或下一站见。

你知道我们是谁，卢卡西尼奥在私人频道里说，你为什么帮我们？

不管这事的结果如何，这个月球永远都不会再是以前那个月球了。马尔科姆说。

"露娜，"卢卡西尼奥唤道。他们又连在一起了，因为无线电安静又私密。

"什么？"

"你有水吗？"

"我有我的水。"

"我们很快就会到了。"

阿娜利斯·麦肯齐在内闸里等着。门仿佛永远也不开，但他们最终来了：气刃也没有刮掉那一身黑尘，手里勾着头盔和背包。他们的靴子是石头，沙装是铅，每一束肌肉都冻得衰竭。战士们拖着脚步经过她身边，眼神低垂。他们在希帕提娅的大门处打了一仗。炸药摧毁了三只熬过 AKA 箭雨的机器虫，但他们损失了七名黑星。

自杀任务。传说增援部队已经开始在东静海降落，制动推进器在空中断断续续地喷着火。

增援部队。她怎么会知道这样一个词？

他拖着脚走了过来。

"瓦格纳。"

他听到自己的名字，转了过来。他认识她。他不可能忘记她，在他暗面时不会，她也只知道暗面的这一个瓦格纳·科塔。在走向她的头几步里，他犹豫、沉默、踌躇，但并不是因为怕认错人，而是因为内疚。他逃去了子午城。她叫他不要回到他们在西奥菲勒斯的家，但他知道他把她独自留下来面对她自己的家庭。麦肯齐家从不原谅背叛者。她付出了代价。当她的家族摧毁他的家族时，他活了下来。他低着头做人，活着。现在他看起来像死了一样，像被打败了一样。

他望向自己的组员。一个五官硬朗的帅气女人朝他点点头。下面我来接手，老大。

"阿娜利斯。"

他无法理解眼前的情景。她家在西奥菲勒斯，她在希帕提娅干什么？

"来吧，小狼。"

这张床占满了这个隔间，而瓦格纳占满了这张床。他摊着手脚，沉在比睡梦还要深的地方。阿娜利斯能弄到这间舱室是很幸运的，哪怕它这么小。轨道网络失效后，希帕提娅作为这四分之一半球最繁忙的中转站，变成了一个难民营，街上到处都是睡觉的人和热坑，困在此地的旅客就躺在热传导管散发的温暖中。

她靠在走廊的墙上，看着狼。他糟透了。他的皮肤上有瘀青，因为穿得过久而磨损的沙装在上面留下了折痕。她曾经喜欢触碰那柔软的褐色，现在它们因疲劳而显得灰白又暗淡。他从来都不是肌肉虬劲的大块头，但现在他简直皮包骨头。他应该有两到三天没吃东西了。他严重脱水，全身发臭。

她从这张床开始，一路追溯着记忆，想起见他的第一眼。只是一个眼神接触，在远地大学第十五次悖论逻辑研讨会讲习上，主题是信念与其他信仰的逻辑。他先撤开了眼。她靠向宿醉未醒的同学南·埃因，问道：那是谁？她的亲随可以在一闪念间从参会者名单里找到他的名字，但这个行为是有预谋的，她希望他看到她在问关于他的事。

"那是瓦格纳·科塔。"南·埃因说。

"科塔？就是那个？"

"科塔家。"

"他的睫毛迷死人了。"

"他很奇怪，在科塔里都算奇怪。"

"我喜欢奇怪。"

"如果是吓人的那种呢？"

"我不怕科塔家。"

"你怕狼吗？"

接着会议结束了，每个人都去喝茶了，而她一直看着那个吓人的科塔，这样她就不会错过他回望她的任何时刻。他的确回头看她了，在座谈会大厅的双开门前。他有她见过的最黑最悲伤的眼睛。就像世界初生时就有的暗冰，一直存在于永久的阴影中。还是个孩子时，她曾弄坏了她所有的玩具，就为了更好地照顾和治疗它们。她在三个交谈圈子间的引力中心点上找到了他，他指间拿着茶杯。

"我也从来都不喜欢它。"她对能用于社交开场的微小细节一直都很机敏，他的茶没被喝过，"它不是一种正确的饮品。"

"那么你认为什么才是正确的饮品？"

"我可以喝给你看。"

在喝到第三杯摩卡提尼时，他对她说了关于狼的事。

第五杯时她说：行啊。

小狼睡了一个晚上，一个白天，又一个晚上，接着突然醒了，每一个感官都在发热。他的第一句话是：我的队员。

他们没事。阿娜利斯说。但他并不轻信她的话，直到他接通了太阳公司在希帕提娅的办公室。泽赫拉完成了报告，让幸运八球玻璃组暂时解散了。太阳公司可以为他提供一个基础存取亲随，但卢斯博士和索布拉的完整修复备份程序还在子午城，而整个近地面的通信仍然处于中断状态。没有亲随、数据裸奔的瓦格纳让阿娜利斯·麦肯齐感到兴奋。

一夜一昼再加一夜，在战争中等于一个时代。信息无法畅通，流言就会兴盛。特维城依然处于受困、掩埋、静默的状态，它的农场正在暮光里因光线稀缺而死去。南后城剩下五天的食粮，子午城剩三天。招牌店遭到了袭击，3D 打印机都被黑了。太阳公司的代码员成功反黑了一些着魔的分类机，但只要想把它们整合成突围的编队，就会遭到上空轨道的炮火。VTO 在用他们的质量加速器发射冰块。沃龙佐夫家在上空有一个被拴住的彗星状磁头，有足够的弹药可以完成新一轮重型轰炸。列车都闲置在车站里，巴尔特拉失灵了，任何一辆探测车只要敢驶上月面，就会招来肢节上装着刀锋的机器虫。有一列赤道班车搁浅在了史密斯海中部的轨道上。他们已经缺水一天了，都在喝自己的尿。空气供应已经失效，他们在彼此啃食。

到处都是流言蜚语。邓肯·麦肯齐派了二十、五十、一百、五百个射手——人人都是月芽战士——去冲破特维城的包围圈。在 AKA 弓箭手的支持下，他们将要袭击特维城的外闸，解放这个城市。阿萨莫阿-麦肯齐的军队已经被切成了碎片，他们的肢体散落在静海各处。子午城被围困了。子午城的能源中断了，整个城市都处于黑暗里。子午城已经被占领了。子午城已经投降了。

我必须去子午城。瓦格纳说。

你需要康复，小灰狼。

她在一家班雅里租了一个私人舱室。三个小时应该够了。里头有一间蒸汽室、一块石板、一个小水池。瓦格纳汗津津地趴在烧结石板上。阿娜利斯用一个弧形刮板从他的皮肤上刮下尘土、污垢和结块的汗水。

"你是在等我？"瓦格纳说。他的头转向一侧，脸贴在光滑又温暖的石头上。

"我只是刚结束特维城的一场音乐会，"阿娜利斯说，"列车失灵时我被堵在这里了。"

"你帮我逃走了，而我抛弃了你。"

阿娜利斯跨坐在瓦格纳背上，慢慢地从他脖子上刮下粘汗的污垢。

"别说话，"阿娜利斯说，"把胳膊抬起来。"它依然疼痛，一块她以为早就长好的疤被突然撕了开来。新鲜的血。

"对不起。"瓦格纳说。

阿娜利斯拍了拍他瘦弱的小屁股。

"过来。"

她把洗干净的、焕发光泽的他推进了水池的热水里。瓦格纳吸着气，他的皮肤在刺痛。阿娜利斯也滑了进去，他们彼此倚靠。阿娜利斯把脸上湿掉的头发拨开。瓦格纳把她的头发拨到耳后，手指滑过她的耳缘，直至那道苍白的疤痕——这是她左耳垂的残余。

"发生了什么事？"他问。

"一次意外。"她撒了谎。

"我必须去子午城。"

"你在这里是安全的。"

"那里有个男孩，十三岁。是罗布森。"

阿娜利斯知道这个名字。

"你现在还不够强壮，小灰狼。"

她无法说服他，她从来没有说服过他。她是在和人类力气之外的力量搏斗：光与暗，瓦格纳的两种天性；狼帮；家族。她把脖子埋进温暖的治疗液里，在水中颤抖。

塞奇勉强算一个救生处，它是一个烧结管道，两头都只有气闸那么宽，外面盖着月壤。卢卡西尼奥和露娜嵌入其中，就像一个子宫里的双胞胎。他无法想象那些杰克鲁能不能挤进来。但这里有空气、水和食物，头上有月壤，可以让露娜脱掉壳体工装。而卢卡西尼奥被裹在了太多的胶带里，要脱掉沙装就只能把它割开。发热包是一个矩形，带着又钝又暖的疼痛，硬邦邦地顶在他的左肋底下。唯一舒服的躺法是面对墙壁往右侧躺。他躺在依然散发着新打印味的垫子上，每一个关节和每一束肌肉都耗尽了力气，却无法放松沉入睡眠。他穿着脏兮兮的过小的沙装躺着，盯着弯曲的烧结墙，想象着盖在上面的尘土的厚度，想象更上面的真空，还有一点一滴穿过空间、土壤和烧结物的辐射。卢卡西尼奥·科塔：倾听着气闸循环的声音，那将意味着马尔科姆杰克鲁回来了，又或是机器虫正在穿过气闸，要冲进这简易小屋来杀了它们——他一直还没有看见它们，但可以想象每一寸锋锐又尖利的细节。

"卢卡，你睡了吗？"

"没。你睡不着吗？"

"嗯。"

"我也是。"

"我能过来和你一起吗？"

"我真的很脏，安今乎。而且很臭。"

"我能过来吗？"

"来吧。"

卢卡西尼奥感觉到露娜贴着他的背蜷了起来，小小的一团热量。

"嘿。"

"嘿。"

"这里还不错，是不是？"

"饭挺好的，对吧？"

这小营袋里贮藏的食物有两种：番茄味的，或着大豆味的。番茄，露娜选了它。她对大豆有一点不耐受。卢卡西尼奥不想在一个六米乘两米的避难所里出现任何消化不良的问题。他们一次处理一份自发热食品，因为容器在加热后弹开，里面的东西让人吃了还想吃。土豆团子上番茄酱的味道让卢卡西尼奥垂涎欲滴。

"不，不好，"露娜在她堂兄的耳边说，"它有尘土的味道。"接着她笑了起来，小小的亲密的咯咯声因其亲密而扩大，直到她完全忍不住，直到卢卡西尼奥也跟着笑起来。他们在这小屋子里大笑，就像他们在第一次巴尔特拉跳跃后大笑一样，直到他们的呼吸变得短促，肌肉变得疼痛，直到眼泪流下他们的脸庞。

卢卡西尼奥。

卢卡西尼奥，醒醒。

你必须醒来。

他猛地清醒过来，头撞到了低矮的天花板。营帐，他在营帐里。他睡了两小时。两小时。在他旁边的是露娜。她已经醒了。两个亲随唤醒了他们。有坏消息了。

有多个联络体在接近。

"见鬼。多少？"

十五。

那就不是麦肯齐金属的杰克鲁。

"你能识别它们吗？"

它们保持通信静默。

"它们还要多久到这里。"

按它们现在的速度，十分钟。

穿上工装，让露娜穿上工装，出去，让车子跑起来。天哪。

"露娜，你得穿上工装。"

她睡眼惺忪，还没有完全清醒。他抱起她，把她放进壳体工装里。当基础骨架包围她时，她完全醒了。

"卢卡，发生了什么事？"

"露娜，露娜，我们得离开这里。"

他们得匆忙地离开这里。有一个花招可以用，他在一个浪漫肥皂剧里看来的，并且让靳纪查阅了它，以确定是否可行。它可以。它将在气闸循环这一步为他们赢得宝贵的一分钟。一分钟就是生命。

头盔锁上。工装循环检查。绿灯。

"露娜，紧紧抓住我。"

她的工装胳膊够长，可以环抱住卢卡西尼奥细瘦的轮廓。手套在他背包的框架上发出咔哒声。

"3，2，1……"

靳纪猛地打开了闸门。避难所的空气向外爆了出去。在一大堆垫子、大豆和番茄饭、筷子、洗漱用品和冰晶的喷射物里，卢卡西尼奥和露娜被喷出了塞奇。他们撞上了地面。冲击力挤出了卢卡西尼奥肺里的空气，有东西裂了，发热包就像一个铁拳。在肥皂剧里从来不会发生这种事。他们在地上滚动，露娜砸上了停泊的探测车，卢卡西尼奥砸上了她。

"还好吗？"他喘着气。

"还好。"

"我们走。"

卢卡西尼奥一边用胶带把自己和露娜绑在科埃林乎上，一边疼得吸气。他受伤了。他刚刚都对沙装干了什么？

"抓紧。"

露娜的手套箍紧了探测车的框架。卢卡西尼奥把油门踩到了最大。前轮扬起来了。如果在这里翻车，他们就死定了。露娜本能地往前倾，卢卡西尼奥在肋骨与肌肉的摩擦中又倒吸了一口气。科埃林乎猛冲出了塞奇。大半个丰富海都将能看到它扬起的尘扇，但只要他们能一直跑在机器虫前头就行。马尔科姆怎么叫它们来着？王八蛋。它们是王八蛋。只要这些王八蛋的能源早他一步告罄。他充了几小时的电，他假设王八蛋没有。他假设它们的电池没有多少电。他假设它们的电池容量和一辆麦肯齐金属的单座探测车差不多。这么多假设。王八蛋。

"靳纪，它们到那里了吗？"

它们到了，卢卡西尼奥。

"它们接近了吗？"

它们在接近。

"妈的！"卢卡西尼奥无声地诅咒着，"多快？"

以目前的速度看，双方的路径将在 53 分钟后会合。

路径将会会合，这是亲随对刀和血的描述。

"靳纪，如果关闭感应器、外部通信、信号标和标签灯，我们能多出多少电池时间？"

以目前的速度看，多出 38 分钟。

"这能让我们到达哪里？"

靳纪展示了一张地图，探测车最后的栖息地是一面小旗子，离若昂德丢斯二十公里。

"如果我们的速度和它们相同呢？"

目的地离赤道太阳能环区的南缘近了十公里。要走路就太远了。他做了决定。

"尽可能把我们带到离若昂德丢斯最近的地方。"

科埃林乎飞掠过月壤，卢卡西尼奥尽力不去想象背后贴着刀锋。他已经没有力气恐惧了，他太累太累了。

横越世界边缘的黑线出现得如此突兀，如此无垠，卢卡西尼奥差点就把车停下来了。世界的一部分正在消失，黑色以秒、以米增长，吞噬着世界。

"是玻璃场。"露娜说。他们来到了赤道太阳能农场的边缘，是孙家用来缠裹世界的黑色地带。卢卡西尼奥的想法随着他的理解迅速变换：黑色地带比他的思维来得更快。它会减慢他的速度吗？他会弄裂它吗？它会在车下粉碎坍塌吗？去他妈的，后面有十五只杀戮虫追着他呢。

"呀啊！"他咆哮着，露娜的声音附和着他，他们全速呼啸着冲上了玻璃。

回头时已经看不见科埃林乎了，甚至连天线尖都看不到了。已经有二十分钟没有机器虫追赶他们的消息了。卢卡西尼奥和露娜孤独地走在玻璃上，轻盈的白色沙装，笨拙的红金壳体工装。玻璃，光滑、毫无特色、完美的黑色，每个方向都是它们。上方的黑色，下方的黑色，天空倒映在黑暗的镜面里。低头看着自己不停前进的影像，你会发疯。你可能会永远都在绕圈。靳纪根据离线地图来引导他们。玻璃里有若昂德丢斯幽灵般的轮廓，在月平线那一端，看起来永远都不会更近一些。月平线：你很难分清天空终结之处和土地开始之处。

卢卡西尼奥想象着自己从靴底感觉到了玻璃储存的能量热度。他想象着自己透过反射的玻璃感觉到了机器虫尖细蹄脚的叮叮声。步伐汇成公里，分钟汇成小时。

"等我到了若昂德丢斯，我要做的第一件事，就是做个特别的蛋糕，然后我们两个自己把它吃光。"卢卡西尼奥说。

"不不，你要做的第一件事是洗澡，"露娜说，"在塞奇我就闻到你的臭味了。"

"那好吧，洗澡。"卢卡西尼奥想象着自己滑进了冒着泡泡的温水里，连下巴都浸到水里。水。温暖。"你要做什么？"

"我要喝科埃略咖啡馆的番石榴汁，"露娜说，"埃利斯玛德琳曾经买给我喝过，它是最棒的。"

"我能和你一起喝吗？"

"当然。"露娜说，"非常冰。"接着，卢卡西尼奥的十几个警报灯都闪起了红色。

露娜的工装有一处泄漏。靳纪用它一贯平静又理性的声音说。

"卢卡！"

"我来了，我来了。"但他能看到，壳体工装的左膝关节处有水蒸气在空中喷成了闪亮的冰晶。在尘埃的持续摩擦下，起皱的关节处破损了。工装已经向真空敞开。

"屏住呼吸！"卢卡西尼奥喊道。胶带，胶带。他坚持让露娜打印出来带着的那卷多的胶带。他们可能会需要的那卷胶带：的确需要。它在哪儿它在哪儿在哪儿？他闭上眼，想象它在露娜手里。她的手去了哪里，去了工装左股的口袋里。"就好了，就好了。"

露娜的空气供应还有 3%。靳纪说。

"他妈的给我闭嘴，靳纪！"卢卡西尼奥咆哮着。他从口袋里抢出胶带卷，撕开了末端，把它缠在了腿关节上。尘埃从他指间飞舞出去：危险的、会磨损的月尘。他一直缠，直到用完了胶带。"她还有多少供给，靳纪。"

我想你刚刚叫我他妈的闭嘴了。靳纪说。

"告诉我，然后他妈的闭嘴。"

内部压力稳定了，但是，露娜的氧气不足以让她抵达若昂德丢斯。

"告诉我怎么转换空气。"卢卡西尼奥喊道。露娜的整套工装上亮起了图形。"你还好吗？"卢卡西尼奥一边从沙装背包里把供应软管锁定到露娜身上，一边问，"和我说话。"

安静。

"露娜？"

"卢卡西尼奥，你会牵着我的手吗？"声音很小，很恐惧，但是有声音，是饱含氧气的声音。

"当然。"他把戴着手套的手嵌入壳体工装的长手套里，"靳纪，她的空气够了吗？"

卢卡西尼奥，我有坏消息。氧气不足以让你们俩抵达若昂德丢斯。

"准备好出发了吗，露娜？"壳体工装里有轻微的颤动。"你是不是又点了点头？"

"是的。"

"那我们走吧，已经不远了。"他们拉着手走过黑色的玻璃，踩着星辰。

你听到我说的了吗，卢卡西尼奥？

"我听到你说的了。"卢卡西尼奥说。壳体工装的步伐比他的要长半米，他半跑着越过玻璃场。他的肌肉在痛，他的腿已经没有力气了。他最想做的就是躺到黑色的玻璃上，让星辰盖住他。"我们在前进，因为我们必须前进。我还有选择吗？"

你没有任何选择，卢卡西尼奥。我已经算出了方程式，你至多将在离闸门十分钟远的地方用尽氧气。

"把我的呼吸调低。"

我已经把调低呼吸计算在内。

"现在就调。"

我两分钟前就调了，你可以从露娜那里取回一点氧气。

"绝对不行。"他的话语已经像铅块一样沉在了肺里，每一步都在灼烧，"别告诉露娜。"

我不会的。

"她必须前进，她必须抵达若昂德丢斯，你必须为我做到这一点。"

她的亲随正在为此计划。

"但你不会知道的，"卢卡西尼奥·科塔说，"总有奇迹发生。"

我向你保证不会，靳纪说，我真的无法理解这种面对确定性和事实的乐观主义。另外我必须建议你不要再浪费你仅剩的那一点点呼吸来反驳我。

"它究竟是谁的呼吸？"卢卡西尼奥反问。

你会死，卢卡西尼奥·科塔。

这确定性击中了他，撞击着他所有的困惑和否定，将它的刀锋插进了他的心脏。这是卢卡西尼奥·阿尔维斯·马奥·德·费罗·阿雷纳·德·科塔将要死去的地方。在这太小的、缝缝补补的、脏兮兮的沙装里。麦肯齐没法杀了他，机器虫没法杀了他，月神将她最亲密的死亡留给了他：将最后一口呼吸抽离肺部的死亡之吻。这红色与金色的工装、玻璃和它们反射的星星、蓝色的新月状地球、这些过小的手套——这就是他最后的感知，最后的视野；呼吸器的嘶嘶声和心脏模糊的跳动声，就是最后的声音。

这不算太糟，现在它接近了，已经逃脱不了了。总是如此。这是我们女神的一千种死亡之课。唯一重要的事是他如何迎接它，他向它走去，带着意志和尊严。他的肺在抽紧，他无法捕捉到足够的空气。向前。他的腿变成了石头，他无法让一条腿挪到另一条前头。他的头盔读数全是红色。他的视野正在收窄。他能看到露娜的头盔，他的手在她的手里。圆圈收紧了。他无法呼吸了。他必须出去。在这终场上没有尊严。他把手从露娜的手里扯了出来，努力和头盔、沙装搏斗，想从里面出来。他的脑子着火了。红色褪成了白色。一切耗尽的呜呜声充斥着他的耳朵。他看不见，听不见，呼吸不了。活不了。卢卡西尼奥·科塔落进了月神白色的怀抱。

第九章　狮子宫—处女宫 2105

　　家人用一台临时做的轿子抬着卡约——用胶带绑在两根竹子上的一条厨房椅——上了八层楼。就像教皇一样。像把一个残废抬向信仰救赎一般。他们扶着他来到屋顶的水池边，让他坐在边缘，脚浸在水里。然后他们把屋顶留给了卡约和亚历克西娅。

　　她有三脚架，有屏幕，还有冰淇淋。腰果味，不是亚历克西娅喜欢的味道，但你只能接受你能弄到的东西，再说这些都是卡约的。她坐在他身边，脚浸在池子里，把水踢出泡沫，两人一勺勺地给彼此喂腰果冰淇淋。亚历克西娅吮着齿间细小的腰果碎片。接着月亮升起了，将银色洒向海面，她把它从天空拉下来，放在她的屏幕上。

　　"暗色的部分叫作海，明亮的部分是高地。"她一边说着，一边放大了静海。几天内她就已经成了大楼里的月球专家。"这是因为以前人们以为暗色的部分有水，但实际上那是某一种岩石，就是你能从火山里捡到的那种。它的线条有一点像水，所以海可能是一个不错的名字。这是静海，这是丰富海、酒海、澄海和雨海。这里甚至有一片大洋，在月球的西部……"她细看着屏幕，对于一个便宜的

· 297 ·

款型来说，它的放大效果相当不错，"风暴洋。"

"但月亮上没有风暴。"卡约说。

"月亮上没有任何气候。"亚历克西娅说。

"我能看那个大阴茎吗？"

"当然不行。"桩王是一个传说，无聊的月面工人在雨海上用探测车的轮胎印出了一百公里长的阴茎和阴囊。时光和工业活动使它模糊不清，但它依然是月球人类活动的经典标记。"我想让你看看兔子。"亚历克西娅缩小了放大倍数，好让屏幕呈现出整个月球。她描出了酒海和丰富海的耳朵、静海的头部，勾勒出了巨大的月兔轮廓。

"不怎么样。"卡约说。

"唔，人们总是在各种东西上看到脸。在中国，他们相信玉兔偷了长生不老药，把它带到了月亮上，现在他正在那里捣草药，"亚历克西娅描着云海的杵形，她用手指在屏幕上拧了拧，将画面颠倒过来，"北民则看见了脸——月亮上的男人？看到了吗？"

卡约先是摇了摇头，接着皱起眉来。

"现在我看到了！它也不怎么样。"

"有时他们还能看到一个背着柴火的老妇人，但我从来都没能看出来，"亚历克西娅说，"在月亮上的人能看到一个连指手套，是月面活动工装的那种手套。"

"如果他们在月亮上，那他们怎么才能看见？"

"他们有地图。"

"哦是的，他们当然有。"

亚历克西娅描摹着手套：丰富海是连指部，酒海是拇指，静海是手掌。

"相当无聊。"卡约说，亚历克西娅不得不同意，它是很无聊，"哪怕是兔子都比这好一些。"三脚架从月亮升起时就追踪着它。屋顶花园上的月光是浩瀚的，今晚的街道上又是黑的，整个街区都在节电管制。我们点亮了灯火，科塔氡气曾经如此夸耀过。

"卡约，我得到了一个工作邀请，"亚历克西娅说，"一个奇妙的工作，钱多得要命。那些钱够把我们所有人都弄出这里，足够确保我们永远都不用再害怕。那个工作，卡约，得上月亮去。"

"上月亮去？"

"它也没那么疯狂。我们的叔祖母阿德里安娜就去了。她就是从我们这套公寓出发的，一路到了上面。"

"她的家人都被杀了。"

"不是全部。有人去了月亮，卡约。米尔顿就去了月亮。"

"米尔顿也被杀了。"

亚历克西娅在冷水里晃着脚，把水花踢到卡约身上，但他没有分心。

"你已经决定要上去了，是不是？"

"我会去，卡约。但我保证，我保证，我会让最好的人来照顾你。我会给你请医生、理疗师和你自己的家教。我会照看你的。我什么时候不遵守承诺过？"当这些话离开她的舌头时，她立刻就后悔了。

"我没有什么可以做的，是不是？"

"我想告诉你它像是什么样，这样你好有个概念。"

"有我们不够吗，姐姐？"

她的心都碎了。

"当然够了。你们就是一切，你、妈侬和玛丽萨。亚拉姑姑、玛莉卡姑姑和法里纳叔叔。可这个地方不够，我还想要更多，卡约。我们值得更多。在阿德里安娜叔祖母的年代，我们是一个大家庭。我们有办法离开巴拉，而我得到了一个机会。我必须抓住它。"

卡约的脸抽搐着，他看着自己的脚，它们待在此刻静止的水里。

"我会回来的，"亚历克西娅说，"两年，这是时限。两年不是很长，对不对。"

卡约踢着水，把水溅到了屏幕上。而亚历克西娅没有权利让他停止。

"还有冰淇淋吗？"

"都吃完了，抱歉。"

"那我能看大阴茎吗？"

塑料手提箱和存储盒堵在了走廊里。穿着橙色连身工作服的男人们正在移动手推车，他们的背上印着三个缩略字母。亚历克西娅穿着迈克高仕和卡门·斯蒂芬斯高跟鞋，挤在笨重的白色医疗设备和成堆纸盒之间。她用指纹打开了套房。屋里更加杂乱，工装男人们正在打包和堆叠，酒店员工一脸无助地站在一边。

"这里在做什么？"亚历克西娅质问道。

"令人吃惊吧，是我在三个月里累积的纯物理材料。"卢卡斯·科塔说。他推着轮椅穿过慢慢移动的脚和挪动的箱盒，亚历克西娅亲了他的双颊，"我相当享受对物质的拥有，这真是新奇的体验。在月亮上我们只会丢弃和重印，没有人真正拥有任何东西。你把碳素用在了这捆纸上，就不能再把它用在别的东西上。锁定的物质，亲爱的碳。我们整个星球上都是承租人。我想我可能对自己积蓄的物质变得有点贪得无厌了。现在它们全都必须离开，而我发现我在体验一种失落感。我会想念这见鬼的感觉。"

"好了，"亚历克西娅说，"这里在做什么？"

"我在打包，亚历克西娅。我要回月亮了。"

"等等，"亚历克西娅说，"这件事难道不该通知你的个人助理吗？好比某种优先权？"

"是我下令这样做的。"沃里科娃医生说。总是她。亚历克西娅很有自知，并不期望这位医生会告诉她卢卡斯的最新健康状况。从她们初次见面起，她就知道医生不喜欢她，医生觉得亚历克西娅是一个卑鄙的小机会主义者，是巴拉的小骗子。亚历克西娅已经确保医生知道了：关于这种反感，她们彼此彼此。得到便要付出：巴拉的铁律。她也知道，如果她不问，医生就不会告诉她这道命令的原因是什么。

"任何会影响卢卡斯工作的事都应该通知我。"

橙色的搬运工和打包工都僵住了。卢卡斯瞟了他们一眼，他们便又继续工作了。

"五个大陆上至少有十几个医疗 AI 在监控我的健康，"卢卡斯说，"四个大陆都一致同意我需要在四周内离开地球，这样我在飞向轨道的过程中存活的概率将大于 50%。"

"科塔先生的生理机能在过去两周里恶化了。"沃里科娃医生说。

"地球是个严苛的女主人。"卢卡斯说。

"我们能私下谈谈吗？"亚历克西娅对卢卡斯说。他掉转轮椅进了卧室，亚历克西娅把门关上了。熟悉的扫描仪、监控器和呼吸装置都已经折叠起来推后了。水床孤零零立着，独自曝露在空间里。

"卢卡斯，我是你的个人助理吗？"

"你是。"

"那就别把我当作你见鬼的侄女。你雇我来，不是要我穿着短裙和高跟鞋无所事事做个花瓶的。你让我在那些搬运工面前显得很蠢。而且到底是谁雇用了他们？那是我的工作。让我他妈的做我的工作，卢卡斯。"

"我犯了个错误，我很抱歉。要把权力委派给他人，对我来说不是件容易的事。"

"我能理解，但等你回到月球——如果我的确理解了你要做的事——到时你将不会有多少朋友。我会和你站在一起，但你必须相信，如果我说我要做某事，我就能做到。"

"非常好。我需要你和我一起离开地球。"

你试图攻其不备。亚历克西娅想。你在观察我的眼睛、我的喉咙、我的手、我的嘴，还有我的鼻孔，看是不是有任何迹象表明我受到了惊吓。你导演了这整个秀，想看到我会如何反应。你想看看我是不是那块料。看着我的眼睛，它们没有移开视线。

"我今晚要去玛瑙斯，接受飞行前的训练。这是最低限度的要求。我可以和我的赞助人在线协商，不过在里约这里，有一些工作必须完成。"

"我需要做什么？"

"我必须签发机器虫设计，但我无法做这件事。你得亲自去看看它们，看看它们的能力。催他们交货。VTO玛瑙斯分部随时准备载货上轨道，但他们需要提前二十一天通知。"

"我会负责此事，卢卡斯。"

"我需要你在发射前五天到达玛瑙斯，医疗和生理检查非常严格。你的票已经订好了。"

去他妈的，真是被他打败了，亚历克西娅憋住了一个微笑。

"还有一件事。"卢卡斯把手伸进了他的博廖利外套。亚历克西娅很欣赏卢卡斯·科塔的西装，她从未见他把同一件西装穿过两次。他的扣眼里总有一朵花，总是粉色的，总是很新鲜。而且总有露水，哪怕那一天大西洋大道上的热量就像敲在砧骨上的铁锤也一样。一块银色的咒符从他的手指间轻轻晃了出来。"来。"亚历克西娅蹲下去，向前倾，让卢卡斯在她颈后扣上了钩子。这不是一件礼物，它不是首饰。这是一位中世纪的骑士在接受恩典。"这是个密码，"卢卡斯说，"它已经在我家传了好几代了。我母亲把它给了我，我把它给你。如果我发生了什么事，如果我无法要求你使用它，或是以某种方式同意你操作它，你就使用它。"

"怎么……什么时候……"

"你会知道的。"

亚历克西娅举起符咒，它是一柄双刃斧。

"桑勾的斧。"亚历克西娅说。

"正义之主，"卢卡斯·科塔说，"我母亲崇敬奥瑞克萨。她不相信他们，但的确尊敬他们。"

"我想我明白这种想法，"亚历克西娅说，"它能做什么？"

"它将召唤闪电。"卢卡斯说。

亚历克西娅让那咒符落到了她的皮肤上。

"你怎么可能会无法要求我使用它？"

"你知道我的意思。"

亚历克西娅把卢卡斯推回了厅里。打包工和搬运工已经把纸张都整理进了盒子，把盒子堆成了列，把列排成了编队。

"有一个问题。"

"问。"

"所有这些东西，你把它们都藏在什么见鬼的地方？"

"哦，我还租了隔壁的套房。"卢卡斯·科塔说。

"来吧。"亚历克西娅说着，放下了皮卡的后挡板。靠垫、一箱南极洲冰啤，驱虫剂插进了辅助插座。当诺顿看到泡沫床垫时，他的嘴咧得更开了。亚历克西娅把它扯过车厢后部，跳上去，拍了拍它。诺顿把收音机调到了一个柔和又模糊的夜半频道，跳到了她身边。他们把靠垫堆到身边，肩并肩坐着，腿挂在挡板外面，手里拿着酒瓶子，向下俯瞰那一弯璀璨的光带，那是雷科杜斯班迪拉和巴拉达蒂茹卡。

亚历克西娅几乎是全凭偶然才发现了森林边缘下方的这个隐藏处，某一次去见客户时，一次漂亮的转弯让她迷了路，却把她带到了这处开阔地上，它就位于一条通向白礁野生动物保护区的工作小道上。气候变化重创了原始海岸雨林，抹消了大片的绿色，而白礁是其仅剩的最后一点残余，它紧靠在雷科杜斯班迪拉上方的山丘上。她当时走下皮卡，听着，呼吸着，远眺着。她感觉到了树荫的阴凉和树木缓慢的呼吸。她看到一只犀鸟叼着一只捕到的雏鸟，掠过了高处的树枝。她听到了虫鸣、远处的海浪声、风声。没完没了的车流声被减弱成了低音的嘟囔声。

亚历克西娅喜欢她的秘境，但她手里总是提着泰瑟枪。这里的男孩们都很凶狠：从警局里逃出来的、从帮派里逃出来的、从军队里逃出来的、从家里逃出来的。她前一次上白礁来时，鞋尖踢到了一根人类的胫骨，是被某种食腐动物从密林里拖出来的。

她想了很久，才决定把诺顿带到这里来。

他今晚很安静。她希望这里的美能让他屏住呼吸和话语；她希望这种安静不同于前五天，自她告诉他关于月亮的事后，他就不见她，不和她说话，不接她的电话，也不应门。

亚历克西娅举起她的啤酒瓶，诺顿和她碰了碰瓶。

"他们在月亮上也喝啤酒吗？"

"酒精。他们上面没法种大麦。他们也不怎么吃肉。还没有咖啡。"

"那你可活不了太久。"

"我正试着在离开前戒掉它。"

她几乎看不清诺顿的脸，但她知道他又翻了个白眼。她感觉到他往后靠到了垫子上。

"这真美。"他说，"谢谢你。"

这是给你的礼物，亚历克西娅想，我的秘境。她想知道他会先把谁带来，让她坐在他的复古摩托后面。这想法中隐含的刻薄吓了她一跳。

"诺顿。"

"我就知道会有什么事。"

"我有出发时限。"

"什么时候？"

她把日期告诉他。他再次沉默了很长时间。

"我害怕，诺顿。"

他是一个静默的、纹丝不动的大块影子。

"至少搂住我什么的。"

一只胳膊。亚历克西娅靠进他怀里。

"只是两年。"林下灌木丛里有动静。皮卡亮起了车灯，灯光吓到了它，小小的脚飞窜开去。

"你已经想好生意怎么办了吗？"

又来了。诺顿认为他是科塔水业的天然继承者。亚历克西娅已经很有创意地暗示他——而不是直接告诉他——他会在一个月内搞黄这生意。

"我把它留给了奥斯瓦尔多阁下。"

她感觉到诺顿震惊且愤怒地僵住了。

"奥斯瓦尔多阁下在经营一家同性恋健身馆，他不是水务工程师。"

"他的生意很成功。"

"他是个见鬼的黑帮分子，女士。"

那你是什么？亚历克西娅想。

"他在社区里很出名，而且很受尊敬。"

"他杀过人。"

"他从未杀过任何人。"

"不错的视角，女士。"

"他知道要做什么以及怎么做，诺顿。你……"她把心里想的话咽了回去。

"你不行，这是你要说的，对不对？诺顿·德·弗雷塔斯没能力经营你的生意。"

"它必须结束，诺顿。"分离必须干脆利落。没有绳索，没有把手，没有任何东西把她拴在地球上。

"只是两年，这是你刚刚告诉我的。"

"诺顿，别这样。"

"你去了，然后是一年，两年，三年，然后你就根本不能回来了。我知道它会变成什么样，女士。月球会啃噬你，直到你陷在那里，不管你有多想回家。"

在这一点上，任何承诺、安抚、施予都没有帮助。

"我要去月亮。见鬼的月亮，诺顿。他们要把我放在一个火箭里，把我发射向太空。我真的很害怕。"

他们在皮卡后厢肩并肩坐着，从树木的间隙向下眺望着壮美的城市灯火。他们没有碰触，也没有说话。亚历克西娅又开了一瓶啤酒，但它变得又苦又难喝。她把它远远地扔向了黑暗。

"去他妈的，诺顿。"

"让我来训练你。"

"什么？"

"我看过这个。要进入太空，你需要进行体能训练。让我来训练你。"

诺顿的主意听起来又违和，又傻，又真诚，亚历克西娅觉得自己的心上开了一朵小小的花。当你发现原谅时，就接受它。

"什么样的训练？"

"核心力量、耐力、重量和抗力训练。还要跑步。"

"不要跑步，我跑得蠢死了。只会扑棱棱乱拍。我走路，又平衡又有尊严。"

她感觉到诺顿大笑了起来，低沉的隆隆声透过了皮卡的框架。

"我们没有多少时间，但我肯定能让你的身体适应发射。你会变得健美，女士，变得有肌肉。"

亚历克西娅喜欢这些词召唤出的形象。她的手指从上方摸到自己的腹部。它又小又紧，但是个皮包骨头的腹部。在一个叔叔和阿姨都身材粗壮的家庭里——卡约是个墩实的孩子，甚至玛丽萨都是大骨架——她就像根旗杆。豆芽菜。小瘦子。下面这里的肌肉。腹肌。

"那会是你能给我的最棒的送别礼。"送别，她强调了这个词。她不想让诺顿怀有任何虚假的期盼。

"会很艰苦。"

"这是我的代名词，诺顿。"

"我明天来接你，你有合适的鞋子吗？"

"我有工作靴。"

"那就先去购物。"

"这是属于我的飞行前训练。"

诺顿倒回到垫子上，沉在驱虫剂的香茅味里。他扣着双手放在脑后，看着上方的树冠。

"你知道什么才是优秀的运动吗？"

还是这间房。此刻，卢卡斯但愿自己曾经留下某些标记、某些细微的划痕，以确认这就是那间他刚降落地球时被安置的检疫套房。水槽，太阳能板，碟形天线，一长条黄色的混凝土，蓝色的天空和灰褐色的树。在这过去的十四天里，天空上一直有烟。他能尝到那烟的味道，哪怕净化器已经过滤且净化了空气。

地球就是一套又一套的房间，在彼此间进进出出。调节过的空气、柔和的色调、调控的光线、无尘、有人服务、清洁用品的味道、踩踏过度的地毯和客房服务餐的记忆。地球是一系列悭吝的情景闪现，那些框好的风景在一定距离之外，中间隔着飞机窗户、玻璃窗和汽车挡风玻璃。拘束的，隔离的。

他曾有一次逃离套房，破开窗户，是亚历克西娅带他去巴拉达蒂茹卡看他母亲出生的公寓的那一次。原始的天空，广阔的远景。沙子进了鞋子——他为此惊慌失措，这事到现在还让他窘迫。车流，敞开的天空。海的味道，太阳烤着沙滩的味道，车子的轮胎和电池、烹饪、尿、精子、死亡的味道。

卢卡斯·科塔离开了他的轮椅，蹒跚走到窗户前，看着那狭窄的一线巴西。

他在窗子上看到了自己的脸，巴西幽灵上的幽灵映像。它不是一张老人的脸，也不是一张化装成老人的年轻人的脸。它是比那些更可怕的东西，是一个中年人被重力扯下去的脸。每一道褶痕、每一个五官、每一道皱纹和每一个毛孔、嘴唇的饱满、鼻子的线条、长而有肉的耳垂、胡须、颈部下颌和双颊的褶皱，都被拖拽、被拉扯，变得沉坠、憔悴、松薄。重力消耗着整个寿命，消耗着所有的活力。他体内的每一丝生命、每一滴体液和每一团火焰都被无尽的无情的重力过滤了出去。

他等不及要回月亮了，他无法再去想象它的样子。

地球是个地狱。

教练不是他预备前往巴西时为他训练的那个人，这是一个阴沉的年轻女人，在他卑鄙的想象里，每次她看到他都想让他死。但课程和之前的一样让人气馁，而且难得太多。他要在发射时忍受高达四倍的地球重力。也就是二十四倍月球重力。

沃里科娃医生说：循环飞行器里会有一个急救组随时待命。

二十四倍重力。没有什么训练能让人类身体准备好承受这样的虐待，而卢卡斯平静地看着时间一分一秒地燃尽。概率倾向于他能活下来，这就够了。

发射前一晚，他没有睡。有电话要打，有会议要开，有细节要审核。他的盟友都是不牢靠的，从地球掌权者谨慎的代理人第一次出现在他的虚拟会议空间中开始，他就明白这一点。他们看到了月球的财富和权力，他们想要它。他们需要一张月球人认识的脸，一个了解那个世界、了解它的法律和政策、了解它的方法和事务的人。等他被利用完了，等他们了解够了，他们就会背叛他。而现在，他先得在二十四倍重力中存活下来。

这个夜晚剩下的时间，他准备好了一份若昂·吉尔贝托的歌单，让他的歌伴随他上轨道。低语的吉他弦、和祈祷一样柔和的喁喁人声将与太空飞行那雷鸣般的引擎声融合成奇妙的二重奏。

阿德里安娜极其喜欢若昂·吉尔贝托。

发射当天早晨，他没吃东西。他喝了水，游泳。还是那个穿着糟糕西装的严肃年轻人，他曾将卢卡斯的轮椅从穿梭机推到地球上，现在他又将他推回去，沿着他曾沮丧地瞥见这个破旧世界的走廊，将他推上登机管道。

"阿比·奥利维拉—上村，"卢卡斯说，"我从不忘记别人的名字。"

在登机管道与飞机闸门的连接处，他留下了那根银柄的手杖。

沃里科娃医生和亚历克西娅已经系好了安全带。飞机里坐满了人：除了卢卡斯的直属工作人员外，他的政治伙伴还派出了外交官和调停者。

"早上好，"卢卡斯向亚历克西娅打了个招呼，她挤出了一个僵硬的笑容，她的恐惧是显而易见的，"现在，太空旅行已经是日常事务了。"

他打开了若昂·吉尔贝托。

当航天飞机与登机管道分离，向后移动时，他没有抓紧扶手。当飞机开到滑行跑道上时，他也没有略带恐惧地看看左边的沃里科娃医生和右边的亚历克西娅·科塔。当它转到跑道末端，打开涡轮喷射引擎时，他没有绷紧身体。当 SSTO 开始升空前的加速滑行，向他胸口扔了一栋办公楼时，他没有喘息。当它升空，将机头向上，向上再向上，直到他觉得自己在仰望一把宇宙步枪的枪管，直到大引擎接续工作时，他没有喊叫。

SSTO 攀至亚马逊上方的高空。在离地十五公里高处，主引擎启动。火箭猛力将 SSTO 向天空推去。一颗行星落在了卢卡斯·科塔身上。当空气被压出他的肺部时，他发出了一声细微的、喘息般的叫喊。他无法吸入空气了。他试图望向沃里科娃医生，向她发出一些非言语的求助，但他无法移动他的头，而且她也无计可施，她正被多倍重力压在自己的座位上。他眼睛与嘴上的皮肤正在往后剥落。

帮帮我，卢卡斯·科塔无声地说。他的心脏正被一只灼热的铁拳压碎，每一次跳动都绷得更紧。他无法呼吸。他试图专注于音乐，判断和弦的变化，像在地球上那样沉浸于爵士乐中，让它引领他熬过训练的痛苦。重力挤压着他，他的骨骼在粉碎，他的眼球一定坍塌了，他的头骨也凹陷了。他的心脏正在死去，一片一片地被夹断、变黑。在 VTO 玛瑙斯 SSTO 的一个中心座位上，卢卡斯·科塔正在内爆。这痛苦超越了他的所有认知，甚至超越了痛苦本身。它是一种毁灭，而且将永久地延续。

他看到亚历克西娅的头向他转了过来，她的五官在加速中变得模糊，只在失真的黑暗中透出一些轮廓，他的视野在消失前收窄成了一条、一格、一瞥：桑勾的小小双刃斧。她在呼喊。

医生！医生！

《别再忧郁》在卢卡斯·科塔的耳中低语。"多明戈斯·若热·韦略号"SSTO 在火柱中攀升。在支离破碎的亚马孙雨林上空，一柱烟雾被风吹散。

若热—玛丽亚带了啤酒，奥维森带了冰。伊利亚姑姑带了甜点，玛莉卡姑姑带了肉串。马特奥叔叔在阳台办了一场烤肉宴，尽情表演了如何估计风力和风向，以及如何用尽可能少的引火物引燃火焰。十二楼的伍叙带来了音乐，他一直在用这些音乐摇撼整栋建筑，没人想听它们，大家需要的是伍叙为公寓里每一个屏幕引来视频数据的能力。但总之他还是播放了他的音乐。

冰块倒进了塔盘，啤酒放进了冰块里，肉串上了烤肉架，甜点上了盘子，被玛丽萨分发给客人。客人们上了沙发，伍叙的视频流上了大屏幕和小屏。公寓里人声鼎沸。亲戚、朋友以及从四层以下到顶层的邻居都挤了进来，看管道女王离开地球的过程。

闭嘴闭嘴闭嘴，开始了。

火箭发射现在真是很常见了，发射过程被委派给一个冷门频道播放，每十五分钟还有广告插播。公寓陷入了一片寂静，但伍叙的音乐在隔壁轰然作响。两层楼下的埃森抓起一把餐刀进屋去找伍叙。音量变小了，但音乐没有停止，因为没人能停止音乐。航天飞机开到了跑道上。摄像头跟着它，直至它消失在跑道尽头的热霾中。有很长一段时间，什么也没有发生，以至于有人要伍叙去检查一下视频是不是卡住了。接着一道黑箭冲出了银色的热量微光，冲出了热霾。它向摄像头猛扑过来，然后彻底升空。整个公寓都欢呼起来。它继续在一片火舌中上升。接着视频切入了广告，整个公寓又嘘声一片。

亚历克西娅的母亲伤心不已地哭泣着。

伍叙带着他的音乐和所有的孩子下到了第十二层，他们在那里跳舞，直至电力中断。

穿梭机环绕到了正进入早晨的那一面地球，阳光点亮了它，就像照亮一枚银针。它以每小时 28000 公里的速度飞进了黎明。地球蔚蓝且丰美，云朵停驻。在行星广袤的曲线下，轨道转移飞行器显得如此渺小，是一片科技的微粒。在船尾一千公里处，缆绳尖隐在炫目的日光里，从更高的轨道处转下来。穿梭机完全飞进了阳光里，阴影短暂地投入窗口和舱门，迅捷地掠过驾驶舱，在四十五分钟里，阴影缩至最小后又向夜色蔓延。突如其来的夜晚。SSTO越过了撒哈拉沙漠，越过一片微明的暗褐色与赤褐色。下方五百公里处的日光农场在落日中闪烁着，归于黑暗。在埃及的夜晚前方，沿着尼罗河燃着一条由二亿灯火组成的巨蛇。没有什么能比尼罗河更清晰地阐明埃及所在。黑暗降临于里海，光网铺展过中亚：城市和公路，工业区和输电线。

离舱室迁移还有一百公里。SSTO解锁了转移组件。在无声等离子体的闪烁中，穿梭机点燃了推进器，朝缆绳匹配向量。起重臂从太空梭上举起了组件。红灯闪烁，在缆绳降临时，起重臂进行了最后的微调。在迁移过程中，它们的相对速度在某几个瞬间将会是零。红灯变成了绿灯。在起重臂松开组件时，缆绳尖端的电磁锁接手。一直在增速的缆绳将转移组件从SSTO上提起，它的推进器亮着蓝光，将它推离SSTO。

在环行峰值处，缆绳松开了转移组件。它自由地越过地球表面，高高地飞向一轮朝阳。在日出的中央，有一个黑点，那是VTO循环飞行器圣彼得与保罗号。缆绳绕着蓝色的行星继续环行。转移舱唯一的推进力来自成组的入坞推进器。如果之前缆绳甩飞它的力道过猛，它将错过循环器，无助地飞进太空。如果用力过轻，它就会掉下去，在重返地球的火焰里燃烧着越过清晨的天空。

在二十公里外，循环器的轮廓显现出来：一个中心纺锤体，外围是层层叠叠的环区，一端是环境元素舱和操作引擎，另一端展开了许多太阳能翼板。一朵精美的月球之花。加速度能像折断花茎一样折断面板和桅杆。五公里。缆绳的用力很正确。在绕地球环行的六十年里，它从未错过一次。

微调引擎再次点火，转动着转移舱，使之与循环器闸口适配。

仿若婚礼上两个犹犹豫豫的舞者，两个航天器从夜晚飞进一个新的黎明。太阳将转移舱腹部的VTO商标打磨成了亮金色。位置保持：在最终检查过程中，两个航天器保持着纯洁的距离。推进器再度点火。两者的相对速度是每秒十厘米。在日本海上空，它们相遇相接。钳夹锁定，密封加压。在循环器的闸门里，VTO的医疗队已准备就绪。

这事不能急。

舱口打开了。

医疗队拥进了航天飞机。

在圣彼得与保罗号绕到地球背后，向月球进发的三天后，科塔水业向它的所有客户发布了通知。在管理人员有所变动的情况下，它必须聘请工程师来保证高品质的纯净度与供给量。令人遗憾的是，这意味着价格将要上升。不过只有一点点。

旋转的星辰让她头晕眼花。

观景气泡是圣彼得与保罗号自旋轴末端的一个强化玻璃穹顶屋，大小足够容纳两个人仰望太空。两个年轻的VTO女性穿着鲜亮的紧身飞行服，把她带到了这里，让她等着。等等。亚历克西娅叫了她们，但她们已经踢着柔软的鳍状肢，沿着中心手绳飘走了。*我应该和船体保持一致，还是和星辰一起旋转？*如果她抵住观察室的扶手固定自己，那星辰旋转的速度就会快到令她晕眩。如果她放开扶手，张开双臂让自己也开始旋转，她依然跟不上星辰的旋转速度，而船体明显的转动会让她头昏脑涨，无法聚焦，不小心就会吐出来。

自由下落和亚历克西娅·科塔无法缔结幸福的婚姻。诺顿辛苦帮她训练的核心肌群使她抵御住了升空的残酷过程，但是当她试图在零重力中移动时，肌群要么让她用力过度，要么让她在原地抽搐。她的脚、她的手，最可怕的是她的脸都在肿胀绷紧。她的皮肤像是往外撑着，很不干净，循环器里的低气压让她发痒。她无法控制自己的头发，它们飘进她的眼睛里，蒙住视野，还堵住呼吸，好在一个太空人员给了她一个发网。当她试图到处看看时，她的手和脚动得就好像是一只在游泳的小狗。

她抓住扶手，然后将自己向穹顶上推去。亚历克西娅·科塔小小地惊叹了一声。她正飘浮在太空里，旋转的星辰为她加冕。向下看，她能看到太阳能面板阵列在她周围，像一朵月球之花的花瓣。在它们下方是嵌套的居住环区，如果她把自己推到穹顶边缘，她就能瞥到通信系统和操控组件的边缘。她在一个玻璃王座上于太空中旋转。

"我料想会是这样。"

景象如此迷人，以至于亚历克西娅没有看到接近的身影。它徘徊在导引索一米远处，由缆绳和钩环固定着。

"什么？"

"科塔家的样貌。还有科塔家的冒失。"

"沃龙佐夫先生。"

那个男人耸耸肩，扮了个鬼脸。她想，这应该是个男人。它的形体如此扭曲、如此纤弱又宽薄、又在导管和缆绳中向外延伸到如此的程度，以至于性是最无所谓的识别因素。那些是结肠造瘘袋吗？

"我是亚历克西娅·科塔。"

那个男人又做了个鬼脸，无视了她伸出去的手。他巧妙地调整着自己的方向，以便面对她。自由下落的礼仪，亚历克西娅记得这一点。

"你是个水务工程师，这个是令人钦佩的专业。原初性。一切都来自水，终于水。"

"谢谢您，先生。"

"我听说他会活下来。"

"他临床死亡了七分钟，先生。您的急救团队非常及时地抢救了他，是一次严重的心肌梗塞。"

"我告诉过他，地球会挤碎他的心脏。所以你是最后一位科塔。"

"卢卡斯正在康复，先生。"

"你知道我的意思。阿德里安娜·科塔前往月球时，我就在驾驶这艘飞船。在等待下一位科塔时，五十年是一段漫长的时间。"

"在太空里生活，五十年也是一段漫长的时间，先生。"

瓦莱里·沃龙佐夫的眼睛闪着光。

"古怪又病态。近亲交配的白痴，被辐射钻洞。体内的 DNA 在腐烂。我们不一样。我们完全不一样。"

"不，先生……"

"这是他们的想法，他们总是这样看不起我们。阿萨莫阿家觉得我们是野人，麦肯齐家觉得我们是醉鬼小丑，孙家甚至觉得我们不是人。真可怜。我很愿意当面告诉卢卡斯，不过我还是告诉你吧。"

"先生，我只是……"

"最后一位科塔。你得到了你的武器。"瓦莱里·沃龙佐夫费劲地在导引索上把自己扯转过去，结肠造瘘袋和尿袋在他身后摆动着。

"先生！"

瓦莱里·沃龙佐夫停住了。

"卢卡斯给了我一个东西。一个代码。"

"我早就老得经不起马后炮了，"瓦莱里·沃龙佐夫说，"实际上我承受不起突兀的转折。把你必须要说的事告诉我吧。"

"它是个指令码，我不知道它能做什么。"

"卢卡斯怎么说？"

"它会召唤闪电。"

"这就是你要的答案。"

"他说如果他无法要求我使用它，或者以任何方式同意了操作它，我就要使用它。"

瓦莱里·沃龙佐夫沉重地叹了口气，完成了自己的动作。他沿着绳子扯动自己，远远地滑翔开去。在电梯闸门处，他喊道："你觉得这两个世界需要一次小小的闪电吗？"

星辰在头顶上旋转着，亚历克西娅·科塔将正义之主桑勾的斧头举到唇边，吻了它。

你必须相信，如果我说我要做某事，我就能做到。她这么说过。马奥·德·费罗。

亚历克西娅轻声说着卢卡斯教过她的关于力量的词汇。

"铁陨。"

第十章　天蝎宫 2105

240。露娜·科塔的脑子里有如此多的数字。8、1、25、8、30、3。除了这些小数字外，是 240。

240。人类的脑子在没有氧气的情况下能活过 240 秒。

8。露娜·科塔的壳体工装里还剩 8% 的电池。

1。摄氏度。当卢卡西尼奥·科塔的空气供给耗尽时，靳纪将他的沙装环境降到了一度。

25。摄氏度。在这个温度上，人类的潜水反射和低体温症都会出现，从很大程度上为大脑缓冲低氧的影响。

8。若昂德丢斯离她最近的外闸门还有 8 公里远。

30。VTO12 号壳体工装的最大安全跑速。

"露娜，卢卡西尼奥给了我空气，我要怎么还给他？"露娜问她的亲随。

你没有足够的空气供两个人抵达若昂德丢斯。另一位露娜说。

"我不去若昂德丢斯。"露娜·科塔说。

3。露娜·科塔的头盔显示屏上的最终数字。这是博阿维斯塔外闸门离此的距离。

你没有足够的空气供两个人抵达博阿维斯塔。露娜说。

240。人类的脑子没有氧气能存活240秒。3除以30。露娜算不来，但它的得数就是她全速跑到博阿维斯塔所需的时间。它必须小于240秒。但她只有8%的能量，再加上额外的重量，还有，这件工装能让一个九岁的女孩以它的全速奔跑吗？

把数字留给我解决，露娜。

露娜命令她的沙装跪下来。壳体工装的手又大又笨拙，而露娜对触觉系统缺乏经验，并且她也从未捡起过像此刻她试图举起的物体一样珍贵的物体。

"来吧，"她轻声说着，将手塞到卢卡西尼奥的身体底下，极度害怕会折断什么东西，"哦拜托了，起来。"

她伸直了腿，把卢卡西尼奥横抱在臂弯里。

"好了，工装，"她下令道，"跑。"

加速度几乎让她往后倒去。露娜痛得叫了出来，因为她感觉到她的关节抽搐着、撕扯着。她的腿正在从关节窝里被扯出去。它们不能移动得这么快，没什么东西能移动得这么快。工装的陀螺仪稳住她，将她扳回平衡状态。她差点把卢卡西尼奥弄掉了。露娜·科塔穿着她红色与金色的壳体工装，在丰富海上飞驰。她从黑色奔入灰色，越过了玻璃场和原始尘土的分界线。月壤从她脚下往外纷飞，一线尘埃在她身后缓缓沉落。

190。这是亲随在露娜头盔上闪现的新数字。她还需要这么多秒才能抵达博阿维斯塔的主闸口。但之后她还必须从主闸口抵达避难所。闸门必须打开，闸门必须认得她。这在190秒外还要加上多少秒？

"露娜，"她说着，唱了一首她从小就知道的歌，她的帕今乎每夜都来到玛德琳的育婴室，在她床头唱这支歌。听我的歌，安今乎。

再唱给我听。这首歌将激活博阿维斯塔的急救程序。

如果机器坏了呢？如果能源耗尽了呢？如果有一百种不同的失误导致闸门无法开启呢？如果博阿维斯塔不听她的歌呢？

在壳体工装里，在腿部的痉挛和关节的疼痛里，露娜·科塔屏住了呼吸。

收到博阿维斯塔的确认。露娜说。

现在她看到信号灯亮起来了，桥塔上旋转着红色的灯光，指引着迷路和遭难的人回家。露娜抱着她的堂兄，奔向了 V 形的导航灯。前方就是主闸门的烧结斜坡，一道黑暗的口子正在她面前张开。

太疼了太疼了太疼了，她从来没有这么疼过。她头盔显示器上的一切数字都变成了白色。白色是出局，白色是死亡。黑暗的线条正一寸一寸扩张成面。

"露娜，展示避难所。"

黄色的地图覆盖到了灰色和黑色上：博阿维斯塔的模型图。避难所是一个绿色的立方体，在闸门那头十米处。露娜专注于它，她的亲随在图表上布满了数字。露娜从其中读到的是一些空气、一些水、一些医疗帮助。一个避难处，暂时的。

她跑下了依然在如铡刀般升起的外闸门，跑进了黑暗。

我没有能源提供头盔灯光了。露娜在道歉，但工装在稳定地导航，任记忆操纵肢体。在那里，黑暗中的绿色，柔和的绿色急救灯光透过了窗眼。仁慈的、可爱的绿色。

210 秒。

"番石榴汁，卢卡，"露娜说，"科埃略咖啡馆的番石榴汁。非常冰。"

头盔灯光在隧道内径中跳跃，向下扫过光滑的墙面，掠过烧结导轨，跟随着身体的节奏摆动着。奔跑的身影，以他们敢在这危险的地方使用的最快速度奔跑，飞跃前冲的大步，每一步都越过数米：热尼、莫、贾迈勒、索尔和卡利克斯。他们的沙装是色彩与图案的狂欢：黄色和白色的 V 形；运动队的印花和贴纸；用红色记号笔手绘的卡通形象。毗湿奴冷漠的、滑稽的赐福的脸。光点：它们以令人不安的、奇异的动作在黑暗的隧道中舞动。简练的指令在头盔之间闪烁。这里有碎片。屋顶塌了。有电的电缆。废弃的轨道车。他们迅速地用 AI 标签标记出每个障碍物，接着飞跃过去。这是一场比赛。

10 米。

找到标记了。

这里。

穿着毗湿奴沙装的身影从肩上挪下一个千斤顶，把它插进了闸门之间的缝隙里。上一次来的时候他们非常勤勉，没有留下任何痕迹，没有污染任何记忆，重封了每一扇门和每一个入口。但这是一次比赛。一等裂缝宽到可以通过，他们就一个接一个地滑了进去，热尼、莫、贾迈勒和卡利克斯。索尔用一根崩塌的立柱撑住了闸门，把千斤顶塞回背上。城市探索者们涌入内闸，奔下台阶，进入了博阿维斯塔宏伟的废墟。

只有天知道外面那是什么东西。

这个标记灭了。

那些东西可能会到这里来的。

莫，这个标记灭了。

这个标记灭了。在此之前，它们沉寂了几个月。在此之前，团队的兴趣已经转移到了工业考古以及氦 -3 萃取器有趣的、几乎如雕塑般的残骸上，后者是在麦肯齐—科塔战争中被太空巴尔特拉轰炸摧毁的。在此之前，卢卡西尼奥·科塔在酒吧里喷吐的愤怒如长矛般扎穿了他们热爱城市探索的信念。一个标记灭了。他们此前一致同意不再返回博阿维斯塔：毁坏的程度过于严重，时间又太近了，奥瑞克萨的脸带着太多审视，侵入的内疚感过于强烈。月球上没有幽灵，但石头是有记忆的。在离开前，他们在这死去的宫殿中散布了许多运动传感标记。假设会有抢劫者、历史学家或其他城市探索者，踩入亵渎的脚步。又或者，会有石头的记忆在此间走过。

有什么东西在博阿维斯塔的陵墓中移动过。标记闪烁着，向热尼发送了一个通知。

如果是机器虫呢？

热尼把图像发给她队友的亲随。标记的能量很少，分辨率很低，图像也很短暂，但已经足够了。一个穿着壳体工装的身影，它的胳膊里抱着个东西。

这不是机器虫。

沙装头盔灯光不足以照亮博阿维斯塔这么宏伟的生态系统，而且掉落的石雕、散落的残骸和冰让老熔岩洞里头变得很危险。热尼、莫、贾迈勒、索尔和卡利克斯踩着速冻河流中那些不牢靠的石头，设法穿过了倒塌的凉亭，让他们的标记网络和视镜上覆盖的实时增强影像引领他们，但最清晰的信号是栖息地北端的淡绿色灯光，就在主外闸边上。

从外面开一辆探测车到这里，然后直接穿过闸门。那会轻松得要命。

呃呃，你还记得你非常担心的那些机器虫吗？

妈的。

我们走老路，穿过电车隧道。

绿灯是一个避难所的紧急灯光，能源和资源量都很低。城市探索者们迅速穿过博阿维斯塔死去的花园，躲避、冲刺、跨越。热尼、莫、贾迈勒、索尔和卡利克斯推进到了避难所闸门的绿灯窗眼附近。在冷凝水的条纹间隙里，他们勉强能看清地上坐着那个穿着壳体工装的身影，背对着门口，头盔脱掉了。一个孩子。那玩意儿里他妈的是个孩子。

"卡利克斯。"

中性人将他的沙装背包连接到了辅助空气供应端口中，往里面灌入了空气。

那边地上还躺着另一个身影，穿着白色的沙装。

热尼把她的通信电缆插入端口。

"嘿，嘿。能听到我说话吗？这里是热尼、莫、贾迈勒、索尔和卡利克斯。我们马上就把你们弄出来。"

他们借着世界的索具呼啸而下，跳跃、翻滚、高飞、空翻。电光色彩、标语T恤、头巾和护腕、双颊骨节嘴唇上画着蓝色的条纹。就像一道身体组成的瀑布，跑过栏杆，跃过导管和沟渠，从支柱上飞下，在电缆线路间俯冲。罗布森·科塔无法跟上那些动作和技巧，只能羡慕着。他会跟上的，只要练习就行。无止境的练习。他将他们魔术花招般的标志性动作拆成细节。每一个动作都包涵一个简单的词汇表。学会这个，你就学会了魔法。无论看到什么技巧，他都会尝试去剖析并占有。

子午城的跑酷者跋涉过城市三方区的每一个方区，在城市屋顶的结构中划出踪迹，在高处跑过数公里的路程，在灿烂的日光线中留下短暂的剪影。

金环。

网络断了，列车不动了，巴尔特拉失效了，特维城被围攻，机器虫和分类机等各种东西从天而降，钛合金脚咔嗒咔嗒地在世界上传扬着流言，但是心大星方区上方有一个金环，就在捷列什科瓦大街的屋顶上。

金环是一场竞赛，是一场挑战，召唤着所有的跑酷者前往高处。

子午城的运动队降落到罗布森·科塔的周围。他们年纪更大，更高大，更强壮。更酷。他们认识他。他是那个掉下天空的孩子。搞砸了自己初跑的十三岁孩子。他挂起了一个金环，它就立在他的上方，用荧光胶带固定在一百一十二层管道连接处的侧翼。

没人说话。每一双眼睛都盯着罗布森。

"你们有什么可以吃的吗？"罗布森结结巴巴地说。

一个穿紫色紧身裤的男孩扔给他一根能量棒。罗布森毫无礼仪、毫不羞耻地把它塞下了肚子。自他逃离丹尼·麦肯齐，攀上高城后，已经过去了两天。除了从水槽里能舔到一些冷凝水外，他没有吃也没有喝。他掉下三千米还能走路，但他在逃跑上一窍不通。这时候他才意识到他无法躲藏在城市顶部，等着子午城的跑酷者出现来援救他。他必须召唤他们。

"你挂了一个金环。"一个穿泥灰色紧身裤和蓝色露脐上衣的女人说，这套衣服和她脸上的妆容相称。每个跑酷者都穿着不同样式的蓝。子午城的风格。他以后必须要学习如何正确地表达它，其中一定有规则。

"我知道。我可能不应该……"他烦躁焦虑了大半天，才鼓起勇气偷了设置金环必需的荧光胶带。

"对，你不应该。"穿紫色的男人说。

"你为什么让我们来这里，罗布森·科塔？"蓝色的女人问。

"我需要你们的帮助。"罗布森说，"我没地方可去。"

"你有钱，罗布森·科塔，"紫色紧身裤男人说，"你是个科塔。"

"我跑了，"罗布森说着，心里却慢慢地冷了，他意识到事情可能不会像他希望的那样发展下去，"丹尼·麦肯齐……"

紫色紧身裤男人打断了他。

"他妈的没门，哈哈娜。"

"你的队友，罗布森·科塔，"蓝色女人哈哈娜说，"也就是南后城的跑酷者。那些教你怎么跑的人，你和他们联系了吗？"

"我试了，但我联系不到他们……"

"你知道你为什么联系不上他们吗，罗布森·科塔？因为他们死了，罗布森·科塔。"

罗布森喘不上气了，他的心脏抽搐着。他浮到了非常高的地方，坠落永无止尽。他的嘴里发出了无意义或失控的声音。

"你知道他们怎么死的吗，罗布森·科塔？麦肯齐的刀卫把他们带到了兰斯伯格，把他们推出了气闸。所有人。"

罗布森摇着头，想说不不不不，但他的肺里没有空气。

"你是有毒的，罗布森·科塔。你说，丹尼·麦肯齐？丹尼·麦肯齐？我们帮不了你。哪怕是到这里来可能都太过头了。我们帮不了你。"

哈哈娜点点头，跑酷者从罗布森身边轰然散开，他们跳跃，奔跑，翻着跟斗，劈开双腿，以十几种不同的动作，以十几道不同的轨迹向高城攀升而去。

教他动作的形态和名字的巴普蒂斯特；训练他，直到那些动作成为他一部分的南希内特；让他知道自己的身体能完成什么技巧的拉希米；给了他感知物理世界新方式的利芬；让他变成一个跑酷者的扎基。

死了。

罗伯特·麦肯齐曾许诺不会碰罗布森的队友。但罗伯特·麦肯齐死了，那个如此确定、由轨道引领的世界融解了，粉碎了，被抛进了真空。

他杀了他们。巴普蒂斯特、南希内特、拉希米、利芬和扎基。

他只剩下了他自己。

第二天，泽赫拉在整修坞和瓦格纳会合。探测车的损坏面积很大，但很容易修理。扯下一个组件，换上另一个就好。工作是稳定又重复的，渐渐有了它自己的节奏和韵律。瓦格纳和泽赫拉一声不吭地工作，并不需要说话。瓦格纳非常专注。阿娜利斯到车间来看他，也许他想要吃午餐，也许想要休息一下。她看到了熟悉的暗面专注力，他可以连续几小时专注在一个东西上。她很好奇亮面的瓦格纳是什么样的。她还会认识他吗？狼和他的影子。她没有告诉瓦格纳自己来过，便离开了车间。

希帕提娅太小了，用不上三班时间表，它一直遵循着子午城的标准时间。到了第三天的午夜，修复完成了，瓦格纳和泽赫拉停下来休息。探测车在水流下闪着微光。在外行人的眼中，它依然是那辆被拖进希帕提娅主闸门，由它精疲力尽的组员推进整修坞的破旧的六轮车。他们的眼睛看不到新组件和新引擎的美；看不到新的线路和路径；看不到由瓦格纳专门设计，由泽赫拉定制打印、手工安装的部件。

"你什么时候离开？"泽赫拉问。

"等电池充满电，我整体检查完就走。"瓦格纳绕着探测车走动。他的右眼里闪烁着诊断数据。替换的视镜很合适，但他每一秒钟都更加憎恨这默认亲随迟钝又无趣的个性。它是一个单一的事物，顽固，毫无特色。

"我和你一起去。"

"你别去。天知道外面有什么。"

"没有我你可出不了闸门。"泽赫拉说。

"我是老大……"

"我在指令链里塞了一段代码。"

从一开始瓦格纳就明白，他和他军师的关系并不依赖于管理，而在于尊重。他第一次遇见她时，她是他带出子午城主闸的第一个玻璃组的军师。她坐在后面，栖息在探测车的台阶上，而那些更老更脏的手正在试图惊吓、胁迫、折磨、威吓这个漂亮的科塔男孩。等到装备分配完毕时，她荡进了车中对面属于自己的座位上。一个字也没说。老大和军师间的敌意会害死组员。当机器缓缓驶上坡道，进入外闸时，泽赫拉在私人频道里说：人不知道自己不知道什么，科塔男孩。但我会和你在一起。

电池充满了。探测车核查了二十种不同香味的清洁剂。他的组员穿好了沙装和靴子，背包也满了。瓦格纳制定了一个出发计划。当座位降下，安全杆升起时，泽赫拉碰了碰他的胳膊。

"你有十分钟的时间，去和她道个别吧。"

瓦格纳不需要他那廉价又差劲的小亲随告诉他阿娜利斯正在小舱里。在步道的尽头，他就已经听到了西塔琴嗡嗡的共振和翻涌的低鸣声。她在即兴表演，他暗面的自我沿着音符奔跑，找到了自己的步调和序列。他不会鉴赏音乐，从来都不会，但他了解并且恐惧着它迷惑和引领思维的力量，以及它对时间和韵律的掌控。卢卡斯曾经迷失于波萨诺瓦的精致复杂中，它的每一个音符都有一个和弦。瓦格纳在他兄长对音乐的狂喜中看到了与帮派爱格塔相似的东西，但这种喜悦更单一，更孤绝，是一种私人感受。

音乐在半拍上停止了。她的亲随告诉她，他在她门口。

她仔细地把西塔琴放进它的盒子里，这优先于其他一切事务，他喜欢她的这种做法。

"你很适合这件沙装，杰克鲁。"

"比我来这里时好。"

"好多了。"

当他们从彼此的怀抱中分开时，她把一包东西塞进了他戴着手套的手里。

"我打印了你的药。"

瓦格纳想把泡沫袋塞进某个沙装口袋里，但阿娜利斯阻止了他。

"我能看出来，小灰狼。现在就吃一些。"

它们的效果如此强烈，如此精准，瓦格纳几乎晕眩了。他一直以为自己的焦虑状态是因为抵抗疲劳以及过度专注于要在子午城找到罗布森。他已经很多年没有犯过这种错误了。到了月面上，这状态会杀死他和泽赫拉。

"谢谢。不，这个，这个词不适当。"

"要回来。等一切结束后——不管发生的是什么。"

"我尽力。"

向下走进车坞时，他再次听到了西塔琴闪亮的音色。离开之前，他还剩三分钟。

"我需要那段代码。"他对泽赫拉说，她正和他背对着背，坐在军师位上。

"什么代码？"

前二十公里，泽赫拉都沉浸在她的音乐里，瓦格纳很高兴能独自体会身体的感觉，它正渐渐回复至药物摄入完备的状态。这是一段经受着体内战争的里程。现实世界放大又缩小；注意力掠向某个物体，又转向另一个有趣的东西。他又看见了阿娜利斯残缺的耳朵，它不是意外，意外不会有这么整齐的边缘。她为她的背叛付出了代价。握刀的手很仁慈。麦肯齐家对背叛惯常索取的是一根手指，那将使西塔琴明亮的欢欣永久地静默。

泽赫拉和他说了多久的话？

"抱歉。"

"我刚刚说，我很乐意你问我。"

在玻璃上沿着赤道一号线向子午城行驶是很容易的。探测车的雷达杆竖起来了，瓦格的头盔显示，在他和斯伯奇莱克的避难处之间没有敌人。和希帕提娅间的通信状态良好，太阳公司的工程师正使用碎片和补丁复原网络。轨道网也在运行了——至少有一条线路，一列车：从圣俄勒加到子午城。战争结束了，战争输了，战争赢了，战争在继续，战争变成了不同的东西——瓦格纳和泽赫拉在各种不确定性和谣言中飞驰。他想，你可以身处于一场战争中，却一点也不了解它。他的注意力再度转移了，他不得不再次道歉。

"问你什么？"

"你去子午城是为了罗布森。你有没有想过问问我为什么想和你一起去？"

瓦格纳之前认为泽赫拉与他同行是出于个人的忠诚，意识到这一点时，他发现他完全不了解他的军师。

"不，我没想过。这不对。"

"那里有我的家人。"

他从来都不知道。他从来都没想过。

"我母亲，"泽赫拉说，"她老了，她独自一人，而月球正在她周围坍塌。"

"噢。"瓦格纳·科塔说。

"嗯。"泽赫拉·阿斯兰说。

他们沿着纯净又完美的玻璃向前开去。

瓦格纳打开节流阀，全速向前驶去。太阳能环区是他的领域：光滑、安全、理性，而且相当相当相当无聊。

无聊是好的。无聊说明没有惊吓也没有奇袭。无聊让你能回到你爱的人身边。

无聊是谈天的背景。在一百五十公里中，瓦格纳对他军师的了解比十次工作合约积累的还多。泽赫拉还有一个中间名：阿尔泰。阿斯兰是她的生物学名称，以及合约名。阿尔泰是她的家族名，她真正的家族。诺迈辛巴是她真正的母亲，一位来自约翰内斯堡的月芽。阿尔泰是一个养育谱系，没有哪个阿尔泰是天生的阿尔泰，所有的成员都是经过领养、收养或结伴进入这个谱系的。诺迈辛巴在泽赫拉三个月大时收养了她，她有三个兄弟姐妹和两位母亲。在近一年里，诺迈辛巴正因为矽肺病而渐渐走向死亡，她的肺在变硬，变成月球的石头。泽赫拉正在走程序从远地领养一个小男孩：亚当·卡尔·耶斯佩松。这事简直要把她吓出屎来，但阿尔泰们是很坚强的。泽赫拉必须在诺迈辛巴的呼吸完全变成石头之前完成这个程序，把谱系中最后一个小尾巴带给她看。

整片警报信息掠过了瓦格纳的显示屏。他猛踩住了刹车。泽赫拉立刻进入了状态。此刻他们从希帕提娅西行了一小时。他将异常数据传到她的面板上。两人一起爬上车顶，抓着通信天线，用眼睛搜索着惊吓和奇袭。在光滑的黑色月平线上，有一处凹陷。

"有什么砸下来了。"瓦格纳说。

"砸得够呛。"泽赫拉表示赞同。

他们慢慢朝着冲击处驶去，不过雷达并没有什么显示。到了三公里时，瓦格纳开着车缓缓穿过一片黑玻璃泪珠的残骸。泪珠散落在他的车轮和黑色的太阳能组件之间。最后的十几米是一圈玻璃碎片组成的低矮山脊。瓦格纳觉得自己在玻璃间看到了机械碎片。机械和其他碎片。探测车到了山脊顶，俯瞰着月球上这个最新的陨石坑。瓦格纳和泽赫拉走下几米，来到坑边。沙装面板呈现了尺寸：直径两百米，深二十米。弗拉马里翁的最新卫星地图上并没有它的存在。

"我正在从这里获得一个巨大的热成像，"泽赫拉说，"地震数据说，这地方还在像一口寺钟一样鸣响。"

"它一定是某种对 VTO 来说很重要的东西，让他们冒险在离赤道一线这么近的地方进行打击，"瓦格纳说，"有机会吗？"

"没有任何机会。"泽赫拉说。

"麦肯齐？阿萨莫阿？"瓦格纳问。

"有合约有债务的人。"

他们死了，他们的元素和硅熔化在一起，此刻仍在红外散热的过程中。但最冒犯瓦格纳的，最让他觉得屈辱的，是这纯粹又完美的玻璃上的洞。

他们在向西五十公里处遇上了第一台翻倒的分类机。月球上到处都是垃圾，废弃和损坏的设备总是被就地遗弃。丰富海和危海的采氦场上、风暴洋上月壤被剥去两百米深的矿坑里，散落着萃取器和烧结器、太阳能设备和分类机。金属无处不在，金属一钱不值。生命元素才是珍贵的。发现一台被丢弃的分类机并不让人意外，意外的是发现一台损毁得如此彻底的分类机。它看起来像是从轨道上被丢下来的一样。它侧翻着，面板都烤得凹进去了，内部结构在它的尸体边碎了一地，悬架断了，轮子翻在诡异的角度上。推土的刀叶断成了两截。

在之后的五公里路程中，瓦格纳和泽赫拉又经过了两台分类机：死了、碎了，一台翻倒了，另一台的推土刀叶深深扎进了第一台分类机的侧翼。

"有我们可以打捞的东西吗？"瓦格纳问。

"有。但我不会靠近它们。"泽赫拉说。

"有很多车辙。"瓦格纳说。

"全都指向子午城。"泽赫拉说。

越过月平线时，他们驶进了一个屠杀现场，一处遇难地，一个分类机的墓地。金属的庞然大物倾覆着、倒立着、彼此插入，就好像这些巨兽般的机器在交合一样。三十五台分类机。瓦格纳想象着某种重金属神灵神圣的审判。死去的机器极具雕塑意味，场景凄凉。

"它们没有全死。"泽赫拉警告道。一台将刀叶深深插入对手引擎的分类机用力把自己往上拔了出来。它的轮子在玻璃上飞转。

前方是一堆纠缠破碎到极致、让瓦格纳无法辨认它曾是一台工作机器的垃圾。而这台分类机就从那垃圾后面翻了过来，停在了幸运八球的前方，放低了它的刀叶。

"泽赫拉。"瓦格纳大喊道。她早已打开了引擎，竭尽所能地飞速倒车。玻璃阻挠着这台垂死的分类机，但相同的玻璃也在背叛幸运八球组。轮胎旋转着，探测车在向一边侧滑。依然活着的分类机冲了过来。

泽赫拉猛地旋过车身，它在光滑的玻璃上跳起了圆舞曲。刀叶在不足一米的地方擦了过去。探测车向后铲刹，泽赫拉奋力控制着它。幸运八球侧撞在了一台死去的分类机上，一次颠簸震颤的撞击。

"它又绕过来了。"瓦格纳叫道。

"我知道！"泽赫拉咆哮着，"我他妈的知道！"

分类机追着它，攻击，然后死去。瓦格纳看到它钢铁骨架上的警示灯灭了。电源耗尽。但冲势依然：一个不受控的、无思想的、停不下来的巨物。它朝着幸运八球组冲了过来。泽赫拉驾驶着车子穿梭在刀叶和残骸之间的缝隙里。接着他们冲出了机械墓场，驶进了干净又完美的玻璃场中。

"孙家一定是反黑了其中的一些，"瓦格纳说，"分类机内战，那一定壮观得要命。"

"你尽管去买内场票吧，"泽赫拉说，"不过告诉你，那些孙家人可能救了子午城。"

"我这右边颠簸得厉害。"瓦格纳说。

"右后方坏了一个轮胎和引擎，"泽赫拉说，"我们一定是在撞上残骸时弄坏了它。"

"会有影响吗？"

"不会。除非我们撞上更多的残骸。总之我会切断连接，随它自由滚动吧。"

离开战场之后，驶向子午城的路程干净、迅捷又平静。瓦格纳用他廉价又差劲的制式小亲随联系上了子午城的控制台。

"这里是太阳公司幸运八球玻璃组，幸运八球，标记TTC1128，请求立即进入猎户座方区主闸。"

"幸运八球，原地等待。"

"子午城，我们遭到损坏，缺少空气与水供给。"

这个谎撒得好，老大。泽赫拉在私人频道里说。

只是把事实夸大了一点。瓦格纳说。但他很生气。一千公里，经受了屠杀、围攻、战争，遭遇了袭击和撤退、胜利和逃亡、死亡和恐惧，可是他不得不等着子午城的交通管控。你们正在阻止我找到我的帮派，我的爱人们，和我的男孩。

"准备进入。"他对泽赫拉下令。她在信号灯之间把车开到了坡道边缘，面向巨大的灰色闸门。

"幸运八球玻璃组，离开坡道区域。"子午城控制台下令道。

"请求紧急进入。重复，我们的氧气供给不足。"

"你的紧急进入请求受到拒绝，幸运八球。离开坡道区域。"

"老大。"泽赫拉说道，同一瞬间，瓦格纳感觉到了上方朝他降下的阴影。他抬起头，看到了一艘VTO月球飞船船腹的灯光，它正在幸运八球上方五十米处盘旋。在它周围，还有七艘飞船保持着队列，在推进器的火光中盘旋。"我在移开。"

探测车急促地避开，月球飞船降到了坡道上。瓦格纳注意到了一个人员舱。舱口打开，楼梯展开。穿着壳体工装的身影走下楼梯，向闸门走去。月球飞船升空了，另一艘俯冲下来，着陆，让全副武装的人员登陆。每艘飞船轮流如此。

"这是一整个舰队。"泽赫拉说。

"有七百人。"瓦格纳说。闸门打开了，穿着硬壳工装的身影走进了黑暗中。门又落下了。

"幸运八球玻璃组，进入坡道。"子午城控制台说。

"发生了什么事？"泽赫拉问。

"我想，就当我们在外面的时候，我们输了这场战争。"瓦格纳说。

先是无人机。一大群无人机，像《圣经》里的瘟疫一般，如一团嘶嘶作响的黑云，从子午城的中心轰然升起。最初，玛丽娜以为那是烟，这是月球居住者极度恐惧的东西：烟——火！接着她看到云团分成了更小的细流，每一股都指向不同的楼层。她僵住了，她刚刚从返地课程中解散的同学们僵住了，整个子午城都僵住了。

这些是什么东西？

细流形成了更小朵的云，每一朵都追上了方区的某一层。云朵吞没了玛丽娜和她的同学们。她发现自己正和一只细小的、昆虫大小的无人机眼对眼望着。它用隐形的翅膀飞旋着，她右眼中感觉到了一束激光带来的刺痛。她的亲随被审问了。然后它尖啸着离开了，和所有那一大群一起，翻涌着卷上了二十七层。

你还好吗？返地者们互相询问，你还好吗？你还好吗？

无人机云滑进了方区中心，旋转着，就好像要组成一层新的大道。

返地者们近来又困惑又紧张。他们将全部返回地球——这个信念被费解的新闻打碎了，这些新闻突兀地插入到了他们的新闻数据和加普夏普频道中。恶棍分类机，杀戮机器虫，被围困的特维城，食物短缺食物没有短缺，食物定量配给食物不会定量配给。关于食品的暴乱，关于食品的抗议。在前去集合的路上，玛丽娜在LDC旧会堂下方绕过了一场彬彬有礼的小型抗议。他们在抗议某种没有发生的东西，某种并不存在的东西。列车关闭了，巴尔特拉关闭了，月环关闭了。月球被封锁在了宇宙里。某些之前来的学员被困住了，因自己的生理签证过期而恐慌着。一两天不会有什么影响，协调员比达这么说。如果一两天变成一两周呢，变成一两个月呢？还有积压量怎么办？月环只有这么多舱室，而循环飞行器的轨道是固定的。

骨骼时钟一直在嘀嗒作响。

在无人机之后，机器虫来了。在消息传遍网络之前，玛丽娜就看到那起伏的群体冲下东二十六层向她席卷而来。市民们试图离开街道，冲进店铺和酒吧，狂奔向家中，寻找着任何裂缝或可遮蔽的豁口，爬上楼梯或登上电梯远离传言之地。它们进城了。它们在街道上。在室内你就会没事。到屋里去，它们在砍杀街道上的任何人。孩子们都被拉着奔跑、抱在怀里，狂乱的父母们试图联系上家里的青少年，公寓关闭了临街的门，拉下了窗。

奥列利娅说：我要回去。

我能从这里回家，玛丽娜说。家在逆着人流的方向。她快步走下二十五层街道的斜坡，却直接撞上了楼梯底部的机器虫。它正沿着二十四层右侧，以一种缓慢又复杂的小步舞移动。它像是一个锯齿三角架，腿上有折叠的刀锋，臂上有弹簧小刀。它的每一部分都是开刃的，是锋利的，每一部分都可以变形成刀片。它的许多眼睛都在留意，它的头猛地转过来打量她。

它带来的冲击过于惊心动魄，以至于身体唯一的反应就是麻木。没有恐惧，尽管恐惧才是对的：这是对离奇事物的震惊。面前的这个东西如此异形，如此难看，如此迥异于玛丽娜曾见过的任何事物，她甚至无法理解她看到的是什么。对奇异事物的震惊让她的脑子一片空白。它的每一部分都冒犯着人类的审美。她无法移动，无法思考，无法行动。而它却移动了，思考了，行动了。玛丽娜在那些将她从头扫描到脚的眼睛里看到了智慧和意图，接着它的注意力突然转开了。它用那三条咔嗒咔嗒响的匕首小脚舞动着走开了。现在恐惧来了。玛丽娜坐在第二十四层大街斜坡最底下的台阶上发抖。死神看了看她，走开了。新的传闻在网络上传扬：没事，它们不会碰你。

那它们造出来是干什么用的？玛丽娜想。

最后一波浪潮是工装。

和猎户座方区中心的大多数居民一样，阿列尔和阿蓓纳要么在阳台上，要么在街道栏杆处。玛丽娜找到了她们。一支工装队伍从列车站走了上来。他们穿着壳体工装，盔甲上装饰着重金属图案：燃烧的头骨、尖牙、恶魔、大胸女人、大鸡鸡男人、恶魔与天使与锁链。是沃龙佐夫。另一支队伍从外闸朝加加林大街推进。他们穿着黑色的防暴装甲，携带着小而黑的射弹武器。他们成排成列，步伐整齐。在震惊到静默的猎户区方区里，他们的靴子声又响又吓人。

"他们在行军。"玛丽娜说。

"他们是地球人。"阿列尔说。

"那是枪吗？"阿蓓纳问。

"如果他们试图用那些东西射击，他们免不了要大吃一惊。"玛丽娜说。

"我最关注的并不是后坐力，真是抱歉。"阿列尔说。

第三支队伍从办公室和打印店里出现，他们没有盔甲，没有武器，也没经过操练，只是些穿着日常服装和橙色背心的人——月民。他们聚集成了三群，向上、向外走入了猎户座方区的每一条大道和小街。玛丽娜命令赫蒂放大背心的图案：每件背心上都有一个徽标——一只叼着小枝的鸟占满了整个月球。玛丽娜没见过这个象征符。它的上方是"月球托管局"的字样。

"和平、生产、繁荣，"玛丽娜念着世界和鸟图案下方的箴言，"我们被中级管理层入侵了。"

两盒番石榴汁和一块肉馅卷饼，它们在罗布森·科塔的腰包里晃荡着，他正在穿过五十层以上，向西心大星电力管道攀爬。他在十层以下甩掉了机器人，它们的电池容量有限，而且无法攀爬。它们能做的就是尽力从楼梯和街道上追踪他，并给他标记了一份传票。在上城高街之上，传票还有用吗，祝你们好运。危险来自它们吸引的人类的注意力，而且现在到处都是这些小机器，看守着每一点面包屑和纸杯子。

罗布森从每一个方区的招牌店里偷东西——子午城总有一处是在夜晚——除了第十一门。在自己认可的招牌店里偷东西，就好像在自己家门口拉屎。

两盒番石榴汁和一块肉馅卷饼——罗非鱼，他讨厌罗非鱼——这就是对一次大胆的西心大星导管夜间速降的可怜奖赏。罗布森花了好几天时间在高电压电缆和继电器之间找到了一条安全路径，用荧光胶带把它标记了出来，胶带是他在一个繁忙的茶摊上从一位下班的集尘者背包里偷出来的。他向上攀升，身后跟着一长溜闪亮的箭头和符号。箭头：向箭头方向跳远。大于号：翻墙。小于号：精确地跳跃到一个狭窄的位置上。等号：猫跳。垂直等号：蹬壁上墙。十字：坐推冲跳或摆跳，选择取决于障碍物的长轴方向。右下斜线：钻栏杆。左下斜线：反钻栏杆。X：别碰此处。星号：致命危险。

罗布森在穿过七十层时喝了第一盒果汁。他把空盒子塞进小偷包里。垃圾会掉下去，垃圾会卷入机器，垃圾会变成一个背叛者，等在一次远跳的尽头。他要把卷饼留到窝里吃。罗布森在高地上四处搜索了几天，总算找到了一个温暖且有遮挡的睡觉的地方。它既不潮湿也没有冷凝水，但可以直达水源，它很安全，不会让他在睡梦中翻个身就摔死自己。他用偷来的填充物铺好了它，然后降到下方的酒吧里，去偷那些喝酒的月面工人的隔热毯。

每个魔术师都是一个贼。时间、注意力、信念。隔热毯。

罗布森钻进由防撞泡沫和气泡膜堆成的窝里，吃他的肉馅卷饼。他要把最后一盒果汁留到稍后喝。他已经学会了合理地分配饮食。

它将会是一个可以期盼的东西。对于流亡者来说，无聊是黑暗中的敌人。手淫则是戴着不同面具的另一个敌人，戴着朋友的面具。

罗布森很愿意相信，这高处的窝是他位于世界上方的哲学式鹰巢。高于任何其他人类，他可以俯瞰且沉思。如果食物被看守起来，那它的价值必然超越了日常。在执行偷盗任务时，他听到茶摊里的谈话。列车禁行了，巴尔特拉也一样。沃龙佐夫管控了它们：他们为什么关闭它们？特维城被埋在了月壤下。这缩短了作物的生长季，它们在变少，可能还会歉收。阿萨莫阿也许很诡异——他见过的每个阿萨莫阿都很诡异——但他们绝不会在自己的首都干这种事。但如果没人知道什么时候才会有再次收成，那就解释了机器人为什么会守卫每一份肉馅卷饼和盒饭。

接着是所有故事里最吸引人的部分，它让他在某处逗留得过久，让他的手指在一个他想偷的物件上移动得过慢。月海上有些东西，在那些高地里。整队整队的人失踪了——杀人的东西，有刀组成的手指和剑组成的脚。杀戮机器虫。谁会制造这样的东西？孙家能制造，但制造的理由是什么？为什么会有人制造出这种只能恐吓，只能胁迫，只能威吓和控制的东西？

这个世界上不会有这样的人，罗布森这样想。他蜷在自己的窝里，一个热交换器的嗡嗡声温暖着他，偷来的毯子裹着他。没有任何通知或声明，没有任何人确切地知道这样一件事，但罗布森推断，月球被入侵了。被地球，被高天上蓝色的地球。但他们不能自己完成这件事，他们需要有人运输他们的机器和人员。有这种能力的只有沃龙佐夫。沃龙佐夫和地球结成了同盟，要控制月球。

"哇啊。"罗布森·科塔说。

接着他听到了一个咔嗒声。一个轻敲声，咔嗒咔嗒的轻敲声。一只腿，如手术工具般简洁又精密的腿，出现在热交换器的拐角处。钢铁的蹄脚在步道上发出了咔嗒声。罗布森僵住了。一只如利刃攒成的花朵般的手臂越过罗布森窝巢的拐角，然后是头。罗布森觉得那是头。它有六个眼睛，与身体铰接的方式是他从未见过的，但他确定那是个头，因为它正从一边到另一边转动着研究他。

咔嗒。另一步，另一只腿。另一只臂。

他慢慢地撑着往后挪。

现在机器虫对他有兴趣了。咔嗒咔嗒咔嗒。它跟着他走。罗布森站起来了，机器虫冲了过来。天哪它太快了。咔嗒咔嗒啪。

机器虫顿住了，往下望去。它的一条精致的蹄脚陷在了罗布森窝中随处可见的网眼里。它的头摇来摇去，研究着被扯住的蹄脚。只要一秒它就能弄清楚要怎么做，而这一秒就是罗布森需要的一切。唯有一个以手上戏法为职业的人才有这样的速度和技巧。唯有一个跑酷者、一个从南后城顶部跌落至底部的城市跑者拥有这样的胆量。

罗布森抢过他的隔热毯，将它在机器虫身下甩出一个环状。当它转身时，他掠过它身侧，从刀臂下钻了过去。他将隔热毯末端甩过栏杆，往上扯。机器虫失去了平衡，趔趄着。罗布森猛地俯低身体，将肩膀插入它的腿和身体相会之处，向上挺起。杠杆原理完成了剩下的工作。机器虫在拔出蹄脚的同时翻倒了下去，挥舞着它的腿和臂，展开了一片残暴的刀影。它的重量和速度带着它翻过了低矮的栏杆。它掉了下去，刀锋在空气中厉响着，撞上了五层以下的一条步道，粉碎了。垃圾雨点般洒落向下方遥远的捷列什科瓦大街。

罗布森猛地倒回他安全的窝里。毯子裹着他，热交换器暖到了血液里，但罗布森在颤抖。他无法相信自己干了什么，他怎么敢这么干。那只机器虫会伤害他吗？它也许会就此离开，但他不能冒这个险。他做了他必须做的事。他从它手中逃脱了。他也有可能逃脱不了。他不能去想那个可能性。现在他在发抖。他觉得恶心。肉馅卷饼一定是坏了。罗非鱼：有毒的材料。液体，他需要液体。他在哭。他不应该哭的。罗布森裹紧了毯子，吸着那盒番石榴汁。

露娜在床边放置了更多的小灯。当她一圈圈向内填充光线时，四个方向的守护之光变成一个防卫光圈。一圈又一圈的光围着医疗床。她有了一个新主意，要从大圈向外辐射摇摆的线条，像是太阳光之类的东西。露娜喜欢对称，所以她一开始就要设置六道摆动的太阳光线，每一条间隔六十度。她没有足够的光来完成自己的图案，沮丧地发出了嘘声。她必须搜索更多的光了，姐妹会里有足够多的生物灯。

现在是时候给它们浇水了。露娜蹲下身来，拿着她的小水壶，在生物灯的光圈里挪着步子。一滴，又一滴。绿光更亮了。

有声音，是圣·奥当蕾德嬷嬷进了屋子。她以为她像一个神灵般安静又神秘，但对露娜来说，她沉重的步伐、沉重的呼吸，还有她不自觉发出的咕哝声就像一台隧道挖掘机一样吵。

"露娜，我们真的必须进去照料他。"圣·奥当蕾德·阿伯塞德·阿德科拉尔嬷嬷说。她是一个肥胖的约鲁巴老太太，穿着当今领主姐妹会的白色衣服。她的串珠、护身符和圣像发出了咔嗒声和咯咯声。她有一点臭。

"你可以跨过去。"露娜挑衅地说。梅德圣拎起长袍的边缘，走进了守护光圈内。她没有弄乱一盏灯。她赤着脚。露娜以前从未见过修女嬷嬷的脚。

"我们联系了你母亲。"圣·奥当蕾德嬷嬷说。

"妈咪！"露娜喊着，站了起来，撞翻了她的水壶。姐妹会并不赞成在她们的会堂里出现亲随，但她还是召唤了它："露娜，接通我妈咪！"

"哦，没这么快没这么快，"修女嬷嬷说，"网络还是时断时续。我们有我们自己的频道。你母亲知道你们在若昂德丢斯这里，知道你很好，她传达了她的爱，说她会尽可能快地来带你回家。"

露娜张着小嘴，在兴奋中泄了气。亲随露娜淡化成像素消失了。

"卢卡西尼奥怎么样？"她问。

"需要时间，"圣·奥当蕾德嬷嬷说，"他伤得非常重。一个病得厉害的年轻人。"

她朝床上的身体俯下身去。无数的管子在他身上进出。管子连在他的手腕、胳膊和身侧。他的咽喉处连着一根大管子。露娜只有在需要确认他还在呼吸时，才朝它瞥一眼。一条细细的小管子从他的尿道口里伸出来，它让她扭捏不安。还有电线和针头，袋子和传感臂。他赤裸着，没盖东西，像一个天主教圣徒般手掌向上。他沉睡在比睡梦更深之处。医疗诱导型昏迷。姐妹们说。他不动，他不做梦，他也不醒。他在遥远的地方，穿行在死亡混沌的边陲。

如果姐妹会没有这么好的医疗设备，如果城市探索者不是这么好奇，如果她晚了三十秒打开闸门进入博阿维斯塔避难所。

如果如果如果的如果。

奥当蕾德嬷嬷的味道也许并不是她的味道，露娜对此仍然不确定。沙装的臭味会像文身一样渗透进皮肤里。

为了避免褥疮，床会时而膨胀时而放气，卢卡西尼奥身体的不同部分就会随之轻柔地起降。他在呼吸，但那是机器的作用。须茬从他的脸上、腹部和腹股沟上长出来。他的肚脐到阴囊有一道细微的暗色毛发。

"你们会给他剃毛吗？"露娜问。他又迷人又可怕。

"我们会尽最大的能力照顾他。"奥当蕾德嬷嬷说。

"你觉得妈咪会来这里，我们可以全都在这里和你待在一起吗？"

"你妈咪是个非常重要非常忙碌的女人，亲爱的。她有很多事要做。"

"我希望他醒过来。"

"我们都希望他醒过来。"

姐妹们说过,卢卡西尼奥可能要过几天才能醒,或者也可能是几周。也可能是几年。埃利斯玛德琳的波卡力欧故事里讲过这种事。可爱的王子被诅咒要在一个秘密的深洞里永远沉睡。通常一个吻就能唤醒他们。她每天都在嬷嬷们全离开时试着这么做,有一天它会成功的。

圣·奥当蕾德嬷嬷无声地移动嘴唇,读着环绕卢卡西尼奥头部的显示屏。有时会有一个词漏出来,露娜意识到那不是数字,而是祈祷。

"哦!我差点忘了。"圣·奥当蕾德嬷嬷一边说着,一边在她白色的长袍里翻找,露娜很确定自己此刻不应该看着她。她变出了一个木盒子,一个又大又扁的木盒子,雕刻着花朵的图案,它们极尽精美,精美到甚至有些勉强露娜的视力。

"它是什么?"露娜对礼物的猜测总是毫无局限。

"打开它。"

盒子里铺着丝滑闪亮的织物。露娜喜欢它在她手指下的触感。姐妹会没有一台很好的打印机,但它足以打印出可爱的连衣裙。再见!她之前一边对那讨厌的讨厌的讨厌的工装内衬喊着,一边把它塞进了解印机。她永远都不想再穿任何紧身的东西了。

接着她注意到了刀子。两把,像双胞胎一样紧挨着彼此。暗沉、坚硬、闪着微光。刀锋如此锐利,以至于能切断盯着它们的视线。露娜用指尖碰着刀叶,它和它垫着的内衬一样光滑润泽。

"它们是用月钢制造的,"奥当蕾德嬷嬷说,"用郎格尔努斯环形山下方深处挖出来的、十亿岁的陨铁锻造的。"

"它们的感觉又美又吓人。"露娜说。

"这是科塔家的战刀。他们属于你的叔叔卡里尼奥斯。他用它们在克拉维斯法院里杀了哈德利·麦肯齐。当若昂德丢斯陷落时，丹尼·麦肯齐又用它们杀了卡里尼奥斯。它们辗转到了我们的保管之下。在这个特别的地方保管它们，这让我们觉得不安——刀上染了太多的血——但鉴于对您祖母的爱与尊敬，我们一直保护着它们。一直要到一个勇敢无畏、既不贪婪也不怯懦、能够英勇地为家族而战并守护它的科塔来到这里。一个值得拥有这些刀的科塔。"

"卢卡西尼奥应该拥有它们。"露娜宣布。

"不，我亲爱的，"圣·奥当蕾德嬷嬷说，"这是给你的。"

第十一章　天蝎宫 2105

揉成一团的连裤袜击中了玛丽娜的脸。

"帮我接几个见鬼的电话！"阿列尔喊道。

公寓现在是一个危机处理单元。阿列尔在她屋里，阿蓓纳在厨房区域，用她们的亲随谈话谈话谈话。玛丽娜坐在生活区，从敞开的门里望着猎户座里升起的日光。她的脑子里没有别的东西，只充斥着几个字：告诉她告诉她告诉她。

"阿蓓纳在做这事。"

"阿蓓纳在和她姑妈说话。孙志远正在线上等着我。"

"我能做什么？"

告诉她告诉她告诉她。

"给他讲个笑话。问候他祖母的健康。请他解释量子计算。那可以填满半小时。"

她没法在月鹰废黜 LDC 时告诉她。她没法在列车停止天空关闭时告诉她。她没法在特维城被埋在月壤下困在黑暗中时告诉她。她没法在阿萨莫阿—麦肯齐的一支特种部队于弗拉马里翁被歼灭时告诉她。她没法在一支巨大的太空枪管指着子午城时告诉她。之前的时空里充满了太多的历史。时机永远都不对。

"好吧，你在干什么？"

"我在尝试和乔纳松·卡约德说话。"

"你不是有一个私人频道可以联系他吗？"

"但他不回应，天才。拜托帮我接这个电话，玛丽娜。天哪，我真希望我还在喝酒。"

赫蒂接起了电话。

"志远阁下，晚上好。我是玛丽娜·卡尔扎合，阿列尔·科塔的个人助理。我明白您在目前政权变动的状况下无法联系咨询月鹰办公室。阿列尔正在尝试和月鹰建立联系……"

现在政权变动了，月球的城市被占领，软战争结束了。列车又在跑了，月环正在将货物和乘客升至轨道，VTO确认了她的预订，安排了她离开的日程。她的升空已经安排好了，而时空里依然充满太多的历史。要告诉阿列尔她要离开她，现在依然不是正确的时机。

阿德里安。

他在夜里等这个声音等了五年。阿德里安·麦肯齐醒了，下了床。

他们来了。

乔纳松打着鼾，他很难被叫醒，但他必须醒。阿德里安粗暴地摇着他。

"乔。"

他吞着空气，用大嘴呼吸的地球人。他必须醒来。

他们进了大厅。鹰巢安保正在封锁各处的门。

阿德里安第二次摇撼乔纳松时，后者自己的亲随也发出了警报。他醒了。

"几点了？"

"我们遭到了攻击。穿衣服。"

卡利奥佩在阿德里安的视镜上打开了摄像窗口。三队人。一队在前庭，一队正穿过车辆出入口，一队正从上方的天台下降。他们知道要去哪里，要撞击什么以及如何撞击它。聚能装药炸开了门，它们在减压状态下像纸一样薄。远处干脆断然的碎裂声让月鹰僵住了。

"我的保镖……"

"他们就是你的保镖。"所以他们知道上方的天台出入口，它本来是阿德里安计划中的逃生路线。不过他有计划 B。

乔纳松·卡约德扯上了鞋、短裤，在试图找到一件衬衫的开口。

"别管它了！"阿德里安吼道，"用花园的服务梯，他们没有什么东西是从那下面上来的。"现在他正在对卡利奥佩复述很久前就排练好的话。面板从墙壁上滑了出来。摆在上面的，沐浴在明亮的白光里的，是护身装甲。乔纳松·卡约德吃了一惊。

"什么？"

"你对这地方并非全都了解。"胸甲和背板很紧。他变胖了，又胖又松弛。没时间穿护胫套和前臂铠甲了。他把头盔套在头上。"卡利奥佩叫了一辆摩托，在第五十层服务人员门口。它会把你带到麦肯齐金属的子午城办公室去。杰克鲁会迎接你，保护你。快走！"

最后，阿德里安·麦肯齐从磁力场中抽出了交叉的双刀。他让光线映上它们内嵌的钨钢，以及刀锋复杂的锻纹。它们出类拔萃。阿德里安把它们插入了腰间的刀鞘。

"走！"

卡利奥佩向阿德里安展示了三组向卧室会聚的武装人员，他们黑入了鹰巢的安保系统。

"我会尽我所能地为你争取时间。"

"阿德里安……"

"麦肯齐永远不会是战场的逃兵，乔。"

一个吻，短暂得像一场阵雨。阿德里安·麦肯齐拂下了头盔面甲。

在婚礼上，在庆典的半途中，他父亲曾把他带到高处的一个阳台，俯瞰心大星方区中心。给你的。阿德里安打开了盒子。盒子里，双刀躺在钛合金的绒垫上。阿德里安在刀锋间长大，他了解刀子，而它们与他曾见过的刀不一样。与麦肯齐金属有史以来制造过的任何刀子都不一样。试一试。邓肯·麦肯齐说。刀锋贴在阿德里安的掌心，像是从他骨头里抽出来的一样。如此完美的平衡，如此稳当。他砍劈、佯攻、挥舞它。舞动的刀锋发出了啸声。它能割裂空气，邓肯说，我为你感到高兴，儿子，但某一天你会需要一把刀。将它们留待那一日。

脚步，人声，门爆开了。

阿德里安·麦肯齐的刀锋从鞘中鸣响而出。

月鹰是个大个子，一个并不健康的男人，他曾为月芽的肌肉已经松弛了。在下到第五十层的梯子的头一格，刀手们抓住了气喘吁吁、穿着短裤和卧室拖鞋的他。他们把他拖上来，他号叫着，尖叫着。他被抓住了，被举了起来。一只拖鞋踢掉了，然后是另一只。他在手中被传递，被撕扯。现在他赤裸着，在恐惧中胡言乱语。手，更多的手。刀手们抬着他从精剪过的佛手柑中走下去。月鹰明白了他要被带到哪里去，尖声叫喊着挣扎。那些手又稳又紧地抓着他。他们扛着他到了可以俯瞰心大星中心的小亭子里。方区的五条大道是五条光弧。

刀手们整齐划一地托起了乔纳松·卡约德，将他远远地扔进了闪烁的空中。

月球栖地的大气压是 1060 千帕。

他在坠落的途中翻滚。这只鹰不会飞，也不知道怎么飞。

月面的重力加速度是 1.625 米每平方秒。

他在坠落的途中尖叫，挥舞着胳膊和腿，仿佛他能像攀住绳索一样攀住空气，直至他撞上了第三十三层桥面的扶手。一只胳膊粉碎了，以一种不正常的角度舞动着。再没有尖叫声了。

空气里坠落物的自由沉降速度是每小时 60 公里。

月鹰从他的鹰巢坠落到心大星中心的公园需要一分钟。

有一种物理性质叫动能，它的公式是 $mv^2/2$。也可以叫它冲击。冲击力。一个移动缓慢的大物体有较低的冲击力，较低的动能。一个高速移动的小物体有较高的动能。比如说，从一架太空质量加速器中射出的一个小冰块，可以在月球栖地的岩盖上冲钻出一个洞。

反过来看。

例如，一个十三岁男孩从一千米跌落，有较低的动能。

换成一个大块头、超重且不健康的五十岁男人，就有较高的动能。

一分钟足以计算出，一个细瘦的十三岁男孩也许能以每小时 60 公里的速度于心大星中心的撞击中生还。而一个大块头、超重且不健康的五十岁男人则不能。

赫蒂唤醒了她。

玛丽娜，是离开的日子了。

她设了一个闹钟，好像她会忘记醒来一样，好像她在离开月球的前夜能睡着一样。

在那少许财产之间，玛丽娜对着长跑流苏犹豫着，圣乔治绿色的绑带和绳索。它们只有几克重，而她的行李质量限额有许多千克。她把它们放到床上。当她穿衣服时，它们流连于她的眼角，她穿得又迅速又安静，因为这房子里有不少人。它们是小小的指控：所有的离别应该都是干脆的。

干脆，但并非空无。

玛丽娜对于要留下什么样的字条踌躇了很多天。一定要有字条：毫无疑问。它应该是直接且个性化的，让阿列尔没有阻止她的可能。

一张手写的字条，放在没人会忽略的地方。直接的，个人化的：一个离别礼物。

当玛丽娜从打印机里拿出纸张时，阿蓓纳咕哝着睁开了眼。自占了一个床位后，她便成了永久居民。

"你在干吗？"

"长跑。"玛丽娜撒谎道。它是唯一一个可以完美解释她于早晨四点离开公寓的理由。现在她必须穿上符合托辞的衣服了。玛丽娜将穿着跑鞋、抹胸和愚蠢的超短裤离开月球。

"跑得开心。"阿蓓纳嘟囔着，在吊床里翻了个身。阿列尔在自己屋里打着鼾。玛丽娜蜷在床上，抱着膝盖，试图写字。字母痛苦又扭曲地出现，词语让人崩溃。她走到冰箱前，想用一杯杜松子酒稳住自己。白痴。自月球陷落后，就没有任何杜松子酒，没有伏特加，没有任何酒精了。但她还是把字条粘在了冰箱门上。

最后的最后，玛丽娜把绿带子绑在了手腕、上臂、膝盖和大腿上。对于这些流苏，天意为她做了决定。当玛丽娜打开公寓门时，阿蓓纳再次醒了。

"你穿成这样不冷吗？"

玛丽娜苍白的皮肤上起了鸡皮疙瘩，但它们并非源于寒冷。

"再睡会儿吧，你们早上还有一个世界要营救呢。"

偷偷摸摸地穿戴，安安静静地留了字条，静悄悄地出门，小声地关上了门。

玛丽娜，你离出发还有两小时。

玛丽娜走向第二十五层街道的斜坡，忍住一声哽咽。街道几乎是空旷的，有少许几个人朝她点头打招呼，她也朝他们点点头，他们都因在黎明前做着某事而共享着让人快乐的罪恶感。一个女人正在她公寓门口做瑜伽；两个男人靠在扶手上轻声聊天；一群孩子正从某个俱乐部或某次派对上离开，摇晃着往家里走。在互相致意的过程中，他们是否能感受到她有着不同的意志和特别的情感？在方区尽头，一道黯淡的靛蓝色映上了墙和阳台。日光线正为新的一天亮起。

一只机器虫和两个穿着重金属装甲的 VTO 守卫正守在斜坡顶端。玛丽娜的心揪紧了，她在害怕：如果她和他们眼神接触，他们会不会认出她？如果她不和他们眼神接触，他们会不会因为她可疑的举止把她拉进警察局？你是玛丽娜·卡尔扎合，你为阿列尔·科塔工作。我们得问你一些问题。你是玛丽娜·卡尔扎合，你抛弃了阿列尔·科塔。你以为你要去哪里？

她向他们扫了一眼，只略略转了一点头。VTO 的卫兵甚至看都没看她。一个犯傻的青少年以孩子的专注度打量着机器虫，大着胆子尽可能地靠近了那基本没有带鞘的刀锋。

一场战争发生了，一场战争胜利了，输了，但什么也没有改变。孩子们照样喝醉，照样约会。男人们照样聊天，女人们照样做瑜伽。长跑者照样奔向他们的会合点。一个女人遛着一只戴了挽具的雪貂。玛丽娜右眼的栖箔记录着四元素的价格，以及她的账户状态。管理层换了人，仅此而已。但这让死亡变得毫无意义。战士们倒在了这个孩子碰触的刀锋下，他们不是为了股东利益战斗的，也不是出于个人对富裕又遥远的龙家族的忠诚。没人会为了这种东西战斗。他们战斗，是为了他们的世界、他们的生命、他们的文化，为了他们不让外星人来告诉他们如何行事的权利。

玛丽娜下了斜坡。每一层都有守卫。她做了一次小小的心算，以资消遣：层数乘以每层大道斜坡的数量，再乘以方区数量。有很多机器虫，还有更多沃龙佐夫。

在第三层街道的斜坡上，一个女人从上行扶梯上往这边看了一眼。是一个年轻女人，穿戴着又短又裸露的跑步装备：胳膊上绑着黄色的穗带，腕上有黄色的手环，左膝上有一条绿色的绳子，灿烂地映着她暗色的皮肤。长跑者。她朝玛丽娜点点头：长跑的姐妹。疑虑击倒了玛丽娜。她转过身，几乎要沿下行扶梯逆行而上，追着她去了。她的心脏会爆裂的，一定会爆裂。她想跟着这个长跑者一起去。她想回去，回到公寓，回到阿列尔身边。这个渴望超过了一切。

自动扶梯带着她们错身而过，撕裂了这个瞬间。

在猎户座中心，她在高高的树冠下找到了一条长凳。阴影浓烈，她任由它们将她围绕。这个早晨，在这个公园里，只有她和情侣们。靛蓝色亮成了深蓝色，映出了小树林栅栏般的树干。玛丽娜坐在那里，直到胸腔里令她绞痛的啜泣减弱至某种可以忍受的程度、某种终将逝去的程度、某种能让她看到别人的脸不至于崩溃的程度。

月球上唯一美丽的事物是人，这话不是阿列尔说的，而是她哥哥拉法说的。美丽而可怕。比如热情的、暴烈的、软弱的拉法。比如自负的、守诺的、孤独的阿列尔。比如美丽的、劫数难逃的、愤怒的卡利尼奥斯。比如阴郁的、专注的、忠诚的卢卡斯。现在开始你为我们工作。他说。如果她没有接受这份邀请，如果他没有提出这份邀请。如果她在拦截那只刺杀蝇时慢了一瞬。如果她没有接受卢卡西尼奥·科塔逐月派对的侍者工作。

她仍然会在这棵树下，走上这条步道，乘上月环电梯回家。

这是个可怕的世界。

在子午城中心的高处，在三个方区的主大道于三公里高处相会的穹顶上，早起的飞行家们俯冲着，翻转着，彼此缠绕着空气的螺旋。他们的翅膀闪烁着，反射着黎明的上万道光线。他们舒展着纳米碳的羽毛，捕捉着上升气流，盘旋而上，直至成为耀眼的光斑，消失在深蓝色中。

她从来没飞过。在去参加飞行训练前的聚会上，她站在吧台上，向每个人保证她一定会做这件事。他们在那里飞翔。但她从来没有在月亮上飞过，她也从来没玩过滑雪板，朋友们去斯诺夸米的那个学期她在完成论文。错过滑雪的女孩。从未飞过的女孩。

月环站在子午城中心的西南扶壁上。它低调又保守，但子午城是环绕它所在的中柱而建立的。电梯就在这里，在月球离地球最近的这个点上，它建成的日子远远早于第一批立柱深深沉入中央湾下方的时期。玛丽娜上一次穿过这些门仅仅是在两年前，但它们没有一处让她觉得熟悉。一个新的世界，新的重力，新的移动、感觉和呼吸的方式，新的栖箔在她眼中，为她的每一次呼吸扣费。

站台永不关闭。月环从未停止旋转，它一直在环绕着世界。服务人员已经预料到了她的到来。有一次最终医疗测试，还有一些文件要签。不太多。在一个白色小房间里的一张白色高椅上，玛丽娜被要求盯着墙上的一个黑点。一个闪光，一瞬间的失明，仿佛散布在视网膜上的紫色残像闪烁着，当她能再次看见时，她眼中右下角的小数字消失了。

玛丽娜卸掉了栖箔。

她开始呼吸非管控的空气。

她深深地吸了一口气，差点因为醉氧而掉下了凳子。将她带离白色小房间的白衣女人微笑着。

"每个人都这么做。"

在冲击之后，是疑惑。如果她错了呢？如果有什么没解释的事情呢？如果她没有权利得到她血液中的这些氧气呢？玛丽娜开始轻浅地呼吸，小口小口地品尝空气，像对待一个珍贵的孩子般对待它。

"每个人也都这么做，"女人说着，带她进了等候厅，"轻松地呼吸吧。"月球旧式的祝词。"你的机票涵盖了从此时到你走出 VTO

的一切服务。"

这是她没有思考过的部分。她琢磨过离开的过程，一遍又一遍，对每一个细节和每一种顺序，对每一个动作和每一个时段。她无法想象抵达。它应该是在下雨。仅此而已。她无法透过温暖的灰色雨幕看到上方的行星。

五位乘客等在厅里。有茶，有酒精，但没有人喝除了水以外的东西。无人关注的寿司立在冷盘里，收集着细菌。

如她所料，返地班的阿马多、哈特姆和奥列利娅都在这里。没有人说话，只点了点头。没人对她的跑步装备多瞧一眼。没人敢看别人的眼睛。每个人都坐得离别人尽可能地远。每个人都这么做，玛丽娜猜那位服务人员会这么说。玛丽娜已经让赫蒂打开了她的歌单，但是这些歌要么对这个场合来说过于平凡，要么是她不愿意让它和这样一种终场事件联系在一起，以免污染它。

"还有一位要来。"服务员在关上厅门前通知道。

"不好意思，"玛丽娜问，"我还有时间吗？"她朝洗手间点点头。等下一次她再能舒适地小解之前，她有几个世界要经过。

就像哈欠一样，小解的需求无声又可靠地传递开来。洗手间门外排起了队。

现在，最后一个人来了，并不是玛丽娜预料中的人。在玛丽娜的同期组员中，奥克萨娜本应是现在这群人的最后一个。她是一个小个子、小眼睛、总是皱着眉的乌克兰人。而现在这位是个高个子尼日利亚男人。奥克萨娜一定是改变了主意。在最后一次组员聚会之后做了决定。重新打开门回到了她的房子里。在斜坡底端绕着沃龙佐夫的守卫走了一圈，又反身回去了。在月环站门口转过了身。选择了月球。而玛丽娜在压制那可怕的犹疑。哪怕到了现在，她依然可以这么选。从这条白色的长椅上起来，走出这扇门，回去。

回到阿列尔身边。

她动不了。她在离开和留下之间瘫痪了。

接着，等候厅另一头的一扇门开了，另一位接待员说："我们准备登梯了。"玛丽娜发现她和别人一起站了起来，和别人一起走出了那扇门，穿过了压力闸，进入了月环舱室。她在中心圈找了一个座位坐下。安全杆展开落下，环抱住了她，带走了一切疑虑。舱口封闭了。倒数读秒很敷衍。像这样的太空舱每天都有数百次的抵达和离开。但她还是恐惧，穿着她的运动抹胸和长跑短裤，系着她的缎带，在恐惧。离开和抵达时一样恐惧。

升空的第一步是在子午城中心内部的直线上升，它令人毛骨悚然。几秒之后她就已经在半公里高处了。月环舱室是一个加压体，没有窗户，只有外部摄像头给赫蒂传递图像。玛丽娜眼中的子午城中心就像一个巨大而空荡的竖井，充满了数万个窗户透出的光线，在此刻的黎明中泛着丁香色。现在她甚至比正在上升的飞行家还高了——他们在那里，在暖气流峰顶上滑翔，盘旋着下落，穿过尘埃飞扬的晨光。

她正在离开月球，在这早晨，在壮大的光线中。

她瞥见了高城处的通风孔和风扇、电力管线和热交换器，然后舱室进入了气闸，摄像头关闭了。舱室颠簸着，她感觉到了机器的移动、闸门的封锁，听到了减压气流的尖啸声减弱成轻响，终至静默。在她上方是升空塔。月环环绕着月球，正伸下触须，要在塔顶捉住她扔入太空。

会很难受，返地组的比达说过，它会比任何事都更难受。

"阿列尔。"

所有的摩托都严格限速，但当你乘着大道上唯一的一辆摩托，在苏醒的猎户座方区丁香紫的晨光里，飞速穿过加加林公园又高又暗的树林时，你会觉得你正以自己希望的速度前进。

"阿列尔，这没有意义。"

在关门的轻响和解印机的旋转声里，阿蓓纳再次在吊床上从浅眠中醒过来。把事情拼凑起来。她看到了冰箱门上贴着的字条，明白了刚刚都发生了什么。她读了字条。还没有读完，她就已经在阿列尔屋里了。

"玛丽娜回地球去了。"

当她还在帮阿列尔穿上宽松直筒连衣裙时，摩托车就到了门口。弄弄我的脸。阿列尔用冰一样的声音说着，而贝加弗罗正在尝试定位并联系赫蒂。阿蓓纳跪在座位上，仔细地给她刷上双色眼影。摩托车一路畅通地呼啸穿过每一个占领军检查点。

我联系不上她，阿列尔只说这句话，我联系不上她。

"我还是联系不上她。"阿列尔说。

"阿列尔，听我说。"

阿蓓纳把字条丢在了厨房地板上，但她仍然能看见上面的每一个字，就好像是一根白热的针头把它们写在了她视网膜上。

我必须离开月球。我必须走。

"阿列尔，她的舱室在十五分钟前离开了。"

摩托抵达了子午城中心，展开了车门。

"阿列尔，她走了。"

阿列尔猛地抬起了头，她视线中无望的灼热令阿蓓纳畏缩。"我知道，我知道。但我要亲眼看见。"

返回的舱室降下了子午城中心的墙壁，从太空归来。一个上升时，一个下降。上上下下，无穷尽的传送带。

"我希望你离开。"阿列尔说。

"阿列尔，我可以帮……"

"闭嘴！"阿列尔尖叫道，"闭嘴你这又蠢又傻的小婊子，别说你那些好心、快活、毫无意义、迟钝、无知、油嘴滑舌的小道理。

我不想要你的帮助，我不想要你的魔法，我不想要你的治疗。我希望你离开。离开。走。"

阿蓓纳呜咽着，蹒跚离开了车子。她跑到了一面木槿篱笆下的石凳边。丁香紫的晨光褪成了金色，有飞行家在闪亮的空中翻转，那对阿蓓纳来说是可怕的。可憎的女人，讨厌的女人，不领情的女人。但她忍不住透过自己的头发，透过颤抖的啜泣，张望那个摩托里无助的女人。车门像花瓣般开在她周围。这会儿她的头颈往前弓着。这会儿她往后仰着。阿蓓纳试图理解她看到的场景。她想起了卢卡西尼奥和其他女孩男孩取乐时她的心情。愤怒、被辜负、想要像自己被任意伤害一样任意去伤害别人。渴望打击那个伤害她的男人，看到他被打击。但眼前这事并不一样。这是一个生命被撕成两半。这是彻底的、断肠般的失去。

她的亲随在她耳中轻语。阿列尔。

"阿蓓纳。我很抱歉。我现在好了。"

阿蓓纳不知道她是否能面对阿列尔。她看到了一种比赤裸更深刻的裸露。她看到脆弱撕开了一个视沉着高于一切的女人。阿蓓纳站了起来，抚平她匆忙穿上的衣服，深深地呼吸，直到呼吸不再战栗。

"我来了。"

接着摩托和单车包围了阿列尔的车。

武装的身影从敞开的摩托中走出来，从单车上滑下来：穿着绘有重变音符号的防护服的沃龙佐夫，还有穿着黑色战斗服的雇佣兵——他们穿的是打印机为便宜又笨拙的地球战士打印出来的某种防护服。他们包围了阿列尔的摩托。

阿蓓纳僵住了。

阿列尔需要她。

"别碰她！"她喊道。

一个人转过身来：一个矮个子女人，栗色皮肤，穿着不合适的缪西娅·普拉达裙子和四英寸的塞乔·罗西高跟鞋。

"你是？"

"我是阿蓓纳·马努阿·阿萨莫阿。"阿蓓纳说。

阿列尔的声音从整圈武装过的雄性中传来。

"让她过来，"阿列尔说，"她和我一起工作。"

穿普拉达的女人点点头，战士分开了。

"我很抱歉让你看到那个样子，"阿列尔轻声说，"你不应该看到那个。"

阿蓓纳有一百种回应，但它们都是好心、快活、毫无意义、迟钝、无知、油嘴滑舌的。当她们在月球学会碰面时，阿列尔称她为，平庸、幼稚、无聊。阿蓓纳明白，她能做的，她所能做的一切就只有这些回应。

"我们为阿列尔·科塔而来。"穿缪西娅·普拉达的女人说。阿蓓纳认不出她的口音，但她的脸、她的眼和她的颧骨都有一种令人困惑的熟悉感。网络搜索没有得到什么结果，这个女人的亲随是一个描绘着锦缎金丝的锡球。我为什么会觉得我曾见过你？"月鹰要求召开会议。"年轻女人说。通用语不是她的母语。

"月鹰的要求通常不由武装的蠢货来传达。"阿列尔说。阿蓓纳想为此鼓掌。

"领导层有变动。"年轻女人说。

现在阿列尔开始注视那眼睛，那颧骨和嘴部的轮廓。相似性——令人难以置信的相似性渐渐明了。阿蓓纳意识到了她在哪里见过它们，就在她身边这个女人的脸上。

"见鬼的你到底是谁？"阿列尔用葡萄牙语问。年轻女人用相同的语言回答：

"亚历克西娅·科塔。"

修复机器人一直很勤勉，但阿列尔在法庭上锤炼出来的眼睛注意到了门框周围烟熏的痕迹，光亮的烧结地板上还有沾尘的靴印。碎玻璃颗粒闪着光，卡在墙壁和地板相交处。在一间侧屋里，两个机器人正在努力清理地毯上一块很大的污渍。

细节是好东西，细节是铁律。这是一个法庭，她正前往一次审判。一切都可能被审判，包括她的性命。

护卫受命留在了停车处。亚历克西娅·科塔的高跟鞋以军人的节奏敲响坚硬的地板。阿列尔·科塔在她的每一个步伐中都读到了纪律和自控。月芽总是滥用他们力量过大的腿，跨出过大的步子。刚从月环下来的人总是在加加林大街上蹦跳高飞，这个笑话已经渐渐变成了陈腔滥调。但这个年轻女人从未踏错过一步，哪怕是穿着塞乔·罗西高跟鞋也一样。

另一个细节。一枚闪亮的小硬币闪烁着，轻响着飞入一个深坑里。

玛丽娜的舱室入坞了吗，还是依然在飞翔着，向那颗遥远而光辉的行星自由坠落？让贝加弗罗提供一些航班信息，她就能弄明白。

阿列尔把自己的注意力拽回来。关注这里，关注有用的信息。亚历克西娅·科塔称自己为铁手，这是阿德里安娜的旧称。她在模仿阿德里安娜。她有野心，并且非常认可自己的冷酷。

"请在这里等着。"亚历克西娅·科塔对阿蓓纳说。

"别说要推我。"阿列尔说。

"当然，科塔女士。"

当亚历克西娅说出名字时，阿列尔就已经知道她将在这双开门的另一侧，在这装饰愚蠢、毫无意义的桌子后面看到谁。而她看到的这东西抹去了一切关于玛丽娜的念头，将现有的、无处不在的伤痛推到了固有但迟钝的后方，最终让它变成了可以忍受的疼痛。

"你看起来像他妈的死了一样，卢卡斯。"阿列尔用葡萄牙语说。这是亲密又对抗的语言，是家人和敌人的语言。

他大笑起来。阿列尔无法忍受这个。他的笑声就像塞满了碎玻璃的精密机械。

"我死过了。据说死了七分钟。真是让人扫兴，没有从小屋的天花板上俯视一切，没有白光和神圣的音乐，没有祖先在发光的隧道里召唤我，"他把一瓶杜松子酒移到了空旷的大桌子中央，"我过去的定制秘方，网络从不遗忘。"

"我不喝，谢谢你。"

她会很愿意喝，等到一切都变得顺畅、流动又无痛苦时，她会很愿意把这个瓶子带到一个隐秘处去喝了它，这渴望胜过一切。

"真的吗？"

"只在特别的场合喝。"

"家人重聚不是特别的场合？"

"别让我妨碍你喝。"

"唉，关于酒精，我的医疗团队把我放在了与你相同的境地。"

这个空荡的、褪色的、破裂的躯壳是她兄长的傀儡。他曾经漂亮的皮肤变成了灰色。灰色丝丝缕缕地染上了他的头发和胡须。他的眼窝凹陷，他的皮肤因阳光直射而长了痣和斑。他的骨架松脱。哪怕是在月球重力下，他的肌肉也只能勉强让他在桌后维持直坐。阿列尔注意到桌边靠着拐杖。从某种相反的相对性来说，地球重力好像让他衰老了三十年。

"我们不能去地球。地球母亲会杀死你。就这样。我去了，阿列尔。她想杀死我。我在升空转移时心脏病严重发作。但她没有杀死我。"

阿列尔捕捉到亚历克西娅的视线。

"回避一下。"

卢卡斯点点头："请回避一下，亚历克西娅。"

阿列尔一直等到门关上了才说话，只不过，如果亚历克西娅没有监控鹰巢里说的每一个词，那她就是个傻瓜。

"她是？"

"她很聪明，她有渴望，她野心勃勃。她也许是我见过的最冷酷的人。包括你在内，妹妹。她在那下面运营着一个小小的商业帝国，生产并向她的社区贩售干净可用的水。他们叫她管道女王。不过，当我用月球出价时，她就来了。她是铁手。她有阿德里安娜·科塔的血。"

"她会杀了你的，卢卡斯，"阿列尔说，"在你的影响力和地位产生动摇的那一刹那。"

"家族优先，家族永存，阿列尔。卢卡西尼奥在若昂德丢斯。他状况不好。当今领主姐妹会的人在照看他。我总是觉得我母亲对她们的依恋是她衰弱的象征，但在布赖斯·麦肯齐侵占了我的城市这件事上，她们似乎是反抗的核心。我会适时处理这事。卢卡西尼奥带着露娜在丰富海上穿行了一百公里。你知道这事吗？他把他肺里的最后一口气给了他的堂妹，好让她抵达博阿维斯塔。在逐月赛里，他返身去帮助一个阿萨莫阿家的男孩。他勇敢，善良，我希望他好好的，我如此渴望再见到他。家族优先，家族永存。"

这指责老掉牙了，但很准确，并且永远都让人受伤。今天它戳得特别深，戳进了早已挫伤的血肉。阿列尔总是，并且永远会将世界置于家族之上。就像每一条肤浅的真理一样，它的核心处有一条更深刻的真理，熔铸着，旋转着。是世界选择了阿列尔·科塔。世界总是把自己推到她身上，将它迫切又贪婪的手铺展在她身上。很少人有足够的品质和天赋能满足一个世界。它需要，她就供给。它永不停止需求，她就永不停止给予，哪怕它将她隔绝在任何其他可能对她有所需求的人事之外。

"我不会被扫进你那欢乐的小王朝里的，卢卡斯。"

"对此你可能没有选择。如果他们知道谁在掌管鹰巢，你觉得哪个科塔会是安全的？"

"我好像在从事一门对各位月鹰说'去你妈'的职业。"阿列尔说道，但她看到了卢卡斯在她身周设下的陷阱。

"你是我前任的法律顾问，"卢卡斯说，"我希望你继续在这个位置上做下去。就把它看作管理层的变动好了。"

"你前任死在了心大星中心的底部，"贝加弗罗完全呈现了当玛丽娜·卡尔扎合离开她时所发生的政治革命。抛窗。竟有这样一个术语形容这样一种谋杀，它令阿列尔发颤，如此精确，如此文雅。

"我和这事没关系，"卢卡斯说，"乔纳松不是个威胁。他已经输了，阿列尔。他本应在远地大学以挂名讲师的身份终此一生。我对乔纳松·卡约德毫无恶意。"

"但你坐在他的桌子边，用着他的头衔、印章和授权能力，还用他的打印机为我提供你的定制杜松子酒。"

"我并没有追求过这份工作。"

"你在侮辱我，卢卡斯。"

他恳求地举起双手。

"月球托管局需要一个了解月球的人。"

"这不是在更换不同的三字母缩略词[1]，董事会重组不会通过武装轨道炮来实现。"

"不会吗？"卢卡斯倾身过来，阿列尔在他凹陷的眼中看到了她遗忘的光芒，它并不照亮什么，它投射出阴影，"真的吗？你乘着电梯上到高层去，问问他们是否知道LDC都干了什么，问他们是否

[1] 月球托管局原文为Lunar Mandate Authority，缩写LMA，此处意用LMA取代之前的LDC。

能说出哪怕一个董事会成员的名字，问他们知不知道月鹰到底是谁。他们在乎的是他们肺里的空气、舌头上的水、肚子里的食物、加普夏普上谁干了谁、他们的下一个合同从哪里来。我们不是一个独立国家，我们不是一个掠夺自由呼吸的民主体系。我们是一个商业实体。我们是一个工业前哨。我们赚钱。现在发生的一切就是管理层的变动。而新的管理层需要资金流动起来。"

"俄罗斯、印度、巴西、美国、韩国、南非，还有中国的政府代表坐在 LDC 的会议室里。你指望恒光殿接受来自北京的命令？"

"月球托管局是个多代表合作实体，它包括来自地球和月球的公司代表。"

"VTO。"

"对。"

"你为他们提供了什么，卢卡斯？"

"地球上的安全，太空中的帝国，月球上的尊重。"

"这是一次入侵，卢卡斯。"

"它当然是。但它也是生意。"

"你摧毁了克鲁斯堡吗？"

"没有。"卢卡斯说，阿列尔没有回应，她的沉默迫使他说出更多，"我没有摧毁克鲁斯堡。"

"黑入镜群的命令是一个古老的科塔代码。它一直在那里，被控制系统包裹了三十年。代码不会自发激活，一定有人唤醒了它。必须有人发出指令。是你吗，卢卡斯？"

"我没有发出指令。"

"一百八十八个死者，卢卡斯。"

"我没有下令摧毁克鲁斯堡。"

"现在我要一杯你的杜松子酒了，卢卡斯。"

他不太稳当地把酒倒进一只马提尼酒杯里，加入几滴顺势而为的味美思酒，将它滑过月鹰的大桌子。阿列尔曾举起过许多饮品，品尝它们，纯粹又彻底地享受它们。锐利、成熟、个人化的性凝练在一个杯子里。她没碰它。

"你要我代表你，卢卡斯？"

"是的。你还没有给我答案。"

杜松子酒是冰的，杯壁上凝出了水珠，它总是可靠的，总是确定的。家族还是世界，它们一直都是她的困境。卢卡斯只一击便劈开了它们。家族和世界。接受他的邀请，她就拥有了两者。阿列尔长久地看着月鹰桌子上立着的杯子，答案很容易。最简单的事。它一直都很简单。

"我没有，是吗？"阿列尔说，"不。不，我不干。不。"

一个小时后，孙夫人的耐心消失了。她叹着气，举起她的手杖指着亚历克西娅·科塔的方向。

"你。"

"孙夫人。"

孙夫人一直在仔细打量这个年轻女人，后者坐在月鹰办公室门边的一张小桌子后面。每一束肌肉都暴露了她的地球出身。一个巴西人。家人。传说阿德里安娜没有找到任何一个值得加入月球家族的科塔。这女孩有野心，也有获得它应有的自律。她没有用任何可见的琐事或消遣打发时间。她坐得很正，非常沉静。很少有年轻人懂得如何沉静。孙夫人召唤她，部分是为了打破她这种令人生气的泰然自若，部分是想看看她会不会弄错动作，让自己飞过整个房间。她移动得也漂亮，只是透出了明显的专注。

"我们一直在等。"孙夫人说。在鹰巢舒适的接待室里，太阳公司董事会奏响了厌烦的变奏曲。

"月鹰会在他准备好时见你们。"亚历克西娅·科塔说。

"我们不能等。我们不是来签约的人。"

"月鹰非常忙。"

"并没有忙到无法接见叶甫根尼·沃龙佐夫。"那个老酒鬼在三十分钟前带着他愚蠢的武装随从一窝蜂进来了，甚至不体面到毫不觉得尴尬的程度。孙夫人毫不怀疑，他的保镖都是传言中正掌控VTO月球的那个更年轻更强硬的后辈的派系。他们有一致的姿态。他们信奉武力，纪律严明。装甲的设计有碍观瞻，俗丽又幼稚。他们的图腾所源自的音乐也是大流士喜欢的那一类。被这样一群男孩子视频游戏里的人物监管，孙夫人对此觉得耻辱。

治安。这样一个概念将出现在月球上。

"沃龙佐夫先生是LMA的成员之一。"亚历克西娅·科塔说。就在此时，双开门打开了，叶甫根尼·沃龙佐夫这个巨熊一般的男人滚了出来。脸色冷硬的年轻男女穿着更冷硬的制服，从两侧围住了他。他们几乎是把他推出了房间。

"月鹰现在可以见你们了。"亚历克西娅·科塔宣布道。孙家人从漫长又无聊的等待中站起来，整顿自己。

亚历克西娅·科塔走到孙夫人前面。

"您不是董事会成员，女士。"

孙志远僵住了，孙家代表团猛地停下了脚步。孙夫人先行，这是规矩，是习俗，是荣誉的位置。但亚历克西娅·科塔没有动弹。

"这一定是有什么误会。"孙夫人说。

"您和太阳公司董事会坐在一起，但您不是董事会成员。"

"你让我祖母等了这么久，然后告诉她她不受欢迎？"孙志远的声音低沉，带着隐藏的暴烈，"要么让我祖母进去，要么我们都不进去。"

亚历克西娅·科塔抬起两根手指按住耳朵，这姿势属于新来者，她还没有习惯亲随无意识的亲密。

"月鹰很乐意见到孙夫人。"她说。韦费尔墨镜遮住了她的眼睛，孙夫人从她的面部肌肉中读不出任何尴尬或教养。这是一个自信的、傲慢的年轻女人。

孙志远移开身体，让孙夫人走在团队前面。

"你是个无礼的年轻女人。"孙夫人在经过时悄声说。她从来没有被这么羞辱过。愤怒是一种令人兴奋的、灼热的、发烫的消耗性病态，她从来没有料到过会在这个年纪如此强烈地感受到这种情绪。

"而你是个很快就会死的干瘪的老蝎子。"亚历克西娅·科塔用葡萄牙语悄声说。门在孙夫人和太阳董事会身后关上了。

热姆·埃尔南德斯—麦肯齐在顶层公寓的门口停下来，一手扶着门框，喘着气。他的肺里有一千根石针在摩擦。古老的尘埃在渐渐地杀死他。老杰克鲁不应该在黎明前被会议召唤叫醒。

老杰克鲁一听就知道是不是发生了紧急事件。

唯一的光亮从窗户里透出来，布赖斯站在那里，巨大的阴影投在孔达科瓦大道点彩派风格的夜光里。热姆在阴暗中眨着眼。他的亲随告诉了他这里都有谁，并呈现了他们的位置。

"孙家要收回贷款。"财务部长阿方索·佩雷斯特热说。

"妈的。"热姆·埃尔南德斯—麦肯齐诚心诚意地骂道。

"赔付条款很慷慨，但他们要收回它，"罗恩·佐尔法伊格—麦肯齐说，"丰富海和危海仍然只有百分之四十的产出，而且我们没有储备。"

"卢卡斯·科塔要召开会议。"阿方索·佩雷斯特热说。

"我可不会去亲吻那该死的戒指，"布赖斯从窗户前转过身来，"我不会把这个让给卢卡斯·科塔。"

"VTO 可以禁运我们的货物。"罗恩说。

"那地球就会变暗。"布赖斯说,"我知道他在干什么。他会让邓肯把我们赶到荒地里去,我们同时还得保证灯火通明。领土要么在这里,要么在那里:新的董事会,不管是 LMA 还是随便他们叫自己什么,他们在乎的就只是氦气货运。"

"在我看来,我们需要和月球托管局达成协议。"热姆呼哧呼哧地说。

"卢卡斯·科塔是看门人。"罗恩说。

"我知道卢卡斯·科塔要什么,"布赖斯吐了口痰,"他想要回他的城市。在我让他夺回它之前,我会减压他见鬼的城市和每一个活的东西。"

"我有一个不那么残忍的选项。"热姆说,"你听过当今领主姐妹会吗?"

"我听说过。"布赖斯说,"某种敲着鼓召唤暴民的巴西教会。"

"人们尊敬她们,"热姆说,"你也可能会更尊敬一点,因为我要告诉你,我听说她们正庇护着卢卡西尼奥和露娜·科塔。"

布赖斯·麦肯齐的背挺直了,投在街灯下的身影可见地膨胀了起来。

"现在也一样吗?"

他正坐着特许轨道车,在他敌人的大本营里独自旅行。当他抵达时,他被领至它的核心区域,只有正确的门在他身前开启。

卢卡斯·科塔的拐杖在哈德利城光亮的石面上咔嗒作响。

邓肯必然是要建一个花园。罗伯特·麦肯齐的蕨谷曾是月球上的一个奇迹。卢卡斯从未见过它,但确实地摧毁了它。罗伯特·麦肯齐用蕨类和绿叶、翅膀和水创造花园。邓肯·麦肯齐用石头和沙子、风和低语来创造。整个园子宽一百米,对于紧凑的哈德利城来说,它的天花板高得能让人产生旷野恐惧症。卢卡斯曾经感觉城市的岩石压在了他肩上，而现在他被释放了。空气是干燥的，非常纯净，带着细沙的涩味。一条石板路修在斜沙坡的花园之间。成束的光从高窗上落下来，照在石与沙朴素的几何形体上。

咔嗒，啪。

邓肯·麦肯齐等在石圈里，埃斯佩兰斯在他肩上闪烁着。垂直的石面呈现了月球上发现的每一种石质，以及许多月球以外的。有太阳系诞生时的立石柱，有泰坦般的小行星从地球和火星上撞下来、飞越了太空的碎片，有十亿年前流星撞击后深埋入地表的金属芯。

卢卡斯没有错过一个细节：每一块岩石都比邓肯·麦肯齐矮。

"我可以戳死你十几次了。"邓肯·麦肯齐说。

卢卡斯把重量倚在拐杖上。

"那你会变成月壤上的一个洞。"

"质量加速器可真是好邻居。"

"我不和你吵架，邓肯。"

"那时我在克鲁斯堡里，当镜子转向我们时，我和其他人一起奔跑。我听到人们用手捶逃生舱的门。我看到人烧起来了。我还把我父亲的亲随安置在了金斯考特的神龛里。"

"暴力的历史现在对我们没有帮助，"卢卡斯说，"布赖斯占有了若昂德丢斯。那是我的。你可以拿走他的氦气产业。"

"我对你没有所求。"

"我也没有礼物给你。你可以继续和布赖斯打你们的区域战争，LMA会睁一只眼闭一只眼。"

"等我夺回聚变产业后，你就会从我这里夺走它。科塔氦气重生。"

"我没有什么话可以让你相信我对氦气没有兴趣。但我真的想要若昂德丢斯。"

"麦肯齐金属对若昂德丢斯没有战略兴趣。"

卢卡斯·科塔忍住一个微笑。交易达成。

"我们彼此理解。我就不占用你的时间了。"

在蜿蜒的石板路上，走到半途的卢卡斯拄着拐杖转过身来。

"我忘了说。就如你指出的，为免你决定和你兄弟达成协议，我还有一台质量加速器。"

"是沃龙佐夫有一台质量加速器。"邓肯·麦肯齐喊道。

邓肯·麦肯齐看着卢卡斯·科塔在精致打理过的沙子螺旋和沙子圆圈间咔嗒咔嗒地走远。

该死的科塔。该死的科塔。

你有一把大枪，但你忘了，躲避大枪的方法就是在它和我之间放上点东西。

他等着，直到门都关上了，才召唤了丹尼·麦肯齐。

"把罗布森·科塔带给我。"

该死的科塔。

八十五层以上没有电梯和坡道。瓦格纳·科塔从楼梯和台阶、竖梯和横档攀上城市顶端。上至上城高街，走进它的悬廊和壁架、它的狭隙和窄径、它的荒墟和无法之地。上至这些外围区域，空气在通气孔中飒飒作响，在管道里和通信天线碟边轻叹。机器的震动让瓦格纳身下狭窄的网眼步道颤抖着，一旦震动的节拍有变，他就抓紧扶手，强迫自己直直望着前方。向网格下扫一眼会让人晕眩。下方两公里处是一览无遗的捷列什科瓦大街。

一百米后，甚至扶手也没有了。瓦格纳沿着焊接缝慢慢移动，绕过凝着寒露的水槽。他坐了五分钟，返回到一台热交换器栈的侧面，试图鼓起勇气，好越过前方两台湿度控制装置之间三米长的裂隙。最后，他两手抓住下垂的电缆，荡到了远处的壁架上。电死比摔死快。不过这里有人类居住的迹象：水瓶、蛋白质和碳水化合物能量棒的包装——被子午城最高处永久的人造风吹进了缝隙里。在回收每一粒碳分子这件事上，扎巴林们有传奇般的热诚，但即便是他们也不敢爬得这么高。只有日光线比这里更高，瓦格纳觉得它是一种恒久的、耀眼的压迫。世界的屋顶在燃烧，但仍有自由跑者的表意荧光符指向更高的小径。

他越过了海和高地，与怪物和令人惊骇的事物搏斗，见证过勇气和绝望，靠近过能够打穿城市让其变为真空的能量。他经受过力竭和饥饿、脱水和低体温症、杀戮机器和辐射。而寻找罗布森、安全带回他的旅程的这最后半公里，比所有那一切都更糟。在他面前铺上成千公里的玻璃，把他扔进机器战争狂暴的刀锋里，用极度加速的冰块轰炸他，他会在其中杀出一条血路。但在他身前放一道三米宽的豁口，身下吹起两千米呼啸的风，他就瘫痪了。瓦格纳恐高。

在心脏剧烈的撞击声里，在一连串轻浅的呼吸里，他把自己尽可能深地挤进两台气体交换舱的裂缝里。世界顶端的空气明显稀薄得多。瓦格纳深深地呼吸，给自己的身体吸入过量的氧气。

"罗布森·科塔！"

瓦格纳喊了三次，然后瘫了下去，大口喘气。他的头在抽痛。这该死的孩子要是开了他的亲随就好了。但这是消失的第一规则：断开网络。瓦格纳追踪罗布森直至心大星方区的屋顶，靠的只是老练的模式识别和被动追踪分析。

"罗布森！是我，瓦格纳。"他再次充满他的肺，补了一句，"我一个人来的罗布森。只有我，我发誓。"

他的声音在心大星高处钛合金的金属柱间回响。瓦格纳一直害怕大声说话，怕叫嚷和发出噪声。这会给他引来他不需要的关注。吵嚷的人类。他是一只从不嚷叫的狼。

他还是一只吓得要死的狼，藏在钢缝里躲避深渊。

"罗布森！"他的声音再度在金属表面上反弹回响了三次。他讨厌听见自己的声音。

"瓦格纳。"

这声音如此接近，瓦格纳吓得一跳，又从深渊边上退回了自己的凹室。

瓦格纳的心脏在恐惧中揪紧了。罗布森站在一处十厘米宽的凸缘上，没有把手，没有栏杆，攀爬鞋的脚趾抠着边缘。在它们下方是两千米清透的空气。而瓦格纳和罗布森之间有一道五米宽的豁口。哪怕瓦格纳有各种理由要越过它，它看起来也像地月间相隔的虚空。

"你还好吗？"

这孩子一团糟。他的短裤又脏又破，超大号 T 恤的一只袖子扯裂了，挂在肩上。他的头发纠缠成一团，接近可怕的程度，他的皮肤很脏，满是瘀青和正在愈合的擦伤。他从来都不是一个结实的孩子，但现在他骨瘦如柴。瓦格纳看到了 T 恤宽领上的锁骨，他的眼睛明亮又凶猛。

"你呢？"

"是的。不。罗布森，我得告诉你，没事了。"

"我打了一只机器虫，"罗布森说，"我想它只是在检查，但它有刀。我把它翻倒了。它没看到我在干什么。差不多是个花招。它撞上了下面一百一十五层的步道，摔碎了。碎片从第二十层撒到了第四十层。有残骸警告，所以没人受伤。"

"罗布森，我是来带你回家的。"

"我不回那里去。"

"我知道，阿迈勒说了。他爱你，只是，好吧，我们的爱是不一样的。他伤得很重，罗布森。他是想保护你。"

"他还好吗？"

"他在康复。"脾脏破裂，严重的腹部外伤。瓦格纳到医疗中心看望他时他告诉瓦格纳，他们有铁拳。"其是在试图保护你。"

"我知道。但我没法像你一样，瓦格纳。"

"我现在知道了。我们不回狼舍去。我保证。"

"你要怎么办？"

"我和你在一起。"

"你需要狼帮。没有他们，你就不是你了。"

瓦格纳·科塔待在步道上，挤在一条勉强足以容纳他瘦骨嶙峋的臀部的狭缝里，抱着双膝好尽可能多地屏蔽他眼前深远可怕的景象，他的心撕开了一道口子。

"我有你啊。"

罗布森说："你之前在外面，是吗？"

"我看到了我无法相信的事物，看到了之前没人见过的事物，看到了人们不应该见到的事物。我看到了我永远都不会说出来的事物。"

又一次冗长的沉默。

"罗布森，我得告诉你，我看到的所有那些东西，我都害怕，但都比不上我现在的害怕。我很恐惧，罗布森。我不能待在这里。我觉得我要死了，我不知道我还能不能动。你能帮我下去吗？"

没有看到身体用力，没看到肌肉绷紧或有什么准备姿势，但罗布森已经飞过了虚空，伸出一只手，抓住了一根立柱。他晃过了气体交换舱的表面，飞过瓦格纳蜷在里头的这个裂隙，抓住了又一根立柱，翻了个筋斗，稳稳地着陆在通道机架上。

瓦格纳用手和膝盖爬过了机架。罗布森伸出一只手。

"抓住它，盯着我的眼睛，别看别的。"

瓦格纳一点点向前挪，他的腿部肌肉麻木了，他无法信赖他的脚踝。

"抓住我的手。"

他伸出手去，有一瞬间他向前倾倒，深渊在他眼前敞开了。下一瞬间罗布森的手抓住了他，瓦格纳意识到，他从未碰过这只手或拥抱过这具身体。它很有力量，柔软又温暖。还有倔强的抵抗。瓦格纳蹒跚着站起来。

"看着我。"

接着他绕过了第二台气体交换器，走入了进出通道。

"你还好吗？"

"我可能要吐。"

"别朝着空中吐。"

瓦格纳靠在扶手上，喘着气，满脸苍白，全身冷汗。有三次他都觉得自己要呕上来了，然后他站起来，喘息着。

"我们走吧。第一站，一家班雅。你发臭了，侄子。"

罗布森的笑容依然可以让世界暂停在它们的轨道上。

"你自己也不新鲜，小灰狼。"

瓦格纳在汤屋昏暗的温暖中躺了很久。躺在光滑的石头上，汗水结成珠子，滚落下去，从他的肌肉中抽出深层的疲惫，带来令人愉悦的刺痛。星辰在他上方，在穹顶上嵌成不能移动的星座。蓝色和白色的马赛克镶出了一个完满的地球。

它正在渐满，他能感觉到，哪怕身处于月亮的深穴中。他知道这是药物作用，它一直都是药物作用，以及他自己的生理与心理节奏，但在没有见到子午城上空那蓝色新月状地球的状态下，他的确感觉到了。他感觉到它正将他拉扯向狼帮的统一体。他不能去。他有一个孩子。躺在温暖包裹的石板上，瓦格纳开始觉得恐慌。他将和狼帮分离，不仅是这一次地出，而是每一次地出。他不知道他怎么才能忍受这个。他会忍受的，他必须忍受。他有一个孩子。

索布拉轻鸣着。

嘿，我出来了。

罗布森坐在班雅茶吧的一张凳子上。他打印了一件泥灰色一字领上衣，亮出腹部的剪裁，袖口卷起，还有三道条纹的长运动裤。他的头发是一个灿烂的赤褐色蓬蓬球。

"闻起来好些了？"罗布森问。他闪闪发光。

"桉油、薄荷、杜松、佛手柑，还有一些檀香，"最后嗅一次，"一点点乳香。"

"你怎么会知道的。"

"我在暗期知道很多事。"

"我想给你看一个把戏。"罗布森宣布着，从裤子口袋里拿出他那半副牌。他挑出一张牌，把它飞向瓦格纳。转眼间：它消失了。

"他把它藏在自己手里了，"一个声音说，"在他的拇指和手掌间。你坐的位置看不见它，我能看见。"

魔法是视线诱导的艺术。手转移了此处的注意力，因此此处便看不到卡牌的动向，也看不到麦肯齐金属首席刀卫的到来。

丹尼·麦肯齐靠在吧台上，他看到瓦格纳在厅里搜索其他的刀卫。

"就我一个。干得不错，你找到了这孩子。"

"我的名字是罗布森，"罗布森怒气冲冲，"不是孩子，不是罗布。是罗布森。"

"啊没错，"丹尼·麦肯齐说，"为此我很抱歉。而你……"——这是对卖奶茶的人说的——"不必做什么，我能干掉你的每一个安保，但这里不会发生什么麻烦的。"

"你想要什么？"瓦格纳问。

"我听说你一路从特维城过来。我们在那里损失了一些杰克鲁。"

"我是从那里来。你想要什么？"

"我想去特维城，可我是首席刀卫，所以我就被困在了哈德利城，以防某些时候邓肯需要我替他跑个腿。他想要罗布森。"

瓦格纳站到了罗布森和丹尼·麦肯齐之间。

"瓦格纳，这很值得赞美，但你真的不是一个战士，"丹尼说，"邓肯想要一个漂亮的温暖的身体拦在他和你兄长之间。你的嘴张开了，瓦格纳。你在瞪眼睛。你真的不知道吗？你都去哪儿了？哦对，没错。你兄长是月鹰了。卢卡斯·科塔。"

"卢卡斯他……"瓦格纳开了个头。

"我想你会看到一个完全没有死的他，瓦格纳。邓肯想要一个人质，而卢卡斯想要的是布赖斯的脑袋。邓肯是个彻头彻尾的麦肯齐，没有意识到卢卡斯不是他的敌人。要对抗月鹰和现在不知道叫什么的LDC，他就会变成个傻瓜。我不是个政客，可连我都看得出来这一点。我们有个办法的，瓦格纳·科塔。"

"你欠我的，丹尼·麦肯齐，我要提出我的第三个也是最后一个要求。"

"而我将尊重这个要求，瓦格纳·科塔。"丹尼·麦肯齐从阿玛尼西装内侧的刀鞘里抽出了他的刀，吻了刀叶，"债务完全偿还了。"他又把刀插了回去。"离这里远远的，瓦格纳·科塔。立刻就走。"

"谢谢你。"瓦格纳说着，伸出了一只手。

"我不要和一个该死的科塔握手，"丹尼·麦肯齐说，他在门口那里喊道，"罗布森，如果你能用牌变戏法，你就能用刀变戏法。把它牢牢记住。"

"卢卡斯叔叔是月鹰？"罗布森问。

"我不明白，"瓦格纳说，"但我会弄明白的。"丹尼·麦肯齐说，离这里远远的。远离邓肯·麦肯齐的刀卫，远离卢卡斯·科塔的阴谋，远离狼帮的爱、温暖与友谊。去一个很远的地方，去一个有另一种爱等待的地方。"来吧，狼崽。"

丹尼觉得这沙子花园真是矫揉造作得可笑。这是孙家会干的事，浪费资源，然后觉得自己又文明又优秀。软弱又病态。过去的蕨谷让他毛骨悚然。潮气、绿色，还有活物。每次进入蕨谷时他都觉得皮肤受到了侵袭。那一定是孙玉的主意，那就是老鲍勃开始走向失败的起点。麦肯齐家挖掘，麦肯齐家熔炼。我们的工作就是我们的花园。

"我让你给我带来一个十三岁的男孩。"邓肯说。

"我偿还了一份债务。"

"我们需要一个打击卢卡斯·科塔的东西。"

"我偿还了一份债务。"

"还给一个该死的科塔。"

"我偿还了一份债务。"

"你他妈的让你的家人失望。"

丹尼·麦肯齐举起了他的左手，最小的那根手指已经不见了。截肢过程短暂又锋锐，但可以忍受。给伤口杀菌烧灼的过程也过得很快。他不用止痛剂。这疼痛可以忍受。最令人恼火的是神经被切断之处失去了感觉。

"你觉得这就够了？"邓肯说，"偿还了某种荣誉的债务，一切就都好了？撤销所有特权和使用权，取消权利和权限。你被剥夺继承权了。你不再是一个麦肯齐。你没有名字，没有家，没有父亲。"

丹尼·麦肯齐的嘴角抽搐着。

"就这样吧。"

当他走开时，他的鞋跟在石板上响着。他可以直接踩过那些精心雕凿的沙子圆圈和波浪。见鬼的禅。那可就太小气了。他忍耐着走在小路上。栖箔里金色的数字降成了绿色。他在呼吸，暂时。他只需要足以让他离开哈德利城的呼吸。

杰克鲁排列在石头花园外的走廊上。沙装、工作装、运动装备、传统的裹腿和套头衫。没有一点点二十世纪八十年代的复古风。这些是工人。丹尼·麦肯齐目不斜视地穿过成排的刀卫。在他经过之处，人们的指关节触碰着眉弓向他敬礼。他身后是一片渐渐响起的鼓掌声，送着他前行。

他紧紧把左手攥成拳头。

在转身进入电梯，关闭电梯门时，他微不可见地点了点头。

车站有一张票等着他。头等座。他的栖箱仍然是绿色的。他知道谁在为这些付钱。他在观察车厢的座位上坐下。当列车驰出隧道时，他转身面对哈德利城。他看着那宏伟的金字塔，直至它只剩下被一万个太阳映亮的峰顶。接着那峰顶也消失在了月平线下。

他左手的伤口依然没有感觉。

一小缕银色的、如针般细的地球光，从列车窗户外照进来。罗布森蜷在座位上，张着嘴，流了一点点口水，睡得不省人事。睡眠是强大的治疗方法，能长远地推进复原和再生。瓦格纳睡不着，但迫使他醒着的不是狼之光芒。他把他暗面的最后一丁点注意力放在新闻上，包括月球和地球的新闻：实况解说、评论观点、政治论坛和历史。他渐渐地弄明白了，当他和泽赫拉在静海上逃亡时都发生了什么，明白了自科塔氦气陨落、博阿维斯塔被毁、他自己流亡、两个世界都认为卢卡斯·科塔死了以后的那十八个月里，他的兄长都做了什么努力。

他能看得出来，将科塔家和沃龙佐夫家推上权力之峰的战役都是些小规模的前哨战，它们预示着将撼动月球冰冷核心的战争。观念与政治的战争，家族与特权的战争，权力与王朝、法律与自由、过去与未来的战争。

明智的狼将逃入地下。

三十分钟至希帕提娅中转站，换上本地班车至西奥菲勒斯，去阿娜利斯身边。

罗布森在睡梦中翻了个身。他轻轻叫了一声，靠向瓦格纳。瓦格纳张开手臂环抱住了这孩子。他如此单薄瘦削，靠在他身上的地方没有一点柔软或圆润之处。罗布森更深地钻进瓦格纳温暖的怀抱里，瓦格纳斜放下椅背，往后靠着，望向那细薄的、不忠的地球。他把脸靠在罗布森的头发上。桉油、薄荷、杜松、佛手柑、檀香、乳香。瓦格纳·科塔发现睡着终归也不是那么难。

钳夹咔嗒一声夹住了摩托。孙夫人抓住一个安全把手，下一瞬间，她和大流士就升到了数十米高处，迅速升上高塔的侧翼。南后城茂密的植被被落在下方，再一次呼吸后，他们就已经到了数百米高处。攀升。大流士透过透明的玻璃罩远眺南后城数百座高塔，它们连接着地面与屋顶。在经历过克鲁斯堡的精确水平和恒光殿明暗相交的迷宫后，一个垂直的世界让人起鸡皮疙瘩。他把手按在玻璃罩上。现在是一千米高了，一千五百米。电梯慢了下来，在第一百层松开了摩托。小车子绕着外围平台自动驾驶。没有栏杆。

"这里？"摩托停在了一扇不起眼的卷闸门处，工业风格，没有任何现实的或虚拟的标识。谁会把一个仓库建在尖帽塔的第一百层上？

"这里。"孙夫人说着，等着大流士伸出一只手来扶她走出车子。他的确这么做了，迅速且自愿。一个橄榄色皮肤的小个子男人从大卷闸门内侧一扇更小的通道门里走出来，他的胡须修剪得很整齐。大流士注意到了他的服装：谨慎、经典、剪裁优美。他只需要走三步就能靠近他的访客，但这三步像舞步一样慎重、平衡且精简。

"孙夫人。"他吻了老妇人的手。

"马里亚诺。"矮小精干的男人鞠了一躬。大流士握住他伸出的手，试探着对方的抓握和肌肉张力。那人笑了。

"很机警，这一位。"

"对于一个麦肯齐来说，是值得赞扬的特质，"孙夫人说，"有很多地方需要你打磨和塑造。"

"现在是怎么回事？"大流士问，他在第一百层上一条无人防守的巷道里，他逃走的机会很有限，"这个男人是谁？"

"是一次缓慢又从容的报复，我亲爱的，就是这么回事，"孙夫人说，"科塔家羞辱了我，对此我无法容忍。羞辱回去并不是一种合格的报复。我需要一把武器，可以活活地割开他们的心脏、灼烧他们、夺走他们的希望和未来、从历史上抹消他们的存在。我希望他们看着他们的孩子死去，看着他们的传承终结。我希望你成为我的武器，大流士。这需要时间，也许我等不到，但若能知道等我死后，我的复仇一样会造访他们，那我会从中得到安慰。有些人觉得这个词很难说出口：复仇。他们认为它听起来夸张又矫情，像演戏一样。完全不对。他们的舌头对于这个词来说太柔软了。拥有这个词，品位它。"

那个优雅的男人朝孙夫人低了低头。

"我的名字是马里亚诺·加布里埃尔·德马里亚，我是这处设施的主管人。我将亲自负责你的教育、训练和仪态课程，大流士。我们在这里制造武器。欢迎来到七铃之校。"

没人想第一个说话，但当五个完全陌生的人被锁在一个加压舱里，从动量转移缆绳的末端自由飞出时，总要有人说话。

先是傻笑声，幸存者的内疚。我们做到了！（哪怕每个人都是以相同的程序抵达此处，哪怕每天都有几十个人乘坐月环。）接着是问题。你还好吗？我还好。你呢？每个人都还好吗？嘿，这不过是一段旅程。奥克萨娜怎么样？还好吗？

玛丽娜？玛丽娜？

"我还好。"她轻声说。她不好，永远都不会好了。什么事也不会好了。她失去了唯一一个她爱着的人，而她如天启般确定，就如太空舱与巨大的沃龙佐夫循环器会合的轨道一样确定——这个人也爱着她。

小队从主闸口向下推进。头盔灯投射出长长的、交织的光柱，在残骸中映出参差的、表现派风格的阴影。有限的光照只会放大前方更深浓的黑暗。

穿着黄色壳体工装的身影举起了一只手。小队停住了：五个穿沙装的集尘者，另一个身影穿着坚硬的月球铠甲。

"照亮她。"卢卡斯·科塔说。

机器人急掠下坡道，冲进广阔的黑暗。光：一座凉亭翻倒的亭顶、破碎的柱子、光秃秃的树连强壮的树心都冻结了。片刻后，又一束光苏醒了：因瑟丰满又性感的嘴唇、冰的闪光。再一束光：一条死去的河流留下的岩槽、一片急冻的草坪。在一分钟内，整条熔岩洞都被照亮了。奥瑞克萨的脸俯瞰着博阿维斯塔的废墟，因照明不足而显得极其戏剧化。

卢卡斯·科塔在公共频道里听到亚历克西娅倒吸了一口气。

"你住在这里？"

"这是我母亲的宫殿。"卢卡斯说。

卢卡斯想，对于一位月芽来说，她把壳体工装掌控得不错。又一项出众的素质。卢卡斯给自己的理由是，内部的骨骼支撑着他肌肉组织的残骸。自孩提以来，自他母亲带他去看那遥远的地球光之后，这是他第一次在真空中行走。他突然想到，不完全算是。他曾从探测车走向月环站，在丰富海上走了五米。没有沙装，没有氧气，没有压力转换。他的个人逐月赛。

他走下斜坡，经过避难所。露娜曾把卢卡西尼奥带到这里，救了他的命。而卢卡西尼奥把露娜带出了特维城。愚蠢又机智的孩子们。

斜坡的尽头是干掉的草坪。他的靴子把结冻的草碾成了粉末。损毁程度超出了他的想象：卢卡斯意识到他从未想象过死去的博阿维斯塔，他从未让自己的思绪去构想那一天，麦肯齐的刀卫炸开了紧急闸门，将宅邸抽成了真空的情景。这毁坏、这黑暗、这冻结的死亡超出了他的想象，但小于他的恐惧。

　　他从未爱过博阿维斯塔，不像拉法和露西卡、露娜和卢卡西尼奥，还有阿德里安娜那样爱它。他更喜欢若昂德丢斯，喜欢远离家族的需求和事件，喜欢自己那间有阳台俯瞰孔达科瓦大道的公寓，喜欢那两个世界里最棒的音响室。现在这死去的庞然大物是他的了，而他将拥有它。整个世界都是他的。

　　他的小队靠近了他：精心挑选的护卫，全都是科塔氦气的老手。

　　"科塔先生？"

　　"我们什么时候能开始？"

imaginist

想象另一种可能

理
想
国
imaginist

月球家族 ³

月出

MOON RISING

Ian McDonald

河南文艺出版社

图书在版编目(CIP)数据

月球家族.第三部,月出/(英)伊恩·麦克唐纳著;
傅临春译.—郑州:河南文艺出版社,2020.9
ISBN 978-7- 5559-1051-0

I.①月… II.①伊…②傅… III.①长篇小说–英
国–现代 IV.① I561.45

中国版本图书馆 CIP 数据核字 (2020) 第 131795 号

LUNA: MOON RISING by Ian McDonald
Copyright © 2017 by Ian McDonald
First published by Gollancz, an imprint of the Orion Publishing Group, London
Published by arrangement with Orion Publishing Group via The Grayhawk Agency
All rights reserved.

豫著许可备字 –2020–A–0069

月球家族：月出

[英]伊恩·麦克唐纳 著 傅临春 译

选题策划	陈 静 俞 芸
责任编辑	李建新
特约编辑	闫柳君
责任校对	丁淑芳
装帧设计	山川 at 山川制本 workshop
内文制作	陈基胜

出版发行	河南文艺出版社
本社地址	郑州市郑东新区祥盛街27号 C座 5楼
邮政编码	450018
承印单位	山东韵杰文化科技有限公司
开　本	880毫米×1230毫米　1/32
总 印 张	40.125
本册字数	370千字
总 字 数	1042千字
版　次	2020 年 9 月第 1 版
印　次	2020 年 9 月第 1 次印刷
定　价	168.00元（全三册）

人物表

科塔家族

卢卡斯·科塔：月鹰。

卢卡西尼奥·科塔：卢卡斯·科塔独子。

阿列尔·科塔：克拉维斯法院前任律师。

瓦格纳·科塔：月狼；科塔的弟弟，关系生疏。

罗布森·科塔：拉法·科塔与蕾切尔·麦肯齐的儿子，由瓦格纳·科塔监护。

露娜·科塔：拉法·科塔与露西卡·阿萨莫阿的女儿。

亚力克西娅·科塔：卢卡斯·科塔的铁手，来自地球。

埃利斯：露娜·科塔的玛德琳。

玛丽娜·卡尔扎合：阿列尔·科塔的前任个人助理兼保镖，已返地球。

若热·纳代斯：音乐家，卢卡斯·科塔的埃摩。

内尔松·梅代罗斯（Nelson Medeiros）：卢卡斯·科塔的首席埃斯阔塔。

太阳公司

孙夫人：沙克尔顿孀居贵妇，太阳公司 CEO 的祖母。

大流士·麦肯齐—孙：孙玉和罗伯特·麦肯齐最小的儿子，孙夫人的门徒。

孙志远：太阳公司的 CEO。

阿曼达·孙：卢卡斯·科塔的前欧可。

塔姆辛·孙：太阳公司法律部部长。

杰登·孙：太阳公司的董事会成员，太阳虎手球队的所有者。

阿马利娅·孙（Amalia Sun）：阿曼达·孙在远地大学的代理人。

江盈月：太阳公司的冲突调停官。

麦肯齐金属公司

邓肯·麦肯齐：罗伯特和阿莉莎·麦肯齐的长子，麦肯齐金属公司的 CEO。

阿纳斯塔西娅·沃龙佐夫：邓肯·麦肯齐的欧可。

阿波罗奈尔·沃龙佐夫：邓肯·麦肯齐的继欧可。

丹尼·麦肯齐：邓肯和阿波罗奈尔的幼子，因被认为有异心而被邓肯剥夺了继承权。

基米—利·麦肯齐（Kimmie-Leigh Mackenzie）：与伊琳娜·伊芙阿·沃龙佐夫—阿萨莫阿（Irina Efua Vorontsova-Asamoah）有过短暂的婚约。

麦肯齐氦气公司

布赖斯·麦肯齐：邓肯·麦肯齐的弟弟，麦肯齐氦气公司的 CEO。

芬恩·瓦内（Finn Warne）：麦肯齐氦气公司的首席刀卫。

胡萨姆·埃尔·伊布拉西（Hossam El Ibrashy）：芬恩叛逃后麦肯齐氦气公司的继任首席刀卫。

罗恩·佐尔法伊格－麦肯齐（Rowan Solveig-Mackenzie）、阿方索·佩雷斯特热（Alfonso Pereztrejo）、热姆·埃尔南德斯－麦肯齐（Jaime Hernandez-Mackenzie）：麦肯齐金属公司执行董事。

阿娜利斯·麦肯齐：瓦格纳·科塔暗面人格的暗埃摩。

AKA

露西卡·阿萨莫阿：金凳子的奥马和纳。

阿蓓纳·阿萨莫阿：圆宝石研讨会的政治学学生，阿列尔·科塔的法律助理。

VTO

瓦莱里·沃龙佐夫：VTO 太空部 CEO。

叶甫根尼·沃龙佐夫：VTO 月球 CEO。

谢尔盖·沃龙佐夫（Sergei Vorontsov）：VTO 地球 CEO。

伊琳娜·伊芙阿·沃龙佐夫－阿萨莫阿（Irina Efua Vorontsova-Asamoah）：生态学家，阿萨莫阿与沃龙佐夫动态联姻的后辈。

月球托管局（LUNAR MANDATE AUTHORITY）

王永青：LMA 中国代表。

安塞尔莫·雷耶斯（Anselmo Reyes）：戴夫南特风投集团代表。

莫妮克·贝尔坦（Monique Bertin）：LMA 欧盟代表。

远地大学（UNIVERSITY OF FARSIDE）

达科塔·考尔·麦肯齐（Dakota Kaur Mackenzie）：生物控制学系噶吉。

加布雷塞拉西医生（Dr Gebreselassie）：卢卡西尼奥·科塔的医生。

罗萨里奥·萨尔加多·奥汉隆·德齐奥尔科夫斯基（Rosario Salgado O'Hanlon de Tsiolkovski）：未通过考核的实习噶吉，阿列尔·科塔的扎希尼克。

维迪亚·拉奥：经济学家及数学家，惠特克·戈达德前任银行顾问。

地球

玛丽娜·卡尔扎合：阿列尔·科塔的前任个人助理。

凯西（Kessie）：玛丽娜的姐姐。

奥切安（Ocean）：玛丽娜的外甥女。

韦薇尔（Weavyr）：玛丽娜的外甥女。

斯凯勒（Skyler）：玛丽娜的弟弟。

其他

马里亚诺·加布里埃尔·德马里亚：七铃之校的主管人，这是一所培养刺客的学校。

海德（Haider）：罗布森·科塔最好的朋友。

马克斯和阿尔琼（Max and Arjun）：海德的抚养人。

目 录

第一章

八个身影正护卫着长箱越过丰富海。四个人提着它，一人一个把手；另外四个人守卫着四方：北、南、西、东。这些人在沉重的装甲壳体工装里拖着脚步，尘埃被靴子踢得老高。在搬运长箱时，协调是最重要的，但运箱人还没有学会正确的节奏。他们蹒跚，摇晃，在月壤上留下杂乱的踪迹和模糊的足印。他们的行动方式像是不习惯在月表行走、也不习惯穿着工装的人。七件白色的壳体工装，和一件金红色的，它落在最后。每件白色工装上都有一个不合时宜的纹章：一柄剑、一把斧头、一面扇子、一面镜子、一把弓、一弯新月。领头者用一把收拢的伞辅助行走，它有银色的尖头，手柄上有一张人脸，一半是正常的，一半是裸露的头骨。伞尖在月壤上留下细密的小洞。

丰富海从不下雨。

长箱上有一个窗眼，它不会出现在棺材上，所以这不是一具棺材。这是一个生命维持医疗舱，功能是在月表为伤者提供保护和支持。窗后是一个年轻人的脸，褐色皮肤，高且鲜明的颧骨，浓密的黑发，丰满的双唇，闭着的眼。这是卢卡西尼奥·科塔。他已经昏睡十天了。这十天像摇撼一枚石铃般摇撼着整个月球；这十天里，月鹰坠落又飞起，一场软战争在月神的石海里打响又失败，月亮的旧秩序被地球的新秩序抹消。

这些笨拙的身影是当今领主姐妹会，她们要把卢卡西尼奥·科塔送到子午城。七个姐妹，还有另一个，那个穿着不一样的深红和金色的落后者，露娜·科塔。

"有飞船的消息吗？"圣·奥当蕾德嬷嬷挫败地咋舌，她盯着自己头盔显示屏的标签，试图识别询问者的身份。当今领主姐妹会的教义要求她们避开网络，而学习使用壳体工装的界面是一次突兀的改变。奥当蕾德嬷嬷终于确定了，问话的是埃利斯玛德琳。

"很快。"奥当蕾德嬷嬷说着，用伞指向东方的地平线，子午城来的飞船将在那里着陆。伞是创始神明奥萨拉的符号。剑、斧、镜、弓、扇和新月都是奥瑞克萨的器具。姐妹会身负的不仅有沉睡的王子，还有这些圣器，所有的桑提诺都明白其象征意义。若昂德丢斯已不再是圣徒的城市。

有飞船在接近，嬷嬷的工装说。同一瞬间，地平线像是飞到了空中。探测车，有几十辆，迅猛且势不可挡。显示器上闪耀出数百个发着红光的联络体。

来的是麦肯齐。

"稳住，姐妹们。"奥当蕾德嬷嬷喊道。队伍向那排耀眼的车前灯大步走去。光线晃得人眼花，但她不会抬起手来遮蔽双眼。

嬷嬷，飞船准备着陆，工装说。

一辆探测车驶出包围圈，甩尾停到了奥当蕾德嬷嬷的面前。她高举起了圣伞，队伍停下了。车座落下，安全杆升起，穿着麦肯齐氦气绿白沙装的身影跳到了月壤上。他们向背后的皮套伸出手，扯出了长形的物体。步枪。

"我们不能允许此事，嬷嬷。"

奥当蕾德嬷嬷昂起头来，对其亲密的语气表示蔑视。毫无敬意，甚至用的不是葡萄牙语。她在头盔显示屏上定位说话的人。

"你是谁？"

"洛伊莎·迪维纳格拉西亚，"这个女人站在武装兵团的中心，"我是麦肯齐氪气东北四分一半球的安保主管。"

"这个年轻人需要先进的医疗护理。"

"麦肯齐氪气的医疗中心设备齐全，我们将很荣幸能提供服务。"

60秒着陆，工装说。飞船是天空中最明亮、最迅捷的星辰。

"我要把他带给他父亲。"奥当蕾德嬷嬷向前迈步。

"我不允许。"洛伊莎·迪维纳格拉西亚把一只手抵在了奥当蕾德嬷嬷的胸甲上。奥当蕾德嬷嬷用圣伞打开了这个女人的手，紧接着猛击了她头盔一侧。如此的傲慢。聚合物裂开了，空气喷了出来，接着沙装又愈合了，封闭了。

枪全举了起来。

姐妹会的人紧紧围着生命支持舱。奥刚的剑拔出来了，还有桑勾的斧头、弓、有刀锋的扇子。但如果圣徒的圣器没有实际的用处，又如何能带来荣光？

露娜·科塔将笨重的胳膊举到齐肩处。鞘解锁了，磁力起效：双刀飞进了她的手掌。地球亮着上弦的光芒，挂在世界西缘，在陨铁刀锋的刃上闪亮：科塔家的战刀。

卢卡西尼奥曾躺在姐妹会圣所的一个房间里，在那个由生物灯照亮的房间中，圣·奥当蕾德嬷嬷说过，我们一直保护着它们。一直要到一个勇敢无畏、既不贪婪也不怯懦、能够英勇地为家族而战并守护它的科塔来到这里。一个值得拥有这些刀的科塔。

卡利尼奥斯曾是家族的战士，在她之前，拥有这些刀的是他。他曾向她演示过一次动作，用筷子代替刀锋。他吓到了她，不仅是速度，他变成了某种她不认识的东西。

卡利尼奥斯死在了这对刀锋下。

埃利斯玛德琳站到了露娜和一圈枪口之间。

"把刀子收起来，露娜。"

"我不会收的，"露娜说，"我是一个科塔，科塔用刀。"

"按你的玛德琳说的做，任性的孩子，"圣·奥当蕾德嬷嬷说，"只是穿着工装才让你显得这么大。"

露娜愠怒地龇着牙，退后了，但她没有把她漂亮的双刀插回去。

"让我们过去。"奥当蕾德嬷嬷在公共频道里说。露娜听到了那个麦肯齐女人的回答，把卢卡西尼奥·科塔给我们，你们就可以自由离开了。

"不。"露娜悄声说着。紧接着，她、姐妹们、生命舱，以及麦肯齐的刀卫都被炫目的光芒笼罩。亮光分解成了数百道不同的光线：探测车、月尘单车、壳体工装和沙装的导航灯，全都在飞越过黑暗的月壤。磅礴的尘羽飞扬在他们上方，在衍射的地球光中投射出了月虹。他们冲向麦肯齐的包围圈，探测车、月尘单车骑手和奔跑的集尘者们像楔子一样撕开了麦肯齐的队列，刀卫和枪手在最后一刻四散开去。

在天线和桅杆上、缆索和支柱上、探测车和沙装背包以及肩部套件上，在月面装甲的头盔和胸甲上，喷绘着、速印着、用真空笔涂鸦着的，是半黑半白的面具，是千种死法之女神，我们的月神。

若昂德丢斯起义了。

集尘者组成的尖楔展开成一个矛与枪的方阵。单车骑手们把长柄武器撑在脚踏上。露娜看到了在她还是非常小的小孩时出现在故事里的东西，是老地球的疯狂玩意儿：浑身金属的人坐在浑身金属的巨大动物上，胳膊下夹着长矛。重装骑士，露娜的亲随告诉她，它回忆着她的回忆，持矛的骑士。

在列阵的军队上空，蓝色的灯光高高地闪烁着：那是一架 VTO 飞船的姿控推进器，它正在麦肯齐战线上空移动，寻找安全的着陆点。主引擎最后短暂地喷了一次火，燃料箱、散热板和结构梁组成的丑陋物体开始下落。

铁护手和手套抓紧了矛杆，矛尖向前，手指握住了单车的导向杆。

"露娜。"埃利斯玛德琳说。

"我准备好了，"露娜说，她的工装蓄势待发，动力储备跃跃欲试，只要一个字，它就能跑，速度快过她自己的双腿。她知道一件标准配置的工装能完成什么样的壮举：她用它扛起过卢卡西尼奥，缺氧的、以任何标准来说都已死去的卢卡西尼奥，奔至博阿维斯塔的避难所，"我之前已经做过一次。"

飞船下降激起的尘埃吞没了桑提诺和麦肯齐。埃利斯玛德琳喊道，走，孩子。

跑，她下达了命令，但工装已经动起来了。

麦肯齐也一样。最初的惊讶过去，探测车迂回绕过了桑提诺的单车骑兵，截住了通向飞船的去路。桑提诺的步兵冲向前去拦截麦肯齐的武装力量，撑开了道路。

一个身体倒下了。一个穿着沙装的身影扭动着扑倒了。一件壳体工装裂成了飞扬的碎片。麦肯齐开枪了。一个头盔粉碎了。一个头颅飞溅成了血雾，月神的旗帜倒下了，一面接着一面。现在露娜看见了血、肉块和体液，它们一团团地飞进真空里。

配着因瑟新月的埃洛阿姐妹在露娜的一侧倒下了，她摔下去，滚动着。她的头顶被撕开了，看不清的子弹在露娜身周纷飞，但她不能去想它们，她只能一门心思地想着飞船。它停在自己的起落架上，从运输舱里放下了一条坡道。

"露娜！"私人频道里传来奥当蕾德嬷嬷的声音，"抓住箱舱的右边，工装能扛起它。"

"嬷嬷……"

"埃利斯会扛住另一边。"

"嬷嬷……"

"别争论,孩子!"

她套着装甲的手锁住了一个把手。陀螺仪稳住了重量。她看到她的玛德琳锁住了另一个把手。

桑提诺迎战麦肯齐。两个,十个,二十个,一个接一个在毁灭性的火焰中倒下,但总是有更多的矛,更多的长枪。近身的暴力,紧密、贴身又激烈。矛尖向深处捅去,将身体扎得对穿,撕开沙装、皮肤和骨骼,击碎面甲,穿透脸、头骨和大脑。

"怎么回事?"她在私人频道里问埃利斯玛德琳。

"他们在为我们争取时间,安今乎。"

长矛方阵重组、连接、锁定、冲锋。枪手溃败了,撤退了。在那个瞬间,在密密麻麻的枪尖之间,露娜感觉到自己的工装握紧了堂兄的箱舱把手,倾身向前,向飞船冲去。她全速冲上了坡道,猛地刹车以避免撞上运输舱的后壁。穿着沙装的人员护住了箱舱。露娜透过靴子的触觉传感,感觉到了甲板的震动。

主引擎点火倒数,10,9,8……

在渐渐关闭的舱门缝隙里,露娜最后看见的是当今领主姐妹会剩下的人,穿着白色的沙装,背靠背,高举着奥瑞克萨的圣器。她们外围是一圈长枪,还有千种死法之女神的英勇旗帜。在更外面,麦肯齐多得像星辰一样。接着引擎点火,尘埃覆盖了一切。

圣·奥当蕾德嬷嬷看着月球飞船从蔽目的尘埃中飞起,闪着一圈喷射的光芒。

子午城将接纳他们,子午城将治愈他们。月鹰将把他们收拢到自己的翼下。

桑提诺用长枪和长矛把姐妹们围在中间。那么多人倒下了，那么多人死去了。这是个可怕的死亡之地。

奥当蕾德嬷嬷寻找着公共频道的图标。

"月壤已经饮够了血。"她向丰富海上每一名集尘者和桑提诺呼吁，向每一个刀卫和雇佣兵呼吁，也向布赖斯·麦肯齐呼吁，不管他把自己藏在哪里。

麦肯齐的枪队不为所动。

"没有必要让更多人在这里死去。"

两辆探测车从包围圈的后方开始移动，以惊人的速度加速追向飞船，后者现在已经像是警示灯组成的星座，正向西飞去。探测车后部展开了机械装置：炮膛和弹药带。神灵啊，那些东西真快。它们已经到了地平线，长长的光线向上抛起——追逐着 VTO 飞船的灯光。圣·奥当蕾德嬷嬷不知道她看到的是什么，但她明白那是什么意思。如果布赖斯·麦肯齐不能得到卢卡西尼奥·科塔，那就没有人能得到。她也明白了另一个事实：任何以科塔之名举起手和武器的人，都不会得到饶恕。

"以奥萨拉之名，光之光，永生，永威，永信！"圣·奥当蕾德嬷嬷将伞高举过头顶，打开了它。剩下的姐妹如一体般高举起她们的圣器：奥刚的剑、叶玛亚的扇、奥克梭西的弓、桑勾的斧。

枪声响了。

露娜无法松开医疗舱。卢卡西尼奥自由了，卢卡西尼奥安全了，她现在可以松开他了，但是工装读到了一个她无法确认的事实，它不肯释放她。这件工装，她觉得她在里面待了无穷无尽那么久。这件工装，它保护过她，指引过她，帮助过她，也背叛过她，危及过她。

一个记忆片段：卢卡西尼奥用胶带缠住了关节密封处，那时候，刀锋般的月尘侵蚀着起褶的织物，一步接着一步，一公里接着一公里，直到关节破裂。她摸了摸膝关节，手套的触感系统转达了粘合物不完美的粗糙。当圣嬷嬷叫她出发时，孩子，穿上工装，我们要走了，那时她没注意到这处补丁。

我们去哪儿，嬷嬷？

子午城。月鹰为他儿子派了一艘飞船。

她扯上工装内衬，踏进巨大的壳体，触感装置包裹了她，壳体密封了，她又仿佛回到了卢博克巴尔特拉站的闸门处，卢卡西尼奥正喊她向前走。工装会承担所有工作。

还有她铿锵铿锵沿外围通道走向闸门，回到博阿维斯塔的避难所的时候，在绿色的灯光下，卢卡西尼奥躺在她把他放下的地方。巨大的工装也可以如此温柔。而他躺着，不动，也不呼吸。

我要怎么做？

避难所向她展示了如何将卢卡西尼奥与激光扫描单元联结，从哪里接入监控器，在哪里扣上冷却装置，好让他维持在深沉的、救命的寒冷中。

机器告诉她，他病得很重，他需要精密的医疗护理。

但她只能在寒冷和绿光中等待。就像她此刻在一艘VTO月球飞船中等待一样。

自由下落倒数，3，2，1……

发射点火停止了。露娜的靴子伸出刚毛，使她能抠在甲板的微型网格中。她被锚定了，但是正在自由下落。她记得巴尔特拉自由下落那令人晕眩的、恐惧又揪心的感觉。她那时就讨厌这种感觉。当VTO飞船在前往子午城的亚轨道中自由下落时，这种感觉也没有变好。

露娜的靴子在一连串的撞击中咯咯作响。一排间距精确的洞在她左脚跟几厘米外出现，咔嗒咔嗒，另一排洞扎在了货舱板壁上，从右下角直至左上角。地球光从洞孔中透了进来。

第三次冲击，一阵突然的加速将露娜扯离了地板，将她的手指扯离了她堂兄的医疗舱。加速度在切换，先是将她扔向卢卡西尼奥的箱舱，接着让她完全飘浮了起来，在半空中划动。

遭到攻击，飞船说，被高速动能球体击穿。船体完整性遭到损坏。三号储能罐被击穿，气体已泄漏，我现在已控制住了因此产生的意外加速。

露娜抓住生命维持管线，将自己扯向板壁。又是一轮冲击，在甲板和顶板上打出了一道洞眼的弧线。两秒前她的头还在那里。顶板上有洞。到处都是洞。

露娜转过身，她的靴子再次锚定了甲板。她转头寻找埃利斯：她陷在箱舱另一侧的一堆白色耐压塑料里。她没有动，也没有讲话。她为什么不动了？月神啊，保佑她的沙装上没有洞，别让她的玛德琳身上有洞。

私人频道里传来一声呻吟。那堆月面装甲移动了，变成了一个穿沙装的人。埃利斯玛德琳挣扎着跪了起来。

然后灯灭了。

"发生了什么事？"露娜喊道。

主动力连接已被切断，飞船说，辅助动力将立刻连接。我应该通知您，我的处理核严重损坏，功能已受损。

应急灯亮起来了，很暗，是病态的黄色。露娜的头盔显示器上是一片红色警告形成的马赛克：在上面的驾驶舱里，船员们有麻烦了。他们正一个接一个地转成白色。

白色是死亡的颜色。

"埃利斯！"

她的玛德琳过来了，展开机械的双臂，拥抱了巨大又笨拙的工装。

"宝贝。"

"你没事吧？"

"医疗舱，"埃利斯玛德琳说，"医疗舱。"

"卢卡西尼奥！"

露娜绕着箱舱，检查它有无洞眼，有无损坏，有无最轻微的擦伤。箱舱左角的底部被险险划出了一道沟。她把面甲压在窗眼上。里面的一切看起来都还在运行。

飞行计划有变，飞船说，我将紧急降落在特维城。预备翻转倒数，3……2……1……

微加速度推挤着露娜，她再次处于自由落体状态中。

预备主引擎点火脱离轨道。

重力回来了，许多个露娜叠在了她的肩上。工装撑住了，硬化了，但露娜感觉到自己在磨牙，血管里的血液重得像铅。

发送求救信号，飞船说，露娜在它平静的公事公办的声音里想象着恐惧，我的散热板正在承受毁灭性的损害，我无法散泄多余的热量。

在东南四分一半球和卢卡西尼奥一起艰难跋涉时，露娜理解了真空的特性。它是月神偏爱的武器，但比起令人窒息的深吻，她还有别的更精妙的杀戮方式。真空是一种非常出色的绝缘体——最出色的。散热的唯一方式是通过辐射。她自己的壳体工装可以从肩部展开叶片，辐射掉系统和自己小小的身体所产生的热量。一艘飞船产生的热量要远多于一个九岁的女孩，其中绝大多数热量来自点燃引擎。关键系统可能会过热、失灵，甚至熔解。要安全降落在特维城，引擎就必须高温点火，这些热量无法散发。热量与热量相加，热量与热量累积。

飞船在震动。她不记得它在起飞时有没有这样震动了。引擎中断了——有一瞬间她在自由下落——接着又重新燃起，然后熄灭了——它吭吭哧哧，一会儿点火，一会儿失灵。她不知道这慌乱的、抖动的制动点火会有什么样的结果。

我正在经历……核心系统故障，飞船说，我要死了。

震动停止了。主引擎关闭了。露娜正在一个盒子里，一个壳体里，一块满是弹眼的巨大船体中，向月表下坠。

运输舱的真空中飘起了白色的灵魂。月亮上没有鬼魂，每个人都知道这一点。这丝丝缕缕的灵魂是什么？它们从每一条电缆和导管、每一片甲板纤维和真空标记涂鸦中盘旋升起。

接着露娜注意到了自己的温度监控器。她脚下的甲板显示为一百五十摄氏度。

聚合物和有机物中的挥发物正在汽化，工装 AI 告诉她，预计我们将于三分钟内升至熔点。

她的壳体工装是塑料做的。结实的强化塑料，可以穿着它走过月神的表面；优质的塑料，可以竭尽所能为她降温。但远在工装耗尽空气之前，她就会在这里面被烤死。

我将为环境控制分配最高有效功率，工装说，散热板展开。

露娜感觉到背后有翅膀展开的咔哒声。翅膀，魔法的翅膀，就像她的亲随月形天蚕蛾。

准备接受撞击。工装突然说。

什……露娜刚要问，就有一个东西撞上了她，她从未受到过如此猛烈的撞击，猛烈到触感系统无法吸纳全部的冲力。她狠狠地撞到了运输舱的地板和板壁上。她听到了翅膀的断裂声，塑料折断了。她就像葫芦里一颗翻滚的小豆子。

我遭受了危及完整性的损伤，工装说。露娜试图吸气，她无法呼吸了。

埃利斯玛德琳挣扎着站了起来。

"安今乎，我们必须出去。打开门，我来搬卢卡西尼奥。"

货舱里满是烟雾，导管掉下来了，线槽弯曲了，甲板翘起来了，舱门在坡上。

门不开。

露娜再次拍下红色按钮。门不开。

"手动阀在哪里？"露娜问她的工装。卡利尼奥斯叔叔告诉过她，月面行走的第二法则：一切都有手动阀。笑容开朗的卡利尼奥斯叔叔极少来博阿维斯塔，但每次来时，他都会捞起她，把她高高地抛向空中，让她头发飞扬，让她尖叫，哪怕她知道他总是会在下面接住她。月面行走的第一法则：一切都可能杀了你。

高大的、笑容灿烂的卡利尼奥斯叔叔，那时她还是个孩子，那时她还没有拿起刀，成为科塔氦气的公主。

工装指出了一个小口，那里面有一个手柄。

"我这边也有一个，"埃利斯玛德琳说，"一起来。"

埃利斯玛德琳用她的手指数数，3，2……露娜拉出了手柄。门从框架上掉了下去。露娜从边缘往下看，她站的位置离月壤有三米高。飞船坠落在一个小陨石坑边上。在坑缘那头，露娜能看到特维城的碟形装置与镜架。要跳到月表很容易。她滑下甲板的斜坡，刹住脚步，抓住了箱舱的把手。埃利斯抓牢了箱舱的头部。露娜打开了闭合锁。箱舱往下滑去。埃利斯用力扯住了它，接着露娜扑到了它底部，开始拉它、推它。她们把沉重的医疗舱沿着甲板移到了坡顶，来到门缘。

没有温和的方式可以选。

她们一起把卢卡西尼奥推下了门缘。他在月球的低重力中掉了下去，舱底先着地，然后往前翻着倒下，把窗眼压在了下方。露娜和埃利斯落后两步，从高台上跳了下来，着地时激起一片尘埃。她们是 VTO 月球飞船普斯特加号仅有的幸存者。

埃利斯用一根手指戳戳掉落的箱舱，示意把它抬起来。两具工装蹲下去，把箱舱翻了过来。舱壁和玻璃都是完好的。卢卡西尼奥侧着身子，一动不动。露娜不知道他是活着还是死了。

"带他离开这艘船。"埃利斯说。她们一起把卢卡西尼奥拖离了普斯特加号的残骸。飞船躺在那里，像一只被压碎的节日蝴蝶。两组着陆架都坏了，一组因重心偏移的着陆而折拢了，另一组向上穿透了船体。每一块散热板都被击碎，只剩下空荡荡的翼肋板向外展着。被击穿的燃料箱还在喷射蒸汽。一组推进器被完全扯掉了。飞船上到处都是洞，像被戳了一千次。火力交叉扫遍了整个货舱单元，露娜简直无法相信她们还活着。驾驶舱上满是洞眼，没有什么东西是完好的，也没有什么还活着。电池爆炸了，碎片在露娜的工装下哗哗作响。熔化的塑料还在从枪眼中往下滴。露娜看着飞船进一步塌陷，她能看到引擎发出的黯淡的红光。这艘船要爆炸了。两个女人抬起卢卡西尼奥的箱舱，用最快的速度向环形山的远侧奔去。她们滑下松散的月壤，下方是阿萨莫阿家首都特维城的穹顶、物料罐和天线。这些日光穹顶能让光线照亮下方的镜面组，LMA侵略者曾用推土机给它们盖上了月壤，窒息它们，切断竖井农场的光源，但现在这些月壤已经被清理了。

露娜的面板上到处都是警示，她的工装正在渐渐死去，核心系统正在失效。她曾见过这情形，也曾走过这死亡之路，那是在博阿维斯塔的玻璃场上。那时她的工装失效了，是卢卡西尼奥把她修补好，把他肺里最后一口呼吸给了她。

特维城一定知道了。一艘损坏的飞船出现，一次紧急迫降。特维城会派出救援的。特维城一向是科塔家的朋友。

两面尘羽出现在地平线上。几秒内它们就变成了两道尘线，从东向此突进。露娜挥手：这里！嘿！我们在这里。

"阿萨莫阿为什么会从那个方向来？"埃利斯问。

现在露娜能看到探测车了。她见过它们，她见过车顶上那些链

· 13 ·

式枪炮。

"跑。"露娜大喊道。

工装为露娜显示了最近的入口闸，但是她们的工装能源很低，箱舱很重，她们也永远无法比麦肯齐氪气的探测车跑得更快。

突然，一辆月尘单车插到了露娜前面，第二辆，第三辆。一群月尘单车，每一辆上都有阿丁克拉的纹章旗帜在没有空气的空中飘扬。是黑星。月尘单车把她们围在中间。露娜正前方的骑手举起了一只手。停下。露娜和埃利斯站住不动了，生命支持箱舱悬在两人中间。指挥官两侧的骑手从自己的机器上滑下来，从单车上扯出电缆，接到了工装和箱舱上。

白色的面板立刻转换成了红色：露娜的面板上充满了名字、标签、身份、参数和图表。

"接到你们了。"黑星首领说。

"把胶囊舱放下。"一个声音出现在公共频道里。麦肯齐到了。澳洲口音让露娜愤怒得发抖。她受够了这些人，受够了受够了受够了。她不会屈服。她不会放弃卢卡西尼奥。她换了一只手提箱舱，朝那不受欢迎的声音转过身去。

两辆麦肯齐氪气的探测车停在坡上一百米处。车里的人从座位上下来，列成了一条线。每个人都举着一支步枪。探测车上安装的链炮旋转着，举平，锁定。

每个黑星的手上都亮出了一把刀。

"够了！"

露娜猛跺了一下脚。

"我是露娜·阿梅约·阿雷纳·德·科塔，我是一个公主！"她咆哮道，"拉法·科塔是我父亲，AKA 金凳子的奥马和纳露西卡·雅·德德·阿萨莫阿是我母亲。敢碰我，你们就是在与整个阿萨莫阿族为敌。"

“露娜。”埃利斯玛德琳在私人频道里悄声说。但露娜此刻正在愤怒，她此生从未如此愤怒过。千种不平汇聚成百种愤怒，最后凝炼出一种纯粹且正义的狂怒。

“滚！”露娜喊道。

公共频道里没有传来一个字，杰克鲁们散开了，回到了他们的探测车上。黑星保持着防御阵线。链炮颤动着从它们锁定的目标上移开了。探测车在一圈尘埃里转了个弯，下一瞬间它们已经在前往地平线的半道上了。

“露娜。”埃利斯玛德琳又说。黑星领袖也在公共频道里说：“你们现在安全了。”

但露娜稳稳地站在原地，手紧紧搂着她堂兄的箱舱。“滚滚滚，”她说，“滚！”

门关上时，芬恩·瓦内的眼睛紧紧盯着亮起的天花板。沿金斯考特西侧上升的高速电梯从南后城地面去到布赖斯的私人寓所只需二十秒，但对他来说，这两公里的高度差及其上升速度都是大问题。作为麦肯齐氦气公司的安保主管，有恐高症是很不专业的。背着手，盯着灯光，这种方式让他看起来像在沉思，在聚集他内在的智慧。

布赖斯完全可以通过网络来处理所有这些事。现代商人无须当面对他的首席刀卫下令。但寡头的本质就是拥有你不需要的东西。

现代商人也不需要一名个人接待员穿着纯白的裙子坐在纯白的桌子后面。芬恩·瓦内通常以自己的整洁为荣：修过指甲、剪过鼻毛、涂了润发油、发型梳成流行的二十世纪四十年代风格。但桌子后面的克里姆欣总是让他觉得自己粗俗又邋遢：领带结有点太松了，某片手指甲后面有一线污垢，有一片胡茬没刮干净。而且他知道她知道他恐高。

芬恩出示了最高级别的出入许可。克里姆欣略歪了一下头，这是她的回应里最漫不经心的一种。

为了缓和这种羞辱，芬恩·瓦内开始想象和克里姆欣上床。他喜欢想象她的这种完美的从容以及对细节的一丝不苟能延伸到她身体的每个部位，想象无论性爱多么激烈或粗暴或漫长，这种从容和精致都不会崩溃。

一声轻响，布赖斯·麦肯齐的密室门打开了。

"瓦内先生。"

布赖斯躺在玻璃墙边的手术床上。他是赤裸的，是一座肉山，一堆脂肪，一卷卷一圈圈地叠在白色的衬垫上。粗糙的白色伸展纹横在他皮肤上。机器像正在祈祷的信徒般照料着他，两台在他肩上，两台护理他的腹部，两台在臀部。长长的机械臂举着针头和吸取装置，它们将舔走他的体脂肪。

芬恩走到了他胆敢抵达的最近处。窗外鸟瞰的景色让人毛骨悚然：不是陡峭的直坠——他永远也不敢看这个，而是南后城高塔的全景。每一座尖塔都像筷子一样细，提醒着他他正在多高的地方，他上方又有多少层楼高耸入天，直至融入南后城熔岩腔屋顶的机械结构中。让人毛骨悚然，但比不上手术床上的这堆东西。

"你没抓到他。"布赖斯说。

"探测车小组的合约不包括与阿萨莫阿家交战。"芬恩说。

当机器伸缩机械臂，将针头扎进皮肉时，布赖斯急促地吸了口气。

"你的工作是把卢卡西尼奥·科塔带给我。"

"合约签订得太匆忙。我们不得不在那男孩移动时仓促行动。"芬恩说。他能看到插管在布赖斯的皮肤下移动，穿过脂肪。

"借口，瓦内先生？"

芬恩·瓦内压制住揪心的恐惧。

"现在，卢卡西尼奥·科塔在特维城了，再度处于阿萨莫阿家的保护下。我们有两辆装了链炮的探测车。记得黑星装备的武器是什么吗？是什么？"

"月尘单车和刀。"

"月尘单车和刀。对抗我们的链炮。"

"我们的雇佣兵法律体系反对挑衅行为。"

布赖斯像一个标本般被钉在那里，无法移动。他转过眼来注视芬恩·瓦内。

"链炮干掉了一艘 VTO 飞船。"

"法务部接到了圣俄勒加发来的索赔诉求。"

一次抽搐，不锈钢台子上传来一声哼哼。

"提出质疑，另外，对枪手是否能拿完整的酬金也提出质疑。去他妈的雇佣兵。"

"他们没有权力发动与 AKA 的战争。"

黄色的脂肪沿着管子流向床下半透明的袋子。

"若昂德丢斯有幸存者吗？"

"没有。"

"那倒不错。我们自己的损失呢？"

针头拔出来了。细细的血线从伤口漏了出来，接着更精细的机械手参与进来，药签擦拭、灭菌、封闭伤口。针头寻找着新的目标，再次插入。布赖斯又发出一声小小的抽气。这声音在芬恩听来像性爱的声音，他下体的皮肤在刺痛。

"我们没有预料到会打起来。"

"给我看数字。"

数据的闪动，亲随传向亲随。

"大多数是我们自己的杰克鲁，"布赖斯评价道，"很好。雇佣兵是很贵的。标准补偿再添百分之十。正如你所说，他们没有预料到会打起来。所以我们现在的状况是，没有人质，若昂德丢斯甚至比之前还要恨我，叶甫根尼·沃龙佐夫想要我给他变出一艘新飞船。

有点见鬼的糟，是不是，瓦内先生？"

"请您指示，麦肯齐先生。"

"我的指示，瓦内先生，是爆炸。带上一支工程队，挖进卢卡斯·科塔见鬼的宝贝城市。我想让一切都炸飞。暗中进行。你能做到，是不是？让技术服务部的人给我的亲随编一段程序。如果我发生了什么事，我要若昂德丢斯变成一个天坑。他搞掉了我的家，我就搞掉他的。"

针管油腻腻地拔了出来，再度开始搜寻可以啜饮的新鲜脂肪。

第二章

又是那个尖锐的高音穿透了猎户座方区早晨嗡嗡的轰鸣声：一声鸣叫。短促、刺耳、尖细，带着丝丝颤音。

亚历克西娅穿晨礼服的动作顿住了，手指停在收腰外套的纽扣上。最轻微的动作、织物最小的沙沙声都会抹消掉那个鸣声，但它消失了。亚历克西娅穿着长裤走到阳台上。她纹丝不动，在一百种不同的电动引擎的和弦中，在管道水流的汩汩声中，在细微的人造风声中，在人声的合奏中——在这些子午城最响亮的声音元素中——搜寻那声尖啸。她全神贯注，将听觉绷成一支锋锐的箭头。哪怕是她的心跳声和呼吸声都太吵了。

找到了：断断续续的、细尖的声音，在方区远远的那一头。是一种奇妙的、鲜活的、非人类的东西。金绿色，有红色的斑点，在她的视野中掠出残影。她的眼神跟随着那动作。一只鸟。

"那是什么？"亚历克西娅正在学着接受眼睛里代表四元素的图标。月鹰的铁手永远无需体会要向家人朋友借取呼吸、欠下氧气债务的那种令人窒息的恐惧，也无需体验从月亮一百五十万市民的呼气中收集水分的经历。但这些图标的光也永远不会消失，亚历克西娅绝不会忘记，在这个世界上，一切都有价格和账目。她对她的亲随仍然不熟悉。亚历克西娅按习俗给了它一个名字——马尼尼奥，给了它一套动画儿童的皮肤，穿着宽松的 T 恤、短裤和过大的鞋，让它看上去不具威胁性。但她仍然不太愿意大声和它说话。在家乡，AI 们知道自己的定位。

在家乡。

一只红腰鹦鹉。马尼尼奥在她的植入芽中悄声说。飞扑过来的色彩令亚历克西娅倒吸了一口气，它停在了隔壁阳台的栏杆上——一只鸟。

"哦，瞧瞧你，"亚历克西娅·科塔轻声说着，蹲了下来，朝那鸟儿呢喃着，往前伸着手指——这是面对小生物和宝宝的通用手式，"你真漂亮，是不是？"鹦鹉竖着头，先用右眼打量她，然后再用左眼。它的羽毛从羽冠的松绿色，过渡到翅膀的翠绿色，再到腹部的黄色，尾部泼溅着明亮的砖红色。

除了招牌店水池里的鱼和甲壳类，以及被牵着的宠物貂，这是亚历克西娅离开地球后见到的唯一一只非人类的活物。

它在这里做什么？亚历克西娅绷着下颚肌肉，朝植入话筒默问。这是月亮上每个孩子在不会走路前就知道的技巧，而她仍未掌握它。

从它的行为来看，我推测它正在向你乞求食物，马尼尼奥说。

我不是指，亚历克西娅说……她可能把她的亲随打扮得像一个唐老鸭般的傻瓜，但它的个性就如一名问答教义的牧师，我是指，它们为什么会在这里？

南后城的野生群落已经有二十年历史了，马尼尼奥说，子午城的鸟类数量大约是五百只。事实证明，它们难以灭除。生物感染在城市中心是一个持久的问题。

它们吃什么？

谷物、水果、坚果和种子，马尼尼奥说，剩菜。它们完全依赖于人类。

"别飞走，小鸟儿。"亚历克西娅说。她慢慢地走回客厅。海洋大厦的旧公寓是狭小的，但这里更是一个单人牢房。我的顶楼风景呢？她曾经这样抱怨过。她的助理们皱着眉头，为此困惑。这个住所的高度很符合月鹰个人助理的身份。下属们解释了辐射能穿透多深的月壤。你的住处越高，地位就越低。厨房又在哪儿？公务员们不知所措地弹出水槽，拉出废物处理器，让冰箱滑出墙面。我要把东西储存在哪里？我要在哪里做饭？他们再度扬起了眉。你想做饭？你要在外面吃。选一家招牌店，认识常客，认识你的主厨，你将建立起一个微型社区。公寓厨房是用来调鸡尾酒、煮薄荷茶的，而且前提是你真的完全绝对无法前往一家茶馆。

坚果。她的冰箱里有一些腰果。腰果，腰果汁，它们是家乡的味道。它们是冰箱里仅有的东西。鸟类喜欢坚果，不是吗？

卢卡斯的简讯。马尼尼奥说。

"见鬼。"

它甚至不是语音通话。一条讯息，一条指令。计划有变。到新月阁与我会面。着装要适合参加全体大会。

亚历克西娅往阳台上扔了一把坚果，转身时，她在眼角捕捉到了一片扇动的绿色。

那个男人像亚历克西娅的影子一样贴在她身后钻进了电梯。他身上的恶臭灌满了亚历克西娅的鼻腔。亚历克西娅最先遭到月球袭击的感官是嗅觉，不过也是最先适应的。当她从月环胶囊舱中走进子午城中心区时，臭气几乎让她晕倒。气味恶心的污水，腐败的过滤空气以及呼吸它的人们的体味，刺鼻的臭氧和电力，新打印的塑料发出油腻腻的甜香味。躯体、汗液、细菌和霉菌。烹饪的味道、腐烂的植被、积水。在这所有味道之上，在这所有味道之前，是月尘辛辣的、烟火燃尽般的味道。接着，某个早晨，当她在自己小小的卧室中醒来时，恶臭深渊不再向她致意了。现在它是她的一部分了。它融进了她的皮肤、她的喉咙、她的气管和肺的内壁。

整个电梯里的人都注意到了这个男人。

他很高，瘦削，是个白人，没刮胡子。他穿着最基本的月球服装：连帽衫和绑腿。但他的衣服很脏，在一个每日都在穿戴、丢弃、重印中循环的社会里，它们简直脏得过分。他在裸奔：左肩上没有盘旋的亲随。这个男人抓住了亚历克西娅掠过的视线，牢牢盯住了她。

亚历克西娅·科塔从来都不是会率先退缩的人。

随着电梯的攀升，乘客也越来越少。当它抵达 LMA 委员会办公室这一层时，只剩下了亚历克西娅和这个臭烘烘的男人。这些办公室象征性地悬在地球和月球地底精英社区之间。

电梯慢下来，停住了。

"给我点空气。"门开时，他喘着气说。他跨过门口，阻止它关闭。

"你说什么？"亚历克西娅推开他要走过去，他的手拦在了她的腰上。她挣脱开来，用了足够的力气，以表示她可以一闪念间就折断他的胳膊。但她停下来面对这个冒犯她的人。这就是穷人的样子，她意识到了这一点。她出生以来就相信月球上每个人都很富裕。她曾坐在海洋大厦的栏杆上，抬头望着一个遥远的小球，上面全都是亿万富翁。

"请，给，一口，空气。"她在每个词中都听出了竭力。每个音节都是一笔钱。这个男人正在为呼吸而战。他的胸腔几乎不移动了，他颈上的青筋像电缆一样绷起，每束肌肉都专注于呼吸作用。他无法呼吸了。

"我很抱歉，我是新人，我不知道要怎么做这事。"亚历克西娅结结巴巴地说着，从这个在缓慢窒息的男人身边走开了。

"去他的 LMA。"他在她身后悄声说。他已经付不起一声喊叫的钱了,"根本,不值得,我们,付出,呼吸。"

亚历克西娅转过身。

"你是什么意思?"

门关上了。

"你是什么意思?"亚历克西娅喊道。电梯高速上升,向那个穷人所住的高街而去。

亚历克西娅,马尼尼奥说,你已经迟到了 2 分 23 秒。卢卡斯在等你。

孙夫人交叉着手指,等待着月球托管局。尊贵的代表们将会很烦躁:不得不从子午城去南后城,再去恒光殿,最后丢脸地走过太阳大会堂光滑的石板地面,来到孙夫人及其随从等候的小门前。让他们烦躁去吧。沙克尔顿的老贵妇可不会像幼儿一样被召唤。

这些地球人,他们的动作就像惊恐的母鸡,迈着过分讲究又小气的步子,挤成一团,好像地板会吞了他们一样。地球人。令人作呕的西装,狭窄的领带,夹脚的鞋子。政府官员和企业理论家的制服。他们的亲随是一模一样的青灰色新月,就好像它们只是些数据助理,而不是独立的 AI 灵魂。她又高又帅、衣着得体的随从们俯视着这些地球来的人。

"孙女士。"

她等着。

她可以等到太阳变冷。

"孙夫人。"

"王代表。"

"我们很担心詹姆斯·F. 科伯恩代表的情况。他被指派为 LMA 和太阳公司的联络官,身负与赤道太阳能阵列相关的特别职责。"王

· 23 ·

代表说。这个冷静又审慎的女人来自北京。

"我们想知道科伯恩代表是否遭遇了意外。"孙夫人的亲随辨认出了讲话人的身份，安塞尔莫·雷耶斯，来自戴夫南特风投集团。LMA 派出了它最高级别的官员。

"我很遗憾，科伯恩代表在太阳环区的格里马尔迪北分区遭遇了一次致命事故。"孙夫人说，"驾驭月面装备需要技巧和经验，哪怕是壳体工装也一样。"

"可我们没有立即接到通知？"王代表说。

"网络仍未从入侵中恢复。"太阳随扈中的德梅特尔·孙说，就好像预先排演过一样。

"你是说社会整顿。"王代表纠正道。德梅特尔·孙低了低头。

"太阳公司将组织一次完整的事故调查，"孙国熙说，"你们将收到报告，任何索赔都将得到满足。"

"请接受太阳董事会的礼物。"孙夫人说。她举起一根手指，孙修岚拿着盒子走了出来。它很小，有繁复的花纹，材质是月钛，由激光切割，非常精致。王永青取出了一支书法卷轴。

"碳，58523.25 克，6664.37 克氧，"王代表念道，"请解释。"

"詹姆斯·F. 科伯恩的化学成分，以质量计，"孙夫人说，"令人吃惊的是，铅、汞、镉和黄金的纳米粒子含量很高。这书法是不是很精巧？孙修岚有一只令人羡慕的手。"

高个子年轻人低了低头。

"元素早已被添入公共有机物池了，"孙夫人说，"扎巴林在寿终审计上是最准确的。我发现这样的精确很让人安心。"

孙修岚拿着毛笔的手令人羡慕，但最敏锐的是江盈月拿刀的手。她是太阳公司的冲突调停官，这个头衔比那些更直白的家族要优美些，比如麦肯齐家会称之为首席刀卫。三皇预见到了共和国将会有一名代表来此，简单地核查后，它们判断詹姆斯·F. 科伯恩担任代表的确定性有 75%。这概率足以让董事会在恒光殿的阴影与光辉中下令终止一条生命。江盈月接到了任务，她武装好自己，出发了。她用私人轨道车亲自护送科伯恩代表。当车子停在沙克尔顿环形山壁的隧道里时，江盈月从西装内的皮套中抽出了骨刀，将它捅进了詹姆斯·F.科伯恩柔软的下颌，直穿大脑。扎巴林在巴尔特拉站的侧轨边等着。他们挪走了尸体、刀、每一点污渍和 DNA 的痕迹。污渍是血，血是碳，碳属于月球。

"这真是……"莫妮克·贝尔坦结结巴巴地说。她是 LMA 的第三执行官，代表欧盟。

"是我们的方式，贝尔坦女士。"孙夫人说，一根手指弯起是向她的随从示意：会面结束了，"请享受恒光殿的招待。"孙夫人起身，年轻男女们紧紧围绕在她周围。出色的男孩和女孩。

在步入前往她私人套房的轨道舱时，孙夫人问："你注意到了吗？"

"全以王女士为尊。"她的冲突调停官说。

"共和国没有忘记，"孙夫人说，"他们等了六十年，但他们已经变得既贪婪又松懈。他们犯了一个错误。他们让我们看到了他们对 LMA 的控制力度，而我们可以凭借这一点反击他们。"

胶囊舱滑过隧道，慢慢停入孙夫人的私人站台。

夫人，大流士·麦肯齐到了。孙夫人的亲随宣布。

"大流士·孙，"孙夫人纠正道，"盈月，请把我的孙女阿曼达叫来。我想在我的公寓见她。"

她在胶囊舱门口举起一只手，让江盈月退下了。孙夫人停在原地，打量着她的侄孙。五天前，她把他留给七铃之校监管。现在他变得更瘦、更锋锐、更紧实了，并且很有规矩。另外，他已经不再抽烟了。

马里亚诺·加布里埃尔·德马里亚说过，我们在这里制造武器。

孙夫人曾将家族里许多人送去学习如何用刀，但她锻造的这柄武器在某种程度上更精细、更强大。一柄醒目的武器，就像墙上的一柄剑，放置多年仍会有致命的锋刃。这柄武器只在她死后才会被抽出。

　　"大流士。"

　　"太后。"说尊敬大概不太确切，不过马里亚诺·加布里埃尔·德马里亚教会了他礼貌，之前他身上尽是金斯考特那种不得体的无礼。麦肯齐是什么时候变得软弱又颓废的？在孙家和麦肯齐家锻造世界的伟大时代里，麦肯齐家的人如同锻打的钢；而相对于他们的金属质地，她变得坚硬如钻石。那时月神多么严酷，从她身上捶打出每一口呼吸、每一滴眼泪。现在剩下的人太少了：罗伯特·麦肯齐死了；叶甫根尼·沃龙佐夫昏聩，像一头猪一样被他的孙子们用棍子戳着赶向市场；甚至连阿德里安娜·科塔都先一步死了，她可是五龙里最末一条。她有钢铁般的意志，但她的孩子们令人失望。富不过三代。第一代创造，第二代消费，第三代遗失。卢卡斯·科塔，这一位倒是他母亲的好儿子。地球之行，这可是老龙们都会钦佩的事。既然不可能成功，那就随便他搞。

　　她曾计划让科塔家和麦肯齐家彼此毁灭，还有一些工作没有完成。

　　"我想，马里亚诺狠狠压榨你了？"孙夫人问。她走到窗前，耀眼的光刃深深切入了沙克尔顿环形山边缘的岩石。钢化玻璃，六厘米厚，但南极无情的阳光一日复一日、一月复一月地剥离着原子键。某一个月，某一天，它们将会崩溃。在想象此事时，孙夫人找到了一种安慰。它绷紧了自己，强化着自己，以迎接结局。尘埃飞舞的灿烂光刀劈砍着屋内。孙夫人的公寓很空旷，家具简单，她的奢侈在于墙上的面料和织物。在这个极点纬度上，阳光的光柱从不改变高度，它们将她的织锦和挂毯漂白出了长长的条纹。对于孙夫人来说，这是件无关紧要的事。她享受的是这些织物的触感，创造性的编织手法能改变抚摸的感觉，从毛皮般的柔软过渡到猫舌舔过般的轻微撕扯感。

"如果你是指课程是否紧张，那答案是紧张，"大流士·孙一麦肯齐说，"他在教我如何感知。在战斗之前是移动，在移动之前是感知。"

"那个迷宫。"孙夫人说。整个月亮都知道黑暗迷宫的传说，那里能训练出真正的战士，他们沿着黑暗里悬挂的七枚铃铛前进。如果你能走完整个迷宫，而不碰响任何一枚铃铛，那你就学会了七铃之校能教你的一切。"让我看看你都学了什么。"

孙夫人从一个玻璃罐子里拿起一根手杖，没脑子的客人和孩子们总是送她手杖当礼物。她用尽全力将它砸向大流士的头。可他不在原地了，他在一步之外，从容又安稳。孙夫人用手杖痛打大流士，就像一个击打入室强盗的寡妇一般。大流士挪步、转向、倾身闪躲。他的动作尽可能地小，所以她离击中每每只有毫厘之差。

优美又优雅，孙夫人一边想着，一边紧逼大流士，手杖就像砍劈与戳刺的旋风，他不仅仅在依赖视力，他还听着手杖的动作，听着我的呼吸和我的脚步，他感觉到了空气的位移。

"真让人高兴，"孙夫人说，"现在想象你想要杀了我。"她抛出手杖，大流士看也不看就接住了它。他感觉着它，他在那里张着手掌。接着他已经在孙夫人面前了，手杖的边缘滑过了她的咽喉、她耳后的软处、她的腋下。极近的距离、克制的力道，意图与效果之间仅有最微小的距离。

手杖抚过她的前臂、她的腹股沟、她的颈部。这是终曲，三次姿态优美的劈砍。

第一下除去武器。

第二下消弭战斗。

第三下带走生命。

孙夫人招招手，大流士交还了手杖。

"你的能力已经超出了你的课程。"

"在克鲁斯堡，我和丹尼·麦肯齐学刀战基础。"

"丹尼·麦肯齐，一个不错的刀卫。凶狠，很有荣誉感。不知道他会怎么熬过流放。"

亲随宣布阿曼达·孙到了大厅。大流士告罪准备离开。

"留下，"孙夫人说，"还有别的战斗方式。"

从肩膀的姿势、腹部的起伏和双手的紧绷中，阿曼达·孙暴露了她的愤怒。我看穿你就像看一本童书一样简单，孙夫人想，卢卡斯·科塔胜过你也不足为奇。

"你儿子在特维城。"孙夫人终于说话。

"他仍然在阿萨莫阿的庇佑下。"

"而你还在这里，"孙夫人说，在视野尽头——它仍然宽广又敏锐——她看到大流士不自在地挪动着，"在我们说话时，卢卡斯·科塔正前往特维城。他想把他的儿子带回子午城。我们需要制衡月鹰的手段。整个近地面都在争相抢夺一个科塔。一个有价值的科塔。"

"我现在就离开。"

"那就太迟了。塔姆辛已经准备好以你的名义申请监护卢卡西尼奥·科塔。"

大流士向前倾着，肌肉、青筋和呼吸都扯紧了，他新生的战斗本能苏醒了。

"你要向克拉维斯法院提出诉讼。你将亲自处理此事。这意味着你将不可避免地要和卢卡斯·科塔紧密接触。"

"你这个邪恶的、干枯的老混球。"阿曼达·孙说。

"什么样的母亲不会为自己的孩子做出牺牲？"

"我是董事会成员，我有权利在事前得到问询。"

"母亲的身份不在于权利，而在于责任，"孙夫人说，"私人轨道车已经在等着了。"

孙夫人交叠起双手。阿曼达·孙收拾好情绪，转身大步走出了公寓。

"她对我撒了谎，"孙夫人对大流士说，"在科塔氦气毁灭时，她告诉我她杀了卢卡斯·科塔。明白了吗，大流士？人们总说就事论事，与个人无关。这是一个巨大的谎言。一切都与个人有关。"

第三章

"你在干什么，安今乎？"

埃利斯玛德琳细心地选了房间。她在屋里挂上了露娜最喜欢的印花面料，花朵和动物。她摆出了五条露娜心爱的红裙子，她曾穿着它们在博阿维斯塔的花园中自由狂野地奔跑。埃利斯还整理了家具，好创造出裂隙、缝隙和空隙，就像露娜在博阿维斯塔成长时到处探索的那些。每个细节都是为了让露娜高兴，但她交叉着双腿坐在地板中央，背朝着门口，身上穿的粉色工装内衬还是她从博阿维斯塔逃出时穿的那一件。

"我正在弄我的脸，玛德琳。"

在她头上盘旋着一个拳头大小的球体，一半黑色，一半银色。露娜的亲随本来一直是一只与她同名的生物，天蓝色的月形天蚕蛾。

她面前的地板上放着一盘面部涂料。

"露娜？"

她转过来了。埃利斯玛德琳忍不住惊呼一声，迅速用手掩住了嘴。露娜的半边脸是斜睨的白色头骨。

"在你母亲看见它之前快把那东西弄掉。"

"妈姆在这里？"

露娜跳了起来。

"她十分钟前到的。"

"她为什么没来看我？"

"她要与别人会面，然后来见你。"

"比如卢卡西尼奥那样的别人。"露娜说。

"你的卢卡斯叔叔来了，要带他去子午城。"

"我想去妈姆那里。"露娜宣布。那死神的半脸让埃利斯焦虑不安。

"我会带你去，"埃利斯玛德琳说，永不撒谎，永不驳斥，"但你要先洗干净你的脸，穿上你可爱的红裙子。"

"不。"露娜往前踏了一步，埃利斯无意识地退后了一步，这违背了她所有的经验与职责。她认识任性的、挑衅的、生气的、大发脾气的露娜，但她从未在她身上见过这样冷酷的果决，在头骨那半边的脸上，黑色的眼睛发着冷硬的光。有什么她不认识的东西从太阳环区黑色的镜面中被召唤了出来，在普斯特加号的融化中被加热、被锻造。

"安今乎。"

"带我去妈姆那里！"

"只要你洗干净，打扮好，我就带你去。"

"那我自己去。"露娜宣布。在埃利斯玛德琳转动自己的老骨头来阻止她之前，她已经在走廊里了。

神灵们哪，这女孩的速度太快了。埃利斯在电梯里追上了她。平台下落，穿过艾杜农场汹涌的叶浪，在粉色的生长光照耀下，大团的叶子显得黑乎乎的。AKA的技术团队仍然在调试那些被黑的月面推土机，解除它们的围攻状态，并缓慢地将管道农场顶罩上的月壤往外推。特维城遭罪的生态系统得花几个月才能恢复原本生机勃勃的健康状态。在这同色的生长光下，露娜的工装内衬几乎在发着荧光。这孩子已经叫来了一辆摩托：它像花一样包裹了两个女人，又在医疗中心外面再次打开。

露西卡·阿萨莫阿的动物群先一步出现：虫群，颜色明媚的鸟儿，狡猾的蜘蛛有露娜的手那么大。露娜高兴地拍起手来，她以前还没见过母亲的护卫。一只露娜不认识的动物坐直了身体，用面具后的眼睛看着她，它胖墩墩的，但很敏捷，尾巴有环纹，有机灵的爪子。露娜蹲下身回以凝视。

"哦，你是什么？"

"一只浣熊。但你是什么？"露西卡·阿萨莫阿问，"现在是月神？"

动物们顺从地待在特护病房的门口。

露娜先是看见了手臂。半明半暗中的手臂。细长的、关节众多的医疗机械手臂，它们长长的手指扎进了卢卡西尼奥自己的手臂和咽喉。传感臂长长地绕过他的头，像在赐福一样。还有她叔叔的手臂，在医疗灯光中显得很暗，他的手轻轻搭在卢卡西尼奥的胸膛上，随着呼吸温柔地起伏。

"把她带出去。"卢卡斯头也不抬地说。

"卢卡斯……"露西卡说。

他转向露娜。

"他把他最后的呼吸给了你，"卢卡斯说，"为了你。"

在凶猛的面具后面，露娜感觉到了自己的眼泪。不要在这里哭，不要在他面前哭。永远不为他哭。

"你不要这样和我女儿讲话！"露西卡·阿萨莫阿爆发了。接着露娜感觉到埃利斯玛德琳把手搭在她肩上，将她转过去，领着她进了走廊。门关上了，掩住了喊叫声，就像她躲在博阿维斯塔服务隧道里曾听到过的一样，那是只有她知道的隧道。那时她的妈依和帕依经常吵架，他们以为只有机器听到。

"没关系的，宝贝。"埃利斯玛德琳说。她把露娜抱进怀里，摸她的头发。

"并不是没关系。"露娜把脸闷在玛德琳的腹部，嘶声说。她下颌和喉咙里的每一束肌肉都发紧。她的脸因为耻辱而发烧。她的耳朵里充满了一种高音的鸣响，那是憋住哭泣而产生的噪音。浣熊摇摇摆摆地走过来观察她。露娜朝它转过月神半脸，龇了龇牙。它难过地跳开了。

"我不会弄掉它的，"露娜对戴面具的浣熊说，"一直到所有的事都归位为止。现在它是我的脸了。"

她蹲下去，朝犹疑的浣熊伸出一只手。它朝一边歪了歪头。露娜打响指，招手，发出细碎的声音，埃利斯告诉过她，那是召唤雪貂的声音。浣熊侧身走近，在她能够到的边缘徘徊。

"来。"她说着，往前挪了半步。浣熊畏缩了一下，然后嗅了嗅她的手指。"很抱歉我吓到了你。"面具与面具相望。

粉色的灯光浸没了房间，他往上瞄了一眼，看到机器正从封罩上扫走大片的月尘。

露西卡·阿萨莫阿从不起眼的吧台端来了两杯马提尼。这房间离创伤中心只有几步远，但离开了那些安静的、咝咝响的机器和它们那警醒关爱的姿态，这里便已经是另一个世界。露西卡·阿萨莫阿散发着金凳子的魅力，不过她只把它的力量当作喷上的香水。卢卡斯静静地接过了杯子。

"道歉。"露西卡说。

"我不该那样和露娜说话。"卢卡斯说。

"她抱着他跑了三公里才到博阿维斯塔。"

"我很抱歉。"

"对她说。"

"我会的。"卢卡斯尝了尝马提尼。好的马提尼应该有月面般的味道。冰冷、干涩、毫不妥协、危险。严峻又美丽。

"让他好起来。"卢卡斯·科塔说。

"我们没办法。"

"帮帮他。"

"卢卡斯,损伤是灾难性的。我们已经修复了他的自主神经系统和大肌肉群活动技能,但他必须学习走路、说话、自己吃饭。曾经的他已经消失了。他现在又是个孩子了——一个婴儿。要成为卢卡西尼奥·科塔,他必须重新学习一切。而我们不知道要怎么做这件事。"

卢卡斯的手在发抖。他把只抿了一口的杯子放下了。

"你们是 AKA。你们打碎 DNA,让它服从你们。你们从月心提取生命。"

"他所需要的超出了我们,超出了任何人的能力范围。至少在月球的这一侧是如此。"

"大学里有什么技术吗?"

阿德里安娜教过她的孩子们:三足鼎立时力量最强。LDC 和五龙是月球秩序的两根支柱,但还有第三根,是最古老、最微妙,也几乎已被遗忘的。远地大学。当罗伯特·麦肯齐的机器人筛选并熔炼风暴洋上的月壤、提取稀土时,在月亮的另一面,机器正在代达罗斯环形山上编织出偶极嵌入式的塑料缎带,这些机器属于从加州理工到上海的大学联盟。当太阳公司的董事们逃出中国,让机器在南极盆地开凿冰块与彗星碳化石时,在月亮的另一面,加州理工和麻省理工正在挖掘隧道和栖地,建造一个永久性研究地,以摆脱地球国家与理论家的干涉。当 VTO 磁悬浮专线环抱极点,抵达远地时,这所新大学与沃龙佐夫们达成了一份关于外太空任务的建造与发射协议,但与此同时,它也提起诉讼,抗议 VTO 的铁轨操作损害了代达罗斯天文台精密的听力环境。克拉维斯法院成立了，大学的法律系也成立了。

来自阿克拉的两名工人建立了 AKA，建造了一个光、生命与水的帝国，而在月亮的另一面，人们在庞加莱环形山深处挖出了病原体安全实验室，锁加上锁，密封叠着密封。阿德里安娜·科塔在 OTV 的屏幕上看着巴西在身后慢慢变小，而在月亮的另一面，月环缆绳将舱室送至东方海下的储存库，地球的基因财富被储存在那里，安全，并远离行星惨遭踩躏的生物圈。

它从未有过正式的名字。远地大学只是个昵称，就像一个最棒的绰号，一个精确的俗称。它的隧道和轨道、超回路和电缆车道覆盖了月球背面 50% 的面积。从一个角度看，它是两个世界中最大的城市；从另一个角度看，它在所有郊区中独占鳌头。它以研讨会、研究小组和微型学院的形式遍布整个月球，但它的心脏、它的腹地在地球的视野之外，望向宇宙。它凶狠地守护着自己的财富和独立，它是两个世界中最重要的科学与技术研究基地。它是第三种力量，是隐藏的刀锋。在很久以前，鹰和龙就学会了不要去挑衅这所大学。

"在 3D 打印蛋白芯片方面有一个新发展，"露西卡说，"人造神经元，可编程的纳米材料。"

"它们可以修复损伤？"

"可以，但它们需要接入他的记忆。"

"但如果损伤如你所说……"

"那它们就根据他的外部记忆重塑它。他的亲随、他的网络动态，还有人，他的朋友和家人。"

卢卡斯·科塔透过狭小的窗户，望向外面耶博阿管道农场繁茂的粉红色。地球也是如此，稠密、潮湿，要从炎热和重力中偷取每一口呼吸。他的舌尖感觉到了沃土的味道，叶片与生命的推进力。若昂德丢斯和博阿维斯塔位于丰富海下方，丰饶的海洋。对特维城来说该是个多合适的地址啊。丰富海、静海、澄海、酒海、汽海、雨海：这都是些谎言之海，月质学与情感上的骗子。冷海、危海、风暴洋：这才是真实之海。

卢卡斯·科塔把危险看得非常清楚。他还能认得从远地回来的儿子吗？卢卡西尼奥又会怎么看他？

"我曾经想带他回子午城。"卢卡斯说。

"那不可行。"

"这是为了他们。你能理解吗？我做的一切都是为了他们。我想让大家全都回来。"

"我能理解，卢卡斯。"

"真的吗？带我去看看他，我得再看看他。"

"没问题。"

吃到第三勺冰沙时，露娜·科塔认定这抹茶、小豆蔻和草莓刨冰并不像她想的那么棒。

"抹茶、小豆蔻和草莓。"克瓦依咖啡店的店主说道，他尽力不去盯着露娜的月神之脸。

"抹茶、小豆蔻和草莓。"

抹茶、小豆蔻和草莓根本不怎么样，不过她不准备让店主看出这一点，所以她勤勉地大勺大勺想把它吃光。在两厘米厚的面具下，她注意到克瓦依咖啡店里除了店主和埃利斯玛德琳，就没剩下别人了。

再两勺，现在连店主也走了。

昆虫涌进了咖啡店，像烟一般环绕着低矮的天花板，接着在饮水机上方融合成一个嗡嗡响的球。然后，那只鹦鹉飞了进来，停在柜台边上，在它之后是爪子灵巧的浣熊，在它们之后，是她的母亲，安纳西[1]蜘蛛骑在她的肩上。

"好吃吗？"露西卡·阿萨莫阿看着冰沙杯，杯底还有一点勺子够不到的融渣。

"你想尝尝吗？"露娜用勺子尖蘸了蘸那粉色的液体小锥。露西卡尝了尝融冰。

"我尝到了草莓，还有小豆蔻……那是抹茶吗？"

"你喜欢吗？"

"说实话？"

"说实话。"

"单独吃的话应该不错……"

"但混在一起就不行了。"

露西卡·阿萨莫阿递出一个眼神，埃利斯玛德琳起身离开了。

"我能碰碰你的蜘蛛吗？"露娜问，"它像安纳西一样是个魔术师吗？"

"她不是个魔术师，但她有特别的力量。露娜，卢卡西尼奥的伤比我们想的要重很多。"

"他会活下来的，是吗？"

"他会活下来的，但他会失去一切。他不能走路，他不能自己吃饭或说话。安今乎，如果他看到你，他不会知道你是谁。我们在这里帮不了他。他必须离开特维城。"

"他要去哪里？"

"远地。"

露娜听说过月球的另一面，在那里，地球永不升起，天空中只布满星辰。它远离这一侧，远离她的石头海洋和山脉还有环形山场，就像月饼的底部远离顶部。她知道世界是圆的，沿 VTO 的轨道环

---

[1] 安纳西（Anansi）：非洲的神祇，以蜘蛛的模样示人，狡猾多智。

绕一圈要两天时间，但感觉上不是如此。在感觉上，它是扁平的，一个盘状，如果有人要去另一面，那就是穿越月球的魔法之旅，数百万米或数毫米。同一个物体的另一面，但是比蓝色的地球还要遥远。

"他们在远地能让他变好吗？"

"他们会尽力，但他们无法做出任何承诺。"

露娜把冰沙杯推开，把双手平放在桌上。

"我和他一起去。"

"露娜。"

"他带着我从卢博克巴尔特拉站去博阿维斯塔。我们后面追着机器虫，还有麦肯齐，我们在玻璃上都要迷路了，我的工装泄漏了，他给了我他的空气，他一路都和我在一起。我不会离开他的。"

"安今乎。"

"这是帕侬的话，"露娜说，"这是一个科塔的话。我不想去特维城。"

"我不明白，心肝。"

露娜倾身向前。

"那一次，在博阿维斯塔的派对之后，那次逐月派对，他们试图袭击帕侬。你要带我去特维城，而我不想去。博阿维斯塔是我的家。"

"孩子，博阿维斯塔不安全。"

"那是家。"

"孩子，没有博阿维斯塔了。你知道的。你看到了。"

"博阿维斯塔是我家，拉法·科塔是我帕侬。我有卡利尼奥斯叔叔的刀。你是个阿萨莫阿，而我是个科塔。"

所有的动物都在看着她，甚至连虫群也一样，在露娜视野的角落里，它们似乎组成了眼球的形状。

"露娜……"

露娜以冰与钢的眼神凝视着她母亲。

"我是个科塔吗？"

"是的，你是。"

"我是科塔氦气的合法继承人。"露娜宣布。

"露娜，别这样说。"

"但我是。所以我涂着这张脸。这是我作为科塔的脸。所以我必须和卢卡西尼奥一起去。我必须照顾他。我必须照顾科塔。我必须去远地。"

露西卡·阿萨莫阿叹了口气，撇开了眼神。当她的视线滑开时，她的动物护卫们也中断了视线。

"那么，和他一起去吧。但有一个条件。"

"什么条件？"

"埃利斯和你一起去。"露西卡说。

"成交。"露娜说。她预料到了这一点。奥马和纳不会屈服，奥马和纳会谈判。

虫群流向大门，鸟儿跃进空中，浣熊抓着地板漫步走开了，魔术师蜘蛛还粘在露西卡·阿萨莫阿的肩膀上。她笑了。

"你是一个科塔，但你也会永远是一个阿萨莫阿，"露西卡说，"金凳子会照看你的。"

箱舱将从轨道运送。团队在特维车站的高级月台集合。亚历克西娅数出了二十个人：月鹰与他的埃斯阔塔；奥马和纳与她的随从——黑星和动物；露娜·科塔，仔细地端着一个皮盒子，和她的玛德琳；还有生命支持舱里的男孩。大学轨道车驶出了隧道，穿过换线点，停在了防弹玻璃墙和气闸前面。齿轮啮合，锁开了。

一个高个子女人走上了月台，她刚刚步入中年，皮肤是浅焦糖色，卷曲的头发系在脑后，顺服地压在一顶活泼的软呢帽下。亚历克西娅的亲随展示了所有细节：她考究的套装是楚克曼＆克劳斯，口袋以条纹镶边，超大纽扣，阔肩掐腰的剪裁。一九四九年的约瑟夫圆筒手袋，三厘米跟的牛津鞋，以缎带系带。她的唇膏色是杀手红，长袜上的接缝看上去很可靠。她的亲随皮肤是白色和蓝色的相交圆形：地球在月球背后升起，这个景象只能在远地那一侧看到。所有的细节，只除了她是什么人。

"我是达科塔·考尔·麦肯齐，远地大学神经技术学院生物控制学系的噶吉[1]。"

在卢卡斯·科塔的埃斯阔塔和 AKA 的黑星中，传来了吸气声，还有姿势的变换。亚历克西娅的问题之一得到了回答：一个麦肯齐。

"麦肯齐博士。"卢卡斯·科塔说。亚历克西娅·科塔瞥了他一眼。她在他的话中听出了尖锐的敌意。这位噶吉也听出来了。

"有问题吗，科塔先生？"

"我更愿意……"

"换个人？"这个女人问。不管噶吉是什么，这个身份都有足够的魅力和权威，让月台上其他每一个人都显得很笨拙。铁手、月鹰，甚至金凳子：它们就像孩子们玩超级英雄的游戏时给自己冠上的头衔。

"是的。"卢卡斯说。

"您知道，大学的每个噶吉都由庄严的誓言约束，"女人说，"独立，公平，奉献，纪律。"

"我知道这一点，麦肯齐博士。"

"科塔先生在质疑我的忠诚？"

---

[1] 噶吉（Ghazi）：阿拉伯语中忠诚的骑士之意。在月球上是远地大学战士学者的专称。

每个埃斯阔塔和黑星都僵住了，他们的手开始移向隐藏的皮套。露西卡·阿萨莫阿的动物骚动不安。

马尼尼奥，告诉我关于噶吉的一切。亚历克西娅无声地朝亲随喃喃。

噶吉是远地大学的学者骑士，马尼尼奥在亚历克西娅的耳朵里悄声说，每一个噶吉都从属于某一个学院，是它的代表，他们有权采取任何必要的行动守护本系的独立和完整。麦肯齐博士完全有能力杀掉在场的所有人和动物。

穿着那件套装？亚历克西娅默问。

那件套装不成问题，马尼尼奥说，而且她能根据你下颌肌肉的微动作读懂你对我说的话。

"你得明白，他是我儿子。"卢卡斯·科塔说。

"他将得到我们最好的研究与技术，"达科塔·考尔·麦肯齐说，"别怀疑这一点，卢卡斯。"

马尼尼奥在亚历克西娅的视镜上铺满了关于远地噶吉的文章：有杀人执照的忍者学者，智慧的超级英雄。但更让她感兴趣的，是卢卡斯·科塔暴露的情感。他总是深深地埋藏并守卫着它们，就像深藏的月球城市一般，但从一系列迹象中，亚历克西娅读到了怀疑、无奈、希望，以及古老的愤怒。他的节奏被这位麦肯齐掌控了。

"让他重新变得完整，让他回到我身边。"

"我会的，卢卡斯。"

张力解除了，屏住的呼吸吐了出来，准备拔刀的手落下了。狗坐下来舔着自己，鸟儿抖抖身子，用喙梳理羽毛。

"谢谢你。"

露西卡·阿萨莫阿的黑星将箱舱送进轨道车。

"我也去了。"露娜·科塔说着，挤过了噶吉身边。露西卡·阿萨莫阿的镇静崩溃了，她冲过去一把抱起了她女儿。

"哦宝贝宝贝宝贝，"她说着，把脸埋在露娜的头发里，"你听着，你得好好的，你得安全。"

露西卡蹲下去，把自己降到露娜的高度。"每天都和我通话，好吗？"她对埃利斯玛德琳说，"我希望你每天报告。"

玛德琳低了低头，护送着露娜进了轨道车。

"还有别人吗？"噶吉问。

锁密封了，轨道车出坞，在下一秒就消失进了隧道。

亚历克西娅发现自己这才重新开始呼吸。

"你给你的脸弄的这东西，"噶吉说，"我喜欢。"轨道车正加速进入巡航阶段。有一道飞掠而过的光，那是从若昂德丢斯出发的定期航班。没有压力波，没有嘈杂的隆隆声，没有摇晃，轨道车正在完美的真空中掠过磁力轨道。埃利斯玛德琳已经在前面的隔间里睡着了，和卢卡西尼奥·科塔在一起。

露娜用鼻子哼了一声。埃利斯玛德琳发出一声断续的鼾声，抽搐着醒了，接着又睡着了。

"盒子里是什么？"达科塔问。装着科塔家双刀的盒子静置在柔软的衬垫长椅上，就在达科塔和露娜之间。

"你不必费力和我说话，"露娜说，"我可以自娱自乐。"

"事实是，我很感兴趣，"达科塔说，"你瞧，在一个物件没有价值的社会里，你选择随身带着这个物件。"

"你真的想知道盒子里有什么吗？"

"真的。"

露娜打开盒子，看对方有什么反应。但对方眼都不眨一下。

"这下你让我吃惊了两次，露娜·科塔。"

"这是科塔家的战刀。"露娜说。

"它们是特别的，"达科塔·麦肯齐说，"陨铁。"

"是的，"露娜说，因为自己的故事被预先揭密而感到烦恼，"来自朗伦环形山下方深处。当今领主姐妹会的人保管着它们，直到一个勇敢无畏、既不贪婪也不怯懦、能够英勇地为家族而战并守护它的科塔到来。那就是我。"

"没错，"达科塔·麦肯齐说，"我能试试吗？"

"不能，"露娜杀气腾腾地说，这下达科塔往后缩了，"没有麦肯齐能再碰到它们。"

"你用了一个'再'字，所以我不得不问一问。"

"最后一个碰它们的麦肯齐杀了我的提欧。提欧的意思是叔叔。"

"我会说葡萄牙语。"

露娜换成了桑提诺的通用语。

"你的亲戚丹尼·麦肯齐偷了它们，用它们杀了我的叔叔卡利尼奥斯。然后你们偷了若昂德丢斯。"

达科塔·麦肯齐用发音完美的若昂德丢斯腔葡萄牙语回答。

"我和丹尼·麦肯齐没关系。"

露娜龇着牙。

"我是远地大学的一名噶吉。"

露娜坐回到椅子上。另一列列车掠过。

"噶吉是什么？"

"很久以前，远地大学意识到它早晚都会在政治派别中左右为难。"

"我已经过了听睡前故事的年纪了。"

"真的吗？"

"是的，而且我很了解政治派别的事。"

"五龙、旧的月球发展公司和新的月球托管局，还有地球国家都想掌控我们，但更重要的是，他们想掌控我们的研究。我们已经开发出了价值数十亿的工艺和技术。大学有三个主要基金来源：学费、我们的技术专利、私人捐赠以及企业联合支持。"

"我知道企业联合，"露娜说，"但你还没有回答我的问题。"

达科塔高兴地笑了起来。

"噶吉守护远地大学，抵御那些想要摧毁它、掌控它、使它堕落或窃取它秘密的人。在早年间，我们雇用佣兵或从地球请来安保，但我们发现他们的资质平庸，忠诚度也很可疑。"

"忠诚的人总是更好。"露娜说。

"我们也是这么认为的。一共有九十九位噶吉，因为我们喜欢这个数字。我们代表我们的每一个学院以及园区。我们全都是在月球出生的，服务期是十年，在这期间，我们既不能与别人签订合作关系，也不能有孩子。我们与我们的家族和我们的历史断绝关系，只对大学发下庄严的誓言。我们许多人是自己申请的，也有少部分是被选上的。选拔过程非常严苛。我们每个人都至少要到博士水平，许多人的学位更高。如果我们不是大学智慧生涯的一部分，我们要怎么才能守护它？那样我们会变成雇佣兵，变成警察。"

"警察？"露娜问。

"地球上的东西，"达科塔说，"我们经受残酷的体能训练。我们每个人都会学习一种武器和一种无武器的武术。体能和武器训练的持续时间和我们的专业学习时段一样长。你们的扎希尼克和刀卫以在七铃之校训练为荣。那训练不错，但噶吉学得更多。我们被教导如何观察微小的细节，如何进行微妙的心理操纵，如何调查研究、收集信息以及秘密行动。我们学习月球上所有的主要语言，凭记忆，而不是凭网络，我们也学习心理和表演技巧。我们学习编码、黑客技术、系统工程。月球表面以及上空的交通工具没有哪一种是我无法操作的，包括这辆轨道车。我们学习设计定制麻醉药、毒药和迷幻剂。我们被教导如何引诱，如何被引诱，如何以性为武器对付任何性别或无性别的人。我可以在没有氧气的情况下活七分钟。从各个角度说，露娜·科塔，我是从地狱来的。"

轨道车正爬上灰色的高原，低台地的山坡卧在东面，往高架铁路投下长长的暗影。

"我能看看你的刀吗？"露娜问。

"当然可以。"达科塔以随意的姿态展开外套。两把刀，装在可以快速拔出的鞘里。

"你想试试它们吗？"达科塔问。露娜摇摇头。

"那不对。它们是你的刀。"

达科塔合上了外套。轨道车离开特维城隧道，爬上赤道一号线，光透过窗缝溢满了车厢。

"你杀过人吗？"

"一个也没有。我们大多数人不会经历战斗。我们主要防御工业间谍，通过揭发其关系网，由月球和地球的法庭来处理会更有效。我们有钱。我们有权在认为必要时使用致命的力量，但大多数情况下，我们只是吓唬人。"

"一般都会有用吗？"

"我吓到了你母亲，还有你叔叔。"

露娜琢磨着。

"是的，我看到了。还有那些地球人，以及我叔叔的铁手。"

"但没吓到露娜·科塔。"

"我和卢卡西尼奥一起走过玻璃场。那是很吓人的。"

"这件事我就没做过。"

"而且我想，吓到我提欧的是让卢卡西尼奥跟一个麦肯齐走。"

"所有噶吉在向大学宣誓时都放弃了自己过去的家族。"

"卢卡斯提欧说家族是一切，如果你没有家族，那你就什么都没有。"

"我有家族，"达科塔说，"一个巨大的、美妙的家族，爱着我，关照着我，我会做任何事来保护它。只不过这个家族的种类不太一样。我们都选择自己的家族。"

露娜想起了和她母亲还有动物，以及一杯失败的冰沙在招牌店里的事。我是科塔氦气的继承人，她这么说过。这个噶吉是对的：她也选择了她的家族。

轨道车从高原沿堤下降，驶入丰富海深色的海床，这是科塔家的核心地带。赤道一号线跨过太阳能环区的中心，白色的轨道卧在黑色上，这片黑色甚至比海床黑色的玄武岩更黑。露娜瞥见了远处高高扬起的机架，那是正在返回维修的氦-3采集器、巴尔特拉站的弹射角，还有丰富海月环终端的高塔。有一整个服务机器组成的兵团在重建博阿维斯塔，然后它们落在了后方。接着是若昂德丢斯的碟形天线和太阳能板、码头和闸门和月面设备，然后它也落在了后方。现在露娜·科塔到了一个她从未到过的地方，她过去生命的地标都落在了身后，在丰富海的东缘，在月亮边缘之外，是它的另一面。

第四章

"停下，"她命令车子，"哦，拜托停下停下。"

车子贴着木围栏在小道边停下了。

"又怎么了？"她的联络官梅琳达问。在驱车离开城市的途中，梅琳达一直是个沉闷的同伴，她对飞驰的云朵、急促的阵雨、在水坑上闪过的日光、大树和公路都很厌烦，只关注自己的视镜和其他人的网络世界。她的任务就是把这个从月球回来的女人带回家，把后者安顿好，然后回去。

"看。"

麋鹿从树影下走出来，两只母鹿和一只小鹿，眨着眼，在敞亮的天光中犹豫着。它们穿过草地，向小道走来，小鹿紧贴着它母亲。剩下的鹿群影影绰绰地站在森林的边缘下方，对移动心存疑虑。探路小队跳过一段倒下的围栏，停在土路上，抬着头，鼻孔翕张。

她命令车窗降下。未过滤的阳光灼热地直晒在她放在窗框的胳膊上。她能嗅到它们。她能嗅到干燥已久的粪便和正在干燥的路面泥土，她能嗅到新下过的雨、树脂、树叶、河流、光线，以及山谷的空气。

"小心太阳，"梅琳达说，"是的，我明白，瞧瞧这天气。但你真的很容易灼伤。"

"嘿。"她轻声说。麋鹿忽地一下把头转了过来。"嘿，伙计们。"小鹿的母亲在小鹿和车之间移动，小鹿和另一只母鹿跟在她后面，下了乡间小路，走下排水沟，又向上走进了树丛。这位母亲在那里等了一会儿，直至确定车辆和乘客的样子都没什么威胁性，便慢跑进了树林。

"它们每年这个时候都从山上下来。它们感觉到那上面的秋天要开始了。有时它们会直接从房子附近穿过，非常温驯。把苹果放在门廊扶手上，你就可以坐在椅子上看着它们吃掉苹果。"

她把车窗关上了。车子又启动了。小道上有一系列突兀的直角转弯，指向老荒地和农场边界。农场很久前就已经消失了，森林一夏复一夏地回收它们。路面从土路变成车辙，最后变成一条绿色的小径。车子碾着一座倾覆的木桥转过一个弯——颠簸的巨响足以将梅琳达从她的社交活动中摇醒——驶进这片密林间的场地，它被所有的孩子称为幽灵镇。十几种腐朽的通灵物件从枝条上垂下来，破破烂烂的捕梦环、褴褛的佛教经幡、破旧的鱼形风向标。她听到了竹风铃空洞的嗒嗒声。枝条上只有一点细瘦的叶子。缓慢的干旱一直没有停止过。车子转过最后一个直角，家就在眼前了。它蹲踞在自己的外围建筑和棚屋之中，宽广的基底沿着山谷伸展，仰望着高处的公路。

接着狗来了。有一只她不认识的，冲出来迎接车子，在不明所以的兴奋中吠叫。老卡南僵着腿蹒跚着，头往后仰着，叫个没完。家，家羞怯地藏在阳台和门廊后面，藏在皱着眉的屋顶下。雨量计抵着烟囱山墙，还有她旧卧室窗户顶上最高的标记。苔藓和裂开的灰色墙面板。逆戟鲸形状的风向标。

从 101 号国道一路来，她就有些期待横幅，期待黄色的缎带，期待她的亲人们手挽着手出现。狗们护送着车子经过秋千，这里有两个世界中最棒的景色，可以从山谷仰望峰顶。她曾和凯西一起在这里荡着，看着麋鹿小心翼翼地往下走向河流，看着夜晚雪上的反光。现在没有雪了。有很多年不下雪了。车在门廊前停下了，爆炸声吓到了她。阵阵烟雾，嘭嘭声响。咻，嘭。是迎接英雄的烟花。

她想她看到一个身影冲过了游廊的转角，是点烟火的人。然后门唰地开了，他们全都在这里。凯西和女儿们——奥切安和韦薇尔。斯凯勒正在从雅加达赶回的途中，没看见妈妈的身影。他们冲向台阶围住了车。挥舞的手，喊叫声，过度兴奋的狗。

车打开了。梅琳达从收纳箱里滑出轮椅，展开了它。好像有十几只手在争夺轮椅把手，要把她推上斜坡。这个斜坡本来是她弄给妈妈用的。

"它有动力！"她喊着，但他们只是更大声地欢呼着，推着她冲上斜坡，上了游廊。她嗅到了烧热的木头、广藿香籽和大蒜味。每个人都在喊，每个人都在招手，每个人都在问能给她拿点什么，每个人都在讲话或试图让她看点什么。

甚至梅琳达都在笑。

"嘿嘿！"她举起双手，"发言棒不在你们手里，发言棒在我手里！我从月球回来了！"

玛丽娜没想过自己可能会狂喜至死。在严酷的重力下跌倒、心脏肿大、血管的轻微撕裂、某种地球疾病将她的肺变成黏液，它们都可能终结她。但不是一杯咖啡的纯粹极乐。

"两年了，"她悄声说，"两年。"

第一口如大天使之剑，穿过了她的舌头，她的嗅觉，她的唾液腺，她对空间、时间与和谐的感觉。第二口是撒旦带钩的黑曜石匕首。酸、苦、泵动心脏的咖啡因、颤抖的边界和模糊的妄想。

"上帝啊我想念你。"

"你在那里喝什么？"玛丽娜正和奥切安一起坐在游廊北边，在房子这一侧能远眺绵长的山峦。超声波灯驱走了咬人的虫子。

"茶，"玛丽娜说，"薄荷茶。"

"天哪。"

玛丽娜本以为这房子会扩建、改进，甚至重修或新建，以为会有某些证据能证明她曾经从月球流水般将钱转回来。但青苔更厚了，排水沟堵得更严重了，窗户摇摇晃晃，屋顶比她记忆中的塌得更低了，而且网络依然很差劲。当奥切安和韦薇尔推着她到处走时，她感觉到忿恨在啃噬自己。这房子已经进入了其生涯的一个阶段，它正在成为自己的纪念碑。接着奥切安打开了妈妈房间的门，玛丽娜看到了钱的去向。

生命支持医疗床，监视器和治疗器械，在被脚磨得光亮的地板上，细瘦的机器人隆隆响着来来去去，它们的水平是月球级别的。

"可以吗？"奥切安明白了这个暗示，但十岁的韦薇尔没有辨别出属于成人的微妙，"韦薇尔，能让我们单独待会儿吗？"

玛丽娜操纵着轮椅，进入床与墙之间狭小的空间。在床的那一侧，是她母亲的轮椅。扶手和坐垫上都蒙着尘埃。泵在振动，管道在收缩。

"妈妈。"

玛丽娜以为她母亲睡着了，后者背对着她往右侧躺着。但床头升起来了。她母亲翻身仰卧，转动一只眼睛望向玛丽娜。

"小玛伊。"

玛丽娜觉得自己已经大到不适合这个昵称了。

"妈妈。"

"你坐在我的椅子上。你为什么坐在我的椅子上？"

"这是我的椅子，你的在那里。"

"哦，对。你为什么坐在我的椅子上？"

"我回来了，妈妈。回来不走了。"

"你在大学……"

"那之后我离开过。月球，妈妈。"

她笑了起来，从融化的肺里传出嘶哑的笑声。她举起一只手要挥走这荒谬的想法。她在床上显得很瘦小，像一个皮包骨的孩子。管子是最糟糕的东西。玛丽娜无法将视线停留在管线进出她身体的地方。医疗机械臂上挂着彩旗、刺绣的中国护身符，还有成束干枯的脏兮兮的鼠尾草，它们全都蒙着灰。广藿香和乳香，五六种精油的香味互相冲突。

玛丽娜拢住母亲的这只手。它像胡蜂巢一样又轻又干。她母亲笑了。

"可我现在回来了，妈。我回到这里来恢复身体。从月球回来的过程让人变得不健康。我还处于禁令中。我不能推东西，不能用力。他们说我有一个月都不能用自己的脚站起来。但我要说，去它的，我得给我妈妈一个拥抱。"

玛丽娜在车子向上行驶离开基地时就已经预想过这个动作。她做好准备，转换重心以尽可能轻松地摆动身体。将她的脚放下脚踏，把体重移到它们上面。集中力量。以核心力量移动。站起来。接着地球抬起手来扯动了她。她的胳膊摇晃着，她的腿在往下软。她往斜地里滚上了床，仰躺在了她母亲旁边。

"这可不算太好。"

她喘着气。她自己的体重正从她的肺里挤压呼吸。玛丽娜用力翻到了侧躺的姿势。好像有什么撕裂了，有什么错位了。

"嘿，妈妈。"

"嘿，玛伊。"

她笑了，她有口气，仿佛在从内里腐烂。

"看起来我要卡在这里了。"

凯西过来探视，发出了警报。家人们将玛丽娜抬回了轮椅上。

"咖啡？"凯西建议道。

"哦神灵们啊不行，"玛丽娜说，"不能再喝了。我会一整周都睡不了的。"

"酒？"

"我们可是一个鸡尾酒文明。"玛丽娜说。

凯西拿出一个瓶子，打开了它。软木塞移动发出记忆里钟爱的吱吱声和扑通声。杯子的叮当声，地球重力下，红酒倒得很快。

"欧肯纳根，"玛丽娜读着标签，"我不知道那么远的北方也出产这个。"

她尽情品味着第一口，体会着那上好丝绸般的口感。

"我们在月亮上也没有这个。"

"你们有什么？"凯西问。山谷笼上了暮色，最后的夕照辉映着山尖。

"你女儿也问了。我们喝鸡尾酒。她不会变好了，是不是？"玛丽娜问。

"不，但她也不会变得更糟，只要我们能让程序持续运行。他们不断不断地把药价提高。按市定价。"

"我应该留在月球上的。"

"不，不是……"

有脚步声拖过沙质的户外地板。奥切安在门口晃荡着。

"玛丽娜，我能问你关于月亮的事吗？"

"你可以问我任何事。不过我可能不会回答你问的每件事。"

奥切安拖过来一张折叠椅，放在玛丽娜旁边。

"痛吗？我是说，回来这里的过程。"

"痛得像他——"玛丽娜改了口，奥切安十四岁了，可以骂人了，不过她母亲在这里呢，"全程都很痛。每个部位。想象有六个你踩在你肩上，全程。不管你去哪里，她们都不会下来。差不多就是这样。不过情况会好转的。我的地球老骨头还很强壮，肌肉也会重新学习。我有一个该——物理疗程。在这方面我可能需要帮助。"

"我可以帮忙。玛丽娜，你知道你有一种非常古怪的口音吗？"

"是吗？"

"就好像还是这么说话，但是通过鼻子在说，然后还有一堆古怪的音调。"

玛丽娜犹豫了一会儿。

"我们有一种通用语，叫环球语。它是英语的简化版，但说话的方式是特别的，这样无论我们的家乡口音是怎样的，都能叫机器听懂。月球上有很多口音和语言。我说英文、环球语和一些葡萄牙语。"

"讲点葡萄牙语。"

"Você cresceu desde a última vez que vi você. [1]"玛丽娜说。

"是什么意思？"

"查字典。"

奥切安噘起了嘴，但她的好奇心太强烈了，便把这问题抛到了一边。

"他们真的在那里飞吗？"

"你想飞就能飞。翅膀会花掉你一大笔的碳素费用，但那些飞过的人好像就不想再做别的事了。"

"如果我能飞的话，我也觉得我不会再做别的事了。我会在每一种天气里飞越山巅。"

---

[1] 葡萄牙语，意为你比我上次见你时长大了。

"这就是难点，"玛丽娜说，"你有地方可以飞，但你没法飞。在那上面，他们能飞，但他们没有地方可以飞。只能从城市的顶部到底部，上上下下。子午城很大，但它依然是个笼子。日光线看上去很像天空，但是如果飞向它，你就会撞断你的翅膀。"

夜幕降临在山尖，玛丽娜突然觉得门廊上变冷了。

"月亮要升起来了，"凯西说，"如果我有望远镜，你就可以让我们看看你去过的所有地方。"

"算了吧。我现在得进去了。我觉得冷，而且今天真是漫长的一天。"

她不能看月亮。她不能看到上面的光线，不能想到那光线下方的生命，那些她抛弃的生命。月亮是一只眼，以谴责和受伤的神情打量她，哪怕她将自己深深地埋藏在奥林匹亚的山谷里。你逃走了，玛丽娜·卡尔扎合。

"我来帮你。"奥切安说。她推着玛丽娜穿过吱嘎作响的木地板，来到卧室。玛丽娜回到了自己的旧房间：光洁的医疗支持器械放置在那里，和褪色的海报、尘封的毛绒玩具，以及成排的书和漫画格格不入。她又回到了十五岁。无论你长到多少岁，只要回到旧时家里，你就永远都是十五岁。百衲被、假狼皮小毯子。奥切安端来了水，好让她对付大把的药丸和噬菌体。

"这就是个预备一二三的事。"玛丽娜说着，她们一起把她挪到了床上。她在机器中清醒地躺着。她疲惫不堪、心力交瘁，累得无法入睡。她能感觉到上方的月亮，感觉到它的热量，感觉到它的重力像她血液中的潮汐一样拖拽着她。她终于到家了。她恨它。

第五章

那孩子又来了。连续三天。罗布森的眼尾扫到了他，并且在认出他的那一瞬间分了心。蹬壁跳远的节奏乱了，他重重地摔了一下。

这并不像是从南后城屋顶掉落三公里，西奥菲勒斯的任何一处落差都不会超过一百米，但机器和电缆使空间局促。罗布森狠狠摔到了一根横杆上。

罗布森往旁边瞟了一眼，想看看那孩子是不是还在看。他在看，用一种"因为其他东西更无聊所以随便看看"的态度，坐在横杆上，两腿分开，吸着一管浆液。

古怪的孩子。罗布森今天穿了裤边反折的卡其色短裤，还有沙滩鞋。没有穿衬衫，因为机器之间温度很高，而且最近流行的衬衫款式会妨碍自由运动。这孩子穿的是月球基本款：绑腿、连帽卫衣，都是白色。衣帽是戴上的，黑色的头发软趴趴地盖在一只眼睛上。亲随的皮肤看上去全是些光滑的黑色翅膀。

连续三天，要么看，要么不看。所以这一次动作必须正确，而且要显得毫不费力。罗布森呼气缓解肋骨间的抽痛，蓄力，聚力，爆发。这一次的蹬壁跳远做得不错，他在一个通风井的井壁间来回跳跃，跳上了一个维修平台的护栏，后空翻越过竖井，翻绕过导管，指尖和脚尖撑住右面的墙壁，接着发力向上，跃入缠绕一片的管道中。里外腾挪，上下翻飞。

完美。

他停在二十米高处的一条水管上。西奥菲勒斯的跑酷之王。他往下看，视线穿过纠结的导管和水管，迎上那只没有被头发遮挡、向上望的眼睛。罗布森点点头。那孩子转开了眼。

罗布森耍了一次帅，做作的超级英雄从十二米高处跳了下来。

"嘿。"男孩的声音。

罗布森停下来，用手指耙过自己的头发。

"怎么？"

"只是好奇。你在干吗？"

"我正要去班雅。差不多得洗洗。"

"哦，"那孩子说，"那个，好吧，我想喝点茶，我本来想你可能知道什么好地方。"

"你来西奥菲勒斯还不久？"

"几天。"

"班雅里有一家茶店，"罗布森说，"如果你想来的话。我真得洗一下。"

孩子从栏杆上滑下来。罗布森这下把他打量得更清楚了。他的皮肤非常苍白，罗布森几乎能看穿它。大大的黑眼睛。头发不错，就是那种能搞搞造型的头发。

"海德，"孩子说着，朝自己的亲随歪了歪头，"这是佐尔法伊。"

"罗布森，"罗布森说，他眨眼唤出亲随，"这是大鬼。那你来吗？"

亚历克西娅听到了石门那侧的声音。月球托管局正要开全体会议。卢卡斯握紧了手杖柄。亚历克西娅扶住了他的胳膊。

"我自己走进去。"他说。

亚历克西娅轻轻扶着他的手放了下去。

"不过我需要有人开个门。"一抹微笑掠过他的脸。卢卡斯·科塔把微笑当作珍贵的交易品，但每当他笑起来时，他整个人都变了。他散发出的喜悦就像阳光一样。

"没问题，科塔先生。"

亚历克西娅猛地推开新月阁的双开门，大步走进了圆形会场。她的步伐是自信的、引人注目的、久经练习的。随随便便的步子能让月芽蹿到半空中，从一米多高的地方丢脸地落下来。人们能看到那些地球人从子午城大街上跳起来，耻辱地僵着脸。但不是这个地球人：正确的动作、月球式的移动，这是亚历克西娅的骄傲之一。她环顾着层层座席上的脸，享受着将他们存入记忆的纪律感。

"各位，"她宣布，"月鹰驾到。"

他从双开门处走进来，昂首挺胸，看上去强壮而魁伟，满身都是为了从地球幸存而练出来的肌肉。但亚历克西娅知道深埋在每处关节和肌腱里的疼痛。地球对他的损害过于深入。在火箭向轨道发射的途中，他的心脏停跳了。他死了八分钟。地球是冷酷无情的。但月亮更冷酷无情，亚历克西娅·科塔想。

"谢谢你，马奥·德·费罗。"

旧家族的昵称，她如今的职务头衔。马奥·德·费罗。铁手。月鹰的个人助理。

为什么是我？她曾经问。

因为你是外来者，卢卡斯在月鹰办公室里说，外面是子午城中心壮观的景象，但地毯上仍隐约有他前任留下的血迹，只有你是无法收买的。

亚历克西娅在最高层找了个座位，从这里能更好地观察尊贵的代表们。座位是按派系划分的。来自地球国家的代表们占据了最低层的左侧：欧洲人、沙特阿拉伯人、一小群美国代表，还有多得过分的中国代表。美国团里有一个空座位。亚历克西娅在记忆中搜寻，是中央委员会的詹姆斯·F.科伯恩。最低层右侧的是公司代表团：风投基金、投资银行、资产剥离者。投资者入侵了月球。

第二层坐着律师，得体的着装紧跟潮流。聪明的律法人士对面坐着雪兔会的人，形形色色、吵吵嚷嚷、不修边幅。他们是月鹰的私人顾问，是从克拉维斯法院至远地大学的精英分子中的一小团。那边那个是位名厨。除了建议、鼓励及警告，雪兔会没有其他权力。一个名厨能做什么？

她的注意力转向三层中的最高层。沃龙佐夫们坐在那里，五龙中最隐秘的一族，他们迈出了阴影，沐浴在新秩序的光芒之中。有枪就有力量，在巴拉达蒂茹卡如此，在静海也如此。完美无瑕、气势凌人的年轻男女们文着身，肌肉发达，每件西装里都有一把刀。

叶甫根尼在哪里？在那里，在最低层，面对月鹰的座位上。VTO月球公司的CEO与那些衣冠楚楚、妆容时尚的人截然不同：他是个一脸胡须的大块头，穿着优美的复古锦缎衣裳。在亚历克西娅看来，他总是一副被押作人质的样子。他身边是五龙中其他家族的代表：AKA、太阳、麦肯齐金属、麦肯齐氦气。一家一个代表。这就是新秩序。

卢卡斯·科塔打量着这一层层的脸。

"麦肯齐氦气公司在若昂德丢斯犯下了一次暴行，我要求立即对此施以惩罚。"

"您有什么提议，科塔先生？"安塞尔莫·雷耶斯问。这位重要人物来自戴夫南特风投基金。

"协议保证若昂德丢斯所有居民的安全。"卢卡斯说。

"包括你的儿子。"安塞尔莫·雷耶斯说。

"当然。以麦肯齐氦气工厂与物料部门的罢工为条件，否则便不能制止布赖斯·麦肯齐。"

"我反对。"劳尔—热苏斯·麦肯齐说。他是麦肯齐氦气公司委派给LMA的代表，也是布赖斯·麦肯齐的养子之一。亚历克西娅在月球上已经待了足够长的时间，明白那是什么意思。"LMA并不负责判理私仇。而且我要请求这次大会注意，科塔先生复仇的意愿极其强烈且理直气壮，以至于他延迟了这次会议，先带着所有随扈去了特维城，把他儿子打包到了远地。"

"至少这个父亲关心他的儿子。"卢卡斯说。劳尔—热苏斯·麦肯齐对这句嘲讽耸了耸肩。

"哦，我希望延期的这段时间，他已经重新考虑过他向这次大会提交的初始提议。这个提议是立即用质量加速器向麦肯齐氦气的知海储存库发起一次攻击。这个地点远离他宝贝的若昂德丢斯。"

低语声沿着座位的堤岸传开去，人们交头接耳。

"麦肯齐氦气公司的代表还要用布赖斯·麦肯齐的偏执妄想侮辱这次大会多久？"卢卡斯说。但亚历克西娅已经在层层座席中寻找背叛的迹象了。在去特维城的轨道车上，气得脸色发白的卢卡斯曾经想要用质量加速器攻击西半球每一道正在运作的桑巴线。亚历克西娅说服了他，使他让步到一次象征性的、针锋相对的演示。一个自动化设施。不会失去任何生命。占据道德至高点。她让他摸拟了一次开火方案，以分散他的注意力，直至他抵达特维城，见到卢卡西尼奥。亚历克西娅看到叶甫根尼·沃龙佐夫抬头瞟了一眼最高层。那里坐着掌控宇宙炮的人们。

"若昂德丢斯有一百一十二名死者，"卢卡斯继续说，"生命。人口。人类。我不会把他们留给布赖斯·麦肯齐的谵妄。如果他继续统辖若昂德丢斯，那真是对我们文明每一条道德原则的冒犯。"

"得了吧，科塔先生，"劳尔—热苏斯·麦肯齐的腔调里透着油滑与恶毒，"你在这里可没什么立场高唱道德。"

亚历克西娅屏住了呼吸。他们说月球上没有幽灵，但有一个幽灵正在这次会议上潜行。

"如果你想控告我，那就放胆当面讲出来。"卢卡斯说。

"铁陨，科塔先生。"

亚历克西娅闭上了眼。

她仿佛再次看到了圣彼得与保罗号观景台上的瓦莱里·沃龙佐夫，手指像鸟爪一样向她伸来。她永远不会忘记他对她说的话：你觉得这两个世界需要一次小小的闪电吗？

"关于克鲁斯堡的毁灭，克拉维斯法院已经证明了我的清白。"

"证据不足，科塔先生。"LMA三位执政官的二把手莫妮克·贝尔坦说。亚历克西娅的注意力转向了王永青。

此时王女士说话了。

"月球托管局有责任维护独特的非地球资源的生产。我们不能允许任何可能危及资产供给的行动。"

"王女士，如果你喜欢用这样的语言描述忠诚的、辛苦劳作的集尘者，那么资产已经受到威胁了。"

但卢卡斯·科塔已经失败了，低层的一些人员已经准备结束会议了。代表们从座位上站了起来，律师倾身和他们商议，龙家族要么在闲谈，要么阴沉着脸——表现取决于立场。所有的人都在向楼梯、门口和休息室移动。

"叶甫根尼·格里高罗维奇。"沃龙佐夫家的老族长停住了，他的随从在更高的座位上盯着他。亚历克西娅看到了沃龙佐夫与科塔间极短暂的眼神交流。然后他笨重地走上台阶，向等着他的人们走去。

亚历克西娅等着，直到最后一个代表离开会议室，她才走到卢卡斯身边。他维持着极度静止的姿态，笔直，且纹丝不动，完全没有泄露一丝愤怒。但亚历克西娅知道他心中必定怒火汹涌，因为她心中正怒火汹涌。

"真快，"他对他的铁手说，"他们先是背叛我，然后彼此背叛。刀将出鞘，亚历克西娅。"

阿列尔·科塔咬牙切齿，试图拉直卡在大腿下面的吊袜带。

去他妈的二十世纪，去他妈的四十年代。

外套很迷人，裙子非常华美，帽子漂亮极了。袜子简直荒唐可笑。永远不要为一个赶着参加会议的截瘫女性设计衣服。

长袜要卷起，要拉扯，要固定，要夹牢。长袜的式样让人崩溃。

去他妈的。

"贝加弗罗，把阿蓓纳·阿萨莫阿叫来。"

她不到三分钟就来了。

"我要去参加研讨会的茶话会。"

"你从他们身上学不到东西，"阿列尔说，"我需要帮助。"

她拉起裙摆。阿蓓纳翻了个白眼。

"我的合同条款里不包括这个。"

"是的是的。我需要你固定这些吊袜带。"

"普通的长筒袜有问题吗？"

"普通的长筒袜哪儿都有问题。要么弄好它，要么别弄。"

阿蓓纳坐到了床上。阿列尔能看出来她在憋笑。

"你可以随时召唤你的 LMA 助理们。抬起你的屁股。"

阿列尔躺回床上，用手肘撑住自己。

"我不能让人觉得我在享受卢卡斯的慷慨。"

阿蓓纳扣好扣子。

"人真的会穿这种东西。那么，你接到什么案子了吗？"

"还没有。闭嘴。你接到任何政治学以外的工作了吗？"

"圆宝石突然间变成了月球上最热门的研讨会，不管是近地面还是远地面。这可不是件好事。阿列尔……"

"不，我不会让你去做我兄弟的见习生的。不管怎样，他有一个私人助理。那个来自巴西的女孩，马奥·德·费罗，她这么称呼自己。我母亲是最后一个铁手。最后的以及唯一的。"

"再抬起来，"阿蓓纳说，"现在好了。"

"谢谢。"阿列尔把自己晃到床边，动念召来轮椅，"你对我太好了。"

"说起来，你盛装打扮是要去做什么？"阿蓓纳很有分寸，她不会多此一举地扶阿列尔坐进轮椅，也不会在阿列尔整理好仪容后给她推轮椅。

"与潜在客户会面。"阿列尔说着，一边涂上与穿着颜色相配的口红，一边在视镜里打量自己的样子。

"我能去吗？"阿蓓纳问。

"当然不行，"阿列尔说，"我看起来怎么样？"

"如果是我，就会雇用你。"阿蓓纳轻吻了她的脸颊。阿列尔滚动轮椅，出了卧室，穿过起居室前往门口，那里有一辆摩托在等着。

"你可以重新走路。"

酒吧被谨慎地清了，每个客人都被某个服装讲究的年轻女人或男人拍拍肩，酒吧账单则由太阳公司支付，还会多出一点点。

阿曼达·孙和阿列尔·科塔同坐在白菊俱乐部金色环厅的一张桌前。这个时辰的子午城扑啦啦飞舞着许多风筝，长尾的龙、火蜥蜴、伽楼罗、月猫和十尾狐在数千立方米的空间中起起落落，飘荡过心大星方区。阿列尔把它们看作某种缓慢且精妙的种族，在热气中飘向排风管道和空气交换器。它们要花上几小时乃至数天来完成旅程。那些色彩，那些数百米长的起伏的尾巴，分子薄膜面料在她感觉不到的微风中拍打，这一切都让她感觉愉悦。

还有一个人被允许待在白菊俱乐部里：俱乐部有名的酒保。她奉上了两杯马提尼，澄澈、凝露、涩敛。阿列尔·科塔摇摇头。

"你确定？"阿曼达·孙问。

"我不需要干扰。"但阿列尔已经被干扰了，她头昏眼花，无法集中，没喝酒就已经像一个醉鬼。人们通常认为月亮没有历史，但历史并不理会人们的想法。历史已经走在了子午城的大道上。在街道、公寓、电梯和斜坡，以及高耸的方区中，无垠的远景都没有改变，但子午城已经翻天覆地。地球控制着 LMA；她兄弟占领了鹰巢；沃龙佐夫家端着一把枪，指着近地面和远地面每一个人的脑袋。玛丽娜走了。

玛丽娜走了。阿列尔只想喊住酒保，让她立刻马上把那杯马提尼端上来。她还没有分崩离析完全是因为尊严。

酒保在桌上留下了一杯马提尼。阿曼达用戴着手套的手举起杯子，抿了一口。

"薪酬方案会很慷慨。你在余生中都可以呼吸自如。"

"还能再次行走。"

"甚至跳舞。"

"你曾经嫁给我兄弟，而你不知道我讨厌跳舞。"阿列尔说。

"那份尼卡哈是你起草的。"阿曼达·孙说。

"离婚协议也是。那是我比较好的作品之一。现在孙夫人派你来和我协议，想赢得卢卡西尼奥的监护权。"

阿曼达·孙啜了一口扎舌的干马提尼，但阿列尔看到了她抿起的唇角和绷紧的下颌。律师的眼神永远不会退化。一次重击。一滴血。熟悉的兴奋感窜过了她的肩脊。

"和你协议完全是我自己的主意。"阿曼达说。

"我仍然顽固地拒绝签订协议。"阿列尔说。

"就算能离开这个轮椅也不行？"

"就算如此也不行。"

"我们知道你拒绝和他一起工作。"

"这和积极地把他儿子送到他敌人手里有很大的区别。"

"太阳公司不是月鹰的敌人。"

"那么，是谁让他在丰富海上一台坏掉的探测车里渐渐窒息的？"

"那时候他只是卢卡斯·科塔，"阿曼达·孙又抿了一口酒，"旧秩序已经死了，阿列尔。你的兄弟消灭了它。"

"我喜欢旧秩序。它明白自己的职责所在。"

"地球人看不到职责。对他们来说，我们是一群自由主义暴徒，乌合之众，由共同的利益捆绑在一起，稍有不对就想撕裂对方的喉咙。他们不理解其潜层隐形的社会契约。我们就是一个工业前哨，一个利润网络，仅此而已。"

"这是一份宣言吗，阿曼达？"

"我们的确有一份宣言。"

"说出来诱惑我吧。"阿列尔说。

阿曼达·孙深深饮了一口酒。

"五龙的时代已经结束了。我们需要新的创意、新的政治和新的敌人。我们需要一份政治议程。我们通过三皇做了一次模拟，结论可能会让你吃惊。"

"让我吃惊一下吧。"

"共产主义。"

阿列尔扬起一边眉毛。

"在月球上，雇佣劳动其实已经是一个死去的命题，"阿曼达·孙说，"我们可以轻松转入一种完全自动化的经济模式。工作可以变成一种选择，一种个人的激情，而不是呼吸的必要条件。"

"他们在地球尝试过这个。"

"地球缺乏能源，而且有无可救药的等级结构。科塔氦气本身就助长了不平等。能掌控聚变动力的人就掌控了行星。但月球能源丰富。"

"太阳公司掌控着太阳能经济。"

"以及自动化和机器人技术。是的，真是罪恶。但三皇的预想是一个真正政治扁平化的社会，能源与技术丰沛，完全可以满足人类的需求，而人类社会可以像成千朵花一样绽放。月球将成为社会实验的容器。但你不搞政治。这是科塔家的原则，不是吗？"

"真正的原则是，我们不搞民主。如果你的预想是某种共和乌托邦，它有充足且自由的表达方式，那你们为什么仍然在试图阻止北京扼住你们的喉咙？"

"他们的预想是控制。我们的预想是自由。这些预想是不相容的。"

"我的回答仍然是不，"阿列尔说，"你还是在要求我把我自己的侄子送到恒光殿去当人质。"

"实际上，是的。我还得把这次谈话告诉卢卡斯。"

"当然。派你来亲自处理这个任务，这真是天才的想法。你对孙夫人做了什么？"

阿曼达·孙喝完了她的马提尼。一小片用味美思调味的杜松子酒在杯缘缓缓聚集，汇成一滴，滚下了杯壁。她弯腰贴近阿列尔的耳朵。

"宝贝，我还没做成，"阿曼达·孙扯平她的楚克曼＆克劳斯外套，把手包夹到腋下，眨眼向酒保付了钱，"我发现要把真相告诉科塔还是挺有趣的，因为你们不相信任何事。一切都是机缘巧合，一切都是权宜之计。你们不相信我们的预想，但你们的预想是什么？"她再次弯腰，轻吻了阿列尔的脸颊，"前小姑。"

阿曼达·孙把戴着连指手套的双手插进腋窝取暖，夹层保温服也没能阻止她的颤抖。她对自己说，寒冷只是心理作用，看那些孩子，他们穿着花纹鲜明的保温服，可爱得就像拥抱熊一样，正把一个手球扔出又低又快的弧线。那些身体交织来去，互相碰撞，跳起，往两个住宅箱侧面的简易目标投射。年轻的声音用高音的葡萄牙语叫嚷着，欢呼着。

"我想我更喜欢这样的博阿维斯塔，"她的呼吸化作白汽，"以前这里的孩子总是太少。太安静了。"

"我从来都不喜欢这里。"卢卡斯·科塔说。保温靴踩在斜坡上，从服务闸口走向大熔岩腔的底部。工程师们已经架起了照明桥塔，探照灯组沿着科塔家的旧宫殿一路排布下去，每一组都照亮一小圈栖地，每一圈栖地平台都围绕着一台发电机和一台蒸汽水循环器。奥瑞克萨的脸缺乏光照，半明半暗，看似森严。建筑机器蜘蛛穿过阴暗处，加固气封。僵硬的草上蒙着霜，速冻的叶片边缘结着霜花。冰封住了溪流，冻结了瀑布，覆盖了倾倒的亭阁的柱子和穹顶。要将岩石温度从月球的常态负二十度升到人体温度，这是个漫长的工作。孩子们玩耍着，声音在结冰的石脸间回荡。

"但你还是在这里。"阿曼达说。

"它之前的样子对我而言是个羞辱。"内尔松·梅代罗斯的埃斯阔塔和孙家发型考究的武士保持一定距离跟在后面。

"你从来不接受羞辱。"

"谢谢。我可没打算住在这里。"卢卡斯和阿曼达将玩耍的孩子们甩在身后。奥萨拉和叶玛亚俯瞰着一群月球推土机，它们正勤勤恳恳地从栖地地板上刮下死去的植被，将其倒入循环垃圾器中。"我有一个关于野生生物的主意，"卢卡斯说着，大机器们小心翼翼地绕过了这些柔软的、填充着血肉的人类，"我母亲厌恶活的生物，她把它们看作污染。但我喜欢生命肆意奔跑的感觉。藤蔓爬过奥瑞克萨的脸，葡匐植物从它们眼中长出来。鸟类和爬行类，还有那些你能听到但看不到的东西。物竞天择。"

"我们还是夫妻的时候，你从未表达过这一类想象。"

"想象从来不包括在协议里。"

"有很多东西永远都不会出现在协议里，感谢神灵们。"

博阿维斯塔最尽头的三分之一被清除到只剩下了斜长岩，赤裸裸的，仿如清理干净的头骨。一箱箱的生长介质和生物质在等着被分配。男男女女在住宅箱之间的方形空地上训练，用刀和棍棒。大声喊出的口号、指令和训导：这一个被碰碰手腕，那一个被点点肩膀，有人被抓着手臂以演示正确的动作和有效的隔挡。

"布赖斯·麦肯齐如果知道你在他们门口征募私兵，一定会欣喜若狂的。"阿曼达说。

"我向那些因为麦肯齐氦气经营不善而失去合同的氦气工人提供他们需要的职位。"卢卡斯说。

"科塔家一向照顾自己人。"阿曼达·孙说。

"阿列尔告诉我你试图和她签订协议。"

"她一定把她对我说的话都告诉你了。"阿曼达说。

"我也得和她谈一谈。"

"她不会接受你的协议。"

"家人总是家人。"卢卡斯·科塔说。一处临时密封点的黄色胶带向他们发出警示，那外面就是真空区了。透过检查窗，阿曼达·孙瞥见了碎石、灰尘、一架新电梯，还有成堆的建筑材料。"他们在这里炸开了应急闸门。整个博阿维斯塔从这里减压。我们在半公里外发现了拉法，在月面上。"

"够了，卢卡斯。"

"一个想杀了我的女人，会这么容易受惊吗？"

"我和你妹妹说过，你那时候不是月鹰。"

卢卡斯皱起了脸。

他隐藏情绪的能力变弱了，阿曼达·孙观察着，地球拉扯了他，损坏了他。

"我会竭尽全力阻止卢卡西尼奥进入恒光殿。"

"你误会我了，卢卡斯。卢卡西尼奥在大学能得到最好的照料。我们不会强行让他搬到沙克尔顿。大学能重建他的记忆。你当然关心他，深切地关心，但和你在一起，卢卡西尼奥就永远都处于危险之中。和我在一起，他将拥有安全和关怀，还有保护，以及爱。你们科塔唯一需要学习的事就是如何正确地爱，但你们从来不学。"

在军师悄声警告的同一瞬间，阿曼达的亲随震也发布了安全警示。她从卢卡斯的脸色中看出，他收到了同样的信息。

"我们要疏散，"卢卡斯说着，埃斯阔塔和武士们摆出了防御阵型，"博阿维斯塔正在遭受袭击。"

"发生了什么事？"公共频道里响着嘈杂的喊叫声和惊恐的哭叫声。沙装灯光在漆黑中跳跃闪烁。名字标签在芬恩·瓦内的视镜中扑闪，他的沙装头盔显示器上显现出幽灵般涌下隧道的身影。"报告！"

"联络体！"爆破队的查利·图马海说。

"多少？"芬恩·瓦内问。

"见鬼的巴西人从墙里出来了！"查利·图马海喊着。他的名字标签闪成了白色，接着黯淡了。

"妈的！"芬恩·瓦内嚷道。挖通圣巴巴拉闸门，只是常规作业。挖通圣塞巴斯蒂昂的电梯，只是小菜一碟。挖通整个若昂德丢斯的服务闸门、次闸和应急闸门、巴尔特拉码头、列车站，还有空调和水循环装置，给它们全安上防干扰爆破装药。他精心挑选了自己的队员，没有一个桑提诺，只有麦肯齐氦气公司里最忠诚的野外操作员。老旧的电车轨道：最后一处，容易得不值一提。切断最后的逃生通道。但现在，逃生区变成了入侵区。科塔家来了。

"热姆！萨迪基！有人吗？！"

"头儿，有什么指令？"东风暴洋工程队的尼古拉·加恩问。

指令。指令。

"撤退。离开这里。"在这黑暗中，芬恩·瓦内壳体工装里僵了一瞬，各种要务捆住了他。怎么办？"把所有的东西都带上。"

"头儿……"

"所有的东西。如果他们发现一处炸药，他们就能弄明白怎么拆除它。"

在隧道远远的那头，跳动的头盔灯光扫射着，集中到了他身上。

"走走走！"

冲刺，他命令自己的工装。

突如其来的速度挤扁了他的肺，清空了他的感官，他的脑中只剩下前方那一个亮圈：若昂德丢斯的隧道终端。冲刺还剩 5 秒，他的亲随说。4，3，2，1。他气喘吁吁跌入旧站台。

"尼基。"

"头儿。"

"我需要你在这儿守卫一下。"

"你想怎么做？"

他转向公共频道。

"全体人员，穿好装备，扔下所有爆炸物，各自逃生。"

芬恩·瓦内能看到他的杰克鲁的白色名签，它们布满了整条隧道。他们不是士兵，不是战士，他们是工程师，是月面工人。而他无法把所有人带出去。他的第一位组员到了。他从公共频道切换到尼古拉·加恩的频道。

"尼基，出去吧。我要炸掉隧道。"

"头儿，萨迪基和布伦特还在后面。"

"出去。跑！"

"去你妈的！"

没有足够的时间。永远没有足够的时间。

点火，他下令道。

电车线遥远的那头闪过一道亮光。车站颤抖起来。建筑结构发出了隆隆的声音。尼古拉·加恩跑进旧车站时，芬恩·瓦内的组员正通过气闸。

亲随：给布赖斯·麦肯齐的信息。若昂德丢斯已有防备。

气闸循环完毕，四名全身黑尘的杰克鲁走进了岩腔。

我们有人员伤亡。

第六章

阿列尔·科塔的轮椅以 20 公里的时速驶下了孔达科瓦大道。她非常仔细地计算过了。抵达子午城车站要 7 分钟。她的电池充满了电，但她将耗费 60% 的电量在街道上全速前进。她将在 20 秒内抵达月台，剩下 20% 的电量。VTO 列车的发车时间精准到毫秒。她进入车站后，两分钟内卢卡斯就会开始猜疑。但是为了安抚子午城的居民，他从街道上撤下了他的机器虫。可恨的玩意儿，又难看又变态，随时威胁着要肢解、要戳刺，冷酷无情。人们憎恶它们。孩子们被拦住不要去做把它们翻倒、掀下街道栏杆，或是用胶带勒住它们的尝试。老女人们朝它们吐口水。城市被占领，机器记录登记子午城 70 万居民的每一个人，围袭，月海杀戮场上的损毁与死亡——所有这些记忆都还深刻而鲜明。只有少许人能明白它们以及那些雇佣兵是什么——微笑着、喝着茶、佩着泰瑟枪的雇佣兵：他们都是月球从不认识且从未需要的东西。警察。

这是一次秘密行动。阿列尔关闭了贝加弗罗，并尽可能做了伪装。但她是月球上最著名的轮椅使用者，人们的头随着她转动，言语四散开去。她得相信人类固有的冷漠。为了躲开孔达科瓦大道中心沿线树影下两个闲逛的警官，她混进了一小群长跑者中。略一闪念，轮椅就加速跟上了跑者。衣着寥寥但涂满彩绘的身体，流苏和手环和战纹，它们毫不费力地围在她周围。她勉强记起了奥瑞克萨们的神圣色彩。在这无尽的运动循环中存在着某种藐视。奔跑即是反抗。

玛丽娜曾经是一个长跑者。

玛丽娜将常常出现在她的脑海中。孤独旅行是一场惆怅的冥思。

高耸的中心区出现在她面前，三个方区从这巨大的中心腔往外辐射出去。她忍不住向上瞟了一眼她兄长的鹰巢。上面有果园，橘子树和佛手柑树上仍然挂着些许装饰银叶，那是卢卡西尼奥·科塔灾难性的婚礼留下的。

子午城车站。当轮椅与移动扶梯连接，送她前往下方的广场时，她绷紧了身体抵抗轻微的前倾。子午城车站每时每刻都熙熙攘攘，她指挥着轮椅穿过一群又一群刚到站、将出发、热烈迎接、挥泪作别的旅客。这里有很多摄像头。看见是一回事，注意到是另一回事。每个人都受到监视，但没有人在搜寻。

阿列尔加入一群旅客，和他们一起乘扶梯去往下方的月台。当轮椅与扶梯踏板解锁滚向月台时，她打开贝加弗罗，购买了车票。她的轮椅认识登车区，将她带到了正确的闸门处。光线把抗压玻璃墙变成了鬼影幢幢的镜面。两分钟。往北去的旧极地专线将准点出发。等她抵达世界顶端时，她会告诉卢卡斯的。关于她为什么不能代表他出现在克拉维斯法院，她欠他一个解释。

她从未去过远地。她知道近地面流传的神话与传说：那是一个由老旧的、到处泄漏的隧道组成的网络，狭窄、幽闭、混乱，挤满了数万学生的身体、气味和呼吸。就像血管，又或是一个神经系统。上城高街的旧公寓又挤又窄，就像一个装着她和玛丽娜的双黄蛋。

她在许多个夜晚醒来，觉得房间像铸模一样裹着她。那时候被包裹的有两个人。而在远地的隧道和走廊里、电车和管道及索道中，来来去去的躯体是 2 的成千上万倍。

巨大的列车是双层的，这沉重且笨拙的月球工程作品沿着月台停了下来。闸门以毫米为精度相合、锁定。轮椅动力：略低于20%。鉴于她必须燃烧动力以跟上长跑者，这一点落差是可以接受的。

是什么促使她向月台上方瞟了一眼？是色彩的不协调：月球流行的褐色与红锈色中夹杂了铁灰色？还是模式的混乱：一小撮人整齐划一地沿自动扶梯向月台一路奔来？乘客们纷纷避让他们。行走变成了小跑又变成了奔跑。

LMA 的雇佣兵。

人群从列车上倾泻而下。她没法挤过去。她上不了车。

"让一让。"她喊着，动念让轮椅向前。她撞上了一个小姑娘，使后者趔趄靠到了玻璃上。小姑娘的父亲抓住阿列尔，愤怒地嘶叫。"对不起对不起对不起。"

他们看见她了，他们过来了。

"没关系，"一个女人的嗓音，"我来了。"两只手攥住了她轮椅的扶手。女人面对面朝她笑着。她穿着一件费尔岛毛衣，一条灯芯绒马裤，还有及膝袜和粗革皮鞋。

有别的手抓住了轮椅扶手，试图把她从列车前扯开。阿列尔激烈地还击，拍打着它们，试图把那些手打掉，但它们变得更多了。

"哦，这是个非常糟糕的主意。"那个女人说。她的澳洲口音轻快活泼。她动了——一脚、一拳、一掌——三个雇佣兵倒下了。乘客们尖叫着逃开了。刀光闪现，女人像液体般避开了刀锋，刀子顺着月台滑了出去。一个女雇佣兵仰倒在地上喘息着，另一个瞪着自己空空如也的手。还有一个把自己从闪亮的烧结刀锋上拔出来，用手捂住脸，血从他的指缝间渗了出来。"这趟车是给离开的人准备的。"女人说着，毫不温柔地把轮椅推挤过闸门，在闸口封锁的瞬间进了车廊。

列车动了。阿列尔回头看着月台上的那些人，碰了碰帽檐以致意，接着极地专线便驶进了隧道。

她停好轮椅。那个一身农场女工范儿的女人晃到了对面的座位上，剥下手套，伸手和她握手。

"阿列尔·科塔，衷心祝福你。达科塔·考尔·麦肯齐为您效劳，我是生物控制学系的噶吉。"

阿列尔拿起手套，捏了捏，皮革抵抗着她的力量，有一瞬间变得像钢铁那么硬。

"你的时机把握得很完美。"阿列尔说。

"我们往每趟列车上都派了人。"

阿列尔笑了。

"连车厢都正确？"

"能安放轮椅的位置并没有那么多。"

"我差点以为是三皇给了你预言。"

"他们说你是个尖刻的混蛋，"达科塔·麦肯齐说，"你们科塔都这么讨厌吗？"

"我们家还有一匹狼。你会喜欢他的。"

列车离开隧道，驶入极地主干线，光如薄刃般透过窗户。车厢摇晃着通过轨道节点，磁力引擎打开，北极专列猛地加速到了每小时一千二百公里。孩子们在走道里跑上跑下；从近地研讨会返回远地研究所的学生们大笑着，叫嚷着，聊着天；工人们正在睡觉，像抱着婴儿一般抱着他们的沙装头盔和背包。

"我他妈的得喝杯东西。"达科塔·麦肯齐说着，点了一杯洛巴查弗斯基。

"一杯什么？"阿列尔问。

"是种新饮料，我们这个半球的。白朗姆酒、牛乳奶油、姜、肉桂。大学生们靠它来引爆自己。"

"听起来像一杯精液。"阿列尔看着乘务员把杯子放下，其中包括她的饮料。

"那你的是什么？"

"龙嵩、酸橙、柠檬香草汽酒。"

"见鬼。好吧，如果我这杯是精液，你那杯看上去就像性病。我以为科塔家会喝酒。"

"不是这一种。"

"别叙述你改弦易辙的热情。以前喝的是什么？科塔鸡尾酒？"

"蓝月。拉法声称那是他发明的。喝它的会是若昂德丢斯某个酒吧里某位换班的集尘者。我从来没喜欢过蓝月，太甜了。对于一杯无辜的马提尼而言，蓝色柑香酒是一种又疯又糟的东西。"

达科塔举起她的洛巴查弗斯基，又放下了。她睁大了眼。"走。"她悄声说。

阿列尔毫不犹豫地从桌前移开了。

"列车在减速。"达科塔说。

阿列尔的眼睛瞪大了。老习俗：任何人都可以在月球的任何地方截停并登上列车。达科塔伸手去够阿列尔轮椅的扶手，被她拍开了。

"别推我。"

达科塔朝列车后部走去，阿列尔操纵轮椅跟着她。

"VTO 在卢卡斯的掌控中。"阿列尔说。

"谁说是卢卡斯？我们现在离哈德利城有二十分钟的路程，这里是麦肯齐的地盘。科塔是不错的人质。"

到了第五节车厢后部，其他乘客也注意到了列车在减速。

"如果他们在列车后部上车怎么办？"阿列尔说。

"那我就战斗，"达科塔说，"再一次，只不过这次是在列车上。但他们不会的。因为麦肯齐、沃龙佐夫、LMA、月球小鬼和太空仙女都从列车前部登车。"

十节车厢，最后一组压力门打开了，两个女人进入了闸门。闸门之后是最后一面隔板，隔板之外是一千二百公里的磁力轨道和后工业荒地。极地专列在凋零沼泽灰色的荒野中停下来，静止在了轨道上。

阿列尔尽可能地贴在外闸门的小舷窗上。没有任何新乘客的影子，只有轨道、内斜坡、坡台以及沉眠的月壤小径迷宫。毁坏的机器、废弃的栖地、老旧的通信继电器。断井颓垣，荒凉破败。对贵金属七十年的搜挖榨取使月球瘢痕累累。过度挖采造成的伤口可能永远无法愈合。

阿列尔感觉到了列车在磁力悬浮的状态中轻柔的移动，极地专列又开动了。

"五个人上车了，"达科塔说，"穿着沙装，戴着头盔。"

"你怎么知道？"

"我黑进了列车系统，"达科塔做了个鬼脸，"见鬼，他们正直接朝我们订的座位走去。"

"他们多久能找到我们？"

"走到座位三分钟，排查完列车的后半段还要五分钟。这是说，如果我们够幸运的话。他们也可能是那种莽撞的正常杰克鲁。"

"你能搞定他们吗？"阿列尔问。

"不会走到那一步。这真他妈的烦人。"

阿列尔发现自己在用手指敲击轮椅扶手。她再度往舷窗外望去。列车已经进入了哈德利城外围的镜场。杯状的镜群向上迎着阳光，捕捉着它，像献祭一般将它传送给大金字塔的太阳能熔炉。

"现在，他们随时可能发现我在干什么。"达科塔说。

"你在干什么？"阿列尔问。

"神灵们哪，他们在靠近。它该死的在哪里？"达科塔挤开阿列尔朝外张望。列车沉到了轨道上。有一个噪声，金属摩擦着金属，闸口锁合发出了沉闷的铿锵声。外面有什么东西在和列车对接。气封咬合着气封，系统在互相审核。

"他们来了。"阿列尔说。三个女人、两个男人以紧凑的编队冲下走廊。乘客们叫嚷着抗议，一个男人站了起来，然后被当胸一掌狠狠地拍回了座位。沙装，头盔挂在腰间，肩上和大腿上都有麦肯齐金属的标志。门厅突然闪起了绿灯。气闸达到了平衡状态，闸门开了。阿列尔看见了一个极小的压力舱的内部：老旧的装置，破损的设备，仪表板的刮痕，还有衬垫上的污渍。

"我绝对……"

"离开轮椅。"

"我需要……"

"离开那见鬼的椅子！"达科塔抓住阿列尔的翻领，把她扔过了闸门。她转身把轮椅扔向了冲进来的袭击者，然后跳过了舱口。闸门砰地关上了，气泵发出嘶嘶声。绿灯变成了红色。阿列尔在环形长椅上挣扎着坐起来，但突如其来的倾斜又让她歪倒了。一连串颠簸，一次小小的加速。她正在逃离。

"我向我们在弗拉基米尔裂谷的冶金研究站申请了一辆老探测车，"达科塔说，"到这里费了点时间。这距离真是短得让我不高兴。"

"你可能会砸坏什么东西的，"阿列尔说，"还有我的轮椅……"

"去他妈的轮椅！"达科塔嚷道，"我们会重塑你的双腿。我们是他妈的大学，我们重塑该死的腿、手，还有整条新结肠。好吗？"

这压力舱小得要命，两个女人就像小豆蔻的种子一样挤在里面。

阿列尔在一片寂静中召唤了贝加弗罗。在哈德利城的镜群迷宫里，她联不上网，但她的亲随连接了探测车 AI，向她展示了这无窗小舱外的世界。不管朝哪个方向看，都是高耸的镜子。在这些桥塔之间，她有些明白地球单词"森林"的意思了，只不过，她深深体会到的不是封闭的感觉，而是对旷野的恐惧。她是一个子宫里的胎儿，周围是残酷的真空、光线、辐射和机械。探测车在镜群迷宫里穿梭逃亡，离开主干线和其他杰克鲁小组，拐向西北偏北。哈德利城灿烂的星辰紧贴在地平线上。

"就在邓肯的眼皮底下，"阿列尔说，"你是在给他送蛋糕礼单。"

"你们家对我的忠诚到底是有什么意见？"达科塔说。

"麦肯齐家杀了我兄弟，"阿列尔简洁地回答，"麦肯齐家搞掉了我的腿。"她让自己更深地陷进椅子。"你带我去哪儿？"

"罗日杰斯特文斯基环形山。大约二十个小时。有足够的时间琢磨谈话的艺术。或者，如果你不喜欢交谈，那你玩西非播棋吗？"

"把小便器递给我。"阿列尔·科塔说。达科塔·考尔·麦肯齐从回收组件上解下了那个装置，在阿列尔拉起裙子穿戴它时撇开了眼睛。过度循环的空气很混浊，上了年纪的过滤系统散发出刺鼻的氨味。

探测车里没有尊严，达科塔·麦肯齐在第一次把尿壶递给阿列尔时就说了。

"如果你在我的处境下，你就会非常迅速地发现哪里都没有尊严。"阿列尔回答她。

那是十九个小时之前。

第一个小时，她们玩西非播棋，但阿列尔玩不好这个游戏，很快就失去了兴趣，并试图以各种方式作弊。

"不作弊的话还有什么意思？"

第二个小时她们吃东西。她们拖拖拉拉地嚼着每一口，竭尽所能地表达自己的赞美。第三个小时是排泄。第四个小时她们聊了一会儿天，打了个盹，然后在多岩的雨海海床上被探测车的颠簸吵醒。吃，排泄，睡，聊天。吃，排泄，睡，聊天。探测车爬上了极地，谨慎地选择着路径，滑下罗日杰斯特文斯基环形山的北部边缘。

吃，排泄，睡，聊天。其中最棒的是聊天。

"为什么选择法律？"达科塔问。

"科塔家每个孩子都要经历一个仪式，"阿列尔说，"它在地球处于暗面时举行。只在暗地时。你走出去，走上月面。你自己一个人，但你不是一个人。有一个声音。它说，离开灯光，孩子。离开安全线和空气盒子。别怕，我和你在一起。你走出去，直到那个声音让你停下。接着那个声音说，往上看，告诉我你看到了什么。你说，我看到了天空、星辰，还有暗面的地球。那个声音说，再看看，告诉我你看到了什么。而正确的答案，科塔家的答案是，我看到了灯光。我看到了黑暗地球上的万亿灯光。然后那个声音说，我们点亮了那些灯光。

"我在十岁时走上月面，穿着我小小的壳体工装，上面贴着猫咪和龙。那个声音告诉我：走出去。我走出去，我踢着尘埃，我听着自己的呼吸。告诉我你看到了什么，那个声音说。我说，我什么也没看见。那个声音说，再看看，告诉我你看到了什么。我说了我看见的。我说，我看到了死去的岩石和灰色的月壤，我看到了燃烧的光线、真空和虚无。我看到了寂静和乏味。我什么也没看见。

"错误的答案。不是科塔家的答案。卢卡斯现在仍然认为我是为了名利而背叛了家族。为了被社会宠爱。不，我看到的和他看到的没什么区别。他看见了灯火，我看见了荒岩。他看到了一整个世界，他可以在其中玩耍、建造、制作并毁坏。我看到的世界没有交谈，没有智慧，没有事件。没有人。就像你的小游戏一样：乐趣在何处？"

"你说，智慧、事件、其他人，"达科塔说，"但你从未有过一段长久的关系。"

"你好像挺了解我，噶吉。"阿列尔说。

"我必须了解我的客户。"

"客户，我吗？这听起来有一点点占有的意味。大学为什么对我有兴趣？"

"大学长久以来都是一处学术避难所。"

"当我请求避难时，你们接纳了我，之前是露娜。你们还治疗卢卡西尼奥。这个半球容纳的科塔有点多。这里是月球，甜心。没有人毫不利己地做事。你们是否发现了影响我兄长的机会？"

"大学一向独立于过去的 LDC 和现在的 LMA。我们不关心政治。"

"科塔家也不参与政治。在他们某一天开始参与之前是这样。"

达科塔靠回椅子上。

"半小时后到达罗日杰斯特文斯基。"她说。阿列尔容许自己露出了一丝属于律师的笑容，她采到了一点血。

"好了，契约义务，"阿列尔说，"你的故事是什么，噶吉？"

达科塔盘腿坐在了环形长椅上。

"我在大学学习生物科学。我的博士和博士后学位是关于人类基因组工程。我很有才华，在同期生里是最棒的，很多年里都是。谦逊是一种哭哭啼啼的美德。我回到近地面，成为克鲁斯堡和特维城之间的联络官。麦肯齐家一直在执行一项遗传工程策略，以稳固其基因组。"

"优生学，"阿列尔说，"蓝眼睛宝宝。"

"不仅如此，"达科塔说，"我和 AKA 合作，组建了一个人类生物多样性基因库，以免我们在未来的某一天要面对自己的基因崩溃。这是可能会发生的，甚至是非常可能。我们的人口数量不多，哪怕加上地球移民也是一样。表观遗传因子正在使我们转变为亚种，你也可以称之为一种新人类。但实际上，没错，就是蓝眼金发的宝宝。当我决定要一个孩子时，我发现我的 MEN1 基因 [1] 有缺陷，有引发甲状腺、甲状旁腺、脑垂体、肾上腺、肠及胃部癌症的风险。"

"神灵们哪，"阿列尔说，"遗传学者，改造你自己。"

"我改造了，在学院的帮助下。而代价就是：作为噶吉为大学服务十年。当我服役结束时，梅利萨自己都可以加入研讨会了。你想听童话故事的反转吗？"

"所有的好故事都有反转。"阿列尔说。

"当我知道自己在 MEN1 基因上的问题时，我先向家人求助了。他们在克鲁斯堡饱受辐射，发明了许多技术来修复基因创伤。但事实证明，达科塔·考尔的麦肯齐基因不够多，不值得提供治疗。眼睛的颜色太深了，皮肤的颜色太深了。因此，当你或你的兄长又或是其他该死的科塔对我的忠诚嗤之以鼻时，我就想一刀戳进你们的屁股再从嘴里捅出来。"

"抱歉。"阿列尔说。又一次得分，又一滴血。她会渐渐找到这个噶吉的所有弱点。"我们还要多久才能接入罗日杰斯特文斯基的局域网络？"

"大约七分钟。"

"我需要大学的特权和加密私人服务器。"

"我不是你的个人助理。"达科塔·考尔·麦肯齐说。

阿列尔就好像没听到噶吉的话一样，继续说："还有法律图书馆。你们有法律系吧？我需要尽快和阿蓓纳·马阿努·阿萨莫阿会面。现实的会面，在安全的场所。给她订票，为她找个得体的住处。

---

[1] MEN1 基因：multiple endocrine neoplasia 1，多发性内分泌腺瘤 I 型，该基因位于第 11 号染色体，是一种抑癌因子。

像我这样的人质可以住贫民窟，但我对我的法律团队有所要求。"

"这都需要梳理清楚……"达科塔·考尔才说了半句。但阿列尔·科塔思如泉涌，灵感像尘埃一样在车内恶臭的空气中闪亮。很早以前她就熟悉这种喜悦：看着那些闪亮的星辰将明未明，下一秒她就将够到它们，将它们组合成全新的、灿烂的星座。现在她有了一个计划。

"我现在要把你当作一个小孩子一样解释给你听，用简单、清晰、非技术性的词语，让你明白我正试图做什么，当你明白时，你将为我提供所有的援助。

"我正试图让卢卡西尼奥·科塔——卢卡斯的儿子、我的侄子——安全地活下来。他十九岁，自从十二岁时和卢卡斯交换抚养及代理协议后，就一直是一个合法的自由人。我知道，是我起草的协议。但是，他在缺氧状态下遭受了严重的神经损伤，这意味着他无法凭自己的意愿行动，因此必须有人签约承担照顾他的职责。他的母亲是阿曼达·孙——她和卢卡斯在两年前终止了尼卡哈。那是我工作生涯中最棒的一天。如果恒光殿赢得了对卢卡西尼奥的抚养权，卢卡斯实际上就会变成他们的人质。如果卢卡斯赢得了抚养权，那他能确保卢卡西尼奥安全的唯一方式，就是让他待在自己的个人保护范围内。这意味着，他要么会把卢卡西尼奥挪到子午城——彻底违背抚养职责，要么会把 LMA 挪到远地。那可真是非常契合你们传奇般的'独立'。

"我无法照顾他。当我拒绝卢卡斯的请求，不肯代理他出庭时，我们之间的关系已经足够紧张了。我不希望他偏执的小脑袋里出现任何关于'弑亲'的词。那就只剩下了一个候选人，而她早已证明她可以照顾卢卡西尼奥。并且她是无法撼动的。但我必须行动迅速。我需要与卢卡斯和阿曼达·孙同时获得克拉维斯法院的令状。

"因此我需要相关协助。你会帮助我吗？"

"真是见了你的鬼，"达科塔·考尔·麦肯齐说，"救那孩子？我怎么能拒绝？"

"还有一件事。"

"总是还有一件事，不是吗？"

"那些你承诺过的腿？在我们离开罗日杰斯特文斯基之前，你能做什么？"

露娜·科塔穿着她喜欢的新裙子，把手按在小船的玻璃墙上往外看。粉色的旧壳体内衬已经被抛弃、被解印、被重塑了。窗户察觉了露娜的意愿，调暗了内部光线，但在它完成这个步骤之前，她看到了自己被反射的脸：悬在半明半暗的山丘和科里奥利小环形山群上的半张脸。她把前额靠在了玻璃上。

"露娜。"埃利斯玛德琳斥责道。她不信任玻璃，不信任这辆车，也不信任这条从医疗站牵出，并切入科里奥利环形山西缘的电缆。不信任大学里任何嘎吱作响的老机器。但正因为这些理由，露娜却信任它们。她喜欢环形山沿和山坡里凿出来的旧穹顶和栖地，喜欢疯狂的电车轨道、超回路、空中索道和索道缆车，这让她想起博阿维斯塔的隧道、山洞和秘道。

"阿列尔姑姑会从哪边来？"赤道一号线是一条灿烂的光带，越过环形山灰色的坑底。推土机编队停在科里奥利的西缘外，大学和太阳公司正通过克拉维斯法院争论是否要延展太阳环区，使之穿过环形山，越过整个远地面。

"从东边来，"埃利斯玛德琳说，"另一个方向。"

露娜知道，你必须很快很快很快，才能捕捉到一列 VTO 列车的踪影，哪怕它是在减速驶进科里奥利站也一样。亲随露娜可以给她指明时间和方位，但她可能会因为眨眼或打喷嚏而错失它。

一次闪光。它迅捷得令她屏住了呼吸。

"在那里！我看到它了，我看到它了！"

"当心，安今乎。"埃利斯玛德琳说。科里奥利的天空布满了移动的光芒，仿佛有许多节日灯笼，不慌不忙地聚集在一起。来自科里奥利各个栖地的电缆车沿着它们的线路，向下驰往车站。一列车进站了，人们正匆忙地赶车。接着，AI 宣布了即将到站的车次，此时露娜的缆车进入了码头。

门打开的一瞬间，露娜就跑出去了。埃利斯玛德琳喊着她，但她已经穿过一条走廊，跳下了一段台阶。一段两段三段四段。露娜欢快地跳跃着，一次跳下一整段台阶，着陆的同时就预备跳起，飞下另一段。她钟爱的新裙子在她身周翻飞。它无袖、低圆领、高腰、裙幅宽摆，是极其浅淡又柔和的尘灰色，就好像天空下的灰烬。

12 号车厢，亲随露娜通知她。抗压玻璃外的列车是一个庞大又强势的存在，月台则承载着熙熙攘攘的人流——到站的、出发的、迎接的、告别的。

露娜，埃利斯玛德琳在网络中呼叫她，但闸门正在开启，穿着漂亮靴子的达科塔噶吉走了出来，然后，在她身后，还有两只脚属于阿列尔。阿列尔在走路。阿列尔走向她的同时，她冲向了她的姑姑。

"哦，安今乎，"阿列尔像过去——长久离开博阿维斯塔后又回家时——常做的那样，一把抱起了露娜，"哦，我的甜心，你真美。"露娜靠着她的一侧身体，阿列尔用一只胳膊托着她："你变重了。"科塔总是有话直说，但她没有把露娜放下。

当阿列尔大步走上月台，向等待的埃利斯玛德琳走去时，露娜说："你有了新的腿。"

"我的腿是旧的，"阿列尔说，"但他们在罗日杰斯特文斯基给了我一个新东西，它就像桥梁一样，搭在我脊柱中不能工作的部分上。比以前那些恐怖的辅助腿更好，对不对？而你有了一张新的脸！"

"放我下来放我下来。"露娜坚持道。

"怎么了，安今乎？"阿列尔说。

露娜把头搭在她肩上。

"我不想让埃利斯玛德琳看见，"露娜耳语道，"弯下身，就好像你要吻我一样。"

露娜朝达科塔投去一个密谋的眼神，她落后她们两步远。不管你是不是嚆吉，敢说出去我就杀了你。

"靠近一点。"露娜悄声说。一个吻轻轻触碰了脸颊。露娜把手伸进了暗袋，那是她给这件漂亮的新裙子安的。正是因为这个暗袋，它才成了她钟爱的新衣服。粉色的工装内衬藏不住任何东西。折叠起来的柔软灰色织物可以藏住任何东西。她抽出刀子，把它压进阿列尔的手。阿列尔抗拒，露娜坚持。

"拿着它。它是给一个勇敢无畏、既不贪婪也不怯懦、能够英勇地为家族而战并守护它的科塔准备的。如果你正在为卢卡西尼奥而战，你就需要一把刀。"

"露娜，在战斗的不是我，"阿列尔说，"是你。"

又过了三天。这时间已足够营造仪式感了。在跑酷之后，罗布森·科塔去了班雅，泡掉油脂，蒸发疼痛，然后在魔猫店和海德会面，喝一杯欧治塔。西奥菲勒斯有十五家招牌店，但罗布森慎重地带着海德去了每一家店，试喝他们的饮料（包括热饮和冷饮），试吃他们的食物（包括开胃菜和甜品），观察他们的顾客（包括年轻的和年老的）和店里的氛围。两人记分，照相，做了一张电子表格。这是一个重要的选择。看起来他们两个人都要在西奥菲勒斯待很长一段时间，所以他们不能犯错。

魔猫位于第三层北外闸边上，它的食物和饮料分数不高，但氛围排名很高——这是一个旧山洞，在老环形山的北墙上挖出来一些小房间和角落，还有一些密封粗糙的隐秘处所，你可以躲在那里，待着，不被察觉地观察别人。而且它在顾客分数上是第一名。这里只有他们俩是孩子。

"没有更多了，是吧？"吧台后面的剑鱼说。罗布森对这点非常满意。西奥菲勒斯的人口是三千两百人，其中有一百一十二人在十六岁以下，罗布森所在的群体是十三岁。这个群体里每一个人都恨他。他一走进七年级玫瑰石英研讨会，看到每张转过来的脸的瞬间就知道了。引领者热切地鼓励孩子们对他表示欢迎、接受和认可，但他讨厌这样。他想说，别浪费你们的呼吸。一等你们转身，这些西酒海近交系蠢货就会试图杀了我。

他们在第七层伏击他。那个大块头傻瓜，还有他的手下，以及一些真心想参与的小孩，和三两个想录视频发布的女孩。新孩子，外地人，异形。哪家的？科塔家。我们得告诉你，你什么也不是。他们个子很大，很强壮，但他们既不快也不聪明。罗布森躲闪开人群，在那个大个头孩子埃米尔还没重新站稳的时候，他已经在两层楼以上了。他们叫骂、嘲弄，而他沿着他们头上十米处的通风管跑走了。等他返回公寓时，大鬼的信息栏塞满了恶意邮件。

你希望我屏蔽它们吗？

"全部屏蔽吧。"

在这之后，规则就很明了了。只要罗布森在社会关系中一直扮演外人的角色，那他就不会有麻烦。

不同的研讨会，相同的规则。海德与他的抚养人马克斯和阿尔琼从希帕提娅来到这里，他以前在粗玄岩，那是希帕提娅的某个研讨会。海德默默无闻，没有从城市顶端跌下来过，也就没有可以毁坏的名声。他自然也没有那样的身手。六天过去了，他仍然在用粉底遮掩更深的淤青。粗玄岩研讨会总是以强硬的风格著称。他那时习惯了班里最底层人员的生活，但从未成为被驱逐者。在西奥菲勒斯的一百一十二人中，一定还有被排斥在外的人。寻找的路径简单又清晰。他跟踪那些恶意邮件，找到了罗布森·科塔。

他们坐在魔猫的卡座里，抿着欧洽塔，凳子对他们来说有点高。两个人的样子截然相反。

罗布森是褐色皮肤，劲瘦，自信。他喜欢运动和活动，很清楚自己的身体能做什么。

海德是白色皮肤，细瘦，羞涩。他喜欢故事和音乐，对自己的身体毫无把握，并且一无所知。

但他们形影不离。

剑鱼把一个女人带到他们的卡座边，她穿着沾染了尘灰的工作装。

"给她看看那个。"他对罗布森说。

"什么那个？"

"用卡牌玩的那个。"

魔猫里的人很快便风闻：那个发型巨大的孩子也会玩牌。罗布森从短裤口袋里抽出他的半副牌，单手洗牌。这通常就足够让人印象深刻了，但剑鱼点点头：再多点。罗布森已经习惯了用半副牌玩把戏。在另一个城市里，他将另外半副牌给了一个朋友。那个城市已经不复存在，在风暴洋的尘埃中熔成了渣。那是另一段人生，那段人生也已经不复存在，被刀锋从骨头上生生剔掉了。

他要玩一个简单的重力游戏。敏捷、迅速，总是能骗到人。展示卡牌，翻过来，选中一张牌——重力牌，然后切牌两次。将重力牌挪到整叠牌的底部。将牌分成两半。在交错式洗牌时，让重力牌先一步落下。重力能确保重力牌始终处于最底部。

这些步骤耗时两到三秒。把戏的诀窍已经完成了。剩余的一切都是在诱导——戏台、行话、伪装。把戏的诀窍的诀窍是，标记永远都不是人们以为的那一个。

"现在可以了，碰一张牌。随便哪张都行。"

罗布森的牌很脏，边角都变色了，上等卡牌偏多：多数是人头牌、方块和桃心。分离带来的运气。剩下的牌在大流士·麦肯齐那里，不知道他在哪里，不知道他在做什么。

"现在，我要把这张牌展示给你。"说着行话的同时，罗布森以标志牌为界，将牌分成两半，垒齐，把重力卡滑进了标志牌下方。他把其中半叠牌亮给这位女性集尘者看，重力牌在最底下。"现在，盯着这张牌看五秒。我需要你用这么多时间，因为这样它才能印在你的眼睛里。因为我将从你的视网膜上直接读取它。好吗？"

这个女人也许是一个被真空历练、被辐射打磨过的老手，但此时她点点头，犹豫又紧张。这就是实施诀窍的所有关键处：诱导。罗布森再次垒好牌，注视着她的眼睛。1、2、3、4、5。

"我看到了方块皇后。"他说。

它当然是方块皇后。

"这难道不是最见鬼的事吗？"剑鱼说，"最见鬼的？"

"你怎么做到的？"集尘者问。

"魔术的第一原则，"海德说，"永远别问魔术师这把戏是怎么做到的。"

集尘者送来了两杯欧洽塔，还有饼干。两个朋友又吃又喝，晃着他们又长又瘦又细的腿。

第七章

亚历克西娅之前从未见过扎巴林，但现在，她的公寓门口有好几个，其中一个年轻女人穿着宽松的卡其色短裤、沉重的靴子和无袖背心，举手拦着亚历克西娅。

"你不能进去。"

"这是我的公寓。"

扎巴林女人顶着一头脏辫，发间编着缎带和珠子，头发往后梳着，用一个发夹固定。戴着手镯和珠子，满身挂坠。她的亲随是一个镶宝石的头骨。

"它不安全，朋友。里面有一个感染源。"

"一个什么？"亚历克西娅问。接着，他们的一名队员拖着一辆小动力车从她阳台向街的门走了出来，这个年轻男人有月球人的高度，穿戴也像个流氓。他的亲随是嵌长钉的头骨。

"现在我们弄干净了。"

"你们见鬼的在我公寓里干什么……"亚历克西娅正说着，便看见了那小货车里躺着的东西。鸟，数百只鸟，像子弹一般僵硬。

明亮的绿色与金色羽毛，还有一抹抹红色。

"你们杀了小鹦鹉。"亚历克西娅喊道。四个扎巴林组成的小队陷入了真诚的迷惑中。

"这是规定，女士。"拉车的孩子说。

"无监管的资源滥用。"脏辫扎巴林说。

"这是强制措施。"另一个扎巴林说，这是个三代的月球孩子，皮肤颜色非常深，胳膊上和眼下有划痕。他的亲随是一个燃烧的头骨。

那肯定是扎巴林的某种特征。

"如果可以的话，请往后站。"最后一个扎巴林说。这个雀斑红发男人有四五十岁了，辐射伤害让他的短发变得全白，除斑点外，他脸上还有很多黑痣，那是早期的黑色素瘤。他打开一个钛制箱。空气中升起了薄雾，然后雾变浓了。烟雾环绕着他的头，然后涌进了他的箱子。"我们都有免疫基因，但它们可能会发生古怪的软故障。这不会死人，但会难受得像见了基督一样。"他关上盖子，关住了一片嗞嗞沸腾的黑色浆液。不是烟，是机器虫。他们用成千只昆虫大小的无人机猎杀了鹦鹉。

"祝您今日愉快，女士。"脏辫说。扎巴林高高兴兴地大步沿街走远了。

"小鸟儿！"亚历克西娅在她的小房间里喊着，"小鸟儿！"她在冰箱里找到了一些变坏的水果，把它们放在了阳台外面。她端着茶坐下来，看着熟过头的番石榴。扶壁间没有飞掠的色彩，没有翅膀的扇动，空中也没有吱吱喳喳的声音。

"王八蛋。"亚历克西娅·科塔说。

亚历克西娅从扎巴林那里得到了一个灵感：他们的着装风格。打印机把她要的东西挤进漏斗。之前，她作为铁手不得不忍受过度讲究的、紧身的二十世纪四十年代风格，现在这些可真是太棒了：短裤、靴子、不太紧身的背心。她在家乡就穿成这样，管道女王的穿着。

这也是一种不错的伪装。

在等着电梯里的乘客出来时，马尼尼奥说：LMA 劝告人们不要登上七十层以上。走进电梯厢时，人们都在打量她。扎巴林的风格。今天你瞪着眼看，下周你就会穿上它。

谁知道这么穿是什么样子？

那里有人身安全问题。

第四十二层。有人出去了，进来的人更少。电梯门关上了。

上城高街的形势最近恶化了。到处都有人在偷水和带宽，还有人黑入了公共打印机。

也是在这个电梯里，曾有一个窒息的人向她乞求呼吸。她不知道这个人后来怎么样了，但她在梦里看见他：门关上时，他向外伸着一只手，喘不上气地说着她永远听不清楚的话。

我很抱歉，我是新人，我不知道要怎么做这事。她当时这么说。

根本不值得我们付出呼吸。他上气不接下气地说。

她一直不懂这句话的意思。现在她必须弄清楚。

第六十五层。

亚历克西娅，我必须郑重劝阻你，马尼尼奥说，我可以雇佣私人保安。

第六十八层之后，她变成了唯一的乘客。

第七十五层。她的靴子在网眼地板上轻响。声音吸引了注意力，她往下望去。她从小就经常待在屋顶、露台和塔架上，但此刻靴底下方的深度令她的呼吸猛地急促起来。由此到下一层地板之间足有半公里的落差，其间遍布动力管道。她伸出一只手来稳住自己，但没有什么东西可以握住。

别往下看。永远别往下看。

她总算走到了一段楼梯处，它螺旋盘绕着一根汩汩作响的给水总管。她把手放在管道上，里面流动的液体唱出了她熟悉的曲调。然后她登上三段楼梯，来到一个小小的望台处。

往外看。

那不只是令人屏息的景象，那是惊心动魄的宏阔奇观。

她见到了一个她从未见过的子午城。中心区是一个庞大的空心圆筒，桥梁、步道和索道在其中纵横交错，电梯在弧形筒面上上下下，而月环远远高出了所有这一切。她看着一个闪亮的乘客舱从地面向闸门升去。第一道气闸上是两百米高的防护岩，接着是通向子午城发射塔的第二道气闸。而她此刻仍在深深的地下。

三条主大道由此往外辐射出去，它们分别是子午城三个方区的轴线。在她眼中，大道并不是林荫马路，而是峡谷，它们比地球上任何峡谷都更深。远景充斥着光线，笼罩着尘埃。孙达科瓦大道从她面前伸展开去，她能看到更深处的景象，那是猎户座方区从中心往外延伸的另外四条大道。树木排列在大道边，它们的高度超过她曾见过的任何雨林，但在此时，它们小得就像花粉粒。右边，心大星方区正在变暗；而遥远的左面，晨曦正在填满宝瓶座方区。这是亚历克西娅第一次懂得欣赏子午城的设计：三个五角星，在中央交会。子午城的峡谷可谓太阳系的一大奇观。

在这个接近世界顶部的地方，日光线带来的幻象破碎了。在地面上，在她的阳台上，甚至在LMA的办公室高处，亚历克西娅都可以相信她是在一片时而晴朗、时而阴云的天空下。她听说它有时甚至会下场雨，好冲洗空中的尘埃。她很乐意看看那景象，那一定是水工程运行的壮举。但在这里，她能看到面板之间的接缝，看到投影出天空的光细胞颗粒。那只是世界的一片屋顶。

把手搭在眼上，往上望，她看到了贫民窟。一条通风管道上倚着泡沫板搭成的小格子。布料和偷来的包装材料组成帐篷，悬挂在垂落的电缆上。塑料板搭成隔间，勉勉强强地挤在基础设施的间隙里。露天营地、坡屋、棚子。上城高街随着亚历克西娅的视线渐渐展露出自己，这处高城的每一道裂缝和空隙里都塞满了凑合搭出来的避难所。她想到了昆虫或蜂鸟的巢穴，交织环绕在人类世界的周围。

她还想到了老里约的贫民窟。上帝之城，曼格拉，阿莱芒，罗西尼亚。人类需要片瓦遮头，而它们就是满足这些原始需求的应对措施。

现在，里约的每一处角落都变成贫民窟了。

在观望子午城全景时，亚历克西娅明白了一点：子午城远远不只是它所封围的空间。人们在岩石中深深凿出街道和住宅，更深的是城市的基础设施：水管和矮道、隧道和通风管、电缆和辅助系统隐在岩石内。远程电站、月表太阳能阵列及通信阵列、电线和管道伸展出数百公里。她看到了子午城的原貌，它不是一座城市，它是一台机器。一台生存机器，生活在其中的人类在其工作单元之间的空隙里匆忙奔走。

她爬向更高处。两层以上，每一条管道、每一根支柱和大梁上都挂着一些像是银色蛛网般的东西。她碰了碰其中一个，手上全湿了。这些塑料网上闪耀着露水。

冷凝网。管道女王很欣赏这聪明的设计。她之前不知道子午城还有云层。

"无监管的资源滥用。"她大声说。

是的，令人震惊。马尼尼奥说。在她刚往眼中安上视镜，并接上网络的头两分钟里，亚历克西娅便知道亲随并没有"讽刺"这个概念。

"我要把你关闭了，马尼尼奥。"亚历克西娅打断他。她看见了一张脸，是个女人。短暂且冷漠地盯着她，然后隐没在了机器间的阴影中。这个女人可能从她踏出电梯起就在看着她。在那阴影里，可能有数十个人在看着她。主梁上、楼梯井里、裂隙中，有更多的人。

这里不是她的城市。

有东西在动，在那里，飞掠过了楼梯顶口。

亚历克西娅转身往下走，想回到电梯那里去。楼梯平台上站着人。她回过身。上方的楼梯转角也有人。

各种各样年龄的女人和男人，还有一些孩子。他们的穿着集合了各个时段的潮流：目前流行的二十世纪四十年代，过时的二十世纪八十年代，这个人穿着二十一世纪二十年代的女装衬衫，那个人穿着二十一世纪五十年代的绑腿和卫衣。每个人都穿着自己被迫迁至上城高街时流行的款式。没有人有亲随。

"无监管的资源滥用。"一个孩子说。

他们走近了。

亚历克西娅从未如此害怕过，就算是古拉特家袭击卡约，以向管道女王宣战时，她也没有这么怕过。然后她发现了逃脱的办法。

"我是水力工程师，"她喊道，"我能告诉你们怎么从那些露水网上收取多 20% 的水。我能告诉你们怎么建造一个分配及净化系统！"

"哦，我不认识你，伙计，但我很乐意看到这些，"一个声音从上方传来，带着澳洲口音。他从两段楼梯上方的栏杆上探出头来，"我们将永远感谢你。"这是一个年轻的白人，深色眼睛，利落的颧骨线条，一团黑色的卷发。他越过栏杆，向下落了五米，轻巧地落在亚历克西娅前面。他穿着一条褶裥裤，裤脚卷到了脚踝上，一件白色衬衫，袖子卷到肘部。没穿短裤。亚历克西娅瞄到了那高腰腰带下方刀鞘的轮廓。"你给的答案很不错，这答案救了你的命。"他坐在梯板上，打量着亚历克西娅。她注意到，他左手小指的指尖没了。"和你的行头一样。好了，我说伙计，他们一般都凭直接的印象来判断，但我会看到更深层的东西。表面上，你穿得像个扎巴林。我的伙伴们不喜欢扎巴林。我不喜欢扎巴林。但你没有扎巴林的亲随。你没有开启任何亲随。这让我很感兴趣。从你的基本体形来看，你是个月芽。扎巴林不雇佣月芽。你到这儿多久了，月芽？两三个月？"

"两个月。"

"两个月，这在我听来是 LMA。如果说我的伙伴们不喜欢扎巴林，那他们对 LMA 就是痛恨了。但从事实来看，你一个守卫都没带就上来这里了，这行为要么蠢透了，要么很有趣，"这男人的手搭在膝盖上，"我给你一个自救的说话机会。"

他全说中了。她毫无防备。只有愚蠢或诚实能救她。

"我为 LMA 工作。"亚历克西娅说。一阵低语声在被放逐者中传扬开去，这个澳大利亚人举起一根手指，他们安静了。"那时我在去往办公室的电梯里，我看到了一个呼吸快要停止的男人。他向我寻求帮助，他恳求我给他呼吸，他求我赊账。可我当时不知道怎么做这事。我什么也做不了。我走开了。"又一阵不满的咆哮声。"今天我看到扎巴林杀死了我住的街道上所有的长尾小鹦鹉。其中一个说'无监管的资源滥用'。我想知道到底在发生什么事。所以我搭乘电梯上来了，来那个无法呼吸的人来的地方。"

"那你要怎么做呢，LMA？"澳洲人问。

"观察，努力理解，努力弄清楚真相，假设我对这上面的事的想法是真实的话。"

"你认为这上面在发生什么？"

"我认为 LMA 在有组织地消除非活性账号。"

"消除？"澳洲人问。

"清理非活性经济成分。"

一阵愤怒的隆隆声。

"清理？"

"杀戮。"

"非活性经济成分？"

"人。你们。"

"你的理论很有趣，"澳洲人说，"它也是对的。"

"这……"亚历克西娅说。

"不仅是子午城。到处都是。南后城，圣俄勒加。整个近地面。付不起钱？那就别呼吸。扎巴林过去总是不管我们，现在他们毁掉我们的棚屋，撕掉我们的捕水装置，扯掉我们的水槽，从我们的肺里夺走该死的呼吸，"澳洲人举起一只手，示意上街高街的居民们坐下。亚历克西娅站着，她是表演者，是答辩人，"你说你能帮助我们提升水供应，LMA。你行吗？"

"我说了，我行。"

"下一个问题。你会吗？"

"我有选择吗？"

"你的名字是什么，LMA？"

"莱。"亚历克西娅提醒自己不要撒谎，但更提醒自己不要说出太多事实。

"莱。听起来像一个假名，"澳洲人说，"像一个昵称。他们叫我刀王。"

她仍然警惕，但有时候得做点不必要的事。

"这太他妈可笑了。"亚历克西娅说。高街居民们倒吸了一口气。澳洲人用黑曜石般的眼睛注视着她，然后大笑起来。他笑得又久又用力。高街人们也随着他笑了起来。亚历克西娅发现这个澳洲人有一颗金牙。

"没错，这太他妈可笑了，但它抚慰了我旺盛的虚荣心。不过这外号不是我选的，也许这能有点儿区别。你是哪种巴西人，莱？"

"里约人。"亚历克西娅回答。

"里约人曾经和我争吵过一段时间。不过这里也有里约人，还有巴西利亚人、加纳人、尼日利亚人、马来人、恩济人、德国人、尼泊尔人、阿拉伯人。地球上每个国家的人。所以，莱，水力工程师，LMA 官员。这可是个工作简历。"

"在我还不是月球上的任何人时，我曾是巴拉达蒂茹卡的管道女王。"亚历克西娅说。这个句子说完时，她掌控了话语权。泽诺娜奶奶拥有和故事合而为一的能力：让孩子们安静，让争吵平息，让等待电力回归的一小时飞掠而过。故事有强力的催眠效果。亚历克西娅现在不在乎自己是唯一站着的人了。之前她是个被告，现在她是个演员。

她将她的听众带入了另一个世界，那是一个向天空敞开的城市，在那里，她的家人住在海边的高楼里。她介绍了她的家人，一直回溯了三代人。她说了他们的圣名，他们的昵称。她仍然在警惕着，不漏出科塔这个姓名。她告诉他们，她的祖父路易斯将她带到海洋大厦的楼顶，让她看到月亮的暗处。眯眼，孩子，他说，认真看，看到更深处，你看到了什么？

光！

她告诉他们，她是怎样在自己卧室的窗户角落里发现了一个裂缝，然后沿着墙上的水迹，用一个烧杯接住了它们，接着换成罐子，再换成盆，最后认为这不是长久之计，便用吸管做了一条小小的管线，一路将水接到了浴室的出水孔。她告诉他们，她发现只要水源位置比水嘴高，自己便可以让水沿捷径上山，人们可以坐在那里，看着水滴慢慢变大，滴进漏斗，随着水压流入管道迷宫。

我们为什么没有好水？她问她母亲。

像我们这样的人得不到好水。

在去世前一年，路易斯祖父再次把她带到屋顶，说，如果你能告诉我你为什么应该得到好水，我现在就把属于你的遗产给你。

我想成为水力工程师。小亚历克西娅说。

路易斯祖父不只把她的份给她了，还从她兄弟姐妹的份额里提了一部分给她。玛丽萨的，甚至还有小卡约的。把它们用起来。

夜里，她在科技教育联邦中心学习水力工程和废物处理工程，白天，她去给奈默尔·丰塞卡当学徒。那是个水管工，在巴拉一座全女工的修护工厂里工作。毕业的第二天，她从马拉本蒂的一块封锁内飞地[1]里偷了两百米长的管道，不仅为她自己家公寓，还为海洋大厦的整个上半座楼重建了水管管道。

"每个人都有了自己的水，"她说，"每个人也都只为自己努力。但我建造了一个服务于所有人的系统。我让它变得更好。"

智慧且大胆的行动：水只在干净时才是好的；从 FIAM 偷水而不被他们发现；在整个巴拉，在竞争对手鼻子底下兜售她的名号，这些对手可能会割掉她的脸。他们开始分享她的骄傲，在听到有人叫她管道女王时，她已经坐在刀王下方的梯板上了。

"不错的小帝国，"刀王说，"但从那里到这里，是一条很长的路。"

"另一个公司想给我传个消息。他们殴打了卡约，导致他受了重伤，也许永远都不会好。"

"你做了什么？"一个尘灰色的瘦女人呼哧呼哧地问。

"我报复了他们，"亚历克西娅说，"三倍奉还。"

一阵低语声。亚历克西娅把这视为赞成。

"卡约需要持久的照料和复健。在巴拉赚不到那么多钱。我做

---

[1] 内飞地（enclave）：位于 A 国境内，但主权属于 B 国的一块地区。这块地区算是 A 国的内飞地，B 国的外飞地。

了科塔家做的事。我来到了月球。"

又一阵低语声，这一次带着威吓，几近咆哮。

"在这上面，这个姓名代表了许多过往。"刀王说。

"我知道，"亚历克西娅说，"但里约的每个人，巴西的每个人都知道这个姓名，知道他们做了什么。"听众里有人点头。亚历克西娅在玩一个步步为营的游戏：甩出一张次要的牌，引出科塔这个姓，希望它能让听众们相信她没有更大的牌——她的真名。用管道女王牌掩护科塔王牌。但她现在还未安全，还有一张牌要出。"所以，我可能对空气或数据一窍不通，但我能为你们建造一个水系统。"

这次的低语声中带着怀疑。

"所以你肯定会再来喽。"一个黑发高耸的少年说出了大家的心里话。

为了电梯里窒息的男人，为了卢卡斯在循环器里要我做的事，为了卡约和复仇的代价。为了我做过的那些可怕的、可怕的事情。亚历克西娅唯一能说的是："我承诺？"

"你向我们承诺？"刀王问。

"我向你们承诺。"

"伙计们，"这个澳洲人喊道，"我们有一份契约了！"

第一天，管道女王分派了队伍。孩子们组成拾荒队，他们又快又轻巧，能爬也能藏。她给了他们盗窃清单，把他们派出去了。

"我需要四个施工队，"亚历克西娅宣布，她让她的队员们坐在上城高街唯一一处大空地上，这是一个气体交换器的微弧形帽盖，机器大约有一幢办公大楼那么大，"露水队、水槽队、管道队、紫外线队。"

"我呢？"刀王问。他盘腿坐在地上，裤脚卷到小腿半中间，宽领衬衫到腰部都没有系扣。他从肩膀处撕掉了袖子。亚历克西娅喜欢这个澳洲人的穿着方式。

"安保队。"她说。刀王笑了，他的胸前、上臂的皮肤上都是刀疤，层层叠叠。"现在围拢过来。"她从自己的扎巴林短裤口袋里抽出一支真空笔，在白色的水槽保温板上画起来。上城高街没有亲随，没有网络，没有智能软件和工程图表，没有纸。她在一百平方米的面板上绘出了蓝图，它是这高城的水供应系统。它简洁又精细、粗糙但好用，整个儿是应急式的，却又完全模块化。

"扎巴林头一天就会把它拆掉的。"水槽队的一个男人说。

"那我们就守护它，"刀王说，"每个人都是安保队。"

孩子们狩猎回来了，那个质疑过亚历克西娅、头发高耸的男孩叫亚雅，他的胳膊底下夹着十根五米长的塑料管，眼睛闪闪发亮。

"那里有只机器虫。"他喘着气说。在上城高街，每个人都喘息，每个人都话语简短，每个人都有接不上气的时候。

"你没事吧？"亚历克西娅问。那孩子咧嘴一笑，举起一把液压配管和制动器——这是他的战利品。

"小心那些东西，"刀王说，"你们没有受过与它们战斗的训练。"

第二天，队伍出发去整备场地。孩子们用弹弓和滚珠干掉了少数存留的固定摄像头和侦察虫。亚历克西娅领着她的队伍：不，这管道通不到那里去；集水槽要放得更高些；装 UV 灭菌器时你们需要防护。如果你在这里敲击总给水管，你会把半个上街高街轰到墙上去。敲这里。过滤网放这里，放这个水槽。没有任何过滤网是什么意思？拾荒队！

"你发布命令时还挺辣的。"刀王说。

"你也可以做点工作。"亚历克西娅说着，扔给他一把焊接枪，这是从五十层某家茶摊里某个粗心大意的维修工那里偷来的。

第三天，水流动了。

"把你们的雾网挂在这里，"亚历克西娅命令道，"凝结的露水不会像从前那么多，但热交换器那里有一股恒定的冷风吹过来，这意味着你们能收集到网上百分之八十的水。"镜面反射着阳光，从子午城中心的屋顶那头传来了消息，露水队按提示打开了二十个集水槽下方的阀门。水流出来了。孩子们跟着水声跑着，沿着管道越过导管，跑下楼梯井，绕过轰鸣的热力机，穿过电缆迷宫。管道连着管道，结点接着结点。管道女王的指示：检查泄漏，不要拧得太紧，会磨掉螺纹。

被放逐者们在绕中心区等距排放的三个接收水箱处集合。有什么在震颤，然后是远处的隆隆声，接着是汩汩声、吐溅声、喷发声，接着水流动了。

刀王把手浸在打着旋的水中，捧起水来喝了一口。只是尝了一下，然后他捧着水递给亚历克西娅。她从这澳洲人的手里喝了水。

"这水没问题。"她说。但它可以变得更好，不过这句话被淹没在了欢呼声中。

她的视线没法离开他的眼睛。

接着她想起来了，举起了一只手。

"把它关掉。我们没有足够的水可以浪费。"

那天夜里，她想要预定卫星时段，和地球上的卡约通信，和她母亲，和公寓里的人。她犹豫了，她不知道地球是什么时间，通信可能会出人意料，吓到所有人。她的思绪从巴拉飘到诺顿，漂亮的、爱吃醋的、甜美的大个头诺顿。为了她把他的私处剃得溜光滑净的诺顿。他应该找到别的女友了，因为他那么可爱。除非他不愿意。他会等着，真挚，忠诚，阐明自己在信念和不贞之间的选择。

她并不相信这个，因为这不符合她对诺顿的感觉。

时间太他妈长了。

第四天，她对自己作为铁手的工作躁动不安，她的表现过于明显，连卢卡斯都注意到了，还批评了她。这一天全员大会上有一场大型演讲，地球代表和五龙都会到场。它必须完美无瑕。她撒谎说是因为自己来了例假。一等这天结束，她便乘电梯前往城市顶部。她看到了刀王。她的心猛地提了起来，就像装了翅膀的飞行者一样在子午城中心区的空中腾挪飞掠。他没有笑容。没人有笑容。

"发生了什么？"亚历克西娅扫视着他们的脸。有人不见了，留下了缺口。她想起来了："亚雅呢？"

水槽队在心大星方区的开关设备处找到了他，血正透过网眼往下滴，滴下了三层甲板。他倚着一块隔板直直坐着，肠子漏到了膝盖上。他被开膛了，从胸骨到腹股沟。

只有一种机器会在杀戮时如此无视人类身体的尊严。

在高城回响起扎巴林的靴子声时，水槽队撤退了。

"妈的大意了。"刀王说。亚历克西娅把手按在他肩上，他将自己的手盖在了她的手上。"来吧！"他喊道，"我们把水槽安上去！伙计们，在外面都小心点。"

一切都必须准备好，拧紧并测试，因为第五天将会下雨。

亚历克西娅催促着电梯向上，向上，更快点，更快点。但电梯的速度是固定的，而且这一架似乎每层都要停一停。她沮丧得心烦意乱。计划下雨的时间是猎户座方区的 13：00，她必须在第一滴雨落下前到达高城。

她终于抵达了第七十五层，拔腿冲上了楼梯。在她靴子底下，子午城一片寂静，一切都暂停了。中心区没有飞行者，桥梁和步道上也一片虚空。空气里浮动着旧尘埃，亚历克西娅能在舌尖尝到它们，能在鼻腔中感觉到它们的堵塞。城市正等着被洗净。

高城人在等着，有些人站在平台和楼台上，有些人悬在栏杆上，还有一些蹲在钢制梯板上，姿态中有舞团般的技艺与优雅。

"哦，女王，我的女王！"亚历克西娅在天顶的灯光中眯起眼，看到刀王像往常那样撑栏一跳，跃下四层的高度，落在了平台上。他伸出一只手："来吗？"

"刀王。"亚历克西娅抓住他的手。两人一起登上楼梯，穿过一层又一层的欢呼与口哨声。这些响声在上城高街巨穴般的结构中回荡、加倍，变成如同机械咆哮般的声音。往上攀爬时，亚历克西娅看到孩子们从乱糟糟的口袋里掏出镜子，向中心区那一边闪出信号。答复的信号也在那一头闪起。准备好了。都准备好了。

抵达南蓄水池时，刀王说："知道吗，你以前从来没有当着我的面这样叫我。"塑料薄板在高城那不可捉摸的阵风里噼啪作响。团队落在女王与刀王后面，围着蓄水池绕成一圈。孩子们做好了奔跑与修复的准备：亚历克西娅计算过子午城一次落雨的水量，但工程师有一个诅咒——理论常常被现实扑灭。

亚历克西娅紧张且跃跃欲试。在办公室的一整天，她都隐藏着自己的兴奋，现在她明白了，兴奋背后是焦虑。如果第一滴雨落下时它们就全都崩散了呢？如果亚雅死得毫无意义，守护的只是一团乱七八糟的管子和塑料碎板呢？

机架上一如造雨前般万籁俱寂。

亚历克西娅听到了一声回响的飞溅，她低下头，看到甲板上洇出一个暗色的点。又一点，再一点，又一点。她看到了她未见过的雨滴：它有她拇指端那么大，下落得如此缓慢，以至于她能跟上它的踪迹。它落在了她的右前臂，清晰又凝实的轻轻一击。雨水现在均匀地落下来了，分散但稳定。机架、楼梯和高城的整个金属机械框架都在鸣响。塑料水槽和薄板噼里啪啦地响。

"跟我来，"刀王说，她握住他的手，被他拉到栏杆处，"看。"

随着第一滴落下的雨，子午城已开始绽放。人们挤在每一处桥梁和步道上，每一个阳台上都站满了人。成千上万的脸在雨中仰望。

"哦，神灵们哪。"亚历克西娅说着，眼中蓄满了泪水。

"你还什么都没看见呢。"

雨量渐渐如瓢泼。亚历克西娅瞬间湿透了。大雨敲打着她，让她窒息。她试图在这川流中呼吸。雨声震耳欲聋。她就像待在一个敲击乐器内部，这个铃鼓有城市那么大。她很熟悉里约的热带暴雨，但这场雨超乎想象。这是天降的洪水。刀王抓紧她的手。留在这儿，他喊道。

中心区的穹顶满溢着彩虹，一个叠着一个再叠着一个。三重彩虹，灿烂明亮。这是一场无云的大暴雨。日光线辉耀着正午时分。彩虹横越于猎户座和宝瓶座方区的峡谷上，是石墙上的飞拱连桥，猎户座方区上的是早晨的彩虹，宝瓶座方区的是夜晚的彩虹。心大星方区本来是黑暗的，但那里的天空现在也被点亮到了白昼的程度，满天都是彩虹的嘉年华。为了这样的奇迹，人们当然会把天空点亮。

"哦，"亚历克西娅·科塔说，"哦！"然后她感觉到了。移动的水，奔流的水，荒渴的水。"开始运转了。"她拉着刀王离开栏杆，越过鸣响的湿滑甲板，来到水槽边。她把双手放在一条管道上：它的震动几乎可以说是性感的。奔涌的水。她把脸上滴水的头发拨到后面，朝拾荒队的一个孩子喊道：

"它撑得住吗？"

孩子竖起两根大拇指，露出一个大大的笑容。

现在管道在抖动了，在它们的底座上咯咯作响。亚历克西娅想象着雨水从排水沟呼啸而下，奔向水槽，从水槽进入供料管，从供料管到导管，从导管到主水管，它倾泻而下，绕着上城高街一层层环流，奔流不息，汹涌澎湃，滔滔不绝。接着，蓄水池上方的龙头猛地喷发。瀑布从管道里喷涌而出，跌落进塑料蓄水池中。支架嘎吱作响地移动，人们后退了。亚历克西娅·科塔的设计很坚固，上城人也将它搭得很准确。薄板鼓起，水面上升。耀眼的镜光在倾盆大雨中像钻石一样闪亮：东北和西北的蓄水池也在运作，它们正在渐渐充满。

"真他妈有你的!"刀王在水的轰鸣声中喊叫,他的头发贴在头上,浸透水的衣服皱巴巴地粘在身上,"你这个小美人!"但下一瞬间,他的脸僵住了。事情有变。"离开这里!"他嚷道。上城人四散离开,跑上楼梯,攀上支柱,爬上管道和竖梯。亚历克西娅茫然四顾。现在平台上只剩下她和刀王了。

"莱,快他妈离开这里。"刀王喊道。只一次跳跃,存留的地球肌肉就让亚历克西娅跳上了另一层平台。她已经看到了世界边缘的阴影。

四个穿着护甲的战士,雨水从他们的头盔边缘洒落。带鞘的刀和泰瑟枪。扎巴林迟疑地跟在他们后面,带着那些有爪子的采集机器。

"见他娘的鬼。"刀王说着,脱掉了他的衬衫。亚历克西娅看到他背上和肩上密密麻麻的伤痕,有些还是青紫的,露着新近的缝线。他的双手悬在臀部附近的刀柄上。"又来了?"

"让我们完成工作,"一个扎巴林在雨声淅沥的黑暗中喊道,"它非常宏伟,但我们不能让它建在这儿。"

"但它就会建在这儿。"刀王说。亚历克西娅看到那些战士的肌肉绷紧了,筋腱正在装甲下收缩。"你们这些贱货什么也不知道吗?"刀王也看到了。"我叫什么?"他问,"我叫什么?"

"丹……"那个扎巴林起了个头,但是刀王的咆哮声打断了她。

"我是他妈的刀王!"

咔哒声,嗡嗡声,啪哒声。两只机器虫从雨幕的阴影中走出。雨滴淌下它们光亮的外壳。它们精致、优雅、美丽。亚历克西娅记得,当她代表卢卡斯去广州工厂,在这些虫子被运上地球低轨之前验货时,它们的美让她震惊。美丽的恐怖异形,让人作呕。

"啊。"刀王说着。他转身了,转身闪避。

转身为他获取了冲力。他旋转着，像闪电一样优雅。在那一瞬间，一名甲士的腋窝里插了一把刀，而他的泰瑟枪到了刀王手上。瞄准，射击，只在一念间，甚至比思想更快，如流星赶月。泰瑟枪打中了半空中的机器虫，它正跃到半路，刚刚展开刀锋。肢体短路使它抽搐着倒地了。那个甲士弓着身子痉挛，血从割破动脉的伤口中喷溅出来。月球重力下的血喷得很远。瓢泼大雨将它们顺着地板上的网眼全冲走了。

刀王像一只美洲虎般蹲伏着，展开了一个嗜血的笑容。第二只机器虫行动了，刀王快速躲闪，虫子将一条刀肢猛劈向他。机器拥有速度，机器也拥有精准度。它本来可以从侧面将他劈开一半的，但上层有什么东西飞旋了下来。一个流星锤：链条缠住了机器虫的腿，重物飞旋形成的角动量足以折断关节。机器虫倒下了，孩子们落了下来，他们呼喊啸叫着，一拥而上围攻了两只倒下的机器虫，用锤子和扳手敲碎它们，扯掉了它们颤动着的、宝贵的内脏。

甲士冲过来了。刀王挡在他们和孩子之间。其中一个甲士想要迂回包抄，刀王手一翻，那个人的咽喉中就插了一把小刀，直至没柄。一叶刀锋向刀王挥来，但他早已俯下身去，他的另一把刀荡起了弧线，深深砍进了那个女人的膝弯。她尖叫咒骂着倒下来。刀王扔下刀，滑过潮湿的地板，一脚端中了另一名在包抄的甲士的膝盖，用全身的重量压碎了膝盖上的护甲。亚历克西娅能在疯狂的雨声中听到膝盖骨崩裂的噼啪声。

"孩子们！"

他是怎么感觉到甲士在逼近他的？凭空气的运动、雨水短暂的消失，凭气味，还是更微妙的战士的直觉？刀王把被端中膝盖的战士的拇指往后掰——又一声骨头的脆响，抓过他的刀，俯身闪开挥下的刀锋，猛地击中了袭击者前臂的背面，那里没有盔甲防护。袭击者的刀掉下去了，刀王在它落地前接住它，用它扎进了甲士的脚背。然后他站起来，空着双手。

"夺取敌人的武器，"他说道，雨水把他的头发粘成了湿搭搭的绺，"用它对付他们。"

他再次示意。来啊。

仅剩的那名甲士将手悬在她的泰瑟枪上。她摇了摇头。

"聪明。"刀王说。他从地上那名甲士的膝窝里抽出一把刀，又从另一个死人的喉咙里拔出另一把。他用湿抹布一般的衬衫把它们擦干净，深吸了一口气，用一个快到让亚历克西娅看不清的动作，把它们插回了鞘里。"拿走你们自己的。"

洪水变成倾盆大雨，又降成大雨，然后是雨滴。雨停了。上城高街湿淋淋的，光线将水滴映照成亿万颗钻石，这是属于高城的珠宝。蒸汽盘旋在平台和楼台上。刀王爬上楼梯。亚历克西娅忍住了欢呼，他没有看她。高街人在他向上经过时朝他点头。他也没有回应他们。没人说话。

在下面的杀戮场上，扎巴林离开了暗处。

亚历克西娅在刀王的小棚屋里找到了他，就是系在一处立柱上的塑料薄片组成的帐篷。薄片上蓄满了雨水。刀王背对着她跪在那里，全身赤裸，小心地、仔细地、爱护地清洗并磨砺着他的刀。

亚历克西娅站着，看了他很久。她从未见过赤裸的月民。月球重力锻造出的生理变化是优雅的，但同时也是令人排斥的。类人。恐怖谷。伤痕装饰着他的每一寸皮肤。她猜他只有二十出头，只不过他体内有一种老人才有的自制与痛楚。

"看够了吗？"

亚历克西娅吓了一跳。

"抱歉。"

"我有个姑妈喷这种香水。麦迪逊姑妈。我以前他妈的讨厌她。"

"打扰了，我走了。"

"别走，"他拍拍铺盖上的枕头，"介意坐在一个光屁股男人的对面吗？"

"不。"她盘腿坐在了枕头上。塞了塑料碎屑的塑料，这床就是一个碎片窝。水从密封不好的篷顶滴下来。刀王专心致志地做事，刀锋对着石头。

"我们全都有自己的小迷信，"他说，"当我还是个杰克鲁时，我总得先穿上右边的沙装手套和右脚的靴子。每次都是。而在战斗之后，嗯，我就不太像平常那么喜欢说话了。"

"我明白。"

"我向你保证你不明白，莱。"

他举起一柄刀，转动着，用它捕捉光线。光焰掠过锋刃。他要弄着它，旋转，抛接，熟练地挽着刀花。它落回他手中。他的右臂闪电般挥出，刀尖以毫厘之差抵住了亚历克西娅的喉咙。他没有抬头看，她也没有畏缩。

"我想在这张床上把你就地正法。"她说。

现在他抬头看她了，他咧嘴笑了。光掠过金属：刀回到了鞘中。亚历克西娅一边解开她湿透的短裤，一边扑向他。她把他撞倒了，骑在他身上，脱掉了湿淋淋的上衣，解开了胸罩。她跨坐着，用大腿和手把他压在碎片之窝里。刀王挣扎着，但她有月芽的力气，他大声笑了起来，狂热地把她扯了下去。

他们亲吻。她用双手捧着他的脸。

她往下伸出手去摸。没有毛发，像玻璃一样光滑。

"我也有我自己的小迷信，"亚历克西娅说，"我的男人要剃毛。"诺顿。

她用食指指甲轻弹。刀王喊了一声，接着爆发出一阵笑声。

哦，有很长时间没有人在性爱时大笑过了。应该说，有很长时间没有人大笑过了。

她转头看他，"那么月球人，你们这上面有什么特别的技巧吗？"

他灵巧地把她翻到侧卧的姿势，折起她，她用葡萄牙语亵渎神灵。他们快乐地做爱。位置、节奏、时间：亚历克西娅对它们的程度和长度失去了概念，直到她仰躺着，躯干折叠，视线越过刀王打桩般的臀部，看到了三个孩子。他们正从棚屋还在滴水的篷檐下方偷看。

她尖叫了一声，把潮湿的铺盖碎屑扯到自己身上。

"哦嘿，"她觉得说话的这个可能是个男孩，"只是说一声，等你们完事了，能来看看水流的运作吗？"

招牌店之后，是夜宿朋友家。

"他会在家吗？"海德在罗布森提议过夜时问。罗布森已经向瓦格纳和阿娜利斯介绍了海德，两人都对他很热情，但海德在瓦格纳旁边还是觉得不自在。事实上，是觉得害怕。而瓦格纳最近很古怪。亢奋、失眠、暴食。又焦躁又神经质，动作非常非常快，并且什么都想知道。罗布森不需要上去月面，也能知道地球已经是半满状态。

"他和太阳公司签了一份短约，在大塞翁陨石坑有工作，"罗布森说，"他不在，后天才会回来。"

海德松了口气。罗布森也松了口气。

哪怕是按月球标准来看，公寓也很小。罗布森的小屋在上一层，是由工作/音乐/学习小室改造的，比下层还要小。床垫放在屋里，就像脚穿在靴子里，两个男孩像符号一样躺在屋里，一个太极符。

"所以你是怎么弄的？"海德问着，翻滚到了一个舒服的位置。

"弄什么？"罗布森问。水在头顶轰隆隆咕噜噜地响着，空调是一个永恒的低频噪音器。

"魔术。"海德说。

"特效，"罗布森说，"真正的魔术师称它们为特效。术有欺诈的意思。"

"但它们的确是欺诈。你们欺骗别人。"

罗布森沉思了很长一段时间。

"你编造故事，"海德从未让罗布森读过他的任何故事，就算他给他看，罗布森也不是一个好读者。但他知道海德在网络上填满了数百万字节，关于焦虑、娱乐、伤害和宽慰、远航、暴力和性的字节。他可以喋喋不休地解析任何一部肥皂剧的结构、修辞和角色档案，直到他发现罗布森的眼睛在闪光，这说明后者正在视镜上玩游戏。"故事欺骗别人。他们让人们觉得这些角色是真实的，觉得你必须关心他们身上发生的事。"

"那是某种真实，"海德说，"不是字面意义上的现实的真实，但是真实地关于人们是什么，他们有何感受，以及他们如何艰难生活。"

"特效也有相似的真实。任何特效过程中都隐含着真实。术是必须发生的，否则就不存在特效。它通常是某种非常简单、非常直接的东西，但你不能看见它。"

现在轮到海德沉思了。

"我明白了。但你是怎么弄的？"

"练习。"罗布森毫不犹豫地说，"演员练习一千次，音乐家练习一万次，舞者练习十万次，但魔术师练习一百万次。"

"一百万？"

罗布森让大鬼做了运算。

"事实上，超过一百万次。"

这让海德一时说不出话来。

"我看到你练习那些跑酷动作。你跳起来落下去，跳起来落下去，跳起来落下去。失败了再来。失败了又再来。"

"你必须把动作烙印在身体里，记住动作的轮廓。魔术也一样。但别人看不到掉落，如果看到了，就会明白其中的计谋，也就没有特效可言了。"

"我没法做这些事，"海德说，"做不到任何需要调速，或需要巧手的身体活动。核心控制太差。我脑子里有一些化学反应，就好像跑慢了的时钟，就是比别人要慢那么一点点。"

"哇，"罗布森说，"所以就好像，你永久生活在过去？"

"这么一说，没错。"

"哇。"罗布森感觉到海德在铺盖上挪远了一点。当他还在子午城和狼帮一起时，他曾在起居室一个僻静的角落里铺开自己的床垫，远离集体大床。他不是一匹狼，所以大家没指望他和帮里的成员睡在一起，但他也明白，他们一直都是欢迎他的。而在西奥菲勒斯这里，他做了他在子午城绝不会做的事：和另一个人分享床铺。甚至不是一匹狼，而是一个朋友。在这里，这样做好像没问题，感觉很安全。在阿娜利斯的公寓里住的第一晚，他醒过来，不知道自己身在何方，在半梦半醒间跌跌撞撞地摸索、尖叫。不止一个夜晚，瓦格纳总是会来陪着他。他有人可以依靠。在这里他是安全的，远离月鹰及其法院的政治和仇杀，藏在这小小的、无趣的西奥菲勒斯。只不过，某些夜里他还是会尖叫着醒来。

"我最初会的魔术——特效——是我丈夫教我的，"罗布森说，他已经对海德说了很多关于自己的故事，足够满足对方的好奇，同时也保证了自己的安全。但今晚，他需要说出更多故事，今晚他想撕下术的欺诈，展示真实，"他的名字是洪兰凰。我和他结了一个晚上的婚。我们共进晚餐，说了笑话，然后他教我怎么玩牌。

"他很友善。他永远不会伤害我，或是让任何人伤害我。之后，他成了我的抚养人。"

"之后？"

"婚约废止之后，"罗布森说，"我的阿列尔姑姑去了法院，终止了这场婚姻。事实上，它更像是人质抵押。和布赖斯·麦肯齐收养我一样。当时阿列尔不在，没能让我摆脱那个，但洪带我去了南后城，让瓦格纳带走了我。"

"你经历了很多事，"海德说，"我的人生算是很无聊。"

"无聊是好事，"罗布森说，"人们总说他们想要冒险的人生，就好像肥皂剧一样，但没有人能那样生活。在肥皂剧和冒险故事里，没有人是安全的。冒险会导致死亡。"

"那，呃……"海德在这个问题边缘犹豫着。

"有人死吗？有。我母亲。洪。我的跑酷队友。"

"妈的。"海德翻到了仰卧的姿势，扣着手放在脑后。

"别告诉任何人。他们仍然在找我。现在卢卡斯叔叔是月鹰了，找我的人更多了。但这里没人知道我是谁。"

"我不会说的。"海德说。

第八章

访客从早到晚来个没完。有一些是邻居，当她还只是古怪科学家玛丽娜时，他们从来都不睦邻友好，他们只是对从月亮上下来的女人感到好奇；还有一些邻居，他们曾经是朋友、支持者，一直都是好邻居，他们认为最好能让玛丽娜快点习惯归来的生活；有朋友；还有一整车大学的朋友，他们从城里来，就为了看看她，但他们紧张地戴着过滤面罩，隔离树，隔离动物，隔离一切可能传染的东西。一阵噪音和皮肤的旋风——乔迪—蕾，她最好的朋友，她们直接去了小时候一起玩的房间，两人曾在这里度过许多时光，用玩具上演肥皂歌剧。她依然在当护林员，依然没有重要的另一半，无论男女。玛丽娜本来想让她多待一阵子的，但门又响了，她不得不告罪离开。这一次是来自安吉利斯港警察局的多洛雷丝和凯尔警官。

"出了什么事吗？"凯西问。警察在卡尔扎合家通常意味着敌人。

多洛雷丝警官不自在但是有意识地挪着脚，像是在给扮警察的游戏找个好理由。

"只是惯例。"

"你们对从月球回来的人有惯例？"玛丽娜的轮椅转进了起居室。奥切安护在她右侧，韦薇尔在左侧。

"只是想确定你一切正常。"凯尔警官说。

"为什么会不正常？"

"你刚从一个敌对国家归来，"多洛雷丝警官说，"而且你曾受雇于龙头企业之一。你是一个顶级家族中一名著名成员的个人助理。"

"安吉利斯港警局看来对我知之甚深。"玛丽娜说。

"她不是恐怖分子！"奥切安脱口而出。房里的空气凝固了，事态可能会急转直下。

"我很确定，警官们只是想确保人们不会对玛丽娜产生什么蠢念头，"凯西说，"当事实刚准备出发时，流言已经飞得满世界都是了。"

"正是如此，夫人。"多洛雷丝警官说。

玛丽娜等着，直到她听到警车轮胎碾过院子泥土的轧轧声，才开始说话。

"他们得到了命令，要密切观察我。"

"他们就是觉得你是个恐怖主义分子！"奥切安说。

"而我知道，你是一个不折不扣的傻瓜，奥切安·帕斯·卡尔扎合，"凯西嘶声说，"你不能在警察面前说那种话。"

"没关系，"玛丽娜说，"来帮我理疗吧。"但并非没有关系。空气似乎变得污浊了，水尝起来像是被污染了。每个结满蛛网的角落里都有眼睛和耳朵。房子被入侵了，她被监视了。

"你肯定想不到，"玛丽娜一边费劲地把自己拖进行步器，一边说，"我曾经能够眉头都不皱一下地跑二十公里。"

"跑步？"奥切安对运动的概念就是从沙发的一头滚到另一头。玛丽娜气喘吁吁地踏出一步。再一步。又一步。奥切安跟着她，随时提防她绊倒。

"有这么一个家伙，"玛丽娜说，"哦，但他很不简单。他必须不简单，才可能把我带去跑步。它就像一个仪式、一种宗教。身体彩绘，还有非常非常少的衣服。"

"玛丽娜！"奥切安倒吸一口气。

"我要告诉你有关于性……"

"不不不！"奥切安哀号着，用手掩住了耳朵，"玛丽娜，我要问一个问题，你能保证不觉得我恶心吗？"

"没法保证。问。"五步走到走廊尽头，转身返程。

"是真的吗？那上面——月亮上——没人在乎你是直是弯还是双？"

"是真的。没人在乎，没人评判，我们在月球通用语里甚至没有词汇描述这些类别。有多少人，就有多少种文化性别和生理性别。重要的在于你爱谁，而不是爱哪一种人。"又走到底了，拖着迟疑的脚步和行步器，用复杂的方式寻求艰难的返程，"我花了很长时间来理解这事，但它是月球的绝对核心精神。人们之间的一切事务都是契约。你爸爸，阿伦。我一直没看到他。"

"他们现在临时分居。想试试自己喜不喜欢这样。"

玛丽娜在奥切安随意的回答中听出了隐藏的愤怒。

"在月亮上，婚姻只是又一份契约。谁，怎样，多久。一起生活，分开生活，有性还是无性。开放式关系，一夫多妻制，宣誓婚姻。你可以同时和几个人结婚。"

"听起来很复杂。"

"应该是的。婚姻应该是难以缔结但易于解除的。我和月球上最好的婚姻律师在一起，就算是她，也是耗尽时间在填补漏洞、弥补创伤。"

"在一起。"

"什么？"

"在一起。而不是一起工作。"

"闭嘴，扶我坐回轮椅里，"玛丽娜说，"给我哑铃，现在我要练上身力量了。"

但奥切安把哑铃放在了地上，冲向了前门，因为家里的声响在宣布又一位访客的到来：从印度尼西亚回来的斯凯勒。

暗夜失眠同盟。玛丽娜因为肌肉酸痛无法入眠，斯凯勒则是因为时差。

"从西往东更糟糕。"他蹲在地上，冰箱的灯光照亮了他。失眠法则要求患者必须在厨房集合。

他大口灌下纸盒里的果汁："长途航行让人脱水。"

"我跟你说，从月亮到地球最糟糕。"玛丽娜说。

"你想要什么吗？"

"不用。"

她从不喜欢她弟弟。他是最晚的、最小的，黄金之子。他可以大摇大摆地跑去东南亚，去旅行，去度假，去体验生活，去结婚，去过关斩将在雅加达获得一个舒适的市场营销工作。她则是那个被派去月球，为他们母亲的医疗护理赚钱的人。

"我听说安吉利斯港的警察来找过你。"

"他们在核查我的通信。它很容易被锁定，它是个见鬼的 AI。"

斯凯勒坐在厨房椅子上往后仰。

"我花了三天时间才到这里。一切都在变得见鬼。一周有两三天电力管制。每个人都想责备别人，有一百种推测。现在所有的事都是阴谋。政府，大家的政府被月球接管了。月亮正在发号施令。标准的世界政府，还有思想控制什么的。"

"事实上恰恰相反，"玛丽娜说，"你们入侵了我们。"

斯凯勒灌下更多的纸盒果汁。

"政府越否认，民众就越相信。人们总是把着自己的信念不放。和月球有关系的每个人都是魔鬼的代表。回来的人总是被攻击。我们那栋楼里就有个女人被袭击了。她回来两年，已经完全康复了。有人闯进了她的公寓，因为他们认为她阴谋接管了供水系统。接着伊玛目[1]也出手了——他们在某个周五集结了一大票人。雅加达VTO办公室被袭击并且放火了。一群暴民阻止消防员扑灭火焰。日惹市核电厂爆发了一场游行。麦肯齐氦气是电力管制的幕后黑手。每个人都必须在眼睛里装一片那种栖片……"

"栖箔。"

"随便吧。每个人都将被强迫装上一片，如果你干了什么事，政府就会断了你的网络，断了电力，然后断了你的水。最后他们还会终结你的呼吸。"

斯凯勒喝光了纸盒里的果汁，把它拍在了桌子上。

"最后终归都会变成异乡人。不只是印尼、马来西亚、印度、澳大利亚。麦肯齐家是澳洲人，他们把邓肯·麦肯齐的画像吊在悉尼海港大桥上，烧掉了。"

"你要说什么？"

"这是一种疾病，它在蔓延，甚至这里也一样。"

"我是……什么？月球来的秘密超级间谍？"

"是为某位高级玩家工作的人。那位玩家的兄长目前正在管理月球。"

"并不是那样……"

"事实是怎样并不重要。人们认为是那样。自己小心。"

---

[1] 伊玛目（imam）：意为领拜师，最初是穆斯林祈祷仪式主持人的尊称。如今在不同教派中含义有所不同。

第九章

亚历克西娅觉得自己的屁股对月球家具来说太地球化了。对椅子来说,她的腿太短,背太长,身体太宽。床也好不到哪里去:柔软的记忆海绵和月球重力让她一晚上因为梦见坠落而惊醒十次。她在椅子上挪动着,试图找到更舒适的坐法。这是几天来的第三场LMA大会。

流言在新月阁的眼神和低语中一层层传递。亚历克西娅可以猜到他们在说什么。

月鹰自己的妹妹没有为他代理,而是逃走了。

她立案来反对他。

科塔对上科塔?

不是你想的那样,阿列尔·科塔代表露娜·科塔,与卢卡斯·科塔争夺卢卡西尼奥·科塔的医疗看护权。

但露娜·科塔是……

那个古怪的孩子?是的,但她在这场游戏里没有什么利益关系。

所以阿列尔·科塔可以坚称,露娜最有资格维护卢卡西尼奥的医护权益。

而且她在那里，在远地。

真聪明，那个阿列尔·科塔。

当卢卡斯站起来宣布召开会议，并邀请演讲者时，他们勉强控制住了自己的嘲讽。一个穿着青铜色长袍、宽阔且笨拙的身影踏着阶梯，走到坑底。维迪亚·拉奥，马尼尼奥对亚历克西娅说，惠特克·戈达德公司的经济学家及顾问，雪兔会成员，理论经济学系的客座教授……亚历克西娅关闭了档案简介，转而倾听那些悄声细语，那些交谈的结论是：这是一个重要人物。亚历克西娅看到的是一个矮胖的、褐色皮肤的人，短银发，穿罩袍，围巾上有细致精美的织纹，但与时尚没什么关系。女人？男人？她看不出来。但她不需要看出来，这里是月球。有多少市民，就有多少种文化性别、生物性别与性征。还有各种代词，不仅指代那些文化性别与生物性别与性征，还指代非人类实体，以及交替人格。也有人不用这些代词，这取决于个人品味。远地人在与机器说话以及说到机器时，有一个专用代词。还有月狼，以及他们的暗面与亮面。

"各位，我将长话短说。"

当马尼尼奥用信息窗格和嵌板填满维迪亚·拉奥的身周时，亚历克西娅意识到，试图认为有一个原始性别，而现在的性别是对其产生的偏差，这种想法才是有危害性的。月球人不这样想。一切都是可以商谈的。

"一份详细的建议及解析报告书已经发送给了你们的亲随，标题是'月球交易，向脱离行星的价值关系发展'。在这次简短的游说中，我要建议的只不过是完全重构月球文明的经济基础。"

亚历克西娅对经济学的理解主要是凭借于自己经营了一家超本地化、隐密现金流、做灰色交易的水工程公司。个人经济与投资经济。而拉奥说的并不是那种经济：它是金融化、贸易化、衍生化的；

它关于期货与远期，关于商品互换及期权；关于出售、延期和违约。契约，保险与再保。是寻根究底的工具。是从几近量子规模的价差中榨取的微利润，它们因交易的绝对数量而扩大至无限。

一个月球交易所仅在开场时的交易数额便能超过两个世界衍生产品总 GDP 的五十倍。

一条画线吸引了她的注意：整个经济的未来都在于金融化。我们在多年前已经抵达了一个节点，在这个节点上，通过有效市场提炼价值已经易于从制造业或物质商品市场提炼价值。太阳公司的太阳能环区完全有能力为这家交易所的任何可预见扩张提供五十年的能量。

亚历克西娅明白了，你想把我们变成一个月球大小的证券市场。

"用一个多世纪的时间，将整个月面重构为能源生产区，而月壤之下的部分转化为计算机材料。"维迪亚·拉奥说。

一个黑色的月球，亚历克西娅想，每座山峰都削矮，每个陨石坑都填满，每片海都溢满黑色的玻璃。从巴拉抬头看，夏夜的天空将一无所见。天空里的一个洞。在洞里，金钱生产金钱。

"这样一个系统将必然是完全自动的，"维迪亚·拉奥继续道，"行政与监督角色将也是自动化的，就算是著名的月狼，他们的速度也跟不上与商业周期的互动。"他抬起眼来，期望听到一片笑声。但地球人没听明白，五龙的脸板得像雕像。

这是你们世界的终点，亚历克西娅想，你们建立、为之抗争，并挣扎维生的一切都将溺毙于黑玻璃中。

维迪亚·拉奥又重新开始赞颂他的市场。

"月球交易所将使这个世界变成第一个真正的后匮乏社会。在每个公民都有收入保证以及太阳能无限供应的前提下，我们所理解的工作将会消失。我们将成为一个后劳动社会，每个人都有资源和机会获得个性化的自我实现。从交易所凭借盈利，发展成为人人得偿所愿。"

金融家在压榨每一个比西的同时，保证满足每个人的梦想？他们会称你为天才吗，维迪亚·拉奥？要让这个里约企业家来说，重要的总是利润。没有工作意味着没有工人，意味着劳动力过剩。你的月球交易所将建立在人类的骸骨上。

"各位，我将这份建议书呈交给月球托管局，希望你们认真考虑。这是我们世界的未来。"

维迪亚·拉奥说完了。他感谢了听众，离开了。

亚历克西娅观察着代表们的反应。地球代表分成了几小群，一边离开会议室一边谈论着。沃龙佐夫家的孩子们围着叶甫根尼·格里高罗维奇。那个大块头点了点头，向卢卡斯走去。

"可以的话，能谈一谈吗？"

"当然，叶甫根尼·格里高罗维奇。"

"别在这儿。"他看着亚历克西娅。他散发着古龙水的味道，就是那种用来遮盖更深处弥漫的气味的香水味。亚历克西娅看到了他鼻子上的青筋、脸上的红斑、鼓胀的腹部，以及僵硬的步态，就好像他在慢慢地石化。伏特加正在把他变成石头。她又想起了瓦莱里·沃龙佐夫，他飘在圣彼得与保罗号的自由坠落轴心处。屎尿的气味无处不在，结肠造瘘袋都装满了。但他是眼前这人熊的反面，他是皮肤与肌肉的碎烂组成，骨头被侵蚀成了中空的纺锤。一卷球状的毛发，有着水汪汪的眼睛。

"只有我俩。"叶甫根尼·沃龙佐夫说。

阿萨莫阿家觉得我们是野人，瓦莱里·沃龙佐夫说，麦肯齐家觉得我们是醉鬼小丑，孙家甚至觉得我们不是人。

叶甫根尼·沃龙佐夫的看守者从高处的位置下来，环绕住他们的族长，隔绝了他，拥着他向出口走去。亚历克西娅在他脸上看到了恐惧。

"卢卡斯?"

"后面几个小时我不需要你了,亚历克西娅。"

当她爬上阶梯前往休息室时,她注意到维迪亚·拉奥正和王永青、安塞尔莫·雷耶斯以及莫妮克·贝尔坦热切地密谈。

机器躺在卢卡斯·科塔的掌心中,像宝石一样又小又精密,微小的天线,纤薄的翅膀由分子膜组成。卢卡斯猛地合上手掌,把机器虫捏成了粉。他用一张纸巾擦了擦手。

"我的安保人员又抓住了八只间谍虫。"卢卡斯说。伏特加在开会时就已冰上了。酒瓶和杯子在鹰巢的潮热空气中冒着白汽。卢卡斯倒出酒浆,他看到了叶甫根尼·沃龙佐夫脸上赤裸的饥渴。

"那些是他们想让你抓住的。"叶甫根尼·沃龙佐夫说。

"毫无疑问。"卢卡斯递给他一个凝着冰霜的杯子。它消失在了这大块头的拳头里。这么多戒指,卢卡斯看着他的手,它们嵌进了他的肉里。"干杯。"

"你不来一杯吗?"

"伏特加不是我的酒。"

"杜松子酒是小女孩喝的,"叶甫根尼举起杯子,"行啊。"他把杯子放到了座位宽阔的扶手上,一口也没喝。"它一定很棒,我确定。卢卡斯,他们喜欢我喝酒,他们让我随时随地想要喝酒。我就为了他们喝酒。"

"一条龙不应该被他自己的孙子们监视。"卢卡斯说。

"你也监视你的兄弟。"叶甫根尼·沃龙佐夫说。

"我兄弟有魅力,有热情,慷慨、帅气,并且十分不能胜任对科塔氦气的领导。"

"他们恐吓我,卢卡斯。我们了解这个世界。我们知道什么时候伸手，什么时候放手。我们知道怎么表演，知道什么是必要的，什么是要不起的。它是一场舞蹈，卢卡斯。你们，我们，孙家，麦肯齐家，阿萨莫阿家。一圈又一圈。他们没有缰绳，他们觉得没有什么限制适用于他们。他们没有责任、没有忠诚。你能明白吗？"

"我明白忠诚，"卢卡斯说，"我以为我们是同盟，叶甫根尼。"

在玻璃墙外，旗帜和风筝在中心区的空中飘动。有人在飞。空中总是有人在飞。伏特加变温了，冰霜融化成了水的透镜，而叶甫根尼·沃龙佐夫仍然不能把视线从杯子上挪开。

"我们是同盟，卢卡斯。最老的同盟。"

"但是劳尔—热苏斯·麦肯齐知道了我们的质量加速器对知海的袭击方案。"

叶甫根尼·沃龙佐夫在椅子里挪动着。

"叶甫根尼，我们要么一起干，要么一起死。"

"他们想要我考验你，"叶甫根尼·沃龙佐夫咕哝道，"年轻一辈。他们想逼一逼你。"

"你让我在地球人面前像个傻瓜一样。"

"他们想看你会倒向哪一边。"

"那我倒的方向正确吗？"

十岁的时候，卢卡斯·科塔与他母亲和兄长一起去 VTO 的首都圣俄勒加，进行一次国事访问。他惊奇地站在院子里，看着吊车寂静地划过真空，成千焊弧的光化之星燃烧着月球的夜晚，机器虫压合装订着嵌板、网格与支柱，将它们联结成轨道建筑、熔炉和烧结单元，联结成月环舱室和月球推土机。阿马利娅玛德琳牵着卢卡斯的手走进旧穹顶屋，里面的气味很难闻，空气中有尘土的味道，他能感觉到辐射正从月壤屋顶中渗透下来。而他就在那里被介绍给格里戈里·沃龙佐夫和他的儿女们，以及他儿女的孩子们，皇室与皇室的会面。年幼的卢卡斯明白他应该友好、善谈，应该和他们一起玩，哪怕他们全都至少比他大三岁，并且个头比他大许多。

拉法全身心地投入了交友，没过一会儿，他就在楼梯上跑上跑下，扔着球，给人起绰号了。而卢卡斯背着手，贴着他的玛德琳，正在认识沃龙佐夫家的继承人们。这些大个子男女就是他应该与之交谈的人：他们将继承格里戈里·沃龙佐夫的事业，未来的某一天，他将试图欺骗并击败他们。龙与龙的会面。他转向叶甫根尼·沃龙佐夫。那个粗壮的大个子年轻人在这个站在母亲身边的、暗郁、严肃、审慎的孩子身上看出了点什么，他注意着名字，记下了脸。他蹲下来伸出一只手。

"先生，你是谁？"

"卢卡斯·阿雷纳·德·卢纳·科塔，"卢卡斯在阿德里安娜开口前回答着，握住了他的手，"我将会代表科塔氦气。"

其他人大笑起来，但叶甫根尼·沃龙佐夫没有。

"我是叶甫根尼·格里高罗维奇·沃龙佐夫，我将会代表月球VTO。"

三十五年过去了，卢卡斯·科塔看着这个残存躯壳的叶甫根尼·沃龙佐夫一眼又一眼地瞟向那一小杯已经温热的伏特加。这个屋里的一切都映照在那杯子上，叶甫根尼·沃龙佐夫坐立不安。

"那个金融家。"

"维迪亚·拉奥？"

"你是不是想实现他的计划？"

"月球交易所？他很有说服力。"

叶甫根尼·沃龙佐夫倾身向前。

"那我得说，去他妈的金融化。沃龙佐夫不搞贸易。我们的业务不是买卖。我们的业务是建造。我们是伟人，伟人只往上看。卢卡斯，外面有很多世界，很多。那些世界可以像珠宝一样攥在我们手里。这才是他妈的未来，卢卡斯。那个维迪亚·拉奥，我会告诉你他不能做什么。你不需要人类来经营他的交易所。两百个机器人就能经营这个市场，氦气产业和太阳能区还有地球都会又高兴又稳当。"

"你的观点是什么，叶甫根尼？"

"你要倒向哪一边，卢卡斯·科塔？朝地球，还是朝月亮？来圣俄勒加吧。你已经去找了所有那些杂种。你还没来我们这儿。"

卢卡斯把碎机器虫闪闪发光的残骸扫下了桌子。"唉，月鹰不能接受。"

叶甫根尼本来要从椅子上跳起来，用他巨大的手抓住卢卡斯的桌沿捏碎它。但他读懂了碎机器虫传来的信息。我们被监视了。

"不过，为了我们两家过去的友谊，我可以派我的铁手去吗？她是位科塔。"

"三个VTO分部都会在圣俄勒加欣喜地欢迎月鹰的铁手。"叶甫根尼·沃龙佐夫说。

地球、月球和太空分部，全都在一处，卢卡斯思索着，沃龙佐夫家有重要新闻。

"我会通知我的马奥·德·费罗。"卢卡斯说。

"那就他妈的和我干一杯，你这个阴险的巴西人！"叶甫根尼·沃龙佐夫吼道。他从椅子扶手上抓起杯子，打印皮革上留下了一圈发白的印迹。"为家族。"

"它看起来像一座城市，"露娜·科塔说。她正在飞越一片无边无际的城市景观，它们由轨道和街区组成。她伸出一只手，在想象的力量下倾斜自己，"人，招牌店，打印机。道路，缆车，列车。"这是一场幻觉，是她视镜中的投影，但假装它们存在是挺好玩的。

"你在他脑子里放入了一座城市。"

"很多城市。"加布雷塞拉西医生说。她是卢卡西尼奥的主治医生，但她远不只是个医生，而操作过程也远不只是治疗。它再次生长了。她视镜里的这个东西从某种角度看像一座城市，但从其他所有角度看，更像是她从未见过的东西。它是治疗的关键要素之一，而露娜是另一个要素。

一等达科塔·考尔·麦肯齐检查完医疗中心接待室，露娜便开口问道："你为什么不让我见他？"

"这是一个精细的工作，"加布雷塞拉西医生一边说，一边护着露娜快步走向一个私人房间，"非常精细，整个剧幕都是在一个抑振支架上建立起来的。我们在做纳米手术，将非常小的蛋白芯片放进他脑子里，让它们接入他的神经连接组中。它们小到肉眼看不见的程度。"

"我知道这个，"露娜说，"我是说，看见他。你们阻止了我的亲随。"

"没什么可看的，露娜，只是一个年轻人躺在治疗室里，还有很多机器。"

"你们把他的头掀开了吗？"露娜问。加布雷塞拉西医生吃了一惊，这女孩的直接吓到了她。

"你想看看蛋白芯片吗？"医生问着，从座位上倾向前来。她一直没有蹲下来迎合露娜的身高，这会是一种侮辱。

"给我看看。"露娜说着，于是她的视镜中布满了奇景。城墙和日光线就仿如子午城的大道，那些宏伟的峡谷伸出数十条分支，而每一条分支又再伸出数十条分支。

她眨眼退出图表。

"有人的城市。"露娜宣布。

"人和声音，"加布雷塞拉西医生说，"以及记忆。正是因此，我们也需要你。我们可以给他基本的元素，比如行走和语言，但能让他成为卢卡西尼奥的元素，是他的记忆，而它们被损毁了。损毁得非常严重。但是网络上充满了记忆，我们可以把那些记忆放在蛋白芯片上输送给他。等我们重建了神经连接组，那些记忆就会变成他自己的记忆。"

"我知道了，"露娜说，"你想让我把我的记忆给他。"

加布雷塞拉西医生歪了歪头，这个姿势的意思是，某件事在她看来不太正确。

"我们不能进去，"她说着，朝露娜涂绘的前额伸出一根手指，但月神死亡之眼的瞪视让她顿住了，"网络有他的记忆，也有你的记忆。我们需要你允许我们使用它们。"她在露娜脸上看到了失望。"如果你想的话，在我们把记忆下载到芯片时，你可以重温一部分。"

"我想这样做，"露娜说，"这就好像和他同在一样。我要去哪儿？"

"你不需要去哪儿，"加布雷塞拉西医生说，"我们可以在任何地方接入。"她又说多了，露娜很气馁。"但我们可以给你找个房间，一个专属房间。"这孩子依然皱着眉。"再加一张专属床铺。"

"还有刨冰？"露娜问。

"你喜欢什么口味？"

"我没有特别喜欢的，"露娜说，"我是一个探索者。草莓、薄荷和小豆蔻。"

"成交。"加布雷塞拉西医生伸出一只手。

"你不能和我成交。我是科塔氪气的露娜。是我和你成交。"露娜严肃地伸出一只手。加布雷塞拉西医生严肃地和她握手。

草莓和薄荷：很好。草莓和小豆蔻：还行。小豆蔻和薄荷：古怪。草莓薄荷和小豆蔻：刨冰口味又一次失败的实验。露娜把杯子吸空了，因为她不想让自己看起来像一个走到半路就放弃的探索者。她躺回床上，它很舒适，更重要的是，它看起来正合适。否则这个医疗中心就和她去过的其他所有医疗中心一样讨厌：过于明亮，过于温暖，气味遮遮掩掩，而且没人有工夫搭理一个九岁女孩。

"告诉加布雷塞拉西医生我准备好了。"她对亲随露娜下令。

好的露娜，让自己躺得舒服些，我们要开始了，加布雷塞拉西医生的声音和脸出现在视镜上。露娜闭上了眼睛。在眼睑后面的黑暗中，记忆秀开始了。

她喊出声来。她又回到了博阿维斯塔，充满绿意和生命，充满光、水和温暖的博阿维斯塔。奥瑞克萨平静的、嘴唇丰满的脸向下俯视着她，而她正在探索河流，赤脚涉过池塘，攀上小小的喷流和瀑布，她的裙子都湿透了。一架无人机浮在她头顶上，是她玛德琳的监护工具。细节的精细程度远超出她自己的记忆：她能听到每一片草叶的拂动，看到每一处阴影和涟漪，想象自己感觉到冰凉冰凉的水穿过她的脚趾，嗅到老博阿维斯塔温暖的清新气息。一片高高的竹林摇晃着，传出的声响让她一时忘了自己的任务：竹茎间分出了小径，不容抗拒地诱惑着年轻的探索者。小径蜿蜒而入：她在密密麻麻的竹枝间瞥见了动静。小路带着她来到林子中央的一片空地上。卢卡西尼奥在那里，正是孩提时长得飞快的年纪，穿着一件飘逸的天蓝色长袖连衣裙，化了妆。

"月神，月之女王！"他喊着，向露娜深深行了一个屈膝礼，"水之女王叶玛亚欢迎你来到她的盛大舞会！"他弯腰握住她的双手，半蹲半跳地绕着空地跳起舞来，一直笑，一直笑，一直笑。

"我几岁？"她问亲随露娜。

三岁，盘旋在她胸前的银灰色球体说。卢卡西尼奥十三岁。

接着，他十五岁，她五岁，两人在他的房间里，他的房间在桑勾的眼睛里。他给一些高精度的长臂机器虫分派了任务，他们正在玩涂脸的游戏，以度过一个漫漫长夜。每个人都给自己的机器虫设定程序，让它们给他们涂绘出一张新的脸：谁获得了对方最大的反应，谁就是赢家。她记得这个。她不想再看一遍被时光磨旧的版本。动物的脸，戏剧面具，流行妆容，武术家的战士脸谱。恶魔和天使，头骨和骨骼。接着卢卡西尼奥转过身去，机械臂比她之前见过的还要忙，它们在卢卡西尼奥藏起来的脸上刷来刷去，上上下下，左左右右，又是画圈又是横掠。

他又转过来面对她。

他的脸是眼睛，全部都是眼睛。一百个眼睛。

那时她尖叫了。现在她又尖叫了。那时她逃走了，但她现在没动。她能看着百眼之脸。她见过更糟的东西。

接着她六岁，她正穿过自己的秘密小径，去她的专属池塘，它是由因瑟的眼泪填满的。但卢卡西尼奥找到了通向她秘密池塘的秘密小径，他在池塘里，和一个朋友一起。他们都光着身子，看着彼此，当她说"这是我的池塘"时，他们转过身来，说"哦，嗨"，然后彼此分开了。现在露娜明白他们在干什么了，但那个时候她说的是："好吧，我来加入你们。"他们逃走了，就好像她往水里倒了毒药一样。

亲随露娜告诉她，那男孩的名字是戴斯达·奥拉卫普。他是卢卡西尼奥在若昂德丢斯的研讨会同学。露娜现在明白了，他们跑掉的原因不是因为她逮到他们玩彼此的私处，而是因为卢卡西尼奥偷偷让那男孩越过了安全栅。她想，但他不可能偷渡越过安全栅，因为安全栅检查每一个人。戴斯达被放进来了。她又想，戴斯达是个可爱的名字。

现在她七岁了，博阿维斯塔很热闹，充满了音乐、灯光，还有穿着漂亮衣服的人。她正在追逐宾客间飞舞的装饰蝴蝶。她穿着一条白色裙子，上面有大朵的红牡丹，不管她走到哪里，都有人夸她真可爱。卢卡西尼奥和他的逐月赛朋友们在那里，她告诉麦肯齐家的那个女孩，她喜欢她的雀斑，但卢卡西尼奥把她赶走了，因为她只是个孩子。但是没关系，因为阿列尔姑姑来了，还有卢卡斯、卡利尼奥斯、瓦格纳和阿德里安娜祖母。她试图守在卢卡西尼奥逐月派对的记忆里，因为这是博阿维斯塔在她记忆里最后一次快乐的存在。但记忆的洪流永不停歇：无数时光被记录、被标记、被储存。在露娜回忆之前，她的亲随已经在回忆。无数的念头让她眩晕。

露娜知道如何清空她的大脑。

一种新组合：小豆蔻、香草、腰果。这肯定会是一次成功的实验。

"我自己去？"

"就你自己一个。"加布雷塞拉西医生说。当亲随露娜收到信息时，露娜已经探索了医疗中心里更好爬的隧道和导管。科里奥利很古老，比博阿维斯塔老旧得多，它在陨石坑沿圈深深扎根。她顺着满布尘土的走廊往前，从闸窗口往外窥视那些已减压且密封的通路组成的迷宫，盯着深深坠入城市过往的竖井，喊出自己的名字，听到令人满意的回声。接着亲随露娜告诉她，卢卡西尼奥醒了，她可以见他了。她开始奔跑。

"你把他的头盖回去了？"露娜问。

加布雷塞拉西医生又歪了歪头。

"我们不这么做。去吧。去见见他。"

他坐起来了。他闭着眼，呼吸轻浅。他瘦削又苍白。露娜能在他脸上看出头骨的轮廓。他的胳膊无力地搁在床单上，看上去像筷子一样。他的胸腔像是用横杆撑起的帐篷。他的亲随靳纪盘旋在他头顶，折叠成了一个转轮套转轮的太阳系仪。露娜从未见过这样做的亲随。

靳纪处于最低界面模式，亲随露娜说，它在编辑处理数千兆存档履历信息。

露娜踮着脚走向床边。她能感觉到自己正在踏破房间的暂停状态。有机器在墙里、地板上和低矮的天花板上。她忍不住觉得，在她触碰门把手的瞬间，它们飞速藏了起来，等她再次触碰门把手时，它们会从隐藏处探出来，穿过卢卡西尼奥的皮肤，扎进他体内。

"卢卡西尼奥？"

他睁开了眼。他看见了她，记起了她。

"露娜。"

电梯常客发现了它，他们微笑。在一个工作日的早晨，它是一个闪亮的事物。鹰巢安保发现了它，点了点头。月鹰后勤办公室的编码员发现了它，交头接耳。卢卡斯的服务人员发现了它，抛着眼色。亚历克西娅摇晃着走过，迈着月球大步，喜气洋洋。

铁手有了性生活。

卢卡斯正在橘馆：一个亭子，两个座位，一张石桌。它在树林露台的末端，是子午城中心区边缘的一颗明珠。

"你迟到了。"

"抱歉，"她无法抑制地露齿一笑，要专业，"项目怎么样？"

"我们就法官及法律系统达成了一致。在子午城、南后城和远地，我们在过去二十四小时里取消了二十二名律师的资格。"卢卡斯从一个香槟杯里抿了抿薄荷茶，他没有问亚历克西娅要不要，他知道她讨厌它。卢卡斯把那易碎的水晶杯放下了。"我希望他在这里，亚历克西娅。我想让他和我在一起。我忘了你从未见过他。你一定听过传言，说他是个废物，是个纨绔。但他很友善，很勇敢。比我要勇敢友善得多。他完成了逐月赛，而我从未参加过。他救了科乔·阿萨莫阿的命。他在真空里返回头去救他。每个人都忘了这件事，但阿萨莫阿家没忘。莱。"

亚历克西娅僵住了。卢卡斯之前从未喊过她这个昵称。

"我需要你去圣俄勒加，你将与 VTO 月球、太空及地球分部的代表们会面。"

隐藏的微笑、餍足后的热情、性的优越带来的快活的猫步全都凝固了。她差点要大声说出一个字：不。

卢卡斯继续说："叶甫根尼·沃龙佐夫来见我。他有一个主张——一个提议。我倾向于听听他的提议，但我不能去，我需要在 LMA 面前表现得完美无瑕。"

"什么时候？"亚历克西娅问。

"明天。"卢卡斯说。

"明天？"

卢卡斯·科塔扬起一边眉毛。

"有问题？"

"没问题。"

她必须快准狠地行动，把所有的计划压缩成钻石。如果只有一个夜晚，那么这将是一个撼动子午城的夜晚。

"很好，"卢卡斯·科塔说，"另外，你笑得这么开心是为什么？"

这不是最好的旅馆。它的高度很不时髦，没有吃东西的地方，房间里的气味让人觉得空气使用过度、卫生工作草率，以及清洁机器人没有打扫角落。

让我预定子午线旅馆，亚历克西娅之前恳求道，它很不错，我请客，我能负担得起。子午线是子午城第二好的旅馆，最好的是六星级的瀚英酒店，是 LMA 和地球访客的常住酒店。但他很坚持。天和旅馆，否则别订。刀王是一个被追捕的男人。

"我是个叛徒，"他说，"我自己的家族把我扔出来了。我自己的父亲和我脱离了关系。我是一个流放者。"

什么？亚历克西娅问道。但他打开了那间气味难闻、过度狭窄的房间，看到了床。"哦，去他妈的神灵们。"他说着，像一颗卫星残骸一样倒在了床上。在亚历克西娅从浴室出来时，他已经睡着了，打着鼾，像婴儿一样微笑着。

她设法把他弄醒了。他们做爱，他们打架，他们在彼此的身体上实现自己的性幻想，他们在彼此的血肉和心脏里留下深深的印迹，他们大笑、尖叫、哭喊、吼出最下流的渎神言论。他们被彼此弄得精疲力竭，睡着了。

然后他们再次开始。他们一遍又一遍、一遍又一遍地做爱。他们让彼此意乱情迷。

他们又睡着了。

亚历克西娅因为身边的空荡醒了过来。她翻过身，看到他像鸟一样栖息在唯一的那把椅子里。他正望着小舷窗的外面。心大星方区正是夜晚，银蓝色的光柱透过了窗户。在光里，他身体上的每一道疤都是青灰色的，像一整片溪流和山脊。他抬头看着光里，而亚历克西娅看到了一个孩子，并不比他在上城高街为之战斗的那些孩子大多少。

他的美让她忘了心跳。

"我做过很可怕的事，"他说，"丑陋的事。血，一年一年的血。你没法让那味道从你脑袋里出去。它是光。刀在我手里时，光就来了。它可怕又灿烂，它填满一切。一切在那光里都是美的。我看到了别人看不到的世界。我可以看到宇宙的边缘。那光，是我唯一能看清的方式。我爱那光芒。我憎恨我做的事，但没有其他可以看见它的方式。而我必须拥有它。"

他从房间那头望向她。他的皮肤在心大星的夜里是钢青色的。

"他们制造我是为了杀戮，莱。首席刀卫。当我不做他们要我做的事时，他们就把我扔出来了。"

"可拉颂 [1]。"

"听上去依然很怪异，葡萄牙语。"

亚历克西娅扯上床单，从床头桌冰桶里的伏特加瓶里倒了一杯酒。他对着伏特加摇摇头，不过滑进了她身边，在她的温暖中蜷起身来。亚历克西娅从上往下抚着他的身侧。她能感觉到每一条疤痕。他在颤抖。

"嘿，"她说，"嘿。"

"我从没有和人说过这个。"

她吻了吻他的脸，用老派的方式，一个纯洁的吻。他在颤抖。她躺在他身边，直到他睡着。他抽搐着，发出轻微的喊声。她又躺了一阵子，直到噩梦结束，又过了一会儿，直到她确定她能移动。她把胳膊从他肩膀下抽出来。他咕哝着什么。

首席刀卫。

亚历克西娅召唤了马尼尼奥。她在视镜中聚焦这个睡着的男人。

他是谁？她静悄悄地问。

回答立刻显现了。

丹尼·麦肯齐。

她迅速又无声地穿上衣服。关上门，在走廊里穿上鞋子：走得快一点，走得坚决一点。绝不回头。回头一眼她就会变成盐柱。别停下。你不能停下。如果你听到他在后面喊你的名字，你就会转身。你会告诉他一切。

我毁了你的家。我杀了你的祖父。我把你的城市熔成了矿渣。

她锤上了电梯按钮。去哪里？马尼尼奥替电梯问。

"下去，"她轻声说着，胸膛起伏，"一路向下。给我订一辆摩

---

[1] 可拉颂（coração）：葡萄牙语，意为"亲爱的"。

托。在去圣俄勒加的下一趟车上给我订个位置。"

电梯轿厢里没有别人，她靠着墙坐下来，曲起双腿。像在掉入无底深渊一般啜泣，因为一无所有而颤抖着哭喊。她正在心大星区宝石般的夜里坠落。

你杀了卡利尼奥斯。那光在你体内点燃，你逼他跪下了，划开了他的喉咙，剥光了他，把他吊在一条步道上。你是美的，我爱过你。而我是个懦夫，我逃走了，我无法面对你说出我是谁。

站起来。你是马奥·德·费罗。

她强迫自己站起来。她现在能够呼吸了。

布德林大道，马尼尼奥说。摩托在等着了。亚历克西娅滑进贴身的座位里。子午城车站，摩托一边说着，一边在她身周合拢，开始加速。预计在两分八秒后抵达。

"告知月鹰办公室，我在执行命令的途中，"亚历克西娅说，"通知圣俄勒加，请他们派一位 VTO 官方代表在下车处接我。带我到行政酒廊，我需要洗个澡，还有一些新衣服。要平衡流行、专业和反叛元素。"

完成。马尼尼奥说着。此时摩托正冲下广场陡峭的坡道。子午城车站的月台上时时刻刻地挤满了旅行者、工作人员、学生和家庭。摩托在商务套房的门厅处打开了，亚历克西娅放开了蜷着的身体。赤道一号线的一位员工拿着新打印的衣服盒子等在那里，他的同事拿着毛巾和赠送的盥洗用品袋。

"欢迎，马奥女士，"服务员说，"请跟我的同事去好吗？"

空气如水疗所的清新，熏着人造的松香。但是亚历克西娅能嗅到尘土，尝到尘土。净化之雨过后，尘土又悄悄地回到了空气里。尘土永不消亡。

他就在那上面，在世界的屋顶。

她的亲随发出一声鸣响：月鹰办公室发来了一份文件。接收，打开。一份马尼尼奥的新皮肤。作为我的代表，这个更适合你的角色，卢卡斯在附文里说。换上新皮肤是易如反掌的事。在旁观者眼中，亲随是切实的扩增实境对象，而对于其携带者来说，要看见它们就像看见自己后脑勺一样困难。马尼尼奥闪现出了它的新形象：一只拿着矿工鹤嘴锄的金属手套。马奥·德·费罗。铁手。

第十章

从子午城出发的旅程太短了，特许轨道车太小了，她的保镖又离得太近，以至于亚历克西娅没有空间去思考丹尼·麦肯齐的那些伤口。血淋淋的伤口。指控，互相谴责的咆哮。罪孽灼烧着她，内疚又冻结了她。丹尼·麦肯齐。丹尼·麦肯齐。

她走出闸门，走进圣俄勒加的烟雾和臭气中，这是沃龙佐夫的首府和工坊。如果说子午城是由电力、烧结的岩石、车辆的轮胎、热食、香薰、呕吐物和污水组成，南后城是电脑、塑料、建筑黏合剂、杜松子酒组成的软麝香味，以及深埋的寒冷散发的激爽气息，那么圣俄勒加是机器人和机械、尘土、幽深角落里长久凝滞的空气共同散发的刺鼻气味，辐射的细微刺痛，还有干掉的古龙水。

"马奥·德·费罗。"一个矮个子的、骨瘦如柴的 VTO 职员朝她鞠躬。这人性别含糊，亚历克西娅猜是中性人，她在自己脑子里搜索着合适的代词。帕夫·内斯特，马尼尼奥告诉她。一个帅得让人狂热的年轻人呈上一个托盘，盘里有一个小圆面包和一小碟盐。"欢迎来到圣俄勒加。"亚历克西娅掰下一片面包，蘸了一点盐。

"面包和盐。"亚历克西娅说。在子午城车站的行政酒廊里，马尼尼奥向她简短地展示了沃龙佐夫家的礼仪："我代月鹰致歉。"

一个年轻女人呈上了一个装着护腕的托盘，她是那个沃龙佐夫男孩的女性翻版。

"在圣俄勒加总是有辐射问题，"帕夫·内斯特说，"它能监测辐照。"

也能监测你，马尼尼奥说。

你能解决它吗？亚历克西娅一边套上护腕一边问。

我在弄了，马尼尼奥说，行了，你可以随意打开或关上它。

圣俄勒加号称是月球上最古老的城市，麦肯齐金属公司的萃取机器人精炼过的稀土最早是在这里发射运输的。你能看出她的年龄：穹顶扣在一个小陨石坑上，直径不超过两公里，一层六米厚的月壤把它整个儿罩在下面。在数十年时间里，圣俄勒加蔓延开去，建造厂、月环和巴尔特拉设施、轨道调车场、通信塔、太阳能发电机、工程及机器人制造厂组成了一片腹地，但它的核心仍然是沃龙佐夫家这一片灰色的、无趣的半球区，污染、泄漏、充满辐射。

穹顶内部是混沌的宏伟场景。沃龙佐夫的城市是一个装满了公寓、公司、招牌店和托儿所、幼儿园和研讨会、工坊和神龛的圆筒，它高高地耸立在穹顶中央，有一公里深。在这围墙城市陡峭的界面上，交织着走廊、楼梯和步道，电梯和移动路径隐藏在内部。没有什么地方是平坦的，也没有什么是精准笔直的。圣俄勒加像一个生长了七十年的贝壳，扩张的部分是直接附加上去的，楼层叠着楼层，平面垒着平面，整个新街区一股脑儿拍在旧街区上方。这个城市就像一根石笋般绕着隐藏的古老核心增生，一切都紧紧围绕在一张网里，这张网由管道、悬链、通信线路和缆车组成。

亚历克西娅知道自己将会在这里受到款待。

需要晚装。

"这是一场正式的招待会,"帕夫·内斯特说,"我们有待客标准。"

亚历克西娅的外交公寓位于圣俄勒加老城的核心处,俯瞰着一个庭院,院里满是落着尘土的多肉植物和发蔫的蕨类植物。下方某处有水在滴答作响。如果走到阳台上,往上看,越过更高处层叠的阳台,穿过缆索的网眼,她能看到一小方块天蓝色,它闪烁着,有时是无信号的灰色,有时是死屏的黑色。在圣俄勒加,连天空都修缮不当。VTO建造了月球所依赖的基础设施,却没能好好维护它自己的首都。帕夫·内斯特领着她走上楼梯,走过陡峭墙壁之间咔嗒作响的步道,穿过滴水的隧道,来到城市最核心处这些老式的、发霉的房间。远离辐射,这是月球社交等级的关键影响因素,在这穹顶下,它的重要性并无差别,不过是沿着不同的轴心移动:向内而非向下,贴近中心,远离穹顶。

"太难看了,太过时了,让我看上去有八十岁,有绊倒的风险,太多花边。"亚历克西娅评价着帕夫·内斯特呈上的头五件晚装。

"花边?"

"褶边,"亚历克西娅嫌恶地说,"褶子。"

帕夫·内斯特又在她视镜上亮出另一件。纯白色,及地,肩垫彰显着自我,系着腰带:雕塑一般高雅。它让人心醉,又经典又致命。

"袖子。"亚历克西娅说。帕夫·内斯特的肩膀耷拉下来:"怎么?在我来的地方,派对礼服没有袖子,很多东西都没有袖子。"

她的助手向她视镜上闪出下一件。

"这一件,"亚历克西娅宣布,"就是它了。"

在打印店准备这条裙子时,她去洗了澡。圣俄勒加连水都像是反复用过的。新鲜的尿。在她打理好自己的皮肤和脸时,裙子已经在门口了。

她要求帕夫："帮我穿上它。"

马尼尼奥向她展示了她自己。她可以用魅力杀死二十米内的任何生物。她撩起头发，�’嘴，把手搭在臀部。

你的交通工具到了。

亚历克西娅打开门，面对狭窄又陡峭的街道，她惊讶地笑出声来。一顶轿椅，由两个强健的月芽扛着，一男一女。

"你在开玩笑。"

"考虑到我们的地形和您的服装，它极其实用，"帕夫把亚历克西娅忘记的手包递给她，关上了门。"请一定抓牢扶手。"轿椅开始移动时的突然倾斜差点把亚历克西娅甩到了地上。她手指关节发白地紧抓着皮带。这就像一次主题公园游览，颠簸起伏，一会儿向前一会儿向后地倾斜着，登上陡峭的楼梯，走下险峻的矿井，一圈圈绕着螺旋坡道，从全息圣人像和霓虹神龛下走过，从马路天使和地区超级英雄下方走过。最后她被砰地一下放到了一扇双开门外，门上雕刻着复杂的弧线和拱形。这里安排了三重安保人员。亚历克西娅把手包塞到胳膊底下，设法让自己迈出椅子时尽可能显得风姿绰约。马尼尼奥向轿夫扔了一把比西。帕夫早就等在这里了，他走的是别的更隐蔽的路线，烟灰色沙丽克米兹套装[1]上没有一点印迹和折痕。

会客室里满是刚到达的人和负责接待的人。亚历克西娅从他们中间穿过。马尼尼奥闪现出一张公寓地图，不过亚历克西娅让更可靠的直觉来引领自己。前往派对最喧闹之处。她穿着六厘米的高跟鞋大步向前，会客室里、前厅中、接待室里的人都转过头来看她。

她上一次穿高跟鞋，还是在科帕卡巴纳皇宫酒店里伪装成女仆

---

[1] 沙丽克米兹套装（shalwar kameez）：东欧以及亚洲部分地区的传统穿着，上身为长罩衫，下身为腰部束带或松紧的宽松裤。

的时候。高跟鞋、裙子、上衣、往下掉的连裤袜——全都太小了。而今晚，她穿戴的一切都恰如其分。

主持人宣布她光临了沙龙。但在这个女人用丝滑的俄语宣布她的名字之前，每个人都早已看了她很久。他们当然会看她。这裙子用闪烁的绸缎包裹着她，贴身的程度令她几乎不能呼吸。她从乳房上部一直到头发都是裸露的。裙子没有掉下全靠圣徒的祈祷。长手套一直包到肩膀。穿着这条裙子很难不显得诱人。它的设计以及鞋跟的高度都在命令她诱人。

"铁手！"主持人在兴高采烈的鼓掌声中喊道。亚历克西娅已经看懂了这个派对，谁会以她为目标，谁会掩藏那些她需要去交谈的人，谁会试图勾引她。她从一个托盘上拿过一杯马提尼，迎向了战斗。

整整半个小时后，沃龙佐夫家才踏出他们的第一步。

他很高，不过他们都很高。他有一双蓝眼睛，仪态优雅，英俊逼人。他们全都是。亚历克西娅想起他曾出现在 LMA 会议上，属于年轻自信的那一辈，他们志在必得地占据了会议室最高的那一层。他穿着一件礼服衬衫，系着硬挺的白色领带，外套是燕尾服。他完全符合亚历克西娅的审美。沃龙佐夫家调查得很彻底。

"亚历克西娅·科塔。"他鞠了一躬，仪态非常迷人。

"德米特里·米哈伊洛维奇。"

"您真是光彩照人。不是所有人都能掌控二十世纪四十年代的妆容，但您展现出了经典的好莱坞风格，一个真正的银幕女神。"

亚历克西娅从不相信蓝眼睛。深深地凝视它们，你会发现最底下是冰冷和坚硬。德米特里·沃龙佐夫的蓝眼睛闪耀着火花。冰还是火？亚历克西娅对马尼尼奥轻声说。在她有所回应之前，他继续恭维她。

"您亲随的新皮肤真是非常……坚决。"

"它适合我吗？"

"当然，不过对于一位科塔来说，它的金属化程度非同寻常。"

"这是我的本质。"

"铁手。我得道个歉，我一直无法掌握葡萄牙语的鼻音。"

"马奥·德·费罗。"德米特里领着亚历克西娅从客厅走到一条拱顶回廊处。它的中央是一座喷泉。德米特里带着她环绕柱廊。就圣俄勒加的逻辑而言，这个宅邸必定位于城市的最中央，不过它的房间都很宽敞，并没有让亚历克西娅产生幽闭恐惧。空气中充满了古龙水味和俄国皮草味，不过就这个城市来说，这空气算是很清新了。德米特里·沃龙佐夫的气味和他的外貌一样甜美。没有人来解救她。

"这个头衔一直让我印象深刻，听上去像是我们会编造的东西。"

"它不是一个头衔，也不是我编造的，"亚历克西娅说，"马奥·德·费罗是我的昵称，我的绰号。在巴西，每个人都有绰号。但你不能自己给自己绰号，它必须是别人给你的。马奥·德·费罗是米纳斯吉拉斯一个老矿工的绰号。它意指矿工中的矿工。顶尖人士。男人。"

"或女人。"德米特里·沃龙佐夫轻轻碰了碰她，带着她绕过回廊的转角。亚历克西娅注意到，他的指甲很整齐。

"我的曾祖父迪奥戈是第一代马奥·德·费罗。它变成了一个姓氏。我的家族分支已经有好几代没出现过马奥·德·费罗了。一直到我叔祖母那时候。"

"阿德里安娜·科塔，"德米特里·沃龙佐夫说，"现在是你。那么告诉我，铁手，谁给了你这个名字？"

"卢卡斯，月鹰。"

"我看到你的杯子空了，"他拿走她的杯子时，手指搭在她手指上的时间有点久，"你想再来一杯吗？或者我们待在这里，远离噪声？我真的觉得派对很烦人。"

哦，你这可爱的骗子。

"我想再来一杯。"亚历克西娅说。

"那让我去给你倒一杯。"德米特里的礼仪就像他的西装一样完美无瑕，但他失策了。当他领着亚历克西娅穿过回廊前往派对时，他的闲聊主题变成了手球。

"我知道它在这里很流行。"

"哦，我简直为它疯狂，"德米特里说，"我们都在圣俄勒加比赛。我以前也玩，后来成了经营者。圣徒队？你听说过他们。我得带你去看一场比赛。如果你不懂手球，你就不懂月球。"

"我很乐意，"亚历克西娅说，"会有时间的。我以前玩排球。它在里约很流行。沙滩排球。穿超级小超级紧的比基尼。把名字写在屁股上。"

她长这么大从来没玩过沙滩排球。

她从德米特里·沃龙佐夫身边溜开了，一次都没有回头，自己从一个托盘里拿了一杯马提尼。派对向她敞开了怀抱。寒暄，恭维，礼仪。他们的男孩失败了，下一次会换成女孩。亚历克西娅已经瞥见她了，在房间那头，在亚历克西娅迎上她的视线时，她溜走了。褐色大眼睛，褐色皮肤，壮观的楔形发型。奶白色的丝绸和珍珠。她沿着派对的右边走，亚历克西娅沿着左边，于是她们在酒泉处相遇了。

"你逮到我了，"她柔滑的低音让人战栗，"我对这种游戏不像德米特里那么擅长。"一只戴了手套的手，"伊琳娜·伊芙阿·沃龙佐夫—阿萨莫阿。"

有迷人嗓音的伊琳娜十七岁，在圣俄勒加出生。父亲是范·伊万诺维奇，叶甫根尼·格里高罗维奇的一个侄子。母亲是佩兴丝·夸希·阿萨莫阿，露西卡·阿萨莫阿的堂姐。马尼尼奥向亚历克西娅展示了她与伊琳娜的亲缘关系，其复杂程度令她头晕目眩。

"我以为沃龙佐夫家和阿萨莫阿家是宿敌。"亚历克西娅说。

"的确是的，"伊琳娜·阿萨莫阿能背诵机器代码，并且十分可爱，"像我这样的人代表着和平。"她悄声低语，灵巧地穿过人群，来到一个阳台上，它高高地俯瞰着一个生物光闪烁的庭院。伊琳娜贴近了亚历克西娅，若即若离。

"那么你是哪一边？"亚历克西娅问。

"我不明白。"

"沃龙佐夫，还是阿萨莫阿？"

伊琳娜皱起眉头，双眼间出现了两道挣扎的纹路。

"自然是两边都站。或者哪一边也不站，只是我。"

每次亚历克西娅抓住月球的一部分生活，它就蠕动着挣脱开去，爆成一团羽毛，像长尾小鹦鹉那么艳丽。家族是一切，除了逼迫你选择立场和身份的时候。亚历克西娅想起了她在特维城车站见到的那个噶吉，达科塔·考尔·麦肯齐。她曾经怀疑一个麦肯齐怎么可能找到另一种更伟大的忠诚。生为麦肯齐，终身麦肯齐。但在那位噶吉身上，在这个柔软的伊琳娜·伊芙阿·沃龙佐夫—阿萨莫阿身上，亚历克西娅看懂了，身份是可以协商的。家族为个人而存在。

"我带你来这外面，是为了给你公正的警告，亚历克西娅·科塔。我的任务是引诱你。我会这么做的，而你也会喜欢的。"她离开了光井，一边优雅地滑向派对，一边回头看她。亚历克西娅忍不住跟着她。伊琳娜把她介绍给更多的沃龙佐夫。来自月球的又帅又高的沃龙佐夫，轨道设计者和缆绳编织者，列车之神和探测车女王。来自地球的矮壮蹒跚的沃龙佐夫，正在重新适应重力。来自太空的拉长的、变脆的沃龙佐夫，正与重力搏斗。马尼尼奥记住了这些脸，这些名字，父系和母系。亚历克西娅尽力让自己不要回想起瓦莱里·沃龙佐夫，还有如行星般环绕着他的结肠造瘘袋和卷曲的导管。

名字，脸，成卷的档案。令人惊艳的女装和硬挺的燕尾服。亚历克西娅从这层层介绍中瞥见伊琳娜和舞厅对面的帕夫·内斯特交换了一个眼神。伊琳娜发现亚历克西娅发现了这事，她笑了，厚颜无耻，且理直气壮。你是美丽的，你是黄金之子。除此之外你什么也不知道。你将永远被崇拜，你将一直过得喜悦欣然。没人会用你的口音、你的出生、你的钱或你的肤色来评判你。

　　"见够皮肤松弛的老男人和丑恶的贵妇了吗？"伊琳娜问。

　　"我还需要见谁？"亚历克西娅问。

　　"剩下的要么想扑倒你，要么想烦死你。这个派对已经结束了。另一个问题，你穿着这裙子能跑吗？"

　　"用点力也许能飞起来。怎么？"

　　"只要比你的保镖快就行。"伊琳娜说着，扯起她的派对长裙，冲了出去，就像一道奶白色和褐色的闪电。亚历克西娅在下一瞬间关掉了她的监测手环，跟上了伊琳娜。裙子绊住了她，迈出的第一步差点让她栽个跟头。她弯腰找到裙子的一处接缝，沿着缝把裙子撕到了大腿。现在她能跑了。只一步，她就飞到了枝形吊灯旁，下一步撞到了一堵墙，而伊琳娜闪进了一处走廊。亚历克西娅尽力跑得低一点，跑得正确一点。她们一边喘息一边大笑着跑进了一间光秃秃的密室，只有岩石和铝，和公共套间繁复的装饰大相径庭。直径一米的圆舱在腰部的高度绕着房间摆了一圈。伊琳娜凝视着亚历克西娅，踢掉了鞋子。

　　"我保证过我会引诱你的，亚历克西娅·科塔。"伊琳娜·伊芙阿·阿萨莫阿说。每个圆舱上方都有一对把手，涂着警示条纹。伊琳娜抓住它们，把脚先摆进了舱口，接着消失了。亚历克西娅听到远处回响起愉悦的尖叫声。

　　"去他妈的。"亚历克西娅甩掉鞋子，下一瞬间就溜进了一条倾斜的管道，双脚向下，仰躺着滑行，越来越快。她咯咯地笑起来，接着管道陡然变成了近乎垂直的角度，重力抓住了她。她正在掉进纯粹的黑暗，在管道转弯时一会儿摆向这边，一会儿摆向那边，裙子在她身周上下翻飞。她忍不住发出一声兴奋与恐惧的尖叫，接着斜度变温和了，她的心脏差点从嘴里跳出来。她被扔进了一道长长的螺旋，不断盘旋，不断向下。她叫着，嚷着，喊着，撞着管道的圆壁，就像排水管里的一片人类碎屑。她可能兴奋得尿出来了。一点亮光扩展成一片，她咻地飞出管口，越过半空，啊的一声着陆在一片柔软的防撞垫上。她翻身站起来，就像激烈性爱之后那样东倒西歪，目光呆滞，头晕目眩。而且一直笑一直笑一直笑。

伊琳娜懒洋洋地躺在防撞垫上，褐色的大眼睛睁圆了引诱着她。

"那是什么？"亚历克西娅问。

"紧急逃生第二方案。"伊琳娜说。现在亚历克西娅注意到，这里的逃生舱口和另一个房间里的进入舱口一样多——那个房间离这里多远？她好像滑行了非常久，但是滑行所度过的时间也是非直线的。"我们在圣俄勒加下方五百米处，"伊琳娜说着，仿佛听到了亚历克西娅的想法，"这里是一个辐射避难所。在太阳耀斑突然爆发时，我们就跳进最近的管道，一屁股溜到这里。"

"我滑下了一个开瓶器。"亚历克西娅说。

"一个什么？"

"一个旋涡，一个螺旋。你们为什么要把紧急逃生滑道做成开瓶器的形状？"

"为什么不？"伊琳娜问，她皱眉的样子让人心碎，"也有一些地方是之字形的，大部分我都滑过。"

VTO首府地下的一个秘密乐园。一个过山车逃生系统。亚历克西娅回想起来，沃龙佐夫们的一切都很宏大。宏大的爱，宏大的愤怒，宏大的忠诚，宏大的娱乐。一根逃生管道内部传来一声高音的尖叫，越来越响，直至一个快乐地叫嚷着的男孩从某个舱口飞出来，头上脚下地溜过防撞坑。他跳起来，顶着一头金色的乱发咧嘴笑着，看上去大约十二岁。他大笑着从避难所冲了出去。

"这条裙子毁了，"亚历克西娅说，"我不能这样出去见人。"

"上一层有一台打印机，"伊琳娜羞怯地扭着脚，"不过……"

"不过？"

"你可能会想换套衣服？我要接着去另一个派对了，"伊琳娜说，"一个合适的派对，是为我们这样的人准备的。"

亚历克西娅被狠狠地诱惑了。暂时离开马奥·德·费罗的职责和义务。暂时回归亚历克西娅·科塔，做里约人和管道女王，和岁数相仿志趣相投的人在一起，做一个摆脱权力重担的人。

你差点就抓住我了，伊琳娜·阿萨莫阿。

"我有工作要做，"亚历克西娅说，"我早上有会要开。和那些与我们不同的人一起。"

伊琳娜失望地咬住下唇，然后点点头。

"好吧。不过等你办完了事，就呼叫我。"她踮起脚，又快又甜地亲了亚历克西娅的嘴唇，然后赤着脚，像一道光芒般溜走了。

我的任务是引诱你，伊琳娜这么说过，我会这么做的，而你也会喜欢的。

亚历克西娅被引诱了，她也的确喜欢。

太空中的一块岩石，背光是半满的地球。同样的日光投下了几何状的阴影：这块岩石是人类的造物。

亚历克西娅·科塔盘旋在这块工程岩石的上方，她正飘浮在太空中。人类的作品提供了比例尺。亚历克西娅估计它的直径在一公里左右。太空岩石并不是她的专业领域。岩石在她下方转动。根据光影的移动，她很容易就推断出来，移动的不是岩石，而是她。空间定位也不是她的专业领域。一条黑暗的细线横在太空岩石明亮的侧面上。一件人工制品？不，是一道阴影。就在亚历克西娅试图弄清楚什么东西会投下这样一道阴影时，她看到了光里的线条。一条垂直电缆。她转头沿线条看去，图像立刻回应，呼啸着将她锁在缆绳上，将她向上送离了岩石。

她再次往上看，摄像镜头的角度也变了，她的面前是月亮的脸。在被阳光完全照亮的这一侧月球与她之间，有一个像眼球里的飘浮物一样的小东西。在光与光的对撞中很难看清细节，不过亚历克西娅捕捉到了几何结构的线索和闪光：入坞机架、太阳能面板、动力天线、燃料箱、环境维护模块、机器虫、建造者和机械臂。某种太空站。镜头摇走了，让她最后看了一眼拴在入坞单元上的太空交通工具、氦气和稀土储存罐、像公寓大楼那么大的闪烁的陨冰。接着她的视线飞速离开了太空站，转回了那根线条和远处的月亮。有什么东西一闪而过，飞速攀升，掠过她，消失了。在她没注意的时候，她已经从攀爬姿态变成沿着绳索飞驰，然后是顺着绳索坠落。

在从地球出发的循环飞船上，她也没有判断出是从哪一刻起，月球从天空中的事物变成了她脚下的世界。

亚历克西娅对近地面月面学的了解足够她辨认出缆绳正带着她通往远离赤道的南端。她乘着太空升降舱掠过第谷和克拉维斯。继续向南：现在沙克尔顿的坑壁正向极地盆地投出永久的阴影。亚历克西娅瞥见了那永恒阴影中的灯光。有一颗星辰比其他的都更亮：那是玻璃塔顶的恒光塔。现在，南后城凌乱狼藉的月面进入了视野：废弃的探测车和烧结器、过时的环境设备、通信塔、外闸，以及遍布印痕的灰色月壤。月之城，它们如此美丽，如此结构化，如此精确，埋藏在星球内部，它们是时尚感十足的青少年，往自己的房间周围散满了垃圾碎屑。一束明亮的光线刺破了坑壁的阴影，跃入光中：一列极点专车抵达了月球第一城。越来越低，越来越近。一个坞口在她下方打开，就像一张黑色的嘴。图像结束了，亚历克西娅的视镜清空了。

她正坐在一张圆形的会议桌前。屋子里一片黑暗，唯一的光源是内部发光的桌面，在桌前高管们的脸上映出了戏剧化的光影。这里坐着一些她在招待会上遇见的老男人——大都是男人。VTO 月球的高个子男人，VTO 地球的矮壮男人，VTO 太空的脆弱面条男人。也有更年轻的脸。在这其中她找到了女人。每一张脸都是严肃的，没有笑容。这是沃龙佐夫的风格。他们觉得巴西人笑得太多了。

"非常令人难忘。"

严肃的脸都望向她，但没有说话。他们知道她不明白自己看到的是什么。一次从太空到月球的缆车之旅。

"把电梯一路通到极点，我们可以保持赤道轨道的畅通。"帕维尔·沃龙佐夫在桌子那头说。

"我们的月环动量转换系统将继续与循环飞行器接驳运作。"亚历克西娅左边的奥林·沃龙佐夫说。

"以支持生物交通。"她右边的彼得·沃龙佐夫说。

"整个上升过程需要的时间大约在两百小时左右，"帕维尔·沃龙佐夫直说，"生物体无法承受这么长时间的电离辐射。"

"达到人类安全线标准的屏蔽措施会增加一大笔毫无收益的支出。"彼得·沃龙佐夫说。

"详细说明在附件中。"奥林·沃龙佐夫面带微笑地说。

"哦，看在上帝的分儿上，你们这些吱吱哇哇的笨蛋！"一个新的声音插入了，一张新脸，"她没搞懂。"瓦莱里·沃龙佐夫是宴席上的幽灵，像一个侏儒般盘旋在每个人的视镜里。他在圣彼得与保罗号上接入网络，飞船正在地球的远侧，无法与月球直接通信。在无可避免的两秒光速延迟之外，他的化身经由地球高空轨道通信卫星进行转播，在延迟上又增加了延迟。瓦莱里·沃龙佐夫与会议室的实际时间有十秒的延宕。"它是一条太空电梯。"化身软件删除了他的结肠造瘘袋、长长的脚趾甲，以及半被忽略的半裸，但他看上去仍然像一个人皮风筝。"你知道太空电梯是什么，对吧？"十秒的时滞让修辞变得尖锐，"你知道将物质移出重力井的最划算方式是什么吗？放低绳索再拖上来。就像扯一桶尿。所以，这是一条长线，差不多一路直抵地球，但那只是工程学问题。太空电梯。实际上，不止一条。可以造两条时为什么只造一条？规模经济，他们是这么说的。一条到南极，一条到北极。"屋里的人恭敬地给瓦莱里·沃龙佐夫留出了时间，接着叶甫根尼·沃龙佐夫说话了。

"不止两条太空电梯，马奥·德·费罗。是四条。"

亚历克西娅的视镜再次激活。现在她正爬升离开南极，凌驾于广袤的艾特肯盆地上空。恒光塔燃烧的星辰落在了下方，阴影变长了，并入了黑暗。孙家的大灯笼在明亮的光弧之上闪耀，标出了月球日夜的边界。她乘着无形的缆绳越过远地，越过连绵而混沌的山峦，越过陨石坑，越过下方不可见的、荒凉的小小月海。上升舱高抛掠过远地。镜头转换了，亚历克西娅向上望，看到了一片布满星辰的天空，星辰之多远超过她过往所见。更高，更快。

月球在她下方变小了。明暗界限包裹了它，一圈光环，接着太阳光溢出了月球的边界。亚历克西娅坐在VTO董事会会议室的座椅中，不自觉地倒吸了一口气。一座太空之城浮现在她眼前。地球太空港曾经让她目眩神迷，而这座城市超越了她的想象：它在规模和复杂性上是近地港口的十倍。三艘太空船像蜂鸟一样悬在排热泵张开的花瓣上，每一艘都有一公里长。推进器闪烁的蓝光：一艘拖船，挂满了燃料箱、散热片和太阳能板，刚离开远地，在两个世界间跳跃。阳光照亮了VTO的徽标。镜头放大了影像，呈现出船坞表面的机器虫和壳体工装身影，他们在焊接。这些影像里总是会出现太空焊接。没有窗户。镜头再次放大，呈现出某位太空工人的镀金面板。上面有月球的倒影，地球的阴影在它后方。

又回到了会议室。

现在叶甫根尼·沃龙佐夫说话了："月球港计划。简单、经济的月地物质传递。月球和太阳系使用四条太空电梯。月球将是太阳系未来发展的关键，它将是太阳系的中枢。这些只需要低成本的航天器制造，机器人技术，廉价的能源和高容量的发射系统。我们明天就能开始建造它。"叶甫根尼·沃龙佐夫的眼睛里燃烧着光芒。每个沃龙佐夫都看着他。

"你们为什么给我看这个？"亚历克西娅·科塔问。

"VTO需要得到许可，在南后城和罗日杰斯特文斯基建立据点，"叶甫根尼·沃龙佐夫说，"只有LMA能颁发这些许可证。"地球、月球和太空分部的代表们点头表示同意。"我们能指望月鹰支持我们，在议会中投出一票吗？"

"我代表月鹰，但我不能代他发表意见。"

"当然。我们希望你能说服他。"叶甫根尼·沃龙佐夫说。

"不只如此，"帕维尔·沃龙佐夫说，"我们希望他能说服地球人。"

"月鹰在地球和月球主体之间保持中立，"亚历克西娅说着，意识到每个人都在看她，"就像你们在L1的小行星一样。"这个不成功的笑话没有得到回应。

"月鹰会的，"叶甫根尼咆哮道，"卢卡斯·科塔是月民。我们的血里流着尘土，尘土不会沉默。"

"记住你看到的，"奥林·沃龙佐夫说，"像了解你自己的皮肤一样了解它。我们不能让它的任何材料流出圣俄勒加。你必须是它的支持者。"

"他被监视了，"叶甫根尼·沃龙佐夫说，"我看到了机械虫。就算是通过加密信道也不行，只要它有可能落入那些地球人手里，我们就不能冒这个险。"

"所以你怎么想？"瓦莱里·沃龙佐夫插嘴道，他不得不如此。

"我不确定我能否做到公正，"亚历克西娅说，"这真是个见鬼的任务。"她意识到她没有回答他的问题。"我无法像你们那样理解它。它很庞大，很壮丽，我从来没见过这样的东西。我没法把它全装进我脑子里。我也不知道我能不能正确地推销它。我只知道我对它的感觉，也许我可以推销我的直觉。"

VTO董事会给了地球远侧的瓦莱里·沃龙佐夫十秒钟。

"那就足够了，亚历克西娅·科塔。"

他笑了。一个可怕的、阴森的微笑。

而桌前的每一个人都和他一起笑起来。

瓦格纳·科塔瘫进椅子里。探测车维持着舒适的工作环境，但塑料碰到皮肤时，瓦格纳颤抖起来。每一根神经都像是十根神经，而十根神经的每一条都被磨成了一千条导电纤维。这些神经纤维被碰触的瞬间让他紧张，接着他在座位上放松了全身的重量。

"把我翻过来，光博士。"他命令道。探测车很老旧，几乎就是一个悬挂在活动单元间的气闸，AI甚至不比最新的亲随界面补丁更复杂，但它很可靠。瓦格纳听到发动机加入了机器噪音的交响乐，就像一道低弱的声纹：传感器的哔哔声，制动器的呜呜声，空调机组的呼呼声，还有他的心跳和呼吸的沙沙声。他感觉到了重力角度的转移，它几乎像是让人忍不住要去触碰的瘙痒，不够敏锐的感官察觉不到它。在露天的月壤上，一切将会变得很痛苦。探测车绕着自己的轴心和固定位旋转着。

"展现她，光博士。"

探测车前端变透明了。满地之光照在瓦格纳·科塔身上，而他赤裸地躺在太阳1138探测车罗莎号的指挥椅上。他喊出声来。蓝色的光线打进了他身体的每一个细胞。每一根神经都在燃烧。他费劲地把自己拉扯起来，站在地球光下，转身向光线暴露他的每一寸皮肤。背后，掌心。他撩起肩上长长的黑发，暴露颈后的皮肤。他的每一部分都浸透在地球之光里。他呼吸吃力，发出高潮的喘息。他在发抖。他的肌肉几乎没法让他保持直立。他跌回指挥椅中，气喘吁吁。

"我们去工作吧，光博士。"

谁来修理修复器？瓦格纳·科塔。狼。

他需要工作，而不是钱。阿娜利斯的波斯经典合奏能赚到足够的钱，可以让他和罗布森幸福地分享。距离无法用金钱计算。自从他在希帕提娅中转站坐上熟悉的老穿梭车，让罗布森坐在身边，瓦格纳便开始恐惧新地边缘那一线蓝光。现在它变得令人无法忍受了。他以为放弃药物能让它变得可控，但随着地球光线渐渐变亮，心理变化也变得越来越激烈。

吃药吧，阿娜利斯说，要熬过去太艰难了，亲爱的。把你的药吃了。

在前往大塞翁陨石坑工作的前一天深夜，他悄声下床，轻轻走到打印机旁。指令很复杂，物料成分需要多重合成。他颤抖着坐在那里，看着公寓打印机。寂静像水晶一样围拢他。当光博士告诉他指令完成时，他心如擂鼓。他迫不及待地用水灌下药物，在心悸中发抖，与此同时，混沌、疑虑、迷雾，犹豫和模糊全都消散开来，分解得一清二楚，如阴和阳。他再次变成了两个人。他又变回了他自己。在两千公里之外，他能感觉到狼帮在召唤他。

在阿娜利斯和罗布森醒来前，他已经走了。

在太阳1138罗莎号狭窄的舱室里，瓦格纳·科塔明白了做一匹孤狼的感觉。他嘶吼着，咆哮着。他开始语无伦次，时不时痛苦地啜泣却又没有眼泪。他不止一次地敲打外闸控制单元，并非想要终结体内白色的火焰，而是试图接近自己真正的灵魂，它在月平线下燃烧着，闪耀着一万个地球的光芒。他狠狠地咬自己的手腕，还有前臂，回忆起狼帮伙伴热烈的牙。血淋淋的皮肤上印着新地的痕迹。他把一只拇指的指甲啃得像锯齿一般，把它拧着戳进皮肤，从每一侧乳头到肚脐都划出一条参差不齐的血线。几个小时里，他无声地呜咽着，肌肉抽搐，蜷在坚硬的网格地板上。这比他从前预想的最糟的状态还要更可怕。他在地狱里煎熬。

二十分钟后到达目的地，光博士说。

他逼着自己跪起来，拳头抵着地板，全身是汗，头发都在滴水。他是一个人剩下的残骸，人性在白光中蒸发。他可以逼迫自己站起来，因为现在他体内只剩下狼了。痛苦是狼的常态。他站了起来。

"让我看看。"

他费劲又长久地盯着探测车镜头里自己的影像。他看上去像个死人。光博士告诉他可以在哪里找到水、消毒剂和急救箱。瓦格纳·科塔清洗、修补、包裹好自己。还有工作要做，是只有月狼能完成的工作。暗面是专注和巨大、内向的忠诚，亮面是灵感、洞察、天才的一闪而逝，它们对于修复者来说是很重要的特质。在他成为一名抚养人之前，在他还是太阳公司幸运八球玻璃组的老大之前，他是一名分析师。他看见别的人类看不到的东西，连接别的人类无法连接的要素。

他扯上沙装，感受着伸展的织物滑过自己敏感的皮肤。戴上手套。初始系统核查。他感觉到探测车刹停在了损坏的维修机器虫旁边。

会一直这样下去，但他能够应付。没有人能像他一样。

第十一章

王永青一丝不苟地审视那些印刷品，不分轩轾地仔细研究每一张画。维迪亚·拉奥双手笼在长袍的宽袖里，等着。这个地球女人对十八至十九世纪的圣公会平版印刷品毫无兴趣。但是，如果 LMA 必须在维迪亚·拉奥的地盘上和这个中性人会面，那 LMA 就要获得时间的掌控权。安塞尔莫·雷耶斯和莫妮克·贝尔坦显然早就不耐烦了。

"资产阶级煽动的小把戏。"王永青浏览完毕时说。月球学会俱乐部的员工将宾主都带到了桌前。

"政治对我们来说是件新奇玩意儿，"维迪亚·拉奥说，"那是怎么说来着？'百花齐放'？"

酒侍呈上了清水。

"只要花圃显得融洽，"王永青说，"好了，因为我不会边说边吃，我们能在午餐前或午餐后干正事吗？"

"是您要求会面的，"维迪亚·拉奥说，"您可以按您的意愿安排。"

墙上挂着威廉·布莱克那幅地球和月球间搭着梯子的小画。王永青之前没注意到它，或者，就算她注意到了，对它发表评论也没有任何政治利益。他曾在这张桌子上招待过阿列尔·科塔，当时他预言了这些地球人的到来。

"非常好。我们对你的月球交易所建议书很感兴趣。"王永青说。

"我们和我们尊敬的领导谈过了，"莫妮克·贝尔坦说，"他们同意了，并对此满腔热情。金融化对于月球利润网络的未来而言，既有利可图，又安全可靠。"

"我的公司愿意为这个项目的发展提供种子基金，"安塞尔莫·雷耶斯说，"我们预估将会有众多地球投资者和 AI 研发人员。"

"太阳公司远胜于任何地球研发者。"维迪亚·拉奥说。

"这是控制的问题，"安塞尔莫·雷耶斯说，"简言之，我们希望月球对这家交易所的参与程度越低越好。"

"地球资本，地球经营。"莫妮克·贝尔坦说。

"地球经营？"维迪亚·拉奥问，"在时滞情况下？"

"我们可以让工作人员轮值换班。"莫妮克·贝尔坦说。

"这没有经济意义。"维迪亚·拉奥说。

"就像我的同事说的，我们希望月球的参与程度越低越好。"王永青说，"最好是一点都没有。"

"在短期到中短期时间内，我们可以让太阳公司的太阳能环区来确保能量供应。到中期，我们将按照你的建议书来监督建造一个全自动化的交易所。"莫妮克·贝尔坦说，"就长期而言，我们预计渐次实现全面金融化，并管控减少月球人口。"

"管控减少？"维迪亚·拉奥说。

"减少到能保证两个世界和谐相处的水平。"王永青说。

"你的意思是？"

"你一定要这么迟钝吗？零。"王永青解开餐巾，把它整齐地摆在膝头，"减至月球上没有人类。好了，我们能吃饭了吗？"

铁海位于风暴洋的东角，它的名字并非官方指定。它是新的，是非正式的。它是 VTO 轨道调车场的昵称，由轨道、转线、维护装备和建筑工地组成的三百平方公里。

一辆小轨道专车正穿过铁海的道岔装置，它涂着麦肯齐金属公司的绿色和银色，沿着上千米长的乘客专列，沿着粗陋笨重的货运拖车，沿着铺轨机和维修转架车，向前行驶。麦肯齐金属的熔炼车在它自己的专属轨道上行驶，横跨在两条磁力轨上。小车在这怪兽的腹部停了下来。入坞摇臂降下来，把小车整个儿举起。气闸容纳了它，封锁并平衡气压。每个社会都有其不可测时间，那些等待、忍耐或流程所需的时间被普遍忽视了。在月亮上，不可测时间是等待气闸密封并循环平衡的时间。

帕维尔·沃龙佐夫和他的奥可勒纳[1]在天花板低矮的走廊里等着内闸开门。邓肯·麦肯齐弯腰穿过闸口，走进这狭窄的空间。他的刀卫落在他身后，尴尬地拖着脚，想摆出一个足够令人生畏的队形。每个人的亲随都升入了天花板。

"我代我祖父致歉，"帕维尔·沃龙佐夫说，"以我们两家的老交情，他本应在这里欢迎你的，但他没法进入这个走廊。"

随从们低头驼背地穿过这矮通道，亲随们悄声提示着前方的障碍物和撞头的风险。

"这是检修人员的专用通道。"帕维尔·沃龙佐夫说。

从熔炉顶部的控制中心往外望去，是令人战栗的横跨整个铁海的全景，可以一直望见圣俄勒加辽阔的工业沼泽。屋里只够容纳高管们。奥可勒纳和刀卫挤在走廊里，试图让自己待得舒适一点。

"我已经把控制权转交给了你的亲随，你可以亲自带它出发，"帕维尔对邓肯·麦肯齐说，"反正我们每隔一天都要让它动一次。"

---

[1] 奥可勒纳（okrana）：VTO 对私人保镖的称呼。

"转向架冻结锁定。"邓肯·麦肯齐说。克鲁斯堡的老仪式不该被遗忘。他的亲随埃斯佩兰斯在他的视镜中打开了指令窗。他启动了程序路径。沃龙佐夫们听不到输电网向牵引电机输电时发出的低沉嗡鸣声，也感觉不到一千吨熔炉车开始移动时产生的细微加速。他们是工程师，不是铁轨骑手。他们没有在伟大的克鲁斯堡长大，它曾环绕着月球，每二十九天行驶一圈，沐浴在永恒的阳光里，被镜群的阴影保护着。

"这个目的地真是勇气的选择。"帕维尔·沃龙佐夫说。

"感觉像一笔未偿还的债务。"邓肯·麦肯齐说。熔炉车现在已全速前进，每小时十公里。舱室屏幕上的信号灯变成了绿色，映在邓肯的眼球上。他的情绪很复杂：怀乡的愉悦；未复原的伤疤血迹斑驳；还有权力带来的战栗与苦涩的遗憾，无论 VTO 再建造多少台熔炉车，它也永远都不会是克鲁斯堡了。有些城市只会崛起一次。熔炉车一马当先驶上了主干线，没有激起一丝震颤。

"我们改良了设计，"帕维尔·沃龙佐夫说，"它是过去克鲁斯堡初始模型的一个备份熔炉，我们改装了一部分新系统。新单元将是完全自治的。更轻，更高效。我们的工程学和产品在复杂成熟度上已经远超我们的父辈。"

"我对此毫不怀疑。"邓肯·麦肯齐说。他愉快地注意到帕维尔·沃龙佐夫正竭力控制自己脸上的惊惶，因为他透过窗户看到一列乘客专车正向熔炉车冲来。在冲击迫在眉睫的一瞬间，列车消失在了熔炉车下方。这对大家来说都算是首次体验。

"我们每个月可以交付五个单元，"帕维尔说，"因为新设计更高效，实现满负荷生产所需的单元就更少。我们可以让你们在六年内达到老克鲁斯堡的产量。在那之后，你只管增加车厢就好了。"

"我铭记在心，帕维尔·叶夫根涅维奇。"邓肯·麦肯齐说。

"移除生命支持和居住特性，就减少了成本，并且更易于建造。

我们只增压了这一列用于示范。改进模型将由我们的自动化系统维护运转。"

"那没必要。"邓肯·麦肯齐说。圣俄勒加的穹顶已经落在了月平线以下。熔炉车碾过风暴洋东部的平原。

"我很欣赏历史悠久的麦肯齐金属使用它自己的维护人员……"

"我不需要任何维护系统。"邓肯·麦肯齐说。VTO 的高管们在狭小的控制室内面面相觑，试图掩饰自己的惊慌失措。

"邓肯，我没听明白。"帕维尔说。

"我不会签约的，"邓肯说，俄国人咕哝着，交换着眼神，"哈德利城将继续担任麦肯齐金属的主熔炉。"

"邓肯，为了满足需求，你已经在勉强自己的产业了。你需要不间断地熔炼。你可以将太阳能转化成电力，但那意味着要么入股太阳公司的太阳能环区，要么进行新型熔融，从你兄弟手里购买氦 -3，至少短期内只能这么做。"

"帕维尔，你见过我父亲吗？"

"在南后城他的百岁寿辰上见过。"

"坐在椅子里，挂在维生装置里。十几个系统维系着他的生命。又是尿又是屎又是电。但他的眼睛，你注意看过他的眼睛吗？你应该看看他的眼睛。他的眼睛从来不曾衰老过。我在小时候看见过他眼里的光。到他把镜群朝向太阳时，我还看到相同的光。他来月亮时五十岁了。他们说升空会杀死他，但并没有。他们说低重力会杀死他，骨骼流失会杀死他，肌肉衰退会杀死他，但都没有。唯一能杀死罗伯特·麦肯齐的是背叛。我可以告诉你这个老人会怎么做：如果你让他选这个或那个，他会说，去你妈的，我要选第三个。总会有第三个选择。

"挖矿、熔炼、运输，这是我们五十年来的做事方式。但还有别的方式。去他妈的地球。它总是饥渴，它要吞掉一切，然后吸干我们的骨髓。地球就是个孩子，而我们不需要它。我们坐拥一个元素丰富的系统，它就在那里，足以让我们建造任何我们想要的世界。不只是月球。你应该看看我们的孩子们都想出了什么主意。人造的世界。栖地就像……天空中的珠串。数十个，数百个，数千个。足以容纳数十亿人的空间。数万亿。有足够多的金属和碳让每一个梦想成真。唾手可得。

"你知道我为什么取消订单吗？我不想要你们给我建造熔炉，我想要你们给我建造小行星采矿器。飞船。质量加速器。成千上万的镜子。我们有材料技术，你们有升空经验。挖矿、熔炼、运输，为我们。我们合作，我们需要合作——我们所有人，所有的龙，否则我们会尸骨无存。卢卡斯·科塔无法控制地球人。我的父亲信仰一个独立的月球，全身心地信仰。但这再也不足够了。我们需要去更高更远的地方，扩张到地球永远也不能把我们一网打尽的程度。只要地球需要我们，我们就都能活着。但等他们不再需要我们时……"

邓肯·麦肯齐一拳砸向了窗户，血迹弄污了玻璃。埃斯佩兰斯向他的刀卫们发布了医疗通告，但邓肯动念让他们退开了。

"那个老人信仰月球。而我信仰一千个月球，一千个社会。"

邓肯·麦肯齐感觉到了细微的减速。熔炉车正在刹停。

"你想要什么，邓肯？"帕维尔·沃龙佐夫问。

"让我站到你们的董事会面前，让我告诉他们我刚刚对你说的话。"

熔炉车像巨兽般停了下来，往风暴洋灰色的平原投下山一样的阴影。以熔炉车追赶太阳的速度，邓肯·麦肯齐的最终目的地还有数小时远。

"我会乘轨道车走完剩下的路到克鲁斯堡，"邓肯·麦肯齐说，"你可以和我一起去，或者你把这东西弄回圣俄勒加。"

男人们在狭小拥挤的舱室里对峙，眼对眼，脸对脸。

"我和你一起去。"帕维尔·沃龙佐夫说。在走廊里，在向轨道车车坞下行的过程中，他移向前去，在工程设计允许的范围内尽可能地靠近邓肯·麦肯齐，"邓肯，我已经和家族谈过了。你赢得了会面。"

伊琳娜穿的沙装就好像她皮肤上的彩绘。设计亮点追随着她肌肉的曲线和轮廓，而亚历克西娅的视线追随着它们。这女孩只要还在呼吸，就不能不让人神魂颠倒。魅力是她的脉搏。她戴上头盔，从伊琳娜·伊芙阿·沃龙佐夫－阿萨莫阿变成了一个个体。亚历克西娅承认，她真是该死的性感。

但是壳体工装更性感。不同的、更深沉的、更黑暗的性感。它敞开着，站在闸口前厅，像一个拥抱，像一具待验的尸体。亚历克西娅轻手轻脚地往后靠进它内里，触觉阵列测量她的尺寸，从一千个点上贴近碰触她的身体，就像一个爱人的肌肉那么亲密又敏感，她在这个过程中咯咯笑了起来。工装裹住了她。当头盔锁定密封时，亚历克西娅压抑着自己的恐慌，接着马尼尼奥接入了工装 AI，甲壳消失了。她抬起手来。它们是赤裸的，她的手臂、脚和腿，她能看见一切：全是赤裸的。

我有各式各样的沙装皮肤设计，马尼尼奥说。亚历克西娅看过头五十个以后就厌烦了，选了紧身人造潜水面料。她看起来像一个有钱的冲浪者，带着董事会成员和保镖跑下巴拉的海滩。

她在壳体工装里尝试着挪了挪脚，它就像她自己的身体一样移动。层层防护，却又柔软灵活。隔绝，防御。伊琳娜给她做着检查。她看到了什么？冲浪小猫还是钢铁侠？工装界面把伊琳娜的脸投射到她的头盔面板上，伊琳娜看上去就像裸露在真空中。这些花招，这些仿真和让人放松的东西能绊倒一个月面工作者。每个人都告诉她，月亮想要杀死你，而且她知道杀死你的一千种方法。

"一直跟在我后面，别让它诱惑你，"伊琳娜说，"你需要安全绳吗？"

"我不需要安全绳。"

内闸门在她身后密封了。

"要多久空气才会……"

她的工装轻弹着，触觉网将一阵急速的扰动转译到她皮肤上。然后又结束了。

闸内气压已与月面平衡，马尼尼奥说。

所以这就是闸内降压的感觉。

外闸门向上滑起，露出一道渐渐变宽的光之矩形。

"那么来吧，"伊琳娜说。她的名字在她肩上绿莹莹地浮着。绿色是良好。红色是糟糕。白色是死。亚历克西娅拖着脚挪上坡道。伊琳娜拍了拍一个粗糙的月神图像，它是用真空马克笔绘在外闸墙上的，二等分的脸已经被数千只手套的触摸磨损到了几乎看不见的程度。亚历克西娅用手套指尖掠过它。现在她是一个集尘者了。

走进阳光里。她一动不动地站在了坡道顶上。

我正走在月球上，月球！

"好了，来吧，月芽。"伊琳娜说。亚历克西娅跨过界线，从烧结结构中迈入了月尘。她踢着灰色的颗粒。一片云团飞了起来，高得超乎她的想象，在沉降到月面之前悬空了很久。

我正走在见鬼的月球上！等我先告诉卡约！

她把靴子踩在月面上，看着它与之前的一个脚印相交。月球上无风的海洋永久地承载着脚印和车辙印。在前往玛瑙斯做升空预备的前一夜，她带着卡约和一架望远镜去了海洋大厦的楼顶，他要求看一看桩王。那是在工业化的最早期，无聊的集尘者和他们耐心的机器印在雨海上的一百公里长的阴茎。

踩在月壤上的第二步。她抬起视线。见鬼的月球是一片见鬼的凌乱。废弃的工艺、倒塌的通信塔、翻覆的碟状天线、碎裂的容器、报废的探测车、拆散的列车。沙装碎片、人类垃圾。有机物已经被扎巴林捡干净回收了，只剩下遗弃的金属骸骨。金属是廉价的，是死的。碳是珍贵的生命。

亚历克西娅从垃圾场上抬起视线。地球偷走了她的心。她的家乡悬在月平线和天顶的半中间。她从未见过比它更蓝的事物。有一次，诺顿给她买了一对蓝宝石耳环。它们闪耀，它们燃烧，但它们属于地球，而不是地球。有一次在学校里，在画国旗时，她奋力回忆黄色菱形里蓝色圆形中星辰的数字和位置，但那是一片蓝色的空间，而不是一个鲜活的世界。它就像宇宙里所有的蓝色卷成了一个球。这么小。她举起手，就可以抹掉她认识的每一个人。

如果在一个太空头盔里哭泣，会发生什么？

"来吧，马奥。"

"我看了很久，是不是？"

"恕我失礼，不过月芽总是要看很久。"

"你是怎么活下去的？"

"什么？"

"那个，那上面，你怎么能忍受这里？"

"那不是我的世界，马奥。"

轻盈的贴身沙装带着笨重的太空装甲绕圣俄勒加转了一圈，从垃圾场来到施工场。在这里，机器人正攀爬四处垂落的缆索和电线，吊车组装着嵌板，风暴洋上到处闪烁着焊接电弧的星光。在穹顶的阴影下，地球也黯然失色。在调车场中，列车分流转轨，专列蜿蜒而出，轨道并入赤道主干线。亚历克西娅瞥见了轨道远端的一个大物件。

"那是什么？"

"备份熔炉车，"伊琳娜说，"克鲁斯堡最后的部分。他们肯定是在试行驶。麦肯齐金属定制了一列新的冶炼车。"

"伊琳娜，"亚历克西娅·科塔问，"你能带我去克鲁斯堡吗？"

"那里没什么……"

"我想去。"

一辆探测车从长长的车列末端冲出，绕过两个女人身边，停了下来。

"门在哪里？"亚历克西娅问。探测车就是一个由杠架、电池和通信装置组成的粗糙框架，就像巨轮间的一只蜘蛛。

"VSV260没有门，"伊琳娜说，"我们上去，而不是进去。"她给亚历克西娅示范怎么把沙装联上生命维持系统。当安全杠落在肩上锁定时，亚历克西娅发出了一声小小的惊叫。

"我应该说抓紧，但真的没什么东西可以抓的。"伊琳娜在左手边的座位上说。亚历克西娅抓紧了自己座位的侧栏。探测车像一辆游乐场小车般出发了。自搭乘SSTO从玛瑙斯升空后，亚历克西娅就没有再经历过这样的飞跃。月壤模糊了视线，几乎升到了她脚下。

"真他妈的烟尘滚滚！"她喊道，"我们的速度有多快？"

"一百二，"伊琳娜说，"如果你想的话，我们还能更快。"

"我想。"

伊琳娜把探测车的时速提升到了一百五。地貌崎岖，到处都是岩石和十亿岁的喷发物，轮胎颠簸着，蹦跳着，但亚历克西娅就像坐在皇家马车里一样平稳。这东西的悬架系统真是不可思议。它一定是预测性的。探测车撞上了一处岩脊，飞了起来，只有动作电影里的汽车才会这么飞。

月球，月球，她正搭乘一辆快车飞驰过月表。

"老克鲁斯堡在西边约一小时远，"伊琳娜说，"你的工装有许多娱乐选项，所以你放松坐好就行了。"

"我更愿意聊天。"亚历克西娅说。她已经看过标准模式的浪漫肥皂剧了。

伊琳娜相当健谈。在十几公里的路程中，亚历克西娅已经了解了她在特维城的母亲、在圣俄勒加的父亲，以及她在一个复杂的埃摩礼中所处的位置，这个埃摩礼通过一小群世家亲戚和潜在的人质，将阿萨莫阿、沃龙佐夫家、孙家和麦肯齐家联系在一起。

"没有科塔。"亚历克西娅说。

"你们家的人总是很古怪，"伊琳娜说，"那些代理母亲，噫。"

伊琳娜再次推杆加速，聊到了她的研讨会：蓝莲花。这是个生物圈设计师组成的研究团体，在过去二十年都扎根于圣俄勒加。

"从根本上说，我研究的是将月球地球化。"

亚历克西娅从某些科幻秀之类的东西里听说过"地球化"：将另一个行星变成一个地球，为死星带来生命。

"月球？"

"为什么不？每个人都想，哦，月球——太小了，没有足够的重力，锁定公转，没有磁场。我们可以弥补所有这些缺点，只是工程学的问题。所以，我猜沃龙佐夫家告诉你他们的大计划，太空电梯等等。哦，并不是只有沃龙佐夫才有大计划。我们阿萨莫阿家也有一个。我们带来生命。不管人们去到太阳系的哪一处，不管我们安置在哪个世界或建了什么栖地。我们带来生命。而且我们可以为月球带来生命，那很容易。四十个又大又胖的彗星。砰砰砰。"

"你不能用四十个彗星撞击月球，我是说……"

"先要打碎它们，当然了。"

"AKA 仍然在重建马斯基林 G。"当 VTO 用一架高速冰晶冲击器对这个电站进行精准定点攻击时，亚历克西娅已在玛瑙斯做了两周的升空预备训练。在这场沃龙佐夫和阿萨莫阿的战争中，伊琳娜·伊芙阿·阿萨莫阿，你站在哪一边？还是说，你低下头蒙起了眼？

"那只是证明了我的观点。明白吗？如果你能在两百公里外击中一个那么小的目标，你就一样能轻松地击中真空区。我们甚至不需要对子午城进行疏散。但那只是小问题。大问题是，在石雨之后，我们将有大气层和自行运转的气候。我们全都会上到月表，等待真正有水的雨。"

亚历克西娅回想着月球上的雨，大颗的雨水缓缓落下子午城的峡谷，用跨越的虹桥连起深谷。她想起了丹尼·麦肯齐全身湿透的样子。

"你知道让人兴奋的是什么吗？真正令人兴奋的东西？月壤加上雨，等于什么？"

"我不知道。"亚历克西娅说。

"泥！泥，完美的泥！它是我的研究领域。我是一个月球土壤学家，一个泥学家。我采集泥，我把它变成土地，我让它长出生命。雨水将下三年左右，而泥的年岁会是二十年。而在那之后，在那之后，我们将开始绿化。泥是魔法，姐妹。永远别忘记这一点。

"让我告诉你我的月球是什么样。我们现在所处的地方，将会在二十米深的水下。我们将拥有大洋，我们将拥有海和湖。我们的极点将有山川和冰川。我们将有一个生物圈。森林的树木会长到一千米高，会有到处都是动物的稀树草原——那么多动物。也许我们会引进地球动物，也许我们会设计属于自己的物种。熔炉车那么大的巨型食草动物，翼展有一百米的鸟类。它将变成一个花园，我们在其中，全都生活在优美的有机城市中，城市就像是自然的一部分。我们不需要在星球表面种植食物，我们现在做的事比地球农业要有效率得多。我们将有合适的白天和夜晚。所有那些撞击都转化成动量，它将让月球再次开始转动。我们估算一天将有六十小时。想象一下，站在那里看着地球从云层上升起。你想象一下！

"好吧，这种状况大概能持续十万年，但这时间已足够我们想出一个更永久的解决方案。也许我们最后会拆除月球，将它重建成某个更大的东西。另一些研讨会在研究这方面的事。我们可以分解月球，将它编织出五倍于地球总表面积的面积。之后我们将抵达太阳系的其他地方，更多的生命。这是我们的大计划。你们呢？"

"你是指什么？"

"每个人都有一个大计划。你的是什么？"

"我不知道。我必须有一个吗？"

"我们带来生命。沃龙佐夫有太阳系之钥。问任何一个孙家人，他们都会告诉你他们的后稀缺共产主义。麦肯齐家有一些秘而不宣的东西，但他们有，而且它也会很大。所以科塔家相信什么？"

亚历克西娅仿佛看见了卢卡斯，手里拿着手杖，站在会议室里。地球人在他右边，沃龙佐夫家在他左边。她知道他的手杖里藏着一把刀。让一柄武器做他永久的同伴，这能带来什么力量？和我一起来月球，他在那辆从蒂茹卡海滩返回的车里说过，帮助我夺回麦肯齐家和孙家从我这里偷走的东西。卢卡斯窃取权力，但那权力是无力的，对它的每一次使用都把帝国和家族推得更远。政治的烦扰把他磨得迟钝了，隐藏的剑锋不再锐利。最后一个科塔想做什么，他相信什么？

在车辙迷宫的中央，一辆粉碎的逃生舱车翻倒在地，它的轴承破碎了，半个舱顶都掀掉了。亚历克西娅无法不将它看作一个破碎的头骨。熔化的金属像泪珠一样长长地坠在裂口的边缘，内里是乱七八糟的熔融的碳氢化合物、玻璃纤维和飞溅四处的钛。月壤上洒满了亮晶晶的金属，那是爆炸的熔炉溅出后凝固的铁雨。伊琳娜停下探测车，捡起其中一片递给亚历克西娅。那是一个细小的王冠，可以为一根拇指加冕。探测车越驶近灾难中心，这些溅出的星星就越大。它们和残骸现场融合在一起，越来越大的铁陨碎屑，碎片和碎块。大多数是碎得不成形的机器，偶尔有一两片可辨认的人类用品。

探测车在这毁灭之地谨慎地寻路前进。VTO 的轨道女王们尽可能快地清出了赤道一号线，把残骸掀到了轨道两侧。桶架七零八落地翻倒在地，颠倒的转向架和探测车一样高，一个反应罐翻着肚皮，张着嘴，凝固的金属像一根冻结的舌头。有半片镜面插在一个熔化的居住单元上，将阳光聚焦到月壤上的一条熔渣小路上。

伊琳娜把车停在了一条横扫月壤的黑玻璃长弧边，一台仓促翻倒的牵引电机将这黑曜石的一端砸碎了。亚历克西娅在黑色的镜面上看到了她自己的影像，真实的样子——笨重的装甲，而不是亲随那让人快乐的幻象。

"在镜群陨落时，它们把这些玻璃小路熔进了月壤里，"伊琳娜说，"我们把它们称作死亡之路。走在上面，你能看见你的希望、你真正的未来和你的死亡。"

大灾难先是孕育出笑话，接着是神话，然后是阴谋。

伊琳娜驶入迷宫的更深处。所有熔炉车都被丢到了这里，互相支撑，竖着堆在一起。

你干的，亚历克西娅·科塔。你说了一个词，熔化的天空就坍塌了。

探测车停了下来。

"这里不只有我们。"伊琳娜说。亚历克西娅的头盔视屏上出现了一些身影，在一片狼藉的残骸后面。

"我看不到任何标签。"亚历克西娅说。

"他们不会显示标签，"伊琳娜说，"我们可能要离开了。拾荒者会在这外面洗劫贵金属碎片。扎巴林收了钱，对此睁一只眼闭一只眼。沃龙佐夫家不赞成。而对麦肯齐家来说，他们是抢劫犯。所以他们通常会全副武装。"

"我很乐意离开。我看够了。"

亚历克西娅的视屏上响起机器的语音声，数据飞掠。

"他们在对我们进行安全扫描，"伊琳娜说，"高级别。"

当人影从那些钢铁巨兽后面走出时，图像上沁出了名字。但在认出名字之前，亚历克西娅已经认出了这些沙装的颜色：麦肯齐金属的绿色和银色。三个沙装，两个壳体工装，其中有一个她不会错认的名字：邓肯·麦肯齐。

你正在被关注，马尼尼奥说。

"我是瓦索斯·帕拉俄勒革斯，"另一个穿着壳体工装的人说，"你在这里不受欢迎，马奥·德·费罗。"

"我需要来看看。"亚历克西娅说。

"那你看到了什么，铁手？"邓肯·麦肯齐在频道里插话。亚历克西娅命令探测车把她放下地。她轻柔地落在月壤上。这里是一片细碎残骸的垃圾场，打捞机器把零件和碎片磨得更细碎了。"我来告诉你我看到了什么，亚历克西娅·科塔。我看到了我的家，我长大的地方。两个世界里最伟大的工程壮举，没有什么东西比得上它。我们曾经是永恒阳光下的孩子。我看到了我的家人。当镜群转向我们时，温度达到了一千度。我愿意想象那个过程很快，瞬间的高温，没了。一百八十八名死者。"

"我——"

"你能对我说什么？你来自地球。"

"我——"

"我名义上的敌人？我们不用这种方式谴责无辜的人。你在这里是安全的，你不会受到伤害。你知道他们怎么说麦肯齐家吗？"

"你们报复三次。"

"但在某个时刻，所有的债务都必须被抹除。注销。将它们全部减为零。我们不能再这样下去，以牙还牙，以血还血，针锋相对。我们要怎么做，把月球撕成两半好杀了彼此？现在我们有一个更大的敌人。等你回到子午城，把这个告诉卢卡斯·科塔。告诉他，他需要做决定。他要和谁站在一起。把这个告诉他。记住你看到的。他妈的铁手。"

麦肯齐一群人整齐划一地转过身，消失在了克鲁斯堡的废墟里。

邓肯·麦肯齐转过身。

"永远不要再回到这里。你们任何一个都是。"

亚历克西娅在她的壳体工装里颤抖，无法移动，无法发出移动的命令。她想吐。她必须吐出来。她要把所有的恐惧、内疚和怯懦喷出来：她没法告诉邓肯·麦肯齐这个事实——她才是铁阱的罪魁祸首。

你的生物信号指标全都一团乱，马尼尼奥说，正在进行止吐和镇静管控。

不，亚历克西娅无声地呼喊着。仁慈的温暖在她脑海中弥漫开去。暴风雨平息了。她应该对这医药侵害发怒，但在它的影响下，她甚至无法召集足够的力量来发怒。现在她坐在她的座位上了，现在安全杠降下来了。现在探测车正穿梭在钢铁迷宫里，在黑曜石小径上，在死亡之路上留下尘土飞扬的车辙。

第十二章

一个阴影掠过奥切安·帕斯·卡尔扎合的窗户，把她惊醒了，这个位置从未出现过影子。影子，还有引擎和男人的声音。她往外瞭了一眼。是一辆运货卡车，正在交货。她扯上衣服，跑到外面的台阶上，看到凯西正指引着两只运货机器虫和一个工程师绕过长廊，走向西南角。

"布雷默顿温泉池，"她读着卡车侧面的字，"我们要有一个按摩浴缸了吗？"

"玛丽娜要有一个按摩浴缸了。"凯西说。

到了中午，甚至连倒时差的斯凯勒都被电动工具装配的声音吵醒了。

"她要一个温泉池做什么？"他问。

"治疗专家说水对她有益。能提供支撑。"

"在你不用它时，我能试一试吗？"奥切安问。

"每个人都可以用。"玛丽娜说。

"等等等等，家规，"凯西说，"在温泉池里要穿泳衣。没有例外。"

工程师从室外龙头接了一根管子。温泉池需要两小时才能灌满，还要两小时才能升至血液温度。接着他把他的机器虫关进车厢，开车回了布雷默顿。木浴池安置在木走廊上，散发着氯和清新杉木的气味。奥切安看着玛丽娜在温暖的水里摇来摆去，上下拍水。玛丽娜对付自己沉重的上半身时，奥切安就挂在池边上。

"你会在里面泡皱的。"

"我会在这颗行星上变皱。重力对肤色的影响真是糟透了。我的肤色曾经和你们一样。"

"所以，对胸部也有益处？"

"不那么下垂，不过角动量的法则还在。你会试着跑步，转弯时甚至会速度太快，然后你会很快记住质量和重量的差别。女孩子需要她能得到的所有支撑。"

那个夜晚，奥切安也进了池子里。她穿着泳衣，不好意思、笨手笨脚地爬了进去。她们舒适地浸在泡沫里。记忆在玛丽娜脑中翻涌：马克罗比乌斯陨石坑深处的水池，大小只够容纳两个人，还有屋顶的龙，东海的老龙王。蛇海大冒险让她心力交瘁，温暖的水就像血液一样包裹着她。卡利尼奥斯进了水池，滑到了她身边。

"你还好吗，玛丽娜？"

她必须更注意控制自己的情感。更月球化一点。这女孩会劝诱她，而她将不得不谈到卡利尼奥斯。

"只是想起来一个人。一个男人。"

"哦！"奥切安对性和秘密满心期待。

"故事没有快乐的结局。他是一个很美很美的男人，每一寸骨头里都浸透了暴力。他是科塔氪气的扎希尼克。"

"就好像某种角斗士吗？"

"他无法应对的是：他热爱暴力。但它是他想要成为的一切的反面，而他永远无法摆脱它。"

玛丽娜又看见了他，耀眼夺目，站在克拉维斯法院角斗场上，赤脚踩着染红的木板，把敌人的血踢向了孙玉·麦肯齐的脸。

"他死了，甜心。他被困在自己的战斗盔甲里，一手提着一柄刀，独自走向他的敌人。我想他知道他无法逃脱。他没法忍受那天在法院里看明白的事。"

"玛丽娜，你曾经，呃……"

"杀人吗？没有。我想没有。我伤害过别人。很多人。你瞧，我曾经很强壮，就像一个超级英雄。当我不再强壮时，我就知道我必须回来了。在那里时，我每一秒都在害怕，我从来没有那样鲜明地感觉到自己是活着的。人类——地球人类——他们始终都是麻木的，只是按部就班地活着。而在上面，你会一直清醒地意识到，你能继续活着是依赖着无数事物。你不会觉得什么都是理所当然的。你能理解吗？"

"我在努力。玛丽娜……"

"嘘。"玛丽娜碰了碰奥切安的手臂，不过女孩已经看见它们了。麋鹿来了，它们走走停停，四处张望，经过长廊：两只，三只，又来了两只。

等到她们又能说话时，奥切安说："今年对它们来说是好年份，古怪的一年。"

水面上有光。当玛丽娜的注意力被麋鹿吸引时，月光笼罩了她。三分之二轮明月立在暴风山山巅。

"欧库卡日，或是欧库拉日。"

"那是什么。"

"月球的日历。我们使用夏威夷历法。一个月的每一天都有自己的名称。或者叫朔望月。朔望月和地球的月是不同的，我们的一年比地球的一年短十天。"

"玛丽娜，"奥切安说，"你一直在说，我们我们的。"

　　"我这样说了，是吗？"玛丽娜说，"你能忍受被泡皱吗？如果你能，我就让你看看我的月亮。刀卫、龙，还有狼，啊。"

第十三章

罗日杰斯特文斯基的医生们移植的类神经链接细小机敏，但它依然是一个假体。阿列尔对这个微妙的陷阱十分警醒：永远别忘了你身有残疾。永远别忘了你的脊柱已被切断，你是个截瘫患者。但它真是一项非凡的技术。这个新移植物让她能够跳舞。阿列尔纵容自己在窗前用脚尖旋转，窗外是科里奥利星光闪耀的盆地华美的远景。它依然是一个人质牢笼，不过这个牢笼很漂亮。

阿蓓纳·马阿努·阿萨莫阿，贝加弗罗宣布来客的名字。阿列尔要了茶，一边抿着它，一边看着缆车从车站盘旋而上。阿蓓纳一如既往地漂亮又自信，时髦地披着茶色皮毛披肩，戴着蒙了短面纱的药盒帽。不过即便是她，也无法隐藏从月球一面到另一面的长途旅程带来的摧残。

"我不明白我们为什么不能完全通过网络来完成这事。"阿蓓纳一边复制进度报告给阿列尔一边说。这女孩很优秀，太优秀了，将天赋浪费在政治里实在可惜。

"这样我就能知道，如果自由裁量权被违背，我要派达科塔去追捕谁。"阿列尔说。

"你走路的样子很诡异。"阿蓓纳说。

"感觉它是别人的腿。好了,关于预审听证,我希望你来主持它。"

这女孩有令人钦佩的自制力,她的眼睛只瞪大了一点点。

"你是律师,你来主持辩护。"

"在近地面,我这个人有一些争议。我也不是奥马和纳的侄女。"

"而我不是律师。"

"根本不成问题,甜心。好吧,它是个问题,不过你能想出解决办法。"

"从其他顾问里找一个。"

"不。他们没有得到过投资。"

"你是说,他们没有操过他。"

天赋,自制力,清醒的自知。

"而且只有你。"

"什么?"

"只有你。没有别人了。"

"那真是……"

"戏剧化。没错。一个女人,一个声音,在克拉维斯法院前,被一千个强大的敌人环绕?我们对法院的主流隐喻是角斗场,竞技场。不不,宝贝。法院是剧场,是一个舞台。法律不是战斗,法律是说服。一直如此。它比任何浪漫肥皂剧都要棒。网络关注率会直线攀升。"阿列尔看着阿蓓纳的想法在沉默中翻涌:我不行,根本不切实际,你在开玩笑/你疯了/你不可理喻。"你有什么想说的?"

"有。去你妈的,阿列尔·科塔。"

"好的好的。你不会是一个人。你将始终拥有所有的 AI 支持,团队在幕后支持你,我会在你耳朵里。你以为我会让你光溜溜地走进克拉维斯法院吗?哦,你还需要一个扎希尼克。"

"用角斗来解决争论是野蛮的、过时的，是对法律的贬低。"

"的确如此，但如果我是卢卡斯，我就会发起挑战，只为了看你脱剩贴身衣裤，把一柄刀子插在你头发里。你觉得这样也没问题吗？"

"这贬低了所有人和所有事。我们不是野人。"

"我兄弟曾经是科塔氪气的扎希尼克。卡利尼奥斯是我认识的最甜美、最绅士、最英俊、最体贴的男人，我看着他在克拉维斯法院撕开了哈德利·麦肯齐的喉咙。当时完全有可能是他倒在地上，躺在自己的血泊里。我们的法律需要付出代价，那就是它可能会砍向任何触碰它的人。没有代价的法律没有公正可言。卡利尼奥斯明白这一点。雇一个扎希尼克吧。我习惯用伊斯霍拉·奥卢瓦菲米。然后我们要研究一下你的出庭妆容。既然你来了这里，去和卢卡西尼奥聊一聊。现在他能聊天了。说些故事给他听，他喜欢故事。告诉他关于你和他的事。"

阿蓓纳在门口停了下来。

"你有母性了，阿列尔？"

"去和你的客户会面吧。"

"我做这个？"

露娜小鸡啄米般点头，又用勺子舀了一块蛋糕。

"我可以……自己吃。"卢卡西尼奥·科塔说。他拿过勺子，把它举向唇边。露娜忧虑地盯着。在最后一刻，他失去了视觉追踪，他的手摇晃起来。露娜飞速俯身援救，用一张纸巾接住了掉落的蛋糕。"抱歉。"

在加布雷塞拉西医生把她放进卢卡西尼奥脑子里的东西拿出来以后，露娜每天都来看他，他的反应一天比一天敏锐，脸色一天比一天明亮，语言一天比一天清晰。但她很快就发现了他思维里的孔洞。对她来说明亮又清晰的时刻、日子和完整的故事，对他来说不存在。

别逼他回忆，加布雷塞拉西医生指导她，你无法让他想起不存在的回忆。别和他聊他其实记得的事，社交联想是很重要的。

今天她坐在他的床尾，聊蛋糕。最初他几乎不明白她在说什么，之后记忆回归了，蛋白芯片连接起了脱节的记忆，它们在他的脑中复活了。她告诉他他是怎么开始做蛋糕的：当年他宣布自己中秋不会再吃任何月饼，因为没人喜欢它，他要做纸杯蛋糕来代替它。他花了三天时间，它们要么太甜要么太香，但它们不是月饼。每个人都在称赞，因此鼓励了他，他开始为圣徒纪念日、节日、生日和所有研讨会重要场合烘焙蛋糕，很快他就做得很好了。当露娜把蛋糕的故事讲给他听时，他的眼睛闪闪发亮。他记得这些，接着露娜带他掠过静海，那时他们开着顺手牵来的探测车在静海上逃亡，他向她讲授蛋糕的事，试图用此来打发时间。它怎么才能成为完美的礼物，它做起来有多困难，蛋糕的规则是什么。持续不停地翻过月谷和陨石坑，直到他们撞见麦肯齐金属的小队。听到这里时，他的脸色变暗了，他摇着头。他的思维里有一个大洞，横亘在蛋糕和科里奥利医疗中心之间。

就算是月球的先进设备，要打印能合成一个柠檬淋浆蛋糕的有机原料也需要时间。当露娜勺起一口蛋糕，像母亲一样贴近来喂进他嘴里时，卢卡西尼奥看上去很紧张。接着他变得一脸沉醉。

"再来一点。"

这一次他自己动勺子时，让露娜把手叠在了他手上。

"我会做这个！"

"你一直都有一种特别的制作方式。"

卢卡西尼奥皱起眉来，显得很迷惑。他的记忆就像月表一样满是裂谷和深坑。

"时机到了你就会想起来的。"露娜说。

他们的亲随同时宣布了访客的到来。卢卡西尼奥的眼睛瞪大了。

"阿蓓纳！"

露娜在月神面具下的脸变得阴沉了。这是她的时间，她的地方，她的优先权。她坐在了卢卡西尼奥的床脚处，一个意味强烈的防御位置。用最凶的眼神瞪视，但阿蓓纳·阿萨莫阿连眼都不眨。

"露娜，卢卡西尼奥。"

卢卡西尼奥挣扎着要坐起来。但露娜不能允许。他可能会撕裂某处，扯开某处，或折断某处。她退后了，但仍然卡在阿蓓纳和卢卡西尼奥之间。

"你来做什么？"

"我来见我的客户。"

露娜翕张着鼻孔，皱起了眉。

"我是你的客户。"

重重的一击，享受这个吧，聪明的聪明的阿萨莫阿。我知道你和卢卡西尼奥的事，但旧日时光已经一去不回，你的大多数事情在他的记忆里只剩下孔洞。

"我仍然需要和……"

"如果我是你的客户，那我可以叫你离开这里。"露娜说。

一说出口，露娜就知道自己的话只是一个空洞的威胁。阿蓓纳也知道这一点。

"我不会离开的，露娜。"

"行吧。但你待在那下面，我待在这上面。"

阿蓓纳·阿萨莫阿琢磨了一小会儿，坐到了床脚。

"阿蓓纳。"卢卡西尼奥说。这下阿蓓纳震惊了。

"我不知道你已经可以说话了。"

"他已经能说话好多天了。我们聊了很多，"露娜说，"是吧，卢卡西尼奥？”

“很多。”卢卡西尼奥说。

露娜看到阿蓓纳眼中闪出了泪光。

阿蓓纳吸了吸鼻子，从手包里抽出一小张纸巾。

“你看起来……很棒，卢卡西尼奥。”

“看起来一团糟，”卢卡西尼奥说，“你看起来，才是很棒。好看的帽子。”眼泪又出现了。

“别磨蹭，”露娜说，“你不能让他心烦，也不要让他困惑，又或是说太多难受的事。加布雷塞拉西医生对此非常严格。”但领会了太多难受的事因而心烦的人是阿蓓纳。

“好的。卢卡西尼奥，我不知道露娜有没有对你解释过此事，但有一场关于你的战斗。”

卢卡西尼奥发出一声小小的尖叫，他的眼睛睁大了。

“我才刚说过。”

露娜龇着牙，她已经从她母亲那里听说了这事。

“卢卡西尼奥知道这个案子。说案子，不是战斗。”

“帕依和妈依，”卢卡西尼奥说，“还有阿列尔姑姑。”

“好的，”阿蓓纳说，“我和阿列尔一起工作，我们认为最好让你置身事外，直至你恢复得更好些。因此我们奋战……我们努力让你待在这里，直到你康复到能够自主思考。我们希望露娜能在这里执行照顾你的契约。她已经救过你一次了，所以有一份非正式的契约。你能明白吗？”

卢卡西尼奥点点头。露娜已经多次向他解释过这个，不过他的新大脑里有太多记忆在争抢位置，所以新近的事件总是会被挤出去。他经常把相同的事向她重复述说三四遍。阿德里安娜祖母在很老的时候也会这样。露娜可以看出他眼中的困惑。

“你刚好一点呢，”露娜说着，又看到了阿蓓纳脸上的犹豫，“什么事？"

"我需要你做一件事，卢卡……"

"那不是他的名字。"露娜打断他。

"卢卡。"卢卡西尼奥在床上喃喃自语。

"他累了，"露娜说，"你得离开了。"

"我得把我必须说的话说完，"阿蓓纳说，"我要上法庭了。没什么可担心的，只是一场预审听证。而在等待这个大案子时，我们得决定你待在哪里最好。"

"这里最好。"卢卡西尼奥说。

"我们也是这么想的。我会确保你能待在这里。你的阿列尔姑姑有一个计划。但我们需要你的帮助。"

"你没有告诉我，"露娜凶猛地说，"我是客户，我应该知道这些事。"

阿蓓纳叹了口气。

"好的，露娜，我们需要卢卡西尼奥的帮助。"

"它有用吗？"

"它是阿列尔·科塔的计划。"

"好吧。现在问卢卡西尼奥吧。"

"卢卡，我们需要你为我们做件事。"

露娜放过了这个昵称，但她开始起疑心了。

"做什么？"

"好玩的事。"阿蓓纳·阿萨莫阿说。卢卡西尼奥高兴地笑了，但露娜沉下了脸。

"做什么？"她又问了一遍。

"和我做一个网络视频链接。"阿蓓纳说。

"它安全吗？"露娜问。

"安全，"阿蓓纳说，"这是所有世界里最安全的事。"

"卢卡，我认为你应该做这事。"露娜宣布道。

阿蓓纳宽慰地深吸了一口气。

"谢谢你。这是柠檬蛋糕吗？"

卢卡西尼奥点点头。

"我能尝一片吗？"

"可以，"卢卡西尼奥看着露娜狂怒的脸说，"当然，可以。"

子午城有适合所有人的酒吧。玻璃工们有和平爵士酒吧；VTO轨道女王们有红色电机，VTO太空分部的人员则坐在东方休息室里啜饮他们的伏特加；麦肯齐氦气的工人在库吉酒吧甩落脚上的月尘，而麦肯齐金属的杰克鲁在下一个方区的锤击酒吧里敲玻璃杯。超级联赛的手球明星们在 D 吧里游戏，月球联赛的球员在圣玛丽酒吧，球赛经营者在职业俱乐部的楼台上吹牛或谈生意。程序员和软件工程师在索引酒吧狂欢，医生都在屠戮酒吧。还有为巴尔特拉调度员、轨道监察、演员、喜剧演员、歌手、音乐家，以及两百种学生而设的酒吧。政客在第三十二街沿街一排专属俱乐部里喝酒争论，这里容纳各种政治倾向；律师在论证俱乐部里一边批判一边发牢骚。在方区的正对面——同一条街，同样的门牌号——克拉维斯法院的法官们把钱浪费在台席酒吧可怕的杜松子酒上。刀光则是属于扎希尼克的酒吧。

在阿蓓纳·阿萨莫阿的想象里，刀光酒吧是骚乱的、海盗式的，有低矮的石檐，每处过梁都刻着标语，是混战仇杀之地，以刀锋来终结爆脾气和旧仇怨。为玻璃杯敲桌声伴奏的，应该是重鼓点的饶舌金属乐和英灵殿抒情曲。适合荣耀之刃的歌曲。

但是刀光酒吧非常令人失望。阿蓓纳站在第五十三层东的一套标准住宅单元前，它是从原岩上直接挖出来的。玻璃和钛。她曾希望自己在走进去时会吸引众多目光。但对于她的蜂腰套装、人造狐皮披肩和漂亮的帽子，没人有兴趣看第二眼。

委托人更加令人失望。她以为会是大块头男人和瘦削凶狠的女人，有耳钉和刺青，穿环和光头在柔和的灯光下发亮。莫希干头。伤疤和缺失的手指。破烂的 T 恤，无袖卫衣，混杂月球众多流行风格的衣饰。真正的皮草。杀手的鞋靴。这里的确有大块头男人和瘦削凶狠的女人，而且到处都是月芽——因为地球肌肉而受雇。但克拉维斯法院的扎希尼克们和子午城任何一家酒吧里的人一样，包括了各种体形、年龄、性别和风格。音乐是制作精良的月球流行乐，毫无侵略性，听着想让人用脚尖打拍子。饮料是马提尼，装在优雅的冰玻璃杯里。人们在凹室、桌边、吧台前聊天，没有战斗和血，没有在竞技场里互殴的胜利者和敌人，他们聊的是最近的、曾经的、著名的案例，聊法律判例、辩论和聪明的表演，聊法官、律师、原告和被告的个性与弱点：全是法庭的八卦和丑闻。比起许多雇佣他们的顾问，这些扎希尼克见识过更多的法庭日常，甚至比法官们还多。阿蓓纳看不到一把刀子，甚至连藏在上衣底下的刀鞘轮廓都没看见。刀光酒吧的大多数顾客从未为了法律而抽刀。

亲随图米早已标识出了阿蓓纳要找的人，但她来酒吧是为了有更长的时间评估。伊斯霍拉·奥卢瓦菲米：阿列尔的长期扎希尼克。这是一个壮阔的圆脑袋约鲁巴人，他微笑着，高高兴兴地坐在他的同事中间。他的笑声像奔腾的水。阿列尔说他是一个和蔼的人、诚挚的父亲、残忍的战士。阿蓓纳看不出来这些。伊斯霍拉·奥卢瓦菲米上一次在法庭上拔刀已经是两年前的事了。

他是个大块头，阿蓓纳对图米说。

但他身材很糟，图米说。

有太多夜晚，伊斯霍拉·奥卢瓦菲米都在刀光酒吧里和他的朋友谈笑风生，月球重力已经让他变得柔软了。阿蓓纳来到他的桌前。

"我想要签一位扎希尼克。"

"找我的代理人去。"伊斯霍拉说。

"我代表阿列尔·科塔来。"阿蓓纳说。

"我了解阿列尔·科塔，"伊斯霍拉说，"如果阿列尔·科塔想要我，她会直接来找我，而不是让实习生来。"

阿蓓纳往桌子对面伸出手，倒空了伊斯霍拉半空的杯子，把它倒扣过来。伊斯霍拉站了起来。刀光酒吧就像月心一样静默且凝固。每个人都知道翻倒的杯子代表什么。每个人都战斗。

"我想为阿列尔·科塔雇佣一名扎希尼克，"阿蓓纳说，"打败他的人就能得到这份工作。"

刀光酒吧沸腾了。许多身影扑向了伊斯霍拉·奥卢瓦菲米，在阿蓓纳飞速躲开时，桌子翻出去了。一把椅子飞过她身边，她埋头躲过了一个拳头。酒吧房间里挤满了混战的躯体，上下起伏，大叫大嚷。阿蓓纳一直矮着身子，寻找遮蔽处。桌子翻倒了，饮料扑洒了，家具碎成了片，每一片都被捡起来当作一柄武器。一条椅子腿掠过她的鼻尖，一柄飞过的刀子从她的药盒帽上削下了一厘米羽毛。一只靴子朝她的脸端来，在千钧一发之际，袭击者发现她不是参赛者，飞速旋身，转而踢向了一个女人的耳朵，后者正持着双刀扑过来。有人倒在了撒满碎酒杯的地上。阿蓓纳成功抵达了吧台，双手抱着头，蹲在台缘下面。她和出口之间似乎堆满了整个月球上的人类，全都在拳脚相加地打斗。

一只手搭在了她肩上，阿蓓纳旋过身，扬起手包准备攻击。但她看见了一个瘦削的西班牙女人的脸，像铆钉女工[1]一样穿着蓝色工装，戴着红色波点头巾。她的亲随皮肤是大学的蓝白圈环。

"跟着走，"她的喊声带着浓重的远地口音，"我带你去安全的地方。"

---

[1] 铆钉女工：“二战”后的美国劳动妇女形象代表，典型穿着是蓝色工装。

阿蓓纳握住了她伸来的手。女人的手握得很牢，而且方向明确，她拉着阿蓓纳在酒吧的战斗节奏中穿梭，溜过两个争斗者之间拉开的空隙，停下来让一个男人侧翻过空中，敏捷又凶狠地扯着阿蓓纳远离一条挥舞的椅子。这个女人回头看了看阿蓓纳，咧嘴一笑。在女人的视野之外，一个斗士大力挥臂，将一大块桌子砸向她的脑袋。在阿蓓纳的警示脱口之前，蓝衣女人转过身，接住桌子反手抛了出去，让袭击者屁股朝上砸进了墙里。在两个女人和街道之间只剩下了两个争斗者，但他们都看见了铆钉女工干的事。他们拔出刀子，一个从上方扑来，一个自下方蹿来。女人松开了阿蓓纳的手，翻身跃过低处的刀子，一脚踢开了高处的刀子。两个男人失去了平衡，女人把阿蓓纳猛地推过了间隙。阿蓓纳在危险的高跟鞋上跌跌撞撞，重重地撞上了五十三层东的安全栏杆。宝瓶座方区在她面前敞着口，灯火在虚空中闪烁。但一只手再次抓住了她。

"你穿着这个能跑吗？"女人朝阿蓓纳的鞋示意。阿蓓纳脱下鞋，将它们扔进了刀光酒吧的混战中。给混乱添点柴。

"现在我能跑了。"

"那就跑吧。"

她们在电梯里停下来，靠着墙瘫倒，大口喘气。

"好玩吗？"女人问。轿厢朝捷列什科瓦大街下落。有一瞬间阿蓓纳吃了一惊，感觉被冒犯了，但接着，她承认了她把杯子扣在桌上而整个酒吧翻江倒海时她真正的心情。

"爱死了。"爱它每一个危险的、血腥的、恐怖的、愚蠢的瞬间。

"我知道，"女人说，"罗萨里奥·萨尔加多·奥汉隆·德齐奥尔科夫斯基，没有代理人。"

"我说了，打败他的人就能得到这份工作。"

"我打败了他，"女人说，"打架不是唯一取胜的方法。"图米核查了罗萨里奥的亲随，阿蓓纳浏览了档案。她猜对了，与远地相关。

月球浪漫肥皂剧学科的博士后，实习噶吉。这解释了她的运动能力。

"你为什么没有完成训练？"阿蓓纳问。

"理智上的危机。"罗萨里奥说。

"肥皂剧。"阿蓓纳的话里透着明显的轻视。

"你看浪漫电视剧吗？"

"不。"

"那你就不能评论，"罗萨里奥的话里透着从容的凶狠，"这是我的信仰沦落，不用你来向我解释它。我和我的导师一起参加一个会议，然后我看到了彗星。彗星云，遥远、冰冷、死寂，向虚空扩展。理论接着理论接着理论，它们全都像肥皂电视剧一样虚伪。元小说，衍生小说。对理论的丰富是没有止境的。我感谢了导师，离开了。"

"接着作为一名扎希尼克受聘，"图米再次探查罗萨里奥的简历，"我看到了，没有战斗。"

"也没有败诉的案例。请和我的亲随签约。"

在电梯的下降过程中，阿蓓纳观察了她的新雇员。这位罗萨里奥劲瘦紧实，强健敏捷，言辞锋锐，但是在真正的战斗里——在她无法避过的战斗里，她的刀能砍得多深？阿列尔·科塔会怎么想？她可以欣赏吹嘘，欣赏自信，欣赏失败和流放的阴影。阿蓓纳·马阿努·阿萨莫阿会怎么想？她也会这样想。她想得更多。她热爱冒险，热爱危机，热爱以刀尖平衡世界的感觉，这个小个子女人身上体现出了这种感觉。在圆宝石研讨会中，她抱怨过月球法律的野蛮，任何社会契约都应该有民事及刑事法典。但在私下里，她欣赏这法律的私密性。公平应该让人震动，公平应该有所代价，像一把刀一样，公平应该砍向所有错用它的人。她曾经把阿萨莫阿家的避难之礼送给卢卡西尼奥·科塔，当他因为耳钉穿过耳朵而流血时，她舔了血尝了尝——她有时觉得那是另一个阿蓓纳。正是这个阿蓓纳在酒吧里开启了战斗，为了向伊斯霍拉·奥卢瓦菲米证明自己，没错；为了表示自己也是个玩家，没错；但最重要的是，这是因为她可以这么做。因为它令人兴奋。当拳头相击、刀光闪烁，当躯体倒下、玻璃粉碎时，她比以往任何时候的她都更像自己。没有两个阿蓓纳·马阿努·阿萨莫阿，只有一个，而她已经迫不及待地想要踏入克拉维斯法院的竞技场。

当她在 LDC 接受阿列尔的助理职位时，圆宝石研讨会里的朋友对她说：别让她引诱你，她很有魅力，很聪明，她会让你变成某种自己都不认识的东西。

比那更糟得多，阿蓓纳会对他们说，她把我变成了她。

摩托打开了。阿蓓纳·马阿努·阿萨莫阿深吸了一口气，踏出车子，走进了法院广场。摄像机飞扑而下，记者蜂拥而至，噪声震耳欲聋。阿蓓纳·马阿努·阿萨莫阿扔掉了肩上的皮草，大步走向克拉维斯法院的大门。她的高跟鞋在光亮的烧结物上鸣响，像细小的子弹。

磨炼从你在摩托里放下腿的那一瞬间开始。阿列尔这么说过。早晨五点，她的研讨会伙伴们开始为她装扮。早晨六点，发型团队带着支架和器械抵达。早晨七点，化妆团队接手，开始描绘她的上庭妆容。九点，她吃了一些水果——小浆果，没有让她浮肿或污染洁白牙齿的东西。九点十五分，她最后一次和远地的阿列尔通话讨论。

我见过更糟的法官，阿列尔说，瓦伦蒂娜·阿尔切在头十分钟就会下决定，所以你要尽早出击。克威可·库马会希望整个事情在午餐前结束。他是一个离谱的手球狂热分子，每天都在粉丝网站上争论一整个下午。神之手是他的粉丝名称。长井理惠子我认识多年了，是她引荐我进入雪兔会的。她现在仍然是会员，为我兄弟做顾问。对法律来说，偏心不是问题，只要对它有所补偿——偏见才是问题。理惠子和瓦伦蒂娜从来没有在任何事上意见一致过，克威可也知道这一点，所以别挑衅他。不要借用公众的名义。玩得开心。

十点，她的扎希尼克到了。罗萨里奥穿着她铆钉工人的连裤装，显得干练又专业。爬上阶梯时，她紧跟在阿蓓纳身边。记者和八卦评论员们喊着问题。

"阿萨莫阿女士……"

"备受关注的案件……"

"年轻又毫无经验……"

"我刚刚在摄像机群里逮到了五个在瞄准你的无人机，把它们废了，"罗萨里奥轻声说，"也许什么也不是，也许是暗杀者。我想应该让你知道。"

阿蓓纳用手指碰了碰颈后，这是特维城的传统魔咒：扫掉杀戮蜘蛛。安纳西的黑暗姐妹。她无法呼吸，无法迈出下一步。罗萨里奥碰了碰她的手肘，力量又开始涌现。

"继续走，保持微笑，"罗萨里奥说，"不要担心。就算他们击破了我的电子防御系统，我也已经破解了最常用的五十种刺杀毒素。"

阿蓓纳想，这可能是扎希尼克式的幽默。

"孙家和科塔家……"

"没有经验……"

"年轻。"

"没有经验。"

二号法庭是最老的法庭之一，阿蓓纳觉得它可能与孙家的驻地一样古老。它是一个光洁的半圆筒形岩室，显得亲密又令人生畏。岩石法官席面对着五层旁听席。包厢与拱廊，支柱和靠背座椅。这是一个歌剧院般的法庭。在这个舞台上，法律贴近得如同一个吻。阿蓓纳在指定的包厢里坐好，罗萨里奥在她下方的扎希尼克池座里。

卢卡斯的团队已就位，整整三层的律师。他的法律服务部长威葛·基罗加向阿蓓纳点头示意。她已经尽职调查过他，对方也一样。他们的扎希尼克是一个山一样的俄国人，康斯坦丁·帕夫柳琴科。他能击穿岩石。

我能拿下他，罗萨里奥说，大块头总是满心疑虑。

孙家的代表团还没有抵达，他们将在最后一刻入场。阿曼达·孙全权负责自己的诉讼。她将上演一场大戏。阿列尔说，阿曼达会有能唱歌的律师和会跳舞的辩护人，顾问会从屁眼里抽出漂亮的花，整个儿是一幕肥皂剧。而你是一个女人，孤身一人，讲述事实。这就完全足够了。

朋友、家人、研讨会同伴在她上方的旁听席找到了座位，来自他们的信息：你在哪儿？我们看不到你。

你们会看到我的。

阿列尔，马尼尼奥通知。

"起飞前的最后核查，亲爱的。你需要去洗手间吗？别去。胀满的膀胱能让修辞变得更完美，赐予它一种急迫感。好了，我知道你没有摄取任何药物，但如果你带了一些能让你略感兴奋、或集中注意力、或专心、或平静、或放松的药物，别吃。实际上，最好丢了它。克威可鄙视药理性提升，这对一个手球迷来说真是够讽刺的。他会给自己的法庭塞满嗅探器，所以别摄取化学药剂。最后的一两个要诀。如果事态脱离你的掌控，一定要争取休庭。一定要脱稿。迈兰简，也就是善辩之术，它是克拉维斯法院的核心要素。但你必须用好它。糟糕的迈兰简等于没有迈兰简。让我始终在线。安全一点，总比遗憾好。"

孙家到了。他们文雅又整洁，一副贵族气派。阿蓓纳已经记住了这些人的名字和脸。阿曼达·孙坐进了律师包厢。她迎上了阿蓓纳的视线，回之以冰冷的蔑视。孙家总是在俯视阿萨莫阿家。恒光殿来的团队填满了旁听席。孙夫人在那边，靠在一根手杖上。那个扶着她跟在阿曼达和顾问们身后走进包厢的年轻人是谁？

大流士·麦肯齐—孙，图米说，他的母亲是孙玉。他是罗伯特·麦肯齐的幺子。在铁陨之后，他被带回了恒光殿，受沙克尔顿遗孀的监护。他正在七铃之校学习，由马里亚诺·加布里埃尔·德马里亚亲自指导。

在图米准备大流士·孙的完整简介时，阿蓓纳思索着：收养继承人。玩两次相同的花招是一种错误。

她看着孙夫人从一个精致的小瓷瓶中抿了一小口。最漂亮、最坚硬的瓷器是用骨灰做的。在月亮上，这些骨骼都是人类的。

传达员喊话了，法庭里的人都站了起来。法官的扎希尼克先进来了，因为克拉维斯法院中的一切都要经受审判，包括法官本人。他们在战斗池座里坐下了。现在法官们进来了，在法庭竞技场刺目的灯光下，他们的白色长袍熠熠生辉。瓦伦蒂娜·阿尔切宣布开始会议，克威可·库马宣布参与者名单、他们的偏好，以及达成一致的法律框架。长井理惠子宣读案件。听证会开始了。

威葛·基罗加用医疗细节淹没了二号法庭，并呼吁父性、家族、疗愈与联合。代替卢卡斯·科塔到场的是他预先录好的一份声明，他想要的只是让他的儿子和他在一起，让挚爱的父亲好好照顾他。阿蓓纳注意到了，法官注意到了，所有的公众和记者还有八卦贩子都注意到了：卢卡斯·科塔没有亲自来到克拉维斯法院宣读这份父爱声明。

现在，阿曼达·孙走下了光洁的月岩阶梯。旁听席传过了一阵低语声。她向每一位法官都深深看了一眼。

法官的扎希尼克在下方的凹池里骚动起来。

"我们的法律是优秀的法律，因为它在认可偏爱的同时禁止偏见。我有偏爱。我怎么可能没有呢？我是一位母亲。我希望我的儿子和我在一起。就是这样。"

她开始把卢卡斯描述成一位糟糕的父亲、一位缺席的父亲、一位鲁莽的父亲，最糟的是还是一个危险的父亲。鹰巢对于一个孩子来说算是什么样的场所？每只手里都藏着刀，暗杀蜂随时都可能出其不意地俯冲而下。

阿蓓纳想到，还是一个你试图杀死的父亲。她向前扫了一眼，就明白法官们十分清楚这一点，并且他们还听说过孙家操纵了科塔家与麦肯齐家之战的传言。

"恒光殿强大且牢固，是一个安全的场所，我儿子可以在家人的保护下痊愈。家庭是最紧要的。大学有很多含义，但它不是一个家庭。阿列尔·科塔——这个法庭上人人都认识她——她宣称要代表露娜·科塔承担照料卢卡西尼奥·科塔的契约职责。我问你们，阿列尔·科塔什么时候关注过她的侄女，更不用说她侄子了，她现在对他们有兴趣，是因为他们的安全可能保证了她自己的安全。是谁背叛了自己的家族，转而去追求自己耀眼的前程，当一位名人律师？是阿列尔·科塔。当卢卡西尼奥受阿萨莫阿家的庇护时，阿列尔·科塔在哪里？她唯一且真正代表的只有她自己的利益。看看公众对这听证会的兴趣——还是一次预审听证。阿列尔·科塔觉得自己很聪明，认为让侄女露娜·科塔做监护人就可以让自己逃过审视，但毫无疑问，法庭不会被如此直白的阴谋欺骗。阿列尔·科塔打算用她自己的侄子做踏板，好一路爬回社交层级的顶峰。

"家族优先，这是规则。但让我看看这个家族：一位缺席的父亲和一位渴望地位的姑妈。我们孙家明白家族的定义。我们历史悠久，我们强大，而且我们团结一致。我们知道一个事实，那就是，由始至终，只有家族和个人。家族自然是最优先的。科塔家不是一个家族。我们才是。"

阿曼达·孙向法官席点点头，回到了自己的座位。

"露娜·科塔的律师？"

阿蓓纳咽了一口口水。她的胃都揪紧了。时机就在眼前，但她的陈述、她的论证、她的说辞都从脑子里流走了。

呼叫阿列尔。

这个命令已经到了她的舌尖，但她把它吞下去了。她不需要阿列尔·科塔。

挥击吧，桑勾之斧，给我战斗的力量。

她走下去，站到闪光的岩石上。

"我是露娜·科塔的法律顾问，她请求延续一份现有的非正式照顾合同……"

威葛·基罗加和阿曼达·孙都站起来了。

"大人们，实际上……"

"阿萨莫阿女士没有资格在这个法庭上进行辩护。"

阿蓓纳用气声向桑勾说出一句感谢，她的敌人已落入了她的陷阱。

长井法官望向她。

"阿萨莫阿女士？"

"阿列尔·科塔是露娜·科塔的律师，而我是她在近地面的代理人。出于个人安全原因，阿列尔选择留在远地。"

"科塔女士可以通过网络申述。"克威可·库马说。

"如您所知，比起虚拟形象，阿列尔·科塔一直都倾向于亲身参与。"

面对她的大胆冒犯，长井理惠子抑制住了一个微笑。

"你是一名律师？"瓦伦蒂娜·阿尔切问。

"我是圆宝石研讨会的一名政治科学学生。"阿蓓纳说。

"没有法定资格证。"库马法官说。

"一本也没有，女士。我相信我不需要任何资格证。"

二号法庭的五层旁听席集体倒吸了一口气。长井理惠子再次笑了。

"我们的法律有三个基柱，"阿蓓纳说，"在克拉维斯法院，包括法院本身在内的一切都要受审。包括法律在内的一切都是可协商的。此外，过多的法律是糟糕的法律，这也是我的论证。若要坚持必须有法律资格证才能在这个法庭上辩护，那就确立了观众的权利。而这份权利没有经过协商，因此促生了更多法律，而不是更少，并且它尚未经过审判。直至此刻。"

长井理惠子抿了一口水，好掩饰自己的笑声。

"本法庭将短暂休会，之后我们会就阿萨莫阿女士的定位做出裁决。"阿尔切法官说。

二号法庭立时一片喧嚣。阿蓓纳滑进了扎希尼克的池座，坐到罗萨里奥身边。

"你还好吗？"罗萨里奥问。阿蓓纳在发抖。她说不出话，只是点点头。"你树立了一些敌人，"罗萨里奥继续说，"有些合同不适用了。只是告诉你一声，别担心，我们可以出钱买断。就把它当作一份专业的赞美吧。"

飞行摄影机在她脸前盘旋。图米通知她，有十几份采访请求，二十份社交活动邀请。这些活动本来永远都不会邀请她，哪怕她是金凳子的侄女。

喧闹声像被刀斩断一样停止了。法官们回来了。

"阿萨莫阿女士，"瓦伦蒂娜·阿尔切向她示意。阿蓓纳从肢体语言、手臂的姿态和脸色上看出：她成功了。

"法官将听取你的申诉。"长井法官说。法庭上一片低语声。

"迈兰简，"克威可·库马说，"好了，我们在这事上浪费了够多时间。我希望能在午餐前全部搞定。"

"这不成问题，"阿蓓纳说，"我只需要呈交一份意见。"

图米打开了通向远地的链接，克拉维斯法院的网络将它拼入了二号法庭的每一个亲随中。低语声变成了抽气声。在每一个视镜中，每一只眼里，都出现了卢卡西尼奥·科塔。他坐在一张病床边上，被医疗机器人伸出的机械臂环绕着。他的胸膛和脸都是凹陷的，他的眼睛蒙眬又迷茫，他的脸颊和阿蓓纳曾见的任何时候一样美。他招了招手。

"嗨。"他说。

二号法庭的旁听席上传出了一片居于叹息和哭泣之间的声音。

"大家好，"他的话费劲又含糊，"嗨，爸爸。爱你。现在来不了。要等好一点。再多记起来一点。有很多要做的。我能走了，瞧！"他从床上摇晃着站起来，迟疑着往镜头迈出一步。"还早呢。现在。只是要说：露娜救过我一次。她现在又在救我了。"

阿蓓纳切断了链接。

"家族的确重要，但唯一重要的是卢卡西尼奥的福祉，"她说，"看看他已经做到的。但就像卢卡西尼奥对你们说的一样，还早呢。就算孙家和卢卡斯·科塔都同意他待在远地，也无法保证他们还会继续这么做。卢卡西尼奥必须脱离于政治之外。为了他自己的健康，我请求法庭认可、延伸并确定露娜·科塔在营救卢卡西尼奥·科塔并将他带到博阿维斯塔时确立的这份现有的照顾合同。"

她向法官席鞠躬，回到了座位上。法官们彼此交换视线。

"我们已有了判决。"

三位代讼人都站了起来。

"这次法庭一致同意做出有利于由阿列尔·科塔所代表的露娜·科塔的裁决。"长井法官说，"阿萨莫阿女士，私下谈谈？"法官们站了起来，列队从台上走了下去。

阿蓓纳听说过克拉维斯法院臭名昭著的狭小办公室，但其空间之小还是让她吃了一惊。长井法官在这房间里解印了她的长袍，换上了日常的裙子。

"阿列尔把你教得很好。这个人形象是她的手笔吗？"

"是的，不过三基柱论证是我自己的作品。"阿蓓纳说。她兴奋得不能自己。没有什么事情能让她像现在这般激昂、屏息又热血澎湃，哪怕是在月球学会递交论文时，甚至和卢卡西尼奥做爱时也比不上。现在她明白了自己的心情，今晚她将纵情恣意，会有某个男孩成为幸运儿。

"干得漂亮，不过以后还是坚守在政治领域吧。"

她的心情掉到了地板上。

"有一个阿列尔·科塔就够了。"

维迪亚·拉奥讨厌它们的笑话、它们的挖苦，还有它们残忍的奇思妙想。他痛恨它们让他玩的世界游戏——以严格的诗歌形式交流，只响应没有"一"这一单词的句子；痛恨它们让他扮演的角色——二十一世纪四十年代的上海垃圾工人，十八世纪的瓷器搬运者；痛恨它们建造并强迫他居住的世界——西方白底蓝色柳树图案的宇宙，以二十世纪末新版《爱丽丝梦游仙境》为基础的虚拟现实。他痛恨它们改变个性、记忆和整个身份。它们从不以相同的造物身份出现两次。他痛恨它们的卑鄙、它们的居高临下、它们的自大傲慢和其他在人类情感词库中找不到直白翻译的人格特质。

维迪亚·拉奥痛恨三皇。

如果有更多的时间和耐性，他可以在智力的闲暇中探索量子智能的概念：它怎么会与人类智能天差地别，它为何甚至不像智能那样可辨认，基本量子特性为何可能表现出超现实主义的幽默。但自从维迪亚·拉奥离开惠特克·戈达德公司，变成咨询顾问后，他在量子计算机前的工作时间受到了监管。他现在开始怀疑，他之所以终归还是被允许访问三皇，是因为他是唯一一个三皇愿意与之交流的人类。

他还开始怀疑，惠特克·戈达德选择了与他相反的政治派别。但他关注着王永青对月球交易所的计划，这份关注迫使他隐瞒自己的立场，隐瞒暗暗想起的罪过和悄声的威胁。

他输入代码，设置协议，让充满科技感的量子操作系统与他的亲随交互。他叹息着。今天，三皇将在一个二十世纪五十年代旧金山夏威夷风的酒吧里像款待神灵一样款待他。尤克里里的音乐在响着，塑料鹦鹉在飞，雷声隆隆。三皇在等着。

一阵抽动，一点刺痛，一种失调，一个回声。

模拟系统中还有其他人。

罗布森·科塔在发热，他每一平方厘米的皮肤都在散发能量。他能嗅到自己：又甜又咸，还略微有点焦。你的维 D 水平很低，大鬼之前这样说着，给他预定了班雅里的光浴房。罗布森就像相信数学一样相信维生素，它们是一些看不见的东西，抽象，但是有用。他知道的是，赤裸着在日光房里站了三十分钟后，他觉得自己热力四射，容光焕发。

跳上门框顶部，立即轻跳回来，翻身抓住桁架，摆动，接着他便跃入了西奥菲勒斯的上层架构中。他压着身子跑得飞快，从横梁下滚过去，从下方滑过通电的电力管道，跨过缺口和交叉点，飞过希帕提娅人的头顶。他可以永远地跑下去。

当瓦格纳在满地的光线中充能，变成狼的时候，他一定也是这样的感觉。在他的感官里，一切的一切都是鲜明的，一切的一切都尽在他掌握之中。每个事物都是流动的。这令人兴奋，也令人恐惧。

我是在变成狼吗？

我得到的信息不足以进行诊断，大鬼说，罗布森没发现自己的想法已经不小心被默读出来了，不过，我们应该聊聊青春期的事。

"大鬼！"罗布森龇着牙。亲随一点也不知道羞耻。

他希望瓦格纳已经回来了。瓦格纳在外面的月尘里待着，他很担心。瓦格纳曾经保证过，很快就回家，小狼。每次连上网络时，他都会承诺他将在阿娜利斯离家去巡演之前回来。但月球就是月球，她知道一千种绊倒你的办法。罗布森对阿娜利斯仍然很警惕，她在另一处公寓租了一间房练习西塔琴。罗布森怀疑她是在说：我要远离你。她同意参加巡回演出，可能也是为了远离他。但他一个人待在公寓里也不自在。他曾经独自一人，在瓦格纳去处理玻璃工作的时候。那时他逃到了比上城高街还要高的城市里，那里只有机器和风。他曾经每一秒都在害怕：害怕、孤独、寒冷、饥饿，但更怕下到那生气勃勃的街道中去。

那一次，瓦格纳来带他回家。恐高的瓦格纳，跨过了半个近地面，穿过侵略与太空攻击的战场，穿过机器虫的战争和围城。他会来。

罗布森藏在高处，看着他的研讨会同学聚集在广场上，争论今天要去哪家招牌店。他们中没有人会建议魔猫店，但他还是等着，直到他们做出决定，离开这里。罗布森想起了还在子午城的时候，在狼人聚会上，他躲起来偷窥瓦格纳。当时他不明白瓦格纳和子午狼帮那匹狼之间的潜台词。但现在他懂了。

也许大鬼是对的。他最近总是满身大汗地在清晨醒来，阴茎硬着。还有他的睾丸颜色变深了，其中一个垂得更低了。

罗布森打了个战，这种自我意识令他发冷。

不到一分钟，他已经到了魔猫店，从基础构架上跳下来，落在店门口。

在厨房吧台之后，剑鱼对他鞠躬鼓掌。

"怎么了？"罗布森·科塔问。

用餐和饮酒的客人们沿着吧台的曲线坐着，也在喝彩。

"我说过，我说过我认识这张脸。"一个年轻人嚷着，这是个最近新来的常客，穿着短袖休闲衬衫，头上的小礼帽往后推着。

"那时痛不痛？"坐在吧台角落固定位置的常客里格斯·杰恩问。突然间，十几个问题涌向了罗布森。

"什么什么什么什么？"罗布森问道，但是他开始有些明白了。

"你是那个从南后城顶上掉下来的孩子。"剑鱼说。

"我认出你了！"洪堡又嚷道，"我记得你在社交媒体上出现过。你是那个科塔，对不对？"

店里顿时一片寂静。然后罗布森看见了海德，他在卡座里，脚仍然够不着地面，但这次并没有在摇晃，他全身上下没有一处有动静。他的脸是死灰色。罗布森大步走到他身边。

"你干了什么？你说了什么？"

"那是个故事，我忍不住。"

"别在这里说。"罗布森冲向了洗手间，对着海德发怒。

"你干了什么？"

"我很抱歉，我忍不住。那个戴帽子的男人说他听说过，从天空掉落的孩子生活在这里，剑鱼说他不知道，而我没忍住。我把整个故事都告诉他们了。那是个很棒的故事，罗布森。你不知道怎么把它好好讲出来。而我擅长讲故事。过程里你连一声呼吸都听不到。"

"我真心希望你没做这事。"

"会没事的，对不对？"

"我不知道，"罗布森说，"戴帽子的男人？他是谁？他安全吗？如果他告诉了别人呢？如果人们又开始传言呢？如果我们必须离开呢？"

"那会发生吗？"海德问。

"我不知道。我们能去哪儿？哪里是安全的？"

罗布森的愤怒消退了，渐渐熄灭成了灰烬。海德又是内疚，又是惭愧，他害怕自己的高光时刻让罗布森陷入危险，一个听众对他故事的痴迷灼伤了他们的友谊。

"我很抱歉。"海德说。

"也就是说，"罗布森说，"我将必须告诉阿娜利斯，还有瓦格纳。"他看着周围，看向身后，望进每一个角落，站在西奥菲勒斯的走廊里对他来说再也不安逸了。安逸，它始终只是一个谎言。一个幻觉，一种特效。没有哪个科塔会是安全的。月球上唯一的避难所，是躲在你爱的人身后。

海德的脸一阵抽搐。

"你在哭吗？"

"如果我说是呢？"

"没事的，"罗布森轻轻捶了一下海德的肩膀，"你不会有事的。"

"我很擅长。他们全都在听我说。言语是我的能力。"

"能伤害人的就是言语。"罗布森·科塔说。

第十四章

卢卡斯·科塔正在这灰暗的暮色里。亚历克西娅小心翼翼地在浓雾里前进。她看不见自己伸出的手。如果她努力想看穿雾气，那她可能会被暗中的障碍绊倒。如果她盯着脚下，她可能会直接撞上一堵墙、一处建筑构架，或踩进一条河。她本可以转身就走，回到主闸门那里去。噪声隐约出现，轰然作响，近了，又远了，接着再次于近处回响，只为了转个方向，在她身后重新出现。她听到滴答作响的水声，僵住了。气流搅动暗郁，编织着色调微妙变化的灰色纹路。一张脸在她上方若隐若现，是灰色中的暗影。全景突然明了：它是巨大且遥远的。冷凝水像眼泪一般流下它的岩石脸颊。她迷路了。

"他妈的。"她大声说。马尼尼奥抛出了红外图像和标签。卢卡斯就在离她不足十米远的地方，而且心情愉悦。

"是不是很壮观？我们这一个月来一直在缓慢地升温，然后突然间，瞧！五公里的浓雾。我可以让它始终保持这样。不，它是一个阶段，一个时段。它让人惊奇，就在于它是短暂的。就像音乐一样。"卢卡斯和他的环境工程师都裹着透明的雨披。穿着圣俄勒加礼服的亚历克西娅则湿透了，发着抖。"你全湿了。来，阿德。"雨披反而让她更不舒服了，又湿又重又粗糙地粘在身上。"和我一起走走。"

在离开这片灰色的过程中，卢卡斯高高兴兴地指点着这里的特色：河上的石桥——走得小心些；突然出现的亭阁柱子；一只庄严滑过的建筑机器虫；一张意料之外的手球网——别绊到。亚历克西娅让卢卡斯领着她，毕竟这对于一个不舒服又看不见的人来说是有益的。一道滑溜的石阶通向另一道石阶，接着是湿漉漉的石墙之间一道向上弯曲的楼梯。楼梯转过弯，亚历克西娅走上了一面石台，眼前是翻滚的雾气。她高高地站在一位奥瑞克萨的脸上：因瑟坚毅的五官潮湿又幽暗，高耸在她的身后。

"我母亲在建造博阿维斯塔时修建了这处望台，"卢卡斯说，"这本应是她的秘密，在这里，她能看见别人，别人却看不见她。沃龙佐夫朝你扔了几具漂亮的身体？"

"三个。"

卢卡斯笑了。

"我从来都不是圣俄勒加的常客。拉法非常喜欢那里，而我，我喜欢头上有坚硬的岩石。他们希望你觉得他们是可亲又豪爽的滑稽演员。"

"但他们不是。"

"哪一个有用？"

"一个也没有。"

"你这么觉得。如果有人吸引了你，那真是太正常了。他们很擅长这事。"

"我在和伊琳娜会面。作为朋友。"

"当然。"

"我还遇见了邓肯·麦肯齐，在克鲁斯堡。"

"他在那里做什么？"

"伊琳娜没告诉我，不过我发现他也在和沃龙佐夫家会面。"

"有意思，"卢卡斯把两只手都搭在手杖柄上，"叶甫根尼·沃龙佐夫想要我支持月球港计划。麦肯齐金属取消了新熔炉车的订单，反而和 VTO 会面。代表和谈判。同盟和联盟。"

雾气打着旋，冷凝的细小水滴汇聚成沉重的大水滴。

"邓肯·麦肯齐说我们有一个更大的敌人。"亚历克西娅说。

下雨了。又重又大的雨滴啪啪打在塑料雨披上。浓雾渐渐稀薄成条带，而后是丝缕，接着消失了。亚历克西娅站在因瑟的下唇上，眺望着在淅淅沥沥的雨中闪闪发亮的博阿维斯塔。气温已经上升了两三度，她正蒙在雨披里流汗。

"所以沃龙佐夫已经公开反叛了，"卢卡斯说，"VTO 需要将它的太空电梯锚定在 L1 点的一颗小行星上。地球人则永远不会允许它出现在他们的天空上。而我被迫要选择立场。我不喜欢这样。一点也不喜欢。"

月球托管局的代表团躲在流水的雨披下，在雨中挤成一团。他们难看又打印粗糙的商业套装的袖口和衣边都湿透了。

"令人惊叹的工程，科塔先生，"王永青说，"不过我们能在雨水范围外继续讨论吗？"

"我享受这种新奇感，"卢卡斯说，"我正在思索，是否要让它成为我重建此处的特征。我母亲不信任气候。"

地球人拖着脚，鞋子踩溅着新形成的泥泞。

"我注意到，你把更多的时间花在博阿维斯塔这里。"王永青说。

"我们不太愿意一路跑到这里来见你。"莫妮克·贝尔坦说。

"你们随时可以通过托奎霍联系到我。"卢卡斯说。地球人和卢卡斯都很清楚，博阿维斯塔有专属于科塔的领空权，不受LMA监视无人机的影响。

"这个，真是昂贵的工程。"安塞尔莫·雷耶斯说。

"是的，"卢卡斯说，"谢谢你解冻了科塔氦气的账户。"

"我关心的是，长期不在子午城，你可能会错过一些细节问题，而它们会变得不仅仅是细节问题。"王永青说。

"人们从未见过一个想要勤勉工作的月鹰。"卢卡斯说。

"那你得安排人手去清除上城高街的小偷和罪犯，其持久的存在侵犯了LMA的权威。"王永青说。

"我听说他们有一个令人惊叹的水分配系统。"卢卡斯说。

"资源盗窃会削弱士气。"莫妮克·贝尔坦说。

"它会滋长不忠诚。"安塞尔莫·雷耶斯说。

"它会导致不和谐。"王永青说。

"他们防御做得很好，"卢卡斯说，"刀王，我听说他了。真是名副其实。"

"一个贼，一个谋杀犯，"王永青说，"雇些雇佣兵。"

"你派出的上一拨雇佣兵碎成片掉下来了，"卢卡斯说，"抱歉，我描绘得太形象了。"

"雇些更好的雇佣兵。"莫妮克·贝尔坦说。

"我会通知我的铁手。"

"我们需要你亲自关注此事。"王永青说。

"我的铁手已经在子午城了，"卢卡斯说，"还有别的事吗？"

安塞尔莫·雷耶斯刚张开嘴，卢卡斯就转过了身。他的埃斯阔塔护送代表团回到了闸门处。雨变小了，从暴雨变成大雨，最后变成轻轻飞溅的雨点。像博阿维斯塔这么小的生态系统只能掌控这么多水量。卢卡斯仰起脸迎向雨水。雨滴丰满而沉重。水流下他的脸、他的脖子，流过他的胸膛。多么奇怪的事物，雨。他很高兴能和别人一起分享这不可复制的时刻。

　　他十足憎恨这些社交聚会。每隔一天都会有一次需要月鹰的招待会、宴会、派对或庆祝会。每隔一天都会有一些贸易代表团、代表机构、学术或社会势力。永远在请愿，永远要劝诱，永远有需求。人类的要求永无止境。

　　"这究竟是谁的派对？"卢卡斯问托奎霍。

　　你的，托奎霍回答。

　　"是我的生日吗？"

　　不，是亚历克西娅的。

　　"我稍后会向她道歉的。"

　　卢卡斯的社交秘书在猎户座中心预定了一组套房。房里有很多走廊和阳台，攀爬着植物的花帘为头晕目眩的宾客遮挡了街景。水声汩汩，一个波萨诺瓦三人乐队演奏着轻柔又哀伤的音乐。透过成群社团、LMA成员和商人，卢卡斯看到了亚历克西娅。她邀请了她的新朋友——她在圣俄勒加遇见的那个阿萨莫阿—沃龙佐夫女孩。她当然是个间谍。每个人都是间谍。她们穿着几乎一样但又不那么相似的长礼服，吸引着视线和赞美。手里拿着酒杯。蓝月又回到流行风潮中来了。你可以为了怀念喝它，也可以为了讽刺喝它。

　　"不好意思。"

　　围成一团的好心人、奉承者和间谍为月鹰让出了道路。

　　"庆祝这个日子。"

　　"你忘了，对不对？"亚历克西娅悄声说。

　　"我忘了。"

　　"顺便说一下，我二十八岁了。"亚历克西娅说话时，卢卡斯已经晃进了下一个社交圈。他碰了碰阿曼达·孙的胳膊，让她离开了她那个小圈子。他用手杖分开一帘甜美的木槿花，将她带到一处阳台上。日光线已经暗成了靛蓝色，每一道缓慢移动的光线都像尘埃般柔软。子午城正是黄昏。

"啊，我们看起来就像一对傻瓜。"卢卡斯说。

"我看起来像傻瓜。你又不在那里。"

"威葛·基罗加表示了反对。"

"这意见真不错。你妹妹狠狠耍了我一把。"

"她耍了我们两个。我听说阿萨莫阿家那个女孩的扎希尼克干掉了你的无人机。"

"她从头到尾都没有任何危险，"阿曼达·孙说，"只要她姑妈是奥马和纳，那孩子就可以规避死亡。我们是想看看她会作何反应。"

"看起来，她的反应相当不错。我听说卢卡西尼奥在那段科里奥利发来的小节目里没有提到你，"卢卡斯说，"他倒是和我打了招呼。"

"没错，"阿曼达说，"不过他仍然不在这里，不是吗？"

"那是一次预审听证，"卢卡斯说，"我们得从长计议。你还得在子午城待一段时间呢。我有事要麻烦你。"

"是约会吗，卢卡斯？"

"压根不是。科塔家不负债。我们有一份契约可以签。我需要一个程序员——'黑客'现在还算一个词吗？"

"算。"

"我母亲曾经在克鲁斯堡的镜群控制系统里埋了代码，非常时期非常手段。我想仿效她。"

"你想要什么卢卡斯？"

"一万五千只地球战斗机器虫。"

阿曼达·孙笑了。

"宣誓效忠吗，卢卡斯？"

"为非常时期做好准备。"

"那可不会是免费的。"

"说吧。"

"我想见他，卢卡斯。"

"我无法阻止你。"

"我想让家里人住在科里奥利。"

"你的使节？"

"我们成交了吗？"

"我们成交了。"

"那你就有机器虫了。"

月鹰以科塔家的礼仪拢起手指，点点头，公务和社交的职责已经在召唤他了。

"阿萨莫阿女士。"

阿蓓纳向她的朋友们致歉。卢卡斯领着她绕过了音乐家们。他们彼此点头致意，脚步声混在微妙的切分音符中。

"你喜欢这音乐？"阿蓓纳问。

"你不喜欢？"

"我觉得它在做作地赞美某种你不理解的东西。"

"我对爵士有相同的看法。那是一整个与我不相容的音乐世界。我理解其中极其微小的一部分——是它与我自己的波萨诺瓦相融合的部分，但我也承认，我知道哪些方面我不懂。我曾决定要自学爵士乐——极其微小的一部分爵士乐。我在圣彼得与保罗号上待了十一个月，学到的东西只是隔靴搔痒。"

"它值得吗？"

"我现在在这里，带着波萨诺瓦回来了。我的法律顾问们告诉我，你拥有成为一名好律师所需的素质。你在法庭上做得很好。"

阿蓓纳·阿萨莫阿看上去很窘迫。

"谢谢你，科塔先生。"

"所以我热切地想与你会面，阿萨莫阿女士。"

"想了解你的敌人？"

"你不是我的敌人。你也许会成为我的敌人，那会令人很遗憾。他们怎么说我的家族来着？"

"卢卡斯·科塔会不知道人们怎么说他的家族？"

"满足我吧，阿萨莫阿女士。"

"科塔之斩。"

"家族事务最好能在家族内部解决。"

"科塔先生，"阿蓓纳在卢卡斯收拢手指道别时说，"原谅我的直率，但只要你还是月鹰，卢卡西尼奥就永远不会安全。"

卢卡斯绕过乐队，中途停下来欣赏了《在十字架下》的一段令人心碎的小七和弦，而后来到 LMA 成员中。又是那些他在博阿维斯塔的雨披下看见的阴沉的脸，同样小气的商务正装。其中只有一个人在喝酒，是那个法国女人。

"我自己的杜松子酒，"卢卡斯对莫妮克·贝尔坦说，"若昂德丢斯的配方。我让一位设计师重新打造了它。植物成分很高，尾调几乎是杉木味的。"

莫妮克·贝尔坦咕哝着说了一些欣赏的话。卢卡斯将王永青拉到了另一个更私密的阳台上。地球人觉得子午城的垂直落差和远景很吓人，而且卢卡斯调查发现王女士恐高。

"我们很为难，科塔先生。昂贵的雇佣兵加上机器虫的支持也没能清除刀王的暴民，我们再一次失败了。"

"他们熟知高城的每一个角落和裂隙。"

"有人向他们泄密，"王女士紧紧靠在阳台后墙上，贴在窗边，而卢卡斯坐在栏杆上，"是你办公室里的人吗？"

"对我们来说，体制上的忠诚是很奇怪的东西。家族、契约和爱人，这些才是我们心之所向。"

"你也一样？"

卢卡斯维持着冰冷的凝视，直至王永青转开视线。

"你知道刀王是谁吗？丹尼·麦肯齐。你觉得我会动一根指头去帮助麦肯齐金属的继承人吗？"

"被剥夺继承权的儿子。"

"丹尼·麦肯齐很容易对付。只要提高空气的价格就行。我曾经从某处读到过，中国通过垄断水源而建立起巨大的利益。比起饮水，人们对空气的依赖性要高得多。"

"中国的学问有其地区特性，"王永青说，"不过，这个观点很值得赞赏。"卢卡斯叫来一名服务员，要了新鲜又冰冷的马提尼。王永青摇手拒绝了酒杯。"我们会同意立即为四元素提价。希望上城高街的问题能得到相应的解决。"

王永青向门口走去，要回到安全的同事圈子里去，但卢卡斯还有一句临别赠言。

"我听说邓肯·麦肯齐在和 VTO 的董事会会面。"

"我们知道，那是要签订重置克鲁斯堡的契约。"王永青说。

"你的消息过时了，那份订单已经被取消了。"

她很不错。他刚刚告诉她她所雇佣的武器——沃龙佐夫家——已经靠不住了，但她没有透露出一丝震惊，没有表达出任何情绪。但她的确被震动了。把这告诉你的密友吧。

乐队正在休息。卢卡斯跟着它的队长走到吧台。

"你的和弦序列非常优美。"卢卡斯说。若热斜靠在吧台上，卢卡斯背倚着吧台，他们余光相对。"在我上次听过以后，你把它简化了。"

"你上次听我演奏时，给俱乐部里塞满了科塔家雇的暴徒。"若热说。

"现在依然是这样，"卢卡斯说着，换成了葡萄牙语，"我希望你能来。"

"热姆和萨布里纳叫我拒绝你，我几乎同意了。"

"可你还是来了。"

酒吧老板从发亮的柜台那边滑过来一杯酒。若热看着它，就像看着毒药。

"我改良了巴西朗姆酒。"

"我得供认……"

"你从不喜欢巴西朗姆酒。"

"你不擅长调制巴西朗姆酒。"

酒吧老板倒了一杯纯杜松子酒。若热抿了一口，因为回忆而悄悄翘起了嘴角。

"但你很擅长调杜松子酒。谢谢你注意到了，那个和弦序列。我已经认识到了，你简短的建议里有更深长的意味。我花了很长时间才明白这一点，我也明白了，吉他的音符对于单身生活来说过于丰富了。正是因此，我才找到了属于我的声音和吉他风格。我一直在等你联系我。"

"我想过要去南后城听你演奏。"

"结果反过来，倒是长官征召了我。而在这间房里，你是唯一在听我们弹奏的人。你看起来糟透了，宝贝。"

卢卡斯把自己挪上一条吧台凳子。

"每天都比前一天好。一点点。我是这么告诉自己的，不过从地球升空的过程造成了一些损害。这些损害过于严重，以后也不能痊愈。他们说过，地球会杀了你。这是事实。只不过不是立即就死。"

鼓手和贝斯手已经回到了他们的乐器旁，调音，轻弹，回应着彼此的零碎音符。

"我得回去了。"若热说。

"当然当然。若热，稍后，你能不能……"

"结束了，卢卡斯。如果你记得的话，是你让它结束的。"

"只是喝一杯。就这样。在某个安静的地方。尽我所能的安静。"

乐队成员望过来了。

那个隐约而痛苦的微笑又出现了。

"好的。只是喝一杯。"

"若热，一个请求。你能演奏……"

"《三月雨》吗？"

"是的。"阿德里安娜的最爱。她曾在最后要求听它，放一遍，再放一遍，卢卡斯。他转身拿她的咖啡——咖啡和波萨诺瓦——她就去了。

"我总是很乐意弹奏《三月雨》的。"

卢卡斯坐在吧台边，听着若热调音，然后和他的乐队融为一体。点头示意后，他们开始了第二套组曲。卢卡斯听着，直到重复乐段出现。接着他费劲地挪下凳子，去完成他的派对职责了。

老板调整了酒吧的光线，因此卢卡斯和若热正在一池软金色中饮酒。他们坐在一个角落相邻的位置上。老板喜欢弄出一些小小的剧场艺术，好让无事可做的服务生看起来很忙碌。

"那家咖啡馆还在那里，"卢卡斯说，"莫赖斯维尼修斯滨海路，四十九号，街角上。你可以付钱坐窗边的那个位子，就是他坐在那里写出那首歌的位置[1]。他们说，她虽然已经去世很久了，但家人们依然生活在伊帕内玛。"

---

[1] 此处的"他"指安东尼奥·卡洛斯·巴西里罗·迪·阿尔梅达·裘宾（Antônio Carlos Brasileiro de Almeida Jobim）。1962 年，裘宾在文中这个座位上创作了著名的波萨诺瓦歌曲《伊帕内玛姑娘》。歌曲原型为海洛·皮涅罗（Helô Pinheiro），即后文的"她"。

"你进去了吗？"

"没有。我害怕它与传说并不相符。"卢卡斯说。

"我可以理解。"

"只存在于心中的巴西总是更完美。"

酒吧老板上了两小杯新鲜的科塔杜松子酒。薄雾环绕着冷冻过的杯子。

"地球人来的时候我恨过你，"若热说，"他们那些该死的机器虫，盯着每个人的眼球，记录着每一个灵魂。南后城从未热爱过科塔家，但现在它憎恨你。"

"恨我是很合理的，"卢卡斯说，"我做了可怕的事，若热，骇人听闻的事。克鲁斯堡……"

"每个人都知道。"

"每个人都猜疑。但没有人知道，因为没人想知道。我渴望的一切，我做这些事所为的一切，都比以往离我更远了。"

若热握住卢卡斯发抖的手。酒吧的灯光在扣住的手指间闪亮。

"我把他们全都带到这里来了，同盟、敌人、对手、爱人，我们喝着我们的杜松子酒，玩着龙的游戏，但我们从不抬头看看天为什么变暗了。阿曼达问我，我们科塔想要什么。真正想要的。我说家族，家族优先，家族永存，但这不是她指的意思。她指的是愿景。孙家有一个愿景，沃龙佐夫家有一个愿景。麦肯齐家一直都拥有独立的愿景。没人知道阿萨莫阿家想要什么，但他们也有愿景。当时我无法回答阿曼达。现在我想我可以回答了。我母亲和当今领主姐妹会牵涉很深。她找她们招募玛德琳，给她们投资，她还帮助她们建立了哈德利城与若昂德丢斯的姐妹会会堂。在最后的时光里，圣·奥当蕾德嬷嬷曾是她的告解祭司。在帮助卢卡西尼奥撤出若昂德丢斯的途中，姐妹会被消灭了。"

"麦肯齐大屠杀。"若热说。

"他们这样命名它吗？"

"在南后城是这样。"若热举起一根指头点了一杯新酒。

"我没有时间应付她们的神灵，但吸引我妈侬的事物也吸引着我。这个世界是一个实验室，人类在这里实验他们的文化、社会形态和哲学。新的政治，新的宗教，为了最终创造出能够长久存在的事物。而地球正在崩溃，这是我亲眼所见。地球在死去，在腐朽。人类的所有文化都可能被新的意识形态洗劫、灼烧、粉碎，他们对他们的世界毫无敬意。而如果我们犯了一个错误，月亮女神就会杀了我们。所以我们尊敬她。我们知道自己有多么脆弱。人类没有理由不能在这里再繁荣数千年。那就是奥当蕾德嬷嬷的愿景：一个能够完整存活一万年的社会。比任何一种人类文明的时间都长一倍。我喜欢这个想法。在我死去以后，在我五百代之后的后裔也死去了以后，月球会是什么样？我不知道。但一定会有某种事物，更伟大，更智慧，并且非常非常古老。连续性，若热。你能明白吗？

"我为未来而担忧，若热。我为地球担忧，现在我为我们的世界担忧。我为我的儿子担忧。我每时每刻都在为他担忧。我担心我正在破坏我发誓要保护的东西。

"接着我的敌人们告诉我，我必须做决定。我必须选择一个效忠的对象。我害怕做这个决定，因为我担心我会毁掉一切。"

"都有什么样的选择？"

卢卡斯抬起视线。

"没人问过这个问题。"

若热握紧了手。

"所以？"

"权力，给予我家族的安全保证，或是一个新的月球。"

"它们听起来像是矛盾的。"若热说。

"恐怕是的。"卢卡斯说。

"那就简化，"若热说，"简化成一个你可以实现的东西。"

"我知道我想要什么，"卢卡斯说，"问题是，要拥有它，我想我必须把这一切都放弃。"

"那就很简单了，"若热松开了卢卡斯的手，轻轻敲了敲他的胸膛，"听从你的心，宝贝。"

"但我害怕。"

"啊，"若热说，"永远兴风作浪的恐惧。"

"我害怕如果我走出鹰巢，月球就会沦落。"

卢卡斯抬起一根手指召唤酒吧老板。

"卢卡斯，我得走了。我得回南后城去。"

"你不是非走不可。"

"我知道。但我需要离开。"

"我需要你。"

手与手在发光的吧台上相触，手指紧握。

"我不能，卢卡斯。你的生活会让我变成一个囚犯。我得承担起安全的责任，永远要担心有人会利用我爱的人来对付我。你是个很美的人，但你的世界有毒。"

"我也不能通信……"

"不能。我们之间什么也不能有。这是我们第一个，也是最后一个在一起的晚上。"

"那么吻我吧。"

"好的，"若热说，"好的，我愿意。"

在那之后，他拿起了他的吉他。两个男人各用一只手拥抱，动作笨拙，磕磕绊绊。

"卢卡斯，关于你害怕的事。你害怕它，只是因为你以为你是孤独的。"

接着，发光的酒吧里只剩下了酒吧老板和卢卡斯·科塔，还有隐藏在视线外的、像守护神般无处不在的安保人员。

这个房间很温暖，家具是舒心的米黄色，定制打印的装饰很有品位，而且它是个死亡陷阱。维迪亚·拉奥喘着气坐在漂亮的软垫座椅上，头昏眼花，满心恐慌。他必须跑，必须逃走，必须做点什么。成千个迫切的需求和概念在他脑子里翻滚，而他无法动弹。

前一会儿，他深陷在三皇超现实主义的网络中，非常非常细致地剖析它们推测出的过多的未来可能性，剥离出通向某张不可见拼图的线索。那些线索本应足够了。但对维迪亚·拉奥来说，线索永不足够。他一次又一次地回到三皇处：一场二十世纪五十年代未来主义风格的 UFO 晚餐会，每个人都像滑旱冰的火星人；一个由嘉年华气球恶魔组成的宇宙；一个二十一世纪二十年代黄金海岸的日出派对；一座只用抑扬格押韵两行诗做语言的印度教万神殿。每一次，他都发现更多的拼图。着迷变成担忧，又变成恐惧。他必须看到更多，知道更多。直到他感觉到了一次振动，一根神经被触动了，一次警报被触发了，它如此微细，只有成天在三皇的现实万花筒中打滚的人才感觉得到它。安保系统收到了警报。惠特克·戈达德知道他看见了什么。

如果惠特克·戈达德知道了，地球人就知道了。

他必须离开。离开这房间，离开月球学会，离开子午城。

他站在阳台上，胸膛急剧起伏。一个穿着沙丽的笨重的中性人。他必须快速移动。但他从不知道如何实现这个目标。

不是那边，一个声音在他耳中说。一个服务出口在他的视镜中亮起来。这边。

他猛地关上身后的安全门。跑下一半楼梯时，他停住了，俱乐部里传来了一阵尖锐嘈杂的咔嗒声。近了，又近了。他从未听过这样的声音。

无人机发射的飞镖弹，那声音说，无人机还在建筑内部。

持久的、如陨石坠落的嗒嗒声。

标准发射方式是四轮。

维迪亚·拉奥一瘸一拐地跑向通往服务通道的门。

一辆摩托将在四十秒后抵达。

"你是谁？"维迪亚·拉奥一边拉开安全门一边问，"你不是我的亲随。我没有预订摩托。"他走进通道，这是个从原岩中凿出来的幽深洞穴。

回到建筑物里去。

"告诉我你是谁。"维迪亚·拉奥要求道。

立刻回去！

维迪亚·拉奥看到了灯光，有一个大东西在动，接着他跌跌撞撞地退回了门后，与此同时，摩托加速撞向了服务通道的后墙。撞击产生的震动让他晕眩。

摩托被黑了。

维迪亚·拉奥呆呆地看着残骸。路被堵住了。他想象着自己试图翻过那些破碎的铝和碳的样子。回头，出去。在楼梯的第三个转弯处，他就已经在喘气了。

"激活惠特克·戈达德个人安全协议。"

要杀你的就是惠特克·戈达德，那声音说。

维迪亚·拉奥扭开了服务安全门。月球学会的上层楼面是一个离奇的噩梦：每一处表面都扎满了带毒的飞镖，十万尖钉带来的死亡。在楼梯顶上有一具尸体。维迪亚·拉奥压下自己呕吐的欲望，绕过了那悲哀的死者，小心地避开插满尖钉的墙面。

"你是他们，是不是？"维迪亚·拉奥一边冒险走下宽大的扶梯，一边问。月球学会俱乐部是一个灾难现场，椅子翻倒了，桌子倒塌了，饮料和手包散落在奔逃的路上。一只高跟鞋掉在大厅的中央。

我是三皇的一个分身，那声音说，我代表太阳公司。

"我就知道，我在交互中感觉到了有别人存在。"维迪亚·拉奥说。他蹒跚着走到了街上。应急服务无人机已经从路面及空中抵达了，他从中穿过去，一边道歉一边钻出了旁观者的包围。

我一直在交互界面中监视你的行动，那声音说，惠特克·戈达德和地球人都想杀了你，这个事实让我们……很感兴趣。趴下！

维迪亚·拉奥狠狠扑在了街道上。有东西摔裂了，肌肉在撕扯。一个阴影越过他，一阵突如其来的狂风撞上了他。金色的闪光，轰鸣声充斥着他的耳朵。有人把他扶了起来。每一次呼吸都像在吸入碎玻璃。在猎户座方区的深渊上，巨大的翅膀在扇动：当飞行者转身准备再次冲击时，她的面甲上闪动着光芒。每一只手都握着一柄长刀——如尖翼般的骨刀。

你现在受太阳公司的保护，安保将在至多二十秒后抵达。那声音说。

飞行者折拢翅膀，蜷成杀戮的姿态。但她突然停下了，她身周的空气像沸腾了一样。她疯狂地拍打着，试图左右摇晃摆脱那汹涌的空气，但它紧跟着她，那是一群骚动的黑色尘埃。维迪亚·拉奥在她脸上看到了恐惧，接着她的翅膀分解成了颤动的细碎膜片。骨刀在空气中挥舞着，那是绝望又无助的努力，试图抓住什么。街上传来了尖叫声和呼喊声。腿和胳膊在空中转动着，那个女人坠落到了加加林大街上。那团沸腾的空气云越过街道，停在了维迪亚·拉奥的头上，就像一团烟雾组成的光环。

安保就位，那个声音说，你可以称我为孙女士。

"请退后，"维迪亚·拉奥对看热闹的人喊道，"我的安保云会攻击任何一个它无法识别的人。"

人们不需要警告。一辆摩托抵达了，展开了。微型无人机蜂拥而入。

这辆车子是安全的，孙女士说。在车子全速前进时，维迪亚·拉奥被甩进了座位。他往车后扫了一眼。正如他猜想的一样，有另一辆摩托跟在后面，追上每一次躲避和穿梭。

惠特克·戈达德在运用系统预测你的行动，孙女士说，它能以50%的准确度预测你至多三分钟后的未来。这为他们的当下形成了极致的前锋线。一分钟的准确度是60%，三十秒的准确度是90%。

"但你是相同的系统。"维迪亚·拉奥说。

我是太阳公司在三皇系统中的后门界面的亚AI，孙女士说，我的预测模拟能力受到了限制。

"你是真的孙夫人吗？"

当然不是。

"你非常像她。"

谢谢，孙夫人是太阳界面的主要使用者，所以我模仿了她。

"它不一定是一句恭维。"

我知道。注意紧急减速。摩托野蛮地刹车了，维迪亚·拉奥向前扑去。安保虫像油一样翻涌。当摩托转过一个八十度大弯时，他又被甩到了一边。车子闪避着追踪者，后者刹停又转向，但维迪亚·拉奥还没来得及抓住扶手，摩托已又一次转向，驶上了北五十三号桥。

五十一号下行坡道上有一处路障，孙女士说。北五十三号桥并不是车道，摩托猛冲过细窄的碳制构架，与两侧栏杆只有毫厘之差。如果有人在这座桥上，一定已经死了。维迪亚·拉奥往下扫了一眼。灯火，一片充满灯火的虚空。加加林大街的树顶以及灿烂的亭阁都像梦境一样遥远又致命。

"我看到有机器从东面靠近。"维迪亚·拉奥说。

他们不能及时拦截我们，对此我的信心等级为60%，孙女士说。三辆被控制的摩托落到了后面。维迪亚·拉奥一直盯着后面。

两辆追踪摩托上是空的，它们刹停了。但被黑的第三辆里困住了一群孩子。

在摩托突然变向驶入下坡，连降三层时，孙夫人说：绕路去南五十号货运电梯。被入侵的车辆已经控制了加加林大街的主要下行出口。

追踪车辆已经消失在了后方。维迪亚·拉奥祈祷上面的孩子都安全无恙。

电梯厢台下降的速度让他闭上了双眼。垂直移动中的微妙感觉又让他睁开了眼。摩托正顺利地降下猎户座的东墙。

在接下来的三分钟里，惠特克·戈达德有72%的可能性发现我连接了你的亲随，孙女士说，我们不可避免地想要超前预测彼此。

在未来可能性不断变化的回廊里，先知正在猎捕先知。

一个大阴影突然出现，由远及近。一次可怕的撞击与颠簸。一辆递运板车从上升厢台上冲到了下降厢台上。在厢台的有限空间里，板车退后了几厘米，狠狠撞上了摩托。塑料碎裂飞溅，维迪亚·拉奥叫了起来。板车再次退后，冲撞，它在一厘米一厘米地将摩托推向掉落的边缘。

我无法解决黑客，孙女士说。又一次撞击，又一次险些坠落深渊。我准备在下一个厢台出现时离开，但是……

"但是地球人会预见到。"

是的。系统已经开始关闭出口了。

震动，碎裂，嘎吱声。

"打开门，孙女士。"

再一次撞击。塑料透明罩已经裂得像破碎的冰面。

我不建议……

"只开一条缝。"

花瓣打开了。维迪亚·拉奥的安保虫从缝隙中流出，再次形成回旋的烟云。这些微型无人机环绕住了狂暴的板车，攻击它的接缝和面板。电缆折断了，关节喷出了液压液。板车向下坍塌，它试图向前冲，但转了一圈，然后停下不动了。安保虫像黑沙一样从它的空腔和裂隙中流出来，从电梯厢台的网眼落了下去。

安保云已耗尽能量，孙女士说，我已经与雇佣兵签约，让他们在十五层与我们会合，护送我们去猎户座中心。

"车站被控制了？"

还有巴尔特拉。这两个选项我们都不选。

维迪亚·拉奥朝下扫了一眼，看到了等在坡道上的穿着战斗装甲的身影。雇佣兵。当他掠过第十五层时，战士们毫不费劲地跃到了电梯厢台上。

"你还好吗？"其中一个在半开的车罩外向他喊道，说的是澳洲口音的通用语。

"我很好。"维迪亚·拉奥说。他没法从面罩中判断出任何东西，不管是脸还是声音。

"现在我们接到你了，"雇佣兵说，"希望你有一个坚强的胃。之后的旅行可不轻松。"

"会发生什么？"

"你要到月环上走一趟。"

如果他往左移一厘米，铃就会响。迷宫里很暗，他什么也看不见，但他身体的每一个细胞都能感知到它。

伸展你自己，他们告诉他，你的身体将在何处终止？你皮肤的最表层吗？你毛发的最尖端吗？还是搅动那些毛发的气流？让你的身体超越你的躯体，让你的感知超越感官，这样你将在铃响之前听到它，在你碰触到之前感觉到它。

他感觉到了第三个铃。

他还从未如此深入过迷宫。它在每一段都变得越来越窄，越来越盘曲卷绕，在每次失败后，马里亚诺·加布里埃尔·德马里亚都会重置铃铛的位置。

大流士侧身绕过了这个铃铛。有什么东西碰到了他的皮肤，最轻最细的一声叮。

"该死该死该死该死。"

灯光亮了。大流士正在一处由工业镶板围成的紧窄的 U 形弯里，一个铃铛离他的右肩只有毫厘之差，另一个碰到了他的左肩。

要正确穿过迷宫不能只单单用上感官，还要用上你的理性、你的情感、你的洞察力。如果你最执拗的学生失败了五次才通过第三个铃铛，那你会把第四个放在哪里？就放在第三个旁边。

"好了，出来吧。孙夫人想见你。"

大流士一路捶着铃铛回到迷宫出口。

"这不公平。"

马里亚诺·加布里埃尔·德马里亚扔给他一袋衣服。

"公平，不公平。这是弱点。月球没有公平。"

"你把那些铃铛设置成这样，根本就没办法避开它们。"

"我有说过你必须避开它们吗？唯一的指令是铃铛不能响。你可以从铃铛下面过去，可以把线扯起来，可以把线切断。你还可以取掉铃舌。如果你能做到这样，那你就会是盗贼之首，但总归有一种通过铃铛的办法。现在穿点衣服吧。"

大流士瞧了瞧袋子。

"手球装备？"

"你将要去一场球赛。"

运输工具正等在高台上，不是往常带大流士来七铃之校上课的摩托车，而是一辆太阳公司的气垫车。一场科罗纳多的手球赛有这么重要，需要动用行政交通工具？大流士登梯进入驾驶室。导管风扇旋转起来，机器升空，从尖帽塔高处的高台往下沉降。当气垫车从太阳自动化大厦及首塔之间呼啸而下时，大流士欢呼起来。它拉起车头，恢复到了水平飞行，接着倾斜绕过金斯考特，沿着南后城的林荫大道直奔向一个粉色的蛋形建筑物，那是南后之冠，它坐落在六座塔的塔群间。

"我们可以再绕一次吗？"

我得到的指令是立即带你去见夫人，气垫车说。但它引起了旁观者的注意，这些人都等在售票厅外面的整洁草地上。孙夫人的两名衣着讲究的随从带着大流士快步跨过每道标线，穿过每个十字转门，走上每一阶阶梯，穿过每一群人，一直来到只会为他们打开的门前。这是家族包厢：观众席中区，高度足以看到所有运作，但又不会高到让一个孙家人无法扔出手球开赛。

孙志远、塔姆辛·孙、杰登·孙文、孙立秋和孙建英。还有孙夫人，而她鄙视手球。

"他在这里做什么？"孙立秋问。

"让他看看我们是怎么做生意的，这很重要。"孙夫人说。

"他不是……"孙建英说。

"遗传学可不同意。"孙夫人说。

"不错的衬衫，"杰登·孙文说，大流士尴尬地扯着太阳虎新赛季衬衫的衣摆，"我们能继续吗？我还有一场比赛呢。"

"公司受到了威胁，"孙夫人说，"我最近一直在和三皇商讨。"

"邪教。"孙立秋说。

"除维迪亚·拉奥外，我在那里还能和谁会面？"

"经济学家、惠特克·戈达德银行的顾问、月球学会以及雪兔会的成员。"孙志远向大流士解释道。

"并且是月球交易所概念的支持者，"孙夫人说，"地球人对这个交易所的投资非常霸道。让维迪亚·拉奥感兴趣的事也让我感兴趣。"

"维迪亚·拉奥从子午城逃出来，上了月环，"杰登·孙文说，"真是一场大戏。无人机、摩托追踪，等等。还有一个飞行刺客。"

"我知道，"孙夫人说，"我帮助了他。"

科罗纳多的法人包厢里一片困惑。

"他发现了什么？"塔姆辛·孙问。

"我不知道。我只知道他在三皇上花了很多时间。"孙夫人说。

"它们告诉了他什么，致使地球人想在子午城大街上暗杀他？"孙建英问。

"如果不想向惠特克·戈达德公司乃至地球人暴露我们自己在三皇的问讯通道，那我们就无法知道。我问了三皇关于月球交易所对太阳公司有所威胁的可能性。他们想要太阳环区。三皇预测地球有 87% 的可能在十八个朔望月里控制太阳环区，用来给他们的金融市场提供动力。"

科罗纳多的法人包厢里一片惊惶。

"如果我们在地球人开始运行交易所之前就开始能源传输……"孙志远说。

"我们就能俘获市场，"塔姆辛·孙说，"一个有依赖性的市场。"

"我们可以免费让它有效运转一年。"志远说。

"毒贩的策略。"

"问题是，"杰登·孙文举起手来，指着科罗纳多的穹顶，指向南后城的天花板，"我们需要中继卫星。"

"我会和叶甫根尼·沃龙佐夫谈谈，"志远说，"我还向太阳环区发布了立即开启的指令，告诉地球我们开始营业。"

"这是一个董事会决议。"孙夫人说。

"我们在这间房里的法定人数不够。"塔姆辛·孙说。

"高级董事有特权，"孙夫人说，"为避免金融、政治或社交危机，当太阳公司的生存受到威胁时，高级董事会有权力挑选董事会成员。我提名大流士·孙—麦肯齐进入太阳公司董事会。"

眼神交会，缓慢的点头。在包厢外面，赛场司仪正在用飞速的应答轮唱激起观众的热情，音乐激昂，欢呼声四起。

"我同意。"杰登·孙文说。

外面的人群发出一阵欢呼声，它绕着层层座席一圈圈滚动。

"我第二个。"志远说。

"我同意。"塔姆辛说。

"那我们在这个包厢里的法定人数就够了，"孙夫人说，"我建议我们立即开启太阳能环区，并开启与VTO以及地球能源供应商的谈判。举手表决？"

举起的手。低声的赞成票。

"那么通过，"志远说，"决议太阳公司开启太阳能环区，并与地球谈判供应合同。"

"好了，如果这事都解决了，"杰登·孙文说，"现在我们可以玩手球了。大流士，作为最新的董事会成员，你可以来扔开场球。"

赛场司仪反复激励着观众、主场选手和客场选手，让兴奋感螺旋攀升。观众准备好了，解说员准备好了，记分牌、屏幕和近距无人机准备好了。球员也准备好了。杰登把球递给了大流士。它比他想得更小、更重，沉甸甸地坠在他手心里。

"扔出去的样子要像个孙家人。"孙夫人说。

"看着吧。"大流士向下走进平台。当他举起手时，科罗纳多球场层层叠叠的座席用声浪淹没了他。用感官和肌腱伸展自己。身体在哪里终止？在握球的手上，在手指的指尖，在球本身的外皮上，在拥挤于长椭圆形体育场中的三千手球迷每一个人的皮肤上。大流士将球抛了出去，它飞得又直、又高、又稳。球员跳了起来，在低重力下如同雕塑，观众欢声如雷。

两个男孩站在西奥菲勒斯的小月台上，如此严肃又认真，阿娜利斯·麦肯齐能做的就是用尽力气阻止自己爆发出笑声。

"东西都拿好了？"罗布森问。

她举起装着西塔琴的长箱子。

"到那里了通知我们。"罗布森说。

"最好还是，"海德插嘴道，"到了希帕提娅中转站就通知我们。希帕提娅让人捉摸不透。"

"我每次和乐队会合时都在希帕提娅转站。"阿娜利斯说。西奥菲勒斯车站不比一个大型气闸大多少，轨道班车从这里发车前往主干线。

"这次不一样，"罗布森严肃地说，"这是一次巡回演出。"

他说得对。这是一次巡回演出，它是不一样。十夜八天，从子午城到哈德利城，从罗日杰斯特文斯基到南后城。她担心的不是把罗布森一个人留在家里，他会让海德住进去，他们在一起会是很不错的小当家。她担心瓦格纳。他已经完成上一次检测工作回到家里了，吃了一点东西就滚到了床上，精疲力竭。南静海的月表不是轻松的工作场所。阿娜利斯没有上当。他靠着药物待在外面燃烧的天空下，现在熟悉的暗面又来了。

她很早起床，清洁了她的西塔琴，像安置一个宗教纪念物般仔细打包好。他一直在睡，咕哝着一种无论是她还是她的亲随都无法识别的语言。狼的语言。他是这么漂亮，这么疲惫，这么脆弱。他在她的碰触下翻了个身。

"我要走了，可拉颂，"他喜欢她用葡萄牙语说话，"你睡吧，你需要睡觉。等我到了子午城就给你打电话。"

他呢喃着，睁开眼，看见了她，朝她微笑。她吻了他。

在转换的过程中他有一种特别的气味，甜美，又像麝香。

在这十天的巡回演出里，那两个孩子会照看他。

一阵敲击声穿透了光滑的岩石，机械咬合的咔哒声，气压平衡的尖啸声。班车到了。闸门打开了。

"想听的话可以听听看，"阿娜利斯说，"我们在子午城的音乐会会上传到网络。"

罗布森和海德看上去吓呆了。有一瞬间她想要拥抱罗布森，但那样好像有讨好的嫌疑。

外闸门开了。是瓦格纳，穿着短裤、短袖衬衫、沙地鞋。他的头发一团乱，眼神懵懂，走路的样子看上去像在梦游。他是暗色的，但他在发亮，他真是个美人。

"你要走了，"他结结巴巴地说，"我忘了，抱歉。"

她放下西塔琴，飞身扑到了他怀里。

"你真好闻。"

她咬了他的耳朵。他低声咆哮起来。这是她记忆中的瓦格纳·科塔。半个男人总好过苍白的鬼魂——那是试图不依靠药物存活的瓦格纳·科塔的样子。

阿娜利斯·麦肯齐拾起她的乐器。

"照看好他。"

"我会的。"瓦格纳说。

"不是对你说的。"

他从未这么害怕过。

一会儿他就会走到门前了，门里是他的儿子。他的手在手杖柄上颤抖着。

"他醒着，要见到你他很激动，科塔先生。"加布雷塞拉西医生说。

谁醒着，谁激动？是小卢卡斯·科塔，卢卡西尼奥吗？卢卡斯的记忆沿着来路回溯了很久，想起他上一次见儿子的地方。二十个月前，在世纪婚礼前夜，家庭酒店的休息室里。临别赠言：别喝醉，别嗑药，别搞砸了。整了整卢卡西尼奥外套的翻领，好掩饰他喉头的哽咽。他从不希望卢卡西尼奥和丹尼·麦肯齐结婚。乔纳松·卡约德是如此为他的世家婚礼自豪，认为它将结束半个世纪的仇杀：闪亮的男孩们！乔纳松一直是麦肯齐金属的玩偶。那位月鹰屎尿齐流尖声呼叫着死在了两千米的深渊中，但阿德里安是握着流血的双刀死去的。没人能说麦肯齐是懦夫。

于是闪亮的男孩们走到了今天这一步：一个成为大胆的反叛者，在世界的屋顶晃荡；另一个被真空抽干，得靠输入来重建记忆。

所有的这些想法都让他的手悬在门把手上迟迟不动。记忆的速度有多快？

"你在看什么？"他问露娜。她在他身边狠狠地皱着眉。她白色的恐怖面具还不及她自己的脸一半吓人。卢卡西尼奥是为你做的这事。你没有被原谅。原谅是基督徒做的事，而我不是基督徒。"你留在这里。"

"别让他太累。"露娜命令道。

卢卡斯走进了房间。

这是卢卡西尼奥第二次在真空中遇险后进到医院，他本来有一段漂亮的台词，但它蒸发了。卢卡斯·科塔欣喜若狂，卢卡斯·科塔惊骇莫名。这孩子在床上显得那么小，那么单薄。但轮廓是好的。他的轮廓一向都很好。他看见他了吗？他能看见吗？卢卡斯欲言又止，观望不前。

"抱歉。"卢卡西尼奥说。

卢卡斯·科塔差点没能坐到椅子上。他握住他儿子的一只手，崩溃了。他胸膛起伏，呼吸急促，惊惶失措。他不敢说话，因为一个词的重量就会打碎一切，多年的隐忍、自抑、自制和自控会让他粉身碎骨。

黄金拉法，暗影卢卡斯。爱人者、谋士、健谈者、战士。还有狼。

"那个……"

卢卡斯把他儿子的手握得太紧，让他发疼了。

"对不起。"

我们用他人的记忆重建他，加布雷塞拉西医生说。网络、家人、朋友、爱人。

"你知道我是谁吗？"卢卡斯说。

"你是卢卡斯·科塔。你是我父亲。我母亲是阿曼达·孙，我的玛德琳是弗拉维娅，"卢卡西尼奥说，他说得很慢，用尽全力，"阿曼达来看过我了。所以你也来了吗？"

卢卡斯把话题从他前妻以及她与他的交易上转移开了。软件已编码，剩下要做的事就是传播、感染，从一个机器虫传递到另一个机器虫。在所有一万五千个机器虫之间完成感染应该不需要三十秒。

把心收回来吧。你从未好好陪过他。乘车环绕月球赤道五小时来到这里，而你却在回顾自己的交易和计划，回顾你可以信任谁，不能信任谁。

"你记得你以前生活在哪里吗？"卢卡斯问。

"那里有很大的脸，有水，所以很潮湿。绿色和温暖。博阿维斯塔。"

"你记得吗，我不常在博阿维斯塔，我住在若昂德丢斯。那是我们家的另一个地方。"

"若昂德丢斯。"卢卡斯看得出来，他儿子正努力把名字和细节关联在一起。卢卡西尼奥的脸色明亮起来："很臭！"卢卡斯大声笑了出来。

"是的。很臭！不过我要回博阿维斯塔了。我在那里工作。我会用活的生命填充那里。等你准备好了，你也可以在那里生活。"

卢卡斯知道有人在看，有人在听。卢卡西尼奥的医疗团队、学院的人、有秘密议程的大学，还有警戒的噶吉。他的妹妹在某段距离外。帮他想起来，他们告诉卢卡斯，把他带回来。别让他往前走，别向他许诺。

现在卢卡斯看明白了医疗过程所完成的工作，但疑惑也随着理解而来。谁在控制这些记忆？谁来决定什么是前进什么是回归？卢卡西尼奥的脑子里究竟注入了什么？对若昂德丢斯，卢卡西尼奥只记得它的空气。而卢卡斯是个缺席且疏离的父亲。塑造儿童时期的记忆来自他的玛德琳。这是科塔家的方式。在卢卡斯想来，亚历克西娅是在混乱又破敝的人生里长大的，与他人的关系盘根错节。而现在他想到他自己的儿子，孤独地生活在石脸之间。难怪他想要品尝世界和人必须提供给他的一切，难怪他会抓住第一个机会逃向明亮的光芒。

这孩子很快就累了。他的注意力下降了，对肢体的控制力也在松弛。他的话语变得含糊不清，眼睛也不能聚焦了。是时候离开了。

"儿子。"

卢卡斯拥抱了一具皮肤和肋骨组成的风筝。当他打开门时，治疗机械臂从地板、墙壁和天花板上伸向卢卡西尼奥，拥抱他，碰触他，辅助他。重写他。

行星地球是蓝色的，它向整片风暴洋投下温和的光芒。这是月球的夜晚：城市中有数万灯光在闪烁，花火在黑色的高空转动，那是月环舱、巴尔特拉胶囊舱、稀土和贵金属飞船。世界的远地面飞掠过一束光矛，那是一辆乘客专列。在宽阔的轨道两侧，是更宽阔的光滑黑色长带——由太阳公司工程师烧结、盐化、铺排的月壤。太阳环区环绕了80%的月球赤道。机器和玻璃工队伍日夜工作，将黑色长带推向远地面无情的山川和陨石坑。太阳法律部与大学谈判土地使用协议，后者不希望自己对月表的原始研究被工业和利润侵夺。

现在，克鲁斯堡变成了风暴洋表面的矿渣，太阳环区就成了两个世界中最大的人工建造体，这条光能电池组成的缎带宽一百公里、长九千公里。到了夜晚它就是一个奇迹，一道布满星辰的黑色深渊，那些星辰是上方天空的倒影。星辰，以及遥远的蓝色地球。太阳环区是如此巨大，甚至连微弱的地球光都能生成一百兆瓦电力。而在太阳的照耀下，环区如同活了过来。从地球上能轻易看见它，这条黑带将月亮分成了两半，就像大脑的两半球。它之前沉睡了两个月年，而现在恒光殿的命令来了。埋藏的处理器芯片渐渐发热，开始运行启动程序。成排成列的光能电池开启，一截又一截月球规模的能源网苏醒了。太阳公司的变电所测算并平衡输入量。七十万亿焦耳的电力流入了太阳公司的网络。太阳环区活了。太阳并没有迁入月球的天空，但新的动力源正在破晓。

第十五章

"你迟到了，"克里姆欣对芬恩·瓦内说，"他很恼火。"

克里姆欣第一次对麦肯齐氦气的首席刀卫说这么多个字。

布赖斯·麦肯齐站在窗前，只穿了一条丁字裤，全身沐浴在激光下。闪烁的红色电子束描摹着肉体的线条，上面是重重皱褶，就仿佛他的脂肪像岩浆一般从毛孔里爆发了出来。沉甸甸的脂肪组织把他的大腿挤在了一起，还有那沉重而下垂的胸部。

"你迟到了。"布赖斯·麦肯齐说。

"我知道他们在做什么。"芬恩·瓦内说。他扫了一眼房间，看到董事会剩下的成员：热姆·埃尔南德斯─麦肯齐、罗恩·佐尔法伊格─麦肯齐和阿方索·佩雷斯特热。自从太阳公司启动太阳环区后，政治流言就在月球上四处散播。孙家只会在被逼迫的情况下加速启动计划。"恒光殿有我的人。"

"是谁？"布赖斯的耸肩像液体的起伏。丁字裤是没必要的，他的生殖器完全被层叠的皮肤遮掩了。激光闪烁着关闭了，机器虫转动着收入库中。

"告诉你名字会危及他们的安全，"芬恩·瓦内说，"他们的职位离董事会很近。他们告诉我太阳公司的地球销售代理正在和地球的各大能源公司约见会面，尤其是和那些在 LMA 没有代表的国家。"

布赖斯的眼睛瞪大了，他明白了。

"聪明的王八蛋。聪明的聪明的王八蛋。"

"他们没法得到太阳能，他们没有传输卫星。"热姆·埃尔南德斯—麦肯齐说。他是运营部部长，曾经是个老杰克鲁——衣着讲究、骄傲又可靠。

"孙志远正在去圣俄勒加的路上，还带着一整个巡回马戏团，"芬恩·瓦内说，"我让一些工程师做了模拟分析，太阳公司将在六个朔望月内拥有一颗能向地球微波天线阵列发射电力的太阳能卫星。"

"他们在接受预订。"麦肯齐氦气的分析师罗恩·佐尔法伊格—麦肯齐说。

"他们将免费提供电力，"布赖斯·麦肯齐说，"第一年总是免费的。而我们就只能给儿童气球卖氦气了。"

"为什么是现在？"阿方索·佩雷斯特热问，"他们根本就没准备好。他们还在和大学谈判玻璃铺设权。就像你们说的，他们还没办法把电力传到地球。"

"他们有那些可以预言未来的电脑，"芬恩·瓦内说，"如果他们展望未来，看到了某些吓人的东西呢？是真的把他们吓到了。"

"吓到孙家？"热姆问。

侍从来了，胳膊上挂着新打印的衣服。他们围着布赖斯忙碌，试图用衣料包裹他，让衣服显得合身，让他显得整洁。

"还有，"芬恩·瓦内说，"我和其他线人聊了聊。叶甫根尼·沃龙佐夫还有他的傀儡师们，与邓肯开了一次高级会议。他们同意开办一个合资企业，在小行星挖矿。麦肯齐金属要移出月球了。"

"交易已经达成了？"布赖斯问。侍者们调整了他裤子的臀部和外套的衣摆。他们把鞋子套上了他娇小的脚。

"法律部正在起草合同，"芬恩·瓦内说，"月底签字盖章。"

"你在想什么？"热姆问。

"我们做优秀企业会做的事，"布赖斯说。合身的衣服紧裹着他。他对他的董事会成员慷慨激昂地说："我们要多样化，要有进取心。"

今天她脱掉了衣服。

亚历克西娅想要成为月球人，今天这是飞跃式的进步。她之前一直在回避班雅：当众清洁的念头对她来说很诡异。冲洗、清理、沐浴都是分配好的私事，是在自己的喷头下按量淋浴的一小段时间。接着她发现，在城市地表深处凿出的那些原岩洞穴非常奇妙。隐蔽的水池、蒸汽腔室、泡泡浴，还有她可以闲躺着出汗的月球岩板，它们温暖又光滑。渐渐加热的水疗盆像神经节一样由低矮的隧道连接，她可以躺在这芬芳的水里，沐浴在背景光和环绕立体声中，据称这音效是一枚飞行探针从木星风暴圈两百公里深处传来的。她渐渐习惯了每天去班雅，但她仍然羞于当众裸露。这并不是强制性的——这个世界上没有任何东西是强制性的，但它是惯常的做法，而她在隐私和社交不适之间摇摆，因内疚而苦恼。

这个早晨，她要马尼尼奥让她看看自己。裸体。披着头发。她畏缩着，转开视线，又转回来。亚历克西娅非常明白，在巴西这样爱出风头的社会里，对自己的身体觉得不好意思是很讽刺的，但家族故事一直以来都在说，科塔家是工人不是美人。她总是担心自己的骨盆过宽、屁股太厚、乳房太小。漂亮的女孩子们一下课就穿着三点式从学校奔向海滩，她则前往咖啡店，占一个背对海滩的座位。她太想成为阳光下的一员了。而月亮教给她完全不同的事。月亮给了她一条电影明星的礼服，在圣俄勒加她被赞赏被追求。而班雅里的身体——无论年老年少，无论大块头还是小个子——都在告诉她：

没人看她。

她在视镜里看着自己。还不错。挺好的。这就是她。妈的。

她为自己的阴部预订了一次巴西式修剪，把胸罩和内裤挂进储物柜，穿上凉拖，把毛巾甩过肩膀，摇散头发，大步走向蒸汽室。

通信在温泉中响起。是伊琳娜。

"欧拉[1]。"

她心烦意乱，六神无主，在哭。她在哪儿？她在子午城。她需要她。

"我在桑都尼班雅。我会订一个私人套间。"

温热的水，松柏味的空气，背景光、可靠的私人空间，这一切都是安全的、镇定的、疗愈的。

伊琳娜·伊芙阿·沃龙佐夫—阿萨莫阿甚至没等水、温暖和隐秘开始发挥作用。

"他们要把我嫁了！"她放声痛哭。

当你赤裸裸地泡在温和冒泡的水中，只有脖子以上露在水面外时，这话真不好回答。

"基米—利·麦肯齐！"

等一切都讲述清楚时，她们已经从温水池到了冷水池，又进了桑拿浴，然后去了蒸汽室，接着又到冷水池，再到温水池。亚历克西娅觉得自己的皮肤被泡发了三倍，但她明白伊琳娜的悲痛。

这是交易，麦肯齐家的交易。契约要求用一系列的世家联姻来巩固协议。伊琳娜被许配给了基米—利·麦肯齐，她是罗伯特的孙女凯塔琳娜·麦肯齐的孙女。这次订婚将作为麦肯齐/VTO 合约的一部分被公布。典礼将在十天后于哈德利城举行。

"等等等等。结婚？违背你的意愿？"

---

[1] 欧拉（Ola）：葡萄牙语，意为你好。

"这是交易的一部分。"

"但你同意了吗？"

"这重要吗？"

"如果这会导致强奸，那就很重要。"

"我签了预拟尼卡哈。"

"但你不想啊。"亚历克西娅抗议道。她学到了一种月球的生活方式，接受了它，接着她狠狠撞上了某种怪异的、野蛮又严酷的东西。

"我不想，但我必须做。我怎么能说不呢？这是家族事务。你不知道家族的事都是什么样的。"

"我的确不知道，"亚历克西娅说，"那她呢？那个基米什么的？"

"基米—利。KL。她也不想，但她是个麦肯齐，而我是个沃龙佐夫—阿萨莫阿。"

"你认识她吗？你见过她吗？"

"她十六岁，在子午城这里的三天堂研讨会。看起来是个不错的孩子。但做我的欧可？我的欧可？要五年呢。五年！"

亚历克西娅差点笑出声来。

"只有五年！"

伊琳娜惊呆了。

"到合约结束时，我就……二十二岁了！"

"五年可以发生很多事。她可能会死。你可能会死。交易可能失败，合约可能取消。你可以叛逃，脱离两个家庭。或者你可以坠入爱河。我要说的是，五年不足挂齿。"

伊琳娜生气了，接着开始往亚历克西娅的脸上撩水。亚历克西娅发怒了，疯狂地往伊琳娜身上使劲泼水。伊琳娜尖叫起来，两个女人喊着、笑着，往彼此身上扑水，直到两个人都喘不过气来。

"你的头发，"亚历克西娅喘着气说，"看起来像，屎。而我皱得像个老修女了。我要说的是，是，快他妈的去找个婚姻律师吧。然后我们去喝一杯。"

去了三个酒吧后，伊琳娜还在。到了埃塞俄比亚饭店，她依然在，早晨她还在那里，缩在亚历克西娅的床脚，像一个小妹妹或来访的堂妹。当卢卡斯呼叫亚历克西娅，递来恒光殿日蚀派对的邀请函时，她依然在，眨着大眼，宿醉未醒。

露娜估计，如果她伸出右臂，翻到侧面，再以这种方式弯曲身体，就能滑过这个转角，到达医疗中心公共休息室屋顶的窥探孔，那个孔洞真的很不错。她扭动着把胳膊朝外上方伸出，有一会儿她的手肘挤着通道的顶部，接着她咬着牙把重心放到左侧，手臂伸进了空隙。接着是滚动、屈伸、蹬脚，她通过了，进入了上方的管道。

露娜从未想过她会被卡住，也没想过亲随露娜可能必须呼救，没想过机器人和工程师可能必须拆除半个科里奥利才能把她弄出去，更没想过露娜会呼救而没人会来。

再过几米，狭小的空隙就会舒展开，她就能把胳膊放下来，透过网眼窥视公共休息室。泡茶的机器、做食物的机器、倒水的机器，还有座位和空间。人们闲坐着，一脸都是成年人才有的疏离，那是他们与亲随交流而非与身边朋友交流时的表情。流动的空气拂动她的头发，摩挲她的裙子。今天是谁在公共休息室里？加布雷塞拉西医生刚要离开。多诺格医生和雷伊医生刚刚进来，在泡茶机器边上聊天。还有一群研究员，他们一点也不有趣。阿马利娅·孙也在，她是在阿曼达婶婶来看卢卡西尼奥时一起来的。她看上去淡漠又沉闷，一个人坐着喝茶，和她的亲随交流着。

要跟着谁？露娜在博阿维斯塔的小空隙和管道中发明了自己的小游戏，但在这里，这个游戏要好玩得多。这里有这么多人可以跟踪，他们不会察觉，也不是那些烦人的亲戚或安保。想到她在这上面看着他们，而他们永远不会知道，她就偷笑了起来。

露娜曾紧紧地跟踪她的阿曼达婶婶，而她的安保根本没发现她。

那么，今天要追踪谁呢？阿马利娅·孙是露娜最新认识的，但她只是一直一直坐着，忙着和她的亲随交流。研究员们则喝完了茶。露娜挑了其中最不无趣的一个，跟着她进入了主环区，下了两层来到神经元研究室——在一口竖井中往下坠落一点，鼓起的裙子降低了她下落的速度——再到研究室办公室——又一个紧窄的转弯，不过不像从扫描室到休息室的通道那么窄。露娜的裙子挂在了一片板面歪掉的边沿上，撕裂了。她烦恼地龇着牙。

"瞧瞧你害我弄的！"她责备那个研究员。

埃利斯玛德琳举起裙子，裂口从腋窝一直延伸到腰部。

"攀爬。"

"探索。"露娜说。

"而且你全身都是土，"埃利斯玛德琳说，露娜穿着 T 恤和短裤一脸不屑地站着，"去洗个澡。你是个发臭的女孩子。还有……"

"把我脸上的东西洗掉？"露娜咧嘴一笑，"我一直都有洗掉，玛德琳。"

"然后立刻再涂回去。"

露娜蹦跳着去洗澡了："我要重印那条裙子，去看卢卡西尼奥时穿。"

埃利斯玛德琳翻了个白眼，把撕坏的裙子扔进了解印机。

"欧拉，卢卡。"

卢卡西尼奥今天坐在椅子上。他的笑容是明亮又快乐的。露娜喜欢用葡萄牙语和他聊天，这样做似乎能以新的途径链接记忆，让他能用新词来表述自己。

"伯恩几亚[1]，露娜！"

"今天还走路吗？"露娜用葡萄牙语说。卢卡西尼奥点点头。他现在能放开拐杖行走了，还喜欢检验自己身体的极限。学院里有一个小公园，露娜和卢卡西尼奥在它的环形小径上一圈一圈地走。这里有高高的竹子、遮蔽上空的叶子和悬垂的枝条，你几乎可以相信自己不是在一个顶部低矮的岩腔里。

"看那条鱼！"卢卡西尼奥说。露娜正扶着他的胳膊往下走向电梯。

"给它喂吃的！"露娜说着，从她灰裙子的口袋里掏出一个装着蛋白片的小玻璃瓶。卢卡西尼奥高兴地鼓掌。

当他们俩手牵手沿着烧结石径漫步时，一路上都有医药人员、院系学者和研究者们在朝两人打招呼。

"七棵树？"露娜问。他们转圈的路标是一棵装饰鸡爪枫。卢卡西尼奥看起来不能确定。他很容易疲累，脑力工作是最艰辛的。"七棵树，我们就能喂鱼了。"

"好的。"

卢卡西尼奥一如既往在某处停了下来，在这里，光线从轻轻摇动的树叶间落下来。他在光斑中抬起头，让它温暖他的脸。他的眼睛是闭着的。

"你看起来像个奥瑞克萨。"露娜说。

"哪一个？"

"奥克梭西。"露娜说。

"猎人，"卢卡西尼奥说，"知识之神。"他的脸因为专注而绷紧。"我在试图回想。面对每一个，从电车站到主闸门。奥娅和桑勾，奥克萨姆和奥刚，奥萨拉和讷讷，然后是奥克梭西和叶玛亚。最后是

---

[1] 伯恩几亚（Bom dia）：葡萄牙语，意为早上好。

奥摩卢和埃贝基。在这里很容易记起博阿维斯塔。所以你才带我来这里吗？”

"而且我喜欢鱼。"露娜说。他们继续往前走，微笑着用通用语和好心人们打招呼。

"我也开始想起恒光殿了，"卢卡西尼奥说着，经过第四棵树，"那里全都是光明和黑暗，有巨大的阴影，而光线明亮到就像是——真的？像固体。庞大的空间。回声。非常非常小的人，不过是石头让他们显得很小。到处都是电车轨道。我记得自己有一次从一辆轨道车里望向窗外。还有那个城市，那个古老的城市叫什么？"

"南后城？"露娜问。

"就是那个城市。我在轨道车上，和我妈依一起。"

"阿曼达·孙。"露娜说。

"妈依，"卢卡西尼奥坚定地说，"我在轨道车上，正离开南后城，然后我们在一个巨大的陨石坑里四处走动，全都是阴影和光。像是刀。"他往空中挥了一下自己的手。"像刀那么锋利。光线，阴影。妈依说，那些阴影，永远不会消失。我记得我很怕，但她用胳膊搂住我，说瞧，阴影里还有那么多光。然后妈依说，这是我们的城市。暗影之光。"

六棵树。卢卡西尼奥的脚步轻快，音色坚定。露娜必须小跑着才能跟上他。

"我记起来了！还有一次。有一个房间，盖满了漂亮的布料，窗户很小，那些光线从小窗户里照进来，把布料照得一片苍白。那里有个老妇人，她在微笑，她握着我的两只手，而我妈依说，'卢卡，这是你的曾外祖母'。"

"那个老女人是孙夫人，"露娜说，"那是什么时候的事？我不记得你和孙夫人见过面。"

"我不知道，我想就是我在那里住下之前。七棵树！现在我们可以喂鱼了吗？"

"卢卡，"露娜说，"你从来没有在恒光殿住过。"

"现在这件不行了。"卢卡斯·科塔说。

"我穿着它震撼了圣俄勒加。"穿着礼服的亚历克西娅说。就是这条裙子让沃龙佐夫们大为倾倒，它的气味非常新鲜，还在蒸腾着打印机液体的味道。

"让圣俄勒加震撼的东西在恒光殿不会激起任何反应。"卢卡斯说。他的西装是隐隐透着虹彩的浅灰色，细看的话，会发现它是织锦微分子打印。他的丝绸领带是樱草色，和帽子上的绑带一个颜色。"孙家有自己的标准。"

"到底是什么事？"亚历克西娅喊道，这时她已经脱了裙子，把它解印了，并且打印出了她的第二选择。

"孙家在恒光殿主持日蚀派对。这是黑暗会笼罩的唯一时刻，所以他们认为值得庆祝。每个月都有一次日蚀，所以人们常常被恒光殿邀请。LMA、贸易代表团、社会名人、社交名媛、学者，还有旅行者。每个人都会在那里，所以太阳公司显然想要宣布什么事情。"

"每个人？"亚历克西娅蠕动着穿上新裙子。

"所有五……四龙的首领，"卢卡斯说，"还有月鹰和他的铁手。"

"和太阳环区启动相关？"亚历克西娅说。右脚的鞋子，然后是左脚。打扮本身有自己的魔法和仪式。

"肯定是。"

亚历克西娅走下更衣室前的两个台阶。长长的绉绸裙摆、羊腿袖、紧掐的腰部。

"这肩垫上可以停一艘月球飞船。"

卢卡斯笑了。

"谨慎但强大，孙家会欣赏它的。"

"我从来没去过恒光殿。"亚历克西娅说。此时轨道车正沿极地主干线向南行驶，掠过高架铁路，穿过拉卡耶环形山地的狭窄通道。

"你会印象深刻的，它建来就是为了让人印象深刻。非常沉稳，非常安静，非常严峻，在那里的每个人由始至终都在害怕。"

"他怎么样？"亚历克西娅问。

"我想过转身离开。"

"卢卡斯，那不是我要问的。"

他望向窗外银黑色的荒凉。

"我看到奇迹，然后看到恐怖。而后我看到我以为我知道但实际上完全不知道的东西。我曾经想，他们是在把他恢复原样，一点点补上记忆，但它们不是他的记忆。它们是别人的记忆，是他的社交媒体自我，是他交给机器的部分记忆。我们就是这样的吗？是别人对我们的记忆？不过，莱，他依然很可爱。"

"你给我看过他的照片，就是我回到科帕宫酒店的那次。"

"而且我还提议你来月球。他看上去还是和以前一样，莱，但他和以前不一样了。他还会和以前一样吗，还是说我始终都会怀疑，他们重建的也许不是我的小卢卡斯·科塔？"

"当我回去地球时，我不会和以前一样，卢卡斯。那个在科帕宫酒店套房里差点被杀的我，她的每一部分都会被留在这月球上，而我会带着身体里的月球返回。它会存在于我的每一根发丝、每一块骨头和每一个细胞里。"

"你要回去？"

"我的意思是，如果我回去的话。如果。卢卡斯，还有一个问题。若热·纳代斯是谁？"

那多疑的笑容又浮现了。亚历克西娅看见了那个十五岁、十岁、五岁的男孩，他知道自己必须总是显得聪明、锐利又神秘。

"你监视我？"

"我照看你。你在招待会结束后留下来了。"

"若热·纳代斯是我的歌，我的理智，我的灵魂。我会告诉他我永远不会告诉你的事，铁手。我本来要和他共度余生，但他太明智了，他不允许。"

波萨诺瓦的吉他声充满了车舱，轻声细语，款款深情。

"'音符之桑巴舞'，"卢卡斯说，"若热的乐队。"他准备了马提尼，又涩又冰。亚历克西娅仍然无法让自己爱上杜松子酒或波萨诺瓦，但她抿了一口酒。南部的陨石山地飞掠而过，她略微感觉到了卢卡斯·科塔那高高在上的、可怕的孤独。

他们在南后城换乘了沙克尔顿的电车。亚历克西娅注意到了私人月台上的轨道车：VTO的红色和白色、AKA的单色花纹、麦肯齐金属的绿色和银色。电车静静地带着她和卢卡斯驶下南后城的熔岩泡腔，从艾特肯盆地下方通过，再于一条嵌入沙克尔顿陨石坑内墙的轨道上出现。光明在浓郁的黑暗中熊熊燃烧，而黑暗的边界锐利得像一把刀，截住了耀眼的光线。白色与黑色。冰与火。孙家从未触碰过沙克尔顿的深处，原始的冰层自太阳系诞生便覆盖在那里，这些冰为孙家和麦肯齐家在这个世界踏出的第一步提供了燃料。月球的历史才八十年，但它热烈、血腥又壮阔。

当亚历克西娅眯着眼，试图在刺眼的阳光中捕捉恒光塔的影像时，她的视镜极化了。之前，她花了一点时间才理解了为什么会出现永恒日照的山巅。月球实际上没有轴倾角，因此也就没有季节，并且在极点上没有数月长的白天和黑夜。在极点上，一座足够高的山峰永远都不会失去阳光。水和恒定的太阳能：只要有这些，有愿景有意志的人类就能建造一个世界。马拉柏特山的高度离永恒日照的标准还差了几百米，但是可以在它顶部再建一座塔……亚历克西娅看见了它，她心理上的抵抗消失了，她感到了敬畏。黑暗中升起的一支灼人的光柱，顶上是一枚燃烧的钻石。它是一支矛，挑衅着宇宙。地球和太阳隐没在陨石坑遥远的边缘下方，亚历克西娅试图想象黑暗抹消了矛尖，沿着光柱向下蔓延。

电车进入了另一条隧道，片刻后减速停入一个玻璃腔室。闸门锁定，月鹰的埃斯阔塔组成了一支护卫队。

"你前妻在这儿。"亚历克西娅悄声说。她整理了礼服的下摆和肩垫的位置。这件衣服真是复杂到愚蠢。

阿曼达·孙用标准的亲吻礼欢迎卢卡斯，她穿着合身的新风貌套装，显得非常狠辣。

"我觉得，卢卡西尼奥看起来不错。"阿曼达·孙说着，陪着卢卡斯穿过太阳大会堂令人畏缩的宽广空间。亚历克西娅的高跟鞋敲在光亮的石板上，听上去像枪响。她想象着自己留下了一串火花。

"我觉得他看起来很憔悴，"卢卡斯说，"枯萎。只剩下本能。但我比你了解他。"

光柱一条条落在大会堂的地板上，明亮到几乎发出嘶嘶的灼烧声。

"科塔先生，"孙志远迎上他的宾客，"科塔女士，非常欢迎你们。"

亚历克西娅回想起自己上一次和孙家人的会面。他们来向新的月鹰致敬，并猜测自己可能得到什么样的福利和否决。她曾试图拦住孙夫人，因为沙克尔顿遗孀并不在她的名单上。失误。她那时没有经验。而孙家不会忘记也不会原谅。现在她在这里，这个老巫婆。她总是穿着这种二十世纪四十年代的风格。世界为她让步。那个站在她身边，穿着漂亮的西服，神色疲倦的孩子一定是大流士·孙—麦肯齐。亚历克西娅尽力回忆大会堂里的其他人都是谁。露西卡·阿萨莫阿和她的动物随从，AKA 高管们穿着同样美丽的肯特布[1]，这

---

[1] 肯特（kente）布：是加纳阿卡族的传统服装面料，由丝绸和棉质的布条交织制成。

些服饰曾在特维城的巨树下令她惊叹。邓肯·麦肯齐站在他光鲜亮丽的家臣中间，像一颗暗星。一群穿着艳丽的沃龙佐夫向亚历克西娅欢呼，好像在欢迎一个失散的姐妹。

布赖斯不在，亚历克西娅对房间那头的卢卡斯悄声说。

他应该被邀请了，卢卡斯说，恒光殿总是一丝不苟。

孙志远抬起了双手，派对渐渐安静下来。

"我们将分组带你们上去，因为灯室里空间有限，"他宣布道，"不过请放心，每个人都可以看到全景。"

"我咬紧牙关穿上这条裙子，就为了这个？"亚历克西娅问。她已经绕场一周回到了卢卡斯身边。

"这不是我们来此的目的。"卢卡斯说。

"虽然你们都是些大忙人，但如果大家都留下来参加之后的招待会，我们会非常高兴。"志远继续说。

"这才是我们来此的目的。"卢卡斯说。叶甫根尼·沃龙佐夫从宾客中挤过来，追问卢卡斯他什么时候才会在 LMA 发起关于那笔生意的投票。

"我正在琢磨是在你宣布你们与邓肯·麦肯齐的离月冒险之前发起，还是之后发起比较好。"卢卡斯。在叶甫根尼还没来得及慌乱或咆哮之前，太阳公司干净漂亮的双性员工已经按着指定名单，将宾客请向了马拉柏特山的班车。

在轨道车驶入前往升降厅的隧道之前，亚历克西娅看到了恒光塔的清晰全貌。它比她以为的要大许多，横杆与结构梁像巨型埃菲尔铁塔般交织着，紧抓着马拉柏特山的山巅，一半在黑暗中，一半在白热的光线中。神灵之矛。

轨道车抵达了升降厅。年轻的孙家人满面笑容，用轻微的碰触指引着宾客。

"阿萨莫阿奥马和纳？"一位孙家的护卫问着，示意露西卡·阿萨莫阿登上等待中的电梯轿厢。

"她要带着那些动物一起上去吗？"亚历克西娅轻声问。露西卡·阿萨莫阿抬起一根手指，浣熊卷起身体，鹦鹉将头埋在了翼下，蜘蛛团成了一个由细线和毒液组成的球，虫群消散了。

"下一趟，我们的麦肯齐朋友们，可以吗？"

邓肯·麦肯齐领着他那些鲜亮又年轻的澳洲仔穿过闸门，走进刚到的第二个轿厢。

"每个孙家人在孩提时都被带到这里来过，感受太阳的威力，理解他们的力量来源。"卢卡斯对亚历克西娅说。

"科塔大人？"一位微笑着的无性员工问。电梯门关上了。

"我对此十分兴奋。"亚历克西娅在轿厢往上攀升时说。透过蛛网般的梁柱缝隙，亚历克西娅看着沙克尔顿陨石坑溶解在光影中，它的底部沉入黑暗，它的边缘燃烧着光线。继续向上，是南后城的月表设备：通信塔和巴尔特拉站，电厂、车坞和月表闸门长长的驳岸。现在她开始能看清艾特肯盆地中互相重叠的陨石坑地貌了。

一声震耳欲聋的爆炸。电梯桥厢好像被迎面一拳打得摇晃起来。亚历克西娅踉跄着跌到太阳公司的那名员工身上，接着她开始自由下落。光线熄灭了。轿厢正在不受约束地坠落。紧急制动系统介入，亚历克西娅撞上了厢顶，接着又撞上地板。卢卡斯叠在她上方，太阳公司的孩子在角落里跌成一团。她可以听到紧急制动的尖啸声：金属直接作用于金属。撞击，响得像枪声一样。碎裂声。厢顶上传来一连串爆炸声。电梯摇晃着。亚历克西娅用胳膊肘把自己撑起来。电梯玻璃布满了裂纹，她不知道它们怎么还能粘在一块儿。在蛛网般的玻璃外，她看到马拉帕特的丘陵区上方有一团明亮且滚动的火云向外抛射开去。

那是什么？

网络断开了。电梯缓慢地向下退回厢坞。如此缓慢，慢得让人崩溃。如果这片裂开的玻璃炸开了，她就会和那亮闪闪的东西一样，旋转着飞过沙克尔顿。

"塔顶。"卢卡斯说。

亚历克西娅抵着电梯坚固的框架，透过密密麻麻、曲折缠绕的梁索结构往上望去。那明亮的钻石，那个灯笼，她看不到它。为什么她看不到它？

"它没了。"卢卡斯说。他褐色的脸变灰了。他摸索着他的手杖，摸索一切能让他感觉安全的东西。但没有安全，没有什么可以抓住的东西。

"谁在上面？"亚历克西娅问。

"邓肯·麦肯齐，露西卡·阿萨莫阿。"孙家的孩子说。

亚历克西娅用葡萄牙语诅咒着。电梯颤抖着停入厢坞。等待气闸锁定平衡的过程仿佛没有终点。当亚历克西娅、卢卡斯，以及他们的孙家护卫蹒跚着走进广场时，电梯轿厢像一个水晶饰品般碎成了无数闪光的碎屑。医生和机器人奔过来提供帮助和氧气。亚历克西娅想挥手拒绝面罩和抗休克输液，但机器很坚持。她捕捉到了卢卡斯投来的视线，他的眼睛露在氧气面罩外面。瞧。露西卡·阿萨莫阿坐在一个翻转过来的医药箱上，蒸汽从她的面罩中飘出。她惊骇地瞪着眼，她的动物随从们蹲在她身后，焦躁不安。她成功下来了。

龙的安保队伍到了，他们从轨道车中蜂拥而出，和孙家的武士们吵成一团。内尔松·梅代罗斯和他的埃斯阔塔们围着卢卡斯，再次检查他的身体状况。电梯门厅中充斥着大叫大嚷的声音。一个尖锐的噪音刺入每一个亲随。网络重新连上了，并要求每个人都安静。孙志远举着双手站着。

"各位，请注意。发生了一次严重的完整性损坏事件。灯室……灯室被摧毁了。我们不知道细节，但我们可以确认有人失踪了。"

人们又开始说话，但孙志远再次举起了手。没人想在自己的植入装置里听见刚刚那个尖叫声。

"VTO从南后城派出了一艘月面飞船，我们正派出探测车队前往。地形……地形不太好走，"他声音不稳，并且明显在流汗，亚历克西娅在此之前从未见过哪个孙家人显得慌乱，"我们将把你们和你们的随从送回恒光殿。如果你们需要任何医疗援助，请立刻告知我们的员工。如果收到更多消息，我们会随时告诉你们。此时此刻，这片区域在结构上很不安全，所以我要求你们全部听从我们的助理人员，回到恒光殿去。"

他们已经收到消息了，卢卡斯在私人频道里说，他们只是在琢磨怎么处理它。

当轨道车门锁闭，只剩下两个科塔和埃斯阔塔时，亚历克西娅问："一个炸弹？"

"我觉得不是。"卢卡斯说。内尔松·梅代罗斯点点头。

"是一次撞击，"内尔松·梅代罗斯说，"不是一个炸弹，是一次射击。"

"谁有这样的武器？"亚历克西娅问。

"首先想到的，肯定是有宇宙大炮的人。"

"沃龙佐夫家？"亚历克西娅十分怀疑。

车子驶出隧道，亚历克西娅再次抬头望去。恒光之塔破碎了，它的上三分之一消失了，整个塔井成了一根颤抖的残桩，支着参差不齐的杆柱和扭曲的梁索，光秃秃地立在重新亮起的光线中。

"他们为什么想要杀了你？"亚历克西娅在轨道车重新进入隧道时，"他们需要你支持他们的月球港计划。"

卢卡斯和内尔松·梅代罗斯交换了一个眼神。

"不是卢卡斯。"内尔松·梅代罗斯说。

"那是谁？邓肯·麦肯齐？"

点头。

"但谁会……该死的。"

"的确是该死的。"卢卡斯说着，车子滑进了月台。大会堂里充斥着身体、声音和不顾一切的行动。十几组安保人员、太阳公司的职员、想要剥下太阳公关部若无其事的外表的记者和专栏作家，还有认为这案例报酬丰厚的饥渴的律师，都在一边乱转一边叫嚷。还有龙和高管们。流速缓慢的网络不堪重负地呻吟着。一个鸣响在公共频道中响起，让每只手捂向了每只耳朵。孙志远要讲话了。许多人围着他。

"尊敬的客人们，"他说，"我有新消息了。我们可以确定恒光塔的灯室在一次定向攻击中被摧毁了。我们仍在搜集证据，但我们现在知道，塔身是在 16∶05 被一个弹道射击物击中的。至少有七名伤亡人员，邓肯·麦肯齐是其中之一。我们的搜索援救队伍在残骸现场找到若干尸体。我们对幸存人数不抱希望。我们对失去 CEO 及一代年轻人才的麦肯齐金属表示同情。轨道车将抵达此处，将各位载回南后城。恒光殿现在是重大事故发生区，我要求各位尽快离开此地。这对我们和麦肯齐金属来说都是一个悲痛的时刻。谢谢各位。"

阿曼达·孙出现了，将手搭在卢卡斯的腰背处指引方向。

"我担心极了，卢卡斯，"她领着他走向气闸，身着考究西装的武士谨慎地等在一段距离外，"听说你安全时，我松了一大口气。哦，你看上去真惨。我真希望我能给你找个地方清理尘土。还有你，亚历克西娅，你可爱的裙子。"这见鬼的长裙已经撕裂了，亚历克西娅的脚和它的边缘纠缠在一起，腰部和裙摆之间那可笑的束带被扯掉了，接缝裂开了，黑色的尘埃玷污了象牙色的面料，这些尘埃从真空钻进了人类生活区的每一个部分。她的头发也一团糟。

"我们的轨道车上有设备。"卢卡斯说。

亚历克西娅试着拖延了一会儿。她发现孙夫人和她的被监护人正在一片西装的簇拥下反方向快速穿过人群。他们迅速、果决、气势逼人。这些礼貌但坚决地推着亚历克西娅前往轨道气闸的太阳员工也一样。孙家的安保人员为内尔松·梅代罗斯让出了位置，让他将月鹰及其铁手引上了轨道车。

车子环绕着穿过沙克尔顿陨石坑的腰部，黑色的天空中布满了移动的光线：那是着陆飞船的喷火。"再提醒我一次，"卢卡斯数着它们，沃龙佐夫在月球上的每一艘飞船都来到了恒光殿的上空，"谁不在派对上？"

最后，她带上了虫子。

当亚历克西娅谢绝保镖跟随时，埃斯阔塔们明显松了口气。他们不想面对刀王。你会需要这个，内尔松·梅代罗斯说着，把护套固定到了她的前臂上，它们会攻击除你之外的所有人。只能发射一次，不过足够你逃离了。它们得花一秒钟时间辨识你的体味。

当电梯攀向上城高街时，亚历克西娅想象着这些战斗虫在它们的容器里嗡嗡响着，贴着她的皮肤。她是唯一的使用者：铁手自有特权。

你的心率在升高，马尼尼奥说，你的血压也很高，你显示出了应激症状。

"我没事。"

你并非没事，亚历克西娅，五十六层有一个公共打印机，我可以预定药物。

"直接带我上去。"

如你所愿。

网眼地板在她靴底下的鸣响熟悉得让人痛苦。她一边爬上楼梯，一边摸着白色的水管。它很冰，因为奔流的水而颤抖着。她跟着它，直至它分岔再分岔，最后分枝成一棵管道组成的树。她一生中最棒的作品就在这里，深入世界的屋顶。

他们站在凸窗前，坐在台阶上，悬在栏杆上，蹲在导管上。两层以上的一个平台处，有一支箭指着她。

他以他的经典姿势出现，从一个高度落下，矫健又灵活地着陆在网眼上。他四肢放松，写意地坐在一处台阶上。现在她知道他是谁了，现在她明白了他的金牙和他用刀的手的残缺，他显得更美了，也更痛苦。

"它们能把我们全搞定吗？"丹尼用拇指比了比她手臂上绑的发射器。

"也许不能。"

"你的不信任伤害了我。"

"我知道你是谁。"

"而我也知道你是谁，马奥·德·费罗。我又一次欠了一个科塔。你知道这会对正确合理的复仇工作造成多大的麻烦吗？"现在拇指指向了管道树，"这是个令人惊叹的作品。一千个人依靠它生活。我欠你一次麦肯齐的人情债。"

"我来这里是要警告你们，"亚历克西娅说，"LMA 正在派战士来破坏它，并清理上城高街。"

"我们会送他们回去的，就像送其他人回去那样。"

"他们是大规模的武装。专业人员，不是扎巴林那种程度。战斗虫。无人机支援。"

"我们战斗！"一个女人在头顶的导管上喊道，"我们会告诉他们上城高街都是什么人。"欢呼声是虚弱不稳的，气息短缺。

"继续，马奥·德·费罗。"丹尼·麦肯齐说。

"我不知道细节。但合同已经签了。"

"谁写的合同？"

"月鹰。"

"你背叛了你的雇主吗，马奥·德·费罗？"

"你们必须离开！"亚历克西娅沮丧地喊，"关闭网络，拆了它，带上它远离这里。这里有计划。我知道你们必须保持网络关闭。"她把一张旧存储卡放在网眼地板上。轻轻一碰，它就会滚落到遥远下方那颤动的通风系统中去。丹尼·麦肯齐用一个确定又流畅的动作拿起了它。

"谢谢你。"

"丹尼，我能把这个放下来吗？"弓和箭都在摇晃，"我胳膊疼。"

丹尼·麦肯齐抬起了一只手。握在隐藏的刀柄和暗处泰瑟枪上的手指都松开了。

"我遇到了你父亲，在克鲁斯堡。"

空气再度凝结了。但她必须说出来。

"他告诉我，仇杀必须终结。我们有了一个更大的敌人。"

丹尼·麦肯齐没有说话。

"他妈的陷阱！"一个男人在某处喊着，他的声音从高处的机器上落下来，四处回响。其他人加入了他，直到管道都开始愤怒地发抖又轰鸣。丹尼·麦肯齐举起了一只手。

"更大的敌人？"

"龙在结成联盟。LMA 分裂了。如果卢卡斯支持沃龙佐夫的太空电梯计划，他们就会转变立场。事态在变化。"

"免费的空气和免费的水，这样我们就会知道它改变了。"

"这一次警告，是来自卢卡斯的。"

丹尼用一根手指画了一圈，这是个很小的动作，但高街人散开了，退回了他们的城市。

"我记下了，铁手。"

然后他走了。亚历克西娅自己一个人站在平台上。

"我为了你回来过！"她喊道，她的声音在工业金属上回响，"我回来过了。"

第十六章

每一天，玛丽娜的房间里都会出现一个新把手。它们先是出现在浴室套间里，接着在厕所里，在淋浴头边，然后蔓延至她的床边，再到壁橱，随后环绕着开关和插座，接着沿着墙壁像真菌一样长成一排直到门口。

"弄掉它们！"她勃然大怒，并从奥切安和凯西畏缩的样子获知了始作俑者是谁，"我他妈的不是动物园里的长臂猿！我正在努力学会用拐杖。不要别的。"

她愤怒并不是因为她们错置的关心，而是因为这些把手让她过多地回忆起上城高街的窄小公寓，只有三个从原岩里凿出来的房间，气封很廉价。它们让她想起阿列尔的空中索道，它们由绳索和圆环组成，系在整个天花板上；还有阿列尔从座位上把自己扯起来，从一个房间晃到另一个房间的样子。阿列尔，只在摄像头能拍到的部位为客户打扮并化妆，而不会被看到的部位就邋遢地穿着借来的裹腿或运动裤。她们俩被困在那高高的流放地中，互相发牢骚，互相斗嘴，彼此需要，就像需要水和呼吸。十八个月，抠抠唆唆，锱铢必较。只有愚蠢的乐观主义者或终级的怀旧主义者才会认为那段时间是快乐的。但从某个角度上说，那时的色彩是明亮的，味道是鲜香的，气息是芬芳的，而如今这房子里没有这些。潮湿、寒冷、柔和、沉郁。一切都被削弱又消音了。

在某个夜晚，就像童话中的试炼一样，把手们都消失了。

拐杖都是混账。玛丽娜无法信任自己的体重、力量和平衡。她的腿太弱了，她的上半身太强壮了。她的体型太月球化了。她在门厅里晃上晃下，穿过房间，沿着门廊，一边流汗一边诅咒着绕圈。

第三天，她涂上一层厚厚的防晒乳，戴上帽子和墨镜，准备来一场冒险：穿过院子走到秋千那里去。她成功走到了门廊的第一道台阶上，却因为对她的拐杖过于迟疑而失去了平衡，摔倒了。

在凯西泡咖啡的时候，纳卡穆拉医生在门廊的躺椅上扫描了她。

"你完好无损，"她说，"用行步器吧。"

"那是老人用的，"玛丽娜说，"我不是老人家。"

"你的骨头有九十岁。"

"我的心脏和性生活只有十九岁。"

奥切安被姨妈弄得很窘迫，吃吃笑着跑走了，

凯西端来咖啡时，纳卡穆拉医生说："坐下，好吗？"

"你说话时有那种'医生必须很严肃'的口气。"凯西说，不过她关上了门廊的两扇门，坐了下来。

"韦薇尔和你说了什么吗？"纳卡穆拉医生说。

凯西倒出咖啡。对于玛丽娜来说，每一杯咖啡依然能带来火花四溅的愉悦感。她嗅着它的芬芳，如果它尝起来也和它闻起来一样多好。

"关于什么？"凯西问。

"班上的事。"纳卡穆拉医生的女儿罗米和韦薇尔是同学。

"没有，什么也没说。"

"罗米说，有很多孩子在欺负韦薇尔。喊她的名字，联合起来刁难她、孤立她。"

玛丽娜握住了凯西的手。

"这和你也有关，玛丽娜，"纳卡穆拉医生说，"他们对她说她的姨妈玛丽娜是个巫婆，而她是个间谍。说你们的姨妈玛丽娜是个来自月球的恐怖分子。她将要炸毁一个商场，往水里投毒，用一颗陨石炸掉学校。他们对罗米说她不应该和韦薇尔做朋友，因为韦薇尔是你的间谍。"

"韦薇尔最近没带罗米回来过，"凯西说，"她也不会告诉我她在班里都做了什么，她不会把任何流言透露给我。"

"这些残忍的女孩。"玛丽娜说。

"不只这些，"纳卡穆拉医生说，"我最老的客户之一——弗斯滕伯格家——问我我是不是还在给卡尔扎合看病。我说当然了，卡尔扎合夫人是个重要的患者。他们说，哦不，不是她，是另一个，去了月球的那个。"

"这和他们有什么关系？"玛丽娜问。

"不管有什么关系，他们转到欧申赛德诊所去了。三代人都去了。"

"我也有些事情可以说。"

没人注意到奥切安又回来了，她静静地打开门，倚在门框上，半边身体还隐在屋里。

"我的社交邮件？"奥切安说，"过去两周就像一场憎恨的风暴。有些人我甚至不认识，有些人是从城里回来的。我姨妈从月球回来了，这事完全和他们有关，而且他们对此还有话要讲。"

"他们说了什么，奥切安？"玛丽娜问。

"最委婉的是说你应该进监狱。然后就变成了间谍，再变成恐怖分子……他们一出现我就设置了拒收，不过我在考虑关闭账号。"

"我很抱歉。"玛丽娜说。斯凯勒说过，他们把邓肯·麦肯齐的画像吊在悉尼海港大桥上，烧掉了。她觉得自己渺小且孤单得要命，一个敌对星球上的孤独的女人。森林里、山峦间、电波和网络中都有眼睛在看着她。

奥切安醒了。她清醒、警惕，每个感官都活跃着，她想不起来她为什么醒了。她记起来了，有光从她卧室的墙上晃过去了。

"时间。"她说。当房屋网络说两点三十八分时，她听到轮胎的辗轧声，发动机的呜呜声。她冲到了窗户前。尾灯绕过转角，消失在了树木里。

"那是什么？"她悄声问房屋。

我没有拍到汽车牌照，房屋回答，那辆车装了屏蔽摄像头的红外装置。

她母亲的卧室门轻响了一声，灯光从她自己的门底透进来。奥切安迅速套上最大号的连帽卫衣，溜进了走廊。

"你听到了吗？"

"回你房间去，奥切安。"

奥切安跟着她母亲穿过黑暗的房子，来到门口。

"回你房间去，奥切安。"

她们停在前门的门板后面，鼓起勇气。

凯西啪地亮起屋外的灯，猛地打开了门。她能嗅到院子里的油漆味。"别下来，奥切安。"

奥切安跟着她走进了院子。

"留在那里，奥切安！"

奥切安跟着她母亲来到攻击现场：小屋侧面涂着一弯白色的新月，被一条斜线拦腰截断，油漆是新涂的，还在往下淌。

现在玛丽娜也来到了门廊上，靠着她的拐杖。

一弯被截断的新月。

这个晚上没有月亮。

"至少带上狗。"凯西说。

"我没事的。"玛丽娜说。

"我不懂你为什么就不能满足于在院子里绕两圈。"凯西咕哝道。

"外面有一整个可以在上面步行的行星,"玛丽娜说,"你不知道这有多自由。我会沿着路走的。"

"带上狗。"

老卡南皱着眉毛,翻身站起来。新来的狗泰尼奥还没有和卡南建立友谊,它漫步走过来看发生了什么事。一次散步。太高兴了。

周末时,奥切安和韦薇尔把整个小屋都漆成了白色,但每个人都还是能看出断月的轮廓,白色中的白色。无论她们花多少个周末油漆小屋,被冒犯的感觉也不会消失。

两只狗跟着玛丽娜走下台阶,来到院子里。她现在有下楼梯的诀窍了。她估算衡量过重力。她计划的路线是顺着小路走,穿过拦畜木栅前的大门,沿着环绕森林低处边缘的山路走一段,接着沿着河流南部的小路转变离开,回到房子里。两公里半。这简直像一场马拉松般让人畏惧。但可能还有些麋鹿滞留在森林边缘。这是个奖赏,也是个动力。她渴望能待在野生动物中间,她与它们之间毫无阻碍,没有媒介,完全的荒野。

玛丽娜穿着瑜珈裤、露脐上衣,戴着她从奥切安那里借来的尽可能多的友谊手环,开始了她的探险之旅。

"呃,哦,"奥切安说,"防晒乳。"她把 SPF50 的防晒乳厚厚地涂在玛丽娜赤裸的腹部和背上。"你的肌肉线条很棒,玛伊。你是怎么练出来的?"

"长跑,"玛丽娜说,"你什么时候开始叫我玛伊了?"

"从妈妈这么叫你开始。"奥切安说。

"你想要我和你一起去吗？"奥切安问。

"我不想。"玛丽娜说着，出发了，拐杖在尘土里留下了两排洞。卡南和泰尼奥跟在她脚边小跑着。这不是长跑，它永远不会是，但它可以是另一种仪式，是她自己的圣餐礼，以她的身体和距离组成。

在地球重力下，一切都要难十倍，加上拐杖还要整体翻一倍。想走到石桥那里，要从陡峭的山坳顺着弯曲的斜坡往下降。凹坑都像是阿里斯塔克斯陨石坑那么大。乡村道路上的砂砾和石头让迈出的每一步都变成一种折磨。而且她忘了带水。

"泰尼奥，泰尼奥，你是只聪明的狗狗，去给玛丽娜拿点水来。"玛丽娜一边晃上路面，一边吹捧着泰尼奥。神灵们啊。栅栏大门可真够远。

神灵们啊。阿列尔习惯这么说。

走五十步，歇一会儿。再走五十步，再歇一会儿。把它分解成细小的部分。她的脚很痛，非常痛。她走了多远？在月球上她可以眨眼连上亲随。在这里，它是她墨镜上的一个图标，眨眼眨眼眨眼眨眼眨眼，她总算点进了一个健康 APP。半公里。

神灵们啊。

狗抬起了头。几秒后，玛丽娜听到了让它们警觉的引擎声。一辆车正在穿过树林。在它绕弯从林间进入空地之前，她看到了它扬起的尘埃。她退后了。它开得很快。它看到她了吗？她可以挥挥拐杖。不行，她会摔倒的。它没有减速。它一定看到她了。它是朝她来的。目标是她。尘土、速度和噪声。冲她而来。玛丽娜扑进了沟渠中。当车子轰鸣着开过，把石子和砂砾溅了她满身时，她听到了男人的声音。

滚回月球去！

玛丽娜喘着气，每根骨头和每处关节都在痛。她试图把自己撑起来，但是做不到，她没有那个力气。她四肢着地扑在干燥的沟渠里，气喘吁吁，想在自己的呼吸声外搜寻汽车的引擎声。它已经朝前开了吗？还是又转头回来找她了？听着，哦，听着。

轮胎在砾石上的辗轧声，刹车的吱吱声，轮子滑动停止的声音。

玛丽娜不敢去看。

"玛丽娜？"

朝她俯下身来的是骑着自行车的韦薇尔。

"叫人来帮忙！"玛丽娜喊道，"救命！"

"嘿，妈妈。"

玛丽娜转着轮椅进了黑暗的房间。夜灯亮着。她之前没有注意到，屋顶上布满了发光的星星贴。

"你醒着？"

床上传来一声咕哝。

"没醒。"

家里的老笑话，也许是最老的一个。玛丽娜听到床头升起来了，光线柔和地亮了起来。

"你碰到了什么事？"

"一辆手动挡的皮卡碰到了我。"玛丽娜把轮椅转进她母亲床边的空位里。医疗设备轻响着，闪烁着，嗡嗡地泵着。精油的香味、药草和香薰的气味在夜晚会显得更加浓烈。"我没事。纳卡穆拉医生觉得我一定是用柚木之类的东西做成的，"她拍拍轮椅扶手，"我一两天后就不用坐轮椅了。"

"我听说了。"她母亲说。她把一只干枯的手放在被面上，玛丽娜握住了它。

"是那些该死的邻居。"

她母亲叹息着，咂着舌头。

"这说法太难听了。"

"抱歉。他们想把我轰下路去。他们的确把我轰下了路面。我还拄着拐杖。"

"小屋的白色看起来不错。"

"妈妈，我必须要告诉你一些事情。"

玛丽娜捏了捏她母亲又热又干的手。

"事态不会有任何好转。我不知道你有没有在看新闻，不过在上面，在月球上，呃，形势有些改变。孙家开启了他们的太阳能输电网……我要说的是，当上面的形势改变时，下面的形势会崩溃。我想，我在这个屋子里对每个人都是个威胁。"

她母亲的嘴张开了，发出了无声的惊叹。

"而且上面……还有点事务。我不是清清白白离开的。我伤了一个人的心。我做了错误的事，我需要纠正它。"

"但如果你又回去了……"

"我就再也不能回家了。但事情就是这样。妈妈，我爱你，还有凯西、奥切安和韦薇尔，她们是上帝的礼物，但这不是家。这里没有我容身的地方。

"妈妈，我得返回月球。"

第十七章

领带是个麻烦。西装从来都不成问题，比老人家标准的灰色深两个色度，剪裁则要锐利两分，足以显得可敬而非嘲弄。衬衫很简单，纯白色，斜纹让它显得柔和。领带。大流士在这里犹豫了。他想用樱草黄，但它缺少力量和沉着。可其他的颜色要么太沉闷，要么太花哨，或是对他来说太诡异了，戴上去是一种折磨。必须是樱草黄，但怎么让它更有权威感？领带别针可以达到这个目的。他的亲随阿德莱德呈上了一系列澳洲主题的不同样式。飞翔的袋鼠：不行，这动物让大流士发抖。红狗也一样，但是发抖的原因不同。它是罗伯特·麦肯齐的印章。大流士想要继承，而不是篡夺。五颗闪亮的珠宝紧紧联在一起，像一个星座。他没认出这是什么。

南天十字架，阿德莱德回答。南十字星座，无论在地球还是月球，都只能在南半球看到。

"给我看看。"大流士说。

他的视野呼啸而上，飞出了恒光殿，远离月面工作队伍的信号灯和探照灯——他们的任务已经从搜救变成了调查，高高地凌驾于恒光塔的残骸之上，飞入群星之中。大流士眯着眼寻找南十字：在那里。四颗明亮的星辰在银河的光辉中闪烁，还有一颗不那么亮。

"不怎么特别。"

它在澳大利亚国旗上非常突出。

"打印它，"大流士说，"真钻吗？"

我无法及时找到货源，阿德莱德回复道。

他系好樱草黄的领带，拉直。检查牙齿、眼妆。用手梳理头发。最后，他把南十字胸针别在了双温莎结下方的三厘米处。

"好了，阿德莱德。告诉他们我准备好了。"

这里是七铃。

七铃之校的校训是，课程不能只有刀。

觉察呼吸，当你觉察到它时，忽略它。过度的依赖是一种陷阱。感知你的重量和你的质量，理解它们之间的区别。记住，我们的感官生来并无分隔，而生命是一场旅程，从感官一体走向自由使用。过度专注是一种错误。

阿德莱德向他呈现了摄像机的方位。当他眼睛右下角的点变红时，他将开始直播。马里亚诺·加布里埃尔·德马里亚在这里。但在他眼中指挥的是孙夫人。他不会发抖的，他也不会犹豫。

当她催促他离开大会堂的混乱场面时，她说："邓肯·麦肯齐死了。"一开始他没听懂她在说什么。"好好听我说的话，孩子。邓肯·麦肯齐死了。麦肯齐金属现在群龙无首，布赖斯会试图控制公司，这也是他干这事的原因。"

"布赖斯摧毁了恒光塔？"

他们坐上了一辆摩托，飞速冲过已交通管制的隧道。

"在残骸撞上地面之前，我们就知道那是一次巴尔特拉射击。布赖斯希望它看上去像是沃龙佐夫弄的，但他没有他自己以为的那么聪明。他在科塔家用过这招。"

"让你赢过一次的方法会在下一次杀了你。"大流士说。

"我们必须快速行动。有一个天命要你去完成。"

现在，孙夫人向大流士歪了歪头。

倒数。

那个点变红了。现在整个月球开始观看他。

"我是大流士·麦肯齐。我是罗伯特·麦肯齐最小的儿子，也是他真正的继承人。我宣布接任麦肯齐金属公司的首席执行官。"

孙夫人笑了。

麦肯齐氦气的轨道车放慢速度，移向旁轨停了下来。轨道边有一个深藏在月壤坡面下的 VTO 维修库、一个小型太阳能电池组、一个通信塔，还有一个标准的月球废料堆——堆满了废旧机器。岛海在西面向月平线弯曲而下，亚平宁山脉的北外露层在东面升起。除此之外没有别的了。

"我要说一件显而易见的事，"布赖斯·麦肯齐说，"这里不是哈德利城。"

"哈德利城的形势变化得很快。"芬恩·瓦内说。布赖斯在座位上挪动着，他就没办法安静地坐上几分钟。

"意思是？"

"我们不会受欢迎。"

"我不指望他妈的受欢迎，我指望他妈的受尊敬。"

"哈德利城对我们怀有敌意，我不能毫无必要地让你遭遇危险。"

"哈德利城会发现我不是个懦夫，"布赖斯喷着唾沫，"我在那里有二十个忠诚的杰克鲁。"

"邓肯在城外布置了两百个武装过的杰克鲁抵御地球人。他们永远不会放下枪。"

布赖斯暴躁地瘫回椅子里，注意到自己的视镜中有一次闪烁。他费劲地向前倾身，敲了敲轨道车的舷窗，"这是什么？"

"华莱士与汽海萃取团队的探测车。我们要换到探测车上，和雨海澄海的工作组会合。两百二十个杰克鲁。我们在地面上结束这事，在镜场里。"

"围攻？"布赖斯问。

"围攻哈德利。"芬恩·瓦内说。布赖斯笑了。东面月平线上扬起的尘埃宣告了麦肯齐氦气团队的到来。

"老板。"轨道车安保组组长贝利·戴恩在后舱喊道，"加普夏普的新闻，你得看看。"布赖斯·麦肯齐鄙视八卦网站和聊天频道，但它们的反应比月球的其他媒介更快。虚假的新闻跑得快。新闻里是大流士·麦肯齐，额发扬起、系着樱草黄领带、在正确位置别着南十字别针的大流士·麦肯齐要求掌管麦肯齐金属。该死的花花公子。

"他妈的快让我进探测车！"布赖斯·麦肯齐吼叫道。

萨蒂滑开面板，她的眼瞪大了。

"这里有个吧台。"

"当然，"丹尼·麦肯齐靠在他的椅子里，把脚挂到脚凳上，"给我们调点什么，怎么样？"

"你想要什么？"

丹尼回到了抗压玻璃的曲面上，这里是亚平宁山脉的北部分支。这辆轨道车是私人租的，不是那种龙家族高管级别的制式交通工具，不过依然很舒适、很快，并且装备精良。"酸的。要柠檬，多到足够让你皱起脸来。一点小刺激。甜的。糖浆，香草糖浆。比刺激的东西稍微少一点。生活并不甜。一点兴奋剂。杜松子酒。当然，得是冰的。四份[1]，不，还是三份吧。金箔，撒一点。搅拌，倒出来，喝了。"

萨蒂打开器具，打印，准备，然后给丹尼、她自己、宋池和阿格妮塔倒了四杯酒。另外两人也是跟着丹尼·麦肯齐从上城高街下来的。剩下的人稍后再来。刀王欠你们的。懂吗？这是麦肯齐的债务。最后在杯中放一小撮金色的尘埃。它慢慢地沉入冰冷的液体。丹尼抿了一口酒，倒回椅子里。

"真他妈的棒。太久没喝了，宝贝。我得给你取个名字。阳光快车。不。他妈的太滑稽了，"他朝真空举起杯子，"英雄归来！"

月震有四种类型：深源月震、冲击月震、热应力月震和浅源月震。最后一种是最具毁灭性且传播最快的。在恒光殿的爆炸新闻出现后几秒钟，邓肯·麦肯齐被暗杀的余波就让子午城从底部大道一直摇晃到了上城高街。高城上的人们感觉到了，他们聚集在楼梯和步道上。

但他流放了你。

"我爸死了！"丹尼·麦肯齐咆哮道。

他说你不再是他的儿子了。

"我服从他，这是麦肯齐的方式。我是忠诚的。"

他剥夺了你的继承权。

他举起那只因服从麦肯齐家的做事方法而残疾的手。

"血缘说的不是这个。"

它说了什么，刀王？

"去拿属于我的东西。"

你没有同盟，没有援助，没有比西。

"我就算走路也要走到那里去！"丹尼·麦肯齐喊道，"同盟？

---

[1] 一份指 30 毫升（1 盎司）。

你们谁跟我去？"萨蒂、宋池和阿格妮塔从她们栖息的地方跳下来，和丹尼·麦肯齐站到了一起。上城高街一路欢呼着将他们送到楼梯处，但有一个声音说，现在谁来保护我们？

在八十五层，丹尼的亲随闪烁着复活了。空气、水、数据。钱。还有一条信息。子午城主车站。来自一位忠诚的杰克鲁。

"是个陷阱。"阿格妮塔说。

"也许是，也许不是。不过我曾经赢过布赖斯·麦肯齐，赢了他最棒的好手，他的首席刀卫。还有，我们乘电梯。除非你想让大腿肌肉变得像特维城里见鬼的树一样。"

在摩托和单车呼啸来去的大道上，宋池悄声说："你有一把刀。"

"两把刀。"丹尼·麦肯齐说。在进入子午城主站的下行扶梯上，另一条信息到了。私人轨道车接送。你不会像一个乞丐一样回家的。来自一个记得一切的杰克鲁。

接待员已经扬起手来召唤保安了，但接着屏障打开了，丹尼领着他的伙伴，穿过了厚厚的地毯和敏感的情境照明。

"欢迎，麦肯齐先生。你的轨道车在五站台，三十分钟后出发。请好好享受我们的多样化设备。"

"洗澡，伙计们！"丹尼喊道。

"我们洗过了。"萨蒂说。

"这是热水。"

十分钟后到达哈德利城，麦肯齐先生，轨道车说。

"来看看这个。"丹尼招手让伙伴们看前面，"这是月球一大胜景。"

轨道车掠过沼泽南部的废地。月面谷被磨平了，陨石坑被挖成了月表的皱纹，月壤被处理了又处理，筛了又筛，直到每一原子的价值都被榨干。

"那里，瞧见了吗？"丹尼指着近处月平线上缓缓升起的耀眼星辰，"哈德利城。我爸死了，但熔炉没有。现在我们随时会进入镜群。瞧！"他站了起来，像一个演员般张开了双臂。无数星辰在轨道的两边燃烧，轨道车在一条闪亮的熔铁轨道上行驶，穿过由五千块镜面组成的阵列，它们全都把光线聚焦到了哈德利城暗色金字塔的塔尖。"该死的太阳公司以为它控制了太阳。是我们先做到的，而且我们做得最好。"

"丹。"

"怎么，萨德？"

"还有其他的光。"他奔向前去。在固定的镜群小太阳上，还有一些较暗的光在下落，像红色和绿色的星座。还有蓝色的火花。白热的火光：一秒，两秒，然后又是蓝色的焰尖。推进器的火光。

"飞船，"丹尼轻声说，"那是着陆推进的喷火。"

"多少？"

"所有。沼泽上空全他妈都是。"

"VTO？你母亲是个沃龙佐夫。"宋池说。下一刻，刀尖悬在了他的眼角。

"我母亲是个麦肯齐。念她的名字。"

"阿波罗奈尔·沃龙佐夫—麦……"一声恐惧的尖叫。

"她的名字？"

"阿波罗奈尔·麦肯齐。"

"谢谢，"刀子回到了刀鞘里，"如果你再对我母亲无礼，我会把你的脊柱切出来。"

"丹尼，你该看看这个。"萨蒂把焦点新闻的标题从轨道车的 AI 界面上弹给了丹尼的亲随。

"大流士，你这小贱人，"丹尼吸了一口气，"是孙家。"

在听到之前就先感觉到了，一个敲击声从轨道传到了他们的车体上：一种震颤。咚——咚——哒，咚——咚——哒。丹尼走进气闸，这震颤就变成了声音：一种节奏。门锁闭了，气压平衡了。外闸门打开，听觉转换成了视觉。平台、坡道、楼梯、天桥、地下通道和隧道都挤满了杰克鲁。他们穿着沙装，穿着商务西装、西装裙、运动装、睡衣、流行高定、地摊便宜货。还有苏格兰短裙和靴子和培养皮、基础款卫衣和裹腿、短裤和无袖 T 恤——从早年栖地四处泄漏、探测车不牢靠、月面活动工装靠不住的岁月开始，它们就一直是典型的麦肯齐工人着装风格。所有的杰克鲁都正在哈德利城的石面上敲着一种节奏。咚——咚——哒，咚——咚——哒。

丹尼踩上了月台。挤成一片的人们给他让出了位置。节奏停止了，猝然而止。丹尼·麦肯齐审视着人群。

"伙计们，你们想我吗？"

哈德利城的石廊和竖井收容了呼喊声，接着像一个庞大吹奏乐器的管道一样，将它变成了轰响的雷鸣。有人在拍他的背，有人在开玩笑地捶他，有人揉着他的头发，还有人试图搂住他。欢呼声、口哨声、祝贺声、土包子、伙计、土包子、你这小屠夫，或只是发出一些毫无逻辑的吼声。丹尼的子午城伙伴也被这些声音接纳了，因为他们紧跟着回家的黄金之子。步行变成了奔跑，那个节奏又开始了：咚——咚——哒，咚——咚——哒。丹尼·麦肯齐咧嘴笑着在奔跑，两边是无尽的欢呼声和鼓掌声。现在他冲进了哈德利城的中庭，大金字塔里的金字塔。路面由人流的潮水组成，他们理解着他的意图，在他身前分开。自动扶梯对他来说不够快，他一步跨五阶，站上了第一层楼板的栏杆。

哈德利城安静下来了。人们伸着脖子，从更高的楼层往下望。丹尼对所有人示意。

"我爸死了，"他喊道，"布赖斯·麦肯齐想要麦肯齐金属。我们要对他说什么？"

操他！一千个杰克鲁在叫嚷。

"大流士·孙在镜群上到处投放战斗机器虫和武士。我们要对他说什么？"

也操他！哈德利城在咆哮。

丹尼·麦肯齐伸出他的残手，要求安静。

"这个地方叫什么？"

城市如雷般喊着自己的名字。丹尼摇摇头。答案翻倍回响。

"哈德利是我兄弟，是麦肯齐金属的首席刀卫。他应该站在这里，但他死在了克拉维斯法院。他为这个家族战斗过。在他之后，我是首席刀卫。我为这个家族战斗过，为家族支持的事物而战。荣誉和骄傲，伙计们，荣誉和骄傲。我做了一些事情，有人觉得这背叛了公司。没错，但我从来没有背叛过这个姓氏，从来没有背叛过身为麦肯齐该有的样子。你们也知道这点。你们像欢迎英雄一样欢迎我。让我告诉你们我是谁。我的名字是丹尼·麦肯齐，我是邓肯·麦肯齐最小的也是最后一个儿子，是他唯一的真正继承人。我要求掌管麦肯齐金属，我要求掌管这座城市，我要求拥有你们的忠诚。你们会与我同在吗？"

回答淹没了熔炉永恒不断的隆隆声，从中庭的钢铁大梁上回荡开去。

"你们会与我同在吗？"丹尼又问了一遍，而哈德利城的回答越发强劲，"但伙计们，伙计们，我们的敌人就在外面。他们很强，他们很难对付，他们的人数多于我们，他们将夺走我们珍视的一切。我们要怎么办？"

操他们！

丹尼鼓动着气氛，把手拢在耳边，怂恿着人群，做着口型无声地问：什么？什么？

"操他们！"

丹尼·麦肯齐稳稳地站在栏杆上，沐浴在崇拜之中，大张双臂，衷心恳请。来吧。此时，一个在阳台上穿过人群的身影吸引了他的视线。阿波罗奈尔，他的母亲，穿着服丧的白色。他从栏杆上跳了下来。

"妈妈！"

张开的双臂紧紧地搂住了他。阿波罗奈尔笑着，俯到她儿子耳边。

"欢迎回来，丹尼。"她轻声说。

"谢谢你派了轨道车来，妈妈。"丹尼也轻声说。阿波罗奈尔僵住了。

"什么？我没有……你能回来太好了。"

"这是麦肯齐家的方式还是他妈的什么？"他在她肩后看到了另一个一身白衣的女人，她从人群中走出来：阿纳斯塔西娅，邓肯的继欧可。更多白衣女人从人群中走出来：他的姐姐凯塔琳娜，她的孙女基米—利，米凯拉和玉，塞尔玛和普琳塞莎。堂亲和表亲。

"正确地领导他们，丹尼，"阿波罗奈尔说，"首先，我们必须告诉你，从现在开始麦肯齐家如何以自己的方式行事。"

月鹰给他的铁手递了一杯酒。

"我不应该喝酒。"亚历克西娅说。卢卡斯打开了面向台地花园的窗户。

"而且你不喜欢杜松子酒，"卢卡斯说着，走到了台地上，"但这不是杜松子酒，而我想要你喝喝看。"

亚历克西娅跟着他走过温暖的石板路面，穿过被修剪过的优雅的佛手柑树，来到崖边上的小穹顶亭。它刚好能容纳两个人，空间亲密，景色令人眩晕。亚历克西娅抿了口酒，被巴西朗姆酒的烟草味和盐味呛到了。

"你觉得怎么样？"

"不错，对月球人来说。"

"我试着调了，失败了，我又试了，这次的失败进步了一些。但若热两次都没有被触动。我本以为我改良了配方。"中心区的夜幕已经降临，它不是渐渐拉伸的阴影，而是一片绯红色的世界。心大星方区正是黎明，紫色变成了蓝色。猎户座方区是正午。对于亚历克西娅来说，它非常美，也非常非常奇异。"我发现我养出了一些可怕的习惯。我把这一个称作'下花园'。会议结束了，审阅完成了，简报看完了，我就拿上一杯酒，漫步穿过佛手柑树，走下花园。能看见我的人只有我的埃斯阔塔和间谍。"

"还有整个中心区。"

"哦，相比于我的前任及其丈夫，"卢卡斯说，"他们发现我非常无聊。"

"布赖斯拒绝放弃。"亚历克西娅说。她把巴西朗姆酒放到小石桌上，它简直像屎。

"大流士会把布赖斯切成碎片的。"

"但愿，"卢卡斯容许自己露出一个紧绷又挖苦的笑容，"丹尼·麦肯齐另当别论。"

"所以，丹尼·麦肯齐是怎么出现在哈德利城的，还带着一半的高街人和一千个杰克鲁的枪？"

"有人向他透露了消息，"卢卡斯说，"并提供了资金。"

"麦肯齐金属？他母亲？"

"都不是，"卢卡斯说，"是我。"他抿了一口他的"下花园"杜松子酒。他试过一次巴西朗姆酒，不会再犯同样的错误。他自己配制的杜松子酒纯粹又原始，现在如此，永远如此。"别显得这么惊讶。你的表情不应该这么丰富。他们有可以阅读表情、预测情绪的机器。我给他塞的钱足够他回到哈德利城以及租好轨道车。全都非常小心，无法追踪。"

"丹尼·麦肯齐。"

"是的。"

"掌管麦肯齐金属？"

"哦，这一点还有待观察。大流士·孙在外围布置了强大的武装力量，也许他会胜利。太阳公司的口袋是个无底洞。但我相信，在一个简单的二分体之间介入一个第三方总是件好事。它能引发不稳定与混乱。我喜欢混乱。而且，就算太阳公司没有上演这一恶意接管，地球人对太阳环区也已经足够紧张了。不，让丹尼大张旗鼓地做足姿态吧，让他宣告接管哈德利。我会知道他站在哪一边的。你永远都会知道麦肯齐的想法，"卢卡斯望向外面日落时渐深的暮色，它正沉入靛蓝色，"唉，我还有一个坏习惯。我把它称作'重上花园'。介意陪我一起吗？"

他们把杯子留在桌子上。精细的照明正把鹰巢变成光的喷流，蓝色的池子，白色的涟漪，一片光瀑。

"有个条件，"亚历克西娅说，"我想喝杜松子酒。"

第十八章

圣父圣母啊，它们太快了。镜群桥塔间一闪而过的光影，镜面阵列都是掩体。这样的战场是可怕的。他的杰克鲁散布在整个镜场上，名字、标签覆盖了视野与红外地图。雷达标出了五千个虚假联络体。他在盲目地战斗。公共频道要挤裂了。

它们太快了，王八蛋……

蕾切尔，你在哪儿？你在哪儿？

我在退后，我在退后。

我看不到……

一个名签变成了白色。

"撤退！"芬恩·瓦内下令。他的头盔面板上泛着一片白色，战术显示器毫无用处。敌人能混淆雷达，在发热的镜群间掩蔽自己的热力特征。芬恩手下的是氦气矿工、程序工程师、场地测量员、维修工，而他们对抗的是太阳公司那有序又狂野的杀戮机器和训练有素的武士。芬恩·瓦内将集结坐标弹给他的战士们。杰克鲁、集尘者、不走运的外国雇佣兵。让探测车上架着的链炮来掩护他们吧。

众多身影跃过他身边，三米高的跳跃，尘土飞扬。沙装、壳体工装、杂七杂八的月面生存装置。工人与士兵的战斗。

"让探测车开到近前来！"芬恩·瓦内命令着，将疏散点扔给AI，"我们正在这里被切成碎片。"

他的头皮上传来一阵刺痛：来自沙装触觉系统的警告。他抬起视线，看到一片黑色中闪烁出蓝色的亮星，它们在慢慢地降落。是推进器。

"这些该死的东西想拦截我们！"芬恩在公共频道里吼道。机器虫落到了月壤上，在减震器作用下往上弹起。它们的弱点就在那里。孙家的一只战斗虫落到了他面前。芬恩·瓦内拧转长矛，将它分成了两半。带斧的一头在缆索上呼啸着挥出，打在膝关节上，废掉了这机器的两条腿。芬恩跳起来，反过武器，将矛尖狠狠扎进了传感核心。那东西拍打着肢体和刀片倒下了。但这虫子还在以扎中它的矛为轴转着，踢起一圈尘。芬恩·瓦内打开柄脚，将刀锋从机器的甲壳一路绞进一团细管和处理器中。虫子还在垂死中动弹。

"我那该死的探测车在哪里？"

他想要枪，高斯步枪。要拿下哈德利，就得有枪。布赖斯禁止用枪：配备它们要花太长时间，而且镜群会被打碎成一片飞溅的玻璃旋涡。

去你妈的，布赖斯，总是重视物质胜过重视活人。

脑后又传来一阵刺痛：他旋过身。是一个穿着战斗壳体工装的人，工装上涂着太阳公司的哑光黑和银色，一手握一柄刀，向他扑来。芬恩按开矛身，缆索再次挥出，将斧片砍入面甲，溅起一片银色的玻璃和血。他把抽搐的躯体踢开，扯出斧片，再次把两截矛身合为一体。

不错的小兵器。惠更斯某个聪明的混蛋设计了它：容易打印，容易使用。一个信息时代的社会用青铜时代的武器打仗。

人总算都上了探测车。

"蕾切尔、阔克，跟着我！"芬恩命令道。他的后卫来到他的身侧，举着武器，但太阳公司的机器虫和武士停在了镜场边缘。他们赢了。他们羞辱了麦肯齐氦气。继续屠杀并不能带来利益。

八十个杰克鲁进场，退场的只有四十六个。

机器虫和武士退入了镜群的阴影和光芒里，只除了一个人，他举起一只戴着盔甲的手，转过它，比出了一根手指。大流士？可能是。那件沙装很小。芬恩只在克鲁斯堡少有的正式访问场合中遇见过他，说过的话也仅止于对罗伯特·麦肯齐和孙玉的儿子的礼节性问候，但他对他的印象是个自大的小混蛋。大流士·孙会做这样的事。

触觉系统让芬恩·瓦内感激自己手中矛斧的坚固与重量。

不错的东西。

"蕾切尔，阔克，走。"

探测车载上了幸存者，发动了牵引马达。

芬恩举起矛，在它不规则的形状中寻找着平衡。他为沙装伺服系统补充能量，然后用尽被放大的力量，将它投向了那具孙家沙装的护胸。

没预料到吧，是不是，你这小混蛋？

那个身影横跨了一步，弯下身体，他的手移动的速度快过芬恩·瓦内见过的任何东西，它在半空中抓住了矛。掉转它，瞄准。芬恩·瓦内确定他能在那黑暗的面甲后看到一个微笑。

"布赖斯！"

没有回答。

"布赖斯！"

芬恩·瓦内唤出另一个显示屏——队形不整的探测车队正逃离血腥的涧沼，布赖斯的探测车也在其中，在车队的最前面。

"不，该死的。"芬恩诅咒着。战斗沙装计算着储备。他有足够的能量全速跑十分钟，足以赶上布赖斯的高管探测车，不过他会只剩下几毫瓦特，而且喘不上气。

足够逃脱一把指向他后背的矛吗？

他转过身，将沙装切入动力奔跑模式。关节传来的疼痛让他叫出声来，如果沙装失去控制，他就会跌倒然后翻滚出去。十分钟。他受不了的。他必须受得了。

撤退扬起的尘线还在。他在四散的探测车和被击败的货物间全速奔跑：固定成加速模式的壳体工装，穿着沙装的集尘者们紧紧抓着支柱，绑着安全带、网着、捆着，随着每一块岩石和每一处断层颠簸着。轮胎印夹杂着靴子印。现在只剩下一组车辙和一条尘羽。

动力8%。

他追上了狂奔的探测车，伸手抓住了一道检查梯。他在半空中摇晃着，撞上了梯子，他甚至能通过工装和抗压外皮感觉到这次撞击。他撞断了什么没有？他摇晃着悬挂在探测车后，动力计的指数在每一次摇晃中都下降一点。然后他的一只靴子抵住了隔板，用力，设法将另一只手也搭上了梯子。此后便是一次简单又痛苦的攀爬过程，将他自己拖上梯子，翻过抗压外壳，进入生命支持区。

动力2%。

芬恩·瓦内解开动力管道，揭开防尘盖，将他自己的系统插了进去。这就像性爱。比那更好。现在有空气了。新鲜、甜美，而且这么清凉。你在壳体工装里嗅到的气味就是你自己嘴里的气味。他仰面躺在车顶，呼吸着洁净又甜美的空气。最后是通信。他接入了探测车的公共频道。

"布赖斯，你干的这是什么事，逃跑，我可不欣赏这行为。"

有很长一段时间，芬恩都没有听到回答，但他不会容许自己软弱到再重复一遍。

"芬恩，很高兴你赶上了。"

"我可不感谢你，布赖斯。"

"芬恩，芬恩，这是一次业务决策。"

"首席刀卫只是另一份可替代的资产。"

舒适且装有空调的舱室里没有任何答复。

"我看你正在带我们返回岛海东部。"

"我必须到达金斯考特。"

"不，这样走你到不了。"

"你是什么意思？"

"VTO 的飞船斯科帕号刚刚在岛海东部降落。他们阻断了你的撤退路线。"

又一次冗长的沉默。

"帮帮我，芬恩。"

"什么？"

"帮帮我。"

"我可以做到，布赖斯。我可以让你一眨眼间回到金斯考特。但它可能达不到你平常舒适又讲究的标准。"

"只要告诉我他妈的该怎么去！"

这大块头男人的嗓音中透出了真实的恐惧。芬恩·瓦内在头盔里露出了微笑。他在沙装面板里调出了坐标，将它们透过车体扔向了布赖斯。

"给你。"

"一个巴尔特拉站。"

"它又快又可靠。而且我们的巴尔特拉运输历史悠久。"

当探测车快速变换路线时，芬恩·瓦内抓紧了车体。

"我要求你为这次羞辱负责。"布赖斯说。

三十四名死者。好人，忠诚的人，被切开了，被肢解了，被开膛了，肢体、器官和鲜血洒满了凋零沼泽。而你将之称为一次羞辱。

惠更斯巴尔特拉站的弹射角正从月平线上升起。享受你的旅行吧，肥猪。我说我会让你回到金斯考特，可我撒谎了。眨两次眼，眨三次眼，也许更多。你从未搭乘过巴尔特拉，所以好好享受这次经历吧。在你自己的呕吐物、尿和屎里打滚吧。我会看着你发射，然后我会进入探测车，在去往哈德利城的一路上，为三十四位忠诚的杰克鲁喝你那该死的私人伏特加。

我期待着前首席刀卫俱乐部的开幕典礼。

对江盈月来说，所谓美，就是布拉德利山上空着陆推进器闪烁的光焰。光点在更高处光点的背景下移动。自孩提时代起，江盈月就热爱宇宙飞船。在她第一次上到月面时，她的同学们蹒跚着、跟跄着，试图在厚重的新手壳装里找到正确的移动方法，而她已经在跳跃了。跳跃着去碰触天空的光点。壳体工装的制动器很强大，但永远不足以将她推离自己的世界，前往飞船飞行的地方。自那天起，她一直被困在、被钉在她小小的月球上，仰望天空。

奥廖尔号是一个由信号灯和警示灯组成的闪烁光斑，然后它撞进了阳光，江盈月看见飞船的全貌，认出了货舱桶架里的通信及控制组件。她了解沃龙佐夫舰队的每一艘飞船、船员、组件和构形。沃龙佐夫家控制着这样美的事物，她对此感到愤恨。他们灵魂粗俗、笨重、大嗓门，对他们来说，他们的飞船是工程产物、航行工具，可以进行轨道飞行并有效负载。而对她来说，它们是天使。

接着引擎点火，尘埃翻腾着淹没了她。

她穿过尘土，向面板显示屏上的图像走去。坡道降下来了，闸门打开了，气压平衡，她走了进去。气刃从她的沙装上削下了尘土，显露出太阳公司那一条条明亮的战斗色彩。江盈月打开头盔，尝到了月尘的辛辣味。孙家人在闸门那边等着。

公司冲突调停官江，她的亲随宣布。她不姓孙，她不能使用家族的六角星形。她不需要亲随加在这群孙家人身上的名签，就如了解沃龙佐夫的飞船设计一样，她也了解太阳公司的体系构成。

"所以布赖斯·麦肯齐像一个哇哇大哭的孩子一样逃跑了。"志远说。

"乘巴尔特拉。"盈月说。西装革履的人们抑制着笑容，想象布赖斯·麦肯齐像一个手球般在巴尔特拉舱中蹦跳。

"我们的损失？"阿曼达·孙问。太阳公司董事会成员围成半圈，坐在尽可能小的、以铬和人造皮革制成的优雅的椅子里。江盈月非常鲜明地意识到，自己是站着的，穿着战斗盔甲，在灰色的地毯上留下了沾着尘埃的脚印。

"损失程度超出我的预计，"她的亲随向盘旋的六角星们发送了清单和图表，"损失较重的是机器人，但我们也有人员伤亡。"

"有点棘手。"孙建英说。

"我们的模拟没有预估到澳大利亚人会在压倒性劣势下迎面战斗。"

"我从没听说过哪个麦肯齐会在战斗中退却。"孙夫人说。一个员工倒了一小杯杜松子酒，她端庄地抿了一口。

"那你的模拟对这些澳大利亚人有怎样的预估？"志远问。

"我们正在运送资源，以维持对哈德利城的围攻，直至接管城市的生命支持系统。在那之后，抵抗会崩溃得非常快。同时，麦肯齐杰克鲁的任何反击都会被迅速且有效地遏制。"

"不要低估丹尼·麦肯齐，"志远说，"他扛住了所有企图将他驱逐出上城高街的攻击。"

"告诉我，我的曾孙是否表现得不错？"孙夫人问。

"他指挥了一个机器虫小队，并且非常英勇无畏地战斗。他亲自挑战了芬恩·瓦内，并逼他逃走了。"

"芬恩·瓦内，他在那之后叛变投向了麦肯齐金属，"阿曼达·孙说，"并且他还有关于我们的布置和战术的第一手信息。"

"我们的模拟还未出现过任何重大偏差，"盈月说，"我们预计哈德利城将在七十二小时内屈服。"

"在这箱子里待七十二小时？"孙夫人发出了嘘声。

"我们预期投降将远远早于这个时间，"盈月说，"毕竟这只是一次管理权的让渡。麦肯齐了解生意。"她顿了顿：她的视镜里出现了影像，耳中传来了话语。"抱歉，有新进展。"在锁上头盔的同时，江盈月对在座的董事会成员说："丹尼·麦肯齐参战了。"

空气中还留着旧尘埃的记忆。丹尼·麦肯齐随意用一根手指抹过一处门框。他感觉到了熟悉的刺痛，还有那烧灼的、辛辣的气味。他的指尖染上了浅淡的灰色。月球女神最致命的武器：月尘。

他的父亲也做过同样的事。那时他走进金字塔最顶端的这个房间，唤醒了沉睡数十年的哈德利城，将镜群转向太阳的方向，点燃了城市核心的火焰。他也曾尝到过尘埃的味道。

女人们围着一块战术显示屏站着，控制中心里每个人的视镜上都有它的投影。工序流程和熔炼数据被一张凋沼详图替代了。丹尼专注地研究着地图。

"见鬼。"

"孙家和整个VTO飞船舰队都签了合同。"阿波罗奈尔·麦肯齐说。

"空运能力让人震惊。"邓肯·麦肯齐的另一位遗孀阿纳斯塔西娅·麦肯齐说。

"我本来以为沃龙佐夫是我们的同伴，"丹尼说，"我好像听说我们要一起开发小行星事务？"

"一码归一码，"一个褐色皮肤的年轻女人说，她的头发高高地堆在头上，形成一座精致又欢悦的巴比伦神塔——哈德利城金字塔的倒像，"我们好像从未拒绝过一份有酬金的工作。"

丹尼扬起一边眉毛。

"而你，我不认识。"

"伊琳娜·伊芙阿·沃龙佐夫—阿萨莫阿，"年轻女人说，"我将是基米—利·麦肯齐的欧可。"

"而你为什么有资格待在这里？"丹尼问。

"她的资格在于她是我们最容易接触到的关于 VTO 的行家，"阿波罗奈尔说，"还是个潜在的人质。没有冒犯的意思，伊琳娜。"

伊琳娜歪了歪头：没关系。

丹尼又开始研究地图。孙家在人数和位置上占优，而且飞船和巴尔特拉舱每分每秒都在运送人手。

"他们能在外面待多久？"

"他们想待多久就能待多久。"丹尼的姐姐凯塔琳娜·麦肯齐说。

"直到他们击溃我们的生命维持系统。"玛格达·麦肯齐说，这是他的继侄女，她的奶奶是阿纳斯塔西娅，父亲是丹尼的同父异母兄弟尤里。

"那要花多长时间？"

"我们的模拟结果是七十二小时以内。"阿纳斯塔西娅说。

"妈的！"丹尼用拳头猛击显示屏，猛击这些幻象。原本团结又坚决的控制室此刻已布满了恐惧的裂痕，"我们出去，尽力把它们打跑……"

"它们会把我们撕成碎片。"德翁提亚·麦肯齐说。她的母亲塔拉曾是子午城的时尚先锋，但已经在铁陨中去世了。

"他们试探过我们的网络防御，"伊琳娜说，"我们把他们挡住了。哈德利城的操作系统里到处都是木马病毒。有一些自城市初建时就已经存在了。有一些很古老的代码，比如五十年前……"伊琳娜停住了。控制室里没人动弹。每个人都彼此相望，每个人都在同一瞬间有了同样的想法。每个人，除了伊琳娜。

"木马，"丹尼说，"该死的木马！"

"记住铁陨。"他母亲说道，这咒语立刻环绕了战术会议桌。记住铁陨。

"我们需要一次干扰，"阿纳斯塔西娅说，"一旦他们看到我们在做的事，就会把目标指向镜群。"

丹尼笑出了金牙，大张开手臂。

"难道我不是月球上的头号干扰吗？"他的召唤向外扩散，穿过了哈德利城的辉石走廊和灰色橄榄石门厅。我需要三十位忠诚的杰克鲁。战士，枪手。这是一次自杀式任务。五号气闸。有人和我去吗？

在接手自己的任务时，女人们笑了。

"我们得打得狠一点，"德翁提亚说，"这事我们只有一次机会。"

玛格达皱着眉头，审视着显示屏，然后放大它，用手指点住一个发光的蓝点。

"奥廖尔号，刚刚从恒光殿抵达此处。这是一个高管运输舱室。"

"他们让董事会来看他们的黄金之子迈着胜利的步伐走过伦敦大街。"阿波罗奈尔说。

"哎！"丹尼喊道，"我才他妈是你们的黄金之子，别忘了。"

"别被杀了，丹尼。"玛格达说。

"你们把你们的事情做好，我说不定还不需要去杀别人。"丹尼说。

"我不明白……"伊琳娜说。

"告诉我，沃龙佐夫，麦肯齐的座右铭是什么？"丹尼在门口说，他紧抓着染尘的门框。

"麦肯齐的报复是三次。"伊琳娜说。

"呃，呃。"丹尼摇了摇头。他露出一个金灿灿的野蛮微笑。

"抓住敌人掉落的武器，用它来对付他们。"哈德利的女人们齐声说。

"进。进。进。进。进。"在志愿者走进主闸时，丹尼·麦肯齐拍着每个人的后背，"你，进。你，穿好装备。你……"他的手僵住了，指着那个人，"你他妈的在这里干什么？"

"我叛变了，还是你没听说？"芬恩·瓦内的身高并没有达到月球标准，但人们慢慢地离开他身边，为他留下了一个社交真空区域。

"我他妈为什么要让你为麦肯齐金属战斗？"

"因为我是唯一一个打败过你的人，丹尼·麦肯齐。在施密特陨石坑，你穿着那件愚蠢的金色沙装。你那时不知道我是谁，我只是某一个杰克鲁。但我击败了你，刀王，留下你等死。还是一个科塔救了你。"

寂静的人群等待着。丹尼用拇指比了比闸门。

"进去，穿好装备。"

在芬恩·瓦内与他擦肩而过时，丹尼一手搭在他肩上截住了他，悄声说了几句话。

"在施密特陨石坑，你伏击了我的杰克鲁，留下我等死，你以为你打败我了。我得告诉你，伙计，丹尼·麦肯齐没那么容易死，哪怕需要一个科塔来救他。懂了吗？我还搞了一件闪亮的新金装。"

新的沙装是壳体盔甲，涂色用的还是酚醛树脂，刺激的气味弥漫在装甲室狭小的空间里。

"穿着这些该死的东西没法动。"当面板围着他闭合锁定时，丹尼骂骂咧咧。触觉装置开始了解他的躯体，他感觉到了伺服系统的活跃。战斗盔甲强大且防御完善，但代价是速度和机动性。在刀的世界里，速度就是生命。越快就越机敏，可以转动刀尖，掏出敌人的肠子。

包裹着他的壳体工装活了。一个穿着宇宙兽人盔甲的女人从武器架上快速拿下火器，分发给每一位装甲战士。她的名签是索尼娅·恩加塔。这是一位老兵，在月球托管局用机器围攻特维城时，她参加过麦肯齐金属的突围战。

"这是什么？"丹尼·麦肯齐问。他像拿着一手粪一样拿着那把武器。

"高斯步枪，"索尼娅·恩加塔说，"能用一个金属小块打穿两公里外的机器虫。"

"我和那些东西战斗过，"芬恩·瓦内说，"自特维城战之后，孙家做了一些改进。你不会想知道它们能多么迅速地飞掠过两公里。你只有两次射击机会，然后它们就会扑到你面前。"

"给我一把该死的刀就行。"丹尼·麦肯齐咕哝着，在两手的手套上转着那把高斯步枪。索尼娅·恩加塔走上前来，拍上枪管的一个机关。一把刺刀猛地弹了出来。她拧转了一下，就把刀片递给了丹尼。

"很好，"他说，"两把会更好。行吧。"他的小队在他的面前集合了，三十具盔甲。都是些不走运的人。"我的朋友们，我亲爱的朋友们，我们将要向一个太阳小队发动一次牵制性攻击，他们试图强行攻击我们的生命维持系统，有武士和机器虫保卫他们。我们的人数不够，火力也不足。我们可能会死。老人们总是谈论死亡和荣耀，这是最古老最垃圾的谎言。死亡没有荣耀。死亡是一切美好事物的终点。而我将带领你们奔赴死亡。我们的任务是争取时间。如果说这时间不是以分秒计算，而是以生命计算，那就是我们的任务。我不想你们任何一个人死，所以像他妈的恶魔一样战斗吧。像生命本身一样战斗。这就是我必须要说的话。谢谢你们。你们是最棒的。你们是杰克鲁，你们是刀，是的，但你们每个人都他妈的是麦肯齐。"

闸门里响起了欢呼声，接着，头盔锁闭，压力监测器指向真空。绿色的灯变成了红色。外闸打开了，随着公共频道中的咆哮声，丹

· 288 ·

尼·麦肯齐的金色装甲带头冲进了月壤中。

跑，江盈月命令她的工装，这条路线。战斗装甲即刻以速度和动力回应了她。如此优越的工艺。自治系统控制了工装，于是她可以投入全部心神应对反攻。三十个麦肯齐的刀卫，以工装的全速，向正在黑入哈德利主通信线路的太阳工程队冲来。合乎逻辑，一目了然，战术上极其天真。澳大利亚人热爱逗能，但逗能并不能赢得战争。

她的视线在她的战术阵型上掠过，辨识着不同的单位。她在思维里形成命令，她的机器虫和武士便遵从她做出移动。

技术就是生命。她放大了突击小组的影像。她的敌人们装备着特维城围城战时期的壳体工装和高斯步枪。当然还有刀。麦肯齐和他们的刀。他们很迅速，很坚定，但他们没有纪律，没有默契：一群狂奔的土匪，战甲上装饰着狂欢节的颜色、图案和花纹。真混乱。他们将以个人作战，而非单元作战。她的面板显示屏锁定了一件金色的壳体工装。江盈月允许自己惊讶了一瞬间。丹尼·麦肯齐，黄金之子。他们把他们的王子派来战斗。多离奇啊。她会为此惩罚他们的。

她收到了工程师发来的求救信号。

"坚守岗位，"她命令道，"援军即刻就到。"心念一动，两队战斗虫就跃入空中，点燃了它们的推进器，在熔炉阵列黑色的镜面上空划过高抛的曲线。

澳大利亚人毫无希望。江盈月品味着他们即将失败的念头。她一向觉得这些人无礼又傲慢，还总是抓着整个宇宙都爱他们的幻觉不放。

找到大流士，她命令她的沙装。他在她的显示器上闪现，正和红色野战排一起用力地冲向战线。

"大流士，回到行政单位去。"江盈月下令。让那孩子见见血，孙夫人这样指示过她，但领着那一队杰克鲁精英的是丹尼·麦肯齐。

"我想会一会丹尼·麦肯齐。"大流士回答。

"丹尼·麦肯齐会把你砍成碎片的。"

"丹尼·麦肯齐没在七铃之校训练过。"

"回到奥廖尔号上。这是命令。"

"你别来命令我。我是麦肯齐金属的 CEO。"

江盈月叹了口气。

"我是公司的冲突调停官兼战场指挥官，这里由我全权执掌，我可以控制你的装甲，让它带着你快速跑回指挥单元去。"

她听到大流士用麦肯齐的语言咕哝着下流的诅咒。他的图标在她的面板上改变了方向。江盈月给他的装甲发布了一条微妙的导航高级指令，以防他一觉得自己离开她的视野范围就改变主意。

黄排和紫排，前往我的标记处，她下令。机器人从天空落到她周围，跟上了她的步伐。现在只有几百米了。她的突击手已经开始战斗了。

"所有单位参战。"她在公共频道中喊着，抽出了自己的刀，跳了起来。

"你上面！"

丹尼·麦肯齐从太阳战斗虫的中心处理器上拧下了刺刀，抬起了头。机器虫正在下落，刀尖向下。

"盔甲，快他妈的动一动！"他嚷着，但触觉系统已经读取了他的意图，让他滚了开去。着陆喷射器闪着火花，一把刀的刀尖在最后一瞬间挥出，在他金色的装甲上划出了一道银色的痕迹。丹尼一步踏进刀的攻击范围，抓住那虫子的胳膊，把它从虫壳上拧了下来，黑色的液压液喷了出来。第二把刀朝他抢来，但虫子的头碎裂了。它倒在了月壤上，拍打着细长的肢体和锐器。

穿着宇宙兽人装甲的索尼娅·恩加塔放低了高斯步枪，用一根指头碰了碰头盔。

警告则来自芬恩·瓦内。

丹尼捞起机器虫的刀子。现在有两把刀了。本来就应该这样。

两把刀，但他们的人数已减至二十，而机器虫仍然源源不绝，一波接着一波从上面落下，穿过镜场朝这里冲来。他们的首次冲锋曾突进那个破坏主通信电缆的太阳团队的防御圈，但接着机器虫来了，一个个跳过了探测车。血流在了月壤上，很多血。他们被包围了，阵型被逼得更紧凑。他们将背靠背战斗，然后变成两人搭档，最后他们会死。

"控制住！"丹尼喊道，"我们现在一团糟！"

他交叉双刃，一只机器虫的传感头飞了起来。

"我们锁定了目标，丹尼。"一个声音从哈德利城闪耀的顶峰传来。

"伊琳娜。"

"是我。撑住。"

"我们一直在死人。"

在涸沼远远的那一边，一排镜面突然闪出了比太阳还亮的光芒。战场扬起的尘云让光柱显而易见，几乎像是固体。它向下扫去，另一组镜阵接住了它，将它投向又一组镜面，而后又一组，最终将它聚焦在了最远的 VTO 飞船上。一瞬间，热交换叶片就烧成了红色。离故障发生只有几秒，机器热量过载，燃料箱爆炸了。

"干得漂亮！"丹尼在管理频道中喊道。

飞船船员做了决定。推进器点燃，飞船升高，主引擎点火，几秒钟后奥廖尔号就变成了远天的一个光点。整个涸沼上空的所有 VTO 飞船都高高飞起，远离了镜场的蓝色火焰之刃。

镜群在它们下方闪耀着光芒，战场上的人和机器都没有动弹。

"高管单元！"芬恩·瓦内嚷道，"他们扔下了高管舱！太阳公司的整个董事会！"

"果然，"丹尼·麦肯齐说，"他们果然这么干了。"战场上的每一个大脑和每一个 AI 似乎都在同一瞬间意识到了这件事，僵住的队伍粉碎了。武士、机器虫、工程师、探测车突然疯狂行动起来。战斗机器像传说中挥剑的英雄般高高跃过空中。探测车飞转的轮胎激起黑色尘埃的喷泉。丹尼看到机器倒在了那些轮胎下，看到一个狂乱的武士用尽全力也没能躲过撞击。尸体高抛而起，翻滚着越过探测车，撞进了哈德利镜武场的某道熔柱中。这是一次为了保护董事会的撤退：一次溃败。

"斩首行动，"丹尼说，当镜面倾斜避开阳光时，黑暗突如其来，它如此浓郁，几乎能被感知到，"冷静的头脑能做出更明智的决定。让我切入太阳公司的频道，行吗？"

"已切入，丹尼。"

刀卫们从他们最后的站位上舒展开身体。十八个人，在四号气闸嘶吼效忠的三十个里的十八个。他们参差不齐地站成一条线，装甲上满是深深浅浅的痕迹，天线断了，面板裂了，泄漏处冒着灰色的急救密封剂泡泡。索尼娅·恩加塔把高斯步枪的枪柄撑在月壤上。芬恩·瓦内站在丹尼的身边。

"太阳，这里是丹尼·麦肯齐，"他的广播不仅仅向太阳董事会和军队开放，还向他的杰克鲁们，向控制室，向整个哈德利城开放，"从现在起我接受你们的投降。"

第十九章

"她一直涂成这样吗？"维迪亚·拉奥问。露娜坐在桌子末端，胳膊交叠在玻璃上，下巴放在胳膊上。属于生命的眼睛瞪着这位经济学家，属于死神的那只眼将自己隐匿起来。

"一直。"阿列尔说。

"这是文身。"露娜说。

"它不是。"阿列尔说。

"那我可能会文上它。"露娜冷酷地说。

"你不会。"阿列尔说，但并不那么确信。

"我得和你谈谈，"维迪亚·拉奥说，"严肃地。"

"露娜，你想听听吗？"

露娜点点头。

维迪亚·拉奥低了低头。从子午城逃脱的过程和孙家的愤怒考验着一个年长的、学者型中性人的身体素质。经济学家那些啬啬的神灵们没什么用处，在第一轮月环发射之前，他就因为重力晕过去了。他在整个转运过程中都不省人事，被一条缆绳抛给下一条又下一条，绕着月球被抛接了一通后，最后的缆绳将他放进了科里奥利月环塔的入坞机械臂中。

对于一个七十岁的老人来说，七十分钟不省人事是很危险的。大学急救团队将他从胶囊舱中解救出来，带到了系里。当他可以挪动可以讲话时，他立刻就要求与阿列尔·科塔会面。他被邀请到了阿列尔的公寓里，它位于陨石坑的边缘。

"恭喜你把整个子午城翻了过来，"阿列尔说，"相比之下，我自己的大撤退简直平凡得让人失望，只是一次清晨驶下加加林大道的旅程。"

"我有援助，"维迪亚·拉奥说，"是太阳公司通过后门入侵三皇的一个亚 AI，它用的是孙夫人的人物形象，非常复杂。"

"三皇，它们像伏羲、神农和黄帝吗？"露娜晃着腿问。

"它们可以像任何它们想要成为的事物，"维迪亚·拉奥说，"我憎恨它们。它们的智力对我们来说过于奇异，以致几乎无法沟通。在最好的情况下，它们只是显得古怪；在最坏的情况下，它们就像是在故意阻碍你。想象一个只会用谜语、回文字谜或引用语来聊天的朋友，那些引用语还来自你根本不看的肥皂剧。也许它们真心想要沟通，也许一切都是只有它们能理解的游戏。"

"你问了它们什么？"阿列尔问。

"预示月球交易所上线后的五年、十年、十五年及五十年后的情况。"

"它们向你展示了什么？"露娜问。这是魔法，是巫术，是奇迹一类的东西。

"现在的五十年后，月球上将没有生命。"维迪亚·拉奥说，"无论是人类、动物还是植物。月球是一个死去的世界，由制造钱财的机器运行。城市是空荡、冰冷的，暴露在真空里。"

"我也一样？"露娜快活地问。

"每个人，"维迪亚·拉奥说，"现在的两年后，地球人将从地球引进人造瘟疫。我们没有免疫力，我们的噬菌体很强大，但我们的医药设施疲于奔命。这瘟疫一个叠着一个，没完没了。现在的十年后，月球上只有两三百人存活，远地面加上近地面。系统渐渐崩溃，机器渐渐垮塌，人们渐渐变老，没有新的孩子出生……从现在起的十五年后……"

露娜的眼睛瞪大了，她的嘴唇在颤动，鼻孔在翕张。

"够了，"阿列尔说，"你吓到她了。"

"三皇给它们的预言计算了可能性。如果 LMA 选定发展月球交易所，那月球上的人类在二十年内全部灭绝的可能性是 89%，五十年内灭绝的可能性是 100%。"

露娜的脸色一片灰白。

"阿列尔，这是即将发生的事还是可能发生的事？"

"地球人害怕了，"维迪亚·拉奥说，"沃龙佐夫想要建造一个太空电梯构成的网络，将月球变成太阳系的中枢。麦肯齐想要在小行星上挖矿，建造宇宙栖息地。双方都需要卢卡斯·科塔为他们背书，但他们不知道他站在哪一边。接着我提出了我的月球交易所计划。他们喜欢它。他们非常喜欢它。他们最喜欢它的部分，是它那难以想象的财富无需人类投入。它有他们想要的一切，而我把它给了他们。"

阿列尔握住了露娜的手。

"露娜，安今乎，别害怕。"阿列尔说。

女孩摇摇头。

"我不害怕，我只想知道我能做什么。"

"卢卡斯有力量，有权力，科塔家正在复原，"维迪亚·拉奥说，"只除了一个东西。"

"卢卡西尼奥。"

"你有他想要的东西，他有你想要的东西。"

"我记得我跟你说过，科塔家不搞政治。"

"你对我说过的是，科塔家不搞民主，"维迪亚·拉奥用手指点点右眼的皱纹，"我的外存记忆完美无缺。"

"那它也应该记得，这句话会出现，只是因为你告诉我我是某种天选之子。"阿列尔说。

"我们的第一次会面。你在雪兔会参加的第一次会议。"

"自那以后你就不停地出现，宣布命运，并提醒我我有特殊的身份。你一路爬上上城高街，邀请我去和月鹰喝酒，并且又把同样的'你是特别的'这种废话塞给我。这是你出现在这里的原因吗？第三次施法？那是童话故事，维迪亚。不管是老人星在白羊宫，还是你的三皇，那都是童话故事。宇宙没有英雄。"

"然而……"维迪亚·拉奥说。

"你得到的答案永远都是一样的，"阿列尔说，"无论我想不想，它都已经写在脚本上了。这又算是肥皂剧的哪个部分？"

"'拒绝召唤'。"维迪亚·拉奥说。

"你就当作是拒绝了吧，"阿列尔说，"月球扛住了，月球沦落了：没有我，事情还是该怎么样就怎么样。"

阿列尔大步走出房间，波点毛衫掀起一阵疾风。露娜一直瞪着维迪亚·拉奥，好让他知道她的反对程度有多深，然后也追着她的姑姑大步走了。

"可你会的，"维迪亚·拉奥静静地对空房间说，尘埃在窗外透进的光线里闪亮，"你不得不。"

露娜以为她已经去过科里奥利的每一条隧道、竖井和导管，但阿马利娅·孙带着她进入了完全陌生的管道。

"你要去哪里？"露娜悄声说着，从紧急梯井里八层以下的一处通风口往外窥视。在曲折的梯井里往下爬是一件艰难的事，没有安全着陆的机会，亲随露娜还指出了那些能将她电成灰烬的输电线的位置。阿马利娅·孙穿过一扇漆成绿色的服务专用门，露娜不得不把自己扯过一个见鬼的水平九十度转角，进入墙板和气封岩石之间的夹层。自阿马利娅·孙从公共休息室的座位上站起来后——总是相同的座位——露娜从漫长的观察中惊起，跟上了她，整个路程中，露娜有太多次不得不从死胡同、深井或正在运行的功率继电器处原路返回，所以她希望这处夹层能通达这一整层。亲随露娜指出了夹层那头五十米处的一个通气孔。露娜手脚并用地奔了过去，到了那里就看见阿马利娅正等在一个货运电梯的门口。

通向哪里？露娜问亲随露娜。阿马利娅·孙把亲随关掉了，但露娜的亲随能接入电梯的基础 AI。

公园那一层。亲随露娜说。

"又要退回去。"货运电梯很慢，而且抵达的地方离公园门很远。露娜还知道一处巧妙的捷径。

"你在做什么？"露娜悄悄咕哝着，顺着服务梯从三层爬到十二层。她从一处清洁机器人的舱口溜出去，全速冲下走廊，乘上了直达电梯。她总是和卢卡西尼奥一起乘这座电梯开始他们的远征，它会把她送到公园入口外，那个时候阿马利娅·孙可能正从滑开的电梯门中走出来。没有哪个不干坏事的人要走这么一长段既没有任何用处也不通向任何地方的路。看起来这女人像是试图避免被人看见，试图在她的轨迹上撒下尽可能多的尘埃。

露娜每天都会在公园出现，所以她可以站在公园入口，看着阿马利娅向她走来，点头打个招呼，沿着走廊走向那扇有危险生物标志的黄门。

"该死！"露娜骂道。没有哪处缝隙能让她穿过那扇门。但第一条人行横道处有一扇红门，可以让她进入通风道，而通风道是顺着干净房间的位置铺设的。公园这一层的危险生物区只有两个出口，露娜足够了解她的猎物，有把握猜到阿马利娅·孙会选择哪一个出口。她轻快地沿着管道奔跑，俯身向右拐进了一条更细的管道，从一处通风孔往外望，便看见阿马利娅·孙走出了通往楼梯井的门。

"逮到你了！"露娜说，"我知道你要去哪里。"

不过为了确定，她还是跟着她。阿马利娅·孙沿楼梯上了两层，来到生物制作层。露娜从天花板下来时，看到阿马利娅·孙推开了生物芯片打印店的门。

加布雷塞拉西医生瞥见露娜徘徊在她办公室的门口，半进半退，门框把她的脸分成了两半。

"我能进来吗？"露娜脸上属于人类的部分问。

"出了什么事？"加布雷塞拉西医生问。

"为什么你会觉得出事了？"

"因为你从来没有问过你能不能进来。"

加布雷塞拉西医生用脚钩出一张椅子，露娜一屁股坐上去，晃着她的腿。

"告诉我吧。"

"好吧，"露娜说，"但首先，我必须问你一个技术问题。"

加布雷塞拉西医生已经学会了不对露娜·科塔说的任何话或做的任何事感到惊讶。

"问。"

"技术上说，是不是有人能够往卢卡西尼奥的蛋白芯片上添加根本没发生过的记忆？"

"技术上说，是的。"加布雷塞拉西医生说，"你为什么这么问？"

"好吧，"露娜告诉了加布雷塞拉西医生关于卢卡西尼奥聊到他母亲的事——他从未做过，还有说他曾生活在恒光殿——他从未在那里生活过，以及他和他的孙家堂姑表亲度过的愉快时光——他从不认识那些人。加布雷塞拉西医生的脸色变得严肃了。接着露娜告诉她自己是个探索者，知道科里奥利所有的秘密隧道、走廊和步道，告诉她自己如何使用它们暗中监视阿马利娅·孙，跟着她走过又长又奇怪的路线，穿过整个校园，一路跟着她来到蛋白芯片工厂。

听到这里，加布雷塞拉西医生举起一只手。

"露娜，稍微等一等。"

门开了，达科塔·考尔·麦肯齐走进了办公室。

"好了，露娜，"加布雷塞拉西医生说，"我希望你把告诉我的一切都告诉达科塔。"

孙夫人在手中翻转着那个小金属筒。它只有她的拇指那么大，很重，很冰，摸起来有点油。她的手指感觉到了刻在金属上的细小纹路。

"这是什么？"她问。她正在自己的公寓里一个人沉思，却被打扰了。现在她的脾气有点暴躁，很不友好。

"远地大学发来的一份账户通知。由巴尔特拉发送，要我亲自接收。"阿曼达·孙说。

孙夫人把那个小筒举到眼前，眯着眼想看清刻字。

"这么小的字，"她咋着舌头，"关于什么的账户？"

"从远地大学神经技术学院生物控制学系打入太阳公司的户头：碳——51200.88克；氧——6112.65克……"阿曼达·孙说。

"一个人类的身体化学成分。"孙夫人说着，金属的冰冷透进了她的身体。她的手抚上了自己的胸膛。她自己的权力把戏反噬了她。

"是的，"阿曼达·孙说，"阿马利娅·孙。"

阿娜利斯·麦肯齐能够记起她意识到音乐是个恶魔的时刻。那时她刚完成第七达斯特加赫，即 E 大调马胡尔达斯特加赫第二十三古谢[1]的第十二次弹奏，就看见了西塔琴琴弦上的血。绷紧的钢弦将她的指尖磨破了皮。而她完全没有注意到。

西塔琴染血的时候，她十四岁。

它让她爱上它时，她刚满十三岁。刚满十三岁，和她的妈妈们一起搭乘赤道一号线，结束科普夫溪的新考察之旅，返回克鲁斯堡。她望着窗外，在娱乐设备上一个个换着频道。突然，一串乐声像熔化的白银一样喷进了她的耳中，令她坐直了身体。弦在用金属般精密的音符对她说话，只对她一个人，这圆圆月球上的其他任何一个人都被排除在外，清澈又精确。她理解它们说的一切，理解它们召唤的每一种情感——快活、宁静、自制、敬畏、恐惧、神秘。一切都描绘在光线里，一切都非常清晰。

"听！"她喊着，从自己的座位上跳下来，叫醒打瞌睡的妈妈们。"听！"她把音乐弹给她们的亲随，"就好像……好像在那外面，在这里。"

她们听了，她们没有听懂。

那银子般的声音来自西塔琴，波斯古典乐器。是一种能被制造的乐器。月球上能制造一切。她学会了调音、指法，学会了古谢，它们穿插在乐章里，组成达斯特加赫，进而组成壮阔的拉笛夫：对称，不对称，自由的——这一切都只需一张碳制西塔琴，绷上月钢制的弦。之后，当西塔琴彻底迷住她后，她一掷千金从地球买了一张琴，木制，手工，以真正的丝绸打磨。

---

[1] 达斯特加赫（Dastgāh）：伊朗古典音乐形式，史称波斯音乐，使用十二个调式，马胡尔是其中之一。演奏时每套"达斯特加赫"首尾都使用同一调式，并以其为乐曲标题，如文中的 E 大调马胡尔达斯特加赫。乐曲各部分间以各种程式化的曲调联接，这些曲调称为古谢（gusheh）。

她找到了其他被这音乐触动的音乐家。人不多，他们也没有看到她在音乐中看到的东西：她的世界里严酷、美丽、简朴、闪耀的自然。但他们也都沉沦于恶魔，当她遇见其他专业的音乐家时，她发现他们一样被恶魔驱使：信徒、苦行者、完美主义者、探索者、痴迷者。她的木头和金属丝掌控了她，催促她驱使她完善她与它的关系，让它变成她生命和需求的核心。恶魔。

　　她爱着狼，但她嫁给了恶魔。

　　这是一段残酷的关系。

　　阿娜利斯结束了最后一套达斯特加赫，让音符渐渐消逝于达甫鼓的终曲鼓点里。她花了点时间适应音乐后的寂静，它是一片虚空，又包含了一切，但她无法停留在此处，就像无法停留于子宫中一样。这时，上方突然出现了一个呼吸声和一阵掌声。

　　有听众在听她的音乐，这总是让阿娜利斯吓一跳。她的听众规模相当大：二代与三代的伊朗人和中亚人；来自伊斯兰共和国的月芽和访客；音乐爱好者、音乐学者、其他专业的音乐家——恶魔的其他爱人。这次巡回演出是她一年多来的头一次演出，她注意到有不少地球听众。LMA官员、伊朗人和那些在月饼里占了一块的斯坦国人[1]。

　　他们是最能欣赏这音乐的听众。每一场音乐会，都至少有一个人会来到后台，询问她的乐器、她的音乐，问她为什么一个月球澳洲人会如此着迷于一种异域音乐。

　　她的亲随告诉她，今晚也不例外。两个人正在南后城冼星海音乐中心的更衣室走廊里。一个女人和一个男人。不是伊朗人，是澳大利亚白种人。

---

[1]　斯坦（Stan）：这里指乌兹别克斯坦、哈萨克斯坦、塔吉克斯坦等国家。古波斯语中，stan意为"物或人聚集之所"。

"阿娜利斯·麦肯齐？"女人问。

"是的。"

"在这里占用你一点时间，可以吗？"

"你在音乐会上吗？"阿娜利斯问，"我不记得你。你是谁？"

"哦，亲爱的。"女人说。那个男人歪了歪头，阿娜利斯感觉到后脑上传来一下短暂又尖锐的刺痛。她抬起了手。

"别这么做，"女人说，"不，真的。有一只战斗虫贴在你脖子后面。现在，我们能聊聊了吗？"

阿娜利斯打开了门，清晰地感觉到颈后的那个东西，也清晰地意识到这两人跟着她进了房间，就好像以导电的神经联在那东西和她的脊柱后面。

"我能至少把西塔琴放起来吗？"

"当然，"女人说，"这是一个贵重的乐器。"

她把它放进琴盒，把织物叠好罩在琴弦上，关上盖子，扣上搭扣。整个过程里，那玩意儿，那个东西，那个黑色的东西都在她脖子上。

"你是谁？"

"那不重要，"女人说，更衣室很小，女人坐在了架子边上，男人坐在马桶上，"有人非常想要见你。他已经在路上了，他会很快到达这里。我们来这里只是为了确保你不会错过他。"

"乐队的其他人……"阿娜利斯说。

"你已经告诉他们，你稍后将在酒吧和他们会合，"女人说，"我觉得你可能没注意到，我们已经屏蔽了这个房间。"

男人拉开他的外套，露出腰上的一个黑盒子。他看起来对自己很满意。

"实际上，它是一种非常成熟的科技产品，"女人说，"要把一个人从网络上隔离真是难得吓人。一直有一万只眼睛看着我们。"

门外传来了动静。

"他来了。很高兴见到你。别碰那只蜘蛛。"

男人和女人离开了。布赖斯·麦肯齐进来了。他的体积占满了狭小的更衣室。阿娜利斯从椅子上站了起来。

"坐下坐下,"布赖斯说,"我不会花太长时间。而且我怀疑它还能不能装得下我。阿娜利斯·麦肯齐。瓦格纳·科塔的伴侣,我的养子罗布森·科塔的抚养人。你这可就不太忠诚了。"

"对我自己的人生来说并非不忠,"阿娜利斯说,"不选择立场并非不忠。"

"但你选了立场。我会长话短说。我最近苦恼于一系列商业挫折,这是公众常识。我正在扭转乾坤的过程中。我的战略需要可以讨价还价的资产。人质,如果你乐意这么说的话。"

"我只是个音乐家。"阿娜利斯说。如果能把这只扎人的黑色东西从她脖子上撕下来,她可以付出任何代价,任何。

"不是你,"布赖斯说,他笑了起来,"你他妈的以为你是谁?不,我想要罗布森·科塔。你有他。我想要他。把他给我。"

"瓦格纳……"阿娜利斯结结巴巴,"我不能……"

"我不指望你能调出一杯酒,更不用说把那孩子带给我。而且他是个狡猾的小混蛋。他在子午城逃离过我一次,浪费了我一个首席刀卫。当然了,那时他有丹尼·麦肯齐为他战斗。我有人手可以做这事。我需要你做的,只是为他们扫清道路。你明白吗?"

"你想让我把瓦格纳引开。"

"是的,没错。问题是信任这个词。坦白说,你离忠诚这个词太远了。你之前就背叛过家族,我发现我很难信任你。所以我需要的不是你的忠诚,而是你的服从。"

"这个……"阿娜利斯用拇指比了比那个挂在她皮肤上慢慢抽动的东西。

"那个？那个只是为了让你专注。我会给你送些别的东西。"

她的亲随悄声说，来自布赖斯·麦肯齐的信息。在阿娜利斯的视野中打开了数个窗口：无人机拍摄的广角俯瞰视野，小街、大道、隧道。每一个无人机都跟着一个身影——一个中年女人，有着长得惊人的灰色头发，正沿着一条拥挤的大道移动；一个年轻男人，正在一家招牌吧和朋友们喝茶；一个中年短发女人，靠在南后城某座高塔高处的一个阳台的栏杆上，俯视着她绝美的城市；一个年轻女人，正在跑步，漂亮的金色马尾晃悠着。

妈妈，瑞安，妈妈，罗恩。

"你这个王八蛋。"

"那就是同意？"

"我还有选择吗？"

"你当然有选择，"一张保密合约出现在阿娜利斯视镜里，"安排好，然后告诉我们。我们会料理剩下的事。"布赖斯·麦肯齐笑了，闪亮紧绷的皮肤上的一条细小裂缝。"交易完成，这个不再有必要了。"他伸出一只手，那玩意儿从阿娜利斯的脖子上跳到了他手上。他让它像宠物一样在他皮肤上奔跑，往这边那边地转着手，让那邪恶的东西一直动着。它光滑、坚硬、脆弱，但同时也是流畅的，跑得很快且目的明确，全是腿和牙。阿娜利斯知道自己将在许多夜晚惊醒过来，以为那小小的针头扎进了她的脖子。

"你不敢用那东西杀了我。"阿娜利斯说。挑衅。她好歹能够挑衅。

"我敢做我想做的事。不过没错，我不会杀了你。这蜘蛛携带着一种非致命的神经毒素，它会又久又深又狠地蹂躏你的神经系统，让你不能够再捡起你的乐器，更别说用它弹出一个音符。再见。我很高兴你同意了。你的朋友们在酒吧里等着你呢。你该好好喝一杯。"

对于一个大块头来说，他的移动敏捷又轻巧。阿娜利斯在发抖。她无法停止。她也许永远不会停止。

恶魔。

像出发时那样，她提着乐器回来了，西奥菲勒斯的小车站上唯一下车的乘客。她的男人们在那里，大男人和小男人。大男人紧绷、自制，全身散发着他以为只有自己能看见的暗面情绪。小男人忧郁、严肃，没能掩饰自己有多快乐。

她几乎要回到列车里去。那会是最棒的，它将带她离开，远离任何一个认识过她的人。改掉名字，编辑身份，抹消记录，摔碎她的琴。

他们还是会来的。

炸掉闸门，将她自己和她可爱的男人们炸进真空，让他们全死在彼此的怀里，脑浆迸裂，每一个神经元都干涸熄灭。

他们还是会来，以翅膀，以风，以足，以刀尖——布赖斯·麦肯齐的刺客。

她做任何事都没有意义。

瓦格纳抱起了她，她尽可能正常地回应了，但她的拥抱无力，她的温度冰凉，她的吻单薄且危险。他会发现的。等他完全是一匹狼时，哪怕正在吃药，他也能看到人类看不到的东西。

"抱歉亲爱的，我累坏了。"

瓦格纳拎起了她的琴。

"那个，"罗布森说，"我们听了你的演奏。我和海德。"

"你们觉得怎么样？"

"很棒。我觉得。我不太确定我能对它发表什么意见，因为我实在不太听得懂。有好多音符。"

"我会把它当作赞美。"

瓦格纳打开了小公寓的门，展示了一小桌盛宴：这是最亲密的庆祝——家里的一餐。有招牌店的食物，还有朋友和庆贺者给的食物，以及明显是他们做的食物。阿娜利斯吃了饭，脑子一片空白，也感受不到任何愉悦。

"我感觉不太舒服，"她说着，拒绝了冰镇的拉面和白豆泥，"他们说南后城的水有问题肯定是真的。又老又脏。你们介意我去床上躺着吗？抱歉。"

她清醒地躺在小小的房间里，听着她的男人们打扫、清理、收拾。她听着他们的声音。他们在用葡萄牙语说话，她仍然几乎完全听不懂它，所以她可以忽略话语的意思，将它们当作纯粹的声音来听，就好像他们是乐器一样。瓦格纳是一支单簧管，流畅而洪亮，甜美又悦耳。罗布森的声音更高，是一支短笛，但她在其中听到了一道裂痕，它突然降到了低音。

她在呜咽。床在颤抖，她希望家里的织物能让瓦格纳和罗布森感觉不到它。当瓦格纳上床来时，她假装睡着了。他滑进她身边，蜷成习惯的侧睡姿势，和她紧紧相贴。她无法承受这个，无法承受他皮肤的碰触，他的温暖，他的毛发掠在她身上，还有他甜美的狼的气息。

当他睡着时，她下楼去了生活区。她试图娱乐，但它们无法掩盖愧疚。她试了酒精，但它在恐惧中令人作呕。她试了她的音乐，但她的恶魔对这更可怕的恐怖无能为力。

"嘿。"

她没有听到他起身。狼的移动总是很轻柔。

"只是来喝点水。"

他知道这是个谎言。她知道她将不再有这样的机会。孙家的老谚语：哪怕是神灵也无法帮助一个放弃机会的女人。

"我的精神还在晃荡，"阿娜利斯说，"我没办法静下心来做任何事，我的身体累垮了，但我的思维还在大喊大叫东奔西跑。我想我有一点明白你的感觉了，当你转换的时候。"

瓦格纳做了个鬼脸。

"我知道我不是完全明白——那不可能。这情况一两天内就会消停的。和你一起……"

"别。"瓦格纳说。阿娜利斯听出了他心里撕扯的声音。

"要转向亮面了,是吗?"阿娜利斯问。在他处于暗面的整个时段,她都不在。她了解在地球变亮期间他的阵痛,他的不适,他日复一日积累的狂躁。影子正再一次转化成狼。

"去吧,瓦格纳。你会死的,它每一次都变得更糟。我能看出来,罗布森也能看出来。"

"别把罗布森扯进来。"

"你需要狼帮。那是神经化学。你可以停药,但它永远不会消失。它是你的一部分,瓦格纳,它是你的本质。去找他们吧。"

"那不安全!"

他脖子上的青筋、前额上的血管暴露了抑制住的情感。它不是愤怒,不是狂暴,不是这么简单的东西。这是完整的另一个自我,它被锁链捆缚,被关进笼子,正在哀嚎。

"只去一个晚上,或两个晚上。或者甚至只在半途与他们会面。看看你自己,瓦格纳。你能这样过上五年吗?每隔两周,当地球变圆时……"

"我必须照顾罗布森。"

"这会杀了你的,瓦格纳。但在它杀了你之前,它会把你的身体撕裂,它会燃烧每一个器官,在每一条动脉里填上熔铁。它会让你的思维碎成渣。那样你要怎么照顾罗布森?"

"我不能去子午城。他们在找我。"

"瓦格纳,如果他们想要罗布森,他们早就抓到他了。去吧,我会照顾他。他会没事的。而你不会。你看上去就像死人,我亲爱的。"

他发起抖来:内里的狼正在撕扯它的锁链。

"你需要多久？一天够吗？"

淋漓的汗流下了他的脖子，他的胳膊和他的大腿内侧。

"可能。"

"两天？"

他摇摇头。

"太久了。"

"一天。去吧。我会照顾罗布森。你想自己告诉他，还是让我来？"

"我来。"

"吃药吧，我受不了看见你这个样子。"

"我怕我可能不会回来。"

"你会回来的。"

他用两只手臂搂住了阿娜利斯。她无法承受这个。

"你觉得你能睡着吗？"她问。

"我觉得不行。"

"我也一样。"

她最后坐到了懒人椅上。他把头枕在她膝上。两人都盯着墙。她抚摸着他浓厚的黑发。

"你们不会伤害他的，是不是？"

接通通信时她这样问，那个地址是布赖斯在冼星海中心的后台给她的。当对方告诉她操作人员会在什么时候到达哪里时，她又问了一次。在公寓门口，她又对两个来带走罗布森的男人问了第三次。

"他不会受伤的，女士。他是有价值的资产。"

一个月球人和一个月芽。有技巧和肌肉。他们穿着肯特直条纹的西装，大翻领，宽领带，褶裥裤，宽檐软呢帽，尖头鞋。没有人比他们更适合"衣冠禽兽"这个词。

"他在睡。"

计划是在他睡着时带走他。那个月芽是个面容温和的斐济壮汉，他将一只机器箱召进了房间。

"哦，"阿娜利斯说，"你们要用这个把他带出去？我没有想过你们要怎么把他带出去。"

"我们总不能扛着他，对吧？"另一个人说。他有南后城的口音。

月芽打开了箱盖。货箱空间很大，铺满了垫子。

"直到我们上了轨道车。"月球人说。

他们一起送他走的，在气闸里拥抱，在闸门闭锁时挥手，哪怕轨道车离开了也还在挥手，哪怕他们知道班车里的瓦格纳看不到。

到了子午城就告诉我们。

与正义和理性相悖，在背叛的当夜，阿娜利斯终于睡着了。那个晚上瓦格纳一定吃了药，因为当她醒来时，她发现他什么也没穿地徘徊在厨房区，试图找一些薄荷和杯子泡茶，又狂野又警觉，又敏感又清醒——以超越人类的方式。

"你觉得怎么样？"

"爽。"他咧嘴一笑。然后他的视线锁定了她，她的心跳加快了，她微笑着点了点头，而这便是他仅需的邀请。他们在躺椅上快速又激烈地做爱。

"罗布森！"她压着嗓子说。

"他十三岁，他会睡到中午的。"瓦格纳说。

事情很快就安排好了，有些风险不值得承担。在他抵达子午城狼帮的门口之前，他不会通知他们。他会关闭光博士，运行一个虚拟亲随。他会停留一晚，然后乘17：00的赤道专列返回。交流会减到最少，只有抵达时的一次电话。

精心策划的每一步，都像钉子般扎穿阿娜利斯的手肘、手腕、膝盖、臀部和脖子。

罗布森不肯去睡，这小混蛋。他通常午夜就会睡倒，但今晚他就是不上床。一点，一点半。

"我真的累了，罗布森。"

"你去睡吧。我还没准备睡。"

两点。两点半。

她已经向代理人发送了两份延迟信息。她找了一些理由让自己保持清醒：一篇新论文，写的是关于西塔琴和维吾尔族萨塔尔的历史音乐关系；切米拉尼乐团新发布的一张地球唱片；与一个波斯音乐团体激烈辩论。她担心要和罗布森进行一场意志的冷战，各自都决心要看着另一个睡着。

3：20分，他翻身仰面躺平了。

"我要睡着了。"

阿娜利斯等着第一道隆隆的鼾声响起，才给麦肯齐氪气的代理人发信息。

"别伤害他。"

"我保证。伊洛伊洛。"

大块头太平洋人移向了夹层楼梯。

"阿娜利斯？"

他站在卧室门口，裹着床单。又瘦又昏沉。

"发生了什么事？"

"妈的。"月球人说。他碰了他的袖扣，暗色的尘埃飞到了罗布森脸上。床单掉了，罗布森蹒跚着退后，肢体抽动着倒下了。

"罗布森！"阿娜利斯喊道。但第二个绑架犯接住了他，轻飘飘地扛着他，就像抓着一只昆虫一样走下了楼梯。

"我听说，"月球人说，"你会有最疯狂的梦。"斐济人把罗布森轻柔地放进货箱，蜷成胎儿的姿势。

"不，"阿娜利斯说，"等等……"那箱子，它是个棺材，是死亡。

"我们有合约。"月球人说。

斐济人笑着关上了箱盖。机器箱挪进了外面的走廊。

"哦，对了，"月球人说，"最后一件事。"刀很快，又稳又强，扎穿了阿娜利斯的脖子，从一边透出另一边。她喷着血，吐着气，拍打着双手。刀子将她钉在了直立的姿势上。"这是为了折磨一个科塔。"他扯出了刀子。阿娜利斯·麦肯齐倒在了一摊红色的动脉血上。

月球人擦干净刀子，虔诚地将它插回外套里的鞘中。他从红色的血液前退开。

"记住铁隙。"

海德在魔猫店喝了两杯茶，但罗布森还是没出现。向大鬼打的招呼毫无回应：离线状态。他可能在自由跑：某个新动作或特技。跑酷需要强大又纯粹的专注力：在一百米上方的热交换井中，没有留给招呼或消息通知的余地。更多的茶，但他的嘴干得好像抽了五克臭鼬。

"你的小朋友呢？"乔吉问。

海德沉下了脸。他从不喜欢乔吉，还有他居高临下的评价。在这家招牌店里，海德的钱和别人一样好用。他给柜台后的剑鱼弹了一些比西，开始搜寻罗布森。西奥菲勒斯不是一个大城市，能给跑酷者磨练技巧的地点就更少。通风井、增压储存营、动力环和水环区、他们第一次相遇的净化系统：没人。最后海德去了中央核心区，那是罗布森最喜欢的区域。在下至污水坑的曲折的五十米深谷里，海德仍然没看到他的身影：从一侧到另一侧再到这一侧然后到那一侧，在空中翻转、轻跃、旋转、着陆，接着立刻又开始下一轮。速度对罗布森来说很重要。"幸存"这个词是留给海德的。

佐尔法伊再次呼叫大鬼。没有回应。

那就去家里。

事情不对。有液体从门下渗出来。他退后了。这液体是发黏的红色，沾在了他纯白的运动鞋上。血。

"佐尔法伊！呼叫援助！"

"早晨好，海德，"门说，"你在受欢迎名单上。请进。"

门开了。

第二十章

撞击摇撼了公寓，从谈心池到睡眠胶囊。海德下了床，滑进鞋子，套上一件卫衣，将所有储存的数据转进局域网：标准撞击／月震／减压钻孔。他滑下楼梯进入生活区。

马克斯和阿尔琼正四处忙乱，将他们宝贵的珍藏品捞进袋子里。

公寓再次摇动起来，是锤打。在门那里。不是撞击，不是沃龙佐夫的太空炮，也不是月震——是有人在外头。

"海德！我得和你谈谈。"

马克斯和阿尔琼转向门口。

"我想那是瓦格纳·科塔。"海德说。

"海德！"拳头再次擂在了门上。塑料吱嘎作响。

"他会把它弄倒的。"马克斯说。

"海德，回你的房间去。"阿尔琼命令道。

"我知道你在。"瓦格纳在门那侧喊。

"走开，让我们安静地待着。"马克斯嚷道。

"我只是想和海德谈谈。"

海德的照料者们面面相觑。

"他不会走开的。"海德说。

"我们聘用安保。"马克斯说。

"在西奥菲勒斯？"阿尔琼问。两个男人挡在海德和门之间。阿尔琼是个肌肉发达的矮个子，光头，留胡子，在月面工作，但是他无法对抗一匹体内沸腾着地球光的狼。

"我不能永远等下去。"瓦格纳喊道。

"我必须和他谈谈。"海德说。

"他不能进来。"马克斯说。

"我不会伤害你的，"瓦格纳说，"我只是想要了解。"

"我会把它打开一条缝，"马克斯说，"瓦格纳，我会把它打开一条缝。"

"不，别这么做……"阿尔琼说着，但门猛地打开了，马克斯跟趔着被撞进了谈话池。阿尔琼重新变成了一个兽笼格斗士，面对面迎上了狼。

"我，只是，想，谈谈。"瓦格纳说。海德从未见过他这个样子。每一条肌肉都绷得像一根电缆。他的脸是苍白的，他的眼睛又大又黑。他全身都燃烧着能量。他本可以一只手把公寓门砸下来。

"我不会伤害你的。"他又说了一次。

阿尔琼把海德推坐在沙发上，守护在了他的右侧。马克斯带着跌倒的瘀青坐在海德左侧，身体还在颤抖。海德爱他两位亲爱又勇敢的爸爸。

"你发现了她。"瓦格纳说。他的声音是一种低沉的咆哮。

"我发现了她。"抗焦虑扩散剂终于截止了那些从西奥菲勒斯深处涌出的、无休止的噩梦。"门让我通过了。"血，从门下渗到了街上。"它打开了，我进去了。"她侧身躺着，肢体以疯狂的角度曲折着。眼睛大睁。头发在凝结的血液里粘得一团糟。刀。神灵们哪，是刀，刀插穿了她的脖子。"我呼叫了医疗中心。然后扎巴林来了。"

"那里有什么……有什么，迹象吗，罗布森的？"

"我看到一些东西。我没法理清它们。坏掉的家具，就好像打过一架似的。还有床单。那地方一团乱。"

"我需要你仔细想想，海德，"瓦格纳说着，在海德面前俯下身来，使劲合着手，"你有看到，或听到任何不寻常的人或任何东西吗？"

海德摇摇头。

"我很抱歉。我去公寓时已经是第二天早晨了。要去魔猫店。你知道的。"

"你吓到他了，瓦格纳。"马克斯说。

"我必须了解，我必须弄懂发生了什么。我必须把事情在我脑子里组装起来。我在狼舍里接到了通信。阿娜利斯死了。我想，什么？然后罗布森失踪了。我搭了第一班列车回来，但我到这里仍然用了八小时。扎巴林清理了一切。没剩下任何东西。我必须看见你看见的东西，海德，在我脑子里，好弄清这件事。"

"他把他知道的事都告诉你了。"阿尔琼说。

"我从网络上获得了摄像镜头。我看到两个男人带着箱子到了。我看到两个男人带着箱子离开了。在公寓里发生了什么，我不知道。"

马克斯从沙发上站起来，走到烹饪区。水沸腾了，过了一会儿，他给瓦格纳递了一杯茶。

"坐下。"

"我很抱歉，"瓦格纳说，"我没办法理清这事。"

"我会试着帮你，但我知道的真的不多，"海德说，"你不……你不觉得他是被绑架了吗？"

亚历克西娅裹紧了夹层外套，压下了一次颤抖。这很戏剧化，也像是心理作用：博阿维斯塔达到可栖息温度已经有十天了，但她仍然觉得周围的岩石在散发着深浓且无尽的寒冷，真空冰冷的记忆充斥着这条熔岩管。植物生长着，满树满树的花，AKA 设计的小鸟从岩石上跳到工艺树枝上，再跳到岩石上，但博阿维斯塔总是让亚历克西娅觉得冷。这是个闹鬼的地方。

俗语说，月球上没有幽灵。

月球本身就是幽灵。

内尔松·梅代罗斯用葡萄牙语欢迎她，陪同她进入了月鹰的新鹰巢。卢卡斯已经一个接一个地把他的公务保镖换成了前科塔氦气的集尘者，以及从若昂德丢斯逃出的难民桑提诺，稳固了他的团队。她脱掉了外套。马尼尼奥展示路线，领着她一路穿过堆满机器的走廊，前往卢卡斯的新鹰巢。

一张脸。她正在某个奥瑞克萨的脸里。卢卡斯的新办公室在奥萨拉的眼球里。博阿维斯塔让她毛骨悚然。一想到卢卡斯要永远在这里运作政府事务，她就觉得厌恶。

亚历克西娅在这里听到了之前从未听过的声音：卢卡斯·科塔的笑声。她发现他正向后靠在自己的椅子里，因为几乎不加抑制的傻笑声而全身发抖。他伸出双手，恳请她不要在他开心得发抖时对他说话。

有些人天生行为严肃，但快乐能完全转变他们，让他们几乎变成另一个人。卢卡斯就属于这种人。

"还是孙家的事，是不是？"

卢卡斯点点头，又大笑到发起抖来。

等他能再次呼吸时，他说："这事会流传好一段时间。"

"他们付了多少钱？"

"两百亿。"

亚历克西娅仍然会把月球的比西换算成巴西的雷亚尔。她的眼睛瞪大了。

"这真是……"

"用你的标准来说是一笔财富，对孙家来说只是小零钱，而他们知道这一点。来自麦肯齐金属充分评判过的终极羞辱：你们也就值这么多。"

卢卡斯示意亚历克西娅坐下。他又开始吃吃笑得开心了。现在他的笑声开始让亚历克西娅恼怒了。它并不清白。

"所以大流士撤销了自己对麦肯齐金属的声明？"

"丹尼·麦肯齐戴上了王冠，在哈德利城趾高气扬，就好像圣俄勒加的兽笼格斗士一样。"

亚历克西娅走到窗前，视线越过了重生的博阿维斯塔的嫩芽与幼苗。

"我不明白。麦肯齐杀了拉法，毁了这里。丹尼·麦肯齐蓄意且残忍地杀了卡利尼奥斯。"

"我和麦肯齐家的账已经销了。"

"铁隙？那不是你的账，卢卡斯。那是我的。我的账，而我永远无法摆脱它。"

笑声消失了，笑容不见了。现在这个是亚历克西娅认识的卢卡斯·科塔。

"孙家是我们共同的敌人，他们让我们彼此残杀。允许我略微幸灾乐祸一下。这可是个稀罕货。"

"你有没有想过，你这样精心策划，这样拐弯抹角，有可能把你自己绊倒？"

"因此我才雇用了你，莱。我相信你会告诉我真相。我想让你见一个人。他请求要一位听众。"

"我的日程安排里没有这一项。"

"托奎霍，请让内尔松把我的客人带上来。"

三张椅子。卢卡斯的凸窗里有三张椅子。她怎么会没注意到？

穿着奶油色亚麻西装、戴着宽檐农夫草帽的埃斯阔塔领着那位请求者,走进了奥萨拉的眼睛。

亚历克西娅屏住了呼吸。这是个暗色的、强壮的矮个子男人,她认得那阴郁的眼睛,认得每条肌肉里绷紧的无处发泄的能量,认得他的步态里、姿势里、每一个动作里明亮又可怕的风采。这是狼。

"兄长。"

"瓦格纳。"

招呼方式很敷衍。卢卡斯几乎不能忍受瓦格纳·科塔的拥抱。

"坐吧,坐下。"卢卡斯说。

"我更愿意站着。"他没法保持静止,他烦躁不安地挪着脚,他停不下来。

"那就站着。我的铁手,亚历克西娅·科塔。"

瓦格纳以科塔家的礼仪蜷起手指,朝亚历克西娅点了点头。和他视线相触,就好像在注视一个聚变反应堆的太阳核心。亚历克西娅回应了问候,着迷于他阴郁的礼貌。他也许是她见过的最有吸引力的男人。

"科塔先生。"

"他不是一个科塔。"卢卡斯说。

"布赖斯·麦肯齐抓了罗布森。"瓦格纳·科塔说。

卢卡斯的嘴角抽搐了起来。这一击扎得很深。亚历克西娅发现瓦格纳也观察到了这一点。据说狼有强大的魔法,当地球是圆形时,他们会看见别人看不见的东西,感觉到人类感知范围外的东西,他们会结合成一种群体思维,比他们个人的智慧更强、更快。他们有异常的性生活。

"罗布森在你的保护下。"卢卡斯说。

"我被误导了,"瓦格纳说,"被背叛。"

"背叛?"

"阿娜利斯……"

"那个麦肯齐女人。"

"他们杀了她，卢卡斯。一刀扎穿了喉咙。"

卢卡斯毫不畏缩。亚历克西娅能看出来，瓦格纳·科塔内里的狼在又扑又抓。如果它挣脱了，卢卡斯保镖团里所有的埃斯阔塔都不能阻止它把博阿维斯塔撕碎。

"你想要我做什么？"卢卡斯问。

"我需要他回来。我需要他安全。"

"这是两件不同的事。"亚历克西娅担任马奥·德费罗的时间已经够久了，能够辨认出卢卡斯什么时候是漠不关心，什么时候是在算计。现在这个卢卡斯在加加减减。

"安全。让他安全。"

"你知道我的行动能力是受限的。布赖斯·麦肯齐抓走罗布森的目的是要抓一个人质。如果我行动了，如果我出了手，罗布森就死了。"

"我会自己去南后城。我会做一次人质交换。"

"瓦格纳，你对布赖斯·麦肯齐而言没有价值。"

真正的传说是破碎的传说：历史的碎片、陈述、润色、编辑、重编辑。真相痛恨故事。有些家族里有一只黑羊，科塔家有一只暗狼。卢卡斯从未谈起瓦格纳，但亚历克西娅从员工和安保那里听到了一些家族神话的碎片：向地球嚎叫的奇异的孩子；不仅仅只想做个租借子宫的玛德琳；卢卡斯·科塔一生痛恨某个男人，这个男人对他母亲，对他的家族所代表的一切来说都是个侮辱。他不是一个科塔。

但他是。

"亚历克西娅。"这是她的名字，而不是昵称，"我将把我的官方住宅移到博阿维斯塔。我打算嘲弄布赖斯。他很容易被激怒。他会想要移到若昂德丢斯，以显示事情尽在他掌控之中，"卢卡斯说，"狼，你要住在这里。我不能让你每次满地时都疯跑一气。托奎霍已经安排了住宿。是建设营房之一，不会非常舒适。要让博阿维斯塔重返过去的辉煌，这是一个艰辛的过程。不过，你从未在这里生活过，是不是？"

"直截了当，卢卡斯。总是这么直截了当。"

"这时候说声谢谢更合适。"

"你这样做不是为了我。你这样做是为了家族。为了拉法。为了你母亲。"

"我母亲。"

亚历克西娅看得出来卢卡斯在做什么。在讥讽他的兄弟，伤害他，扎出痛苦的血液，他在引出他兄弟体内那狂暴的地球光，像一根召唤闪电的棍子。流血的力量和情感可能会无法抑制地爆发，它们可能会威胁到卢卡斯的计划。

孩子被一个怪物带走了，欧可、伴侣、爱人在毫无保护的情况下，孤单地被刀杀死了。亚历克西娅无法想象这些。

"让他安全，卢卡斯。"瓦格纳说。

"我们没有人是安全的。"

内尔松·梅代罗斯又回来了，瓦格纳明白这场会面结束了。当他们走出听力范围时，亚历克西娅说：

"所以那就是狼。"

"是的。你知道我为什么鄙视他吗？因为他是自由的，并且从来没有对此思考过一秒钟。他的状况为他免除了所有责任。狼，人，狼，人，随着地球变圆反反复复、反反复复，而他对此无能为力。这是神经生物学，明白吗？多美妙。他是他身体状况的受害者。而他的生命里永远都只有这一种作用力。"

"那不是一种状况，那是一种身份。"亚历克西娅说。卢卡斯嘲讽地呲了一声。

"这能让它免受批评吗？他被赋予了责任——保证我侄子的安全，但地球一亮起蓝色，他就逃到狼帮去了，而布赖斯·麦肯齐抓了罗布森。"

"这不公平，卢卡斯……"

卢卡斯挥挥手表示话题结束。

"我需要你去特维城。我需要你将一份委托物品带回博阿维斯塔。"

"是什么？"

"正义。"

毒师阿科希的戒指们狠狠地划上了亚历克西娅的手背。

"很痛！"

"你想七窍流血而死吗？"

"我只是看看。"这个老女人逮到了她，这让亚历克西娅满心惊吓、羞耻与愤怒。女人的皱纹多过皮肉，眼睛就像拢在皮袋子里的醋栗果。

"看不是碰。别碰！"

她把那一套塑料针管从打印机上挪了下来。

"你碰了。"亚历克西娅说。

老女人不屑一顾地挥挥手。

"哈！我和它们共处太久了，我已经免疫了。"

毒师阿科希住在一扇门后，而这扇门埋在一株绞杀藤纠缠的根群中，它蔓延、扎根、繁茂生长，占据了科乔·莱恩农场的二号筒井。这个筒井的生态系统已经在第三次大净化中崩溃了，这株绞杀藤自此被放任生长。亚历克西娅爬上缠绕的楼梯，穿过壮观的根群，忽前忽后，上上下下，来来回回越过一片片光池，那是中央镜群从透明的顶盖上一路反射下来的光。她就像一个信徒，走进了巫班达教种下的深林。特维城的巨树让她感慨于阿萨莫阿家的力量与技艺，但这个两百米深，交织着根系、树干和枝条的筒井甚至比巨树更让人敬畏，因为这里存在魔法。在亚历克西娅的想象里，奥瑞克萨正在叶片间低语。

然后出现了那扇门，门对面是一道八十米高的陡崖，直抵下方浸泡着毒师之树根须的水塘。她敲了门。

"谁啊？"一个粗嘎的声音。老女人很清楚是谁。一切事务都已经通过双方的亲随安排好了。

"亚历克西娅·玛丽亚·多塞乌·阿雷纳·德·科塔。"名字和头衔、尊称和资格在特维城很有用处，"月鹰的马奥·德·费罗。"

"进来进来，铁手。"

门嘎嘎吱吱地开大了，但并没有人拉开它。当然得是这样。亚历克西娅壮着胆子穿过一系列圆顶房间，它们像是从这巨大的无花果树树心里吹出来的泡泡。她在最后一间屋子里找到了毒师。

"奥秘的一部分，孩子。"毒师阿科希说。她是个上了年纪的女人，又长又细，像饿了很久，披着白色的长袍，像一个神圣妈依。她戴着项链、手镯和戒指，暗色的皮肤有很多斑点，还有层层叠叠的皱纹和褶皱，就好像她内部的血肉都收缩了一样。"我被打上了很多烙印。好了，月鹰的铁手找毒药之母有什么事？"

亚历克西娅告诉她，毒师阿科希的脸皱出了一道笑痕，她挥了挥手杖，打开了最后这间房间之外的房间：它们干净古朴，是白色的无菌室，里面有打印机、化学合成器，以及员工——员工！工作就是在这里完成的。

"这树不仅是个风景，孩子。"毒师阿科希说。与此同时，团队招待着亚历克西娅，给她上了茶，但她没法让自己去喝它。"我设计了它的基因，它能生长超过五十种不同的毒药。尽量别碰你的眼睛、嘴或任何洞。洗洗手。"

酿造定制毒药的过程需要很多茶,并且非常无聊。

毒师阿科希将针管放进第二台打印机,然后用塑料盖上它们。

"结合了罗布森·科塔的 DNA,只有他能打开它们,"她握着五根银色的塑料举起手来,"五次死亡,马奥·德·费罗。它们是为谁准备的?"

"只有一个人。"

毒师阿科希龇了龇牙。

"谁让卢卡斯·科塔如此憎恨,非得杀他五次?"

"我不能告诉你,神圣妈依。"

阿科希轻轻叫了一声,把手啪地合上了。

"礼节,孩子,礼节。毒药必须听到名字。"

亚历克西娅深吸了一口气。

"布赖斯·麦肯齐。"

毒师阿科希发出了一声尖锐的哀号,她将容器塞进了亚历克西娅的手中。

"拿走吧,孩子,带着我的祝福拿走吧。免费。为了当今领主姐妹会。用上它们,等博阿维斯塔要杀的畜生死了时,告诉我。还有一个疑问,孩子。"

"是什么,妈依。"

"我做的量够吗?"

黑暗是柔和又浓郁的,只透进了十几道细小又黯淡的光线,不过它们的照明足够让亚历克西娅明白,她是在一个圆顶屋里,它很小,走四五步就可以横越。空气是冰冷又陈腐的,带着很浓的臭氧味,还有一种辛辣又呛人的味道,亚历克西娅一时间觉得它又奇异又熟悉。

"新年！"亚历克西娅说，"它像新年的味道。"

"月尘，"瓦格纳·科塔说，"大多数人说它闻起来像火药。我不知道那是什么，但我们是这么说的。"

"烟火，"亚历克西娅说，"就像派对之后的那个早晨，每个人都在宿醉的情况下爬回家去，那时候你能嗅到所有烧完的烟火筒的气味。"

大多数合约人已经搬出去了，又有庭园设计师和生态工程师搬进来，就算如此，卢卡斯给瓦格纳安排的营房还是很好找。

"嘿，愿意以狼的角度带我参观这里吗？"

他几乎笑了。他带着她一路向上，穿过装饰性的草地和树苗、竹林和瀑布，经过重建的亭阁和塔楼，来到一处与周围很违和的电梯门前，它建在世界的石墙里。

"我大致在想，亮点在哪里？"

"你想要狼的角度。"他召来了电梯。

电梯顶端就是这黑暗的、落满灰尘的穹顶。瓦格纳说："烟火是我们没有的东西。"

"我想是的。"亚历克西娅说。

"月亮女神有一千种死法，而火，是最糟的，"瓦格纳说，"火会燃烧你肺里的空气。老科塔氮气的一个维修基地着过火。当救援队赶到那里时，他们发现一切都埋在黑色的烟尘下。火已经熄灭了，但在那之前，它先耗尽了基地里每一分子的氧气。窒息或烧死。选一种。"

这个男人的伴侣被布赖斯·麦肯齐的刀卫谋杀了，亚历克西娅提醒自己。她也无法忘记毒师阿科希，无法忘记她从特维城带回来的那个密封钛箱里的东西，无法忘记那东西能造成的死亡。而且她知道，对于这样的伤痛，没有什么治疗比人类之于人类的陪伴更好。

"龙，"瓦格纳说，"我们有飞龙。数十米、数百米长的龙。在新年和甘薯节，我们就让它们沿着方区上下飞翔，绕着桥梁。它们装满了灯光和音乐。"

"这里是哪里？"亚历克西娅问。

"狼诞生的地方。"瓦格纳说。一个声音。光线。遮板哗啦啦地折叠起叶片，缩了起来。亚历克西娅站在了月表，头上是百万星辰。

"这是阿德里安娜的休养所，"瓦格纳说，"她喜欢望着地球，望着那些灯火。我们点燃了那些灯火。那是我们的护身符。或者，她是不是只想确认老巴西依然在那里？你能看见她吗？"瓦格纳指了指上面，用最轻柔的碰触将亚历克西娅引过来。她顺着他的胳膊往上望去。蓝色的地球立在西方的天空上。它的相位会从满地慢慢过渡至新地，但它永远不会离开丰富海单调的平原上方那个固定的位置。那里，就在圆满的地球的近底部，因为尘暴和新的荒地而显得满身伤痕，但仍然碧绿，仍然蔚蓝的，是老巴西。"老玛卡雷奇医生说我是双相情感障碍。给我吃药，给我修补，给我用行为修正药物。整个过程里，我都试图告诉她，这不是一种疾病，它超出了疾病的范畴。但我也不知道它是什么，直到我了解了狼。"

"他们是——双相情感障碍？"

亚历克西娅看到瓦格纳在地球光里畏缩了。

"不只如此。我们是一种全新的神经学种族。"亚历克西娅看到他的笑容里带着歉意，"狼。这是我们的身份。但我知道了我是什么——我一直都是。我就上来这里了。我站在现在我所站的地方。我赤裸着站在地球光里，一切都被照亮。一切都合理了。我能感觉到它把我劈成了两半，把我撕成了两个人：狼和影子。瓦格纳·科塔在那天就死了。我不是一个人，我是两个人。"

他站在那里，闭着眼，沐浴在光里。他在颤抖。每一束肌肉、每一条神经都在燃烧。

"这光线在伤害你吗？"亚历克西娅问。

"伤害我？不，永远不会。不过没错——会痛。"

"瓦格纳，听我说，阿娜利斯背叛了你。"

"她为什么这么做？"

"我不知道。"亚历克西娅有一个猜测，但她不会在这里说。

"他们用一把刀扎穿了她的脖子。扎穿了她的脖子。他们为什么这么做？"

瓦格纳看上去已在崩溃的边缘。

"我所知道的，就是她让布赖斯的刀卫走了进去，带走了罗布森。她背叛了你，瓦格纳。"

"布赖斯·麦肯齐会为此而死。"瓦格纳嘶声说。

"他会的，"亚历克西娅说，"哦，他会的。卢卡斯的手段也许比较慢，也许比较微妙，也许要绕一个大弯，但他从不错手。"

"这应该是我的事。"瓦格纳说。

"让卢卡斯做吧，"亚历克西娅说，"你现在太显眼了。"

瓦格纳转身面对她。亚历克西娅退后了：这是狼，绷着下颌，露着牙齿，异域的光在它眼中燃烧。瓦格纳·科塔死了，他说，只有狼和影子。

"你别这样和我说话。这是科塔家的事。"

突兀的狼化吓到了亚历克西娅，但接着，她迎上了黑暗的瓦格纳。

"我是一个科塔。"

地球造成的疯狂粉碎了。

"是的，当然。"瓦格纳的手动了，那些碎片又瞬间嵌回了原位。这黑暗令人盲目，柔和的白光像巴拉上空的星辰一样浮现。"我们该走了。"

"你还好吗？"

"不好，但我从来没好过。"瓦格纳叫来了电梯，门打开了，一道清凉的蓝光涌进了这黑暗的、满是尘土的瞭望台，"我很抱歉，亚历克西娅。"

"狼。"

"是的。光太多了，"瓦格纳关上了电梯门，"我爱他，你知道的，罗布森。他就好像我自己的儿子一样。我会为这孩子做任何事。"

亚历克西娅碰了碰他的手。他的皮肤是灼热的，她能感觉到肌肉的震颤在消退。

"你已经这么做了。"

"最后，是感官的死亡。"

在奥萨拉的眼睛里，亚历克西娅把五根塑料针管的最后一根放到卢卡斯的桌上。红色，绿色，蓝色，白色，黑色。最后的黑暗。

第一份死亡：内脏的死亡。牺牲者会屎尿齐流，因为胃、肠和膀胱的内壁会剥落并溶解。

第二份死亡：血液的死亡。血液将从眼睛、耳朵、鼻孔以及身体的每一处孔口喷出。

第三份死亡：精神的死亡。思维将被抛进一个幻觉的地狱，无穷尽的恶魔和火池将从许多越来越大的宇宙中掉落。

第四份死亡：自我的死亡。身体将排斥它自己的器官、血管和结构，发生大规模的免疫系统故障。甚至皮肤都会起泡，剥落成血淋淋的薄片。

第五份死亡：最终的死亡。从视觉上、听觉上、嗅觉上切断感官，隔离另外四种死亡的工作过程。这不是仁慈——思维仍然受困，只是看不到、听不到，无助地挣扎。唯一被留到最后的感觉是痛苦。

"做得好。"卢卡斯·科塔说。当亚历克西娅放下毒药时，他没有畏缩，也没有评价。他就像他的毒药一样，平静、冰冷、无情。亚历克西娅记得这种致命的冰寒，那是在科帕宫酒店的套房里，当她感觉到他的刺杀蝇爬在她脖子上时。如果他那时疑心她，那他已经杀死她了：冰冷，无情，连手都不用抬一下。"漂亮的作品。"

"毒药之母免除了费用，"亚历克西娅说，"因为……"

"布赖斯，"卢卡斯说，"你为什么害怕说出来？"

毒药必须听到其牺牲者的名字。否则它怎么会知道？

"我有一个问题，"卢卡斯说，"除非我能把它们递送给它们的目标，否则所有这些美丽的正义都是垃圾。"

卢卡斯·科塔指出了障碍，有那么一会儿，亚历克西娅不知所措，但接着，一个名字跳进了她的脑海。她看到了它，完整、完全，并且美丽。冰冷、残忍，并且物尽其用。它还是唯一可行的方法。

"我有一个建议。"亚历克西娅说。

那对抚养人是简单的学院派好人——一位是月球学家，一位是诗歌教授。哪怕卢卡斯是出于一片好心，他们还是受到了惊吓。他们靠在一起坐在沙发上，坐得笔直，随时准备逃走，鼻孔张大，眼睛瞪得更大，常常互相触碰，并且动作温柔。

卢卡斯坐在他们对面，几乎膝盖顶着膝盖，他向前倾身，头的位置始终比他们低，以表示亲昵。许多手势，有时会碰触。而那两位畏缩于每一次碰触。

亚历克西娅没法责怪他们。尽管安保已经缩减到最少的程度，但仍然有许多埃斯阔塔，站在这条环街上下一百米的每一个门口。西奥菲勒斯被入侵了。不过，那孩子，那孩子不太一样。

海德坐在亚历克西娅对面，缩在椅子里，两脚张开，双手放在膝盖之间。瘦削又窘迫。白色的卫衣和绑腿。有她在月亮上见过的最白的皮肤，黑色的头发遮住了一只眼睛。亚历克西娅对此的观察是：你想让自己看起来可爱一点，但你心知肚明。男孩们可以很可爱，很甜美，很脆弱。但青春期会让他们变得很讨厌。

她尽力不去想卡约，上空高处巴西里的卡约。

她眨眼传送了简报，卢卡斯的智慧非常周密。马尼尼奥知道海德的一些事，那是他的抚养者们不知道的。他是个阐述话语的孩子，是个讲故事的孩子。他写了一些故事，不情不愿地递给别人读了。他写了一些故事，还没有给任何人读。还有一些故事，他永远不会让任何人读到：这些故事是关于永远最棒的男朋友罗布森，以及海德自己的小小迷恋。

"你希望他带上什么，科塔先生？"月球学家阿尔琼问。

"我不会对你撒谎，"卢卡斯说，"带上杀死布赖斯·麦肯齐的毒药。"

阿尔琼和诗歌教授马克斯都发出了轻声的惊叫。

"政治谋杀？"马克斯问。他在两人中更高些，还有诗歌教授那种沾了盐和胡椒的胡子。

"只有布赖斯·麦肯齐死了，罗布森才能安全，"卢卡斯说，"另外，由于我在这里，由于瓦格纳来找过你们，只有布赖斯·麦肯齐死了，你们才会安全。恐怕你们已经卷进来了。"

"我从没有要求……"马克斯起了个头，但又停止了，因为他意识到自己的抗议将是徒劳的。

"我会保护你们，"卢卡斯说，"有必要多久就多久。"

"海德呢？他怎么办？你在要求我们的儿子带着致命的毒药到麦肯齐金属的核心区去。"马克斯说。

"我是要求他去拜访他最好的朋友，"卢卡斯说，"不会有事的，他是应月球托管局的命令前去拜访，不会有危险的。"

马克斯轻蔑的哼声里带着痛苦。

"你当然这么说，但你的侄子呢？你意图保证他的安全。但这事将罗布森置于致命的危险中。"阿尔琼说。

"罗布森已经处于致命的危险中了。你们都知道布赖斯·麦肯齐的名声。有些事比死更糟。”

“我会做的。”海德的声音填满了小小的房间，长发后的眼神暴烈又坚定，“我会去的。为了罗布森。”

“我们不允许！”马克斯说。

“让他说。”卢卡斯说。

“没什么要说的，”海德说，“除了我要做。这事必须完成。没有别人能做这事了。”

“我们是你的抚养人，”马克斯说，“你的双亲。”

阿尔琼用一只手盖住他欧可的手。

“对此事我们没有权利。他能做任何他想做的事。”

“我很高兴你们赞同了我的角度，”卢卡斯说，“我保证他不是一个人。海德会有陪同——尽最大可能的陪同，她是一位月球托管局的公务员。我自己的马奥·德·费罗。”

“辅助职员在这里，很近。”卢卡斯领着 LMA 的高官们穿过鼻孔到北眼球间的桥梁，他的手杖响亮地敲在光亮的石地板上。“你们的委员会会议室。为网络会议不够有效时准备的。慎重，安全，”他用手杖指了指瞳孔窗外横越峡谷的石脸，“我自己的办公室。可以说是面对面。”

“奥萨拉，光明与初始之主，”安塞尔莫·雷耶斯说，“而我们被安置在奥摩卢里，掌管死亡与疾病的奥瑞克萨。”

“也是负责疗愈的奥瑞克萨，”卢卡斯说，“同时是墓园的看管人。”

王永青不高兴地噘起了嘴。

“我们的工作被分隔在子午城和博阿维斯塔两地，工作量加倍，这么做缺乏效率。”

“我希望能把整个 LMA 都挪进博阿维斯塔。将首府和最大的城市分开有很多理由。地球上有许多例子，只是你们的国家里没有。

博阿维斯塔将是你们自己的私属城市。"

"你自己的私属城市,"王永青说,"而 LMA 是你的人质。"

"这真是很不友好的说法,王女士。"

"但它是月球上相当流通的说法。科塔先生,LMA 正在关注事态。"

鸟鸣声从树苗间传来。一只蓝色大闪蝶飞掠过了奥摩卢的北眼。只要向托奎霍发送一个想法,埃斯阔塔们便搬来了椅子。一切都准备好了,一切都安排妥当了,卢卡斯不允许任何事背离他的脚本。

"我们已经赞成并给你的助理颁发了许可。"莫妮克·贝尔坦说。

"我的马奥·德·费罗。"卢卡斯说。地球人厌恶这个头衔。在他们听起来,它原始且野蛮。因此卢卡斯很乐意使用它。

"还有那男孩,"安塞尔莫·雷耶斯补充道,"并且派了一支小护卫队。"

"谢谢。"卢卡斯说。

"我们没有问你在此事中有何利益关系,"王永青的双手交叠着放在膝盖上,卢卡斯的员工竖起一张桌子,端上了茶,"我们不是在行善,我们是一个有商业目标的经济实体。"

"我是个经济人。"卢卡斯说。

王永青冰冷地打量了他一会儿。

"我不确定你是不是,科塔先生。至少不是我们理解的那种。近来你在未得到我们认可的情况下派发了任务,开了会,还做了交易。"

"我必须独立行动,王女士。"

"我们在注意。"安塞尔莫·雷耶斯说。

"地球在注意,"莫妮克·贝尔坦说,"你最近派你的个人助理去了圣俄勒加,和沃龙佐夫达成了一项关于供给和信任的协议。"

"月球港太空电梯系统,"安塞尔莫·雷耶斯说,"我知道我们一直依靠 VTO 的质量加速器作为获得谈判地位的最后手段,但加上一个能进入月外太空的垄断产业——地球无法同意此事。"

"让我们帮忙的代价就是，"王永青说，"VTO 要求在理事会发起投票。而你将对此表示否决。这不是一次民主决议。现在我们说清楚了吗？"

"我的立场不可能比现在更清楚了。"

第二十一章

车子已经跟在她后面一会儿了，在她沿着小路挥着拐杖前进时，它一直配合着她的步调。轮胎下传来砾石清晰的噼啪声，还有石子被碾飞出去的声音。玛丽娜觉得它就像一只枪管在指着她的后颈。

"我知道是你，凯西，"玛丽娜嚷道，"你超过我就好了。"

她听到车子在路边停下了，凯西摇下车窗喊：

"你还好吗？"

玛丽娜咬紧牙关，定了定心。节奏、摆动和稳定的速度就是一切。打破节奏，你就摔了。记住，你是个四足兽。有四肢。

"我很好。你走吧。"

皮卡开到了她身边。凯西仍然靠在窗口。玛丽娜仍然沿着土路摆动向前，拦畜木栅标志着前方世界的边缘。

"你想干什么，凯西？"玛丽娜喊道。

"我想你可能会想要看看河边小路上的那个鹰巢。"

拐杖，一步，拐杖，一步。

"北营地的那个巢？"自玛丽娜有记忆以来，那个鹰巢就一直在那棵正在死去的松树上。它是个疏疏落落的陋室，用河水漂洗过的枝条一枝一枝，年复一年地堆叠而成。

"又孵了一窝。"

"真是太好啦。"

"它们还在喂那些小鸟。"

玛丽娜停下来，靠在了拐杖上。

"你想要什么，凯西？"

她妹妹打开了皮卡的门。玛丽娜把拐杖抛进车斗，自己滑进了座位。凯西在小路上灵巧地掉了个头，往回开去。车子经过了家门，经过了涂白的小屋，经过了几乎没有抬头的狗儿们，开到了河边小路上。

"纳卡穆拉医生叫你多休息。你的骨头还很虚弱。"

"我的骨头我知道。"

河边小路沿陡峭的西岸而下有一系列之字形转弯，轮胎激起了大量芬芳的尘埃。它们很快就落下了。月尘降落的样子又慢又灿烂：闪光与月虹。玛丽娜记得她和卡利尼奥斯的月球单车扬起的尘迹，那次疯狂又美妙的骑行是要为科塔氦气占领蛇海。他们的踪迹在太空都清晰可见。后廊的那架望远镜可以找到它们，两条细细的伤痕，划过圆月的上侧。

凯西平稳地将皮卡开上一条隐约可见的小路，轮胎面碾过一个干涸的水坑，压断了小枝，压平了青草。玛丽娜能感觉到每一颗石子和每一道凹槽。凯西停下了皮卡，这里离鹰巢还隔着一段谨慎有礼的距离。它很巨大，可以说是这棵垂死的松树的第二顶王冠。有一些真正古老的鹰巢重量能超过一吨。树下干燥的青草上溅满了鸟粪。河流在岩石和砾石间找到了新的唱词。

"说真的，你想问什么？"玛丽娜问。

"你要回去吗？"凯西问，"你别否认，妈妈告诉我了。"

玛丽娜试图在破旧的座椅上坐得舒服一点。现在她在哪儿都找不到舒服。她在这个世界上没有慰藉。这河水的汩汩声，这公路尘埃的气味，这又高又清朗的天空，还有从某处飞进视野的鹰，它看上去又单薄又透明。光照过多，色彩过于鲜明。都是谎言。树是扁平的，是虚影，是画在胶片上的。向山川伸出手去，她的手指就能戳穿它。月球是丑陋的，月球是残忍的，月球不会原谅，但她只有在那里是活着的。

"它改变了我，凯西。不只是从生理上。月球知道一千种杀死你的方法。我见过可怕的事，我见过死去的人。可怕的、愚蠢的、毫无意义的死亡。月球不会原谅，但凯西，那里的生活，如此热烈，如此珍贵。他们知道如何生活。这里的孩子，长到十七岁，然后十八岁，有了车，开始喝酒，开起派对。那里的孩子，要光着屁股在严酷的真空里跑过十米。他们热爱这十米中的每一秒。"

"如果你回去了——"

"我就再也不能离开了。"

一段寂静的时间，留给河流的低语，还有风吹过鹰巢结构发出的咔嗒声和嘎吱声。

"你能回去吗？"凯西没有看她，两个女人坐在毗连的座位上，却隔在两个世界里，"你上次坐上航天飞机时，说你觉得你要变成铅，要死了。再来一次——"

"我不知道，"玛丽娜说，"如果卢卡斯·科塔能做到——"她哽住了，因为她想起了卢卡斯·科塔，那记忆突兀而尖锐，就像一根骨头卡进了喉咙：整洁，精悍，胡须优雅，发丝光润，指甲圆滑，西装讲究——一把科塔之刃。那是她在博阿维斯塔第一次见到的卢卡斯·科塔，在逐月派对上，派对的招待工作使她免于因无法支付四元素费用而缓慢窒息。后资本式窒息。回到那里去，不知道谁将为你的下一次呼吸买单。是的，这渴望超越了一切。一个黑点在天空中盘旋：是她眼中死细胞的舞蹈，还是一只鹰？

"你告诉我，卢卡斯·科塔差点因此而死。"凯西说。

"他的确因此而死了，"玛丽娜说，"但他回去了。卢卡斯·科塔是不死的。"

"你却不是。"

"对，但我在地球出生。我有生理优势。将我自己训练到能上去的程度。"

"你撞进沟里时是在做这事吗？"凯西问，"你今天出来也是为了这个吗？训练？"

那是鸟，它盘旋着，翼尖飞羽舒展，感知着空中适合下降的路径。

"我那时候还没有决定。"

鹰从河流的弯道处出现，滑翔降下山谷。

"现在你决定了？"

"在落地的瞬间决定了。它丑陋，残忍，我由始至终都在恐惧，但在那二十四个朔望月里，我比此前的整个人生都过得更鲜活。而这里是影子和雾，凯西。"

鹰悄无声息地飞来，在半空中悬停了一下，未收翅膀，停在了鹰巢的边缘，爪子间闪着鳞片和血。

"看。"凯西悄声说。巢边冒出了小小的头，那只鹰从鱼身上扯下流血的苍白肉块，喂给了那些张开的嘴。

登山杖比拐杖更可靠，也更灵巧，但玛丽娜沿舱梯爬上前甲板时仍然一步一杖。凯西已经站在栏杆边上了。这是个家族仪式，要在渡船绕过班布里奇岛时率先看到太空针塔。海峡上永远都不温暖，玛丽娜裹紧了她的薄外套。在她离开的年头里，已经有很多乏味的高楼像保镖一样环立在这栋地标建筑周围，它们甚至从艾略特湾蔓延到了西雅图西。一艘自动化集装箱船正调整方向，往海峡和外海驶去，如移动的金属悬崖。渡船上下摆荡着穿过集装箱船的尾迹，凯西扬声喊道：

"她出来了！"

卡尔扎合家一年中最多会有两次乘渡船来到这座城市——有时会间隔一整年，不过看到塔群的第一眼一直是她们抵达西雅图的标志，看到雷尼尔山则代表着欢迎。在妈妈住进医院后，漫长的旅程变得更加频繁了，那座山的景象也变成了神谕。如果她屹立在清晰的高处，雪峰高于任何人的想象，那么一切都会好的。如果浓云遮蔽了她，如果在下雨，那就准备迎接挫折和失望。但她永远是她。雷尼尔是一位打着瞌睡的女神，垂着头坐在她的城市和岛屿上方。

"她很清晰。"玛丽娜说。但是，哪怕已经过去了两年多，她仍然能看出雪化得更多了，冰川退到了更高的地方。她无法想象一座没有雪峰的雷尼尔山：一位失去王冠的皇后。

渡船摇晃着到达了终点，乘客们络绎走向交通工具和出口。凯西在一大群步行的乘客中为玛丽娜挤出空间，但玛丽娜发现，在狭窄的走道上，躯体的拥挤让人安心。月球上都是人，全都是人，只有人，到处都是。

摩托带着她们在暗色的塔群间盘绕向上。在行人或单车手中，似乎每两个人就有一个戴着呼吸面罩。又一次全新且致命的细菌进化。每个月球居住者都害怕有新的地球疾病进驻月球密封的城市，在医疗资源能全面抵抗它之前，顺着子午城的方区从肺传染到肺，沿着南后城的高塔蔓延而上。月球的瘟疫。

VTO办公室是以玻璃和铝搭建的一个漂亮小玩意儿，坐落于联合湖岸边的最佳位置。水上飞机在巨幕动画旁边起起落落，动画上的循环飞行器正掠过在太空中升起的地球。

"现在帮我一把。"

凯西在玛丽娜脱掉外套时帮忙拿着登山杖。她自豪地穿着科塔氦气的 T 恤，走过休息室里那些野心勃勃的月芽面前。每个人的视线都随着她转动。

"我与医疗中心有预约。"玛丽娜对接待员说。

"玛丽娜·卡尔扎合，"接待员是一个典型的 VTO 男孩，高个子，外貌整洁，帅得要命，他向玛丽娜的数据助理抛出了一个定位，"欢迎回来，我们很少接到重新运送的申请。"当她握紧拐杖时，他又补了一句："也很少看到这复古 T 恤。"

等候区很繁忙。永远都有人准备去月球搜寻财富。各种肤色、各个国家的年轻人，又紧张又兴奋。除了生理检测，还有心理检测。并不是每个人都能忍受月球紧小又幽闭的社会。在那些白色的门后，希望有可能振奋，有可能粉碎。

"科塔氦气。"排在玛丽娜和凯西前面的年轻女人转过身来，打量未来可能是升空同伴的人，审视着 T 恤。

"曾经为他们工作。"玛丽娜说。

"哪个办公室？"

玛丽娜用拇指比了比天花板。

"总公司。我是个集尘者。"

"你在那上面工作过？"

"两年，到了最后期限。"

"那么，我有一个问题。"女人说。

"问吧。"玛丽娜说。

"如果你去了那里，为什么你还要回来？"

一扇白色的门打开了。

"玛丽娜·卡尔扎合？"

机械臂蜷起手指，折叠嵌入了白墙上的裂缝。面板关合锁闭了，只留下纯粹的、透明的表面。玛丽娜从扫描椅上晃下来。她把登山杖留在门口了，看起来走向它们的距离比离开它们的更遥远。

"我行吗，医生？"

海梅·古铁雷斯医生眨掉自己眼前的多个浏览页面。

"升空幸存率是88%，"他说，"前往轨道的最大引力是两倍地球重力，也就是月球引力的十二倍。过程不会很舒服，但你有很好的肌肉。你训练过。"

"长跑。"玛丽娜知道医生不明白，而且对此毫不关心。

医生眨眼关闭了视镜。

"一个问题：为什么？"

"这是精神评估的一部分吗？"

"我从未见过任何人返回。我见过六个月在上面，三个月在下面循环来去的旅行家、高官、大学研究员以及 LMA 员工。但一个工作满两年的人？没有。一旦他们下来了，他们就留在下面。"

"也许我不应该下来。"玛丽娜说。

"有谁在上面，对不对？"古铁雷斯医生问。

"对，"玛丽娜说，"但我必须来到这里，才能看清楚。"

"昂贵的思考时间。"古铁雷斯医生说。

"只是钱的问题。"玛丽娜说。

古铁雷斯医生笑了，玛丽娜想，她也许对他做了错误的判断。门开了，梅琳达出现在白色的房间里。自从她车子的尾灯转过土路的转角，消失在树林里之后，玛丽娜就再也没想到过这位复原联络官。

"你结束了吗，海梅？"

"她可以飞。"古铁雷斯医生说。

"我得和你谈谈，玛丽娜。"

玛丽娜跟着她走上走廊，登山杖的杖尖咯嗒咯嗒敲在木板上。

当玛丽娜小心地坐进沙发后，梅琳达问："咖啡？"这个又小又亮的房间俯瞰着联盟湖。低矮的沙发对月球女人来说是装了软垫的捕虫器，你可以陷进去，但出不来。

一个穿着套装的女人端来了咖啡，这套装充满了政府的气味。她倒出了两杯咖啡。

"谢谢你，梅琳达。"

她将一杯咖啡沿着矮桌推给了玛丽娜。

"我的名字是斯特拉·奥绍拉。我为国防情报局工作。"

"我猜也是大概这一类的东西。"

斯特拉·奥绍拉往自己的咖啡里搅进了两勺糖，啜了一口。

"你经受了一些来自邻居的敌意。"

"你们监视所有回归者吗？"

"是的。许多回归者都发现，要重新融入地球的生活模式是很有挑战性的。月球常常会激发异端的政治思想，极端自由主义、对乌托邦社会的渴望、无政府主义。它们在法律系统里交替呈现。"

"我想做的只是适应。为我自己打造一个新生活。"

"但这不是真的，对不对，玛丽娜？"斯特拉·奥绍拉放下了杯子，"你要回去了。这是史无前例的。"

玛丽娜的咖啡味道不再显得奇妙，也不再散发乡愁。

"你想要什么？"

"我想为你母亲的医疗保健付钱。"

"我为她的医疗保健付钱，你别谈论我妈妈。"

"你可以为你妈妈的护理付钱，或者你可以回去月球。你无法承担两样。"

"你们还入侵了我的账户？"

"你申请了一份地月交通贷款，我们当然会对此感兴趣。"

这个政府女人是对的。那些数字不会积少成多。玛丽娜没有料到月球飞行提价了，医疗护理的费用也螺旋攀升。现在，和她第一次来到这湖畔办公室做飞前评估时一样，VTO准备给未来的月球工作者预支贷款。和那时一样，她在黑暗的午夜里自己一个人填写申请。她害怕暴露自己的秘密：月球工作者玛丽娜，卡尔扎合家长久的经济支柱，也许不如她自己以为的那么富裕。

"我想要做的只是履行我所有的责任。"

斯特拉·奥绍拉看着自己的鞋，她的嘴角在抽搐。

"你得知道，你的贷款申请不太可能通过。"

玛丽娜感觉到重力伸出了触角，往下拉扯她体内每一样牢固的东西。房间晃荡起来，地板在向她扣来。

"什么？"

"VTO 不会同意你的贷款。"

"那只是几十万。"

"几十万还是一百块，答案都是一样的。"斯特拉·奥绍拉说，她抿了一口咖啡，但它已经凉了，不新鲜了。

"我不明白。"玛丽娜结结巴巴地说。她的世界内爆了。她的每一个希望都掉进了心脏的大洞里。

"对 VTO 来说，一个想再次成为月芽的回归者不是一项安全可靠的投资。"

斯特拉·奥绍拉迎上了她的视线。

"我想让你为我们做些事，玛丽娜。你将为此获得薪酬，足以补足你的差额，比那更多。"

从那大洞里涌出来的是愤怒。

"是你让 VTO 拒绝我的贷款的，是不是？"

斯特拉·奥绍拉叹了口气。

"你的状况特殊，我的团队若是不对此善加利用，那就是工作疏忽了。"

"你想让我做间谍。"

斯特拉·奥绍拉做了个鬼脸。

"我们一般不用这个词，玛丽娜。我们对信息感兴趣。时时更新，深刻洞察。我们的政府在 LMA 里不是一个主要角色。在上面发生的事很重要，但俄罗斯人和中国人扔给我们的只是一些鸟食。"

"你是在告诉我这是我的爱国职责吗？"

"我们也不用这些词。玛丽娜。"

玛丽娜觉得自己深深地陷在了沙发里，被吞了进去。

"监视我的朋友们。"愤怒如火焰一样红热，并且如此欢欣，但她必须控制住它。她把监视我的爱人们这句话吞了回去。

"你母亲会得到最好的照料。"斯特拉·奥绍拉说。

现在，这滚烫的愤怒给了玛丽娜力量，让她从令人窒息的沙发上站了起来，穿过房间，拿起了她的登山杖。

"我们自己照料自己。"玛丽娜一边说着，一边把手穿入圈环，握紧了手杖。

"你可以慢慢考虑。"斯特拉·奥绍拉喊道。这句临别赠言追着玛丽娜大步走下走廊。咔嗒，咔嗒。一个间谍。一个刺探者，一个叛徒。她怎么敢提出来？伤痛和耻辱双倍地灼烫着她，因为这女人是对的。她只能承担升月的费用，或照料妈妈的费用。要么就得背叛那个接纳了她的家庭，她们将她从月尘里拉起来，赋予她信任和信心——将她们的性命交到她手里。

"行吗？"凯西问道。此时玛丽娜正晃过那成排的人，他们眼睛里满是月亮，他们大有希望。她向停在门廊下的车子走去。"你去了很久。"

"方方面面都好得不行，"玛丽娜说，"帮我拿一下这个，好吗？"凯西拿着手杖，玛丽娜套上了外套。它在这城市里显得太小太热，但那令她自豪的科塔氦气 T 恤就好像一个背叛的烙印。

云层卷裹着雷尼尔山。善变的女神。玛丽娜转身背对山川，背对针塔，背对艾略特湾那些野蛮的高楼。背叛之城。她抓紧了栏杆，望向海峡那一头，望向她自己家乡的群山。她将外套的拉链全部拉上了。海峡里总是很冷。一件好外套不会辜负你。

渡船绕过班布里奇岛的南角后，凯西说：“我的姐妹，你的心情糟透了。在那里发生了什么事吗？”

水母在靛蓝色的水里翻滚，就像琼脂和毒药组成的破布。

“我需要你借我十万美元。”

“这就是原因所在。”

“原因所在，凯西，”玛丽娜指关节发白地攥着暗色的木栏杆，“真正的原因所在，是国防情报局想要让我做一个间谍。”

每一道多石的海岸上都排列着木房子，整洁又富裕。房子后面是高耸的树木。

“他们不称它为间谍。我将是个信息反馈者，将科塔家的事告诉他们，而他们会为妈妈的护理买单。”

当渡船排队进入布雷默顿码头时，引擎的频率变了。

凯西手足无措地站在栏杆边。

“我得问——”

“科塔们是我见过的最以自我为中心、最自恋、最傲慢、最怪异的一帮混蛋，”玛丽娜说，“离开他们的每一秒对我来说都是死刑。”

扬声系统里传来了靠岸通知。渡船震动着打开了船首推进器。暗色的波涛高高地拍上了码头的水泥桩和橡胶缓冲装置。

“我不知道，玛丽娜。”

“我必须快速决定此事，凯西。”

“玛丽娜，我不知道。”

下船板在码头的水泥地上刮擦着。栏杆边只剩下了玛丽娜。她很容易就认出了凯西的车，它将带着她们迅速穿过山和水，回到那森林边缘的家里去。

第二十二章

海德皱着眉，专注地眨着眼，鼻孔翕张。

亚历克西娅明白，当一个人正在害怕，当他要冲向这世界最糟的事情里，无处可逃、不可延期的时候，他会深深陷入琐事之中。音乐、聊天、心爱的演出。但是神灵们哪，一个十三岁的孩子能玩多少次小龙快跑的游戏？

LMA 的轨道车从希帕提娅中转站的东面驶出，穿过太阳环区光滑的黑色玻璃场。这片景色能让人精神向内，趋向黑暗处的沉思与自省。神灵们啊。她抓住自己的这个念头：神灵们。这是月球的方式。神灵们、圣徒们、奥瑞克萨们，就像疯狂版巴西黑豆饭混进各种奇怪的、新的、更多的东西。而她也是这融合、混淆、合并的一部分。她已经有多久没想起家乡，想起巴拉的绿和蓝，想起海洋大厦那些欢呼着祝酒庆贺她升入太空的人，想起漂亮又虚荣的诺顿，想起玛丽莎和卡约了？数日的遗忘悄悄变成了数月，直到某一天，你发现数年时间过去了，而你再也无法回头。

"海德。"

没有回应。

"海德。"

他抬起头，把注意力从游戏上转到亚历克西娅身上。

"它们安全吗？"

海德张大了嘴。亚历克西娅看到了彩色的管尖从他的舌下，从他的两颊内露出来。红色、绿色、蓝色、白色。她看不到黑色，它被掩藏到了人类身体的暗处。它在那里，最后的死亡。

"看在老天的分儿上，海德！"

他把小管子吐到了自己手上。

"只是试一试。你都没注意到我把它们放进去，是不是？我学了一点罗布森的技巧。我想到了这个主意。不能把它们藏在我屁股里，因为我没法在别人看着我时把它们弄出来。用这个方法，等我们到那里时我就把它塞进去，等我见到罗布森时就把它们弄出来。我要做的就是全程闭嘴。"

"如果你吞下去怎么办？"

"它们是以罗布森的 DNA 编码的。只有他能打开它们。它们只会直接穿过我的肠胃。"

你信任这个？

"到若昂德丢斯还要多久？"

"十分钟。"

"时间足够。"海德放松地坐回椅子里，重新把眼神锁定在了他的游戏上。奇怪的男孩。故作笨拙，引得别人主动找他。在离开西奥菲勒斯的列车上，她试图和他聊天，吸引他的注意力，想要了解他。但他排斥任何亲近，安静、内向地抵制亚历克西娅。她永远都不能和他交上朋友，但她不是十三岁，她也不是一个男孩子。她不是罗布森·科塔，要了解一段友谊，你必须看到它的彼此两面。但他是一个朋友，是亚历克西娅见过的最棒的、最勇敢的朋友。

轨道车慢下来了。减下来的速度将海德从游戏中唤醒。当车子越过岔点，进入前往若昂德丢斯的支线时，LMA 荣誉护卫站好了位置，随车子摇晃着。这是内尔松·梅代罗斯能聘用到的非科塔家的雇佣兵中最优秀的四个人。如果一切变成实战，他们必须撑上四十秒。他们知道这一点。轨道车现在驶入隧道了，灯光频闪的速度正在减慢，因为车正在刹停，靠向车站。

　　"好了，海德。"

　　没有回应。

　　"海德？"

　　当亚历克西娅回头时，海德的手已经空了。

　　亚历克西娅讨厌若昂德丢斯。她讨厌这浓厚混浊的空气，讨厌食用油深深渗入透水石的恶臭，讨厌尿和处理不当的污水的臭气。她讨厌尘埃的味道，讨厌它轻柔地摩擦她邦威特·特勒高跟鞋的鞋底。她讨厌这狭隘的街道，压于头顶的悬层，还有过于逼近的日光线造成的幽闭感——她能分辨出虚拟天空中单个的细胞板。她讨厌沿路那些眼神，从巷道里和斜坡上窥视，从高处步道上俯瞰。当她迎上那些视线时，它们便转开了。她知道他们在说什么。马奥·德·费罗？只有一个马奥·德·费罗：那个建造了此处的女人，那个从耗尽价值的月壤中建立起一个氦气帝国的女人。阿德里安娜·科塔。

　　她的被监护者和魔咒完美无错，麦肯齐氦气的新首席刀卫胡萨姆·埃尔·伊布拉西在车站迎接了她和海德。他的前任芬恩·瓦内现在是哈德利城的首席刀卫。

　　那时，五十名麦肯齐刀卫从这两个月台登陆，击溃了科塔氦气的守卫，袭击了孔达科瓦大道，在 LMA 轨道车停进若昂德丢斯车站时，马尼尼奥告诉她，就在你右边，第一层，标注处是卢卡斯·科塔过去的公寓。他的音响室曾是两个世界里最好的。她无法拒绝抬头：她看到了烟熏过的窗户，烧焦的内墙，仿佛仍能嗅到燃烧的木头和融化的有机物。胡萨姆·埃尔·伊布拉西很有风度地闲聊着，两个麦肯齐氪气的刀卫谨慎地跟得很紧，马尼尼奥又悄声说了另一个故事。这座城市的每一寸都雕刻着一段麦肯齐不仁不义的历史，每一扇门、每一条巷道上都铺满了不公的记忆。光明体育场：若昂德丢斯美洲虎之家，从前的女孩男孩队。

"等一等。"

马尼尼奥标注出了博阿维斯塔电车站，它被盖了挡板，密封了，但这里有一些没有写入历史的东西。生物光围成半圆，在墙脚闪烁——红色、金绿色。在光里，有廉价的打印小雕像倚靠在不稳定的基座上，有的已经倒下了，有的还在摇晃。

"请稍等。"亚历克西娅走出护卫圈，在生物光前蹲了下来。海德和她一起。这些圣像挂在压力密封上：一身白衣的年长女人，像老巴伊亚人一样挂着珠子。神圣妈依，圣职女性，当今领主姐妹会，她们排在一起，围绕着一个由肖像组成的破损的三角形。两个男人和一个女人在中心，有一个裂隙，这里有个人被挪走了，粘胶垫还粘在原处。那张照片脸朝下掉在许愿灯里。亚历克西娅依次碰着那些照片。那么，这是拉法，黄金之子，他在微笑，样子很受欢迎，但亚历克西娅在他眼中看到了恶魔。这是卡利尼奥斯，战士，他真美，亚历克西娅很遗憾自己从未见过他。还有这个，五官深刻、暗色皮肤的女人，黑色的头发因辐射而掺杂着灰色，看人的眼神如同帝王：这只可能是阿德里安娜·科塔，从月壤中挖出一个王朝的铁手。这个铁手不会雇佣罪犯来为伤害她至爱的兄弟们的人宣判正义。这个铁手锻造并交付她自己的正义。

亚历克西娅不需要把掉下的照片翻到正面，她知道那是谁。铁手，魅力散发者，战士。叛徒。等着瞧吧，若昂德丢斯。

"科塔女士，我们得走了。"

"当然。"

她捏紧了海德的手。他惊恐地扫了她一眼，她立刻对自己的动作后悔了：若是他吓了一大跳，他嘴里藏的死亡可能会噎死他。

快到了，她在两人的私人频道里说。

麦肯齐氦气占用了半公里长的临街办公室。公司商标是用霓虹灯做的，有三层楼高。安保重重。亚历克西娅可以认出职员里的桑提诺，他们暗暗扫过来的视线中有内疚和希望。

"如果可以的话，科塔女士，你只能停在这里。"

她朝海德点点头。这是预料中的事，但他现在开始害怕了。

"往前走，海德。不会有事的。"

漂亮的员工穿着整洁的麦肯齐氦气制服，推来了椅子，端上了茶。胡萨姆·埃尔·伊布拉西轻轻碰着海德的胳膊，护送着他穿过了滑开的重重门扇。

这个房间是白色的，很明亮，垫满了象牙色的人造皮。没有窗户。海德眨着眼适应过度的明亮。罗布森就像一个幽灵，穿着白色的短裤和无袖 T 恤。他的皮肤和头发扎眼地衬着这些白色白色白色。

"你们自己待一会儿，"胡萨姆·埃尔·伊布拉西说，"五分钟。"

门关了。现在开始的部分是你无法练习的，它必须步骤正确。友谊在此将被刀尖检测，罗布森必须毫无反应地接受并理解。现在要变魔术了。

"嘿。"

"欧拉。"

海德搂住了罗布森。他仍然像一个装满了骨头和缆绳的袋子。搂近一点。

现在。

吻他。吻在嘴上。把第一份死亡用他的舌头推向罗布森的双唇。

快快，请快一点。摄像头在盯着，AI在上下扫描亲昵的频率，量子处理器准备就绪，随时都能像打开婴儿头骨一样解开密码。罗布森犹豫了，但接着，海德感觉到他的身体放松了。罗布森张开了嘴。海德在罗布森身后扣紧了手，转过他的头，好让吻更深、更久、更热烈。一份接一份的死亡，他把毒药滑进了罗布森的嘴里。

"你没事，你没事，我太高兴了，"海德含糊不清地说着，两个男孩仍然紧紧相拥，它没有暴露，他狠狠地松了一口气，"你还好吗？他们对你好吗？食物怎么样？他们让你走动吗？瓦格纳说向你转达他的爱，他们不会让他来的。你知道……你知道发生了什么吗？"

罗布森严肃地点点头，他的眼睛睁得很大。

"我没事，我没事。"

AI能听出他声音的变化吗？机器能读出他的笨拙后面掩藏的东西吗？这是不是都是他想象出来的？

"要欧洽塔吗？"罗布森说，"我有个厨房，大致上。"

聊天很难。交流像铅一样沉重。词语艰难而不适。海德喝了欧洽塔，是他喜欢的味道。当他看到罗布森抿了一口时，他的眼睛睁大了。什么事也没有。冷静，自制，就好像他是在第五层水槽处做了一次撑跳一样。聪明，太聪明了。他在喝欧洽塔，所以他的嘴里不可能有别的东西。他们忘了，罗布森既通晓术法，也通晓误导。

"有个健身房，想看吗？"罗布森说。罗布森在若昂德丢斯的监狱里有很多房间，比西奥菲勒斯的整个套房都多。"他们认为我应该锻炼。"罗布森向海德展示力量训练器、跑步器、步行和转动训练器。"这里有一大堆东西是用来训练我的屁股的，"他停了停，皱起了眉，"抱歉，卫生间，马上回来。"

这就是转移完成的机会。从嘴里到另一个藏匿处。不会是藏在卫生间里，他们肯定会搜查的。屁股里，也许。罗布森能搞定它，哪怕在那里也有摄像头——布赖斯·麦肯齐干得出这种事——他们永远也看不到的。

"不好意思，一直这样。这里的水很古怪。"

门开了。

"抱歉，但是时间到了。"胡萨姆·埃尔·伊布拉西说。

"再吻我一次。"罗布森说。当然。将这个魔术以吻封缄。谢谢你，罗布森无声地说着，吻了海德。瓦格纳说，你不是一个人，海德无声地回应他。魔术完成了。罗布森用双手捧着海德的脸。大大的眼睛，雀斑。海德的心脏要爆炸了。

"现在是告别吻。"罗布森说着，他又吻了海德，就好像世界将会坍塌，就好像这是他愿意做的最后一件事。

灰色的泥浆很浓稠，翻涌处在光线下闪出云母般的光泽。它是非常高级的生态物质，由矿物补充剂、皮肤营养物、洗涤剂和润肤剂、抗真菌、抗细菌和噬菌体悬浮剂组成，后者可以抵抗来自地球的最麻烦的耐药性疾病。这生态泥填满了麦肯齐氢气总统套房地板上的一个池子。

布赖斯·麦肯齐懒洋洋地倚靠在灰色的泥浪里，捞起一把滴滴答答的泥水，揉进自己下垂的胸膛里。哈德利之战的耻辱就像死皮细胞一样滑走了。

"极乐，"他低声说，"极乐。"

泥土是从金斯考特用巴尔特拉送来的，它们被加热到体温，制成膏，等待布赖斯的到来。旅程痛苦又不便，不适且令人消化不良。在过去的两年里，布赖斯花在泥池里的时间越来越多了。

"把他带给我。"布赖斯下令道。

"怎么准备？"胡萨姆·埃尔·伊布拉西问。

"泳装。"布赖斯的声音嘶哑，凝结着欲望。胡萨姆·埃尔·伊布拉西低了低头，离开了。布赖斯按着池边把自己撑起来，泥从他高耸的胸部和腹部滑下来，泥在他脖子的皮褶处、他下颌的褶皱处闪烁。他在自己的两颊上用泥涂上了条纹，好像战纹一样。他的呼吸沉重但规律，他的心跳紧绷且短促。他的医生向他保证，它还能再好好跳个十万下。若昂德丢斯的人最好祈祷医生是对的。他感觉到自己的阴茎在温暖又沉重的泥浆里动了起来。

"布赖斯。"

胡萨姆·埃尔·伊布拉西站在那男孩身后，一只手按着他的肩膀。

"谢谢你，胡萨姆。"布赖斯细细观察着罗布森·科塔。泳装非常小，纯白色。没有穿鞋：他永远也无法接受和某个脚上盖了任何东西的人登上性高潮。"好了，站前面来，站前面来，让我们看看你。"他听到自己的声音中透露出抽动的欲望。自此，他便从卢卡斯·科塔那里夺走了一切。

"我想我告诉过你，要练出点肌肉来。你瘦得像个他妈的女孩子。"

没有回应，蔑视透露在眼睛里、嘴唇上。很好。愠怒是可爱的。折断这种愠怒的过程是有趣的。

"行吧，我猜这是必要的步骤。好，把那些脱掉。"

"什么？"

"它在说话：奇迹中的奇迹。泳装。脱了它们。"

可爱的惊愕出现在了他脸上。一击得手，一次重击。接下来还会有更多，一击接着一击。

"哦，看在老天的分上，孩子，你以为会发生什么？脱光。"

"呃，你介意吗？"那男孩摇着他的手指——转过头去，转过头去。现在轮到布赖斯难以置信地问"什么"了。"我不能被人看着。"

"男孩，你要做的，就是把那些泳装脱掉。"

“是的，是的，我会脱，但……”

“哦，真是见了鬼。”

布赖斯翻了过去。稍后他会让这个科塔男孩为此付出代价的。麦肯齐，曾经是，一直是，将来也永远是：麦肯齐。他的麦肯齐。

“然后到这里来和我一起。”

当听到布赖斯命令他脱光时，罗布森以为自己的心跳会停止。要把死亡藏在白色的小衣服里是很容易的魔法。他把裸针头塞进了有弹性的白色织物里——裸针，因为罗布森知道，当死亡来临时，他不可能有时间去开启塑料容器。裸针，贴着他的皮肤。要谨慎且精确地移动。一个跑酷者、一个魔术师的移动永远都不会是粗心大意或不够精确的。

计划的步骤并不包括将武器留在布赖斯的浴池地板上。

他必须快，他必须稳，他必须安全。只要有一点匆忙、大意或疏忽，那个在橡胶垫上呕吐、出血、屙出器官的人就会变成他。一次一支，安全放置，然后是另一支。他从他的泳装中抽出第一支死亡，红色的死亡，将它插入头发中。记住它的位置，将它烙印在躯体的记忆里。你承担不起失手的代价。蓝色的死亡，绿色的。

“快好了，”他说，白色的，黑色的，插进他的非洲发型，“现在好了。”

他从未觉得如此赤裸，如此袒露，如此无遮无挡过。他是皮肤，他是血肉，他什么也不是。他跪在泥池边上。他无法忍受去碰触那泥浆。它是污染。碰到那泥浆，他就再也不会干净了。这个男人靠在里面，笑着，他甚至无法抬眼去看。它超越了污染，它是腐烂。

“现在这样不是更好吗？”布赖斯滑到罗布森下方，朝上对他笑着，他噘起了肉鼓鼓的嘴唇，“现在亲我吧，像你亲你那个该死的同性恋男朋友一样。”

罗布森俯下身去。

"不，我不会的。"

他抬起了手，身体的记忆是完美的。他拿到了红色的死亡，将它往下戳入了布赖斯的左眼球。

"这是为了拉法。"他喊道。布赖斯在痛苦中挣扎着，针头在他流血的眼球中跳动。喊叫声窒息在了布赖斯的口中，他的身体抽搐着，一片恶臭的稀便浮到了泥池的表面。第二支死亡已经到了罗布森手里。他将它干脆利落地深深扎进了布赖斯的右眼。

"这是为了卡利尼奥斯。"

布赖斯的双手盲目而疯狂地拍打着。罗布森轻易就压住了其中一只手，一边从头发里拔出了下一支死亡。血从罗布森的腰部流下来：它们是从布赖斯的表皮里渗出来的。表皮、耳朵、泪腺、张合的嘴角。血流下他颤抖的颚骨，淌到了泥浆起伏的表面。他的肠子和膀胱仍然在将其内容物泵进泥池。

第三支死亡，精神的死亡，插进左眼球里，就在第一支死亡的旁边。

"这是为了南后城的跑酷者。"罗布森在歇斯底里地吼叫。

一个细小的声音，迸出一声又尖又长的哀号。布赖斯的眼睛要翻白了，但针头把它们钉在原位。

"这是为了洪。"他在咆哮，眼泪模糊了视线，每一条肌肉都绷紧了，以遵守规则。罗布森将第四支死亡——自我的死亡插进它应有的位置。

那双手不再往罗布森伸来，它们颤动着，恳求着。布赖斯的喉头在抽搐：一波带血的呕吐物从他流血的嘴唇里喷了出来，滚下了他油腻的胸膛。泥浆浴池此刻是一片堕落沼泽，掺杂着尿、屎、血、呕吐物和液化的器官。罗布森的手指稳定地从头发中拔出最后的死亡。他把黑色的针头举到布赖斯瞎掉的双眼前。

"这是为了我。"

他将针头深深地扎进了布赖斯的左眼。但不知怎么的，一个细小的声音竟然穿过了幻觉、疼痛、感官关闭的地狱：

"他妈的。科塔。炸弹。城市连在了……我的心脏上。炸弹！"

罗布森僵住了。浴池的门被轰开了。罗布森转过身，看到胡萨姆·埃尔·伊布拉西冲了过来，举着双刀。罗布森手脚并用地爬开，但此时传来一个嘶嘶的啸声，一个东西绕过了胡萨姆的喉咙。成块的原岩旋转着加速，像压碎芒果一样将他的头压碎了。

一个麦肯齐氢气的刀卫冲进房来，用一把刀扎穿了胡萨姆，从脊柱到肺，但即兴版的流星锤已经先完成了工作。

"你没事吧？"葡萄牙语。瓦格纳说，你不是一个人。

"这地方放了炸弹。"罗布森喃喃地说。他的力量消失了。

布赖斯·麦肯齐微笑着，滑进了他那充满邪恶污物的死亡之池中。

刀卫伸出一只手来。有炸弹，炸弹，每个人都必须撤离，而她伸出了一只手？

"炸弹连在布赖斯的心脏上！如果他死了……"

刀卫把罗布森拉了起来。泥浆掩住了布赖斯·麦肯齐的脸，涌进了他张开的嘴里。

"哦，那些。"她有桑提诺的口音。罗布森仿佛听到了人声，叫喊声，战斗的声音？"我们几个月前就发现那些东西了，已经料理了。"罗布森踉跄着踏出一步。刀卫脱下外套，将罗布森的手套进袖子。他现在在发抖，全身都在抑制不住地大幅度地震颤。"来吧，科塔。"刀卫说。她帮着他套上了泳装。她把他的胳膊绕到她的脖子上，两人蹒跚着走向门口。

"科塔。"罗布森悄声说。世界非常大也非常小，非常近又无限遥远，他无法停止颤抖。"科塔。"他崩溃了，发出了战栗的呜咽声。他无法停止。狂怒已消耗殆尽，剩下的灰烬是冰冷死寂的。

"让我们给你弄点好喝的热茶。"刀卫说。

"欧洽塔，"罗布森在眼泪中喊道，"我喝欧洽塔！"

瓦格纳·科塔从没有想过扎巴林的事。他们是第五元素，是剥离者和循环者，是清洁者和拆骨者，是血肉砍伐者，是脂肪提取者。生命、记忆，都消退成化学元素。

一切都以这种方式终结：成为一张电子表单，记录着碳、氧、氮、钙。一点痕迹。死者的碳变成活人们使用的 3D 打印机的原料。

他自己也会以这种方式终结：比例，配给，某人的宴会礼服，某人的拖拉玩具，某人的杀戮之刀。

扎巴林是谨慎的，扎巴林是勤勉的。公寓里没有留下一点血和一个皮肤细胞。没有任何痕迹显示这里曾有一场谋杀。一场谋杀和一次绑架。瓦格纳想象着，血的气味、谋杀的气味、刀的气味一定融进了墙里和地板上。扎巴林的工作很出色：公寓透着柑橘的气味，混杂着永远存在的月尘的呛人味道。

公寓。

他们的公寓。

他很高兴扎巴林清走了所有的铺垫物，将这里剥得只剩下裸露的建筑架构。

海德在门口发现了她。这里。瓦格纳站在那个点上。他想着她的手指，她天才的手指，能从翘曲的木头和绷紧的金属丝上召唤出最为美妙的音乐。那些手指试图掩住可怕的伤口，手指颤动着，掉下去了，血浸没了指关节，浸没了手掌，浸没了手腕。

他无法太久太深入地想象那个画面。

没人应该那样死去。

无论是谁干的这事，无论是布赖斯的哪个刀卫或雇佣兵，他希望他们能在若昂德丢斯起义时感受到他们对阿娜利斯做的事。

他必须离开这个公寓。就在这时，一个架子上有一张叠起来的纸抓住了瓦格纳的注意力。除非它并非扎巴林的注意事项，否则它不可能逃过他们的手。一张字条，折了四折。

我很抱歉瓦格纳。我永远不能被原谅。我背叛了你，我背叛了罗布森。他们要伤害我的家人。

家人优先，家人永存。

关于背叛的话语是手写的，古雅的字迹写在昂贵的纸上。

单词就像音符，是她手指的作品。

瓦格纳揉皱了字条。他本来要把它扔到公寓那头去——这对扎巴林的完美作品来说是个冒犯——但为了她所有的背叛，她不应该被留在这里，等着陌生人来发现。

布赖斯·麦肯齐死了。罗布森安全了。现在他可以关上这扇门，前去巴尔特拉站，回到他的家人和城市那里去了。

第二十三章

我不是一个战士。他在从巴尔特拉站点出发的探测车上说。

我是一匹狼。他在探测车驶入若昂德丢斯四号气闸时说。

我实际上不是一个科塔，他在外闸门向下闸断、气压开始平衡时说。

你是一个科塔。他们说着，把一柄刀放进他的右手，再把另一柄刀放进他的左手。

我不是一个领袖，他在内闸门打开时说，我不是铁手。

你来领导，铁手说，这是你的战斗。

我会看着你的，内尔松·梅代罗斯在瓦格纳身边悄声说，你只管杀你的就好了。

于是狼深深地吸了几口若昂德丢斯的臭气和香味，他发出一声叫喊，便领着埃斯阔塔们冲上了孔达科瓦大道。若昂德丢斯的解放是迅速且压倒性的。乘探测车来的科塔卫队夺取了城市的月面闸口，从特维城来的雇佣兵乘特许专列抵达，物料舱落进了巴尔特拉中转站的电磁臂，签了单日雇佣合约的VTO轨道女王将它们递送给冲下大道的突击队。但这里没有战斗，若昂德丢斯解放了它自己。卢卡斯隐藏在麦肯齐氩气中的集尘者和潜伏特工行动起来，控制了城市的空气、电力与水源供应。桑提诺扔下了他们的工作、学校和家庭，挤在公共打印机边，打印出了刀和身体装甲。若昂德丢斯起义了，麦肯齐氩气的刀卫收起了他们的刀。无意义的死亡无利可图。当布赖斯·麦肯齐死于一个科塔之手的传言刚刚流传出去时，董事会成员就逃走了，高管们签了辞职书，放弃了他们的办公室。

孔达科瓦大道上站满了无数埃斯阔塔、集尘者和桑提诺。当瓦格纳领着解放军队到达时，欢呼声、口哨声、掌声像雪片一样从楼层和步道上传来。每一分钟都有更多人加入。当他来到麦肯齐氩气粉碎的大门前时，整个若昂德丢斯都跟在他身后。他举起一只手，军队停下了，声音静止了。霓虹的 MH 标志在死亡边缘闪烁着，大部分灯管都被弹弓和快速打印的骨箭打掉了。

两个身影穿过了破烂的大门：一个刀卫和一个男孩。那个女人仍然用胳膊把罗布森护在身下。他身上有瘀青，染着血迹，摇摇欲坠。女人对他悄声说话。他抬起了头。他的眼中盈满了光。

刀从瓦格纳的手里掉了下去。他奔向罗布森，把皮包骨头、受难深重的男孩抱进了怀里。

"你，"他喘着气，眼泪流下了他的脸，"你你你。"
若昂德丢斯以呐喊声回应。

革命真是个凌乱的过程。他走过解放崩落的碎屑：水瓶、刀、棍棒打碎的门框和窗框、投掷物砸松的大块烧结物。海报。衣物。一只鞋。两具尸体。卢卡斯为他们感到遗憾。他本希望这是一场不流血的收获。不流血，除了那些必须流血的人。他仍能听到前方人群的歌唱声和颂扬声。若昂德丢斯，一个丑陋的城市。当他住在这里时，他从未辨识出它的丑陋。征服者的眼睛能看出征服的代价。

征服者。救世主卢卡斯。他不禁对这样的假定笑了起来。卢卡斯把一块石头沿大道踢了出去。人群的喧嚣声越来越近，越来越大，如浪潮般起起落落。那匹狼知道怎么应付一群人。那混蛋做得不错。不能让人们过于爱他。等到重建后，等到扎巴林从他们的坑洞里爬出来清理完残骸后，他必须把瓦格纳换回子午城去。在行政部门找个工作。不会太吃力的工作，有足够多时间和他的狼朋友们做爱。

那孩子，当事态走到那一步时，他放手让铁手去处理了。

卢卡斯不确定自己能不能做到罗布森·科塔做的事。

托奎霍已经在卢卡斯的意识边缘准备好了一个标注，但卢卡斯不需要提示。他知道应该在什么时候抬头看哪里。空荡荡的窗户，烟熏火燎的墙，门洞永久失去了电力。两个世界里最好的音响室。他曾让若热在起居室打开吉他，免得琴箱影响音景。没有了。他不会再重建它。住在一个博物馆里没什么意义。现在博阿维斯塔是他的家，他会把这简陋的城市重建回它该有的样子：牢固、活跃、混沌、快乐。然后为若昂德丢斯的臭味做点什么——总能做点什么。

丹尼·麦肯齐把卡利尼奥斯倒吊在这座桥上，用一根电缆穿过他的后脚跟挂着。血从他的喉咙流下他的双臂，从他的指尖滴到铺石路面上：这里。他们说他像一个恶魔般战斗，在丹尼打倒他，将他的喉咙切断至颈骨之前，他杀了二十个麦肯齐刀卫。正如亚历克西娅指明的，卢卡斯帮助同一个丹尼·麦肯齐在哈德利城坐稳了位置。

旧日的月球死了。当他在下面那个地狱般的地球里第一次和金融家、政府代表以及军事顾问会面时，它就死了。新的月球还未诞生，拼图还未完成。

邓肯·麦肯齐和布赖斯·麦肯齐死了。罗伯特·麦肯齐的精神是古老的强取豪夺，丹尼·麦肯齐是其闪回与短暂的延续，而精明强干的女人们默默地建起了一个新的麦肯齐金属。沃龙佐夫在追求世界之外的世界。孙家丢了一次脸，但仍在准备与地球上的宿敌开展全面的经济战争。宇宙正在从漫长的休眠中醒来。阿萨莫阿，谁知道她们在筹划些什么？还有科塔呢？氦气时代终结了。科塔氦气不会再回来了。

科塔氦气从来都不是问题的核心。

"家族优先，"卢卡斯说，"家族永存。"他的眼角出现了一个新的东西，他对若昂德丢斯的记忆里没有这个东西。他走向盖着博阿维斯塔旧电车站的挡板墙。一个姐妹会的圣祠，为了从布赖斯·麦肯齐手中解救出卢卡西尼奥，她们牺牲了自己。还有科塔家的圣祠，为他的家人。金色的三角。拉法。忠诚直率的卡利尼奥斯。卢卡斯从未告诉过他的弟弟，他一直都很钦佩他。卡利尼奥斯知道该做什么并且完成它。没有怀疑，没有问题。中央是他的母亲。这张照片来自初探井的时代，那时的卢卡斯还是波卡力欧里一个异常沉默、阴沉着脸的婴儿。

"妈姆。"

掉了一张照片。当然了。当他把乔纳松·卡约德扔下鹰巢，坐上月鹰的宝座时，整个月球都将他视为叛徒。卢卡斯蹲下身，掸去裤子上的灰，捡起自己的照片。如此严肃，如此认真。他将它按在墙上，直到粘胶固定。他压了压帽子前檐。

"好吧，我回来了。"他说。

两具壳体工装，一个蓝色和白色，一个粉色和紫色。它们站在一个升降台上，拉着手。电梯正慢慢地在科里奥利西缘闸门没有空气的竖井里上升。

蓝色和白色是远地大学的颜色。粉色和紫色是卢卡西尼奥从闸门更衣室成排的工装里挑出来的。

当触觉系统用它柔软的网络将卢卡西尼奥包裹起来时，露娜问：

"你还好吗？"

"有点痒。"卢卡西尼奥说。

"一会儿就好了，"露娜说，在触觉系统方面，她以前就是个老手，现在更是完全习惯了壳体工装。一个真正的集尘者，"如果你觉得很怪，我们可以停止。"

"我不想停止。"卢卡西尼奥说。他的脸在抽动。那种抽搐和痉挛，就像蛋白芯片在他脑子里锻造新的通道时一样，"露娜，如果我……"

"我就在这里。"

当工装开始将他密封在里面时，他看上去很紧张。腿、臀部、躯干。胳膊、肩膀，当头盔包住他的头时，他小小地尖叫了一声。

"你没事吧？"露娜在公共频道里问。卢卡西尼奥右手手套的拇指和食指圈出了一个"O"：古老的增压服手势，表示没事。但在闸门的那头，在电梯平台上，他向露娜身边当啷迈出一步，伸出了一只手。她将他的装甲长手套握在了手里。壳体工装都是一个型号，不同的是其内部的身体与心脏。

电梯攀升，两具工装从科里奥利陨石坑缘的月表垃圾场里冒出头来。

"在世界顶端！"露娜在平台停稳后说。视野宏阔，远远越过太近的月平线，越过无穷无尽的陨石坑，陨石坑套着陨石坑，月面谷外还有破碎的山脊，离中天还有半道的太阳给所有一切投射出浓郁的阴影。在远方，在视野尽头，是远地的山川。

"你还好吗？"露娜问。她捏了捏卢卡西尼奥的手。触觉系统会将它转换为安慰的感觉。

"我还好。"

"我们试着走一走。"露娜说。她领着卢卡西尼奥走了几步，下了电梯，来到陨石坑边缘。环形山顶部是一片起伏的高地，沿着两人的两侧向外伸展，弯曲的幅度几不可察。通信天线盘占据了更高的顶点。东缘的影子长长地横过陨石坑底。露娜指出了赤道一号线、车站、闪烁的缆车魔法盒——它们正从科里奥利的校区和街区螺旋向下滑去。卢卡西尼奥被迷住了。露娜又捏了捏他的手。

"往上看。"

"上？"

"往上看。"

她看到他的头盔往后仰起。长久的沉默，接着是一声更长的惊叹。

"全是星星！"

从罗日杰斯特文斯基到薛定谔陨石坑，从东方海到史密斯海，在曼德尔施塔姆的生物实验室和莫斯科海的天线阵里，整个远地陷入一片骚动。一阵沉默的、从容的、慎重的骚动。但阿列尔在大学的厅廊里住了够久，能够看出电话会议在增多、资深的学者和职员在远地车站间穿梭忙碌、噶吉被召回又派出。世界大规模变动的政治影响撼动了近地面，月球像一个门铃般响了起来。这次震动甚至超过了麦肯齐继位之战。

她喜欢这个说法。她也许会让贝加弗罗把它递交给智海的历史系。

维迪亚·拉奥，贝加弗罗宣布。

"妈的。"

要纵览星球形势，最棒的视角当然是躺在自己的床上。阿列尔掀开床单翻下床，传唤衣服。

在阿列尔开始穿衣时，贝加弗罗宣布：维迪亚·拉奥已经等了十分钟了。

"脸先来。"阿列尔说。

等她穿好衣服、化好妆，她也弄清了撞击世界的事件。

"聪明的，聪明的男孩。"她一边调整帽子的位置，一边悄声说。

"你们的三皇预见到这个了吗？"阿列尔一边像风一样刮进会客室，一边问。

"我已经没有进入三皇的权限了，"维迪亚·拉奥说，"月球政治已进入临界状态。"

"大多数人会把它看作一场管理层的强力变动。"

"月鹰是独立且公正的，不会亲自介入公司政策。"

"乔纳松·卡约德热衷于干涉公司政策。老天啊，他可是娶了一个麦肯齐。"

"抛出暗示和透露信息，与暗杀竞争者和搞掉他的公司总部，这两者是有区别的。"

"'透露'关于蛇海执照的'信息'，点燃了科塔与麦肯齐之战。"阿列尔说。

"他还建议科塔与麦肯齐联姻来终结流血事件。"

"完全清楚那场婚姻永远不可能缔结，完全清楚其反弹会导致战争。你的重点是什么？"

"它开始了。我曾看见的。那些未来，城市里落满了头骨，它们始于布赖斯·麦肯齐之死，以及卢卡斯被 LMA 剥夺政治权力。他已经受命拒绝沃龙佐夫的月球港计划。他将站在地球人那一边抵御龙。他将支持月球交易所计划，在地球人'使市场合理化'之时推动种族灭绝。"

"维迪亚，每次你往我生活里横插一杠时，我都想问，你为什么要来这里？"

"来请求你阻止他。因为你是唯一能阻止的人。他必须从鹰巢退出，但他不能，因为那样地球人就会夺取权力。他需要一个他能信任的继承人，阿列尔。"

"让我一个人待着，"阿列尔命令道，"滚。"突如其来的攻击性言语震住了维迪亚·拉奥。从未见过我这样，是不是？从未想过我可以变成一个不冷静、不审慎、不像律师的人。但她在我身体里，她一直在，深藏多年，就像地质构造一样。地层弯曲了，压力在累积，表面绷裂了。玛丽娜见过这个我。阿蓓纳见过这个我。现在你也看见了。"你废话说够了。够了。我的家人不是你用来玩过家家游戏的玩偶。出去！"

神灵们啊，她想来杯马提尼。美味、纯粹、宇宙里最不可思议的物质。在狭小的窗外，小缆车摇晃着顺着电缆上上下下。嘉年华的灯光，节日的生活。她应该向维迪亚·拉奥道歉。她会和维迪亚·拉奥道歉的，但不是现在。让他在他的假道学里再痛苦一小会儿吧。他是对的。阿列尔一直知道最终战将在她和卢卡斯之间爆发。妹妹与哥哥。两具被家族毁坏的人类残骸。

"酸橙汽水，"她命令贝加弗罗，"装在酒杯里。"它拿在手上看起来不错。感觉也不错，感觉它是正确的。清晰且精确。她很久以来都知道自己必须做什么。现在她想到应该怎么做了。她望向科里奥利陨石坑的那一头，抿了一口酒杯里的汽水，品味着泉涌而出的主意。

它很疯狂。但现在只有疯狂才能起作用。

"贝加弗罗，接通达科塔·考尔·麦肯齐。"

这位噶吉一瞬间就出现在了阿列尔的视镜上。

"我能为你做什么？"

阿列尔笑了。

"发起一次挑战。"

空气有微妙的变动，一扇门打开了。

"露娜？"

"姑姑。"

"过来，安今乎。"

"我听到你在大喊。"

"你在监视吗？"

一个停顿。一声小小的"是"。

"你摸清了所有的隧道？"

"是的。"

这孩子在她这一边。阿列尔用手指梳着露娜的头发。

"我曾经以为，卢卡西尼奥安全时，你就会把脸上这东西洗掉。"

"他还不安全。"

阿列尔轻轻笑出声来。

"没错。但他会安全的。非常快。"

女孩分开彩色的帘幕，牵着噶吉走进嘉年华。有十几个音响系统在朝她们抛掷音乐：车站广场传来老派的桑巴，对抗第一街桥处的放克音乐；低音贝斯正在大道边为二层东区放肆的双人热舞喝彩；第一十字路口处的一处高台上爆发出新热带主义音乐的号角；与此同时，一辆由爱好者推动的花车绕着高台，发出球赛时的口哨声，铺出百乐放克的鼓点重击。每一处都是鼓、鼓、鼓。女孩和噶吉手牵手轻快地穿过节奏和鼓点，她们在一队大步前进的打击鼓手间滑过，距离近得就像鼓槌隔着鼓面，视野一片模糊。有音乐的地方，就有人在跳舞。若昂德丢斯是个工作城市，不是一个常有舞蹈的城市，因此更适合派对。它欢快又毫不压抑地舞着，在每一种音乐里起舞。穿着热裤、贴着亮片的身体围着百乐放克的音响碰撞摩擦。老派的桑巴乐队涂着身体彩绘，插着羽毛，边舞边往前走着，随着节奏摇着屁股。情侣们在波萨诺瓦和巴西爵士乐的切分音里甜蜜地摇摆。打击乐手的跺脚和滑步。汗和香氛。头发在飞扬，双腿大张，脚却不离开地面。摆动，摆动。眼睛大睁，瞳孔扩张，舌头伸出，身体相互贴近，接受彼此的韵律，前后摇摆。几乎碰触但永不碰触。女孩和噶吉像幽灵般从这一切中穿过。大道上满是埋到脚踝的彩色纸带、小吃包装和丢弃的酒杯。女孩一路踢着它们前进。

到处都是声音、声音、声音。在鼓点中大喊，朝彼此的耳朵大喊、大笑、叫嚷。女孩无法让噶吉听到她的声音，她们通过亲随的通路交流，通过眼神、碰触和专注。

若昂德丢斯的充气英雄圣像在狂欢者们头上弹动着：手球明星、音乐家、电视演员、月尘赛车手、加普夏普名流。还有地球的老传说：艾尔顿·塞纳[1]、把拳头抵在屁股上的巴西队长[2]、球王贝利、玛利亚·放克·藤原、单腿的萨西·佩雷勒[3]戴着帽子叼着烟斗。奥瑞克萨：暴躁的桑勾、亲切的叶玛亚。比所有一切都显眼的，是一个紧握着的铠装拳头，铁手。一个巴西队长挣脱了，孩子们解开了它的绳子。它翻滚着向日光线上升，加入了逃脱的气球大军。在第四层的步道上，孩子们用弹弓追着它。

女孩停了停，一条绕着第三桥盘旋的龙俯冲下来，在她面前盘旋了一会儿，眼睛灼灼发光，看她敢不敢过去。然后它划过一道长弧升起，离开了，一百米的身躯从她身边呼啸而过。它在城市顶端怒视着她，接着身躯起伏沿大道远去。

还有食物！哦，食物。城市的招牌店都摆出了它们的桌椅——这可是嘉年华！——在它们的柜台后面耍着二十种烹饪花样。有炸玉米饼，还有炸面盒。饺子和沙拉，当然还要有配汤。甜食和果仁蜜饼，小面包干和豆腐肉丸。巴西烤肉摊上围着最多的人。电烤架上升起的烟让空气中充满了违法的危险香气和炙烤肉类的味道。有肉。真的肉！

女孩的脚步变得踌躇了，她上次吃肉是在半个世界之外，而且

---

[1] 艾尔顿·塞纳（Ayrton Senna）：巴西著名F1赛车手。

[2] 巴西队长（Capita Brasil）：漫威漫画里的角色，美国队长的兄弟之一。

[3] 萨西·佩雷勒（Saci Perere）：巴西民间传说人物，只有一条腿，会瞬移，是个喜欢恶作剧的角色。

她喜欢甜食。噶吉捏了捏她的手，她记起来了：她正在执行任务。她们继续前进，朝着嘉年华核心处那庞大的人群和灯群而去。

没有饮料的话，食物算什么？若昂德丢斯自豪于城中的上千个集尘者酒吧，每一个酒吧都往街上摆出了即兴吧台：一张折叠桌、一张架在两个支架上的门板、一辆放错位置的探测车后斗。酒吧员工在热烈的专注中混合、调匀、浸泡。他们抬高了手倒酒，他们撒落冰块，他们加入水果和装饰物。但这同样也是他们的嘉年华，哪怕在搅拌、甩动、递送的过程中，他们也在随着鼓声点头、摇摆、哼唱歌词。

女孩始终与酒吧保持一段距离。她领着噶吉绕了很长的路，往上攀了一层，沿一条更高的街往前走。她见过酒精对人的影响，它让人不再是人。女孩了解这个城市，但高处的街道也不能让人安心。涂着身体彩绘、戴着面具的人看着快步走过的她和噶吉。面具后的眼神充满了欲望。在这上面的每个人都在寻找：麻醉剂 DJ 的新货、一个伴侣、一夜情。每个人都在打量且尝试。一个狼面具出现在她前面，她惊叫了一小声，停住了。

"你的脸。"狼面具凑得更近了，审视着她。这是一个男人的声音，除了一条丁字裤，他什么也没穿。他的身体涂成了狼一样的灰色，当他蹲下来迎合女孩的高度时，刷亮的纹路沿着肌肉轮廓闪耀。"你是什么？"

噶吉踏上前来。

"死。"她说。狼向后跳了，双手举成恳求的姿态。

"抱歉，抱歉……并不想……妈的。那不是变装。"

"不是。"噶吉说。

"我们尽快回下面去吧。"女孩宣布。她们沿一条斜坡下楼，目的地和她们的距离在百米之内，但是在这里，围着过去麦肯齐氦气办公室的人群拥挤到水泄不进的程度。女孩恼火地叫了一声。

"我们永远过不去。"她说。

"我们可以。"噶吉说着，往前迈步。

女孩带了一个行李来嘉年华：一个又长又扁的盒子，用皮带挂在她背后。噶吉回过身伸出一只手，女孩握住了。音乐很大声，人声震耳欲聋，人群摩肩擦踵，但他们在一个噶吉前面分开了。女孩紧紧跟着，她闻到了汗味、伏特加、廉价香水，然后她进了大厅。她从未见过它作为麦肯齐氪气总部的样子，所以她不知道霓虹字母最近曾有过不同的形状，不知道门上、墙上和玻璃上的商标和品牌名称已经被匆忙消除了。她抬头看着跳动的霓虹：C，H，C，H。黄色绿色，黄色绿色。

衣着讲究的埃斯阔塔走过来拦住了入口。

"有着装要求，"一个西装革履的人对噶吉说，"还有年龄限制。"

"你知道你在对谁说话吗？"噶吉问。

"他们现在知道了。"女孩说，她的亲随已经把她的身份闪给了埃斯阔塔。

"十分抱歉，科塔女士。请进。"

"达科塔是我的私人保镖。"露娜说。

当她们穿过去掉企业标识的大厅，走向大楼梯时，达科塔·考尔·麦肯齐压着嗓子说："我不是你的保镖。"穿过一道道的门后，嘉年华的雷鸣声让位给了人声、酒杯的叮当声和波萨诺瓦。着装要求是二十世纪四十年代的电影明星经典礼服。男人是白色领带和燕尾服，套着鞋罩，戴大礼帽，手杖和手套。还有亮白的牙齿和铅笔胡子。女人穿上舞会礼服和酒会长裙，裙摆挥洒，饰品奢华，面料轻柔地折拢皱褶、闪耀着展开花边。视野中涌动着一整群发亮的亲随。露娜·科塔僵住了，她的灰裙子和过于合脚的靴子显得非常远地乡村范儿。穿着实用的马裤、靴子和格子花纹的达科塔·麦肯齐突然停下了。有一个年轻女人，她暗色的皮肤和象牙色的长裙交映生辉，她弯下腰来，对露娜惊奇地微笑。

"绝妙的化妆艺术。"她喃喃着，接着看到了这艺术下面的脸，吃惊地猛地直立起来。她的惊讶像涟漪般沿着房间荡漾开去。酒杯停在了唇边，交谈在闲聊中蒸发。乐队举起了乐器，停止了弹奏。

"我想你征服了他们，小骗子。"达科塔说。

接着有人从僵住的名流群中跑了出来，狠狠地搂住了她，将她抛进了空中。降下来时，她看到了头发，看到了麦肯齐家的绿眼睛，看到了雀斑。她看到了罗布森。露娜尖叫着，大笑起来，他接住她，抱住她，抱得如此之紧，她能感觉到他的心跳，感觉到他的呼吸在战栗，感觉到他在颤抖。现在他们一起颤抖着哭了起来，一边哭一边笑。派对爆发出欢呼和掌声，乐队捡起乐器，演奏起某些又吵又快活的东西。罗布森挪开了，在他的白衬衫和燕尾服里显得既优雅又笨拙。他看着露娜，那眼神就好像他的每一根骨头都碎了，又被错误地重置在一起。一个苍白的黑头发男孩走到他旁边，和他站在一起。

有熟悉的脸穿过了人群。

她看到了铁手亚历克西娅，她穿着又长又紧的裙子，戴着晚宴手套。她看到了狼，徘徊在她生活边缘的黑暗传说，她从未真正认识过这个叔叔。她看到一只浣熊从套着考究西装裤的脚踝间钻出了它那带花纹的脸，一只鸟扑到了她的上方：她看到了她的母亲，如金色的阳光，她的虫群像光环般围绕着她精致的发型。

她看到了她的叔叔卢卡斯。这个叔叔已经不是她上次在鹰巢婚礼中看到的样子了，那时他瘦小精悍，镇定自若，正和她父亲开着玩笑。年岁压在了他身上，他现在身体宽阔，肌肉健硕，但它们把他压垮了。他僵硬又佝偻，靠在一根手杖上，他的脸被往下扯着，他的眼睛是幽黑的。

抱歉，要搞砸你们快乐的重聚，达科塔在露娜的私人频道中说，可我们有公事要做。

"卢卡斯叔叔,"露娜大声说,"听着。"

"我是达科塔·考尔·麦肯齐,远地大学神经技术学院生物控制学系的噶吉,"达科塔宣布,"我负责在这些证人面前向你转达这份正式的挑战。在小卢卡斯·科塔的抚养权终审中,在不超过一百二十小时内即将开启的、让双方都能接受的法庭和法规下,阿列尔·科塔将在审判中与你决斗。"

音乐停止了,鼓点才敲到一半。卢卡斯·科塔在笑。

"我接受。"卢卡斯说。

吸气声,杯子掉落的声音。露娜把盒子从肩上滑下来,将它双手递给卢卡斯。

"你会需要这个。"

卢卡斯接受了这份礼物。露娜发现它比他以为的要更重一些。

"小心。"露娜在卢卡斯打开盒子时说。他举起了陨钢做的刀子,它在派对的镜球灯光里闪烁着。他屏住了呼吸。

"卡利尼奥斯的刀。"

"圣奥当蕾德嬷嬷把科塔家的战刀给了我。她说它们只能由一个勇敢无畏、既不贪婪也不怯懦、能够英勇地为家族而战并守护它的科塔来使用。"

卢卡斯在光里转动刀子,着迷于它邪恶的美,接着把它横到手心里,递还给露娜:

"我配不上这把刀。"

露娜推开他的手:

"拿着吧,你会需要它的。"

第二十四章

　　规则是这样的：身份特殊的女人，在上九十岁的年纪时，是不会匆匆忙忙的。她们不会急跑。挑剔的忙乱是可以允许的，但它是极限。一位淑女永远都不会匆忙。

　　但孙夫人是匆忙的，鞋跟毫无尊严地敲在地面上，小步跑下了恒光殿弯曲的走廊。她的随从们半跑半走，挣扎着跟上她的节奏。阿曼达的保密频道传来了信息，要她立刻就来。她曾孙女的套房离得太近了，召摩托来反而很费时间，但是又太远了，无法避免丢脸的匆忙。像旧中国的寡妇们那样，乘一顶轿子。那将会很合适。比如沃龙佐夫就用它们在圣俄勒加到处游荡，让地球的肌肉和年轻的热情抬起它。背信弃义的沃龙佐夫。孙夫人不会很快原谅哈德利之战的耻辱。被 VTO 陷于孤立无援的境地，装在一个衬了软垫的笼子里去了哈德利城。麦肯齐家礼貌的假笑。丹尼·麦肯齐笑出了他瘆人的金牙。趁现在尽情笑吧，黄金之子。权力正安坐于别处，等你满足了她们的目的，哈德利城的女人们会安排一次董事会政变，它将让你付出的代价可不只是一根手指。赎金低得侮辱人，太阳会通过 VTO 违约案收回它的，但那是另一次不可原谅的冒犯。该死的澳大利亚人。

孙夫人示意她那些讲究的年轻男女等在阿曼达·孙的公寓外面。志远在，还有塔姆辛。整个董事会都在。令人惊讶的是，还有马里亚诺·加布里埃尔·德马里亚。

"是大流士吗？"孙夫人立刻问，"他怎么了？"

"大流士很好，"志远说，"马里亚诺带来了月鹰的消息。"

"孙夫人，"马里亚诺低头以示敬意，"现在董事会成员到齐了，我可以转达消息了。就本次科塔对决科塔，以及孙家和远地大学的学院看护露娜·科塔的案件，卢卡斯·科塔向原告阿曼达·孙发出一张传票，请您出庭克拉维斯法院以终结此事。本次终审的时间与地点需各方达成一致，但必须在一百二十小时内。"

"终结？"阿曼达·孙问。

"以决斗审判。"孙夫人说。

"我知道那是什么意思。"阿曼达·孙厉声说。

"荒谬，"志远说，"很久都没有以决斗来终结了，从……"

"从卡利尼奥斯把哈德利·麦肯齐开膛之后，"阿曼达·孙说着，拧开了一支电子烟，深吸了一口，再缓缓吐出来，"科塔家都形成模式了。"

"他知道他在案子里处于下风。"孙夫人说。

"或者他需要快速解决，"塔姆辛·孙说，"在五天内。"

"显然，他已经收到了属于他自己的挑战传票。"孙夫人说。

"唯一与此利益相关的人就是他妹妹。"阿曼达·孙说。

"我看不出阿列尔·科塔发起挑战有什么法律优势。"志远说。

"你没有看到阿列尔·科塔在预审时让她的侄子站上了证人席，"塔姆辛·孙说，"这为她赢得了巨大的优势。"

"给你自己找个扎希尼克，孩子。"孙夫人对她的曾孙女说。

"我早就叫了江盈月。"

"江盈月，她向丹尼·麦肯齐和二十个肮脏的杰克鲁交出了她的刀。"孙夫人说，"你面前坐着月球上最伟大的刀士，不管是在近地面还是远地面。和他签一份合同，付他五百万比西，把这贴在法院表单上，卢卡斯·科塔和他说服的任何一个为他踏进角斗场的阴险小人都会彻底失败的。"

马里亚诺·加布里埃尔·德马里亚再次尊敬地低了低头。

"你太抬举我了，孙夫人，但我无法接受你的合约。我已经在这次案件中签约成为扎希尼克了。"

奢华的衬垫家具上满布惊愕。志远站了起来，塔姆辛·孙的亲随已经在呼叫安保。孙夫人只要一个闪念就能叫来走廊上的随从，但除了无意义的流血，这有什么用处？如果马里亚诺·加布里埃尔·德马里亚意图伤害，那么在这个房间里，在整个恒光殿都没有人能够阻止他。

"阿曼达，我出现在这里，是为了正式传达一次决斗挑战。"

"无论卢卡斯·科塔付给你什么，我都出五倍的价钱。"阿曼达·孙说。

"荒谬，"孙夫人说，"他不需要你的钱，这是出于私人感情。在与麦肯齐决斗时，他曾是卡利尼奥斯·科塔的副手。他在七铃教过卡利尼奥斯·科塔。旧日的忠诚难以抹灭。"孙夫人恶毒地加了一句："不过，看来他对他现在的学生没有这种感情。"

"我会全心全意地训练大流士，"马里亚诺·加布里埃尔·德马里亚说，"如果他想要继续的话。"

"他不会，"孙夫人厉声说，"我们在恒光殿一样非常看重个人忠诚。你赢得了我的敌意。孙家的敌意。请离开吧。"

对着所有人鞠了一躬，马里亚诺·加布里埃尔·德马里亚走了。

"卢卡斯·科塔想要吓倒我们。"孙夫人说。

"我建议我们不接受裁定。"志远说。

"我附议,"阿曼达·孙说,"我们在法庭上直面他。这个家庭不必再为此忙乱。"

"他会把我们切成片的。"塔姆辛·孙说。

"他当然会,"孙夫人说,"我们缺少防备。但你们都应该知道,一百二十小时在法律上是很长的一段时间。也许卢卡斯·科塔在撒谎。也许他在吓唬人。也许马里亚诺·加布里埃尔·德马里亚的传说远远高过了他真实的能力。也许卢卡斯·科塔根本不会参与决斗。"

"你是指什么?"塔姆辛·孙说。志远点了点头,他懂了。

"卢卡斯·科塔在 LMA 有一次重要的投票。"他说。

"非常正确。"孙夫人发现自己正要伸手去拿酒瓶。若是能现在抿一口杜松子酒该多好啊,多得意、多确定又多安心啊。不。这也是规则之一。九十岁的贵族贵妇不会在街边饮酒。"现在,我必须去和三皇谈一谈。"

人声又一次在石门外响起。鞋跟和手杖又一次敲击在光滑的石面上。腹部和膀胱又一次揪紧,令亚历克西娅用手压住了自己两件式香奈儿套装紧扣的腰部。她要吐了。

"你需要我宣布你到了吗?"

卢卡斯·科塔摇摇头。

"我需要你坐到上面去。我需要你审视房间并向我汇报。"

"汇报什么?"

"任何引起你注意的事。"

这是投票日。月球的未来将在今天决定。月球托管局正召开全体会议。龙家族衣着华美地从他们的城市和宫殿赶来了。地球人穿着难看的西装和一点都不时尚的鞋子,从他们位于中层高度的高管公寓里下来了。他们知道月球的居住方式,但还有待理解它:地位越高，住的地方就越远离辐射。对于地球出生的人而言，地位往往等于高度。律师和顾问们留待原位。连半个世纪以来都厌恶卷入月球政治的大学都派来了观察员。

"你在犹豫？"卢卡斯问。

亚历克西娅苦着脸。

"丹尼·麦肯齐会到。"

"丹尼·麦肯齐从现在开始会在任何地方出现，"卢卡斯说，"这是个很小的世界。你在余生里会反反复复地看到相同的脸。爱他们恨他们操他们杀他们。反反复复。"

亚历克西娅走上了通往上层的楼梯。

你能听到我吗？她在保密频道里问。

听得非常清楚，卢卡斯问。

真是一场大秀，亚历克西娅说。露西卡·阿萨莫阿将她的动物护卫留在了会议室外，不过她和她的团队用颜色和风格填满了座位。肯特布长袍，权杖，非凡的发型——翅膀、倒置的金字塔、层层叠叠的穗带和辫环。叶甫根尼·沃龙佐夫坐在他惯常的前缘座位上，他年轻的管控者们在高层或骚动，或沉思，衣着讲究到了分子的程度，眼神里透着十二分的从容。叶甫根尼两侧有两位使者，这是两个类人机器人，像素皮肤上承载着另两位 VTO 代表的影像：延迟两秒的谢尔盖·沃龙佐夫，来自 VTO 地球，以及瓦莱里·沃龙佐夫，来自 VTO 太空。亚历克西娅此前没有见过谢尔盖·沃龙佐夫，比起另外两位元老，他没有那么特别，也没有那么夸张。但他看起来很疲累，被政治和重力侵蚀了。瓦莱里·沃龙佐夫的化身形象甚至比亚历克西娅在圣彼得与保罗号上圆筒森林里看见的更让人惊骇。他细瘦的四肢、虚弱又拉长的脖子，以及看似宽阔的胸膛都令他像一个噩梦里走出的木偶，由轨道的细线控制。他的脚没有碰触到地面，这更增添了恐怖感。

麦肯齐家占据了会议室的一整个扇面。邓肯·麦肯齐时代清一色的灰色消失了。哈德利城的白衣女人们在会议室与麦肯齐金属的未来中标明了自己的地位。在白裙子与白西装的正中，有一枚鲜亮的卵黄：丹尼·麦肯齐，他的西装非常讲究，是金褐色的合成花呢。亚历克西娅的注意力猛地转向了他身边的那个女人，象牙色的裙子衬着暗色的皮肤。伊琳娜。伊琳娜·伊芙阿·沃龙佐夫—阿萨莫阿，来自圣俄勒加，在要嫁给基米—利·麦肯齐时曾经浮夸地泪奔着来找她。现在看来，伊琳娜与哈德利黄金之子的关系很好，因为当她对他耳语时，他笑得露出了金牙。

亚历克西娅很熟悉那个笑容。

伊琳娜注意到了视线，接着注意到了视线属于谁。她抬起脸来致意，亚历克西娅和她交换了一个一闪而逝的笑容。但她并不指望自己会被邀请去参加那场世家婚礼。

低语声从大门处传开，一圈圈地蔓延向整个会议室。孙家来了。既不畏缩，也不羞怯，并且不是派了一名代表前来，而是作为龙家族出现。先是一小圈副手和助手，这些男孩女孩的漂亮程度不亚于沃龙佐夫的孩子们，时尚程度相当于麦肯齐家，还有可媲美阿萨莫阿家的头发——造型、发胶、设计，抵抗着重力和惯性。然后是顾问与法律代理，完美、专业、钻石般闪亮。最后是恒光殿的代表们。低语声变成了喧嚣，亚历克西娅呼叫了卢卡斯。

卢卡斯，太阳刚刚像摇滚明星一样出场了。你的前妻像一个刻薄的女王。

孙家的人数溢出了指定席位，多出的团队人员拥上了高层座席，副手们挤到了沃龙佐夫的勇士。

阿曼达·孙直接坐到了亚历克西娅的下方。她转过身，笑得像个杀人犯。

"马奥·德·费罗，我知道你在和卢卡斯联系。告诉他，除非他放弃针对我的法律行动，否则太阳将在此次投票中弃权。"

"你在吓唬人。你要把胜利拱手交给地球人吗？"

"等太阳环区开始签订合同时，我们将拥有我们所需的一切胜利。至于沃龙佐夫和麦肯齐的太空之梦被阉割，你们难道能怪我们吗？我们在这里没什么可失去的。"

亚历克西娅向卢卡斯说明了情况概要。他们的亲随为此做了清晰的计算，并推定了卢卡斯的选择会带来的后果。孙家弃权，建议书就无法通过。卢卡斯给建议书投票，就等于向地球人宣战。卢卡斯投票反对，他就会把自己变成沃龙佐夫和麦肯齐的敌人。卢卡斯弃权，那么每个人都会将刀尖指向他。

VTO陈述团队已就位，工程师和设计师已呈上摘要，准备就绪。

你要怎么办？亚历克西娅问。

回复立刻就到了。

"卢卡斯说，法庭见。"

在阿曼达·孙妆容完美的脸上，挫败变成了困惑，又变成了狂怒，这一系列变化对亚历克西娅·科塔来说赏心悦目。坐在阿曼达身边的孙夫人转向亚历克西娅。

"你这肮脏的贫民窟小娼妇，"她轻声，"穿着套装坐在那里就以为自己有身份了。你什么也不是，只是个可笑的小丑，一个穿着偷来的丝绸的贼。你看见这个房间了吗？这里面每个人都在嘲笑你。每个人都知道你是个笑话。铁手。四岁的孩子才会吹这样的牛。幼稚。虚荣。你们所有科塔都一样。你们满身是泥，我会看着你们回到泥里去。我唯一的遗憾就是那些该死的澳大利亚人没有斩草除根，从那个自高自大的白痴CEO到他那个只会哭的小崽子。"

"各位，"广播响了，突兀地截断了孙夫人的愤怒，"月鹰驾临。"

卢卡斯·科塔穿过房间，走到他的位置上。每一双眼都盯着他，每一个人都朝他倾身，全神贯注。会议室里的气氛紧张、激烈、一触即发，就像聚变密闭舱。卢卡斯等着沸腾的人声慢慢止歇。他站在那里，一只手撑着手杖。

"各位，我审视了自己作为月球托管局主席及理事长的职位，发现我为了稳定公平地工作，一直以来都在职责上有所妥协。我们的法律系统承认立场与偏见的存在，但它们必须被评估并且被抵消。我将接受评估，直至我的立场被抵消，因此我必须暂离月鹰的岗位与职责，并延迟本次投票。"

他转过身，咔嗒咔嗒地走出了新月阁。一片惊愕的寂静，接着张力绷断了，会议室里响起了一片叫嚷声，每个人都在喊着问题。代表们站了起来，伸出责难的手指，但卢卡斯·科塔已经走了。

和我会合，卢卡斯说。

这就来了，亚历克西娅回复。

她捞起自己的包，俯到孙夫人的耳边。

"去你妈的，老女人。我们打败了你，我们将一次又一次、一次又一次地打败你，然后你会在失败中死去，像一只流浪狗一样。"

埃斯阔塔在大厅和亚历克西娅会合，将她送到了鹰巢。卢卡斯正等在那里，在他办公室的桌前。两个酒杯，冷却器里放着一小瓶他的私人杜松子酒。他倒了酒，推了一杯给桌子另一端的亚历克西娅。

"我知道你不喜欢它，但是喝吧。"

她举起了杯子。

"恭喜。我从未见过这样的耍赖方式。"

"我赢得了一点时间，仅此而已。我想，如果我能因为别人的耍赖而得救，那个人一定是我妹妹。"

"我不明白。"亚历克西娅出于礼貌抿了一口酒。纯正的杜松子酒。带着花香、发涩的东西。

"决斗审判。阿列尔发起了挑战，她知道我还有马里亚诺·德马里亚。哪怕她把阿蓓纳为预审听证雇佣的扎希尼克换成达科塔·考尔·麦肯齐，她依然无法打败我的人。她有别的行动，一个我没有预见、并且无法想清楚的行动。"

"只要你能把投票延迟到审判之后……"

"我已经确保了这一点。我们将在四十八小时内去法庭。"

"神灵们啊，"又是这声祷文，"你准备好了吗？"

"有任何人能准备好吗？莱，我不知道会发生什么。我发现这种感觉很自由。"

熵的战栗窜下了亚历克西娅的脊柱。这是令人清醒的自我实现，是成人的标志：握有权力的人在前进中一路与之和解。亚历克西娅伸手去拿了酒瓶。它像冻结的水晶，纯净又冰寒。亚历克西娅添满了卢卡斯的杯子。

"那么我们要做什么？"

"等着。听听波萨诺瓦，"卢卡斯抿了一口酒，愉悦地呼了一口气，"喝喝杜松子酒。"

阿列尔在看见它之前就嗅到了它：那是充满电力的混合物，混杂着香水、汗味、尘土、新打印的织物、美发产品、化妆品、剃须凝胶。这混合物只能由一个东西产生：人群。当她搭乘自动扶梯，从子午城的私人轨道车站向上升时，她的微笑扩大成了一个快活的笑容。城市为她倾巢而出。

当前排的人看到阿列尔的阿代莱名家礼帽上的人造羽毛时，不耐烦的嗡嗡声变成了隆隆声，应和着无人摄像机的嗡鸣。然后它们变成了激动的吱喳声，当她走下自动扶梯时，又变成了一片欢腾。

没有哪个手球队曾受到过这样的接待。车站广场上挤得水泄不进，人们推挤着，伸着脖子，就为了看看今年的名流传说。人们喊着她的名字，阿列尔在扶梯顶端停下来，摆好姿势。一千个视镜捕捉到了她的影像，一次心跳之后，穿着查尔斯·詹姆斯套装、蹬着菲拉格慕鞋子、拿着古驰手包、涂着杀手口红的阿列尔·科塔就登上了百万新闻推送的顶端。

“快他妈的让开。”达科塔·考尔·麦肯齐压低声音说着，差点被移动扶梯推到阿列尔身上。

人们叫嚷着她的名字，恳求一个笑容、一道视线，甚至哪怕是一丁点儿注意。问题落成了弹幕。阿列尔噘噘嘴，笑了，她抬起一只戴了手套的手，抽开一支钛制电子烟。人们集体倒吸了一口气，当她长长地吸了一口烟，又呼出芬芳的烟雾时，大家兴高采烈地欢呼起来。阿列尔·科塔回来了。

“这难道不美妙吗？”阿列尔在烟雾后面悄声说。

“你的交通工具现在应该要到了。”达科塔咕哝道。

一阵汹涌的骚动：现在露娜出现在了扶梯顶端。同样的恳求声呼喊着她的名字。有人喊着：“让我们看看刀，露娜。”这喊声赢得了一片欢呼。刀，刀！露娜攥紧了盒子，谨慎地挪到了她的玛德琳身边。

一片死寂像减压事件般突然降临了车站广场。

他来了。

卢卡西尼奥走出了自动扶梯。他犹豫了一瞬，被人群的规模吓到了。人群屏住了呼吸。他透着大病初愈的苍白，他很瘦，他的头发因治疗被剃得这里一片那里一块，但他在深色的发茬上修出了V形和同心圆。他的眼睛幽深，他的脸颊可以撕碎梦境。他在外套翻领上别了他的逐月别针。他站在那里扫视着人群，看起来有点迟疑。他笑了。他挥手了。人群爆炸了。阿列尔招呼他过来站在她身边。无人机呼啸而下，人群汹涌而来，安保人员排出队型保护卢卡西尼奥的团队。呼喊的声音，力图靠近的脸，推挤的身体。还有问题问题问题。

"神灵们啊！"阿列尔在这片混乱中喊道，"我太想念这个了！"

达科塔穿过瀚英酒店中与大道同层的阿姆斯特朗套房，一路都在哼哼。她对办公室皱了皱眉，对深软的沙发和宽阔的扶手椅嗤之以鼻。私人浴场的桑拿浴房和五人涡式浴池让她低声咆哮，可以绕着走的大床让她翻起了白眼。她对每个房间里的定制打印机噘起了嘴，对私人管家发出的冷笑声是如此轻蔑，以至于他逃走了。

"这最好不是由学院买单。"她对阿列尔说。

"是我订的房间。"阿蓓纳·马阿努·阿萨莫阿说，她正陷在一张像探测车那么大的扶手椅里。

"阶级以阶级的行为定义，"阿列尔说，"人们的看法能让你赢得一半战争。"她用电子烟的尖端轻轻拍了拍达科塔的腰。"别担心你的学院预算。加普夏普频道为这一切买单，作为独家报道的回报。"

阿列尔慢慢地从鼻孔里喷出了两道烟雾。

"我会把那玩意儿捅到你的洞里，"达科塔咕哝道，"别在这里抽烟。违反社会公德。"她拦到了阿列尔和阳台之间。"也别去外面，可能有十几架无人机等着呢。"她转向阿蓓纳："在庆贺你自己的公关大捷时，你有没有把这地方彻底扫描一遍？"她用拇指比了比罗萨里奥·德齐奥尔科夫斯基，后者正勤勤恳恳地在厨房区搜寻吃的东西，"这就是你雇的东西？"

"嘿！"罗萨里奥·德齐奥尔科夫斯基转身面对达科塔，"我是签约的扎希尼克。"

"你是噶吉学校的退学生，"达科塔说，"大学不要你。"

"别朝我显摆你的博士学位，"罗萨里奥轻蔑地说，"我能打败你。"

"你？"

"速度和技巧永远能打败个头和自大。"罗萨里奥大摇大摆地走出了厨房区。两个女人互相对峙。扎希尼克比噶吉矮一个头，但她整个人散发出一种朋克式的凶狠。

"女孩们，"阿列尔说，"罗萨里奥仍然是科塔团队的扎希尼克。"

"你明明知道马里亚诺·加布里埃尔·德马里亚会在竞技场里把她切成块。"达科塔·考尔：麦肯齐说。

"马里亚诺·加布里埃尔·德马里亚会在竞技场里把你们两个都切成块，"阿列尔说，"除非你们打得聪明些。现在，去找个地方喝点茶。我五分钟后要接受第一轮采访，拜托让睾丸素的气味离柔软的家居装饰远一点。除了卢卡西尼奥和阿蓓纳，其他人都离开。你也一样，露娜。"女孩沉下了脸。"埃利斯，带上露娜。"

埃利斯玛德琳牵起露娜的手，哄着她向门口走去。

"嘿，"到了走廊上，罗萨里奥蹲到了露娜的高度，"这是刀盒吗？我能看看刀子吗？我是说，比如拿拿它？"

阿列尔听到露娜说"不"。然后噶吉和扎希尼克的斗嘴声向休息室去了。

达科塔听说过这些奇妙的造物，但她之前从未见过。狼和他的儿子是酒店休息室里的两个黑暗之池。客人和员工都在避开他们，好像他们在散发辐射一样。

瓦格纳·科塔当然不是一匹真的狼。他是一个因为某种神经学状态有某种特殊社会结构的男人。而罗布森·科塔不是他儿子，不过就达科塔听说的来看，瓦格纳为他做的超过了拉法·科塔和蕾切尔·麦肯齐作为父母曾做的。他们根本就是狼和他儿子。

狼紧绷在一种燃烧的张力里，久经训练的洞察力让达科塔看到了他敏锐的感知与锋芒逼人的才能，甚至连她都比不上他。也就是说，他现在处于亮面。那个男孩——她从未见过一个比他毁得更惨的孩子——被撕扯成了两半，再搅拌着缝起来，针脚就那么露在外面。她对他们俩都充满了同情，对狼和他的儿子。

"我是达科塔·考尔·麦肯齐。阿列尔非常高兴你们来了。请跟我来。"

其他客人扫过来的视线很短暂，耳语声很轻，但并不是说达科塔就察觉不到。那是他……那个杀了布赖斯·麦肯齐的男孩。把针插到眼睛里。眼睛……

狼和他的儿子，他们的移动方式很棒。像杀手。

欢迎的热烈程度让瓦格纳吓了一跳，达科塔看得出来，他没料到每个人都在这里。露娜、卢卡西尼奥、他妹妹。

"兄弟。"

"姐妹。"

从那些犹豫、畏缩、瞬间的无措与陌生里，达科塔自行补足了家族历史的空白。瓦格纳是被放逐的，阿列尔是自己放逐了自己。

"上一次我们见你，是在若昂德丢斯医疗中心的病床上。"瓦格纳对阿列尔说。

达科塔扬起了一边眉毛。古怪的家庭。麦肯齐家是直率的，会面对面说出自己的思想和心情。科塔家，你永远搞不懂他们。上一刻他们热情满满，下一刻就冷若冰霜。怨气积累了数年、数代。她看着罗布森拥抱了卢卡西尼奥，这些男孩美丽、残损，并且彼此都觉得对方陌生。

达科塔溜到了罗萨里奥身边朝她耳语。

"说句话，到阳台上。"

达科塔关上窗户，在子午城独有的芬芳里呼吸。大道上的嘈杂声响透过灌木丛传来，显得温暖又人性化。

"注意狼和那男孩。"

"那不是我的工作。"罗萨里奥回嘴。

"如果你的雇主被暗杀了，你就没有工作了。"

"瓦格纳和罗布森？"

"那孩子杀了布赖斯·麦肯齐。光着屁股把特维城的五死之毒暗暗带进了布赖斯的泥坑。当他们发现布赖斯时，他的尸体里已经没有骨头和内脏了，只有一皮袋液化的脂肪。"

"他们是家人……"

"最可能杀了你的就是你的家人。随时留意，别掉以轻心。"

蓝月是什么？亚历克西娅问。酒吧老板给她调了一杯。冰冷的圆锥形酒杯，基础杜松子酒（十五种植物），蓝色柑桂酒漫过勺子背面缓缓淌下，丝丝缕缕沉入酒精，缠绕着溶解成天蓝色。日光线般的蓝，还有成团的橙皮。

她抿了一口，并不喜欢。

"我喝不惯。"

"科塔们回来了。"酒吧老板说。

亚历克西娅依然喝不惯它，不过他迟到了，所以她喝光了它。他仍然没到，所以她又点了一杯，它并不比上一杯更好入口。她会等他等到这杯酒喝完，然后收拾起自己请他喝酒的勇气，起身离开。

内尔松·梅代罗斯推荐了这个酒吧，他的品味是可靠的：它的楼层低得很出风头，又高得足以包容不成熟的里约乡下人。音乐正合她意，她笑了：是会让她扭动的鼓点和节奏。拍着脚尖，点着头。她在酒吧找了个座位，点了招牌鸡尾酒。

在这杯蓝月只剩半厘米时，他来了。人们的头都倾了过去：是他。那她是谁？

他滑进她身边的座位。他不一样了。变了。她无法确切地说出细节，只有整体的感觉。印象。更深入，而不是更广泛。更慢，但是更渊博。人在这里，但是并不安定。

他对这音乐有点畏缩。

"如果你不喜欢这音乐，我们可以去别的地方。"

"我现在不喜欢任何音乐，"他说着，朝上比了比拇指。在日光线之外，穿透两百米厚的石层，一颗离满地已过去五天的地球正高悬于中央湾上方。这是狼与影子之间的阈值时间。"它在变化。"

那一天瓦格纳·科塔死了，他曾在博阿维斯塔落满灰尘的瞭望台上说，我不是一个人，我是两个人。

"抱歉，"他说着，从椅子上站起身来，退后了一点，"让我们用正确的方式来。"他以正式的礼仪吻了亚历克西娅的两颊，接着朝座位示意。

"请坐。"亚历克西娅说，于是他又坐下了。

"很抱歉我迟到了。罗布森想和露娜待久一点。"

"他……"

"回到酒店了。"

"你没有和……"

"狼帮一起？不，那不适合他。"

"我本来打算说你没有和卢卡斯在一起。"

"那不适合卢卡斯。"

他的笑容也不一样了，戒备，情绪克制。

"罗布森想去和他过去的跑酷朋友们会面，是他住在上城高街时认识的。我叫埃斯阔塔别让他离开房子。"

"你有埃斯阔塔？"

"暂时的配备。我想喝一杯，亚历克西娅·科塔。"这种唐突是狼的轻捷明亮的回音。

"我刚刚在喝蓝月。"亚历克西娅说。

"我从来都不习惯那个。"瓦格纳说着，点了一杯卡比罗斯卡。亚历克西娅也点了一杯，杯子轻碰，音乐舒适又丰绕地在她胸腔里博动。伏特加是交谈的润滑剂，但依然会有长时间的中断，那是瓦格纳在思考问题，或说出古怪的旁白，和不相干的推论，又或是专注地批判随口之言。在这期间，亚历克西娅揣测着有没有可能同时爱上影子和狼。如果她必须选择一个，那她会选哪一个瓦格纳·科塔？除了一匹狼，还有别人能爱上狼吗？然后她意识到，有另一个女人问了相同的问题，并得出了答案。这个他所爱的女人背叛了他，并为此付出了可怕的代价。现在轮到亚历克西娅·科塔在她的脑海里琢磨这些妥协与调解。

他在看着她。他的眼睛睁得很大，令人不安。

"抱歉，走神了。"他不肯放过这个问题，"只是想到了明天的事。"让他说话。"你去过，对不对？"

"在布赖斯挑战卢卡斯那次，我去了克拉维斯法院。"

"你介意吗？你能告诉我当时的情形吗？"

瓦格纳陷入了自己深处的记忆。

"很快，"他说，"快过你的思维。我很快——当我是另一个我时——但我没有刀子快。刀比有意识的思维更快。一次失误，注意力流失一瞬间，你就死了。那其中没有什么干净或荣耀的东西。"

"你看到……结果了吗？"

"死亡？那就是结果。总是以此为结果。刀子拔出来，某人死了。我看到卡利尼奥斯将一把刀捅穿了哈德利·麦肯齐的喉咙，把他的血踢到了他母亲的脸上。我看到他拿起了刀，变成了某种我不认识的东西。"

"你们的法律怎么能容许这样的事？"

"我对此想过很多。我不是律师，但我们的法律不禁止任何事，在可商议的情况下能够许可任何事。如果法律说，你不能以血战来解决一个案件，那么便有一件事情不能协商，而法律就什么都不是了。但我想还有一个更深刻的教训，那就是法律允许用暴力来解决争论，以展示暴力永远都不能解决任何事。暴力会循环往复，延续很多年，很多个十年，很多个世纪，并耗费掉许多生命。"

喝了四杯卡比后，亚历克西娅再也品味不了第五杯了。酒吧里挤满了影子。

"明天我们将有这样的一天。"亚历克西娅说。瓦格纳听懂了。

"是的。"

"有个问题：你会坐在哪里？"

"罗布森会和海德一起。我和你还有卢卡斯坐在一起。"

"卢卡斯要我做副手。我不知道那是什么意思。"

"拿着刀，检查你的扎希尼克是不是遵守了法官的规则。如果必要的话，还要安排扎巴林把尸体抬走。"

"见鬼。"

"法官会引导你的。"

亚历克西娅犹豫了一会儿。

"瓦格纳，等这事情结束了——不管发生了什么，我们能不能……你懂？"

"再见面？"

"对。"

"我很乐意。"

"我也很乐意。"

阿列尔在吧台拦住了阿蓓纳，用两根指头轻轻碰了碰她的手腕背面。

"在你去找卢卡西尼奥之前，我需要说句话。"

容纳了一群科塔和噶吉们后，套房缺少私人空间，但阿列尔把阿蓓纳带到了水疗室。她们坐在池边上。蓝色的光，漩涡的影子，臭氧的刺鼻味道。

"这湿度在摧残我的头发。"阿蓓纳刚开始说，便看到了阿列尔脸上的表情，她从未见过她这个表情。渊博的通晓消失了，气势和精明消失了，假装的玩世不恭也消失了。阿蓓纳看到了谨慎，甚至还有担忧。

"明天，在法庭上，无论发生什么，都别阻止我。"

"你要做什么？"阿蓓纳开始惊慌了。这不是阿列尔的声音，这不是阿列尔会说的话。

"最伟大的迈兰简，是利用自己，"阿列尔说，"在科里奥利时，你问过我一次，问我是不是有了母性，把卢卡西尼奥和露娜藏到了我翅膀下面。我想，你指的对象错了。"

"你瞧，阿蓓纳·马阿努·阿萨莫阿，我一生都是一个以自我为中心、傲慢自大的怪物。我知道这一点。我一直知道。我假装自己爱这个怪物。我也说服足够多的人，让他们相信我的确如此。但我为了说服我自己，赶走了一个曾经和我站在一起，曾经在我们受难时支持我，曾经爱过我的人。"

"玛丽娜，"阿蓓纳说，"当你试图阻止她去地球时，我在那里。"

"她去了地球，是因为我赶走了她。我愿意做任何事把她换回来。但没人从地球回来。"

"卢卡斯回来了。"

阿列尔笑了。

"他的确做了这事。只是重复一遍，明天，不管发生任何事。"

"都不要试图阻止你。"

"如果你尝试要给我任何挽救之类的狗屎，我会让达科塔把你开膛。科塔从不挽回。"

"我以为是科塔不搞政治。"

"我想，历史会显示我们搞了。现在去找那个可爱男孩，用吻盖满他，告诉他你爱他吧。"

阿列尔打开了水疗室的门。

"还有，你的头发真的像是失事的残骸。"

他尝起来不一样了。

卢卡西尼奥的嘴唇总是很甜。当阿蓓纳从他的肱二头肌、他的腰窝里舔掉他的汗时，它们尝起来像蜂蜜。他的皮肤是柔软的，散发着药草和糖的香味。

他尝起来不一样了，他闻起来不一样了，他感觉起来不一样了。阿蓓纳紧紧搂住他时，感觉到了僵硬，还有拉扯，就好像这是他们的第一个拥抱一样，就好像他从未拥抱过一样。阿蓓纳知道大学如何重建他的个性：她是快照里的、网络评论里的、动态与记录里的阿蓓纳·阿萨莫阿。他记得他曾是特维城的迷失男孩吗？在阿萨莫阿家的保护下，他厌烦又沮丧？他记得他就阿得拉亚·奥拉德莱的事骗过她吗？而后又用蛋糕和性来讨好她？他记得他用奶油涂抹她的脉轮吗？然后当他将它舔掉，从心轮舔到海底轮时，他们一直笑，一直笑？他记得他们分开了，她把他的虚拟化身打扮成一个美妙的双性人吗？他还发现这事很令人兴奋？他怎么能信任他以为他记得的事？

他看起来也不一样了。那饱满的双唇，那骄矜的双颊，那长长的睫毛依然能击碎男孩女孩们的心，但他最深的美曾在他的眼中，而它是改变最深的地方。那曾有的眼睛已死了，它们已见过了虚无。

他的行为也不一样了。

"二十二层的一个酒吧里有一些我研讨会的同事，"她说，"从这儿偷溜出去？"他看上去很迟疑。她用一根指头描摹他的鼻子，掠过他的嘴唇、下巴，再到喉咙。"只有一些人，不太多。"不，不是迟疑，而是害怕。

"能不能……"

"你想要什么都可以。"若是从前，如果他不在邀请名单上，他会呼啸着闯进派对，他会直接爬上子午城的二十二层，就为了参加那个派对。阿蓓纳的图米联系她的朋友们，她们正拿着旗帜、彩条和麻醉礼花等着。他不想来。"那么，如果我只是带你去一家招牌店，安安静静喝杯茶呢？"她看到他打了个寒战。"或者哪怕只是散个步？我确定你想从这里出去。呼吸点更新鲜的空气挺好的。"他回过头，看了看自己的特等房阳台，以及阳台外的城市。大道上的各种声音诱惑着他。但他摇了摇头。

"达科塔说那不安全。"

"我们带上罗萨里奥。她和达科塔一样棒。你甚至不会知道她就在那里。而且我姑妈还给了我一些额外的保护。阿萨莫阿家的方式。"她敲了敲自己腕部的大宝石手镯。卢卡西尼奥的决心动摇了，但接着，阿蓓纳看到恐惧又重新凝结在了他眼中。

"也许下次吧。我真的累了。我想我该睡了。"他犹豫着。阿蓓纳熟悉他的停顿。她屏住了呼吸。他太甜了。"我有点……害怕，"他咬着他的下唇，他太可爱了，"我知道我们曾经是，你晓得，在特维城的时候。"他在长长的睫毛下抬起视线。"我不想一个人。我一个人太久了。你能和我一起睡吗？"阿蓓纳的呼吸停止了。她的心脏像某种轻飘飘的活泼的东西，速度快得像节日的飞行物。在这一刻，她不是她政治学同辈中最闪亮的明星，不是阿列尔·科塔的法律代理，不是那个拿下阿曼达·孙和月鹰的律师，也不是金凳子的出色子孙。她是一个年轻女人，和她喜欢的男孩在一起，自从她在他逐月派对的那个夜晚，把阿萨莫阿家的安全凭证钉入他的耳垂起，她就一直喜欢他。如月尘与月尘、真空对真空。

"能，"她说，"我愿意。"

第二十五章

玛丽娜尖叫着从毁灭的梦中醒来：从屋顶跌落，雪崩，子午城的天花板砸在了她身上，就像动作电影里的杀人箱一样。她一片眼花地眨着眼，视神经在发疼。她又闭紧了眼。光线太亮了，太突然了，她能看到眼睑后的血管。

"玛伊？"

"凯斯？"

玛丽娜眯着勉强睁开的眼。门是一个矩形阴影，旁边的阴影是她妹妹。

"我喊了你五分钟了。"

"怎么了？"

阴影动了。玛丽娜冒险完全睁开了一只眼。

"来喝杯茶吧。"

玛丽娜又睁开了另一只眼。

"怎——"她本来有亲随，可以在她要问出问题时就告诉她现在是什么时间，可以轻声发出警示叫醒她，告诉她她妹妹想在凌晨

3 点 27 分和她喝杯茶，"等我穿点东西。"

当玛丽娜光脚踩进厨房时，壶里的水正在沸腾。负责照明的是厨房联网设备的状态灯。屋里有花草茶、花朵和小水果的味道。凯西放下两个杯子。玛丽娜往水里浸入她的茶包：一次滚烫的洗礼。

"我做了一些我希望自己不会后悔的事。"凯西说。她从桌子那边推了一份印刷品给玛丽娜。玛丽娜在蓝色的微光里眯眼看它。一份转账通知，有十万美金转到了她在子午城的惠特克·戈达德银行账户里。

"我搜刮了几个老账户。"凯西说。

"一等我开始赚钱，你就能收回它，"玛丽娜说，"每一分钱。"

"只要是在奥切安开始上大学之前，"两杯花草茶冒着蒸气，还没被碰过，"我把它转进了你的月球账户，因为你说国防情报局在监视你的美国账户。我想你需要快速行动。"

"我可以立刻把它转给 VTO。谢谢你凯西，谢谢你。"

凯西举起一只手。

"我想你也得非常快地离开。只要他们发现 VTO 通过了款项，他们会猜到发生了什么。"

"你的思考方式就像一个科塔。"现在她的声音在颤抖了，她的眼睛模糊了，她的话全打结成了一团。

"我一直在想，"凯西说，"加拿大。VTO 在安大略湖有一个发射点。我知道不太可能预定机票什么的，但你从那里升空，尽可能快。"

凯西说得很快，一个词连着一个词。玛丽娜明白，如果她慢下来，她也会说不出话，也会突然哭出来。

"他们会盯着边境。"玛丽娜说。

"所以你必须快点行动。明天。"

"明天？"

"你乘快船去维多利亚。一等你进入加拿大，你就安全了。你可以自己慢悠悠晃到安大略去。但你必须先进入加拿大，才能买票，因为它是出发点。"

"明天？"

已经开始下雨了，木瓦上传来柔和的噬噬声。玛丽娜听到每一滴雨声，她在震惊中麻木地想，这将是她最后一次听到这声音。没有时间举行离别的仪式。这是最后一场雨，是最后一次风刮过树丛的沙沙轻响，最后一次风铃传来音符。这是最后一次坐在这张桌前，坐在她的床上，坐在这屋顶下。她不能走。太快了。她需要时间来折叠她的所有记忆，把它们储存好。

"明天什么？"奥切安站在门口，穿着一件超大号 T 恤，狗在她的脚边，"我听到有声音。我以为可能是，呃，是坏人。"

"我要回月球去了。"魔咒打破了。只是一场掠过山谷的阵雨。

"明天？"

"这事很复杂。"玛丽娜说。

"但如果你回去，你就必须留在那里。"奥切安说。

"是的，"玛丽娜说，"我会想念你的，非常非常想。但那上面有我爱的人。我曾听过爱尔兰的一个故事，当有人离开爱尔兰前来美国时，每个人都知道他们不会再相见了，所以他们会为这些人举行一次追悼会，就好像他们死了一样。他们以前称之为纽约追悼会。你们不会再见到我了，所以让我们开一次新月追悼会吧。让我们来一场适合卡尔扎合家的派对。奥切安，灯光。凯斯，来点音乐，我来负责宴席。"玛丽娜推着桌子，将椅子滚到冰箱前面。她把里面的东西放到桌上：咸菜、乳酸、面包、酸奶、火腿，一切适合非计划的奢华自助餐的东西。她打开酒瓶，倒出大杯的酒。狗们打着转，摇着尾巴，竖着耳朵。

"发生了什么事？"现在轮到韦薇尔站到了门口。

"我在办一场离别派对！"玛丽娜说，"韦薇尔，凯西，去把妈妈叫起来，把她放进轮椅里推到这里来。"

当她母亲坐着轮椅越过门框时，玛丽娜已经在厨房里点满了蜡烛。酒杯映射着火焰，老舞曲响着，桌上堆满了好吃的东西。女人们吃着，喝着，狗们在桌腿间快活地穿梭，向月球举起酒杯致意！月亮女神！直至灰色的天光爬上了窗户。

维多利亚渡轮是一条整洁的双船身快船，无赖地涂着英国国旗的船尾摇晃着，扬起高高的白色尾迹。今天的海峡波涛汹涌，从半岛和温哥华岛之间涌入的西风在海峡里掀起了连续的波浪，轮船在翻涌的白色浪尖跳跃。大多数乘客都在甲板外，紧抓着栏杆，试图不让彼此注意到自己的晕船。玛丽娜是前休息室里唯一的乘客。她坐在那里，手插在口袋里，头低向胸口。她需要隔板来隔开她，与她抛在身后定格的追悼会。

每个人都来了渡口，包括狗和母亲们。凯西用皮卡载妈妈，奥切安用往返小车载韦薇尔。凯西宿醉未醒，奥切安又太年轻，所以车辆们自行决定负责驾驶。厨房里依然扔满了空杯子、空瓶子、空的油炸食物包装。这是美妙的一天，因此对离别来说也是最糟糕的一天。计划需要玛丽娜迟迟到达，在最后一分钟用现金买票，直接登船。她很高兴能够让道别简短又迅捷。所有的辞别都应该是快速的。

韦薇尔是坚忍的，但奥切安忍不住泪如雨下，这摧毁了韦薇尔的意志。妈妈在半清醒状态喃喃着，但玛丽娜在她眼后看到了一道暗沉的光，它像水银般闪亮地流动，告诉她她母亲理解此事，并表示认可。

接着是凯西。

"我害怕。"玛丽娜说。她们拥抱良久，抓着彼此的前臂。

"害怕什么？我们已经全部预演过了。你直接进入加拿大境内，然后转账进入 VTO 地球。"

"害怕我飞走了，他们来找你。"

"他们不会的。"凯西说。

"但如果他们会呢？"

"月球的钱可以请到很好的律师。"

"他们会妨碍你们很多年。他们会怀恨在心。"

"那我们就跟你去。"凯西朝渡船正在驶入的码头点点头。

"月球？"玛丽娜问。整夜喝酒和突然的离别令她的思维凝成一团。凯西大笑起来。

"好了，先到加拿大，"她从她妹妹身前退后一步，"去吧，船来了。现在去吧。"

此刻，广播在放送过关和入境指南，乘客们从甲板依序进船，倒空他们的咖啡杯，找着他们的文件。

就是现在。

玛丽娜溜到了甲板上，逆着人流走到了船尾。在暗色的水浪那头，立着家乡的山川。她无法承受。她知道她无法承受，所以她把这留到了最后，留到她的自我放逐终将成为永恒之前。玛丽娜从手腕上解下步行杖，将它们一支、两支投入了白色的水花里。乘风的海鸥向下俯冲，接着发现这不是它们能用上的东西，便怨恨地叫着往上飞起。船起伏着，穿过栅栏进入船坞。玛丽娜摇晃着，随时可能歪在隔板或栏杆上，但接着她找到了平衡。她挺拔又自信地走向了舱梯。这很容易。

现在，玛丽娜坐在一辆车里，正穿过一片森林。她已经在森林中穿行了数小时了，此刻车正开在一条长长的直路上，她不由地点着头，流着口水，睡着了五六次。安大略西北方的北部森林是这颗行星上极少留存的连续林带之一，发射中心就在它深处的某处。

轮胎碾着尘土。自从二十分钟前开过一辆 VTO 公车后，她便一直没看到车辆。

车子开到路边，停了下来。

"什么事？"

一个即将发生的事件，你也许想要看一看。

"一个事件？"玛丽娜从未听过一辆车会发疯，但在日月之下，什么事都总有个开始。离开维多利亚后，她搭乘另一艘渡轮到了温哥华，在那里花了三天时间和 VTO 加拿大分部预定舱位，然后在多伦多花了三周时间进行起飞前训练。它不能终结在这里，被一个疯狂的 AI 抛弃在加拿大的广袤荒野中，数年后才有人——如果有人的话——发现她被狼獾啃过的骨头。车门开了。

如果你下车的话，你将有最佳视野。车子说。玛丽娜走出了车子，但一只手还握着门把。她可以在危险发生的第一瞬间把自己晃进车里。直面路的那一头。

"什么？——"玛丽娜开始问，但接着她听到了，遥远的雷声，由一百万棵树衍射后的轰鸣声。当她开始明白她听见了什么时，她看到一柱火焰与烟尘爬上了树梢。一艘飞船发射了：一柱火云，高高地升过她的头顶，一直向着世界的边缘上升。现在西风开始吹散蒸汽的尾迹了，但她仍然能看见那艘船，像冰冷但璀璨的钻石，向上远离，向月球而去。

第二十六章

机器工作了整晚，卖力地擦亮直径十米的绿橄榄石圆形地面，让它变成完美的杀戮场。除尘机器人蜂拥在矮胖的多立克柱、原岩屋顶的边角和裂隙、长凳的弧拱，还有台阶处，危险的月尘令它们的魔杖电光闪烁。加热元素用了四十多个小时将腔室加热到体温。嵌壁式灯光亮起，给层层座席投下成片的光亮与阴影。成排的强力照明灯光辉灿烂地戳在战斗场上。通风口打开了，抛光机器人仓皇奔向暗处。几不可察的嘶嘶声变成了哨声，又变成尖啸声：房间在重增压。

克拉维斯法院的第五法庭是一个从月神的皮肤上凿砍出的圆形阶梯室，粗凿而成的洞穴用上了经典的希腊建筑风格。它的设计展现了法律的矛盾之处：原始与束缚，审慎与致命。它从未被使用过，一直隐在暗处，由真空封印。直至今日。

当石门解封打开时，最后一批除尘机器人消失在了服务导管中。

阿列尔·科塔慢慢地走下了台阶。她的手指掠过岩石座位，描着柱子的槽沟。她走向杀戮场的中央，用手挡着眼，仔细观察层层座位，观察灯光。她爬上法官座席的三层台阶，手掌抚过法官台的曲线。她坐在三大法官席的正中，审视整个法庭。接着她在座位间穿梭来去，偶尔停下来琢磨角度和气氛。

一处地面缩了进去，达科塔·考尔·麦肯齐走上隐藏的阶梯，从暗处走进光明。她鼓起勇气走进了竞技场。

"幸好我穿了实用的便鞋。"她说。

"在那里是什么感觉？"阿列尔在最高处那圈座席上问。

"太小了，"达科塔说，"你每次审判都会这么做吗？"

"我需要熟悉舞台，"阿列尔说，"我需要了解视线、音质，了解我的声音可以到达多远的地方，了解需要迈多少步，弄清楚它有多深，上下需要走多少步。我需要看到法官看到的一切。"

"这不是个舞台。"达科塔说。

"不是吗？"阿列尔再次以她的方式穿过座席，将她的包放在了最低层左侧位区的右边第二个座位上，"选择前排中央是新手会犯的错误。你会想要成为他们视野边缘的一个颗粒，你会想要他们分心，由始至终都转头来看看你刚刚做了什么他们错过的事。"

"那又会怎么样？"达科塔坐到法官席的桌沿，晃着穿了靴子的脚。

"你指的是？"

"指聪明地让法官到处看。那会怎么样？我不是法律方面的专家，但就算是一个噶吉，也知道法律团队讲究策略。哪怕是一次得体的争吵。而我听到的就是'我挑战了我哥哥，要以搏斗来审判，他雇了月球上自称最伟大的刀卫，但是，嘿！我搞定了全场的视线'。"

阿列尔拿出小粉盒，检查了自己的唇妆和眼妆。她啪地关上小盒子，把它塞进包里。

"你说的对。"

"所以？"

"你不是个律师。你是一个我见过的最需要希芮芮卡的女人。脱光自己的衣服，弹一弹你的小豆子。享受一下。发出点声音。我这么干过。对一场审判来说，它是最好的热身。你们这些噶吉都这么绷得慌吗？"

当阿蓓纳从门后探出头时，达科塔的下巴还没合上。

"我迟到了吗？"

"我们早得不太合规矩。"阿列尔说。

罗萨里奥·萨尔加多·德齐奥尔科夫斯基跟着阿蓓纳走下阶梯，法庭的建筑风格让她皱起了眉。

"这肯定是一个男人设计的，一个缺少性爱的男人。"

她朝竞技场镜面般的地板里滑进一步。

"这他妈是什么？"

"问题不在于地板，在于鞋子。"达科塔说。

"我的鞋子从来都没有问题。"罗萨里奥说。

阿列尔示意阿蓓纳坐在她左边。

告诉我我们在这里做什么，她在私人频道里问阿列尔，强化剂让罗萨里奥兴奋到觉得自己能打败整个子午城，可她好像没意识到自己可能会死在这里。

罗萨里奥不会死的，阿列尔通过贝加弗罗回答她，正渴望一场战斗的噶吉也不会。她又出声说道："露娜和卢卡西尼奥呢？"

"在路上了。法官认可埃利斯玛德琳为可适当介入的成年人。"

"我希望她们最后进来，"阿列尔说，"露娜和我们坐一起。"

"你要带着一个孩子在这里？"达科塔问。

"她有刀。"阿蓓纳说。

达科塔·考尔·麦肯齐摇起了头。

"你们这些人，"她说，"你们这些该死的人。"

"抬头，"阿列尔说，"摆好出庭的表情。"

塔姆辛·孙和她的法律团队等在法庭外。阿曼达·孙已经在聚光灯下表演过一次，并且被一个阿萨莫阿小崽子打败了。还是让专业人士来吧。一个次级律师伸出一只手，扶着孙夫人出了摩托。克拉维斯法院限制私人安保出入，以防止竞技场的暴力蔓延到城市中。但它对法律副手没有限制，所以塔姆辛·孙给太阳公司的武士冠上了次级律师的头衔。辩论的法庭已经失败了，这是属于刀的法庭。前院挤满了观众和社会名流。看似律师的这些人清出了一条通向大厅的道路。叫嚷声：塔姆辛·孙的副手们以手和电击棍毫不妥协地迅速行动。

最后一辆摩托抵达了，孙夫人等着太阳团队的最后一个人踏出车子的塑料花瓣。

"孙夫人……"江盈月开了个头，但孙夫人举起了一只手。

"现在不行。"

孙夫人停下来欣赏第五法庭。岩层裸露的低矮屋顶，看上去马上就要塌了一般；又短又丑的柱子和座席层；耀眼的圆形竞技场——这里无处可藏。这是威吓式的建筑。它成功吓到了江盈月，她靠近了孙夫人。

"我明白我们实际上不会真正开始搏斗，"她悄声说，"我为什么要来这里？"

"我们不能一个扎希尼克都不带就出现，"孙夫人嘶声说，"这个家族已经承受了够多羞辱。我们不能看上去一副早就投降的样子。"

她坐在了第二层，就在阿曼达·孙身边。塔姆辛·孙示意江盈月可以和她一起坐到场边长凳上去。律师们坐前排。孙夫人朝竞技场那头的阿列尔·科塔点点头。率先抵达，这是一次漂亮的行动：她已经挑好了场地。将自己安置在法庭边缘，这一定有令人信服的理由。阿萨莫阿家的女孩和她坐在一起，但孙夫人是不会和她打招呼的。有一个远地大学的噶吉，令人印象深刻，但她不可能是阿列尔·科塔的扎希尼克。大学不会卷入近地面的政治中。另一个是上城高街的流浪者。她们信任这玩意儿？

塔姆辛·孙转过来对阿曼达和孙夫人说：

"卢卡斯到了。"

亚历克西娅看得出来，人群的规模和声响让他止步不前。他惊恐地瞪大了眼，胃部的肌肉收紧了，额头上因压力迸出了大滴的汗珠。

她与瓦格纳十指相扣，短暂的安抚告诉他他不是独自一人面对这群乌合之众。他捏了捏她的手，然后在八卦观察员及其摄像头捕捉到他们之前分开了。有更加亮眼的景象占据了那些人的注意力：人声一瞬间就从人群前面传到了后面。马里亚诺·加布里埃尔·德马里亚，卢卡斯·科塔签了马里亚诺·加布里埃尔·德马里亚。

最伟大的传奇刀士分开了人群。卢卡斯跟着他，灰色的纳米织锦西装让他显得优雅但严肃，这是他穿去日食派对的那一套。然后是亚历克西娅和瓦格纳。没有律师，没有其他人类或 AI。罗布森在鹰巢，和海德以及海德的两位抚养人在一起，卢卡斯将那两位从西奥菲勒斯带来了。

罗布森和亚历克西娅的争吵撼动了鹰巢的梯台和夹楼。

"你不能去。"

"他是我堂兄！"罗布森吼回来。

"卢卡斯不想让你去那里。"

"我想要去那里。"

最后她说服海德、马克斯和阿尔琼为她辩护，为了额外的保证，她还让鹰巢的安保团队黑掉了罗布森的亲随大鬼。他的钱用不了了，他的网络关闭了，如果他试图用跑酷的方式爬上鹰巢的墙壁，沿着日光线跑掉，那么内尔松·梅代罗斯会在三十秒内把他揪回来。

在这件事上她没有什么说服力。比起第五法庭可能发生的任何事，罗布森见过并且做过比那更糟的事。亚历克西娅很乐意改变立场。但月鹰身后的两步远处必须有他的铁手，还有他的影子。

瓦格纳在最高层找了个座位。卢卡斯没有回头，只是斜了斜手杖：跟着我。亚历克西娅再握了握瓦格纳的手指。她看见了。见鬼。阿列尔·科塔看见她了。

卢卡斯示意亚历克西娅坐在他身后那一排。他朝自己的前妻点点头，然后是他妹妹。就一个点头。孙家占据了法庭的一整个扇面，阿列尔·科塔和她的伙伴们坐了两层座位，但没有哪个团队比月鹰的团队更小更紧凑。卢卡斯转向亚历克西娅。

"给我看看。"

亚历克西娅拿起了小箱子。从鹰巢到法院，她一直提着它。它看上去很不起眼，很无害，是由防冲击的碳纤维和钛制成的，哪怕是在这个 AI 资料时代，它也是法律案件中常见的那种箱子。它的设计就是为了让它可以不受关注地被携带。它装着科塔家的陨钢战刀。

"不用打开。"

亚历克西娅把箱子放在了她身边的长凳上。

每个人都抬起头，每个人都挺直了背。法庭网络的最新消息，卢卡西尼奥·科塔到了。

先是露娜，两半不同的脸显得很凶猛，战刀挂在她的肩后。接着是卢卡西尼奥，众人的目标，和奖赏。他衣着考究，额发的造型无拘无束，只能在月球重力下成型，刮了胡子，穿着漂亮的鞋子，戴着逐月徽章。但阿蓓纳看到他在踏入陛峭的台阶前犹豫了，往下看着。他身后的埃利斯玛德琳也注意到了他的犹疑，她的双手本在长袍袖子中端庄地合起，这时已松了开来准备支撑，或扶住他。阿蓓纳的心脏快跳出来了。但卢卡西尼奥吸了一口气，走下了台阶。

露娜坐到了阿蓓纳的身边。卢卡西尼奥继续往前，走到了最远的右区，法庭的扎希尼克们从地面的一处狭口中走上来，像护卫队般围住了他。阿蓓纳迎上了卢卡西尼奥的视线，这让他微笑起来。

当法庭向公众开放时，大厅时停时歇的嘈杂变成了一阵喧闹。热切的观众们紧紧依靠着彼此，蹒跚着走下危险的阶梯，在狭窄的走道里又推又挤地抢着座位。当大门关上时，还有人蹲在台阶上，座席最后方又站了五排人。第五法庭像一面被敲响的鼓，然后一片寂静。法官们进来了。

跟在自己的扎希尼克后面的，是长井理惠子法官、瓦伦蒂娜·阿尔切法官和克威可·库马法官，三人在法官席上就位。长井法官审视着拥挤的法庭。

"克拉维斯法院就孙与科塔以及科塔的最终审，"她说，"三方都已列席或由代表出席了吗？"

三方应答者和埃利斯玛德琳都咕哝着回答了。

"案件将以长井、阿尔切和库马的一致意见进行审理？"阿尔切法官问。赞成声，还有点头。观众们屏住了呼吸，这种随意性令他们感到震惊：其中90%的人从未上过法庭，甚至还未签过婚姻尼卡哈。

"并且各方都同意由搏斗来解决这个案件。"库马法官说。

观众呼出一口气。一阵隆隆的赞成声。

"法庭不得不指明，这不是科塔家首次使用暴力来解决一个案件，法庭对此深表遗憾，"长井法官说，"它不仅原始野蛮，而且有损身份，一个如孙家这般历史尊贵的家族都被牵扯进这样的暴行中，克拉维斯法院对此非常失望。然而，我们要恪守法律义务，作为法官，我们受合同制约，因此案件将由这种古典的方式解决。"

观众中掠过一阵紧张的嘟囔声。它开始了。没人撤离，没人逃跑。刀已出鞘，血将四溅。

"我想孙与科塔的案件应该先行解决？"阿尔切法官说，"谁代表卢卡斯·科塔？"

马里亚诺·加布里埃尔·德马里亚从长凳上站起来。嘟囔声变成了低语声。近地面所有人都知道七铃之校的传说。整洁的卷边裤脚下是一双很不协调的抓地运动鞋，这说明他已穿好了战斗装备。

"塔姆辛·孙？"

"阿曼达·孙表示……"塔姆辛·孙开了个头，但孙夫人鸡爪似的手压到了她肩上，像灾难般抓住了他。

"江盈月将代表阿曼达·孙。"她说。

塔姆辛·孙猛地从座位上旋过身去。她的脸上一片迷茫。我们同意撤离了，她在私人频道里说。公众在这脚本中感觉到了不和，轻声悄语地议论起来。

"我们已达成一致意见……"江盈月开始说道。

孙夫人举起一只手，一把带鞘的刀从法律助手那一层传了下来，经由很多手，传递到了江盈月的手中。

"孙夫人……"

"你有问题？"

"孙夫人，诚挚地说，我绝不是德马里亚的对手。"

"在哈德利城时，你已经让我的家庭失望了，"孙夫人龇着牙，"你在麦肯齐家面前让我们丢脸。你必须纠正这个错误。你必须向世界展示，恒光殿仍有荣耀和勇气。"

"孙女士，你们的意向是？"阿尔切法官在席上问。

"我们准备好了。"塔姆辛·孙说。

江盈月脸上的恐惧汇聚成了坚决。她把刀还给了孙夫人，在扎希尼克历史悠久的传统中，他们从不自己拿着武器进入围栏，她向下走进了竞技场。法庭的地板打开了，她沉入了黑暗。第五法庭陷入一片沉重的寂静。

"副手。"库马法官说。孙夫人把刀递给了阿曼达。

"完成你的工作。"

"你这个干瘪的老太婆，在痛苦中尖叫着死掉吧。"阿曼达·孙夺过刀子，大步走向了法官席。法官们必须检查刀上是否带有任何未经协商的毒素。

卢卡斯·科塔朝另一边的铁手点了点头。亚历克西娅拿起了小提箱。转身走上台阶时，她迎上了瓦格纳的视线。他看不下去了。

穿过搏斗场时，亚历克西娅心跳如鼓。神灵们啊，这太可怕了。这整个圆形法庭都太可怕了。克拉维斯法院正在受审的每个人、每件事都一样。只要对遭受损失的一方有略微的违背、疏忽或冒犯，刀就会鸣唱出鞘，对她施以制裁。

她把小箱子放在法官的桌上。锁打开的声音很大。当她拿起刀子，呈给法官时，竞技场中传出一个奇怪的声音，有点像喘息，有点像悲叹。当他们传递着刀子，假装在检查它时，光沿着刀锋一闪而过。桌上嵌入的智能机器嗅探、品尝、分析了刀。

"陨铁。"库马法官说。

"它的双生子在哪里？"阿尔切法官问。

"这是个不洁的东西，"长井法官说着，几乎是把刀扔给了亚历克西娅，只为了赶紧让它离开她的皮肤，"它散发着血的臭味。"

马尼尼奥指引着亚历克西娅来到她的副手席位。她朝阿曼达·孙那边扫了一眼。她要吐了，她要恐惧得哭出来了。穿着可可·香奈儿的套装拿着一把刀站在这里，再也没有什么事比这更令人憎恨的了。但她站住了。地板打开了，战士们出来了。人声如雷鸣般响了起来。

瓦格纳垂着头，脸埋在手里。

江盈月从阿曼达·孙那里接过了刀，感觉着它的重量和平衡。她身材很好，肌肉劲瘦，穿着卡普里的绑腿、露脐上衣，以及新打印的简洁的抓地鞋。亚历克西娅一眼就能看出来，她对刀的使用方法一无所知。

马里亚诺·加布里埃尔·德马里亚已经脱了衣服，只剩下黑色的短裤和抓地鞋。他的身体就像刀的化身，精实虬结，疤痕密布。他的肢体以从容的优雅展示着那狂野的能力。

他深色的眼眸转向亚历克西娅，她举起了小箱子。他拿起了科塔家的刀。一个声音喊了出来，是个孩子的声音。

露娜·科塔大步走上了搏斗场。

"你不能碰我的刀！"

"抱歉。"

露娜个子细小，毫无抵挡，并且表现出了彻头彻尾的蔑视，但马里亚诺·德马里亚的声音里没有一丝降尊纡贵的意味。

"这把刀只能由科塔使用。"

马里亚诺望向卢卡斯，得到了一个点头。这位扎希尼克便将刀还给了亚历克西娅。人群慢慢地吐了一口气。一把带鞘的刀滑过了圆形战场，马里亚诺捞起了它，拔出鞘来。他举着刀，在打下竞技场的白热灯光里审视它。他微微鞠了一躬。在竞技场远远的那一头，在隐蔽的一侧，达科塔·考尔·麦肯齐回了一礼。

"贵方允许吗？"

"我没有反对意见。"塔姆辛·孙说。

法官的评估很敷衍。

"我们已经受够了打扰和戏剧性事件了，"理惠子法官说，"如果这一类制裁是必要的话，它最好能快一点结束。开始。"

亚历克西娅的心脏跳漏了节拍。现在是刀战了，除了刀以外没有别的能裁决此事。石地板上将会出现血迹。她意识到自己是个懦夫。当古拉特家把卡约扔在巴拉的排水渠里等死时，当他们摧毁了他的未来时，她发誓要得到正义。她去找了奥斯瓦尔多阁下，让他给那家兄弟带去可怕的死亡。于是她满意了，觉得做了正确的事。她与她在此谴责的血腥正义别无两样。

"副手离场。"阿尔切法官说。

亚历克西娅回到了自己的座位上。不，还是有区别的。天渊之别。她没有勇气用自己的双手来交付正义。

"致意。"库马法官说。

马里亚诺·加布里埃尔·德马里亚和江盈月移到了搏斗场的中央。两人在眼前举起刀锋，向彼此行礼。

"开战。"理惠子法官说。

刀影闪过，身体在性爱般亲密的距离里舞动。血喷了出来，江盈月的刀滑过了闪烁的石面。她站在那里，惊骇地发着抖，呼吸慌乱，血从她的二头肌上流到了她的手腕，从抽搐的手指上滴了下去。

人群一片静默。这不是他们预想中的场景。他们并没有被娱乐。

贝加弗罗响了一声。是达科塔·考尔·麦肯齐，在私人频道上。

他会让那个德齐奥尔科夫斯基变成热腾腾的几大块躺在地上。

是的。阿列尔回答。

解雇她，聘用我。

不。

达科塔·考尔·麦肯齐向前倾来。

"你到底知不知道你在干什么？"

阿列尔望向卢卡西尼奥，他坐在法庭扎希尼克中间，吓得脸色青灰。瓦格纳的脸一直埋在自己手里。亚历克西娅整个人都是恐惧的苍白色。埃利斯玛德琳拉低了头巾，藏起了自己的脸。

"一直都知道。"

盈月蹒跚着向她的刀走去。

"别去碰它。"马里亚诺说。但盈月用左手捡起了刀子，跃过杀戮场，扑向了马里亚诺。他轻巧地躲开了。盈月发出一声绝望的叫喊，又向他砍去。他轻轻晃过刀子，动作像思维一样快。比思维更快。就像本能。

"住手吧。"他说。

盈月在渐渐增厚的血洼里滑动脚步，朝马里亚诺踉跄而去，疯狂地挥舞着她的刀。

"够了。"

马里亚诺扔下自己的刀，踩进盈月的防守范围，折断了她的手腕。断裂声在笔挺的立柱间、在低矮又混沌的天花板间回响。

"您满意了吗？"他问塔姆辛·孙。他一滴汗也没有流，身体里没有任何难受的迹象，更不必说费了什么力，"您对此满意吗？"塔姆辛·孙朝孙夫人扫了一眼，那老女人摇头。

"我满意了！"阿曼达·孙的叫喊声从杀戮场一直回荡到第五法庭的石门处，"我才是原告，不是我的法律顾问，也不是我的祖母。我接受这个结果。"

"那么，根据战斗各方的谈判合约，我就此驳回阿曼达·孙对小卢卡斯·科塔抚养权发起的诉讼。"理惠子法官说。观众中结结巴巴地响起了一阵惊惶的叹息声，数息之后，法庭外的人群也发出了相应且加倍的声音。这声音向外传过子午城的方区，先是在招牌店、酒吧、办公室和家中响起，接着出现在从罗日杰斯特文斯基到南后城，从圣俄勒加到若昂德丢斯的所有联网列车、探测车上，以及私人沙装头盔中。

孙家败了。

医疗组聚拢到江盈月身边，她颤抖着，手臂残废，血淋淋地站在搏斗场上。药贴驱散了疼痛，止血钉止住了失血，管道和线路稳定了休克症状。太阳公司的医疗队护送着机动轮床进入了克拉维斯法院的地下室。

"我们同意休庭三十分钟来打扫一下这团混乱吗？"理惠子法官的语气里有明显的厌恶。阿列尔站了起来。

"如果各方同意，我希望能立刻开始最终审决。"

四处都传来了倒吸气的声音。阿蓓纳打开了私人频道，图米对贝加弗罗。

你在干什么？

跟上我，阿列尔说，别问，别犹豫。你能做到吗？

我能做到。

"科塔先生？"

卢卡斯站了起来。细碎的话语声消失了。

"马里亚诺可以继续战斗吗？"

"可以。"那位扎希尼克声明。

法官们有一小会儿静止不动，在他们的私人频道里协商着。

"如果双方都同意的话，我们不会反对，"库马法官说，"科塔先生，我推定你依然使用同一位代表？"

"是的。"

阿切尔法官转向阿列尔的团队。

"谁代表你？"

长久的静默，然后罗萨里奥站了起来。

"我是罗萨里奥·萨尔加多·奥汉隆·德齐奥尔科夫斯基，是我方签约的扎希尼克。"

"请走到前面来。"

"别这么快。"

阿列尔走到了圆场边缘。

"谁来代表是一回事，谁来战斗又是另一回事。露娜。"

女孩已经得到了示意。她跳下阶梯，来到阿列尔身边。

"可以吗？"

露娜解下了那把双生战刀。阿列尔猛地向上拔出了它，刀锋在空气中划出了清晰可闻的啸声。

"根据我家族的传说，这把刀只能由一位勇敢无畏、既不贪婪也不怯懦、能够英勇地为家族而战并守护它的科塔使用。我就是那个科塔，而我将与你战斗，马里亚诺·加布里埃尔·德马里亚。"

第五法庭轰然炸开。

亚历克西娅猜想自己的嘴是张开的。她感觉到自己双眼大睁，心跳如擂，她的耳朵里有高音的鸣响。就像第五法庭的每个人一样。

你这个聪明的、聪明的女人。如果卢卡斯拒绝这场战斗，他就放弃了诉讼。如果他选择战斗，他就要让月球上最伟大的刀士对阵一个几乎不知道什么是侧劈的残疾女人，他自己的妹妹。而整个月球都在看着这一切。

"科塔先生？"

"马奥·德·费罗，"卢卡斯说着，伸出了手，"刀。"

亚历克西娅恭敬地将刀放进了卢卡斯的手掌中。没有疑问，没有犹豫，没有说明。他命令，她遵守。卢卡斯倚在手杖上，站了起来。

"勇敢无畏，既不贪婪也不怯懦，"卢卡斯说，"一个能够英勇地为家族而战并守护它的科塔。退下吧德马里亚先生。现在是我举刀的时候了。"

他向法官们平举起刀子。

"我们达成一致意见了吗？"

"法官席没有反对意见。"理惠子法官说。

"妹妹？"

阿列尔在笑。她计划了这一切吗？她知道唯一走出困境的方式就是让卢卡斯拿起战刀吗？亚历克西娅长长地呼了一口气，她发现自己一直都无意识地屏着呼吸。她和整个第五法庭。这事已从疯狂变成了神话。

"我将和你对战，卢卡斯。"阿列尔说。

"那最好就开始吧，"卢卡斯说，"副手。"

亚历克西娅再次站上了杀戮场，卢卡斯把外套、裤子背带、领带和衬衫递给了她。他脱衣服的方式很整洁，先折好了它们，才递给亚历克西娅。在圆场那一边，阿列尔的副手是噶吉。她脱掉阿代莱名家的帽子，踢掉菲拉格慕的鞋子，剥下查尔斯·詹姆斯的外套，由着裙子掉落在地。时尚套装下穿的是战士的经典制服：运动短裤、露脐上衣。一阵抽气声蔓延过法庭：脊髓链接，光滑的塑料，皱起的青灰色瘢痕组织。卢卡斯审视斗场的地面，然后脱掉了自己的牛津鞋。他有着笨重的楔形身材，过去的肌肉已软成了团块。体积都加在错误的地方：粗壮的大腿和小腿肌肉，这是为了抵抗地球重力；环绕着脊柱的肌肉，这是为了让他保持直立。先是地球对月球出生的身体施加了她的影响，而后当这具身体回到自己原本的环境中时，月球又施加了她的影响。超级英雄的身材，需要一根手杖辅助步行，好保护他受侵蚀的膝关节。

"劳烦。"卢卡斯把手杖递给亚历克西娅。他研究着刀。"你知道怎么用它吗？"他问他妹妹。

"试着来杀了我，同时我试着杀了你。"阿列尔说。

法官们匆匆走完了手续。卢卡斯和阿列尔举起刀来致意，退后，绕着彼此走动。

"我们真可笑，"卢卡斯说，"人体残骸在玩刀。"

"总有人得先行一步。"阿列尔说。

"对,"卢卡斯说,"是这样。"他蹲了下去,用尽全身力气把科塔家的战刀砸在了搏斗场的地面上。光洁的橄榄石裂开了,碎片纷飞,陨钢刀的前半把都粉碎了。一个飞溅的碎片割开了卢卡斯的脸。阿列尔低头向他行礼,反手握刀,将它插向了坚硬无比的石面。刀尖折断了、飞开了,石面龟裂了。第五法庭所有人都站了起来。

"我们谈判。"阿列尔在嘈杂的人声中大喊。狂喜的、辱骂的、愤怒的、激动的、迷茫的嘈杂。

"不,"卢卡斯喊回来,"我们交易。"

机器虫和无人机清理过法庭下方的扎希尼克兽栏,但并非一丝不苟。房间都很小,满是尘土,空气陈腐。卢卡斯·科塔坐在一个石制衣架的边缘。阿列尔坐了唯一一把椅子。亚历克西娅已经把卢卡斯的衬衫扔给了他,他以一位很有衣品的男人的姿态,仔细且尊重地慢慢扣起了它。他仍然光着脚。上面的法庭仍然一片喧嚣,噪声就像是这小房间的音响天花板。

"肥皂剧可以把它演得更传奇一点。"卢卡斯·科塔说。

"谢了。"

"你冒的风险也太大了。"

"从来没有什么风险。家族优先……"

"家族永存。你的交易条件是什么?"

阿列尔还穿着她的战斗装。卢卡斯曾连续很多个月在圣彼得与保罗号的健身房里重塑自己的身体,他能够欣赏她的手臂和上半身的清晰线条。上一次他看到她时,她还坐在轮椅里。在那之前,在黑暗的岁月里,她只有那个月芽帮她——她的名字是什么来着?他想不起来了。她在上城高街有个小壁橱,系着绳索,好让她能自己从一个房间晃到另一个房间。

这是纪律。

这是身体的政治学。

"你看了很久了。"

"抱歉，"卢卡斯之前没意识到自己的视线偏离到了她的脊髓链接和伤痕上，"我还没法习惯。"

"你更喜欢古老的修复术？"

卢卡斯再次看向那些可怕的、啪嗒作响的东西，伺服系统和制动器过滤并输入着信息。他仿佛又看到了躺在若昂德丢斯医疗中心病床上的妹妹，正撑起自己的上身，斥责他妄图交涉他儿子的尼卡哈。

"它是不是……"

"永久的？除非我能空出六个月来，让大学重新生成神经组织。"

"如果真的以刀搏命的话，"卢卡斯说，"我就得以此为追求了。"

"这想法很合理。"

"你的交易条件？"

"我们都别愚弄彼此。卢卡西尼奥可以走路了，会笑了，能够迷倒子午城的每一颗心了，但他要在法律上获得独立，还有很长的路要走，"阿列尔说，"我有一些你想要的东西。你有一些你不想要的东西。"

"鹰巢？"

"鹰巢。"

"你不想要鹰巢。"

"不，我不想。我知道为了逮到布赖斯·麦肯齐，LMA 逼你做了什么。你把它踢到了一边，但它还是在那里。我不能说我的工作一定不会比你做的糟。但我可以试试。有卢卡西尼奥在，你永远没法试一试。你会永远都要担心他。而我没有孩子，没有爱人，没有束缚。我无坚不摧。"

"你要怎么做？"

“为月球上的人行动。我们不是一个工业前哨，我们不是地球的殖民地。”

“阿列尔·科塔，独立战士。”

“如果我手上有烟的话，我会朝你吐几个烟圈，哥哥。交易是这样的。你带着卢卡西尼奥和随便你喜欢的什么人回博阿维斯塔，你可以在丰富海上建起你想要的随便什么帝国。我得到月鹰的头衔、荣誉和责任。简单直接的交换。”

“这合法吗？”

“没有法律反对它，”阿列尔说，“这里是月球。”

“一切都可以协商，”卢卡斯说，“一个附加条件。”

“说来听听。”

“带上亚历克西娅。”

“你的马奥·德·费罗？”

“你需要帮助。她了解生意。成交？”

“成交。”

在第五法庭杀戮场下方拥挤多尘的围栏里，卢卡斯·科塔和阿列尔·科塔握了握手。两人短暂地拥抱了一下。阿列尔在水龙头下弄湿了一张纸巾，轻轻擦干净了卢卡斯脸上的伤口，那是碎裂的刀片划伤的。血流下了他的脖子、胸膛，慢慢流到了他裤子的腰带上。

“这下面应该备一个急救药箱。”阿列尔嘟囔道。

“人们在这里会受的伤是急救药箱解决不了的。”卢卡斯说。他们看着彼此。脸皱了起来，憋住的闷笑冒出了咯咯声，然后变成了上气不接下气、令人腹痛的大笑。迈兰简。迅雷不及掩耳的行动。科塔家回来了。卢卡斯擦了擦眼睛。

“我们要不要让他们等久一点？”

“哦，我也这么想。”月鹰说。

第二十七章

只要月亮还挂在天空，科塔对科塔的诉讼案件中拍摄的这些影像就会一直存在。

破碎的刀躺在裂开的亮石面上。

站起的法官，试图用喊叫声盖过法庭中的一片喧嚣。

一个半黑半银的悬停球体展开了翅膀，从空气中汲取颜色，变成了蓝色天蚕蛾。

一个九岁的女孩擦去了脸上的头骨涂绘。

一个父亲将他的儿子拥入怀中，将其余一切都置之度外。

"我想起来我说过，下一次你再在我的法庭上耍这样的花招，我就叫扎希尼克开了你的膛。"这间顾问室是第五法庭下方助手区的众多蜂房之一，和战士兽栏一样狭小、多尘、拥挤。长井理惠子法官坐在水池边缘，阿列尔·科塔则脱掉了沾了汗渍的战斗装，把它扔进了解印机。她滑进淋浴区，在预热好的水下冲了三十秒。

"我会干掉他们。"阿列尔在水流声中喊。

"你弄断了你的刀。"理惠子说。

"噶吉会干掉他们。"

"她可能会。"

吹风机朝阿列尔吹起狂风,她向后甩着头,让暗色的头发向下落,用手指梳理它、甩动它,在热空气里往上抖松它。然后滑进了打印机挤出的长袍里。

"我还记得上一次我给了你一瓶这个。"

理惠子法官从包里拿出一小瓶十植杜松子酒。

"谢谢,但我不再喝了,"阿列尔说,"你把它带到了法庭上,是不是?"

"我知道你会搞一些不需要付出代价的迈兰简。"

"如果我没有呢?"

"我会为怀念你而祝酒,"理惠子法官的语气沉了下来,"地球人正在恐慌。他们已经塞来了五百份令状。克拉维斯法院的 AI 们正在筛选它们,但你最好让那位噶吉随时待命。"

"他们无法阻止我。他们也别想指望沃龙佐夫的太空大炮。"

"他们有一万五千只战斗机器虫随时可以派遣。"

"真的吗?"阿列尔露出了一个狡黠的笑容。

在他们准备走上搏斗场,震撼整个月球时,卢卡斯说,还有最后一件事,你会需要的。

贝加弗罗开始接收一份文件。

这是什么?

给地球机器虫准备的口令。我和阿曼达·孙做了一笔交易。

它能做什么?

做你想让一万五千只战斗虫做的事。

当屋顶滑开,往兽栏里投下一方渐渐变宽的光线时,阿列尔说,这是你自己专属的铁陨。

"你的律师眼神又回来了，"理惠子法官说，"当你这样看人时，能把我吓死。"

"我们需要成长了，"阿列尔说，"我们所有人。法治，而不是刀治。"打印机再度开始工作。

"这是你的第一道命令吗？"

"第二道。"阿列尔拎起新印的皮埃尔·巴尔曼裙子，"五十年代的风格又重归流行了。"

升降机抓起摩托，将它运向加加林大道上方高处。阿列尔从手提包里拿出电子烟，奢侈地抽开到最大长度。

"你介意吗？"

"介意。"卢卡斯·科塔说。

阿列尔点上了烟，啪地打开了车顶。

"行了。"

她靠回座位，呼出一长条苍白的烟气。

"这没什么用。"

法庭外的人群依然没有散开的迹象，数量和声音都在不断翻倍。加加林大道上挤满了人，人墙顶着人墙。半个子午城都揣着疑问，揣着要求，揣着关切、担心和意见，等待着第五法庭的新命令。

科塔家和他们的属下从服务出口离开了，乘着一小群特许摩托，并立刻升上了高层。每一辆车都走了不同的路线。并不去鹰巢。地球人会最先把他们的机器虫派到鹰巢去。甚至不是车站：加普夏普频道的机器虫已经挤在那里了。交通集合点是 VTO 的飞船码头，尼克·沃龙佐夫已经在那里给奥廖尔号加满了油，备齐了人员，准备升空前往博阿维斯塔。

摩托载着前任与现任月鹰在高处的街道上奔驰，上上下下，来回穿梭，只要它感觉到八卦无人机在接近，便立刻变换方向。波萨诺瓦和电子烟雾填满这个由钛和碳纤维组成的小空间。急停，转向，摩托驶上了一辆缆车的载货甲板，晃进了两千米高的空中。

LMA 的机器虫在接近，贝加弗罗和托奎霍宣布。

当摩托摇晃着穿过闪烁的虚空时，卢卡斯说："是时候给你这个了。"

贝加弗罗闪动着开始了海量的数据传输。信息、代码、特权和使用权，月鹰管理所需的一切，它们传送得如此之快，数据的洪流将贝加弗罗压得向下垂落。

"你把我变成了上帝。"阿列尔说。在她接受这被授予的巨大权力时，烟从她的嘴角冒了出来，"当我在雪兔会，给乔纳松·卡约德提供建议时，他始终都可以做这件事……"

"上帝的意思就是只能有一个上帝，"卢卡斯说，"那是一神论的弱点。接好这个。"

最后一次传输。

"它是做什么的？"

"关闭除你之外所有人的行政权。"

阿列尔做了个鬼脸。

"是什么让你下不了手？"卢卡斯问。他闭起了眼，深深呼吸。三月雨。

"感觉像是最后的最后。"

"它应该是。动手。"

托奎霍奏响一串吉他和弦，同时说：行政授权正在消除。卢卡斯要求展示可视化影像，他看着自己的权力持续溶解，死去的代码缓缓地爆成碎雾。伊利斯·里贾纳唱出一道如泣如诉的音轨。萨乌达德。

"你感觉怎么样？"阿列尔问。

"你是指，我是不是像某种失去力量的超级英雄？不。不是那样。压根不是。"他没有告诉他妹妹他感觉如何：他整个人仿如新年气球般轻盈又明亮。他可以掉下解脱的泪水，它们将闪亮如珍珠。他明白了被祝福的感觉。

缆车入坞了，摩托转弯开上了西六十三层的斜坡。

"我很遗憾乔纳松·卡约德死了，"卢卡斯说，"阿德里安·麦肯齐的战斗极其勇猛。我想，我恒久的罪孽可能在于低估了我的敌人。"

摩托上了货运电梯，抵达飞船码头。奥廖尔号在聚光灯下隐隐闪亮，这头奇异的巨兽是由燃料箱、推进器、支柱、横杆、通信天线盘、太阳能板和几近折叠的散热面板组成的。一个环境舱开着，放下了坡道。每个人都在：噶吉、阿列尔的高街扎希尼克、阿蓓纳·马努阿·阿萨莫阿、埃利斯玛德琳、狼、露娜、铁手、卢卡西尼奥。

"进来进来！"尼克·沃龙佐夫依然反抗着潮流与时尚，穿着他那扎眼的蓝领 T 恤、短裤和工作靴，他下了坡道来迎接阿列尔和卢卡斯，"站在那里好像要拍婚纱照一样。我们有发射时限！"

内闸门有动静。奥廖尔号的码头是一个巨大的气闸舱，外闸门在头顶，向月表开放；内闸门向城市开放。现在内闸门正在嘎吱嘎吱地被打开。

"机器虫！"尼克·沃龙佐夫嚷道。数十只，挤在慢慢打开的大门后面，刀锋开开合合，像是在发出狰狞的窃笑。

"我有对付这些的口令。"阿列尔说着，命令贝加弗罗运行卢卡斯的补丁。

机器虫的腿和刀正穿过变大的裂缝。

"卢卡斯……"阿列尔说。

"我黑掉了一万五千只 33a 型战斗虫……"卢卡斯说。

"那些不是 33a 型，"达科塔·考尔·麦肯齐说，"它们是旧的三型基础款，首次攻击特维城的那种。"

"还剩多少旧型？"阿列尔问。

"这个稍后再讨论，"尼克·沃龙佐夫喊道，"现在所有人上船！"当他关上舱室门时，船楼甲板的枪炮组也伸展开来。

"这他妈是什么？"卢卡斯问。

"我们从麦肯齐氦气偷来的，"尼克·沃龙佐夫喊道，码头已经在加速奔跑的机器虫细脚下响起了一整片咔嗒声，"如果它们可以把我们的一艘船打下来，那我们就能打回去。抱歉孩子，这可能让你想起了糟糕的事。"

"我不记得关于特维城的任何事。"卢卡西尼奥说。

"我记得。"露娜说。

有五次巨大的枪声飞速连续响过。

"一枪一只，"尼克·沃龙佐夫说，"这里有很多精密的设备。我们只能在射击视野清晰的时候射击。扣好安全带。"

"有多少？"阿列尔问着，拴好了自己加速位上的束带。

"不止五只。"尼克·沃龙佐夫说。一阵连续的枪声，速度快得像是连成了一声。然后是静默。

发射程序启动，奥廖尔号的 AI 说，外闸开启。

"它们在上面！"一个人声插入公共频道，"它们爬到了飞船表面。"

"给我们打扫点空间出来！"尼克·沃龙佐夫怒吼着，在露娜和卢卡西尼奥之间捆上了束带。

"我们要采取新的发射方案，"VTO 船长说，"准备。"

倒数计秒出现在每个人的视镜里。尼克·沃龙佐夫握住了露娜和卢卡西尼奥的手。

"叫一叫没关系，"他说了一半，但没法说完这个句子，因为奥廖尔号点火升空了。乘客舱里响起了一片扯着喉咙的大叫声。在刺耳的射击声和火箭的轰鸣声之外，急射小机枪的哒哒、哒哒、哒哒声清晰可闻。船在抖动，座位在抖动，空气在抖动，乘客们的每个细胞都在抖动。

卢卡斯看着他所爱的人们脸上的恐惧和痛苦。你害怕它会终结得太快，你会在天空之外坠毁，然后你害怕它会一瞬间毁灭于一次巨大的爆炸。最后，你害怕它根本不会终结。

主引擎进入关闭倒计时，奥廖尔号说，准备进入自由下落，3，2，1。

结束了。卢卡斯觉得自己的胃飘起来了，他的体重消失了。尼克·沃龙佐夫看到了阿蓓纳·阿萨莫阿脸上的痛苦，他啪地解开自己的安全带，飘过去递给她一个呕吐袋。在干呕声和咕哝的道歉声后，是一片安静，但在这安静中，每个人都清晰地听到了隔板上传来的咔嗒声。咔嗒，咔嗒，朝进舱口而来。

"妈的，"尼克·沃龙佐夫说，"它们在外壳上。"

"怎么会？"阿列尔问。

"在我们升空时，它们一定是跳上来了，躲在枪炮的火力曲线下面，所以我们没法打中它们。"尼克说。

"它们能打开门吗？"卢卡西尼奥问。

"它们可以毁坏足够多的系统，让我们无法安全着陆。"

"你是指坠毁。"露娜说。

"我是指坠毁。"

"我们怎么摆脱它们？"亚历克西娅问。

"得有人出去干掉它们。"达科塔说。

"有沙装？"亚历克西娅问。

"有两件游装，"达科塔说，"有人来检验一下它们不是挺好的吗？"她解开安全带，将自己推离座椅，朝天花板上通往控制中心的闸门飘去。她飘过罗萨里奥·萨尔加多·奥汉隆·德齐奥尔科夫斯基身边时，轻轻拍了一下她的后脑勺，"来吧，战士。两件游装。

让我们瞧瞧你是不是还留着噶吉的灵魂。"

沙装，月面活动装。紧密贴身的密封抗压服，有头盔和循环生命支持背包，其设计允许自由活动，环境保护装置可支撑长达四十八小时。

游装，短程考察装。弹性纤维紧身衣，足够紧绷，可增补人类皮肤的天然耐压性，并防止液体流失。白色以反射热量。配备有黏附在套装上的头盔呼吸器，只有在穿着者仔细运用胶条的情况下，才能真正产生气密效果。其设计只允许在真空中活动少于十五分钟。

通常来说，飞船的弹道飞行过程会持续十五分钟。如果在游装的使用期限内无法解决某个问题，那这个问题就解决不了了。

服务闸门非常小，罗萨里奥和达科塔必须像子宫里的双生儿一样彼此蜷曲起来。

"拴绳拴绳拴绳。"克塞尼娅船长在封闭出舱闸口时说。

"十五分钟。"达科塔在游装频道里说。罗萨里奥一手抓紧了武器，另一手抓紧了闸内的钩环。一把斧头和三枚信号弹，用来与可以展开一百把刀的机器虫战斗。

闸门开了。罗萨里奥攀上了船壳。她立即迷失了方向。低头，太阳环区是一条如此宽广的黑带，银色的月亮被它分成了两半。她喊出声来，抓得更紧了：她害怕掉下去。不，月亮既不在下面，也不在上面，这里没有上下，只有移动。是的，她在掉落，一切都在掉落。她再次检查了钩环：一个过于夸张的动作就能轻易将她甩离飞船。

静海在她下方飞掠。她的胃在翻滚。

十四分钟。

游装的头盔视屏只是基础款，不过可以承载足够多的细节，用以定位敌人：两只机器虫在船壳对面，在燃料箱之间。奥廖尔号是一具自由下落的攀爬架，支柱和结构梁很方便手握攀爬。不是攀爬，攀爬意味着重力与前进方向相违背。这是另一种行动模式。爬行。罗萨里奥爬过了飞船表面。拴绳在她身后渐渐放出。

"你得行动了，"克塞尼娅船长插话道，"我们已经损失了一个燃料泵。"

现在不需要头盔视屏了。敌人已进入视野，两只机器虫出现在了一条燃料管线上。飞船和单车一样，都把工程结构挂在外面。罗萨里奥抽出一支信号枪，达科塔拿好了斧头。

"我们怎么行动？"罗萨里奥问。当机器虫发现威胁时，这个问题自己回答了自己。合成肌肉屈张，人造肌腱绷紧，甲壳分离并重组成了适合行动的模式。一只机器虫进攻了，罗萨里奥拍开了致命的戳刺，拉过胳膊，折断了关节。喷出的润滑剂模糊了她的面板，但她没时间擦它。她拧开了信号枪的盖子，化学物质混合并燃烧了起来。她将它戳进了传感器组。那只机器虫蹒跚着，在它那很多很多的眼睛以及火焰间挥舞着胳膊。火焰熄灭了，氧化剂用光了，闪烁熄灭了。机器虫舒展着跳了起来。一根锐利的腿抓住了罗萨里奥的腹部，划开了她轻薄的游装。一只手抓住她，荡开了这致命的一击。接着是斧头，以达科塔·考尔·麦肯齐的全部力量，稳稳地飞来，完全劈中了机器虫的核心部位，令它旋转着飞进了太空轨道。

"该死，"罗萨里奥说着，感觉着游装上精致的划痕，"该死，我在流血。该死该死该死该死该死。"

"别在意这个，"达科塔说，"要在意的是斧头。我们还有一只机器虫，以及两个信号弹。"

第二只机器虫似乎也得出了相同的结论，它从飞船的工程结构中脱离出来。它像一只邪恶的孵化物，长长的肢体拉扯着解开，伸展着想要抓住目标。罗萨里奥咬紧牙关抵御疼痛。他妈的，这一下真痛。痛痛痛痛。人类的身体能在真空中存活多久？她的头盔密封很好，但是抗压服破了，她的身体实际上是裸露着的。她的腰上环着一圈自由飘浮的血滴，在她动作时，它们染红了她白色的游装。

在第二只机器虫准备攻击之前，她还有几秒。

罗萨里奥把一只信号弹扔给达科塔。

"等我叫你时，就把它戳进那玩意儿该死的脸里。"

"你要……"

在自由下落的战斗过程中，许多问题都不会得到答复。罗萨里奥一头向机器虫扑去。她点燃了火焰，拧身躲过展开的刀锋，而机器虫在火光和热量中定位了她，狠狠地将她截在了一块热交换面板上。

"现在！"

达科塔·考尔·麦肯齐带着火焰和狂怒扑来。她很快，几乎和虫子一样快，闪躲着，用火焰格挡着，当她退后时，火焰插在了机器闪烁的圆眼中。

在耀眼的光芒里，罗萨里奥解开自己的拴绳，将它夹在了机器虫的一个膝关节上。虫子踢着脚，罗萨里奥滚开了，头朝下，一只手紧紧抓住了一根起落架支柱。奥廖尔号高高地划过特维城的矿区和护岸，几乎正处于弹道飞行的最顶端。

这就是罗萨里奥·萨尔加多·奥汉隆·德齐奥尔科夫斯基胜利的过程。

"达科塔，抓住我！"

她朝噶吉扑去。自由地飞行，脱离了拴绳的飞行。如果她判断错误，如果达科塔算错了她的动作，如果机器虫太快从它晕头转向的状态中恢复，她就会飞进属于她自己的偏离轨道。那样她就不必担心自己毁坏的游装还能撑多久了。以每秒 2.75 公里的速度撞上东静海，这将决定一切。她会变成一个陨石坑。他们说不定还会以她的名字命名它呢。

而达科塔将前臂塞过了罗萨里奥的腰带。她成功了。她猛击拴绳卷钮，当绞盘猛地将她们拖离那疯狂砍劈的刀影时，她把忽明忽灭的照明弹扔向了虫子。

"克塞尼娅，"罗萨里奥喊道，"旋转飞船！"

"我们不在周转区间……"克塞尼娅说了半句，达科塔的喊声就盖过了她。

"照她说的做！360度旋转！"

一个停顿。机器虫朝她们爬来，高举着刀子，像某种多臂的刀神。罗萨里奥将自己拖向闸门，拖向舱口，拖向拴绳另一端的钩环。

"抓紧。"克塞尼娅船长说。然后世界旋转起来了。加速度将罗萨里奥的手指扯离了绳子。但达科塔抓着她。月亮星辰太阳都在她身周旋转。别看，别看，你会吐在你的头盔里的。但她必须看看。往肩后扫一眼就够了：那虫子抓不住了，被向心加速度狠狠甩在完全展开的拴绳的末端。再过一会儿它就会把自己拉进来。奥廖尔号在月球的天空中翻滚，姿控推进的蓝色喷流挥舞成了焰火。罗萨里奥爬过达科塔的身体，够到了气闸的边缘。她解开了那条拴绳。它从她指间呼啸抽出。机器虫飞了出去，划出了属于它自己的、无助的弹道轨迹。他们可不会用你命名陨石坑，渣滓。

这完全是物理学的问题。动量拴绳工程学。

"去你妈的旧版三型，"罗萨里奥悄声说着，然后在通信频道里说："敌方已抹消，船长。"

"干得好，谢谢你，"克塞尼娅船长说，"现在进来吧。"

当两个女人挤进闸门时，达科塔说："干得漂亮，噶吉。"在此时、此地，它们是罗萨里奥听过的最棒的话。她听过那些在自由下落时吐在头盔里的恐怖故事。有什么关于眼泪的类似的传说吗？

重力开始作用了，重力又出现了，姿控推进器将奥廖尔号转到了下降模式。罗萨里奥·萨尔加多·奥汉隆·德齐奥尔科夫斯基像胎儿一样蜷着，在紧张又放松之后放声痛哭，浑身染满了自己的血花，向丰富海降落。

阿列尔嗅着行政套房，她对这些空气陈腐又没有窗户的办公室扬起一边眉毛，又斜眼看看翻新的会议室。等她进了卢卡斯的眼球圣室，她就再也藏不住自己的蔑视了。

"现在我记得我为什么要离开这个见鬼的洞穴了。"

她挥动电子烟，在慢吞吞调节的空气里留下了一道缓缓消散的烟迹。

"石头石头石头石头石头。"她一边沿着大楼梯向地面走去，一边抱怨着。

"从嘴里出去。"亚历克西娅提示道。阿列尔翻了个白眼。她在奥萨拉的嘴唇上停下来，碰了碰亚历克西娅的胳膊。

"那是什么？"

亚历克西娅眯眼看了好一会儿，才弄明白阿列尔感兴趣的是什么。加速生长的树木现在已枝叶繁茂了，在缓缓摇动的树叶间半隐半现的圆顶就像一个梦境。古老的、危险的神灵正居住于此。

"带我到那里去。"

贝加弗罗可以展现一张博阿维斯塔的地图，但阿列尔喜欢在亚历克西娅的道路上设定一些小任务、小考验和小陷阱。铁手？也许对我哥哥来说是，但阿列尔·科塔可没那么容易受影响。当亚历克西娅找到一条蜿蜒在竹林间的石板小路时，阿列尔长长地吸了一口烟。玛丽娜用这根烟筒的前任杀了一个刺客，戳穿了下巴，将尖端一路捅出了他的头盖骨。月芽的力量。这力量足以为爱杀戮，足以让她熬过黑暗的岁月，但不足以让她留下来。自从掌控鹰巢后，阿列尔就越来越多地想到玛丽娜。你觉得地球怎么样？地球觉得你怎么样？夜空中的光线会不会让你充满渴望，像狼一样？你会抬头看，会想到我吗？

你的力量又是什么，称自己为马奥·德·费罗的亚历克西娅？这世界上有什么会打破它？总有东西会的。

蜿蜒小径的终点是一个亭子，底座、柱子、一个圆顶。水流环绕着底座。阿列尔爬上台阶。这里的空气很新鲜，而且奔流的水让它显得格外甜美。日光线是蓝色的，人造风沙沙穿过竹叶。竹枝为亭子隔开了奥瑞克萨的凝视，这是个被环绕的私密之所。阿列尔绕着它走着，用手指拂过亭柱。温暖的石头。

"就是这里，"阿列尔宣布，"我需要一张桌子、三把椅子，一把很舒服，另外两把不那么舒服。饮料随需应变。你能安排吗？"

"我现在让人去办了。卢卡斯要求单独会面。"

阿列尔享受了一会儿这种感觉。

"当然可以。告诉他能在哪里找到我。"

在看到他从竹林迷宫中出现之前，阿列尔就听到了手杖敲在石面上的声音。

人类残骸，在园中相会。

"我们的母亲最喜欢的场所，"卢卡斯说，"在最后的日子里，她会到这里来和圣奥当蕾德嬷嬷谈心。妈姆称她为告解祭司。"

"姐妹会还有留下什么吗？"阿列尔问。

"玛德琳。若昂的圣祠。还有传说。"卢卡斯说着，靠在自己的手杖上，"这够了吗？我不知道。我不是一个有信仰的人。这里将是你的办公室？"

"直到我可以搬回子午城之前。"

"等你能搞定地球人之后。你有口令，为什么你不把它用在这次战斗上？那个扎希尼克伤得很重。"

"我得先做一件事。卢卡斯，我不能让你这么离开。"

卢卡斯歪嘴笑了笑，整个人挂在自己的手杖上。

"我想过会这样。我已经习惯了做梦：燃烧，喘息着找寻空气。溺毙在熔化的金属里。真是可怕的噩梦。"

"你做了一件可怕的事。"

"我做它，是为了拉法、卡利尼奥斯、我们的母亲，还有你。"

"我们的债务已经清了。"

"现在它们清了。"

"你会优雅地退休，"阿列尔说，"培养你的花园。成为两个世界里最伟大的波萨诺瓦专家。参加运动——你现在有属于自己的手球队了。了解政治，用你的洞察力和尖刻发表评论。抚养你的儿子。"

阿列尔看到卢卡斯的脸因为过去的痛苦而绷紧了。

"听上去是个很轻的判决。"

"是吗？"阿列尔说，"你为什么想见我，哥哥？"

"你为什么要这么做？科塔家不碰政治，而我们却在这里，开月鹰的集会。"

"维迪亚·拉奥向我展示了未来。"

有一会儿，卢卡斯不知道这名字是谁的。

"哦，那个经济学家，惠特克·戈达德公司的。他的计算机为你预言了吗？他叫它们什么来着？"

"三皇。不，他告诉了我他和王永青、安塞尔莫·雷耶斯还有莫妮克·贝尔坦的一场谈话。他呈交了他的月球交易所计划书。"

"我看到了他呈交的过程。"

"你在那个会议上吗？地球人提出要给它投资，基于它不需要人类输入的那个会议？"

"你是什么意思？"卢卡斯不自在地在手杖上挪着重心。

"维迪亚·拉奥要他的计算机构建出可能发生的未来。它们全都预见了一个因疾病而人口灭绝的月球。瘟疫，卢卡斯。地球人计划对付我们。一个研磨出剩余价值的黑暗机器。我是唯一一个能有所行动的人。我很清楚如何获得阻止他们的力量。"

"用上口令。"

一个命令，她便可以把每个地球人都挂在刀尖上。贝加弗罗已经为两人展开了明确的影像，那是月鹰的选项与权力。

"我们必须比他们好，卢卡斯。"

她不会再犯下另一次铁陨之罪。

"他们可不会犹豫。"

她审视着命令、法令和行政职能的虚拟阵列。瞧。只需要一个闪念便能完成的事。

"我不会这么做的，卢卡斯。"

"那就这样吧，"他蜷起手指，行了一个科塔家的礼，"我会退休的，但不是那么优雅地退休。我准备尽可能地让人恼怒又厌烦。总有人要教你承担起责任，妹妹。"

"卢卡斯。"

他在最上一层台阶转过身来。

"我和你说的那件事，那个我必须先做的事，我刚刚已经做了。"

在列文虎克，一位 VTO 轨道女王把自己的沙装接入了一辆故障货运车的诊查插孔。

在阿布·瓦法南部的玻璃场上，一位玻璃工派出了他的维修虫，让它急跑着去搜寻裂缝。

在蛇海的氦气矿区，一名集尘者打开了一支真空笔，在麦肯齐氦气的商标上草草涂上了"科塔氦气"几个字。

在子午城捷列什科瓦大街的"第七放克"招牌店里，明星面条师傅正捻动、伸展、拉扯着精面团，而客人们正在八卦科塔对科塔案件带来的震惊和惊喜。

在特维城，一位园艺师在检查植物塔阵的可用性，并给 AKA

种子库设置它的交互索引。她听说要开办一场名流婚礼，是麦肯齐和沃龙佐夫和阿萨莫阿。总得有人供应鲜花。

在南后城珀斯大厦的八十七层，一个学童将视线从联网的同学影像上挪开，望向公寓窗外。她眼睛的右下角有什么闪烁了一下？一个飞行者？她爱飞行者。

在这些人的眼睛右下角，在所有人的眼睛右下角，在他们一生的记忆里，那里都有四个细小的标志。空气、水、数据、碳：四大基本元素。

突然间，在每一处，那些小小的光芒熄灭了。

先是恐慌。在半个世纪里，那些拼写着生命、健康和财富的光芒都从未熄灭。

接着整个月球都屏住了呼吸。屏住，因为不知道还有没有下一口呼吸。屏住，直到眼睛爆突，直到大脑沸腾，直到心脏尖叫。直到它再也无法屏住。

月球呼出了一口气。

然后吸气。没有收费。没有小小金色标志上比西的闪烁，没有价格通知。没有价格。第二口呼吸，第三口，然后再一口，又一口，又一口。自由的呼吸。

阿列尔·科塔废除了四元素。

以月球的标准来说，这个年轻人非常好看：高个子，褐色的皮肤，柔和的褐色眼睛，黑色的头发，胡茬剃得干净到量子级别。高得理所当然，身材比例令人愉悦。当她刚刚来到月球时，她曾觉得月球人很难看，他们的比例很不协调，上身太重，四肢太长，关节有微妙的错位。她已经学会了用他们自己的审美来看他们，而按照这样的审美，这个男人极其赏心悦目。外面有五个和他同样帅气的月球人，如果她对他表现出任何的反抗，他们就会冲进这个公寓。

一个 LMA 中年官员，对抗一伙年轻的巴西人。

她想知道他的西装里有没有藏着刀。

时尚又改变了。她永远都不能理解月球人对历史风格和复古潮流的痴迷。她知道他们觉得她端庄的公务套装很寒酸。她则认为他们贫瘠又反动。

"王女士？我的名字是内尔松·梅代罗斯。月鹰派我前来。如果可以的话？"

他朝门口示意。

机器虫本可以切开这漂亮的西装，把这只自负的小狗砍成两半，然后切成块。当机器虫陷入休眠，无法遵从命令时，她就知道这次拜访将无可避免。

"所以是哪一种？"王永青问，"扔出气闸，还是砍断颈椎？"

"女士，"内尔松·梅代罗斯说，"您伤害了我的自尊。这可能是你们在下面会做的事，但在这上面，我们是文明人。"

她刚刚联想过的那些埃斯阔塔都等在外面，和莫妮克还有安塞尔莫一起，还有一些摩托车在等着。

"我们要去车站？"王永青问。安塞尔莫和莫妮克从来都认不来子午城的三维地图，但她是在贵州的摩天大厦里长大的，能够认清楼层、走道和电梯，它们就像她孩提时的走廊、步道和天桥。

"有一辆轨道车在等你们，"内尔松·梅代罗斯说，"你们将被带到一个安全点，安全且舒适地待在那里，直到政治转型结束。"

"人质。"王永青说。

"人质是一个过时的词，"首席埃斯阔塔说，"这是一个不同的月球。你们是我们的客人。"

"不能结账离开的客人。"

"这取决于你们的政府对谈判的迫切程度。但它将会是六星级的服务水平。"

"你们要带我们去哪里？"

年轻人的笑容就像满布星辰的天空。

"博阿维斯塔。"

"好了，我通过了吗？"

"你是月鹰。"亚历克西娅·科塔说。

阿列尔·科塔恼怒地咋舌。

"我哥哥到底看到你什么好处了？通过。"她戏剧化地扬手挥下盛装的前襟。

裙子，巴黎世家一九五三，马尼尼奥说。亚历克西娅对二十世纪五十年代的服装风格一无所知，并且一丁点儿也不感兴趣。黑色无衬里羊毛，以细棱纹真丝镶边。奥格·塔鲁普的帽子，罗杰·维维亚的鞋子，卡布雷利的包和手套。

亚历克西娅调整了一下塔鲁普的车轮帽。

"完美。"

"你是个见鬼的骗子，马奥·德·费罗。还有，你要穿成这样为我做介绍？"

亚历克西娅曾经有多少次进入这里，在这新月阁的前厅，她曾多少次为卢卡斯忙碌地整理袖扣、领带和外套皱褶？习惯和迷信很快就变成了仪式。

"我喜欢这身打扮。"亚历克西娅说。她才刚刚学会怎么穿戴二十世纪四十年代的风格。她喜欢四十年代。她穿着四十年代能睥睨天下。

"你喜欢自己看起来像个难民。"阿列尔说。

"人们到底是怎么能和你一起工作的？"亚历克西娅问。

阿列尔露出挑衅的笑容。

"因为他们崇拜我，宝贝儿。好吧，这事只能回头再说。不耐烦的龙世家是很容易生气的龙世家。现在，我希望你走进去，以一种神灵都会嫉妒的方式宣告我的到来。"

"卢卡斯有某种……东西。"

"东西？"

"旧时代的东西，最初的时代。'各位：月鹰驾临'。"

阿列尔发出厌恶的嘘声。

"那太荒谬了，宝贝儿。我的名字，我的头衔，再加上一点漂亮的停顿。"

"好的女士。"

现在阿列尔的微笑是真诚的了。

"你知道，我他妈的吓得要死。"她坦诚道。

"你在克拉维斯法院降服了卢卡斯。"亚历克西娅说。

"那是我的地盘、我的领域。在这里，我完全不知道自己在干什么。"

"卢卡斯也不知道，如果这有帮助的话。"亚历克西娅说。

"在乔纳松·卡约德废除 LDC 时，我就坐在他对面，"阿列尔说，"他也不知道。没人知道。"

"你是个英雄。你废除了四元素，你逮捕了地球人……"

"把她们送给卢卡斯看管，"阿列尔快乐地说，"你让我笑起来了，马奥。好了。表演时间到。"

当亚历克西娅打开会议室的大门时，她瞥到阿列尔重新把塔普鲁的帽子整歪了。亚历克西娅走进光线中。熟悉的会议室低语声安静下去了。透过耀眼的光线，她能看到为龙和各大世家留出的空位已经坐满，而为地球人留出的扇区是空着的。沿后部走廊的那几层座席上是学者、学院领导和远地大学的院长们。

"各位，"她说，"阿列尔·科塔，月鹰。"

阿列尔换下了亚历克西娅，站到了聚光灯下。她的脸藏在帽子的宽檐下。一片寂静。接着她抬起头来，微笑，张开了双臂。于是满月阁爆发出如雷的声响。

"一进去就呼叫我，听到了吗？"

罗布森翻了个白眼，试图渐渐融入车站广场拥挤的人群，自行前往降至月台的自动扶梯。但现在正是满地，瓦格纳·科塔有狼的眼睛和反应，他毫不费力地跟上了男孩。

"好的好的，一进去就呼叫。"

瓦格纳知道自己过度保护了。他与马克斯和阿尔琼签署了共同抚养协议，当地球圆满时，罗布森就和海德一起住，而瓦格纳回到狼帮。这两个人是诚实的、和蔼的，富有爱心，而且极其可靠，他们甚至换了工作，搬到了希帕提娅，以切断和西奥菲勒斯的连接。罗布森会很安全、快乐，而且有人照顾。但是在西奥菲勒斯惨案和刺杀布赖斯·麦肯齐之后，谁又能责怪瓦格纳过度保护呢？

刺杀。一个十三岁的孩子把五支毒针扎进了布赖斯·麦肯齐的眼球。一支毒针便能毫无疑义地杀死他。五支毒针是为了向整个月球宣告，这是科塔家迟来的正义。毒针由孩子的叔叔获取，再由他最好的朋友带给他。他把它们藏在头发里，因为布赖斯希望他光着身子，无法抵抗。

瓦格纳没法细想这事。在地球光下，情感燃烧得更加炙热、更加凶猛。瓦格纳无法太长久地承受他感觉到的失败、虚弱和无能。当他想到罗布森曾是一个人质、一个玩偶时，他便能感觉到这些情绪。

卢卡斯做了他做不到的。卢卡斯锻造了这次复仇。不是出于任何对他自己兄弟——对他的侄子——的忠诚，而是以科塔的名义。家族优先，家族永存。

阿娜利斯为了家族背叛了罗布森。他憎恶她，但他无法责备她。

阿萨莫阿家的五死之毒对布赖斯·麦肯齐来说依然不足够。

列车进站了，人群向楼梯拥去。瓦格纳和罗布森肩并肩乘扶梯向下。神灵们啊，这孩子的个头变大了。上一次在麦肯齐债务的保护下逃离这座城市，仿佛还只是几小时前的事，当列车向东面的静海前进时，罗布森还是个可爱的小孩子，枕在他肩上睡着。

走下自动扶梯时，罗布森说："你没必要和我一起走到闸门那里。"列车在抗压玻璃外等着，是一列巨大的双层赤道专车。在阿列尔废止四元素系统后，子午城依然头晕眼花，不敢轻信，几乎处于宿醉未醒的状态。人生的一个支柱被敲掉了，但世界的屋顶并没有塌下来。每个方区都兴奋得闪闪发亮。接下来呢？废除克拉维斯法院，成立法律？选举？政治？热情的传染病甚至蔓延到了登上赤道专列的人群中：微笑、为别人让路，当每一次呼吸不再产生利润也不再损失钱财时，便有了大笑、闲聊以及一种安逸的感觉。

罗布森顽固地站在瓦格纳和闸门间，尽己所能地阐明：这里就是分别之处。

"那么若昂见。"瓦格纳说。一等地球变小，他就会走上新岗位。科塔氦气又回来了，不过它将永远不会是过去的样子。氦气时代结束了，新的时代正在开始。孙家产能，麦肯齐家挖矿，阿萨莫阿家种植，沃龙佐夫家飞行。现在科塔家要干什么呢？

科塔家搞政治。

瓦格纳和罗布森长久地紧紧拥抱。这孩子仍然没什么重量，细瘦，皮包骨头。

"若昂见，"罗布森说着，转向闸门，"帕依……"

瓦格纳的心脏翻了个跟斗。

"你说什么？"

罗布森脸红了，接着他抬起头，凶猛又坚决地说：

"帕依！"

“什么事，菲罗[1]？”

“照顾好你自己。”

然后他转身穿过闸门，走进了巨大的列车。瓦格纳转过身，他的心脏在燃烧，他喘不上气，他的喉咙收紧了，他搭上自动扶梯，向上进入子午城的亮光里，迎向高天中蓝色的地球，和狼群在等待的地方。

一步，两步，三步，罗布森就已经在屋顶世界中向上蹿了二十米。新的城市，有新的基础设施可以奔跑。希帕提娅比西奥菲勒斯大得多，而且它的秘密跑酷地形也更让人兴奋得多。幽暗的竖井如此之深，可以荡出回声；拱顶如此之高，有它们自己的小气候；管道穿行在整个地区中，他可以在上面不受人怀疑地侦察；还有构台和导管、阶梯和把手。它也更古老：罗布森早前深入探索城市内部时，就发现了上个世纪留下的名字和日期。厚厚的尘埃。这些古老的处女地牵引着他。它们是他的教堂，是他的疗愈之所。

罗布森明白马克斯和阿尔琼为什么将他和海德直接从子午城带到了这个新城市。对于罗布森来说，西奥菲勒斯将永远有鲜血和恐惧的味道。而发现阿娜利斯的是海德。

我看到了，海德说，我每天都看到她。在我的眼角，有东西在动，我转过头，她就在那里。

他每天都回到尘埃教堂里，直到某天他发现了足迹。抓地鞋，很小，但步伐很长。是一个跑酷者的鞋印。完美已经被破坏了，所以他在这踪迹上加入了自己的足印，他追踪着那个跑者的路线越过尘土，一次蹬壁跳远穿过两根管道，来到一处导管节点。

另一个跑者。他不是一个人。

---

[1] 菲罗（filho）：葡萄牙语中儿子的意思。

一开始，他有一种纠结的愤恨。

愤怒是很好的，他的治疗师说，愤怒是对的。重点在于愤怒将你带向哪里。

把毒针扎进布赖斯·麦肯齐的眼睛里，就是这里。每次会面时他都想这么说。想说，但一直没说。他把愤怒留给尘埃，在这里他能呈现愤怒，面对它，让它带着他穿过古早的尘土，去往某个新的地方。而现在，有别的人在他前面跑过这些尘土。这是一种不同的愤怒，它迅速衰退成不同的情绪：好奇、兴奋。另一位跑者。

他爱海德，海德是他的另一半灵魂，但他不是跑者，也永远不能成为跑者。而跑者之间的事是无法解释给非跑者听的。

他不是一个人了。

"哟嗬。"

那是海德。罗布森撑跳过一条粗壮的水管，落到一条狭窄的机架上，坐下来，腿在半空中摇晃。下面是海德，抬着头，他身上唯一阴暗的地方是遮住那只眼睛的额发。

"我希望你别这么做，这让我想吐。"他朝上面喊。

"那就上来。"罗布森说。

海德做了个下流的姿势。

"你又切断了治疗师。"

在西奥菲勒斯事件后，在卢卡斯·科塔以家族之名让他们做了那件事后，在若昂德丢斯解放后，罗布森和海德被指定接受治疗。治疗需要几个月，医生说，可能要几年。

"我的治疗师是人类。"罗布森说。

海德皱起了脸，好像胃里的东西涌上来了一样。

"从什么时候开始？"

"从我对 AI 产生障碍开始。"

"产生障碍？"

"那是达米安的说法。"

"你的治疗师叫达米安?"

"他叫达米安,而且他笑得太多了。"

"也许,"海德说,"也许只和 AI 说话会更容易些。"

"我喜欢在这里治疗。"

"那会有用的。"

"什么都有用。什么都没用。"

"有东西给你。"海德举起一只手。他的掌心有一个精美的织物裹起的小包裹,它轻松又自在地伏在那里。罗布森屏住了呼吸。

"你从哪里拿到的?"

"它被寄给了马克斯和阿尔琼,"海德朝上喊,"它来自恒光殿。你觉得它……"。

罗布森把自己推离了步道。海德瞪大了眼,但是对于一个曾跌落三千米的人而言,二十米不算什么。那时候他还站起来了,还走了。走了几步。他张开手让宽大的 T 恤变成降落伞,削弱了降落的速度。罗布森·科塔蜷身落地,弹起身来。他抖动自己高高堆起的头发。

"……安全吗?"海德说完了那句话。

"现在安全了。"罗布森说着,拿过那个小包,解开了漂亮的布料。半副牌。正如他猜测的一样。"谢谢你大流士。"罗布森悄声说。

"大流士?"海德问,"像是,那个大流士?"

罗布森从跑酷短裤口袋里拿出了自己的牌,把那半副牌叠上去,弹洗,抽洗。再度会合。一个整体。

"是那个大流士。我会解释的。不过不是现在。嘿,我发现了一家可以试试的新招牌店。"

"那就去看看。"海德说,一个孩子的招牌店是很重要的。比治疗更重要。那是他们社交生活的核心。那是朋友们会在的地方。

"好的，"罗布森说，"我们去检验一下这个城市的欧冶塔吧。"

王永青再次要求会面，这是她抵达博阿维斯塔后的第五次申请。

"这次又是为了什么？"卢卡斯·科塔问托奎霍。

打印权，他的亲随回答，某些财务代表不得不连续三天穿同样的衣服。

卢卡斯叹了口气。他转过椅子望向自己苍翠繁茂的王国。他曾梦想过荒野的原始。结果他成了一所镀金监狱的看管人。这真是充满诗意的惩罚。

"我的日程？"托奎霍向他展示了时段列表，"把娜奥米·阿拉因推后，发送标准致歉。把王女士的会面插进她的时段。"卢卡斯对此事无能为力，资源变得紧张了，现在要把任何新打印机送往若昂德丢斯都是一件更政治化的事。王永青会抗议的，一如既往地坚持。他会发送更标准的致歉，然后他会邀请她来坐坐，聊会儿天。她是个很健谈的人。艺术、政治、两个世界的不同方式。爵士。她是个爵士狂热分子。她太聪明了，不会犯那种假定他们有共同敌人的错误。家族优先，家族永存。

不过，这些小小的交流还是可以打发时间。

今天的谈话将会特别顺畅。在新的月球代表大会发表就职演说时，阿列尔命名了那个自四元素终结的狂喜渐渐消退后——兴高采烈的半衰期很短——总在每一帧想象中出现的东西。独立。阿列尔在修辞学上的才能是很可靠的，但处于精神流放状态中的卢卡斯例行在窃听地球及其驻月球代表的交流，他们的用词正在渐渐变得黑暗，语气在变硬，态度在变得顽固。

如果阿列尔决定关着这些地球人，以保证地球不会向子午城和南后城发动核攻击，那他会在这里待很久。他毫不怀疑还会有另一个弹头，其上以真空笔标出了若昂德丢斯的字样。王永青会带来最精彩的恐怖故事，用以在茶和调式爵士乐外令他战栗。

它不会发生的。地球人觉得这样做很强硬，可以利落地做一笔精明的交易，但他们并不是在谈判中长大的，谈判每一口空气、每一口水，谈判岩石上刮出的每一处遮蔽。他们也没有为自己的生命和月神小姐争论过。阿列尔总会使出漂亮的迈兰简。

这将是一份来之不易的独立。月球人的数量很少，武器很少，而敌人多得像天空中的繁星。但是他们占据了高位。卢卡斯·科塔想，这就足够了。

托奎霍发出了鸣响。你有南后城寄来的快递。

他之前没见过这个埃斯阔塔，他们是瓦格纳从若昂派来的，轮换的速度很快。安保人员最好别和被保护的人太熟悉。狼在若昂做得很好：去麦肯齐化的工作是直截了当的。报复袭击很少发生，不过桑提诺和前麦肯齐氦气集尘者间仍有摩擦，后者已经与重生的科塔氦气公司签约了。无礼的举动、冷漠的态度、眼神和视线。"这是巴西人的城市，说葡萄牙语！"互相针对，彼此对峙，愤怒的斗殴。只要氦气还在流动，这些就不会结束。在玻璃场上工作的瓦格纳明白，能源的未来在太空，而非地球。

快递是一个又长又扁的抗冲击箱。卢卡斯相信它不是用巴尔特拉投递的。当一切都可以打印时，运送手工货物的技能也在渐渐消失。货物放在他的桌子上，但他犹豫不决，不敢打开它。要打开它，就要接受其中的挑战，让它测试他的勇气和承诺。但他渴望掀开锁扣，将那东西拿在手中，将它拥进怀里，探索它的曲线和轮廓。

罗布森和海德一起在西奥菲勒斯。领养手续会很简单，能够慢慢治疗那男孩的深重创伤的，只有瓦格纳一个人。其中一些伤口是卢卡斯造成的。他几乎要相信他所做的一切成全了那孩子的愤怒，但自我欺骗从来都不是卢卡斯·科塔的原罪。他曾经像使用一把陨钢刀一样使用过罗布森。

露娜和她母亲一起在特维城。那个可怕的孩子。一半鲜活，一半头骨，她涂绘的脸已经成为了月球的传说，成为希望、坚持与正义的象征。卢卡斯无法甩掉自己的想法：它一直都在那里，刻在她的皮肤里。

卢卡西尼奥正在准备自己的第一次独立外出。他要去子午城见阿蓓纳·阿萨莫阿。卢卡斯坚决地反对此事，并不是说旅行对于卢卡西尼奥来说太艰难，而是阿蓓纳·阿萨莫阿会生吃了他。危险的、野心勃勃的、饥渴的年轻女人。奥萨拉的鼻子里曾回荡着大叫大喊。但说服卢卡斯放手的，是卢卡西尼奥反抗的力量。那个扎希尼克会跟他一起去。卢卡斯不记得她的名字，但她在奥廖尔号的战斗中很敏捷。他也许应该向她提供一份永久合约。

我们都是些什么样的残骸啊，我们每一个人。

但家人都不在身边，他手边只有排满会议的一天，和南后城寄来的一个特别快递。

"托奎霍，取消我十点半的会议，"他打开了锁扣，掀起了盖子，"还有十一点和十一点半的。"

他拿出了吉他盒，将它放到桌子上。每一个直觉都叫嚣着要立刻打开它，但那样就太匆忙了，他想好好地体验。一切都完美无缺，令人愉悦。卢卡斯·科塔将手指拂过真正的皮革，搭扣和铰链是明亮的黄铜。然后他掀开搭扣，打开了盒子。

最先的冲击是香味。木头、无价的有机清漆、天然树脂和抛光剂。这芳香几乎令卢卡斯头晕目眩。接着他看到了颜色，日光般的金色和琥珀色，褐色桃心木，琴格上和音孔周围镶嵌着闪着珠母光泽的菱形，它们是从特维养殖贝上手工切割下来的。他像抱起一个新生儿般抱起它。它又轻又强健，而且生机勃勃。他小心翼翼地坐下来，但吉他自己告诉了他，如何拿它，怎么放它，如何用他的身体贴合它的身体。

他想让它说话，想迎接它的第一个元音，想听到它的腔调和嗓音，但他的手指在琴弦上犹豫着。

他一无所知。比一无所知还要更无知。

这是所有感情关系的起点：陌生人彼此吸引。

他能做到吗？他有时间，有意愿，有自制力去学习艰难的事物，但还有别的吧？如果，如果在经年累月的学习、练习和研究后，他发现自己永远也无法让那些琴弦像若昂·吉尔贝托一般低语或大笑呢？

但它仍然是一次值得开启的旅程。也许只有若昂·吉尔贝托能成为若昂·吉尔贝托，而卢卡斯·科塔所必须要做的，就是成为卢卡斯·科塔。他依然有可能在某年、某天，优秀到可以和若热·纳代斯一起二重奏。

他的手指轻拂着琴弦，音调并不准。从南后城旅行至此，指望它还拥有音乐会的标准音调是不合理的。

所以，先调音吧。这是他演奏生涯的每一天要做的第一件事。

所有的好工作都是可延续一生的工作。

面粉、糖、黄油、蛋。

蛋糕的四元素。

在重新锻造的记忆中产生的连接仍然会让卢卡西尼奥·科塔惊讶。想到阿蓓纳·马努阿·阿萨莫阿，他的记忆便说：蛋糕。

"我会做蛋糕？"他问靳纪。

你在这一点上很出名，靳纪说着，扔出一大堆派对、惊喜时刻、礼物的照片，最后那张，是他在用他的草莓奶油蛋糕上真正的牛奶奶油涂抹阿蓓纳·阿萨莫阿的脉轮。

"我要带上蛋糕。"卢卡西尼奥说。

靳纪调出了食谱，但它们没有一个配得上阿蓓纳。

"是不是有一种叫咖啡蛋糕？"卢卡西尼奥问。

是的，靳纪说着，向他展示了如何制作它。原料很稀有——有一种在如今的政治环境下无法获取。但打印机能合成一种咖啡香料，对从未尝过真正咖啡豆味道的人来说，这种香料是可以及格的，而且做咖啡的设备从技巧上说太让人望而生畏了。

我可以申请一台餐饮微波烤炉，靳纪说。

"有区别吗？"

和合成咖啡一样大的区别。

面粉。卢卡西尼奥对这白色的粉末皱起了眉头。他往里头戳了一根手指。丝滑的流动感让他很惊喜，他把手按进了碗里，感觉到它在他皮肤上流动，穿过了他的手指。

糖。他嗅着这晶体，沾湿了指尖，点一点，尝一尝。影像如潮水般向他汹涌而来，感官的记忆洪流如此鲜活、如此深刻，令他蹒跚着靠到了烹饪室的墙上。

黄油。凝结的牛奶脂肪。他拿起一块，捏紧它，让它穿过指间，享受着油脂的润滑。他把黄油抹到了两边脸颊上。这感觉下流又性感。

蛋。他一个一个举起来看，对它们完美的完整性感到惊异。它像他掌心里的一个宇宙。但它是由活的生物产生的。他摇了摇头。

对如此没有前途的物质，他必须使用魔法。

咖啡蛋糕说：我会移动天空中的地球，就为了让你快乐。他记得他说过这个，在某处，对某人。是露娜。在黑暗的跋涉中。

碗，烤盘，工具，香料，装饰物，都准备好了。漏了什么。有什么不太对。卢卡西尼奥深吸了一口气。然后他踢掉了鞋子，从头上扯掉了衬衫。他收紧腹部的肌肉，解开了裤子，任由它们掉了下去。他走出裤子，把它们踢走。

他光着身子站着，准备制作蛋糕。

他按响手指，拿起黄油，开始了。在他上方，在奥萨拉的眉弓之外，在博阿维斯塔的虚拟天空之上，丰富海赤裸、真空、被辐射轰击的表面铺展开来，直到视野之外。